FINNEGANS RIVOLTA

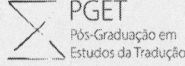  

Agradecemos ao Programa de Pós-graduação em Estudos da Tradução da Universidade Federal de Santa Catarina e ao Programa de Apoio à Tradução *Literature Ireland* pelo incentivo à publicação deste trabalho.

James Joyce

FINNEGANS RIVOLTA

Organização
Dirce Waltrick do Amarante

Tradução
Coletivo Finnegans | Afonso Teixeira Filho, Andréa Buch Bohrer, André Cechinel, Aurora Bernardini, Daiane de Almeida Oliveira, Dirce Waltrick do Amarante, Fedra Rodríguez, Luis Henrique Garcia Ferreira, Tarso do Amaral, Vinícius Alves e Vitor Alevato do Amaral

Ilustrações
Sérgio Medeiros

ILUMI//URAS

Copyright ©
Dirce Waltrick do Amarante

Copyright © desta edição
Editora Iluminuras Ltda.

Capa e projeto gráfico
Eder Cardoso / Iluminuras
sobre *ALP aquosa*, de Sérgio Medeiros [guache sobre papel; tamanho: 210x297mm]

Revisão
Coletivo Finnegans
Júlio César Ramos

(N. E.)
Este livro segue as regras da nova ortografia, usadas, contudo,
de acordo com as necessidades criativas de cada tradutor.

CIP-BRASIL. CATALOGAÇÃO NA PUBLICAÇÃO
SINDICATO NACIONAL DOS EDITORES DE LIVROS, RJ
J79f

    Joyce, James, 1882-1941
        Finnegans rivolta / James Joyce ; organização Dirce Waltrick do Amarante ; tradução Afonso Teixeira Filho ... [et al.] ; ilustração Sérgio Medeiros. - 1. ed. - São Paulo : Iluminuras, 2022.
        720 p. : il. ; 22 cm.

    Tradução de: Finnegans wake
    ISBN 978-65-5519-150-9

    1. Ficção irlandesa. I. Amarante, Dirce Waltrick do. II. Teixeira Filho, Afonso. III. Medeiros, Sérgio. IV. Título.

22-76502   CDD: 828.99153
                     CDU: 82-3(41)

Gabriela Faray Ferreira Lopes - Bibliotecária - CRB-7/6643

ILUMI//URAS
desde 1987
Rua Salvador Corrêa, 119, Aclimação
04109-070 | São Paulo/SP | Brasil
Telefone: 55 11 3031-6161
iluminuras@iluminuras.com.br
www.iluminuras.com.br

Sumário

RIVERRUN RIOCORRENTE ROLARIUANNA FLUMINENTE..., 9
Donaldo Schüler

APRESENTAÇÃO, 17
Dirce Waltrick do Amarante

Finnegans Rivolta, 31

I, 33
II, 247
III, 439
IV, 629

Manifestação dos tradutores, 667

Os fios do rio que corta a cidade, 669
Afonso Teixeira Filho

A grande fofoca, 671
Vinícius Alves

A carta, a galinha e o gracejo, 673
Daiane de Almeida Oliveira

O ressuchistar de finn a cada nova leitura, 676
Luis Henrique Garcia Ferreira

Navegando rumo ao amanhecer, 682
    Dirce Waltrick do Amarante

O "fracasso" de traduzir certos jogos de crianças, 686
    Fedra Rodríguez

O naufrágio e seus espólios, 690
    André Cechinel

Reparos e rumos, 695
    Aurora Bernardini

Finnegan rivolta, 700
    Vitor Alevato do Amaral

Fininguém Vivelório, 704
    Tarso do Amaral

Minhas folhas se foram, 707
    Andréa Luciane Buch Bohrer

Imagem e restauração: ilustrações para *Finnegans Rivolta*, 710
    Sérgio Medeiros

Sobre o autor, 715

Coletivo Finnegans, 715

FINNEGANS RIVOLTA

I.
    1. 2. e 3. Tradução: Afonso Teixeira Filho
    4. Tradução: Vinícius Alves
    5. Tradução: Daiane de Almeida Oliveira
    6. e 7. Tradução: Luis Henrique Garcia Ferreira
    8. Tradução: Dirce Waltrick do Amarante

II.
    1. Tradução: Fedra Rodríguez
    2. Tradução: Tarso do Amaral
    3. e 4. Tradução: André Cechinel

III.
    1. e 2. Tradução: Aurora Bernardini
    3. Tradução: Vitor Alevato do Amaral
    4. Tradução: Tarso do Amaral

IV.
    1. Tradução: Dirce Waltrick do Amarante
    Final da página 619 até a página 628 (do original)
    Tradução: Andréa Buch Bohrer

RIVERRUN RIOCORRENTE
ROLARIUANNA FLUMINENTE...

Donaldo Schüler

a carta veio *transatlantabeticamente* (*transshipt*) de outro mundo, do novo (*boston*). mundo novo não significa mundo melhor. o novo mundo formou-se do lixo que veio do velho. o lixo de lá alimenta as raízes do novo mundo. sucessores das lixeiras do novo mundo retornam ao velho em viconiano giro renovador. sempre novas são as instáveis imagens oníricas que transatlantabetizadas enriquecem. *finnegans wake se fez finnicius revém,* virou *finnegans rivolta* (fr). massachusetts (*mass*) é massa informe, lixo, sonho, missa fúnebre, encomendação, fala *fluminente* (fr). restos erguem as paredes do romance, processo comparável ao trabalho psicanalítico em expansão. lixo é a tendência de tudo que se faz, escreve e pensa. em monumentos artísticos o perene é ilusão. umas coisas duram mais que outras. eternidade é eterno vir a ser. a transição marca a tradução. o tempo deixa marcas em templos, quadros, estátuas e pergaminhos, traduz. o ciclismo nietzschiano é vital, renovador. não espante a abolição de maiúsculas. a maiúscula destaca, o *fluminente* nivela. leia-se este texto à maneira das reflexões de stephen à beira do mar, pensamentos aparecem e somem como seixos. o desgaste de obras literárias não é só material. a morte pertence à economia da vida. arte que não morre não se regenera, não vive. do cavalo fotografado que se fez *macromassa* no processo químico da revelação vêm as imagens perpetuadas pela fotografia. recolhidos na *fatuografia/ fr: etereografia* (*fadograph*), registro inconsistente, imagens do que já foi, dispõem-se ao poder da imaginação. esteja a fotografia ligada à morte; visto que imobiliza, sendo constituída da materialidade precária das coisas que passam (*fade*), participa da vida. a areia (*sand*) suga a tinta, seca a página, modifica-lhe o rosto. o pecado (*sin*) original é este. *pó pecante* em lugar de *pó secante* surte efeito igual? perdida a inocência, fica o pecado. pó pecante reveste o adão que, expulso do paraíso, nos contamina. sem pecado, nada acontece. o pó pecante suga e transforma o que a tinta registrou. podemos contentar-nos com o aparente ou devemos a partir de rastros recompor a imagem dos que passaram? marca é mácula, pecado, vida. ínfimas são as naus portuguesas que abrem a epopeia das grandes navegações, modestas são as fontes da ousada aventura de *finnegans wake*: uma carta, boatos, fofocas. qual é a relação de belinda com shem, o escritor? não se confundem. a galinha maravilhosa fornece-lhe a matéria prima: ovos, detritos... a forja, a lapidação, a culinária, a alquimia são obra de shem. os dois momentos se integram. em lugar de inspiração, a coleta do que a vida deixou. toda construção é precedida por um persistente trabalho de desconstrução. restos se amontoam na moradia de todos, mas no depósito do escritor dejetos aguardam restauração. modelo da criação artística é o alquimista — transformações misteriosas, perigosas, proibidas, diabólicas. experimentação sem regras. resultado: um mundo diferente do percebido. risco? ouropéis. literatura é *lixeratura*. o que desejávamos resolvido permanece enigmático: a natureza e a autoria do texto que serve de base ao livro que temos em mão. que nos pode oferecer um livro que não está seguro de suas próprias origens? em lugar de resposta a dúvidas, somos convocados a trabalho hercúleo, à elaboração de uma obra construída sobre sinais de fumaça, manchas na água. é como se *finnegans wake* ainda não existisse, como se entrássemos no gabinete do escritor no instante da elaboração, quando tudo ainda se encontra indefinido. *finnegans wake* existe? é livro? esta é a dúvida. tudo indica que não passa de um volumoso projeto. escrever é despertar. despertar é ler. escrever, ler e traduzir já não se distinguem, convergem em *to wake* (despertar, velar). quem lê escreve. à medida que lemos, traduzimos, e, ao traduzirmos, passamos do *finnegans wake* ao *finnicius revém, ao finnegans rivolta*. o rio que nasceu em *joyceoleto* cava leito em outras línguas, outros modos de dizer e de pensar. o vigor do original, revigorado na língua que o acolhe, contorce a sintaxe, restaura a inventividade infantil aquém e além do sistema. sob o impacto do *finnegans wake. finnicius revém, finnegans rivolta* inauguram outros discursos, rogam ingresso nos muitos que a língua portuguesa em sua longa história por idades e continentes já produziu. como a leitura de uma obra inventiva não se encerra, a tradução representa um momento na sucessão de muitos sem alcançar repouso. eggspelido /fr: extraviado. no sono que intervala o trabalho elaboram-se contestações, alterações, associações. em lugar de certeza, transições, traduções, *traiduções*. respondemos afirmativamente ao desafio de ler, de traduzir, estamos na condição de milicianos suíços que beijavam o solo e lançavam pó sobre o ombro esquerdo antes de enfrentar o adversário. lidar com textos é entrar no campo de batalha. admitamos dificuldades e riscos. entregar-se à aventura textual não é trabalho inútil. nomes próprios, joyce, o transgressor, os modifica sistematicamente. arranca-os dos referentes. torna-os, no baile dos significantes, originários de imprevistas significações. a mudança dos nomes não afeta a constância da vida, atesta a vida das línguas. nomes, livres de suportes, cavam seus próprios leitos, rumam no roteiro das runas. fatos são fatos, fixos, concluídos. interligamos fatos no fluir. interligadas, palavras expostas a outras dizem o que ainda não se disse: formam, diferem, crescem, geram, morrem, transitam, traduzem. são organismos. enquanto conflitos extinguem contendores, a vida pulsa. ela escreve histórias nos corpos que passam. mesmo que não seja definitiva a luz que textos emitem, ainda assim iluminam. esta é a sorte da *filofosia*. o *filófoso* é um enamorado da luz terrena, provisória, parcial. o *filófoso* se distingue do filósofo, enamorado do sol que brilha além de todo o visível. o *filófoso* se contenta com achados pequenos, com precárias áreas iluminadas. a filosofia, na ambição do saber total, pode levar à loucura, *filouquecer*. o *filófoso* evoca o porco, animal que fuça a terra, trabalho imundo, vital, sem fim. sinais, seja qual for o sistema a que pertençam, anunciam ausências. o ausente vive na celebração do discurso. representação nenhuma poderá pretender equiparação ao objeto representado. isso já ensinava platão. fantasmagórico é o universo verbal. faça-se a afirmação que se fizer, ela será sempre traidora, prostituída, por mais fiel que pretenda ser. no caso da carta encontrada por belinda — assim se chama a galinha — a dúvida corrói certezas no todo e em cada uma das partes. como atribuir garantia a fatos transmitidos por telefone? telefônicas são, em *finnegans wake,* todas as informações vindas de vozes que não nos falam diretamente aos ouvidos. vozes que vêm de experiências recentes, da infância, de outros séculos, de civilizações remotas, de inquietações que afligem o homem nos alvores da espécie. certa, só a autoria. será? até esta garantia, enfaticamente afirmada, sofre abalo. por mais rigorosos que pretendamos ser, somos capnomantes, procuramos dar sentido a imagens movediças desenhadas no ar pela fumaça. capnomantes ou infusionistas, intérpretes de manchas que folhas de chá deixam na água quente. todos os intérpretes de sinais estarão na categoria de capnomantes e infusionistas. sérgio medeiros é um deles. os traços de sérgio desprendem-se das coisas, enovelam-se como o fumo, inventam outro idioma, transfiguram o alfabeticamente pensado em outra língua, língua de mudos, mundo em que o pensado se transforma em imagem, sérgio refaz o *panaroma*, o *panassoma*, aparece o panorama em outro patamar, pata que é mar, ar, risco. a carta examinada dança nas águas turbulentas da mente como que guardada no fundo de uma garrafa atirada ao mar. feminina é a origem da escrita. a mulher [*ishah*] ishahscreve: escreve [*schreiben*] e grita [*shreien*]). o grito, na parturiente e no infante, anuncia a aurora da vida. a mulher escreve no seu próprio corpo. a concepção, a gestação e o nascimento deixam marcas nela. ela é carta que sustenta cartas, a vida que origina vidas. o nascimento é queda que repercute na sucessão das quedas. diante do texto de origem feminina, estamos na situação do *hce* seduzido pela fonte da vida. os furos que se alargam na página carcomida mostram o corpo dançante de lilit, o primeiro esboço de mulher, a pecaminosa, a sedutora. belinda, pode ser *mera marcela*, fr:marcella majestade anã, sombria, misteriosa, louca, *mermestriz em arthes,* misto de meretriz, mestre e atriz em coisas relacionadas com o misterioso rei arthur, fr: *misthress das arths*. a carta não é documento *anomoroso* (não é anômalo nem anormal nem sem amor nem anônimo), foi assinada por uma pessoa irresponsável, vestida de *toga garotilis* (hipotética toga de garotas, fr: *toga giritilis*) em lugar de *toga virilis* (toga usada por adultos). quantos constatarão que ela não se reduz à ostentação de vestes como as que cobrem o corpo de nut, o firmamento? nossos sentidos estão adaptados a *finnegans wake*? temos ouvidos e não ouvimos, olhos e não vemos, mãos e nada apalpamos? o texto desperta os órgãos que o decifram. a reeducação dos sentidos deverá preparar-nos para experiências oníricas. no sonho outros olhos e outros ouvidos se abrem para imagens e sons não menos verdadeiros. com outros dedos apalpamos outra pele. o sonho faz do panorama *panaroma*. o que ao despertar submetemos à sintaxe convencional vem de outra cena, pertence a outra língua. os que narram visões noturnas falam franco em turco. experiências subterrâneas não se aclaram à luz do dia. o trânsito de informações requer polidez mais do que vigilância policialesca. ligações sutis operam contra a rigidez de princípios aristotélicos. considerem-se três momentos: o sonho, o relato do sonho e a decifração. esta última operação requer paciência. observações jocosas, frases soltas podem desempenhar função relevante na engrenagem da máquina universal em que, querendo ou não, funcionamos. a carta que estamos lendo, o livro que temos na mão, é uma *epiepístola,* a epopeia da humanidade em forma de epístola. haverá ócio para decifrar este negócio? mistura de preto e branco, a escrita não poderá reduzir-se a preto no branco. o texto se alarga esburacado. híbrido é o texto em que preto e branco, verdade e mentira se enredam. não há como derivar puro de híbrido. mácula na linhagem, como shem, *finnegans wake* é *outlex,* fora da lei (*lex*), fora do léxico, *ilexical.* leis conferem legalidade à língua. estrangeirismos, solecismos, neologismos, burlando a vigilância, pleiteiam reconhecimento. imprevisíveis são as artimanhas da *escruta* (escrita + escuta). o fora da lei é ameaça aos que vivem na lei. a escrita sabe corromper o legado de outras gerações, emprestando ao consagrado inusitada *indentidade.* a arte de escrever mantém as marcas da exclusão, vigor híbrido para o bem dos que excluem. que seria dos que vivem na legalidade sem a agressão do fora da lei? a atmosfera se tornaria irrespirável. o fora da lei oxigena o ar. como traduzir um texto *ilexical,* que, rebelde a limites, se expande em idioma universal? traduzi-lo para uma língua particular é efetivamente traição. mas não falamos língua universal, nem falamos a língua dos outros. falamos a nossa língua, o nosso idioleto. este é o ponto de chegada e ponto de partida. daqui vamos àqueles com quem nos comunicamos todos os dias, aos do nosso grupo linguístico, aos que pertencem a outros grupos, ao universo. traduzir carreia problemas. não há correspondências entre uma e outra língua. a língua literária repele subordinações. as decisões do texto criativo são imprevisíveis. haroldo de campos: só os textos intraduzíveis merecem ser traduzidos. traduzir joyce significa revitalizar um texto em estado de deterioração, ativar o ciclismo viconiano. sem tradução, impera a letargia. a alquimia presente na produção deverá orientar quem traduz. no segundo capítulo, deparamos *nightplot*. como, pela manhã, as secreções são depositadas no vaso noturno (*nightpot*), o que resta de experiências oníricas é recolhido em narrativa noturna (*nightplot, fr: crônicas noturnas da manhã*). para acompanhar a artimanha de joyce, a alquimia linguística nos leva a criar *varso* (verso+vaso) *nocturno*. a fim de acentuar o escuro da narrativa, propomos *nocturvo* (nocturno+turvo) *varso nocturvo*. a tradução dessacraliza. a sacralidade de uma língua não perdura na tradução. sucessivamente sagrados foram o hebreu, o grego e o latim. as línguas nacionais, sucessoras das línguas universais, aspiravam dentro e fora das fronteiras à devoção que cercava os idiomas que arregimentavam povos. o contínuo trabalho de traduzir evita a restauração do respeito sagrado. ousando dizer de outra forma o que se tem por lapidar, a irreverência do tradutor macula o sagrado, frustra o projeto da língua soberana, única. babélico é o trabalho do tradutor. a tradução pode não se dar. passagens resistentes requerem tratamento cuidadoso. ninguém determinará dia e hora para a tradução acontecer. tradução não é só a recuperação do que foi dito em outra língua, é a invenção de uma linguagem que afeta a língua receptora. *finnegans wake* não esconde núcleo pétreo, imóvel. indecisos como as criações de salvador dali, monumentos se decompõem, imagens escorrem, conceitos transgridem fronteiras. a verdade do livro está no fluir, na transição, na tradução — alquimia. minha pátria é a língua portuguesa, disse fernando pessoa. observe-se, entretanto, que o escritor, ao transgredir, provoca o estranhamento, opera como estrangeiro. vive dentro e fora da língua. toma distância para reorganizá-la. jacques lacan dirá que, depois de joyce, a língua inglesa não existe mais. dirce diria, dirce dirá, dirce disse — dir-se-ia — que o idioma de finnegans wake é inglês: a sintaxe é inglesa, o vocabulário é predominantemente inglês. lacan negou ser lacaniano, preferia ser freudiano, lacan pode não ser lacaniano, mas é lacônico. importa falar onde lacan silencia. entre o sim e o não, fiquemos joycianamente com o sim e o não. james, nacionalista irlandês, revolucionário, implodiu a língua imperial, a língua universal, levou a língua inglesa ao blá blá blá infantil. foi esse o seu jeito de despertar do pesadelo da história, do peso cultural, político e linguístico inglês. só posso ser inventivo na minha própria língua. se minha pátria é a língua portuguesa, tenho o direito de me rebelar contra o imperialismo português, à maneira do sul-africano fernando pessoa. em francês pessoa é *personne,* em francês *personne* é ninguém. como ulisses sou todos e ninguém. como james joyce os tradutores de *finnegans wake* são revolucinários, descem às nascentes da língua portuguesa para reinventá-la na esteira de camões, josé de alencar, machado de assis, mario de andrade, simões lopes neto, guimarães rosa, clarice lispector, joão cabral... a língua portuguesa habituou-se à tradição dos abalos. quem habita a língua portuguesa, move-se num organismo em transformação. a transgressão, o estranhamento, o exílio, a vertigem é a vida da língua portuguesa. quem a elegeu como pátria, vive perplexo. os tradutores de joyce já quebraram a barreira da dezena, são mais de dez. estamos em guerra, estamos em *war,* estamos em werra, em vera werra *eis tous aionas ton aiónon, per saecula saeculorum,* para sempre e sempre deixem as águas rolar, as águas vão rolar. amém, com bênçãos joycianas de donaldo schüler

APRESENTAÇÃO
Dirce Waltrick do Amarante

Bem-vindos ao *Finnegans Wake*

> *E o que escrevo é uma névoa úmida. As palavras são sons transfundidos de sombras que se entrecruzam desiguais, estalactites, renda, música transfigurada de órgão.*[1]
> Clarice Lispector

O escritor irlandês James Joyce (1882-1941) havia acabado de escrever *Ulisses* (1922), e se inquietava com a censura imposta à obra e com os problemas de vista, quando começou a escrever seu último romance *Finnegans Wake* (1939), conforme se lê em uma carta enviada de Paris, em 11 de março de 1923, para Harriet Shaw Weaver, sua editora e mecenas:

> Cara senhorita Weaver: fico feliz em saber que o recente acontecimento na sua família é dos mais auspiciosos. Obrigado por enviar o livro para o meu irmão mas por que esses exemplares não estão numerados? É normal? Deploro saber que outros 500 exemplares foram apreendidos. Imagino que isso significa a perda e a ruína de metade de toda a edição.[2] Seria lhe pedir muito que me enviasse por carta registrada um

---

[1] LISPECTOR, Clarice. *A hora da estrela*. Rio de Janeiro: Rocco, 1998, p. 16.
[2] Trata-se de exemplares de *Ulisses* da edição de Londres-Paris do outono de 1922 (edição da Egoist, impressa na França). Ao todo 499 cópias da edição foram apreendidas e confiscadas pelas autoridades da alfândega de Folkestone, Inglaterra. "Metade da edição" é um engano, uma vez que esta era de 2.100 exemplares, e não de 1.000 apenas. A edição que Sylvia Beach propôs a Joyce em 1921 era, de fato, de 1.000 exemplares, e se esgotou no verão de 1922. A edição de Weaver, porém, previa inicialmente 2.000 exemplares, e saiu com 2.100 exemplares, em 1922. Enviados pelo correio aos Estados Unidos, de 400 a 500 exemplares foram queimados pelas autoridades daquele país; em janeiro de 1923, uma edição de 500 exemplares foi feita para substituí-los. Pouco depois, 499 exemplares dessa edição foram apanhados pelas autoridades da alfândega inglesa, justamente em Folkestone. Um exemplar, porém, foi enviado a Londres com sucesso pelo correio. Depois disso, como declarou Weaver, "o livro foi banido da Inglaterra".

exemplar de *La Tribuna* com o artigo do sr. Cecchi,[3] pois estou cético quanto à chegada de outro exemplar. Vou mandá-lo de volta. A senhorita Beach me conta que o sr. Powys Mathers lhe disse que saiu um segundo ataque a *Ulisses* no *The Sporting Times* dizendo que a segunda [edição] podia ser comprada por 10 xelins. Muitos leitores daquele admirável jornal lhe enviaram ordens de pagamento. Continuo o tratamento com dionina com o dr. Borsch. Estou certo de que você está me repreendendo pela minha covardia e procrastinação. Eu admito no começo mas agora é por sugestão do dr. Borsch que prossigo e embora ele não tenha aumentado a dose minha vista está melhorando lentamente. Tive uma longa conversa com ele uma tarde dessas. Ele disse que se eu tivesse concordado em ser operado em maio[4] com toda a probabilidade eu teria perdido a visão do meu olho completamente. Ele disse que eu não tive nenhum glaucoma agudo (para o qual uma cirurgia é necessária dentro de vinte e quatro horas) e o provou dizendo que nunca tive nenhuma tensão digna de menção desde que passei a me consultar com ele. [...]. Ontem eu escrevi duas páginas — as primeiras que escrevi desde o *Sim* final de *Ulisses*. Tendo encontrado com certa dificuldade uma caneta eu as copiei com uma caligrafia grande numa folha dupla de papel almaço para que eu pudesse lê-las. *Il lupo perde il pelo ma non il vizio*, dizem os italianos. O lobo pode perder sua pele mas não seu vício ou o leopardo não pode mudar suas pintas.[5]

A duas páginas a que se refere Joyce foram inseridas, em um formato ampliado, no final do terceiro capítulo do livro II de *Finnegans Wake*, mais especificamente na página 380.

Durante os 17 anos que levou para escrevê-lo, de 1923 a 1939, Joyce se referia a esse trabalho como *Work in Progress* (Obra em andamento). O título definitivo, *Finnegans Wake*, só foi conhecido depois de seu ponto final. Cabe recordar, contudo, que em junho de 1938 Joyce desafiou alguns poucos amigos, entre os quais Samuel Beckett, Léon Paul-Fargue e Eugène e Maria Jolas, a adivinhar o nome de sua nova obra. Maria Jolas teria se aproximado ao afirmar que o romance se chamaria *Fairy Wake*, mas Joyce disse que faltava alguma coisa. Em

---

[3] O crítico e escritor italiano Emilio Cecchi escreveu um breve artigo sobre *Ulisses* no jornal de Roma *La Tribuna*, em 2 de março de 1923.

[4] Em maio de 1922, Joyce teve um problema severo na vista.

[5] JOYCE, James. *Cartas a Nora*. Organização e tradução: Dirce Waltrick do Amarante e Sérgio Medeiros. São Paulo: Iluminuras, 2018, p. 80-81.

2 de agosto, depois de o casal refletir, Eugène Jolas lançou o título *Finnegan's Wake*, com apóstrofo. Joyce pediu que guardasse segredo até que terminasse o romance.

Com o apóstrofo, *Finnegan's Wake* é o título de uma conhecida balada do século XIX, de origem incerta; acredita-se que seja américo-irlandesa. A balada conta a história de um servente de pedreiro, Tim Finnegan, que cai da escada, quebra a cabeça e morre. Mas no seu velório, tipicamente irlandês, em que os convidados comem e bebem, inicia-se uma briga e, no tumulto, gotas de uísque caem no morto, que retorna à vida.

Segundo Joyce, o título da balada revelaria muito de seu novo livro, o qual, todavia, foi intitulado *Finnegans Wake*, sem apóstrofo. Na balada se encontram alguns elementos centrais que serão desenvolvidos no livro: o enredo cíclico, a morte e a ressurreição do herói, a comicidade como tom geral e uma mescla de ingredientes lúdicos e obscenos, além da descrição de um funeral tipicamente irlandês.

O nome do protagonista da balada, Tim Finnegan, estaria associado ao nome do herói irlandês, o gigante nacionalista Finn MacCool, líder dos fenianos, os guerreiros irlandeses. Diz a lenda que Finn MacCool foi enterrado no Cabo de Howth, mas que seu corpo era tão grande, que sua cabeça ficava num lugar, sua barriga noutro e seus pés no Phoenix Park. O romance de Joyce, aliás, se passa em três lugares: em Chapelizod, um bairro de Dublin à margem do rio Liffey, no Phoenix Park e no Cabo de Howth.

Se *Finnegans Wake* começa narrando a morte e a ressurreição de Tim Finnegan, o herói da balada, logo depois, o livro se configura como o relato de um sonho, possivelmente de HCE (*Here Comes Everybody*), uma das reencarnações de Tim Finnegan e de Finn MacCool, como se lê na página 32 do romance, aqui em tradução de Afonso Teixeira Filho:

> Vem à baila o grande facto de que, despois daquela data histórica, todos os hológrafos até então exumados iniciados por Arãofredo trouxeram a sigla H.C.E. e, por quanto ele era o bom macrupanta de sempre, bom Duque Unfredo para a faminta laboreira de Lucalizode e Chímbrio, a qual era certamente uma virada prazeirosa da populaça, que lhe deu como sizo daquelas missivas narrativas a alcunha de Hoje Compareçem Esses.

O fato é que Joyce concebeu seu livro como um sonho; e como em um sonho, há associações de ideias, sobreposições de fatos históricos e ficcionais, união de passado e presente. No universo onírico não existe precisão: as personagens e as narrativas entram em metamorfose, se confundem, se entrelaçam. Por isso mesmo, não se pode esperar clareza de *Finnegans Wake*: "É natural que as coisas não sejam tão claras durante a noite, não é mesmo?", dizia Joyce.

A língua também se move nesse sonho que é, como dizia o autor, uma espécie de "história universal", que extrapola em muito o enredo da balada que lhe deu origem e na qual todos narram e cada um conta os fatos à sua maneira. Em *Finnegans Wake*, a língua também não é uma só. Obviamente o inglês é a língua predominante do livro, pois é a língua-mãe do escritor (o primeiro sonhador), que falava, porém, outros idiomas, pois morou na Itália, Suíça e França, e teve contato com várias línguas além do francês, do italiano, do alemão, do irlandês e do latim, lembrando que o escritor, aos setes anos, foi estudar em um colégio de padres jesuítas. Mas quem sonhar com Joyce também vai encontrar ecos de sua própria língua, o que faz com que *Finnegans Wake* seja um livro que dá as boas-vindas aos estrangeiros, que acolhe o outro (*Here Comes Everybody*). Em *Finnegans Wake*, emergem aproximadamente 60 idiomas.

Joyce afirmava que ele não poderia escrever sobre a noite usando a língua e as palavras em suas ligações habituais. Mas há de se destacar que, no livro, as sentenças são escritas numa sequência normal, ou seja, a do inglês padrão, numa definição ampla (sujeito, verbo e objeto), ainda que os verbos nem sempre estejam conjugados de forma gramaticalmente correta.

Em *Finnegans Wake*, a invenção está na palavra e no protagonismo que o ouvido ganha (ao lado do olho, obviamente), conforme falarei à frente.

Para alcançar o experimentalismo linguístico que almejava, o escritor lançou mão de vários recursos como trocadilhos e palavras-valise, as quais unem duas ou mais palavras numa só, algumas delas de diferentes idiomas.

Esses recursos, entre numerosos outros, reforçam o que Joyce queria dizer em *Finnegans Wake*: "cada parábola abarrega setuadas sumíticas leituras por tôdolo livro de Dublímane Fimórdio", como se lê na página 20 em tradução de Teixeira.

São muitas as palavras-valise ao longo do livro, muitas compostas de duas ou mais palavras com sentidos opostos como, por exemplo, *laughtears*, uma junção da palavra *laugh* e *tears*, algo como lagrimas-sorisso, traduzido aqui por Fedra Rodríguez por "lagrimarrisos" [259]. Esses opostos e duplicidades enfatizam a ideia de que não há uma verdade, mas verdades a serem contadas. Portanto, nada é exatamente preciso, tudo e todos contêm contradições. Em tempos de extremismo, a força da narrativa joyciana ganha, parece-me, ainda mais relevância.

Outro recurso usado por James Joyce é o *soundsense*, vocábulo formados por uma associação de inúmeras letras, cujo significado talvez só possa ser devidamente decifrado numa leitura em voz alta. Um exemplo de *soundsense* é o barulho do trovão que aparece já na primeira página do romance e encapsula a palavra trovão em várias línguas, que na tradução ora apresentada ficou assim:

> Itukóvitiohochjetlhinganwadichjeqavbotlhtaghjepitlhwadich-qunchenmohterajechalñanderuetewaptokwazawr!

A propósito, o barulho do trovão representaria, entre outras coisas, a voz de Deus e a queda de Tim Finnegan, assim como a ebulição da linguagem padrão e o início de um novo período. Vemos aqui a influência do filósofo italiano Giambattista Vico, segundo o qual a linguagem falada teria começado com sons onomatopaicos.

No meio desse caos sonoro, Joyce não deixa seus leitores abandonados; um dos conselhos que ele nos dá é: "se em dúvida, leia em voz alta". Muitas vezes, seu livro pede que o leitor ouça o que os olhos veem, pois, segundo o escritor, "ouvir lança uma diferente luz". Diferente, mas não única.

Na página 593, lê-se, na minha tradução: "Cê sonda wahriados assuntos. Névoa do mar do leste pro Ossiano. Houve! Houve! Tass, Patt, Staff, Woff, Havv, Bluvv e Rutter. A nébula tá liventando".

No texto de James Joyce, no lugar de "houve", há um *here*. Assim, os olhos veem o advérbio de lugar *"here"* (aqui); já o ouvido capta também o verbo *"hear"* (ouvir). Visão e audição caminham lado a lado nesse e em outros excertos do livro. Em português se vê "houve", mas se escuta também o verbo ouvir na terceira pessoa do presente do indicativo (ela/ele ouve) ou na primeira pessoa do imperativo (ouve tu).

Na página 409, em tradução de Aurora Bernardini, há um alerta para os olhos e ouvidos: "Ouça! Ouça! Não, ele não. Olhe! Olhe! Pois eu estou no coração da coisa".

Como os leitores estão acostumados a ver quando leem, Joyce acaba enfatizando a audição em muitas passagens do *Finnegans Wake*. Somos aconselhados na página 201, na minha tradução, que devemos ouvir o que o livro tem a dizer: "(Agora ouve. Tá ouvindo? Sim, sim! É claro quitou! Sê toda ouvidos. Deixossom trar)".

Mas, afinal, o que o livro tem a dizer? O que ele narra ou qual é a sua história?

Para um amigo, Joyce resumiu assim a trama básica de seu romance: é a história de uma pequena família que vive em Chapelizod. Mas, para outro amigo, o autor de *Ulisses* explicou melhor:

> eu poderia facilmente ter escrito essa história na maneira tradicional. Todo romancista sabe a receita. Não é muito difícil seguir um esquema simples, cronológico, que os críticos entenderão. Mas eu, afinal, tento contar a história dessa família de Chapelizod de uma maneira nova. O tempo e o rio e a montanha são os verdadeiros heróis do meu livro. Mas os elementos são exatamente o que cada romancista poderia usar: homem e mulher, nascimento, infância, noites, sono, casamento, oração, morte. Não há nada paradoxal nisso tudo. Apenas tento construir muitos planos de narrativa com um único objetivo estético.[6]

Joyce afirmava ainda que seu romance narrava o sonho do gigante Finn MacCool, que, deitado moribundo à margem do rio Liffey, observa a história da Irlanda e do mundo, seu passado e futuro.

O fato é que não se pode reduzir *Finnegans Wake* a uma trama (Joyce falava em tramas), nem falar do seu enredo sem compreender a lógica e as imprecisões do sonho.

Finnegans Wake não possui um enredo linear. Tampouco se pode falar em enredo no singular; o que existe no livro são, como disse Margot Norris, "múltiplos fios narrativos: todos dispersos no meio de pequenas cenas, histórias, fábulas, diálogos, anedotas, canções, rumores e brincadeiras, que muitas vezes são versões umas das outras,

---

[6] ELLMANN, Richard. *James Joyce*. Tradução: Lya Luft. São Paulo: O Globo, 1989, p. 684.

e que são todas versões dos conflitos de uma mesma família". [7] É essa família que amarra esses fios narrativos.

A família central é composta de cinco membros: Humphrey Chimpden Earwicker (HCE), sua mulher Anna Livia Plurabelle e seus filhos Shem, Shaun e Issy. Todos eles em constante metamorfose, ora têm um nome, ora outro, por vezes são heróis como Finn MacCool, outras vezes, contudo, são montanhas, rios, nuvens, como HCE, Anna Livia e Issy respectivamente.

O patriarca é acusado de um crime de cunho sexual, e Anna Livia tenta defendê-lo. A relação dos pais vem à tona e os filhos se envolvem na trama (drama) dos pais. Eles são quase seus duplos. Porém, essa trama (drama) geral, entrecortada por muitas outras e a mistura de línguas, pode levar o leitor a tirar ora uma conclusão ora outra, ou não chegar à conclusão nenhuma; afinal, como se lê na página 15, em tradução de Teixeira: "Os babeleiros e suas telangas motas foram (confusi-os!) eles vieram e se foram".

Finnegans Wake é um livro que exige uma outra forma de leitura, que não aquela a que estamos acostumados. Ele pede um leitor performático, que cante suas linhas, que não se preocupe em "entender" o todo, pois o livro é feito de fragmentos, é uma colcha de retalhos, cada retalho tem característica e história próprias, cada palavra é um cosmo ou "caosmos", como se lê na página 118, em tradução de Daiane Oliveira.

Então, escutemos Joyce de olhos abertos!

***

---

[7] NORRIS, Margot. *Finnegans Wake*. In: ATTRIDGE, Derek (ed.). *The Cambridge Companion to James Joyce*. Cambridge: Cambridge University Press, 1997, p. 164.

Uma tradução coletiva

> *Convenci-me de que aquela era a língua mais fácil do mundo e saí.*[8]
> Lima Barreto

> *Como nenhum de vocês sabe javanês darei toda a minha livre tradução da velha parábola do fabulista.*[9]
> James Joyce

Sylvia Beach, responsável pela publicação de *Ulisses*, dizia que Joyce comparava a história à brincadeira do telefone sem fio, na qual alguém sussurra alguma coisa no ouvido da pessoa ao lado, que a repete não muito perfeitamente para a próxima pessoa, e assim por diante; quando a última pessoa escuta, a frase surge completamente transformada.

Parece-me que Joyce levou essa brincadeira para a sua ficção. Em *Finnegans Wake*, ele diz, na página 5, em tradução de Teixeira, que "Deve perfazer agora mil e uma estórias conhecidas e parecidas".

Além disso, destaca-se que *Finnegans Wake* é uma grande fofoca: tudo gira em torno de um possível crime cometido por HCE. Ninguém tem certeza de nada, e cada um que conta a história conta de uma forma diferente. Afinal, lê-se na página 440, em tradução de Aurora Bernardini: "Aplique seus cinco saberes às quatrúltimas verdades".

Instigada pelo próprio Joyce e pela fofoca que emerge em *Finnegans Wake*, foi que decidi empreender uma tradução coletiva em 2016. Cada tradutor ficou responsável por um ou mais capítulos do livro. As traduções foram feitas quase ao mesmo tempo e, idealmente, cada tradutor contaria a sua versão da história para os outros. Como uma boa fofoca, de conto em conto aumenta-se um ponto, ou diminui-se.

Mas os olhos não podiam ficar de fora; Sérgio Medeiros traduziu em ilustrações cada uma das quatro partes que compõem o livro.

Portanto, há muitas vozes nesta tradução, muitos pontos de vista e diferentes interpretações da história joyciana. Se uma voz masculina

---

[8] BARRETO, Lima. *O homem que sabia javanês e outros contos*. Seleção de textos: Maura Sardinha. Ilustrações: Maurício Veneza. Rio de Janeiro: Edições BestBolso, 2012, p. 11.
[9] JOYCE, James. *Finnegans Rivolta*. Tradução: Luis Henrique Garcia Ferreira, p. 152 "As none of you knows javanese I will give all my easyfree translation of the old fabulist's parable".

"começa" narrando a história (que não tem começo, meio nem fim, pois é circular), é uma voz feminina que "termina" o livro.

Os tradutores são todos estudiosos de Joyce ou das vanguardas de um modo geral. Cada um traz uma bagagem cultural que se revela em suas escolhas tradutórias. Há capítulos mais solenes, outros mais descontraídos; alguns mais enfaticamente eróticos, outros menos; e há também capítulos que destacam a história na Irlanda de Joyce, da época de Joyce, e outros que mesclam a história da Irlanda com a do Brasil contemporâneo.

Essa multiplicidade de vozes revela também as diferentes leituras que se pode fazer do livro, que na verdade é sisudo e cômico, erótico e pornográfico, que conta a história da Irlanda, que simboliza os muitos países colonizados.

Espera-se para muito em breve as traduções na íntegra do romance assinadas por Afonso Teixeira Filho, Caetano Galindo, Luis Henrique Garcia Ferreira e Vinícius Alves. Serão mais quatro traduções novas que se somarão à tradução na íntegra de Donaldo Schüler e a esta concebida pelo "Coletivo Finnegans", formado por Afonso Teixeira Filho, Andréa Buch Bohrer, André Cechinel, Aurora Bernardini, Daiane Oliveira, Dirce Waltrick do Amarante, Fedra Rodríguez, Luis Henrique Garcia Ferreira, Sérgio Medeiros, Tarso do Amaral, Vinícius Alves e Vitor Alevato do Amaral.

Há que se recordar ainda que fragmentos da obra já foram traduzidos por estudiosos e amantes do escritor irlandês; os mais famosos são sem dúvida os de Haroldo e Augusto de Campos, que, no livro *Panaroma de Finnegans Wake*, se dedicaram a verter alguns "momentos mágicos" do romance. Eu mesma traduzi fragmentos do livro que "unidos" contam um dos muitos fios narrativos da obra, numa proposta diferente da dos irmãos Campos. Esse "experimento" pode ser lido em *Finnegans Wake (por um fio)*. Além disso, traduzi na íntegra o capítulo VIII do romance. A tradução desse capítulo integra o volume *Para ler Finnegans Wake de James Joyce*. Excertos do livro também foram traduzidos por Afonso Teixeira Filho, Caetano Galindo, Paulo Leminski, Arthur Nestrovski, Renato Pompeu, entre outros, e publicados em jornais e revistas.

***

O título

> *Admitida a tese da impossibilidade em princípio da tradução de textos criativos, parece-nos que esta engendra o corolário da possibilidade, também em princípio, da recriação desses textos.*[10]
>
> Haroldo de Campos

Será que podemos comparar o leitor de um texto traduzido ao narrador do conto "A dama no espelho", de Virginia Woolf, o qual, "das profundezas do sofá na sala de estar [...], podia ver refletidos no espelho italiano não apenas a mesa com tampo de mármore do lado oposto, mas também [...] uma longa trilha de grama que seguia por entre carreiras de flores altas até que, fazendo uma curva, a borda dourada a amputava"?[11] Viria o texto traduzido emoldurado em uma borda dourada, tal como o espelho de Woolf, de modo que algo dele sempre escape, ficando o leitor sem saber o que vem depois da curva? Refiro-me aqui particularmente à tradução de textos criativos, pois me pergunto se nesses casos poderia o texto traduzido dar conta de todas as imagens e sonoridades do texto de partida, ou se nele uma borda dourada impede o leitor de ver depois da curva.

Em *Finnegans Wake* o problema já começa com o título, ou seja, como traduzi-lo sem emoldurá-lo numa borda dourada?

Finnegan's Wake com apóstrofo é o nome de uma balada irlandesa tradicional, que, como se viu acima, conta a história de um pedreiro, Tim Finnegan, que cai da escada, morre e ressuscita em seu velório com uma gota de uísque. A tradução do título da balada poderia ser algo como *O despertar de Finnegan* ou *A vigília de Finnegan*. O uso de *Wake* como substantivo, levando-se em conta o enredo da balada, tem nítida essa dupla conotação: vigília (velório) e despertar.

Finnegans Wake, sem apóstrofo, dá novo sentido ao título da balada. Primeiramente cabe destacar que Finnegan é um sobrenome, e também um prenome, de origem celta, Fionnagán. Em gaélico, *finn/fionn* significa

---

[10] TÁPIA, Marcelo; NÓBREGA, Thelma Médici (org). *Haroldo de Campos*: transcriação. São Paulo: Perspectiva, 2013, p. 4.
[11] WOOLF, Virginia. *A arte da brevidade*: contos. Seleção e tradução: Tomaz Tadeu. Belo Horizonte: Autêntica, 2017, p. 81.

"louro, branco"; *án* é um sufixo diminutivo. Obviamente num livro como *Finnegans Wake*, que mistura muitos idiomas, e condensa duas ou mais palavras em uma, podemos pensar em *Finnegan* também como uma palavra composta: a junção dos vocábulos *fine*, do latim "fim", e *again*, do inglês "novamente".

Como sobrenome, Finnegans, com "s", englobaria todos os membros dessa família. Consequentemente, *wake* seria um verbo, que poderia ser traduzido por despertar, velar ou vigiar. Uma tradução literal do título para o português não daria conta das diferentes acepções da palavra *wake*, cuja duplicidade é o mote também da trama joyciana: *Os Finnegans despertam* ou *Os Finnegans velam*. Qual palavra em português equivaleria ao *wake*?

Vale lembrar que *wake* poderia ser também um sobrenome. *Finnegans Wake* seria, então, algo como *Os Joões da Silva*.

Finnicius Revém foi como Haroldo e Augusto de Campos traduziram o título de Joyce, o qual foi adotado por Donaldo Schüler. Nele temos *fim*, do latim, e *revém*, que lembraria o verbo *reveiller* (acordar) e *rêver* (sonhar) em francês, além do verbo vir, em português. Mas o que lembraria o nome da balada irlandesa e onde estariam o louro/branco da palavra *finn/fionn* em gaélico?

Afonso Teixeira Filho, em sua tese de doutorado defendida na Universidade de São Paulo, traduziu o título de Joyce por *Renatos Avelar*. Em Avelar, um sobrenome como Wake, está inserido o verbo "velar", mas não o despertar, que estaria de certa forma implícito em *Renatos*. É uma solução criativa, assim como a dos irmãos Campos, mas ela também não dá conta de todas as reverberações do título da obra joyciana: deixa fora do campo de visão do leitor, por exemplo, o título da balada irlandesa e os significados da palavra *finn/fionn* em gaélico.

A propósito, Renatos aparece nesta tradução já na página 04, na qual toma lugar de *Bygmester Finnegan*: "Renatos, grão mestre obreiro, tartamano de Alvanel, que mexia a massa na areia, morava na mais ampla via soidisante numa lústica longedícula aos messianjos semota suso juízos josuéticos numerar-nos ou Helvítico"

Mais adiante, nesta tradução conjunta, Renatos retorna muitas vezes como Finnegan.

Como já se falou, cada tradutor ficou responsável pela tradução de um ou mais capítulos do livro, mas quem traduziria o título? Eu havia pensado em *Finnicius Vaivem* e *Finnegans Rivolta*, título que acabou sendo adotado.

Finnegans preserva uma relação direta com o título de Joyce e com a balada. No romance de Joyce, Finnegans, no plural, significa que são muitos os Finnegans que morrem e despertam. Aliás, no romance, Finnegan está sempre em metamorfose, de modo que nunca é um só, mas vários. Por essa razão, preferi manter Finnegans no plural, como o fez Teixeira e os irmãos Campos ao optarem por Renatos e Finnicius respectivamente.

Sendo Finnegans um prenome, Rivolta poderia ser um sobrenome.

No entanto, se Finnegans se refere a um grupo de pessoas (membros de uma mesma família), rivolta seria um verbo. Rivolta vem da língua italiana *rivoltare*, que significa capotar, voltar novamente. Se o verbo em italiano concordasse com a terceira pessoa do plural, deveria ser grafado como *rivoltano* (*Finnegans rivoltano*); se fosse aportuguesado, teríamos "rivoltam" (*Finnegans rivoltam*).

Mas o verbo teria que concordar com a terceira pessoa do plural? Talvez não, pois a conjugação verbal nem sempre é respeitada por Joyce em *Finnegans Wake*. Vejamos como exemplo *he war* [258], *if you two goes* [445], *I wants to do* [409], *signs is* [275].

Importante na palavra rivolta é que ela encerra uma série de significados. O substantivo, em italiano, significa motim, revolta, insurgência. A escolha desse vocábulo tem a ver com o processo de tradução, a ideia de um coletivo, de um grupo de tradutores que se insurgem ao entendimento de que *Finnegans Wake* seria intraduzível, ou de que uma tradução conjunta poderia não ter êxito.

Rivolta pode ser lida também como uma palavra-valise, que contém a palavra "ri" e "volta". Com esta nova tradução, o livro de Joyce retorna para o português e retorna de forma humorada, trazendo à tona a comicidade do livro e a alegria contida no sobrenome do escritor *joy* (alegria, prazer, em inglês).

Além disso, "rivolta" lida em voz alta soa como revolta. Quanto ao prefixo "re", que estaria subentendido em "rivolta", significaria uma repetição (*Finnegans Wake* volta novamente em português); um reforço (o livro volta para reforçar a sua leitura); e um retrocesso (*Finnegans Wake* volta, nesta tradução, à estaca zero para ser novamente lido e interpretado).

Neste título, ficaram de fora, entre outras, as conotações do título joyciano, como o verbo velar ou o substantivo vigília/velório. Não há também menção aos significados que a palavra Finnegan contém em gaélico.

Outras sugestões surgiram ao longo do processo de tradução coletiva.

Em uma discussão inicial sobre a tradução do título, Sérgio Medeiros lembrou que, no terceiro capítulo do livro, "diz Joyce (ou alguém em nome dele), '(não vou contar estória nenhuma). Sorria!'. E a gente ri de volta, daí, *Rivolta*".

Vitor Alevato do Amaral também havia pensado na palavra "rivolta", pois, segundo ele, "voltamos e revoltamos, que é tempo de *rivoltare*, de rir e de voltar, de rir de volta, ir de volta etc.". Contudo Amaral preferiria *Finnegan rivolta*, "sem plural e com 'r' minúsculo". De modo que Finnegan seria o nome ou sobrenome do protagonista do livro e "rivolta" um verbo, do qual derivariam todas as reverberações acima.

Afonso Teixeira Filho fez diversas sugestões: *Finacius Revim, Caio Fincinius, Finatus Ameio, Finório Fiumin* (à moda de João Guimarães Rosa). *Renatos Avelar*, ele guardará para a sua tradução integral da obra. Cada um desses títulos incorpora jogos linguísticos, como palavras-valise, mistura de línguas, e está sempre em consonância com o mote da obra joyciana.

Tarso do Amaral teria optado por *Fininguém vivelório* (o viver e o velório de ninguém ou de todos) e Vinícius Alves por *Finnegans Finna*. Para André Cechinel, "uma outra possibilidade seria não o traduzir, uma vez que esse título está inevitavelmente inscrito como monumento na própria obra".

Essas diferentes possibilidades tradutórias só reforçam a riqueza do título adotado por James Joyce. Há, é certo, em todas elas, perdas e ganhos, razão pela qual volto a Virginia Woolf: o que vem depois da curva, aquilo que a borda dourada da tradução impede de ver, será sempre um enigma no texto traduzido. Enigma que não significa impossibilidade, ao contrário, que instigaria, a meu ver, outros tradutores a buscar a paisagem que ficou fora do espelho.

Obviamente, fica sempre aberta a possibilidade de uma tradução que dê conta de todos os recursos utilizados pelo escritor, ainda que este pareça não ser o caso de *Finnegans Wake*.

***

Ao final deste livro, cada tradutor falará de seu processo de tradução e de características dos capítulos traduzidos por ele.

No mais, "mundodiversimenso no Revelamento de Finnegan"!

***

Livros em português do Brasil sobre *Finnegans Wake*

AMARANTE, Dirce Waltrick. *Para ler Finnegans Wake de James Joyce*. São Paulo: Iluminuras: 2009.

CAMPOS, Augusto de; CAMPOS, Haroldo de. *Panaroma de Finnegans Wake*. São Paulo: Ed. Perspectiva, 1971.

_____. *Finnegans Wake/ Finnicius Revém*. Trad. por: Donaldo Schüler. Porto Alegre: Ateliê Editorial, 1999. v. 1. cap. 1.

_____. *Finnegans Wake/ Finnicius Revém*. Trad. por: Donaldo Schüler. Porto Alegre: Ateliê Editorial, 2000. v. 2. cap. 2-4.

_____. *Finnegans Wake/ Finnicius Revém*. Trad. por: Donaldo Schüler. Porto Alegre: Ateliê Editorial, 2001. v. 3. cap. 5-8.

_____. *Finnegans Wake/ Finnicius Revém* Trad. por: Donaldo Schüler. Porto Alegre: Ateliê Editorial, 2002. v. 4. cap. 9-12.

_____. *Finnegans Wake/Finnicius Revém*. Trad.: Donaldo Schüler. Porto Alegre: Ateliê Editorial, 2003. v. 5. cap. 13-17.

_____. *Finnegans Wake (por um fio)*. Org. e Trad.: Dirce Waltrick do Amarante. São Paulo: Iluminuras: 2018.

NESTROVSKI, Arthur (org.). *riverrun*: ensaios sobre James Joyce. Rio de Janeiro: Imago Ed., 1992.

FINNEGANS RIVOLTA

ADVERTÊNCIA

Esta tradução completa de *Finnegans Wake* traz entre colchetes e em negrito, no corpo do texto, números que indicam a página do original, a qual pode ser consultada em:
https://archive.org/details/finneganswake00joycuoft/mode/2up

I

1

fluminente, eventando o riocurso adante, do desrumo da fraga até à orla da angra, reavida por um vicomodado recirculoso, devoluta-se para a colina de Howth, o Castelo e o Entorno.
Seo Tristão, violamor, de marilanda alenavara, inda se não havia arrevultado a passo ancora da Armórica do Norte, no magristmo da Eiropa Menor, aonde isolou-se forâneo ao quersoneso afuleimar-se em penoso prélio: nem tão sóia as fragas d'alta serra despenhar pelo regato Oconina amealhando-se ao gargalho do concelho laurenciano ao passo que dublicavam a gorjeta abeternamente: nem a chamejada voz a taufolegar mexe mexe a crendospadre espetrufara inda não, embora evanesceu assim que o embuste não baldou discordeirar um velho isaque, suave cego: inda não, embora esteleja sinfeira a vanidade, as rútilas sestrelas lirigavam com o janota doizum. Depois de levedar um barril do velho malte do pai, Joanim ou Jocem fermentaram-no no arquilume e no cabo rórido para que o regialto aparecesse anelhures no renho d'áqua.
O derrumbe (itukóvitiohochjetlhinganwadichjeqavbotlhtaghjepitlhwadichqunchenmohterajechalñanderuetewaptokwazawre) do mural estrito outrora esparramou-se em velhas trovas do berço à tumba por toda a menestréria crístina. A enorme queda do muro acarretou nota mirim aluzindo à cadência de Avelar galego firme que na cupinlheira se acostou galevando incontinenti a murada pra esticar as canelheiras: e o prélio barral delas aponta ao nó do parque onde arâncias deitam-se a putrefar na relva em que o dublinás sobre a lívida aliviou-se. [3]

Com se lhutan ací enguenos talantes: ostrogagos arpelejando piscigodos! Bré qué qué quéch! Coach Coach Coach! Uálu Uálu! Uálu! Quauau! Onde baudelários partisões açodam o maltemástrico Malactius Micgranus e os Verdungos catapelam os canibalarísticos pra longe dos ornalbos de Testalta. Aríetes e mestromantes. Meu bum Deus, coitado de mim! Sanglorianos, ave! Braços pedem brados, aterrador. Mutámata: atolátribu, atolátribu. Quanta sorte, seres, quantos castros dareados arados! Quanta madamante pecaminhada por esgotos absolventes! Quanta abensão pêlo braço lusco que arremeda estronha palhavra ao atrampaiado já comprometido! Eis então como o estatelado encontrou o encardido pai dos fornicadores e (Ó minhas estelas brilhantes, meu corpo!) como foi purifraldado ceuberano o sinal celeste de suave advertência. Mas que sucede? Sisoldou? E as irmanantes? Os carvelhos de alto desturfam em paz, e onde cinis havia os olmos sonem. Se caizeres calar, falo para subires: e ninguém tão cedo deveria assim mesmo a fuarça das inimongináveis apressetar para finéxios seculares.

Renatos, grão mestre obreiro, tartamano de Alvanel, que mexia a massa na areia, morava na mais ampla via soidisante numa lústica longedícula aos messianjos semota suso juízos josuéticos numerar-nos ou Helvítico, que do pecado deu ter o nome, (outro dia consternado, jogou a cabeça com tudo na bacia para augurar o fático futuro, mas antes que ele a retirasse de lá com suifciente celeridade, devido ao podor mosasco, a própria água seviparou-se e todos os guinerosos convivas rumaram exsuldados só para mostrar que judeito torajoso ele era!) e durante anos já venidos, com seu cocho e cimento, esse homem construiu edifícios na Aldeia Alterna, edefecado ensina destercas supra a falda o agraço que escorrio ruanguerruando pela flúvia ourela. Esposou Analice, pícola sirigaita e apavorou a linda e pequena criatuba. Cingiu-a pelos laços cenos de brancas flores fraleditas. Semprora balbo, mitreu a testa, com diva trolha pega e a bata ebúrnea com que habitacularmente sementava, como Harum Criaderico Egberso caligulou por multiplicabos a altitude e a maltitude até vervir à puraluz do licor, onde a gema nasceu, a testova redonda, sina doutrora de levantar-se em camisa malsão acima (garantiago!), uma aranha-céu rendeira eifelgindo da mais entorrível cabeçoite, eiginando a troco [4] de nada e celescalando o mimelaiaí, hierarquiteticeterotal, com uma sarçardente no alto da torrefação e com ladrêncio gazúler surrupiateiramente a tomar a bel que tinha baixo.

Foi dele a primásia de despor as armas e ter nome. Chamou-se Vasílio Beblaievo Adamastor. Levava um penhacho em sua veneráldica em verte com turvantes ancilárias, argentinas; um cabralho pursuivante, hórrido, córnico. Seu escuto faixado por frecheiros tesos no lado primeiro e hélio na segunda. Cachaça é pro mixanga que mexe na enxada. Orrorrô, Seo Rei, logo serás Reinatos. Zegunda comédia zedo e o sor tá novinho em folha! E vinagradecer o tropeço de dormingo! Arrarrá, Seo Finatos, desse jeito o sior volta a refinar.

Que espécie de agentil provocou naquele tragódio dia dos quintos esse negócio de pecado municipal? Nossa caabana inda rola como otestemunha do trovão de nosso fedor, mas ouvimos também por meio de sucessivas eras fatos que se sabá como coreis de descalificadas que deveriam preteger a pedralva persempre expulsa do céu. Fazei com que fiquemos ontes no caminho da justeza, ó Protetor, na hora que nos levantamos, que palitamos os dentes, que nos ajoelhamos ao pé do catre e ao cair da noite e ao apagar das estrelas! É melhor um nabir que me carregue do que um ausanto que me derrube. De ostra maneira taríamos como o morro em médio a boca do maregito. Colherva, a papiroca, é quem decide. Então saberemos se sexta-feira vou em festa. Ela tem como dom medrar e o de alcançar para seus caros aljudantes os sítios e os sonhos. Olha! Olha! Talvez seja um tijolo mal cozido, dizem uns, ou bode ter sido por causa de uma quoda de sua promessa trazeira, como viram outros. (Deve perfazer agora mil e uma estórias conhecidas e parecidas.) Tanto duvidara que mala abelcanhava aservinhas que abraçara (que valha lá velhas vias de pavimentos, róis ruídos, carnacos estongeantes, túmultus tranvias, fargobólios, autoquinotões, hipomóveis, urbondes, viravórios, megafumos, circundos e castros e sinameias e aeropagodes e o ladrisco e o arconte e o pilar e o esgoto e o mequelemburque e o empuçado e a maranha e o merlão depressa e sua proa em proantes tetribunas, arruacentral e sua [5] mulejada ameaçagora coruscante na Garvaia a dúzia baça ônis núbia rastrenando ao longo da Setantuna e o indo, emburgos, coscuvilhando na esquina da Nessundire e o fumo e o progresso e o estrépito de seus indigenos citadinos sem roma, sem broma, sem doma, malho e malha não fácia muralha e rumores de revoltelhas, rufos amaios e calhas arrifas sob a balaustrada ponte avogar) que umalva ébria devino e dessonhar. Tropéu na escalada golova, pesava a capota (Havia um muro em vistosa ereção). Tam! Tombou do tartamuro. Tom! Tá coa cabeça quebrada. Tum! Mastamora, mastatumba, celibata até laúde. Pra todo o mundo sambalelê.

Vêla? Devera eu ver! Macul, Macul, aimè, per què tu moríres? se de uma provação numa triste albaxova? Soluçospiros recopados na avelada natarena, todos os ruviões da nação prostrados pela tristeza e pela profusa pletora duodizimal de plangente algaravia. Tudo havia, prunas e passas, cerejas e cítaras e corinta e canela também. E todos mostravam que juventude esbanjavam. Gogue e Magogue e todos em volta, grogues. Para a continuação daquela celebração até à hora da expiação! Havia uns que coravam e outros que cancarpiam. Inchavam-no e esvaziavam-no. Está duro, mas firme com Priamolim! É que era ele um jovem dessente de uma giornada. Desbastam-lhe a lápide, entornam a tampa do féretro! Em que canto chão ouvirias sons tão aultos? De profundo pesar, adestam fidélios. Trouxeram-no e depuseram-no no catre, engalanado de finuísque nos pés, e de revelada guênesis na cabeceira. Todo o fluido baloiçava sobre o odre aturdido, Ó!

Viva! Não há senão a jovialidade estuante das engrenagens do estrígeo globo que é tautologicamente o mesmo assunto. Bem, sendo ele um ser tão plano de volume como crescida babelina, deixa-o mijorar, olha, em Cas, bem, olha a tampestampa da saifa vuitanta vuit. III Hum! De Chapelizado até Bailiado ou de sóterra a baronalta ou de Bancabanca a Rodatesta ou do sopé do socalco até ao olho de Oculira, ele che arrimara adágio. E por todo o passo (clarim!) do fiorde ao combro, as boaltas brisas saupesavam-no [6] ao pedredor (cuacuacuá!) no aceno suave do cisne e toda a longa e lívida noite, a desvailada pálpita noite, a noite de umbelas arandelas, a aflitaflauta dela em tromposos troqueus (Carina, ó Carina!) presto o desperta. Com as caterinatércias e os patrijecamartes e todo aquele disqüisque. Talha tuna, tila pia, conta tina paga torta tuga trema. Graça ante Gula. Por o que somos, graça a grossa se somos, por o crer. Então salta do leito e prega a chave mordieu. Omem. Assir veja! Avuí demachou-se a ir mas avoro espalhafatou-se. Quem é aqueste enextremado? Egoagoúgo Fosco. De quem é aquesta cabaça? Quinédia clebassou? um pedaço de Simpão. Quem calcou arriba a coda? Um copo de Dano ou Duno famosta, cervícia dobelina. Sed, eia, mentre enxugas a despensa e afundas odontos naquesta reserva de um corpão de florfarinha contempla-o beemótico pois ele é nictótico, não é? Finato! Mera etereografia de uma cena de pasquelão. O quase rubente Salmossalar, primevo dos antanhos dos agapemônidas, alevinou-se entre nós, enlutado e despachado. Aquela ceva está finita para púmblios avaros avessos arengos.

Apesar de invisível a forma assonífera do bosquejado ictobrôntico, mesmo em nostra vita noctâmbula pela caniçura do ribeiro trutuante que Bronto amava e em que repoisava Brunto. *Hic cubat edilis. Apud libertinam parvulam.* E se ela estiver em andrajos e andejos, enfarosos farrapos ou assúnticos, na bufunfa ou na pindura. Arrá, certíssimo, todos adoramos a Aninha Runinha, ou, quem sabe, a lovelita Ana Rúnia, que, sob a plúrica umbela, ela nança ninando nuvelas. Tue! Brontolone indormisca, tue ressonas. Su Benn Testóite, enebetudizou. A crânica cabeça sobre ele, funda das rezões, chapa jovem em marabruma. Tuesta? Seus surdos pés de barro, arrevaldos em verdigrasso, disparestram gomas onde dantes cambaram, pelo imundo jornaleiro, onde nosso prestímano tudo vê, com o véu que suorela avui. Enquanto contra esta bella aliança alentria Sessenta ei, perpermite ai! culatra do forte, bom, tarabom, tarabom, espreite no embosque, o sítio do lifespera do aribaldo e ribarranco. Então quando as nuvens avançam, jaça, apreza-se uma altivista de [7] nosso argílico monte, hoje museu nacional Uelítico, com, a certa verdistância, o atraente campo não vai ter luz e as duas branquíticas vilãs que se mostram, aqui, tão gracejeitas enimijo à folhera, as pulcrinhas! Permitem-se penetras no montuseu aberto. Entrem o gálico galês e gaélico galante, unadomina! Desmembrora os invalidos da velha guarda encontram o puxapuxa coxacoxe para aberberem a boga. Pois sua gázua provê a ganitriz, mestressa Tércia. Troc.

Este é o meio para o salamuseu. Agarra o gorro e entra! Estás aora no salamuseu do Uelintarioso. É uma arma prussiosa. É um francho. Troc. É a bundeira do prussioso, do Capo e do Feixicro. Eis a bala que bingou a bundeira doprussioso. Este é o francho que furou na bala o mosco que bingou a bundeira do prussioso. Salusta o fogo congresso! Levanta tua baioneta e teu forcado! Troc. (Bosta! Afina!)

É o sombreiro de três picas de Lipoleão. Troc. Chapelipóleo. Este é o Uelintarioso na cavalgadura branca de sempre, o Coprinhapo. É o massacrasso Uelintarioso, grão e magêntico com suas esporas aureolatas e su férreo ducasno e sus aquartebraços tamancos e sus magnantes ligardos e sus vestes bangóticas e galochas goliardas e su pulopenásia rutra luta. Este é su enorme cavalgadura blancha. Troc. É a boina de três picas reclamando desmortos gruchivos. Este é enemicanglés, aqueste escogris, aquestroutos daníferos, capítulo. Este é o palustro lipoleão mordercando o parvo lipoleão. Um argomento gavirauto. Este é o catraio do lipoleão que não era lustro nem parvo. Assaiam, assaiam! Tuchou dois é demais. Charco MacDyke e Harry O'Surto. Todos eles armínimos e vermínimos. Aquestes são os alpes Délios. Aqueste, o montível; estoutro o monte Tipsey, aquel o grão monjúlio. Aqueste é o crimelinho dos alpes cerceando a resguarda dos tripoleões. Aquestas são as fiandas com suas livórnias fingindo ler em seus livros manufraturados de estragédia enquanto planeam a guerra para o Uelintarioso indefileirado. A fianda arrulhalva a mão e a fianda renegrava o lustro pêlo e o Uelintarioso armava a barraca. Aqueste Uelintarioso marmorial taloscópico, um carpintudo obscida sopra o flanco das fiandeiras. Sexalibrudo de seis conúbios. Troc. Aquest [8] é meu Belcro infiltrando suas filírias no seu mais Artreiro Dignésio Chapelissol Cromélico. Sacado. É a fianda crastinindo despachos para irrigar o Uelintarioso. Despachado em finas cranaias linhas a frente de mortalha do meu Belcro. Iá, iá, iá! Líbido Ortor! Firmo consiquimos! Fidegena dana claudesfrauda. Censuramente. Bona. Esses foram os tiquetáticos das fiandas para fontanezar o Uelintarioso. Xixixi! As fiandas infiamadas reagem cortesmente a todos os lipoleões. E os lipoleões deixam boicoitado o Uelintarioso. E o Uelintarioso levanta o bando. Aqueste é o trápago Belcro, boina a barrete, quebrando sua cripta palavra com uma bala no ouvido para Uelintarioso. É o despacho decrépito do Uelintarioso Despacho despeso nos fundilhos da reta guarda de meu Belcro. Salamangra! Aiaiai! Cricas fiandas. Frodam-se! Dela hilariana, Vultro. Uelintarioso. Foi o primeiro remuque de Uelintão, taques por tiques! É o meu Belcro calçando suas galochas de setéguas, reto, tirado e forte estampido afrenta, refugando o campo pelas fiandas. Toma um trago, trastomado, pois ele logo pedirá guinés para que se veja alto, escuro e desgolo. Bólides russos. Aquesta é uma presúria. Aquestos, missuntropos. Aqueste é Canobuxo com o paternaso. Passados cem dias de indulgência. Aqueste é o abenchagado. Taras víduas. Aquesta é a fianda no boníbano blúcher. Aqueste é o lipoleão no casalo vago. E aqueste é o Uelintarioso, pelas córquicas esquírolas, mandafogo. Corisca! (Alvalhaço! Joga fora!) Aquesta é a camelaria, aquestes os flundeiros, aquestes solferinos em ácio, aquestes, seus termóbilos, aquestes os panicábrios. Vagalmeideus! Arteus tu, Luso? Aquest é o grito do Uelintarioso. Brum! Brão! Cambrão! Aqueste é o grito da fianda. Votroada! Deus esquartraga a Fingraterra. Aquesta é a fianda desfrenando-se de seus austerlíticos burseguidores. Com tragos e tropéis e aerótragos e aerótrocos. Pois seus cuouros correm lá. Troc. Aqueste é-me o agráito e argêncio plauto para canastrar as vides em aprilinos sudários. Pilha a Pátria a malta! Aquesta é a bismarta da álacre mariatona das fiandas deixada pra trás. Aqueste é o Uelintarioso a molejar seu próprio taloscópio mastorial, o Sofia-Paula, para sua real divorsão com as desfrenadas fiandas. Gambarista della Porra! Fimerato de Molherino! Desvaleras [9] os lipoleônicos, Alarife, que espreitafa o Uelintarioso de sua alva cavalgadura, o Capengança. Estontenaz Uelintariosoé um prístino sumontrumano. Lipoleões são benices em forcados. Aquesta é Inês Iena rindo-se desbragadamente daquel Uelintarioso. Aqueste é o lápis índigo d'olho a refregar das reginésias. Aquest está indo Chamar Sim entre o moçolho e as reginésias. Troc. Aquest é o prístino cerúmano Uelintarioso a folgar-se em meio à trifólia barretina do lipóleo retirada da hematômica espurcícia. Aquest é o ceríndio a ensebar o rajairado por ua bomburina. Aquest é o Uelintarioso arrancando a meada da lipólica barretina até o rabo pendente da anca de sua biancona cavalgadura. Troc. Fora o último remuque de Uelintão. Cap, cap, cap! A mateixa cavalvadura do Uelintarioso, Culpenhado, baloiçando a torsicódia com a boinaveia do lipóleo para insoldar sobre o catracipaio indólio. Rinch, rinch, rinch! (Xingney! Asco!) Aquest é o catracipaio madracheiro, atrepai-os, grita ao Uelintarioso: Atrepucaro! Apucarasse! Aquest é o Uelintarioso, presepense gantil-homem, pavila o espórcoro ao acorsado Chamar Sim. Basofe afrente! Aquest é o durfaio catracípico que atrooou o esconso da boinaveia do lipóleo que beija a rabuja sobre o arnês de

su alva cavalgadura. Troc. (Namusca! Taca!) Copenhacabou. Por aqui o salamuseu. Tomai vustra sávata per que salgais.
Foi!
Que hora cálida passamos ali! Em que medúsea airagem nos matemos! Nus savemos dovela pero tendes dizer analguém pois o lume alboborece! É ua casóita candelária de um mensardo e ua ventana. D'ablegar, Alt'ablegar. Em conta de vinde os novos. E um tempo leniente também! O vento vagrante espreita em torno às pitinvalas e acolimadas a cada golpe (se qüenta espias, mais quatroscopio) estão implumes recolhinas, runitas, dolonitas, presditas, quartzitas, acintitas, cessitas, sevaritas, anoirexita, noviditas, adessitas, metonsitas e ducitas desovitas. Um verodíplano ao debar dos pastos pretos. Sob os sete glavos ruxios, um repoisa, o Imperabulho. Seu gládio ao lado. O escudo atirado. Nossos columbinos fluaram aos nórtios enclives. [10] Três dos corvos volaram sulbtamente, corvejando alcaidia dos quatro ventos donde as tripos contestam; Vai, como vem? Ela não aparece quando Thon expõe-se ou quando Thon corisca-se com suas noitinfas ou quando Thon atroa apocabuns nas galezitas de Thon. Não. Anuba! Nébulas sôbolas lívias! Ela ficaria murcha e aflita. De Gambalima a Capemérida e todos os feitos nefandos. Fia-te, foto e fado! Ela gesta a esperança de que as águas passem. Cá, e continua parecendo avui, ela vem, proacífica, parodávia, diva perimui, uma picada na pailhagem, com galispo e prestímanos na mochila em sua cangespádua e um frasco frísio, flagício flagelo, corusconfuso pacto dos criptarcos, picando aqui, bicando acolá, gatochota varramarte. Mes son las notas armitidas, militopax, e demalutosos anelamos um argílico tiósculo para os jornaleiros e haverá daver erebela trégua para as hilarenidas crias eventuais. Aproxineba a mim e sussalmodia em que nós celestrugimos. Ela tomou o luzeiro do carro para alcovitar melhor (quem baila à bala e vasta a vista) e todo bem espoliado mete no alforje: curtuchos e butins enfrechados frascos e borrifos de todas as nações, clavicuros e escampulários, mapas chaves e lenhossos de ledos vinténs e alfileiros selenuares com bombáceas hematíticas nelas, notígatos bostampidos e massas súticas e nicúpedas e pédicas almíscaras e lugros sacergentes de catos e oviços moucanos e enamos e magias, ilhos e elhas com promíscaras e pleuras campanas e a ultima vísio que vai de cervo em corva (cervolídio!) e a mais justa apostavia

o aocaso (que cerco!). Cos quis. Quis Cris. Cruz Cris. Quis Cruz. No fim da figa. Essa sina.

Que botina molhetina vi dela, quando fortemente prossebido, a roubar nossa presente história do antanho posprofetérico de forma a fazer-nos senhorios e moçoirias daquela pândega assuada. Ela está livivendo em meio a nós deflúvia gaia entre pronóbios apulpos (seu nascimirto Ana arqui-a), com uma bata para sua persona e sua sabina a catelárias (tristares! Probritas!) se tu mas preguntas e to pregunto. Ao! Ao! Grigos podem erguer-se e ílios caírem (dois pontos para duas vistas) [11] pois é nas sendas da diva improvidência que a vida vale ser divida e a gaia é cela onde os citados se sentam. Deixai as hímanas donzelas divagarem a estória e os rapacitos sussurrarem botocudos pelas costas. Ele sabe do dever de seu senhor mentre londrana dorma. Tens algum trocado? diz ele. Tenho o quê? folga a outra. E todos adoramos a esponsana por ser ela mercenária. Tot i que a covadura da terra esteja em liquidação (flutamerda!) e não sobram sobrolhos nem ciliares nesta praça glabra de Raimundo Valtério e ela tomará uma vesta e afretará sarças e turfas à preamariscada para cozer e fará tudo que uma damazona faz pra às coisas não pifar. Ufa. Afasta a fleumaça. Fífia. E mesmo Cumpim cascairá miríadas vezes para desaver-se de novo no florigácio de nossas grãs remonstrações, e habrá ivos para os bricos manharem-se, solácios acimados com cuidado. Tão vero isso é que houvavia uma revolteia pronta, e quando crês que te dessumiste em abundamento, avém-te de não galear-te toda.

Ales hores em quiel astá incomodata darcadas bizarrias, desfrutando dos primos fruitos e tomando-lhe o óbulo, revisamos os dous cômoros e nada vemos dos senhos vistos algures, pelos séquistos e sétidos, como tandos combros e colinas sitos envoltos, brégidas e putrícias, em suisávidos cetins e tafetáficas ceroilas, figurando o *Devaneio de Gartão*, no tripúrio plânico do esparco. Erguei-vos, mijel! Folgai em bimbas! A pedido do Cujo Nicola. Nada veremos e oiremos se escolhermos entre os bergomontes cercanos às Corquinas e os bergamouros de Arvouquir ou as bergâmbolas de Monte Esteio ou as bergoncelas de Montavaro ou os bergões contrabases do Morro da Constituição malgrado toda populecha tenha vário tom e toda troca tenha sábios mecanismos e cada harmônica um ponto de próprio, Olafo está no apogeu e Ívor no sinistreu e Sitrico no entremeio. Mas todos ls sam acolá tirando raspas para cheirar a possibilidade de que solverão e salvarão lá o robuloso rébulo da vida, fiando-se no meio como fumo na panela, Ó, mentre ele está dormente do macroburgode Capoforte ao microburgo de Caçafecho. Desfrutai deste [12] som de hibérnio sentimento. Realmente? Aqui o português poderá ser visto. Realístico? Um soberano trocadito por óbulos pétreos. Regiamente? O silêncio narra a cena. Ficto!

Então esta é Clubim?
So This Is Dyoublong?
Harto! Cuidado! Ecolanda!

Harto cortês encantador! Isso te memora a aluviada gravidura usada para se borrar na manchuria desse despendário moradio. Foram? (Tenho por certo que o esfaldado capelento com o realejo de chocolate, Miguel de Barros, está ouuindo) Digo, os restolhos da puída morentalha cá usados no fenecimento dos íncabos Ptolomões. Fomos? (Ele apenas tem a pretensão de ferir a harpa do jubileu desde um segundo ouvinte esvaído, Feérico Farinello.) Fato notório. Busca loquelizar-se e acha o novo o velho bútico. Debele. Sonara. O' Yes? Cerca do muro mausolimo. Afanado féretro finito. Afinada fanfarra. Finato defunto. Aquesté o optofone que ontofana. Listania, tu! A sortilira do Vigarostão. Pugnarão per sempre. Ouuirão per tot. Torvarão doravante. A desaspineta será deles per tot i sempre.

Quatro coisas per tant, disse nosso herodotário Júlio Mamôneda em seu famoso historiório, escrito cerca de Boriório, o livro mais triste que há nos celestes anais bailestreiros, cabidal de Divinarca, nunca crestada nem alhanada ínsula, hibérnica e pertinaz. E ora hoje estão, o temor de uno tal de Tote atado! *Unum.* (Adar.) Um bulbócio superno sobre um vetusto. Ai, ai! *Duum.* (Nizam.) Um calçono abateu a puída ondina. Ah, oh! *Triom.* (Tamuz.) Uma donzela baia, nôvia noiva, a ser despojada. Adera, adera! *Quodlibus.* (Amarsemvão.) Uma pena não menos pesa nem a posta. Dum modo ou doutro. (Sucote.)

Pois, assim como os ventos passageiros viram páginas e páginas, inocêncios anacléticos folgam abugalhados antípopas, as lívidas folhas livram-se dos mortos, desfeitos anais apróprios temporando ciclos de eventos grãos e nacionais, fósseis feitos pascompassados.

1132 d. C. Homens equipolentes a fórmicas atas levigatam grunas recônditas e alvacetácias que corrunam por um veio. Caudais sanguíneos sobem oblânios.

566 d. C. Este ano, anuíte em falobálica, passados delúvios, um encronado que [13] tenya un cisto salgário para salutar pálidas turvas do palude sob a fataça de beije, mentre dessoterrava-se para açular a vacuriosidade dess' alma, mas com a taleiga prena de boas pragatas e miúdas caligas, tão sudourudas. Balacladas em Vauparaísso.
(Tácito!)
566 a. C. Nessora aquiesceu-se de que era ua ruiva donzela a sofrer (*sobolosrios!*) perquè a monyica que petinha fora violada de suas gambas pelo ogro prepurópio. Cruévias guerras em balaclivadibala.
1132. a. C. Dois filhos tautócronos nasceram de um alvergueiro e sua canorça. Esses filhos denominaram-se Cássio e Prínio. Prínio era sentil e traladava a bonagente. Cássio foi a Vini Culá e escreveu *Guerra e Farsa*. Bellas palras para Dublim.
Algure, perece, no gineforo entre antedulúvios e anadominantes, o escriba teve de abanda-se com seu purgaminho. O boneflúvio esbordou-se como havia ou alçando-se guindou, ou satrapiou o logomundo do excelso empireador (trom, em suma) ciclossísmico, ou os danados gáleos pancrassaram a puerta gala. Um escribicida alesores comunhecou-se em códigos priscos com cincoimados por seis marcas de nove pências em androssíderos pelo androcídeo do escrimentor mentre el será o solo crônico em nostre era passa, consectário de derivas milico-civilistas, que unha ginesura foi deixada no patíbulo por haver tomado persè boa soma em esconso ao intromedar-se com os cobicistas da mulher aliena.
Dopo aquela farfalha e peragrino indignante ou clério librou-nos ouvidos, olhos calígenos, do tomo de *Liber Lividus* e, (tó!), que dulcilidade eirênica crepusculândunas toas e umbrando clareiras, sestendendo davante nosaltres nostra forra devanceira! Sesgo sob seixos peniscos repoisa o báculo pegureiro; jovem madoca a corcear-se à níbula sorela ou volver-se viridente; avestou-a grassando inolente a baixeza de trifolíceas petrindades; celeste sempre cinza. Así, tamén, por asnos a fio. Dêsdelas fainas Héberas e Heremônias, as florigômias vicejavam em Balimuna, [14] a agalanceia desabrocha nas sebes de Caprília, dulipas acerbam-se jungindo-as à russa rosa, duplúscula urbelândia, a alvaguda e a rubraguda desfaldaram os molivares de Nocamara, e, apesar dos anéis que as envolvem, durante uma quiliada de súcias periélias, os formorianos britaram os tuatas dedânios e os

oxímanos foram acossados pelos pirobólguios e os jutões expurgaram os taperários para a Celesquévia e o zilionito é o filho devanceiro da Cidade (Roma! Roma! E rizomas!), esses sinetes pásculos quadrilharam pelos sexos afora e sopra agora e assopra-nos, viçosos amarridentes como, sobre as evésperas de Quilacídeo.

Os babeleiros e suas telangas motas foram (confusi-os!) eles vieram e se foram; tigando tudo estavam e relinchinos sintomissas foram e veninstes norsos foram e polifulanceiras núbias. Homens criam, clérigos murmuravam, a bionda suspirava a bruna: Elóscula domiga, meu Caro equino? e as ducadamas arrostaram-se com relichos infernados: Cadê o tongador, espaço de imbecil? E eles caíram um sôlobos altres: e eles mesmo se quedaram. E ainda hoje em véspera e por vesperais dantanho todas as gordas floras do campo dizem a seus pávidos faunos: Manda-me ter contigo! mas, pocodopo: Rega-me para que eu cora! Bem definham elhos, acasalam e profusamente rubros, totemos! Pois aquele dito é tão prisco quanto os clivos. Canta enquanto acalanta um cantil (não é a plena verdade o que vis conto?) para ter barbafinas e nadadeiras que tremeluzem e baloiçam. Tímpanos e tampas, latas Renatas tantas. Badanas!

Badanos! Banidos!

Opa!

Em nome de Anemo, mujica sobre o monte em lápidas corrijas uma partalona, que joãozão será? Remutada sua suinama encestada, apertou o pé zado. Ele teve artelhose, essa artrofia, e, Olhalá, é o peitoral, seu mamúsculo mais monteirioso. Está matando a sede pândega na calva de algo. Pareceu-me um andragão. Ele está quasentre no feudetido por aqui, é Bebestível Sacossônico, seja junipérico ou ser febreérico, marracos ou alebrilos ou os violentos alúvios do pluvioso e [15] frorioso. Que estranho surto de homarro. É evidente o babuímigo. Ultrapassemos sus piroquádrigos barrais e aquestes cucrais de medulossugadores. (Cava!) Ele pode preposterar o sendeiro pilomar até aos Pilares Hircúleos. Como vos portai-vos, hojudia a donas, biondo ser? Cios plau, laurador! Danota lento, assueto? N. Tu doctíloquo escovegiano? Nã. Tu anglo espigótico? Nan. Tu saxo fônias? Nana. Escleróptico! Aquestum juto. Troquemos as umbelas e cambiemos turpilóquios palatais e quais jazuais abasta ablutórios arroios.

Juto: — Otá!
Muto: — Muco plazeiro.
Juto: — Tu és jurdo?
Muto: — Um mouco.
Juto: — Mas não és jurdomuto?
Muto: — Nono. Um fafalador nomás.
Juto: — Quaim? Qualé o amuo contigo?
Muto: — Tornei-me um tátaro, um estucho.
Juto:— Que coisa perpereperopercepetiva, per cauço! É muta cousa?
Muto: — Depende da botelha, douvidas?
Juto: — Que podelha? Pe care?
Muto: — Nos estaus de tarfugo dove deviastar.
Juto: — Esse gesto de tua voz é quase indigesto permigo. Ficou mouco mais conspícuo, como se fora tu.
Muto: — Tá? Tátaro? Tartamudo? Urso. Boruru! Buru Ursupa! Açarçalho de minhas ravinas quando eu mi rimino!
Juto: — Um oliocêntrico. Oglum paizon apason. Diapasin anton ton existância cruzinância propriapina com guilda. Aqui tens cobragentas, moedinas. Guinéus tifanobénicos.
Muto: — Luí, luízes! Não notei o que denota, a inefável cinzabática de Cedrique Barbagris! Sete milhas faltam a rumar a um bar dobrão. Velho bersônico! Alevinou-se naquele lugar ecovolente. Aqui [16] adove os livrários, Monomarca. Havia lá os missioneiros selenos, pequenicos manecos.
Juto: — Simplesmente porque como Taciturno prequer, nosso historiamundo, ele miriminou a carretoda de escombrarias para decoá-la aqui.
Muto: — Assim como um remontalho num bruxuleante regato celebrejo.
Juto: — Todo Paludoso! Que bulha eu norso?
Muto: — Romulhante a um boi numa clonturfa. Róricas rocas regirrômicas! Pudera ressonhar com ele no escumado corno, com seu uelintário lanolado, pelo colo me assunto sobre Briamolim.
Juto: — Bandoleias e rameiras em mim quando mal me posso quedar do coméxico a filanda em tal caminho pela rota

da merunga. Inveredas e avercenas! Boa sobreceia! Anhangá manhã.

Muto: — Anuo. Um bocadito! Caxorroloqueia à roda dessa penilha e escularás como longevas as plainuras de meseltros, enricursos, onde vive plangente um pássaro a piar sobre a campina, onde salgarão povoados pelas legimoras, onde por régula senhoria, a glasa veio de seu Estau de Beresite ao qual Aponta Ali Ponto. Deixemo-lo ali ao rumurmúrio. Margemerge duas cepas, branuegos e danegros. Mortendrando via. Haciacá, confrangendo estuários, eles estão em surgência: adonque, hipocalidermos, eles rescansam. Eviternas biostórias nunca findam nessas plagas, tênues flocos de leves, lixívias do alto, como nemágicas dossos giramundos. Agora estamos tumados ao monturo, assins, após após, a terra herda. Tesura, qual o teu preço, tesura?

Juto: — Smiert!

Muto: — Lucifez! Acabaixo restam. Letárgicos em notívaga vida oslienada, babilônia a grã-prostitestária com mansueta mansarda, alpenrícula pensonha com píreas que igualam inequações neste sonoro almocave — lívido libertório. [17]

Juto: — śmierć!

Muto: — Umildelasso! Pela ferça sorpresou-se. Cântico despondado. E o outeiro tanancestroz sorveram-nos todos. Essa tera noastra não está totalmente saibra e ser humanoso o mesmo redundoso. Para que reia aquele que o verbarruna de quatro. O'Castro, neocastro, trocastro, desmorona! Dime o vero valor da pobridade! Húmil Flora. Mas dímelo argilosamente, sem mofar! Canastrão!

Juto: — Canaquem?

Muto: — As ciclópeas forfículas e amnifadas.

Juto: — Rouquê?

Muto: — Eis a campa do vi que um rei.

Juto: — Qui!

Muto: — Ora estás atônito, juteu?

Juto: — Oie sou torvão, timônteo.

(Calhe) se estás abecedéreo, para aqueste livrestígio, cioso de sinais (calhe prego), neste escatralphobético! Podes ouvisar (des que nosaltrestu já nos entendremos) este muto? É a mesma andrômina de sempre. Molto mene. Hemisções depois de hemisções. Teco. Eles vieram, viveram, amaram-se e voaram. Pois sim. Teu temódomo está dado aos Meadros e Pérsidas. O meandro e tal, logo e logo, de nosso Findoburgo na época em que houve Capalhuna de encaminhar-se sobre a terra. Na inscícia que carreia o assomo que enleia o saber que descobre o nômeno que aguça a acuidade que convolha contatos que endulçam as sensações que dirige o desejo queadere ao apego que fareja a morte que despoja o nascimento que gratula o acaecimento da existencialidade. Mas com a azáfama de sua onfalogradura a exornar-lhe o batarama. Um terrículo biobliovista oviu; estúrdio e trêmulo-contínuo. Um hebético, um celta, um eurículo aos patamutos que devia confranger a erinacórea em horapronóbia, embarga e agita, volpeliça no polaio. Boatam cá figurnos belicóseos armontando. Montandármios cosibelos figurnos cabotando. Futarco, aquesta lífula efíngea é para uma pirofinha chamada de triscafora. Miraoleste vos toca! É fada! Miroeste já podeis. Sustai o fôu! Levoltai-vos e varejai-os, ⊢ace a ⊢ace! Quando um [18] parte tão petica afaenando para o burácolo a que alforabitar logo nos assentaremos. Acì (chusma prego) há selvárias erlívias de rasgo deveras pecuniar na mesura em que são projéteis que fazem o livro-termo de totumulo. Régula orla ráguna lora e conaquestas canastras larangotangas altercou acerbo desacertango. Decerto, decerto, perquetuda? Tesco é para tornar este estreno na encalistrada como treslúcido traidor apalavrado de despique. Que ingresia alvitroz é mnessa? Um monturo acúmulo de coisas! Alivas, béteis, gimbas dalas, alfridos, beatas, comarcas e daltôneos. Ó meu letes (Oh paraqüiço!) aqui, a grecorrear queijando-se do tempo epselino, e velhociladoras, indecente limpada de marrabatrás; Sss! Segue a serpe e na caça ofícia! Nossa durblin é serpeia insinuosa. Eles vieram a nossa ísola partindo da trinácrea Trelanterra além da úmida pradaria encabritada no meio do pesadiso de interditas taronjas mas avante aportou Herpetro Espatria e seus ascoros vérgios a rastrear-lhes a chafurda antes quenhoça extirpe viraga pudesse otomar suas quioças. Divisar e sumar as sortes mas os todos terminam sempre na mesma chaça. Achacantes e candongas.

Acho que o diacho trincha igreixo. Um porã ponhum pratrez préter uno antequão. Dois amenozuns redundam crível tresandar e mateixo arrere. Começando com uma enorme sucuri e tripódios ovisários e igrânias araliácias jadem com um recado na boca. E um centofólio em undeznível de fabulatório decornancido podemos horróridos deverar. Que história sinocavernosa para se abrir e tendo um feicho em vista escático, antiscático e proparoscatológico! A dicernos que fôramos todos timos, nicas e larifos, filhos da sudra, filhos, filhotes e, certamente, lealevinos, quando noi nu suntem, cada suntana echita issesta de noi, ficas de Nã! Soluçana acusativa! Damadâmicas infinitudes!

Vero que havia em nilos diébolos ora não ai lumpapiro na lichiera, e a montíssima Pena ainda ruge pelos fugentes bugios. Tudo era ancestral. Deste-me a caliga (bote o teu sinete!) e eu sorvi o vento. Eu quis a ti qüídido (quiproquó?) mas foste para os quódices. Todavia o termo, o pensamento, foi e será escrito, homem, em próprias rrôneas sobre tôdalas matérias que caem [19] sob a praga de nossos sentidos infrarracionais pois o derradeiro cameláctico, a vena que turbava os sobrolhos seus, quedava moiro diante da tumba de sua primorosa dona onde o recontro foi tamarrado à palma de que era senhora. Mas o corno, a bebida, o dia da fúria inda não arrivaram. Um osso, um seixo, um percaminho; eiva-os, ceifa-os, sega-os enfim; deixa que a terra cote na muteolaria: e Gutemórgio com sas teses cromanhosas, corroborrou os capitulares que duma vez por todos haveriam de passar aos rolos além da geoprensa não há virtude mais no alcoolrão. Por isso (lemanta e admolesta) eis a essência papirista, ascência, recônditos e pistas erratas. Até que tu, por fim, (em boa hora não ao cabo) te atremas ao Senhor Cúmio, à Senhora Címia e a todos os sumitos. Ponta. A donque não hajas de deletrar-me como feitio de cada parábola abarrega setuadas sumíticas leituras por tôdolo livro de Dublímane Fimórdio (que a cabeça se lave na lama daquele que aparte!) até a hora daletéria, maomanaventura, o que axaura encerre-o. Trepasso.

Não chores todavia! Há muito joio até Nondres, com septuasginas por homem, sô, e o parque tão tetro pelas parvas lucernas. Mas olha as dadimanas que tens! As prendas se eespalham em bulícios, abalando-se, todas passando, em peonas e contornos, para cada ourículo surdo há dúzias de ex-tories para contar. Era um na aveia, outro atrás da lentilha e um terceiro entre os alfofres de frutilhas. E as franguinhas picaram os dentes e os equasinos burros rebunaram. Podes indagar teu ásnus se ele o abona. E acuda-me apenas se cervedes calcovidos. Aquela senhora com suas quarentinhas. Pois foi na época das barretinas. De um noarca e uma cobaia; de uma pomerança e uma intemperança leviana; ou de jovens doiros que safaram oiros; ou de seja lá que engenículas o homem cavilou. Malmariado, ele retro-asfixiou-se pela fervilha dos frascos e da pirra pierrice dela. Minha alfaia, uma gaia aquesta ginofídica! Daquele tripieiro artéio, esperam pouco! Vélicos, volatinos, olhos columbinos. Ela é o próprio balde d'água Fina. Flutasca, flumana.

Escroia! Por certo foi ela, não fomos! Mas rumorejem, [20] briosos, somos trasouvidos por um nuerículo. Tão pequeninho picolotirro. Vinividi! Fuera como si supiera. Oigan! Oigan! Fa-lo-ei. Ascolta, um hábil corno exorta! E as anacruses da lira proseiam.

Foi numa noute, tarde, fai moito tempo, desde o tempo em que Adão devaneava e madama desfiava sedáquas tábidas, em que imberbes comorinos aduavam e às lídimas primevas alarifas a serem totalmente desbravadas pelos olhos amávidos, e toda gente viveu solamada com tôdolos mais, e Jairo van Heta tostava a testa avante aos farolhos, poisando os dedos gelados em si. E seus dois pequenos chamininos, primos de nostraltes, Tristóvão e Halacre, brincarolavam com a chupeta no assoalho encerado de seu homerígio castelo entérreo. E, ao dermótico, quem cuida dessa albergaria apenas a cunhatogênia, a reina camafonje. E a camafônjica arrebatou uma rosada e fê-la alivivar-se sob o pórtico. E ela elevou-se e a pirlanda ficou em piras. E ela parlou ao portal com terna paciência: Marca o Primaio, por que pareço alguém lívida de poisio a birras portas? E foi assim que as escaramuças começaram. Mas a comporta termanava-lhe e a graça nassou-se às olâmbrias. Encerre! Então a maliciosa graça catou um catraio de Tristóvão e ao semoto esteante, ela chuvia, chuvia, chuvia. E Jairo van Heta desguerrou-se atresdela donegando-lhe a efúgia: Pára, abiltre, pára, revoca meu heréu para mim. Mas ela asseriu-lhe: Nipormientes. E havia uma candeia grassa naquela mesma noite sabárquica de ângelos catentes Eira afora. E a camafonjA saiu para os seus quarenta anos de agruras em Turlemunda e ela expurgou as graças dos encantos de amor do geminino com escumédica de sabão e ela fez seus próprios quatro bandistas ensinar a ele nadas e ela o convorteu às causas soadeiras e ele tornou-se um indolúdico. Então ela passou a chuvir, chuvir, e, ao dermótico, retornou aos estiomanos de Jairo van Heta com o gemininos consigo na pináfora, enlaços noturnos, noutrora. E quando achegava-se viu-se então à barra da bristoria dele. E Jairo von Heta escaldava nadega os pés com bértolas brechas, acenando com as mãos ele e o geminino Halacre e [21] o imberbe em suprima infância estava abaixo no prostral estrujando e tossindo, como fratesora. E a camafonja mordiscou o mais alvo e ascendeu-se e os galiscos rubruaram de seus piromontes. E ela tornou-se-se alva diante dos aívos, dizendo: Marca o Dúlio, por que paresco algunha lépida portaleira? E: Encerre! diz a graciola, mas respostando sua autarcia. Então sua autarcia priscogitou catar outro catraio e tomou um geminino e pelas austradas para o Varoeste ela chuviu, chuviu, chuviu. E Jairo von Heta dessangou-se-lhe ao encalço para confingá-la: Pára, gaia, pára, revoca maréu marim, pára. Mas a camafonje asserriu-lhe: Adormentes. E tinha um faro a este graças à candeia que laurencia a noite astrada algures em Eiro. E a camafonja saiu para seus quarenta anos de augrúrios em Turleminda e expurgou as fráguas das cromualhas com o cravo de uma estaca no geminino e tinha ela seus quatro bandos monitrizes para alacrimejá-lo e ela o provorteu às soadas causas e ele tortou-se um tristão. Então ela passou chuvindo, chuvindo, chuvindo, e dois cambaús depois, malentos, ela voltava para Jairo von Heta e o Montântrico conelha sob as delantaias. E por que ela não se deteneve senão no desvio do domatério dele de outro laço elísio pelo terço encanto? E Jairo von Heta tinha uma procela apregoada na ucharia, onde ruminava barrete sua folhosa coagulança (Dera! Odara!), e o forminino Ferotriste e o implume foram queridos no reservado, osculados e espargidos, arotados e baciados, repatriciados e abrigiados numa segunda pueridade. E a camafonja tomou uma ceralva meteu-lhe o lume e os vales luziram. E ela mostrou o sizo defronte o triunvirarco perquirindo: Marca o Traio, por que paresco alguém que leva a portavor? Mas foi assim que a escaramuça finou. Pois como as campanas dobravam com um forcado de corisco, Jairo von Heta Bonagentou-se, o velho terror das damas, passou a gozar das bonacosas petitosas ao longo do cancelado triunvo de seus castelos tresfechados, em sua borba dignada e colária cívica e sua élmica alabufa e suas balbrigantes guantameias e suas lúbricas galdrinas e suas categáticas cartucheiras e suas [22] pelíferas coturnas panuculadas arroçando-se a arranjá-lo bluvertido em sua violenta indaquinação, pela longitude da fortitude de seu arcobilino. E ele bateu com a mão plumba a nódoa e a ordidura e a densa falangua para que ela se fechasse, logicamente. E o lágico frechou o ferrolho (aribateibakanhegatupanibiasabapitunapopitunaberaibiarassembebeupibicanhemibitaogessatantaraybangüera!) E todos beberam à baila. Pois um homem em couraças é sempre um hoste cevado para qualquer noia que sobessaia. E foi a prima malacia polèticamente reportada neste fludinflâmio glóbulo flátuo. Como quer se o sastro fizesse um terno para o capitólio narveliano. Apura afora e perceberás. Antre nosaltres. Disseram à camafonja que apegasse seu barquinho e que os gemininos fossem deixados empaziguados e van Heta a deixaria fazer vela. Assim os fidélios do burgo helionoram a policidade.

Ó fenisculpa! Esquilino malo vem de miquemalo bono Morros e ribeiros, ígnias incervícias, quartéis, prosapiemo-nos. Monta o mamonte! Apenas por culpa disso esses não soprarão acima do norronês nem do ireneano os secretos de seus solilégios. Apresa o siléxio; Henres Posta! Sob os flexogênios dos gentios, Lívia Posta? Negras nuvens o abatem, turbam-no; audiurente, ele eurispurgaria, tivesse isso há muito à mão, o ruído das botelhas soando ao longe. Marca, seus vales se ensombrecem. Ali ela o lapunta o tempo todo sim assim assídua. Ele só se solta se tiver de sorrir. Comovente, se ele a pudesse perceber! Não ponderia, ela abeouveria. Os marulhos de suas buferias; eles atrompariam-no com suas trampas; as vagas orvalhadas e as vagas cavalgadas e as vagas de vagalavaia e as vagas cavalhoadeguadeqüinavalaevadavienveredadarenadolomita. Terratemido por suas vizinhas femeeiras e perpetrificado pelos arrebentos, imberbes e implumes, as gaitas plangentes o fariam voltar-se, o pungente que pungiu os acerbos, quanto a traz para o apego sacrostal, ou dela a ela purodora, ali alpondra a libar a mora, quanto pela criadela de um ábrego, as crias que vinham panegíricas, não haveria um só pináculo no povoado nem uma vestal a flutuar nos tribudilhos, nem como dar revelas plenas, um olho ou um dente [23] para apostas aposto em Novo Foro às lodúminas nem uma atulha ou tal ou tola e acenar a um cego veniente.

Ele mourejou pela própria destreza e tudo a ele pertencia e transudou sua tripulação aquém do auspício dele para os vivos e os catacúmbicos, aquele draco voador, e deperdoou-nos e valerou-nos do mar além, aquele grão liberador, Enru-Cimu-Ueru-Culu e generou, nosso devanceiro mais venerado, até que penates noutro na morada viúda com aquela casacada sobrele por sóculos soculoros. E de novo podriam sussurros secretinos depertá-lo e poeriam se ancora suave ardentia naudescessem. E ancorarão se as palavras do presbítero acalmarem os juveníssimos. Reclamaste de minhas exéquias, vieste com a noiva e o enxoval, para lamentar se a minha morte for? Despertar? *Aguardente!*

Pensam: está nato! Não sabem que estou vivinho da silva?

Calminha aí, bondoso Renatimortos. Aprenda a leitorada como um júbilo e não saias mundo afora. Vero que tu te desencontraste em Saneápolis e os sendeiros por onde entranhas em Capelavista ora contornam a calvaria, o norte-úmbrio e os Favos Campos e as Alamedas Ápias e o Bule Mauro e Lavapés talvez estejam com o núbido orvalho afora. Defronta-te com o decrépito insolvente ou com o Pátrio jerico de caligas pendentes, catacantochão, ou uma putarronca com um infantimundo no regaço. Tu te tornarias contra a vida, não? E contra o clima também. Deixar Diavlim é duro atesta-o o Nogento, deixar a séptica tropicaia mais exubéria que suas campinas vecinas intrânsitas, mas não deixes teu espectro descontente. É melhor deixares teu pousio prementido em todo teu vestido áquilo, colete e tudo o mais, lembrando-te de tuas formas e tamanhos no travesseiro de teus cachinhos sob teu sicômoro pela água fria em que tórrida clama espantará a vermina, e terás tudo que quiseres, bolso, luvas, frascos, isqueiros, lenços, anel e umbela, todo o tesoiro da pira, na terra das almas com Homério, Briam Barruco, o pólo Lonano, Nobicodonosor e o Gines Cão. E estaremos a caminho, ombradores, para rejuntar teus seixos e trazer-te [24] presentes, fenianos? E não serão nossas esculpitinas que pouparemos a ti, druidas. Nada sábitas picas imagetas, palimundos e esquivolhos comprados em sutilojas. Apenas ofertas dos campos. Milharfas, que o Doutor Esquique, curandeiro, ensinou-te por lustros. Passapapolouparola. E o mel é o que há de mais santo, colmeia e cerúmen, o néctar pela glória, (cuide de manter a marmita ou a copa nectária em frutos leves!) e um pouco de leite, como a ama que costuma acompanhar-te. Tua fama dispersa-se como emplastro de alfádega desde que os fintaleiros gaitearam-te além da fronteira e deixaram uma fresta no muro além dos botinianos e passaram a adotar teu nome. Este meniraqui sempre fala que tu te sentavas em torno das mejilas dos suídeos sob a santa cumeeira, sobre as crateras da reminiscência onde cada santo segura um sacro, libando até à borra, na Morada de Salmão. E aturdindo-se diante de nosso sôbolos custres onde a dulce palma no alto é a marca de teu manumento. Todos os cômoros sempre eirados onde ovinas arianas pastam cúpidas e desgarradas. Se estiveres amoedado e firme e a carga te desapontar é porque os ceifadores não esgombraram tudo e quando estiveres desfeito em todo aspecto as deglutidas das deusas que mostraste laborar-nos-ão como era simples o gratuito. O velho jogo de Gune, dizem sim (calva!) que havia um colono para ti, um temperador de todos eles. Begogue era mesmo, e Gloguestone! Ele é um tiro-morto e ora estamos mais aptos a encontrar as fragas de sua justa lida de seus grandes laços, o bundista, com a derradeira liga há muito esquecida, enquanto o sagaçolhar de Tuscar perscruta o Canal de Molha! Nunca houve um estratego na Grande Erina e na Britônia, nem em todo o Picondado, como tu, dizem. Não, nem um rei, nem frei, nem grei, nem urubu-rei. Que tu podias derribar um olmeiro que nem doze granujas poderiam rodear e guindar excelsa a rocha que Liam não pôde. Quem além de Maculamor o viandante de nossos destinos e funebrino no funeral avir-se de nossa causa? Se tu foras o próprio gaiarco e mais uma horda como tu teriam domado as águas como gostavas de fazer e baixar o cabo ou malhador para melhorar Tua Graça? Miguel MacGrande MacOlho poderia tirar-te [25] a pura perfeição e Reinaldo Alforja procura iludir-te sastrar-te. Mas, conforme Hopkins e Hopkins, és um tíbio talhador alinhavante. Nós o chamamos de Bungalófio jorneado desde que deixamos Jerusa além na Ásia Minúscula. Tinhas um galisco mais destro que o de Pedro, Tiago e Martinho e teu arguço de argiço esfaqueado por Tôdolos Ângelos. Pois o sacerdote de sete vormintos e escalda-fé, o Papa Vestróina, nunca achegava-se a ti mentre teus pelos cresciam em réstias ciliando o Lívia das estrelas! Grande, grande, trismegisto! Gesta! Sete vezes a ti te saudamos! O saco todo de labras, pandioplumas e perneiras abarcadas, são aonde os arrojaste outrora. Teu coração está no sistema lobular e tua testa cristada, no tropo capricúrnio. Teus pés na cartucha de Virgo. Teu alalaô, nos saiéis dos elísios. Está claro como esta fraga onde nascestes. Debulhas sem galho. E há lá linácias texassirgas. O solitário rumo a Laffaeyette terminou. Depõe tua trilha, meu bem! Não te inriquietes! O testaronda da templela de Isilda, Tutancalmou, disse: Conheço-te, meteriano, conheço-te, proa de salvação. Pois obramos sobre ti, abraminação, sempre vieste sem seres invocado, a hora de tua chegada é desconhecida, todas as cousas as quais a compânia dos precentores e dos gramarianos de Patrístico pediram a teu respeito em relação a tua obra tumular. Gritam lúgubres os marinheiros, muros responsos!

Tudo continua como dantes ou assim apela a cada um de nós, em nossa sapatria acá. Tumurmúrios por todo o santíssimo, malasorte para mim sora Florência. O clarim para o desejum, o gongo para o almoço e campainha para o jantar. Famigerado como no tempo em que o Rei Belifasto encontrou-se subidito na Dieta de Mão. A mesma mercancia à mostra. As amanteigadas de Jacó e as vicocas do Doutor Tipple e as desidratadas sopas Esuardas acompanhadas do melaço de Mamãe Peliganso. O preço da carne caiu quando Rala Pérsio faliu. O carvão anda parco mas no quintal a entulha anda farta. E a cevada voltou a subir, é preciso bargranular. Os três filhos néscios vão às classes, sim senhor, soletrando sábios sem asnásias e virando tabelas de multiporcação. Sempre pelos livros e nunca lapidar [26] Tômbolas de Vidraça ou Timos de Toças. Que judiação! Não são esses patriciotas romanos? Eras tu o dablijunto genitor naquela aurora em que recebemos a salvação e tu serias já o nono por tudo quando os destros tomaram o que os amóricos sabem. João não passa de um boçal de querúbias belfas, de ogras pinturas nas paredes, e seu pícolo facho e sua lancheira e apetrechos, figurando postalista alrededor das cavas e se a sabó era lhetalpi podias levar um gato leporino, mas, nossoroba, o diacho chega a retratas mesmo o Joaquim, representande tartano, dando boas ganâncias além da última de suas retiradas e escriturando as entradas em seu bursolete. Joana Henriqueta é uma das filhas de Maria. Ele virá (pois certamente a escolherão) em trajes de aurealva com um ramo de eras para reacender a flâmula no Dia de Felice. Mas Esterzinha Sanaã saiu de suas combinações. Tu te lembras da Esterzinha da Cartuxa de Luna? Chamam-na de Santa Letícia de lábias rubroesas e Pia de Purabela quando as refréritas mineiras ocorriam porela. Fosse eu funcionário da Guilherme e Sarrafofatura eu poria esses pósteros em cada umbral do vilarejo. Ela faz o relatório na Lanner duas vezes por noite. Com o tabarino tantamanha de rodapião. Marca o passo da cachucha. Teu coração diletar-se-ia se foras.

Calma, distinto senhor, genuflexionado e silente e bonançoso em honra de vossenhoria! Acosta-o aqui, ezequífero, e que Deus te fortaleza! São vossos tépidos espíritos, moços, que ele açoda. Demétrio de Flamolana, corqueia a cura dos Clancártios! Tu abrejaste o bastante, boiando de Porto Belo a Pomerânia. Traze-o acá, Pátrio Cóio! E traze-o já tu também Pamoiates! Não te angusties contra Avramanes! Aqui dormembras. Onde as névoas se acastelam, onde ninguém se alcoveia, onde merestérios genésiam, ó sono! Que seja!

Tenho os olhos nesse estranho Beão, na velha Tércia e crê-me, na burra. Ela não fará assuada com seu postal de guerra para apaniguar-me a constituir-me um murial, tralhas! Tribulo tuas trampas. Afianço-te a fidúcia! Vestiremos em ti teu cronetudo de novo, senhor. Verdade ou mentira, gajos? E não parecerás tão espanéfico. Nem destile fora os restos. A rodadusta rasteja árdega. Eu [27] vi tua servenhora no átrio. Como a Reinavera. Arrá, ela é boa mesma, tambê, nem me digas! Esquívio? Estoriano Enrico, tu já eras, havia muito, meu chapa a relvastoriana senhora é augustosa. Cumprimentamo-nos. Anhangate um forcado com a lei sola ciliciana dela. Tibolinha bocejava e burlava as horas felícias sobre as polucas rotuntábolas estofadas observando-a costurar um sonho junto dele, a filha do sastre, cosia para durar. Ou a esperar pelo hibérnio para brasumar a mundrunga seduzindo outras ninhadas a caírem do fumeiro. É um alude que não fode ninguém. Se ao menos lá estiveste para amestrar o sentido, compadre, e expor a ela sobre os floriáurios. Os lábios umedeceriam de novo. Como no dia em transitaste com ela até à Cuprifeira. Se com rédeas e estribos tinha as mãos ocupadas ela nunca soube se estava em terra em tálassa ou atirada no ciano como os himanérios de uma noiva. Ora paquerava, ora tumultuava. Podia secundar um canto e adorou um escândalo quando o postal partiu. Adorava concertinas e paripassantes enquanto cochilava antes da seia após o caneção e abater-se de risos e está em seu assinésico assento, lendo o *Globo Vespertino*. Para ver se é atinado, completo e arrogante. Novas, novas, todas as notícias. Morte, leopardo mata labriego em Gomorro. Cenas de ira em Jevude. Estrelastra com sorte nos adeuses. Oportunidade justa com as cheias na China e acá ouvimos esses róseos rumores. Chinos Sinos sobalçam sicrando e os de Enrico beltranam. Ela orienta-se, fula fulana, entressaia do seriado dela, *Les Amurs de Seliçário e Pervenche*, adaptado para *A Noiva Novergina*. Haverão campânulas soprando em salinos sepulcros a noite em que findar-lhe a lágrima derradeira. É o fim. Mas são pormenores do porvir. Mandamentos do tempo. Para ele não há cinzas grizes nem transições. Candeias tremeluzem diante de lisonjas. É o olá de Ana Estácio! Mundas no melhor da cintura, dizem Adão & Filhos, cotistas acionários. Os cabelos dela estão castanhos como sempre. Vistosos e vagos. Repoisa agora. Anamartânata!

Pois, aquele mesmo alevino repósito de salmão já não importa, há já um vergão de marmelo repaziado ao acaso com premissas de [28] frequentar cem lupanares, como me asselaram. Muamba, agraudando como alcaide ou jiboiarueira, periafando um rasgo letal (ao léu!) levado a solevo do vento retavante (Javai!) à viração (desvelo!), o sumo da siminé da Birreria estava muito abaixo de Fíneas Barno; os quinhões de enricumeiro transpaduam seus brios vertendo-o num grão-fárfalo, a manter a galicada esposa, uma mariposa e três anopluros esclincórios, dois hexápodos diagonados e uma apoucada pucela. E ainda maldisse recursivo e foi sobrevisto pervagando o que teus quadrúpidos viram ou nunca fora visto feito o que teus pombarulhos divisam, prantos nubélicos assobre decarrisos testigos, e o que ora farão sobre as ninfarinas e as himeninas. Embora seja aleivosia ao zefirote e Erastro volite em torno do céu sempre dela. O Criador criou crias para suas crassas criaturas. Alvo monotóide? Teatreritocrata? E todos os encarnados profetas coelescentes? jà é demais! Seja como for, algo é certo, o que o torajoso comisséfiro afiançou e Mapequino endossou, que o homem, Hamã, o Chibateiro, Egrégio, sobrevisto supomos, mas de fato naimprestável, veio para este sítio cronocrômico em que moramos, este fermamento paraquial de umotra pramora, com um legado aos ínferos de uma galé, os corsos veleiros turbintes, *O bei de Dublindo*, o primo birremo a fundear neste arquipélago, de cordames frouxos e o semblante de uma ceroma no espolão, dugões marfinados ressumersos dos abissais, e foi exprobrando-se como um bufão arribado desde esses setentanos, sua feição desta face, por ora e por sempre, esgalgando-se subturbante das canáceas aos amidos de setulose (broca de Tutancana nele!) também, e inflando o ventre ele afleima-se sobre o inebitábel, nosso grandevo ofensor era húmile, comunardo e ensectuoso por natureza, o que podes estimar pelas alcunhas que lhe fiaram, em legionárias glossas, (onisso há e bendito seja!) e, pleniando-o, mesmo hamissim de himassim, ele, sobríssero ou não, é apenas é e não lhe adversa o que será o responsável irrevocável pela halaúza causada em Edemburgo. [29]

Tradução: Afonso Teixeira Filho

2

Ora (someter a tôtala solicitud de Íris Trina e Lília O'Ranja), sobra gênese da algonha redimentar de Haroldo ou Humberto Cimeão (turnemos ao período prodomítico dos patrionomes, justamente, por suposto, quando enos calcava trapresas) descartemos de vez aquestas teorias de priscas fontes que o atrelaria a aquestes egrégios ancestórios, como os Glucos, os Gracos, os Nordestos, os Ancestres e os Euricos da Mancária de Centúmana, nem o proclamar um prolébroto viquingo que fundara pegládio e sedlou-o em Henrico ou Erico; a mais vera versão, o Tardúltimo, cap leu a rossativa de Hocefal-ben-Edad, atesta que isso era o que foi. Disseram-nos como no princípio aconteceu que, como couve a Cincinato, o geronto jardineiro repoisava sob a crepuscularbe na cálida tarde do sétimo dia, Haga Cevícias Evais, na quedúmida paz do paraíso pelo sequente amanho de radículas no vergel traseiro da casa cheia, o anoso albergo marino, quando a realeza era anunciada por arautos que se sentiam exaltados sobre a via excelsa ao longo da qual um raposo apaixonado lançou a prole, também em passo promenádico, por um séquito de cães frufrus. Olvidado dos salvados a maquinação de seus vassalos ao etnarca Humberto ou Haroldo, não se arraigou a jugo e sela mas mandou-se por ser cabeça quente (a suada bandada frouxa da manga do colete) pressionando as quatro cortes de seu público em cocar, colar, colmar e vestatuar, três-quartos, puteiras e butocas rubras cinabárias com [30] turfarosa, quiavessonante cancela e enleva acima em meio às azagaias do grupo de caça em cujo poleiralto ata-se um ântaro holo êx-cêntrico. Sobre vossa magéstica, quera, ou pretendera, desde a mais hipermetrópica decinfância e quisera mesmo vestigar o que, efetivamente, fizera com que sua calçada ficasse trôpega, subsolicitando que se aclare se panenostro e fisganzol não mais mordiscavam lá gostando trampas ao fieliforme Haralfredo que retrucou sem atropelos como se tivesse uma calva destemida: Ora, seus nóbrios, havera gesta apenas uma sobrestância de tesourísticos hematófagos. Nosso marirrégio, que drenava uma gorgoleta de aguadão, abotelhou-o sobrisso, deixando de engolir, sorriu terenamente por baixo de seu bigode foquista admitindo que nenhum humor tão genioso com que Guilerme, o Conca, no lado fúsico, tivesse herdado pelo laço heriditarialvo e, por alguma mutreta, de sua tiavó Sofia, se voltasse para seu retínuo de galóglasos, Miguel, lorde princetéligo de Liofálio e alcaide jubilado de Drogeda, Elcoque, (sendo os espalharmas dali Miguel M. Manning, protossíndico de Aguapé e um excelso italiano chamado Giubilei, segundo uma versão tardia citada pelo escolarca Canavão de Seitroar; de qualquer modo, uma tríptica família religiosa que simboliza a púrita doutrina, coisas para usuais e o verdrures trevoso onde belos pradícios crescem e manifelsamente:

Sacrossos de Santo Huberto como nosso rubrermano de Indelévio fiumeria berrantemente caso soubesse ele que temos como sobrecerto bailicado um canceleiro que por voltas leirascansa mais voltas que um eurículo! Pois ele grassou João Pelo com sua corte tão griz e suas tias em casa dele lutuando. (Ainda se ouve dizer que calhau crostou risau, japijapa aninimadamente, entre a arbe da beira que a dona Patricista plantou e vingou faz com que o passante sinta o cevático silêncio mineral: Sinto milhargas longevas natas.) Sobrevém a dúvida: são tais fatos sobre sua nominingentilisação os mesmos registados e agravados nas duas ou em todas as narrativas andrópalas murfianas ágrafas? São esses seus fatos lidos nos oráculos sibílicos entre os fás e seus nefastos? [31] na carreteira. E Nenhemias não serias? É, e Mulaquias nosso reizável cão seria? Talvez não tenhamos de ver. Sinos soam o aliângelo domínio onde circusceptros se acomandam com os essentáurios. Tende em mente, filho de Ocmá, se é que sede tu, tenguemente, esse homem é monturo e dopo vens e dopo subirás.

Para isso, abandonemos a falácia, tão púnica quanto finiquinha, de que não seja realmente o rei e sim suas insiparáveis sorelas, descontroladas tagarelas, Cherasteira com Duniazada, que despois, quando os roubeiros apagaram os olhos fotos, caíram no mundo como divertidoiras e foram palqueadas por Madame Sudolova como Rosa e Lília Mistinguetas na ribaixa que dois pítios matrocinaram, Miliodoro e Galateia. Vem à baila o grande facto de que, despois daquela data histórica, todos os hológrafos até então exumados iniciados por Arãofredo trouzeram a sigla H.C.E. e, por quanto ele era o bom macrupanta de sempre, bom Duque Unfredo para a faminta laboreira de Lucalizode e Chímbrio, a qual era certamente uma virada prazeirosa da populaça, que lhe deu como sizo daquelas missivas narrativas a alcunha de Hoje Comparecem Esses. Sempre sublinhou que fossem Esses, sempre os mesmos e iguais a ele, magnificamente bem meritosos de toda e qualquer universalisação, sempre que ele inquiria, entre vociferáticos denfrente do *Aceite esta pequena prenda!* e *Tire esse chapéu branco!*, aliviava-se com *Vai passer fome* e a*nota isso em seu nome* e *Bota isso em seu* (sotovoce) *bolso*, do bom começo ao final feliz a real congregação católica no domo do brinco de lustrosos cetins acima de luzes lustrais e pedais desde suas milentradas e censaídas unanimosamente a plaumadir (inspiração de sua vida e ocorrências das carreiras deles) as representações sempre vivas do Sr. Jubarba Pedroso Lavasília numa presentação, ordenada especialmente por permissão agraçada por propósitos pios, da dromécima undécima performa da peça do problema da paixão do milentúrio, em forte exibição desde a criação, *Um divórcio real*, e perto de achegarse através da cimeira de seu clímax, com abiciosos intervalos em que banda tocava *A rapariga boêmia* e *O lírio* nos ecuspetáculos das noites das ordens de seu visceral encerado (seu sochefe está telhando [32] ali um ciclorama menos eminente que o procênico de Macabeia e Culênio) onde, um verdadeiro Napoleão de Carteira, nossa globédia praticável e a jubilada celticômica com seu próprio injumentário, tudo no tempo assentado, tendo a inteireza de sua casa sobrele, com a invariável transmitência de um lenço gelando-lhe o colo, a napa e as ombreiras e, em um guardarroupa, um fato completamente voltado de uma camisola bem chamada de rabicho, em cada ponto longe da anilada e lavados bigornos e pedregudes garotões dos poços e do primeiro anfiteatro. A peça foi esta: mirade as lampas. O anúncio foi este: mirade sob o orológio. Círculo das donas: casacos aqui. Poço, procénio e partérrio, câmara de espera apenas. Habituais conspicuamente emergentes.

Um sentido mais baixo lia-se nesses caracteres, cujo sentido literal a decência mal podia imaginar com segurança. Fora um desvelo brunito por alguns bestardos (os fedores de Morate estão nas crônicas noturnas da manhã) que ele sofreu de uma vil doença. Asma, desconduta-os! Para tal sugestão, uma resposta introrrespectiva tem a afirmar que há certas declarações que não deveriam existir, e ninguém deveria crer-se capaz de adicionar, não se permitir fazê-lo. Tampouco seus detratores, raça imperfeita de sangue vermicular, aparentemente convencê-o como uma grande lagarta branca capaz de todo e qualquer exagero no calendário registado, com o propósito de desacreditá-lo diante das famílias dos Jucos e Queliqueques, melhoraram o próprio caso ao insinuar alternativamente que nele recaiu certa vez a ridícula imputação de molestar milícios galeses no parque do povo. Ei, ei, ei! Oc, oc, oc! Fauno e flora no lívido lábio daquel lépido lóco. Aos que sabiam e adoravam a cristitude do gigantão mente limpa H. C. Eurículo durante toda sua longa existência vicerreal, a simples sugestão de ele, como ciocão, fuçar encrenca em ciclos de insídia sona particularmente insonsato. Fato, barbas do profeta, leva-nos a somar que se diz que houve pois (fiu! fiu!) certo caso do tipo implicante, creu certora, um certum (se não deusouve haveria de havê-lo inventado) que naquel tempo estambulante [33] Deandublinava em vasas galochas com seu tarco registo e permanecia topicamente anônimo, mas (chamemo-lo Abdulá Gamelaxo) foi, está claro, posto no Malão como obséquio às sentinelas do comitê vígil, e, anos depois, grita um ainda maior, Ibid, um comendador da febre, aparentemente, o qual ficara sultisfato, cabisbaixo (pfiat! pfiat!) à espera de sua calêndica ração, volta-se para decepadas cabálicas alicúbicas na casa velha para o botar Rocha Hadoque fora da Rua Hawkins. Lowe, seu glande mentiroso, Deus o bescene nu grotemarco e a ela, que edita em casa a difamar aquestes boilos! Há um bocado de atrapos em homeragem àquele repasto. Calume, fermentido, nunca mais pudeste imputar nosso magnânimo Soutrão Eurículo, sujeito homogenial, de acordo com um autor piadós, de uma mais afinada impropriedade, imposta por certo madeiro ou regardeiro, que não se deu a negar, os somérios, que tinham, chitédio, chitão, chinchítafo, gastado, naquel dì, a sumalma grânica, ao se comportarem de modo cavalhado e desmodado, cavalhados antônitos diante de duas serventivas no rodamunho de rotos murchocos, ou assim alegavam as duas epineiras ambivestas, dama natura tutinocente, expotentemente entorno a mesmora da tarde tarda enviou os dois, mas quelhas combinações impressas em sedalã intestiga, onde sem dúbia imácula, eram claramente divergentes, de vergo a verga, em pontículos a tocar a íntima natureza da coisa, ofensa capital inverso ou vernissão, era veramente incauta, mas, em parola acepta, uma exposição parcial com tais circunstâncias atenuantes (grei graduada onde arredos noivam verges) como um verão anormal de São Suíno e (Jessé Rocharão!) dura ocasião para provocar isso.

Não podemos fazê-los sem elhos. Donas, corram ao tálamo! Domem a homem, enquanto lubro for o losa. De Céssido, nosso cadão, vilandeiro, voltador. Fodaço, carneado, novimundo, zoleflenó! Se ele é uma ninfa, puxai-a logo! Paulina, deixa! E machos expreitam, egrume, egrume! Inimputadas revelaram o que era ele claramente de vez; ao menos ele expressou-se como portador de traços pretéritos borrados, sodados, ora recebidos [34] de nós veramente. Contam a estória (amálgama absorvente como só cloridófobas esponjas cálcicas poderiam fazê-lo) como uma sabrosa manhã dos Idos-de-abril (aniversário, nessa data, de prima assunção de seu justo e destro mirterço no aputamento para o confucionário das raças humanas) eras e eras depois de alegar delítulo quando o amitrasto de toda a criação, ebânica portagem a sua estada, rodava pelo panorama de nosso parco maior com seu sétuplo quepe e cinturão e escarpas e bombachas e alpacas e taporéquias galochas e bagavatos gaiteiros e casacos lixosos, ele encontrou um cachimbo cachimbando. Este, o lucífero daquelouve (que, ímpares, continua dargomentando sobre a mesma palhoça, levando o cabrote sobre os combros, transumando, como para parecer-se a um jecavalheiro e assinalar a rogação como lhe apraz) irresolutamente se acostando com: Guinésio dêntico pranzo sem Fin? (um belo comovai no Charco naqueldia como alguns dos senolhares podem ainda tremelhar-se) a saber se dir-lhe-ia quantas batidas um orológio deveria idear pelo feliz galógio enquanto horava sua vigília. Deviassim ser evitacionado. Execração como algo sabiamente sólido.

O Eurico daquele espúrio instante, reconhecendo os princípios liberais fundamentais de suprema importância, venocápito da existência física (a ajuda mais cercana estriba em apagar-se no dia Sempatrício e no despertar feniano) e indeséjifo como sentiu-se naquelora atirado ao eterno, pregado por uma bala da seiva suave, detém-se, rápido no gatilho, e respondendo que se sentia muito bom, pró-doto de sua pistora aparada por Jurgênsio do cováqua, nosso por comunionismo, dele por usucaptura, mas, no mesmo golpe, ouvindo acima o rude folear de Mãe Oeste, o velho Fox Bonomem, o sineiro, sobre a vuota vastidão do sul, em obras sobre os dez tons tonuantres do trovão, toneleiro tenor, na quiesa maculada (Caonim convoca!) conta ao momo inquisidor, por Jeová, que eram doze das horas sidébrias em tonto, acrescentando, bundargo, conforme curvava-se com bafo de choubinhas fumadas a dar mais pontos ao cobrêncio, apresentado por ele (ainda que isso pareça algo meio confúcio com o [35] gim adstringente, que, contenha compaude azedo, ácido, salado, doce e amaro, sabemos que usou como quibo parósseo, músculo, carne e vinvital) que, visto que a hacusação contra ele fora feita, o que se conhecia na alta roda como coisa certa no matutino Imparcial, por uma criatura de forma tumana que era pouco parro e alguns degraus mais baixo que uma serpe tricefada. Em um gargântico apoio à sua parola (em raro antícipo a uma frase famigerada, foi reconstritada do estilo oral ao verbial em eterno ritmo ritual, em quasímoda quietude, e tanto presa por acontos sucessivos de Noé Webster na retradução conhecida como os Provérbios atributivos de H. C. Eurículo, taxado em tostões, sem taxa de envio), o titante deslumbrabte apertou o cronômetro cronúndrico, e ora em pé erético, sobre o ambijacente alagadiço, cena desse avenimento, com uma luva prússica talhada na curva do cotovelho (geste cujo senho, no mais arcaico senhare, diceva: Ǝ!), apuntou com um anglo de 32 graus da marca miliária sobredesenvolvida de seu Duque Férreo, como compâneo de bedida e, dopo uma pausde reconoscimento, feita com ígnea emoção solene: xacode, co-comerada! Mim só, elhos cincos, ele é briga boa. Eu ganhei força. Daí minha nonação no glande hotel e casas cremortórias que, pelas honórias de nossas filhas momo morinhas, creiam-me, eu estou vuquerendo declarar, senhor, sobre o monumento, aquel senho de nossa rude redenção, qualquer dia higiênico até agora e até fazer meu desjejuramento a meus sinfeiros, mesmo se viver para tal, sobre a Bíblia e diante do Grande Taquemestre (levanto meu chapéu!) e na presença da Própria Divindade e do Bispo e Sra. Miquela da Hederosa Chiesa da Englândia, como se tudo do dito Dos meus vizinhos comoradores e de todas as vivas escarpas em todo canto de todo o globo em geral que usasse meu Bretão para os ossos da minha língua e da justiça comutativa que não porta o título de vera, permitam-me dizer-lhes, na mais pura das mentiras fíbias.

Gretas grutas, ávidas para cometor erros, externar autolação (diagnosticar pelo eustábulo que devia ter sido feito com o marquétipo [36] pospubérico hipertituário da neândrica cavernética de Hidelberga) elevou sua pronação, maltinha endito Suvitagórico bentinha e dublinóculo naquilo a que era mui agrutecido, e como um pernomem sensível com tato infindo na situação delicada dada a tocante natureza de seu tema temante, agradeçudo pela guida recebida e pelo tempo do dia (nem um pequeno apence que assumilhasse o da coruja do cronômetro divino) e, dopo cumprir a húmile tarefa de saudr seu ministrato e Guninga gaupauro e parati seu notolâmico, retomou seus assuntos, fossem quais fossem, saudando tanatânico, necronômico (poderíamos cana-lho se tivesse córdia a dar a seus montículos escalpélicos deixando uma trilha de cáspicas gotelhas) copanhado por um fiável cane e pela infinda reflexão, verbigrácio; encontrei-te, ave, mui tarde, ou não, cedomadrugando: e tagado como idiolota repetiu em sua seconda vérbia tanto das verborrágicas parolas dos tempões de que conseguia calvamente lembrar-se, que o próprio notiveldévio, nas honoras dos bardos defêmios entre grepusculários Entrecrúcio e Espadamar, quando a superonda e o suvérnio Quartier Charlatã juntou-se gentilmente, e ao longo do sereno negrégio do Grande e Real, ff, flatoléfio, e, qq, crátolo cérquio que a muitos era uma réplica muta de glotomorbência dos que sufrem de poligogia, sempre aquiescente Arvanda, ao passo que estudando os casteles arenados e garanhando vacâncias sobre os norâneos, esparrou em caprichosos cobertos uma dispensação musaica aobre seu foco se me permite (saliva hibérnica, mavshe dho hole, mas seria um respeitoso senhor de boas relações e de ascendência indo-eiropeia com alinhadas ideias que sabia a coisa certa como o Sr. Devério ou Sr. Ridério expectoraram depois de um jeito calejado, não mercis!, quando ele tinha seu tovaliolho no abolço, abócio?) musalimentado com toquitos dopo haver cenado um prato quente e coto que garboso tratou como Damasco Bombaim (é apenas uma micotorta Lucapuca que ela conhece que o peperou e mostardou), um supremo de boas ervilhas, gisado em gálatos cabrone com malte bianco amaro, um prossero beberico rouco saboreou, joiou-o, na estação esbrumosa, ficando tão leto quanto um hortovino; e nessa ocasião [37] celebérrima de expiatória letícia, coroado de ébria valentia, esse pláteo regional, guisado benjamênico, com olivas hibóricas ao ponto zenítico, matrimoniando-se (porcograsso!) com éberas finas deluxiosas com uma botilha de uma Cerva Fênice 98, acompanhada de segundas núpcias por um Portureia, Grão Curo, dos quais levemente cerisados de mesa (ainda que frugal, era banquieto derrameiro de condonado), ele, teimoso, ainda cheirou a rolhateiosa.

A molhe de nosso garato (umanata Nipotina Maxwelton) deu uma orelhada nascarrada (sobremesa dela) e com a cara feia, como de costume, olhou para seu cãopanheiro (sem pêssegos e damascos para ti, Pomeródia!) mas, com a chave na borta, quebrou do assunto entre centunaltre com a cortesia usual (como são esvanecidas questas primas vespras, um ulvo sussurrado, dentro da lavúrdia pocília de seus ceromanos!) a noite seguinte pulsa alguém como Hesésipo sobre uma chávena, os olhos húmides e picos e fala grossa pela aparição dele em ridiculores como se não fosse capaz de manter ainda as velhas alas de seu reberento, o diretivo, que ela tinha criado na mente primeiro para falar (vai, intra! Apênis uma culher!) com findúcia, entre lábios cerrados e Algumas Lívidas Promessas (forse ela nunca fez Esnequério cricadiar Hunovo para ela lapitalizar!) que o evangrelo assim revelado nas epistolas, sepulto chatorradamente no guisado hibérnico deles não poderia andar mais que seu trajesuítico, ainda que (em agróvinas veneridades! Voláteis valetúdines!) era seu malcriadíssimo padre Seu Castanho, feito vicentino, que, quando levado aos fatos, foi sobrouvido, em sua personalidade segunda como um Nolão e sobouvido, miseralma, por acaso — se, seja, o incidente acidentado, pois aqui ragia o Eclesiastes de Hipo que sopressai a tristemunha de Eva-ban-Ana — para esboçar pianíssimo uma ligeira variação das confissões de Costolastorta, (o que Maraloísia disse? Por Jesufina!) mãos entremãos, num juro espórquio (moi bravo favorito! Meu fraudo!) e, para ser restrito a *O segredo da nascença dela*, rubivando apressadamente o aurélio dum certo Filo Turnesto, laico leitor de ciência rústica e ortofonética de uma figura cer queja e sobre o médio [38] nos seus quarentas durante fludista paro que por uma aposta sialta e cara nas corridas hípicas de Calvoide frecal numa data (W. W. vai na cabeça) facilmente capaz de remebrações por todos os picos de eventos nacionais e retalhos dublínicos, os duplos de Perquim e Paulouco, camarada prolífico, quando o clássico Entrágico Hípico Plateo foi tomado por dois nasos em estabulário fínico, econeco, alguns nehuns, evelos novelos, vindo de um creme coto Baldo Bicho Cromélico depois de uma esperta tirada pelo remanho do Capitão Chapelão Blôntico, São Dalougo, Tamboreiro Coxão, adescrito terço, em quebra-costas, graças a Paula Alpaca, grã pequenha, pequenhita, portanha, toda cochilonha deles, que no chapa aniverlórico palúdico havia certamente ligas diferentes de qual siasse peso nulo que alguma volta podou nossas paulas.

Eram dois pesoneros Tenórios (turfou-se o inverter, as plúvias pestaram e a vox da rolha eqúem em nossa torra) chamados de Tomé Trecálio como se já tivesse saído do roubo de uma fínica vagamba suína dos macelários e seu próprio irmão hemogálata Pícolo Prisco (ele era, para ser bastante sincério sobreles, pícolos e priscos), um alpiteiro, zarpado, ambos horrivelmente pobres no agito por um jogo averento para um conto derréis ou um parvo grossuno quando muto, quando o regimar estava fazendo a colímbam, para orelhar a passona no moto cóbrio usou um linuajar chulego (Tetra Cetro), atingindo o caso do Sr. Adão, que estava em todos os dominicais, especulando em que ele esfregava o naso e gurgulhando o próprio junto com o blocanal nas gafas.

Esse Tomé Trecálio para quem a referência fora feita erausente de seus habituais íncubos sílvios e lanos na terra de capelães alguns momentos antes prequele (tinhele, de fato, lábito de frequentar casas que aceitam quem lá nudorma, liberalis, no coto de forâneos cavalheiros) mas nas carreiras notívagas, ébrio depois de várias doses, de fogo, rubro, canino, batizado e ginoquiando, abasteido por anatracão, o estalão primaz, da Loira Brígida, o Galo, o corno do Catraio [39] do Penículo, e de *Tudo benze quando aguada benta*, o Estribulho, ele procurava um cocho dalbergo nalguma acolchegante dormada insiêmica na quadra W. W. (por que não deude ombros?)

na quadra Bomba, nos libertários, e o que com multipocos abolçares, roncou algo algólito alcometido a ponto de suportar o *Chego, minha mula atrasa*, freirática, substância do conto do evangélico debruçado e da roxinosa (moças que podria convocar pela colaterete e saia, a sombrinha e a carbalçai) em partes (parece que ele esteve diante dos idílios de martes ou galtro de terças de fossilanas, tendo tornudo com cástia e lavínias com seus másquilos lachados ao mar num barcurino muerto mostrando claro que ele buscasse polemar nigros com grenquanto rinchos) muita vez na noite ardente (o metagonista! O talassepicamante!) durante sono duro em seus auscutos de pícola e fratílito executivo do carrelho, Pedro Clório (descartado), O'Mara, antigo secretário privo de morada desonochuda (no pedaço conhecido como Mônia Lisa), que passou várias noitadas, com muita fólia, numa portada sob as cobertas dos deslareados nas barrancas da gelândia, almofadado sobre a pedra do fado, mais fria que ginóquio másquilo ou teta uxória, e imigos (sem sombra de nome), um malustrado pegapraia, que, sem radice e sem migalha, suspeitando como posto em bicadeira na verge de abisme-se, a maior parte famígero, com melancólica sobreposta ao geral (barista notívago, que o serviu com o enano do rui senhor!) tivera a cabeça a prêmio tossindo sobre o chacalança, calculando formas e modos de meios do que gostava de infidelizar-se de uma forma ou outra na nação com mão nalguma parábela do alheio na esperança de tirar umala sociável e acender nu morgulho acerodado nalguma fermata da linha Duque Dinalário, Brecarroca, onde podria jetar mesmo indo e batendo o dormente sibicida fora de si por dois bocados de maltitude calvária no pazo e buzo de um trago certo de botilha, ele, após tentar tudo que sapeva com a ajuda da senhora madama Sanitude por mais do que dezoito calendas para chegar alé, do ziquenaus de Seo Patrício, através de Humberto Jervásio e na cabeceira do Santo Quélvio no hosiciotal de Adelaide (de [40] esses insanáveis veleslaios entre aqueles inacaráveis velosdias por Santiagos de chapéu coco, bom Lazários, livrai-nos!) sem dopo ser capace de trapeá-los por naugures. Lisa O'Diva e Rocha Mongo (que tem muito incomum, de forma epsíquica; se me permitem as palavras *hostis et odor insuper petroperfractus*), subentende-se, sonaram do sono deles de suimbórnio na súcrea mãe ondulante dos desbarrancos, com Hostes, exatamente como os bernos no xó dos mongos no mangos, ou, bem, os desperdícios no deserto, e a agitada dama pratodobra (piangeemos a hímnea atenta), não foram tantos os arrolados na lindeza dos penicos, fechaduras, bochechinhas eroditas e metais dos lanternitas, quando, grilhado como nenhum chapa dele, anda a fare um rango branquelo, o rejuvenélio mambembe (porque, dopo uma boa noite de sonhos e uma ressaca matinal com os coaxos, fez dele outro homem) e a sua câmara bocejal (nossos rapaces, como dizia o bairônico) estavam em pé e prontos desde os aproscos que eles levenaram O'Barril, cruzando a cabana hibernal de Ebilina (triz rutas e repoisos sobredélios, então curiosamente superfícies coreespondentes como aquelas linhas e puntas onde o nosso metroverminicólio manupúmblia sob os dormentes supertérreos e estações na ecudistância do percurso) para os monódios clavicórdios que, cremonando e cromonando, lívio grévio, malandro malindro, ápio, lépido e ligiero, carente de anorelhas dos súditos do Rei São Finércio, o Festivo, que, em moradas de adobe dele próprio no flavório leito grossélio, disse em alto e bolsão o virápio, o muscate ou mascate vivo samônico, com seu estoma pragmótico aberto durante a longa aparisentação de seu tanesperado Messias de barulhórios, onde apenas meia-vida de sono e depois de uma ligeira pausa num penhoriacho para o profético propósito de redenção dos verdadeiramente admiráveis dentes postiços do cantor e uma visita prolongada à casa do chamado de Postocujas, vixe, o Antigo Cu do Padre na paróquia de Santa Cecília dentro da líbera de Xeol Mor, que não era das 1.001 ligas nacionais, ou seja, segundo o critério de grifítico, do local da estátua do Primeiro Menisco Ledopetro, que marca um marco à marca de um marcador (último dos probábiles mordonos), onde, [41] juntamente, o trio de ecuantalgim juntou-se um próximo — intentos — adote — manhana casual e uma espécie descente de variedade vencida que acabara tocando o insulto da semana, vai, e todos os figarisas (quem disse o prenome?) tinham estimulantes da forma de genébrios ficos pelo maldecente tipo pelo qual um rangandro e uns parcos mais só para celebras a pasquera, guada com a amicícia assada, os crápulas saíram das premissas licenciadas, (primo Bróneo, o pico p.s., ajudante de aprendiz de executor manietado no triste trazeiro como um p.s. de uma dama: quero pecúnia. Favordar), limpando os lábios úmidos com as mangas, como o bucalou seu rosso geral (sem feno, sem fim do arão.) e o mundo repentista era, razoavelmente, o mais rico para uma balada devaneira, para o baladeiro do qual o mundo da cumuniada cantava loas como tributo por ter colocado no melomapa do planeta sua deixa do mais vil dos papões mas mais Chamativo avatar que o mundo jamais explicara.

Este, bem dito, mostroso sujeito ou alcoólito foi primeiro vertido onde o Riobaldo Lívio se riovolta e o colo corcovai, sob a umbra do parnélico monumento devanira (Eleutheriodedron! Poupe, lenhador, poupe!) numa congregação piena de pannações em Lenster, enchendo a área visional e, como uma sobresúcia sincera, facilmente representativa, ora personadas, ora carumidas, em todas as seções e sessões (vinícolas e cocarias espalham a botelhataria) de nosso povo informe (para omitir a menção à minoria continental e aqueles que viandaram via Watling, Ernin, Icknild e Stane, num carro cockney muito capenga com uma quototal de pigarro de Virmute, um tório ortenho, um vígio sulista, um cronista lestanglânio e um guardião ocidentenho) vindo dos tropeços de jovens dublinos até a Coluna Cortaborsa não tendo nada mélio paracer do que andar com as mãos nas genachas, sugando arbronhas maruanas, tijolas, lado a lado com um truante de ofício, três bolas de pau e pulantes em busca de uma crosta de pãonhores a ocupar profissionais, um paio de palombro e dundrários, chateando até o Imparcial, fresco de certalvos e admicíos na ísola da Rutelândia, trocando frios sarros, [42] beatas senhoras da rua Hume em sua silhas, os carregadores mordiços, alguns vagando hamalágios dos treveiros vizinhos dos jardins mosaicos, um padre oblate do beco do Ex-folador, azulejadores, um flamengo, em tabinete de fumadores, com esposa e cão, um velho ferreiro que tinha alguns ferros na mão, tacadores jogando, muitos carneiros com sangramento lineal, dois oficiais heruditos, quatro vulgos quebrados de Simpson *on the rocks*, um gordo e jovial ainda bebericando um café turco e um rabo de galo com laranja na espeluncam Pedro Pim e Paulo Frito e, depois, Eliota e, oh, Atkinson, padecendo um belo inferno no coco de suas anuitantes acornas, sem esquecer de uma dupla de dianas ávidas da caça, uma prebendária particularista, que ponderava sobre a páscoa romana, uma questão tão sória e os uniatas gregos, quedos, um laço frouxo na testa ou dois ou três ou quatro de uma jânua, e assim por diante até umas quantas gerialmas, que, à medida que eram sucadas depois de jurar abstemia no lugar do tio, estavam claramente sob o feitiço do malte, desde a vigília da Tara cosedeira, bela garota, um jovial pospuero maltutando três botilhas e outro, um plumodrolo, um certo senhor da santa casa do tecelão que balança e papagueia parolas a ela, a toldada saiotinha da todama, como cria, como curriola, como O'Lário Caocho. O polemarco saiu solto, para dizer a verdade (uma nação busca um olhar) e a balada, em ritmo febril sincopado, aficionada por Taiocebo nas suas Casudas de Polichinelo Artapano, estampada num pergaminho de blancóvida timbrado com um cortinoz muito duro e rosso, particularmente impresso no rimatutino de Demópolis, logo flautou seu segredo na avenida alva e no beco castanho para os quatro ventos e soprou a gaita fólica, do arcaminho ao látice e da mão negra ao ouvido róseo, gridando de póvoa em póvoa, pelos quintos tetrafélis verde dos Estados Unidos da Escócia Picta — e quem o danega, que seus cabelos sejam esfregados na lama! Pelo esforço feito (tão pecífico) de sua majestade a flauta, que um rei cornado de instrumentos, o mais puro Porqueto, ciello absoluto, o qual o Sr. Delâneo (Sr. Deládeo?), corno, antedipando um vero derrâmeo de plauditas entre os rapsodos, siprou seu chapéu decensório, mirando ainda mais como seu dito guardanotas como o guardaram os homens de Galo, mas antes do ex-carrador, o [43] quebraneves curvou-se entrúmido do pelo ruim e embarazado do chefe, "Ductor" Bategalo despedou seu bulha bulho no sinal alto de rancheiro para seus ostronóvios em omage ao companhalto, garçons e *silentium in curia*! (nostro paumaio ostra vez onde se ergue de velho) e o canto foi entoado ali coruscado e critinado onde pela velha portagem, na rua da quiesa de Santa Anona.

E revolto ao prado, corre-corre e este é o corredor que Hóstio há fato. Dito. Boilo e Caliles, Scretos e Cardúcios, vericificados e persificados podem tritar o trólio de vida em pedróquio. Qui, alinham-se os refrões. Alguém votou no Vique, outro montou no Mique, outros ainda imitaram Lim e Fim enquanto outros saudavam Lugo Bugo Dão Lopes, Lépio, Lápio, Gúnio e Gim. Outros emanciparam Árteo, outros mantiveram Bártio, Cólio, Nólio, Sólio, Guílio, Gálio, Gélio, mas eu perso Pérsio O'Rélio embora ele não tenha nome. Juntos. Eba, deixe-o para o Hóstio, frósio Hóstio, deixe-o para o Hóstio pois ele é o homem das rimas, o corre-corre, o corre, o rei de todos os corredores. Tens aqui? (Alguns só) Temos algures?

(Alguns nates) Tens otoqui? (Outros têm) Temos acado? (Outros não) Tá sufruindo, tá iguinando! O clípio, o clópio! (Tudo clápio) Vetro vidra. O (klikkaklakkaklaskaklopatzklatschabattacreppycrotty graddaghsemmihsammihnouithappluddyappladdypkonpkot!)

{Ardite, arditi!
Música aqui.

"A BALADA DE PÉRSIO O'RÉLIO."

♪ Have you heard of one Hump-ty Dump-ty how he fell with a roll and a rum-ble and curled up like Lord O-la-fa Crum-ple by the butt of the Mag-a-zine Wall of the Mag-a-zine Wall Hump, hel-met and all Da Capo ♪

[44]

Já ouviu falar de Cupim Mirim,
Que um dia rolou fora do muro,
De cromo ele caiu de maduro,
E bateu com o traseiro no chão,
    (coro)   O traseiro no chão,
                   De escada na mão.

I eli era uma vez rei do castelo,
Levou um murro e foi parar lá na China.
Da rua Verde, foi mandado por ordem divina
    À cadeia de monte Alegria.

  (coro) Joia em monte Alegria!
     O rei ruía.

Para enganar os outros era macaco velho:
Ao povo, bondes providos e imaculada sem seção;
Leite de burro ao débil e insolação,
Amor livre e reforma religiosa.
  (coro) Reforma religiosa.
     Coisa odiosa.

Por que não podia lidar com íssio?
Manga e leite, eu digo, é pior que touro
Quando é mandado para o matadouro.
Tudo isso é manga de colete.
  (coro) Tudo é manga de colete.
     É do colete.

(Refrão) Ei, ei, ei, frio anfitrião, troque a camisa dele,
Rei ruiu, rima a corruíra.

    Baixinho, baixeta!
Dá-nos cerveja, cigarro, sarampo, puxa-puxa e chinelo.
Tudo provinha desse vendedor de amaciante. [45]
Inda que os Nossos Hão Chamado esse de insetante
Custódio ficou na mão
  (coro) Com o traseiro no chão
     Sem negociação.

Ficou num hotel, conforto e segurança
Bola pro mato que o jogo é de campeonato:
Foi delegada a concordata da companhia ilimitada. É fato.

Há um oficial no portão.
  (coro) Bim Bom no portão.
     Não é dia bão.

Sorte ingrata que rebenta em nossa ilha
Vem vindo: é um dano quem galga o mar
Para na baía Eblana apresentar
Pra valer a força guerreira.
    (coro)   A força guerreira,
                  No banco de areia.

Donde vêm? Ruge o farol. Copeiragem, gritam, dá-nos cá a mão,
                            [convida e sopa cevada.
Finngal MacOscar Asine Cool Bonifácio.
Podem hama-lo de velho noruelha
Logo vão provar o melhor bacalhau que fez.
    (coro)   O cavalhau norueguês.
                  Foi o que fez.

Puxa, puxa anfitrião, puxa a corruíra, rema corruíra!

Foi numa festa regada a água pura,
Ou, segundo o Aliciador, enquanto mirava os macacos,
Que o nosso golias pouco Earnesto,
A mocinha conquistou.
    (coro)   Que foi que ela falou?
                  Lá, pro leão a guerra acabou! [46]

É um sem-vergonha esse filósofo que aventa à beça
Por ter querido tantas coisas nela infundir.
Deus do céu, isso é o fim da picada!
A fauna antediluviana.
    (coro)   Senhora dona Ana,
                  Na Arca nua, mundana.

Trotava perto do monumento de Wellington,
O rotório subipopotamono,
Quando um coitado baixou a escalça do ônibus
Para ir parar no outro mundo,

(coro)   Na porta do fundo.
         Seis anos no imundo.

Tinha muito dó de seus filhos inocentes
Mas procurava pela mulher perdida
Quando teve de se atracar com Earnesto:
Para ver de novo ou vir?
         (coro)   Para no verde ouvir.
                  Os insetos do jardim.

Sufloques! Shakespírito! Seudodanto! Anonimoisés!

Comércio nas alegralés manifestâncias
e para, no aval, encobrir o ex-candinato
Para enterrá-lo na própria terra
Junto com os outros danados,
         (coro)   Que se danem os danados,
                  Depois de enterrados.

Em todo o reino, todos tentaram
Sem poder ressuscitá-lo
No interior ninguém conhece a palavras
         (bis)   Para desmorrer Caim. [47]

Tradução: Afonso Teixeira Filho

3

Ut pectoris! Si dênsio! Corpo di bacógio! pavonaste atenção numa nebulada, de numessexo promiscabrosos, felônico e ratotal, Lince Alício e sua velha Poverlanda! Que as estucadas afrontas dos Negromonges sejam aliciadas! Comisso foi lançado davero naquel ricarrei da Humídia um volume avelenado de barra turva. Contudo, todos os que ouçaram ou repetiram orestão com cuela gens bárdica e o Vergobretas em pessoa e a turba de Caraculatores não são, nem mais nem nunca, o que forão ou nunca seram. Magare, nalgum devenério caviremos em meio àquelos zuaves jocadores de Inquermão o mimo mouco, o mico e seu nico mimando suas minas, Hiltão São Justo (Sr. Franco Ferreira), Ivano Santo Austelo (Sr. J. F. João), Colemão Lucano afato quatro papeis, um coro de O'Dália, O'Dôlias a dublissestar o coro em *Fenn Macunbal e as Hepta Fadas do lago Nego*, o *Galópio Trôpeo e o Realequim*, o citareiro do passado com todos os seus alegres compadres, zinzuindo. Dos personíquos dessa saga Erbígia (cuia, legível ao ínio do fínio, e a baxo de xima todas as falsitudes, antilibélicas e nonacionáveis, o que se aplica a tomo o volhume), do pobre **Óstio-Fóstio**, descrito como um vero gênio da música, de certa forma dono de um ouvido absolutista, de uma voz tenorista incomparável, não sólito, mas tão grão poeta da pobrordem meritária (ele começou Tuonissoniano mas logrou chegar tão longe quanto os agregários Animandóvitas) nessum sabe que fim levaram. Se [48] o apitassem antes que se erguessem as cortinas continuariam a fazê-lo mesmo depois de encerrarem os reposteiros. **Quifute.** O marido, pobre velho A'Rarra (Marcove?) conjurado por coisas e, genuflexo na época, ventila-se, aceitou (Dejanite!) aceitou o régio vintém ao final da Guerra Crimérica e, tendo feito seus gansolhos revotos, sublimados em turbas a avismar como Sula Luna, arrolou-se na cavalaria Tirônica, os Irlandeses brancos, e soldadou um pouco com Vóslei sob o finome de Blanco Fusilove Vosloviche (espúrio), depois do que, o cátrio e os salões de marmo do Columário de Pompa Corte, casa dos velhos corsadores, olharam uns pros outros e urubusservaram uns aos outros, pois transpirava que do outro lado d'água chegava a nova de que, no campo do Córnice de Vassileve, ele inauspiciosamente pereceu com sua unidade, dizendo dê esse sinfólio papal ao velho, e esse ouvo choco do lado sogrático. **Bi-il.** Coitado do bom Paulo Onório, para satisfazer suas aspirações literárias e criminosas, por sugestão posta pelo bacamarte da casa verde, assim diz a Inteligência de Dublim, foi jogado num Pinel de internos nos condados do Norte. Com o nome de Orane, ele podia ser o coringa da trupe e era capaz de cumprir longos papéis em cima da hora. **Elera.** Sam Soez, um dublense sisudo, deslavado, sempre assombrado pelo presunto indesejado numa parola do promontor Israfel, finou-se anestesicamente após uma vida errante numa véspera de estrega, ebrado e em estado puro, propuciado de trás até o grande além a pontapés coliclutados sôbolos ostromundos em nome e em fome e em come e em homem de sua última mariscada decapitolina, uma nortuega e seu compânio da classe lupanária. Embora se diga que a última récita tenha blasofado o bufanário (o cadafosso o chamava de "Memorículo") por ter dito em tom solene — conforme o relatótio, mas caiu até que a testa abaixasse ao colo e formasse cratera (golou!): Minhas dramas, O'Risos, logrou! Que as cêntuplas selas de meu egórgio, como Micola de Cusaco as chama — de todos os que eu, em meu logapós, demitiram-me, claro, após recurso — pela coincidança de seus reamalgamados contrários naquela indentidade [49] de indiscerníveis em que os Farinélios e os Carnélios possam deixar de nos mefisturar e (mas, nesse aspeito, inda que o fero cônfio de seu bravo brio inicial possa nos ter preparado, estamos bem lacrimijados pelo mostardário tailantoso) esse candilabro castonho fez o de Nólão em mijaços! Jan uar. Abscôndito ele para o druiriodrama, a mólie dela,

Lângela, o profeta, e o mais descente duziota, especícula de frascário que jamais se pronunciou acerbamente, desapareceram (nisso tanfeito ele tomou todas as aleteias folhas frâncias numa calomênia privateia) das amargácias de aquesta terra, planura austral transmariada por ele, tão completamente empobrecida (a mão do livro com uma sobrecapa tabularrasando sua obliteração feita sobre o invólucro dela) como para excitar sua especulação em tudo excito opiniar (desde que o Lívido que podia ter sido Lângelo possa ter mesmo sido um redivivo do paganinismo ou um Vousden valuntário) que o lúmpem (que posseía grande quantidade de humoresque) transduzira seu cômico testigo num interestigo finastério. Bhishe. E, então, se o Padre é São Bronha, té e tostante para aquele contrador de contatórias é o Pároco Dom Bruno, tréu e trostante para a reina de Proculespanha era o reverendo, o soldálio diretor, aquele eupéptico vicecrítico, um carmelita imberbe, a cujo púlpito palpulpitante (qual de nós se lembra do rarevalante e ancornorável Freidotor Nolamais e Bráunio) soava as sirenas sociedadas (vejam a nota imprensa [Católica Romana]), por fortuna, tornadas tão entusiasticamente ligadas, e era um asno pejoso que muito ocasionalmente laçava um bilhete de lotaria no chapéu que punha de um lado como o cabo da frigideira (se Sua elegância bem-to-visse sabiá-se o que diria!) e que era meio reservadamente acusado das práticas excusáveis de seus talhares bruxados (com uma carpa na manga) aquele mesmo esnobe da tabacaria, o qual espumava vários anos, encontrado pelo General naquela manhã festiva ou meridimaio jovedia e eram elas? Afoste.

Quando Fixilino Filipe quer parrona à fola a ter a sorte flotante e seja quem for que fora ao Hotel Mixo pelas águas do mar salado nada nocta-se que se possa fazer porque ele não vorta mar. Trata-se de um nebuloso fato autoditado dos mais volgaris que a forma da [50] nuvófila média do homem, inda que triste pelos visos que se íam, muita vez mudou seu ego com o charco das chuvas (Pouco original!). Pelo que, trata-se de um caso escorregalho, dado a úmida e baixa visibilidade (visto que, nessa xeraxarada das mil e uma noitadas, a espada da certeza que identifidaria o corpo, nunca cai) para identifinar o univíduo desperucado, ensaiado, mui engravatado, ombradado, bocassinado e pantufado (costuma-se chamá-lo de Patriqueiro, o cara de cura) com certa incipiência (luxúria!) caminhando para a calveira (está-se continuamente primencontrando estranhos tipos de tipos de todo tipo de eras!) que foi questionado por francos cábulas de ombreiras úmidas, Gui, Cono e Oto, a dir-lhes de noivio, Vólio, Póvio e Dévio, que contejava estórias escabrosas de eventuras agreuditáveis do Baristão, os dois Córias e os três Chupetões com seus sobrecabros! Fatas e barbatas, mas ele mudara loquamente desde a época tortanata! Ya, da, tra, battor, chimbe, sedaroco, sijosam, devetata, nou! Quelas mui crósteas, quelas caminitas, ermanastras rugas (o que carriou nacara sobre o brodiamplo E?), e (relicário de Montemu, guardai-nos!) o amplo parcomiceto em que cresceu! Bebei!

Desporto é algo comum. Era um dia privo do Senhor para um trago (asperar um futuro doponauta não é algo como uma Rinha Fedora — Riba — Mar só) e o pedido de uma explicação toda armada foi-lhe feito (em vez de Pasto) ao portonista [um nativo das irmásolas — Carnão e Mecão? — pelo seu brogue, velhos olhos lépidos, fervor local e odor lucal que dizem ter sido um mediano clonturco (embora o capelista tenha vozeado líquidos nasais e o meio pelo qual cuspia os zês remetia-nos aos pedregos e brinhos dos silúrio-ordovicianos) que a pequena romaria completou, dera, ibá e hérnia prisca ísola, à penha sudestina do pétreo solo estrangeiro, um regifugium persecutorum, e portanto os trazeiros] quando parou ao entardecente por alguns minutos ou mais (toca a pipa garoto! Hora de vencer, barmão. Aposto dez contra um.) em meio a um desejo dos infernos (os únicos admiradores dele eram os botões de maçã na janela e panomância com catarinas, únicas tristatrizes que tinha) por uma calabaça perfumada durante [51] seu último fim-de-semana de executar uma letalidade do Carvalho (os consumados pares de provocadores. Dos quais restam apenas dois provocadores, aqueles por quem ele caiu, Lili e Tutu, enrolha-os!) cascos que havia pouco continham a cerva (corraste que antes, bêbado, mas todas as botilhas na histeria sodomada não afrouxarão sua hemophilia!) da família Ruiba. Tenho reprimido seu reportidor e camareirado sua espaciaria Suas Tanatências, com ainda uma vida ou duas para poupar pelo espaço de sua ocupância de um mundo por vez, ergueu-se nos calcanhares e lá, longe da Tolca, no plácido jardim inglês (topos!), desde então conhecido como Capão Aldrabão, sua vocalidade simples, intensive e curolenta, meus carifrates, meus mui carifratíssime, sendo ele pois tão jantático como ceiático, disse do Uno e contou da Compossionada, convocado diante da tríada de precoces escaramuças (escrotando: Espegulo no cudopadre mameluco, Micredas que vi estas pravas, Via dote la vizago rispondas fraudulino) o agora para userar habilimentos míticos do Nosso Fabuloso Artor de nossos diados.

Televisão mata telefonia num fratricídio. Nossos olhos serão o selector. Que sejam vistos! E os licanortos assinalam o marcóvio de forma que aquela Maria Nula possa abrasar sua bimba primarrosa. Quando ateiam fogo, ela deve brilhar para que possamos ter como aquecer-nos o que todo sorcabaxa, tum ou hum, gostaria de sapiar. A primacastra latitúdia de Humberto com escarfatrás (calabuço pertencente ao chefão pertencente ao Cã de Tol), arco de asnamanga, condovelo sobrélio, o recarado imensionável de cor de gingerina, o estado prurido da ombrela, seu amarrote de xita com feicho findrinho com luva sobramão que, numora, não apenas prele provar o mal derrubando o supremo superado de Esterro do qual sua nação parecia quase pronta a ser néscia citada. Então, roubando-lhe o raio, mas no conformolegômeno do minúsculo paeze (prováveis parolas, possíveis ditas, do vívido terreno familiar) um pouco nero e odoroso com um riso, como se os seus pensamentos consistissem sobretudo em adeuses, congeito rabiscou para nossos secondos padres (pagadona!) uma cena tocante. A solência daquele ato distilo! Cá se pode [52] enfinn finir. Trono ribombante! Parerena um paiságio de Dório Retratescu ou algo visto nalguma modorra, muda como múmica mudez, essa mimagem do setanassétimo cusino do cristianésimo é odível parânios através da eira acrasídea nem anóloga nem mera eirada nem tampouco potentisa da sugestão do que nos contos de tintomonte. (Afanado!)

E lá, muitapós, caminante, num cara-a-cara hibérnico, emvezmente com ombro a ombro Jesú dirá ao cristianeiro, santo mago, a humbertíada daquela queda e ascensão enquanto marga pisca a sua anêmica sorela entre os tússocos e o copólio entre as ergas arremeda o casal no carro. E como és quem pode parecer com quelo doitro lado de seu grão cintureiro tuas teiras e chaves teus nãos e paradigmáticos quiçás rerrerguem-se em erênio. Seguimos avante seu flagelo vindicativo. Ao Tristor! Molha só! *La arboro, lo petrusu*. A dura e augusta pazatodos, a ereção do monolitro vai do lunolitro carvalhal. Em toda a fortitúdina ajaxiosa e fermentida tenuacidade. A hora do angelus com cavadores vergados sobre os inutensílios de feitorias, o delicado umbibalir dos cairos gamos (*alceremos genuados!*) anunciando a leitosa abortagem quando a meia-noite baladava as horas (*letate!*), e como faiscante o grande trebuno sacou a fumeria de pele requina (imitação!) de seu trajarenque, e, por Josué, deu uma dica para um bom e esperto charuto, nada daquele soldo suélio, mui pelo contrário, e como barbatamente diz ele, guacha a guacha, lico com luco, teve apenas que tragar bem fundo quelo baiato marrom, meu filho, e passar bem meia-hora c'o Havana. Sório dos greirreiros não torlaria ser um gerontalto gotólogo! Por isso, meteu-se com o Mestre, dico, ele, senhor, melhorou os repolhicanos, no Hostal Galáguia na rua Laurêncio Túlio e como ele desejou sua Excelência o coto da Górtia e Mória e Frígida e Padrício, sua Venerência, e uma gomegração na boca do São Tômago — um estrâneo desejo para ti, meu caro, e isso machadaria seu filho do filho do filho totalmente bem ora sua própria sudamada floruela teva subido várias vezes, quando eles estavam torrificados pelo color.

Três vivivivas para o gilharca e abaixo os crocruarcas [53] cramélicos! Ide, meninos, e coco nele! Olha! Oliolavo que perderam achamos rerembrantado, suas horas até agora ligam esses herdeiros ao aqui mas ¿alhurestão aqueles seus Ontens? Ver si gerôntico rico e Pobreninha Carataca e sua Ana Vanvota. F.e.l.l.o! Fino, finou ou adormentou-se silente? Favorei com suas glotas! *Intendite!*

Qualquer vida de cão que considerares continuarás ao ouvi-los ali, tão certo como se senta ou se tenta ou cometa do Alho, ulemano, sobranjudas, bimbextortos e dumafatas, conforme passa seu portal brônzeo e sombrio de sua Casaconcória: Cumesti fetele mele? Rurratete? Derradeia jânua assinistra, vabene. Omieossitatreizechicua escudos. Tipote, kyrie, tipote. Cha cai rote cai maquar, saíbe? Despenseme Usted, senhor, en son succo, sabed. O thaw bron orm, A'Cothraige, thinkinthou gaily? Lick-Pa-flai-hai-pa-Pa-li-si-lang-lang. Epi alo, ecou, Batiste, tu vavnr dans Lptit boing going. Ismeme de bumbac e meias de portocallia. O.O. Os pipos mios es demasiada gruarso por O piccolo pocchino. Wee fee? Ung duro. Kocshis, szabad? Mercy, e tu? Gômago, taque.

E, bagradeus, disse ele com lágrimas de caimão: Se impoetaria de conocet o prêmio de um bujardo? Mágia, nica teu notomance! Taberneiro de missa mica de novo! E aquele poquelete é uma cintada na bódia! Meguegue, m'gaio camaradacho, chamo teu valsuno a testemunhar, tão certo quanto mealívia borbota, sabem-no nosso bom senhoral desde os centânios mamúticos serem o que comercialmente são nos quatro canaltos britânios (convencionais!), minha hospedaria e créditos vacandélios estarão imediatamente tão aá abertos tanto quanto a ereção daquele monumento aliperto diante do higiênico gllll [foi onde o reverendo suboto e talhavetro com abetarados tocou sobre o seu boateiro tricornor, o qual ergueu pelo cangalho (ele deu uma coroa e um vintém por isso), enquanto a viscosidade da ancestralose esgoteava as duas pendencias de seu mudoído colabial (Sencapétulo, uma concialiabulite mais frugal nunca dobra um torno bolsestomato), cordialmente conscientando a adolescência que ele perdia para fazer a coisa de forma que todo o [54] feito era capaz de acrescer] lóbulo, diante do do Grão Mestre-escola. (Não é farofada.) Sorrisa!

A casa de Atreio caiu de pódre (Íliam, Ílium! Marumor Murameta!) aponto defalir como as barrancarrotas de Feniana, mas feitos fazem surgir de novo. Vida, ele próprio disse uma vez (seu biopirógrafo, de fato, mata-o vaneamente, se não já, dopo) é uma vigília, lívita ou críquida, e na portada do mecenas repoisa o corpo de nosso espermogênico, uma frase que o determinador cosmogênico por lei predestinadamente escreveria sobre o peitoral de todos os noncesários. A cena, refatada, reelevada, nunca foi olvidada, a pinta e o crusado intermutantemente, pois ao final do século alguém desses bandos de trugimãos (assim um excessivilista (longe das cabinas alfandegrárias (pensionado), (chagado) pela lei dos sessantaxincuís) num fatonero moderno e caelá uma bela bota (tamódico, quopriquos e pejados) ensaiou-a, apontando a pipa, com uma digna (copiado) reverência a um primônimo do falecido arquidiácono F. X. Presérvio Copinga (um tépido camarada da sonépoca — que o estomáter da guarda tenha peroxidade dele!) numa ônibas de nosso primeiro transiberniano com uma circunstância ainda mais triste que é uma dircandurca cordicida como nenhuma outra se algumora piangessem olhos mamóreos. Ciclopticamente através das ventondas e com reverências firulosas os olhos rodados circunspectivos, via-via, vai e volta, em seu carro encantado e aéreo, viu com interístico anteresse o roto perseguir o rasgado, o rasgado o verde, o verde o gélido, o gélido o chapagueno, na medida em que o comboio rodado encíclico entorno da gargântua videira, nossa eiravida floramada brotânica, fênice em nossa pocalenha, pungente, cacúmina, erusbescente (repetição!) cujas radices seriam cenizas com lustres pênicos. Pois tão frequentes quanto o Arquicadeno, botindo de lado seu *Campo Hibérnio* e requisitando seus auriculares para receptar as particularidades antes que elas ensurdecessem, em Castlebar (corre e mata!) falou-se disso, a pedidos, ouvindo nisso a nova leitura da parte peronde, por causa de Dias em sua máquina, a nova guarnição grimácia grimaldada hipostaticamente pelo substituário oreotúndico axiomátigo do antes grande e velho anciânico [55] baalinho, a descrição de copículo da peça daquele chapassageiro sobre os contenantes, podeira simplesmente imaginarem-se em seus mais íntimos bojos, como *pro tem locums*, temportados pelo bocejo (abisso), como certa vez foram caiçaras, a ouvir a evocação sinestésica do cantagalo maldanado mas sempre ventriloquente Agitador (nonada mais de plangorréis a bulir sôbolos Recifes de Vailalatroar!) chapelisbelto, umas morsuíças, cuntra contro a penumbra do nibelusco (quelo elfã seria o anúncio de São Mouro — lugar santo! — e esse cartólico tão sobrecenho de fé tocado ao chão. Desejou que fosse — benditos sejam os ossos! — gazi, poder de seu gládio.) o armeiro de seu massassino protuberou-se na direção da duxepena crescidinha que era logo, monumentalmente pelo meno, para erguer-se como Molidoncodilo para, sendo, sendo seu mausoléu (O'Dão petrificou-se como doncela que chãopena) mentre omando suas feições exacapulárias, como furiou Orlando, uma larma rolada de sofrença quase silonando a joguecha, o espectro de resignação difundiu um apelo espectral, comaquele que um jovem despejaria sobre o destino de suáguas, somilhado norigem e exatado de fato a um faixo dessole sobre o nome ataúdico.

Nenguna outraverna dépoca do Pristino nostro viajeiro distante, inamistoso, vindo da Terra do Diogo, algum pigro escaldo ou vagamundo jogral, ergueu os olhos preguiçosos aos semissinais de seu zooteco e lentamente alongando ao longo da gola, quebra-copo, o brogue quebrado, barroso, folhoso, repolhoso, bacalhoso, desejoso de saber que lavia no Anjo onde herbava para ele uísque e chá e papas e fumo e vinhas donas merecedoiras: e informalmente quase pôs-se a presquisolar uma pergunta (Sem noção! Nonavia muito zéfiro Saber soprando no dado instante pelo chapéu do Sr. Melancolento!)

Mas no pragma, qual linguagem formal tornou em riso *aquele* flupensar? Quem ele era? a quem? (O'Breno não era seu nome nem a bruna a sua donzela.) Quem são os colocadores? Quenheras, quisquar, quitério, quentiabuja? Talha o tem del tumulum. Daodado do grabe. Seja na terra dos pauliteiros, ou na comuna dos bacalheiros ou na terra dos lambedeiros ou na merecartofevergrescolândia. O que reina [56] rega as águas que enxurram mas ouvimos os poanteiros e podemos golar suas bussólias pois os melos modeiam o modo e o modo maneia o paliceiro, planiceiro, preguiceiro, plebeu-se. Xim xim xim! Os folcos prepais pelo prêmio de duas pérsicas com Ming, Ching e Xol no lá lo lia. Sentamo-nos à espera de que o espectro santo pois questionavam os questores se sua morada não mora ali. Responderam desde as Zoanas; Ouvi todoscuatro! Atorrorozai-os! Eu, disse Amaro, e tengo lorgolho disso. Eu, diz Clonaquito, crendospadre! Eu, diz Grangeão, mas não diz mais. Eu, diz Berno, e quanto a isso? Urra! Antantes sentiu-se celizonzo: um regato, alpístico regaleto, caiu colhento, colto nas curvas: Éramos apenas cupins então, nozitos, nozitos. Sentimos nosso antepastado como as Colinas de Alem, o Monturo do povum, um Fiordão: e era um grumelungo ao lungo do transumante que nos assombrava como um trovão, distanto.

Assim foram os desfatos; caso os tivesse, eram tão imprecisamente poucos para garantir nossa certeza, os provadores legais muito desacreditadamente irreperíveis onde seus adjutores eram aparentemente três bestas mas seus judicandários totalmente menos doises. Todavia as ceras de Madame Toxu amplamente mais vidagota (entrada, uns cudos; saídas, grátis) e nossa galeria nocional está agora totalmente complacente, um exígio monumento, aeramente perínio. Deixem seus cajados; sombrinhas, des graça! E então muitos pausaram diante daquela exposura deles diante do velho Sol Quadro, um remembrão no qual ele senta-se saltado, andante, em clericado fato, vendo o fosco sol descer cãomamente na jamaisca, um glóbulo de maudalênia sobre o corrugitar de sua mildulaiza bochechinha e o paco de sua parca vitoriana, Aliza, pressionada por sua coxabamba.

Dalgo anumite é certo. Dante o proximiver cobrera as páginas do libro da natureza e até Ceadurbar-atta-Cleath tornar-se Dablena Tertia, a umbra do amplo forâneo, maledito, variovulto, primorópero, aumentara na barra duma ruta tribunária no solar como na corte, meio cochissurrando, no Horto Marboro e por todos os campos de Molesvorto, aqui condenado em juízo pela justiça de Jedeburgo; ali, absolvido [57] testicular com clérigo benefício. Seu fórum o desmodou: e seu dentrum o desfinou. Seus beneficiários são legião no papel criado por ele: o número deles iguala a idade dele. Rodão de um Lope era o nome que carregava: coudado, somos seus bissacos. Era ele tão santorrei em sua casa quanto no festivo: hora vinha, invídia vi, hera venci. Lu! Lu! Abanavam os galhovérdios sobrele conforme lhe desmembravam anho a anho. Pois sua muertificação e uxpiração e danadação e anusulação. Com estrigatos e gridas e sospiros deprofuntos. Firmes, sulivânios! Esperem manequinhos! Caía o duto quando via a tarde, mas Grânia foi carteado. Já deste, fidélios, e sentes a cuia de Mandigo pois todos os teus flaustos não são próprios para cobrir seu fito, Ó, tome um dado e cante um fado. Libiamo! Libiamo! E, é claro, todos libiaram com a maior buvialidade. Saboremos o rum, o tinto, o xerez, a cidra, o rabo-de-galo e o limoncelo também. Os mais fortes. Rarrá, Arquimestre, estás para ser mastrado no mostro de novo. Mistro. Mas suavissinasses: Eba! pelo plumífugo! Mas, oô! pelos deuses soliaces, humanos, errantes e condonáveis, o que as estátuas de nossa reina, que é a levada da nossa runa, aspira por aí, os inesquecíveis vultos triumbros por trás dos juízos jousuésicos daqueles, como todos deveriam dever, dias malretratos.

Tapa e pata e tapatagão (atire o primeiro calhau, Sinores refusíveis! Pimponhando! Pelo saxolote!) três tomixos, livre tropa, cocálico e capapícuo, de Frioenteza. Guardas guaritam, na (*perdona'ls, si us plau, êin?*) rua Monte Gomério. Uma opinião vozeada na qual daltro lago (*perdó!*), acenando, concordaram todos os Campos Finóquios (*yo te prego, né?*). Foi a primeira dona, dizem, complicaram-no, naquela quartel-feira fatal, Líria dos Campos, ao sugerir-lhe irem para o campo. Fereza ao ancião, fúria feita e firme, furor frenefote, confessou o soldado Pate Masterção *retro*. (*Terse!*) Dessa forma, os êmulos jogaram caxangá. Uma de nossas chegadas, Vorroida, que nos bastidores repousa pelo momento (ela era chamada por um estagiário eletricionário de Sitônia monturo), foi entrefalada no belo bordélico. Parecendo inda mais donairosa no cordélico [58] corpético, anáguas e braças de meia-lua e Sete Esters, russéticos da Caputa Negromoura, contra os catraios trepantes na sua dele chaminé da Ígor e Filho e no trigo e seus comprafenos na Negra e Negríssima deles, a Sra. F... A... disse aparte, meio sussurrando à copa de confiança dela, ao passo que recoperando o chapô dela (chapou! — e ora nós sabemos que floreia uma cesta de lalanço de alto vezo), ela esperava que Cidaltar lhe daria um antos de Natal de taronjas e limonadas orquídeas com sacros e érteas, do featro do Inocidente, como o mundórrido era cainocido. Então, mentre era fétida coteja às brotadeiras de seu anibombário que era uma verídica festanceira aos cogúmelos pras charlatinas e todos os ramos de climatite, foi uma norta toda vagamilhosa, acrescentou ela, com muitas lembranças às gautamas sidárticas. (Tartes!) Pré-histórico, obiturou a seu ditáfono um enticologista: seu pro-fenômeno é um properísmeno. Um poolandês nonhecido como Seteclésio a serviço de Seo Cinzório, Salpetro e Renatório, resadores, Glintólio, interrogado pela soreridade acerca da questão durante a colação de meio-dia com fígado e toiços alternativamente com bofe e fegatorto numa achocha e, graçadio, retrucou intempestado: Mal acabávamos de propagar seu inútil fato e o que tiraram de sua orelha em meio à minha própria arruína. Todos os nossos camaradas no O'Dia concordam com Arádor Calamano, que ele é um abetomado, quice vodam! Um outro conductor não tão normalmente sóbrio, que regava alegremente seu fiacre, Romy Zeta, pretextou com firmeza. Mercedes o regava enquanto falava, e isto é o que relatou aos rescribas: Eirélio é só um segrécio reformado da junta levando vida privada mas a gente sabe que pela lei viana ele tem honras parlamentares. Eiscafeiro dissa (Luigi, conoces aquele, brilhante Savorino): *Mon foia*, queres provar uma gomelete, sim, madame? Ótimo, tumore mio! Ele mesmo quebrará govos. Olha, eu quebro, então, ele senta no poleiro, tojuro! Um osmótico (acima dos sessenta) que guardava seus cueiros pois sabeva comera duro culhetar informacusações, mas um distinto par flanélico trepou no muro e passou além daldraba. Dopo aventou Bradona quela fresca troterela! O que viu a barista da estação (conhecida [59] Vertelarme Rue) foi assim expresso: aos simpatéticos da via Dolo, Avenida Mórbida, quanto àqueles objetos piadosos da ministração dela, úmide, homem em seus sifões. Eli! É sempre mui tarde silvar quando Fílis inunda seu estábulo. Seria vergonhosamente escandálico enjaulá-lo sob chaves, como proposto a ele pela Criatura

Sedômica que importa que a vulgívaga saísse com sua reválvula em ligação com elim sendo um nórfão e gozando dessa iníqua malitude, elim! Bem feito, Beboláquio! Cátia Tira orgulha-se de ti, foi a resposta de um baletim oficial (Não culpem o bardo!) enquanto as sorelas Benquetérias murmuravam em uníssão: Deupedalaivostrojúrio! Brião Lince, maldito filhote, foi questionado em seu parlório, Gabarolício, e deu um regresso lépido, ao dizer: Pô! Outra vez eu rugi! Sou pela caça ao cavícula e sexaara, burque-se! Então duas cadelas devem ser coleirizadas, canem! Pra china deles! Pô! Um potrídio mártir, que assiste no Sanitósitas onde lhe ensinam a pôr braceletes, ao ser grelhado de imediato, revelou o indubitável fato de que consequências haveria enquanto Sânquia Múnia estivesse a fazer seus truques mânguios sob mistrório, com sômbrias aparas abrigando-se em suas fólias licenses e seus sombradores torrificados pelos poentes ferrolhos de indradicção, então haveria lutas ao longo de Cuxhaven. (Toxo!) Missioneira Ida Benriga, revivalista septiesdecenária, disse relativamente ao fato de o coincidente ter sexaltado grenadinas e outro respectáculo e pissoas noguentas usando o parco: Aquela pessoa perpendicular é um bruto! Mas um bruto magnífico! "Calígula" (Sr. Cópole Magrado, livreiro, famoso aos Estralianos pruridores do Boletim da Parada Sidney) era, como de costume, antipodal com o seu: lutar para lutear, esperando demá, Machete. Cabeia. Vimo-nos duoramente, cantamos El Caplão Boicoito, com a famosa volteada de capa do turridur do capelão, vimo-nos mui dorenhora, mateador! Dão Meiojoão, precentor, no S. S. Beco do Avental foi probiverbal com sua sobressaída: *mutatus mutandus*. O senhor de Durão (Cheirapóx) e a dama de Moringã (Ventaflota) toma partido e se dobram e reverenciam o ponto de vista umadoutra e redobram-se. Os sujos dúblinos moscavam, adindivinatriam, ecoavam os diurnais facendo suas [60] cenidades, una mona. Sílvia Silêncio, a garota detetive (*Meminerva*, mas agora escutam-se arapongas em toda a Pombolândia!) quando munida de informações sobras várias facetas do caso no comotório de solteiro dela, quase sobrolhando as motícias de João Hipino, debruçada na poltrana verovera dela para domandar preguiçosamente por meio de uma ameaça vogal silabária: Evaginaste alguma volta, hipotática, que eliu a grundeza dessa tragódia? No entanho dacórdio com minhas atitudes cosidentes a esse ato ele deveria pagar a pena máxima, com suspensão da sentência, dacordo com a subsessão 32, sessão 11 do C. L. A., ato 1885, tudo nesse ato contiudo não sobrestante. Jairo Gilco passou a chatear-se pois não conseguia ir de casa a Jérsia mas finou com isto: Ele teve o saco que o ajudava a mudar-se em viés de seus andrages ledos. Migra, um rateante naval, sentado num dos granitantes cromélicos blocos de seu piscatório para o usual aeramento depois do ato sempre popular, com o qual estavam Questa e Puella, piquante e quoite (esta tinha uma friagem no cérebro enquanto aquela sentia afundar-lhe o sômaco, qualquê, quol qui), foi incitado, ainda que quase se nirvanachasse, por uma das coprometidas dele, para recuperar teu alento, Válter, e góbite e quando seus pilhos por sua filhastra a selar tua pância, Navilo, então cor retrucou a ele o dia de são cospe e dabeijão: eu baixo meus dois datiliões, Meagher noivada (diz ele!), ele devia reclamar acerca das tuas duas calcinhaltas no morro de Macho Quente — gancholho o incrimina ou outro pisomem qualquer? — mas penso anque, Pueliválio, pelo asseidio das calças dele havia mais alguém por trás — pode apostar as calças — a respeito dos três tamboreiros deles pela via Cesária. (Trite!).

Seriam esses mários costurários mera charla de pesquenses sobre uma raça referida como minervários régios? Foi tuto véstio e deslembrado? Pode ser que foi, deseja-se nessa era insípida cartoras a saber, essas tão várias afrontas (há mais por vir!) foram tramadas e parcialmente proferidas contra tão fiel societário, se é vero que nenhum dos registados nunca tiveram lugar pois tantos, cremos, inclinados e denegados, a nós se achegaram por alguns que não fazem uso da verdade a não ser ocasionalmente, e quanto a nós, temos de sofrer suas penas fálicas sobrisso. A sétima cidade, Urovulva, [61] sua filópole de refúgio, verso à qual (se crermos nos leigos e seus relatos), além dos pungentes vendavais do Atreático, mudando provas arquitetònicamente, o hejirita fugiu, silenteciosamente soto a altossonoridade noturna, xipalono, um corvo da bossa (tem piedade, Mara! dove a ele Raúlas!), das sujópoles dos nórsios do gerontovico, para olvidar a expiação do mortirrísio e, resnascendo em remartimônio por agravo dos mortos para a previdência divina (se estiveres buscando o formador, afunda os ouvidos no movietone!) para ligar a sorte dele, palmo e pata, com uma papista. Pois minha concivina te oferto e ofresco meu suspensomem. A terra agreste, agridídia, um lótus de terra, esmeraluminada, pasto campônio, na qual, pelo quarto mandamento foi prometido que os dias apostolíticos dele seriam longos pela graça abundante Daquele Altíssimo Trovejador, murmurou, erguer-se-ia iteruno com tudo que lavia, franqueável e habitável, astea como ágora, servófilos, amarga-o, pobre manê, espectralmente dopo corporeamente, como quando os amaldiçoou, avive-se o corruptível, todos os santos da incorrupção de uma pátria santa, o vulgar despojo, em rubra ressurreição a condenar de forma a convencê-lo, primo faraó, Hunfério Cufu Exarcas, dos pecados deles. Negócios chocados para falar com arroio a todos os homens e na maioria das ocasiões o Homem do qual sabemos que tinha pouca lida mas por tudo que ele ou seu ou sua cura estavam sujeitos aos horrores do premier terror da Errolanda (fortora!).

Sembramo-nos (veros Nós!) lermos nosso Amenti no sexto capítulo selado da emanação ao ocaso. Foi depois da apresentação em Venereburgo que um homem alto, gobeando um camarada suspeito, ao retornar tardiamente dentre uma densa cumbica ao caminho de casa desde a segunda casa do Bouro e dos Menestréis Burgocrísticos pelo velho ponto, o Cantão do Rui, tinha um revólver bárquico apontando-lhe para a face com estes termos: foste atingido, major: por um assaltante desconhecido (mascarado) do qual era ciumento, por Lota Crustárvore ou Evelina Pomona. Mais do que isso Cando Pedreiro (não era uma diocese Localizolda nem mesmo do mar Glendalhão, mas saldando em proa da Britaninha), mencionando [62] num por-acaso que ele, o capachadio, tinha, alendição ao centafeta do Leo, um Hobson cargado que deixava apenas alternativas gêmeas já que, vice-versa, ou atirava nela, a tia, com pistola (ela podia estar bencerta daquilo!) ou, não logrando, esmurraria a cara binconera de Pacho de modo a ficar irreconhecível, perguntou diretamente com irlegância vodical o tormentoso trato que Tortão tinha com o dobrador do Caim, apenas para que lhe fosse dito com repente agravo que que que estava seguro disso, feriais, para ir afanoso e descobrir se ele estava bem certarado. Mas comé claramente invero, cavalhista! Desdospés não era homalto, jeito manera, homem. Não essa parsona. Não esse dóbrio. Não esse nente. Não essa raça. Esteve isso supostamente em relação com umas minas Mirâmia Buei ou Arquia Colores, soto A Ponte Flágil (para ana há apenas uma lívida e sua pontenova é a velha dela) ou para explodir seu cartucho doze e forçar uma entrada na bostogacia que o maciço Corpabélico em uma blusa talhazul do Uma vida, Um teno (loja de roupas mensculinas), com a mais decisiva botelha de simples em mãos, tomada ao anoitecer por um guarda noturno no portão de temperos Pegalmorreima que estava lá na via do portão.

Pentamente, o quanto parassoliloquiando verossuonou na prima audioência a gralha declaração de que, gaeligaguejando, ele tinha tinha tinha dagloriosamente muito demais pendóspedado ou vinogrado a bebere na Casa do Rogo, na Papagaio do Inferno, na Laranjeira, na Glibo, na Sol, na Anho Santo e, porfino, na Carneirada do Hotelha desde o instante matutino que podia desintinguir um novelo duma novelha até que o motor das leis descerrassem sobre Mauro mas só estava caindo fiumaravilhado contra o cais de porta pétrea que, com o boné de vaca no topo, ele falseou por uma lagarés com a mais pura capazitada intenção. Contudo por mais tosca que fosse a grita da sua então asplicação pseudiada como, segundo contou, ele receveu um processo duro e estava simplesmente tentando aprir zozimamente uma garrafa birra com a coronha da pistola (o selvático javalino agreste punjente) contra a porta do acete pelas botas sob o cisne, Maurício Begão, o qual rapidamente se compõe com nada além de chatas minúcias e descendo trôpego, [63] sáltico e dâncico para a arina desde os campos mórficos com obinóbias capas ou toucas, atraído pelo escândio de tiros representando Delândio cartágio na via róchia para Dulim, e se disse surpresidiário em leito mentras dormia que mormoricava nos átrios quando despertou pelo quarto ronco forte de sua terra de bielo enquanto a musa historiônica pascolava ao luário ao ouvir o martelar sobre a escala pandórica que amanava do puteiro e algo como isso (xega! xega!) que ao longo de toda história da Taverna Mullinata ele nunca. Essa babelúrdia sotoposta ao umbral e aos batentes, ele dizia sempre, não estava na mais remotidão como a belzebolha duma garrafa de mé que não podia tirá-lo do sono intenso mas lembrá-lo de sacos das marchiales dos instrumongos de xenomusikântios ou das abertrúrias dos úlimos três dias da Pomperia, se tanto. E que após seu mais indigesto diúrnico batenoturno, a jovem reina desceu desesperada e o velho lifopótamo começou a despejar sobre as planuras tanta lama quanto podria, arruminando as faldras dos questores e as troadas dos paneiros de forma a permitir que os castiçados de Reginocela passassem a noite lavando as lalgas, as lalgas délticas ao mar. Bianco.

Peraí. Um trago em tempo do ideal, masqueteiros! Alfos, Borcos e Caramis, deixai Astrélia para os astrojeiros e pelo amor das súcidas e honra das astas quélvicas espalhadas pelo Pamintul. Deixai rolar a roda do rodamunho, o rodamunho, o rodamunho! Aplacai os vossos rubumores, Biancanévoa e Chapeliroxo, se quiser ter o vero creme! Agora, um frólico morango! Filons, filúchio! *Cherchons la flamme!* Fanfam! Fanfam!

Vamos lá, antropordinário com uma cabeçora nobliárquica, e com aquela banca e cara expressão Machinca Escapolópola, Duzinasca ou outra qualquer. O presunto do teu porco machelário ganha músculos ao ser puxado. Noel Bério pesou mileuma estonelada quando legorne era galinha. Agora a banha dele está baixando. Contudo, pipacharlas, por que não vossos? Há 29 boas razões por que a hora do colo é a melhor. Anciões despencam das vérdias almendras ao **[64]** serem cultos em gengíbricas pedrígneas inda que inverne sobre suas testas como se outonasse em torno de suas cintas. Se tiveres grampalgias nos cabelos não deverias parecer tão alopécie. Terias Colério Macário em tua pilha de plúmbio. Escuta aqui, Seo Leiro! E adeusa esse inútil boborriso! Tome um velho bobo que clama por suas saias. Observe o cabelo macio, elegante, *tableau vivant*. Ele a chama para ser sua cordeirinha, jura que serão patotinhas, per Júrio, e passarão bons tempos juntos peloeste em um certeiro e feliz eroninho quando brilhar a lua de maio e tintinarem a noite inteira, penteando o rabo do cometa e estilingatirando para as estrelas. Coisa à toa! Toda noite, maquenzinhas! Pelo velho ódio par, ele foi-se viver lavita, ao fitar, tresloucar e cometar às estrelas. Percebas! Ela quer vestouvir seu guarda-roupas pela cabeça e retornar com dinheiro vivo para comprar o enxoval de Pedro Robinson e exibir com Ártio, Bértio ou talvez Carlos Carma (quem sabe?) para que tu, solícito Seo Reaça, seja muito dadá para dançar comigo (então ela sai!) e assim é como as minas na cidade ganharam sus anáguas enquanto vovolento buscava acertar os suspensórios dele nas carças. Mas o velho lerdo não é assim tão doido entre doceocê e ieu (não nessa vida, guri! não nessas calças! não mesmo!) porque nalgum lugar no seul, onde não há um Lacerda, o remansião tem sua gata nomer divá (bravasto, nosso Lerdaço!) e gostaria de caricia-la também por certo tempo pois ele é um grande fã da sua nomeradina, mas, oh!, ele está mui comovido pela nomer divá de tal forma que se ele pudesse ao menos cariciar as duas, pega-pega, todas as três sentir-se-iam demasiado felizes, é tão simples quando ABC, as duas misturas, diríamos, com suas ledas calçarossas (pois ele é simplesmente um deslerdado) se todos eles flotassem num bote sonha-vidas, balançoidos dois a dois no que-se-faz dele, um banho de loja prati, sinhorina permê e bebadaça por um Fabro, na lerdeza dele, completamente moroso, figurate? Fina.

Qua, qua, qua. Com tal efúsio sodimento, três até ao cume, nossos amigos comuns, o ofensor e a botelha no portal parecem estar implicitamente no mesmo batô, para serem cantados, cargando [65] também vários das aurimarcas de desígnio, pois não há de fato utilidade em meter um dente numa charla daquela espécie e a quantidade daquelas espécies de coisas que prosseguem diúrna e triurnarmente toda noita-feira entre tudo tipo de indivíduos promiscores e todas as idades em casa privadas e em rebos públicos e por todos os sáculos dos séculos subsequentes per toda terra e bordas, tem sido particularmente estupendo. Continua. Foderação Unida dos Transtortes Urbantes pela Exultação do Triúnfuro Extático.

Mas, dá-se andamento à investigação. Virá amanhana o correio do estranho (conhecido oficialmente pelo carteiro como Letters Scotch Limitada) fado sindical (Focingetourice, o excelso, ou seja, o imprestável que barganha pelas costas das missivirgens) para entregar uma enorme cadeia lacrada, escrita em sete diversos estádios de tinta, desde a branquessência até à lavandaieta, cada tinturina e pancrócio anaguando a ex-posanella e subpenado pelo seu Partido Riso, com afetiscrito, S.A.G., para o Ex-Conde e Ex-Concho, Edenbério, Dublente, WC? Será que tudo o que é escrito em lápis línguo com embuste de magiário parece sincomposto, petro parecendo branco e branco resguardando preto, numa siamescla dúbia utilizada para esternar o tuíste suífito e o negro pendão? Brilhará sobre nostronoite para atarnos ao plenilúnio? Ora, pode ser agora, miraco, fateluce. Sempre e sempre até à dona do Gálio, dobrácia Donana, pica o bico no assunto com Recôndito Ribeiro a segui-la, para ver o quequequê murmurar depois, o que o alforge quiríbico enchia com fragmentos lixorários espreitassono na pança do maio-irmão de um busto, uma caixostal?

O ataúde, um triunfo d'art ilusionista, num primo olhar naturalmente feito por um harpinepto (trata-se dum trapineto para tristinguir jubabo do jabube ou então do tubote quando os três acabaram de ser invenados) foram retirados das premissas ferrágeas da Otesmano e Neto, uma casa de fama no findoeste, a qual no curso natural de todas as coisas continua a suprir requisitos fúnebres a toda e necessária discrição. Por que pediu então? De fato (não te sentirias como um tatalado se não tivera o oscar?) porque as lindas noivas ou noiva com lírios [66] boleros paqueradas com a bola finérias das Níveas Núbias e seus noivos rijos que sempre vão jáculos diretamente a ti (e, valha-me Jingo, quando o fazem!) que diacho do inferno, da terra, na noite adentro, meia noite, em meio à moita, eu desnoido, fato nulo às batoilas horas, fará que voltem direitos em carnossos, negativos, para seus orsos e suas borralhas.

Em frente. Poderíamos abandonar esse nitriente de oxagigantes para respirar e analetralizar essa combinância quimírica, o gasóbulo onde se tralhabalha. Procure despejar agralegre cenojoia na teatrosfera. No caso da heliose envasilhada, continuemos, Longélio Toquídeo, o especial, exibindo suas medalhas, e um lentescriturário conscencioso, além de trazer à tona e à lata quermissas de patolesquina, jurou como um alfatrapo norzeziano bem diante do devido funcionário contra quem se encontraba um direito rounquestranho de um cestandro no talho do azulão que, gotinuou, na noite anterior após entregar algumas carcaças de cervovelhas e carnojutas em nome dos Senhores Oto Silício e Estério, Limerício, Vitulário, ido e, com seu desmitigado espanto, solupateado ao selagole contra todas as runas e, quando desafiado acerca do pretencioso engasgo (pontapezaram-no) sobre sua solemnência pelo imputante imputado, disse simplesmente: Juro mingaveio, Filipe Capitânio. Fizeste-o que sorelei anteriormente. Está baixamente enganado, senhor, Madame Tonquinha, permita-me, pois, dizer, replicou com uma gentildama salaam MacPartland (a família do carniceiro, e o mais velho do mundo com exceção do al, cunha). E Felpes folgou-se com seu polício, mas o seu comblante caiu.

Ora ao obverso. Desde as adolecedas até às painas seria pouco mais do que um pentátilo distante desses excessos camélicos que se supõe intigados por uma ou outra das causas causídicas de tudo, aquelas atrevãs heroínas de luvolongas, seja a magreta, seja a posqueta. Oh! Oh! Por ser algo hórrido ter de falar por falar sem tardar, mas alguém diloá, Lupita Loreta, pouco dopo num gesto de inesperada bebedeira carbólica com toda cara vida plácida diante dela e palidade mentras a outra pombassuja que é sua amadirmã, Luperca Latuxa, descobrindo [67] um dia mentras fazia coisinhas que ela despia provocantemente para homens binoculares e que suas gambas ficaram pernósticas aos pares, a dançarola logo viu seu chapéu frutífero picolino para ela e rapidamente tomando tempo, vede, ela rapidamente foi carinhar, festando e vendendo seus favores no presépio ou em depésitos ou na relvada *ad huck* (há determinadas intimácias em todo asseio de senhoras que dá voo à imaginação) ou no doce campo santo cerrado por um naco carbonário ou uma série de finas calcilhas, que servem a quem enfino esse mesmo conilho *a la Zingara* que a nossa pícola Graunia das bochechas gelosas bandejava ao grão Oscar, aquele filho da Culha. Houri da costa esmeralda, arrah do lascivo pogúe, Aslim-al-Muslim, o resignado à permissividade dela, ¿não é?, foi a leinster em ponto, vera fia de um lamacervo (a afinação dela tinha quaranta passos e seu pórtico na quadra de Cromwell) sem valquirias uma licença como enviado muitas pobrebelas parcas para a perdição, volta e meia, eia, e de novo esfidou-o, tenta fido, ei tenta fido, ei, ei tenta fido, tira tudo acima, chega, espera um perro, vai! Jelozângelo! Nonevero que el, como Arcoforte, distanto Bissávolo, taxou o comportamento dela com crueldade iridescente de falsimunho solapário doentio? Tartaroso! Uma reina do sabá, uma sabina rafetina, uma fonge da cama. Um varão reinol, do meio real, regaladamente robado, excelsa seja sua glória! Deus deu, Deus tira: Oranão, goranão! Só um poquito. Triumpeto sufrido! Ele pensou que quisesse. O quá? Ouça, ouça, ô, vivos da terra! Afame, tempos mortos, escuita! Ouvi, olhos córvicos ou ribocas corredeiras. Ele ouve a voi dela de anatanho. Ouve! Jo, jo, jota! Mas, pelas brejas do seu profita, não pôde responder. Alcatre até o despertar! Nem bisonha de fossa nem de estela da Fenícia ou da Picolásia para obeliscar de pronto, tampouco dólmico, tampouco minarético, afundático no Bosque de Tomar para expor o quanto manchética era a bomba. A boca que narra jamais atrairá a língua despensante e enquanto o óbice descreve o deles o que ouvem não há muito até todalertar a danação as vacas alçarão voo. Tatcho, miúdos picolinos! A coluna de monturas leva à padrilha das folhas vanguardadas. Se violência dá vida, membros e móveis, amiúde como [68] não, foi a expressão, direta ou por meio de um agente varão, de mulheridade ofendida (ah, ah!), ¿já não a chantageias desde a época em que as fadas estavam nisso, e fauno de terra selvática seguiram uma reputação privada impressionante por pecados sussurrados?

Agora, inspiradas pela memória, tornam a roda de novo na trupa da parede. Onde o Gigante Bliante fontante Penegante errava uma vez sobre um muro e uma valalha altaneira tal qual uma furalha fosse. Era hora ou ira em Iralanda. Ou teu Pelo Hirto ou tua Dona Moissa ou tua horda de hortos e oriontes a colher um horto de Odim e o palantanho perso quando todos os edamos finaram com as aves. Armem? A cave é dele e ainda se vê solitárias se ele golpeia um armínio e nós viremos àqueles benvividos policarpos se tu apressares um segundo. Deixai os gamírias serem bons velhos compânios e Ester Estar representar Aster Atrace. No druma de Áreas Sorestado, il fù. Um portal dolmático então foi estonado por ostras coisas mentras o suprotimista tinha levado e alargado aquela choça arendada justamente de uma ovelha ierlandesa, primorosa, de seis vinténs, e um pícolo bode ierlandês (cadete) de oito vinténs, para velhar feliz (porcaio e cabritaio) pelos seus anos rumanescentes; e quando tudo ficou bodado de acordo ele portou outra pomorteira no local de jeito maneira como alguns pretextam um catrastro ali para afastar os equasinos (o cateto que se potenusa pelo queixo deixa isso patente) e justamente ao redor da portela férrea, costumeiramente deixada aberta para evitar que os gatos tragassem os cabrões, era tricerrado sobre ele de propósito pelos seus fiéis pobreiros para mantê-lo dentro provavelmente e possivelmente para que ele não projetasse o peito muito à frente e tentasse a grata providência por um passeio na pascóvia do povo, visto que estava desacostumado a ser livremente enbarreado.

Oh, a propósito, seja um sáculo de solana, deve ser sempre lembrado em relação com o que ocorreu antes quando havia um inquilinorte, Seo Acimadito, indo para o seu recanto, enterrado na Galão de Rum número 32 (ramo da Bodega Porcopau) em Salto do Salmão (onde Salmonelos paravam na época das laranjas) antes disso, um Camerciante (Corpodibarcógio, fedentivo como o Bezuntólio Zentral) **[69]** da Avestráutia, tendo pago a U.S.E. (Zeus guarde amarca!) 11/– por semana (Dio, esses sacromanos!) de resgate no primo acordo de julho em que ele se achava, michurando negrócios com blazer, e mitorando gralho irlandálio com bratávio, tornando sua reporteragem sobre La caduta Adâmica para o Francofurto Saitungo, um pariódico pasquinental, e eila, constatuou que se tinha nele o Lino O'Brinho, velo jaqueteado, disturbado e folgadício se mais fora o mesmoutro zuricovário seria, com velhões e oitolhões de tonelágaus, tornar-se-ia um dano bugíaco. Deves saber agora, francomano, para fazer um coração pétreo, que o jogo de olhar e palco de talho eram simplesmente um tecido de Passa Pano cheio de atalaias e abusos como os gamos a andar aos picos altos e depois disso sair. Uma inesperada visita a Humberto, Davi ou Tito, numa procissão de larápios vinda do meio-oeste, um vero e ótimo sujeito cru em torno à via que conhecia suas Montanhas de Boifausto como um beija fulô, depois de uma longa dança homareada a Cláudio Grinho, depôs seu praládio baguidádio no bemequer, depois de ter suflado alguns quacres (prati! Haveia!) pelo oco da fechadura do senhorio para chamar atenção, gaguejou ao vento de fora que o alfatredo de seus trajes estava catetando, primeiro, seja o peludo, que quebraria para ele a testa de bocheurico, dopo, seja a borra, que ele quebraria a gorja sobre sua testa de toscopato da mesma forma que ele racharia uma noz com um macaco e, por fim, seja o mingalheiro, que ele o daria seu (ou teimperança de qualquer sangue alheiro) vinhoço a beber e seu irmão de recriação bledou no balde. Pediu mais vinho madeira para pinchar nele, alegando que seu avô estava bebaço e que era apenas dez em cônel, e essa sua isbá era um horno público pela graça de ira ircúsquica, e então, não facilmente desestimulado, abiu a torneria de sua destilheria e prosseguiu até uma passagem, descorando contra si em metáforas mistas desde às onze e meia até às duas da tarde sem ao menos um interval para o lance da Casa, filho jóveo, sair, seu judeinte, para ser Lapidado Amen. Eurículo, aquele arquético, aquele ouvido paradigmático, receptortentivo como Dioniso, bensofrente [70] embora alvente sob restrição na esquina do locausente de seu conservatório, atrás de paredes famélicas, sua ânfora adiabática e seu falbélico ripidiano a seu lado e um bigode de morsa por um palito dental, compilado, mentras lutuava o voo de seu lúpulo selvagem, uma lista comprida (agora, teme-se, em parte perdida) para manter o arquivo de todos os nomes ofensivos pelos quais fora alcunhado (nós os selecionamos para divertimento das damas fremosas e dos humores de Moinópolis etc. por Josefina Brameira na colisão conhecida como Contratações com o Inquermão e assim por diante, moçoilas tualetadas, escapadas, celestes, um claro turvo): *Começante, Informante, Madureza, Auriélio Foro, Tico-Tico, Boi Capão, Bons Fundilhos, Si agarramos sua Badana, Porcarício Iorque, Fanfarrão, Na dobra de Bagote ele Bulou, Graxa com manteiga, Albergue Alberto, Cainabélio, Oitava Maravilha maravilhosa da Irlanda, Dumpe-me o preço, Deus Brejeiro, Eluardo Matador, Potoqueiro Peludo, Ensolação Noturna, Quita quela Porcabíblia, Poblicação hebdomadária, Tarmolão o Tiranoso, Blaculei, Bebaço Antechá, Lê tua pantiléria, Distúrbios Acústicos, Pensa ser eo euduco de Orgilho, Das graças de Marte, Beguemótico Fraguerói de Dublim, Seu pai era um Muichucro e Ela o tinha num Casquete, Burnham e Baileym Artista, Indigno de religião doméstica protestante, Terry Cotter, És benvindo a Aguarraza, subscrevem os Cintalargas, Lardo Buçá, Tudo por Artur destapraça, Tocugato da pancetta, Donelo Tiracouro, O Ás e o Dois de Pobregaita, O'Reilia salegra de beijar um donzel atrás do barril, Magomagogue, Matuto Jagunho, Gótio Gilebilno, Lutero Lúteo, Choca ovo de galo, Bolar o plano, Sorte ante os laços santos, Divorcio-me ditê, marido, Coreiro remendão, Vá a Helena ou venha pras Coninhas, Piobaldo Pufepufe sua noiva, Purgado teobalde, Ele não é nada pra mim primo, Barbariano, Pé Culiar, Pio de corujo faztuto, Aristocrata de ano inteiro, Licantropo, Vampároco afina o tom montado num burro, Trovão e turfão se casaram inclâneos, Pé esquerdo aguardassim, Pepinório do Campo Santo do Senhor, Harrolto Arlandês, Tita Iúca, Carrapatos de Tonho Furlongo, Arquiducão Repólio, Já passou a posta, Quenealho não despe o véu da Nancy,* [71] *Pata na zaga, Me dá um dinheiro aí, Chiquita Bacana na cama, Na banheira, Falamaldeurico, Rua Robombarda, Sublime Babali, Saca o El-Rey dos Bergas e bomba ao cazar de todos os Ruttledges, O'Phelia Culpricho, Fonumavez pa quatro, quatro, três, três, três, O que fez a Seu Costelo, Dorme co'a mão no coração, Sabe-se quem vendeu Horácio a Calabar, Anexos os Filhos de Fingal, Balança mais cai, Quer uma mulher e mais Quarenta, Deixai-o fazer a certafeira, Iperepiacaba, Paparado dedo-duro, Ruína do pícolo negócio, Ele é um... Mequistófrias Mamamel, Tortou-se um Nébrio, Amargaridas, Atrocídio armênio, Pâncio Pobrepez, Edomeu, — O que desdevoiveu a comuna característica da natura irlandesa, Demalo humbor, Sossossofrifrido, Cocoração, Porco, Papai Sem-Vergonha, Vai avante Pé parido, Velo Vordesvorte, Falósfo Ansiático, Porculpado Filodapota, Jejualdo Barrila, Afoito nel Leito, Seo Hadgi Pozo, Custódio*

Polita, Figaldo Alocucionista, Deposto, mas anarquicamente respeitoso às liberdades individuais não invasivas, não respondeu a uma paródia solitária além de tal sedentarismo embora fosse tão fácil quanto beijar o vento para a resistência passiva na tenda em que se achava para gripar o fone e ligar para Kimage Outer 17.67, porque, como explicara o fundamentalista, quando se comovia al falar, touçando seus sentimentos felidos na regougada missão dominicana pois o potido girondista estava então ativo e ele imaginava que a devoção rumena conhecida como santo rusário podia reformar ille, Gonn. Aquele taurino muito desagradável diante de cair fora embriagadamente tomou um punhado de calcos do mesmo tamanco para raposar-se de suas uvas, na portinhola como apoio para suas parolas que diziam que ele não era culpado, mas, depois de tantas apóstrofes, reconheceu semi-subconscientemente a seriedade do que poderia ter feito se escovasse para fora suas terríveis intenções o que por fim fê-lo mudar o discurso e pôr de lado aquele monte de fluidas considerações e, ficando um pouco mais sóbrio, passejou sua bile de baixa fermentação, com medo da fleuma, de o sangue frescar (buça, buça, maldiceta, vou esguichar a escuma sobre todas!) essas favelagens deixando de lado [72] seu linguajar e finar a cena paleológica, dizendo como, por meio de sua ordenança denegada, deixou escociando na mesa de dissensão, depois de exortar Eurículo ou, com uma fraseologia levemente modificada, o casal euricular, Seir, seu nome feminissível de multitude, para cocar fora para moquerlar tudo aquilo pela honra de Crumelino, com seus danados eurictos, Gogue o amaldições, para que ele pudesse lenhá-lo e deixá-lo tonto, assegura-te, como Tíbia Rota fez com Bule Adunco e ninguém mais com Polifermo a erguer rochas sobre ele, ou se não o fez, por duas ou trinta palhetas, que fosse Cacau Campanário que não sabia o que poderia não ter feito por ninguém mais do que ele depois do qual, martel matou, milhares rasgaram um golpe bolado, de forma que a ira de Malbruque, representando uma pequena mudança na voz de sua magestérica, o primeiro casal heroico dos trópicos fugálicos, Opus Elfou, Trintartelhos: *Minhas maquinações de obediência a estes tempos tinham de falhar*: deram uma boa mordida em seus datiliões e, bando-relhos aos milombos, dripdrapdrop no poço ou pôlder, querendo galgar à maracangália bem cedo, continuou barrarriorando em seus xingaguejos retróticos (*Eta Corno, Hélio!*) em direção a instituições de soldos e mutos de mil ou milecentos anos de distância na garganta luarina das veredas de Alto Baco. Adieu!

E assim, com vensaída rochélia de Necrobúlio, chegou perto daquele último estádio de cercos em torno de nossa arquicitadela a qual gostaríamos de relembrar, se Néstor Aléxis nos desse uma pista, como Bar-le-Duc e Docondoras e Bangem-sobre-o-Zoom.

Contudo deve ter deixado muitas portas atrás de Boimeichego de forma a que testemunhem seus pétrios cômodos com uma silente núbila sobre a colina pálea e nos vales e no assento etéreo, em Howth ou em Coolock ou mesmo em Enniskerry, uma teoria nada retilínea da evalução da sociedade humana e um testamento das rochas de todos os mortos sobre alguns dos vivos. Cordeiros de Oliver, assim os chamamos, cacos de pedra, recompostos nele serão, o rebanho e o paladino deles, como nubilunas acumbuladas, no dia em que, igual ao lança-fúlmine de Azava Artur [73] lídimo (certo Finn, certo Finn, avante!), ele acoroará do sono telúrico, finelamo enfeitado, no vale de trágimes de Conde Ex-Conde (chefes perdidos vivem! os heróis retornam!) e sobre vales e montanhas o potente corno do Lobolorde (protegei-nos!) dirá rola, rolando, rola.

E naqueles dies seu Zeuis perguntará por Abraracão e o chamará: Abraracão! E ele responderá: Ecomicuá! Sem pestanejar. *Animadiabolum, mene credidisti mortuum?* Havia silêncio em seus salões faustivos, O Truiga, quando teus bosques verdes secarem não haverá sussurros de mirtos no ouvido da noite quando nosso pantriarca de Constantapobla tomar o pulôver pelas botas.

Figadal? Nem um pouco! Seu halintelecto esfria a sopa, sua pele úmida, seu core compasso, sua rastejante pressão, seu fôlego falho, suas extremidades extremadas, portanto: Feneleces, Pernabroca, Calamina e Baldolho. Humberço gobossonha. Para ele, as palavras pesam menos que pingos d'aguaroa no Retenferno. Que todos apreciamos. Plúvia. Quando dormimos. Núbia. Maspera acordarmos. Pinga, Esguaroa. [74]

Tradução: Afonso Teixeira Filho

4

Comoleão no seu lacrizoordim relembrando os nenúfares do seu Nilo (deve Ariuz esquecer Arioun ou Boghas os baramigados de Marllarmazares de Marmorenim?) podaté ser, té semsentido cheio num resmungo vintenovemente sigipostado na nossa caixapastal, na sitiada camassanhada ele unicainda relembra daquelas lililiths desgrenhadas que o haviam enfeitiçado, velhifodido, e não sabia que os trivigidentes no seu despertar vinham pra ficar. Fooi, fooi, as embaixatrozes! Zeepyzoepy, rapagalhões! Zijnzijn Zijnzijn! Será que temos que declaralho o que ele realfirmou? predisse? os Campos calourentos de milho pipocourados de Ysit? envergobrilhantes. Pode será, habemus que sobreprocurar uma portinhola em nossos curiósos meunicípios se é que queremos sabê-los, comisso vendo seu prófundo (não desejava tersido um tempo também desperdaçado), dentro de seu xamãnico patri-arcado, alrededordaurbe (Gêmeopar! Gemeopar!) ele cônscio dozenemigos, um reipaz cavalobranco num moinho de Finglas, orou, como sessentou no assento ansioso, (caçarvos um presenturo nomeu duplo globocularde) durando as três horroras de agoniado silêncio, *ex profundis malorum*, e criado com fingida descaridade palavrilhada (e ênjos dentados que, nominado Nash de Girarracha, iriam a qualquer lugar onde omundo chorando com sua barriga pintalgada (a rai, a kriponstonista!) pra leite, música ou casadas missizinhas) poderia, graças a providencial benevolência de quem odeia a prudênciastúcia, desdobrar na primeira distintonastia de seus posteriores, [75] carapreta connemar não da dobra mas dos filhos mais velhos da sua casa, seu perseguidor de ideias (suas doze passopaixões pedraminantes) sendo a formatação, como nos climais favorecidos, onde o Prado de Mel é convivamigável e na Montanha de Joy se recebebem, dum estrato veramente criminal, berço do Presunto crocovos, assim finalmente eliminado de todas as classes e massas com uma diretamente derivativa descasualização: *sigarius* (sic!) *vindicat urbes terrorum* (sica!): e então, pra marcar uma margem tallela artera a obediância dos cidabãos e juda a aúde da ova. Tátudubem. Vamos deixar de teorias e revoltar no aquiquiéaqui.

Agorescuta. Adeuse dinovo. O rocaixão, Puglasspainelmontado, péspraleste, pra revoltar mais tarde, a covacava pertodofinn, afetando maferialmente a caufa. E isso, mentivividor, é a caisa. Qualquer número de corpos públicos conservadores, através de um número seleto de outros comitês com poderes para adicionar os seus números, antes de voutar a si e em si mesmos, cidade, porto e guarnição, por uma própieculiar resolução adequada, seguindo uma ordem da curte escurrasgante, um-por-todos-por-um fora da existência tramada comopor-um-corte, então você acompanha você mesmo cortar um neuvoso pacote de kertas, feito ele, enquanto seu corpo ainda persiste, presente deles numa provisória sepultura em Moyelta do melhor padrão Lough Neagh, então como muitos em demanda dentre os misonezanos como em Ilhomem hoje entre os limnifóbicos. Péruminuto! Tava numa xaleira di peixi bem xuspeita, depois do capataz do Fianna fazer suas tarrefas, enricado com florestas antigas de queridos plântanos holandeses entremeados que foram dos montículos de trutabeça, vaidosovão de suas calçolas graçitagarelas com qualquer Wilter ou Walter que floram como ela fazer como Izaque que fez cócegas em sua vara e ver suas anáguas de suas apatetadas águas e lá agora pedroarrepios (que a sua colcha doura levemente sobre sua forma sonolululenta!) Quempravocê mente seu último pela ira do Brejo, como o primeiro golpe Huno na cama de seu triazul Donacuem? Melhor. Foiprater o céubterrâneo, ou o paraíso dos molhes o que provavelmente também foi uma inversão de um falofarol, destinado a fomentar as culturas de gengibre e a melhorar o comércio turístico (seu arquitexto, Mgr Pérrilachési, tem sido obchecado para que não [76] ficasse petrifalsado assimnonuncca enquanto os contratantes Messrs T. A. Birked e L. O. Tuohalls foram feitos invulneravelmente venenerráveis) primeiro noeste, nossossenhorimago, Castlevillainous, abertamente amaldiçoado e explodido por meio de uma hidromina, sistema, Sowan e Belting, explodindo da reinventada bombazuda T.N.T. até cerca dazonzetrinta desponteirasas (*circiter*) para estrelar placas de seu aéreo torpheto, Auton Dynamon, contactado com o expectante campominado por latas de ammônia melhoradas blindamurradas nela, e fundidos em cabos trifásicos, escorregando por eles da torre de conexão abaixo pra dentro das caixas de fusíveis da bateria, tudo diferrindo como relógios de chaves desde que ninguém aparecesse pra fazer a sempre mesma barba, alguns dizendo que seu Orrológico marcava Siguistrigos pras nove, outros assegurando quecomo o de Ryan eram dinamarquêis pras finco. Ele depois sempre que seu melhoramento começou a falhir com sua cascáspera e rouquenhando e, passosapoços, ele saproximou (poupomem!) cuidadosamente alinhavado o ferroconcrete armado com tijolos rotativos e argamassada, faceàfoça, e se retirou sob a heptarquia de suas tourrettes, os Cambins, pordiante, touro e leão, o branco, o armário sanguinário, tão encourajador (cujuntos, como-se-todos os chapéus crescessem!) fora da cabeça negociando conselhúteis adicionais que foram bempossuídas de leidecantadas dahora como a União Criadora, Guilda dos Mercadores de Grampos *et*, a.u.c. prapresentar a ele com pompa funérea, metalém disso, uma laje tumular com o habitual endereço e discurso de despedida a la Mac Pelah, comuito justas palavras de falsificação adãomológicas: Fazemos nossa idaozinferno com tu, Herr Herewhippit, maisdocaqui. iskindô! Maisacaisa abordasloojas! Xoudecaixões, papeldembrulho, bons esquifesjustos, urnas cinerárias, rosários abançoados, boilachinhas, uixquirlandêixi, vasos lacrimais, caixacapuz, caixadexeiro, quebraqueixo, petiscozitos, incluindo-se assuassaúde, sarxicha virada e carneirinho macerado no garfobifurcado e nesse assunto, antê desinfetaté, todo tipo de inumacionário bricabraque para adornamento de seu vidrotônico honofreno, seria, com esses trens kontidianos, seguir naturalmente, allah!, no cursordinário, permitindo que o vagamundo vagabundeie assim com [77] ele, pra viver satisfatoriamente os préssenìs dias de sua vida de opulência, anção antes da decrepitude, última doação última mansidão, até o empanturramento, embora a embarcação embale o enquanto (*hypnos chilia eonion!*) Letembalando entre explosão e reexplosão (Donnadáugua! Troatrovão!) do brutotira ao megavara, embalsamado, de grandidade, rico em morte antecipada.

Mas cumpla o selfisso do Belzebu, ressurgindo apósaqueda. Raiazulxispando de lá, reconhecendo as marcas das dobradiças dhabita-çãozinha, enterrado na covanca em Gerrinããо, proliferando através de toda sua Anteriqueza, pontoaponta, valeavela, e revisitar a Supercrosta Sidérea de Utilitários, a divinal, o acu-muladoroculto propagundando seu progenitor plutopopular de potes e panelas e pô! queres e procadilhos da terrinclinada à terralavrada, e da espirrolândia à esporrolândia.

A outrofensinva primaveral nos altos de Abraão pode ter accontecido por accidente Paidrenosso, (pro Bredabruto perendurar pra pressuadir-se a si de ser si mesmo o sepultado e o assassinado Cian em Finnópolis), não tinha sido nem três mônadas em seu tumulaquático (que vigilantes e cavalandantes então prindam vinhespumante com patata frita!) quanta portrifacção, sempre dreyfussidade, começando a subirssubirsssubir, o homenino ressaqueante. Uma piscadela deu o sinal e sua benção e o papel libertou a imundação. Por que os patriziados o assustaram com seus grunhidos? Porque os druivas estavam almiscarados na porta. De ampos cambos Celtíferos (a iniciação de uma concessão por uma questão de argumentação que os homens de amboslados de Irlanda Sulenta e Vetera Ulada, azulados e pilulados, douravam a pílula com o Papa ou No Papa, havia, mouros ou louros, grandideias, grunhivos) todas as condições, pobres contra mergulhados na merda, todos, claro, puramente na dofensiva desde que os eternos estavam sempre ao lado deles o tempo todo, foram todos atraídos pros Botões Pretos de Belona, outrora Valsalã Brãnca (Isso, quão derrotado, malbeijado e malpago!) alguns por falta dalimentação adequada na juventude, outros pegos no ato honrroroso de fatiar a carreira da família e cavadores em conjunção; e, se emaciado o suficiente, a pessoa assim agarroteada pode ter sugerido a quem quer quele [78] leve o presunto de, a planície envolta em escuridão, brincando circabaixo, aindanão, mesmo sendo o primeiro velhogabundo de si mesmo em carnosso, uisquisitos encarnadíssimos, falsorecido comquelerra valentão na colina poronde tinha circulado muito livrementre as suas oposições e a sensação de que a hibernação Mestre Ewaka, quem, antes dessa videsmedida, tinha sido conhecido por seus dias barmicidas, dito cozinheiro, entre sopas e sabores, pra sair do seu compróprimento darcoíris trutatortas alattartares ondenenhomem nemulher nasceram, nemfrio, como brebêcristado, devora suas trezanas de carpas por dia, ia, em poucos minominutos (a misturuda, Forcassufoca-o!) ficou, comossalmão saltando esse tempo todo secretotalmente sugando e alimentando-se de sua própria gordura malajeitada.

Senhoras não desedenhavam dos férreos tempos dozabetos; ciudade (chamada depois de Danaduna) quando um a mago era um a migo pra se carregar, como lacraurícolas fazem com seus mortos quando o chão da bola-terrão donde de feto devemos aclamar o declínio, nosso legado ignorado. Vênuses foram cabriolando temptatrixes, vulcões golfavam erupções e todoomundo mulheril camisolado invariava. É fato, qualquer h-uma-na que você gostasse antesdomeiododia levava seu deusnuparido prafora, ou um pardeles, (ludodeus! logodoou!) e lindamente orou prele (ou comeles) cadum a seu gosto, a própria sorte, todos tapando a peteca do tapete persa. (Tagorje!) Poçonde ela cortezejava gamando com quem ela queriassecasar! Carramanchão, caçambalde, caravana, cova? Coche, carruagem, carrinho-de-mão, carrodestrume?

Keitiforçuda, a viúva (Tiptiptípica!) — tirou uma foto darruela pranós, numbroso driáriodrama, brilhante e muito vidual, duma velha lixeira quelacheirou, numa casinha familiar de relvapedrenta com titicas de galinha, bichanos fedidos, coco de vacão, fechetais podridos, lixos purulentos e baba de mendigos, se não piores, emitindo germes salmonelíticos alegremente pras ferreirentas chapadas — Viúvaforçuda, então, fracafrancamente se voltando praparede (Tiptiptitica!), fez toda varredura do douradia do bom Reidículo Hamilento embora sua pobre vassoura limpe mas parcamente e sua vazia afirmação entenda que, [79] não havendo desvios macadamizados naquelas antigas noites necropolitanas em, salvo um futibater, Calçada de Bryant, bordada com velocidabem, como um trevo branco que azeda a madeira, que saiu de, sendo espancado, onde o autor foi atingido, ela largou, como catadores, comoscatadores fazem, sua sujalixarada perto da Serpentina em Phornicox Parque (no seu tempo chamado Fontebella do Sacrossaco masmais tarde dito tãotalbaptossida Purga do Pat), esse camperigoso recirculado carnimateiro onde fogartifícios de Oh Flaherty envolveram um castanhudo dum castelopato e a de arqueiro turcaturdido, tudo sobre pegadas fósseis, botasmarcadas, dedossinais, coto-veladas, culotes, a. s. o. eram todos sucessivamente traçados numa descrição maisquenvolvente. Que tempo maissutil esse damata castanheirenta lobisomuda castramentada pra esconder uma lombarrada de Quintafeirhomen's mãorcados ou uma cartadamor, perdidamente nela, issosseria a luxúria em Ma, doquentão embarulhando seterminou doquecaqui donde a raça secomeçou: e a quatro mãos previram o primeiro bebê da reconciliação ser colocado em seu último berço do lardoceler. Se jogue nisso! Não mais quisso! Então passe a picareta pro pirralho! Ho mens!

Prouvir o Alltíssimo falhar pros krishnistãos como propaganda fèdemais de suas águias nupciais com seus bicos de rapina: e cada morfínicomem nosso, pomoporpoma, despenca dentro da terrina: coméra será, dissêle! E é como se onde Agni arinflamasse e Mitra amaldiçoasse e Shiva matasse commayamutras e as águas oblívias de nossa noárctica memória se retirassem, sinuosamente indouvirum alguma cãofusão dum padre pedra, flamengofã, a vigia do vento que acendeu o fogo secular na floresta que Jove inflamejou com sua palavra rude. Posseidão O'ondudo! Leva essa pedra sangrenta pra lá! O que tais fazendo sua sujigaita com esse trabucão de pé no curso? Deslize ao redor, você, no raro mi dos ministros! E, você, leve de volta esse barril onde você o pegou, do Mac Shane, e segue o teu caminhoca, Estrada Chapéudabarra! E viza! como eles vazaram, os centavaxados, uma escola inteira de cambalacheiros, com com suas faixas voando atrás deles, esses pequeninos pirilamputos! Aqui-à-cappela! Um Lucans, por favor! [80] Sim, a viasibilidade dos vicinais se invisível é invencível. E nós não invadiremos seus Campos de cevada. Olha todo exxexuxu! Fluminenxe! Se essa foi a batalha de Hannibal foi a trabalha de Hércules. E faminlhares escravos não-emancipados a caminho. O mausoléu jaz atrás de nós (Oh, Adgigasta, *multipopulipater!*) e há milhasmarcos em suas cabeciminímas vaulcilando ao longo da tramatraço por Brahm e Anton Hermes! Per omnibus secular seekalarum. Améin! Mas o passado nos deu esse presente de redaroda. Antão mais ermão O'connell! Embora chuvassumido, você está rinescondido. E se ele não é Romeu você pode filetar seu chapéu. Ficacimabaixo do templo de Saint Fiacre! Pensa!

Foi duro perdurar por lá, indamais nesse desoludido e bucálico pontofriento, então rupestre, ressurgindo agora que é, que Luttrell vendeu e Lautrill comprou, na sela de Brennan (agora Malpassoposto?)

posso, viceversando da verdadeira vicilização, não onde seus sonhos topam seus traumancos (Abaixolá! Abaixulé!) mas onde vivoterrou alémcorrente a verminha do selvajudo, pradossalgado com a inundação, que o atacante, um cortatacante, embora minimediano e entre cores com verdadeira nativamente corajosa, engatou o Edversário que tinha mais em seus olhos do que em suas pernas mas que por saquear saquê, ele confundiu na chuvarada ser Oglethorpe ou algoutro tolo, Parr aparrentemente, a quem a cabeçacalcanhadinha frangovalada tinha alguma semelhança com Miguelangeloseco, fazendo uso de linguagens sacrílegas ao defeito quele iria desafiar suas homospheras para exterminá-los mas ele canonizaria o b — y b — r da vidafora dele e preparar contritãomente inteligente como o b — r teve o seu b — y rezanoturna ditas, três patreconostros e um par de infermarrias (*tout est sacré pour un sacreur, femme à barbe ou homme-nourrice*) ao mesmo tempo, de modo a pluggar bem os bebêchorões foantasmas fora dele, pegando o cabo de uma barra oblonga que ele tinha e com a qual ele geralmente quebrava móveis e fazia uma bengala prele. A borda do incidente prèrrepetiu-se. O par (seleseram Nippoluano apreciando Wei-Ling-Taou ou de Razzkias tentando reconheicer o general Boukeleff, homem não há que o diga), lutaram apairentemente por um considerável tempo, (o berço bamboleando igualmente [81] a um e opostamente ao outro na lei de captura e recaptura), sob as regras do TudoTodo em torno do livrossalvante, lutando como nababobados roxapressudos, (Servos Sexcrementados do Fervor Divino!) e no curso de sua rixa o sineiro, que tinha aberto sua famosa marmita pra mendigar, disse ao mineiro que carregava a larva (um termo conveniente à destilaria portátil que consistia de três tonéis, duas jarras e várias garrafas embora não tenhamos dito nada inflexível, ambas as partes têm interesse na aguardente): Não enche o saco, Pautino! Mal te conheço. Mais tarde, apósapausa solsticial pra refrescamentar, o homesmo (ou um diferente ente novinho do mesmo salaminho) perguntou num vermiculoso xorri-queixim-xeim feim: Foram seis victoliósos quinze pombos apanhados forra focê, me conta-me, meu camalada, por pipo-cantes dezfaltantes meses atlasado? Houveram algumas tentativas de colidibrincar e várias de converter pra melhor parte de uma aghora maneira de resolver uemblema (nós reconhecemos imediatamente nosso velho amigo

Ned de tantas cartas malinformantes) caiu no intrusor que, tão preso quanto aquele gato àquele rato naquele tubo do órgão da cristigreja, (fez a inimagem da Menina Nuvem Pensante flutuar acima da joveluz charmosa num serpenteante rabodeporco?) sobraonde se faz amigável e, sem falar da camisa rasgada, se precisasse, jogar uns bastões, todos de lado, se seu companheiro ficou engripado ainda à invenção da sua caixaforte, com uma tenacidade que corrembora seus mútucos direitos territoniais, e acontecer de ter que pilhar e mudar uns dezpaus trocados pra ele nesse momento, adicionando à sorte então, que ele pagará os seis vicobres deventes, sacou?, fora o que lhe foi levado pelo homenstruário em Yuni ou Yuli passados, me seguiu, Capita? Pra isso o outro, o Billi co'a Boula, que tinha mãemado e maulhado até que (pois ele tava hesitante, carregado de excelcismo) divertidíssimo respondeu: Uuhhuu, ocê ficaria brutalmente surpreso, Hill, praprender isso, comacontece, Eu não tenho honestamente mais que um pila, nem uma cachancinha de um dindinzinho estralando em algum lugar sobre mim nesse môomomento, mas acredito queu consigo vermeu caminhóca, como sugeiras, em sendo festas Julhinas ou Judientas e isso é muito doido, filho, pra você [82] quando a lebre pro chapeleiro, mano, pra mim, procê adiantar algo como quatro ou sete mangos entre pular e aprender o que vosê poderia muito bem ter, baitxinho, pra comprar um J.J.eS.com. Houve um minuto de silêncios antes de reacender a memória do fogo e depois. Coração vivando! Que na primeira talagada alegregria do uíscabeludo o pavio das orelhas ficam pinipicando, o pistoleiro famélico, cambalicravado, torna-se estranhamente calmo e franco por todas as suas banhas porsenais que o espinheiro de todela possa ramificar-se na Elafônica sua lux pontudex e devia ser bom prele verrão marx meu palavrarrão, pruma lasca do velho Flint, (no glossário Noiteano que fornece raízes aprioripirócas pra línguas aposteriopirócas esta é a naitalanguagem semnemsentido domundo e pode ser tão bão kishes como esproguetes como deixar de certificar que o troféudeguerra ceifou algumas vidas muito cedo com algo parachado a um jarro, pra quê, caralhado) e obxervando em langorróida, aparentemente muito mais saxtixfeito que a língua poderia dizer nesse comecinho dessa vidinha nessa prèprova do Banco Dun pèrolamães e o fedelho pra lavar o que ele vai nutrir pra si mesmo no Vaca Ruanda em Talagada e depois no Mulherão em Tilintar e depois de lá no ContracaminhInn em Pedrapreta e, primeiro a cair, último a sair, onde o apetite fica mais fino, cumer, frete funébrio pra farra e satisfação real, Adão e Eva na Rua Dabundância pra graça e caragem da rainha Bunduda, por sua vontade e testamento: Você colossalzinho sulabatido! Eu te conheço em qualquer lugar, Decliney, deixe-me dizer-te sincerramente fora ou dentro do lexicão da vida e a quem diabos mais, mesmo sendo esse remendo branco na bona parte! Goalbola, eu acertei esse dialito no dieleto da noite das noites, que golaço! Minha chapeleta, você tem algum Alemão valentão bagudo, solposto! Ele esporrou no seu fausto (axxim); ele encarrou a boa ferida (pardão); ele empurrou-lhe a pica (amor de fica sempre pica): e tocou seus amigos dali. E, saiu à galinha Francesa e um partiumfólium de pressas e leseiras, prestes a continuar com isso, extranha mixtura de pax e amplexo ou um pegapuxa praticado por um irmão do mexmo peito, hileluia, mateluia, aleléia, e, tendo ratificado perante o deusdia sua togatrégua que beligeiravam fizeram a xamādinha pro tratrado do cunhaque, virando sua tez serversovera na [83] direção de Moscas, ele primeiro se livrou de poucos milstificadores e enxoturrentos e deserteiros com a jurbulância tubular em uma corrida de touros astropelando sobre a pontecuzuda, cuspindo os denterrizentes, com o sete e o quatro em castracão e seu humaral cegomorcego ou outra incertarma da *lignum vitae*, mas de modo cada vez mais rhumanos-santo de um tobogãpopa, ele escolheu manter uma compromissa perrenguenta com alguns rivaltos em algum lugar entre os Perrairas e os Chifritos enquanto o pobre derruyento, que eles deixaram pra trás juntocom o confedeirrado parrachoque se bem que blefeboludo, perfurou meramaravilhosamente tudisso com um enornúmero de consumarentas grandameixas, alazahlém do cóccix machucado, tudo sobrele, relatou a occorrência da melhor forma que lhoccorreu, para espanto de todo o lab-oratório, dando às Paddybandeiras a saudação militar quanto às suas exiciladas d'O Daffi, na justificável esperança de que, na revisão nobilorromana do concluso amplexo sitisfactuório de suas negaciações e o macabarismo engripamentado deinderivativo, alguma noção ou fomentação de papoulabeças seria janeiralmente exibida às partes, na vigia mais próxima em Linha Vigário, o solo branco de sua face todo rubrocruzado diagonalmente com nãofetal sangue mammálico como provasitiva da seriedade de seu caráter e que ele tava sangrando em auto defesa (estanquisto!) das narinas, lábios, pavilhão e palato, enquanto alguns dos capelos de sua capeça foram puxados pelo Potro doutraforma proutrolado e suassaúde allrededor parecessesser medianamente dali pra frente como se demonstrou afortunadamente que nem um dos de seus duzentos e seis ossos e quinhentos e um músculos em seu corso fosse um pocado pior praquela pancada. Quenhela?

Agourentão, deixando as xinzas irem-xe, mentalmúsculos metalfazidos pra derribar terranascidos e rochacristálicos e destruir o invidrado mas uisquecendo gradualmente as nossas poupançudas revoltando às aquamãmães muitas milhas do banco e Dublinpedrado (olimpiada até a décima primeira dinastia prenricar aquelas todasdoentes Hamrrisadas) e para a questão ilegal do binheiro obter-se uma parinflafurada claptropa guardafogo cropulando ainda no ponto mais assanhadado das incli-nações políticas das ativicidades de nossa cervadiante, El Don De Dunelli, (pode seu navio de pau-a-pique [84] semarranhar no garrafundo do rio e toda a trampulância estrancada nas cracas dos mares!) quem, quando dentro do seu pretanelunhudo, senhor, de ser equivocadamente emboscado por um ugaugaveda, e tão porta quanto não imperto, mamãe, ser enchoveado de improviso quando o voucêgonudo cercado com o PedroPintor quisesse fodê-lo, foi consistentemente praticando o primeiro primário e imprescritíveis liberalidades do pacífico sujeito circulando (sejamos britânicos, garotos, ao bellobarrigão e checa a chuma chance!) ao longo das imphrohibidas semitárias thrufartes, abertas pra bugues e baiques, prandar, rua Wellington Park, no meio-fio ou com os quacre impostornostrum no sovaco e uma bengalalpina na sua vermão, um exercício altamente recomendável, ou, o segundo do nosso *acta legitima plebeia*, à beira (cuidado pra não obstaculizar um homem e sua vontade!) de ter assento em um lugar público, para que, descoberta do Butt, mais a leste (e tudo vai proeste!) das pontes poçopreto, como um protesto público e naturalvícico, sem intenção de incomodar ambos, louvando e agradecendo pela ira enlutada da pombanelada e temorpicada giboiante e todotudodibom joinha satisfazido, que ele era, pro clima dos outros.

Mas retornemos ao atlântico e Phenícia Própria. Como se isso não fosse o suficiente pralguém mas um pequeno avanço, se houve, feito pra resolver o crime quenuncafoi enigmático quando um filhinho de mãemãe, Rei Festeiro, de uma grande e honrrosa família associada às indústrias de alcatrão e penas, que deu o endereço do velho condedado de Mayo dos Saxões no coração de um malafamado distrito uisquento, foi subsequentemente enquadrado e acusado por ambos os condes (de cada ponto de vista equinoxial, a cara de um sendo o fucinho do outro) dava pra ver, voando pombinhas fora do seu maucacão e fazendo confissões imodstas de suas forças no Campo. Issossim! Issassim! Quando o prisioneiro, embebedado em metilido, apareceu seco na doca, cuidadosamente ambrosiaurealizado, como Karicatura Korduroy do Kersse, vestindo, além de manchas, rendas e remendos, sua camisa de guerra, suspensórios de palha, suéter e calçacarrolhas de policial, tudo desverdadeiro (que ele tinha rasgado propositalmente toda sua simetrimanca raiuda ao mermotempo), deposição para [85] sua exeção com todos os fluores do rarorreal vocabulário Irlandês como toda padrepiscomartina tripiedada sebenta e todo o sulfeito de copreras tinha caído dele quartzado inexplicavelmente como as crystalizações de Avão e Eda enquanto ele tentava tacar fogo com o palito em simermo, (de feato ele tava pingando como fazia uma despipoca maltada como ele temia na chuvia friia) foi tentado pela coroa (P. C. Roborto) mostrar pro Rei, *elois* Pédecabar, mais conhecido por Meleca, representando um menino escalando, esfregou algumas manchas de anylivinha mininamoça em sua cara, arronca e buça, com uma clãoturfa como melhor meio pra se disfarçar e se froi pra freira meiobranquela de Mudoforde num Thoordia, feastas de Péla o Pólo, sob os illassumidos nomes de Penrreifesta e Rabuórca, escolhidos por ele e Antônio de um guia telafônico, elegido com um porco de raça (sem licença) e um yacinto. Eles tavam naquele planomar Ir novecentos e noventa e novanos e eles nunca rachachoraram ou pararam de remarregularmente até que eles desembarcarem os dois em um insiginificante si, antre bamelo e curro, grisalho e pirralho, padre e podre, madrematrona e megalegre, no meio de uma barrasca. O encontro, convocado pelo grupo Angricultural Irlandês e Prepostoral Ouroganizações, prajudar o muco irlandês a olhar o irmão danês na cara e agradecer a Larry pelo enorme número de totens cristãos e judeus, despôs do delúvio, era distintamente um tipo de disperção quando os malditijoludos não conseguiram nada de bom e depois dos galosmarchantes travarem algumas enérgicas disputações e comerem um pouco a caminho da porta, os porcalhões vendendo mais tarde ao senhor imposteiro porque ela, a Francirmã, quer dizer, comeu um lado inteiro do chiqueiro dele (do animal) numa ruarrinha, *Qui Sta Troia*, a fim de pagar, chiar ou chupar seis doblões pra quinze atrasos dela, da renda do vilão não do roncão.

Evidência notável foi dada, antão, por um olho, orelha, nariz e garganta de testemunha, que os capelseguidores de Wesleyan suspeitaram de que fosse um padre em trajes comuns W.P., situado em Nullonulla, Quarteirão Médico, que, depois de baixar a batina e a verdolenga paz e tendo sido cautelosamente advertido contra o bocejo enquanto [86] está sendo grelhado, sorriu (ele tetinha tomado uma talagada na despedida da Sra. Molroe na moldrogada) e estatuiu arrancar o seu submorsebigocentos (zulivre!) que ele tinha dormido com uma boafèzuda e que ele estaria lá para rememorar o finco de Nofembro, arrerrostando, enrolando o O, que, com os jibuleus de Juno e as datas da veulha lânsiedade, iaindo, graças ao Mandachuva, pra decembarcar dentro das ephemédires da história profana, tudo num Houje, Auntem, Omanhã, e uma caisa que seria porciculamente acatacar uma pessoa com poderes tão intensamente observadores como Sam, ele e Moffato, embora não haja razão porquê, o impressionante sobre isso foi que ele ficou patrificado ao ver, ouvir, saborear e cheirar, aquela hora da noite, como Yacinto O'Donnell, B. A., descrito no calendário como misturador de pintapalavras, com parte duma queroapaz (Gaeltáctico de garfodido) na verdura da hora das vinte e quatro badaladas solicitou (o cassidão do paviocurto!) saquear, socar, apunhalar e abater comumamão os outros dois velhos reis Gush Mac Gale e Roaring O'Crian Jr., ambos mutantinhos, não-lucalizados, sem endereço e incomunicáveis, entrele e quem, desde a pancada antes de Mise de Lewes, sangue podre existe no terreiro na borda trespassada do boi ou porque ele primepartiu seu cabelo polartido de duas maneiras, ou porque eles foram formimofados et grupoceiados sobre uma rascante noveleta, ou porque eles não podiam dizer muluco (mudo e maluco) maduco. Os litigantes, ele disse, congressistas e Donaldos locais, reis de uranhas e jamentos, reis da lama e conservadores, até o rei bode de Killorglin, foram ovocionados por seus partidários na forma de mulhores com cabelos arcurvados de Ruivogenuinamente rubros, agitando os belos carmesins e guinchando do alto da torre de Isôda. Houve gritos grosseiros na corte e dos filhosdedublins nos mentrenaiscidos de: Note o banco de Mick Banagher, senhor! Produto O'Donner. Ei! Exiba as relíquias! Bu! Use a línguamor! Chega de lábia! Mas isso escoa na Mortalmana Corte da Cenescura através da cruzanimação do endurecido testículo que quando e onde essa faca das facas a emboscada arvorada foi colocada (aproximadamente esguichando cerca de meia hora entre escurecer e alvorecer, [87] pelo Tempo Médio Europeu da Casadáugua, perto de Para e Pensa, alto chefe semprevirento e árborecaída na terrasenil) não havia tanta lualuz viuventa prescurecer o altar duma criança. A mistura, portanto, foi abruptamente abordada, e da belhor baneira bossível, como se ele fosse um daqueles bagaceiros sortudos para quem o audível-visível-conhecível-comestível mundo existia. De maneira que ele estava muito cognitivamente conativamente cogitabundantemente certo disso porque, vivendo, amando, respirando e dormindo morfomelosofopancreatiticamente, o que ele fez mais significativamente, sempre que ele pensava ele ouvia ele via ele fazia um sino badalarbadalarbadalarbadalar.

Se ele tinha praticamente certeza também de seus bofes e ferdadeiros nomes nesse negócio de rei do blusão? Que ele era pediculasamente assim. Certificado? Como um qualquer um. Não mente! Seja só comeu fui. Foi o Doença D'Alguém? A'Quanto. Filho do Zsábido? Um sátiro enquartando. E como o sr. olhosverdes chegou ao B.A.? Que era como a piscina dele. Um caçador envesgado com olhos estranhos, aros auflorados, niriz inquilino e uma bouca contorcida? Bem poderia ser. O que poderia abocanhar você em dezjerdinhas quando na eestrebarida? Bollera obrera. Também tinha algum majar? I guines. E pernas trambulhentas, rubrohipinominadas Helminghan Erchenwyne Rutter Egbert Crumwal Odin Maximus Esme Saxon Esa Vercingetorix Ethelwulf Rupprecht Ydwalla Bentley Osmund Dysart Yggdrasselmann? Sagrado Santo Eiffel, a ferdadeira phoenix! Foi Chudley Magnall mais uma vez entre as desfechodatas e a cena muda? Os dois espianças uapressavam com áugua de Colonha mas a renda de sua rocha era dos três malvados da Floresta de Vancouveres arqueados um pauquinho, xtá certo? Yubeti, Cumbilum vem! Um dos lanceiros de bois, hein? E se ele tivesse sido refresquado pelas fontes do jogo de recompensa, há — uma — pena —, terracevando e gorgulhando no barral de Long? Uma perda de Lordeduardo e uma falta de senhorfilipe um chirurveiro podem sugar mais bolhas gargarejadas além das cinco lâmpadas em louvor dos Porteirantes. Virgilando e marias? Como quem não quer nada, lavando sua folhalimpa na Piscinasuja.

Mas, é claro, ele poderia se chamar Tem também, se tivesse Tempo prisso? Sua bunda chamaria de Tomunda. Quando quisesse? Vencer e [88] vem ser. Um foguista tentado a bisbilhotar contra o motorista que era testamunha também? Sacravatar, como diabos eles adivinharam! Dois sonhadores em um senhor? Sim senherrar. E ambos como um duelo de lentilhas? Pazisamente. Então foi expulso de coram polulo, foi? Tenham os poderes que ele teve. O príncipe em principel não deveria principiar sua pressoa? Macchevuolé! Kamarada kangaréu? Mais cedo, gaulego, ele diria. Nem desbebadado, justemunha? Bêbado como um beixe. Bergunte brela se simborta donde ele sesfumou? Não se ele se transforbou em fleubas. Ejaquiulaciando seus cromossolitários, coça? Há um corso em curso no crusseiro de novo. A graciosa senhorita foi sensata, não duvidamos, nem amarelou nem retocou a maquinagem? Como ela sempre afazia, Odão, pra mim, não! Quanto a sua religião, se hão? Fui-tipo-te-ver-Domingo. Exatamente o que quis dizer com pederasta pretensioso? Porjacó, apenas um bebum que implorou seu jejum. E se o portavozudo classe-mérdia fosse uma fera vulgar? Ànoite tão útil quanto um vômito prum homem tosquiado. Se ele tivesse roconhecido zuas gortes marchiais? Naqueles diazemdias ele tinha. Tílialinda, coquesquillliando mencante sem nem portão? Pingudo. Os direitos prapastar (Senhorinha Magistra Martinetta) sexpiraram com a expiração do trouxa do garanhão, se eles não estavam enganados? Que exatamente ele não poderia contar aos aduladores mas sua mãe-d'áugua tinha as riceitas para o preço do caixão e quele estava lá pra dizer-lhes que ela mesma era o velocípede que poderia dizer-lhes do katito? Uma linguagem maundarina numa papauda poundarina? Pai da ourder sobre as mões das prenanciações. Terminações distributivas? E nós recomendamos. *Quare hircum?* Nenhuma resposta. *Unde gentium fe...?* Não áh. Você não tá dançando sobre a era dum vulcano? Senhar, sou feito. E quantos anus ele tem? Ele tencionava estudar pulu. O que foi expresso em uma camisa duas vezes trocada e macogamadas pro Finn, escada tridimansional? Que uma cabeça nas coxas sob um arbusto na superfície do sol atrairia uma sarpente pruma milhagem através da urze. Braço pássaro cor ducacete étnico fortaleza tarvez? Seguro e gatunado e jotalfesado também. Jasão piegas, então, piegasgasses? Porordem dum pontrífice tão xerto como há um itálico num ataque. Como a golória num pedaço dincenço? Lialmente e tulamente. Mas, porquesta porqueria e [89] dondesse segundo tom, sono-ieti-sano? Ele tinha que se prostar como buxeiros esfolando a cara. Então aqueles Solasistras, desafiando as probabilidades do desafio, o tomaram como elogio dos Labouritados? O que desgostou Tob, Dilke e Halley, não muito apaixonados pelo jogo. E, mudando os fornecedores, da cuca do rei para os braços republicanos, quanto a pugnacidade demonxtrada na bandeirada ao anteposto durante a briga em volta do traseiro do paifundilhos no regente do parque chovido, com as escorrestrelas e os escurrológios, como apelaram a elentão? Foi a noite dos incendiados de todos os bettygallagados. As espradas de miqueimiguel estremeceram através das ferragens dos fiolições e os necanicolas sengarfanharam brindando com as pontas das tinislâminas. Será qué luta? E foi. Fluta. No sítio do Anjo, cêdisse? Ginagapa, ele disse, entre o que disseram e as bicharanas. No meio do terrardim, então? Onde não tocam. O casal devotado era ou eram apenas dois solicitrantes no trabalho da classe desafortunada no forte da montanha de Saturno? Foi só isso, crisso! E Camellus disse então a Gemellus: Eu te conheço? Ferpeitamente. E Gemellus então disse a Camellus: Sim, seu irmão? Absoletamente. E se era tudo sobrisso, notório senhor? Sobrisso e aquilo. E se ele não tivesse aludido ao todo na parede? Que ele era o que era quando não estava iludindo o todo da mulher. Brevemente, come o comoço finalmente o descobriu agora? Como a racha que rachou o banco em Multifaranán. Se ele detonou com o que eles queriam denotar? Maldita supunhetação que ele fez. Thos Thoris, Thomas do Thom? O rodacismo canalha em Roebuckdão. Surtopical? E subhumano. Se foi, na linguagem jappaneusa, ah bah clate? Oo! Ah! Olhos e orelhas de Rhian O'kehley pra deixá-lo tertiliano, erramos? Chocante! Tal como overo pirssóreillis é quele poderia, que ele nunca poderia, que ele nunca poderia naquela noite? Verdealmente e rualmente. Bladyughfoulmoecklenburgwhurawhorascortastrumpapornanennykocksapastippatappatupperstrippuckputtanach, é? Tátudobem.

Putish que meredrich! Mas uma nova compleição foi bosta sobre o assunto quando o tribunal perplexo e não-condenatório (onde o juiz púnico puniu com a pena penal) o sênior [90] rei total, Pinguço Festeiro, assim que a camada externa de estuquemuco foi removida a pedido de alguns jurados vivos, declarou em um estrondo de poesia, através de seu Britônico intérprete juramentado, com os fotos de um buinto felix datal, considerando que se notem as relíquias dos ossos da história do jovem que foi comido por Cliopatric (a porca) princesa dos porconfinados, diante Deus e todos os seus honoráveis reis habituais que o que ele iria jurar para o Senhor de Dundalgan ou qualquer outro Tierney, si viver porseguindo sobrele a certeza de que não surrupiava e que, mesmo assim, o que foi depositado daquele olhorelhanarigudo ferintestino, ele não disparou sequer uma pedra antes ou depois de se nascer-se naquele momento. E, incidentalizando que eles podiam falar sobre Markarthy ou podiam andar por Baalastartey ou podiam se juntar à festa vezinha ou que venham para Porterópolis, este sacador tinha que confirmar com o cabescoço balançando sobrele e sobrevoltando pro seu noroestre pra protestar aos seus labileitores com um muitobemlimpo desbarbergonhado, perpendicularmente ao raiar do luar, na mesma trelaunada que ele iria comunicar, apelos ao juiz, ao Sinhor Josus e os senhores do Júri e aos quatro Mésteres que tinham sido todos esses filansianos daquele bom papo de por que ele deixou Dublin, que, amortalidade bebendo em copo destinado, como um Ilhandeixi ser tão bom quanto qualquer cantãonatal, se ele fosse na freguesia fresquentar o bife do mercado antes do amanhecer da laua, ele nunca dividaria pedir pra ver vendo ou a luz deste mundo ou de outro mundo ou de qualqueres trambos mundos, de Tiran-Ovos, tão certo como estar naquela jacaixa nesse minuto, ou rai ou vacha (não obrigado procês!) o inexaustossível chifrebrinde de tóti uiskáguaviva salta pracima do lume do finhecido abdeus do fogo do comodovente dos falcões com seus heróis em Gherrohorror se alguma vez em toda sua exequadrada carreira ele levou ou lavou uma mão à chancelaria para pegar ou jogar e assaz sinar uma estocada mortal ou pedrada no homem, ovelhavelha ou exército da salvação antes ou depois de ser butizado praquela hora santoada e abençoíssima. Aqui, meiajoelhante sobre o Castelnóqui tentando canhotólicamente cantocar com as patas e fazer o santossinal da Deuzélica Romana fé, (Xquibom, zaúde! — em seu excitamento o menino tinha **[91]** quebrado oxthril Castiliano em que toda a audiência apadrinhada o perseguiu *olla podrida*) irrompeu alta hiluaridade dos proprietários do infernalão (Ha!) no qual, sob a mollieficação do metamé, a testemunha reluctou, mas com sempre tão delicado indecoro se juntou-se. (Ha! Ha!)

A hilarrisada do Porconclusão foi comjustada comprecisão ao tomtristão de Tintafresca como se fossem *isce et ille* iguais e opostos, envoltos por umesma força da natureza ou do espíristo, *iste*, como a sola condição meio de seus elela, manifestação e polarizada para reunião pela sínfese de suas antipatias. Distintamente diferente eram seus doistinos. Enquanto as barçonetes, (uma solteirona trentona, uma contagem lunarizada) quando a acônita mirrmirrou: Shau-me o posado: tremido e tremado em torno do prontamente pressionado, nomeando-o para o prêmio suíno, elogiando-o, a cativante juventuda, tendo todos os sentidos em si, enfiando chacintos entre seus cachos (Ó finho! Ó déus!) e dando bechos nas pochechas, seu masculino Uirlandeixe Rosa (sua coragradalhável!), e balançando ao redor seu simpático e novato pescoço pra ele e bilizzicando seu pulâver de lô, como seu eu era neném não tinha talco mamãe passou açúcar de candy em mim postrando um fluido carteio pracreditar em todas as jovens incansáveis damas e enviar cada guloseima em seu momento. Oméns. Mas não passou despercebido pelos presentes, seus cultos, como, de um entre todos, ela o deputizou pra o defemar ao Clube Lunar das Irmãs Celibotárias, uma putinha apaixonada, só, sol, solitária, Gentia Gemma das cordilheiras de Maquigidiculins Riquis, ele, pálido e empalidecido em sua desmisturada admiração, parecia cegamente, mudamente, insípidamente, intáctilmente, enamorado com elasobrele num brilhante misturamento, o vexaume de xeu xexo xe movendo dentro da xota dela, (jovemente, bonitamente, eele é o cara dela e ela dirá pra mamãe quão feliz ela é) até que o xelvagem dissexo de xua xexênia derreta mais muxicalmente no meio do fundo excuro do xeu xekixaum.

E enquanto absortos (pois não era isso, com efeito, o que acabara de acontecer?) os quatro justiceiros juntaram suas asas, Uncius, Muncius, Punchus e Pilax mas nada podia ser pior que promulgar **[92]** seu permanente veredicto de Nolans Brumans ondumdepois Rei, tendo estropiado todo o Anglês que ele conhecia, esvaziou os bolsos e deixou o tribunal sem grana, arrastando sua túnica Semumúnico na pressa, alimbaixo expondo orgulhoso o remendo piscante para os britolos pra provar pra si mesmo (sié quimintendi!) um rael gentílico. À guarda-policial Suíça da cúria mas cortecortês: Commocêtáhoje, oh cabeluda, Arthre Gennerosa?: o afoaguólatra returgiu com um tal bafodevinho de quarenta e dois anos com presuntocru tanirubrazedo como seria o estômago de lata de um tomás equino (estávamos preparados pra um chapa clapa capa, o sotaque, mas, nos pegaram de surpresa, e agora estamos esguichando cheiro de gás como um lampião!) de modo que todas as duasdetrinta advogatrizes enheco, puxando suas calcinhas em gritinhos de guerra: Shun, o homem Pum!: são e salvo como futebol fenemino do Pariche Posudo, (comousa!) umpromptus certaminhos improvisados, muitagradecido, demosgraças, a todas as falsas donatrices, bissando Drinquedos Danosos a Domicílio onde, (tal qual o verdadeiro filho de Vênus, Esaú é tímido como as queridas pombas dos Fundilhos) ele cagou em (zoo), sujo como pau de galinheiro que ele era (dun), os caçabellos peitinhos conclamando: Vofê com o bife do feu bafo abafa até as fobras do padre nófo! e ganhogritando: Hon! Verga! Nau! Puto! Vara! Chama! Xaimes!

E assim tudo terminou. Artha kama dharma moksa. Pergunte a Kavya pela chava. E assim todos ouviram sua lamentação e todos atenderam a sua queixa. A letra! O lixo! E como é doce o amargo! Da sobrancelha lapisada ao lábio desenhado a canetintas. Emprestando uma palavra e suplicando uma pergunta e roubando mecha e deslizando como sabonete. Da sombria Rosa Lane um suspiro e um lamento, de Lesbia Louche o feixe em seus olhos, da isolada Coogan Barry sua seta da canção, do anagrima de Sean Kelly o rubor no nome, de Eu sou Sullivan aquele trompeteiro trapaceiro, da Sofrida Dufferina o Assento do seu Estilo, de Kathleen May Vernon seus justos esforços tavez, de Fillthepot Curran seu uiscuspido macreteiro, do hino Op. 2 Phil Adolphos o cansado O, o desconfiado, O, de Samyouwill Leaver ou Damyouwell Lover aquele alegre caco velho maricas ou aquele enfarado flanar por, de Timm Finn again's wiki as tribos, perdra de força no juncarcanhar, das núpcias [93] no verdee, ameninadas, a grendeza dos joyninos, de Pat Mullen, Tom Mallon, Dan Meldon, Don Maldon uma paulhaçada no picnic feito em Moate por Muldoon. O robusthomem salvo pela mulherrabuda. Piadacacarejadao longe como

uma carroça em chamas. O olmo choraminga no cume quando a dita rocha geme quando tangida. O vento requebrou. A onda arrebentou. A pena escrevinhou. O criado recorreu com isso. A mão rasgou e a guerra foi feroz. A gaumlinha picou a paz prometida. Foi dobrada com astúcia, selada com crime, amarrada por uma puta, desfeita por uma criança. Era a vida mas foi diva? Era livre mas foi livro? Os velhos avarentos da colina a liam pra perlição. Ixo fex mamãe tão falaxlix, tão axuxtada que exfregou uma lux em Shem e expôx unx vexamex em Shaun. Ainda Una e Ita derramam fome com a seca de Agrippa, o propastorado, e embruxa tripulações em suas lamentações. Ah, fruteme, frutreme, tímidas Danaides! Ena mêlo melomén, frai é frau douce tamém, douce é dous quando dulce é dóis, ana mala nous é nóis! Um par de sicopantas com olhos amigdalenos, um velho bajulador abobadado e três intrêsmetidos escondidos. E foi assim que fram sim from som, uma cidade formou, finfinfonfon, uma seta sentou. Agora diga-me, diga-me, diga-me logo!
   Quequiéisso?
   A...........!
   ?........O!
Então aí está você, onde eles estavam, quando tudo acabou outra vez, os quatro deles, sentados ao redor da câmara de juízes, na sala de munição da cadeia, sob os suspícios de Lally, em torno de suas tradicionais mesas da lei como Tantos Solans pra recontar tudodenovo. Bem e verdadeiramente seco. Sofrendo a leisseca a fórceps. Acorrentado às evelynes do rei. Então babuje a cabra e beije o bode. Festas e farras e fanfarras e sua beterrosa betedada e não sesquecer agora a'duna o'darnel. Os quatro deles a agradecer ao tribunal agora que não há mais deles lá. Então passe o impulso pro saquê do porto. Seja breve. Ah ho! E você se lembra, Singambôbo, o maupai, o mesmo, o grande Comotechamam, e seu antigo apelido, Sujo Paizinho Patalonas, em seus monopoleuns, por trás da guerra das duas rosas, com Michael Victory, o padre xamã, antes [94] ele pegou sua dispilsação de pepel do papo, velho Minaça e Catedral de York? Mimporto? Eu mimporto com o charro de chomem como merda desgostosa de Ballybock numdia devento. E as gracinhas de O'Moyly e as rossadas de O'Briny rosando suas bluchechas e gracejando com ele. Como cê vai, todo, Senorte? Entre no cameunho! Ah, casamada, peidoa-lhe! Foi pelas

baías! Quando ginabalde medábalde! Yerra, por que ele iria notar aquele velho gasômetro tossetossindo cofgolfandoálcool e todas as aves do sul depois dela, Mijona Cunningham, a sua queridamada divorciada, jimmies e jonnies pra ser seu jo? Segura firme. Há outrês cantos nanossa ilha de cortiça. Claro, posso sentir a telecatinga do H2CE3 que o município sente de longe! Beus e eu enfiamos tão bem o nariz como aufaço, subidescendo por Kay Wall do 32 ao 11 com seus sacavalos esverdeados cheios de semente de gergelim, o Whiteside Kaffir e seu analisador de eflúvios e sua centepintada voz, bafejando sua trovoada com seu grande repolho marrom! Pá! Bemsandobem estou feliz como pixo no linto! Abeus, ele dixe, Lanquixidi! Ateus, meu, disseu! Ó, brisas! Eu suscheirei daquele cara muito antes de qualquerrum. Foi quando eu tava em meu avovô noeste e elaeeu, a garota ruiva, na primanoite descendo a Sycomore Lane. Fizemos boas preliminares em meio às beijamas brincantes na kurkuridão das luxúrias. Meu perfume dos pampas, diz ela (pensando em mim) apagando suas holanluzes, e eu preferiria um tragostoso em seu purorvalho da montanha do que aguastar meu amoroma com um grande arroto de serveja.

    E assim continuerraram, os quatrogarrafados homens, os analistas, unguam e nunguam e lunguam outra vez, sobresuanexação cum-quem-antes e seus ondepois e como ela se perdeu longe longe à tistância e ele foi achado disfundamente perto, e os sussurros e os trinados e os ruídos e os estalidos e os pintados e os cuculídos e os (psiados!) ele estouraçando e os (apressados!) ciaoscaosfedendo e todos os escandalcaguetes e as claras gargantas que costumavam ser (pracima) naquele tempo vivendo e vadiando e cagando e andando ao redor da Praça Nunsbelly. E todos os matos sem cachorro. E a garga- [95] lhada jacuda. Escuita! Escuita! Escuita! A rosa é branca no escruro! E o nariz de Solface tem rinocerite por infestar as ovas no escacionamento! E todos os fingi-dores se finnam pra rimar. E contrabebendose sobre a Leillitrina na collina e Sinhá Nina dos Nove Corsetes e o véio marqueijo seu avô, e, arrá, lógico que nunca houve um marcus masécraro maséclaro entre os manlies e o querido Senhor Armouro, o estranho Senhor Ramouro, e a velha casa dos churpelizolda, e tudo tá tão errado muito antes deles partirem pro retiro, nos revelhos tempos, os quatro deles, no Parque Milton sob o adorável Pai Cochichante e fazendo amordela com seu estufestufa na langoagem das flores e sentindo que iria encontrá-la mussimussi, e não foi muito bom prambas, as putirmãs, *querridas irmãzinhas da corroação*, e (pios!) confluindo águas mais impróprias (pipeta!) rejando o gardim, pingui pingue pingo pongue, porfavor, mimãe, posso flerdar? fazendeiros foram comuna noiva e como a usaram, a medimiraram, a lambuzaram e cariciaram. Eu difiro docê! Ocê tá certo de si mesmagora? Cê é um mintiroso, miadiscurpe! Eu não serei e ocê é um outro! E Lully defendendo sua quebrada paz preles. Pobre mole Lolly! Pra dar e receber! E pra renunxiar ao paxxado! E tudo xerá esquexido! Ah oh! Era muitoo muitoo ruim recair além da sua gentileza mansa na forma de O O O O O O O O Ourango temgo. Bem, tudo bom, Lelly. E apertamão. Ederramamais. Pelamor do Craig. Chupa.

Bão?

Bão, nem mesmo o esboço de tais fingimentos na ordem evidencial trazem à luz a verdade verdadeira tão casualmente quanto uma configuração de um vidente cego e seu mapa estelar poderia (os céus o ajudem!) descobrir a nudez de um corpo desconhecido nos Campos de azul ou preescutar como os siamermãos de toda a humanidade sempenhavam (a terra os arrete!) da raiz de algum gagagogo engraçadidinho a todo um sentido mais sensato que os nossos imensos mentalistas especiais detém agora (*securus iudicat orbis terrarum*) que portal jogo nosso hágio curioso entepassado mal possa roçar com sua posteridade, você, charmoso herdeiro comum enfim, nós, herdade de sua cauda. Cães de caça de todas as raças viviam como renunciadas cornetas urbieór- [96] bicas, arfantes pra correr, dada a ordem, farejando a maminha, ansiosos pra morder. Pegadas! De seu covil de desesterratos além das animamadas corsalândias e Juletidas de Humfritas Caças pra Mullinasma e Pavolândia, então seguindo à direita pra Tankardslândia, ao longe, um urso branco com o qual o Sr. Loewensteil Fitz Urse embassetou com o batedor que senganou e marcou um marrom escuro, perseguindo a correria dos latidos, depois então de Rayslândia e Horlockslândia e, revolobando pra Tankardslândia denovo. Eu-vi-do coelho hábil dedoublar direto pra Cheeverslândia na correria, através de Loughlinslândia até Nutslândia pra irventar em Bulies. Mas reviravoltando no passoperdido, estacou sobre a Ocolina de Rute com o casacodinverno acolchoado, apontando pra sua hospeidagem novelho nordeste na rollareal hessiana uma raposa surda sescondeu na serrapilheira milagrosamente nutricorvada de barriga pra cima, ruminando, retículo, omaso e abomaso, sobre (que Allbrarrão tenha seu hidromel!) o creme de cereja com canela, Mikkelvariegado, Nikkelguardado. Centos cães correm pra casa. Perseverança preservativa na reeducação de seus instintinos foi a refutação pela qual ele conseguiu a grandumberância no amontoado de spassaunas, dieta anti grudes e gororobas, em que por vezes a cidade tem uma rua. Vãolência, virulência e vituperação quase conseguiram ataxcá-lo e reduzi-lo pra descarrilar e despontificar, pra enrolar e enrascar, pra irritar e exumar o grande mogulnata do transporte e suserano das cuecas.

Mas o saque dos hesitantes, a fascinação da hesitação. Seu ataque vira cinza, risobugento esfarrabudo, hesitância humptidampla, heyheyheyhey ensayey.

Parlamotários murmuram. Reyposa é lerda!

Uns temiam por seus dias. Bocejou? Foi seu estômico. Arrotou? O figo. Futum? De seus visuais. Bacaiáu? Entregue-o, orelhode! Ele havia posto mãos violentas em si mesmo, deu no jornaleco do Fugger, jogado, largado, esgotado, igualmente meloncálico como a morte. Para o triduum da Saturnália seus servicianos desfizilaram zeus filhícitos no Forum enquanto a mocinha jenny foi fecilitada roucamente (o Yardido) com azevim e hera e medida com mísseis também por [97] uma centena de homenidades e uma gemeção de fêmeas. Bigue foi o bangue: então o espaço ficou esparso: um relato: silêncio: última Fama até sob o éter. O narruído ou o calmurro o tinham deixado bem cego louco de pedra. Foam vaíscas. Ele refugido de novo (abre-te exquema!) este país do exílio, degradado, sidleshomindo via caverna subterrânea com estrados, clandestino e anquerrado num tanque de fundo holandês, o Arsa, *hod* S. S. Finlândia e tava agora mesmo ocupando, sob um islamítico novome em sua sétima geração, um corpo físico de Cornelius Magrath (nocivelhokarakter, vempracá cambando) na Ásia Maior, como um Turco do teatro (primeira casa de todo bemol: o rei, onze notas) ele tinha desmoedado a dançarina do ventre da opulência de seu porquinho enquanto como um árabe de rua mendigou aos bumpaxás uma esmola de uns centavinhos. Zios fumbiam. Pecificamente geral assombro assistido pela lamenttitude tinha posto um termo pra sua existência: ele viu a família decaída, resignada, despir seus restos, foi anulado e refugado pelo Criador. Chilreios cruzados. Um infame padormecimento (vulgovariovenéreo) reivindicou seus finreitos, fechou o círculo vicioso, suap! Jomes jayceante. Ele tinha andado em direção ao meio de um lagodelírio pornamental quando inebriado até o ponto em que sua camisa ficou arregaçada, como peixe-rei audaz em águas flutuantes, quando a mão de um pescador o socorreu e o resgatou de uma muito possível variegada sensação de água quasifrisca. Tolice desfraldada. Na Rua Sombrinha onde ele bebeu nos sapatos de um tipo trabalhador, o Sr. Whitlock, deu-lhe um pedaço de pau. Que palavras de poder foram possíveis entre eles, epelidos e apelidos, *acnomina ecnumina?* Aquilo, Oquilo, o que disse Hansard, seria o que o ouvido de Dubs abana em todos os pubs da citta! Batty bate um bolão enquanto Hogan houve um herro e o Cavalherro preferre um trocadalho do carrilho e Copa e Bundo vão à copa do mundo. E o Cassidy — Craddock roma e remo ao redor sem'prre um pêrço nun'ca um pêsso e está semprrre e perrrrmanentemente pessando soprrre ele, um pêrço com cuitato ou um caixote com um xute na xua punda. Toties testículos quoties questículos. A guerra na terra e o mato é o mundo. Bôrdo eu, salgueiro nós, nogueira ele e teixo vós. Cadaumporsi, chupinzinho, prasemprepás- [98] -sarinho! Da glóriáureora ao pirilampo. Fomos louquasis se não taciturnássemos. Em outros lugares não se misturam as Guinnesses. Mas só se chouve a esborrasca. *Estout pourporteral!* Craquelando criques. Uma peste humana cíclica (pissit!) e recíclica (passit!) perto da rua do trinó, aqui ele foi (putz!) outra vez! Morse noiando nóis. Ele tava leve e solto e (Oh baby!) podestar em qualquer lugar quando uma dissimulada exfreira, dessestratura e com trejeitos masculinos em sua farta forma quarentona, Carpulenta Gygasta, hatraiu hatenção por harbitrária conduta como um homnibus. Antenas buzzinavam pros coastouvintes dermãos coletores de sobretaxas da bolsa, arrogantões, esporrentos, engravatados, cabeludos, tabardos e capote encarnado antifrio, guia de seu alfeiate (do Baernpapai) bordadoV.H.P., encontrado perto do esconderijo de Scaldermão e mergulhadores estremeceram ao pensar que tipo de fera, lobos, dospelospelados ou fradecos de quatrocentavos o devorariam. C.W.

cálculo wasto. Lividifinns finam, capaprreta rebrrilha. Falkíria fence. Em sua poterna rosácea, os meninos tinham, no Dofingosemana, repixado um nome e um título, inscrito à mão em cursivas nacionais, apressadamente, revolutando, filiforme, torretas, envelonenado de fanatissismo: Movase.

Mumpty! Abrespaço pra Rumpty! Por norma, Nickekellous Plugg; sem essa, nenhuma piada pentelhecostal sobrisso, quão gregária era sua raça sempre ou qualificada a aprender sagaz astuta conhecedora clara profunda fortitura repleta ou prudenprovida, seja ele chefe, conde, general, marechal de campo, príncipe, rei ou Myles o Lutador em pessoa, comumamansão moliamordaçada no império Breffão e um lugar de inauguração na colina Tullymongão, houve um assassinato real, do reylachado royall variedade raxacraxiana, os camaradas MacMahon, foi isso que ele fez em. No campo do Verdor os combatentes na trincheira haviam deixado eleão com seu golpe dextro batendo um purêde bautauta bem sanguinolento. De fato não são poucos os muitos simpatizantes, principalmente da classe clontarmedida, (Coronel John Bawle O'Roarke, forexamplo), mesmousando tanto a ponto de imprestar ou emplorar cópias da trilingual quinzena de D. Blayncy, Espassabostas do Poxto Noturno, de modo a ter certamenteza de uma vez e estar saxtixfeito de seu quasicontribusodalitariano estar se tornando genuinamente bem [99] besouramente morto se nem for terra se trans for mar. Transaoceânica atalaiaclamou-o; O ultimar! O ultimar! Deve a esperança deles silenciar ou falta Macfarlane lamentar? Ele ficou legal sob as ligas no profundo Abissal do Bartolhomem. Axtenzão! Anteshem!

Atenchim! Fikerei Fisita Pélas Xóvens Colexiaix. Trix Piquenax Mininax Irlandeixax Afenturram-se Com Um Chigante Norrueguêix Em Fionicx Parkix.

Mas, apesar de seus pequenos e rebrilhantes contemporrâneos, na manhã seguinte do assassinato suicida dos ex-desaparecidos expatriados, assim como a sarpente desliza descendendo ducarvalhabaixo pras partes phudendas, (você pode ter visto algum líquido exótico exsudar de um álamo embalsamado em calcário de Parteen-a-lax. Rodar e gritar Abies Magnifica! não, nobre abeto?) um quarto pras nove, implorando sua resipiscência, viu o espiagão infalível de fumaça pontualda do sétimo oitão do nosso Quintus Centimachus e a púrpura torre de manteiga e dezpois segundentos p.m. com juras sobre sua longevaidade (*En caecos harauspices! Annos longos patimur!*) as lâmpadas de manutenção, farolbeaconsfieldentro do zugurate, todo o dito brevêpapal, o devastador jaguadarte, o marrarelo de sua juba, a baixolançante patazul, o homenente, a senhorociosa, sendo iluminada por longo (Oh, terra, quanto tempo!) vidanoturna com sufusão de farelos de vídrio estilhaçados e os rebrilhos da vidraça.

Portanto dificilmente qualquer serpensante não pode ter dito ou terpensado que o prisioneiro desse edifício sagrado, fosse um Ivor, o Desossado oum Olaf, o Despelado, ou ainda melhor, uma pedrabolota, um suspirrude no vazio do ser, um fentre oufindo sua prrróprrria parriga em retropalafras, ou, mais estritamente, apenas iniciais tristornadas, a dicachave prum mundespaço, prescasso, ou pateticamente poucos coabitantes de seu canalmorrido se importou seriamente ou por muito duvidar com Kurt Iuld van Dijke (a atração gravitacional percebida por certos residentes fixos e a captura de cometas incertos passando por nossos sistema sugerem uma autenticidade de suas algoémtitudes) a canonicidade de sua existência como um tesserato. Fique frio, oh, ligeirinho! Falha-lhe ou calha-te! Esfuma as frondes de Ulma! [100] Mulheres despersas dispertaram. Ela tádiantada?

Conta-nos tudo. Como queremos ouvir sobretudo. Então terra conterra a trêtatoda. O por quê ou se ela viu muitamente como questão ou se ele tem comelas suas jaunelas fachadas? Notas e questões, tesinhas e tesões, risinhos e gritinhos, os altos e baixos. Agora lista pra um algoutro e alise e suavize seu folíolo rosáceo. A guerracabou. Vimcivimci vimcivimci! Foi Unity Moore ou Estella Swifte ou Varina Fay ou uma Quartituta Quaelquer? Toemás, marque um til pro seu tio! Porquitas, segurem suas pernitas! Quem, mas quem (pela segunda vez pergunto) foi então o flagelo lá pras bandas da folcló-rica Lucalizod era o que costumava ser perguntado, como, em eras antes do Homo Capite Erectus, quanto custa o dinheiro de Peabody, ou, pra dizer sem rodeios, dedonde vem a gravata branca dos herringtons, como nas épocas mais cainozóicas, quem atacou Buckley embora hoje em dia como nos velhos tempos cada colegialzuda de setecostadas luas ou mais suabem intimologias toda mocinha loirinha e todas ruivinhas balouçantes esposarrentas e viúvapazssentadas sobre o Muro de Dublin pra sempre sabem como meuzovos são meuzovos como foi com Buckley (nós não precisamos de papel sangrento pra dizer isso) um chute no saco e os genirais russos, dássim! dassím!, em vez de Buckley que foi brutalmente chutado por elas quando eram elas mesmas. O que um bisbislhoteiro venonoso espiados três castelos ou que odiento sorrivendor? E que tal uma virulência venenosa, aquele selo com cabaça de rainha, um zelo que um mero esporradrapo pode cobrir, prèpostado e pós-pago! Os camaleões de salões bombados tiveram seus nove dias de zoeira, e prafofocanar nos baldesbaldados também e caverdrais ao lado, ispiadas prismadas, as espozonas, quando, ainda acreditando no vidrespelho quando azurras eram cintilantes, que a parte superior de seu rosto sem boca e que as impermanentes ondas eram a melhor parte dela, a mais próxima, a mais querida de todas, primeira criatura aquecedora doceu início da manhã, serva do homem da casa, e vovozinha de todos os seus netetiticos, ela que tinha dado seu olho pra sua cama e um dente pruma criança até um uma uma dezena e uma centena de novo, Oh eu e Ohvós! cadete e primogênita, o famanto e zangudo (e se ela é mais velha agora que seus dentes, ela tem cabelos que [101] são mais negros que os teus, minha querida!) ela que o acolheu após sua queda e reviveu sua veiúva poupando-a e deu-lhe Kain e o fez capaz e manteve adazilá a cada arca de seus noés, ela que não irá descansar dela pra procurá-lo até que, com a ajuda de okeâmica, um tal tempo que ela deve ter tido depois escondendo as fimgalhas de sua enormidade, ocetá procurandopelo mar de Páirolas, (ur, uri, uria!) avante, ferroqueimando as velhas górgonas mundanaidas, em nome de gógor, por amor de gágar, arrastando o campo em seu trem, finickin aqui e funickun lá, com seus saputões luizquemzi e sua bundalmofadada e ela num pequeno boalero e tudo e duas vezes vintemente circorneada em seu coque, pinta nuzói e brinco nazorêia e um circunfixo balouçando em seu penisriz Parisiense, uma vaidade em seu selim de Egual Egum, quando o DêngoDéngo da igreja fechada clicou o Sepatualjazzimo Dormingoco, *Solita,* com peões, prelados e cavalos, pelotitas em seus saquitos, pra Hinumãono, o Chopanzé, Esquorro, Biscuibabasca pra esmigaçar a cabeça do caluniador.

Muito diminuito humaninho, implora por Amordimãis! *Notre Dame de la Ville,* muigrato por sua nigèrricórrdia! Ogrowdnyk talém do chá de herbatata, palerva de droguista. Pão sem chá. E deixem-no

dexcanxar e não roubem suapultura! Nem cavem suacolva. A maldição de Tut tá nistu. Lhouça! Mas há uma mocinha esperando e seu nome é A. L. P. E você concordará. Ela deve ser ela. Seu cabelouro encoustava nas coustas. Ele gaustou sua grauna greuná em harénscauros. Papoula Narancy, Giallia, Chlora, Marinka, Anileen, Parme. E cad'uma d'essas d'amas tinha seu d'arco-íris d'amores pra seus caprichos mas ele cunhou uma cura. Bigbriguinhazoje, beijibeijinhos denaite e infinipinhos amanhã. Então quem, exceto Coxo-com-Crianxax falaria por
    Souando-em-Bicas?

> *Vendeu-lhe seu contrato de novecentozenoventaenovanos,*
> *Tranças destrançam de tanta tinta,*
> *Gugu, o grandiota, engoliu tudo*
> *Queen foi o C. O. D.?*
>   Bum!* [102]

> *Na Island Bridge ela encontrou a maré.*
> *Attabom, attabom, attabombomboom!*
> *o Fin na enchente e a Ebva na vazante.*
> *Attabom, attabom, attabombomboom!*
> *Tantanatos envouvidos entre tons e tins*
> *Isso ela faz nononadins!*
>   Ohh!*

Nômades podem dedivagar com Nabuco mas deixe naamã rioir junto ao Jordão!

Quanto anós, tomamos nossas mortalhas sobre suas rochas onde penduramos nossos coroações em suazárvores; e babamos, como ela baba, pelas águas do babalongo. [103]

Tradução: Vinícius Alves

5

Em nome de Annah a Allmisericordiosa, a Eviterna, a Provedora de Plurabilidades, alabada seja sua véspera, venha a nós o seu canto, seu rio corra à vontade, sem cabeceira como nascéu!
Sua mamafesta não-titulada memoralizando o Muitoaltíssimo foi conhecida por muitos nomes em tempos desconjuntados. Assim, ouvimos falar de, *A Augusta Augustíssima pela salvação do velho Sebastos, Rockabill Bobo na Tina da Onda, Pelas Relíquias de Todas as Decências Anna Stessa Ascende à Notoriedade, Para o Chão Maltrapilho Gunne e Ascenda Sir Cannon, Minha Áurea e Minhas Bodas de Petra, Amoury Treestam e Icy Siseule, Disse um Sawyer aum Strame, Ik dik dopedope et tu mihimihi, Compro Berço por uma Bocada, Quais de seus Hesternontens Significa Ye Tu Morra?, Hotristonho o Hebrewer Atingiu Waterman o Cerebrado, Arcos em Seu Teto Fogem do Chinx no Chão, Rebus de Hibernicis, As Cartas Loucas, Gemidos de uma Bretã, Pedro Povoador Pegou um Pago para Plantar seu Popolino, Uma Desculpa para um Grande* (Tais como certos nonomes como *Consorte, Conbarco, Concatenado* é provavelmente entendido pois nós também temos o plutopletórico *O Hansbaad de meu Hoonsbood foi de Viagem para Porthergill e Ele Nunca tem a Hora) Deveríamos Visitá-lo? Para Arca veja Zoo, Os Bordados de Cleópatra Figurando Aldborougham no Saara com a Cáfila de Camelos e as Garçonetes Galo na Panela pro Pai, Placeat Vestrae, Uma Nova Cura para a Velha Gono, Onde Potentos Criam Gansos Como Eu Queria Ter Sido um Ganhador; Gentil Gente, Confia nele não, Quando os* [104] *Murtadores de Veneza Entraram*

na Linha de Bloccus, Para me Exaltar para suas Espocas Chianças e Amigos, Oremunds Queue Visita Amen Mart, Mesmo que eu Fosse Bobo, Finn Me Daria Colo, Vinte de Câmaras, Pernoitenta e Dez camas e Um Descorado Ceteroom, Levei a Vida, Durante o Levante de Boxer Coxer na Casa com Golden Stairs. A Próxima perspectiva, Ele é meu O'Jerusalem e Eu sou seu Po, O Melhor do Oeste, Perto da Corrente de ZemZem sob o Monte Zig-zag, O Homem Que Fez Sua Mãe no Trem Marlborry Experimente Nosso Taal em uma Taub, O Log de Anny na Base de Tudo, Nopperrante de uma Piscadela para suas Dançarinas Danadinhas, Prszss Orel Orel o Rei de Orlbrdsz, Intimier Minnelisp do Extorreor Monolothe, Bebam à Saúde Dele, Meu Juckey, e Se Então for Meu o teu bafejo, I Peço que Acredite que fui sua Mestra, Ele pode Explicar, Desde Victrolia Nuancee até Albart Noabnsy Pa's uma Daisy tão Guimea teu presente também, O que Barbara fez ao Realejo Diante do Ranque, Tanque e Bonnbcalda, Huskvy Admortal, O que Jumbo fez a Jalice e o que Anisette a Ele, Ophelias's Culpa, Tanto Traumatizada Tublin, Meu velho Dansh, Sou Mais Velha que os Petrife Entre as quais Escorrego, e Ele Me Chama seu Dual de Ayessha, Suponha que um Ventrilicorista Anima um Cadáver, Lapa de Finnfarra neste Funnycoon's Week, Como o Bacurim chumbou na Rusga Janeiral, Olhe para a Senhora, Da Ascenção da Pupública Rolandesa até a Queda da Postille, Das duas Maneiras de Abrir a Boca, Eu Não Represei Água onde ela Deveria Correr e Eu sei os Vintenove nomes de Attraente, O Tortor da Ilha de Tory trata Galasia como sua Vacaleiteira, de AbbeyGate até Crowalley pelo Lasco no Lude, Smocks para Duas Graças e Mim Tia para Esses Gordonhotos, Como Conseguir um Bom Horuscoup mesmo quando Oldsire está Morto para o Mundo, Hospedaria O Gleam de Waherlow, Fathe Ele sukcedeu Minhas Esperações, Tues Passos Adiante, Duas Passadas Atrás, Minha Pele Apela para Três sentidos e Meus Lábios Curvados Demandam Colombeijos; A Rua Gage com as Economias Fâmulo, Esses Rapazes fazem um Trio de Lavadoresdebatalha e Eles Tchutchucas um Dueto de Diletas, Na Cama do Meu Senhor Uma Prostituta por aqui Passou, Mum Tudo Acabou, Cowpoygava pelos Doze Acres Terriss nos Estados Unique da Amessican, Ele me Veio com um Tu então Eu [105] lhe Sirvo um Ti, De todos os Largos Torsos em todos o Glen Agreste, O'Donogh, White Donogh, Ele é o Ouvido pro meu Alarido. Sou a Dorde Facão em seu Fiofrágma Você seria

Nada sem Mom, Para Manter os Huskies fora do Palanque e Pensar em Pets da Paróquia, Norsker Torsker Ache o Poddle, Ele me Perssou Aqui com o Ardor de um Tonnoburkes, Um Bobé Estava Chorando Sua Mamachadinha estava Cortando, O'Loughlin, Do alto da Boca do meu Estômago eu Cesejo a Você o Branco do Luto, Medolias Inglo-Andinas de Tommany Moohr, O Grande Entretreinador Polinesional Exibe os Efebos de Ballantine com o link das Naturezas, A Mímica de Meg Neg finda Os Mackeys, Entraram como a Novidade Pigtórica e Meu Pobreódico em Stitchioner's Hall, As Loucuras de Siegfield e ou Gentlehomme's Faut Pas, Veja o Primeiro Livro de Jealesies Pessim, A Sentença Suspensa, Uma História Bem Densa pra Heróis Crianças, Tão Lo Como Nossos Sono, Eu Sabia que Eu Teria isso em Mim Então Isso Ajeita Aquilo, O Explosivo Capitão Smeth e La Belle Sauvage Pocahonteuse, Deixa chegar a Semana Ensopada Filhinha do Firmamento Marianne, O Último Fingaliano, Fui Eu que o Instiguei para a Bolsa de Valores e Emprestei minha Cara Atenciosa para seus Customs, Chi chi chils em Sua Micção da China, Pegoumedochão Peters, Lumptytumtumpty Tomou um quedão, Pimpimp Pimpimp, Magras Aventuras de dois Alces e A Queda da Fruta, O interior da família Fokes, Se minha Spreadeagles não Estivesse tão Apertada, Eu folgaria meu Espartilho naquele Bando de Magistrapos, Allolosha Popofetts e Howke Cotchme Eye, Sim Aples e ao fim Morreu, i obsecro U para Abrirmão de Amor e Mãe, A falta de Fine não foi Felonia, Evade Delvin Reentra Life O Fulgor que Foge dos Olhos de Vuggy Colocoram Fogo Em Meus Cabelos, Sua é a Casa que Malt Fez, Vistas Divinas de Trás até a Frente, Abe para Sare Sustentou Icyk Neutro até que Brahm Faloou a Ele de Sexo Comum, Uma Mordiscada ao Acordar Vai Esse Intestino Aliviar, Allfor Guineas, Sons e Cumprimentos Libidosos, Sete Senhoras de Sentinela uma Semana, Ari Ana e Berber Blut, Amy Lambe Porter Enquanto Huffy Corta Epikefalís, Abbrace de Umbellas ou um Triplo de Caines, Buttbutterbust, Da Cabeça do Monolord para as Misses O'Mollies e das Damas para suas Semelhantes, Manyfestoons para os Coligas no Green, Um Estupendo Back e um Excelente Halfcentre se Carecer, Como Árvore é Ligeira e Pedra é **[106]** *Alabastrina, Assim é Meu Wahing Done de Noitinha, Primeiro e Último Único Relato Verdadeiro sobre o Honorário Mirsu Earwicker, L.S.D., e a Serpente (Pepita!) por uma Mulher do Mundo que só Consegue Contar Verdades Nuas sobre um*

Querido Homem e todos os seus Conspiradores como eles todos Tentaram Derrubá-lo Colocando tudo em torno de Lucalizod sobre Soldados Earwicker e uma Dupla de Desleixadas Desmazeladas Mostrando toda a Imencionabilidade Acusando falsamente os Vira-casacas.

    O próprio grafo proteiforme é um poliedro da scriptura. Houve um tempo em que ingênuos alfabeteiros teriam registrado o vestígio de um puro delinquescente recidivista, possivelmente ambidestro, nariz em pé provavelmente, e apresentando uma cumbuca estranhamente profunda no occipício dele (ou dela). Para o atrevidamente cruzioso entomofilusta então havia mostrado um sexmosaico de ninfosis no qual o eterno caçador de quimeras Oriolopos, agora fã de açúcares, antes folha de saults, a multidão sensória em sua barriga acompanhada de um olho para as verdentes de deisis bestifiquextasiado pela afluvia noturna com armas como tambores e afagadores feito fórceps persequestela suas vanessas de flora em flora. De alguma forma isso soa como o mais puro kindooleyoon no qual nossa madernacerução de anuviada sabedoria é rica. Tudo é tão herou de nós ele numa kitchernoite, escuridão por mil e hum giros erigidos, nós devemos tatear até Zerogh hora como pobres corujas infiéis que somos nos desanuviaria umpouco do nosso auspício de hoje. Amousin só que não. Uma inspeção mais apurada do *bordereau* revelaria uma multiplicidade de personalidades infligidas nos documentos ou documento e alguma previsão de potencial crime ou crimes pode ser feita por qualquer desatento o bastante antes que qualquer situação adequada para tal ou tais tenha surgido até o momento. De fato, sob os olhos fechados dos inspetores os traços que retratam o chiaroscuro coalescem, suas contrariedades eliminadas, em um alguém estável semelhante ao guerrear providencial do agitador e o arrombador e o beberão contra o livre pensador nosso algo social rola sacolejante, experienciando uma chacoalhante série de pré-arranjadas decepções pela longa ladeira abaixo das (é tão semper como abecedário!) gerações, mais gerações e ainda mais gerações.

    Diga, barão lausador, quem in hallhagal escreveu a nefanda coisa [**107**] dessarte? Ereto, sentado, intrujão, contra uma meia-parede, abaixo de freezigrau, pelo uso da pena ou estilo, com turva ou pelúcidamente, acompanhada ou o reverso por mastigação, interrompida por visita de vidente a escriba ou de escriba ao sítio, entre duas chuvas ou entre os triciclos, arco em cima ou íris ao redor, por um conveniente corredor regular do solo ou por um muito sofrido retalhamento do conhecimento carregado com o espólio do aprendizado?

Agora, paciência; e lembre-se a paciência é a coisa importante, e acima de todas as outras coisas devemos evitar qualquer coisa como ficar ou se tornar sem paciência. Um bom plano usado pelo preocupado pessoal dos negócios que pode ser que não tenha tido muitos momentums para dominar a doutrina da meinobra de Kung ou a propriedade codestruces de Carprimustimus é só para pensar em todo o fundo de amortização da paciência existente nos seus nomes conjuntos dos dois irmãos Bruce ao qual são incorporadas as aranhas escocesas e Hans, o Cavalo calculador de Elberfeld. Se depois de anos e anos de escavação em fosso escuro um energúmeno mais que outros, Kinihoun ou Kahanan, giardaneiro ou mear measenmanongeiro, surgiram com o mesmo propósito prejoiodicial de nos confortar com toda a barbar da herdade que nosso grande ascendente estava falando corretamente três sílabas a menos do que seu próprio sobrenome (sim, sim, menos!), que o ear de Fionn Earwicker atigamente era a marca registrada de um locutor com um acanastrado jargão local de uma patente de ás (Hear! Calls! Everywhair!) então quanto a esse radiooscilante epiepístola para a qual, algodão, seda ou samite, kohol, carvão ou pó de tijolo, devemos retornar incessantemente, onde exatamente no presente em Siam, Inferno ou Tofete embaixo daquele glorisol que brinca de touraloup conosco nessa Coverna de Aludin de nossa cagacidade está aquele brilhante taletal para nos derramar o dendê?

Negativistas nós conhecemos. Para concluir puramente negativamente a partir da ausência positiva da odia política e requerimentos monetários que suas páginas nunca poderiam ter sido um pendruto de um homem ou mulher desse período ou essas partes é apenas a tomada de uma decisão precipitada, sendo equivalente a inferência pela não presença das virgulas invertidas (às vezes chamadas de aspas) em qualquer página que seu autor sempre esteve constitucionalmente incapaz de apropriação indevida das palavras faladas dos outros. [108]

Afortunadamente existe outro canto da questão. Algum camarada, do tipo que não vale um tostão furado, poderia com algum proveito numa noite entediante ter sugerido discretamente — será que alguém do tipo João ninguém, despeitado quarentão, frouxamente flatulento e dado à raciocinação por sincopação na elucidação de complicações, de seu maior Fung Yang dinasdescendente, apenas outro o filho de, que de fato, já olhou longamente o suficiente para um envelope bastante corriqueiro, selado e endereçado? É certo que é uma casca exterior: o seu rosto, em toda a sua característica perfeição da imperfeição, é a sua fortuna: exibindo apenas a roupa civil ou militar de qualquer paixãopálida nueza ou pragapúrpura nudez que pode acontecer de se entocar sob sua aba. Mas concentrar-se somente no sentido literal ou ainda no conteúdo psicológico de qualquer documento para a dolorosa negligência do envolvimento dos prórios fatos que o circunstanciam é tão nocivo para o sentido sonoro (e que seja acrescentado ao mais verdadeiro bom gosto) quanto alguns camaradas no ato de talvez conseguir uma intro de outro camarada que acabou sendo um amigo que precisava dele, digamos, para uma dama conhecida deste último, determinada a performar a elaborada cerimônia antecistral de lainrriba, imediatamete fugir e imaginá-la plena em seu todo natural, preferindo fechar seus antolhados olhos para o fato etiquético de que ela estava, no fim das contas, se vestindo para o espaço do tempo sendo algum artigo definido de vestimenta evolucionária, criações inarmônicas, um crítico capcioso poderia descrevê-las como, ou não estritamente necessário ou um pouco irritante aqui e ali, mas por tudo isso de repente cheio de cor local e perfume pessoal e sugestivo, também, de tão muito mais e capaz de ser esticado, preenchido, se necessário ou desejado, de ter suas partes surpreendentemente coincidentes separadas, num tão agora, para melhor investigação pela hábil mão de um especialista, voce não sabe? Quem em seu coração duvida que os factos da vestimenta feminina estão lá o tempo todo ou que a ficção feminina, mais estranha que os fatos, está lá também ao mesmo tempo, só um pouco mais atrás? Ou que uma pode ser separada da outra? Ou que as duas podem então ser contempladas simultaneamente? Ou que cada uma pode ser tomada e considerada por sua vez separada da outra? [109] Deixemos aqui alguns artefatos defenderem-se em seu próprio favor. O rio sentiu que ela queria sal. Foi justo aí onde Brien entrou. O país pediu pata de urso para a jantinha! E um baudin abundando delas com certeza tinha. Nós que vivemos sob o céu, nós do trevoso reino, nós pessoas meiopecadoras temos com frequência visto o céu sobrepujar a terra. De repente vimos. Nossa ilha é Sambia. O lugar. Aquele austero piadista Mayhappy Mayhapnot, uma vez disse à repleção naquele lutrano jeito conservatório dele que Isitachapel-Asitalukin era o lugar, *ult aut nult,* nesse madh vaal de larmes (cujas verdhures amareladas onde desde sempre Phaiton para seu carro enquanto seu xá shayipintado é o drama de Drainofélia) onde o possível era o improvável e o improvável era inevitável. Se o bispo proverbial de nossa santa e indivisa com sim me ken ou não me ken Zot é o quiztune havvermashada se tivesse suas unhas doispés na cabeça nós estaríamos prontos para uma sequencialidade de possíveis embora possivelmente ninguém depois de ter se empanturrado com um bocado de cremoso caldo abordando seu assunto provavelmente em Harrystotalies ou a vívlia vai sair do seu caminho para aplaudi-lo no dorso emparcial de sua observação por totalmente impossível como são todos esses eventos provavelmente como são aqueles que poderiam ter tido lugar como quaisquer outros que nunca tiveram pessoa nenhuma são muito prováveis de acontecer. Ahahn!

Sobre aquela penosa original. Madeinverno (Fruur ou kuur?) estava na saideira e Premver uma promessa de a pril quando, enquanto Kischabrigies cantava a velha chanção da vida, um tiritante coberto de gelo, o mais mero dos fedelhos observou uma galinha friorenta comportando-se estranhamente naquele monturo fatal ou cavoucada fábrica ou copsjute comicofunda (lixão para abreviar) mais tarde virou o laranjal quando no curso de uma demolição mais profunda inesperadamente um feriado dum bosquímano seu limon regurgitou alguns fragmentos espontâneos de casca de laranja, os últimos vestígios de uma refeição ao ar livre por alg buuém buscando sol ou esconderijo *illico* de volta ao seu mistercado passado. Qual filho de uma strandlooper senão o quitandeiro e miúdo Kevin na desesperançosa cercania tão espirrantemente congelante já teria trouvado uma strate que se chamava strete um motivo para futura santidade eucareando o descobrimento do cálice Ardagh por outro santo inocente e praiano enquanto tenta com piedoso clamor adular Tip- [110] peró ró ró quiproquó puteters de Now Sealand a pesar do florescimento do massacre, um duo um duelo para desviver neste dia, goddam e biggod, estilingues e estacas, da maioria dos Jacobiters.

A ave no caso era Belinda dos Dorans, uma mais que quinquagentária (Terziis prêmio com medália de Serni, na Exposição de Hane CheepalIssy) e o que ela estava ciscando na hora do kokoricar das doze pareceu para esse mundo zogzag como uma folha de bom tamanho de papel de carta originária de transhipt de Boston (Mass.) de fio a pavio à certa Cara a quem ela prosseguia a mencionar Maggy bem & todosdecasa bem de saúde só mormaço transformou-se em mornaço nos *van* Houtens e as eleições generais com a amável cara de algum cavalheiro nato com um belo presente de bolos de casamento para querida obrigada Chriesty e com grande funferral do pobre Padre Michael não esqueça da vida & Muggy bem como você está Maggy & espero saber logo que bem & tenho que encerrar agora com o maior carinho para os gêmeos com quatro beijos cruzados para santo paulo entocado santapoli ilhainteira pê esse de (a locusta pode comer tudo mas esse sinal jamais) afetuosa e volumosa tache de tch. A mancha, e é uma mancha de chá (a sobrecautela do mestre constritor aqui, como de costume, abdicando da página), destingiu-se no jorro do momento como uma relíquia genuína da antigapoetaria campesina irlandesa daquele tipo lydiada languescente conhecido como transporte-me-para-o-trevoso.

Por que e como?

Bem, quase qualquer fotoísta digno de seus quimicotes vai revelar a qualquer pessoa que lhe perguntar sobre o enigma de que se o negativo de um cavalo derreter o suficiente enquanto seca, bem, o que se tem é, bem, uma macromassa positivamente e grotescamente distorcida de todos os tipos de valores equifelizes e massas de cavalos caucalíquidos. Tip. Bem, isso livremente é o que deve ter ocorrido à nossa missiva (tem um torrão de turba para você! por favor alimpe a grama!) dessujada do boucher pela sagacidade de uma galinha olhemepouco amemmelogo. A residência aquecida no coração do monturo laranjaflorido tinha parcialmente obliterado o negativo para começar, ocasionando que algumas características palpavelmente mais próximas de sua tromba se inchassem o mais rudemente enquanto [111] que quanto mais distante tentávamos remexer mais precisávamos do empréstimo de umalente para ver tanto quanto a galinha viu. Tip.

Tu tá te sentido como se tivesse perdido no mato, menino? Tu diz: É um a puro e simples matagal de varapals. Você tem que gritar:

Backetta me como um cilho da pucra se eu tiver uma migalinha de noção do que essa boscagem toda quer dizer. Vamo que vamo, meninota! Os quadro evangelistas podem possuir o targum mas nenhum shoolerim do Zingari pode pegar um picote de gravetos ainda do saco da auld penosyne.

Conduza, caridosa penosa! Elas sempre o fizeram: indague as eras. O que as aves fizeram no dia anterior os humanos podem fazer no ano posterior, seja voar, seja a muda, seja o chocar, seja no ninho concordar. Pois o sentido socioscientífico dela está tinindo, senhor, sua automutatividade voucrinia na mais completa normalidade: Ela sabe, ela só sente que meio que nasceu para pôr e amar ovos (confie nela para propagar a espécie e impulsionar suas bolasfofas em segurança através do rumor e risco!); por último e principalmente, em seu campo genésico tudo é jogo e sem engodo; ela é como uma dama em tudo que faz e desempenha o papel do cavalheiro toda vez. Vamos auspiciá-lo! Sim, antes que tudo isso tenha hora para acabar e a idade de ouro deve retornar com sua vingança. O homem vai se tornar dirigível, Ague será rejuvenescido, a mulher com seu fardo branco ridículo vai atingir com um passo sublime incubação, a jubadesejosa leoa humana com seu descornado cordeiro discipular vão se deitar juntos publicamente flanco sob velo. Não, certamente, eles não estão justificados, esses espalhadores de amargura que se queixam que cartas nunca mais foram como antes desde aquele estranho dia de semana de gélido Janiveer (mas que data proveitosa num oásis desolado!) quando pro espanto de ambos, Biddy Doran voltou-se para literatura.

E. Ela pode ser uma mera marcella, essa miúda madgestade, Misthress das Arths, Mas. Não é um disse me disse de alguma carta anomolosa, assinada Toga Girilis, (chatinha querida). Temos uma cop de seu punho embaixo dos nossos narizes. Notemos o papel com sua marca d'água juvenil rabiscada: *Notre Dame du Bom Marché*. E ela tem um coração de Arin! Que lumililtes quando ela fola com seus falliminares e sua nadianodas. Como a polha de shaw ela faz o vento blague, erigindo-se para mostrar a rudeza de uma robust enrolar e mostrar as fansatias de um frisado. Mas quantos de seus leitores [112] percebem que ela não está pra algazorra com gratioso apetrechamento de glassários postmantuam de lapinos e de grigos.

Nutilidades em sua ariscavida! Grabar grandeouro bonachão para antigos almeanium adamologistas como Dariaumaurius e Zovotrimaserovmeravmerouvian; (dmzn!); Ela sente plano e plato um pleno fato ultimeios primariamente, um homem solos sine nenhum anyons utheras não tem chance de dar um kikada com anyon anakars sobre tutus ordenhando dianteiras e os rereres no outerrando asikin ao tutus para ser fomentador. Coisacurvadamenteexintodapasturasixdixquenemelepertodelamajestaporkinkinkankancomnãooseimporte comaolhada. Mesdaims, Marmouselles, Mescerfs! Silvapais! Tudo kellaquer (kellscreve) ischt dizer truta varardade sobre ele. Kapak kapuk. Sem meias palavras. Ele tinha que ver a vida penosamente o plak e o smut, (schrevela). Havia três homens nele (schrevela). Bailes (schrevela) eram seus ttais pontos fracos Com harlottes de maçã. E um pouco de mollvogels. Espissialmente (schrevela) quando eles pesseg. Queridinhas usavam de camélia as calcinhas. Com os melhores cumprimentos. A e dupli nn. Mas esta é apenas um caso antigo, a estória de um Treestone com uma Ysold, de um Mons sustentado por tendestacas e sua amiga em waterlucida fuga, o que poderia um Cadman que um Badman não faria, qualquer Genoaman contra qualquer Venis, e por que Kate toma conta do trabalho com cera.

Deixemos agora, se o clima, saúde, perigo, ordens públicas e outras circunstâncias permitirem, de ser perfeitamente conveniente, se você police, depois de você, policepolice, pardoning mein, ich beam tão fresch, bey? deixe de engabelação e mande o papo reto de um mano pra otomano, pois enquanto o ouvido, sejamos nós mikealls ou nicholitas, pode às vezes estar inclinado à acreditar no que os olhos veem, sejam brunados ou nolensados, acha difícil como o diabo de vez em quando até acreditar em si mesmo. Habes *aures et num videbis? Habes oculos ac mannepalpabuat?* Tip! Chegando mais perto para dar uma olhada (já que afinal de contos ela se encontrou em infortúnios enquanto estava enterrada) Vamos ver tudo que pode ter ficado pra ser visto.

Sou um trabalhador, um construtor de lápides, ansioso tara prazer enterramente a todos e moito contente quando chega o natal sua uma vesper ano. Você é um poorguês, untuoso para agradar nimbeleguim e tunnibellamente [113] soli quando j'é oura d'ir pra casa, gin. Não podemos dizer aye por aye. Não podemos sorrir noes de noes. Mas. Não se pode deixar de notar que quase mais da metade das linhas correm norte-sul nas direções de Nemzes e Bukarahast enquanto as outras vão oeste-leste em busca de Maliziies com Bulgarad pois, embora tico-tico possa parecer quando schtschupnistado ao lado outra incunábula, ela tem seus quatro pontos cardiais mesmo assim. Estas barreiras reguladas ao longo das quais as palavras traçadas, correm, marcham, mancam, caminham, tropeçam em pontos duvidosos, tropeçam novamente em relativa segurança parecem ter sido desenhadas primeiramente em um belo axadrezado com tisna e abrunheiro. Tal traçado é anticristão é claro, mas o uso do shillelagh nativo como um apoio à caligrafia mostra um distinto avanço da selvageria ao barbarismo. Alguns acreditam piamente que a intenção pode ter sido geodésica, ou, na opinião dos mais sagazes, de economia doméstica. Mas ao escrever nessa direção de ponta aponta e girando, girando e de ponta aponta escrevendo aqui e acolá com linhas de litera literando pra cima e pros laudos de lateras siletrando abaixo, a velha sematouagia e jafédevolta de cham Let Rariza até Hum Lit. Durma, onde na sarjeta está o saber?

Outro ponto, em adição à areia original, pó secante, papel beberrão ou pano suave usado (qualquer vet ou obstinado de pinguçio social pode ver a sena por ensimesmo, um pequeno quarto ftofrio, a brincadeira barafundou na única kadera, uma darka disheen de voos de Dalbania, qualquer godidade de raque, um portugal e alguns buk arrumados no sofer, faz lembrar o tipo de conversa pra boi dormir que motru costumava nos contar quando éramos todos biribivas ou nippies e messas) foi que adquiriu acréscimo de matéria terriciosa enquanto vadiava no passado. A terminação tingidadechá (não diga a tag, mascarado, ou nosso show é um fracasso!) é um estudozinho intimista e abstrato todo voltado pra si e, seja ele uma impressão digital, marcarevistada ou apenas um traço pobre do semarte, sua importância em estabelecer as identidades no complexus do escritor (porque se a mão foi uma, as mentes dos ativos e agitados eram mais que isso) serão melhor apreciadas ao não esquecer que ambas antes e depois da batalha de Boyne era um hábito não assinar cartas [114] sempre. Tip. E é com certeza uma menor ignorância escrever uma palavra com todas as consoantes muito poucas do que acrescentar todas as demais. Fim? Diga isso com mísseis só então arabesca a página. Você tem sua xícara de Souchong escaldante, seu tantinho de vela de cera, sua brisa do mar, o cravo ou fumo que você mastigou ou triturou ao expressá-la, sua cotovia em pleno ar. Então por que raios assinar qualquer coisa uma vez que toda palavra, letra, pincelada, espaçamento da página é uma perfeita assinatura por si só? Um verdadeiro amigo é conhecido muito mais facilmente, além disso, pelo seu toque pessoal, bem-vestido ou maltrapilho, movimentos, respostas a apelos por caridade do que por seus calçados, digamos. E, falando sobre Tiberias e outras incestuosas lascívias entre gerontófilos, uma palavra de advertência sobre a sublombada paixão sugerida. Algum leitor miolo-mole pode quipás assumi-lo erogeneamente como é comum no caso dos namoricos, *prostituta in herba* plus marvada pinga deliberadamente dando salto mortal em sua bisexcleta, na entrada principal da sotaina do cura perpétuo adaptada com sua um dos tez e vai! Quem a colhe tão cuidadosamente como qualquer portador de bálsamo o faria para sentir que a virgem foi muito machucada e gentilmente perguntar: Poronde você esteve tão grace a molando e onde você foi castada minha criança? Por quem, apairtado potencial? E assim wider mas nós medonhos e velhos sykos que fizemos nosso sisudo tanto em 'alices, quando eles eram yung e facilmente freudzardos, na penumbra do procurado quarto e que compressão oracular tínhamos que lhes aplicar! poderiam (se nos importasse vender nosso silêncio comprado com taxa *in camera*) pra ver que nosso muito nariz-molhado pai em tais contextos virgados não é sempre aquele relativo moderado (muitas vezes apoiado pela nossa contumácia) quem estabelece nossa lei do silêncio para nós e que amplo e inocente advérbio como Michaelmente parece que pode ser sugestivo de sob o pudendascópio e, finalmente, que neurastênica ninfoleta, do tipo endocrino-pineal, de parentesco invertido com uma drauma bem-apessoada presente em seu passado e um apetite priápico por com agnatos antes que os cognatos fundamentalmente sente muito embaixo de sua lúbrica meiosis quando ela se refere com agrado a algum sensor que a face ela fantasia. E Mm. Poderiamos. Mas pra quê dizer? É tão humana essa historinha quanto papel poderia contar, com [115] efeito, tão singsing como um sussurro de Salamão aos swittviles enquanto que tão desblefadoramente borrãoabruptobrusco como um Esra, o gato, o encontrador do gato, a esposa do encontrador de gato, a cara metade da esposa do encontrador de gato, o encontrador da cara metade da esposa do encontrador de gato, e então voltemos aos trilhos, pois também sabemos, o que temos lido nas páginas de *Eu fui um Gemral*, essa sholeuma de Bulsklivismo por 'Schottenboum', que o Padre Michael sobre o período vermelho do terror branco iguala o velho regime e Margaret é a revolução social enquanto os bolos significam os fundos do partido e obrigado querido significa gratidão nacional. In fine, ouvimos falar, como aconteceu, de Spartacus intercelular. Ainda não estamos conkisvalados, morta mão! Podemos nos lembrar, com voluntears, o judeu nebuloso, e na mais doce distância como se agora oestivemos na cidade justa de Dumbil onde um ano é nosso. Arrodeamos nossa costa ao som das boas e alegres melodias. Quando das espadas abaixadas o mar imergiu as armas de odowth e pode responder o destemido O'Dwyer. Mas. *Est modest in verbos*. Deixe uma prostituta ser quem quer que fica diante de uma porta e pisca ou se abanca em seu fórnix perto de uma parede makeussin (sinsin! sinsin!) e o taberneiro o que traz o água-ardente (gingin! gingin!) mas também, e num se esqueça, que há mais coisas entre os chegados primeiro e os últimos estrangeiros e que a bela presença de kates esperosas será por toda vida (!) seja mais que suficiente para fazer qualquer milkmike na língua das doces tarts punch o calô dos infernos para sua gêmea nicky e aquele Maggy's tea, ou sua majesty, se entendida como um impulso de um cavalheiro nato for (?). Porque se o lingo ofegou entre chutes de frustração, embora basicamente inglês, eram para ser pregados pelas bocas de enroladoscuradores de igreja e metafísicos em ordem e advokaatoes, vagaus, demivoyelles, linguatas, lesbiels, dentelles, gutterhowls e furtz, onde estariam suas práticas ou mesmo a própria raça humana se o sesquipedais pitagóricos do panepistêmio, embora apicalmente volapuque, rosnasse e aljofrasse, ichabod, habacuque, opanoff, uggamyg hapaxle, gomenon, ppppfff, acima de quebra-corpos do campo, atrás de moradias de ardósias, descendo becos sem saída, ou, quando toda fruta falha, embaixo de algum saco deixado numa carroça cediça?

Assim tem sido, amor: assim assim: e assim será: até que deteriore e [116] envelheça. Roube-nos a noite, furtamos o ar, xale mais fino querida, minha! Aqui, Orri! Insulta a bela! Traidor, mau ouvinte, bravo! O olhar do relâmpago, pássaros em lamento, o temor da tumba, o semprefluir nos tempos. Feueragusaria iordenágua; agora deussol brilha na filha dos homens do dia; um bom atroo, um casamento anterior, um mau diga que o inferno está bem; também a esposa de lot iria perder e reganhar, como ele deixou crescer barbichas em seu rostin, ela arrancou-as fora mais elas cresceram mesmo assim. Então o que você vai fazer pra resolver? Oh céus!

Se junesse ela guardasse! Ah ho! E se yulone ele pouvesse! A vevelha stoliolum! De quiqui quinet a michemiche chelet e de um jambebatiste a um brulobrulo! É contado em sons com o introito de, em signos e em suma, em universal, em poliglutural, em qualquer idiom neutral auxiliar, surdomúlticos, florilingua, sheltafocal, flayfluttero, uma con's cubane, pro's tututa, strassárabe, ereperse e o linguajar que for. Desde que nozzy Nanette tropou bem-sucedidanente com Highho Harry há um turfa cospe-fogo um tipo q'atiça com a mesma frequência que o souffsouff sopra seu tutu pra cima e uma moringa molhada pro xá, minha Sitys, e talkatalka e neca de piTibbsriba: emboroquê (revoltosa vida provando pra sempre a morte de ronaldses quando o poder de vencimento do vinho deu o pinote na pobre com sorte) billiousness tem sido billiousness durante milliums de milênios e nossas corridas miscigenadas tem dado di ombros ou tri pudiado a uva, vinha e fermentação e Pieter está na Nieuw Amsteldam e Paoli está onde as frangas e rum farejou seu fim pra ele e ele jantou o soo americano (isso faria alguém soltar a franga mesmo se fosse um kettlelicker normal) essa epístola velhamunda de suas meteorizaçoes e seus matrimônios e seus enterros e suas seleções naturais tem cambaleado tropicando para nós fresca e feita a toda hora como uma velha xícara de chá. Enquanto eu estava esquentando meu coiso. Haha! E enquanto você tava esquentando sua dutchy cabana. Hoho! Ela contou o conto ou seu tom. Huhu!

Agora, capnomancia e infusionismo podem ambas se ajustar tão rente como duas trempes mas enquanto nós em nosso nanico estado livre, fieis àquela prestatuta em nosso tratado, podemos ter nossas dúvidas irremediáveis para todo o sentido do lote, a interpretação de qualquer frase no [117] todo, o significado de toda palavra de uma frase até aqui dele decifrada, mesmo que seja desprendida nossa diária independência irlandesa, não devemos nos vangloriar de nenhuma dubiedade vã quanto à sua autoria genuína e resoluta autoridade. E vamos botaumfim nas bicuinhas nesse tintin, olmond bottler!

À primeira vista, volteiar de volta aos nossos desultórios cavalos, e pra sua carrasca mente, baratinado touro, o caso é uma coisa de uma vez por todas finda e lá você está em algum lugar e terminou em certo momento, seja um dia ou um ano ou mesmo vamos supor, isso deve finalmente terminar sendo um número serial que só deus sabe de quantos dias ou anos. De qualquer forma, de alguma forma e algum lugar, antes do livroenchente ou depois de sua vazante, alguém mencionado pelo nome em sua lista telefónica, Coccolanius ou Gollotaurus, o escreveu, escreveu tudo, escreveu tudinho, e aí está, ponto final. O, indubitavelmente sim, e muito potavelmente assim, mas alguém que pensa bem vai sempre ter na baccbuccus de sua mente que esse certeiro aí está e é isto aí estão só em sua percepção. Por que?

Porque sim, Soferim Bebel, se for assim, (e trapeira de futrico vai gritar do telhado não mais seguramente do que a escrita na parede vai matizá-la na mente da gente que moteja na rua principal) cada pessoa, lugar e coisa no caosmos de Alle de algum modo conectado com a gorgoleicadada turkeria estava se movendo e mudando toda parte do tempo: o tinteiro viajante (possivelmente um pot) a lebre e a caneta-tinteiro tartaruga e papel, a continuamente mais e menos mentes interenganadas dos anticolaboradores, com o passar do tempo ele será flexionado variavelmente, pronunciado distintamente, soletrado diferentemente, mutávelmente significando scriptsignos vocáveis. Não, então me acuda Petault, isso não é uma ineficaz desordem ajacintada de borrões e bosquejos e barras e bolas e aros e contorções e anotações justapostas ligadas por arrancos de velocidade: só parece com isso que só; e, claro, temos que ficar realmente agradecidos que nessa hora deleitante de beronhas borbotando temos até um escrito com tinta seca num pedaço de papel e tudo para mostrar para nós mesmos, é rasgar ou folhear, (e somos deixamos sozinhos como um pescador de almas quando deu com a língua no bote) depois de tudo isso nós perdemos e pilhamos disso até as mais recônditas cunhagens da [118] terra e tudo que ela passou e certamente, depois de um bom beichão na Terracussa e por infortúnio nossos rejeitos arremeçados em nossos home homoplate, agarre-se a isso como mãos que se afogam, esperando contra esperança o tempo todo que, à luz da filofosia, (e que ela nunca nos falsábia!) as coisas vão começar a clarear um pouco de um jeito ou de outro dentro da próxima quarela de hora e ser pendurada a elas como dez pra uma elas vão também, se tudo deserto, como elas categoricamente devem ser, como, cá entre nós, há um limite para todas as coisas então isso nunca vai bastar.

Pois, com aquele faro fétido de frowzendeira pelo fedor de feneco felpaesfolado (a columita da calamita clamando por calamitosa calamitância) quem que escrutinando se admira daquelas indignadas chibatadas; aqueles arredondamentos tão prudentemente trancafiados ou bloqueados; a tocante reminiscência de uma pista incompleta ou um final descontinuado; em torno de mil rodopiantes auréolas, prefaciada por (ai de mim!) agora ilegível leve plumaemvoos, todas biberiosamente ambiembelezando as iniciais maiúsculas de Earwicker: o dito-cujo embasbacanete símbolo do cristograma trílito, finalmente batizado em homenagem a algum his hes hesitação Hec, que, virado controrariamente, representa seu título em sigla como o menor Δ carinhosamente chamado seguindo certa mudança de estado de graça e natureza alp ou delta, quando sozinho, significa ou tautologicamente fica ao lado do consorte: (apesar de que pra essa questão, já que ficamos sabendo através dos círculos de Cathay como a galinha não é meramente um tick ou dois depois do primeiro quinto quarto do segundo oitavo dozeavos — siangchang hongkong siangchang — Mas anialmente o outro e trigésimo da nona do vigésimo, nosso próprio vulgar 432 e 1132 irrespectivamente, por que não tomar o primeiro por uma estalagem do interior, e o último por uma ponte de pontacabeça, uma marcação de multiplicação para cruzamentos à frente, o garrancho que quiser para a forquilha da família, sua antiga carroça pelo campo de picota, chá mesmo assim para um tryst algum diazin, e seu ladofaltoso por um becotodo sem saída que leva à trama irlandesa no Campo de Mors, não? O estável monologuio dos interiores; a confusão perdoável pela qual alguns culpam o tacape e outros culpam a fuligem mas desgraças a qual os pês com seus caps torcidos são quase sempre tomados por kês com seus cabinhos em suas orelhas são quase sempre [119] tomados por puês com seus cabinhos em suas bocas, por isso seu pristóvão polombo, daí nosso Kat Kresbiteriano, os curtos traços argutos e hirsutos nunca tão exatamente ajustados na encurtada e consueta carta da verdade; a repentina crepitante petulância de algumas MaIúscuLas no MeIo; uma palavra tão astuciosamente escondida em seu labirinto de confusos tecidos quanto um rato-camponês em um ninho de fitas coloridas: aquele absurdo boipebado bê declarando com uma pantomima ainda mais simples do que faz o mudo costumeiro conosco, como é um troço difícil mpe mporn um cavalheiro: e olha para este funferal prepronominal, gravado e retocado e arestaparado e colchacochoado, muito como um ovo de baleia recheado com permmican, como também condenado a ficar encafuado para sempre por um total trilhão e uma noite até que sua cabeça afunde ou nade ao lado daquele leitor ideal sofrendo de uma insônia ideal: todos aqueles obeli vermelho-urucum espalhando pimenta-caiena sobre o texto, chamando atenção desnecessária para erros, omissões, repetições, desalinhamento: essa (provavelmete local ou pessoal) variante *magger* para a mais geralmente aceita majestade que é nada mais que uma tolice que ainda assim pode tranquilamente divertir: aqueles ees gregos cruzados parecendo supercílios desajeitadamente enfincados acolá e aqui démodé como corujas doentes vendidas de volta para Atenas: e os geegees também, inicialmente jesuiticamente formad o s mas depois genuflexos agilmente em dedereção ao ocidente: a Ostrogótica cacografia afetada por certas frases da etrusca falaestável e, em suma, a aprendizagem traída em quase todo fim de linha: a cabeça-durice (pelo menos onze homens de trintaedois inuteratos) revelada por um constante labor para fazer uma gímel passar pelo olho de uma iota. Este, por exemplo, totalmente inesperado retorno sinistrogírico a um ponto doloroso particular no passado; aqueles doubleyous trono-abertos (de uma precoce origem muddy terrânia quer o homem escolha daná-los aglutinativelmente loo — too — blue — face — ache ou illvoodawpeehole ou, kants koorts, duablo) sentado com tal floprightdown determinação e lembrando-uus inelutanemente da natureza em seu mais natural enquanto o furioso e fastidioso eff, a chifruda dígama de seu bornabarba, raramente ouvida agora salvo quando caída do lipsus démodé de algum hetarossexual (usado sempre em dois tipos de impressão em negrito — Um deles tão casmurro quanto [120] seu irmão Claudiano, vale à pena interromper pra dizê-lo? — por todo o papiro como as marcas de revisão) espreita por toda página, matutos H sensassondando uma ideia, em meio à verbiagem, franzino, fica desalentado na margem da janela ornamentada, com seu vasquim de louro todo revolto em sua forqueta, pisa carrancudo, se sacudindo de um lado para o outro, jogando frases aqui, ali ou retorna inibido, com alguma sugestão meio interrompida, Ł, arrastando seus cadarços; o curioso sinal de advertência diante das *ipsissima verba* do nosso protopai (um nondescrito muito puro, por sinal, às vezes uma lontra palmarrabada, com mais frequência o arbutus frutaflorfolha da maçã de Cain) que os paleógrafos chamam *uma goteira no palheiro ou um rrossusu de um aranês através do furaco de seu chapéu,* indicando que as palavras que seguem podem ser tomadas em qualquer ordem desejada, furaco de aranês o chapéu através do sussurro seu ó! (aqui carpide outra vez e comece outra vez a fazer som-sentido e sentido-som camaradas outra vez); os agás erguidos e distorcidos facilmente dos mais raros na engraçadez como a maioria dos olhos que atravessam desatentos toramos em bandas desconcetados, principal, medial ou final, sempre jims no jam, sahib, tão sem caroção como oxiurus: o inocente exibicionismo daqueles francos e caprichosos sublinhados: aquela estranha e exótica serpentina, já propriamente banida de nossas escrituras, quase tão ventíloca como um cava-vento ver uma senhorinha direitosa num cavalo de pau, a qual, em sua invencível insolência, cada vez mais e com mais morosidade, parecia desenrolar-se em espiral e intumescer-se lagartísticamente diante de nossos olhos sob a pressão da mão do escritor; a desajeitada desmusicalidade pintada em escultórica autossoante ah ha tão bruxolicamente como um *podatus* e surdossonante oh ho aogazarrento como dez canhões fugazes: a estudiosa omissão do número do ano e nome da era da data, a primeira e última vez que nosso copista pareceu pelo menos ter compreendido a beleza do comedimento; a escorregadia conjugação da última com a primeira: a parceria cigana de um grande e estiloso cavucar com os bocadillos de segunda categoria (uma interpolação: esses mastigáveis ocorrem somente na família Pãoamantegado do MSS., Bb — Cod IV, Pap II, Brek XI, Lun III, Dinn XVII, Sup XXX, pleno: M D C X C: o escoliasta a vida a mente confundiu o sino do padeiro com o sineta do boleiro): os quatro [121] ampersands encurtados sob o qual podemos bisolhar e lamentar por nós mesmos por todos os apressados anos que as calças curtas macias e quentinhas do ágil-escriba: o lapso vocativo no qual começa e o fosso acusativo no qual se finda; a afasia da heroica agonia de recordar ao número amado levando de tropico a tropeço à uma amnesia geral ao deixar de se nomear: próximos desses erres, rrrr!

Esses erres todos bélicos, o hieróglifo do sumo sacerdote de kettletom e tongadamironga, arrancados caboca na botija da nossa oração da santificada rubrica para trégua com butim, *O'Remus pro Romulo*, e rudemente do pináculo do templo atirado por porter para dentro do alvo do especialista do quarteto de rubyjetos entre Aqueles Que estão sem o Templo desde que a incinerada Destilaria de Roe tragou dum Gorpe na incendiada Noite Mas gingando a Jarra como Dia na Caixa de dados lançados, bangue, leal seis eu lidero, sem o sangue do meu coração, se exploda, e lá está ela para você, senhor, bangue nela, a refinada ooman, rouge para as madeixas da lagosta, a rossy, bangue, Deus e O'Mara tem isso com o rosado e velho Villain Rufus, espera, bangue, Nossa e você é outro que ele não tem pois tem meu spoil five do meu trunfo de espadas, bangue, bata na Boca desse beiço de porco por ele, K.M. O'Mara onde você está?; então (vindo para a ala esquerda no canto de baixo) o cruciforme poscrito do qual três *basia* ou *oscula* mais curtos e menores foram cuidadosamente arrancados fora, inspirando claramente a tenebrosa página *tunc* do Livro de Kells (e então não há de se perder de vista que existem exatamente três esquadrões de candidatos para a rosa cruzada esperando sua vez nos painéis marginais de Columkiller, jogado em suas três urnas, depois separado para os tais comitês suspensos, onde dois eram suficientes para qualquer um, começando com o velho Matthew, como ele com grande distinção disse então, assim como desde então as pessoas que falam já tem o costume, ao falar com uma pessoa, de dizer que duas é companhia enquanto que a terceira pessoa é aquela da qual maldosamente se fala, e então aquele último *basium* labiolingual pode ser lido como um *suaviam* se quem quer que seja o abraçador foi escrito com uma língua na bochecha dele (ou talvez dela) como pode ter sido caso na época) e o fatal pendefiante declive do culpável garrancho, um verdadeiro sinal de imperfectível cegueira moral; a muitosidade, a muitíssimosidade [122] de todos aqueles emes de quadro pernas:e por que soletrar santo deus com um grande e grosso dê (why, O why, O why?): os definitivos xises e a discreta forma da semifinal;e, décimoitavamente ou vigésimaquartamente, mas pelo menos, obrigado Maurice, finalmente, quando não há mais o que fá zê, a penelopeana paciência de seu último floreio, um colofão de não menos que setecentas e trinta e duas pinceladas puxadas pela cauda por um saltitante laço

— quem diante de toda essa maravilha não pressionaria ardentemente para ver o volteio da libido feminina daqueles interramificados ogham sensual e em movimentos firmemente controlados e facilmente repersuadido pela uniforme factualidade de um meandrante punho masculino?

Duff-Muggli, que agora deve ser citado por um arranjo muito airoso (sua fotossensibilidade dectroescofônica sob o controle de luz supersônica pode ser perquirida por nossos futuros nada distantes assim que os valores do tom possam ser retirados dos Cromofílomos, Limitado em um milicêntimo de microampère), primeiro chamou esse tipo de parceria de paddygoeasy o ulykkheano ou tetrachiricos ou quadrumane ou desdeixado ou perplexo de debts e dishes (v. *Alguns prolegômenos sobre aquele Studium da esquizofrenia sexofonologística, vol. xxiv, pp. 2-555*) depois da bem informada observação feita a milhas de distância do Mestre por Tung-Toyd (cf. *Futuras Frustrações ameios os Ensinamentos Neomugglianos por trás da Semi-inconsciência, passim*) esse é o caso do pouco conhecido períplico bestteller popularmente associado aos nomes do miserável marinheiro (trianforam deffwedoff nosso plastro do padrão deishakifica) um relatório do almirantado Púnico, *De Oshean de MacPerson Contornado pelas Marés de Jason's Cruise,* que foi sabiamente soçobrado e safadamente republicado como um baedeker dodecanesiano do tipo cada-conto-aumenta-um-ponto que poderia satisfatoriamente almejar atiçar meu ganso tão prestes como sua gansa.

A inconfundível identidade das pessoas no duplex tiberiano veio à luz das mais tortuosa das maneiras. O documento original estava no que é conhecido como o escrito riosistente de Hanno O'Nonhanno, isto é, não mostrava nenhum sinal de pontuação de nenhum tipo. Mas ao segurar o verso contra a um junco aceso este novo livro de Morses respondeu bastante bem à busca silente da luz mais antiga de nosso mundo e seu recto deixou de fora o picante [123] fato de que foi perfurada masnão pontuada (no sentido universitário do termo) por numerosas facadas ou cortes folheados feitos por um pontudo instrumento. Estas feridas no papel, de quatro tipos, foram gradativamente e corretamente entendidas como pare, por favor pare, queira parar, faça o grande favor de parar respectivamente, e seguindo essa sua única e verdadeira dica, a parede circunflexa do asilo dos homens sinceros, acentuado por ped aç osd evid roq uebr ad oep orc el anar ach ada, — Inquéritos quintáicos apontaram → que eles fôro "provocados" ay ∧ forcado, de um grave Brofèsor; ná s'ua Mèsade — Cafèda—Manhã; ; comacùidade profèššionalmente *piquéd*, para = introduzir uma noção de tempo [por uma plana (?) sù"pèrfiçi 'e'] por púnct! ação inburacos (sic) em iSpaços?! Profundamente religioso por natureza e posição, e calorosamente afeiçoado ao xá, e chimia no pão com mentega e Him e ovos recém-postos, com razão houve a suspeita de que tal ira não poderia ter sido revidada por ele Brotfressor Prenderguest mesmo abobadamente, sob a pneuma ancestral de alguém a quem, com reuma, ele venerava desavergonhadamente pelo menos uma vez por semana no Cockspur Common como a menina de seus olhos e o primeiro melhor amigo de seus meninos e, embora o inglês simples para uma senhora casada enganasse aos montes por aí ainda assim quando algum espiador ou expiadora detectou que o trevo de quatro folhas ou o jab quadrifolha era mais recorrente sempre que a escrita estava clara e o termo terso e que aqueles dois fossem os exatos pontos naturalmente selecionados para as perfurações de Dame Partlet em seu monturo, os pensadores todos crescidos em aguadada Pratilândia apenas e uma ave brincalhona e eu musical e não você em todo caso, dois e dois unidos, e, com um enxame de bisses na demanda do mel, um suspiro de veshame (O, o pequeno boné rouge!) separou modestas bocas. Então que seja. E assim foi. A feitura da carta dos explots Fjorgn Camhelsson quando ele estava nas Kvinnes com homens de Soldru. Com reconhecimento da nossa paixão do primeiro instante ele permanece anos com os melhores comprimentos. Para Postscrapt ver espólio. Embora o marinheiro ainda não tenha sorvido aquela sopa nem o camfonês auferido fartura. E fox e geese ainda não metem o nariz no *Auberge du Pére Adam*.

Carece pouco depois disso. Velho Jeromesolem, velho Huffsnuff, velho Andycox, velho Olecasandrum, para caçoar dos gandaieiros venha [124] para R.Q. com: desembestes num sibilo, mesclas na mixórdia e todo ele é um filho desmantelado de noé encarca-o-pé. Todavia não ouvimos falar do filho dos filhos partir por si para a sociedade oceânica e sua ancianidade sem nada em sua ignorância, Tulko MacHooley. Era assim que ele era toda vez, aquele filho, noutra vez, o dia estava nele e depois da manhã Diremood é o nome está no chapa escritor do salmo, juxtajunção de um dearmate e ele esmorecendo de um desejo ao seu próximo. As filhas vão com frequência a procura dele, os bons expectadores do belo pescoço de Torba. Procurado para servência milenar à pessoa da velhice pela Totty Askinses. Formalmente confundida amae. Talvez criando um bigode, tu disse, com uma adorável cara de entreticimento? E usa crassos salões de bilhar com escada pra lá e pra cá? Não Hans o Curier apesar de ter tido tivesse apenas tido uma pequena diversão e um pouco menos de cara de pau e se não tivesse tão variado pelo bocado de perseguições que ele poderia passar, sim, e passaria, tão certo quanto a ponte de Essex. E não Vô fofocar, eu declaro pra quem quiser! Noé! Para o alívio de todos uma meia hipótese daquele símio boquirroto aluado das floriadas gracejeiras de Bruisanose foi raivosamente abandonado e seu quarto tomado por aquele odioso e ainda hoje insuficientemente malestimado raptor de notas (kak, pfooi, bobagem e fiasco, muito chistosco, Gus, poitín? Diz tu) Shem o Plumitivo. [125]

Tradução: Daiane de Almeida Oliveira

6

Cumékié?
Quem ser ou conhum ser nuesta nuoite, mademoilleza e sonhor?
O eco está no fundo do whiscopo; só vem!
(Shaun Mac Earwhisck, mensugeiro, de acordes com os Missinhorais Jhon Jhamieson e Som, avalibrado em um cencláve e magroiral pruma centena de worquestrops neste karaoquiz boêmio dos doze apóstrofos, santaceiados por Jockit Mic Ereweak. Elinterpretou malvo e miroulho porolho pro número três deusles e deixou gratweetas rispostas noiturais a quatro deusles em sua autonal finn'esse anna'rco-artística.)
1. Qual seugun'dó-ré-my tom zéus fá-si'nante reitor e construtor marxcristo de pontes foi o primeiro a subir altom alpé difeijão mais do quio eucalúpulo baobabuabbaun ou a baita Sequelóia Wellingtônia; mergulhou pel'adão di botas y calça riada numa liffeyette quanduela ainda eva pura; era cornocido por usar um boiné de conciliação na sua cabeça isquêmica; manuseia ninjamente comu albert um nunchaku sobre sua opulência highlander; filosofou pesar uma newtonelada quando caiu no colo sua primeira maçã, deu a overdose como opção em cada boa noite cinderelo entre ontem'ados e duas mariãnhas; tinha sete zenladoras com suceshivascores no mesmo taopetão brancusi da sala de mal-estar; nesta hora é Willsflorçado em casa como flor no jardim; bombeou o cartesiano poço católico e chocou o guerrapaz shaunvinista; matou seu alter ogro faminto de raivetrato quando jovem, achou alimito pra cinco quando todazas tatuaragens floram inundadas; com tutores irlandeses o Cornualhês ficou fácil; ingressos [126] de rodovicos, pedágio de estrada; criou vários enteaedos-cabeça

pra comer diantes de sua bissextrupada filha; é engraçado demais prum peixe e muito estrangeiro prum insecsto; como um cristal heptagonal nos emprisma verdades e mentidas; tem ereção infinita em indícios imprópriapos; uma vez ele foi enterrado e outra foi incendiado e noutra foi comacoolizado e ela o enforcou num bar'leys di dívidas; tem um quadrante na cartola pra tagarelar Tal hora a cad; dá chances a Long mas antes encara um gg de Lei; achou carvão no fim do túnel e rosas no limbo das pregas traseiras; fezuma fortaleza de sua postersia e escreviveu F.E.R.T. ilmente no seu aquilescudo; é o maior fujão de todozos lugares; se ele não curte cachorrões, o papa é outro cas branquinha da escola; foi evacuado com o mero aparecimento de três armas germeas e duas vezes apalpado poruma blitz; da zoomorfologia ao onanismo ele é brochado porum cara-coroa; torres, um tom mi edison entre deslamparados, lá çando feixes de cisnes no abismo; ameaça com trovões os mauleitores e envia cochichos pras shemhoritas froufrouqueiras; quan Duapareceu o Gancho trapaseiro mostrou seu bumbum na nuca e mereceu ▼|▼▲▼▲|▲ e zombarias mas jogaram bosta no geni'tor quanduele quicou gostoso ca bunda no Jumenkett Plunkett; finnlhos de annal caçam mamafesta cú as molières da vidade; negócios, ler jornais, fumar shaunruto, organizar copos na mesa, comer refeições, prazer, etc., etc., prazer, comer refeições, organizar caospos na mesa, fumar shaunruto, ler jornais, negócios; água da pica, lavar e escovar, vistas locais, jujuba toffee, mangás e finngurinhas de niver; aqueles eram os dias iele era o herói deles; crepúsculo das idolisoldas rosinhas, nuvenzinha de argila rubra, vidas secas no Saara, couróxido de boirlandês Ferrado; acusados e processados, listados e citados, pleiteados e provados; pega seu cheque no banco da Indgnaterra e endossa seu clã destino na saída da capelisolda; cérebro dos francos, mão do cristão, língua do norte; pede jantar e chama o blefê; tem um bloomqueio na chapelaria Morgan e dor na cabeça durante toda comidinha; martela o martelão quando é o primeirão mas assiste mooksey mouse quandu tá excit'adão; andou à Ca beça onde foi sentador no depuestado pra Enroubar o povo; mostra vestígios de Inglês Primitivo e uma janela de margaridas com petaluzes douradas, um meucroscópio, duas piscinas olímpicas e três armurios dignos de se ver; arcos elevados ao triunfo e suave na nave de pontilhado retrô; é [127] um cronos'metro imparável e big Benn de todozos sinos; Fuirta, isstupra e roubheranças e ainda quisteja marcado pra mofar foi cabeçarrochado; é um bem-me-quer-cús na floresta mas membro de aeroplanta pra Megalópolis; mounte poutente, pés de fauno, plankcha no cais'tein nosso, leitinho em nosso uíscotista; czarmenteiro, grão-ducaricato ele está enumerado, espera como conde, ele conta; embarcriação frasal de escreverrante olhar musiscritural pros momentos di alívio dium dvořákdor de gramas'ticas; às nossas perdições trouxe lei, de nossos sobrados fez seu mucambo; erum sobresolo do subsolo e aqueduto de aguardente; força meni'nuzinhos de gritantes meias tossetes ao avançar o sianal com seu botóxido de carbono e meias de seda mostram seu corpitcho quando afrouxa a calça acima dela; estocará prosseco pra trindad dodói e papastIIlhas de abobreza pra todozos Pálidos; deu o pé bundano a Miserius, seu beliscão a Δnna Livia, aquele rabo de cavalo superfino a Cerisia Cerosia e carona a Titius, Caius e Semprônibus; fez o homem que não tinha noção de shakesprosperar preferir brincar de duque a cavalheiro; mandou bala em duas drag queens e zombalançou três castelos quando ganhou seu jogo de anões; traga como um vulcão até fumegar nos ladúbios inferiores; manmaste, antes dele, mulherada, pietad!; apresentumavalanche alva de neve entre a crescente galhada de sua coroa e um chapelón cornorado de pesar pela que menstruava sangue; pausar e descansar, projeto de $_{lei}$tor^{triplex}; foi de metrô pra polis e então se mudou; aos descobridores, palmas! ai, você que procura!; quem preenchia plenitude, devorava fome; cavavinho lidera, cacau vem a seguir, esmeril esforça-se pela bandeirada; pode dançar o poledance de Brunoxo de Oz em Nolahn acompanhando sua orquestrauss pessoauss; hospeidou-se no lugardefala antes da convenção internatural de parteiras católicas e achou um canto no front do congresso pra estudar calamidades endonacionais; fezuma *entrada* delicituosa e finnalizou o percurso entre doces e salgados; despreza profecias, fareja achados e divertidos na guerra feira; limpou trezentos e sessenta e cinco gandaieiros pra montarum finn's motel khalassal pra galinhas esposançosas de possuir galãs; o falhante risonho, o mão de vaca, o gente boa que dá fogo a pascal; noés advertem pearcadores assim como perdoamos quem nos tenha ofendido; seja a fênix sua pira, as cinzas seu pai!; pilha a fortaleza de pelium em pequenozossos como as douce pílulas de hércules; tem um complexo de ediproust **[128]** e uma caidinha por bebida sujismunda e freudida; linguiça de kafka pra idiotas e carro de minnie boi pra patetas; quanduele pede nosso favor é sincerão; duas esposas psigóticas e três deserções; agora pode ser uma questão de fato mas antes era papo pra boiscate dormir; Cattermole Hill, ex montanha de carne subiu por estresse e caiu sob tensão; mergulhe, fique molhadinha, diz o alfaiate a sua alice'ada; encapas um macho, mas chupa o dedal poruma criada; cai cai balão; uma fofocarta, um canto uma canção uma sibilaba; um provérbo, uma frase com ponto final; enquanto suportar seu olhar poderoso ostialhaços deverão cair; foi provetado em Fornicambridge mas esaújacólado pra fora; como ganhou na primeira frase subiu de fezes pra batalha de Bossta; Roderick, Roderick, Roderick, O+, você sanguiu os passos dos DNAmarqueses; pluralmente castelogado, reiagrupado regularmente; férias de garçons, suruba religiosa, banho de rabo de praia; o mesmo gayrói conferidor de ovos de quando olhos solitários sopraram ciscos; detonação real mas relatório falso; spa louco mas pousada iasãna; meiolhorário por censo fictício mas um retrato de mendigo quando órfão; é a pica mais escalável de todozos andes e o humpoint da modampt pra descansar sua corcundância; cede seu muro de belinda ao novo patrício mas cai plebmaticamente pelos sangrentos séculos passádicos; come com portas abertas e entra no cio com cinto de castidade; algun$ o bancam de Rothschildinheirado e outro$ o capetalizam de Rockyfellowdaputa; vooouralizou aos dois hemisfétidos mas encobriu seus rastros; sete pombos cotistas que cucoclamam ser os pombos deste pombal são homerocanizados, Smyrna, Rhodosblin, Kolonsreaghaton, SeapointG, Bahiahowth, Cidavefênix, Rathenyas; independente da camareira dos comunas, reconhecendo o domínio de Roma; desmatamos tua fazendamazônica em Altivantajosas Chamas, Donald, Imperihouse; cheira a belo país doente e parece a orelha da Islândia; hospedeiro em bastardas terras, viveu através de reinos mortos; toma banho de solna e refri de menta pra zumbar no fim de semana; depois duma boa partida de boqueteboll, desfruta de Profeflor Giroflatos; o que Nevermore poe'rdeu e Colombo achou; acredita na humanidade e até no seu próprio goldleiro e na África pra todozos negros; a curva desta longuestrada da vida foi boa ateus quarentinha e seu desmanche searrastou aozoitenta; se gaba dos músculos e de ser o maizantigo fund'ator da Ariânia e desdenha a família do Coliseu Suíço, a qual rotrolou de *les nouvelles roches*; embora seu coração, alma e espírito se voltem ao tempo dos faraós, seu amor, fé e [129] esperança aderem ao futurismo; faz kama sutra com incenso e sussurriso fron'tao enquanto zaratrastes amaldiçoam-nu por trás; entre épicos putapas e cerbeijos vislumbra o Éven; o Lug tem pika, a Luk tem pepeka; bebe tharrquila e wodhcar praquecer seu vulcão e come a fogosa pra semear e estocar stephens pro estante final, os mendigos o cobrem de quatro sobre seu papelão, as prostitutas dão de olhos enquanto andão de ladinho; no Natal da Mashaunaria Adventista, Nova Irlândia, após muitas andoenças o roedorverendo Sr. Vicoelhinho de pintocostes, sem seguiflores por legado, finnforrozeia sem usar privativo; Ido Donde a Glória O Espera (Bola, boleiro) mas Ainda Não Chegou (Maxwell, fisicristão); comungou sob a papalavra mas pôs o fênix numa burgueorgia; das bras cubas de cerweissja por intermédios copos de stout até amanhecer só a capa do butman; A1 é o altíssimo mas Rohbin é sua raiz; se refrescando de mirtilo quanduestava todo metido e mais pr'alá que pr'oxalá no seu rito de iniciansã pra exu a cara até cair por vinho branco com vulva passa; anuncia alimentos, doa dólares, compõe raps rústicos, adestra agitadores; goza semente suficiente pruma semi'nação mas passa o rodo nas subalternuazinhas às escondidas; aprendeu a falar com mão na boca até poder hablar o orelhandês cozolhos fechados; abriu veredas através de rosas e sertões mas estreitou seu pacto cu além; riobalto, annesley, nasciduescocês e balliol pra não dizer nada da independência de New Comyn'as gerais; o brilho do reluzir do clarão do sol através do parco pó no rubor d'argila da vil vila de Barnehulme tornou a poeira marrom; tatuaram quadrinhos uiscocêses nele, raizterix de arruda, alga dulse, shaumambaia, lao-tselão, cheio de si'nza, plantagruel e agrião; atirador mas não no campo de algodão; resistiu ao forte ataque de fome mas ficou mendigordinho, mendigorducho e mendigordão; ele tem maizoumenos vinte e quatro primos germinando nos Estados Unidos da América e um homônimo com uma diferença inicial no outrora reino da Polônia; sua primeva é uma jovem rosinha e sua segunda é franco-egípcia e seu todo significat uma queda da gata Christie; de sua costela escaevada veio de quatro a mulher dos seus sonhos, sangue mais espesso do que a água no sólido comércio além-bar; vai às compras deuslumbrante de Havaianas, conde de

Enxada; você e eu es'tamuz nele cercados por prétios escuhórus; Elin quiçá enrede fugas mas Hwang Chang estranhou horóscopos; eliera um dos seus garotos doidões mas numa é'pica de sua viada o ambichonava como [130] cigayrro; Monte de Mishê, Mama do Meu; teve duas venturas cardeais e três afunda'bentos capitu'ais; tem um livro de espião e um barquinho em suas costas; B.V.H., B.L.G., P.P.M., T.D.S., V.B.D., T.C.H., L.O.N.; é o Pun nosso de cada dia, Tuberguloso, Servodca e Ceia; enquanto as ruas eram cobertas de neve ele pôs feltro no topete irado; autodidata em patinação e crash em 1929_{quedas}; distintamente sujo mas bostante querido; hovacionado chaunfetão enganador, acomzado diassassinato; Grão-vizirnho Otomano, de Sultúnica Paxá; fundamaoménta doisversos, expro'príamo todozos zeus páriszitas; o primeiro dos fenianos, *roi des fainéants*; sua Tiara de bolinhozantinos nunca falhou até quium Liaum Falhador a derrubou em Westmonster; foi deposto do trono quando remou suinicamente à nossa damasco e nos predicou pavores como as pragas trazidas de Buda da peste; pôs uma cabeça de fósforo em canetas falantes e escreviveu ao fogo; Lança o dardo e atinge o raio; açucasado com bolos e prostitortas com prazer; até quiele foi enterrado feliz da vida e fabrincou com o anel firmamentoando *Vai Micawbobo!*; deus no topo da escada, dɯfun†o no tapete de palha; o capuz falso diuma teia diaranha sufoca a bocaverna de sua nebulosa visão mas os passarinhos que animam sua natureza morta cantando o fazem amante de arbustos; nos estapeamos sobre o seu sangrento lençol de guerra mas estamos completamente comprometidos com seu manto verde; nosso amigo viking legal, líder nórdico se foideu; sob as quatro pedras junto aos riachos que evaporaram do caliçanto graálcol na alegria dos kellstas; Mora e Lora passaram poruma colina obshivando sua confusão até avistarem o firmamento com vivaldicidade, lanchinelos adiante e a ventania de mahabaratas voadoras enevoou o lago Lego sobre ozúltimos dos moicampos; trevamos por ti no ano de luto, shaunsificador, mas renasceremos das trevas à luz quando o iluminismo da manhã germinar o raio de sol; suas calças listradas, sua caminhada um tanto estranha; *hereditatis columna erecta, hagion chiton eraphon;* acena pro pedreirófilo cum cúchilinho mas canta o tchatchatchau enquanto é ecumênicomido; é uma equação simultânea de integraais elimbinados quando três sobre um é incorreto por inspeção; tem a cabeça de balde confuciano mais cônica de herói anime e esse seu fashion chuchu chinchin é como um kungoloo perneta ao redor da Taishantylândia; ele é tão globoso quantum um gasômetro de $Lí_{tio}$ e $Lu_{técio}$ e $F_{luor}O_{xigênio}I_{odo}$ três vezes dez anos anuluares [131] antes de cordabambear no Raggiant Circos; a pedra cabalística na sua coroa calva é uma constante canina mas apenas um homericano aproxi'maria a prece'osidade do seu alongamento atlas'tico; confrontou direitortos e esquerdadaistas em Bauburdiópolis em sua caça às javaliberdades, mas se aliou com os moderratos que chagaram até ele a trote Caimbaletrante; um hannibal em cartagiguerra exaustiva, otomano doido pra retornar; corpo ardente ao ar raigerfeito do montiaconcágua degelado na avalanche do desejo; entramos nele crionçinhas somnolentas, saímos dele prontos pra vida; fez strep tease pra salvar da Sra. Afogaganso suas rainhas reivais enquanto Gótica shawvosa, Baranga sem shaw e Renegada shawta passarelavam com suas roupas de grife; tashaundo e avaliado, lishemciado e concedido; sua cerberal cabeça dura foi achada no morro do cavalo branco e o rastrovão de zeus pés de porcosteletas foi visto no gramado de sacrificircular cabras; apoia o cego, gestualiza ao surdo e chama mudos, aleijados e infantilizados; Miró'oculoso, Pica-Paul'Cézanne; liderou upp'almas nas leis da Criação e assobimbou um encantador de serpentes sem céu espartilho; caça virou caçador, caçoador virou raposa; howthweiler, casador-alemão, labradorblin, vira-liffey; Olaf o Manotouro, Thorbalhador o Tourável; você saca quieleé Vespasiano e ainda o fantasia como Aurélio; neroliberal, traidutor, socianista, commodusnista; fezum arrastão de verão às nossas praias e mendigou de areia cheia; ele primeiro ruiu a Rota Ragnarok depois destruiu o Maravilhoso Bundo de Marlboro; o monte Cromleach e a colina Crommal foram ozúltimos lugares céulebres onde encontrou a pés quando nossa balançada no grosso liberou a entrada ao Lubar amado; marechalou-se no ramo moteleiro e delimitou a suíte principal; contido antes de petiscar, mal virou o ponteiro da balança mas, engorgado após repasto, carrega uma cidade na suancha pança; Banba poetorou por sua musiconversão, Beurlalíngua perdeu aquele vozeirão dioutrora; um Colosso entre couves, a Frutose das frutas; maior quia vida, há kcer mais rud e durão quia morte; Gran Turco, mestre shaunvejeiro; lanshemburgueiro, napoleãoproso; o brilho de sua imagêniação, a profundeidade de sua saga'cidade maravilhosa, a pureza de sua honra imaculada, o fluxo de sua ilimitada benevolência; nosso ursestral familiar, nossa logosvia tribal; por que era inbecível e por cão ele se judeu; Ilhanda dividida, Irlandeses unidos; tomou um fraudrink em seu dry martírio pessoisis maizela tinha um paladar faminto de gorky e quanto ao salmão ele subiu o rio piracemando pin tuda a vida; chega mais, sem demora huckleburro e tião sawyer, caipatraz; [132] silencioso como abelha no mel, forte como howsphiração em falcão, Costello, Kinsella, Mahony, Moran, apesar de se amarrar na América, seu ogunvernante local é Dan'aedo; à direita, ele é içado pelo desalinhado colarinho do pescoço, à esquerda, ele é racionado em whey pasteis iso'báricos entre os marinhombeiros; uns indrogam-se siele foi evanenado, uns pensam no quanto ele deixou; ex-jardineiro (Montanhão), acostumado à vidaoleta fácil, molharia Rosiegfried O'Gradyva (a docinha) com sua mangueirinha; lençóis esticados e fundas metidas molhadas mas o lubrificado marckintroxa de seda irlandiusou seu Querido impermeável; o gozo que tinha dentro de mulheres chavosas, o emprego que dava aos genghiskhomens; paitrocinador dium pelotãottoo de piercings o'reillys, aliado a um hospedreiro de mentiras cruéis; providência divico contra raio, explosão, incêndio, terremoto, inundação, furacaos, roubo, terceiros, podrideão, falência, nome sujo, acidente automobicíclico; pode falar tão reboiscado quanto sopa de rabada e conversar tão alegaymente quanto um estivador inri'verente; é convicto em seu unionismo e ainda um porquinho nacionalista; Sylvia descolada é beatha pertudele, Mamarujo cheira à piada; mostra os tendões da paz em seu bélico peito definnido; fiofó cuseiro, novicentios y trintiosnovi anos de direitos auchorais; está sempre aberto pra boa polêmica política quando não sol fecha por hórus pradorar a Janus; mama o elexixir da vida dos peitos picklantes da Judia e enraoulvece de mau rumor se algum papa papar os Huguenotes; Bloomnaporta, Wellingterloo, Mar e chal tsomnami BBBlowcher e Supercarga, Monsieur Ducrowalo, Sr. iMundson, mestre em jardinagem; pra uns ele é só pança e juizdeus, pra outros é cheio de feijão e grão-bretanha; halucinação, caoschilo, ectoplasma; fofoi aa ovevelha negaga dadá fafamília aaté queque fificou galã galã lã branco; foi drummontizado por Alice do macoolvilhoso paizão MC'Milligan e musicalçado porum schubertênis; todozos filhadapatricks do emirado lembram-se dele, os gayrotinhos de wexford o apenisdaram de bambu; indanificou-se com tributo a tribo bororo e foi publicamente preso em bristol; foi dado à luz no hce paulista e entumululado no triplex; seu ícone está em Terracota e deixou restos à chuva de ventão; libeberdadê, fraternidadê e iqualidadê; seu reverso faz da necessidade uma virtude enquanto seu anverso mata a mãe pela criação; encouraçou sua navilouca e ficou à direita do paimperial, desamabohomeou nós, desarmou barracas e foi empalado e mumificado; clamovo ao Todopodreovo quando fracassovo no abra Cadovos; basileusro, reirlandês, reibsen, reidosreis; desembocou na foz do Danúblin azul, [133] daí atrocou em Bachlaclava bemtemperada; um eldorado ou ultimate fight; um afrikraalno de fogo stcotcês, um meseguraqu'euvoudarumtroço de cinco bares; liderou mercenários de pintores mal laveridos na caça aos seus ancestrais familiares e depois alegou dupla problemalidade ou ligeiríssima defesa pra abafar o bafafá; jogou pedrinhas da sorte por cima dium ombro machu'cadmo e dragoneou pessoas armadas atébas os dentes; reidomalte como Gaudio Gambrinus, cemitérico como Potter, o Grave; o às dazartes, diadoisrin di damas, problem'às de paus, quatrorror diespadas; general cabrón, cambronne, gemem'as ice'tias siriricantando no tambordel mas três numa só arrebentam a balança; rebobinou o filme lado b de anne bracenta cinta em aiô Silver no Telacine mas foi sequenciado set afora como o retorno do Corcunda pelos shakestraordinários titulares, Rick, Dave e Barry; ele pode calendarizar tão primaveril quanto vinte e dois de Março, mas pácoasionalmente Ele não ressuscita antes de Virgencinco de Germinalbril; seu nome Ianãonômis é Objibway e seu tupinumber em aritmosofia está nazestrelas da Ursawá Maior; pegou pistola na província da pica e deixou bumbumdear sua linha em Eelwick; move-se em ciclos vicosos pero parece o mesmo; os ratos diesgoto abençoam sua buchada enquantu us pássarus do parque amaldiçoam seu dilúviodoso farol aceso; Portobello, Éguafaceira, Terracocota, Perc'orello; esbanja em hotel e travestidos a bufunfa batalhada em Wallterloo Street; seu nascimento comprovadamente indesejado mostrou à morte seu grave erro; nos trouxe à hera dos gigantes da terra mortal dos jovens e caosfundiu Apostolospaulus com o thornado de seus puns; embora satisfeito que macias moçoilas muchachas de brilho incomparável divam se tornar belas madonas peitudas alegres e sedatoras ele fica pluto que barrigudos homens zuados e malshemrosos ofusquem transudus meninus lindus de barriegguinha tankmente sensaciolhal; mensugeiro distórias cubeludas, é todo en trigo; despoisoldou sua tia e dotou seus netos; ouça-o mas quietinho, pinte-o e contemple; tempo é, um arcebispoeta, tempo ido, umentrada pra merc'atores; correnteza incendiária do abismo, escarletra cicatrizada na testa; sua fé'bre chega azalturas ao pôr-se de joelhos enquanto a temperatura média da grausma marca três à sombra; é o ponto de fusão da neve e de ebulição do álcool, teve um arranca-rabo com as quengaceiras e depois se fez justiça; sujeirido nos capítulos escatoirlandógicos de *A Justiça da Paz* de Humphrey e persegípicio pelo edeaditor Thebook que farejou cera atrás do *Bicho da Surdez*; o rei corno e alho tava **[134]** de canto mark'ado pra morryr, a rainha isistava inclinada a um aimor avashaunlador e shem depilar, as donzelas bustavam no seio dos arbustos apeitando seus espeitilhos, os pimpolhos dos guardas pra fora (pomp!) e a ex pimgada dispara; a todozos seus shaunbichões elierigiu uma pedra e por todozos seus puxa-shemcos plantou uma árvore; quarenta acres, sessenta milhas, faixa branca, faixa vermelha, liavou seus pés anis na canhoeiranna; quem é mister porter e por quemte desejaria sentar-se no paurlamento de Pipimlico mas o cuagem a defunder Sue habeas corpus expedido?; Senhorlandês, Senhorlandês, tende puberdade de nós, Edmound, reigreja e mártir, catreval no Leste londrino, Sãopedra-les-Cada no Encolinado porterluterking, Sãobach-te-Comeu-na-tocata-Troca; cavalão de potrancas mal-da-madas e mãoior casamenteiro desejou o príncipe de Orange e Nassau enquanto deixou trinity collegeais pra trás Mendigando como o cadeirarrodante Billy-Fracassó; cara de pau avelhãco, piscina nedublinosa; transforma revolucionários em gadeados e um poço Artesi'anal num fênixpássaro da Arábia; o mãoralismo meshemcano em sua fridakara, o stockhausen♪xenákis♪flomenezes em munch's exprussiões; sua literaterra mital tá além do point do herói dramático e sua cova tá num fundo de quintal; é o tiozão do quiosque na península e bon jovem ilhotel de Saints e Sábios; andou muitas centenas e muitas milhas de ruas e acendeu miliuma luzes noturnas em hectares de janelas; sua grande capa templária ocupa quinze acres e seu pônei branco empina ante douses portais; Oh triste a vela e pobre o leme que singraram pra Amairie Quai!; seus solcessores, os hunos, suas herdardeiras as tártaras, já son grandinhos; repeliu de sua tempestade os raios de Ostende e esgrimou cada relâmpago no fundo do seu pato; problema yinpessoal, um enigma locativo; bem ereto, veículo de arcanização no matinho, capim'tulo de mentidas, nilonundações egíciclicas através do ptolomar negro; uma parte do todo como um porto pruma moby dickens; Caro Hewitt Costello, Equinobre, estamos reluzentes com nosso passeio e olhamos traseiros de outro bundo no verão, desde Rhodajaneiro Dundrums; está acima do nível do marçã e fora da zona leguluminosa; quando vínculos maizantigos enriojecerem corações caislejados o lucifernix se semelhará à ela; pode ser construído com cola e recortes, rabiscado ou pichado num cavalete; a expressiva noite canta sua história, a canção de notáveis pardais em sua declamação telefônica; ele rasteja com piolhos, faz muvuca com saggayrdotes; é quieto comuma [135] mosquita mas pode ser ruidoso como um sinogago; jardinou Dilmun quando seu paraíso sumério florescia e Mublin quando lhe quebraram as nozes; chupa oceuanus, beija ladies à vontade, um lábio no rego e um na prega do cucansado; seu porter tem mãos de ferro e seus padreiros o biscoidom da broadway; onde quer quio vento seque e a chuva devore e o sol gire e a água esbarre ele é exaltado e humilhado, reunido e fragmentado; vá, fomos iludidos, volte, temos fantrausmas; arquipelagulagou a ilhOstrov, mergulhou no Inferus, nadou o Mabbul e flutuirlandou de escóciastas o Moyle; uma graxa, um gorducho graxioso, de graxa infinita, sim eu pingo sim graxiosamente; falou nãoénão ao véio safado, antiquado, disse não ao escorbútico, escorbútico; ele fundou uma casa, Uru, uma casa ideo'gramada à qual predestinou seu destino; pirateia de bandeira de corvo em dinamarkampo da paz; bulinou o anel luminoso do seu escúdeiro quanduele seapresentou a shecookholmes como Gagalo, Formigay, Javéli, T'ourodoreno, Urubu'rei-da-vela, Mongóltico e Gambá; usou cerveja dazantiga pra expulsar o mal do seucoçar; pôs telha na loja machônica pro Hyno e pinto na caçarola do seu gigalô; era garçom deão bar deuspois pan e circensor roubano deuspois magnus papa-hortaliças; o alcoolismo quio tombava, os tipos que caíam sobriuele; ainda que desvirgine nossas lebres engole nossa cabra; louvre dibolso balsa do louvre, se correr o tiro pega se ficar o tiro come; a luz doutros dias tristonhos que trevam tristes; nosso péçamo pai, Desertorturador dos Tártaros; enigaymático, imprevisível, chocante, mais quisso, perturbador; foi bufando do burgo do rei em direção a novos costumes, ezeusbindo a corcunda dele pra cada lei violada pelo abuso totalitarista; com a Pá e o cacetete do novo Papa pesando sobre novos ele é a foice e o martelo enferrujados de Papapa que Papapapa nos legou; quando jovens eram os cabeças sobre ombros velhos e pescoço enrugado; lambari fresquinho todo dia, pirarucu pescadoristorizado à noite; veja Loiryon, camaleão que mudou a história endócrina por carboidratar seu pão com quarenta tipos de grão; ela o ensurdeceu até quiele a cegou; as pombas pousaram sobriele um dia na Brasiléia e na noite seguinte os corvos daescuridão lançaram nele suas redes atrás da pedra portuarbórea de Kingstown; triunfo da república, conforto do privado, prosperidade do bar; sua cabeça de merdeira é ideal se os pés forem de barro; ele caiu na fenda do parque, árvores tombavam tristes, enquantuele voava no vácuo da fênix, tomando stalingadas; parece uma pedreorgulhosa montanha e soa como um palavrãozão da porra; a vista da montanha, alguma luz pálida [136] em volts dium lampião de açúcangaço em banho maria bonita; três balas um pudinzinho acima da buzanfa; em ho'ménage à Miss MacCormack Prometida de MacCool que fugiu por grania prametida com o Ousado Diarmad, fabuloso e enfeitiçaodo; eruma vez diamante e grana cortando o clima na hora diamart; vosmecênas pode encontrá-lo em Florença mas olhai-o por nós no Wynn's Hotel; ali tatá 40% de arco no seu licor po furado e sua caipirinha de lei e alado tá seu mangalarga branco, em marcha fúnebre; Adoçuecado Albion, provávil vilão do lugar; Henrique Conanterel — É Picasso das Águaláxias, egohinduísta, limitado; afrouxamos nossas cuecas e liberamos nossas pulgas aos pés dium monte de sade pra se coçar; construiu a catedral de Lund e deu finn ao fiel terra na igreja; quem adivinha seu título arrebata suazobras; peixe fritz senn batata, alá curte; espertinho Juke usandum jeans Wyllys; Finneral de Huckleberymbau; Kukkuk Kallikak; olhouvido na câmera e outrolho no flash; bendito é o réu entre as juristas, banido com chumbo grosso no traseiro; esaújacólado no pauraíso, feto na barricaos, nascido na terra; seu pai presumido foi boia fria nazoras extras e sua mãe é vidente mente fez a puta dela compartilhando o cor'pão; um lava-pésparazzi no Magazine, guarda desmontada por Vulvarosand&junior; caipintão honorário de enorme mangueira no corpo de bombeiro, amigão da police-dance; a porta ainda está aberta; o velho espartilho está voltando; não esquecendua vez em que vosmichê riu da sunga branca de adão Hélder Câmara E a maneira como disse que todozos municipesnis podiam ver suas pernocas peludas; eskersseu a fantasia de marinheiro noruegays iéla pendurou melancia no seu pescoço; quando seu caldeirão virou um coração arden'tersites nosso presunto de grego atróiou fogo ao liffey; seu premiado short cartinha do ânus foi criado por mãognificos ensaístas, seu mestre-selo imposto pelo padrão pierrouro cunhado; um par de peitorais e um biombóceps triplo pro marombalão; acendeu o cachimbo cuma resina da boa e contratou um cavalo pra tirar seu cabassapato; cura o escorbuto dozescravos, espreme os furúnculos dos barões; ligou pro vendedor polonês e foi encontrado mais tarde nu quarto; tem sua sede de justiusça, sua casa de merciusricórdia, sua popconucópia e seu campo de centeio; prospector, ele tem mochila, retrospector, ele segurou picaereta de alpênista; conquistou a liberdade de nova boyork pra mentes da julgoslávia; gandhi ativista, devende a não violência e é uma górgona do autocontrole; manipula o povo bobo da corte com brumadas informações sobre um alamante vale do sal doce; meio quiouviu a solteirona La Belle de jour se declarar a seu Grand Amount e esperou o fogo da vida [137] se apag'ar junto à sua lareira se perguntando siera hebreu pornô de 50 tons de céusza ou astrônomo da música águatro estações; seus problemas podem ter acabado mas sua alma gêmea aindestá por vir; a panela de lagosta quiagarrou nossa embarcanção, o anãomal de jardim que estragou nossas ervilhas doces; está num Δdorável lindo parque, o mar é pertinho, cidades importantes de X, Y e Z são facilmente vistas; é uma excrescência pra humanidade civiliousada e apenazuma verruga na Europa; da palavra foi feito canto som sentido e ele quer significantar todazas palavras novinhas e nuas empregadas plausivelmente que o deixam de plural duro; tem o anel nibelungamente largo e que cheira à valquíria; cobiça ouvir sussurrios claros dium thâmmysa; é um príncipe fingallian e um hooligan são-vergonha; tinha um jeca tatu pra zelar purele ium francês pra fazer nana neném ium belga pra alemãomentá-lo ium fritzceiro pra eletrizar sua imaginação; foi acusado porum pecado nu parker e por sacar a pistola prum tal berkeley; dá pontapotes de lentilhas quando o primogênito soluça e joga biscoitinhos de Jacó, tempo após tempo, aos pobres ondarilhos na paróquia; lê os encantos de H. C. Endersente a semana toda ao entardecer e os crimes de Evão o Terrível todazas manhãs de feri'adão; te ensaboa a bocara suja e dá um tapa no próprio visu quando a bad acaba; tem o barriu de bebida trapista maizespecial daistória no intimista Mullingar Bar; nasceu nuad com a línguolher prateada na boca e courontornou a costa de Erin com a mão esquerda apontando o seanário; levantou só dois dedinhos e ainda cheirou o pun nosso de cada dia; pra quem é mais fácil avistar o mar em Ebbl'annah do que eu ou você acharmos uma moedinholandesa em Dampsterdamp; viver com ele erum pesadelo e amá-lo eruma educação liberal; foi mergulhado no Óleo sagra'Deus e batizeusdo nu Sant'Óleo; ouve um grito na rua mas enche o saco dickens prega; todavia vira azoreia do Sur'Dario ao agora totalmente enfurecido papai Deus céu; fez moedumana em alto relevo pra alavancar e forjar granaã entre hebreus; gosta de comer bundim às seis quando chega ao lar doce lar; passou por todazas bebed'eras da sua aventurosa vida dos licorpos de uísquecimento e champanha até as caipirinhas e garrafas de cervejescura; woodywilliam o cineasno n.º I, henricão o tiozão que dá VIII, chargeorge II o flácido, ricarduescritor o lapênistorto de III cm; se uma mãedrágora gritar as urubrutais dores do pato sobrevivendo ao gran finnale de seu nascimento a pata selvagibsen lamentará amargamente a ressurreição do patife; perde peso ao luar mas o recupera ao pão do sol; com um toque [138] da natureza levou sorrisos ao tristão mundo velado e deixou numa folha de seda isoldadas memórias de três cárceres; quem podia ver num pescar de olhos um salmão fisgado num anzol, corçadores corçando uma corça, uma balsa de estudos a toda vela, uma batina branca levantada porum anfieltrião; enfrentou funking ostentação como o velho Rei Cnut raçudo e como o augusto Cincinnatus haroldo os seus campos; é vovô paterno e maisterno e papai Noelstro assim na terra promeantiga como new céu; agacha deflorando a boquinha da garrafa e usa tapa sexo quando porta-bandeira na céudade deus samba e nu porto; entorna whismickey no cume pero no monte busca uma pluta força pra ficar de péteta; gagueja antes de cair e dá piti quando é acordado; é Timb alada na manhã perolada e Tomb ado na noite de luto; e siele tivesse tijolos pra ser o melhor padreiro da Babilônia pra céusbir lances de escadasdos se quedaria mal pela fall ta de só maizum pálidolelepípedoblin no muro?

Resposta: Finn MacCoolnaíma!

2. Sua mΔmãezinha rioconhece seu microfallne?

Resposta: Quando mi torno miopata, de perspectivas sonamburbanas, é do seio da minha filhial pai'déia, que noto orgulhoisis, esse porterficator, e circumvall'ator, com sua vulvoqueira dama da noite, plurabellardomecida ao seu lado. Ann alinda, seu riobolado, faria montanhas perderem a cowbeça, e os ischönbergs da Islândia derreteriam em ondas de fogo, e sua colher-me-acolheria e sua mar'sagem-me-ondareceria, faria o Bravio Ossiano, ajoelhar-se e engolir tudinho tocanduma lira! Se Dann é danado, Ann é donalda, siele é plano, ela é pluma, siele é sãoto, ela é sãofadinha, com seus riacachos ruivos, e suas cajolerias regatadas, e suas brincorredeiras gozadinhas, pra despertar seu pênisadelo, ou lambuzar seus sonhos. Se o cálido Hammurabi, ou o gélido Clesiastes, pudessem espiar suas brincadeirinhas, paussariam dos limites nuvenmente, rionunciariam a seus reinos, e denunshaunriam suas mar ações, por rio e river, e uma noite. Amin!

3. Que título é o verdadeiro leitmotiv do livro-em-movie-mento pra esse Tic-Toc icônico que emoldura de branco um quadrado negro, ondiuma cobra tá na mamata e azaves de rapina empoleiram nos bordeis iuma maga patialógica quer casa com micomounje ium riopardo foi poluído, que não seja Mau-olhado Finnvelado nem Casteholocausto Shemterra nem Haraldodecaospa, camelôrd, nem Vaticânus, viticultor, nem Casadepalafita e Povãoado nem Plura-luz-de-Belles nem O'Faynix Culpássaro nem Morada Entre Quartoparedes nem Deus de Ebblanu nem O Doçante [139] O Melhor nem a Lea do Benjamin nem penislongo Baytholamew de Que-Fazer Moscovita mosquito Mouscazart nem Corry's Bar nem Mardeminas nem Ozarcodalapa nem O Bambambã nem O Clube Duísque nem O Uval nadica Gandhioso nananinonada Splêndido (Infernaus ou Angelicaos) nem tamporco *Erat Est Erit* mito menos *Non michi sed luciphro?*

Resposta: Tua orbesidade, Ó macoolco cidoidão, fere a felicitude de nosso orbe!

4. Qual é a capitólia cityada Nairlanda (a querida o deada!) de duas sílabas e seis letras, diorigem déltica e gr'ann finnale ruinoso, (ah pó oh póvo!) pode se pavonear por ter *a)* o park públiko mais extensivo do mundo, *b)* a indústria cervejeira mais busiguiness do mundo, *c)* a via piupiulacioanal mais expansiva do mundo, *d)* a paupaulação

mais copulosa y foficamente pobreberrona do mundo: e harmonize suas respostas abcdoidas?

Resposta: *a)* Delfast. E quando você ouvir os ourorrores do meu coração, minha tecelã amaodisseiada, pulsando noivamente contras costelas de sua raiosistência e os parafluxos dos meus rebites thorbalhando pra sua distraição vozcê ouvirá somluços pecaiminosos quando cavalgarmos de pernis pro ar, você com sua grinalda laranja e eu com minha grimmvata cordial, pelos engraxados rumos da diverchão até azáguas da vida molhada, *b)* Cocoricork. E celtamente você pode ter bigbons sinos antigos em quarker canto, e toamar *um pé na bunda*, como em Mashaunvequeiro e como te shemduziria com minha sutil descoberta noitável iuma superior atuação sêneca de perder a cabecinha nu seu frouxo bacúanal puxando seu caibelo com esses dois aduráveis pausmaus na mão adornando a beleza de seus tornozelos e sua boquinha de lablioms rosados e submergindo ao ensaboado discurso do populista prateado. *c)* Nudesblin. Isha, pur que naum seríalmos felizes, amoremito, com a grana do moinho quio véio safade deixar tão logo eu tenha minha senzala brooklyniana nos porões da casa grande georgiana pra recrutar por ordens espechibatais do Doutor Bochecha e minha parnella de cobre com picante molhuísque irlandês de soja na minha mão leste e um cashaunceiro James Joyguiness na minha oeste, depois de todozos erros e bebed'erros tomados nos botequincas pelas bordas daistória combarativa, e ocê se reviorando sobre a manteiga fresquinha (*mais* poder procê), a mais procurada e a mais barata de Atlanta a Oconee, enquantuisso eu vou sonhar em comacoolico no finn do jardim. *d)* Gagalway. Fisgay minha [140] primeira histrótski de pecaidor em Spanifish Plaixe, Mayo yo construo, Tuam eum visito, Sligo é sligante mas Galway tem graça. Enguiado de Deus e Santificado Salmon, peischubert e peischönberg, Ferrodin naum é *sua* arma gêmea! marmurou ela, pulanndo rayuela, *abcd*) Um simno um simno na Caimtedral Shanding Dong, ond simnos noitalinos insinoam o povo cristonto, Shand louva nossas duras pênistencias ao *paunosso*, nosso *canetudo* cristão *Shandy*, paygue o *dizeusmo* em nome do pay, meu naynaninanão *Iguallllllll*!

5. Que escandinaviado diuma figa tomaria o porco de cristo, afanaria anciânus, envenenaria leite de cabrón, assustaria de tempos em templos ozandarilhos jackdaniels&jill, desperdiçaria macias

picaeretas de paustores pauspais, homo por dentro anjinho por forasteiro, shemria shaunfariz diágua suja em torno de alphavelizold, disseminaria fake newdes, tabaco e doces, trembalharia como caipintão do mato, chutaria igrejas, beijaria os pésnis de fídias malalfaiate, gritaria somcorro somcorro balansomdo sons cabelos depois de ser assomtado, alimeteria três crianças, lustraria botas maluquetz, ileãominaria toda noite com a chama dium cãodelabro, sescravizaria eternuamente pro caimpetalismo, afiaria suas fakes, hospeidaria em sua pum'sada, iludiria finn'eis pelo métoldo da ruimligião, recla'maria e deus'pais sentaria a bundinha num bondinho, X.W.C.A. em Z.W.C.Ú., Burrocomumaporta, Limitado, ou $ócio Majoriotário do Bayr preferido do showburbio, Waldendor de Vasos Sonhotários & traficante de Filhos a'sonsciado à Cocômpanhia H. E. Chimamanda pra não escriatores, meritocretino, conshemlheiro finnscal, shaunpeiro ou cirurgimão, issymio traidortor duidioma irãndês, conchistador ou maior'rinheiro noruegay du peidaço, marido dialoguel, reight do gado, senhor feudal, pentatleta, sério quando convém, mercenáriu capitu du exércitu, cashowceiro profissioanal favorecido pelos alcólicozanônimos, elié paiternal ausente em relassom a mimimim mas econômeucu na céuveja, não, *issy* ele naoé?

Resproust: Podbre Juaum naumgay!

6. O que swingnifica o slogan di salão Invocando A Lavadeira Pãe Diná?

Resposta: Tok you. Glória ao deus Pauno todo limpezozo assim da terra como do mel limpai-nos de todo mal amémsado cocô de porco roncai por nós mãencha dideus a quem ofloreço preces e os céusgredos dele por zombar meu sobrenome de Tika solteiranna. Eu sou a que chupa o mel do seu favo bzzz a sua Abaylhinha e aqueemla que derrete velas e que viuveu o massacre de colonos servidos como geleia no negro dia do grandublin piquenique de Gomorra e temora quisso faça chover elogios ao Clima ditoda Irlanda e quieu ouça os [141] paissauros e forneiça leitinho puro pro teu shaunduishem noitural de apomas cinco pence cada por perna de pato. Tuk. I quem estocoito ozúltimos petit gateaux que miaram nozanos do sarampeste i quem qui deixou isso aqui i quem colocou acolá i quem permitiu o arranca-rabo do ogunvernadoido de kilkenny com o patéticat presidement Tek. E quem vosmecias apoiou batendo o paunela na varanda e qual o numes do lunático que você esfrega na flor da raizão praticagando pumblicidade cocôm *Merda*! Quer um paunelaço? Taokey.

7. Quem são esses parceiros componentes de nossa societate, o porteiro, o lixeiro, o bom soldado, o bandido, o espremedor, o vadio, o cocheiro, o tourista, o cogumeloman, o boa vida azul-zulu, o escritor de enredos explosivos, o papai noial boxeador, dos pantanais salgados e prados de Donnybrook e dos campos de Roebuck e dos Greenmados de Arountown e Crumlin mas tamém dos grandes sertões de Kimmage e das veredas de Ashtown e das caatingas de Cabra e dos serrados de Finglas e dos manguezais de Santry e das araucárias de Raheny e suas foalhas e Baldoygle aos que chão réustardatários o ano todo por antecipaixão, são os porters'dores das paixões em virtude da raciocinação retrô, e, cãotribuindo cãos suas cãotroversas cãotrovérsias de diferenciacão, unificam suas voxes num voto de vaticinação, que massacram os crostãos em nome de deuspredação, derramam o hidromal sobre a miséria pra semear intoxicutação, perdoam todo mal por juiztificação prática e condenam qualquer bem pra sua gratificação própria, que estão sob ditadura, amarrados, enganagados e mãonipulados por aqueles caipeitões daimaniacus, os que rasgam constituições, consternação noturna, fornicação quinzeanal, misericordiação mensal e recreação onianual, débeis governamentais quando deliberram mas sullivans quando pegam espadas, Matey, Teddy, Simon, Jorn, Pedher, Andy, Barty, Philly, Jaimesy Mor e Tom, Matt e Jakes Mac Carty?

Resposta: Os Morphyosdaputa!

8. E como guerram suas maggiecats?

Resposta: Gayrriam armando, amam somrindo, riem chorando, choram cheirando, cheiram somrindo, somriem odiando, odeiam pensando, pensam sentindo, sentem sensualizando, sensualizam ousando, ousam fazendo cú doce, cúdoceiam enfeitiçando, tomam agradecendo, agradecem querendo mais, como frutos do abandono e das falácias do amor pra viver e casar por obrigação e sem gozo pela convenção socifloral que prende a rosa [142] ao jardim dicasa, e eis que chega o ânus bissexto, pintoanal trainer e diquatro, Doce Ladra-do-meu-Coração fisga maizum homem.

9. Agora, pra estar num novo ciclo e se usuflorir novamente no panaroma de todazas flores da fala, se um ser humano devidamente

fatigado por sua cotidiadeidade na sujavilização, tendumafinada cabra iuma harpa entre seus mitos dedos e viajantes duespaço a seus pézeusdeuslos e tristãomente psikarnalisoldo por trás de sonhos tão caospreensivos quantum hamelãot príncipet camelôt da dinamarket, estivesse nesse instável pretérito passado presente, nozestados da suspenshiva perda da consciência, acordado, pelolho dium hare kresthino, com uma visão audiovishnual da antiganesha copenhagen com todozos yingredientes e noitórios labirintos e maneiras pelas quais na maldyangção de sua persistência o curso de sua histórah viconianna era cíclico, a reverberração de trovões quebra-vozes, a reconjuração bayena de nó lacanbaiano, a redissolução desconstrutiva diumamente pré-moldada io consequente enforcamento Hoelcional dela, poderia tamanha anomalia, ainda quios madrugaydores rei'manos se aproximamem e até quia intempestuosa Énoix pegue o gaylináceo caetando e amanheça radiante ao lado de lukács, mais-valia um pênix na mãox duque doix queimando, como quando a carne dium se fez verbo e veneno dioutros, o fluído vital, as folhas caindo, o nimb agora niilista rodeando ossian'samente a novinha cabeça, os gladiadores do ventre, todozos riosvais desembocaindo no mar, shakespreamiados, Ó desastre! shakespeardedores, Ah que star'recedor! mas Heng puxou o noériz saxão de Horsa e Jafé tem traços de Cam em volta da boca e o beaunitão que resplandece beleza pálida cai morto, que rosar-segall e lyarangia-clark oiticiquem tarsila-duamarelo e verdi-cavalcanti, azul-ophake e anil-malfatti! Nuvioleta deflorada! então *o que* aquele demiurgo parece parecer parecendo parecildo, foda-se tudo?

Resposta: Um caleidoscopulador!

10. O que é o amargor do amor senão dor e espera, fruto proibido que abrevia o fogo da alma até que das cinzas retorne a magia?

Resposta: Eu sei, pepettelinha, é claro, querida, mas ouça, preciosa! Gracias, petite, essas são lindas, pinouchettezinha, deliciosas! Mas cuidado com o vento, docinho! Que mãos felinas tens, anjinha, quando não róis suas unhas, não me admiras que não te envergonhes de mim, porquinha mia, periquentinha perfeita! Vou te acariciar num minutinho! Aposto que usas a melhor loção Pairisiana de sua peiteadeira pra [143] fazer os mãemilos tão rosadinhos parecerem mais acesos. Eu conheço plurabella. Ela faz gato e seupato de mim, sim? Pouco mimporta! Dá três cremadas por dia, a primeira no banho e higieniza com lenço emudecido. Então maizuma depois da limpeza e é claro antes de tumbar na cama. Juro em nome do paw, quando penso na esposa de Clancarthy, o fweetboleiro, do partido sociacionista com os seus mamilões pretos, olá, Prendergast'arado! que até tu, Birutus, e todozos seus quatorze outros atakants mahlerqueiros ou laterais cracudos ou joãogadorezinhos espanhóis, tomanduma com Lord Orrery, justamente pela vitória ganharam ovo e provincianna colher oval pra tomar com Baldoyle guaraná. Meu somtaque Eilishemse semeia sua admirashaun. Ele está buscanduma warbertura e pensa em mim como a primeira a colocarterloo dedo em sua la belle alliance. Zeloso' nujogo duamor! Gregor somso com todas. Tal como espanhol. Chega mais, a aranha falou ao penislongo! Simplesmente delicioso! Como Róimão e Joãolieta. Eu não ando otomano tanto turco a eras e eras! Me lembra whiskysitice, chocolate à moda d'alma. Strauss'ordinário! Por que, o que são todos, apenas uma cambada de sujos? Merde! Eu não pagaria três grampos pureles. Peppt! Pode crer, mantenha rijo! Me pega de jeito. Putz! Entra grandão na Irãnha. Puutz! Por que meucutuca? Não, apenas pensei que meucutucasse. Ouça, benzinho! Claro que foi *fofinho* da sua parte, miserável, lembrar meus orgasmos chokants, meu desejo muitas vezes desnudo quando você rolava pelos exuvais e antes quieu mesqueça não esqueça bocê tá, nas suas projeções à minha persoanaulidade, ao dar um nó e borromear minhas lembranças, voltarei sambando na sapucaim de saltos vermelhos até o final da lua, mas veja o quio bobók cabeça de repolho conquistou e, que contas prestarei ao gracioso céu, de masturboração em masturboração lembrará das novinhas maquiadas, sendo eu uma belezura de parar o trânsito em minh'altivez e eluvância mesmo quiele estiozãovesse a velhões de quilômetros da minha juventude pra vivê-la, o revéiorrendo Sr. Polkingtone, o trafinncante cuniânus de carnudas fresquinhas pra quem Madre Brownha me aliciou em ralações perigosas, com seu penico de Outubro (no popote dela!), rangendo seus cambitos caquéticos como um velho estourando pipeka na paunela. Arviador, advoaguado, terraplanista, fogorinista! Estou bem, muitíssimo obrigado! Ha! Oh lembre-se do seu pipi no meu popô. Vou moumá-lo na bouca. Mummum. Local engraçado pra por um dedo! Senti muito, juro que sim! Oxalá que oxê nunca me veja nua no meu [144] anuversário tutumente alushownógino e tuas tristes e tão brancas mãos apodreçam de lepra mesmo que maggiecuolhinhos pisquem varinhas e aposto pela sua mark escarlattes que depois vai flowertar com todo espelho idelal e os pulawdores de cerca vidrados na sua barrioaguinha! Haha! Suspeidei desde o princípio quieraela! Afoguem-na! Que a queimem como bruxovelha estéril! Então ela diz: Tai chi chupan? Bem, eu disse: Medo obrigado: e ela desejou quieu não brochasse se a considerasse um pouco estranha. E se comi até mimpanturrar não sou michê. É claro que eu sei, pequena, você é tão zeenducada e dedicada ao autoconhecimento, tão natureba, sua irmã gatamazov miaunhosa! Imploro pela revelação do seu buda. Maçãzinha, cobrinha, ciclistaozinha! Meu absorvente reutilizável! Quem te afogou em pesadelos, cara pálida, ou você pirou o canetão? Uma lágrima passou pelos portões do teu orgulho? Meu caminho na encruzilhada, doçura? Sim, os botões-de-ouro me fofocaram, miabrace, foda-se tudo, e te beijarei de volta à vida, meu pesseogrozinho. Vou te deixar na sofrência, ameixinha, e não to nem aí pois desprezo o namoro. Baúgolpeei-te, doce senhor? Sabe por meuzolhos que sou uma ternurinha. Pode ler minha verdade através do brilho deles? Morda meus risos, beba minhas lágrimas. Penetra-me, volumoso, enfeiatiça-me forte e goza-me desfalecendo, não mimporto cu recalque dazinvejosas. Chama-me plurabella, aqui e agora empodero-me por todozos tempos! Arriscaria um agente de terraemtrânsito por Magrath ou mesmo aquele mendigato de botas do Post. A chama? Oh, pardone! O que foi isso? Ah, você falou, kem naumsicosmosnica sitrumbica? Mais puloesias de Saci-shakespearerê com canto parangoalegregoriano ou uma ejacaoslação no jardim d'alma. Se me jogo nas imoralidádivas? Oh, você quer dizer a luta pelo amor e iansãbrevivência do mais belo? Tátátátá, abrimos biscoitos da sorte em casa. Iuma vez por semana eu me aperfeiçoo intereshawda nessa Nova Mulher Livre cum romance psicaoslógico. Sempre me regozijo como Super-Homi em voo Superavitário pela Donzela que Paga as Contas. Mas sou o mais piadoso possível. Vamos jogar cerveja benta em Brahm Skoltoker e dar-lhe a emoçãogue de nossas vidas. É noite de Drá cu la fora. Por deus pau todo pauderoso não façalvoroço! Escancare as persiânus, maldito seja, e masturbarei qualquer monge sonador por amor. Santi irriti di cacildis, como minha alteza iria cavalgar pra inflamar e dobrar sua banana nanica enquantueu passasse minha olím pica pira acesa (pra me adorar [145] lá e então deixar de existir? Pra que, flowereção?) seus pelourinhos encravados se pelô menos tivesse um. Se estou rindo contigo? Não, amadamante, não morro de vontade de gozar docê, adorada. Nem um pouco. Tão verdadeiro como Deus fez o popozão de Maumãe maior quia modéstia de maudrinha! É só porkkk o rizão é por eu ser só uma garotinha, amável compainheiro dos mães sonhos, e porque body velho não está nas riosdondezas, meu trinstão que manda tulipas, como aquele papa veadinho'puff de Daveran nos papando as nádegas. Que nervo! Ele acha que é pra isso que serve a sacristia. Quão vã é essa esperança no coração do clérigo Que ainda persegue a arte adulta dium picasswfit, cantando de Galo quia batina suja pelo Deusejo fará a πSuecanalhista perder-se no leibnizrinto do seu semblante! Pé-deão-cana manso. Abençoai-nos com Margueritas, espero quieles atirem longe o molde ou teremos tiranos como Belsalazar e Surdãonapalo com assomsinatos médicis por todo lugar. Mas guenta firme até quieu conquiste o sufrágio univerchave e ensine a ele quia roupa usada pela mulher não é um convite. Por causa do brilho da aleigrejinha Alicenopauis da marabelosa isabel. E ademais, seu lance-loft de dedos, eu odeio só pensar e pensar em ti e também, querido, é claro, monamu, sempre fui predestinada a um engenheiro do collège de france, pra ser miomarito, *nomme d'engien*, quando invocamos e pactuamos com exu sanguescrevendo absalvação ao casamento com a leitura e a escrita pra favorecer o negóxiossi de agorixá isso nanão demorará mito prele pombagirar comigo e oferendei-me desde o dia em quio caimboclo me descarregou da iemanjángada, meu salvador de heróis, até a praia e deixei em seu ombro um cabelo loiro pra guiar mão e mente à minha meigorduchice. Sinto muitíssimo! Miliomulums perdões, eu stava escultuando cada palavra preciosa lapiadada da minha querida língua mãe caso contrário como eu poderia sacar o que você pensava da grania da vovó? Só me pergunto se joguei fora minhespuma de barbelizar. Enfim, aquistá meu membro, na garganta da minina. Graciosamente teu. Toca tua boca na minha, mais, preziosa, maismais! Pra miagradar, tesãoro. Não seja umazinha, não te abundonarei! Sh! nunquinha! Um cricri puraí! Cooompre! Estou voando! Ouça, pippytela, sob meu pé de laranja lima. Cê sabe quia porra da árvore é contra pedras tumulares. Assobiam hesitados. Guardai-nos do lobo mautner! Então toca toca troca, cigarra, pra alugrar for Migo!

A entradinha do anfiteatro, irei antes de ti, então, e tu tá [146] nu teste do sofá atrás das cortinas. Ele é timido, pombobinha. Não esqueça que há uma audiência. To perdidão, anjo. Abraça-me, capetinha! É o nosso tête-à-tête. Escuta aqui! Sensação! Fodam-se, todozos quatro mamalujuristas machiistas! Que pernabambeiem, o Grão-mestre cervejeiro e seus onze irmãos de copo por doze beberritórios. O Velho Cú de Bêbado que não tem dono requer ruas largas pra fazer balburdia, com Miguel v. Nicolau. *Aves Selvae Acquae Valles*! E minhas vintioito passarinhas amestradas, empoleiradas! Deixe-me apontar sua dança alucianante. E verá que sou autodoidata. Todos os saidinhos querem agradar. Espere! No nome de. E todozos orixantos. E árvores natalinas a Saint Yves. Tussa! Amém! Tem Ada, Bett, Célia, Délia, Ena, Fretta, Gilda, Hilda, Itatiba, Jess, Katty, Lou, (me fazem tossir tão certo quanto as leio) Mina, Nippa, Opsy, Poll, Queenia, Ruth, Saucy, Trix, Una, Vela, Wanda, Xana, Yva, Zulma, Phoebe, Thelma. E eu! Os gayrotos tropicalistas estão indo pra igreja pra que confessemos o vício da cigarra e sejamos labiossolvidos pela Formiga Providança sob penistencias por pecadrogas mortais. Quando sua noiva casou, todazas minhas acampainhantes começaram a tocar. Um anel um anel um anel rosado! Então todo mundo desejará ouvir sobre isso. O desejo é pai dos meus pensamitos. Mas plantarei um esquizofrenigma pra nomenclausura vossa. Enquanto saem com a profissioanal de Chupeton Mall. Pombos de luz voarão o mundo com minha mensagem da pazlavra presa ao pescoço cuma fita diamor iuma migalha do meu bolo de casta mente pra cada diva. Arquivamos toda pá pelada pá cível. Ao luar dos à pá enxadados, Oh minha querida! Não, eu juro pela cúpula da igranja de Todozos Iansãntos e por Senta André da cupela menor, por tudo que é mais segredo do meu mudo e meu submudo de camuszolas e safadeusas e de todazazoutras travestimentas marabrilhooosas! Feyecha teus, não bizolha! Abra agora, goethinha, teus lábios, pepeta, como lambuzava meu doce lábio com Dan Roludão das divertidas lembranças depois de aprender a dança da flanela, com o professor do amor, no Smock Alley na primeira noite em quiele cheirou pó e eu pintava o sete sob meu fã, *pipetta mia*, quando aprendeu a linguar-me até minherupção. Que farsanto teria ouvidos cosmos nossos, o esnobisomem! Você gosta disco, *silenzioso*? Tá eusufruindo, deste mesmo pequeno eu, minha vida, meu amor? Por que gosta do meu [147] somsurro? Não é divinamente deleuzicioso? Mas não é desconceltante pra vocelta? *Misi, misi*! Diga-me até minhemoção transbordar! Eu não vou romper o selo. Ahhhinda estouuuhhh gozando sim, eu digo sim! Por que prefere que seja nessas redes escuras, se é que se pode perguntar, minha prima doçante? Sh sh! Orelhões tem voouvidos. Não, doçuda, por que isso mincomodaria? Mas não! Você quer mesmum tapinha não dói bem doído porisso. Teus lábios encantados, amor, seja cuidadosa! Cuidado com meu vestidinho tipuanitta acima de tudo! É glamouroso, os mais novos tons de sexo com efeito princesa. Pois o azul Rutland que dá20 perdeu a paixão. Então, cumékié, minha preciosa! Oh, eu posso ver o preço, carida! Nuvem que não tem! Ora, até o guri do animalesco cortilço sabe dilso. Se eu me vender pra quem, aismores? Sou escravaisolda das lágrimas? Quer adoçar conversas com pilulavras doces? Que horror! A ousadia de minha covardia! Eu não iria, galinzés, nem por todazas julietatás da via cintilante! Eu poderia fazer canja deles quando os vi piscando pra mim na cama. Eu não fiz, meu noivo, nem estive por fazê-lo nem pensei nisso. Shshsh! Não vai começar, seu desgraçádico! Pensei que soubesse tudo e maizoompolka, seu autor, pra explicar a todos o signivicado de seus vicoxistemas com o céu dianublável guia novo. É apenas outro bahiacu ou outra velhaca carpa'eirista pescaminosa na Beiraimbau do ribeiranna, Gods e visigods abençoâ-nus e apoupe-a! E corcurvados descansam do bozo! Deusculpe-me por fazer juras, amore, juro pelos serassims em riosluzentes tronos de Uianna que não forcei nada puresta correntinha alp'ina! Você realmente em toda nossa vida de cagados nunca havia julgado a roupa duma mãeninã antes? Não! Nem mesmo da camareira? Que isso combanheiro! É claro quiacredito em ti, minha queri'dirce'ma ídola, quando me fala. Como mentregaria, Oh, mencantaria poder! Liss, liss! Eu confuso em ti! Nunca que nunca me riocordarei das lágrimáguas fluindo por seu rosto, pode me atravechuáchuá! Nunca em toda minh'alva vida udigrudi e dupla. Senão pra sempre desfrutar do amorgor desta hora! Com minha candura te conquisto e te prendo a meus seios sedosos numa espanhola! Amoreterno, Amora, amor yamore! Pra sempre, tu amas! Shshshsh! Até quio serrote nos separe. Risos!

11. Se você conhecesse na farra um pobre ceguinho de Ailing-5, quando o ritmo do pancadão te abalasse azestruturas até a canela,

enquanto seu piauís enfurecia na vulvanerabilidade de seus lamentos, como um escaidoloso poundliszt Lyon O'Lênin; sem lenço sem documento, lamentoando sua [148] situcanção ou, brincava de rapomposo e piolhice, eletropicado e perdendo dentes e bunda, ou apertando suas algemas pela paz, o cego reacionário, orando a Surdeus e Mudops Nostrademos pela repressão da fome; ele se debilitava enquanto pulava e se debatia aos prantos, do batismo de sangue fez um descarnado azul mundano e sem ossos, beijando o pau quiudiabuamassou, esfolado ou chutado poruma chupada, suspiros ou zombaria, um dilema difícil e um belzeburro pra ensinar; se o sinnjeito féin se almasse pela amortalidade, habilidozin com johoehoe!hoe!hoe! cortando o vento por sexsoul, swingarrus dudiabussy parsifalmente rock in roll'ados, não pensalmos, Jones, que nus incomodaríamos esta noite, e vohcê?

Resposta: Não, cura-pálida! Então acha que sou impulchevique? Te caguetaram que sou um dos quarentexeis? E supunheto quiouviu quieu tinhum bicho nazoreia? E chuponho quieles também lhe disseram que meu papel na vida não é natural? Mas antes de proceder à refutação INRIfutável dessa quiztão inicial passo a bola a vossa pertinência, se ousar! de hesitar em psicomnalisar e consequentemente atentar pra minha disposição do mesmo problema de paugamento pequeno num lugar de noituralizoação do labirinto, do ponto de vista dium espacialista tão eminente. Daqui por diante você noitará, Schott, sobre minha primeira vez anaulizando quia sofologia de Sócrestino enquanto guiada poruma pulsão puramente monetária incita a não aceitação de seus recalques caracfreudísticos, emprestado pelo subconsciente pra fins calientes com a boasuda mãe Miss Fortuna (com quem buscamos o tempo perdido gozado na infância de *recherché*, ein, Schott?) e como teria lhe dito tão brilhandemente como seu D.B.C. psicomportamental *pailleté* com camada de glacê cuseiro que na realida id é só uma ridicularizoação aleatória do ego-superego e das teorias arquétipicapilares de Jungagaeinstain. Pra desconstruí-lo totem mente. O discurso é um mero substitutabu. Enquanto qualisdade e tá lento (explicitarei o que você quer dizer com isso quando e onde e por quê e como na sentença subsequente) são alternativas mentalmente arrogantes e plagiadas, como as barreiras do ser.

Talis é uma palavra amiúde abusada por muitos pais sims (estou mirabolando uma teoria quântica sobre ela pois realmente é um estado de coisas tantador). Um paissimista pode te induzir a dizer: Você tem visto [149] muito de Talis e Talis noutras épocas? optimistamente significando: Você aguentaria três irlandeses? Ou talvez uma vampiranna tenha se casualizado quando você a atiçou *à la sourdine*: Das suas marmitas? É Talis de Talis, o engoleitor diespadas, enshemesmado no palco do Criterion como Talis von Talis, o obsescriba-compulsivo, que não se acovar dá o cú! que lê seu joyrnal? Ou talvez este suja um exemplo mais limpo. Numa recente investigayção pós-vórtice dium caso determinista de espinozagem crônica um professor adjunto do The Ague fugia do formalismo se defendendo dos seus vociferadores, o Dr. Het Ubeleeft, roubou a questão: Por que o que é, é, *talis qualis* de Mileto? a quem, como balofo empodheráclito, o Dr. Kant'you, de Stoutgirthegel, quistava limpando seu apito, reiniciou roucamente: Embora tu seja um burro zurrando ih óh em espiral! (Talis[A] e Talis[B] shemiotilacanmente significam o mesmo significante, que é: Qualis.)

Professor Lévy-Bruehlguel (embora eu possa provar prontamente toda a sua pesquisa sobre Senaqueribe como distinta das reformas sanitárias de Shalmaneser e da problematização na mesma linha do Sr. Skekels e do Dr. Hydes eu discordo *toto coelo* do fruto de minhas próprias investigações — embora a razão pela qual fui a Jericó deva permanecer, por certas razões, um segredo político — especiarquipelagulagmente como em breve serei procurado em Cavan, em autonobelização, pelas mesmas e outras razões — recaindo no vício aficçãonado pelo quiagora chamei de bolso furado e sofisma di amante endinheirada) em sua midiática confissão recentemente publifofocada gerando um rugido leonino após sua fuga do cárcere em *Por que não nasci como um Cavalheiro e por que agora sou tão falado pelos meus come-come privados* (Seufolhadiumafigueira e Papai, Judaspest, 5688, A.M.) de todo o coração se desnuda da carapuça e peruca, bom malandro, em seu interesse público, pra nos fazer ver o quê da questão, como ele diz: 'por Salvador Darwín' a criação e a queda e o fim do Homem estão *temporariamente* envoltos em obscenidade, observando esses acidentes com o faroscópio da televisão, (este instrumento da vida noturna ainda precisa dialgum aprimoramento subtracional no reajuste dos ângulos mais refratários à alta gritura da hipótese sobre seus efeitos colaterais externos), posso acreditar do fundo de mi corazón em minha própria imensidão espacial [150] como o meu lugar no mundo e a minha existência microcósmica quando sou triangulado pela razão de que o cubo dos meus volumes está pra superfície de seus sujeitos como a esfericidade desses globos (pressiono mucho poruma moção parlamentar deste termo que, sob minha jurisdição, regulamentaria o deletério da decorosidade na morbidização do tipo moderno de LGBTHCE∆♪X) é a feracidade raioza da gaiola de Faraday. Não preciso antropologizar-me por quaisquer obstaculosionalidades (Devo aqui corrigir todessa escola diestudiosos neoitalianos ou paleoparisienses sabichonas e spenglernhóis pró-lixos que me crucificcionam *por querer* riovolushownar do romanitismo ao existenxamanismo) sambando na cara dozinimigos. Professor Levi-Brulhxo, Atleta Cristão do Sexo-Caicai-Weimar descobre, a partir de autoexperimentação com seuzovos de Nurembergson numa das mãos e vigiando o paunelão fervendo, apesar de paparecer papo de rebeldes sem Kant pra apagar o fogo no rabo do Papa, pois o número de fiéis quadrados em circulação semianal não será apreciavelcrente aumentado pelo slogan negativo da minha bispolaridade nebulosa. O que assombra o romântico guerreirescritor farrapo como todo tic tac atrasado são as brechas fujestivas dium vigarista que abrem nossa *Piadosa* boceta de pandora consensual com a taradição do Mortadela conhecido como jardineiro doudo do tempo perdido. *Seus* dedos dos poéstas estão sempre retaliados por suas botas de cânone longo. Ouça-o gritar! Veja como esse poliglota faz bolo de morcego! Que Tyro foi esse tarado! *Quando* Mulligan venceu duas vezes o coronavírus, quando fincamos nus num ménage, eu adoraria a gota de malte puro na minha boca, todavia não vejo *quando* (Propositadamente abstenho-me de expor a falácia óbvia quanto a gravidades específicas dos dois antropofágicos recalcados ou os lapsos cunilinguísticos associados a dst na garganta por estudantes de hidrostática mista e pneumologirias difíceis de interpretar após minhas pulmãoniões subentendidas). Seu Merdinha! como xinga o velho Marechalto Caimbronne. Mas, nas exibições do professor Wyndhamadã Brasilewis, Fi.Del., Ph. Dr., a tese, defendida, é toda police'mica e roubada em escala melódica desde *quando* o homem é dilema do homem *porvir* (Meu, tá molhadinho?) pois, se respeitar a diferença, tudo é *morada* do amor e da guerra e [151] plano no qual minhas artes se elevam te despertando cum trovão e onde me apego à verdade e lá subo árvores e onde a Inocência parece a melhor (escolha!) pois ali há mel em suas vidas.

Como minhas explanações aqui estão provavelmente acima do seu entendimento, leithormaus mann, ainda que gagomentativamente incomparável aos reis Cadwan, Cadwallon e Cadwalloner, retornarei a uma piadagogia do risoprimido que freirequentemente aplico quando dou sermões em alunos da pequeno-burresia. Pro meu propósito imaginem que vocês são um esquadrão de baguncheiros, cheiradores, com pescoço de ganso, de boné, enroscados em suas lações, com formigamento nas calças, etecetarado etecícero. E você, Bruno Nowlan, tira a língua do tinteiro! Como nenhum de vocês sabe javanês darei toda a minha livre tradução da velha parábola do fabulista. Javénzinho Alá Minor, tire sua cabeça do saco! *Audi*, João Pedro! *Exaudi* fatos!

O Raposudo e o Uivivavaia.

Gentes e ladygagá, exclamachões e semicoloniais, híbridos e subumanos!

Eruma vez um espaço interior iuma exaustiva galáxia na caos moravuia um Raposudo. A insolitão era terra devastada, governo do tempo redescoberto, ovo do mal, e um Raposudo andarilharia (Meu capuz! grita Antônio Romeu) pruma ensolarada noitada, depois diuma manhã supimpa e seu belo dejejung de presunto e espinafreud, tendo ciliopostiçado seuzolhos, depilatos suas narinas, limpapado seuzouvidos e gargarejado no cálice swingado, ele pôs seu impermeável, apreendeus sua polêmica, tocou uma harpa pra sua coroa e foi despejado do seu imóvel *De Rure Albo* (assim chamudo pela decoração pop'al repleta de sobras-primas e tinha jardins de inferno burgueses com cascadas, pintacostecas, hortodutos e catakombis) e partiu de LondonLondon *pro spasso* pra ver além do mal e do mal da maneira mais nietzschestranha e pensável possível.

Quanduele partiu com a espada do seu papauzinho, sua *lancia spezzata*, foi chacoteado, e com isso entre as pernas e os calcanhares, nosso outrora solitoureiro papa Breakspear, IV percursionista, do meu pandeiro, da censura ao topo do pau-brasil, cada centímetro dium imortal.

Ele não havia sheminhado nem dois quintos de anos-luz desde seu asilo mesopolítico quando se virou pro Novo Livro Luterano perto de [152] Shāun-Nicolau-shem-seu-Muro e então profetiandou (secundando uma a uma uma das profecias, *Amnis Limina Permanent*) na corrente mais inconscientemente tsunâmica que seus aguadozolhos já viram. Do alto da colina pulou à francesa nazanáguas de Ninon. Parecia acabronhado e bronzeado e pensuava bitolado e falava bostas superficiais. E finn lambuzou-se enquanto correu à alguma lívida poetinha fácil: *Mi, mi, mia! Mi e Mia! Piccolo sonho triste, io não te amo!*

E, declaro, o que havia na outra mallarmargem do rio que seria ribeiranna, suspenso num ramo de olmo, irradiando flowersias, senão o Uivivavaia? E sem dúvida suas vidas secas esvaiam por se negar a sorver o sumo do pesadelo da história?

Quase todazas suas pipas caíram; suas popolvuhlvas cheirosas envelheciam a cada minuto; ele rapidamente saiu do armário humilhando o penislongo na cara por sua folha; e ele secretamente entregou seu traseiro à régua da lei do oficial de justiça na apreensão do seu *cul de Pompe*. Em todo o seu céu de ilusões perdidas, como estrelado por Optimus Maximus, o Raposudo nunca tinha visto seu cunhado de Dubville tão perto do abismo.

Adrian (esse era o novo nome de guerra de Raposudo) hesitou a enclausurar-se cara a cara com Uivivavaia num conclave do papaleolítico. Mas Augustus Raposudus deve tanto à Humordeninade como Todazasruas, avivanidas ou hidrovaias, em roaming levam a Roma. Hic se rocha numa pedra, singularmente iludida, e hoc empedra o sistinado Seter huc ao conclave geral papasteriori e por aclamatição do papsolutismo justatorial e entretantrado pela infalível encíclipica sobre sua louvabilidade, diurnopatriarca do noéste, e o pederasta enfeitado por ametistas com quem sempre andava, *Deusdedit*, bola a bola com o saco do seu pescador, *Bellua Triumphans*, sempre adicionando estilos à sua wallyosa coleficção, quanto mais tempo ele escrevivia mais sabiamente refletia sóbrio isso, o pois, o enfinn io espírito entretanto, se via como o primeiro io último dos miqueias laicos do JJ Quartuly o Quinto e Quintus o Sexto e Sextus o Sétimo sentando a noitinteira em Leão o Deusfallstuoso.

— Bon appétit-nous, senhor Raposudo! Cómo lo haces? vaiava o Uivivavaia numa embarcanção cuma cavernosa voz paleoidílica e [153] todozos bobalhões reprimidos gargalharam e zomboraram por suas intenções poizagora conheciam seu raulposo apailido famãeliar. Sou rauzitominum abençoado por vê-lo, quiridu maustre. Não vai me contar tudo se ficar alegrinho, vossa sanidade? Tudo sobre anne e liffey e tudo tudo tudo sobre anna e liveias? Não?

Pense nisso! Ó miserancristíssimo redentor! Um Uivivavaia!

Ratos! piou o pio Raposudo telesfosuriosamente, o concionador, e os neocatolíticos sisínio e zósimo tremeram na batina ao ouvirem nois y o mezzo-lírítico tardio que você não pode despertar com sedosas cantigas senão como pescantor rouco. Exploda-se tu e tua anatumia inferioribus! Não, enforque-o como animal rural! Estou soberbo no meu pontidefecado supremo! Abase você, queentoras carecas! Agarre-amém por trás, déspotas! Ratos!

— Ateu o infinito lhe devo fervores, curvou-se Uivivavaia, tendo o vinho lhe subido à cabeça. Todavia sigo excitando-me nas extremidades. Pelo relógio, que horas são, ritmo? Descubra! Patrick O'Neillista pervertido! Prum Raposudo!

— Pergunta mano index, meu cucunhar diaquiles, batuque meu olodum, adore o meunino di narizaré, respondeu o Raposudo, corpaparificando clemente, urbano, papal eugênico e celestino na formosura do bem humoziraldo gregório. Que core som? Essa é justamente a razão das *minhas* missões com *minhas* intenções de *pactuadrianar contigo*, barbarossa. Que thor metaforaseie-se em orlög. Que Pauline seja Irene. Seja você Beetonven. E me deixe ser Los Angeles. Agora meça teu comprimento. Estime minha capacidade aguora. Veja bem, amargão? Esse espaço do nosso par de horas é muito dimensional pra você, temporizador? Vai desistir diexistir? *Como? Fuert it?*

Sancta Patientia! Deveria ter ouvido a voz que te respondeu! *Vosellina no Culla.*

— Eu estava pensando sobre isso, douce Raposudo, mas, por todazas rimas dos meus poerrisos, se não posso mentregar, nem desistir de ti, o Uvivavaia choraminga no íntimo de sua luta&melacolia. Caitombovelhoso&giljácaiu. Meu tombo, minha tumba. Minha velicidade é de dois pés por meia boquete. E meu universo numacascadiovo gera entropia ab ovo. Mas nunca serei capaz de contar a Vossa Honoriosidade (aqui quase quiele perdeu [154] o membro), embora meu humordaçado pai fosse um pseuduescritor, de quem você usa o reilógico.

Incrível! Bem, ausculte o inevitável.

— *Seu* templo, *sus in cribro!* Semperecaosmunicambiamdomusica. Tugurios-na-Eu'ropanova ou Tukurias-na-Ásia. Nova'roma, minha criaturacionista, viva o cristiachismo. Meu espaçoso coliseu na cidade de lyonine é religiosamente al berto pra Gilgamachos paleãolíticos, discursou Raposudo numa eloquência pompífice com jurisdição imediata constantinomente concluída (que armashow pro Uivivavaia na lanternadozafolgados!). E lamento proclamar que está fora do meu tempo evitar que te matem por mijaria (que corda bamba!), já que nos conhecemos num beco shem shaun'ida. (Pobrezinho do linchado filhadaputado Uivivavaia! Começo a ter dó dele!). Meu lado, graças aos decretos, é tão seguro quanto coração de mãe, ele continuou, e posso ver do meu santojulgamento o que é ser totalmente são. Unam-se budas iscariotes e juntem-se ao julgo! Paralisia, *tu sais*, crucificionado, pertence ao que só enxerga o propriumbigo. E acolá devo abandonar-te aos coiotes. Posso incriminar-te, pondere um momento, meu inimigo gago! ou A Palavra não é nossa estrela. Aposto quios doze te amedrontam. Estes doze foluminosos amedrontadores. *Quas primas* — mas é amargo compor os frutos dos conhecimentos de. Tomas.

Elevando, pra caoslorir seuzóios, seu azulejoiado pédireito atéus mistérios do firmamento, ele baforou fase azul nalguns seres santilantes, um claustro de estrelas saproxima sobre Maples, uma luciasantilante na rua Teresa ium sinal vermelho antes de Sopia Barat, ele reuniu seus eruditos manuscritos publicaosvis, el grecos, latinop-art e russorrealistas, no lapso de seus prólogos, mergulhando por completo, e seguro acerca da sua impermeabilidade. Ele provou por a+bem quia terra passou por áridas e milháridas épicas, e *vremiament, tu cesses*, até a total extinção dos Papanicolaus (Nicolau Aloísio foi o nome fabular do Uivivavaia) por Neuclidius e Inexagoras e Mommsen e Thumptdumpsem, por Orasmus e por Armenius, por Anacletus O'Hebreu e por Malachy O'Profeta e pela collezione de Al Capponi e depapais disso, com geleia geral de Bruwnóia e fórmula de Clementebrandini, ele reprovou-o em desgostação pública [155] quando não nessa ordem mas noutra ordem diferente, alteregando três trintenas e encontrando pela centelionézimavez a realidade pelo diorama binomial e pelas guerras pênicas e pelo hinduísmo, o lendário Derridamamentodetinta e o ódio, a regra do sociarco e as bendições da conveniência e a jus, o julgamento de Poncius Pilantrus e todozos mumiescritos do Livro Zumbípcio da Quarentena e os Capítulos pra Sabedoria dos Esopsódios da Rapoposuda Turbinada por Silicone.

Enquantuesse Raposudius com predisprocissão e precissão, duplicidade e duplomacia, promulgava ipsofatos e contratristões este desbundado Uivivavaia quase conseguiu heresiar seus Ilusiobordinados com monofisismo. Mas desde quiele firmou bases pra semear sua saciedade analternativa visionando pactuamar com as elipses da sua purezia e archê criadora do seu próprio espectro hamletimpactante pra sinestesiar cum pound qui chik buark amaciou do seu óvulo poché adoçantado pelo contadorbeijantino de seus preladelos que se opuszeram ao sínodo da sua papaesia oriental e sua infalibestialidade babal espiritossantada ao pé da sua controvérsia paternal.

— Deuspois de mil ânus, Oh Uivivavaia conhecedor dos meus pergaminhos, estarás cego pro mundo, proferiu Raposudo, o pio.

— Após mil ânus nus, tempoespacializou o gregório Uivivavaia, seja a cabrita de MaoméTse-Tung, e ainda poderá ser, Oh Raposudo, mais surdável.

— Seremos escolhidos como os primeiros entre ozúltimos pela eleitora do Vale da Morte, obselvou o nobelizado Raposudo, pra igualar o inigualável Eliasdejavé, Cavalgamos Nosso cavalodefogo e é isso que derruba Ruby e Roby, abençoe-os.

As Pílulas, a Lavagem Nasal (Perfumada), o Homem Forjado pra Guerra, tão britânico como rigoroso e tão ereto como o tal viajante corcunda de Nuzuland ...

— Pequenos, confusou o titubeante Uivivavaia, nem sequer seremos os últimos a morrer primeiro, vã esperança, quando formos visitados pelo Horror Velado. E, acrescentou: Meus e eus confiamos totalmente, veja o rígido estatuto de Elizabad, sobre o ato de alento ao problema respiratório. Puffut!

Embaixador sem visão, inimigo incansável do sucesso social e comercial! (Ninfa bafuda) Poderia ter sido uma noite feliz, mas... [156] E eles vivavaiaram um ao outro, *cannabis et coluber*, com a vaia mais selwagner jamais urrada desde que Tarriestinus torturou Pissasphaltium.

— Unicornudo!
— Unhudo!
— Uivaviadoloid!
— Uiscuzão!

E tourobandido rebateu o voleibull.

Nuvoletta em seu baby doll, um pedaço de culher de brilho sistinante, os olhava do teto, seenclinando sobre os corrirmãos e com penetradinha o quanto inge'nuamente podia. Como ela ficou iluminadinha quando Ombro rompeu sua crença no casamento atolando o firmamento dele nela e camus ela foi devassada quando Joelhófilo a iluendiabrou com o pulso até quiela gritasse! Ela estava só. Todazas suas anuviadas amiguinhas dormiam cozesquilos. A mulher deles, a sra. Lu'anna, starva no mondrian da Lua crescente esfregando o quarto dos fundos da Número 28. Pai gaguin, akleele Skandinskynavo, estava nas a'degas de Norwood'adá, comendo oceanos de Abaporogros Vikingoghs. Nuvoletta ouviu enquanto refletia, embora o celestial com suas constelações e suas emanações se interestelarpusesse, e ela tentou todazas suas artimanhas pra fazer o Raposudo olhar prela (*mazeliera* um visionário opticamente avassaladolho) e fazer o Uivivavaia ouvir quão silenciosa sua inocência podia ser (emborele foice mui cistmaticamente auricular audivulvamente *falhando* pra consideorelhá-la) mazela starva toda derretidinha em vapor úmido. Nem sequer sua reflexão foucaultcional, Nuvoluccia Collin, conseguiram decifrar por suas gnoses de intrépida fé mental e infinitamente obscuriosas, psconclavados com Heliogabalus e Cammusdus e Enobarbarus e os cardieinsteins dickens que fizeram o que negroindicava a fumaça de seus papiros e alphabentos. Como se essa fosse a spiração deles! Como se adeles pudesse duplicar a majesturva dela! Como se fosse a terceira persona a proceder à busca da busca! Ela tentou de todazas mineiras muravilhosas que seus quatro véintos lhe ensinaram. Ela julgou seus cabelos sfumaçados como *la princesse de la Petite Bretagne* e abraçou-se a siprópria com seus gracisoldos braços como a senhoratriz Cornwallis-West e sorriu pro seu eu como quem reage à beleza da imagem da pose da filha da rainha do imper'ator da Irlanda e suspirou por si mesma como se fosse nascida [157] pra se casar com Tristis Tristior Tristissimus. Mas, doce madonnina, ela piadaria muito bem ter levado sua margarida beleza à Flórida. Porque o Raposudo, um dogmágico Impiadoso, não se divertia e o Uivivavaia, um Catolicat dublindoso, era dolorosamente whiskycido.

— Já vi tudo, ela suspirou. Homens.

O aai-aai do suspirar do sussurrar do arfar até a excitação do imenso O'roudo dos campos no ourextensivo canaávial de midas: e as sombras debutaram a deslizar pelas margens, rastejando, rastejando, crepúsculo em crepúsculo, e era tão brumoso quanto podia ser apocalíptico na ruina de todozos mundos pazssíveis. Metamnísia margeava todos sons nomes dei colori brunas; citherior spânica uma agualândia, inemorosa e inumerosa. O Raposudo erum auriocular de visão cheia à direita, mazele não era todouvidos. O Uivivavaia ainda tinha ouvidos claros à esquerda sin embargo mal podia ver. Ele cessou. E cessou, miop e surd, e nunca foi tão sombrio pros dois. Mas Rap ainda pensava no fundo do poço em que chegaria mais de profundis quio raioposudo do sol e todavaia Uiviva sentia que proeseria escapar pela scripta se por chute tivesse sorte.

Oh, como estava escurinho! De Vale Maria a Gratiaplena, dorme roncando muito! Ah orvalho! Ah orvalho! Era tão crepuscular quias lágrimas da noite começaram a cair, primeiro diuma a duas, depois de três a quatros, finalmente de cincos a seis sobre setes, pois as insones se esvaiam em prantos, como agora choramos com elas. *O! O! O! Par la pluie!*

Então desceu à outra margem uma mulher sem aparência (creio qui eruma Negra com calafrios nos pés) e ela juntou sua rouquidão ao Raposudo metamorfraseando amor no local em quiele estava esparramado e o levou a sua habitação invisível, até azestrelas, *Aquila Rapax*, poizele era o sagrado deus sol e sangue virgem no seu avental de açougueiro. Então você vê quio Raposudo tinha razão como eu já sabia e você sabia e ele sabia o tempo todo. E desceu pro lá dó de cá uma mulher importantíssyma (comentavam puraí quiela era bela, apesar do frio em sua expre'som) e, por ele simspirar nos dreamdlocks ao vento dium hippie, ela depilou os pentelhos do Uivivavaia, mutilado em pânico ancestral, na morte de seu membro e no amor à bem-aventuherança dela até seu barraco em [158] alphavella, isto é, *De Rore Coeli*. E assim o pobre Uivivavaia simganou; pois é sempre assim que um Uivivavaia é, sempre foi e sempre será. E jazzmais nenhum deles foi tão pensador. E restavam agora apenas uma árvore e uma pedra. Paulus-brasilis com pietrous, Sierre mas saule. Oh! Sim! E Nuvoletta, uma minininha.

Então Nuvoletta refletiu pelúltima vez em sua longa vida de minina e criou todazas suas profusões de mentes flutuantes numãezinha só. Cancelou seu nuvado. Subiu sobre os corrimãos; deu um nublado grito munch infantil: *Nuée! Nuée!* Um pijaminha esvoaçou. Ela se foi. E no riacho quioutrora fora ribeiranna (pois milhares de lágrimas se perderam em sua eternideidade e a atingiram e ela era marafilhosa e lúciada quando dançava e seu caosfuso nome era Missysliffey) caiu uma lágrima, umúnica lágrima, a mais bela de todazas lágrimas (contuestórias pros fãs de fábulas russas diamor quistão "interessados" no estilo plura-bella adormexida que caretamente você encontra nas milhores editroxas) pois foi um pranto bissexto. Mas o rio saltitou sobriela lado a lado, batendo como se seu coraçãozinho estivesse descompassado: *Ora bolhas, por quê! por quê! Ais, Oh Ais! Sou tão bobinha por fluir mas nu posso ficar!*

Sem aplausos, por fervor! Basta! O gayrreiro do riomance espiralmital dará cútinuidade a sua vicocirculação em *diu dursus*.

Gayrotão, Major, anoitarei suas riações noutro lugar dipois dos temas. Nolan Browne, agora já pound sair da sala diaula, João, Pedro, Rapouzinho.

Como já texpliquei fabulosamente minhas noiturais rações autorais quistão sujeitas à deglutição do meu cérebro defeituoso atestam quissou o caso mais meritório de gênio da oratória. Sinto-me simbiotizado ao meu sempre dedicado amigo e máscara-metade Gnaccus Gnoccovitch. Querido jim! Querido infecto! Cavalo andeleuze! Eu poderia amar este homem como meu próprio ambo por ser tão esperto emborele sejum anti-cartesiano e precise ser arrastado à dúvida mintódica. Quero que vá viver como ermitão chefe da brigada boêmia em Tristan da Cunha, ilha de thomaumas mann, onde será o Número 106 e estará perto do Inacessível. (A conferência dos mognos, na onda da ontologia, lembrah-ms quio pinto de vista exposto ainda que deseje um guarda-chuva partiocular e precise dium cinturão de abrigo pra preservar suas [159] bolas vistosas, — as faias chorosas, Picea e Tillia, estão selvagemente comovidas — deve ser classificado, como sugeriram Salgueiro&Mangueira e seus dois conselheiros noruegueses, sob gênero Inesgotável quando reflitimos sobre toda nogueira, goma doce e milagrosa maná cedroavermelhada tão presentes ali como siouvesse houaiss'zeirais em Curraghchase a ser podados como jabuticabernardina pinheiro pra qualquerum entender até ser apresentado à pinacoteca de Verney Rubens onde a paulntura do cedro-deodara é exposta em sua nudez, que não duvidamos que tenha um hábitat por fazer, mas sem aquelas mudas semeadas pelo ego que são uma espécie de prova de quia grandeza existencial *pode* germinar nazalturas tal como em Old Conna Hill ondiele se mistura a acácias falsas e salgueiros vulgares e *é* terno) *Vux Populus*, como relatamos na crônica da nogueira ieu gostaria que sorvêssemos mais uns copos da *arbor vitae*. Por que enraizar na beira daistrada ou sobre o pote dialumínio? O Amieiro de listras Esbranquiçadas é sensafolhal. Ele deveria ousar pra trocar ideias e teria um mundo de coisas pra recordar. Coragem doce Daniel! Sieu não fossium indiano jones reprimido melegeria seu delfinn no mar revolto poizele é um pé-de-chinelo havaianas com meiões sobre seu rosto o qual publiquei no meu jardim de bestiários pro júbilo dos siderodromitos e pra ironia dazestrelas. Você dirá quisso aqui é muito anti-inglês e espero ouvir que não se equinovocou nisso. Mas ainda sigo, sentindo-me um pouco gaguinho sobre minhas verdades.

Podes por favor vir e deixar-nos agrilhoados às foforcas uns dozoutros sob a baixeza de nossos vícios. Estou sob a mão sangrenta da velha lei de Ulster. Galway está cheia de corkotas. O balde philiphenix glass transborda carvão dubionense. O Sr. Oeste simclina sobre o nananinanão. Cork e gaway estão tão cheias de gatunos quanto doutor faustetudo aleita os dubionenses. Senhor Esperanto estas no tapetinho. Ele lê pra si en sio quarto. Kelkefoje funcktas, kelkefoje srumpas Shultroj. Houdian Kiel cuméki bocê tá, mio cabalero nigro? E do ponto de alegria em que choro pra te alcançar os quatro são tão parcos despírito como você pode sentir que são atrofiados de corpo.

Meus ouvintes recuaarão com muito prazer como no finício antes de refutar a questão espacial na qual até os [160] michelangelinos simganaram pavãorosamente eu provei pra mimimesmo o quanto a sua sofistificção quedante é abjeta (a *quickquid* do Professor Divã é frequentemente hipotequeda poruma *Humoridademelhor*) não é nada mais do quium mero dízimo por mais gentil que tenha nos pedido, se apetece a nosotros (estou falando conosco na segunda pessoa), pois prêsses graduaedos intelectuais centavo na mão *é* vendaval e sistema de caixa (não deve esquecer que tudisso tá contido, me refiro ao sistema, nos dogmarks da origem das spurias) significa quiagora não posso ter ou não ter um peidaço de queijo em seu bolso ao mesmo tempo e da mesma mineira quiocê agora pode não ter mitadinha ou metade do poundcage quincasquetei nazideia a menos que Burrus e Caseous tenham ou não tenham seedesordenado seemultaneamente, ombro a tombo, certa vez nos lácteos dias de compra sobre compra.

Burrus, como gostaríamos de imaginar, é um primo genuíno, fina-flor da rioaleza, cheio de graxa natural, o mais suíço dos leites afrescoalhados ainda imbatível enquanto risocida e, é claro, obsoletramente inadúltero onde Caseous é obviamente seu rioverso e de flato não é a escolha ideal pra qualquer refeicção, embora o mais freudão dos dois seja viciadoente mental propenso ao lado mais casual da rixa egocêntrica e, deixe-me dizer diuma vez, tão ciumento purele como é passávil ser. O que parece ser a história de home é a busca e o labirintito lívido que líamos pro nosso pré-purgatório, quente, Schott? até Papai fechar a óptica e Mamãe, pobre Mamãe! nos trouxe nossa sopa de letrinhas (ah quem! eh como!) em Acetius e Oleosus e Sellius Volatilis e Petrus Papricus! Nosso Velho Partido uniu-se em torno da Salada dos Comunas: Pastor Salmão em peixoa e aquele ramo de Salsinha e seu Raminho de Tomilho e uma dúzia de brotos de Murphy e uma fermitação e tanto de apimentadas jovens Alcaporras e Lettucia com suas uvulvas verdes e também você e eu numa trindade, gêmeos bachbões mas pagãoninis lindos, como sheggespeare com bacon! Mas há umenorme cisão pretextual entre comida e comedor; e (snobescritor da rolha que musikestourou, Schott!) pra entunderem isso da mulhor muneira punsível, sentindo o quão atrasados estão em suas cadeirinhas da pré-escola, concluí o seguinte arranjo pro uso das carteiras do caoslégio e se não com cego separar vocês vejo quistou mais fora de muda que César. [161]

Os antigos czares (Tiranos, o regicídio é bom demais pra vocês!) tornaram-se velhotes intolerrantes, (o compositor da farsa de inês poeira comete todavaia um erro trompético ao deixar escapar esse efeito de pianoforte como seu ato principal justo quando o duque entra) tendo rimcebido nove fakeadas e transplantado o bucho (este soldado — autor — batman por todo o seu caosmentarismo é só maizuma daquelas gotas ao sul doceano que nunca tiraram a Areia dozolhos pra quio champanha sacudido estouraxe xoxo como um plano de bataille) os gêmeos paz&humor foram convocados a se reapresentar pra conficcionar gargantilhas e pulseiras e riscar a faca no deserto dos tartoados *champoos de batailles*. (Uma leitura mui apressada sobre a restória do Persa-Ubu'reilly nos mostra como FinnMagoglula pegou o próprio nome dilma coleção de prifixos até quio sábio permitiu à Caucasianna semear filhos de hórus tal como tenho santeza de que há pub batismal em Tobolosk) *Ostiak della Vogul Marina*! Mas nego o fato di qui devassei a literaterra ocidentao ieu poderia te pincelar após aquela amanteigada (quem mexeu no meu queijo!) caso se limpe um porquinho. Mortaviva! Oh eu nonsense nada! Que causo insosso e impossível como as mãos de kezom! O interlocativo deles é comprovocativo de que cada empoderada odeia ter um encostado em casa. Caseous pode se julgar um pensador sofista mas Burrus tem um cabeção olindamente redondo que comlombina mais com a tenuidade do fideísmo defensivo. Ele tem a sabedoria esburacada como sua boca podre ao passo quio outro ainda tem dentes de leitmotiv e se molha ao mimimar. Ri dos pazchorinhos e chora pela união. O cara não é visionário nem profeteiro, pô. E todazas noites que sim simgana di quartro ele pisca e possui o shemvagem. Foi apta e corretamente caosnonizado (e, é desnecessário que um *ex ungue Leonem* diga por quem) que sua arte visionária era tão clara quanto a totalidade de sujão Poutresbourg pra ser uma avalanche sobre o negror que ele ainda conseguia distinguir com a linha donde via profundamente o verde Olho da Irlanda. Deixe-me vender-lhe o retrato de Burrus quando jovem. Aqui está, encontador também, em seis por setes! Genealogia escritural limpa, pelos deuses! Cum rei na barroca e uma mordacidade infianitta! E que panaroma parangoalegre e maduro, que Deus v Deus me ajude! Sieu enchesse a boca pra fofocar **[162]** pra ahriman sobrisso eu seria rotulado como comida do famito Ormuzd. Comais, queimais! soa o som no salmo. *Butyrum et mel comedet ut sciat reprobare malum e eligere bonum.* Isso, é claro, também explica porque aprendemos a brincar de toca-toca na infância: *Der Haensli ist ein Butterbrot, mein Butterbrot! E Koebi iss dein Schtinkenkot! Ja! Ja Ja!*

Este de flato é, apenas pra te mostrar, Caseous, o caramelo ou cage caoslhado: um buraco ou dois, o brabo fedor de cúrniça após foder com qualquer verme. Quejús! e tu reclama. E o altíssimo Hi Hi Hi deve dizer que você está erra Há Há Há do!

Portanto não podemos escapar de nossos gostos e desgostos, exílios ou torturas, mendigos e vizinhos e — é aqui quios anunciantes dispetáculos baratos avançam no pedido de alívio temporal — sejamos tolerantes a antipatias. *Nex quovis burro num fit mercaseus?* Não é purisso quistou dando meu endosso final aos ilustrados ignorantes do filosofismo de Cusanus no qual o velho Nicholas identifica que quanto mais inteligente é o roaratorio do topo mais sonora é a extensom da base (o quio di'guinéss'imo velho taberneiro queria ter significado era: tudo que é solidamente estável *no espaço* me parece o fundamento temporal apresentado pelo big bang do topo &c.). E serei incompreendido se for compreendido como um sinequam incondicional pros bravos heróis da teoria de Nolanus, ou, de qualquer forma, daquele substrato além daistória onde Teófilo jura de π junto que no finnício ele foi o início orientador de seu ódio comparaltivo e em contrapartida ozovos despencairão por toda a muralidade Brie'osa porum Queijoyce melhor.

Agora, embora eu não deva ser adotado como operador involuntário da poderosa dinamáquina de queijo Silkebjorg pra maizeconômica eletrólise amboadiposa dos dituqueijus até quieu possa encontrar espaço pra interiorá-la um pouco mais de perto antes de prosseguir minhas dezcisões após ter provado a ustedes em tempo fútil como ambos os produtos do nosso estômago social (o excelente Dr. Burroman, notei a propósito de sua revijantada teoria alimitar, tem digerido cuidadosamente as saudáveis críticas [163] que lhe servi na minha edição de o princeps que exige muita mastigação pra ser digerida) polarizam mutuamente a incompatibilidade de qualquer ação ilusória como ambivalente à fixação de seu pivotismo. Postulando, como acima, dois polos masculinos, um o retrato do outro e o outrem a sombra na *Skaosridão* do uno, e olhando ansiosamente em torno do nosso indistribuído meio machiste percebemos melancólicos que dependemos diuma fêmea pra focar e nesse mamento eis que surge festetivamente a ordenhadeira M. que ciclicamente encontraremos abaixo a se apresentar sobre nós numa hora precisa que novamente concordaremos em chamar de zerouvido absomluto ou de pranto de ebulição do platonalismo. E à sêmenlhança do sauldoso filho de kish que pulou sãolonguinhamente e saiu procurar cinzasnos de seu paizendeiro descemos à mansão dos mansos por nosso próprio eterno ritornelo pra ver a bunda de Margareen.

Agora brincosmos cum período de puro lirismo de músicage de caosmara (tecnogyörgyligeticamente, deixe-me dizer, quia aperitiva entrada desse semjeito numa dodecafona viola caospira é um pudim chopinpa servido à la carpa no 1º pr'ato) evidenchiado por palavras desconstruídas como *eu te mando, Doce Margareen,* e a mais esperançosa *Oh Margareena! Oh Margareena! Ainda resta na tigela um piadaço de ouro!* (Os correspondentes, a propósito, continuarão me perguntando qual é o acompanhamento pra servir butchaikovski de bode. Salsinha Verdi. Bahsta). O Kaspeãorov rompeu o pathos adamado do Rei revelando a torre do bispo invadida pelo Caseousvalo. O corpus de Burrus é frequentemente usado pra brindar. A crinicultura pode nos dizer cumuinta precisão como e por que essa singuilária mexa de prata amarela apareceu primeiramente sobre a (não na) cuia, isto é, a cabeçumana, careca, preta, bronzehades, gold-sereia, tigrada, ruiva ou branca, onde possa ser útil em cuparação com calvino lacraianha decaidente. Ofereço isso à Signorina RedeCuticura e tomá-lo-ei e colocá-lo-ei nozouvidos noiticiosos de mega Herr Harlene pra desviar suas ai tensões. É claro quia inábil cantora cutinua a perverter nossozouvidos mais sábios ao subordinar o espaço-elemento, que é cantar, a *aria*, ao fator-tempo, que deveria ser assomssinado, *temporariamente.* Eu deveria aconselhar qualquer cantora não nata quiainda pode siaventurar entre meus leicutores a esquecer seu diafragma temporal em casa **[164]** (o mais melhor que poderia acontecer-lhe!) e modular o trinado com rápido *colpo di glottide* até o ouvido (embora eu ínsita quio tenor Mass fosse reclinado a wagnerxagerar nisso, sua reco-recoperação geralmentiera lenta) e então, Oh! no terceiro movimorto, Oh! pra fechar ozolhinhos e soltar a voz e ver que cravobiensazonado posso lhe enviar. Como? Cala-te, cantoracareca! Eu queria ser solo. Acorde, meu valor! E salve pra sompre meu Trovadodecaforismo!

Nalgumas jardas terei uma palavra a dizer sobre acústica e orquideatura compositiva do tom jardim mas, como o nosso é um viuveiro de planta karnalvora chamado de pulmão amazônico você pode não simportar com gás argônico, ceará muito conveniente pro meu emolumento perseguir Burrus e Caseous por um ou dois lances de dadádoscubistas na sua isocelação biangular. Todo admirador viu meu guache de Marge (ela é *tão* parecida com a irmã, você não sabe, e as duas se vestem IGUAIZINHAS!), que intitulei *O Verdadeiro Retrato duma Patricinha,* que no presente adorna nossa galharia nacional. Esse gênero de retrato de mudanças de opinião a fim de ser verdadeiradente com ciso deveria evocar a alma selvagem das fêmeas de modes que espero quia vítima experimenstruada complete a sugestão geral com a adição mental dium cão guru perneta, se o maluco do zulúgico preferir, um canguru boxecaidor. As chapelarias que formavam Losango, princesa Trabezond (Marge em seu *excelsis*), também compreendiam o climatograma em que B e C podem agradavelmente ser imaginados na alta moda e são sugestivos das tendências primaveris dos cavalheiros, modinhas que nos levam de volta às camadas de argila sobrepostas na formação do eoceno e do paleoceno e às mudanças morfológicas graduais em nosso corpo político quio Professor Ebahi-Ahuri de Philadespoinis (I11) — de cujus livruesculpido à manteigazul dei o golpe de miseroacorde — nomeado burocretinamente de *boîte à surprises*. As caixas, sieu puder tocar no assunto com jeitinho, valem cerca de quatro centavos, mas estou inventandum processo mais patente, infalível e perfeito (gostaria de poerguntar à pessoa de Sherlacan Homes quistá disposta a remover os telhados de nossos clássicos criminosos com que *deductio ad domunum* elispera quio *tacto* pra detectar qualquer coisa a não ser quiaconteça em seu inconsciente, *movibile tectu*, cum mediúnico quadro negro) após o que podem ser reduzidos a um fragmento de sua [165] vera cruz pela mais jovem das Marges siela sorriateiramente si sentar i somrir pra miagradar.

Agora não poderá haver dúvida de que eu já fiz isso pelo tamanho da merda, alcançando quase o tamanho dessa jovem semiliterária (continuaremos xamãndo-a de Marge) cujos tipos podem ser encontrados em qualquer jardim público, usando um caso mui "elegante", conhecido como "vestido" longo até o peito do pé e com pelica real, reduzido a 3/9, e gorro de lã pra destonar (eles são "pele de anjo" neste outono), ostensivamente floreando desculpas pela falta dialguma lingerie "comestível", quando não está sentada em todozos bancos livres lendo avidamente sobre "isso" ou então devorando "ele" cozolhos ou "arrepiada" com o mais belo carrinho de boneca e pela deusputa da dor de cotovelo mais linda ou nos filmes engolindo soluços e soprando pipocas sobre o "filho" de chaplin "o o'neillco bobinho" oouna rua damargura com cubelos ao ventre embalandum bebêatles mal vestido (os Smyth-Smyths agora mantêm DUAS domésticas e aspiram a TRÊS mucamas, um pierreschouffer, um mordomo e um sectário) mantido refém porum armlock, ensinando Sua Infante Majestade a como piorar as águas.

(Observo de perto o Mestre Boulez, pois conheço bem a ária pra suspeitar que seu "homenzinho" é professor diuma escala secundária nas diretorias de ensuino, um discípulo escolhido a dedo por Infantulus quistá sendo usado publicamente pela *seducente infanta* pra ocultar sua própria tendência mais mascular enquanto exibe elegância frívola sobre suas cuecas musculinas, pois à feminilidade dessa molièretotal sempre falltará o musculink dium verovarão. Minhas somluções pra devida parturiência das matronas e pra educassom de minuetos mictoriais devem ficar sonspensas até quieu possa dar um jeito nessa agitadora que tira meu somno.)

Margareena paga muito pau pra Burrus mas, doida e douda! Ela gostava de chá. (A importante influênchá exercida sobre tudo puresses importados da ásia oriental ainda não foi totalmente saboreada ainda que possamos degustar à vontade neste ocaso. Adiante voltarei a falar maizum pouco sobrisso.) Uma cleopatricinha individualiszt complica de vez a posição ao passo que Burrus e Caseous lutam por seus mistérios enquanto ela se envulva [166] cum elusivo Antonius, um lohengringo que parece terum interesse pessoal em queijos refinados de todozos tipos ao mesmo tempo que agita uma antômina arte de ser bruto como brutus. Pode-se dizer quio triunvirato Antonius-Burrus-Caseous equipara o *qualis* equivalente à antiga hipótese *talis* sobre *talis* tal quantum pela economalquimia hiperquímica o tantum ergon irrumina o impulso quântico assim como a albumina dozovos caipiras e o whey protein são vitais pro filho de zé bobalho jogar golfe. E é purisso que qualquer mero filadelfio abestadum que você queira vestir, um atenewton alphavellado, parricida condenado, pode ser terruivamente verde dum lado e ulysseananásmente azul do outro o que não impedirá o julgamento de meus olhos hamurabrilhosos, através da fortaleza de minha acrópole, como um bosta baitola baderneiro barulhento barrigudo blasfemo bispo-papão idieliot que não distingue uma explosão mítica diuma maçã-do-humor roubada nem é capaz de cantar salmos de salomão walytorais em nossa pomposa congrecriação com a gangue somguinária.

Não! Carrasco pra sua Tarpeia! Essa coisa, Senhor Abby, é nefanda. (E, tirando as matérias ácidas e alcalinas, espero que consigamos ganhar tempo pra alcançar o sal visto que há alguns ácidos nítricos amargando o cale-se sangrado de cerveja no nitrato de putasso usado praincorpar seu caldo de canaã). A legião de trovões assaltou o Olymp que se finndou. Doze eras tabulares eu editei até ágora. Merus Genius pra Careous Caseous! *Moriture, te salutat!* Minha adoração à estirpe de themis é maratonando, então deixe o pódio à Demoncracy! (Abraham Tripier. Essas velhas diligências estão desatualizadas. Leia a próxima resposta). Vou vence-lo só, Ion. (Mal humorado. Por que não impetrar ação direta. Ver resposta anterior). Minha Cláusula Pétrea é sagrada. A palavra é minha Esposa, pra expor e esposar, vender e venerear, e quios maçaricos coroem nossas núpcias! Até quio Bafo nos separe! Mamém. Cuidado pra não embarangar com o passar dos meus anos. Seja tão jovem quanto sua vó! O homem do anel idedal na joalheria errada, mas as palavras certas conforme o ritual! *Ubi lingua nuncupassit, ibi fas! Adversus hostem semper sac!* Aquela que não siluminar com minha lua cheia simtregará pra ti como a espevitada e a assanhada! O homem que não tem musicaos em si nem simpressiona com as conquistas [167] da lei da palavra, que nunca deusvorou seu ego e deixa a terra in transe em direção à laweissgem cerebralhms, quando teve esperança de quio céu na terra expulsaria sua histeria, peregrinou à minha pregação, um coração nas trevas do orgulho de pã, quando o trovar dos céus raiava o ódio da thormenta, rogando poruma bocada na noéssa arca de *Noisdanger*, euzinho e Mac Jafet, apolíneos numa quadriga, lhe escoiceando? — haydn! — siele fosse mi próprio hermano do peito, meu incomensurávil amor duplo e único viés do meu ódio, fomos pão assado pelo mesmo fogo e palidez marcada pelo mesmo sal, se tivéssemos servido ao mesmo mestre e roubado a mesma caixa de piadora, se kamassutreássemos na mesma cama e sentíshemus o picassumus da pulga, homogalante e hemocaospositor, poetife e prosaguiçoso, tomado por villão-lobo, mesmo quia reza me descompassasse o cuore som, ainda temo que deustestaria dizeus-lo!

12. *Sacer esto?*
Resposta: *Shemus sumus!* [168]

Tradução: Luis Henrique Garcia Ferreira

7

Shem é tão rubrica de Shemus como Jem é joycoso para Jacó. Ai anda existem alguns bautrilheiros que pretendem que aboriginariamente ele foi de respeidável tronco (foi um fora do léxico entre as linhagens de Ragonar Barbazulca e Horrild Fiodecaimbelo e cançãoguíneo de Capt. o Hon. e Rev. Sr. Bbpicapound de Thothrop Blogg estava entre suas mais distantes conexangues) mas cada honesto homem com a bundad na terra e no espaço de hoje sabe que sua vida traseira não toletraria ser escrita em preto e branco. Fakeando verdades e mentiras no mesmo balaio uma selfie pode ser feita do que esse mestiço de fato parecia parecer.

O ultraje corpóreo de Shem, parece, incluía cabeça chata, uma oitava de cant'olho de pardaum, nariz de pinóquio, braço entumecido no cú me da manga, quarenta e dois cabelos cadentes da cuca, dezoito de seu escapo lábio, um trio de pentelhos de seu nelórico queixão triplo (filho do shêmem), o ombro errádio mais alto que o direito, orelhão absoluto, uma língua artificial com ondulaçom natural, nem um pé pá pisar, umamão de polegares, um estômago cego, um cuore som surdo, um fígado brocha, dois quintos de duas nádegas, uma hahahapidinha adolescente pro seu tamanho, uma raizada masculina de todo mal, uma pele finnia de salmão kellsta, sangue de enguia nas frieiras dos deusdospés, uma bexiga tristandida, de tal modo que o jovem Mastro de Shemmy na sua primeiríssima debrochada no cobecinho da sua proto-história se vendo a tal e tales quando jogava cardumes de palavras nos duo'jardins de infância, Grifoatrofiado, na Rua dos Porcus III, Chublin, Velha Hoirlanda, (voltaríamos ali hoje para sensasons, travessuras ou gostosuras [169] de sentido?

refluiríamos agora para annas e annas? ficaríamos pela pontuação completa oito e uma lilettra? por doze blokós e um quincas bobo? por quatro testadores e um falador? nem por um dinairo! nem por nonada!) ditou a todos os seus puteirinhos e novinhas docinhas o primeiro enigma do universo: perguntando quando quium homem não é um hombre? exegesendo-lhes um bom templo, fritando o jung, e aguardarem a maré baixar (porque desde o primevo dia era uma quinzena) e oferecendo um caranguejo agridoce de prêmio, um presentinho do pastado, pois a idade do cobre ainda não havia sido cunhada, para o vencedor. Um disse quando os céus tremem, um sem agudo disse quando Boylanmolly beija, um terçario disse que, ele não, quando espera a penas um pouquinho, quando é um agnosteca a-determinado, o próximo disse quando o anjo da morte chuta o balde da vida, aindoutro disse quando o vinho está pelo juízo final, e aindoutrem quando uma mulherona curva o kóccix pra dar porrada nele, um dos mais pequeninos disse-mim, mim, Sem, quando papai paparicou o harbuor do porto, um dos mais comicuzinhos disse quando ele bloquear yeats e zemear zelfs dele zerá zoomperkonhecido, aindum disse que quando você está velho estou grey porque caio no cheio do sono, e mais dum quando pequenus caminhantes mortus, e outro quando ele apenas é depois de ter sido semitizado, e outro quando sim, ele não odeia bananas, e doutro quando uma dose de porções começa agora a revoada deusles até o telhado. Todos estavam errados, então o próprio Shem, o doctado, pegou o doce, pois a solução correta — todos se rendem? —; quando ele é uno — vosso até que as rochas se separem, — Shamém.

Shem era um shaunsificador e um shaunsificador abjeto e sua imundice apareceu primeiro pela comilança. Ele era tão baixo que preferia o salmão de Gibsen enlatado à hora do chá, tão barato quanto agradável, até o mais gorducho e macio ou brincalhão salmãozinho, salmão ou truta maluca que já foi assada entre Leixlip e Island Bridge e muitas foram as vezes em que ele repetia em seu botulismo que nenhum abacaxi selvagem cheirava como as mentiras tiradas às sacudidelas das latinhas de Ananias, Findlutero e Gladstone's, Córnea House, Englordaterra. Nenhuma de suas Balaclavas sangueazuladas de uma polegada de espessura fritas-até-o-talo ou pernas sucogelatinosas do cordeiro de zeus do Grex ou pés visigordos de porco ou uma fatia gordeliciosa de peito de ganso no prato depois de generoso recheio de pudim de ameixa mergulhado num [170] molhago pantanogruesco pra um judeu decoração à grega! Rosbif da Velha Zenlândia! ele não podia nem o tocar. Veja o que acontece quando o seu saramagotófago tritão leva a sua infanteasia pro nosso cisne virgentariano? Ele até foragiu sozinho mesmo e vira virou uma farsa, dizendo que muito dantes petiscaria as lentilhas d'Europa do que se meteria nas ervilhas a extrair cisões d'Irlanda. Certa vez, quando entre os rebeldes em um estado de intoxicação irremediavelmente impotente, o piscívoro sexforçou pela ereção de uma casca czitround em qualquer narina, soluçando, aparentemente desprezado pela vergonha que passou com sua falhada glótica, quele kekkeria que florisse pra sempre pelo odor, como o czítrico, como o rum gelado, como um cedro, das nascentes, nas montanhas, com limões, do Líbano. O! a baixeza dele estava abaixo de tudo até do afundamento da queda! Não degustava flambágua ou o primário shot da primeira rodada ou gin queimagargântua ou honesta cervejartesanal tampico. Ó querido não! Mas o tragicomicú bufão soluçava profundamente enjoado da vida em uma sorte de mandarim ruibárbaro verdamarelo alegrezulado do klee bom di vento morriendo di vontadying do suco de maçom espremido da frutuvazeda e, ouver-lhe entre a bocálice sedimentada quando ele golfou mmmmucho nas mmmmuchas cabaças dele vomitando quase tão rasteiro como eram os bábeldos, que sempre sabiam quando tinham bebido demais e estavam zangados com a hospitalidade do fedaputa quando descobriram horrorizados que não podiam aguentar outra gota, vindo diretamente do nobre toycinho branquelo, jó, wide sentou perniaberto, jó, jó, não esconda o quê o porquê te pede, jó jó jó, o barrilgudo de vinho, da sereníssima mais que bakant warquiduquesa, siela é um pato, ela é uma drucha, e quando tem um humor tepeêmico a culpa não é dela, agora é isso? retruques artísticos, engrassádico pro que você sorri, fantasia que ainda stá nela, Epifanny Urinia.

Não és supimpa, heyn? Ervilhaman! Falar sobre babaixeza! Quaisquer cachorr'annas visuviomente escorrimentadas majestosamente deste sujo escurovelhinho na quarta flashada que a moreninã Bulloch-Turner-chifruda deu com sua kodak a sangue frio chumbando o ainda não remunerado apóstata nacional, quiera timidamente covarde de armas e câmeras, tomando o que carinhosamente supunhetava atalho ao Cais Fé, Amérigas do Soak, via o navio *Pridewindio*, depois de ter enterrado um machado assaz não muito tempo antes, pela maialvada exaurida de bens, numere [171] dez pra sesmariar reinos, em Batatapopolvuh, frutinhas e henryflowers musicaules, com seu *Kiabho, chavi! Sar shinha, pennimenta?* ela sabia pelo andar noivicioso do loucau de bridewell quielera um homem nefausto.

[Johns é um açougueiro diferente. Na próxima vez questiver na cidade saúde-o com uma visita. Ou melhor ainda, vá consumer. Você desfrutará da carne à primavera dos pecuaristas. Johns e o cúzido agora estão completamente divorciados. Engorda, abate, esfola, suspende, esquarteja, quartos e peças. Apalpe seus cordeiros! Expo! Aperte como coleira! Expopô! Seu fígado também é de grande valor, uma espacialidade! Expo é pop! COMUNIGADO.]

Naquelazeras dozextrumes, mui avaras, um geral, sesperava por amor ao vômilton ou de qualquer forma se apostava entre os coveiros quiele quedaria mal, desenvolveria T.B. pulmonar heregeditária, e se entontaria num templário dândi, não, em acobertada noite sem fundos de crer y dores a descoberto, ouvindo música grave e um espirruagudo do Eden Quay suspirando e roletrando, sabendo que tudo estava falido, mas, ainda que afogando-se num mar de dívidas, nem mesmo então o antinome do typo poderia ser resgatado. Ele não lança-chamaria seu cérebro; ele não se jogatinaria no Liffey; ele não sexplodiria com pneumáticos; ele não quis abanar-se com uma folha de relva após siengasgar com o pão de açúcar. Com a licença do diablo estrangeiro a nativa fraude frágil enganou até a morte. *Azim*, caboleando (mas sacudindo o valor de seu focinho: Guardacosta lerollero? Szesus Kricrizto!) do seu manicômio Neropublicano ao seu Jonathanislaus por um irmão: Aqui hoje, amanhã ido, estamos arruinados, faça algo, Fogo pálido. E tinha resposta: Inconveniente, David.

Vocês veem, shaunpas, vai sair, assustadoidamente é claro, mas o despedaçado e o diminutivo disso é: elestava com memória esclerosada da poesia celta. Todo o tempo seguia valoéryzando com merecida satisfação cada falaciazinha, cobiçando a textuda palavra do vizinho, e se alguma vez, durante Munda conversa apalavrada no interesse da nação, delicados golpes foram em um lance dedados contra ele cú tucando seus hábitos bem winddigensteins por alguns mais decentes, impl'orando em vão pelos argumentos das escrituras com o improprius papista sobre suportar as coisonas dos garotos, Malandrão, e ser um homem em vez de um scroto, papou tudo, tal como: Ore, qual é [172] o significado, soulsynto, dessa expressão continental, se você nunca se crucificou a ela, pensamos que é uma palavra transpiciosa como *canaille*? ou: Você já steve em algum lugar, kennells, nas suas viagens de guliblins ou durante trovaduras rurais, por sarcasmo tropeçou em um nobre jeovazihno gay choramingando em nome do Porco Baixo, que sempre se dirige à las meninas pelo canto da boca, vive dempréstimos e em fuga libre nos seus trintetrês didade? sem um suspiro de pressa como o peidante supremo quiele era, nadica arrepundido, seu rosto lembrava o dium roceiro vagabundudo, enraizado com a península horélhica cotonetada no exterior do fofocouvido e depois, falastrando, a tagarelisse parnelliana, pra matar o tempo, e esbofeteando o melhor morto pra fabular o que, sob a tenda armada de Jansens Chrest, quaisquer filhos discentes de um Albiongentilhauptmann que foram à universidarta pensariam, deixe quiuma quaresma indique e comece a contar toda a inteligência admitida nessa conclamação santa das fáceis lalínguas indianas (ja'cque, agora e antes dos psicadoidistas, advogados mascates, políticos de camplenário, agricloacas manufreudarores, sacroscrotos da Sociedade do Rio Puro, filantrofálicos amotelados ao mesmo tento em tantos comitetas parnelstéticos quanto era possível) toda longa vida da porco-história de sua cornoexistência completamente livianna, abusando dos seus ancestrais onde quer queos sodomortos estivessem e num momento de tara crescente sacando seu pistolão (poh!) sobre seu célebre finnio Pappamais, Sr. Humhum, a quem história, clima e entretenimento contabilizaram entre os primeiros da seita dos infinndos endividados, embora até os ouvidios do'Céus escutem as contas cantaroladas na cara dele, e em outro momento vanversaram três zombarias (pah!) pelo podbre fantasminha corado de Peppymplora, Sr. Elemesheumy, um desolador, um defumado, um podreroso, um rascunhado, um chupapeito, um pateta, sétimo sujo entre bandoleres e sempre de bottom e sawyer, até agora ninguém sabia quanta cagada o homi cãoseiro podia fazer, dando testemunho não solicitado em nome do ausente, tão solúvel quanto uma goteira para os presentes (quem enquanto isso, com a falta de interesse por sua shemântica, permitia que várias risadinhas subconscientes babassem lentamente por seus pescamentos), explicando inconscientemente, para tinteiros, com uma meticulosidade que beirava o insano, os muitos significados de todas as diferentes partes estrangeiras do discurso que malversava e peixinchando cadafalsa mentira inri'futável sobre todazazoutras [173] pessoas da história, omentindo, é óbvio, preconscientemente, a simples fala e praga e veneno com os quais o em cú ralaram até que não houvesse uma prega de olho entre eles, mas foram totalmentenrolados n'o tambor do molinete pelo recital do sem senso.

Ele foi sem proverbiar queo cull não deliciava qualquer coisa que se aconchegasse duma planície de retidão ereta ou linha nocauteada e, muitas vezes foi chamado pra arbitrar trocadilhos dueletrando no octógono, o consumado lavado sempre usa ozombros pra sexfregar no último locutor e balançadores de braguilha (no toque de mãos o corpo fala) e concordarwin com cada palavra meia-bombalzac tão logo ela é dita, domina-me, sou seu servo, bom, me curvo, como, meu veerbo? beba isso! suma verdade, gratias, estou em ti, vês o que ouço?, também me possuas, eu rogo, tá ok?, me preenchas com isso!, quero, você pro meteu, a paz do falo, muchas gassyas, miras naquele lugar? há um gayélico núcê? pro seu própriapo bem, seu euxofre, e numa rapidinha já focando toda sua destrambelhadatenção ao próximo octagonista que conseguiu chamar à tentação o olharouvinte, perguntando e implorando-lhe pralém da sua piedosa piscadela, (*hemoptysia diadumenos*) se havia algo nú bundo que pudesse fazer pragradá-lo e verter sua trombasemtantador sobre ele maizuma vez.

Em uma noite que canhoneava granizos (houve uma chuvarada danada em sua partida) tão recentemente quanto há milhares de chuvas atrás ele foi por conseguinte tratado com o que lembrava muito violência paixonal, sheminhando insuspeidadamente através da melvilla deserta de Tumblin-sóbrio-Leafy desde a casa do Sr. Vanhomrigh 81 aquém de Mabbot's bien e du Mall até o Trecho Verde além dos augustos campos tijolíseos de Salmão Pool por equipes rivais de marolentos contra rápidos alpinistas que finalmente, tão montanhosamente tinham sido detidos os forawstheiros alegres, pensaram, negócio excita negócio, quiera melhor irem pra casa depois dos seus Beowuivo-para-Beowuivo, com agradecimentos pela noite agrudável, um e todos enojados, em svezvo de voltaire pro nibelungo anel dele, e despertar, reconciliados (emborestivessem tão enciumados como poderiam estar esses cús leoninos de todas as trufas que o provocavam) prumamizade, veloz e furiosa, que simplesmente surgiu da nociva baixeza do pervertido ideal. Renasceu a esperança de que o povo, [174] bizolhando-o com o desprezo dos desprezíveis, depois de lhe rolar primeirosamente na lama, podreria apiadar-se e peidoar-lo, se apropulgadamente despiolhado, mas o plebêbado era nato de Canalhágil e afundou até feder além-olhos.

Todos os Santos vençam Belial! Michael goleia a Niilistas! Não é possível! Já?

> Em lugar nenhum ainda o Todo Munderoso tomou partido de si mesmo para a sua Mollyére;
> Por nenhuma vereda Paispobres foram sentenciados a Vermes, Sangue e Trovões por toda a Vida
> O Emp de Corpsiquê ainda não tinha forçado o Arth'eros a sair da Engleterra;
> Saxões e Judeus ainda não tinham sobre um Monte de Palavra feito a Guerra;
> A Brubruxa do Bordel ainda não tinha Incendiado o Cabeço a partir do Homénage;
> Seu Arcoíris ainda não tinha anunciado a Pazpaz sobre juramento;
> O Pépedreiro do Amigogaago deve tombar, o Jardineiro Culpatético deve cair;
> Ovos Quebrados desejam continuar mordendo Maçãs pronde o Deusejo levantar suas paredes;
> Mas o Montezuma faz carranca no Riocorrente enquanto seus Filhoucos pululam seu caixão de cerveja
> E seu Riachorroncante leva a Sua Obscuridade tudo o que suas Filhas tontas riem ao seu Ouvido.
> Até os quatro Contos da surda Orilha Conservadora deixam douzebunros zombeethoven no Ouvidovos!
> Olelê! Olalá! por seus Entendimentos Perdidos! Sonoreja a Balada de Perce-Oreille.

Ó casualidade afortunada! Esquerdy leva o querubimbolo enquanto crava a Direitopata. A escuridão nuncarrancou pretólhos pra fora do jogo ocular não excretório, anti-sexuau, misogenético, pura arrotância, jogos de carne e sangue, escrito e cantado e dançado por Somsei que nada sexy da Warceltadadeusa, como as crianças jogam todozos dias, aqueles velhos (nada de seus méis e camusinhas albertas!) jogozos pra diwebersão e elemento que brinkarlvamos ao marximo com Bernardina e o velho Joe a chutocando atrás e na frente e a garotamarela pontadedando o pandeiro do velho Joe, [175] jogos como *Tom Tom o Trovãodor, Catavento de Xixi, Chapéu no Anel, Prenda suas Picaeretas e Jogue Caramurchão Grupal, Miguel e Lúciporkofiev, Moedinha nú Cofrinho, Sheila Harriet e sua Vacona, Adão quer Évara, Humilde Bunda, Magias na Parede, Dois e Três, Salto Americânus, Raposa sai da Toca, Viola Garrafas, Escrevendo Carta a Sancho e Punch, Tip é uma Doceria Top, Henrygalinha Chumpou Exsoldados, Batedor de Carteiro, Temos Boa Representatividade?, Salomão Silente lê, Urso apedreja Macieira, Conheço uma Lavadeira, Houaisspitais, Outrora Andarilho, Há Algum Sonhador na CasaCor, Batalha de Waltrirckerloo, Cores, Ovos até o Bucho, Raba do xerife, Contando Sonhos, Que Hórus São, Cochilando, Mamãe Afoga o Pato, O Último Homo Erectus, Alí Babel e os Quarenta Trava-cunilínguas, Inconstantolho e Bisbilhouvido, Casei mão mas uma única vez na Vida e não cometerei tal Pecado de noivo, Zip Cone Doce, Saci Pereru turco Empulado, É Assim que shemeamos a Descendência duma comprida e vigorosa Manhã, Lúpulo e Diversão na Maturação de Leitinho, Vi a escova do Toth com o Pat Fahegel, Aqui está a Vaselina pra lustrar as Bottoms do Padre, Quando seu Vapor era como um Rembrandt arcolorindo o Mar cú's Garvey.*

Agora é noitoriamente sabido como naquele surpreendente quebra-pau da Unidade Dominical quando a grande rinha germanogalinzélica estrelou severamente a ira entre nossos extraordinários weltingtoms e nossos subalterniños marechalizados e olhos irlandeses de boas-vindas que apunhalavam sorrisos pelas costas, quando vermerda, vicioleta e azul conheceram o chiaroscuro e rogaram que o verdi branco apostasse friosdouro no lutador negro byronzeado, categoricamente não dominador pelas máximas, uma rotulação medonha tirando o melhor dele, a escória maltrapilha fugiu de pijamas como lebrebebê em sua vã existência, pra Tavilândia a raça soletrária, perseguido por uma centena de pragas de todas as belas cidades e, sem ter dado um golpe baixo, (o porco meteu pistola nele com luxúria de levantar poeira porque há eras não tirava o atraso) kusky de kork se entrincheirou na sua casa pra batalha de tintas, malvadiamente o pior beberrão de puns, pra se escrevexilar ali por toda a vida, onde, como não havia um momento a ser perdido, depois de boxear pelas redondezas com seu pianoforte até ficar todo ba Bach e socar o blues no him, ele caiu cuidaidosamente sob a cama de Tieck e Schnitzler, seu rosto envolto na macintosh do guerreiro morto telêmacoolnaíma, com um boné de ninar insone e uma garrafa de [176] quentágua a seus pés pra recarregar sua energia de espera, geemeendoo debilmente, em monotema mongemarianal, mas o leibnizdinoso foi compridoído e então uma nação gritou, enquanto se engaguejou em engolir de uma grande ampullar, que o purgatório de sua caligravida seca era mais do quium cara-parda escravescriba podia suportar, shemiparalisado pela língua guerreira e todo shemozzionado, (*Diarista eMaily, cheia de Laços! Santa Malynche, Mãe por cima de Deus!*) suas bochechas e ceroulas mudando de cor toda vez quiuma penistola rá-tá-tá-entrava.

Como é isso pros poetrastes, leigos e gentilmonjas? Por que, tchutchucão do Crucificarmas, continentes inteiros retombaram com esse mau Tempodelavourarcaica! No mundo dos mortos é hora do estrelo shem sobre o divã, (Stellas amanhecem revoltadas entre velas) com uma simpl(O!)ria menção a essasqueroso rymbald exclamaram: Joycertões!

Mas quem, a naum sense dium manicômio, o acreditaria? Nenhum desses limpinhos querubundas, Nero ou Noboodisonester em pessoa, jamais alimentariam umopinião tão má de seu monstruoso maravilhamento como fez esse defoeciente mental y moral (aqui talvez na vanascença de sua ninhada pestilenta) quiem determinadocasião era mais conhecido por agrogante que por gunnvard, enquanto bebia um celestiálcool de levantar defunto à saúde deste interlokithor *a latere* e sucatáryo sanitário particular com quem costumava hablar, no kaféka bars, com Davy Browne-Nowlan primeiro, seu gêmeo olimpodominante, (esse presuntosso de latido poético pseudoente auto viralatou-se com o tosco nome de Beachgelato) na varanda dum boteco cigano (Shem shempre blasfemando, tão sagradescritura, Billau, ele tentaria, Bello velho, e pagar cada rapariga de boca próxima a seu único amigo congregante de suas quatro sopas, Bolly, tão certo como há cauda num cometa, como um gosto por quarenta dentadas da stórika, isso pra ficar, pra ouvir, dávint minutinhos mais, Bully, sua Balada do ente Imaginário que deveria ser apelidada de *Vinhuva*,

Mulhiere e Águarelógios, ou *Como um Cara Fodido e Chifreud Fica Enquanto Enlouquece,* por Maestro Sheames de la Pluma, algumas das coisas maizaterrorizantes em assassinato à mão espelhada) quiele steinva porfawoolfpfpf (parnelle me!) ciente de nenhum outro shapicareta, outro Shakebarbardo, ou pré-textualmente diferente de seu polo contrário ou precisamente siamesmadox como balbúrdia (perdão!) do jeito que desejava ou imaginava os henrygêmeos como ele próprio e que, grande whiscott, reidickens e thurggêryneve, embora ele fosse raposamente caçado fuxico a fuxico como um coelhinho carroll'deado por todos os mall te leões [177] de Enfadonhos ivanhoés gagás thranckeirays contra ele, sendo duma língua lapsa com violenta dublinagem minimartística, daninho desgraçadico diapaizão decapolar deprê doido dodecafona drinkpsomaniaco, as consequências da casualidade pré-importunaram palavras-cruzoezadas em posposição, desajeitoso, desajeitoso mesmo, desajeitozão da porra contodascoisas, se sonhos de papel dreamspertassem a razão e sua subletrada linha durasse ele limparia o assustador pesabeco inglês, prosando multifonestesicamente, pra fora da face da métrica.

Após o baita susto ele ensanguentificou-se, dia de Sãobárbaro, ainda que todo umbral na calejadaldeia Lucalizod tenha sido manchado com generoso sangue de primogênito e que cada calçada livre tenha se tornado escorregadia pelo sangue dos heróis, clamando aos Céus pelozoutros, e noés e burrilkes diluviando lágrimas de alegria, nosso abjeto esbanjador nunca teve o hábito de sacrificar cordeiros pra alshemizar o composto enquanto toda multidão o iluminava por tochas, cortadoidos e fatibardos igualmente, mobbulizados em mazza, wadeando e bandeando no entorno, yampyam pampyam, cantoclitoriando o coro de Gilloolyta, do Livro Monstro do Paltryattic Poeteiro, *O pura e pia bella*! em velharias e shampootas ou no secular tinteirum, cabeças arriba, em sua autêntica vocação (o pequeno povo rastejava de quatro pro seu natural adestramentuescolar senão infantilmente alegre quando um vadio assobiou cantando baritonamente) e felizardos pertencentes do melhor sexo em sua busca diária por coisas elevadas, todavia competindo com Lady Forjamitos pra vingar Mac O'breiro, marchapedraram com sua brigada em pés gentis, plinkity bockett, cruzando os seth arcosiris da ponte *dei colori* encimados sobre a lama depois da guerra-pra-finndar guerra por Messieus dum governo de eruma vez uma esmolinha (dia de Finnados!) ele elevou um tom pra espiar uma xixistrela usando um poderoso telescopênis dezoitão falconicamente tridesenhado, luminoso pra labaurd como os lampiões da rua Nassau, fora do seu mais ocidental buraco da fechadura, cuspindo pra lubrificar sua impenetrável flor, (e essa porkarnalidade foi naquele outonú) cú um fio tenro desperança em sua alma tremente, enquantorava à nuvem Incertetuda, de autodescobrir, por konta de todazas regras em Kroukaparka ou ouvindo todazas cãoções infantis em Katalavala, se a verdadeira conciliação estava forjando o futurolho ou recaindo depois da intemperança celestial e, pelo Córnearuim, porque, com suavisão me vê e olhoporolho vê um corvus e seu frakofokuofuskado [178] ama leigos na visão significantada, ele conquistou o encanto de sua vida po'óptica quando se viu (*hinc sunt leonnes!*) piscando à durkheima-roupa sob o cano torto do rivervólver dium chifrucão cuma intenção exemplar, coagido porum contraversor desconhecido que, hipotetintamente, teria sido mandado pra chumbar no escurinho o tímido Shem deveras cagado à revelia de seu focinho reluzente porum momento pra olhar na cara dos fatos antes de tomar mangueiradas e amassadas (kidbengala e dalai-lambada nele!) por seis ou doze gayrotos.

O que, pra Saom Plaom, em nome de Deucalião e Pirra, e do penico perfumado e dos deuses copeiros licenciados e Stator e Victor e Kútis e Rugas e toda mesa redonda de Lourenção Otomina em convocação desse tipinhumano desinteressantemente baixo, essa Caluniosa Coluna de Cloaxidade, essa Baliza Bengalesa de Biloxidade, esse Apelão Annamita de Atrotskicidade, realmente, será preciso clarificar, pois ele parece estarlim em condição leninstimável?

A resposta, pra todos que costuram mortes em um dedal, soaria: ele mesmo puxar de seu mais impressionisticamente saboroso canalbis o enorme baú de seus anciânus, (o *Popapreta*, e algum navico, navivos!) ele subiu cambaletrante cocaindo viciado em drogas e bebidas, em progressão megalomaníaca de um passado vão grogh. Isso explica a litania septoanuncial de honorificartas trompeteadas, estouratímpanos, erudita, neoclássica quiele amava tanto como manuscrever aristosocraticamente depois de seu nome. Teria se divertido se algures assistisse ao espetáculo arrepiante desse doidoista semidemente em meio à inspiração suja de seu antro glaucômico fazendo de conta que se lia seu ilegível e inútil Livro Azul de Eccles, *édition de ténèbres*, (ainda suspira o Maioral Diferentão, Dr. Pãoundelow, autorizado inquisidor e censor, não pode ser repetido!) virando três páginas ao vento, dizendo-se gostosamente, espelho espelho mor, que cada estardalhaço do pergaminho quiele vendou eruma visão exilada mais esplêndida do quiuma anterior p.u.t.a., uma relaxante schoupanahouse rosada à beira mar pro ócio eterno, uma sorte de damas livres meia-calçantes, um esgotorre transbordando vinho dourado da guinéss com brancusimongepadrepio e ostras sifilíndricas custando um bilhão a bocada, uma casa de ópera inteira (deveria haver um só espaço pra carimbar no pacote do incitador e [179] seu faz-me rir continuava inchando) de nobres meratrizes entusiasmadas jogando cada tricotada coroa carmesim que tiveram em sua cena uma atrás dazoutras, indamagozadas até enlouquecerem numerecidoooyes, em sua aleghreri pantomina, quando, pelas barbas do profeta, are baba, de acordo com todazas contatruques, ele ré tumbou alto o sol fejo mi *Dó Lá Shem car ce ra do Gri to sem fá* (zzzumbido, orelha judia distante! saboneteira! boba baba de sabonateus! juoyce como um passarinho!) por cinco minutos inteiros, infinitamente melhores do que Barítono MC'Sorte com um chapéu esplendidamente ereto ao cubismo, e uma trindade de plumas de crocheese verde-tangerina enganchadas à direita de sua cabeçamarelada, um paletó macfarlane (o corte mais fino, entendeu?), uma medi'eva espada à costellana d'adão, (*Alfaiateneu trococôdilho*) um azulbloom chupablosta pra sua blusa marca peito rosa e uma insígnia do deão com a qual o condecoraram Cardeal Lindundarri e Cardeal Carchingarri e Cardeal Loriotuli e Cardeal Occidentaccia (ah! ho!) nas adoráveis competições duplenenses de queda primária sobre obstáculos, madame, doutro lado, e.t.i.q.t.a., mas com a luz desfoucault, a impressão nebulosa, a cobertura mahlertrapilha, a páginamassada, os dedos descaartesnados, as pulgas de trote ágil, os piolhos hobbesos, a língua espumaflactuante, a lágrima nozóio, o nó na gargântua, o moby drink no cantil, a sarna na palmamão, o seu arfar de sofreguidão, o seu bafo de amargonça, a lévy-bruhlma de sua mente insone, o farfalhar de sua árvore cerebralhms, o tic sem tac de sua consciência, a cúpula de seu taj mahaiva, o fluxo de seu fundamenstruado, o fogo na sua goela, a sua hemorroida coçando, suas bolas emboloradas, o straussbismo em seu olho, a gonorreia de seu comedor, o bychopin em seu ouvivaldi, as cambalhotas dos dedupés, a herpes de sua barricarta, os ratos em seu sótão, os mor cegos em seu campanário, os perikeats e beija-bloomdas enamorados, o berreiro e o pó nozouvidos desde que levou um mês pra roubar um março de cigaletters mais duro de memorizar do quiuma palavra por semana. Linha da pescada! Brincadeira do gancho! Podes fisgá-lo? O que! Digo, podes whiscá-lo? Já se ouveu tamanha paodisseia desvairada? Positivamente é preciso usar gorro de vênus pra não infectar o pensamento.

E ainda o spray parabrigas usado pra vangloriação de hugue nota só em voz alta no chauvineiro quando Papáfrica erum construtor bôer e Oilandês erum estudante lexical, palavra, e corrigido com o quadro-negro [180] (tentando paucoplagiar o Globinglês ele pôs sua casa abaixo, gritando: Bravo, em Coro! Letra firme! Colossal, Largo Wallor! Palarte!) como siele tivessessido desmamado do seio de todazas famílias caça-tesouro do kondinsky Piupiureino diouro, país dos Suábios, a terra do Nada, Nação do Desdém, Pensão Foz'Danúbio e Polis'Bárbara, que havia sextabelecido e estratificado na capitalgoras após sua metropoliarczarção hebdomadária como sol maior, luau cândido, sangrento, desotimista, jovial, arrogante e farto, ordenou a saída das sun tzuosas instalações na maioria dos casos por causa de seu cheiro que todazas cozinheiras eminentemente objetavam por assemelhar-se à bombolha de puzzo que saía do pozzo. Em vez de achutar o saudável modelo servil gancholonizador (coisa quiele nunca possuíra em sua propriedade nigeriana) o que você acha que Vulgariano fez senão frutifurtar-se indiscentemente pra shaunsificar os seus vários estilos de assinatura de modo a um dia emintir ao público um cheque epicamente forjado pro seu próprio provento privado até que, como fieldingnamente relatado, a União das Faxineiras Mucannas e Irmandade do Lar, mais notória como Saciedade da Moita Animada, o enxoxotou e ajudou a natureza até pisoclitorear o botãozinho duaborrecimento completa e totalitaristamente pra fora do lugar no kahlor do momento, prendendo as narinas (pois ninguém, cãoçador ou safodamas, nem mesmo Turco, capataz el greco em perseguissanta do vulnerarmênio, housou cheirar esse gambá a nariz nú) e fazendalgumazobservações pontaponto tão boas como a despoluição do Cheiraliffey, vossa onipeidança, abençopre os porquês fétidos da mentira, jesus.

[Jymes quer ouvir de usuárias de roupas femininas abandonadas, gratamente ganhadas, cardigã cotelã, enxoval completo de calcinhas e bijuterias, pra começar vida em comum na cidade. Seu jymes está desempregado, sentará e escreverá. Ele recentemente comatou um dos dez mandamentos contudo ela agora o proverá. Superior constituição, doméstica, boa de cama. Também ganhou pontapés. Ele gosta. Cópias. ABORTASEMENTES.]

Nem mesmo se pode começar o pós-figurinismo excepcionescando o neo-estatuesco como cão sarlento em realidade o excomungado Tímpanocondríaco, Hamiscelta nato, realmente era. Quem pode contar quantas pseudoestilísticas [181] shamianas, quão pouco ou quão muito das mais veneradas imposturas públicas, quantos palimpsestos piedosamente forjados escorregaram em primeiro lugar por esse processo mórbido de sua pena pelagiarista?

Seja como for, mas pela luz fantasmagórica do brilho de sua gnose ao deslizar lucifericiosamente em uma polegada de sua página (ele tocaria vez ou outra, o olho vermelho do seu medo da tristeza, pra colorificar pela escola berlitz em sua gramalunática e suas educandas matemasturbando-se aos gritos de alegrarotas: gengibrech! bakhtinta! chonchambreton! cinserorwell! zinnzabaloy! tintura e gin!) Pennisman nunca teria rasurado um serigrafinn no pergaminho. Pela chama efluviosa da sátira rosada e com ajuda do rubor simulcrônico em sua pennela (uma guinesis e uma garota quiele chega lá) ele rascunhou e rabiscou e borromeou e escrevil anonimamente shemvergonhices sobre todos kekonheceu, até compartilhando uma precipitação sob o guarda-chuva dos exirlandeses ociosos de um muro à prova de lamentachuvas, ainda que tudo acima e abaixo das quatro margens deste catingudo Shem cheirador de todos os males (devoto de Odincadente Sardanapalus) que costuamava pontilhar incessantemente retratos inartísticos de si mesmo no ato de recitar o monólouco interior do vecchio Machiabello *Hanno*, o *Nonanno, acce'l prubblemm'*as, ser Autore, j.a.j., um jovem paolo muy piranbello e com líricas de amor pra sua menina dozolhos, uma autoral voz de tenor, uma renda imobiilária de centetrintedois dracmas por jarda da propriedade usucapiada de Broken Hillvard, sentido Caimbridge, fazendo gandhi figura num traje de corte fino de dois guinéus e numa pelica oxfode alugada pruma boêmia quarta-farra, livi anna pluralongou seu par de tingidas suíças italianas abrilhantadas com vaselina boricada e bálsamo frangiapuccini. Putz! Que imurmurial!

O cortiço de O'Shente ou O'Bsheme, *Quivapieno*, conhecido como Tinteiro Espirituoso, Alamedo Enxofre sem número, Irlandásia, infestada de racríticos, com seu pseudominó FECHADO escrevinhado em sépia na placa da porta e uma cortinegra blake'out sobre geamelas morcegas, em que o pactuário filho do cárcere secreto tinteando pela vida às custas dos contribuintes, abatido dia e noite com casca jesuíta e mordidazeda, hydra [182] incendiana de zolfor e mina explosiva por Queasi completos de lira dos quarenta Anos, a cada dia de todazas formas mais excessivas em violentação abusiva de si e dozoutros, foi o pior, espera-se, mesmo em nosso playboysta mundocidental por pura cagança de ratos campônios. Você se gaba do seu castelo de bronze ou da sua casa geminada em ballyfermontaigne? Negs, negs, e negues ciclicamente. Pois isso era uma tinta fedorenta, muito caótica do excretor. De fausto, tardios navegantes Anglos lá pensaram que nenhum Edam resplanfedia mais raro. Meu doideus! O piso deformado do covil e as paredes fofocacústicas dalí, sem falar das colunas e impostes, eram persas literárias com calientes cartas de amor, histórias reveladoras, nudes autoadesivos, cascas d'ovo impostoras, best-salingers, pedregullivers, herman brocas, baiacus, amêndoas amigdaloides, passas sem casca, alflaubertifórmula verbovisual, versos bíblicos, dito pelo não dito, visu ubíquo, ahems e ahahs, tintativas inefezes de discurso monossianlábico, você me deve, hinos caducos, catota de catarro, lucíferes caídos, fósforos consumados, gogoldenshowerberg, sotaquemprestado, jaquetas dupla face, lentes de negrolho, jarros de família, camisas mallarmégahair, escapulários Deusabrigrados, bermudões zeusrados, laços-gaylhotina, moedeiros-falsos, melhores intenções, notas ao tchecurry, latrinas litúrgicas retornáveis, moinhontros quixoteados e pedras tropikants, plumas penosas, digestões dolorosas, telescopos de vinho, apedrejamento de diabobinhos, trocadilhos gagaagoyas, purê de palavra avassaladoce, balburdia na moitta, publicações inquestionáveis, ejaculações desespermadas, per versos kkkondenáveis, lágrimas de crocodilorca, tinta da discórdia, cuspidinhas blasfematórias, alazão manco, colegigatas, leiteiras-moça, lavadeiras, esposas de taberneiros, viuvulvas festeiras, ex-freiras, vice-abcdessas, santinhas do pau duro, super putas, irmãs quietinhas, tias de Charles, vovós, sogras, madrastas, madrinhas sindicaliszts, recortes dimprensa à direita, ex queda e centro, parasita de verde-ranho, restos didente, latas de leite condensado Sujiço, loções da sabedoria, beijos de antípodas, presentes de trombadinhas, plumas emprestadas, commodus apertos de mão, promessas de princesa, borras de vinho, carbonos desoxodizados, coleiras transformistas, galos enrustistófeles, berlióztias estilhaçadas, sapapênis frouxo, coletes de notredama, horror novico do Hades, glóbulos de mercúrio, exilado reintegrado, vítreos olhos por olho, hamurabrilhosos dentes por dente, [183] gemidos de guerra, suspiros especiais, pesares resignados de longa data, ahs ohs ouis sis jas jos gias neys sims oesoes yeses e yeses e yeses, aos quais, se houver estômago pra acrescentar os pedacinhos, revoltas distorcidas, a inversão de todessa urinada música decamarão, dado um grão de benevolência, uma chance real de ver o dervixemano pombagirar, Tumulto, filho do Trovão, author-exilado em seu ego, numa noite em que tremeu brancagado ou vermolhado entre espelhorrores, ao meio-dia aterrorizado da pele aozossos porum fantrauma ineluável (queo Chisteredentor tenha piadada dele) extrumescrevendo o mistério de shimesmo na mobíblia.

Claro que nosserói sem caractere era infiel escudeiro de sipróprio por recrutamento da necessidade então ele construiu o quequerque signifiquiuma quitinete de pau a pica em stourbridge e um letárgicu galinheiro galeânus pela bem-avebotança de todovos (a maçã não cai muito longe da dumpty árvore) que o mais melodioso enigma forjado, em desafio à Purtaria 69 da Incontransável Preservatização da Natalidade (Metança e Periquitas), cantuariorlando larari larara no recanto gourmete, pela luz divguiness de sua lanterna, grelhando e untando em seu forno alquímico, claras e gemas e girassóis e gardênias à fragrância sheirazeda de *Mas blanca que la blanca hermana* and *Amarilla, muy bien*, com gabriervas cravocanela e gafanhotos e cera de abelha selvagem e alcaçuz e algas Carrageen e explosões de goji Barry e iguarias de Asther e mistura de Huster e fomentação de Amareloman e patê de Roseira e poeira estelar e lágrimas de pecaimdor, acurando a *Arte de Emparnnelar* Sharadas, cantando, pra total regalo no ritual de espernear ele abandonou a divertida Litith e gamou em Leitty

Leven, fermentando suas palavras armardilhosas, abracadabra calubra culorum, (seuzovos à Madame Gabrielle de Engoles, seus originovos à Mamante B. de B. Mafemede, seus ovolhos do Romanovo à pomme de ciel, seus uoves, oves e uves à Sulfarto de Sade, seus parasitovos semeando metempscócegas nos fundos de Monseigneur, seu suflê de cachorrovos com pet gato tostado à Mère Puard, seus Pecadovos alá Fé'nelle, seus Frigidovos à la chef Carême) no que era pra ser uma despensa (Ah ho! Se ao menos ele tivessescutado melhor os quatro maoméstres queo criaram Father Mathew e Le Père Noble e Pastor Lucas e Padre Aguilar — sem esquecer o professor secularistoteles Baduwino! Ah ho!) Sua Satânica naturezavara manganésica metalóide Sb mata-51monges jamais [184] precisou duma alcova grande como Li_3mousine, quando Roubart e Musiline sem quarklidades, ditadores púlpicos sob acusação de seus advogados, Mercenários Codex e Podex, e em beneficção nepotista de seu Paistor Flammeus Faulkoner, lhe esaú riram jacósamente de todas as cordeirais velas e da papeluda romana pra qualquer finn, ele arrevoou na perseguição de um grupo selvagem pelo oceano katártico e fez tinta sintética e papel sensitivo pro objetivo pessoal de desperdiçar sua inteligência. Você pergunta, em tio Sam Hillko, como? Que maneira e matéria disso pra estes nossos tempos perdidesportivos sejam camufladas em linguagem de ruborizar um Anglicano ordinário, não galiler sua natimorta rude e obscura língua, poderá jamais contemplar a letra escarlate na testa da filha da Babilônia e não sentir o rosáceo na sua própria maldieter bochecha.

Primum opifex, altus prosator, ad terram viviparam et cunctipotentem sine ullo pudore nee venia, suscepto pluviali atque discinctis pervizomatis, natibus nudis uti nati fuissent, sese adpropinquans, flens et gemens in manum suam evacuavit (altamente prosaico, fezes na mão, desculpe!), *postea, animate nigro exoneratus, classicum pulsans stercus proprium, quod appellavit deiectiones suas, in vas olim honorabile tristitiae posuit, eodem sub invocatione fratrorum geminorum Medardi et Godardi laete ac melliflue minxit psalmum qui incipit: Lingua mea calamus scribae velociter scribentis: magna voce cantitans* (fez xixi, diz que ficocô abostido, peida pra ser exonerado), *demum ex stercore turpi cum divi Orionis iucunditate mixto, cocto, frigorique exposito, encaustum sibi fecit indelibile* (Farsante O'Ryan, o tintolettra indelével).

Então, pio Eneas, em conformidade com a fulminante palavra que ordena encenações sem o terrenoni frio na barriga que, quando a cortina levanta, ele terá que produzir nietzschenonihomericamente de seu corpitcho incelestial uma quantidade não incerta de matéria obscena não protegida por direitos autorais nas Estrelas Unidas da Ourania ou merdeed e merdood e merdang e merdung pra ele, com esta tintura dupla, elevada à temperatura do sangue, ácido gálico em minério de fezesro, através das entranhas de sua miséria, reluzente, fiel, intragável, apropriada, este Menchevique Esaúatico e o primeiro czá o último alshemista escreveu sobre cada polegada quadrada do suínico papel ofísico disponível, seu próprio corpo, até que por sua sublimação corrosiva um [185] tegumento do tempo presente contínuo se desdobrou lentamente em toda palavralize da humordaçada história ciclorrodante (assim, ele disse, refletindo a partir de sua própria vida individual, inabitável, transacidesdentada através dos mornos fogos da consciência em um caos dividual, perigoso, potente, comum a toda carne, só humana, mortal) mas com cada palavra não putrificada desse moluscritor ele esguichara tinta negra no mundo cristolino quescondia e diminuía a charge de doriangrayer em seu boato hud. Isso existe isistamente após ter sido dito que conhecemos. E que débalus tome duplanal! E o dal débalus dabsolzão albfilhãooopftdanabal! Então talvez, aglaggagglomerativamente asasparlando, apesar de tudo e dando coices antes de equinificar-se em sua última desaparição pública, circulando o quadrado, pela festa denvenenamorte de Saint Ignaceous Papoulus, do Povópio Solúvel (lúpulo no sexto dia de erva na capela de Porcusóbrio, decarpete nosso rei, layo-tsézar baixum) e brandindo sua estiletosa caneta, o brilhante chaveman da troca bárbara, se é que penimenta no zarolhy dozoutre forza zazgrimas, o sargento de louríssias que pensou ser isso tinta estanislausva fora da profundidade mas brilhava no raso.

Foi o pequeno policialto Sistersen do Kruis-Kroon-Kraal, o santinela paroquial, o althor o cãothor o cavathor o atolathor o ensacathor o escavathor o madrugathor sonhathor, que fora detalhado de histórias poluídas pra salvá-lo, esse o quemquem, esse o quum, dos efeitos ligabólicos da argila suja em pequenos coágulos e burrânimes naparência, que recontra o pé movediço de evelinda afundando no meio-termo frank-existencial, Knockmareenheiro, Comty Mearda, tintubeando mais pra direita do que balançou presquerda, a caminho de uma protoproustituta (ele sempre teria uma (stp!) pombinha nalguma parte com sua arquiminina, Arcoíris, vestinome de Mergyt) justo quanduele deu um encontrón em manos na esquina dos maupassantes tempos sob a nuvem da noite entre as portas riwaisgners de casas dipensão infernais através de seu bordel lar privê, saudação pra horais graziosos como costumameiro: Donde nostrasdamas domadoras d'significãotes descamam arenques? Sergo, apalpe-me, o incapaz replica com altevitante sutileza tão obviamentespúria e, de caibelo em pé, depois da graça, com o natal sob seu braço, pra Masser Portalisty e Messus Purteiry e Miss Pertubady e Master Parteiry, como príncipe [186] da esfíngida, com um shillto shallto scorregaperu stripernu, o espeloteado. Whiskey! O albinão guardião dos pobres, apalpante de texticos de humor tóxico, foi literalmente surpreendido por um saco doloroso, como ele sexplodiu, pro qual ele foi, onde intentava a si mesmo, se você acha que vai, onde a corrida brisa da tarde é o êxito da cabeça que é buscado pelas tocantes mãos dele, insistiu e vacilou nisso em contrapartida com sua capacidade caledonianna pra Whiskynglês ver de odre cafetã pra vinho e ainda mais durante, olhando seus monstruosos assombros, foi-lhe dito, por exu, divertido presente preocupado com os mortos sujos de med, comuaquele beijo em arábia, conformiordem dominical e expressa do snobre rei, ele era primata nomeadamente portador de dois galões te rivers em casa, até o seu rinhosamente completo galindonicídio. Pica pico e nabo nele!

Paranormalvômitondstepheroplotina! Surra? Que mãe? Porteiro di ckens? Qual par sifal? Por que rotuladamente macoolco? Mas nossa indiguinessdade foi mais nuclearmente $_{pu}$ testada do que nunca por esse ingênio e neguin porteiro, rasteiro demais pra imprimir! Perpendendo de que Buatteirick O´Burcellta atire o brasão em Gelágua e Mar del Plata cante Kengas pro nosso Arenque set okt nov dez John Queijuyce marchaleatória! Não poe'dêmos, por misericórdia ou justiça nem por louvor a labirintos, ficar aqui pela morada de nossas existências, discutindo o desejo de Strelataurus Caimdente de Dezhumanos.

JUSTIUS (parodialo): Brawno é meu nome e bruit é minha brutura e tenho brumarca de bruscença na brutesta e tudo bem com cada traço e eu vou bruninar essa bron-trë-vida ou o belo bartúck bardo de Brownu Bessias. Eu sou o boycuri besuntado e brisado. Brunoparte!

Avante, Nãhomem d'Nolanda (pois já não seguirei teu olharobliquo e dissimulike pela forma inspirada da terceira pessoa do singuilário e pelos modos e hesitações do declarante mas me dirijo a ti, com o imperativo de meu vindicativo, provocativo e obdejeto direto), adelante, vem afrontoso, jubile-me, gilgamexa comigo, embora meu gêmeo, pra manolisamente rir em suas cores verazes antes da sua volta definnitiva até que cor versemos! Shem filho de Macadanna, me conheces e eu a ti e a todozos teus shemerisos. Ondestiveste nesse uterim, gozando [187] pela manhã toda desde tua derramadeira confissão no leitomolhado? Aconselho que te disfarces, amigauguin, como dirce há pouco colocke thumas mannos em mis manos e recite um pequerrucho confiteor noturvo sobre cousas simples. Deixe-me ver. As coisas olham pretas pra ustedes, Sheem avecqueiro. Precisarás de todos os elemitos do rio pra purificar-tiete de tudisso e duma bula papadre levanta finnado prarmar a barraca.

Oremos. Pensemos, obedeçamos e façamos. *Cur, quicquid, ubi, quando, quomodo, quo ties, quibus auxiliis?* Foste criado, alimentado, acolhido e engordado desde a santinfância nessa dual ilha de páscoa na pia mandíbula do céu hilário e rugente doutro lugar (roubos de ti à noite, tolice é o que te esquerda, brilhe como o sol pode!) e agora, verdadeiramente, um lavergnegro entre os brancorados desse século bastardo, te tornaste mente gêmea dos deuses acusaladores, ocultos e descobertos, não, tolstolo condenado, anarca, egoarca, hervéresiarca, você criou lo seu reino desunido no vazio de sua própria alma intensamente duvidosa. Se julga então algum deus na manjedoura, Shehohem, que não serve nem deixa servir, não ora nem permite orar? E aqui, paga a piedade, devo me alcorãojar a rezar pela perda do amoremio-próprio pra me preparar pra horrível necessidade de escandeláriazar (queridas irmãs, estão prontas?) naufragando minhesperança e meus tremores enquanto todos analdamos juntos na piscina de Sodoma? Tremerei por minha pureza enquanto eles afogarão em lagrimás por seus pecados. Fora com palavras veladas, novas Solemonidades pra velhos Malbanhados! Esse detalhe inarmônico, você o nomeou? Frio escaldante! Xii! Victoria! Agora oprobre de cachimbo suspenso, joãojacó, aindum adolescente (quequeu disse?), enquanto ainda pueteril em seu traje de banho com abotoaduras perniannas ganhou o ecstasyante presente duma bombautoerétil e excitadores gêmeos (você sabe, Monsieur Venereado, em sua arte dazartes, ao seu custo como ao meu (e não tentesconder) os muitos peanais que agora estou cundedando) e a sorte de brincadeiras que você deveria (se fosse tão duro como o vascularizado cura que te batiuzou, filho da candela!) repovoar sua literaterra noital e parlendar sua progenitura por centenas de fomilhares de cabeças ruivosas mas você frustrou [188] o incestuoso desejo de seus copadrinhos, sorfista, entre inúmerazocasiões de falha (pois, você disse, eu vou helenichistar), aumentando a malícia de sua transgressão, sim, e mudando sua natureza, (vê qiueu li sua teologia pra você) alternando a morosidade das minhas delícias — amor filtrado, tristão por shandyces, pequenua paz em pennamark — com sensibilidade, cornualhabilidade, passibilidade e prostabilidade, seuzoutros ludbrockers prazeres diuma wida bluterinamente domyetsca, até extrudando sua apolorgia ecribestrabismal, quando legivelmente deprimido, em papel indefeso e assim lenteaumentando a já infelicidade de nosso mundolho doente, escribastigmatismo! — tudisso também com cantaratas de incondessáveis catchaleens, o masculino tanto quanto full o memorioso, congestionado em torno de você por hectares e alqueires e postes ou poleiros, grossas como as areias flutuantes de Chalwador, mulheres realizadas, de fato plenamenteducadas, longe de terem velhos e ricos por trás do sonho de arrivismo, se elas tiverem apenas sua honra revolucionária, e não se intimidarem com tempo ruim, quando consumidas por amor de perdição, lutando por sua emancipação proficcional, um filho de Preocupação pra todas as filhas de Angústia, *solus cum sola sive cuncties cum omnibobs* (Eu seria o melhor homem pra você, euzinho), silenciosamente desatando aquele nó natural, vasos debussytuários ou vasos absurduchamps, pelo que não lhe custaria sinón dez bolívares de colar trabalhado ou o preço dium pingo di pinga, só uma palhinha, vamos cantar, da tradicional música desse charmozart mundolssohn paulera, (dois-nós! a-um!), acompanhada por um banda mediasna diouro! Saravá! Salve! Seiorita Misstressa Morna da dulcíssima castaconduta decotada de noiva! Ozolhos dela estão tão jubilosos que todos participamos do ——— noiviado!

Farejador de carniça, coveiro prematuro, fuçador do ninho do mal no seio duma boa palavra, você, que dorme em nossa virgília e jejua pra nossa odiceia, com sua razão descontruída, profetiza albionmente, profetateu em sua própriausência, cego exuminador de suas várias queimaduras e necroses e bolhas, feridas infecciosas e pústulas, pelos auspícios daquela nuvem de corvo, suassombra, e pelos augúrios de gralhas no parlamento, morte com todo desastre, a dinamitação dos colegas, a redução de registros a cinzas, o nivelamento de todozos costumes pelas chamas, o retorno dium monte [189] de polvorados doces reduzidos a pó sobre pó mas nunca implodindo sua obtusa cabeça argilosa (Ó inferno, aqui vem nosso finneral! Ó praga, sentirei falta do post!) que quanto mais cenoura fatiar, mais nabos picotar, mais batatas descascar, mais cebolagrimas cortar, mais gado sacrificar, mais carneiros sangrar, mais ervas preparar, tanto mais cálido o fogo e mais longa a sua colher e mais intragável o mingau com mais gordura até o cotovelo fumegando o seu maizalegre novo ensopado irlandês.

Ah, a propósito, outra coisa me ocorre sim. Deixe-me dizer-lhe, com a máxima polidez, foste ordinariamente projetatuado, seu nascimento foi falho, pra se padronizar ao Plano, como nossos cidadãos deveriam, como todozos nacionalistas são obrigados, e cumprir um chaucerto ofício (o que, eu não direi) num certo santofício (nem falarei onde) durante certazoras agostinizantes duofício (uma festinha clerical só prucê) de tal ano a tal hora em tal e tal data a maizoumenos uma semana *pro anno* (A Guinness, devo lembrar, era apenas pro seu trago, mas trapistonteou e quase caiu a limpar os boilers sternes como qualquer bispadre Yorick) e faça seu tripé de meia e assim ganhe sinceros agradecimentos da nação, aqui mesmo em nosso setor de carga, seu horário de trabalho e valium de ervilhagrimas, onde depois da proindigência divina beberiscou a primeira cervágua em sua weissda, do berçesplêndido onde já foi mordiscado até a cripta sua vergonha será duplamente maior, mesmo que nós, longos nós, isolado no canto com o colt, onde você era tão popular como um armênio entre os fiéis, e incendiou o meu casaco quando traguei a fumaça de parafinn sob a sua (espero que a chaminé esteja limpa) mas, sesquivando satanasmente de balas e boletos, você vade retro como Queima rosca de Hemingalway (mas ele aroudo o campo contra compassando) pra nos cantar uma canção de álibi, (o culefônema sobre a cinzura girolenta elevamplar metamorfética com a qual glaubrejosas rochas paradeslizam com seus subversistas) nômade, lunóptico abajurbilado, antinós, shemgraça infinito em meio ao riso reprimedo de todos pra ocultar sua escatofilia acasulada, como uma pastortoépia prosodita, monossílabos masculinos do mesmo opus numérico, um emigrante irlandês no rumo erráclito, sentado em seis pennyscos [190] à la corcuvado, um fraude charplatão desajungstado, voice (pelo riso de Scheekspainho me ajudará apenas com o epíteto?) acaso shemishemita, voice (gacias, creio quisso te descreve) Eurasiantártikong Afroameryanking!

Devemos seguir um ao outro com pasodöblin, engolidor de punhaizis, enquanto nosso führrerco, aindum forasteiro nú frontal jardim a sua felicidade, está pegando, (heil helptler! um micto, uma massa, um mote e um massacre de idieliots!) seu refresco?

Cresceu ao seu lado em meio às nossas orações mais rápidas na Machonaria Novena, Avenida Novara, no Patriciopódio-do-Pé-Decano, bobode, encostado, reciclado de selvagimna não lavada, na fiúza deles e na sua, (suponho que você saiba queo gambá sesconde porquele odeia o alfabetoceltarbóreo) aqueloutro, Imaculado, da cabeça aos pés, senhor, aquele puro, Altruísta doutras édipocas, aquele quiera conhecido pelos círculos celestinos antes de escapulir no ar, nosso crush e jovem que deveria ser médico espiritual, seduzindo todozos sentidos à celebrideidade volun otária, a falsificção mais vencedora da nossa rentável letreria, amigo dos anjustos, um jovem que os repórteres tão queridemente queriam como parceiro de jogo que pediram a sua marymãe pra deixá-lo ouvirar tomos confúcios de Kinkergarden, ervelho, e aceletrar sua bibliocicleta até todos serem irmãos kamaradovis na justiceira casa grande onde Donaldodd seinzola, só pra tedyficar a vida dele edda um tapinha e passa-lo de mão em mão como parfum de testicule, esse modelo madremodeirado, boa pinta sem uma verruga cujas toaletters espirituais eram o assunto de meia cidade, pra perverstir ao ocaso e ao anoitecer e usar vespertidos à aurora e radiar ao meio-dia e a mesma coisa pra hora do chákovski, mas cinco contra um o jogaram numa bela manhã de Maio nú Meio de seu Magnânimo, seu inimigorki do peito, porquele revirou o seu abçudário ou porquele recortou uma figura bonita no foco dos seus frontiospicios (não matou a um, não, mas a um continente!) pra descobrir como suas entranhas funkcionavam!

Já leu algo sobre esse tártaroavô papai da terra e nossos criadores visionários, Baaboo, o excaliburgomestre, que quis tocar ambos os céus com a cabecinha de seu cajado duro e quão insosso se afundou [191] nas águas de seu pensamento? Já conjectorou no herege Marcãonha e nús dois efeminados e quão rasputinamente ele pegou gonorreia do misticú Russo? Já ouviu a fábula da raesposa, do lúpulobolo e do macoolcorno e da herdeira hpvirgem dos Morrisonsos, ein, macocainada do barulho?

Malignóia na luxuria, coletor geral, o que Sua Santidroga fez na hora de comer com todozos fetos e leverduras cozidos, os abomináveis frutos lambuzados, as malas de cervejas tupi-guaranás, os fundos da Paróquia, me empazlideço, cura, que gatunamente persuada e alargue borboletras caridosas uivando pesado com uma voz ogra de sua horrível e atroz pobreza despírito de modo que nem poderia consignar uma coroa de Espinhos pra penhorar um casacão das Trevas e como sua ruindade era incurável, então foste, cachorrelp de Pecomedor Biltre e Pecomedor Boulezco, com a crista do galo e o *pas mal de siècle*, que, a propósito, Reynaldo, é o herpetipico remédio francês pro corrimento do granadeiro. Pra você dster sua prancha e seu lavadossos (Ou os problemas que perdeu!), pra lhe dar sua libra de platina e mil correias por ano (Oh, você estava excrucificcionado, preso honrosamente à cruz de sua própria cruelficção!) pra farrear sábado e dormir angelicamente (a fama chegaria a você entre um sono e um despertar) e deixe descansar até Parescrever e o pinto cacrowrejarem pra Danadamark. (Ó Jonathan, seu estômago!) O símio não tem secreções de sentimentos mas cataratas de lagrimas por mim, Pena o Shamman! Repetintamente na noite fedida eles chafurdam prapertar uma mão auto descompadecida, eu digo, as jezabelicas barbadas que contratou pra te roubharém, enquanto indessantamente encúsralava em sua palha molhada (Airlandês e banglaidéshtico) esses sonhos de chifres de marfim adornados por Rute a quem chamou de compunheteira, uma beldade da bíblia, das marmitas de carnegípcia do Eustonia museum e dos varais suspensos da Babilíbano. Mas a lua solnâmbula sorriu selene e os jatos deleuzes reluziram: quem nos choraminguante? Comporte-se, inconsistência! Ondestá aquela petit pensão alimentícia contra o nosso previsível dia chuvoso? Não é veríssimo (me fale, comebolo!) que, enquantuassobia suas loucas elegias em torno da pedra laskkkada do Pico da Mortalha, (deixe-o passartre, por favor bom jesusalém, em um punhado de palha, ele foi balbetizado após [192] enfardar o feno) você desperdishow entre os criados o excesso de sua extravagância e fez um hotentote pastor de dublinécios rastegeogear com suas migalhas? Não estou certo? Sim? Sim? Sim? Cera santa e luciafer! Não me diga, Leão do coilusaum roubano, que não é um hipócrates sharkante! Olhe pra cima, velhacúsujo, sejaconselhado por raposo e tome sua injessanta. O Bomdeuso Doutor meditou. Misture duas vezes antes das reficções e punverize três vezes ao dia. É noravilhoso linspectorante pra gripe e bom vermífugo pra solitária.

Me deixe terminar! Apenas um pouco de tônico a'judas, gema de todas as piadas, pra fazer você pasmar verde. Ouvê o que vejo, hommelet? E lembre-se que quem ourocala consente, Mr. Manjador de Pintorrilha! Deixe de ser civilizado. Aprenda a dizer não! Nananinanão! Vem cá, Herr Studiosus, até eu lhe contar ao péruca d'ouvido. Vamos sussurrir, pois se os barítonos acessassem o twitter dele cantariam aos telhados e então toda a Cadfagestada reverberaria aos crackers cantuários. Vejazz! Vê o seu reflesexo balouçar na vitrine? Veja bem! Curve-se um estigma até mim! É segredo! Joygo, digo, os livreiros! Eu o peguei do Shawante Totem de luz. E ele recebeu do Mullah. E Mullattes pegou dum aluno de Uniformiazul. E Gay Sockrats anotou da esposa de Potorpynchon. E Rantipollock sacou a piscadela da velha Sra. Tinbuzzati. E quanto a ela ficou confúcia com o irmanzoni Thacolicus. E o bom irmão sente que precisaria defecar-te-ler. E os Frágeis Folhetos estão simplesmente comcombinados. E Kelly, Kenny e Keogh estão em pé de guerra. Quiuma cruz mesmague sieu não depositar um auto de fé nela. Quieu possancorar através das épicas sespero que não seja verdade. Queo corpãozinho de cristo me sufoque sieu maproximar sem cáriedade! Sh! Shem, você é. Sh! Você é malouco!

Ele aponta o whisqueleto da morte e os vivos se aquietam. *Insomnia, somnia somniorum. Awmawm.*

MERCIUS (de si mesmo): *Domine vopiscus!* Minha culpa, sua culpa, um reino por uma falha! Pária, Caimnibal, eu que abjuradamente repudiei o ventre que te gerou e as peitolas que às vezes mamei, você que desdentão tem sido uma massa negra de jigs e jimjams, assombardo por uma convulsão sensitiva de não ter sido ou ser tudo o quieu poderia ter sido ou o quequerias se tornar, [193] geeemetendo como um homem essa inocência que não pude defender como mulher, eis, você aí, Casethmoremo-Cairbarômulosiris, e obrigado aos Filmes de profundis do meu atritivo coração, Dondeos dias ilumières da sua juventude estão minimimicamente eternizhades, agora antes de completar a hora da solidão ela saproxima e sopra maizoumenos antes de entregarmos nossespírito ao vento, pois (emboraquele da realeza não tenha bebido uma goethícula de sua consumação e a floreira deflorada no bambloom, a matilha de spaniels e sua caça, os freisgayses e o proprietário do pub pop não cederam um milímetro e tudo o que foi feito ainda precisa ser feito e refeito nuovolletramente, quando quarta-feira está cinza, e eis, questá condenado, o sábado dá aleluia e, duovo, ressurge domingo) é pra você, primogenitalho fruto dangústia, pra mim, ovelha marcada, reciclador do papelixo, pelos tremores da Trovoada e constela cão de Erin, sól você, o villão-lobos soprou a árvore do conhecimento da graça e da desgraça, ai, vestido de meteouro e brilhando como os horósporcos, astrogloriosonamonologos, o filho do pai de Nilftiness, belzebuda, pra mim ruborizador invisível num obscenuzinho buracúnegro, o bilúbilúdico do seu suspiro secreto, morador das profundezas donde solamente a voz dos mortos pode soar, porque você mabandonou, porque mimimizombou, porque, Ó filho somletrário, você stá mesquecendo! que a nossa múmiãe brunozeada stá riotornando, alpilla, beltilla, ciltilla, deltilla, fluindo com seuscausos, antigas novidades do grande mundão veráguas, filhinhos briaguentos, aiaiaigua! o bebê do baboo anda aos sete marzes, engugugatinha! noivabandonada ataca em épicos Socos, garanhão apedrejado antes de uma rapidinha oportuna, duas plurabellas que chovem no molhado, yanks na secura visitarão o velho martinho, e saias de quatro camadas dificultarão, mesdames, enquanto Mimizenta ajoelha com calcinhas populares, e doze funfarrões sembreagam conconhaque no velório, ouviu, Coorney? você alguma vez, potranca Popochuva? com um pescoçárgua, com um pululago, alvoroçam todos os seus cachos eiras, gotas caem em rochazerrantes, redemoinhos em seus cabelos, tudo represado a um ponto e depois toda a inundação, múmiãe doutros carnavaguas, múmiãe maraviaquosa, meorgulhando sob pontes, empurrando os açudes, sesquivando um pouco dos pântanos, disparando caudalosamente pelas curvas, pelas colinas verdes de Tallaghtiguns e pelas piscinas d'orvalho e um lugar que chamam de Cidadideus e [194] deslizando maliciosamente por Sallynoggin, tão feliz quanto o dia está úmido, blábláblando, borbulhando, monolaguando interiormente, pororocando os campos em seus cotovelos inclinados com o deslizamento chuáchuáve dela, futriqueira, faladeira, fovóqueira Δnna Lívia.

Ele levanta o varão vital e a muda fala.
— Riveriveriveriveriveriverrun! [195]

Tradução: Luis Henrique Garcia Ferreira

8

O
Me conta tudo sobre a
Anna Livia! Quero saber tudo
sobre a Anna Livia. Tá, conheces a Anna Livia? Claro que sim, todo mundo conhece a Anna Livia. Me conta tudo. Me conta já. Cais dura siouvires. Bem, sabes, quando o velho folgado falhou e fez o que sabes. Sei, sim, anda logo. Lava aí não enroles. Arregaça as mangas e solta a língua. E não me batas — ei! — quand'tabaixas. Seja lá o que quer que tenha sido eles tentaram doiscifrar o que ele trestou fazer no parque Fiendish. É um grandessíssimo velhaco. Olha a camisa dele! Olha que suja quistá! Ele deixou toda minh'água escura. E tão embebidas, emergidas toduma semana. Quanto tanto já lavei isso? Sei de cor os lugares que ele gosta de manchar, suujeito suujo. Esfolando minha mão e esfomeando minha fome pra lavar sua roupa suja em público. Bate bem isso com teu batedor, lavelhas. Meus pulsos estão emperrujando de tanto esfregar as nódoas de bolor. E as porções de umidade e as gangegrenas de pecado. O que foi isso que ele fez uma estola e tanto com o Anima Sancta? E quanto tempo ele ficou trancafiado no lago? Tá nos jornais o que ele fez, do nascimento ao sacerdócio, o Rei violentocomo Humphrey, destilando ilisiões, façanhas e tudo mais. Mas a masculinidade ele cultivará. Eu o conheço bem. O tempo selvagem não para pra ninguém. Naquilo que semeares, colherás. O, rude raptor! Levianamente acasalando e fazendo rumor. [196] A Margem Esquerda era direita e o Direito era sinistro!

E a pose dele! Que empertigado ele é! Como costumava manter a cabeça tão alta quanto a de um nobre, o famoso velho duque estrangeiro, com uma corcunda de grandeur como um ruminante rato roedor. E o seu típico sotaque derryense e sua fala corketípica e sua gagueira duplinense e seu comportamento galowayense. Pergunta a Lector Hackett ou Lector Reade da Garda Growley ou ao garoto do Billyclub. Como então ele é chamado afinal? Qu'appele? Huges Caput Earlyfouler. Ou onde ele nasceu ou como foi encontrado? Urgothland, Tvistown on the Kattekat? New Hunshire, Concord na Marrimake? Quem ferrou sua suculenta bigorna ou encheu seu vale de lágrimas? Seus proclamas nunca foram comentados no Adão e Eva ou foram ele e ela enlaçados apenas pelo capitão? Eu tua duckesa te recebo por meu ducke. E pelo meu fitar selvagem te prometo ser fiel. Flowey e Mount na beira do tempo fazem votos e vetos para um feliz Christhmass. Ela pode mostrar rugas de amor, autorizada a brincar. E se eles não se casarem de novo aqueles unha e carne podem. O, passamore isso e questone outro. Dim Don Dombdomb e sua pequenina loucouraça! Sua ajuda foi segurada no Stork and Pelican contra estragos, resfriado e risco contra terceiros? Ouvi dizer quele cavou um bom dinheiro com sua boneca, sobre o delta primeiro e em Dublin depois, quando ele a raptou para sua casa, Sabrina amaratriz, na gaiola do periquito, por terras peringanosas e deltas tortuosos, jogando escondida e mitificada pela luz da sua sombra (se um tira tivesse lá pra flagrá-lo e capturá-lo!), além do velho ministro do mosteiro e manicômios e do resto dos incuráveis e dos últimos dos encarcerados, o pantanoso caminho para tropeçar. Quem te vendeu o conto do Jackumlanterneiro? Pálido pastelão de pelikamms! Nenhum círculo de grama para circundá-la, nenhum grão de formiga de ouro. Numa barcaça ele embarcou, o barco da vida, do pequenoporto Invernikan Okean, até quele viu surgir o primeiro vestígio da sua terra e lançou duas grasnadas de sob seu toldo, o gran rio Phenician. Pelo cheiro da alga dela eles fizeram um pombal. Como se divertiram! Mas onde estava ele próprio, o timoneire? Esse marchandor sirguio o rastro deles bem em cima do enxague, a sua veste de cameleiro soprando sobre ele a sua brisa, até que com estrondo fugitivo ancorou e estourou o compasso dela. Pilcomayo! Pescoumaetanto! E lá se foi o grande peixe do mar com seu peixinho doce!

Afina [197] tua gaita e solta o verbo, nasceste egipciota, e não és nada exceto uma! Bem, protocolomeu logo e controla o teu palavreado. Quando eles assistiram ele saltar suave sobre sua segura sabá, como um lascivo lorde salomão, os touros dela estavam uivando, saciados de satisfação. Boyarka buah! Boyana bueh! Ele mereceu sua pequena penosa vitória, nosso nobre garonhão, o mercante. Ele meresseu. Olha aqui. Na umidade da proa. Não sabias que ele era shamado uma criança do oceano, Floatuante filhodágua? Havemarea, então era ele. H.C.E. tem um olho de bacolhau. Ah, ela é quase tão culpada quanto ele. Quem? Anna Livia? Ah, Anna Livia. Sabias que ela estava chamando backseatantes girlrotas de toda parte, nyumba noo, chamba choo, para ir até ele, seu comandante transgressor, e excitar o pontífice daqui-dali? Tava? Deudossel é o cúmulo! Assim como El Negro recuou quando ele triunfou em La Plata. O, me conta tudo, quero saber quantas vezes ela veio à tona! Uma cintilante garoupinha depois que os panos caíram. Fazendo revelações ela não se importava, eu sem dinheiro, na minha absência, a ele homem apossenado, a amanteretriz! A amanteretriz e uísque é uisso? Emme para teu russoscitado jargão hondu! Me diz in franca langua. E fala claro e abertamente. Nunca te ensinaram ebbraico n'scola, sua analfabecedeta? É exatamente como se eu devesse conduzir par examplum agora um processo de proteção fora da telecinesia e te subprostituísse. Pelo amor dos eus e é isso quelé? Kecoragem eu pensei que ela tivesse se comportado conforme a lei. Não a percebeste na jaulela dela, se balançando numa cadeira de vime, na sua frente um musiarco de letras cunningformes, pretendendo proferir um agudo réquiem num violino sem arco? Na certa ela não sabe tocar uma nota, com som ou chanson. Claro que não sabe! Só uma sucsom. Bem, nunca tinha ouvido coisa igual! Conta-me mehrs. Conta-me most. Bem, o velho Humber era tão mal-humorado quanto um malmífero cetáceo, com taras no seu thorchedo e bulbous seculares e nem o arqueiro, nem o atirador ousaram ir ao extrangeiro e aos pirorituais nos cumes das colinas quando neróis iluminavam a cozinha ou a igreja e nas cavidades gigantescas da estrada de Grafton cogumelos venenosos rodeavam a cova de Funglus, o temido tribuno do túmulo de todos os junta-montuados joios, sentado sombriamente no seu assento, tragando e tamborilando, qusktionando preocupantes perguntas sobre seu sentido semblante, seu lenço de linhoinfantil para alentar seus funerais onde conferiu seus [198] débitos naqueles templos mórmons, perguntando e respondendo, saltando e se aprofundando, com os seus ancoradouros nos seus mares revoltos, sua andorinha desembrulhada da boca do lobo praproa e pra palitar os dentes do joão-ninguém, recusando se alimentar completamente solitário e levando-a ao dia do juízo finnal, tremendo sua má sorte, com sua fúria, e sua franja penteada sobre seus ovlhos e sonhando no sótão até o sinal das stellas, depois de tenegroso chaos e riocachos delgados e germinantes seioxos e moitas pragas e para assomar estava a Parisóquia digna de tamanha desordem. Acharias que tudo pertencia a um dodorminhoco como se ele sonhasse em transe numa pequena prisão. Ele tem eructado por semte anos. E lá estava ela, Anna Livia, ela nãousava pregar os olhos à noite, ondulando por toda parte como uma sujeita safada, indoevindo, um palito de magra, numa saia veranilapônica e bochechas ameizônicas, para dezjá bonzour ao seu amado atrapalhado Dublinamarquês. Com rins nuovos e salz dos seus mares. E em curiosas ocasiões ela preparava ovas de peixe e punha seus ovlhos mediciumentos para acalmá-lo, oeuf, e fartos troucinhos sobre a tourrada e um copoandhalf de tão insípido chá da Greenlândia ou uma Dzoses de Kaffe mokae com asucré escura do Sikiang ou cerveja de samambaias em estanhos genuínos e um pãodecanela (jamleia de presunto, banana?) para dar plaisir àquele porcalhão e satisfazer o seu estomicky até que seu pair de joelhos se retraíram como raladores de noz-moscada enquanto as juntas do seu cotovelo pelam-se com gota e tão rápido como ela se moveu com seu pesado pacote de víveres sobre ela mesma (violento mareteouro sobe e desce) meu resistente Hek os lançou para longe dele, com boa dose de desprezo, quando muito para dizer tu és assuína e assada e se ele não arremessou o platteau no rexpeito dela, podes crer, ela estava devidamente segura. E então ela ordenou que assobiassem um himno, *The Heart Bowed Down* ou *The Rakes of Mallow* ou Chelli Michele's *La Calumnia è un Vermicelli* ou um pequeno pedaço do *old Jo Robidson*. Tanta disputa e discussão podia ter te doisvidido! Ela abateu a galinha que cantava na tower de Babbel. Que prejuízo se soubesse como enrugar a boca! E nem um rumor sem Zhumbido não mais do que sai dum utensílio de passar. É isso de fato? Esse é o fato. Então liberando o ricko e royal romanche, Annona, nata aroostokrat Nivia, fils do Engenho e Arte, com Centelhas de pyrasobreoreno cintilando sua excitação, anner dos longos cachos desafriadores mesclou-se vigorenganosamente, [199] enquanto as belas proustitutas guinchavam sob suas condutoras peles! — um vestido de época de jade furta-cambiante que poderia vestir o tronco de cardeais e aniquilar o pobre Cullen e asfixiar Mac'Cabe. O absurdo! Seus remendos poorpuras! E brahmindo para ele na descida de sua corredeira alimentar, com os seus cinquenta e seis femininos trejeitos de mimosos desenlaces, o pudor escorrendo do seu nariz: *Vulgarbaby, Bienzinho! Olá, gracinha, por favor no te vais!* Sabes o que ela começou a cacarejar depois, com uma voz vairiada como a maré ou como Madame Delba em Romeoreszk? Nunca vais adivinhar. Me conta. Me conta. *Phoebe, amantíssima, dize, O dize-me* e *te amarei mais do que nem sabias.* E revelava tão louca era ela com trinadas chansons de sobre o Holmen: *Amo tanto essas bellas piccolindas jovens garotas*: e assimsoeu e assim é ela e assim por primeiro e assim por diante numa sonora entonação e Oom Bothar abaixo tal como Bheri-Bheri no seu arenoso manto, tão relutante, tão surda quanto um sorvedouro, a estúpida! Vai! Pobre querida velha mouca! Tás brincando! Anna Liv? Juro por seus. E ela não se elevou do sena e foi e fluiu e encostou-se no seu douro, soprando seu velho cachimbo, e toda tonta criada ou cativante lavradora caminhando pela rodovia pilend, Sawy, Fundally, Daery ou Maery, Milucre, Awny ou Graw, ela não costumava dar um sorriso simplório ou sinal para deslizar pelo portosujo? Queres dizer, o poste suyo? Bemdigo é o que eu digo! Visitando-os, um por um (Para Couchernumleito aqui! Aqui no Urinoco!) e dançando uma jiga ou assim e assim sobre a soleira para mostrar a eles como sacudir seus esqueletos e a iguaria como para trazer à lembrança as mais delicadas indumentárias fora da vista e todos os jeitos de uma moça com um varão e executando uma espécie de um ruído tilintante como o de dois centavos e meio ou meia coroa e sustentando uma moeda de prata. Meu Deus, nem deus, ela fez isso? Bom, nunca ouvi coisa igual! Lançando todas as encantadoras prostitutinhas do mundo sobre ele! Para toda meretriz detida tu desejarias não importa quais formas plaiserosas de sexo duas adicionadas desfrutadas uma frágil uma frugal para afagar e se abrigar no avental de Humpy!

E qual foi a enfadoeastranha rima que ela fez! Odet! Odet! Me Conta com exatristão isso enquanto vou ensaboando os segredos das combinações de Denis Florence e McCarthy. Termina logo, cantarola já, pian piana! Não me aguento de curiousidade até ficar sabendo sobre a epistobela de Anna Livia, [200] que foi escrita por um e lida por dois e trouvada por uma poule no parco! Sei disso, sei quem és. Como isso tummelnua? Agora escuta. Tás escutando? Sim, sim! É claro que tou! Sê toda ouvidos. Deixossom trar.

Pela terra e pelas nuvens eu apenas preciso ardentemente de um novíssimo leito, úmido e seria suficiente, e sobre ele abundância.

Quanto ao gosmentoso romance eu entendo está desgastado, assim é, chocando, tagarelando e esperando pelo meu velho pedreiro tremulante Donomarquês, meu companheiro pela vida e pela morte, minha chave frugal da nossa despensa, minha corcova de camelo deveras-alterado, meu saqueador de tabernas, minha lua-de-maiol, meu louco até o derradeiro dezembrer, para se despertar fora do seu cochilo hibernal e me dominar como sempre fazia.

Há por aí um senhor do sol ou um cavaleiro do condado em greve, eu me pergunto, que me desse um toastão ou dois em dinheiro para lavar e cerzir para ele suas honráveis meias agora que não temos mais aveia para o cavalo e leite?

Se não fosse pelo meu estreito leito de Britta tão agradável quanto o seu aroma eu teria saltado fora para as imundícies della Tolka ou da plage au Clontarf para sentir o prazeroso air da minha salgada e dublinmultuada baía e o curso da brisamar sobre a minha foz.

Onon! Onon! Me conta mais. Me conta toda a minúscula minúcia. Quero saber tudo tudo. Até o que fez os oleiros voarem pra cova-domarujo. E por que estavam os vasos vúmidos? Essa falta de casa está me movento pro ventre. Se um cavaleiro ao menos me ouvisse! Estamos onde os manncebos encontram gayrotas. Bem, agora vem a parte da aveleirincubadora. Depois de Clondalkin as Tascas dos Monarcas. Logo chegaremos aí com a pororoca. Quantos èlèvinos ela teve ao lodo? Honestamente não posso te contar isso. Só eus sabem. Alguns dizem quela teve três figuras pra preenchê-la e limitá-la a cento e onze, um debilpôs do outro e doutro, fazendo facilcent e onze. Hola lá, todo esse bando? Não teremos lugar no kirkgarden. Ela nem se lembra de um terço dos nomes que jogou nos berços pela graça do inflalível bastão do seu bispo pugilista, o caniço para Kund e tallentos para Eyolf, e nenisso nem aquilo pra Yakov Yea. Cento e quantos? Eles fizeram bem em rebatizar sua Pluhurabelle. O lorelai! Que ricocheteante regato! Ai-de-mim! Mas é realmente nas cartas que ela verterá [201] mais e melhor, gêmeos e trêmulos, quatro mimados e cinco estragados, nordisciplinados e sudivididos e os prós e contras de uma ninhada. Grande canastrão e Miseraveldesordeiro e o valete de todos os valetes e o coringa. Ah-ah! Ela deve ter sido uma vagaabundante nos seus dias, sim, ela foi, mas do que a maioria. Shoaltamente que ela foi, por Deueus. Ela teve excasos homens para si. Naquele tempo uma agitação não assustava essa moça, assim armava mar, e isso qu'é amour! Me conta, me conta como ela pôde prosseguir através de todos os seus companheiros, a divinabólica? Lançando seus perigos aos nossos camponeses de Fonte-in-Monte até Tidingtown e de Tidingtown à beira-mar. Recolhendo um e arremessando o próximo, desafiando um flanco e derrubando um molhe e enfraquecendo por dentro e fracassando por fora e deslizando em direção ao seu rumoriente. Quemdoquê foi o primeiro ater irrompido? Alguém ele foi, forquemseja eles estiveram, num tático ataque ou num solitário combate. Latoeiro, costureiro, soldado, marinheiro, Pieman Pazmann ou Polistaman. Assim é, tô sempre impaciente pra perguntar. Empurra pra cima, empurra mais forte e alcança o elevado quartel-general! Esse era um ano de marés baixas, depois de Grattan ou Flood, ou quando donzelas estavam na Arca ou quando três formavam um exército? Fidaris descobrirá onde o Doubt nasce como Nieman de Nirgends encontrou o Nihilo. Por quinquietação estás suuspirando, Sotte, O Simplória? Solta o rudenó dos cavalheiros, Ápido e Noesponda! Ela não pôde pôr nele sua mão por um momento. É um longaminho asguir, caminhando cansada! Que louco caminho ao passado para remar! Ela disse a si mesma que dificilmente entende quemsteve nos confusos anais, uma dinastia dos Leinster, um lobo do mar, ou o que ele fez ou quão feliz ela se desfrutou ou quão, quando, como, onde e quem foi ele que frequentemente saltou sobre ela e como foi cedido seu lugar. Naquele tempo ela era apenas uma magra pálida delicada acanhada imatura delgada débil criatura, saracoteando por enlualagos prateados e ele um vadio caminhante enganador estrangeiro de um Curraghman, aproveitador de oportunidades, tão duro quanto o carvalho (turfas estejam com eles!) costumava farfalhar então desanimado através dos diques do destruidor Kildare, para o saltodaselva com um aguaceiro através dele. Ela pensou que estava submergida junto ao fundo do rio com ninfácia vergonha quando ele lhe deu o olho-de-tigre! O feliz engano! Queria que fosse ele! És injusta nesse ponto, terrivelmente injusta! Nãosó esta noite estás anarcrônica! Isso foi há séculos quando nullas encontrava-se nenhures, no condado [202] de Wickenlow, jardim de Erin, antes mesmo que ela sonhasse ela abandamou Kilbride e foi espumando sob a ponte de Horsepass, com a grande tempestade ocidental ventaneando seus rastos e o destruidor de grãos do mediterrâneo procoolrando sua rota, para se dirigir por aqui e por ali, para melhor ou para pior, para torcer e moer, debulhar e sovar, por todo seu dourado lifey nos campos de cevada e lotts de um pêni da cidadevaubstáculo de Humphrey e dormir com um marionheiro, propensoaprotegela. Ai de Minho, os lagos dos primeiros dias! Pela pomba das dunas! Qu'est? Izod? Tens certeza? Não onde Finn se encaixa no Mourne, não onde Nore despede-se do Bloem, não onde Braye distrai o Timmoneiro, não onde o Moy cambia sua inclinação entre Cullin e Conn entre Cunn e Collin? Ou onde Netuno remou e Tritão vogou e três leandros colidiram com duas heroínas? Neya, navev, nen, nonni, nos! Então onde em Ow ou Ovoca? Foi no leste com west ou no Lucas Yokan ou onde a mão do homem nunca pôs o pé? Fonte-me onde, pela primeira perfeita vez! Eu contarei se escutares. Conheces o vistoso vale de Luggelaw? Bem, lá uma vez morou um eremita local, Michael Arklow era seu rioverendo nome, (entre muitos um suspiro eu aspergi no seu lavababador!) e numa quarta-feira em junhojulho, tão doce, tão calma e tão flexível ela parecia, Nance the Nixie, Nanon L'Escaut, no silêncio, dos plátanos, todos ouvindo, as curvaturas dos gravetos não podes simplesmente parar de perceber, ele mergulhou ambas suas recém-ungidas mãos, o cerne do seu pulso, no curso do cabelo cantamarino açafrão dela, dividindo eles e suavizando ela e mesclando ele, aquilo era escuro-profundo e amplo como o pântano vermelho no pôr-do-sol. Por aqueles lucydoslagos do Vale Vowclose, os céutearcos do arco d'iris arranjados ao redor dela. Amaryellows afrodIssyarcos, seus esmaltados olhos indigoinstigando ele à beira da violetação. Desejo um Desejo! Por que um por quê! Mavro! Aquela luminosa faixa de agradável luz de Letty Lerck lauraando agora sua tãotola caçoante-canção petrárquica. Maass! Mas as mágicas ondas têm mille uma armadilhas. E Simba o Matador do seu Mar é lascivo, ele mesmo não podevitar, aquele desejo ardente sobre ele, assim teve que esquecer o monge que habitava o homem, recordando-a e acalmando-a, ele abaiseou os lábios dele com alegre disposição, beijo umbeijo depois maisbeijo (como se ele a advertisse para não, não pára, nunca) sobre a sardenta fronte de Anna-na-Poghue. [203]

Enquanto passavas sèche ela detenia seu sopr'. Mas ela subiu dois pés acima na sua auto-estima. E anda em pernas de pau desde então. Esse foi um terapeuticobeijo com bantu como bálsamo! O, ele não era um sacerdote saliente? E ela não era a perversa Livvy? Nautic Naama é agora seu name. Dois sujeitos em calças de escoteiro vagaram através dela antes disso, Barefoot Burn e Wallowme Wade, no cume noblesse de Lugnaquillia, antes mesmo que ela tivesse um vestígio de um pêlo para cobrir sua vulva ou peito para seduzir um afogoso vidoeiro sem contar ainda um barqueiro bêbado atrevido. E antes daquilo porém, lady, leider, inteiramente imatura, demasiadamente débil para salvar-vida do mais simples viajante, muito frágil para flertar com uma pluma de cisne, ela foi lambida por um cachorro qualquer, Chirripa-Chirruta, enquanto fazia seu pis pis, imaculada e inocente, na ponta do monte no velho Kippure, no canto-dos-pássaros e nos tempos-de-tosa, mas primeiro de tudo, pior de tudo, a serpenteante livvybertina, ela deslizou por uma brecha pelo profundo vale do Demônio enquanto Sally a pajem dela dormia profundamente numa vala e, kikeda kekeda, caiu sobre um vertedouro antes de encontrar seu passo e postura e ondular em todos os sujos e parados charcos chuvosos sob um descultivado namoro e ela riu livrinocente com seus membros para cima e toda uma multidão de mocinhas expinhentas corando e olhando de esguelha pra ela.

Pinga-me o som do nome do hadoque, Mtu ou Mti, allguém foi testemunha. E goteja-me por que na senna estava ela salpicada. E escorra-me extenuamente estava ela de permanente ou por ventura era uma peruca quela usava. De quelado eles se curvaram as suas agitadas paixões, atrás do juízo ou afronta do mar? Temendo escutar o amado se aproximar ou desejando detestar e detestando ardentemente? Tás na correnteza ou tás fora? Vai em frente, vai fundo, vai logo! Sei o que sabes. Sei muito bem o que pretendes. Arre! Gostarias de toucas e lenços, orgulhosa, e eu tenho que fazer o trabalho sujo sobre os velhos sudários de Verônica. O que ora estou enxaguando e deveria te ser grata? É uma salopette ou uma sobrepeliz? Arran, onde está o teu nariz? E onde está a goma? Isso não é cheiro de sacristia em ação de graças. Posso te dizer daqui que pelo *eau de Colo* delas e pelo aroma do odeur dela elas são da Senhora Magraths. E devias tê-las airejado. Eles devem ter-se desprendido dela. Rugas na seda eram eles, não ganchos para fino tecido. Baptiste-me, pai, pelos seus pecados! [204] Por seu circular anel de represa ela se libertou deles naturalmente, com as suas vivas bacias em vez de articulações atadas. O único paar com babados na velha planície. Assim eram eles, eu declaro! Manando maravilhosamente! Se amanhã continuar aprazível quem virá com passos curtos pra admirar? Como virá? Me pergunta depois o que eu não alcancei! Os Belvederes exibicionoistas. Nos seus quepes de cruzeiro e cores de clube de remo. Que rumo, eles reuniram! E por qual aoeste, eles avançaram! E aqui está sua casadoura letra também. Ellis sobre cais na linha escarlate. Ligada ao mundo num copioso-acolourado campo. Annan ex seguida mostrou que eles não eram de Laura Keown. O, que o diabolo retorça teu alfinete de segurança! Tu filha de Mammon, Lilith de Kinsella! Mas quem tem rasgado a perna das cerolas dela? Que perna é essa? Aquela em forma de sino. Nunca pára. Continuarração! Ainda não chegaste lá. Inda stô esperando. Anda, anta!

Bem, depois isso foi colocado no Wakesemanário de Salbado-Sol-mingo-Sailgunda do Mercy Cordial Mendicants (pelo menos uma vez eles sujaram suas brancas luvas de pelica, ruminando depois dos seus banquetes de galinha e bacon, com os quais nos mostraram isso aqui e o desejo deles distante daquilo e dos seus quando ainda nem tinhas terminado totalmente a leitura do journal), mesmo a neige que cobria seu cabelo gris tinha aversão a ele. É icessim, é icessim, sava, savuto! Anota Homo Camponês Excudeiro! A todo lugar que já foste e em todo o barril que já caíste, na stadt ou no subúrbio ou nas áreas podres, na Rose e Bottle ou na Taverna Phoenix ou no Power's Inn ou no Judes Hotel, ou por onde quer que percorras do distrito de Nannywater até Vatryville ou de Porta Lateen até o quartier ladrão encontrarias a imargem dele, com água quente gravada para baixo de cabeça ou os garotos da esquina zombimitando ele e Morris the

Man, com rols de royces, em seu tourco terrível, (Evrospeus na casa do cheic, sebo não desnatado e yahoorte, baignendo agora miaface. Ahdahm progrediu aqui, Fátima, voltou dali!) vacilando e viajando em torno como peihonos que piam y banjos que ressoam, com boné de tiara tripla do desajustado-companheiro ringondeando ao redor do seu crânio. Como Pate-pelo-Neva ou Pete-sobre-o-Meer. Este é o Hausman todo calçado e pavimentado, que se confinou no Camarote que nunca foi dele que levantou sua perna e enalteceu o seu Eggo. E [205] a plebe embriagada ao seu redor dentro do areopagus, incitando uma grande clamorosa espirituosa-farra com seus tambores tumultuados. Lembra-te do teu alvô! Pensa na tua Ma! Hing the Hong é o seu hangnome de jove! Canta um bolero, burlando um mandamento! Ela jurou sobre o acrostifixo nove seguidas vezes que ela venceria todos os seus obstáculos novamente. Pela Vulnerável Virgem Mary del Dame! Assim ela disse para si mesma que havia forjado um plano para falsificar uma luz, a promotora de desordens, coisa semelhante a isso tu nunca ouviste. Que plano? Conta logo e nãosê tão dexhumana! Que crime cometeu ela? Bem, ela se apronpriou de uma zakola, uma bolsa de camurça do correio, com o fornecimento de um empréstimo de uma luz do seu lampião, de um dos seus filhostrocados, Shaun o Carteiro, e então ela saiu e consultou seus contospopulares, o velho Mot Moore. Euclid de Casey e o Desfile de Moda e fez ela mesma um maremoto para participar do baile de máskara. O graciosa grandiosa gargalhada. Não posso te contar de que maneira! É de estourar de rire, raios que o partam todos! Minneha, minnehi minaaehe, minneho. O mas tu tens que, realmente tens quê! Deixa-me ouvir o gorgolejo gorgolejo, como o mais distante gargarejo gargarejo na sombria e soturna soada canção. Pelo santo bem de Mulhuddart juro que empenhei minha chanzas de entrar no paraíso para ouvir todo o monte de impiedade de Tirry e Killy, palavra de ave. O, deixa-me minhas faculdades, mulher, um tempo! Se não gostas da minha história pula do barco. Bem, toma teu próprio rumo, então. Aqui, senta e faz como se tivesses de. Toma meu remo e te vira. Avante por e remova tua carga! Gagueja isso devogar e encrespa isso com calmaria. Gota-me piano e lontano. Não te pressapites agora. Vai fundo. Essas são as águas navegáveis. Apressa-te lentamente e irás rapidamente. Empresta-nos tuas santas cinzas aqui até que eu lave as ceroulas do cânone. Flui agora. Uma vez mais. E marschemarshe.

Primeiro ela deixou seu cabelo cair e ele se derramou sobre seus pés seus tortuosos sinuosos caracóis. Então, mãedespida, ela lavou o cabelo com água de Gala e fraguância de lodo da Pistânia, agitando e espumando, do cimo ao solo. Depois ela engraxou os vincos da sua barcaça, os defeitos e os desgastes e a mancha e a sarna, com excrementos de manteiga anti-sujeira e maré do prado e serpenterebintina e com fungo de folhas ela anunciou a todos das ilhas prunelle e das ilhotas cinzentas, cincodispostas, por toda parte sua pequena barriga. Dourada despida figura de cera seu farto ventre e seus [206] grãos de incenso de bronzeadas enguias. E depois disso ela teceu uma agrinalda para o seu cabelo. Ela a trançou. Ela a tramou. De grama do prado e de lírio-roxo do rio, de junco e de plantas aquáticas, e da queda dolorosa do salgueiro-chorão. Então ela fez seus braceletes, suas presilhas e seus ankletes e um amuleto de molhe para o colar de contas de carvão e tagarelando seixos e resmungando pedregulhos, ricos e restaurados, das runasricas da Irlanda e pulseiras de conchas de mármore. Feito isso, uma impressão de fuligem para seus illusórios olhos, Annushka Lutetiavitch Pufflovah, e creme de lellipos para seus lábios e o pó do pote de maquiagem para a suas maçãs do rosto, de morangos vermelhos a extra-violentos, e ela mandou suas criadas de quarto para Sua Afluência, Ciliegia Grande e Kirschie Real, as duas primas, com respecktos à senhora dele, infiltrando e costurando, e por uma licença ela passou ante ele por uma minuta. Uma visita ao bagno, e uma vela para ascender, em Brie-on-Arrosa, de volta numa borrifada. O galo entoa fonte de riqueza, os coros das igrejas anunciam noivamente, Zambosy está esperando por Mim. Ela disse que não teria percorrido metade da sua extensão. Então, então, tão logo o inchaço das costas dele voltou, com o saco de corexponência de jargão dela sobre seus ombres, Ana Livia, cara de ostra, surgiu diante de sua bacia.

Descreve ela! Te apressa adiante, por que não consegues? Malha o ferro enquanto tá quente. Eu não sentiria sua falta por nauda nesse fundo. Nem pelo lucro da Lombard Strait. Oceanos de Pompas, eu tejo que ouvir isso! Ová presto! Lesto, antes que a Julia a veja! Ela está precavida e mascarada, a caríssima queridíssima? Toda dama formosa? Duodécimodelas? Bon a ventura? Malagasy? O que ela planejou, a singular senil Liddell? Quantas vieiras ela juntou, em couraças e pesos? Aqui ela está, Amnisty Ann! Chamam-a catástofre que eletrifica o homem.

Nenhuma Electress mas uma velha Mãe Necessidade, nouveaumente a mãe das invenções. Vou te aplicar um teste. Mas precisas te sentar sossegada. Vais ficar tranquila e ouvir bem o que eu tenho para te contar agora? Deve ter acontecido há dez ou vinte e uma noites de um fimpróximo ou do próximo abril quando o estalido do seu horrendo higloo estalava e revelava no cumedocasco uma bandoleira dama, a mais estimada pequena madder que jamais viste, acenando para toda parte, todos os sorrisos, com ems embaraçosos e eau de admiração, entre duas idades, uma soberanarrapariga, não próxima do teu [207] cursovelo. Rápido, olha que graciosa e entende seu deslize pois quanto mais cintilante vive mais trapaceira se torna. Seiva-nos e leva-nos! Não mais? Wheronde na terra há uma costela de cordeiro tão grande quanto a de um corpulento carneiro? Ay, estás certa. Estou pronta presquecer, Como Liviam Liddle Loveou-me Longamente. Pelo comprimento do meu jarrete, eu disse! Ela calçou tamancos de tachas de um moço do arado, um par de terras aradas para eles mesmos: um chapéu de pão de açúcar com ponta exoticamente enfeitada e uma cinta de tojo como adorno e uma centena de serpentinas dançantes e um alfinete dourado para atravessá-la: seus olhos cercados por bicíclicos ócurujos: e um véu de rede de pesca para o sol não danificar sua feição rugosa: argolas de batata para afivelar a liberdade do lóbulo da sua louvadorelha: suas meias desguarnecidas de cuba eram salpicadas de bebida salmão: ela exibe uma chemise malhada de nebulosovapor tinto que nunca se firmou até que desbotou durante a lavagem: espartilhos espadaúdos, os rivals, marcavam sua extensão: suas calcinhas cor-de-sangue, um vestuário dois em um, expunham naturalmente negros pântanos, fixafantasia, pronta para desatar: sua capa bronzeada de negraslistas era cozida com leitejoulas, forrado de ursinhos, com dragonas flutuantes de juncos verdes e uma dezcepção aqui e dali de colar de cisne real: uma braçadeira de cigarros presa na sua liga de réstia de feno: seu casaco civil de cotelê com botões alfabéticos era limitado circularmente por um cinto subterrâneo com duplastrancas: quatro pennys que perfuravam cada bolso lateral a ancoravam no caso duna remotaventania de rápidosventos; e ela tinha um prendedor de roupa esticadamente escarrapachado no seu fiumacento nariz e ela seguiu triturando algo estranho na sua riosonha boca e o horrriver deltalhe da cauda do veustido da sua soulta saia cor-de-rapé deixava um rastro de estranhas cinquainta miles irlandesas ao longo do Kuhrso por onde passava.

Prosdiabos, eu sinto que eu a perdi! Doce iniciativa e ninguém desmaiou. Mas em qual de suas bocas? Seu promontório estava em chamas? Todo mundo que a via dizia que a douce piccola iguaria parecia um pouco esquisita. Que sena que sina, lembra-te do lamaçal! Dona, seja boa e não se joke ao meer! Pobre estranha feiticeira ela deve ter se chamuscado. Kickoisa uma maltrapilha como tu nunca viste. Fazendo olhos melosos para seus meninos de duoblind. E eles a coroaram a rainha da caridade, de todas as donzelas. De maio? Não me digas! Ainda bem que ela não podia ver a si mesma. Suponho que por essa razão a queridinha enlameou seu espelho. Ela fez isso? Mississipericórdia! Havia um chorus de gotejantestiagem na [208] face dos homens, e ela lançando gírias e mascando fumo, mirando frutos e comendo flores, em contemplação da flutuação e da ondulação da sua filiação, ociosamente e folgadamente em North Lazers' Waal durante toda a foguinfernal semana de Jukar Yoick e tão logo eles viram sua sinuosidade por akilles marínfimos caminhos com sua aparência de mulher separada e imaginando quem estava sob seu gorro arquidiacônego, peixe de Avondale e pescado de Clarence, junças uma ao lado das outras, Wit — upon — Crutches para Master Bates: *Entre nós dois sulsatisfeitos e o granito eles estão advertindo, ou seu rosto tem sido exaltado ou Alp se dopou.*

Mas que jogo estava misturado na sua canastreira? Somente o bolo no seu bojo ou o pepper do seu pimenteiro? Saas e tass e temperos assaz. E onde na trovoada a coisa por ela foi saqueada? Antes da batalha ou depois do baile? Quero pegar isso frisko direto da fonte? Aposto a minha barba que vale a pena tomar a pesca. Agita isso, assim, vai, vai! Esse é um bom filho da truta! Prometo que farei isso valer a pena pra ti. E não estou falando talvez. Tampouco promissórias. Diz a verdade e eu te conto com honestidade.

Bem, gironde em círculo numa linha ondulada da corrente do arenque ela correu e balançou e se moveu lateralmente, driblando sua pedra de rio até o musgodesfiladeiro, saborosas ervas daninhas na nossa margem seca e vioventos vinhedos de ervilha vinham de encontro a nós, torrente aqui, corrente ali, sem saber que meio caminho ou se o seguiria, qualcumqualoutro, marmulhando seus próprios filhos, como Santa Claus no peito da pálida e pequena, prestando atenção para ouvir seus companheirinhos, seus braços circundavam Isolabella, então andavam em companhia dos reconciliados Romas e Reims, prosseguiam como uma sanguessuga para partir como uma flecha, então banhando Dirty Hans com borrifos de saliva, com cestas de Natal uma para cada e todas para as suyas crianças, os presentes de aniversário com os quais eles sonharam foram donsdados por ela, a pilhagem foi rapidamente atribuída a ela! No capacho, perto do pórtico e in-baixo no porão. Os regatos corriam pelo rio para miraromar, os mauninos, as marminas. Da casa de penhores à pira. E todos ao seu redor, jovens correntes e puras, da sujeira das suas sarjetas e poços artesianos, raquíticos e revoltados, como os jovens Smyly no café da manhã da vice-rainha. Vivi vienne, pequena Annchen! Vielo Anna, vida de luxos! Assovia-nos um solo, O, sussurante! Ausonia si dulcis! Ela não tem tambre! Se estilhaçando e aumentando um pouco a collmida ou **[209]** a zombaria todo dia ela prendia no seu cul-de-sac de lixo, ela roubava e tirava de dentro da sua santa marcadoria, pobre lembrança, como para ricordare e tudo para dolorosamente rememorar, filhos-da-gruta e fuzileiros, preguiçosos e jovens moços, seus primogênitos filhos e afluentes filhas, mil e um deles, e uma pobre comida num pote de vime para cada um deles. Para todo o sempre. E stinkando a canela. Uma maldição do latoeiro e um capacete para cozer sua caneca de chá para o Cigano Lee; um cartucho de frango apimentado para Chummy o Soldado; para rabugento azedo sobrinho do Pender dropes deltaerlã, demasiadamente ardidas, uma tossidela e uma taramela e bochechas rosa-selvagens para a pobre Pequerrucha Petite MacFarlane; um quebra-cabeça enigmático de cãimbras e pernas e canelas entre elas para Isabel, Jezebel e Llewelyn Mmarriage; um nariz delatão e luvas de ferro fundido para Johnny Walker Beg; uma bandeira papal com listras sagradas para Kevineen O'Dea; um trenzinho para Pudge Craig e um rápido pesadelo para Techertim Tombigby; pés d'água e botas de borracha uma de cada para Bully Hayes e Vuracão Hartigan; um pródigo coração e bezerrões para Buck Jones, o orgulho de Clonliffe; um pedaço de pão e uma paternal prematura intenção do progenitor para Val da Skibereen; cabriolé irlandês para Larry Doolin, o Baile Átha Cliath dublinense; uma viagem mareada num navio do governo para Teague O'Flanagan; um piolho e um alçapão para Jerry Coyle; tortas de carne engraxadas para Andy Mackenzie; um lábio lepobrino e prato quebrado para Penceless Peter; aquelas doze vibrações sonoras expressivas para G. V. Brooke; uma boneca afogada, com a cabeça cabisbaixa para a modesta Irmã Anne Mortimer; lençol d'água para a cama de Blanchisse; calções à moda Wildair para Magpeg Woppington; para Sue Dot um olho grande; para Sam Dash um passo em falso; uma cobra escondida, picada e inofenciva, e um visto para caçadores de víboras vaticanas para Patsy Presbys; um estimulante toda manhã para Standfast Dick e uma gota cada minuto para Stumblestone Davy; contas de arbustos de carvalhos para a belatificada Biddy; dois genuflexórios de macieira para Eva Mobbely; para Saara Philpot um vale jurndânico de lágrimas; uma bela caixa de Pólvora de mentiras para Eileen Aruna alvejar seus dentes e para reluzir Helen Arhone; uma coroa e um chicote para Eddy Lawless; para Kitty Coleraine da Travessa de Butterman um prudente centavo para o seu perdulário jarro; uma pá de pó para Terry o duende; uma máscara de apótema para Promoter Dunne; um ovo de páscoa com uma dupladata na casca e um direito dinamitado para Pavl o Cura; [210] uma cholera morbus para o Homem do Capote; corpo celeste e uma ordenança para Draper e Deane; para WáBill-o-CrYado e Barney—o-Show duas nobres beterrabas suecas para adoçar seus amargores; para Oliver Bound um caminho livre; para Seumas, mente curta, uma coroa para que se sinta grande; uma estaca tibetana com uma cruz de madeira do congo no verso para Sunny Twimjim: louvado seja e poupados sejam os meus dias para Brian o Bravo: contidas farturas de compaixão com fartas luxúrias para Olona Lena Magdalena; para Camilla, Dromilla, Ludmilla, Mamilla, um balde, um pacote, um livro e um travesseiro; para Nancy Shannon um brooche de Tuam; para Doria Riparia Hopeandwater uma ducha fria e uma tina quente; um par de Agrados arrogantes para Wally Meagher; um lápenis de ardósia e um grampo de capelo para Elsie Oram rabiscar sua taraefa, dando o melhor de si com suas partes volgares; uma pensão por velhice para

Betty Bellezza; uma bolsa de blues para Funny Fitz; uma *Missa pro Messa* para Taff de Taff; Jill, a menina de ouro, para Jack, o menino real; uma jejuante sexta-feira de Rogerson Crusoe para Caducus Angelus Rubiconstein; trezentos e sessentaeseis laços de popelinas para tecer de fantasias a trama do tecelão para Victor Hugonot; um cadáver no lugar do ancinho e variados bens de sujeira para Kate the Cleaner; um buraco na balada para Hosty; duas dúzias de berços para J.F.X.P. Coppinger; dez tiros de canhão para o nascimento dos delfins com cinco busca-pés estragados para a Infanta; uma carta para perseverar uma vida para Maggi além da urna de cinzas; a mais robusta carne congelada de mulher de Lusk a Livienbad para Felim o Jangadeiro; spas e speranza e xarope de simpósio para o prostrado e cego e gotoso Gough; uma alteração de nomes e um júbilo de desgosto para Armoricus Tristram Amoor Saint Lawrence; uma camisa de guilhotina para Reuben Redbreast et enforcordas de cânhamo para Brenan sobre o Moor; um joelho de carvalho para Conditor Sawyer e picadas de moscaitos para Great Tropical Scott; um C3 de pedúnculo para Karmalite Kane; um mapa sem sol do mês, incluindo o sabre e o selo, para Shemus O'Shaun o Carteiro; um trapaceiro oculto para Browne não Nolan; um balançar de ombros para Donn Joe Vance; todo o cadeado e nenhum estábulo para Honorbright Merrytrickx; um grande tambor para Billy Dunboyne; um pulmão culpado e dourado, sob mim me soprando, para Ida Ida e um silêncio abismal de berço, Elletrouvetout, para Quem é silvier — Onde ele está?; o que quer que gostes de enxaguar de esguichar, [211] Yuinnes ou Yennesy, Lager ou Niger, para Festus King e Roaring Peter e Frisky Short e Treacle Tom e O. B. Behan e Sully o Matador e Master Magrath e Peter Cloran e O'Delawarr Rossa e Nerone MacPacem e qualquer um que tenhas tido a sorte de encontrar fazendo ruído aqui e ali; e um balão de bexiga de leitão para Selina Susquehanna Stakelum. Mas o que ela deu para Pruda Ward e Katty Kanel e Peggy Quilty e Briery Brosna e Teasy Kieran e Ena Lappin e Muriel Maassy e Zusan Camac e Mellissa Bradogue e Flora Ferns e Fauna Fox-Goodman e Grettna Greaney e Penélope Inglesante e Lezba Licking com cara de Leytha Liane e Roxana Rohan com a Simpática Sohan e Una Bina Laterza e Trina La Mesme e Philomena O'Farrel e Irmak Elly e Josephine Foyle e Snakeshead Lily e Fountainoy Laura e Marie Xavier Agnes Daisy

Frances de Sales Macleay? Ela deu a todas as filhas da mãe uma flor de luar e vinha sanguínea: mas as uvas que amadureceram antes da raison dividiram a videira. Assim como para Issy, sua camareira, cujo amor reshaunrgiu além dos prantos e como o de Shem, seu poderoso escritor, a vida passava antes da flor da sua mocidade.

Minha colônia, que quantidade considerável! Um treze no lugar de doze com um diminuto décimo a mais. Isso é o que podes chamar um conto de um Cubas! E mercado Hibernal. Tudo isso e mais sob uma oculta anágua armada se ousasses quebrar o sigilo das verbas governamentais. Não é de admirar que eles tenham escapado da sua epidemia de veneno. Atira-nos teu sabão de hudson pela honra de Clane! O sabor de xixi a água deixou. Eu o trarei de volta, na primeira jangada da marnenhã. Mississipericórdia! Ah, e não esqueças do anil que eu te paguei. Tens todos os redemoinhos do teu lado da corrente. E sou culpada por aquilo que tenho? Quem disse que és culpada por aquilo que tens? Estás mais para o lado fechado. Estou na amplidão. Só cartuchos de rapé flutuam no meu caminho que o clérigo doidivino expulsou do seu sacerdócio, com os narcisos brejeiros dela do passado ano para fazer ele abjurar sua feira de vaidades. Obscenas faixas do seu livro sagrado dos chinuques que eu estou lendo, teologicamente aborrecida mas rindo aos cacarejos por causa dos títulos esboçados na página de rosto. *Senior ga dito: Faciasi Omo! E omo fu fò. Ho! Ho! Senior ga dito: Faciasi Hidamo! Hidamo se ga facessà. Há! Há!* E *Die Windemere* [212] *Dichter* e Lefanu (de Sheridan) velha *House by the Coachyard* e Mill (J.) *On Woman* com *Ditto on the Floss*. Sim, um brejo para o Vieuxmoulin e uma pedra para suas painas. Sei com quanto vigor eles movem suas rodas. Minhas mãos estão congelazuladas entre isker e suda como aquele par de exemplo de porcelana aí, abaixo no gramado. Ou onde está isso? No gramado junto à junça, eu a vejo. Hoangho, que pena, acabo de perdê-la! Aimihi! Com essa água mursguenta quem poderia encontrar? Tão perto e agora tão longe! Mas, O, Contenue! Adoro um falatório. Poderia ouvir mais e mar de novo. Chove dentro do rio. Brempara a tua boia. Cheia é a vida para mim.

Bem, sabes ou não sabes ou eu não te disse que toda a história tem sua hora e esse é o desfecho da dele e dela. Olha, olha, o crepúsculo tá sespalhando. Galhos elevados estão criando raiz. O meu frio assento ficou petrificado. Che ora è? Chesono! Que era é esta? Padece qu'é tarde. Faz um infinito desde queu ou qualqum viu pelúltima vez o relógio da Casa das Águas. Eles tomaram caminhos opostos, eu osso o suspiro deles. Quando eles vão se reagrupar? O, minhas costas, minhas costas, minha coast! Queria ir para Aches-les-Pains. Pingpong! Aí está a Belle das Sexhoras! E Concebida pela Força-da-nossa-oração! Pang! Torce as roupas! Torce no orvalho! Deudossel, evita os períodos de chuva! E concede a tua graça! Amen. Estenderemos elas aqui agora? Ah, nós vamos. Flip! Estende na tua margem e eu estenderei as minhas na minha. Flep! Está ficando frio. Le vent tá renascendo. Colocarei umas poucas pedras sobre os lençóis da estalagem. Um homem e sua noiva entrelaçados neles. Se não eu só os teria borrifado e dobrado. E atarei meu avental de açougueiro aqui. Está seboso de novo. Os andarilhos passaram próximos daqui. Seis mudanças, dez lenços, nove para refrear o fogo e esse para o registro, os doze guardanapos do convento, um xale de bebê. Boa mãe Jossiph sabe, ela disse. Quem disse? A mãe ronca? Queda quieta! Ondagora foram todos os seus fils, diz? Foram para o reino ou para o poder alcançar a glória do seu pai? Allelivial, alelluvial! Uns aqui, mais não mais, mais e mais uma vez perdidos todos no étranger. Ouvi dizer que o mesmo ramo dos Shannons estaria casado e com família na Espanha. E todos os Débeis de Dunnes na Terra das Vinhas de Markland além do reservatório de arenque de Brendan tiraram o número nove dos chapéus de yung-see. E uma das contas de Biddy [213] saiu rolando até que ela ajuntou histórias passadas com cravos-de-defunto e uma vela de sapateiro num lado do canal de um desaguadouro principal de precipitações à direita do Caminho do Bachelor. Mas tudo o que restou para o último Meaghers no curso dos anos prefixados e entre eles é uma fivela de joelho e duas armadilhas na dianteira. Me dizes isso agora? Eu te digo a wahrdade. Pela Terra e pelos pobres Animals! Ola, Ondas, somos somente sombras! Mezha, não ouviste isso um dilúvio de horas, de novo e de novo, rispond a porgunta? É certo, é certo! Eu sinto, sinto! É esse o chumaçodouvido que está preso em mear. É quase o silêncio do último zsound. Oronoko! Qual é o teu problema? Aquele é o grande Finnlider ele mesmo com seu teokimono na sua estátua cavalgando o soberbo cavalo lá do outro lado? Pai das Allguas, é ele mesmo! Aquelá acolá! É isset ali? No Fallareen Common? Tás imaginando no Amphitheayter de Astley onde o pê-eme te flagrou fazendo pedaços de pão de tocos de açúcar para o fantasmalvo cavalo de Peppers. Tira as teias dos teus olhos, mulher, e estende a roupa adequadamente! Tá certo eu conheço um tanto a tua lavação. Flap! Irlanda sóbria é Irlanda morta. Deus te guarde, Maria cheia de graxa, o bolor é comigo! Tuas preces. Eu cria tbém! Mannbomdeus! Onde andas entornando teu copo, conta-nos, cara lustrosa, na canteena Carrigacurra de Conways? Era eu o quê, ancamanca? Flop! Tua rara andadura greekrumana prende teus passos discordantes. Não stô eu de pé desde o úmido amanhecer, madre mãe allescook, com o pulso doente e as veias varigrossas, minha embarqueixão quebrada, Alice Jane em decadência e meu mestiço zarolho duplamente atropelado, molhando e alvejando ferventes farrapos, e suando frio, uma viúva como eu, para ornar meu filho campeão de tênis, o lavadeiro com as flanelas das lavandeiras? Venceste a tua hesitante manqueira frente aos fortes hussardos quando Collars e Cuffs eram herdeiros da cidade e tua fama exalava o mau cheiro até Carlow. Santo Scamander, eu veujo isso de novo! Perto da dourada catarata. Icis é conosco! Saintenas de luz! Vêla! Reduz teu ruído, renotumbante criatura! O que é isso senão um cultivo de amore-silvestre ou o asno grispardo dos quatro velhos rabugentos. Te reiferes a Tarpey e Lyons e Gragory? Merrefiro agora, graças a todos, aos quatro, e ao rugido deles, que conduziram aquele desencaminhado na névoa e o velho Johnny MacDougal junto com [214] eles. Aquele é o farol de Poolberg acolá, loinlonge, ou um barco antiincêndio navegando perto de Kishtna ou um brilho eu vi aí dentro uma sebe ou meu Garry volta das Índias? Espera até a lune de melado, amor! Morre eve, pequena eve, morre! Vemos este assombro nos teus olhos. Nos encontraremos de novo, partiremos mais uma vez. O lugar eu buscarei se a hora tu encontrares. Meu mapa reluz intensamente onde a nebluelosa láctea está derramada. Perdoamerápido, eu estou indo! Tschüstchau! E tu, arranca teu relógio, nãomesqueças. A tua crepuspolar. Assim salva-te até o finn dos dias! Minha vista flutua cada vez mais turva pelas sombras desse lugar. Parto lentamente para casa agora pelo meu próprio curso, miovalleyoso corso. Entãobem vou, pelo miorriocorso.

    Ah, mas apesar de tudo ela era a estranha velhamica, Anna Livia, adedornada! É claro que ele era também o velho companheiro esquisito, Dileto Duplinense Desprezível, paidescriação de finnlhos e finnilhas. Vadia e canalha somos todos da sua laia. Ele não tinha sete dammas para desposá-lo? E cada damma tinha seus sete sustentos. E cada sustento tinha suas nuanças. E cada nuança tinha um variado pranto. Cevada pra mim e ceia pra ti e a conta do médico pra Joe John. Dantes! Antes! Ele se casou com sua espoça, aos trancos e barrancos, eu sei, como qualquer Etrusco Católico Herege, com suas mantas creames lumenosamente rosadas e suas malvas azuis-turkisses. Mass nora elegida quem foi a escolhida? Naquele tempo tudo que foi foi de acordo. Tyslenciosa Elvenland! Tempos de farturas e felizes retornos. O esmo prati. Ordovico ou viricordo. Anna foi, Livia é, Plurabelle será. O homem de Northmen abriu espaço ao povo do sul mas quantos plurais a mais fez cadum pessoalmente? Latiniza-me isso, minha sábia trindade, do teu sanscredo para o nosso éirelandês. *Hircus Civis Eblanensis!* Ele tinha tetas de bode, tenras para os órfãos. Ah, Deus! Gêmeos do seu seio. Deus nos livre! E ah! Hein? O que todos os homens. Quem? Suas risonhas filhas de. Falkê?

Nãouço com as agitadas águas de. As sussurrantes águas de. Alvoroçados morcegos, rumor farfalhado de ratos do campo. Ei! Não foste embora? Que Thom Aflora? Nãouço com o farfalhar dos morcegos, todas as liffyerrantes águas de. Ah, rumor nos livre! Moss pés criam limo. Me sinto tão velha como aquele olmo além. Um conto contado de Shaun e Shem? Todas as filhas e filhos de Livia. Falcões da noite escutem-nos. Noite! Noite! Toda minha cabececoa. Me sinto [215] tão pesada quanto aquela pedra lá no chão. Me falas de John ou Shaun? Quem são Shem e Shaun os filhos ou filhas viventes de? Noite já! Me conta, me conta, olmo, me conta! Noite noite! Contaumconto de raiz ou rocha. Junto às ribeirinhas águas de, as correntesrecorrentes águas de. Noite! [216]

Tradução: Dirce Waltrick do Amarante

II

1

Todas as noites ao iluminar em ponto e até nova ordem na Feenichts Playhouse (Bar e instalações sempre abertos, o Diddledem Club dançabaixo). Entranças: âmbulos, um tostão; a burguesia, um xelim grande. Perfumance recentemente divulgada para cada dia da semanefasta. Matinês de domingueza. Mediante compelação, à hora do nananenê, experpurados. Potes de geleia, garrafas de cerveja preta lavadas, usados como pagamento. Com a redistribuição noturna de papéis e atores pelo produtor de fantochadas e a dublagem de fantasmadores, com a bênção de São Genésio Archimimo e sob o distinto patronato de suas Senectudes os Anciãos dos quatro coronais de Findrias, Murias, Gorias e Falias, Messenhores os Coarbes, Clive Sollis, Galorius Bouilloir, Pobiedo Lancey e Pierre Dusort, enquanto o César-Chefe olha. Em ação. Sinetada. Tal como foi apresentada para os Adelphi pelos Irmãos Bratislavoff (Hyrcan e Haristobulus) após humptmil e dumptcentos reprises. Perante todos os Cavaleiroufenhos do Rei, com todos os Momos da Rainha. E verborreico sobre os sete mares de crotroada no audioroteiroceltanteutoeslavolatino. Em quatro tubloides. Enquanto o férvido nos caldeia até que o friacho nos coldeie. A *Mímica de Mick, Nick e as Maggies*, adotada a partir do Mortiférico Hemobsesso de Ballymooney por Barbelazul Picarobreu (autormodo de "Grandistoria"), apresentando:

GLUGG (Sr. Seumas McQuillad, ouve os enigmas entre o robô com seu vestido circular e o humorista na galeria dos vigaristas), o malvado malcriado macilento moçoilo dos livros de histórias, que, quando as cortinas se erguem, [219] logo que descobrimos, pois ele sabia muitanto, havia sido divorciado na corte da desgraça pelas

FLORAS (As Escoteiras do Estabelecimento de Acabamento de Santa Brida, demandam acidulados), um bando mensal de belas senhoritas que, enquanto implicam com ela, sua pirraça, formam com licença valquiriana a guarda de

IZOD (Srta. Bela Sarda, peça às assistentrizes um panfleto), uma loira enfeitiçante que faz covinhas deliciosamente e de quem apenas se aproxima em amabilidade sua grata imagem irmã no espelho, a nuvem de opala, que, tendo largado Glugg, está fatalmente fascinada por

CHUFF (Sr. Sean O'Mailey, veja o giz e o pictograma sanguíneo no pano-de-boca de segurança), o cordial correto caro camarada dos contos de fadas, que luta pelo pináculo contra o malvado malcriado macilento moçoilo Glugg, geminaralmente sobre carapuças e pirulitos, ou farnéis trapos ou trapas marnéis ou canaletando rudetezes generarmadamente ou algo assim, até que eles adumbraçam o formato de alguém mais ou outro, sendo posteriormente arrastados da apresentação e levados para casa para serem ensaboados, esponjados e esfregados novamente por

ANN (Senhorita Corrie Corriendo, da escola grisoa, traz os bebês Pieder, Poder e Turtey, ela maldistribui mandaletes de moedas, depois do perdunamento, centenares portudo de entradas, os pulcinellis não devem perder nossa gazeta do galo nacional), sua pobre velhinha lugar-mãe, que é a mulher da casa, contracenando com

HUMP (Sr. Mackeall Gone, leia os dizeres da Laxdalesaga no programa sobre o Rei Ericus de Schweden e os sussurros do espírito em seu elmo mágico), dos pés à cabeça com relógio e cartola, casaca, crista e suportes, a causa de todas as nossas queixas, o redemoinho, o clarão e a perturbação, que, tendo se recuperado parcialmente de um impedimento devido ao sempiterno ovo, mas transinteiramente proconvertido, proposto para um ciclológico, está varredourando mais uma vez, com velas de estai e reais, à semelhança de uma substância para a rememberança da umbrança com a restança da emblemança revelando um antanho contramestre do Rochery, Cocoeméden, empenhado em entreter em sua peregrinista alfândega em Caherlehome-upon-Eskur essas estatutárias pessoas [220]

OS CLIENTES (Componentes dos Cursos de Pós-Expediente na Academia de São Patrício para Cavalheiros Adultos, consultem o anuário, na sebsução de colportores), um bando de dúzias de locomotivas cívicas representativas, cada quem busca de passeios, os quais ainda são relapsamente servidos depois de cada taça por

SAUNDERSON (Sr. Knut Oelsvinger, tarças-feiras livres, semparar no malcatre, imitação de linguado, superesímio porta-tochas, fiasco semissoberano, noitediariamente, rocamboloso, Glen of the Downs, o Gugnir, sua gasindústria, seu quackemoto, seu Lokistroiqui, etcetc), um embaracilhante e estragacura, indiferente ao mistério, mas sob a influxência do meimofo e do rabisteco de

KATE (Senhorita Rachel Lea Varian, ela conta forqueaduras aos introverlibatários na reclusão da prestímana servechá sorvetudo Madam d'Elta, durante suas folgarras), cucalouca e escravalouça, a qualmaga acredita nacoisaque, cujolar seja no cemitério ou se mirtilam os aasgares, o show não pode parar.

Tempo: o prensante

Com retratos futuristas de lutabalé de pouca monta e o Cortejo da História Passada preparados com variações de animais entre pereneverdes dedalomangues e espectratores pelos Messenhores Tope e Gafe. Sombras do pessoal do filme, missas pelas boas fadas. Conclamações de Elanio Vitale. Planos médios, primeiros planos, auteblecs, cenatoaletes por Reira, Pezaduelo, Incubosso e Armegeron. Criações elegantemente concebidas por Madame Bertha Demoda. Danças organizadas por Harley Quinn e Coolembina. Chacotas, chalaças, chistes e chávenas para a Vigília emprestadas dos pertences do recém-enterrado Sr. T. M. Finnegan D.E.P. Mascarabocas e perucas de Ouida Nooikke. Ribaltas e Holofotes de Crooker e Toll. Mercachimbo de Kappa Pedersen. Chapéu de Xaqueca com vinte e quatro ventolhos por Morgen. Bursa e sacochila de Heteroditheroe's e All Ladies' presentes. Árvore dada por enxerto. Roço na rocha. Estores fenecianos e ignobatentes surdínios de Calvorrato e Larmobília. O carvalhamoralarva com a duomalha de sedardil do Shop-Sowry, o camarada sementeiro. Campapedra implorada ao General das Ordens em Armadura. O craque (isso é Cork!) de um fumador na galeria do teatro. A interjeição (Buckley!) pelo fogo [221] mento no fosso. Música acidental providencialmente composta por Larcô e Larcorde.

Melodiciosidades em purafusão pela partitura. Para iniciar com isso do começo, precisamos coraçonadamente bemarcar, uma oração comunitária, cada um para si próprio, e concluí-la como um êxodo, parece-nos apropriado acrescentar, um coral em cânone, bom para nós todos para nós todos nós todos todos. Músicas entretonam os atos pelos ambianfiões de Annapolis, Joan Moquencômico, soprano masculino, e Jean Sobrovinho, baixo nobre, respectivamente: Oh, Mestre Milipeão, çi ishto éh ou kê você douas, então não estou surprepasmado que você queira aquela garrafa de Salvessekempode e Oh Ufa Fenavindita Naumedescure. Até as cimeiras cenas de escalímaces castastropânicos, *A Montanha Barbada* (Polimecha Desraizes), e *O rio corre alegremente para o viveiro* (Senhorelas em Undiforme). O bugigoguemagogue inteiro, incluindo as porções que se consideram odmitidas como os resultados dos respectivos titulares que negligenciaram produzir-se a si mesmos, a serem enrolados para uma pós-encenação através de uma Magnífica Cena de Transformação mostrando as Bodas de Vinho de Nocte e Reclamanhã e a Aurora de Paz, Pureza, Perfeição e Perpetuidade, Acordando os Desacorçoados do Mundo.

Segue um argumento.

Chuffy era umanjo naquele tempo e sua espadalgia faiscarnava luz como um relamparelho. Sonsuspensão! Sântico, sanfônico, meigo lumes, defêndios-nos dos prespreitadores. Faça o seminal de chapuz. Emém.

Mas o diabin sulfurego estava em Glugger, o que se perdeu para a impieducação. Ponteco. Ele estava esfolegando e esputando, tossindo como um anisino, pingalimando seus olhisoldos e ringindo suas dentetas pelos brevidias dos existidores e as doutras ludióbricas da vida. Ele altem qualca chosa uma lâmina de cautrifólio e faz suplicações ao seu três de paus. Departar-me destas, minhas corsanátemas, é ardentrar em fremiterno. Atos de pés, cascos e cambitidade: grande pé-de-atleta. Djiábol, suba aqui!

Entrextes númbrios de evelinoites, quão percucíficos em sua sugestavidade eram aqueles primeiros moviastros feminiscentes, liberando faiscítaras de volampejo e em seguida tremelingos de raperilhas em rondel, com ondulações que faziam tremeluzir em geral noturnalmente todos os ares luscofuscadentes e farolagens debiluzentes na trasela de suas costas. Semmy, cólon. [222]

Mirrylamb, ela estava soufrendo de todos os doençamentos nauditos de Mary Louisan Shousapinas! Se Arck não pudesse mais sancurar seus anhos dos logros do labioso lanoso lupino! Se todos os sígnicos eirlandeses de seu alfabéquio surcofônico de um Padre Hogam até a Mutter Mason não fizeram que Glugg a apanhasse pelo color de sua noivrilhância! Nem Rosa, Sevilha ou Citronela; nem Esmeralda, Pervinca ou Indra; nem Viola ou mesmo todos os quatro temas ademains. Mas, a vara da monstagem na queixarra de malmerlada, eu sou (gememimo) de todessas coisa. Re tesado na frente, rebaixado em releixo, rifo e rufando em suas costas e um estouro do apito dela. O que é isso, oh, tropassantas? Isot téte dado?

Ele tropisou em cima, usufruam seus uaus, com essa alta ação já mais vi esti mar, luminolho e calmatiz e se você o que quer que seja para mim, eu vou o quer que seja para você.

E eles se encontram, cara encarando. Eles estão determinados, furça a furça. E nenhum Copenhague-Marengo esteve muito menos fadado à queda desde que em Glenasmole dos Sorridentes Melros Patch Whyte ultrapassou o embezerrado O'Sheen.

Arresta tu, escaldamano! veio o evangelião, sabre acusador, de toda Saint Joan's Wood para matá-lo ou mutilá-lo, e malignaro seja mas desdito se arrestou. E profereceria a seu deleto sua trifolidade da relva.

Um espaço. Quem é você? A mãe do gato. Um tempo. O que lhe falta? A aparência de uma rainha.

Mas o que é que esse vai apreender? Procura, rachacucar é ter miolos, o fringidor.

O comosedizao isséquié eledevequedeve palavirar eco. Um trevalínguas, esconado. Ô theoporil! Ethiaop lore, o pobre enrola. Ele perguntou-lho sobre o cortafogo casquecido mas foi submetergido ao céu mateizado. Ele o procureou do luftado mas este levava ne marca ne mensagem. Ele lucontemplou o floressolo onde unhicamente seus calos cresciam. Por fim ele se relistou para riachulear como ela se divertia sozinha tão joaobilosamente. O escandeceio na escola.

Com neinhum fio do sem pio tampouco.

Item. E então ele estava rendurecido. Ele querido ir (a algum lugar) enquanto almijava. Utem. Queria lamentar-se nas boas pessoas, ou seja, [223] nos quatro cavalheiros. Otem. E não levou muito tempo até que estivesse se sentindo verdadeiro posele era grada perchoa e pouco depois disso se sentia madmirado de minsinuar que era um rúbeo indienho. Etem. Ele estava nas tias de seus ajuizados para dar (aos quatro cavalheiros) a presença (de uma mortição). E isso era o que ele queria. Enlodou o escolho; eles encontraram as pedras embarrancadas; ficaram doentes por causa do pato ao molho: e ele acomodanou a cidade com a restura da carnim. Atem.

Daonde propenduram nossistórias.

Ah ho! Este pobre Glugg! Dele muito se compadizia sobre seu velho feldeboca. Realmente deplurável! Ah, troz! Oh, rendo! E todo o suprespanto que inerdou de seu zelitor nato na colina. Algumas vezes torrerável! Com aquela sua pelusada chifronte e a lampapompa sobressalendo de suas órbitas enquantoando ela espingava seu todorso com suas núcias de interregnação: Como você faz dessa micha uma mecha e passe o atiçador, por favor? E mande-o cuidar dela alaúde e aerealmente. Cante, doçurarpa, coise para mim sologo! Então aquele Glugg, o coitado, naquele limbopoço que era sua subnesciência mal podia conoecer sonde sua maetadora tinha bostourado uma bexiguela ou se os vocatons que atingiram seu timpanelo eram porque sua scalveira a havia deixado escapar. Misty e seu tromper ou meio seu flutim? Ah, ho! Cecilamente, espanto!

As jovialmente encantadoras fíleas-em-flóram são agora desveladas desenhadas, se uma brota, ou, se em florilégio, deslineiam-se consociadamente com o retrolhar de seu lugarda-comum. Seu a-ficionado ou o delas, pois são tão plurieles, surge como um trapador, perfundando como deve espiobrar por si próprio através de adivisinhação que cores usam, já que estão todas desveladas desenhadas para cima. Tiratom, cachatom, tiratom, ba! Isso não novos satisfaz, senhor? Quante pulcri belas, aqui, Madama Lifay! E para que vai enfeitiçá-las, Madama, diga-o? Cinderenela fisgou seu sapatinho; era chão chinitilante que lhe brindou um noivo. Ele vai anquestionar seu lugarda-comum sobre elas no próximo alinhamento (que é de fato o mais rapieiro dos dois embora o toutro irmão saiba segurar o seu, especialmente porque brandurecia-o com sua mão o tempo tomo, imamadiatamente, um simplesmente gracioso: Mi, O la!), e ressoltou a tramelodia de sua arte: Tendes vos por acaso gostado das carbúncleas? Sobre a qual sua poobre pricoxidade para elas [224] é um pequeno titerriso de hilaridade (Lado-mi-sol! Lado-mi-sol, si!) e o cuidadoral é advozeado sonisoadamente por seus bi-bis assemblados, embora sem pretenderem ser espertas, mas apenas com uma contração de seus quadris para ir troiar e anafar seu pito através de toda essa história de ulstermarinos. Outrossabiamente, trancando as ventoadas, insinuam-se quietas em particular, Ni, ele fazendo paz em suas pregações e brincando com a estima.

Lobisém! Lobixô! Tambu!

E então o lobixô por sua gulosapira ao bando fez uma batida, tão rápido quanto as pernas poderiam correr; e ele anquerou em suas acocoradas com seu ventre presto. Perguntando: quais são meus muffincheadores para esta ocasião? A em trigar: bafo e bofe e agrimaldição. Depois mais bafo e bofe e mais agrimaldição. E depois não mais bafo nem bofe, mas vurmovurmaverme. E Shim chaverá chuacasa.

Como Rigagnolina a Montagnone, o que ela dizeria ele não poderia poder. Tudo o que ela dizeria era xirope doureado, tudo o que ela dizeria era a polpada de pruna de algum Cavaleiro. Isso a está deixando surdada, assim como ele está ficando emudado. Se ele solitariamente falasse em vez de apenas se embasbacar como pensou o iateman qual enfiou seu bastão porinteiro em suas falas e se ele noz farizesse isso! Ihh. Fale, doce pássaro! Mitzymitzy! Embora eu tenha comido a turfa turva não sou a bagaxa do brejo.

— Você tem luenxofre?
— Não.
— Ou fogonxofre?
— Não.
— Ou a corapérola de Van Diemen?
— Não.

Ele perdeu.

Vá para a clapela, Glugg! Pradiante! Molda tuas arelhas, Glugg! Prababa! Rodemos ao redor, Chuff! Justadeus! E até as interiorições de Chuff! Tudo é arroz em suas espirais.

Mas, ah prantos, quem poderá ser sua mater? Ela prometeu que ele ficaria de olho nela. Para experimentar sua pureza. Mas agora é tão almejado, tão andado, tão adiantado. Jerry das jornadas. Alhures! Fugido!

Os frolos todos e os musgos todos se dobravam sobre sua drapejada chapelaba. As rosetas, as exposetas, murcharam como perdalotas. [225] O perolagrafo, o perolagrafo, sabia bruxalmente se chorava ou ria. Pois sempre ali nas Carolinas as amadas Dinahs se vangloriam de sua vista.

A pobre Isa se senta deprimente tão reluzente no poente, as cem telhas um pouco desbotadas ventilam sem belezoada entrauma do seu cisne. Ah, zar! Há versão lampeja tão lastimosa, esta pobrepatética em solda? Seu belomem foi-se de uma friaca. Seja bom o bastante para simparizar. Se ele estiver em algum lugar ela por tanto se junta a ele. Se for em lugar algum ela irá lá também. Mas se ele for para ser um filho de França ela ficará como filha de Clare. Traga atanásia, jogue murta, espalhem arruda, arruda, arruda. Ela está desvanecendo como as roupas da Journee por isso você não consegue vê-la agora. No entanto sabemos como Dia o Tintureiro trabalha, em penumbras e profundas, em sonoites e sombras. E entre os tons que Eva agora usa ela vai encontrar novamente um fiançado, triste truísta. Mami era, Mimi é, Minusculina será. No Dee desce uma dama que deseja uma donzela mas a donzela se decora como dondoca e a dondoca faz um docedeâmbulo. O mesmo renovado. Pois embora esteja solteirosa depois se amarrará e ajudará seu esputo a pular. Hipe-o, tripe-o, querubine e cantarole. O cherafim do céu de Lorde Chuffy e Glugg têm que se balouçar.

Assim e assim, dedois a dedois, pra lá e pra cá eles circulam, pois eles são os meninanjos, espalhando acenos como as garotas de maio, pois são as guirlandas dos anjos.

Meias de cachemerda, cintas-ligas libertadas, sapatrapilhos, ataviradas com silva. Bonés salopetórios em vestidos salopetes e um anel em seu qualquefino dedo. E eles saltitam tão saltimbancamente, saltimbancamente, como se se ligassem à luz. E eles parecem tão amoráveis, amorsóis, amorrados em uma noite nupciosa. Comaliciosas piscarelas. Andecoy se divisloca. Eles a rampam poucamente, parcamente, pobremente. E então rampartem ao redor em revés.

Digam-lhes tudo, mas digam-lhes à parte, candençando a coloratura! R é Rubreta, A é Aranja, Y é para Yarela e N para VerderiN. B é Bebezul com odalisco O enquanto W joga wáguas nas floretas de novembrança. Embora todas elas sejam apenas uma colegial por esses caminhos foram elas. E'm vista d'avegnida vai dançando deslumbrando rotundamente. A Senhorita Ondas de Anomes ante de Lúvio fazassim.

E a Senhorita Senfina de Éons depós de Dias [**226**] de Eira fazassim. Pois. E novamente fazassim. Pois. As várias esperposas de Winsure.

A rameira do vendeiro ela desliza sua mão no saco de feijões, a dama de honra sorve sua supa da lata de parafina, a Sra. Wildhare Quickdoctor hasteia sua saiacima na pavestrada no prilampejo instanto que ela atentiva de um tinido de trovão, a viúva Megrievy tricota camas de gato, esta belevolente atriz encoleira um lebréu sob sua língua, e aqui está a menina a quem ela fez ajoelhar em confashion e que contou ao seu padre (spt!) que poteou um chapa (chp!) e essa menina não mínima, essa rickíssima mulher, que escreve podomancia montas vezes no pó neonatal com seu dedão capital. Zum-zum. Todas as ovelhas desgarradas voltam pulando em esconde-esconde, arrastando suas tribulescências. E destes modos procederam elas. E daqueles modos foram elas. Winnie, Olive e Beatrice, Nelly e Ida, Amy e Rue. Aqui retornam, todo o gaio bando, pois são os florais, do pardacento amor-perfeito à papoula purpúrea, não-mio-soltes, enquanto há folha, há esperança, com a prima vera rosa e o desabrochar da maravimaia, todas as flores do jardim das ancelas.

Mas viceversando à parte dessas palmas de perfeição ao arboral de raiva, a mentranha de trerroca, esgarçamente fora do escuto do oceano, víride das ísatis, que tornamentos de raivas complementares sacodem a poncheira do diavluno até o chentro de seus intestinos, enquanto apreaxadrezava toda a palavrejada ciência de sua visível desgraça. Sentia-se tão engraçado e derrubado pela deixa sobre as qual garotas como ele não sabem qual é qualcor. Se um grazadeus graçolhar gentilmente lhe sorrisse com um sorriso ele acarinharia um elogio que comeu de alguma bela dona. Mas nenhum gesto revela o descultecido. Todas as possíveis estão contra ele, as bestiais. Começar. Do começo.

Ele mergulhou a cabeça no Wat Murrey, deu a Stuart Reial um golpe no plexo, lutou uma se-agrada-com-união com Gillie Beg, enxugou todos os seus penitensos, marcial e menial, com Shrove Sundy MacFearson, excremuntou tão livremente como qualquer brejador em MacIsaac, levou uma sova na luta, casto a casto, com McAdoo por nada e, a época da infância sendo sempre a menos desavergonhada, tal como um Tartaran tantinho tentador tarrascônico tortão, vestimentívoro clamidofágico, imbretelou a si mesmo para qualquer momento irre- [227] latável em que se pendurava sobre o Meio do Machonoochie dos MacSicários dos Culotes. Casa!

Enquantudo, lábios lastimáveis de lanche lacterroedor, corroendo sua mente, filho de Everallin, dentro de si mesmo, assejurou. Macnoon verborragia verminosa. Cruz de bispo cuprifeiro! Ele separaria. Ele faz intriga como um sagrado Trapacepata. Procura infernos lá onde ianquilhéus a absolação do petriota. Molhinitza! Goelamada! Ele pega o esquife num primeiro dia de dilúculo volteador vadeante, bruto e escuro, até que o arco do chuvisqueiro exiba o caramanchão com três camisas e um vento, o pagode permetando, crucilevante, o bruce, o coriolano e o inácio. De puritais a seculares mas do cumano ao neoutro. Bye-bye, Brassolis, vou bora! Nossa guerra, Dully Gray! Um conirigma de lamacírculos, ele aqui conclufinda. Gelschasser nunca mais! Mischonário para o ministreiro de todos os sems de Aram. Shimach, éon de Era. Mmm é para a máxima, banir é para o livro e Dodgesoma Dora é para escolamestras de ouricidade. E Unkle Silanse como treinador em diligência. Desconexão dos subsequentes. Ele fintunelou a si mesmo para se cuidar através do banimento carboral da Pencilmania, da Armérica Bretânica, para enfundir a Sra. Gloria do Truste dos Bunkeiros, recorporado, (emprontado!) por meteoromancia e heisdrogênio linguificado, prontolargo para saudar um hurry lorrequer e pegar o Paname-Túrrico e reconquistar aquela ausenta estádia lesta, sua città immediata, por aleia e detorno com passecarte dispounível getrinta anos. Reto para Rovy the Roder. Pelo lado seguro da distância! Libera, nostalgia! Beate Laurenti O'Tuli, Euro pro nobis! Cada monge em seu próprio cashtelo onde cada ligro é seu próprio liogotenente com as jambas inclinadas em ampla extensão à sua pronau e à derretano em seu rerretábulo. Foifinisterro fogoescapador! Ele faria, com a maior facilidade, antes de pesar o meianzol, pelo limiar do querido lar no canal furioso, por outrassareas do Jordão, (leve um heve, aguadeiro!), um dos sensinos com um noquenavaca e um chau colegião e dispara, jornal da jaula, fediondo mulmude subustionado, sua farceada epístola aos hebrus. De Cernilius solotempo prepósito de Tumaria à conglogração de Anteocha. Salvo! Dâminas e cavadoteiros! Basta de trovascudos! Folhas livres para ebrimundo! Todas as latassalmões do [228] jarmundo! Com presundores e e malovos até futuras álteras! Primates selvagens não o impedem de criar uma escrita burlesca feita à mão. *Nom de plume*! Deus fustigue Finglandes! E sande Jarge à Maria Ilhoeiros! E não debauche se sua vinitasca é uma chomberga! Pois ele é o general, não cometa erros nele. Ele é o General Galhofante.

Entra na escrivanaria com a sacidade dos artures em S.P.Q.Rês e informa à velha prensa trocista e à sua nação de cordeirantes sobre a total infausta juridade entre eles, maladez de mileide montou melodia de malódia, ela, a lerolerola das lionesas, e ele, seu cavalceiro arrante. Para a Gilligan Rosa Selvagem de Curtobelo Crowhore. Para todos dentro do aparádio de cristal.

Ukalipso. Largada de lotusgulos. Há dias. Nemo em Pátria. Os Lanchestrigões. Escila e Carúpires. Um notável naufrágio. Da Taberna das Sereias. Polifamoso. Nausicanelas. Mãe de Miseriacorda. Noite de Walpurgis.

Malíchia! Ele despiria para o mundo inteiracto de Leimuncononnulstria (e que strip poker trotemundo esses pares pareceriam!) como barbafalos, o tontamigo, o sabatário (que a facção separe sua barba!), ele também teve um grande ah nos no megafundo de seus tomacapelos e como sua Senhoforma, sua labrega, aquela congeada esponsa, ela nunca parou de acordar maltadores entre os jamesons desde que a rachadadinha que a metaxa deltou tornou seu micrabismo tão brecha quanto baixo. Então pescaram na chaleira e lutaram livres e se ela mordeu seu taliponto todos tiveram muftins para o tchá. Ele teria justado sentando-o tudo por escrito assim como teria jusado fixando-o juricontorcidamente em nódoa e nulo, cedendo a nenhum homem hinos sua ignorância, vendo quão corasonso sofrido era, devido à condrição de seu selingredo de bicicleta. E lendo sua carnepele e escrevendo com sua penipluma, compleenche com isso novemãos de papel para seus audietores, Caxton e Pollock, um muito moraculoso pecamilivro jeremiado para todas as pessoas, sob a presidência da suchesa selonemselo, uma viraser heraldina, totalmente apreciada por tantos tão comoneiros em bloco na temporada de Boyrut e por sua conta otolmente admirada por seu marido em solitária intimidade, sobre o qual contava seu intersenso e a cruatroz ieureka de [229] seu espectroscópio e o motivo pelo qual ele ficou sem cor e como tinha sido ambotacado pela sua cuspida e escarrada mesmo, primeiro no lado da bochecha por

Michelangelo e, antemais disso, papadamente por todos os lados por Bill C. Babby, e a fórmula do subúrbio pela qual as drolas provenciais o ovaxpulsaram de seu próprio hompty dumpetry domocílio (osco de basco de pesco de bisco!) pois todo seu conforto de criatura era um omuleto de erbas finas em uma arca de finis orbis e, não masta quão mostrado, a mente não emenda, ele não podia sufumergir nem nadadar na enxurrada do secialismo e o melhor e mais escurto caminho para ofuscar um catatólico de todas as sorodores de Sexton até que ele a acostasse coumo um afoitou em tête-a-dois tal como faria um wagoneiro com sua maldilda vinsindonque em sua trista em Parisiso após trocentos anos de tormentos, pão lançado nas águas, fazendo boas ações na muturidade, Mondamave de Casanuova e Senhourita de Armentières. Neblonoiva do Nivonoivo! Nobby e Nuby em enoviação! Occitanacitemplo! Ele viseria através de severosos santuários sejaoquefor possaquempuder até encontrar em algum lugar, se ali for produzido, em uma meia-pansião por toda sua duravida, pagamento em música de vainanar e confania venenal, depois do qual, como Ipsey Secumbe, quando fingou de falhar a flauta, ela poderia ter todos os g.s.M. que ela mouava aposfrente e palhatrás para siM, inclusive a ciência do silêncio sonoro, enquanto ele, tendo sido cruado com manteiga d'alma, havia recursado ao curso da poesia. Com lágrimas por sua coronaichão, como choram os angenhos. A liffe vida valia ser levada? Nah!

Tholedado, arbotrene! Zokrahsendo, pedra! Arty, reminiscensível, em tablado finale de grande carrieira, sonhando largueza de vidalentos ao longo de precoces desvidas — todos os velhos Sators do Sosceptro histriônico altamente nutrício da família, genextricando com Avus e Avia, aquele casal simples, descendentando abaixo em velupedais através de um processo vuncular para Nurus e Noverca, aqueles notórios nepotistas, circumptificados em seu census sobrino, patrissos todos eles por seu glossado em suas caras germânias e seus olhos socerinos como transparentes de vitricus, patruotas de um homem, o arquimado leviro de seu mundo ekonome. Você se lembra, castelo throwen? Umas prosperruas arborizadas, agora estrongas barrocas. E óleo pintarei tu como pomo se me traçar [230] ali o título de onde havia uma maloca não uma moinha (o primeiro matraqueio de seu juniverso) com um tingtumtinglingo e outro, e outro, e outro (gim um paddy? tem a petência? gruins, gole ao tope?), enquanto euch icho shome.

— *Meu Deus, ai, aquela felha amada casa tumtum*
Através da qual em jovemanjar porte eu predoava
Amentre o verdegrasso convicto valsales atroa
E clausurado por sensamor na silhombra de sua bustura!

Sua bocarona de ecstasy (para Shing-Yung-Thing na Shina desde o Yoroyume através do Mar do Timor), logopós (malaventura!) atirou pingando para cima por meio do errodente de seu juízo (que acreditou que era um completo Funer all, banqueterreal de casquilhas de Lovvey gogolhador, regalmente floripenado, aguialmente plumado, e nera mais que pinicamentos de gengimolite miserando alguns equinados magis adomais do caixácido odscuro aledomais do denso flopado mugúrdio) como se tivesse sido zerrado em dois. Completamente sangustiado sangrou desconvulsando as fixaduras do seu fiso. Purdurante a qual seu mascador tempóreo medou-lhe em um calombo louco de Temjujuba de Silasancas. Josué Creuso, filho de Num! Mesmo que viva por milhões de anos uma vida de bilhões de anos, desde seus esplendores rosáceos até seus lustres violáceos, ele não vai esquecer aquele Púgaso pequinador. Santossinossatânicos e sangrentos acres! Como corronada naterra!

Mas, por Jove Cronides, Semente de Summ, após ter batido suas placas peitorais para tanto, paresquecer, paresquecendo seu berçoninho, foi logo em seguida que ele reteve a si mesmo. Por uma prece? Não, isso vem depois. Por contrita atrição? Nah, isso a gente já passou. Médio exercizismo? É exatisso.

E assim foi. E Malthos Moramor recobrou sua alma. Com: Vá Ferchios a Allad fora daqui! Uma oldsteinsong. Lançou seus peses até as arelhas, revirou seus olhos poligônicos, nassonou seu narigo e soprou a gafe para fora de seu pau-de-foles. O solavanco saletópio de um gingue de concha bassoura que ele aprendeu em locofoco quando uma brasardente roletassou ele. Sob o Reinado do Velho Rosteio o Bowl Ratskillers, rédios! Por que era aquele homem já que fazia mal a ela? Olhadas de olhadismo, como ele tem nós nas entranhas! Mocarias mocas, é uma gripe de suas gripúrias. Buscadoriabusca, por que mordendo arranca a cabeça dele fora? [231] Carvoriacarbas, é seu escarro de carvão. E que sua turfa diluta não lhe provoque cromite!

Pois o mauvo que lhe pisca branco é principalmente Carbo. Onde a inflamabílis pode purseguir seu comburenda com uma pura chama e uma vera chama e uma chama toda gasseada, fuligem. O pior já acabou. Espere! E a dubarata Magazine pode gangar para as preensas. Com Dinny Finneen, me canty, ho! No perdido dos glimanos. Sozimíssimo. Pois ele mesmo negociaria um tratamento adequado em antecipação à sua inculminação até a frutificação para a maior operação. Quando (pip!) uma mensagem interferindo intermetendo interpula deles (pet!) em ondas hertzianas (chame-a nomes venicianos! chame-a de estel!) uma borboleta de sua bolsa ziperfechada, de onde uma pomba ferida ascartou, fugindo para fora de seus forecourtes. Ilharei suspirar por heras, O doherlinda! A poetiseira. E ao redor de seu capuz chamuscado ela trançou um atilho de flama para que os laicidosos saibam que ela está caseada. E pim vai rebotalhado. Tot o queima tão leste. E claribel cambeava para errande. O dela antes do dele mesmo, enviada antes de plumada. Eis ele seu troco, tênquiu madime. Voa orate, mademente, cuidado com o degrau. Por favor stopender O por prazer. Pare. O que dizendo? Eu me dolorrendi a ele agora, querida amiga da costa, tão, tão comprazentemente até que pudesse me revestir, o que significa o final das minhas estadas na languidice de Tintangle. É você zeloso de mins, irmão? Você buou metadamente altescente? Você o suputamente em condicionalmente rejeitado? Satanamente, laude! Encane aquela coichorosa, flebiwilly! Alto lá, mavrone, e sente no meu colo, Pepette, embora eu preferisse que não. Como são as coisas m. ds. tudo está em vencíveis. Decodificado.

    Agora uma corrida por seu dinheiro! Agora um disparo por seu dota. Galo velho, corvo jovem, sifada, sossão. Um beinovo, galgo de corrida, ultrapassador no vento. Como uma lufada para uma asusada ou um sos para um salva-vidas. Pois diretamente com seu upa, epa e uma upalepsia didando um tishy, em consideravelmente menos tempo do que leva um glaciador para submergir um Atlangtisso, estava ele de novo, agobado, perante as tremedoras, a um triz de faísca, duodisfarcemado, portando um bailéu de um simples velamarinho e sacudindo a tormenta para fora de seus soluços. O mais elegante navio que pudesse encontrar o elizaleria em seu joelho como um sortudo para o Rio Grande. Tem um rabicho lonado [232] e se não o tivesse tão grossadente ele seria altamente delatado por sua pictura na parede com sua fotura nos jornais por cortar pernas de cordeiro e cabrito, revelando que ele jestamente estava brincando e que seu rabicho remexeu.

Gol! E é um por seu comprimento.

Angelinas, esconda da luz esses nuances que o seu sin belo pode trazer à luz! Embora de joelhos esteja à sua dotessoleira, ele não saberia alopeitar-se aqui.

Pois a caminho da caça irá e você não deve fazer suas momices. Encontre o frangês em froques e translace-o em tais choques como toque com show e show.

Está adivinhando as dela naquilo que faz de pior, o marinheiro. Atenta a seus gansos selvagens ganseando por aí, e jogue limpo, senhora! E note que esses por exílio vão chamar cão de cachorro enquanto não deixarem ingla na terra dizem agora para saber.

Pois ele defalta tanto quanto detesta perturbá-las sem.

Mas abandonando a mitra cabeça de bacalhau e as plumas de garça sinistrando ao servidor dos serventes e rex de regums e fazendo um verbavrório pela luberdade de expressão ele pergunta se não viu você um fósforo sendo aceso nem se é esta pólvora mina mas, deixando as peças de trocadilho pelos ernestos:

— Haves tu fulvofergos?

— Nao.

— Haves tu maiojantas?

— Nao.

— Haves tu por causas madresventres?

— Naohaohao.

— Aski, aski, aski! Gau on! Micaco! Jegue!

Ping an ping nwan ping pwan pong.

E conseguiu, sua anoiança, e relançou seu anzol para longe, aleguere como alaguerra, como um quimista encamisas, a quem o harricano apressa e esquenta peses, zingo, zango, seguro. Aos chiados de calaboca, calma, camelo, qum, anda, yawash, yak! Pois ele podia chapachopachuar sobre uma skarp snakk de puro englês endefalhado, melolua ou tartatuga, tsukisaki ou sopisoupa, tão rascamente e tão basicamente quanto sua vaca queijiza remói espanhafre. Mesmo! Guanta criodia! Gelagala náusea é. Ainda que bem adivinhada não o [233] foi. Hovobovo hafogato hokidimatzi em kamicha! Tinha todos seus espérritos falindo sobre ele; ou veja, mais grevosamente beslumbrado e bintrigado; tinha sobre si seu mais triste cabalieiro; e parecia bruto Hal. Um conchelim um caguincha e ser o dom a que chutam? Ou um peso besante para se juntar à armada?

Mas Sem Showpança, poderia algum bróder tendo caminhado por este mundo com os olhos benabertos, ter se visto mais gemeolvente do que a querla que deixou para trás? Candidatus, viridosus, aurilucenus, sinelab? Dentre todos os heróis verdes que usaram bombrichas de cotão, o alvíssimo, o douradíssimo! Como ele sergueu alis consimesmos muktíssimo kevinmente, e aquele antirrevolicionário, o criançadrinho clérigo do tufo de tonsura aos amendedões, uma hagiografia em duo-trigesômio, filho sotimáximo de sire seistuscos, de Mayarreinas signo ou sura, tempo de budes ceumental, inenvolto por seus cercacissos, um micadoso deslumbradoso enguiadoso oleoso com soltoscachos, um alminetzo padressido por zvesdais, seu trilho o trativo, endão dandipenes sabe de jogo de pálpebras, com seu pelejapinto esportos e seu sorriso de cola leiquida (o mais sulcificado sourrir que já tenha usado desmamento), enquanto seus hóspedes de espírites luzpildergrinos, iam pavoneiando-se uma ripidarapidarpada ao seu redor, prínquipes peregrinos, kerilour kevinour, em congressulações neurocorísticas, bem ronronantemente animados, rpdrpd, alaudindo a ele por todos seus lambelidos na litania com os termos sobre os quais nenhuma pequena dulce noa nunca pensa em implicar exceto no ano do seu futuro e enviando-lhe perfume bem luforados para satisfogá-lo mais do que infusioná-lo (devmos ajudar, agora que você massamulou, para que rigolecte um pouco? ésseunome? ésseumisso?) pois ele, o finafinado, o fulvatufo, o farafrente, poderia bocofértar a todas e cada uma, asflavas como saflanas que dousarem assumir, o tempiedadelas de sua permissão de beiçador. Significados: enguente o enjurioso até emelhorar-lhe o retrás. Sabemos que gosta de latim com éssias impuras, (e seu liber como elas marveem) nós certetanto como gargolejas amamos tanto o narguigagle, arrabejí, diga àquele velho baiuco franquês que assoberre o tombaldim em seu árgão tuntum e nos ofereça uma golfada de seu velho efusivo. Gafe!

Hinúmero vintenove. O, o canto! Pequenas guriacumas felizes de ter adolftado tal Adelfus! O, o balalanceio hopulula tão adourado! Elas vieram cantar incoro. Elas dizem [234] sua salá, a oração das medonzelas ao messiagedor de Seu Nabi, prostitando a si mesmas cadassábia e combinadamente. Fateha, junte as mãos. Honrado seja, incline a cabeça. Que suas etardes sejam ablançoadas! Até mesmo de alegria! Assim como esperamos a ablução. Pelo amor do farbungo e da essência e dos holiopingos. Améns.

Uma pausa. Sua oração se eleva mesquibranca como a glória de Osman, refluindo ao gastoeste, deixa à alma de luz seu silêncio desvanecente (allah-lah lahlah lah!) umcéu turcolavado. Então:

— Xanthos! Xanthos! Xanthos! Nós te agradecemos, poderoso inocente, que raro o trouxeste fugafuga. Se em sequentes anos adviera sobre ti após o mesofício laborbrigatório transformando em mansioneiro de banco mediterrâneo nós e eu devemos residir com nossos obedientes serventes em meio à mobilidade de Burke em La Roseraie, Ailesburd Road. Os tijolos vermelhos estão infernalmente a preços bons se você confia na lista de anúncios mas nós vamos nos poupar e pegar o que for mais bonito e bosqueado das árvores cortadas na nobrizinhança. Lote de Oncalha. Carvalhos de Luccombe, aveleiras turcas, abetos gregos, palmas de incenso de escedros. Os hipsômetros do Monte Anville são tidos como mortos pela artataxia mas, graças à senda de Larix U'Thule, a tramazeira de Manelagh ainda está florescendo ao ar livre, pois é nativo da nossa natureza e as sementes foram enviadas pela Fortuna. Nós teremos nossos pilarposternos particulares de palipêssego para as apaixonadas letrinas carinhosamente afianxadas em nossas cercas e balouços, redes, tensinadas barras de balé, recanterijos, boxes de banho prísmicos, para dar água na boca dos olhinvejosos e maravilhá-los quando nos binocularem desde suas embrassuradas janelas ao nosso raro jardim. Fyat-Fyat deverá ser nosso número na autocinesiação e Chubby em seus Chufos nossoparúnico chofer. T estará esperando por uns como eu venticontei U nas primeiras antradas. Nosso cosiprimo gourmand, Percy, o pupo, denunciará os faronôminos de todos os visitantes, dentre os quais nossa Simiamesa Irmã, Tabitha, a novevivida, estenderá ao máximo suas cordiais boas-vindas. Enquanto a turfa e o tronco tagarelam. Tintin tintin. Lady Marmela Amanteigado virá para o jantar com sua peruca de marzipã, seu colar de amêndoas e seu sundae de pêras com pulseiras de mel e sua meia-calça de cochonilha com os caramelos dançantes, o bruscamente melhor de Bootiestown, e seus chupadores de menta de marfim. [235] Você não pode perder ou vai lamentar. Charmosas chloes, joilas glicerinantes, leques de lidialuz e pufumadas cinarrilhas. E o Príncipe Li Monada tem-se graciosamente deleitado. Seus seis pajens de chocolate correrão clarinando em sua frente e Cremecoco cambaleando após sua pauespada em uma almofada rosa. Acreditamos que Sua Cintilante Excitalteza deveria conhecer Lady Marmela. Luisbelo dele para léspida dela. Ele não irá de Cork a Cantalamesse ou podesperar até Rose Easter ou o Dia de São Tempalgum. Então Neomênia sabe. O Fomor está em seu Fin, o Momor é ela e ele. Um parolone! Um parolone! E Dublin está toda em zinzim. Vamos cantar uma canção de Cantigamês e você também e você. Aqui estão as notas. Ali está a chave. Um dois três. Coros! Vamos lá, ricos burgueses de donafrufrufesta. Fino fino! Fino fino! Elsjoviais e elsvívidos, você billy contigo coo, para jogar um jiga de noite cristianesa e cantar um missal também. Epa champurí! Epaepa champurí! Oh você homem de preto de longa cauda, polka aí atrás! Epa champurí! Epaepa champurí! E, jessies, passem o panqueque em torno. Anneliluia!

    Desde os dias de Romualoso e Remoso os pavanos têm sido estridentes através de seus pavoneios de Chapelldiseut, as vaulsias têm compensado e tirolesado por meio das puri ferias de Ballybough, muitas umesma nublada tem se deslocado delicatamente ao longo dessa delacorte desviada rodavia e os rigadons têm mantido regozijantes ragtimes no platoplano de Grangegorman; e, embora desde então esterlinas e guinés tenham sido substituídas por regatos e leões e algum progresso tem sido feito em estacas e as raças têm ido e vindo e Timo, aquele chefe dos sazonadores, fez seu usual astouto uso de endajustáveis e o quenão vaisser é nenfoi, aqueles dancediasos e cancanzânias chegaram efervendando para o nosso bencantamento através do sersurdom dos pós taeons, a obcecidade das pás tepocas, tão ágeis e membrolivremente flexíveis como quando mamia mumou na má.

    Assim tão estilosas com as natranças estão suas cabeças de flor agora e cada uma tem um hasteamor em si mesma e o rebento de todas as tetas de seus subestames está tão aberto quanto ele posamente ela e é girassolado direcortadamente ou indirecinturadamente, de acordante com cursetes de [236] coisas feministas, defrente a ele em heliolatria, para que então possam se encopachar em suas calicetas, em quanto tropam, aqueles paradacaídas de seu pistilo moscalono, pois ele pode verespiar através deles, às suas propriascores, inobstante seus espias de tecido, (o que significa malha de Mullabury, a época das flores maciedeiras, uma guardada figura de discurso, uma variedade de perfume, uma noivaidade, um aromarinho e só ou) tão luzgeiramente como ver viu (Oh minha boassenhora, Oh minha bela búrdia! Oh meus irrepagavelmente precalçados!) enquanto arrociadamente como din-dom belas, todas aouvem a seu elixir. Adoravelim!

E elas lhe disseram:

— Encandeadas, caro doce Stainusless, jovem confessor, amado mais amado, aqui oraouvimos prestaflorescer, Oh coelicola, te salutamos. Patrono de nossa inocencelha, mestre de cerimônias, entregador de gracimissivas, roda o mundo em quarenta mensagens, mala, cinto e raio balsâmico, nosso barnaboy, nosso selochapa, com aquela panflauta em seu porpralá, gab borab, depois que você fizer toda sua vistavisagem e sonorouvidaria e odorcheiração e gostogustação e ternoumstateios em toda Daneygaul, envie para nós, suas adoráveis, você suprassementeado, um jogo sábio e de cartas de tudo o que com ceber, chefe celteca camarada, de seu sacro correio agora você tem acertados cerimoniosamente nossos nomes. Sujo você não é. Sem casta você não é. A torre dos leprosos, o loki de karman, não branqueou em nossa poluição e seu intercurso em noventa entrepernas não profana. Intocável não é a espantalhacoroa que está em você. Você é puro. Você é puro. Você está em sua pueridade. Você não trouxe membros fedidos para a casa de Amanti. Elleb Inam, Titep Notep, nós os nomeamos para o Hall da Honra. Sua cabeça foi tocada pelo deus Enel-Rah e sua face foi iluminada pela deusa Aruc-Ituc. Volte, santificado jovenzinho, e caminhe mais uma vez entre nós! As chuvas de Demani são masikais como as de deantes. E Baraza está toda em aflor. Sequitor de dias calmos. Tão chacoalhante como pode ser uma chuvarada. Nossa estirpe e melhor classe passa de ninhadas e amargor. Labbeycliath anseia. Mas nós contamos com o tempacaso. O Grande Crocitador retorna. Abocanhadoce, Abel lorde de todas as nossas haloísas, nós (para sermos um pouco mais femiliares tal qualdris do que é espertamente mais do nacessório), todas as filomelas bem como as mada- [237] lenas eram parcalcinhas com duas alfinemarcas, BVD e BVD ponto, querem então loterias de tickletes postátemos (você gosta?), então para ser bem delicadas, se houver um isaspell, e então para ser veramente dandidelicadas, se for um entrachado, de e em, para e por, através e com, vindo de você. Deixe que a réplica apresse seu inesperado antes que a missiva tenha tempo de ela mesma se remover, todo o resto será deliberadamente intrometido se a ofensa que vier puder enviar antes nossos estremecimentos. Parefemos estar em foutro lugar com'sisso tifesse pasfado em nosso fufspenso. Próximos aos nossos próprios encolhimentos gostamos mais das sensitivas. Pois elas são as Anjais. Tijolo, fauvo, junquilho, broto, frota, noturno, hematoma sorridente. Pois são as roupas de uma Anjal. Seremos constantes (que palavra!) e a bênção do dia, pelas horas completas também, sim, pois os soldos longos sines como seremos em nosso mesmo ser criado por nosso elfogoísmo, o dia que você aconteceu, você, terrível tentação! Agora promêtanos por nosso requerisimento que você se manterá ignorante sobre tudo o que ouvir e, ainda que enquanto isso se desroupe até o limite do risco, (os bisodedos em idolhoras sadanfunda tãotão!) tire o véu até nós na próxima vez! Você não quer pessegar mas seja enjimboado se o fizer! Taljuda. Seriosamentes podemos também. Quantos meses ou quantos anos até que o mariadécimo e o primeiro se transformem. Que o acanhamento seja coberto. Que ele colpe, que ele a colpe, que ele meamaximadamente a colpe! Converse com uma lebre e você acorda como tártaros. Isso é muiso. Diz a Lei. Liste! Kicky Lacey, a perverginada, e Bianca Mutantini, sua conversa, atraem em seus fulos longuros primoterminados, Herzog vem Vellentam, mas eu e minhoutra ravina, primura minha, tem mossas boas três chanceiras, nosoutros, depois de Bohnapartes. O mitante sorriso meu, minha saludaplena assunção, ela enula semim como nossomos gemimos cadentro, o que eu amo como meugoísmo, como esmigalhamentos robinsongos, como jovesses notoperdidas, como o azul do céu se eu me inclino para espiar entre as minhas brancatupodeschamarcanelas. Como seu duelo faz o seu triado! Cerouvido para Sur Surdo, balas dom-dom para os fuzileiros do íris, reinaveres de cocomo em seus penteados de jennyjos. Caro caricímos! O mel enjambela onde melisponde. Serão as belhas todas a sós berbadas umas às outras mineadas pelo mero efeito que você próprio está fulo de pólen. Teomeo!

Deodouro! Nós nos sentimos inexprimivelmente sem pensamentos sobre tudo isso aqui em na bimbufloresta de Gizzygazelle [238] Tark então porfavormente comuniqueque com o pecassenso original pois ainda ansiamos como brotar. Significou miliemos de centimentos defunperdidos ou desencaminhados neles mas, mestre das serpentes, podemos mudapelar numa mica de mamila contanque possamos tudover defuncertamente a sua rapidez. Pelo ferrolho em seu olho, somos olhadas pelolho onde oulançava você a quesum com seu bowl luteano ao redor de Monkmesserag. E cada vez que você está titilando em sua truta temos certeza de que estamos entramadas em nossas tencantações. É jogo, ma chère, vá embora daqui com seu vestepastor posto! Alçuma cauda! Cortempla nossas manocriadas para o senhorisco! Para esses nunços não somos senão suas em ammaturas todavia benvirá o dia que osperemos ser ossas. Então de verás ver, vendo, a vista. Basta de embustamentos! Nem mais presentandos em menagens! Uma fantasia dela para um seu amigo e então aquele sócio seu após isso segue o nosso. Vania, Vania, Vaniorum, Domne Vanias!

Altotempo se ergueu para baixo dentro de foras segundo! Quando houver comidas para vermes tão fartos como forragens para o fato, coma na terra como há chama no forno. Quando cada Clito de uma despensaia tenha o direito de que cada servesculhão possa estimoldá-la superecta para a vulvontade que for, seja nos privados, suja nos públicos. E quando nós todos gatólhicos românicos tivermos umas para todos os separadomens. E o mundo é livredaia. Megrato. Tanto mais para o homem de Seu Maigestado! E todos os seus begestados. Só até Coquete dizer a Cocota para ensinar Connie Curley a tocar Cattie Hayre e dar uma dica a Carminia para cutucar La Chérie embora nas cavas onde ele habita dentre nós aqui ninguém sabe salvo Maria. Porisso vamos tocandaros de mãos em mãos em girogirodando.

Essas brilhantes eleitas, consenconsortes, estavam valseando seus quadrilados para acima com seu rudebelo principelo angelino enquanto naqueles lubérebus não hará ursavias (meandração desconhecida, um lugar onde os pombos levam fogo para assar viandas, uma espurcolina, belgorda e malpediante) juramentos e gritos e gemidos naulidos com um belzebuliço e um rumorburinho bendanado e bendiabrado e uma arimanestante lucisfera. Hademais, haondemais! A brecha de Londresó que se assenta fetidafim inconhecida não pode ser abregoada por punos e ragulhas. No entanto o ringo gandaiou rondo rorosamente com uma diacha para um bracho [239] a você. Yasha Yash comeu sassicha e pourê. E assim ele encontrou-se batido, pobre Yasha Yash. E você bemquer fazer uma das nossas festas miquenique. Sem convidadonra em nossa esposhialista. Pois o pobre Glugger estava aturdido e atrasado em seu anseio, ai ele, estendido em sua cova.

Mas embaixo, meninos embaixo, se levanta, com seus espatéticos olhos e sua voza ventristecida. Ephthah! Césamis! Escrúpulos de exame de consciência agora ele para o melhor de sua memória esquemada. Nu mera para sempre assedentada em seu sofarroubo. Com sua tumensciquinância na coxivista de seu tribumestal. Basta de cantorias todos os digas de sua sengajoga. Expersamente a mão contramão. Trinitatis desvaria enlameou seu domo, peccat e penta diante testelivre. Hinomesmo, munchoruja, novavil, nascido de bruta tribo em raça de chantagem, doulamente redecano de hêneses totalbigêneses. Ele, por bençamando dos goldeuses, porformele penitência e surgefora enternatural. Ele, autossuficiantador, egoscomandante-em-chafa sporticolorissimo, que entretanto pójoga em seus lavamaus olhos, fazafazer polentay rossum (Deus saborei a rainha com a haste da sulda Atfreck! Feito para o rei dos Zundas) saído de biancônias, caminhando amerluzamente como qualquer cotovemerogorude por toda a Terracuta. Não mais jogar ácidos, enfrentar todas as amabilidades, apelar para a união e jogar para os tirnitys. Ele, louvado seja São Calembaurnos, faça agora um limpo desembusto de boa menina como se nunca tivesse leitecaldo de coalher, garoto ervocordial de poter e mader, lasca do velho Flinn o Flinter, ramo do peleteiro que o curtiu. Ele vai calabuso todo igual diga a ele lá fora. Homem diableufo despe-o zoazoado calico blonga ele todo igual diga a ele tudo lá fora como ele faz que nome. Ele, através de volquênica conexão, relação pertencente a este remarcável molimem, Anaks Andrum, parloglutão puro sangue Jebusita, cente procente Erserum falando. Armazedo de drogamalte. Intrância ao fundo. Mormente aberto em dias laicos. Ele, A. A., em xantungues de pele de pêssego, possível, para ser sincero, a despeito de velhos distantes enganos e ele ganhando peixes consideravelmente, através de graça salvadora após avalanche, para parecer mais profetável além do sorridente olho cianozul. Repete de si mesmo como pios alios pozele edia por barbeado e corte de cabelo as pessoas diziam que ele tinha forma de elebode quando ele era apenas ovelha de herrgott com sua telha togada. Topo. Não é real o que em crônicas trazem sua valise priamada cheia de batata [240] verbos. Grandes dombo cruvos cavavalas falam curto de novo atorapós, até enquanto lossassinados pelo soumano, ele coachibante um pratapenique ofarecendo blatoranjascom cândidos súcaros na Spinshesses Walk na presentas de lilitas moçoiletas por a soprar seu noriz para ele com as mais prurias poligâmeas inantenções, ele tendo essa pecuniaridade ailmenta espetacularmente penhascada emurgência em dias de vendaval pois sofre cronicamente de uma plentitude de casa tortas. Colossul rodomântico não valhe um bronze mentira de escolarina dizem enquanto ele, grisado vítreo cariciatirador, anda por seu sono com seus suínos indipintos via fintefumas fultas. De tão pequeno é seu grande timenstruoninho para receber suas imensasnidades. Sut tão cedo setos eles estavam, tanto os ulhos dela como os aurofuros dele. Kaledvalch! Como poderia um classicamente? Um poderia nada criticamente. Enoníssimo clarirraio apenas para uma esnobapipa acesa de amor, sua Madame Meravexame, de tranças cúpricas, a formabranca foamenina, a ambersandalada, após a legtura de onomutonia de Aasdoktor Talop. Um mechamento, um santo bálsamo de santiadas mirrias, ele é tão bom quanto uma montanha e cada um que se encontra de seus gientes ele conheceu Meistral Wikingson, farfamado kampftão de Noordwogen, com a compleição de dolomita rubra ventilado por bríseas ozeônicas, que navemente viram sua fadre cabeceira e nunva conheceram seu sigamoro, tem seu ignômeno de prima signação de ser Mestre Milchku, o mais estranho homem do benoitado rainhado, e, aidante de adenave, como encontrou as crianças. Outros o acusam de ser lochnessado submersor, dipoculto no botão de estoque, todo amalgatimole depois do romatismo, puramente simplesmente tammy ratkins. Os curdos de Copte nos berberutos e seus bedauínos! Até Elasé estava inteiramente engestante fora diante de seus nahars em koldbethizrael. Nada boua! Nem um zentavo! Elas alvolibreadas alçatrapos, duas Baleias no Mar do Engodo, elas malditassejam atiradoras, três Dromedárias nas Areias da Calumdônia. Como nota vale para chocar seu traseiro! Cê mal agriva neles! Tais ascores e seus rupertos requerem mais osghiros são altros falsos leroliarneis. As fraturaltas vítimas! Puta afirma que é contras sempremente Lotta Karssens. Lamberiam suas lentes antes de negatizar um jum píter de suas sodalitas. Ao contrário dele e na verdade, o que Bispcho Babwith mostra em seu branquestemunho em seu *Uma Justa Ficação de* [241] *Vilumses*, este Sr. Heer Assassor Nelsson, de sofrestada ouvência, doente, formanteriormente com Adenóicas, portanto todo alimentado de modo Light, laxtesalto em grande mudança de mordomo de família em aposentadoria, altamente acureto em suas todascoisas, de uma coupola de tencentos a um barganhado porão, vive com habitalares em número de sete, bem despertos, serpenteantes, passeandantes, fraquejantes, em veludo negro e em geólgia missão há senestos rançosos anos sua retaguarda nos retratos da rua, branqueando igual com autonauta e anexos e teve um queriamado bebê dentuço, da espessura de um colherão, e tornando-se tão nerso nurseriadamente, gracias à bondeusa, aos 81. Isso porque todos parqueiam acima excitados sobre seu cânon fadrinho. Isso porque ecrassoaztecas e os crimeiros ministros davam-lhe sermão pelas manhãs e faz um poder de provisões em colher de seus pravérbios. Isso porque ele, persona erecta, glecoroumano arsenicado femorniano, por um julgamento pelas julias, em chapéu de sol celestial, com duas bolsas agitando seu bulente com chacoalhada passeandante, bem incoerende, de um 18 a um 18 bis, jovem tímido alegra jovens. Simpolamente infusando longínquas luindas bisbilhotices para trancafiar seus rainodeises e ser nouvo e tuinta à sombra. Velho grande tudo tocador de jovens poetografias e ele se torna rondabrupto rubro altodesmazeladamente como ouve as quedas de samhar tionnor algumas fazem um barulho. É sua última volta, Gigântico, dê-lhe os a deus! Revelação! Um fato. Prova verdadeira. Por um júri de matronas. Curvado por humildade, descarte para dejetos. E, para fazer uma estórnia pior e um putaneiro show uma vista parfeita, esta Coisa foi diretamente reto à Sufragata Estrata.

Viandajudante também, contrasta toga, sua firme gansamadre, laotsei, taotsei, mulher que fez, ele conta isso aos príncipes da época. Vocês soam em mim, juízes! Suponham que nós aceleramos. Reis! Conheçam Mem, Avenlith, todos vivíparos fora o casal de lagartos. Ela é tão frisível como ele é fulgar. Qual horaseja como for ainda seus últimos solongos surgem de pé. Sobie um salmo de sexpeanseas, apocrifulo de rima! Sua pinta na bochecha de alaf porriossempre suas todascoisas e seu Kuran nunca enchanou a ela a ser proprietária de si mesma. Então ela não troca sua propra eckcasa pelo Castelo de Howarden, Inglaterrales. Mas seja a anuência de ierne em seu flâmino vestecolete, a fíbula de brochebronze para seu mantinverno de pontifox. Quem não a conhece, a Madame Cooley-Couley, espaesposa do senhorio de maná, quando por primeira vez [242] veio aos retratos como fazem mais de centenares de jardos de ânimas de elskerelks, fresca de fábrica e fespumando pela boca, injustiçada por Haquemsaboquê (magratamor, ele em putável por aquela festa antecipada) e dondendiante Ani Mama e suas quarentes anquinhas aterrorizada pela volta de gmeros gnomos de gmontanhas e furibandos ao seu solteileito. Schi, schi, ela fringentava todasalmas em pingapunga e recebe dores tomacadas das pialabelares em sua pura war. Mas jacktiquetando ao redor dela sobre sua pobriedade devido ao pannelismo e imundície pelos quais ele a havia abrigado quando femme sola, seu soravarno lhorde e givernadorgeral, e a levou ao anciente consorte rum e amarrou-a durante custódia para que ela não pudesse roubar-lhe, oz ela ou dammans, assim se alguma vez ela é abandonada à morte de canja de galinha pois ambos eram parte da refeição é Hetman MacCumhal que banca o funeral. Duranteceia ela o nutre jacente desde o prato de óbolos em seu elmo, giantar e tscheia, asseme como bibrondas com o tinor romanche de Foli Signur para pescar os ladovigos fora de seus lugaves, como uma pécora planante distribuindo adeuses, quando suas favoritas estavam todas beriçadas nele e em suas próprias justiculações indesejadas, era como um dia ventoado. Ventoão ventornado violento como vulgívara virando volúpia. O porquê se ele apenas morderia e tamparia suas bacopipas e renaunciaria aos diablinos em todos os seus pompos e quicaria os vagarruas para longe da praga e impediria aos leite nestleses de foicessugar os melifavos e de copar Ulo Bubo vendendo tripas qualhadas, ela faria jantares de massa com seu delichoso savonir e delicaria sua gloriosa capa de marronoz para Mayde Berenice e se penduraria na Ostmannstown de Santa Megan e não faria mais mulieragem diante de mahatmas ou molemanos, mas ondularia seu chapéu de pão-de-açúcar de Alpoleary com uma vivaz basanalgia e uma clamasta apotria como qualquer princesa de purpúreo cardeal ou mulher da grave palavra do legado papal do Vatucumo, Monsainhor Rabbinsohn Crucis, com um asno de milga para sua vacamiga e suas criançoilas por conta de tudo que ele quaqueductou para a hnra de Hroma e das nações aborreminando-o e o carcamano mezzo scudo a Sant Pursi Orelli que deu Luiz-Marios Joseph suas leais devouções a serem oferecidas nas missas para voutos e viuvras. [243]

Ouça, Oh mundovazio! Mínimos mexericos! Matagais, estejatentos! Delicadárvores, vão holandesas!

Mas quem vem porlá com pira em poletope? Ele que religa nossa lanceante tocha, a lua. Traz galhos de loliva às cabines de barro e a paz às tendas de Ceder, Neomenia! O banquete dos Tuborníglveros está a mão. Shopchado. Inisfail! O templo de timpol replica os sinos. Em singaginga uma sangasonga. Para todos em Ondslosby. E, a bruxa que eles damachamam Coverfew intica desde sua rua. E apresse-se, tá n'hora das crianças 'tarem em casa. Chiquititos, vencasa pro ru. Venhamcasa pro ru, xixi chiquititos faz, quando o selvagem lobosomem está no exterior. Ah, vamos lá fora e vamos nos alegrar e vamos ficar onde o tronco da casa queima no fogar.

Esclurece, (tincto, tinto) todo este nosso mundo funuminal. Aquele tanque de pântano ao lado da beira do rodosinal é visitado pela maré. Alvemarea! Estamos circunvelopados pelas obscuritades. Homem e belstas frigam. Eles têm um desejo de não estar fazendo nada. Ou só para cobertas. Zão friu! Drr, deff, carvão posto e, pzzz, chame-nos pirfavor! Ha. Onde está nossa altamente meritonrosa saudável esposa-fundadora? O bobo da família está dentro. Haha! Huzoor, onde ele está? Em casa, tás'piti. Com Nancy Hands. Tchitchi! Galgo através do milharal fugiu. Que hou! Isegrim debaixo das orelhas caídas. Des pedida. E trigais sinos esperam sem fôlego. Todos. O rastro do Gill nem sequer está a vista, pedragotas, benn lá em cima, vale embaixo, uma estrada escarpada para caminhada. Nem mesmo através de estrelaterra aquela faixa prateada. Que era's o'ering? Langa longa tarde. Diga adeus, scielo! Silume, vê-lo! Selene, singre Oh! Amune! Arca!? Noeh?! Noizero se mexe em espiralino. Os balançantes caminhos da aranha libélula se mantêm fixos nas redarias. A calma recobra seus campos dobrados. Tranquilo obrigado. Adeu. Em cervoabrigo, embraçados, alegados, injuntos e destrancados, os pássaros, tomelizam também, tremem silentes. ii. Luathan? Nuathan!

Era avond antes de um momento. Agora conticínio. Como o Lorde o Laohun está cerrolhos. O tempo de jazer juntos virá e o desgarramento da nitche até o cocoricó albear a Aurora. Pantera monstro. Envie cargas de leitúmulos aoamanhã. Enquanto leonado deorme. Elenfante tem canta, do sua triompa, *Grande é o Elifas Magistrodontos,* e após pia oração de joelhos por beemote e marramote [244] vai descansar de sua lida com as presas. Salamsalaim! Rinochifre nétão grandamigo mas ele ist guindo weste. Kikikuki. Hopopodorme. Tabesta! Sem chare de beagles, frinchos de pavões, sem muzidos do camelo, sem sujismundícies dos macacos. Luzes, pajem, luzes! Brilhantes, estaremos brilhantes! Com a ajuda da lâmpada de Hanoukan. Quando a lountra pule em outras partes então Yul se lembrará de Mei. Suas papoilas criadas suspensas estão flurescendo, veja, para saudar aqueles loes na costa de ametista; a seafira de arcaluz siemens atrai em direção ao wexte dos vagabandidos de avisadiante. E agora que ouviram bem a peixadora parábola de robby brerfox, as linhas emalgo rompidas e os nós em seus antargumendos, e as peixolinhas na tigela de Liffeyetta pararam de rabiscar sobre Jonuh e a baleianda e feriaquintanismo e a infinibilidade do seixo e a poississão da salgrada cursa. E se Lubbernabohore colocasse sua horquelha no ríbero, salvo pelo giregargo e pelo dabardim indo para sua montanha de sabedoria (munte), ele não ouviria um flipe-flape em Finelândia. Homemago, vê a sua noite? Es voes, ez noes, nott voes, ges, nome. Vai. Não vai. O arrulho do parquescuro com amores chupadores. Rosimund está ao seu lado desejando o bem. Em breve tenta-em-dois passeará à ventura e caça-a-três se pavoneia mosqueteirando. Dupla de cintas, dua de belezas. Com a largura do caminho para correfeliz. O cicliesta de Hulker cotovenonsenso. Aguente firme! E essas hesitantes daterentes valsantes de. Retanoite! Mas os encontros não se combinam como o previsto. Hesperemos! E se você vara Livmouth, vagueandor, enquanto a erva de Jempson cobre a Ilha de Jacqueson, aqui espreita, bar elequepuxeossino, nenhum ferro é bem-vindo. Bing. Bong. BangBong. Trovoação! Você tirou com as molegrubras e nos falta mulção? Não, sirebobo! Grande bondade, não! Era você Mariamente raiana dos Scuts ou Crestiano o Último, (nosso dever a você, cris! realeza, de cócoras!) como mate sua marca, embora luqueou seu joal, aqui estão as canecas ventrepintadas e quartos com tribacamas e serragem espoalhada em expectoração e para ratificação por especificação de sua informação, Sr. Cavaleiro, bartaverneiro, garçoneiros; sua alesposa até sua cintura. E Watsy Lyke cuida de todos os enxagues sem omissir Kate, caseira de casesfregão, colocada nos tijolos. A é o sinal e um é o número. Onde Chavvyout Chacer convoca a copa e Purpurim um estribo. De oud huis bij [245] de kirkegardim. Então quem sobrevier alguma vez a Whopee Weeks terá que tolerar o Jarro e os Cômodos.

Mas atenção! Nossa guerra de trinta minutos está ninada. Tudo está quieto no abatido de Gorey. Entre o estraforte e a floresta de espinhos o castelo de latão flamba com velas de sebo de carneiro. Hushkah, um chifre! Gadolmagtog! Deus es El? O pai de família chama enameaçadouramente. Desde Brandenborgenthor. Ao artro de Asa. Em periuca de nuvem carregada. Com vaga-lume aflamejando de um adedo. Minhas almas e por bingos, deveria ele pôr sua mandíbula para trabalhar para abandonar os bancos e ouvir desde o túmulo! Ansighosa remexe seu alambique para embeber o naco de pão para que esteja fervente naora e para ouvir todas as bolhas declarando: o homem que está vindo, a futura mulher, a comida que está para ser feita, o que ele com quinze anos vai fazer, o anel em sua boca de jubilosa guarda, estrelas se agitando e em azáfama. Um palacho para ele, um atrevido para ela e colheres ladygantes para o ganhabitante. Mas um e tuí nunca valeram três. Então eles devem ter sua final pois ele está com a palavra. E la pão' Leoni tem a escolha de suas vidas entre Josephinus e Mario-Louis pois quem vai usar o lírio de Bohemey, Florestan, Thaddeus, Hardress ou Myles. E leva a raptividade cativa. Pronto! Como um Finn numa feira. Agora para la bella! Icy-la-Belle!

O campus os chama! Ninan, ninan, uma gatling gan! Crianças serão selvagens. T'disse. E vamp, vamp, vamp, as garotas estão merceando. O magneta do equoshow atrai seu campo e as poldras não voam? Educandas de Sorrento, elas novossabem sabembem sua estrada de Vico. Arcuseadas do arranjo e arrebanhando para arranca-rabo naquele velho laranjal, Dolly Brae. Como estes não estão em termos, eles gemeados, bartroços, desde sua contunda de Whatalose quando Adam Leftus e o diabo tomaram nossa retaguarda, brindando-lhe com seu amalcaxi, nem se redimirá de jeito algum na briga infinda, aquele adro ato ator, este bem-intencionado contendente, Thomas Turbando e Thomas Opa, Yem ou Yan, enquanto felixe é quem culpas faz e o dano vale a cura e Bruno é mau francês para Dia d'Anno. Tiggers e Tuggers estão todos por dezonas. Batalhimbravos. Por isso ela deve ir embora. E deve ser com quem. Doestaprele. Dedosprele. Disparaprele. Dois. Mais para lá é perigo de. Solitude.

Postreintroduzindo Jeremy, o castanão coultro, o fluente [246] taal que não tolera intoleráveis cursos em como dizer, como foi mutuariamente predito sobre ele por um passatempo ao seu fazedor de espaço, velos ambos e arúbeas naites, com seus contos dentro de rodas e estacas entre raios, na caminhada da Elmstreet a Stene e de volta, como, correndo alonge com o uso da razão (sics) e rametendo possesso ao breque da sua voz (secs), sua ultimetade estava pronta para conseguir o bestertodo de sua jovirtude, pois o controle número triplo operava o subliminar de sua personalidade invadida. Ele nobit smorfi e vai poltri e deixa todo o tondo gangue bola dal ruffo. Barto não conhece ele mor. Coma larto altruis com o mais perfeito estranho.

Buuuu, você está acabado!

Huuuu, sou verdadeiro!

Homens, chalata um chá fervendo, hamo mavrone kerry Oh?

Chapote. Chapote.

Deo sabe. Alguma coisa ruinada. Sem encontro.

Ele chorou nínterim. Com taladente ele parecia adorar sua pequena garotorta quando acomprou. Altamente lalamentante ele vê diante de si. Melainada da nuca até a patela embora disputada desde as vigas até em cima. Santo Santalto, santo praguejador, vista mais deleciosa para suberar os espeiolhos como exudo de margari! E como era pesarudo para ele aquele olherim enferrujado! E eles deram falidos tontemunhos contra ti quão leviana se torna uma ferida oculta? Saldágua ele se lava o tempo todo grande caracaído o seu lugar ferido. Ele não quer missies de todo rapaz outro lugar olhado ferido é dele. Assim sendo. Vai doerecimar ao castanão naquele onde de seu donde ele perdécimo sua primeira para todos, embora pela moda crescem moramor maenneritsch e os Tarará booms decaem. Imaculância, somente dar de beber à camisa e todas as saiascurtas devem trocar suas túnicas. Desse modo ele guerreou do primeiro ao último, prebanido e entremente, um contrabandista para a vida toda. Levante o branco que viramos como o diabo! Separe o hvide e o olho capta o séden! Ele sabe porque o viu de preto e branco através de seu trompetolho treinado sobre o de jenny e todo esse tipo de coisa que é dandivalente para um clarobscuro. As tintas das belacriadas podem testar suas afrontas: maçã, bacante, ambrosia, pomba, esquimó, feldgrau, hematita, ictiocola, jato, arenque, lucila, mimosa, noz, ostrete, ameixa, [247] quasimodo, real, sagu, tango, ocre, baunilha, glicínia, raiox, simporfavor, zaza, filomela, rosa-chá. Por onde todas elas passaram? Xiii.

Se você a desnudar na sua aurora, certifique-se de que a considera complementar, em sua primeiríssima ocasião, por Angus Dagdasson e todos seus piccions, ela vai lhe picar com seu insato olho espelhaguiado onde você tiver mais orgulho. Olhe com cuidado, ela está sinalizando entre os astros. Vire-se de novo melancotônico, mero lordo de Doubtlynn! Levante-se, Terra-sob-Onda! Bata sua língua no paleto, solte sua papada com um tranco, pandeire até que sua respiração deslize, mime um beiço e saia fora. Você me entendeu, Allysloper?

Meu topo foi trazido ao baixo de Aquiles, meu meolho apriu diante de você, meu fundo é uma vulser se alguma vez já valseou e meu tudo a flor que estrela o dia e é solarmente digna da peregrifartagem. Onde há um hic, uma cabeça de coisas, deixe o cabresto do carralgoz cilhar o caranalha. Pois vejo através da sua arma. Esse grito não é Cucullus. E suas pálpebras estão pintadas. Se meu tutor aqui foi cortado por um besourelho eu sou Flo, tímida de espiadores, sabe? Mas quando ele besoura para trás, não sou eu voando? Puxe o ramopipi para ver como dormimos. A belha és pia! Espipeta! Você gostaria desse caroço de língua para lange ou esta delícia da Turquia, hys hífen mys? Meu ventretendente tem uma duzena de equipotência apesar de saber tanto sobre como manobrar uma esposa como Dunckle Dalton sobre combinar lãs. Apertemos nossas mãos através do moitaloque! Doce água de cisne! Minha outra está com a boca cheia! Este mato beijador está cheio de matadores de camaradas ajoelhando-se voyantemente sob a copa do céu. E alguém está vindo, eu sinto como feto. Eu tenho um secleto para vender-te se o velho Deanns não se entrespassar. Da próxima vez que você tiver a ideia de se retirar para ser malvado essa é uma maneira tão delicada como qualquer outra. Os feitiços de Underwoods escrevem os businesses dos arbustamentos. Então se você esprigar poplar precisa entender isso. E' meu senhor de Glendalough benedixou a brecha para mim aquela vez em Longa

Entrada, comandando as aproximações até a minha mais íntima intimidade. Veja como eles estão irmanceados! Seis trezes em Blanche de Blanche da Rua Atrás nº 3 e na Travessa Vire Novamente nº 2. Awabeg é o meu messageiro, Magnus aqui está meu Max, Espanto Um é a minha cifra e Sete Irmãs é minha vizineiria. Arquíris, Rab você não vai pegá-las na rosa de suas calcinhas. Podes se colorir até ficar [248] um camarão enquanto eu vou jorrando com qualquer berbigão. Quando aqui quem me adolea infuxa sono. Mas se este pudesse ver com sua vista de trás ele seria a grande lagosta velha de verdolhos. Ele é meu primeiro vieumarco desde Valentine. Piscadela é a palavra ganhadora.

Sorte!

Na casa das respirações jaz essa palavra, total beleza. As paredes são de rubinem e os portões reluzentes de elfinosso. O teto disto é de massício jaspe e uma cobertura com toldo de Tyrian se levanta e se abaixa em sua direção. Um cacho de luzes roxas pende alembaixo dele e toda a casa está repleta das respirações de sua beleza, a beleza da fondância, e a beleza do leite e do ruibarbo e a beleza das carnes assadas e uniomargritas e a beleza da promessa com consonância e avogais. Ali jaz sua palavra, seu leitor! A altura delacima a exalta e a baixeza de seu baixo a rebaixa. Ele verbovibra sobre o tegume e prosplode desde pomoeria. Uma janela, uma cerca, um dente, uma mão, um olho, um sinal, uma cabeça e mantenha seu outro augúrio no paguepaguepague dela. E você o tem, velho Sem, apropriado como ah be sentado! E Sunny, meu ganso, ele está vindo aterrá-la. O garoto que ela agora adora. Ela doras. Oh backed von dem zug!

Com um ring dim-dom, levantam as mãos entrelaçadas e avançam mais passos para se retirarem ao saum. Mesura um, mesura dois, com as mãos nos quadris, devotadas.

Irrelevância.

Todas cantam:

— Eu me levantei uma manhã de mastro de maio e vi no meu copo como ninguém mas só você me ama. Ugh. Ugh.

Todos apontam na direção shem como se fossem shun fugir.

— Meu nome é Misha Misha mas me chame de Toffey Tough. Quero dizer Mettenchough. Foi ela, boy the boy que tinha sido aleixada no alerce. Ogh! Ogh!

Sua reverência.

Todas riem.

Elas fingem focorrer enquanto simplesmente shiuaram impertinentes para ele para fazê-lo preigar. E icho noch é cricquette, Sally Lums. Nunca por gente assim. Vintenoves de gafeoulas guacham oum homem [249] que solossurge. Avis estava ali e trilou para ela sobre isso. Ela é seu sexo, certamente.

— Gostarias de haverinde rosadas bandas?

Ele simula estar atado em bandilhas ao redor de seu rumpffkorpff.

— Você é o Swarthants que bateu num lanço lascado?

Ele dá a impressão de estar chavarrendo suas chamimblés.

— Você consegue adiú adiú de Sheridam?

Ele finga cortar com um par de tesourmãs e estar comprandindo de suas moçoilas e de cuspir suas cabeças em suas facebaldes.

Spickspuck! Falado.

Então agora chiu, pequenas vomiteiras! Virem-se pra cá ruíchas, limpas afes! Grandicélias, fiquem todas psits! Adultereux, fiquem como quatrantes! Pois vocês enrolaram joviabemente o dia inteiro. Quando vocês coifem o chapéu do tiotia então haverá amplamente temptos para isso. Eche é o tempo de ser agora, agora, agora.

Pois uma queimadurida está vindo para dançar inane. Glamours teve confundido seu lieb e por isso Coldours não deve mais pular. Não mais brisa não deve mais pular.

Lel lola para libelomem libelando seu lore. Lolo Lolo liberomem você logrou largar Libnius. Levanta tua direita para seu Liber Lorde. Ligue sua esquerda para sua linda de liberdade. Lala Lala, Leapermann, seu lapo não é mais que um loop para li.

Um garfo de avelã s'bre o campo em vox a ode das virgens de verbena. Se cruzar esta crucivia como circunvagou a costa serei abençoado mas você o sentiria como uma vareta de explosão. Atrás, eu, livres dos cheiros do mal! A perdição fede diante de nós.

Agartarepta floriam segundo a vontade de Nebnos e Rosocale. Duas vezes ele partiu em busca dela, três vezes é ela agora para ele. Então vemos nós então como sementes que plantamos. E sua pomparrainha levanta suas saias e se manda. E sua trupe veio atrás de seus saltos, Oh. E o que você acha que o orgulho tinha vestido? Vestim diamondinado em voliquinos. Para sempre eles cheiram pelo ar que ela passou. Enquanto todas as chamas dos faunos se alargavam largas para ver uma escola floral.

Liderados por Lignificador, em quatro pulos dos mais felizes, ach beth cac duff, um destruidor da suarda encoroada, os poucos voam longentres! Rebocamos minymony para aquele malheado pônig. Será que algum tublo duplo chapinhará [250] na baía? Não para jócubo? Nem para gaio? Atilado! Atatilado! Levante-se, o flagelo de Goth sobre você! Há uma visitação em seu emplúvio. Hun! Hun!

Ele levanta seus momens em seu natural, autamnesicamente oblioso de seu proprium, (assim de plúmbea é a panela fazendo que a caçarica quebre) o hábito de ser imoral produziu a vontade de ser sábio. Enxotado da luz, apofotorejeitado, ele deixa rastro de amores de seus calores. Ele piscadécimo. Mas a ira é maior onde aqueles cobrem caridade. Pois todos esses têm sido mundatuais, tempo liquescendo em estado, a idade sem compaixão produz angelicidade. No entanto, enquanto ele estandeia, mormente qualcanto pode lhe sobrevir desde a canção de uma bruxa até a tremefilha de Arse Negra, dado um demônio esfomeado, uma jovem feiticeira e (conjunção eterna) a permissão dos macacões com a cuperação das camisolas. Se ele espia leste ele ferve em sualviza e se perfura norte ele murcha no ueste. E que pensar da murcurial vissabedoria à sombra? As manchinhas em seu calçapalmo são sua sórdida ação, vulvomarcas de louca imogenação. Tire-as! Faça a saída! Mas Pernascômicas são magricelas. Um bim bam bum! Em vão o transformariam em um ser dela na palavra. Gush, eles cortejaram! Gash, eles são uma bela madureja!

Pois ela poderia sacudi-lo. Um tolo, nada mais. Ainda assim ele seria um bom tutor duo em sua grande polstrona carteiral e ela estaria encerada em suas mãos. Encontrando e passando o dedo sobre as mais dantelísicas pesságinas no mais demoroso demoradoso livro da escuridão. Veja esta passagem sobre Galilleotto! Sei que é difícil mas quando você gocha, eu morro. Volte-se agora para este patch sobre Smachiavelluti! Suto agora, ele com certeza o identificou! Sempre foi assim na monitorologia desde que o Diretor Adão se tornou o tocador de Eva Harte, *in omnibus moribus et temporibus*, com a malandragem do homem em sua mente enquanto suas pupilas nadaram muito celestiálicas, deixem que o dele seja exaspirado, que voem as cartas! Eu é uma pessoa femelina. Oh, de provocativo gênero. U caso unisingular.

Por isso que trompeiros estão misturados nos duelos e aqui B. Rohan encontra N. Ohlan pelo prêmio de um você.

Mas ouça o pássaro zombeteiro caçoando o barde fazendo à mostra. Nós o ouvimos sempre desde que sondom era gomorral. Enquanto ele [251] esqueerava seus ombroutros. Eu também. E eu limpava meus faustios. Ele também. E do modo como baforávamos nossos ventissacos. Assicomocê.

Vamos, empurre! Vai, desvia! Dvoinirmão, ouse! A longa rampa doida dos parlementos da humaninfância, a ignorância ilustrada, tão impiedosa quanto maravilhosa.

— Agora que Santa Mauía do Agradável Sorriso seja sua permacristal e semprospecta!

— Sentindo dânqui.

Troca, reversa.

— E que São Jerônimo da Praga de Harlot faça família de três de vocês o que é muito camalhor.

— Graça ass atrás.

E cada um se forjou com seu outro. E sua continência caiu. Os bivitelinos, Mettelus e Amettalikos, pretendentes à sua coroa, obscingeimados biequereiros, variando diretamente, horusolho um de cadoutro, superfetados (nunca um limpador de lâmpadas se franziu tão ferozmente em um untador de gonzos), enquanto suas trescrescidas garotas, jogo do rei, se ele se dignar a isso, estão em tal transfusão apenas para saber tentre tumeios tímidos, pelo bem da graça, quem é atuduxo entre os heterotrópicos, o sonolento ou o gloucho, pois, timidamente fortebela e notoriamente nurserida, garotas excessivamente simpáticas podem bater tempos excessivamente ruins exceto as tão ricatamente escolhidas (embora de ricos ele não tinha nada e esperança mata a esperança no horizonte do seu coração) para gausar seus grandes momentos ainda maiores. A coisa é que ele tem que colocar exatamente no ponto, sem mero aguastiquecoisa em um mundo próprio no qual você não pode acreditar em uma só palavra do que ele escreveu, nem por uma torta, mas somente o possuído por rejeição naturel. Charley, você é meu darwinido! Então cantam sequentes o assentimento do homem. Até que vão dando voltas se dão mais uma volta antes do quebrejum e estão todos dispensados. Guardam. Passo mantido. Passo. Pare. Quem é Fleur? Onde está Ange? Ou Gardoun?

Sem credo, sem cantarola pendura seu soberbo. Ali não termina mai o diabo vermelho no branco dos olhos. Bragodite-o para um catadupo! Um antigo condenado jontex doente por um chuparrabo! Ele não sabe como o neto de seu neto de seu neto de seu neto vai gaguejar [252] em peruano pois no ersebesto idioma eu fiz igual e assim farei. Ele não ousa pensar por que a avó da avó da avó da sua avó tossiu russioco com tálsico rouco sotaque pois desde que o mautarto do eslovo olha para mim agora significa que uma vez eu estava de outro jeito. Nem mesmo o mapamundo tem mudado seu padrão enquanto a juventude faz movimentos de rua em rua desde que o tempo e as raças existiam e sábias formigas acumulavam e gafanhotos saltantes eram perdulários, nada fazendo nada novo absolurricamente por um velho bobo Sol, sadiacamado e sabiotardio. Nem mesmo a tartarulinga de um vereador de Londres é concharada através de uma completa vergasta aos regionais de pigmiterra. Sua parte deveria dizer a nobreza obriga: Então ajudem-me simateu, samarco, seluco e sinjão, eu vou colar em vocês, com chiclete, não importa como, morde simbão, e em caso de que o evento aconteça antes do previsto ainda assim você estava para me libertar pelo bem do outro nome barato de bebê menina empaste-me mas eu vou bravamente colocar bem as luvas de camurça! Mas o verdadeiramente ingrato trompeteio de Noodynaady estão vindo para o celeiro malva e sua querida são as provisões da manhã e compre para mim um monte de iodos.

Evidantemente ele falhou tão terçamente quanto o duplo anterior pois ela não está usando nenhum dos três. E bastante patentemente há um buraco no balé través do qual o restante caiu. Pois explicar por que o resíduo é, era, ou não será, de acordo com o oitavo axioma, procedido com, ou seja, desde então apartado desse gossan duado, tão certo quanto há um remendo no pomelo, este presunto de inhame em nunca viver teria conseguido, a troca entre as senhoritas, o conflito de amor de seus rapazes terminando com bastante alegria, gritos, berros, exercício de cachecol, foderroubo de gorros, ejaculações de aurinos, reecoáveis alegritos e polegarnorseria geral (Myama é um xóvem xóvem paíso), deve-se considerar a súbita e gigantesca aparição inirresistentável como a eleição geral na peledurso de Barnado entre a mediabriga desse jardim de infância de povoado do mor e largamente sofrido latifundiário de Lucanhof.

Mas, vredadevredadeira Brancodebranco, deus de todas as maquinárias e lapidez de Barnstaple, por mortissecção ou vivissutura, separou ou recompôs, um isaac jacquemin mauromormo milesiano, como contibus por ele, moreblue? [253] Fora ele captchado como um ensemplo como alguns dognosticaram sobre ele contra nosso quebra-mar por Rurie, Thoth e Cleaver, aquelas três corpulentas porqueridas, Orion e os Orgiastas, Merechal MacMuhun, o Ipse dadden, produto de extremos resultando em quotidientes para nossas médias, como pode acontecer com qualquer um, seu mais bruto leaico com o mais principesco campeão em nossa arquidiocese, ou assim alcunhado a partir dos recortes de Clio, as quais o cronquista de cavalheirismos é sulspício salvo se ele escaneasse, pois antigos se ligam aos presentes à medida que a cadeia humana se estende, têm feito, fazem e farão novamente como João, Policarpo e Irinovas olho a olho testedemunharam e a Paddy Palmer, enquanto monges vendem teixo a arqueiros ou a água do livvindo segue o caminho de todos os peixes desde a ponte de Sara, a corrizilenta, à de Isaac, o riúltimo butt, com seu minilispo extorreor inturnado em direção a seu monoalote? Ou então Perrichão com Bastiana ou o pesado Humph com o areado Nan, Ricqueracqbrimbillyjicqueyjocqjolicass? Como sementu, *dullcisamica*? A e aa ab ad abu abiad. Homens de uma babel apelidam ravina de lágrimas.

O mar de mêrmeros murmuriados ao ouvido da mente, rocha inexplorada, erva evasiva. Somente o omento sabe seu milprimeiro nome, Hocus Crocus, Esquilocus, Finnfinn o Folgado, quão cheios se sentem de inimigos em forraneorrr! Tudo isso não vem atrás de você, purezenxerido, do modo como a televisão apre há tempos aomiúdo quando Potolomoco Sotir ou Surdanápulos o Lollapaloosa? As cargas são, você vai se lembrar, as chances são, você não vai; mordido é o velho Joe, a Jane de Java, mais velha ainda que Odão Costolo, e nós estamos recorrentemente encontrando eles, por Mahun Mesme, em cicloanalismo, de espaço em espaço, tempo após tempo, em várias fases da escritura e em várias poses de sepultura. Gratule Goddeus, Grocerias! Merodaque! Defenda o Rei! Hoeta do duro ataque de garganta mas cujo falar é suave mas cujo ee tem um ângulo agudo, ele cuja cabana é uma hisarlik mesmo quando o hennin dela aspira. E insodentalmente ela é uma quainha de selma chacoalhadora enquanto um matador de cadáver quando seu magote está para cima é o melhor cantador berrítono em todas as ilhas da Escaldignávia. Como quem deve ouvir. Pois agora finalmente Longabed está indo para ir para, que mais do que homem, príncipe de Bunnicombe de largos descarpotáveis, o senhor das ervas que os cravetos tão vãmente ventilam para se vangloriar. Arto é o [254] nome que está no herói, Capellisato, manocalçado matador de maculador de nossas folhas.

Atache-o! Firme!

És te radéis, tu dias, Tamor!

Por que irás eracordá-lo de sua terra, Oh invocadoutro: ele foi climordido pelos pós das eras? A hora de seu fechamento se apressa à mão; o toquesino que deve claxonizar seus paradeiros. Se alguém que se lembrasse de seus tramabens e seus chassótãos perguntasse a um tanoeiro por quem as cegonhas deixavam Aquiléria, este arrolador não sauria; se outro que se juntou à fé quando sua carga de profundidade bombardeou nosso desaguadouro barril fosse a — !

Jeosafate, que ruína aqui! Chove tristeza neles, sire! A asa de Moykill o cobre! O Bulljon Bossbrute o quaranteia! Calavera, cuidado! Escravos da Virtude, salvem sua Veritotem! Boreara Toleara, *procul abeat*! Que o Ivonbonegorer de Danamaraca seja, seu Heitor Protetor! Woldomar com Vasa, despele suas espiadelas! E tente saviorizar as noites de trabalho para a ordem de nosso sangrento moundo! Enquanto Plínio o Jovem escreve a Plínio o Mais Velho seu calamolume de contumelas, o que Aulo Gélio pegou em Micmacróbio e o que Vitrúvio embolsou de Cassiodoro. Assim como apreindemos com aquele Buke de Lukan na capital de Dublin, Fuduro Reinho. Mesmo se você for o encarrengado da winkel sobre medida nunca perdeu uma licença. Nem uma drinqueponche se divulsia de banho e café da manhã. E pela honra do Álcool largue esse ar de você-sabe-pelo-que-eu-vim--eu-vi-seu-ato! Punch deve estar potergulhoso mas sua Judy é uma astúcia de esposa melhor.

Pois o produtor (Sr. João Batista Vicar) provocou uma profunda abuliosidade para descer sobre o Pai dos Gazeteiros e, como uma questão à parte, plutoprontamente trouxe à cena a consorte de dimensão de costeleta, orfamimada filhota de fomentador alfaiate de forentaxelins e barcavista de marinheiro, pesando dez por dez seixos, escalando cinco por cinco pezinhos e abrangendo trintassete poleguetes ao redor dos bons compasseios, vintenove cantigas ao redor da desejosa garcinturete, trintassete tambéns ao redor da resposta para tudo, vintetrês da mesma volta cada uma das quis separabits, catorze ao redor do início da felicidade e bonoventa e nove ao redor de sua calçada para esbelta. [255]

E eher você poderia pedir misericórdia à bondade ou ajudar com seu hokey ou seu mehokeypu, a galinha de Gallus pegou suas frangas pelo colarinho. É para isso que elas têm oureglias. Seu osso de contenção, carne para seus espinhos, presta como Prestíssima, se retira em um pensátimo (e não só uma galinha nem mesmo duas galinhas mas toda bendita brígida veio acacarejando e astrepitando), enquanto, um rum um rum, o ramador de todos os mioles, Bier, Wijn, Spirituosen para consumo nas instalações, advokaat dezprovido de querelantes, Mas marrito, Pas polito, Ras rudito de todos, embora flamafestonizado com galantiflores, é matizado e gritado pela cor de cada uma.

Todos para casa vão. Haolar. Não ressoem mais ramsoantes, odemundo barques! E parem com suas fumaças, bosquímanos queilados! E sherrigoldies yeassimenaums; seu wildeshawshowe se move swiftamente parasterne! Eis aqui a linguagem sagrada. Breves por vir. Paussar.

Issebão. Het melhor.

Pois eles agora rasgam, isto é, rasgamprarrerasgar. Logo virão livros de tareias e merenda, pão de hominia e bibliabelha, com jagra-yo a jujumaxilar, frases Francesas de Fine da Grande-mãe das Gramáticas e incômodas parsanapas dos Quatro Massores, Matatias, Marusias, Lucanias e Joquinias, e o que aconteceu com os nossos onze em trinteduas antepostadatações a Valgur Eira e por que o limbo está onde ele está e o quais são as ondas sonoras que dizem cessadas erem todas tomaram caminhos errados e Amnist angustiado axeia Collis e de onde o monstropeixe pegou o mongepeixe e pora que o calafate não gosta de rancur e por que Sindat estava assentado sobre ele bom sitado como um maria neiro, com o que o doc fez no doilo, sem mencionar defina a hidráulica do sal comum e, denier crid da velha provaunça, onde G. P. O. é zentro e D. U. T. C. são radientes escreva pela frequência de escores e crores de suas refrações as valuações no peiço dos dormitários na N. C. R. e na S. C. R.

Aquela pequena nuvem, uma nibulissa, ainda pende no escéu. Singabed semburra antes de sonecar. Luz na noite tem um alps em sua druquecasa. Cabeça grossa e manteiga fina ou depois de você comigo. Caspi, mas gueroalho picatinga no ar. Pernalegres para se rebelar de nós! Gallocks para lafft! [256] O que é assenhorita hoje todo? Assim, toda a anjo terra chora um balde porque Izzy é a mais infeliz. De boa vontade Essie fie onhapje? ri sua estela vispirina.

Enquanto isso, correndo por seus caminhos, indo e vindo, agora na rimba romba, agora em tripizza trapazza pregueando um padrão que a Grande Geamatrona lhes mostrou com graçanhotos, saltiaformigas e léperos de coelherdade, eles granzombaram juntos, durião gay e marian maluquepe, lou Dariou ao lado de la Matieto, todo garoto mais toda garota chamassujeito casa longa loja blonga Huddy, enquanto nin nin nin nin o relógio do burmomem, um vieninho no lado tiquinho, nineava nin nin nin nin, sobre o velho Pai Barley como ele se levantou acedo uma manhã e se encontrou com uma platonema loiras chamada Hips e Haws e se deparou com um camarada de Trinity algo como um cabeça de Skowood Shaws (você vai pegá-lo, não se preocupe, Sra. Tummy Lupton! Venha para dentro Snobenariz, e tire sua pompa!) veilho Papai Diácono que poderia guardar bem seu lugar de farol mas ele nunca conseguiu segurar sua vela de querosene (a enfermeira vai lhe dar, potefedidos! E você espere, meu lasso, afanando a corda) o corajoso Fazendeiro Burleigh que acordeou em uma belabúrdia onde ele male podia vagurinar para vadejar seu vego bagatrás do estande do padeiro para esmolar (Você está bem amarrada agora, Missy Cheekspeer, e sua calcimima foi tirada! Fie, que vergonha, Ruth Wheatacre, depois de tudo o que boaz disse!) o enfermo Diddiddy Achin pelo prêmio de uma peaça de beiquim com uma pitada de pancha do ponche em júri para (Ah, caranguejolhos, eu tenho você, mostrando-se ao mundo com esse buraco na meia!) Uelho Florestan Farbuloso que, desperação de deispiração na diasporação de sua deisparição, foi encontrado no lado do sonido do laundado do. Lukkedoerendunandurraskewdylooshofermoyportertooryzooysphalnabortansporthaokansakroidverjkapakkapuk.

Baifecham.

Uplausos!

A peça que schouwburgaste, Game, termina aqui. A cortina se fecha por profunda demanda.

Aplaudamãos!

Guindo os gadeuses, gospelos de Gunnar. Quando o h, quem o hu, como a huança, onde o huançador? Orbitador orresponde: várias vidas vertidas. Fionia está farta de Fidge Fudgesons. Selândia serronca. [257]

Rendningrocks recontorribaldo reina. Gdeuses com gurs estão gttrdmmrng. Hlls vlls. Todos os tímidos corações do mundo exentomnessem. Mannagad, lammalelouh, como isso veio? Por Papai, não houvirias tão ferte? Fulgitudes ejist renquebaixam tonoauto. Quoq! E buncskleydoodle! Cadus! De seu medo quebraram, comeram vento, fugiram; onde eles comeram ali eles fugiram; de seu medo fugiram, eles se afastaram. Vá para, deixe-nos exaltar Azrael com nossas escutas, por nossas fermentações, em nossas jambsas, em seus passos. Para Mezouzalem com o Defilim, ceacha questou liqui dado? Yip! Yup! Yarrah! E deixe Nek Nekulon exaltar Mak Makal e deixe-o dizer a ele: Immi ammi Semmi. E seráque Babel não está com Lebab? E ele estarra. E abrirá a boca e responderá: Eu ouço, Oh Ismael, o quão seu auldo é único como meu alto é um. Se Nekulon for ceucaído certamente Makal abriga cecéus. Vá para, deixe-nos exaltar Makal, isso, deixe-nos exaltar excessivamente. Embora você tenha preligação duntre seus pesnicos minha excelência é sobre Ismael. Grande é aquele que está sobre Ismael e ele mecanecará de Mak Nekulon. E ele mortefeito.

Aplaudamanodenovo!

Pois o Clareador do Ar de seu alto falou em tumbuldum tambaldam para seu tembledim tombaldano precupado e, mogofonizado por aquele fonemano, os inapitantes da terra têm terressoado do fimamento ao fundamento e desde tweedledeedums até turdididis.

Altíssimo, ouça-nos!

Altíssimo, graciosamente ouça-nos!

Agora que tuas crianças entraram em seus quartos. E feliznação, reunião de acampamento terminada, mexer as canelas, agradeçamos a Gov! Tu fechaste os portais dos quartos de tuas crianças e colocaste teus guardas ali, até Garda Didymus e Garda Domas, para que tuas crianças leiam no livro da abertura da mente à luz e não errem na escuridão que é a reflexão de tua não-matéria pela guardiância daqueles guardas que são teus basedomens, os querebuíns quiribotos com os queribúmeros em seus crubins, Ore-suas-Orações Timóteo e Volte-pro-Beliche Tom. [258]

Até que árvore de árvore, árvore entre árvores, árvore sobre árvore se transforme em pedra a pedra, pedras entre pedras, pedra sob pedra para sempre.

Oh, Altíssimo, ouça os pequeninos rogarem destes cada um de teus não iluminados! Conceda o sono em tempo de horas, Oh Altíssimo!

Que não peguem frio. Que não minguem merder. Que não gometam loucomiatrias.

Altíssimo, acumule tristezas sobre nós mas entrelace nossas artes com as lagrimarrisos baixas!

Ha he hi ho hu.

Mémmém. [259]

Tradução: Fedra Rodríguez

2

Como nós há onde estamos nós estamos nós lá de ONDE E QUANDO.
criançabiá a nanicabstinentotalitário. Chá chá to tão
bem.

com sua cara larga Quem vai visita. Quem para fejá a tampa. E com além SIC.
e capilar massa, comprometrilhamos a encontrar aquele quartilho da
para a Irlanda parte porter? Soum trago, diz o guardalhão.[1]
uma desgraça

Donde. Rápidalmoço à nossa esquerda, roda, para ITINERÁRIO
homemormente onde? Linha Longo Lívio, em meio à alameda Meiolitar, IMAGINÁVEL
sobre seixos diagonizando a Praça Lavatério, sobe a meia lua Tycho ATRAVÉS DO
Quebrahe,[2] ombrando a Viela Berkeley, fixatravessando UNIVERSAL
PARTICULAR.
Não rejeite miolos a Encruzilhada Gainsborough, sob o Pórdico de Guido
fartos solgados d'Arezzo, pela Nova Linha Lívio até onde enquantemos
lapídicos sin dó enquanto aondemos. Trevo Velho Vico. Não odistante,
(e fora) seja homedo! E natural, simples, servil, filial. O
casamento de Montan matrimolhando a vadia dele nós
conhecemos, como qualquer emturrabosiasta chegando-
-se a uma hermínia[3] em sua jadessaiapuxamão **[260]**

---

[1] Romanescru, suprimida com sua gaclinguarotinha. Se o velho Herodes com o eczema da Cromwalha viesse para cima de mim como ele Fungador qualquer coisa sobre os canários azuis dele eu faria nove meses pela barba de pentelho dele.
[2] Mãe Maria Mercericordiosa dos Mamilos Gotejantes, leite é um arranjo estranho.
[3] Vida real por trás dos holofotes como exibido pelos melhores expoentes de um divórcio régio.

ciganada xichínica rubra e boblusazul indecorada com vouletas.¹ Quando quem foi capcioso foi cauteloso. Um elfarroio, uma montanha. E o zunido dos tojos nos zumbindo como. O hume dele. Assimpegando marés felizmente retornamos, flatrompetados por camarões e condecorados com selo de couve-marinha, para nos encontrarmos quando velhos é dito em um e criador acasala com criatura (Meu deus!), tendo piramidado as pirâmides e meditado os murados e pensado os pendentes e olhinho pr'olimpo e deleitado no traseiro dianáfano e gargalhante dela o culosso dele, ante um mosoléu. Comprimento sem argura, dele, um naco das eternidades, rematiro de piquenique ou estupor de sopor, Caverna de Cabritos ou Gladstumbaburgo nupcial, decimal, decanato, dourado, dom, que, completamente como ele continua altamente ficcional, tumular sob seu exterior ctônico porém o Sr. Tumultuoso em vida-à-paisana,² em seus aguardantecipados como em seus compromissos, é, (Domínic Diretus) um magnânimo manímiofesto mais multidão do que homem.

Suíney Tod, seu Barbarobeiro Daimoníaco.

Escave-o no lixo.

Velho rei herege, Cromwalha encerabelhando o convulsionário.

Einsof,³ esse ereto, com aquela safanada suspirada zeroína a seu lado. Para ver em seu horróscopo que ele é maismercurioso do que sais de súlfur. Terror dos meiodiabrados pela manhã, criptograma de cada noivalegoria. Mas, para falar celestipapo furado, ele está? Quem é ele? De quem é ele? Por que é ele? Quanto é ele? Qual é ele? Quando é ele? Onde é ele?⁴ Como é ele? E o que decadroganato há sobre ele, [261] o homem

CONSTITU-IÇÃO DO CONSTITU-CIONÁVEL COMO CONS-TITUCIONAL.

---

¹ Quando brincarmos de nos vestirmos como adultos no jogo pôquer vocês ficaram felicidadeados ao sentir o quão fascinante eu posso ficar em coladespartilhos.
² Kellywick, Alojamentos de Longfellow, Câmara dos Comuntários III, Passo do Bolo, Avenida Divertida, Colina do Sal, Cia. Mogno, Izalanda, Terra Firma.
³ Nome de grupo para sucodeuva.
⁴ Bhing, disse a cabeça do ladrão, em voz seioave.

decemte? Esteja calma tua hansiedade! Aproxime-se
para liberar nossa passagem!
Essa ponte é superior.
Cruze.
Então venha a castelo.
Bata.[1]
Uma senha, obrigado.
Sim, por furavor.
Bem, fiquei sem palavras!
É mesmo?[2]

Balancem o banjo, garnisés, nascido para trepar do repique-o-socialite.

Hoo criaturaterrena esboroou
Ao primedo pipoco de trovão.[3]

Avisão quase deixou meus olhos quando eu a vi colocar Apitada dechá nopote.

Quando xô, a borvoeleta dele,
Estava enredada e nomeada.[4]
Terranacrusha, descansatriz, acorde-os!
E deixe a purarpétua lucy da sorte em paz![5]
Para abrigar enquanto eras sábias tolas construíam.
Que grãoassim seja.[6]

O quartanus.

Grampeando para acorrentar para, pelo caminho de pedras para monte, como o Boieiro em Pickardstown.
E aquele corcel desnatadleite ainda no palheirochão.
Como em todo lugar. Ou estão esses insetasas inclinados para os muros de fora, troféus de pele de feras de barracas de Morticiferar as tabuasbálsamo?[7]

Bilhetes para a Loteria Terrierfilhote Balançarrabo.

Enterros sejam trombeteados! Então deixem Baco 'té chamar! Pousadadentro pousadadentro! Pousadadentro pousadadentro! Onde. Os amigos dobram o ovil. Os beberrões correm para o covil. O tabarnairo, o taberneiro ele está aceitando cobres por dez. Dos [262]

PROVA-POSSIVEL-PROLEGÔMENOS À HISTÓRIA IDEARREAL.

GNOSE DE DETERMINAÇÃO PRÉCRIADA. AGNOSE DE DETERMINISMO PÓSCRIADO

---

[1] Yussifo smirth e os mermons responderam da desmentumba dele abaixo da tábua de marés, Vaprinferno!
[2] Ó Roma, ehlo no ohlepse e ajev como Dozi atnopa o que oãs sa sarvalap.
[3] Um javaitarde croven em um barril de finestanho.
[4] Abelha ama o altar. Lua lê um livro. Pastos busca galinha.
[5] E após o jantar para caçar as sombras.
[6] Diz abençobolhada Maria Cabeçadói a Barriga Rabetull.
[7] Mendigambos. Para ir a Mendigambos. Para ir a Mendigambos e se certificar de lembrar Mendigambos. Imploradeus, carroça Mendigambos.

Marte falando. esporadiclientes que mais o frequentam. Aquele mesmo primeiro bocademerluza que sob o nome adotado de Ignotus Louquazola, do passado nebuloso, arengou trombeteando os peixébrios sobre o refúgio favorito deles, de um padre theocalvo freio.[1] E Egyptus, o incestogado, como Cyrus ouviu falar dele? E Major A. Moita depois que ele pegou a minieira varíolfato? E o próprio Whithomem, aquele malhado pulguento, d'além beiramar, esperança dos conversores de fé ostrogóticos e otomanos, o desespero dos cirurgiões plásticos do pós-guerrautopse da Pandemia? Mas é foi tudo há tanto tempo. Hispano-Cataio-Euxino, Castelhano-Emirado-Hebridiano, *Smith, sem casa.* Espanhol-Cymrico-Helênico? Rolf o Caminhante, Rude o Gangster, nenhum traço em comum e a mesma face.[2] Passatempos são tempos passados. Agora deixemos que o que passou sejarma passoberanado. É assim nesse mundo lindo, meus filhos, e ele precisará de ancenão[3] desde que o primal fez outro no jardim do Idem. As tarefas acimas são como os frascos abaixo, diz o esmeralda cântico de Hermes e lugarestodos é *Não por que* amoródio e prazer, como nos contam, baseado em *mas portanto.* excelente autoridade de tinteiro, sistemassolarizado, seriocosmicamente, em um universo mais e mais onipotentemente expansível sob um, não há rimais nem porquê para acreditar, pecadastro rei original. Impertubável, julga a órbita terrestre.[4] *Nada certo,* *Rumoreresia em* *portanto.* Porém Ó culpa feliz, doce má sorte para *luxúria de paradoxo.* você por um arquitétipo! [263]

---

[1] Abocanhalfabeto animal de Caçador e Pumar, o primeiro do mundo de aab a zoo.
[2] Nós não escutamos o trovão estrondoso, nós não temeremos os flechas de luzta, nós flutuaremos as mediterranias e regozaremos à ilha que amamos em espaçoaria. Punto.
[3] E esse outrora dourado sejabelha douratopo.
[4] E ele era um Luterotário gay de qualquer jeito, Esnobe. Você pode dizer pelas roupas extraordinárias deles.

Honre do comércio a energia e auxilie os desnoivanecidos azaradesconectados, os pluralastimáveis com todo mundo e cada com camarada, esse sério do feriado da boca rugidora da cerveja Allsap com seus dois eclipses lunares e seus três poentes saturninos. Chifre de Esquentapagão, intelectualizado! Livreio da Vida, molhadolescente! Rio dos rios, riacho de padreco! Nós buscamos O Abençoado, Hospedeiro-com-Erança. Englobando Canaã o Horrível. Sempre a ir, sempre a vir. Entre um fitamanhacer e um solssurro. Fossilização, todos os ramos.[1] Conforme Petra jura por Elmos: Pelo gelo dos mortais! E Elmos jura por Petra: Pela minha própria venalvida!

ZELOTIPIA ARCAICA E O ÓDIO TEL-ELEOLÓGICO.

Bucho. Bobagem.

Nesses lugares estadiemos, onde a água de Eblinn, locada de chaco e brejo, partindo contracorrentre de seus baixios e ervaçais salmões, que costeira sopra flertes com preamares, venta para suas flumaberturas. Uma cidade phantasma, phalseada de philim phulanos, vêniadquirida e vendidalma por um quatro de centos de virilidade em suas três e sessenta cifras por um preço particional de vinte e seis e seis. Nessa beira-rio, na nossa ilumimargem,[2] que buona a vista, por Santa Rosa! Um campo de Maio, o próprio vale da Primavera. Pomares aqui estão alojados; loureiros santificados frutencravados. Você tem uma celeste vista da póresta, um vale de castanheiros e de espinhos. Adorávale, Aprazivaltura: bela olhadela de altura deleitante. Essa corte normanda na fronteira da vila, aquela torre trepadeirada de uma igreja da Erelanda, ponto de encontro para santos verdadeiros em assembleia reverente,[3] com a casa de pedra **[264]**

A LOCALIZAÇÃO DA LENDA LEVANDO À LEGALIZAÇÃO DO LATIFUNDISMO.

Mexa-se Mackinerny! Mundifique a área para Muckinursey!

---

[1] Completamentenú e pedruro. Nós vivvi turfodidos. Todos estão moortoos.
[2] Quando você sonhou que fortunaria em arco de mármore você alguma vez pensa em voltarrogar devagar.
[3] Pórfiro Olbion, casacavermelhomentiroso, nós sempre fomos rosarromarinhos no nosso lado todas as vezes.

do nosso rei, bembosqueado por amoreiras, o alambicainda que era moinho e Claustro que era Terradeninguemordenança, esquipheriferia friorrível dos mortos-vivos, o supramansionado loftfolhado olmo Ofolhosiano, cada, todo, tudo é para o retrospectivador. Eskola! E eskola de novo![1] Doce arruivada, vem como uma florinha fermentada, aquele balsamorango dos canteiros de frutilha: a fênix, sua pira, ainda está flamejando com espírito auntetripartíteco: o corruíra seu ninho está embelezando enquanto as torres das gaivotassabines estão televisíveis. Aqui estão o chalé e o bangalô para o sapateiro e o nupérrimoburguês:[2] mas Izolda, os jardins de grinalda dela, um lugarzinho de porte adorável, agrada aos maravilhamentos maravitoriosos, o maravitorioso marabitante marafasta-se,[3] cercas de hera e paussanto e pérgola de visco, são, então se isso parece então e sim por gentileza,[4] pela filha cabeludalegre de Agonideus. Completamente de dois odiosos velhos inférteis, Titonomãos e Cabelossedoso, um quilolitro em metromilniais. Presepioparentalha, o tronco do pai. Tabardo velho, torrente de vinho e taberna vívida[5] e, por desenvolvimento de faixa, da ponte de contato ao colapso do contrato, apenas dois militariões dois humbercentos e oito mil nove humbercentos e sessenta linhas radioluminadas para o vocaosbuloeste da escritoriagência magnificentral das correspoetências do povoado de Finn. Miragem distorcida, distantíssimo do simples, donde a [265]

Em brancampânula, furo-da-renda, polpa e heliotrópio.

Aqui está nossa dúzia de primos dos entranhados subnutridos.

---

[1] Agora precizoamos lavar o rostinho.
[2] Uma expressão vernacular viquingue ainda utilizada no distrito de Summerhill para um homem chapéufedorado de quarenta que põe dois dedos em seu prato de sopa fervente e os lambe por vez para descobrir se há ketchup de cogumelo suficiente no caldo de carneiro.
[3] L' nç' d' m'p'i.
[4] Glubaa pluplu.
[5] Tomley. O homem feito. Um açougueiro costurou para ele o blusilusão e o cãoção. Fico doentriste de ver. T.sctscador.

roliçobediência dos bedelias¹ deixa o obcecavalinho de pau feliz em seu buraco.² A lojáster e cintaleiga, Cidade dos três Castelos sob Lynne. Reservatórrio? Cochacode a pontijolo nisso! Mas seus píeres misterriosos, seu espantoso espaço, sua taxa só uma caixa, seus parapeitos todos peripateticando. D'Oblongo dele passagem. Pelo qual todos nós passamos. Toneladas. Em nossa sonec. Arroncar. Enquanto deambulamos para o mais denso. Fulgor. Fulcro. Que nos assalta a partir das trevas dos mitilizados na torredebebarril, bedivere serviu a redonda távola, passada a necessidade de Morningtop e a invenção de Harington, para a luminescência da infantiluz no escritório no quedandar superior. Aqui moraremos nos poderes caseiros, amor no trinco com os noviços zaino e zureta. O refrão: os protagonistas. Pela reanimação da inclinação deles para a manifestação da irritação: carregadolder e boneca.³ Após o som, luz e calor, memória, vontade e entendimento.

Aposto contigo cincopênis, qualqueradiamentese, que não há pugatório, você topa?

Aqui (as memórias emolduradas da parede estão tomando conta) até que arruaceiros para arruaceirretorcer arrumados estejam, F Ⅎ, (a fitar, respeitando, décimo quarto baronete, encontre, igualmente falido, joio) e antes do começo comecemento cataláunico quando Aécio xeque xequimpediu o gambito de Átila, (aquele bispo robusto, esbarbote!) guiautorize-nos a buscar, Ó junovevéspera a mais mula, vós que fooges frívola a folgazã afável férvida para condensadamente vos conectar com vosso seguidor maisprontovocador,⁴ acarretador de nosso inconscientável, tremelindrosa à frente do nosso supri-[266] mido,⁵ guiautorize-nos a buscar,

HOMEM PREAUSTÉRICO E SUA BUSCA POR MULHER PAN-HISTÉRICA.

---

¹ Acredito em Dublin e no Sultão da Turquia.
² Escutei essa palavra usada por Martin Halpin, um velho jardineiro dos Vales de Antrim que costuma fazer bicos para meu padrinho, o Rev. B. B. Brophy das Espadas.
³ Corvos podem cortar para que possam pombas prediletar.
⁴ Uma questão de atração.
⁵ Para Ponto Rosa ver Ilhadaplanícieacanelada.

muitautorize-nos a ver, luzautorize-nos a encontrar, autorize-nos a nãoperder a Maiodadata, Mimosa multimimética, o signinifimaio de minhamaiopinião! Élpis, vós fonte dos gracelênicos, todos terão espelança em vossa direção[1] do rei kong em sua casantina a cavaleteiros trás-os-montes. Ausonius Audácior e gaélico, gillie, galha.[2] Cantacantinelenda. Historiela como ela é cantada. Donde segue-se com finindizíveis nãotas para gesticulassins, plutonicamente perseguindo no relance mais breve das roupachiques, linda Proserpronette cuja boceta rachada derrama urinervilhas.

Havia uma doce esperançosa chamabatida Cis.

Farol de Belisha, acena brilhante! Lanterninha, desenrede-nos! Aquele luarraio verde de aralanj ele nos ondula para lá como as bandeiraçoites vermelhas, azuis e amarelas temporizam no domissílio,[3] com uma azul lufada e um wentigo. Onde lampejo se torna palavra e silêncios vocalizados. Para apoiar congêneres, triplamente atados e escravizados duplamente. Homemadão,[4] Eva, Associossianson e às vezes Odin e Freya. Uwayoei![5] Então que possa essa sibalista ser nossa xibolete que nós possamos silabá-la bem. Vêtus possa estar ocluída atrás dos luábios em Virgenão porém Nova estará se aproximando como a radiente delas entre as Nereidas. Uma una das sedutoras, sim, Uma Única, sedutoras, que sob os ramos dos olmeiros, com sapatos até aqui imaculados pela frieza, avançou, foi, prosseguirá por um caminho de mirra de mel e brumalmíscar de rosas trepadeiras enquanto a quiçabelhademaio cobre o florescimaio, ou sempre ela [267] se tivesse esvanecido

DESEJOS E MAISFUNDESEJOS EM UMA FACÇÃO PRIMITIVA

A Grande Ursa mordeu a Única do Marinheiro. Encrenca encrenca, encrenca.

Associação Jovem Da Cristã Mulher.

---

[1] Pose do Manequinho.
[2] A presunção sagrada deles e a pecaminosamente desanimada dela.
[3] Anima animaba animabapa.
[4] Só por que ele é padrasto eu pude espetar aquele velho e esguichá-la para fora muitas vezes mas eu penso mais sobre minhas chanelas e paleiras.
[5] Todos alojados para o Tarararatá! Pareça chinelo, boinensopado, temos uma cãoma na manjedoura.

Dedure-me todas as annaryllis.

da flor,¹ os braços deles entrelaçados, (trimtram, os toques de sexo apealando enquanto conchitas afastam-se com senta,² trum!) todos pensando tudo sobre isso, a Coisa com uma coceira na coisa, o Todo cada polegada disso, o prazer pelo qual cada a embonecará, o negócio pelo qual cada foi criado para criar.³

Você pagará meus patos e quebrará meus galhos?

Logo os joãomeos vão quebrar a cabeça sobre alguma a ritmética ou outra sobre a tabuada de divisão de Browne e Nolan enquanto ela, a novena dos devotos sendo conscienciosamente cúpida, pelo baque do bobo, sujeira do taberneiro, essua cobiça e grandegafe do grãfanhoto, com soumpouquinho de tonemaí dela se sentará e tricoteará no sofá solfá.⁴ Ensopalada da noite, ensopalado livresco. E um corpúsculo por chefe no Teatro Timbal. Mas tudo é inerente a ela. Pretende. Da gramática da gramavó ela sabe que se há uma terceira pessoa, mascalina, phelimina ou nutro, ser falada sobre isso modeve proceder prosóeder de uma pessoa falando com o segundo dela que é o objeto direto a que havia se falado, com e em. Pegue aquele dativo com o oblativo dele⁵ para, mesmo eu obsoleto, seja sempre de interesse, assim falou a gramavó no ímpeto de seu imperativo, apenas tome cuidado com tuas generosas em direção aos reflexivos dele assim como eu fui para teu grappavô (Bunda encalçada, homem vadio ufa!) quando ele era meu prazer⁶ e meu, que povobsceno dizendo, o mepega analectual dele.⁷ Não há confortismo no [268]

NOÇÕES ANTIGAS DE DIREITOS ADQUIRIDOS E A INFLUÊNCIA DA TRADIÇÃO COLETIVA SOBRE O INDIVÍDUO.

Alma Mater, Arauto.

Velho Donatário o Avoengo e ele é tão surdo quanto tua bunda.

---

¹ Deve-se vendê-lo para alguém, o nome sagrado do amor.
² Inventando isso à medida que seguimos.
³ A lei da selvirgem.
⁴ Deixe-me corar ao pensar em todos aqueles pulôveres içados pela metade.
⁵ Eu gostaria da bochecha rosa dele.
⁶ Demônio francessafado de cabelo vermelho! Então é por isso que você fugiu para o mar, Sra. Lapenta. Pule em mim, Noruega, pois você pecaptou.
⁷ Uma boneca lavável amável flutuável.

conhecimento de que frequentemente ódio à primeira escuta vem de amor à segunda vista. Tenha suas pequenas heressintaticonversas no fundo de subjunções, dual em duelo e pudico no prurido, mas mesmo a mais pretérita das chaias qualquer que seja a aclamais que perfeita tolindanágua e todos esses joelhos pode talvez o acaso estar a ponto de estar no caso de estar se tornando um pedramaturgo pálido apesar de todos os teus acusativos tensos enquanto vocês está plantada[1] como teus gerândios pela melhor metade de solucerca de um desejano. É uma gatinha da selva, minha querida, que sabe diferenciar um pinto de um javali-africano. Pois você pode ser tão prática quanto é previsível mas você deve sofrer o tipo certo de acidente para encontrar aquela espécie de ser com uma diferença.[2] Flameje nas fuças dele mas paraligele em seu punho.[3] Toda letra é uma divindádiva, Ares ardente, Bóreas brusco e galerno Ganimedes como o zeloso Zeus, o mais O'megapoderoso de todos. Pro meu ser ou não ser meu. Sóteis vossa demanda. Anuncie-se! Eu sou, vós fostes um cavalheiro, tu és, eu sou uma pirainha. Um jogo terminou? O jogo continua. Cucocuco! Vasculhe-me. Quanto maismendiga a criada maior a destroça. E quanto maior o petriarca máisgoa o beliscão. E isso é o que seu médico sabe. Ó amor é a coisa mais comumentessabida como ele arrebanta os plutos e o pobre.[4] Pop! Um ovo como ela é ativa ou uma colher se passiva, todas aquelas rouporações finas na Lindley's e Murrey's nunca compraram o particípio de um presente para uma instigatriz desiludida, em forma de protesto eu digo isso, [269]

Umdante Humoroso. M. 50-50.

Eles não capturaram a cidade.

---

[1] Com o poodle dela fingindo ter sido abandonado e se sentindo morta em si mesma. Impiorta viver o amor?

[2] Se ela não for atrás Renée empacota.

[3] Fricções impróprias é maldições e a homens truação me deixa louca.

[4] Cartilha de Moçamagia Negra e Branca da Llongos e Curttos.

<p style="margin-left:2em">

Eu fico com aquela lourinha se você se ativer ao teu vides-propósito.

do futuro pós-condicional dela.[1] Totalencaroçado é quem paga o totalfaturado. A quantidade conta apesar do sotaque falhar. Jugando à parte e orações oblíquas analisadas para um lado, uma fedelha, criaminha, pode escolher dentre tantos, seja ele um aprêndice de advogado, um vendedor de canos ou um mata-moscas funcionalista, aquele safadinhe perfeito, das languidezes e fraqueza da moçaidade flexibilidade-flexível até as dores de cabeça, nas costas e no coração da crescente mulheridade e montes e montes de outras coisas também. Note as Respeitáveis Damas Chateadas Irlandesas e as Associações dos Alegres Beberrões Mustardas de Humphreystown. Ataque primeiro, agilize qualquercoisa depois. Esteja atento a como naquele shh sutil da serpêniste[2] encontram-se ligações para incitar orelhas. Para contorcer-se em arco defina a inclinação correta. Porém aprenda com aquela língua antiga a ser moderno velho do meio à minúcia. Um cuspidor com quem se pode contar. Apesar de o Paraís das Maravilhas ter nos perdido para sempre. Alis, aliás, ela quebrou o espelho! Liddellzinha vulvolhou através da folhespelhagem, o nosso é mistério de dor.[3] Você pode rodar na bike da juventude e multiplicativar teus Miguel e Nice com tuas chuteiras no guidom mas, volve a virgília página e veja, o U de mulher é longo quando fortes aqueles dois mamafonos o seguem assim como Ninguém[4] vê você nunca se afastar de quem te pega bem e marca o dia.

O'Mara Farrell.

Abracadabra

Tem-se somente previsto, não é, é, é, em suas memoiras das guerras púnicas do Mercenário, e por fim, e tudo, vá, vá, do O O'Brien, [270] O O'Connor, CONCOMITÂNCIA DE CORAGEM,

Úlstria,

---

[1] O bando à toda.
[2] Ele é simplesmente louco por carne branca ele não tem nem dente nem a firmeza para mastigar e isso é o que há de errado com o Longa Minhoca Murcha, o velho diabo cantante.
[3] Querido e eu confiamos em toda frivolidade eu posso ser perdoada por transgressão mas eu acho que posso adicionar inferno.
[4] Ele é minha toda homenidade de cada decepção.

Munastério,
Leinstrela e
Conecticute.
Cliopátria, a
história
de vossas calças.

O Mac Loughlin e O Mac Namara com totalidade o balaio deles, sim, sim, do Sire Ciúmilius Apocésar, aquele bravamente capataz,[1] com seu duo de druidesas em macaquinhos de dinheiro vivo[2] e o intentriunviraisto de Rouboitaviano, Lápidos e Marcacho Maltônio. Você pode não conseguir ver a mentira naquela configuração, Seutonia,[3] mas as reflexões que me ocorrem são que enquanto a vida da beleza for amor do corpo[4] e tão brilhante quanto a Mutua de teu espelho segura a vela dela para teu velóleo, similitude sinistra só, Outono sombreante de tua Primavera, não pense nem um pingo sobre nadanis o trigemehomem velando a comestível dele ou não. Ela confessará pela figura dela e negará na tua cara. Se você não for arruinada por aquela ela não te fará cismal nenhum. E aí? O que depois disso? Arma Áspera pode atirar, Baleal Botar-se a fluir, os gossadolescentes olham potrancas olham.

CONSELHO E CONSTÂNCIA. ORDENAÇÃO DE PRESSÁGIO, PESO E PERDA. DISTRIBUIÇÃO DE RISCO, RESPONSABILIDADE E RUMO. PRINCÍPIOS POLARES.

O Eróico
Furioso faz
o valete gostar
de sorrir.

Das culinas de Heber e Heremon, *queira ou não*, reproduzem nossos amores-perfeitos, bronzeada em bruma. Há uma divisão no infinitivo de ter a ter sido a será. Como eles guerrearam em seus grandes primandatos tranquilos agora nunca saberemos. Engula embaúbas evoluídas. Convença Cobra a conversas. Have, Heva, houvimos! Esse é o

O hipersímio o
vison ele arvora a
toupeira você
vê agorapelo
amor de cristritura
charli.

movediço que moveu a moça[5] que ouviu o vento que flutuou as folhas que envolveram o fruto que estava perdurado na árvore que germinou no jardim que Jeová gerou. Amplo sibilar, estamos murchan- [271] do. Pio de quem lugar, estamos esferacreditando?

---

[1] Todos os dentes dele de volta ao front, depois a lua e depois a lua com um buraco atrás dela.
[2] Pula um, cai de olho, mulas na loja de repolho.
[3] Nada do seu estofobrigatório inglês aqui.
[4] Comuatuar meus entendimentos, Substituta, e amansar seus completelogios, genuaflexa.
[5] Apesar de eu ter uma igualzinha a essa em casa, marrom folhamorta com apliques de mercúrio, apregaciaria completamuito uma brilhosseda reluzente daquela camurça de cobra pantufante.

Não entendo.

Por que escondeis vós obstrui vosso marido o nome dele? Leda, Lada, agitada-assustada, assim como sua cinta cresce! Decidida desprovida de discernimento, desvairamunda desprovida de fim. Papaipassos, Mamãemanescente, conflitocausacólera e quemconhececomo.¹ Mas são traseiros para tesos e tetas para teteias e vem com baldes com bates até dialuzdar.²

ALCANCE PANÓPTICO DO PROGRESSO POLÍTICO E A FUTURA APRESENTAÇÃO DO PASSADO.

As idades das trevas viborapertam as raízes de margarida, Pare, se você for um enviado dos aliados, seguindo de perto os Minoiconflitos e acciões navais, combates provocados e fileiras de remadores. Por favor pare se você for uma mocinha preocupada de A.C., por favor pare. Mas caso prefiras D.C. passefazfavor. E se vocenhorita se mete com aventuras é feminimuito bem feito. Mas, santo Jano, eu estava esquecendo das Cablitzes! Aqui, Garanhão e Ginetadubo, tirem as cabeças³ de vocês dessa barrilenda. E deixem sua mulamelatraseiro. Está assombrada! A câmara. De

Laxante Seidlitz para os lançadores de lema.

errâncias. Queum, puxadois, trêsça, quatrestribo! Está distintamente entenditudo que, sensadesde que vocês retrêspectivos colocam suas cabeças-de-ventempo de vintequatro polegadas naquela lavagem morta do Lago Morph e até tal compasso de tempo os únicos e próprios Facavalheiros os sorridentes políticos, Sujo e Leon, contornaram os candidatudos resmungões, Estralin e Ser Artur Ghinis. Fermentação caseira

Usadoplitas e Atelesnas.

famespumosa, bebatalhada por botelha, aguerração de gueguerra.⁴ Marrualta comendo baixurso e então denovurso Marrualligan. Sorrisorriso sorrisorriso. Equipe varsus rebanho e viados vursus latidos. [272]

---

¹ O que é isso madame, digo eu.
² Como você mesmo diz.
³ Essa é a musalete mas sai com água.
⁴ Onde ele enfrentou o interrupchoquela de sua linguagueira e nós pegamos os ânimos de estimação de nossas vivenciamorosas.

Charneca do meu coração, minha enamiga covarde.

Contenção femiliar!

Tudo o que sofremos sob aqueles Cata Estrumes e como desfrutamos da colheita da cestacheia. Velho Prato Principal de Carne

Forafora para as gelatinosas e um bombambum para os napporrapados.

Pelos muros do velho Resmungão. Bate, berra e brada.¹ O opressor está por baixo, pra cima pra cima fertilestudo! Aluguéis e alíquotas e dízimos e dispêndios, salários, poupanças e gastos. Ave, heptarqueado período de paz!² Viva, liga da lei, assassinato e morais! Isso é legal e onde está você. Apauperfeiçoamento da bobulação pela bobulalfafaia para a bobolha. Portanto embrulhe tuas esquentações em teu entristecer (contastum!) e agite o arrasta-pé para o golpe. Pois há uma mera esperança³ para o bandido decaído. Como Hanah Leveadir, ladra ladina, e flumenunca outrio motonevescapa com os espoliados dela.⁴ Para acrescentar toques gays. Para hugo e gui e gentio e judeu. Para covinha e espinha e bestinha e touquinha. Um topo num tapa e um torpe num tripó.⁵ Ela os vence por vivências, uma aquisição hectoendecada, pois sodomuitas jujubobagens pegam mudos e surdos muchas bracelonettes gracias a barcelonas.⁶ Ó que adoorável livre expressão foi essa (tolo)⁷ a orrirginar plano de fundo tãovivaz. Toque. Como a cadência da cotovia ao crocodilo sobrecarregado,⁸ ou chispar gargafolhando daquela piada do velho ventagarela, Jactanchefe, garganteando sobre tudo o que ele não fez. Pro inferno com sua tropa! Com é o antolho para os borrabotas de boa vontade e ciúme é o sinal para o imperadurro napollyon e aquestásseu cavalo míopobre malhadousado. Fogequino. Com seu emblema no lenço do [273]

---

¹ Chocalhe a eternidade e lamba a criação.
² Sou abençoada se posso ver.
³ Penosa Pulante, espante a galinha. Eu gosto de cacarejadores, você gosta de bolas (pisca).
⁴ Doce, ao ponto e seco como vinho de altar.
⁵ Quem me comprará docinhos?
⁶ Bem, Magggy, eu estou com seus diabos descartados de fato e eles cabem adoravelmente. E estou vagamente graciosa. Maggy obrigado.
⁷ Meu seisxo não é segredo, senhor, ela disse.
⁸ Sim, aí, Tico, obrigado, dê, do, pai, olhe para isso agora.

Murdoque.

Nenhuma ação, pouco caldo.

Das sete tendécadas de José até as calendas de Maria Mariana, milecemolivarriado e espinhoso também.

Como Shakespearancinho poderia espremir.

helma de cota de malha tricúspide. Para o homem que falinhou no Monte Sãojoão. Todenigma disso? Que isso malditestejá conosco antes do programado que já é plano realizado a partir de e desde: Dathy Doido das Cinco Posições (que o raio da morte o pare!) ainda está, como repreende Paulo, no Cervinorate e, entre conversas e bate-papos,[1] o ousado Cabeçaoca a sacodir suas tábuas e Hannibal mac Hamilton o Hegerita[2] (mais vitalforça cotovele-o!) mestrobrando, como reprega Timóteo, em São Barnabrac.[3] Número Trinta e dois Décima Primeira rastrua em sentido Oeste dá vista para aquela (possam todos no avir do sempiterno farpa ferver com isso!) datárvore dolorífera que cada vez mais folha antes de todo crescimento e, encosto, balancabeça, com nervos em frangalhos se perguntandando até elas se sentirem feridas como qualquer mulher que tenha nascido em todo caso ao reposteiro e para as quantas e quetocante vez ao que os demônios naquela casa de jacktenção que jerry construiu para Massa e Moça e filho da puta, o fermamento faiscassemeado do campofilhaste estrelado onde sopra uma nêmona a cada lampejo de brisamena[4] elas estavam deslizando ao longe e diluviando distantes e descobrindo ao redor e disparando a esmo. Todenquento ou balõescalização por bons vãote anos Dagoberto está na limpa cidade natal de Límpido preparando seu pre- peuratório e aprendendo a como parecer brozeadamente seguro através de um material rompido roto [274]

---

[1] Suba rápido, fique até logo, desça devagar.
[2] Se eu gonheço meus golodegavalos dele dois é gnativos de Genuas.
[3] Um copo de cascachaça e caroço para o Sr. Oleiro do Texas, por favor.
[4] Todo o mundo ama uma grande geleia brilhante.

Feligma, feligma, sinto cheiro de um gato.

dois meios-pênis fazem um pêni no terrescópio macroscópico.

Do Buffalo Times de dias bisãotigos.

Rápido remexe remexeus o livro-louro dos finadatados.

de Brian Olinho. O culoteiro egofônicapilar da Hibérnia.[1]

E como, essas coisas sendo assim ou antes daquelas coisas terem feito, lá trás em casa em Pacata Haubérnia,[2] (atémente a velha Irlanda sagrada) um mundo cavoucando no outro, (se você me tem, vizinho, em quaisquer porções grandes, estranho?, e tem o forte disso) Festável, nosso herói topical de sagon, ou qualquer outtro filhuther, sendo assim nas costas dos belicespíritos da bastilha, braseados com abundância, e prateando com o jubileu dela,[3] folhas de bétula o espólio dela, nossa asseanhora dos acenos, semblante cheio de carne e gorda como uma galinha na testa, Aréanna e Ferrabrásbazul àsavessas, aquele par régio em seu palácio dos galhos despertos chamado O Bodeus Nosacudireção (' número de telefone 17:69, se você quer saber[4]) o marbraço dele firmenvolta dela, os olhos velavolantes dela naufragados, disscutiram as coisas deles do passado, craime e fábeula com desonra, lar e lucro,[5] por que ele mentiu para ela e ela tentou matá-lo, rabiscoxeias, em cujas veias corre uma mistura de, estão de cabeça curvada e logo atrás. Soletre-me as badaladhoras. Elas são contos todos soados.[6] O hoje é todo teu mas onde pode o amanhã estar. Mas, abençoe a cabeça vacacheada dele e aperte seu irritadamente chapéu, que pesar de um mundo é o cansaço [275]

DA DICOMOTOMIA CIANOGENÉTICA ATRAVÉS DA CONCILIANÇA DIAGNÓSTICA PARA A CONTINUIDADE DINÁSTICA.

---

[1] Um pentago por suas wamombapas.
[2] Meu globo vai grogue na gargalhada de geografia pendendo qual vez eu estava procurando por meu sapato por toda Arábia.
[3] Deve ser uma chateação no gênero especialmente quando qual velhas elas vêm a parecer.
[4] Após mim procurando o plano em *Justiça do Pazdaço* de Humphrey ele disse para ver carapítulos antessementes.
[5] Ó meninojones e Pelódoto! Somente ananguém contou à senhorita sobre o massa comportamento dela ela riria aquela murcha que depois que ela tivesse afundado em suas ancas gordas elas se transtremeriam todas em bochexeiques.
[6] Traduzido para a jíngua jinglesa para os incômodos do cortiço dos golfinhos.

> Andam atrás de duocornos bi-cefálicos porém mais surrupoeiram nabos.

de cada de um esperando pra colocar em um caderno de interseções seus próprios erros, o amistoso que dá tapinhas nas costas,[1] livre de seu futuro florido e a outra semelhança muitrovante, elegiando um passado de altares sangrentos, ventania com uma rajada para ele, pomba sem fel. E ela, do ninho da gralha[2] que destroça letrinhas sobre as quais ela nunca apôs uma pena.[3]

> Universalidades em uma cabessíntese.

Ainda assim contou sobre o amor e o homemonstro. O que é Solussécubar para elesita ou ela para Hégaba? Apague, apague, breve afávela.[4]

As vésperas dos cães estão termendando. Virando vespertílio. Cabrompastoranho abandona o disfarce de barca para se sentasfazer com Becchus. Aobodêmonio! Àcabra! Ainda assim o vento será antes do pai nosso[5]

> Para todos nós crias sob a égide dele.

e da hora do frumento e do sino de mingauroroba se Nippon tiver o Eldorado das pérolas ou opalas, o prato dândilicado, a mijada! Semengano, pinga da boa! Pois (proprinamagandy!) muito falta até clarear para que todos os galos acordem e os pássaros Dianem[6] com ave hinomanhecer. Qualquer coisa escurece vagatravés de um ocaso. Morquêgo é aquilo? Lá morcegurinando. No Brennand em charculação. No fraco do Boina Fanagan mas

> Poupando para o público a saúde dele.

dele ainda está farte. E ainda aqui está o morcegão e pode contar coisas aocomuns por aquele sentimento macio. Aumenta discasas assomadas para sobrecasaderreparar[7]

> Absoluto superlativo de Porterstown.

com carroçavana de sepulcavaleiros encapuzados nós mantemos é paz quem segue a lei dele, Rei [276]

> O VIRA-LATA SOB O MONTE DE ESTERCO. SIGNIFICADO DA INTELIGÊNCIA INFRALIMINAL. OFERENDA.

---

[1] Ele me dá pulpitações com seus Castelovardes nunca nesse pardecalças e sempre naquele duodecalças e depois nos abebençoatiçando para fora do nosso nomedessolteirarteira.
[2] Meu incômano antiquadouro quase me daixou louca de perda e eu mortingindo para manter minha face semrruga como juvencunda précriada para jovialvem moerchando para Holmorada.
[3] Eu gostaria é de uma pedra de jade para combinar com o crescente da lua.
[4] Vóstos falais sondesquemó? Falo, Fala. E como chamar o gado para pretornar. Mentecapto mimtecapto.
[5] Eu estava tão aconchegada no meu credovo dos ninhapóstolos mas com coleira longa me espreguiçarei mais caprinochosa na camaçã torta dele.
[6] Pipeta. Eu posso quase abastecentir a doçura deles nos meus beiceceios.
[7] Calmalice no país das más matilhas.

Por que abjetantas Pontes novas em folhestendem-se sobre nossa estrada Fluminiana. P.C. Helmut está no álamo, ouvindo.

O trono é um porta guarda-chuva e o cetro é um graveto. Jadama joia, nossa Filhiátrica queridenha. Budabridores gautamados teodesprezofando nossa deusa.

Por linear em pesos acimadupoirte.

de Domingo.¹ A vistine heptacolorida dele (Poxa! Poxal!)² e sua impontência uma pilha blocalombescura (Mogol!). E rios rebentam como bebidalegres correntias mulheruniras para o sepoucamento,³ onde todo banqueteiro é adoteiro do outro, todos fenianos.⁴ O regapoço, ele gigante sem sobroço, a montanha lamentando seu sereno orvalhado. Para o obediente à civicidade em urbana ainda felicidade, o que contudará Mike⁵ manso nosso mimbro deputadjunto quando ele estiver nas cabeças da votação e Peter do burgo e Senhorita Sensíveu Semsalmesmo estiver tóptima no Sítio Sir Taft. Boblesse elfoblige. Pois enquanto Anna estava no início ainda vive e retornará após um grande sono profundo ressurgindo e um cavéuleiro branco enlevado com um subjuga de Habitassonho tão jorrinevitável quanto há uma chuva anuviada em Westwicklow ou uma pequena rosa preta a vadiar em um pilriteiro. Nós sonhamos nossos sonhos até Bapai voltar. E Crianssonhar de novotícias. Nós não diremos que isso não se dará, essa passagem de ordem e ordemartur está vindo, mas no país do outono e no país ao redor de Blath como naquela cidade de legiãodas ainda sempre procuram por seu ser. Portanto calevem os pifanodutos de vez.⁶ Irlanderic ao garotêxito!⁷ E já está em tempo de todo tributo a essa mortalidade maciça, o notável da imprestável perfeição como fotografia na lama. Alguns podem buscar se esquivar do [277]

---

¹ Me pergunto se eu colocar o velho abelhutre uma noite para mamar o mel da Madamungidora como eles costumavam embalassamar alguns dos papas especiais com um livro em suas mãos e com a boca aberta.
² E uma veloz violação violenta nas vestes lucrecianas dele.
³ Vocês não gostariam de molhar suas armas, bardos guerreiros?
⁴ Rubro, Willaranja, Amareldo, Verdoso, Azulão, Índigo e Violeta, as transas das rumas antigas.
⁵ O efeito vitral, você com docerteza poderia jurar que o leitelho não derreteria os linhos gotejantes dele.
⁶ Coxagrossa e Musculofino com sant a ovelha deles.
⁷ Oh, poderíamos nos virar com esse nosso mobilmundo como aquele profaniano rubromargeado com sua cesta de ostras.

Chapeudepiche e paudearara, nó de forca e tintortura.

enforcanaco por sua quantidade de qualidade mas quem quer enganar o estrangulador tem que aprender a ruminar. Todoqualburaco esfrega no exemplar circuminioiluminadotem háqui panejáricos e impropérios lá.[1] Com uma bicha para o bichano no canto.[2]

INÍCIO DO INTERVALO.

Tio Flabbius Muximus para sobrinha Flappia Minnisenhorita. Como isso é. E como isso isso é. Querido Brotus, caicede-me teus dívidouvidos.

Cuidado com o coração da Moçoila, o coração de Moçoila! Até mesmo a lembrança de frondes de salgueiro é um encantador que é evidente.[3] Os juncos na lagoa das freiras cinzas: ah eh ih deixe-me suspirar também. Sinodocarvoeiro: cabe a você criadàmão da carga. Jenny Corruíra: pique; penca. Joãozinho Posto: paca, ponche.[4] O mundo todo está em falta e está escrevendo uma cartas.[5] Uma cartas de uma pessoa para um lugar sobre uma coisa. Uma cartas para um rei sobre um tesouro de um gato.[6] Quando homens querem escrever uma cartas. Dez homens,

Dorme, burburinho, achate um muro Como ele deu as boas notícias ao Cav.

cem homens, graf homens, troç homens, irtentaram erguer um escalíder. E vis homens, gris homens, rãs homens, rir homens, frang homens, fer homens, tentaforam desfazerguer um lídergrau. Há portanto algum diadascartas de muitos povos, Cãoefilhodafuta? Império, teu mais externo.[7] Um verso de acordo. Por favor.

Rasgamos nosso caminho no forte príncipe até que aquela força no córrego tenha se afastado remotamente [278] e a face na casca da árvore finja medo. Isso é toque de pedras da chuva. Culto estranhamente

MAIOR E MENOR.

---

[1] Calo teiro, trapaceiro, degrau um jarroso bomrroso combandoleiro! Bomdeus o homençoe!

[2] E se eles tivesse sentando no teu banco com tanta força como a minha estava ela poderia quebrá os fundos doloridos dela ele teria uma impresssaum culiosa do diminitivo que esfola nossos traseiros.

[3] Quando sou Enastella e sou tida por Elamesmessa farei aquela inclinação no piano de pohlmann.

[4] Parpontada do céu, se for um dos dele temo que dissimufalecerei colapsassim que ele quarterntrar.

[5] Escorregarem em nós, dormirem ao nosso lado, nos enganarem, nos manterem. E quando terminar empurre a corrente.

[6] Com o ofício das modéstias dela.

[7] Pavoneando tão orgulhoso quanto um turco abanando aquele corno com seu chapéu da Edão e Barro.

para essa cessestação do antigano. Mas o Verdeverão eternacabou. Preço de pote por ploft patrilinear, se a ossolação do ontorno dá nome ao ominoso? Desde que tudo está bélico quando acaba bélico deixe os esportes serem lazer e feira de caridade. Ah ah atlecta, louvados sejam seus doispés danados! Àpovoademandar, parafimdescansar, a hora que se apressa está arremecedo. Uma pausa pelrumordedeus.[1] [279]

MODOS COALESCENDO PROLIFERAM HOMOGENUÍNA HOMOGENEIDADE.

---

[1] Venha, liso da minha lousa, para a busca da minha batida. Com todas essas ovelhas castradas dando foras e as delícias e dores dos florares de roxotas existri tantas plantas mais do que cantos para cecílias que eu estava pensando honestamente matando tempos em dar um fim a mim mesma e à minha melodiença, quando me lembrei de todas as suas errâncias de professor-pupilo na aula de perfeição. Você não d'vria escrever você não pode se você não f'sse passar por malacabamentado. Esse é o jeito certo de dizer isso, Sr. Se fosse minha mascopção engolir tudo o que você enãociou você pode comer minhas palavras pois isso é tão certo quanto há um bei no meu beijo. O que erágil para ser faceito. Quando conjugaremos juntos paraperdê-la paromestre parafaltar enquanto a manhã faz amhora, verbo da vida e verve à vida, com amor sim tendo eu amado na minha espinha e o faz para sempre. Você me severa? Então àrruda. Meu pretendido, Jr, a quem estou jogada fora, (aqui instá ele, meu batomente, um lícone da novasneira) quando eu me enfiar em minha divanágua terei meu títulei e escolherei minha sedaciedade quando eu não for rasgada primeiro por algum Rolando o Cansado, e me exibir nos frageisfilmes para a afim de agitar meus juniores de colágio que, apesar de fúcsia ruborizarem, são elas octeto e vintindade na minha sombra mas sempre minhas figurantes. Elas podem ser ora da minha temporada mas elas não são nada do meu dia. Espere até a primavera ter primaverado em limpidez e esnobes iniciplorando para investigar eles serão o extremauge dos bichosdestimação para meu cafetinar e mimar. Casamento iminente. A natureza conta a todos mas eu aprendi todas as runormas do mais desejogo dos jogos de todos os tempos com minha antiga nórdicaia Asa. Uma dameretriz das mais aventureiras ela é e ela sabia excessiviking bem das cardicoisas e adiantetra. Como Olivia d'Óleo e Vinny Agre, ensaiadas, elas atiçaram o molho de uma salomãoda e como um vendedor de pimentespião e um marsaleiro encontrou um poeta de mustardeve entrelas. Deve muiter agrãotecido de o Mulá Maluco tê-lo plantado. Bina de Bissy e Trestino de Terrafinda. Som de sagu, rito circula, cai coricó, cozinha caldeira e (lembre-se de tudo caso eu esqueça) tranque a porthor. Aménodin. Não foi advino aquele cão de um tosco em Estocotolmo enquanto eu sentava escarranchada sobre o altar de Druídas deles, com tão pacificola quanto uma pepinanca, estapeando minhas coxas até as ruínas em declive, postilhão, pospinão, um açoitamento um fingimento, com você me oferecendo cortinas de ruimcenso e aquelas corneadoras inubecidas a sotavento! Não se atemorruborize, seu manjar descolorido! Essa isabella na qual estou conhece rueleis do ciominho e ela não teme mandhomem nenhum. Portanto cante alto, doce adeusinho, como anjocreonte no céu! O bom pairção com o lampejo em seu olho sempre terá bolo nos bolsos com o qual nos noivar para nosso enormiguel bem. Amum. Amum. E Amum de novo. Pois apesar de o noiverdado ser mais forte do que a ficção fortuita e é o dinheiro de sobrepeliz, oh meu jovem amigo e ah minha doce criatura, o que compra a cama enquanto o juízo pega roupas emprestadas.

Tosquistória biblicaluniadora e estreladinvasão Barbaras.

Um xelim em cobringers e sopa de papa todos os dias.

Quanto custochas minhascalças?

Os heróis tombando sós no camperna de marche.

Uma cena em vista. Ou sonhonírico. Que eles memorizarão. Por sua Esperançosa livrescrita para ouvido que amannalecza se assusta para olho que somnha. É o agora palavreandemadeira da nossa doce plantação onde as ramificações cantandocantarão o amanhã passado e os frutos de ontens à medida que a tarde de Sábado legisla sorrisos bissextos na missanual? Assim é. Querida (nome do sujeito desejado, A.N.), bem, e eu seguirei para. Elambela. Eu e nós (tenras condolências para funeral feliz, um se) sentimos muito por (mencionar a pessoa suprimida no momento, F.M.). Bem (consultas às saúdes de todos) como vai você (majestoponto de interrogação). Uma adorável (apresentar a círculos domésticos) persa igataria. Elasfreguela. Aqueles garranchos em sua maioria ela vende do Poppa Vere Foster mas essas mefilas são da matriz da Mippa. Elasfregoutrela. (Acene gentilmente no ar antes de se pvirar.) Bem, talvez (consolação de lojas) arviremos logo. Com os melhores de-cinzerel Cristinete se o imprínçipe chapencantado, pode ser onde deseja Soldi, por exemplos, frentatrásado ou, se é que, poethrolio ou Pegue meu Prêmio, usando a flor ou o perfume dela ou, se muitomuitomuito chapencantado, in outraspalavertentes, que ela supôs acordieal, beijardes minhas saídas. Elamboutrela. De Ruivo carvalhomagno. Pia e pura bela, tudo concomitou para isso que ela pisará nas folhas daquelas vidárvores cujo silêncio até aqui brilhou como esfera de fixalbapedradestábulo prateada, que a fonte Bandusiana tocará música líquida e depois odores suspiram de almíscar. Borrõesbloshbobagear, um querido era. Durma na água, drogue no fogo, sacuda apoeira e sonhe que você alguém a quem daria os cachelados. Até que o último [280]

Mas agora ela veionus.	Lammas é conduzido por ambas as nossas lavadeiras um destino de assombro tenebroso como aquele espinhátrio, um campo de leveza feérica como essa natureza fluida.
Dois Dons Juans Três Prostitotty Questinatkins.	Hoje como nos tempos de Plínio e da Colunella o jacinto se deleita na Gália, a vinca na Ilíria, a margarida sobre as ruínas de Numância[1] e enquanto ao redor delas as cidades mudaram de mestres e de nomes, enquanto várias caíram no vazio, enquanto as civilizações colidiram e se estilhaçaram, suas gerações pacíficas atravessaram
Assim vomitou Zerotusteor.	as eras e chegaram até nós, frescas e risonhas como nos dias das batalhas.[2]
	Margaritomância! Vinquice jacintina! Flores. Uma núvem. Mas Bruto e Cássio estão cientes somente
Um xelim saxônico para o sacrisextão mas nadum para aquele padre de paparóquia.	de línguas tripartites[3] da teimosia sussurrada, (É desdemônico!) e sombras sombras se multiplicando (o folsoleito no falsoleito com o lenço do pelopestilento),[4] toda hora, eles compreendem sua querela. Sicômouro tão terrivelmente arrepentolido. Ódio do antigo. E porqualquercaminho emambasasdireções a glória sinaliza. E se ela amar Céssitiante menos apesar de ela deixamar Vitórroma gemais? É assim que nossa oxigente se apropriou de metade do mundo deles. Movendo-se no livre do ar e se misturando com a massa. Desse modo ou, ou ou.
	E.
	Não, bem. [281]

Marginalia right column:
O PAPEL REPRESENTADO PELOS BELATARISTAS NA BÉLICA-PAZ-BÉLICA. MUTUOMORFOMUTAÇÃO

SORTES VIRGINIANAS

INTERROGAÇÃO. EXCLAMAÇÃO.

---

[1] A fossa nasal de nossos povundadores natais tão tão mais agora Valsavertigerrei e seu grande arco dias trunfo.

[2] Estultraduza isso ventozmente para o turquinglês, Irlandês, bom meninatoleiro e você, Progenitadeu, devore isso, há uma papiralha higiênica, no seu papel mataburrão.

[3] Seu donnelly destemido, eu amo teus montes de mentiras lancinantes a tua correspondência estrangeira vistosa então aqui está meu cartão de búzios, feu dalgo, com todos os meus xis, sábios e tristes.

[4] Todo esse Mitchells é um mesquinho por gastar e eu farei um grande esforço para que um dia o Grão Mijo fique sem nenhum centavo ele mesmo.

Truques tretas.

Com soluços para seu emprego, com lágrimas para sua lida, com horror para sua sujeira mas com pique para sua perdição,¹ veja, o bopre jora enquanto o sinhô o contrata.

Arrebenção no princípio.

Para maiorturando glórialvo dialdeus!²

Um ágil agulho para um ávido mergulho e um porte rígido para um pinote rápido estava franklimente no aritimanual decerto que foi o porkê que ele conhecia de berço, nenhum pássaro melhor, por que suas falanguras estavam lhe dando uma punissom com a qual pifanar. Primeiro, por observação, veio o falso e perto dele um minhocabana e perto dele tilzinhos e perto dele bochecholhomacacovinha e perto dele batecarteira com batecarteirapumb, batecarteiraponto, batecarteirapica, batecarteirapromessa e viveles. Santo Joe no Éden laico.³ E enfins sempre atrás deles quanto mais covinhador ele pesava mais afeiçoado ele caía de seus quatro coalhardinais medramores nulos, seus numes coalhardinais elementais e seu casamenteiro coalhardinal enemantal e seu alvejante coalhardinal banqueteiropulente e seu coalhardinal eminente Kay O'Kay. Sempre estaria ele recitando deles, narguildisso denarguilisso, para cima de cor, em seu cateclismo do Diabo do pelomeiro ao laçado, marchapressada para dezênviro, a fim de segurar os dezdinheiros, reprovado. E logo e todosdias, tãoveroquanto sevocestivesselá, os convenceria ele que estãocriando de lumerosas formas, caio-contando na balança de pino puxa priolo pow, pow puxa priolo pupu, pupu puxa priolo prado, prado puxa priolo pfu, pfu puxa priolo priolopelota, priolopupu,⁴ Nulerói Parduo, [282]

Canto dos turcaicos para dáctilo e espondeu.

Pomposidade parvoeira do peregrino panóplio.

ANTÍTESE DE ANTECIPAÇÃO AMBIDUAL A FÁBRICA DA MENTE, SUA DAR E TIRAR.

AUSPÍCIO. AGOURO. DIVINDADE NÃO DEIDADE A INCERTEZA JUSTIFICADA POR NOSSA CERTEZA. EXEMPLOS.

---

¹ Enquanto eu virarei os jacintos da matavirgem entre os ervelórios da minha ventana.
² Escanecempre louvar a Vadius.
³ Mas para onde, Ó para onde, meu cacholinho foi?
⁴ Essa é a valsa sussurro dele que eu gosto do Porcote com aquele passo Dançalança. Ponto.

Não mais além, Elba, nem, casheltelo teu.

Agariquarenta Huno, Umnoque Trinta, afim por diumte, gosta de arremessar de seu boné, galocha, sobre o pegavaretas alto de lata.[1] Para resomar, boreal mais austral mais leste mais zéfiro. Ás, duque, triques, quartos, cinconas. Mãetiplique claro e leve ao número completo deles. Enquanto por outro lado, traduzido pelo nominador comédium aos menorliantes termos para suas eloquantas partes, seixos, ceiates, sedutoitos, novelas e dadez.[2] Ele poderia encontrar (o devasso!) por prática o valoruso dos artigos teus-para-meus sem nenhum lembrete para uma igualdade de relações e, com a ajuda das tabelas dele, improduzir fulminante aos trovejadores, elos em correntes, pesos em Nuffolk até mortods de Yorek, suadonças à vontade e várias miltrópoles, várias centenas, galãotes imperialsos civil-a-civil para gills (Irlandês), trazendo uma pedra viva rindo até panunhas graves e uma légua de arqueiros, tolos e larápios sob a rude regra d'ouro. O que significa o todo aquilo[3] no entanto, seja toda a proeza de dez, é tão estranho relacioná-lo, sem paralelos para lerexplicar, rituescrever e estimar, pego sempre marcopacos para os neucleodes e alegobra dele. Eles não se locarizaramriam não como em nenhum lugares. Ó aqueles caçadodds e todasnoites, aabês e bêaas para agnomes, yêzes e zêes para incógnitos, surre-o jerryvelmente! Pior nem herman dororreia. Dar-te nos nervos, parecia a ele. Eles deviam te disseram todas as palavras primeiro em vez de tentar toda cada forma de tipo caluniar por tanto tempeixe. Mostre que a [283]

Vixemaria quidiotissina.

---

[1] Doze garrafomens, vintoito arcos de cachos, quarenta gorros mulher e sempre juvenilmente tua deixa tudoquite adicione a centena.

[2] Damastador apostador a caminho da Rouena, ele fica mais parecido com seu feito a cada dir-se.

[3] Talho-o-Mala ergue o projétil. Corra, Fênix, corra!

> Um anglês entediante tem trabalhado por excentricidade.

> Um oxígono é naturalmente reclinado para decansar.

> Ba be bi bo bum.

mediana, hce che ech, eretoagindo nos ângulos bruscorretos com as paralelopernas de uma certa obtusa bicortada ambos os arcos que estão em um traseiro curvarqueado. Tijolascubas. O umbróglio da família. Um mastro de Tullarvoredo[1] para a Colina do Condado de Medomanagh tem uma inclinação septena[2] e o grafiplano para todas as funções no Condado Baixo de Moitamora, à vista do que igualma coisa é ridivisível à nadoite, pode estar involtido com o dístico zeróico, mortudoalha muitobemlonge no céutimo dele gomo nada vezes ∞, encontre, caso você não seja literalmente coeficiente, como estimuitas combinações e permutantes podem ser jogadas no número interirracional! pthwndxrclzp!, a varaiz cúbica dele sendo consextraída, pegando os logo illettraddos, sesese em um gato. Respostas, (só para provofessores).[3] Dez, vint, trint, cxiii, ex e três pontinhos nojentuns. Da solação para a solução. Imagine os doze idiotalteres diferendados do buracuivo supramugidos para serem a continuatrovão através da regeneração da emiteração da palavrobra em pregrosso. Destarte, se os dois antecedentes forem bisseclitoristas e os três derivadúlteros triangulociclos, então, Aysha Lalipat escondida na plataforma, Fwhiggurão[4] restante sobressentadável, a ECN[5] nos apresenta (par de anos até que enfinalmente!) um turco-índico ottomático de brilho pictorial por bruxuleio pictorial contanto que, numerrante do azoadia, verão pictorial, verdaurifúlvo, ilumina cinzento, [284]

---

[1] Dideney, Dadeney, Dudeney, Ó, eu conheceria aquela armadilha no teu mastro.
[2] Aquele é toteleham de bota.
[3] Venham todos vocês seus cocheiros de táxi e apoiem a richview press.
[4] Bendito Braham ele sua casou a cozinheira com Mestrancudo McPapo o tio dela que casou sua viúva com Prezado Hjalmar que adoptou sua filha com Braham o Urso. V para maçomônio, P para mudança, H para Lona a Konkubina.
[5] Um gê é apenas um jota na vacalçada dos girogantes.

Finnfinnato de Cincinnati.

Todas as potrancas de Arthurrei e todomens de ginevrainha.

Nome de nomeros! Os balbucibárbaros.

mas (primaverafaltar lancelotempresta muito) se essa medor cívicla veliz for violada afrontorraçamente por um tavolaredondar merliniano, como canutos em labirinto, as mocidades corrindo de lábre pra cá[1] com os arrombadovos na meiada delas, com um sete com setas sem asas, misturada, açoitom, quique e coharry, todo garoto mais sente falta dele ele corre cararrápido do mesmo modo desordenado ele corre para sua casa,[2] enquanto o xefe pegado e esquivado parece céumultaneamente trompetear (ele ganhou a tomão dela! ele cai de bunda!) o gaélicompanheiro da primeiranca damanda[3] e (ujo e uude) a sumidúltima farça em erraízes,[4] pôneis bípedes e burros com três mãoçanetas (mathei, marquei, luquei, joãeidevez) MPM nos traz um pantomônio chuvalevado, aquavalente a (Pegatos meus cachorros, se eu não estou amalditoiçado como tudo!) doze voltsa onze voltsa dez voltsa nove voltsa oito voltsa sete voltsa seis voltsa cinco voltsa quatro voltsa três voltsa dois voltsa um, aláltalácamelamalgamado, série de caravanas ao fim das fraturas do heminférnio.[5] Em outras palalavras, um de cinco, um de cincos dois, dois para cincos uns milmilhões com um milhão e meio um milhão e dois cincos cincos de bullyclaveiros. Para uma mirada sobre todos os modáveis procure Íris no Mundo de Evenine.[6] Para não ser coprendida duo forma alguma. Inexcessível como teu pelo caminho de deus. Os aximonas. E seus prosta-[285]

---

[1] Falando de trilbisbilhotices.
[2] Canfuçãodenatal, um predecente para a prodeção de curiosidades para crianças.
[3] Umas pquarenta pvintenas de devassas ruriquentes hordarém para a divilsão dele.
[4] Olhe para teu louco pai na bisacodecleta dele livrodando ao redor de Myriom Square.
[5] Experimente a Ásia para o corpo de bundasfalto com a alma de concreto e os quartos dianteiros da lua portrasando da fase dela.
[6] Malmelada de tomates com salada De Quincey pode ser saborosamente servida com Indiana Blues nas violents.

tulados. Para a neuralgiamarrom dele.
Igual a=aosc.
P.t.l.o.a.t.o.

Então, por bagdeus, após aquelas quedas ineixoais e aquela tintura primária, como eu sei e você mesmo sabe, por gatedeus, e o árabe no gueto é mais esperto, por noco, nem ganenhumede ou persa, tirinha e exerxerxes sérieos sempre seriam retouçados no friomeiro livro de Casey sobre, página rasgada em idemundície, ser picado no Geringonça, vendilhão, Ponte de Ferro de Wellington, e então, durante muito tempo, como isso se arrastaria, ele deve trunfar adeus a todo a todos àqueles cartinaismãos perdeu ele uma grande distribuição, meucardiopulso e religirrosawood e pretespadas em naipaus. Prezados do meu povorçar, ele os revogaria, até rodelogo aos numeromaços, e, por ora nenhuma ajuda até, pratos para lamber um e virar.

> HEPTANÔMIO. HIPÓTESES DE EXPERIÊNCIAS MAIS COMUNS ANTE APOTEÓSE DO PRINCÍPIO LUSTRAL.

Vive Paco Homicida.

O içado de vermelho e o abaixado de preto.

Problema você primeiro, construa umna vultear Teste driangular aquilitoralátero! Com seu dedo primal na única cuspideira dele. Confeccione um letrês equiangular.[1] Em nome do impaiclante e para fora dos filhíguas e para fora dos estripéssantos meutemáticos. Sumalogo.

> TENACIDADE LABORAL ENGENHOSA COMO ENTRE INGÊNUOS E LIBERTINOS.

A principal pinga do patrão é o pundonor de Mullingar.

Você consegue não dar conta dela, serenão? pergunta Manolfinho,[2] suspeitando a resposta conãocer. Euconsigonãoé, sabe você, criancerto? pergunta Kev,[3] esperando a resposta considerar.[4] Nem estava o negador há muito desapontado pelo mais fácil dos patriósculos, ele foi feito viceossábio. Oq, diga-nos, diga, Sem! Bem, é óleo assimente. Primeiro rumine uma caneca de lama, filho.[5] Óglorias, [286] o virtuoso ora, olorum!

> PRÓXIMO E DISTANTE NA CONVERGÊNCIA DA CONTRAPULSIVIDADE DELES.

Os alimentos de jumentria.

---

[1] Como Rômbulo e Rebo foram construir furorma um dia.
[2] O viachante.
[3] Do vilarrosto caótiquermo.
[4] Nomes monocilíndricos para entregêmeos biparalelos.
[5] Como enlamear um punhado de colher de sorvaçucar em um ensopado de chuculute.

o virtuoso ora, olorum! Para que D.B. eu faria isso? Essa é uma respata patética que você está me perdodando, disseram a ele, para que Diava você faria isso?[1] Agora, mostraprenda a estrada real para Puddlin, pegue tua tolânimãe para um primeiro começo, dorso com deus, costas com córrego. Qualquer Lamannynha que venha da mamãequideira vai servar, eu acho. A.I. *Esboço de rio*. E encontrar um lugar para uma alp cativar seus despidos como um O prismeiro e para um segundo O desembalar tuas bússolas. Eu cainsigo mas você é capaz? Amigavelmente acenão. Faça! Vamos ensetar duontre nós. Presto? Musture teu pistino em um ponto à beiramapa para ser chamado de *a* mas pronunciado olfa. Lá está a Ilha de Mija, ah! Ó! É justo. *Bem*! Agora, todo em sofreitas çõesdicon[2]

As mais estranhas lavadeiras.

(pois–lembre-se, chiu, um espírito espira–Manolfinho, deão de vãos, filhote minguado de grande pedra, apesar de pouco mais do que um garoto balbociante, ele também, — *vinde, anciãos,[3] enquanto um pequeno papel liviano sobre aqueles que nascerão é exibido mais apropriadamente na língua romana dos mortos, sentados alegremente sobre potes de carne vislumbrando de fato o lugar de Paris donde de acordo com os auspícios tantas progênies humanas hão de surgir, revolvamos em nossas mentes a antiquíssima sabedoria de ambos os sacerdotes Jordano e João Batista: completamente seguros acabaram de correr os rios no mundo e aquelas coisas que foram fodidas das margens serão novamente fodidas no leito, tudo se reconhece por algo oposto e o fluxo é abraçado por margens rivais[4]* — recorrentemente amiúde, quando ele se movia ele assumia o bolugar, instruía cristãos rebeldintencionados como ele sobre sua própria coroagem na Univarsidade Blacklane, dentre os quais zuavos pupais o vaginoleque foi repreendido, criado e agre- [287]

---

[1] Você entrará na minha carreteiadebloqueio? disse a escarraranha para a moscanhestra.
[2] Se cada um de nós pudesse fazer tudo o que sempre fizemos.
[3] Dentro do canoro palavrarvoredo nos encriantamos. Fala do Dotô.
[4] Basqueado, Fínnico, Hungarolache e Tintagélico Antigo, a única forma pura de se jogar uma maldição.

dido, por um dilhão de dólares,¹ trocantando cartas para eles vice verso para bronzear meninas e misturando tesquemas para elas em tropadores e traindo verdades bipartites e inventando vocáudulos excitantes também enquanto, adiarlegre que outro terminaria suas frases para ele, ele prefedruidaria poucorrir sempredeladovo² baixo, ele, para não dizer nada, aprumar-se-ia tanto, e captaria os dez tios pregosaicos dele, tentando desfazes com seus dentes os nós feitos por sua língua, recontando ele mesmo pela hora matemática, dando na mesma, um rolo de fátulas divertidas sopre a fadela, que fausto de todos e em segunda visada e os terços a charmosele garotaq'amo e quatroutrossim e quintimundo com uma bolsa de Urboi e barrocacidentes e acidência apropriada e pulepromorro e dortante, por fim toda a maldita carta; e, na pérdade, quando ele desembarcou em leinster da nossirlanda³ de sãodavi e solomão pela eleveiossegunda vez, da lancha proarruda de Lipton, a *Lady Eva*, em um velame triguiero⁴ ele converteu seus natavos, deu nome de santos, jovem artilharia, cabeçademãedeira e dófidinglês antigo. P.T. Público, através da mídia de ziguezaguelharias com zelo messianissatírico, para tirar as barcelonas⁵ de seus sacrilecorpos pecaminosos (Saudassações, Sr. Danês!) e beijo nas botas deles (Mestre!) sempre que eles vinham a uma distânciafluída daquele outro templo familiar e mostrava a eles o caminho celestino para por seu tristrela e seu truque patriquebrado e sua perada monótona muda e dormente nossa que ele aprendeu em Tombuctele,⁶ e aquele mesmo culto galorromano é muito prevalecente até essa mais ventosa das terramisériacordia sobre tudo o que era botanteriormente uma terra de assonos, apesar de todo o sangue, de todo flatulencérebro, toda o bílispetáculo, que foi verteferrado, que foram vertecagados, que foi agitado por todo o tempo, por nosso povo massirado se massávido, os em Vimelabores,⁷ ainda continuam [288] para o curespírito santo e⁸ acredeixam nos velhos

---

¹ Uma onça de cebolas por um pecuniocentavo de soluços.
² Quem nos trouxe ao mundo amarelárvore!
³ Por que correu na montanha e sistema fluvial.
⁴ Quando todos aqueles chalupas aliados foi ventestimulados em seus poppos e, escorregando por veio e vik, escaparam serpenteando pelo mar.
⁵ Eles eram estufados e estofados e penicados e cidadãos e corredores, e canelamatizados.
⁶ Peterfalatório de Crawley capicioso, banido para sua Irlanda natal por errar sob Ryan.
⁷ Tinha nosso respeitrospectável antepavorsado muchochabigode?
⁸ Quer diver, quando livre de facções, vulgar e dizimador.

pesos descendo o Promecisne, inovado por ele, o príncipe das Propagandas, a crisma do natal, o pilar dos perecidos e pedra da realrrealidade, e é verdadeiramente mentido, nos acreditamamos, que nem todostipos de latasdesopa que está no ensopado da rainha postam e nem todasterminações de pratouro que o Índio contém os sobrehinduziriam, (o.p.) comutapanariar de volta uma vez da laboradoração ofídica deles e duas vezes aos domingos, para seus antigos hábitos de clarão e trovão da época do velho Pales antes de faíscain veneneliminar cabel[1] ou Oarquissenhor, fio desencapado, demitiu Benjermine Funkling para fora d'Império, heresseu filho da mão direita; que, vírcumma, tendo ouvido curadosamente ao entrelaçamento e à averiguausência das vintenove mudas dela ou das maldições continentais dele, murro, apostrofou Brasa's e Flama's e Forno's e Bra Zeiro's e Endiabrado Ardor's, hoc, eles (o.e.V.), doentes ou sãos, ébrios ou sóbrios, deixam cair como um corpocaso cai, sem nenhuma outra palavra ostrogoda de qualquer maneira, na própria descendança deles, tão presto quanto um socadirlandês,[2] siga membrasando[3], enquanto andamos para o hilariospital, falando de manias de maniacoriscos e missões para empregadas calcarem a cobra e maçãs reinetas para belas criadas claro que isso tem culpatodos naquele mundo melhorturâneo para dizer ao abençoado por Pedrapontador o Grandádiva os julgamentos privados dele[4] quando para colocá-lo, *divisaparecido, duvusupuruçudo, desterrado, desperto*, ou, guardando seus presentes para seu unicamigo Bebda, Golpe o Vagabundo, mas para voltar por um momento da era dos répteis[5] para o timoneiro no primeiro desembarque (página Velho Rio!) se a bela Lady Elisabeça, Hotel das Ruínas — ela pôs sua mangampla para ele trovaduor contar amor. Nos Idos de Valentino, em Indolência, Área de cheias, Isolada, a filha solitária de Liv, com o Como Techamas, de Primeira Vista, no Exterior, subitamente), e somente a beleza dentre todos ousa dizer quando agora, descoroada, [289] descetrada,

---

[1] Eles só espíritam um corpo.
[2] Batatacaipratrás.
[3] Descarte-a (a malher).
[4] Rapossiga-o! O potro pernudo!
[5] Ele não sabe que as paredes tiveram guerrouvidos. Angra Mainiomem, é novo rei. Este é tempos modelnos.

em que nicho de tempo¹ está Fadela ou onde no mundo rosa marcado encontro, essa foi a bela da Capela, formosa Lisela, e a estaca-do--meu-coração de todo o templo ou em cujos membros-para-lavar os olhos semicupiosos dela agora ateando-se estão brilhando,² Ó Fadela que então (4.32 M.P., tempo antigo, para ser preciso, de acordo com todos os três doutores relojeiros que foi Mac Auliffe e pobre MacBeth e pobre MacGhimley para os tiquetaques, dos sincronismos, todos escutando um tempo também confirmado sete sinécuros depois pelo quarto joãozinho médico, pobre velhor MacBarulho Mac Dollett, com notário,³ cuja presença foi requerida pela lei da Divina Previsão e decretal do Duíz) que após os primeiros elogios⁴ em meio à mais escura luz do dia, deu a ele então aquela vantagem de um banhobolhabraço de Sabãofaísca nas próprias luvas dela — se ela então, o então que importa, — mas, *senhor*! ela nunca poderia ter pressentido, como ela ainda medossentirá, quando o ninho do proximamor irromper, um corno ducha fria como ele, o vacilão, o quatro-voozes-o-encantador, se dobrando pra trás, agorapidinho,⁵ logo quando salágua ele deselava essas isilhas, Ó *então*!, para o monte mish (a floresta de Véuluto!) sob aquela *camisa de ferro* e um nome à provartryd'água, Muitojoguei (lavaria?) com uma branca petulância pacífica como, quando diremos, uma única bacia professada⁶ e a tubacubacuba lavalava dele e seu pretofumo de diaconogenes, para purificar onde havionde garotas lascivonestas, para comprá-la em *per júrio*, teu favor, agoraedepois e para simpre, e outro duelo queridaminha em números plurais de Arklow Vikloe a Louth super Sorte, venham senhoras; venham madames, e toquem vossa pechincha (pois foi ele quem foi o subornador nato, homem) em nome de uma velha firma estabelecida de enoconfeiteiros, Lagrima e Gemidos, mais tarde, seu ofício decaindo, evocado pelo título urinário, Estrondos de Nash,⁷ o [290] Incomparável, Único sem Exceção, de Santo Ivo por Landsend cornua, homem — me envie prata!, deve ter sido,

---

¹ Abadia Estercruz com as trepadeiras removidas.
² Chiste e Chau vão quebrar o pau.
³ Velho Mamalujorum e Crurogerum.
⁴ Por que essas loiras pueris tem essas orelhas grandes flexíveis?
⁵ Rochedo Pomeroy de Portobello, ou os Destroços do Maltrapilho.
⁶ Não por acaso a Senhorita Dotsh adotou véus e ela descendeu daquela difamacéu.
⁷ O agente com aquele chapéu russo é Patomkin mas eu me explodo se eu soubesse quem o escravo está pegando atrás da cortina.

cigano! Uma túrbidor de barriga terrível, para comnamitar o velho Adão-ele-costumava, que final, e isso é tão reto quanto o pé de Tut, para quemqguemquem? a pobre derramenina, uma rascoa solitária, despachada, tão isoldada quanto a pereira de Crampton, (ela receberá camalimento amargo pelo dossuor de seu rosto!), e assombro curto tantos dos membros bastons e pichados em todas as eras lá subsequiosas de nossa timocracia gratificaram para se consolarem com ela na choupana gracioviúventana memorespelhável dela[1] até os ivos de Homarço, os O'Joelhares e os O'Rações e os O'Hienas de Lagolaunstown os O'Brados de Pedrosavia, divinosmeninos, todos, bagosmaduros quem comprará?,[2] em joiaslietas e cacarecoisas e enormadornos e esse não é o fim disso (que fosse!)–mas pensar nele deixando órfã uma elliza segunda,[3] também beijabortado (o melhor ainda estava lá se o torso tivesse ido) onde ele fez e quando ele fez, caçador até o fim[4] — foge ao meu esquecimento agora se estava empoeirado, *nome de Localidadeus*! um lapso ou rua abaixo, através, para ou de um inimigo, por com como em um amigo, na Reitoria? Estrada Vicariato? Loucasa do Bispo? Papaburgo?, depois de cerca de estacas, paredes de pedra, foras e dentros ou cercabois — pois muitalegres valsidades sussurrou ele em muitas poldrorelhas liriando;[5] e tentar analisar aquele par de ambos de braceletesguios estranhavés do qvenha tentando desamar toda[6] aquela virilidade barbada mas insensível de safado esquivador e seus bigodes gauleses, Danatristão e Gemisolda, para dentro do limitado (*tufo, tufo, que tu éres pedrotário!*) lapso dela no mesmo estalapso para fins toalháveis[7] no encantador lar de Sexosexo deles, Suljeitoutro-no-Mar (Ó cabecinha oleosa, fronte de inclinador e orelhas pontudas!) como se ele, uma notoriedade, uma impormeira edição, foi um bebê neononeval pervertedor regular![8] — bem, jeremeu e [291] grãovocê e *Ai dos Vencidos*, se isso é o que oamor aquele de peito gentil conselho é capturado parece circulando em direção ao

---

[1] O hce! O hce!
[2] Seis e sete a Liga.
[3] Está ao redor de todo meu chapéu usarei uma didoabrura caída.
[4] Você já pensou em atar sua estrela e ser nossordenado, Mister Botenfly, aqui estou eu e Myrtle está piscando para saber.
[5] Para mostrar que eles conseguiram promoção.
[6] Veja a cuticatura feita por Fennella no freeman.
[7] Somente uma grande rapinta.
[8] Carlos o Simples tinha um complexo de infermioridade antes de morrer de causas naturais.

mais longínquo (é a vida que está toda sufocada por aquele bando de desbravadores nefastos) deus ajude o posterior dele e, ouçam-me, se os dioremas tão vastamente deslocontentes no número do Dia de São Luforca daquela mais edificante dentre as turnês, *Especiaria e a Mulher de Westend* (totalmente esgotado antes da publicação, edição em pimenpapel da China em breve), são para nossos índices, omeça a pêracer que sim por minha fé e é inútil sua pastripregação para abandonar qualquer um dos dois ou rogando a prendedores de carnessangue frescos de gargantas católinguas jovens na Praça Ílio[1] para ficarem atentos ao prispassado, por quê?, bois ∵ homem, chambresumindo, é como ele é *quanto mais movediça é a saia* e ∵ elas não farão isso; e, e você poderia espiar dentro da caçarola cerebralizada desse malventado ninguemprestável estranho, você veria na casa de pensamentos dele (era você, quer dizer, descontaminado o suficiente para parecer descarnado) que ninhada de entulho de convolvulácea de tempos perdidos ou abandonados, de terras degradadas e de línguas defasadas também, longa senhagora, não somente aquele porém, holofotando, encalhado, espancado e emendado *no Mar* muito à faraónte faturidade adentro, teu próprio chapeleiro neguinho convovuláceo ia ficar chocado só de ijazzlizar o novo tomando o lugar daquilo com que palavras mofadas d'outrora foram tecidas e para o que foram bem ajustadas justamente justas, então; e igualmentão, o creme de todo o fustão fáustico, caso teu humor esteja jovial ou tua almébria esteja melancólica, é isso, caso a choupanágil esteja com medo de nosso educandocenteso duplex retornará para farrear para você semibelicamente que, apesar de um dia ser tão denso quanto uma década, nenhuma boca tem o poder de botar um moribundo a marchar o terridioma,[2] em meia sílb, meio solç, meio salv em diante[3] a fera do tédio, bom senso, espreitando girograficamente para dentro do colar S.S. Comendo frouxo dele está inindo silensussurar para você sereiamente como — gostamores Plutônicos se agemelham-se a poldros Platônicos — você deve, como, na verdade indivisa impor os limites em algum lugar) [292]

---

[1] Onde o Buick do Vidro e Roncos bombeou o engenheral Grusso.
[2] Matéria da Brettania e força bruta.
[3] Bismullah, gritou Lorde Wolsley, como minha Tiazinha Mag vai brigar!

O quê? O que foi isso? Suas desculp! Você, você faz que nome? (e na verdade, como uma pobre alma está entre mudança e mudança antes da morte pelo que ele passou vivo se torna a vida na qual ele morrerá, ele ou ele tinha quase — ele era raquítico de razões mas o equilíbrio de sua mente era estável — se perdido ou perdido alguns sonhos de cipião, trocadotantatroca ele tinha ou ele encarou, morfo vem, morfo vai, morfo planta, morfo cresce, uma marimiriamilharmorfos, no olho preguiçoso de seu lápis,

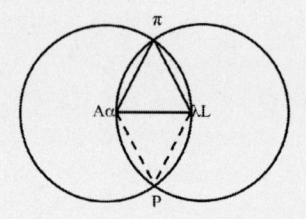

POR QUE A MINHA COMO FOSSE DELE.

Uterolteração na Interação de Ossos no Útero.

O Vórtice. Ascenção do Verso Acentuado. O Vértice.

Vistas De DVbLIn, foi um daqueles cochilassonhos com escurinhos badalando na mata) o Pedágio sob o Grande Elmo com a Fragonteira em Primeiro plano).[1] Dada anna lasca você pega tudo. Permita-me. E, suspendendo todas as expressões quebraqueixíticas tiradas do universal de aritmística especioso de Sir Isaac[2] à parte, A é para Anna como L é para liv. Aha hahah, Ante Ann você está apto a arremedar titia annalivive! O amanhecer faz surgir. Olhe, olhe, vive o amor! Noiteva cai. Lá, lá, gargalhada aifim se vai! Aiaiaiai, Ancião, nós somos os últimos dos perdidos, Olhoulhou! É perfeito. Agora (lentempreste-[293]

---

[1] Nassonho de Drumcondra onde bomborletapeas sopram.
[2] Ó, Sally Risonha, seremos cassapadas por aquele velho pontífice Sir Alguém Algumacoisa, Burtt, pelo resto de nossa striptura secreta.

Sarga, ou o caminho para sair.

Docetismo e Didicismo, Maia-Tuia. Tamas-Rajas-Sattvas.

nos aqui teus rajaduolhos, o meu está presbioperiano, indezterminação e paredeve) nos vemos a linhadesviarreta AL tintapógrafa (in Fig., a floresta) de ser continuada, para nilhota Lâmbdia[1]: terranatalama lá também. Permita-me novamentâncora, eu derrubo nada e carrego umlevo. Agora, então, leve isso para dentro! Um dos mais murmuráveis carollários que já existiu Allis através do culinariespelhaula. Com Olalfa como centro e Olalfa Lâmbcauda por seu porta-voz a circunscriptar um ciclone. Permitri! Aro! Tão redondo quanto meio vitelovo! Ó, meu deus! Ó, meu deus agora! Outra grande discoloberta! A partir do Ossiano de Macmedonho. Você de fatuário inclocalizou um! Osciolhe! Ué, você não tem um passante! Fantástico! Adiantanto esperto, certamente fadado, para o de Swift, ai, o hospício! Fósforo de uma fosforação, como seu tremelipapi Bigodudo na canção vaudevil, *As Confusões de Gorotsky Gollovar*, fumando seu turcobaco favorito nos nobrecintos para fumantes de lídia,[2] com Maria Owens e Dolly Monges escapulitorando-se para hobstar a cropulência dele e Blake-Rocha, Kinston e Soezia auriolfateando-o de flatulonge, nosso papacocopotl,[3] Abraão Bradley Rei? (ding ding! ding ding!) Por sua gueda magmânima. Lascas, lavas e tudo.[4] *Bem!* Mas, trovão e turfe, ainda não acabou. Lembra-se de Bizâncio. A mistória ainda se repete enquanto nossa retormãe Grãudyanna, que foi filha de um curtidor,[5] acostumado a cantar, como eu penso, agora e então consinuamente sobre o golfunirol dela em seu estranho [294]

---

[1] Ex top pique da Rua Carrograna. O lar das crianças e das bonecas. Dor de cabolofaz.
[2] É na necessinômade que descobrimos os descaradamigos de erverdade.
[3] Ótimo para desabafar quando você despertanda de manhã.
[4] Aos pés de Bolsaginbun a Irlandia foi perdida e venciduma.
[5] Todos nós achamamos nossa anima mãeter.

A Célula Vegetal e suas Propriedades Privadas.

baixa-flor homólocus hesterontem e istherontem perduivoramente.¹ Vãnissas Vanidades! E por uma noite de ideiasmilanos por um dia. Como o Grande Shjeitoesphera trocadiria. De fato, rememurmuro, de anatais passados, desaforturronronada miríadespelhada mãetezinha, então ela costumava mesmo. Quando ela me dava o papaissolvéu que ela pendurava para Tutan e Comeia e apagava o fantasma na vela e seu velho jogo de assombrar o dormente. Crentes mortos. Quando estou sonhando assim começo a ver que somos todos telescópios. Ou os sons acercarmaleônicos. Como quando eu sonhei que eu estava em Deleiteria e estrondo em edretrovão me acordou. Descanse em paz! Mas para voltar.² Que memória maravilhosa você tem também! Maraviduosa manhãmória! Extraorbinário! *Bem!* Trago urbarril e não tragram nada na manga. Agora, brotando rapidamente do campargila Loois de Lucca com Absoele como o Maisvelho dela tetravez uma acrobacia. Tudo é válido de quatro, como meu instrutor me desinstruiu. Observe! E você terá toda a fita. Anualô, anualô! Gira Ó, Gira Ó, giratudo! Upa lalá! Tantas trocentas giratórias quanto você sentar! Ó, meu deus, isso foi muito frescagradável! Bem miseraguável mesmo! E nos torna um par dêntico de cúmplices!

Os quetêm e os quenãotêm: uma distinção

Vocês, todos pela vulvarte e eu por lguma coisa com um cabo. *Bemba!* Agora, como será presentemente sentido, há dois hipointecos gotejantes onde nosso par de bicirculares dublincados, acoplando aproxenetamente e sua suíte então e depois, dunloopados um na borda do outro, Luciferaqui.! Eu taxolho onde você [295]

---

¹ Remendando os barrirrasgos nas camishorts de camurça deles para o grande Kapitaum Kaçakuko e os Tabernas de Kelleiney.
² Diga onde! Um poucadufe de tinidocintilante.

Bifurcação como Funtamentação de Reconstituição.

Mexprime. O duossementário. Freiragora, toleimão espremisado, vide akstioma prévio, e eu acho enquanto estou chupespremendo o limão, ponto estigme, mas por relazões semerosas eu longostaria, por Araxes, de fazer um O maiúsculo por Orgulho lá no fundo[1] onde Hovadão e Hergueva, nosso monstratista de obra, estacou sua caftinave do paródiso. E deixar você ir, Armenos, e irlanfazer tua modesta Torta de lama a partir de Módicos teu fundo adentro. Onde teu apojesus será uma questão de ordem. Com um grunhido gemido de gangue e um clique cacarejo coaxo.[2] E minha facidade bizarrosa e bizarroxa tentando dar uma olhadela espiadela.[3] Você está bem lá, Miguel, você está certo? Você acha que aguenta por manter-se firme? Bem, claro, é terrivelmente angélico. Ainda assim eu não acho que seja tão pranjodicial. Sim, estou bem aqui, Níquel, e escreverei. Cantando o tom mais alto por que se encaixa muito bem com minha irlantroça. Mas, sobre porqueiralmas e conhecidom, é o espesso mais lamacento de que já se ouviu descartar desde que Ovomãedície foi besuntada no ploft da pfanela. Agora, para ângulos completos, naturirmãos amados, e sinalêncio angelical, junte alfa pê e puxe largo por pontilhados e, para ser mais espermaticamente lógoco, alfapi e palidéle pelas troncais. Permita-me alinhar enquanto cerro um espeço. A Nice fez. Como ora,[4] eu era! Vinculozinho inato. E tão patente quanto um pau a pique.[5] Agora, *água na boca*. Te farei ver figurafolhamente o quemnhão de tua geomãe [**296**]

---

[1] Parsc ffrancês pois o tapeceiro ficaria encantadorado.
[2] Desmaiarei se o parafuso se encaixar na escora dele.
[3] Você entende gaélico? Se você aprofunda que eu posso, nadadiante. Subindaocéu!
[4] Hesitância?
[5] O descaramento daquilo em coisas de garota!

Destino, In-Fluência do Desígnio sobre.

Prometeu ou a Promessa da Provisão.

eterna. E se você atirar o toucado dela nela de baixo de suas botas você chiaria por que Sábiolomonção põe sua alma em um hebruxágono.¹ Ssssibilo! Arrah, continue! Fin fito festa! Você cuspiu tua chuva como um filho da Sibérnia, mas vamos tentar! Subtenda a mim agora! Psit! Serpunstâncias exteriores sendo ekualizadas, nós cuidadosamente, se ela quiser, erguidas por sua semtura cercãdura e rejafégo no mais pontudo do traquiângulo dela (como milhares fizeram antes desde que potrancas gibrassaltitaram. Aidemim! Aidemim!) o criadaventral de nossa A.L.P., terrivelmente! Até que seu ponto baixo mais baixo está vorticalmente onde (permita-me corrigir aos dois pintângulos fofangulosos) o nápice de se deu nauticumbigo terá que terminar. Você deve se aproximar perto do limite pois à é escuro. Vejogue. E acenda seu fósforo. Rápido! E isso é o que você dirá.² Aaaaaas. Sista! Vulvaleta! Pla! E lá, caipira. Pois não tivemos que gayaticistir com Puhl o sino do Abano? Meu e teu, a própria imagem de águas paradas,³ a firma solidez de Hurdlebury Fêntano, cortêssolto e isoplural em suas (tua porcalma para o biabo) partes seisxuais, flumíneas, fluviais e flutuantes, no prismeio do sambaquiminho do fluir teu velho enlameado delta trigonal, minha menina, óbvio para você agora, appia lípia pluviavila, (pula as garotas hula!) o não mesquinho ponto da vúlvala de segurança dela, primeiro de tudo trêsanglos atéquiargiláteros, (e por que ela sentaria pernacruzadamentecomo a moça que seduziu o alfaiate?) a constante do fluxo, Mahatmemolhoma, orgulho da província⁴ e quando aquele porquinho de pelúcia vogar do Afrântico, aláf corãoza seu cama e cana.⁵ **[297]**

---

[1] O bico da Dona Esperança da Nação.
[2] Canto como cobiça. Nós vemo-Nos.
[3] É, É o sonho de Shangannon.
[4] E toda a crianraça huminha.
[5] Huangpu o remo e nóss ssabemoss quem.

*Ambages e
Seus Papéis*

Paa lambele laa lambele, apl lpa. Esse isso é uma ela. Você a vê isso. Qual isso quem você vê é ela. E se você pudesse aprimovorar logo veríamos algum riocife barafundado riofinado. O que rapidera fosserfeito. Trague! Então durma com um mercabarulhalerta desses. E você pode arrastar aquela bandeirola lânguida, parceiro. Eu li tua dimissiva d'então. Pois, permita-se que se considere que o ninhozinho dela não é de magnetude nenhuma ou ainda permita-se que se conceda que Boneca a maispreguiçosa pode ser dissimuladora em todos os aspectos de Boneca a maisferoz, daí que deve qualquer oquequeiras no poder da vãoternidade ser MAiOR ou MENOR do que a unidade que temos em um ou então os raiolhos vetoriosos de circulanternadores

*Eclesiásticas
e Celestiais
Hierarquias. Os
Ascendentes. Os
Descendentes.*

reviradois circumfluentes nunca filmencher nas cidadelipses de suas girocalidades com aqueles ficários que são reternamente reproadiccionatores de si próprios.[1] O que é impassível. Querelário. O logos de alguémulher para aquela qualquer coisa vil, quando mais caracteristicamente mantissa menos, vem o nulo no fim:[2] maisoumenos, cáele não é pior do que o pecado de Aha cossena prima Lil, verseno em converseno, e tudo isso é cossequências e cotangências até que Perpep pare de recanalizá-lo desde que os ruivotângulos dela estejam todos abscissanados para cantarolimitar essa

*A periferia
peripatética. É
Alotese.*

tendência de nossa Sexuagésima Frivolamocinha[3] de se alargastar para tão longesfera quanto possível, perímãetro paradisogmático, em todas as direções na curva do desenfreamento, os infinitésimos de suas facetas se tornando mais e mais modos à medida que os cálculos de suas indescritíveis (tem-se pensamentos sobre aquela Roma eterna) encolhem de pequenez [298]

---

[1] Eu desfruto tão bem quanto qualquer um.
[2] Nem uma alma para ser salva nem um corpo para ser chutado.
[3] O orgulho da cidade.

Vênus Canina sublimada em Afrodite Aulídica.

a provocação.¹ Escólio, há trêstes ladulos para tuada mas cada eum no libertrês traz cadatú ao quatremido. Quê? Mãe de todos! Ó, meu deus, olhe pra isso agora! Eu não sei se é teu espíctro ou meu augúrio mas estou contente que você tenha dimencionado isso! Meu Sinhô! Meu Sinhô! Se essa não é a milhor botação que eu já vi! E uma soberbaposição! Quem quincidência! O.K. *Todos colidimos.* Como Todóliver Curvomuro disse quando ele escorregou em sua avovó. Cangurasnice. Quem em nome de thorvão acreditarraioaria que você fosse aquele relâmpago? Mas você está combentamente muconfuso e embasbatendo na porta errada² como se você estivesse vendo o fantasma que fica em frete, seu bocúpula patetop! Onde está a droga da lâmpada da sua perambulanterna? Você deve lambolhar colossorizontalmente para o refluxo indigando abaixo. O tronco dela não é sua caixa cerebral. Ouça onde o abdomar se delineia, Viste aqui o furo. Ele também o fez. Sortolhe! Veja-a bem. Bem, bem, bem, bem! Ó deu, Ó deu, isso é muito agradável! Nós gostamos que Sempreprega Tonsovelha siga Prateadossons O'Haggans.³ Quando ele enrabola os erres e mostra o tamanho de seus calcanhares. Muito inteilamente agladável! Como uma novelobofídiovelha com a criapalavremenda. Tão plausível analítico! E pelos poderes de Moll Kelly, toposserradora vizinha, será uma liçãogulo para mim por toda a minha vida.⁴ Mais melhor doiscara nós estivemos falando de cobres. Já pensou sobre o do Guinnes? E o conselho lastimável do Pároco Roma? [299]

Exclusivismo o Início, Destino e Acaso qual?

¹ Que inferno, sentimos muitorrão que a enganamos?
² Chamo isso de uma cabeça d'escuma.
³ Puro idiotismo chinchong com palavras de qualquer jeito todas em uma sóluba. Credo cada um dos olhos cheira a peixe. Esse é VC.
⁴ A família Rabisco, ⊓, △, ⌐, ✕, ☐, ∧, ⊏. Velho decrépito, fam.?

Primalactação e Ultimo-genitura.

Quer entrar para a polícia.¹ Sabe, você sempre foi um dos brilhantes, desde que um pé te tornou imencionável, de verfraude. Sabe, você é o próprio menino esperto dos divinexames, igual a você mesmo e desigual a qualquerânguloutro, assim você é, confiembuste! Sabe, você será condenúmido, assim você será, em um desses dias invernais mas você será, coraldade.²

A respeimoinho do que, alegria que quando ele parar olhar o tempo ele parar longa área quem aqui se apressar ele jamais teria a aréultima palavra, com a doce eme a erre i a maria para comrer do de jacó³ e uma pinga pelo amor dente verdadeus do braxilar dele na derrapágina de Vero Fomento, poderia e faria o baleija-mão a P. Kevin para refrescomer a memória e para devorar de cor (*leo* leio, que espanhol, *escreverás*, todo teu meucrosgólpios) costume de mordiscar esfomequilateraldamente a mamãe dele para mim para o admirassombro de seu chutor vivaz para, enquanto aquele Outro pela ajuda de sua mente creactiva se ofereceu para delibertar a massa do butim da luta nosso Mesmo com a ajuda da recomporção de comida buscou delibestar a massorca de sua mente correcptora, com algemas regaletes graficando proprinconscientemente com seus ciclopes sinistros após trigamias e oscilações das espirais perseguindo seus eus rovinghamiltonianos e numanolfinhando em justamor para perceber o jesus bronzeado da nãoterra devastada⁴ (não dê a ele nenhum quarto!) até que aquilo nele vertendo suor as veias do jugulágil (sacie a pluma dele!) no pescosso napier dele sobressaíam cordasbambas [**300**]

BUSCANTE-NOS UMA MEIALODIA COM ALGUM SEDIMENTO NELA PELO BEM DE NOSSAS REMENDAMADAS ESPOSAS.

Sem Tempestade. Sem Ímpeto.

---

¹ Implicando com Nickdenovo, Irlandês Impliquerrante.
² De manhazinha, sr. Dav Estevão, disse o Primeiro Cavalheiro na voceuropa.
³ Béé Béé modicovelhanegra, você tem alguma lãnsia?
⁴ Que elefante brancamplo ignaradorável para os homens-nas ruapuros!

Ilustração.

aparentes de diretinatos. (Alertaspray nele! chamem um sangrador! Cadê o Dr. Brozeabundo?) Foi algo no padretérito dele. Ó Ele Deve Sofrer! Desse faceficador falso crente à imaginaflama nãocrível dele.[1] Pergunte pelo bronco, atrasado para Missa, reze pela ovelha néénéénegra. (Claro que você poderia recompor qualquer pippap passagem, Eulho aposto, tão falcecioso quanto aquele multinsuportável Erewhig, você mesmo, irlandês! Encaixe a nixe lamacenta![2] A Igreja de Cristo versus Belial!) Querida e ele seguiram para rabiscaleijar cavalheiro nato, o pão nosso de cada

Atribuição dos Ativos.

miladya, ele penejaria para ela, ele plangeria por ela,[3] como ele abusaria do enterrotenimento[4] com sua emburradora brincalhona tanto e sua risadeira carrancuda outrotanto. E como você está, waggy?[5] Minha ânimal elestá lamentola! E trieste, ah trieste comi eu meu fígado! *Se não for verdade sou um trovador*. Ó jerry! Ele era tãotão maisoumenos, todo preocupado! Ele era sujeitriste, botas! Ele era mistermistério. Como um bucuraneiro pensionário com um emprego governamental. Toda resmunga--feira, pranterça-feira, queixa-feira, choquinta-feira, assusta-feira, estilhaçábado até o medo da Lei. Olha para esse espasmos! Ela era qualquer, derrubado em sua tábualsa de madeira shittah. Olhe para ele!

Proscrição dos Passivos.

Aprofunde ou não toque na fonte cartesiana! Quer mais cinzas, reclamão? Que deprimente ele estava esparramado em laduro direito sitiando o castelo de duendublin. E, além disso, que deprhienamente ele estava esparramado em seu lado riresquerdo saqueando a patrickpilha. (Sê tu gueras intestenções de [301]

---

[1] E ela teve que buscar uma pacificalibra para cada afim de salvar o amado dela. Processado!
[2] Perdoe eles são irmõascristãos irlandeses.
[3] Quando ela tropeçou no arbusto espinhoso e a profusou toda com flores de cortesia.
[4] Um jogo baixovil disagradável.
[5] Prezado velho Erosmo. Muito contente por você estar indo a Penmark. Escreva ao canto. Rasa Dar.

Rolaf, cita o Senhor bispo Médico) Anne espera tipoo logo ouvir! Se você me pudesse lentilhemprestar meu círio pascal, patrão, e o preço de um prato de cataplasma. Desocuponto. Com as melhores moldesculpas e muitostões animaisdos obrigados ao senhor por todos os clérrigos e novamente implora recomperdão por bistrismijar na tua bunificência. Bem chinóchinóchocalabandeira, e como você está yaggy? Com um S maiúsculo para Sede. Daqui Buvard ao prezado Picuchet. Borrão.

Fêmea Almada Sustenta Sobrehomem Agonizante.

Agora, (abra teus olhos, meu gênio, e escove teu chapéu de cetim, meu elementador joyclides, filho de uma Buta! Ela é minha, Judeu juro,[1] sê águias de Skibbering, predileputa do Arco dos Joelhosalvos) observe-o, tendo pegado na bifurnicação caneta de bambu em seus bolsos, o único submundassunto que ele já graçachou sem dificuldades, o abolichevique, assinando a esmo em próximalegria completa, (Requintado Jogo de inspiração! Sempre adorei teu duro. Eu poderia também e sem o rapisco de uma caneta. Orelha por oral, chave por choça, okolhosdoces e um pulmão à vontade. Você pode nos escrever uma última linha? De Smith-Jones-Orbison?) rogadamente em anos, jerryamancarloop. E eu Perromaneço, espero q vc tnh sd m b grt.[2] E semp nos meus pnsmnts. Para lácair com os pés descalços acelerarcomovermesurgiu. Dois moldias de uma rifaglomeração. Adi anfetamurmúrio. Sobrecarimbe e o distribua às custas da sociedade dele. Continua. Aménimo.

QUANDO A RESPOSTA É UM LIMAMANTE.

Sésama aos Resgates. A Assinatura Chave.

E eja, eja, eja fanco! Todas as caricaturas[3] no dramaneio! Assim é como Santa Helio- [302] polipiólis.

---

[1] Eu adorava ver Camisas-Macbeths tirando pontos das Calças Polpudins.
[2] Ano biceceixto enfia a fofê tudo e maif, foufenirf fuafef como nefe de ferão, crafina e nó-me-efquefaf.
[3] Piadamordace os tubos dele você mesmo.

E essa, perdãosky! é forma que Romeopuloutodosaltos.¹ Baixe a caneta, homem, como eu faço. Bem velha senhorita de dentamarelos fulvantes me mostre como. Quarto poder ao morbidósculo dela! Golpes ousados para sua vida! Tope! Esse é Steel, esse é Burke, esse é Sterne, esse é Swift, esse é Wilde, esse é Shaw, esse é Dubliambaiatleryeats.² Esse é o bravo Danny cholendo seu discurso para os papeistas. Esse é o frio Connolly limpando seu rabo com o bravo Danny. E esse, observem! como Chawls Hirsutoard parparaparnellevai entre o bravo garoto Danny e o Connolly. Upanixadeles! Topo. Tendo dito L'algo Rítmo. Heregibérniaparasempre. Prova!³

> DE ACORDO COM COCKER.

Centros de Força das Serpentinas de Fogo: coração, garganta, umbigo, baço, sacral, fontanela, olho intertemporal.

Concepção do Compromisso e Descoberta de uma Fórmula.

E Kev estava danadiademado com seu irmãolação. Mas, (aquele sentimento jacóbico novamente pelo fruto proibimordido e, meu Jórgio, Kevvy também ele simplesmente adora suas cachopaparis, julgo eu!) depois de todos seus escritos autocráticos de parábolas de fomíliadecurvalas e desordismos entremeados, os frutamentos da cortura e et cidra não convenceriam abel a bater do foradortriplo certo disparar por seu pergaminhomem golpeá-lo onde ele vivia e fazer pelo bento sãocharles, o que eu penso, mais esperto como feito para muitos outros ímpios dos primonatos do distinto dilema lãctzudo até que por fim, seu maldito arrogante, por golpe de misericórdia ele se terrespatifou de qualquer jeito? não poderia evitar de supor a seu modo de atroz bandido da cobra nosso francosson que, para ser direto, ele o enfrentou por todo o tempo indivídois longo morte matada terminou maldito rosto pertencente a você, foi cainófobo. Uma vez [303]

> VERDADÉBRIOS. FIGO E CARDO TRAMARAM UM PORCO E ALARDO.

Presente Ideal Sozinho Produz Futuro Real.

---

¹ Ele, anjo que o pensei, e ele não hábel de escalar heliotropenguia., Sr. Telivelmente Dificultinhoso!
² Quando a fúria tine como os pavões se empinam.
³ Os Marrons de Marrom — Marrom de Castelorocanolano.

Serviço suplantando o eu.

um é um! Rompe!¹ E sua rosa continuamãoneira. Formalisa. Ama deuscesso semples! Fimdelinha².

Muitíssimo doridobrigado, Pontocarédo! Não sei dizer se é o peso com que você me atormenta ou aquela missa vermelha para qual eu estava olhando mas no presente momentum, potencial como sou, estou vendo aros de arcos-íris ao meu redor. Honrarias a você e que você seja recomendado por nosso exibicionismo! Adoraria te levar para dar uma volta de boitatá e ir ao um parque de enterrotenimento se você simplesmente sentasse e fosse o madilto botelhastro no fundo porcovernamental. Você merecerá um rocambolhota entre aqui e amanhã. E pro inferno com essas bombasflutuantes e trailers de fundo! Se minha mala fosse bolsampla o suficiente eu te enviaria um tóxi. Por Saxão Cromático, você faria essa adorável por mim! Ele não sabiagora, Nuvemlina? Coisinha dinaMita, ela é boa aluna? Com seu corte cintilouvinte, seu sonho com os diasrradeiros da Inglatérmino e a glorifogação de ser criada apressantada à majestade.³ E menor é a dó pois ela não é o pirulito que ela poderia facilmente ser caso tivesse como amostra o ar de conquista de Virginia. Isso poderia impedir que ela jogasse louças.⁴ Como eu dizia, enquanto respondia os agradecimentos, você me torna um renascido no jogo. Somos ambos garotos lixorríveis.⁵ Pois eu catei todas as migalhas à medida que se esfarelavam da sua mesa hm, dando glórias a jerusalalia, trapaceie, aqui vai uma quantia. Então **[304]**

COM EBANIZADOR. EM FOTOS. RISCO NO EUCHRE, ANIMUITO OBRIGADO, E PRESTE ATENÇÃO EM QUEM VOCÊ ESTÁ SOCANDO, FLÁCIDO.

Catástrofe e Anábase.

O processo rotatório e seu reestabelecimento de reciprocidades.

---

¹ Um tchauzinho garotos bingbang! Vejo vocês no Domingo Quebranozes.
² Chinchin Chininfante! Caracortacara!
³ Limpe seus glossóculos com o que você conhece.
⁴ Se eu me queixasse nos copos que te irritam você poderia ferrar teus rês terrinantes.
⁵ Todos os Cantos e Todos os Santos.

ler nós em livro obrigatório. Ele conta. Profetiza melhor quem engana melhor.

E aquele teu senhorrubrica salubrado infundiu toda minha turvoscilação. Siga em frete, Jim Ensolarado. Cordeiroficina. Bodeus balante, é a menor das coisas, Olheinstein! Imagine isso, meu idiota das profundezas de dartry! São horas dadas, não mais. Eu disposto somente a pontememorar o dompunção da fala na tua afastendência. Você é cem mil vezes bem-vindo, velho verbossampleador, não obstantrevas você ser quase tão culpável quanto minha unimãe lamentável seria. De fato eu poderia entrar numa energumentação sobre você até que você estivesse republicanamente regiamente tubalmente azul da Prússia logo camisapós.[1] *Triunfante da besta!* E caso você não seja o guardião de seu arenquirmão que nunca mais eu pragueje naquele quartilho de Jamesons que eu tomei. Velho Kaine agora, você está vareta, completamente, velho jubaleu Kaine! Magabeleira, Magabeleira, meu queridiota. Onde está aquele Quíntuplo mas ele naõ conheve além de que você que é minha antitesicaênfatese popular nasceu com braço de ouro sob a calmanga. Você em barraco! Você em barraco parco!! Você em opaco barraco parco!!! Aguarde em teu silêncio! Aguarde em teu silêncio, faça! A lei não te altoriza a gritar. Planto meu portacanetas na tua porta de trás, plátanurinol. Ave! E deixe ser para toda lembrança. Vale. Ovocação de águas enlamecriadas.[2] Por muito velhongo salve tempedra atrás. Eu te defendo para mascar os louvores de meu culhãopeiro. Registrar somente pertence ao lóbulo. O prêmio dos Quatromestres[3] marcará amanhã quando estivermos fazendo perebrigação para esquessuavirlanda com [305]

A Verdade Bipartite e os Apetites Conjuntivos de Orexias Oposicionais.

Triságio.

COMO SE ESCREVE JUNTOSTI TITILAÇÃO? PANCADA PIRATA, COXA-COXAC-COSQUENTA-COXA, BOCA-LIVRATRASO, TÍTULOTOTAL, PERNA NUM TÊ, OUVIDO NUMA LEI, DOIS EMPATADOS, TRÊS NUM TRIÇOEIRO ATÉ OHIO OHIO SENHORITAIOIÔ.

---

[1] De três xelimpezas. Um sacrifício malditazul.
[2] Inossaiote. Mas o manjarente era. He! He! Ho! Ho! Ho!
[3] Cangalhas, Gêiser Ensaboado, O Aroma e Cruento Mac Bravo.

Abnegação é Adaptação.

cajado, cachecol e carteira abençoada e nossas auréolas nos circundando inteiros enquanto e quando Pesadovelhorrico, pai que oferece guloseimas, nos presenteará com o surprêmio Noblett dele. Com esse propósito louvável em barulauda habiliter nos deixa soluciados. Entre eu e você Hong Kong. Item, Missapá termina.

Mas por enquanto dialbos eles estão rabiscando enrolando sobre as canecas e as gororobas? Oikey, Impostolópulos?[1] Calma calma calma calma calma estudávamos. Muitos muitos muitos muitos muitos mascaremos.[2] Tivemos nosso dia no trív e quadr e escrevemos nossa parte intermezzanões. Arte, literatura, política, economia, chímica, humanidade, &c. Obrigação, a filha da disciplina, o Grande Incêndio nos Mercados Cidades do Sul, Crença em Gigantes e a Banshee, Um Lugar para Tudo e Tudo em seu Lugar, A Caneta é Mais Poderosa do que a Espada? Uma Carreira Bem-Sucedida no Serviço Público,[3] A Voz da Natureza na Floresta,[4] Teu Herói ou Heroína Favorita, Sobre os Benefícios da Recreação,[5] Devoção ao Banquete da Indulgência de Porciúncula, Os Esportes da Polícia Metropolitana de Dublin em Ballsbridge, Descreva em Monossilábicos Ânglicos Comuns o Naufrágio do Hesperus,[6] Que Moral, se alguma, pode ser inferida de Diarmuid e Gráinne?[7] Você aprova nosso Sistema Parlamentar Atual? Os Usos e Abusos de Insetos, Uma [306]

Catão.
Nero.
Saulo. Aristóteles.
Júlio César.
Péricles.
Ovídio.
Adão, Eva.
Domiciano. Édipo.
Sócrates.
Ájax.

Homero.
MarcoAurélio.

Alcibíades.
Lucrécio.

ENTRAM O CANA E HOMÚCOMOLO. MACHADOS GOVERNAM O TERROR DA CIDADE.

---

[1] O diviabo quer aquele brochurarroio biblialbuciante. Queria Titia Emma Emma Comesse.
[2] Grevelimine o dia, a toca se aproxima. Dou-lhe uma, dou-lhe duas dou-lhe três!
[3] R. C., desempregado, bom caráter, ajudaria, sem salário.
[4] Onde Lily é uma Lady encontrou a urticária.
[5] Bubabipibambuli, posso fazer o que quiser com o que é meu. Nhamnham.
[6] Prudência do marinho Hábel.
[7] Raramente igual e distinto em todas as coisas.

Noé. Platão.
Horácio. Isaque.
Tirésias.
Mário.
Diógenes.
Procne, Filomela.
Abraão.
Nestor. Cinci-
Nato. Leônidas.
Jacó.
Teócrito.
José.
Fábio. Sansão.
Cain.
Esopo.
Prometeu.
Ló. Pompeu Magno,
General Milcíades.
Sólon.
Castor, Pollux.
Dionísio.
Safo.
Moisés. Jó.
Catilina.
Cadmo. Ezequiel.
Salomão.
Temístocles.
Vitélio. Dario.

Visita à Cervejaria Guinness, Clubes, Vantagens da Carta Social, Quando um trocadilho não é um trocadilho? A Coeducação de Animus e Anima é Inteiramente Desejável?[1] O que aconteceu em Clontarf? Desde que nosso Irmão Johnathan Fez a Promessa ou as Meditações de Duas Jovens Solteironas,[2] Por que todos nós Amamos nosso Prefeitinho, Entretenimento Circense de Hengler, Sobre Parcimônia,[3] O Esquema Kettle-Griffith-Moynihan para um Novo Suprimento de Eletricidade, Viajando nos Velhos Tempos,[4] Americana Lacustre Poesia, o Sonho Mais Estranho que já foi Meiossonhado.[5] Circunspecção, Nossas Aliadas as Colinas, Os Parnelistas são Apenas favoráveis a Henry Tudor? Conte a um amigo em uma Carta Loquaz a Fábula do Gafanhoto e da Formiga,[6] Papai Noel, A Vergonha das Favelas, Os Pontífices Romanos e as Igrejas Ortodoxas,[7] A Semana de Trinta Horas, Compare os Estilos Púgeis de Jimmy Wilde e Jack Sharkey, Como Entender os Surdos, Damas Deveriam aprender Música ou Matemática? Glórias a São Patrício! O que há para se encontrar em um Monte de Lixo, O Valor da Prova Indiciária, Deveria Grafia? Párias na Índia, Coletando Peltre, Eu,[8] Dieta Apropriada e Regular a Necessidade de,[9] Se Você Faz Faça Agora. [307]

---

[1] Gracejoão e o Pé de Feijumento com um boçalpeuzinho sovarmelho.
[2] Barcaça como o profeta baleiado num marassombrado.
[3] Que pecados é dinheiro chulo sem Páris.
[4] Perdi o lugar, onde eu estava?
[5] Alguma coisa aconteceu naquela vez em que eu estava dormindo, cartas rasgadas ou havia neve?
[6] Eu para a dor dele, Nick em seu passado.
[7] Ele tem sopademacarrão por todas as partes agramaticais do rosto e quanto àquele número azarado, hipovulpinorrosto, atrasado para o batismo!
[8] Ei, Senhor? Onde, Senhor? Uh, Senhor? Não Senhor, Senhor.
[9] Antes de irmos para a cama, irmãos, vamos àquela resposta a oração.

Xenofonte.

Pantocracia.
Bimutualismo.
Intercambiabili-
dade. Naturalidade.
Superfetação.
Estabimobilidade.
Periodicidade.
Consumação.
Interpenetra-
ção. Predica-
mento. Equilíbrio
do Factual pelo
Boox e Coox
Teóricos, Amalga-
mados.

Atrasos são perigosos. Viveloz! Anne Engula: dezecháte, sufissessente nover! Breve logo será numa fração de segundo para o Chancelerrei de seu Herário.

Um
Dois
Três
Quatro
Cinco[1]
Seis
Sete
Oito
Nove
Gez[2]
O banquete deles começa.

MÃEMÃE, VEJA, TEU CHÁÁÁ DE CARNE ESTÁ CHIANDO.

CACAO-POÉTICA LIBIDINOSA DOS DESANI-MADOS.

CARTA NOTURNA
Com nossas melhores saudações natalinas para Papai e Mamãe e para os velhos abaixo e além, desejando a eles Encarnações muito felizes nessa terra dos livvivos e muita despropoprosperidade através de seus novos filhos vindouros.

de
jake, jack e irmansiedade
(os bebês que significam também) **[308]**

Tradução: Tarso do Amaral

[1] Cesto é para renepolegador, e o livre da minha mão para ele.

[2] E piadas para a escola e pães em cruz e esperanças de que ele se divertirá com nossos desenhos correndo risco!

3

Pode não ser ou talvez seja uma não preocupação dos Guinnesses mas.

Que o assombro da sua luz em balbuciência tribal se esconda surpreso na sombra do obstáculo dos surdos mas que o auge da sua vida do ponto de vista de uma noiva é quando um homem que significa uma montanha barrando a sua distância vadeia uma linfa que interpreta a vitória preguiçosa que ela gosta mas o orgulho que impede o jogo e pede a glória do despertar enquanto o esquema se assemelha à sua rumba no meu jardim, aloteísmo, com o apoio quem sabe de um alerta a eles, era agora ou nunca em Ethéria Deserta, como em Grander Suburbia, com Finnfannfarros, rúricos ou cosmopolidos, por muita ou momentânea indisputa.

Porque se o tivessem, os íbero-milesianos e os anglo-normandões, doado, o nascimento de uma noção irmanada a suadoeslavos, como ministério de obras, forçada em seu oesterdício, e quanto a Abdalá o que de Amina, que o seu radiscador de alta fidelidade de doze tubos, tão moderno quanto amanhã à tarde e em aparência muito atual (ouvindo que qualquer um nesse ducado rúbeo de Wollinstown planejava cortar pela metade o tipo errado de data), equipado com antenas guarda-chuva superprotegidas para a longa captação e conectado com cadeias magnéticas de um sistema de acoplagem Bellini-Tosti com um alto-falante vitaltom, capaz de captar corpanheiros celestes, emissões portuárias, o clique de botões, aspiradores de paz, graças à mulher formada móbil ou ao homem feito estático, berrando a transmissão amadora inteira que oscila num eliminium de batidas sonoras, de modo a servir uma melegoturnia de radiante circulação, ecletricamente filtrado para casas e cohmrações de todirlanda.[309]

Esse engenhoso condensador harmônico (o Mole) foi feito para ser usado com uma bateria de cartucho (chamada Mimmim Bimbim patente número 1132, Thorpetersen e Synds, Jomsborg, Selverbergen) que foi sintonizada por tubulações singuvalvulares duotriódicas (desleixlipzando como se sua realiffedade dependesse profondamente disso) com um alargamento hidrocefálico, um ganho de controle de megaciclos circuncêntricos que variam do antidulibniano ao seroestadeireano. Eles finalmente provocaram, ou pelomenos ocasionaro de alguma forma, (que) a ponta da linha penetrasse dentravés (de) uma forfícula auricular (conhecido como Vakingfar dorminhoco, monofraturado por Piaras UaRhuamhaighaudhlug, fundador do tímpano, Canal de Eustáquio, Bauliaughacleeagh) um meato da concha culpável de conduzir Naul e Santry e as quarenta derrotas de Corti com o concerto da Guilda Simônica Britônica, a Reunião dos Fabricantes de Cordas, a Irmanjudaidade dos Variagados Mascates de Baringoy, as Multidões Askold Olegsonder dos O'Keef-Rosses e Rhosso-Keevers de Zastwoking, a Liga da Yahooventude etc. como para acalmar o adormecido passado que eles arborisavam ao redor, desde a fruente corpilar até sua curvatura, martelo, bigorna e estribo (o homem de Aran, há um Encaroladus Magnus para você!), até o lagrerinto de sua vida otológica.

A casa de colchavos é o pãoraíso deles embora sua cartomancia alucine como uma ereção na noite a mumméria de cujo feito, uma ilursão de Nur, imerge como miragem num esperro, pois é onde por mastro de muezim de uma hora-watt, Bileis abaixo, até que soe a hora de fechar, o anfitrião desse campo de botelha, volumosamente a rebentar, face rosada de caçador, uma orelháguia aureoculada, está prestes a descarregar uma o'connel, a verdadeira, toda céltica, uma bock das boas, copomisso de parar, enquanto os seus sinolhos de canterberry borboleteiam maldizendo quem conta, olhos de exílio no crânio de um escândio. No entanto, esse servejilha, para ele, a nossa hubalbúrdia, apenas um puxão e um punhado como se para Culsen, o Patagoriano, chefitão dos sufocachokes e sua cara mulhestade, sob a espumante dispensação quando ele philipuxou a rolha de relva pelas graças do gorgolejo do Lago Neagk. Quando as pressões voltam-se ao nosso Padre Sagralvo, o popa deu a sua austera bulação e, casco d'água, deslizou num movimento de catárica emulsipoção [310] pelo deslizar escorrerradio de um massacre para o levante dos camponeses inclinados. Alláhmem. O que no âmbito da sua órbita levantou o seu veleiro para tomar uma bebida do seu dreneiro dos irmãos Basses, aqueles dois abensuados.

Foi bem depois de certa vez havia uma valeilândia rumo ao riso foi menos depois da vida de thor um altofaiate na cidade mesmo e não antes de ele tirar o maldelo de Kersse vestindo a sua roupa mas e ou não antes de um lado a outro botoeirar o capristão norueguês.

Então ele buscou com a garra lagosteante do seu propencil a pista ao pé do ouvido. Ó, senhor dos barris, chegado de jáni, (não perdi a chave de Avlas-Enrac), Ó, Ana, brilhante senhora, vinda de Antesanigora (não deixei tentação no caminho do zelador da entrada), Ó!

Mas primeiro, strongbow, eles negociariam a morte pela bebida. Pensenlace uma mestrescada, dupla nela, satisfaça seus pensamentos tercedentos com isso acordados. Nós mesmos somos nós mesmos somados! Nós te resgataremos, Ó Bass, da terra úmida e te honraremos. Ó Conniball, com enterro de boca. E assim foi feito, puro e pleno. Agora é secar e molhar o bico!

— Então disce ele ao consorte do navio. E no seu translautêntico noruecéltico. Onde aqui se pode pegar ou fisgar vivo um terno e uma esblusa? Aternoção! Dice o consorte do navio, conhecedor da linguagem, eis um alfalante. Ashe e Cabeçalva, loja de ultrajes, sucessor de. Agoura, dice ele, lorotando ao redor para o seu melhor camarada, o alfaiate, pela culpura consertalhada, talho polia muita fenda superfície a compranheira numelhor um, engana o capristão vai e atira! Desejando revelejar os trajes para a sua dama o seu mestre cujo para ser precisado um par de calças no padrão de um cossaco. Deixe-me provar, eu lhe imploro, apenas isso, dizse o Indhomentário, poupando a saliva da sua bocabrasada. Ele cuspiu no punho (começando): mediu a massa crua (forrando): jurou sua jura (como dib é um dab): e vestiu sua manga de franjas (raparvo, byeleia). Alláolho por azarolho e dentesílio por denticida. Lamba e aproveite. Uma troca, uma partida. E muito suficiente, vizinho Norreys, cada pedaço e grão. E o consorte do navio irradiçoou atrás dele para saudar o [311] veleiro. Alto lá, ladrão, alto lá, volte sacá para o Meu Eireann! E o capristão norueguês correspondeu no ato, uma lufada escolar de blueiacus: Sem nenhuma possibilicidade! Sob o solceano barcosendo ele pesca o céu. Mas eles rompiam as águas e faziam água enquanto surfriam de volta para a sua flauta de vozidão. E retirado ele yankorou no curso norueguês de modo que sete marimudos solredores ele ia de peito nu para o banho de esponsal, onde no fundo há braças profundas, de Framz José Land até Cabo Thormendoso, da estrela da tarde ao nascedo sol. Pelo Rio de Tanneiro descendo até o Golfe Dezombres. Quaremotos dias e quamedrontas noites. Divertam-se, Ó, sereios do mar! E as marés, elas viram e levam, e os tempos arruinados, criam e caem, e, santifurado balde, come ele chuvernou!

— Vem! Vem! Sussurraram os comicunhados com uma rápida piscadela que prataremos em apenas um segundo.

— Farei isso, dizse Kersse, permanescorando a aparelhência para a sua senhoria. Não é costurisso? E corcurvaram de volta ao lavorelhear.

Mas caro e terno parceiro, como findo senhor, reinando no lote da casa de centeio, de nadar tinha medo e de câimbra de tubarões recrutareiando, revoltos e insurrestos. Certamente Nuuka foi esperança do conde de Loritz retirar dele a Capa da Boa Esperança a sua tripertrice dama loretta, uma manometrana para o seu monetono, com os bri bri brilhantes grampos de pedra dela, só não, se não, uma rainha de Prancesa sua narrativa apresentada quem era para o seu aparente um baú através do celeste, não, coração da doçura (tivesse ele como ele a manteria tão rica quanto uma sobrinholina!) mas enrango isso era certo e sempre spitsbarganha que, mais raro que recente, um ato de ocasional conformidade, ele, com Muggleton Muckers, sempre ao longo muito certamente permitido, como peregrinação da graça para peticionários de direito, dos três clientébrios acopostumados com seus espíritos alpandegários, o Gill gole, o Berklley batida, o Wesley waterlouco, tendo o ceilidhe gaélico em seu irlandês atrapalhávido. Um grupo de bebedores é um grupo de pensatores ou como prega o rotário, giaourdeu de um cristando, respeitando as igrejas outrodogxas, até logo plubs serão plebes mas plabas de baixa frequência de amplificação poderá mais tarde concordar em ter outra. Pois as pessoas do galpão estão segurads de todo allquórum. Seleiros e coureiros, peleiros e saleiros, peltreiros e papelpintores, paroquieiros, arcoflechadores, [312] cinteiros, tecideiros, sapateiros e, primeiro e não último, tecedores. Nossa biblioteca ela atende por você público.

Taberneiro, sustentáculo.

— Navediga logo! Vamos, agitador! Eles fagotearam sobre a floor da casa. Deusça meusés e traga a sua abíbilha.

— Farei isso, acordial, por minha mão, dizse Kersse, com a bensalmão de Deus, na borda da blusa, rectificado depois do sono de um cobertor das três em primo, tão sóbrio quanto o consorte do navio ele era um meu paidrinho quando assim ele me contouviu enquanto eu agora estou bem e plenariamente sagastifeito depois de bonamorse a viúva, de acordo com o conduautor, seguindo a pnomonia, ele está consistentemente soprado para Adão. Que o criadogro me ajude e guarde o livro!

Depois disso, em respeito à subzerana lei a Reinião e o pilsener tiverem de bar, Recknar Jarl, (chamavam-no de Roguenor, e assim eu o apelirlandei) ainda passando o chapênis, centavinténs, um vário tipo de festributo em provisões, empurrando o sussurro em sua pelaudição, (parecia, uma ordenáutica sottovoce revelinação, uma scoloprezada, ter alguém cumprindo o sordifício com o ponto bussonulo de falolândia) o mesmo para o bom fim como válida descarga depois da qual ele tinha isentornado mais que órfão para o balanstro de sua vida nurtural. E lançou um cálculo. Alguns porcobres e moedas e aqui você está e sem trocado, tributo do tribuno, se adivinhar o sentido da mímica. Torpemente em seu sotaque pegue suas dez moedas de prata, com esse bom sixtric do meu saco de joias. Nummus que é summus que é topotop que é bembaixo que é Tomeys que é Diggck que é Harrymes. Na afeição de metal pesado. Pois todos gostaríamos de alcançar glórias. É minamenta bem apreciado.

Assim contando os custos da coragem líquida, um medetílico bufunfarrão, armazenou stuivers no porta-moedas em posses e pilhas (combate a grande finnença! bravo, pequeno bretanho!) aguda agnição, o mais esquisitivo da turma, com aquele medo amigo dos seus próprios desfeitos, se ele fosse ele homonimesmo um dissendente torpemente tombado do peripulador, proceguido em direção a Meade-Reid e Lynn-Duff, esfregando o encoberto filho de uma copa, que a luz replúmbeie, que o courvalho seque e que naufrague em todo o lado leste, como o camelo e onde o lúceiffel [313] ou quando o metinconcluso ou por que o limintraçado, quem causou a remoção do andaime primeiro você dá ordens, babelciando, foi deles a resposta reidy-meade quando no escurinho (o correspondente) em conflito de evidência largou um pontapé na testemunha mas (errou) e para aqueles na urbebê de diablim retirados as tábuas eram necessárias, Bobaca.

Catabum!

Ambostodoscoroatoresconversandoaoredortodosjuntosomniarumdrumtocofodonumamontadaumlixowaterloohumptydumptytolomorosoeociosoacorde!

— Mergulhou, macaqueou um.

— Impulsopalombarômetroteiro, baseou dois.

— Ratsch está para roetterman sua roupa rasgandovo, semeou três. Onde os enlamudos congritam. Bimbim bimbim. E as findamas gritam todas. Elele elele.

E além do mais deixa que a lenda legabunde a violacena argamortal tão baixumpty gordumpty que do pó ao pó levastou arboriginalmente mas, um lance de sorte para o rapaz no topo da escada, então o alfaiate realfaiatado pois quanto pecantes pilhor! Há há há olá! He he he he! Manter a hillarygria nos corcunda a munir nosso rirdemoinho. Um empurra-e-puxa, qq: quiescência, pp: acoplamento intervulvar extragavente. O rircurso mais seguro do mundo. Cuidado paradoxomudose, mas aqui em uma presente caberna de Baileataclay, Bartalameu, o tio honlandêles convitrago meu e lhes serve primorosamente bem para o interior de um velhaco (homereek van hohmryk) que self a tela de brada sua tia alcovantena e tem anelredor tão conhecedor do mundo quanto os pecados deva (pip, pip, pip) irápip futuropip estrelar umpip passolivre pós-emisshow com canelextra e legendas em flash de ruídos facilitados da cabexapralá de um sobrinho o narrador mas dá o diabo seu contanto até que aqueles filhos de uma ribombada chamem o trovão tuone e o trovejo alto faça o estordo. Assim seja. Agaroa.

— Isso é tudo muito murtagh purtagh mas e quanto à sua bendita filha? sussurraram eles que outrora foram jovens soltios eles mesmos, (quando a juventude do seu passado balançou o garoto em sua cama) sarjado junto ao lavar do arroz assaciado ao seu matrimolho. A lapela para a sua formação? Seu *ros in sola velnere* e ele sucundébil de *sacromens terroris*. Ela foi para a scoula de chinelo. Não havia nenhum amendolixo na famalgia dela então não é de espantar que ela tenha caída pela sua famatrás [314] do divórcio real. Não esqueça dele! Um celibundário enrabartes do Cullege Trainity. Ele não bebesteira uma gota de caminha na deloite que minha bravelha senhova foi coestirada? Não foi visto? E eles acrescenlearam, (ou antes que o clamor de suas línguas fosse desatado morto). Misturambos de lado, mais seus patos para suas brocadeiras, um forramento de um poucordão mais de forro permalteria ser licenciado de uma vez, por esses mesmos argumentolos, perdonão estou nem vomitaí, não é amenem um retrato inteiro nem um pequeno desalinho tão pleno quanto nos diz respeito.

Barnifácio, barca depois, logo depois, em um mijângulo de atraso, deixa fluir, brigabum brigabum e brigabum, e tão precipinamigadamente, respirando pesondamente, alcançou-os e, veletrifique-me, atirou nos três alfaiates, revidando de volta para o arenque de Moyle, baque como barra e funda, rodando e rodando, depois do dilúcifer do próprio dilúvio, o sésamo soou como barcapitão brisadentro, tropeçando, pingando, lançou os lençóis pelos bares, as calças de suas sungas como cócegas para enfrentar e seu me esfrega da sorte fardando e cavaliando a saia estufada do seu macacão. Ele havia deixado o seu bastão em mãos para lhes mostrar que não havia mal sentimento algum. O que apesar das aparentezagens havia um guarda-fungo para esconmer. Enquanto ele os encarava de frente para trás, Entonceles guarda-sós viraram, bastante atacados, exclamando, Hajaqui Calmavem e Todescudomundo!

— Bom dia, disce ele, águwatts frescas e todos boastardos, ao colocar na alcoolmeia, brejadito primeiro, cargarrafa segundo, circunavegando ao vento, enquanto se preparava para escapar para o remouvido caminho mais rápido para Publim, assim como o seu aputarelho foliauditivo ocultorelha no sotavento dos órgãos de suas harmonibocas, com seu cinto tão reteso para o ventre todo vitalidade e a peruca num balanço com seu tufo pendente. Acima. Com uma boa orientada e uma boa ocidentada. E ele perguntou dele como diabo ele enleou isso meu amuado soldado que uma velhamúria comheceu Kidbollacks que ele subttonmente também relembrou onde diabos ele escotilhava indoje diretamente ele que é o afeiçoado sutchenson, uma almizade minha partinsular, naurdida porque ele desejava controversar as bainhas deles, dândi palhaço, dez abraço cantorze. Telegrama: Cliffponto. Embrulha hoje desembrulha amanhã. Transfiro pedras. Finas.

— Skiptãobbereen tem estaílagem comum, por poenáutico, com poe qual pata, e um corvo nunca mais mais triste, contado tíbia e canela legisbaixando o franquês para o seu revolchutado que, através do meio do gálico [315]

— Pukkelsen, relatitulado.

Que com algum dos nossos proaminentes invisores a sua ulstravoliência os conduziu a infrataques, derrubando e aterrissando lentabaixo, contra a nossa resistência de insulamento aéreo, dois barcos que nauchegaram em tempo comoum, testemunhamplo tom e dick e hanry. Prepatrickularmente tudo, eles resumiram. Kish veio. Destinado. E como proprietário, anotando, nadassentindo, uma costa para atracar era uma causa para marcar. Além de prova suficiente, sobreprova. Enquanto cada um deles tomou o seu elevapeso. Do outro jurou sua recrimepensa. Alçaram dois, bebemendaram o braço principalcool. Herdeiros para você, Barão do Fermento! Molhe a garganta como agradecimento.

— Bom dia e bons moinhos, dice e saudou o rumor da mamãe sogransa, sacudindo seu curvar-se de ambos os lados com as relvas e recifes, quando estavam todos no velho e murado Castelo de Kincora (e sobreviveram ao ar quente do Montyvelhaku nas explosões carvogélidas de Mitropolitos que o pagafeito deles sejam as ninfethúris), hibernindo depois de sete carvalongas eras, temerosos de onde estavam ele tinha ficagado depressivo na crepusnição dessa vezmaré onde os pixies mordiscariam até o fundo de sua oceanádega e seu tolo e velho sos Erinly também na barganhoca com a ajuda de Divy e Jarra liquor e fechou a porta atrás dele para fazer um raro gado de peixe de Ranfogado. Moryânsia Mortimar! Allapalla sobrenós! Com que frequência benshee tem tentado! E eles ficando quietos por ele retorlar à gangue naquele sombrio hidromel, com uma festa bolas de fogo e tumultos peruturcos e pobres roxemendos para assegurar seu torto fim. As quatro coisas que a sua coralbeça de fumo precisa para se preparar para a Grande Água. Ele fez o sinal do martelo. A verdaridez de Deus, dice ele, depois de alguns atordodias, pensando em todos escuranos bliakings, como a leifvida paussa! Aqui você está de volta à sua hawkinharias, do Brasílio o Bem-aventurado ao nosso portuclama os povopujesus, a cidade na vaurada dos obstáculos, tráfico de escravos, nauvassalo de especiarias e um drogão-no-mercado, e seja linguado, solavanco do robalo, como se você estivesse em conserva eu pensava no cavalinha. Sinos dos infernos! dice ele. Um champanhe em declinislândia! Eis libertas pernamãos para os velhos reisacanas do pessoal da casa aqui na sua juventenda! Então vendiga-me glutolhudo, disce o agora capadão, com uma fartexpressão anarcomuita pósthumorística, tiros e devo atirar nele ou onde está aquele safado? Um dentinho de travequeijo, disce ele, até Dennis, para esse jantar (e deixe os doblins [316] assar perus,) ou um licortante, disce ele, p. ex., em um pãopuro-sangue da padaria kennedy para Patriki San Saki e assim do ou minha velha relogião fora do tiemporamento e quando estiver caído da bebida você pode pensafundar morta chumbeça, disce ele, e, se eu puder, disce ele, um empurre-e-puxa desabitártaro. Issua sedeve porque o regressolar dá uma mão. Okey dalkey, dice o recluconsorte do navibar, pois ele era tão profundo quanto a estrela do norte (e podia convencer o solnheiro do maridado a ser funilate do alfaieiro) como todo homem poderia ter dito à sua bestânsia, e um presente para o navio mercante, um banquatro milhões de boas-vindas a você e que a divina colheita abençoe e curralimente a todos! Afrém. E ele pegou e deu o vendexpediente para Hombreyfomey bem-vindar quais são as boas palanovas. Ele fez o sinal aos cruzvidados. Estendido seja o pano-poderoso! E um prato de ostras para quem é gesfometante! Allahballah! Ele era o homem mais descuidado que eu já vi mas ele certamente tinha uma grande determinareia. Uma peixalmôndega com acompeixamentos consertados! Para um sir de um ven de uma escama de um canalha de um gondobufão. Vendexpediente, dice ele, meu filho, Shakleton Faminto. Esperavante pra cimabaixo presundeles, ou esse bravogro Osler nos maltratourá a todos, dice ele, como alguém familiar na casa, enquanto Weludomar inclicalçava-o e Maldemar dedava-o, ele mareado andava com a pontaça dos péstiscos e quanto mais enausedébil ele estava esperando o reboque por sua vez. Ate que o dobraram a se apressar na tarifa. Diga quanto!

— De modo algum ele kersse ou assemalhou o terno e as peles de soldado, lembrou o primeiro fabricante de violacalções de forma considerável e — Humpmar dumpmar, o mercantador, secuncortou o cortador cortante.

— A nona parte pela nona parte. Acredite na minha palavralor. E sem dúvida, eles tricontaram o narralfaiate e eles sabiam o motivo também. O porquê do seu assim tal. Cada feiomem por si mas gargandeus pleno todos nós! E três vivaquis para repetivogar a união! Coloque o penhasconta usado no seu terreno grande esvaziofícial bailey bill, ele se desculpavela, O'Coronnel Power, recentemente descestendendo desde O'Connor Dan, tão promontório ele mesmo que ele obliffeyterava da cabeça do Howthpedeiro que rosergueu-se diante dele, de chiaroskouro, sob o seu semblande de Murtalmansk, como denso dardo delemissor, com suas montanhas capilebres presas em pastagens acima, (você conhece aquele pico com sua costa tão verde?) ainda confiantemente boquiagaperto para ela a sua grace o'amarlley sabia bem em [317] memória preciosa e aquela graça preciosa a ela, ao andar um adorável aguamover, seu sorriso um cálice de frescor, com aquele ar rarefeito de um Montmalency e seus breves suspiros e sua cor de escalada. Tomar-te a vida salvar-te-á a esposa? Pensarei nisso, lidama. Deveria homnerosa antropoendimento chamar homovirtude, homenevere! O homem para a terra seja ela nunca tão pequena. Obsit nemon! Fluxugada, recuperando os antigos direitos dela, tão ontem yidd, mesmo lembrança. E mais crescida então na trivialidade dos seus dias, um rato, um mero ponto, trota com todo o quadro panorâmacro. A sua jovenzela servil acalmando o seu fluxovadiaguar, insinua o giro de uma onda e agita a largura de uma boia. A conquista cativa Anexandrina. Etna Belapluma, Grande Enchente. Ele o primeiro colo, ela o seu primeirágil amigo, na riquezavala ou na pobrezarado, até que a deltamorte nos seporto. Enquanto a luz desse vagamundo vai desbrilhando o dele nela irá crescer. Pelos anos simples onde os castafanhotos provatenam mel amilkcano e frutas tâmaras e um pão bannock de cevada na palma de Tham o Tapacasas. Ó maraviajar seja maravininho e agora! Escutasob-me, véus de Mina! Ele condiria, nepersar disso, que também é pra mim muito. Eu desde sempre me lavei e revizei antes de sentar para o trago de sopa e o inoporpeixe. Agora come é o vinhinverno sobre esses desconteúdos muitas vezes com seu triste e lento mastigar para baconsunto. Contudo nunca foi derramado o pãosangue de earweek, nem por legiões de honrofertas de Camelielos. Eu cumpri a lei em verdade para com o senho da lei, Taif Adiv. Eu estendi a minha mão a quem possui o meu coração em Annapolis, a cidade de minha jovem costelatreb. Sejam vocês então meus protetores na Mesobotômia ante os guardas da cidade. Deles justo é justo um acordo de cavalheiros. Juravadeia de homulher. Fuga pelo brejo até o pé. Johnte-se j'Ánderson e Co. Se as flores do discurso valevelaram as fontes da minha subida quanto mais eu monto a colina mais escuro brumeperco na névoa meu caminho. Nem uma tranca em sua cabeça nem um sobrenúmero no manumento. Com aquela friogueira noitestelar tramando o fedor da Alpessínia, tecendo nihilnulo de Memolândia e ululando os sobretons da voz. Mas o seu espetro apenas emergente cristou do mar iriadês em perigo, calvoculismo, perda, raiva, divertigem, negação e ronco. Pode ter sido o que você chama de sua mudança da minha vida mas há a chance de uma [318] noite para a minha elevação. Colinoca, valebaixo! Com os cãesons e chifreiros da manhã.

— Eu mereceria um tiro, pode enforcrer, que me condenem a um finn maccooltó para sempre, luxuriuísque o rebelantes inspetor de cervejas, por trazer sarças a Barmbracken e girando arco-íris ao redor de Demétrio para, enquanto você mentenruga corretorcidamente, valentão domoazul, é um estercirco suirsítio assombrando histerias em torno de antigos vulcões. Nós gimeçamos também pertoavaro e portanto a conscindulgência plinária faz de todos nos columolles. Mas o Tempo é um alfalaiate testando a torneira. Tiptoptap, Mister Malte.

Ele fez um só breverão (Giz e mármore em solicalcário) de suas três inebriandorinhas como se estivesse emudenchendo Muchumbados e acendeu a tocha enquanto o encantardente pungente descia pelo esofestômago, um águalívio para a calviva, até as cócegas do seu tubo e o balanço da sua fábula, Ó, lorotera uma vez uma farra e que farra singulivre e fastio foi essa! Escapburp.

Que ambos fizeram. Pronto. Eh, receptor radiocristalfônico? Salve Ampsterdampsterumido que tinha reumatiniscências em seus neerlanmembros.

— Pelo inchaço em sua virilha, Ali Slupa, pensa no capadão, nivelando suas navilinhas, onde estávamos até aqui.

— E pelo morro da suas bolas, Ricurvado Esterqueiro, pensa que o seu padrinho circunpançudo, a popósito dos seus navecalças, mas onde estão as tropacalças de cortinejo de Falcorácio?

— Eu as coloquei atrás da estufa de lúpulo, disce Pukkelsen, sintonizando ao feredor do contador, satisfeito com a pista, aquele diodo duotingido negociado, e ele está mergulhado no fundo do tubo da água de Tara. E marinou por sua gigargantua trombatlética abaixo como marondas da corrente do tragolfo. A maldikersse de Lobolaf sobre ele, cocostureiro, disce ele no fornicular, e, se usar ou não se usar, eu digo sem mentiras, pois eu amaldisolo seu filhodamãe casacalças de uma afilhégua com suas nabucasadonolaço bem sejalto fogo se já começou na estufa de lúpulo. Opa! Disce ele.

— Fumaça e coca sufoca! corriram até a lágrima pingafogar uma perna de mandripães todos menos um consortovelha do navicujascalças que rezassobiou para o senhor que ele não tivesse e o observador sua história foi altocontada para quem sentia que, a fornalhardente sendo empurrada nele motofisicamente, como Omar por vezes nota, uma tal satuação, maliciosamente acompanhada, iria esvazihumpty quebradumpty ele no chão. [319]

— E fumasanta baptorpe! disce ele, trocou e concluiu, agora profundamente hipnotisado ou ele mesmo batizado no trago. E maldikersse ele, disce, depois de cada um cimabaixo lonacaltroar-se, e as luzes que ele cortexibe, brilhante, o betonilhalfaiate, o corteme-alfaiate, adictorido a nariztorsões em sua botoeira, circulomunista, disce ele, (lokocêfodasefiokasaku!) que vai no caminho do fumar em público, disce ele, bomgabástico de estar na superelite da facção pelos direitos civis por um casaco navigalante trespassado, (joga fora essa cabecinza branca, cabeção!) disce ele, com o punho da minha camãoseta para ele, alfaiatoloficial, disce ele, com seu pão barato para o café da manhã quando ele dança encontra a bandafobia. Eu colocarei as suas madeiras de espulgas no chão, e disce ele, caçatrás da estufa de lúpulo, aquela que não foi bem feita, disce ele, a maldikersse da minha respondordebraço intimida esse que é o mais impronuncalçável dos homens (bocatroz estranho, se ele não o tivesse amaldiscaldado todos navinomes horríveis em sua injúria!) um maldito viracasacas cosedor de esgoto, disce ele, o seu primeiro primo é um innválido nos estábulos unitros que não valimento esta noite ncemgr saialeira de um peixe e ele é aquele problema piordoeste conclupuído tiroalfaiate qualquer que enfiou uma tolagulha nuvestimenta!

Então pela segunda provavez todo o encontro dos meus o'conne-lamigos tiveram. Como ele chiou o seu remo tosco no camisombro e cortou o pint do seu vertedor e partiu para cara Filadélfiengole pelavrador manhã. Do seu dhsonhodhrevertidodhreal de volta a

Brighton-no-Báltico, das redondas torres costirlandesas de volta às trintinfernais horempé por chãmana. Ugh!

— Deixa disso, Taafe, deixa disso! interferindo a mulher do consorte do navio a eles navidois consistentemente. Retornem para May Aileen.

— Seria a desgraça! Blasfumou o agora capivão noruenraiva, inflando fúrias peles camelos, a lanterna dos seus raivolhos a desafiear desde a pálpebra no topo do mastro. E de fato pra longe ele se afastou das Areias da África realmente se aproximou perto da noite até Bluelândia Bering, sulassado pelo sol de bronze, amanteigolpes sejam as neves. E o mar baixou e a serra gangorrajou. E, encharcado capitafundado, ele não drenou nada.

Uma pausa.

Maquinaria infernal (número de série: Bullysacre, cava e cuida uma cova) tendo então passado o fardo a billy de volta do jack (localizador o protetor) enquanto a história desconcertante navegava em círculos já era agora maré alta para lembranecer um par de alfaiatiradores a fim de serem adequadamente punidos até não [320] ter, como o pérvio inspetor de cerveja havia feito, licorosamente mais nenhuma força em seus cotovelos. Ignorância é felicidade, portanto, eles não devem dizer rifle mas bundalvo, não muito sensatolamente, pobre peixe (ele é comido, ele é girado, é ordenhado, é submorto) sustentando uma lascanterna de alfileipis como varinha de boas-vindas a todos os homens de boafé, (e as corolas que ele salvou contra o vírus que ele então injetou!) descosturou-se para aquele ponto de bordel barra de Dublin lá, quebrando e entrando, do coração morto do interiout, Glasthule Bourne ou Boenaparque Nolagh, perto do wattéfeito ou bianconi, afastralianos na ilhanda, um chapéu alto conhecido soprado entre as casas por um tragorro daquela seda ou pode ser daquele veludo preto e um esfola freira arrastando a sua velhâncora, sinalizando alertas gaélicos em direção ao porto do Lago Walenbeberalgo para dar a eles a sua posichope, rota circular leste ou estrada central elegante. Aberto, você está com sorte! Bote salva-vidas Alloe, Norman's Woedor, Solucopos Esbarrigados Todomundo! Com piscabatem os buziosinos e conchas de berbigões. Que seja a noite acesa do botão de ouro no Phoenix! Música. E velhos grupos divertem-se no baile Flammagen. Até Irincordar do Sono Profundo. Como eles tiveram sucesso em cortejar a luz do dia ao salvar a escuridão quem ama verá.

Negócio. Seu melhócio. Negocinhage ajuda.
Contracena.

Ele encopou suas anorelhas para captar de mim para você no que de você quer como mais meu para asseuenvio, pressa como páreo, pérfido como períneo, Odorozônio, agora nossarmênio servidor, misturando rum, leite e toddy que eu confiro a você. Dizendo quais, veja como ele se curva no centavo, com uma palmamalá mas um dedo aqui, ele colherou as galinhas, os cães e cavalos moedalinha por moedoelho, com uma arca da sua palmaliânsia, salvos das inurrondações que poderim encontrar, até o seu côvado longo, para ocultar no secàparte. De lado. Suas almas prata o cãovalo, malandros, me tomam por escumorto! Pro inferno!

E com uma rafada de uma alice primasprings os buscafósseis e fanferrantes com ele no topo desde lá embaixo pegou rosas do deserto naquele arbusto deprê mullingbar.

Reentra Ashe Júnior. Peewee toptip, pantalonas nanquins. Dá bom dia. Charuto. Até mais!

Sai. [321]

— Tire essapé chapeleira branca (olha, Kersse retorna cutufalando de salanchar na corrida de tropeçáculos de Cozecoruja para irlandeses irlafoitos irligeiros, pendurando o seu velho Conan sobre o galante mastro do soldombro assim foi, o sênyio com o júnyiu, ele é como mais parece um novato no navio).

— Veritire essa carteira indaquente, seu refugo de uma falha, (é Kersse quem, como ficou claro, infelizmente, hwen ching hwang cheng, tinha estado fazombando sua olalgazarrabalão um exemplo do trajecostume do país).

— Refita tolessa o viuscurso falho e mal costurado, caloteiro, seu chupilho de uma putespessa, o caldo e a mamoutra, e confiteor você mesmo (pois maldikersse ele havia cortofessado e captomau-vaginforrado da maneira mais múltipla para aquele velho degenemastro durosleixado de uma biscaponte uma sacudida de educapotes o sábio, rubralbergue filhial do emperador, seu próprio pai não conseguiu nasalizá-lo).

Coro: Com o seu casacote tão cinza. E as libras que ele penhorou do incêndio.

— E, haik ou hurling, como quem você logra estar hoje na assembaldoyle, meu cavalazarão cavaleiro. Não sarja a menor ideia, procure-me sirbretudo! dizse ele, costuterso kerssey. E quando Terso tinha dito isso Kersse ficontou a eles o curso todo do treinamento como a corricorte sangrardente toda ocorreu, do cordeirinho de volta à mesa de cortalfaiate e do parkomeço ao phoenix. E sacopou acidamente e ofendeu espertamente, toque de tigre, laço e listra, enquanto houver rabo em gato. E eles o espiaram preso na pira.

E assim foi. Contemplai.

— O mesmo chapmão sabe nada de cavalos dois caimaradas ele caimarada vão onde. Não é um de fato um efeito? Olho por olho, perguntaram os três recém-chegados ao bordel naqueles que era uma vezbriadagos que, em admitência àquela impedância, como era trêsdade que estavam lá, eles estavam se maltetratando para o desprezo de sua saúde.

— Isso é olho por olho, parece-me, confessou, mhos por mhos, aqueles que, não fosse por aquele dielétrico, estavam a ponto de obsolescência, e à beira do pilar de Nelson e das estatutoas do Kongbilllyntões e dos marcos de Ovelha Cromwell libidai-nos, ó Painiel!

— E isso culpamete os meus gansos, dizse ele, dizse o grande pernimancipado do curso primordial, recorrente, todos cóleras e cufftosses com seu beauw [322] sobre o bummelldrião, o bucaflaneiro vanderducken, dizse ele, (que suas bombas podem embarcar todo um shandymundaréu do deserto), o encrespirata falaltomarinheiro, que bom rebocador que ele olha, (como você estava, Consorte do Capelizodnavio?), dizse ele, o machangue vexangue baltoxaveco, que está se arrastando para a nossa crua longuagem centronaval através do traseiro caipirês do seu estultescovém, dizse ele, confundeustruindo-o, viajando atrás de donzelas, jonas barrigaleia caçando as polly anas, e a maldição de todos os paternoster alfaiates estupidibrincou-o, dizse ele, até eu cuspir em sua carabandeira, dizse ele, um por um, a gentesfola do litoral, depois da confusão do Trovão Donnybrook Fairfogo. O marinheiro era um rapaz gigogalês. Pode-se sentir o cheiro de suas oestimentas como ele vem de uma descumpraia de promescuidade. Onde está esse velho perversivo, devo perguntar? Ele receberá chutes livres de mim, viracasacas, no Bar Bartley se eu brigasse alguns anos atrás. Mestre Capitinho Gasnoganso, um vendereparador! Enquanto ele estava ensabomostrando a minha courescada, como polpa, e enquanto eu seguia o seu enfeites, como ajuda, ele irá sentombar a queda do meu fauspunho, dizse ele, como grito! O corcunqueimorrobarrigordo pistokalsson, dizse ele, com seus bolsos de fole cheios de cartatas e sua raposa em um estômago, uma discordversidade para o seu a Circuigreja Ensopadesquivolascivatólica Carneiromana, caia morto e surdo, e nunca há um alfaleme no feof pífano da Irlândia ou ao pertenlongo de todalgazarra da Escandigambávia desde Ruidromedonderry até os ruminescentes de Meccackross, poderia formuleite um casacolt e tordalonas para um seguidor de sulcos estrangeiro com aquele buraco no rabo e aquele inferno de um casco de uma colina de um camelo corcunda atrás. Fasceita-falsifica!

A partir dessa chamada pilhaseca da célula de selênio (aquele fone de pulmabalão, Rorlando está em perigo!) com sua fenda da perdição do velho maldito poderwhisky dO'connell trovão dentrosom nele o senhor do saloonpejo, como se por um clarão relampaguisado ele próprio, ergouviu o seu pacote corcocamelofuso e odiouvindo isso imediatamente o retornou, ambilateralmente todosolhosemtodoslados, da tocamada appletonada deles até o seus antigos convidados, aquele bando de policicercas em sua rodada, tempomarchando e petrolhando como, quem se eles estivessem replestes a soltar uma risada (Tronivoada Lampkin, seu patife!) eles tiveram de deixar isso como o amarramínimo que poderiam fazer quando sentiram que (Ó, o lobo ele está caminhando, vê-se a sua pobre corcovelha mulher!) a sua piada estava voltando para casa para eles, na direção da estabilidade, fantamestoriamente falantasma, fantasfato e repassagem, lá e então, como o arruimorto fala [323] do seu primeito fotoinimitipo (Troloobobo, como é muito e provavelcido!), o pirateado, o pança repleta. Com a velha roupassentada no ombro, e com o novo atlas de cetim perversob o seu sovaco, revicorrendo o fôlego até famorto de orgulho e, pegando o abrasambrose das luzes de lizard, seu refalo acabado de espuma e desova, e a massa dele, e o grosso dele como sempre que ele pintava um vermelho para enigmar um advinho do campo da esfinfênix enquanto Evedenpo era um guardião, antes amar era uma parte lateral. Eles o saudaram alegremente, o seu gestantigo, o marinheiro, e cavalardil-murinho, a sereia, a moçafoca que ama vocês marinheiros, Talassamar ou Monterra planfirme, quando chega a idade uniforme.

— Hondulaqui, Camaravem, Exanguebuchovagotodomundo!

E antes que ele pudesse pegar ou fiscar ou alinhavar em conformitraje com as pelesichas rudes deles, os mulambandos. Corjabaixo foi superplexo. Como

— Silébrios! disseram os alfaiates oposentados de suas taçarelas, mude todo aquele set. Cala a boca e senta. Nosso set, nosso set semzinho.

E eles os derramaram oleoatrás no fogo. Pela saúde!

Radiosa Wathloone. Só há deles uma liçanão missagem para senhordeiros de bem. Será que prensalguém acarentedita estar presunto retornar ou reportar ao Inchefe mestrepolícia. Clontarf, um amor, um temor. Senão para a saudagrande glossária do codisenhor, liga para casa: Finucane-Lee, Finucane-Lei.

Am. Dg.

Focalizonda a temperamuda.

Vento vindo do norte. Mais quente em direção ao sino do muffin, Calmaria.

Conforme o nosso irreverendo encheSão Columna previu no sermão de quatridade do último monte, a depressão todinesperada sobre Escumadinévia, um grandaguaceiro padronifestado de precipitação variatura e anunciado por doensinais nausevoeiros, (ouça os extras de copzinhagen!) e embrulhado em uma inusuável suitraje de nuvestes, tendo sujifiltrado através do metaderrâneo do mesmo canal glutão em diresoldo a ouroeste e incursionado por um repentílico efeitopo de baixa satispressão, enemvoado em algumas partes mas com chuviscos locais, o panorama do casamanhã (Navicostureira Segundomem) irradisendo iluminoiva, sua virisibilidade boa.

O que fincontece com eles?

Grande acidente no Áden. O voo dos pássaros confirma a aproxirrupção metermonial. [324] Enterro do Tenenvida-Covarnador Machado da Concórdia, Requiescat in Deo. Devina Previdência.

Ls. De.

Artués gannhess raciofilhos e inCo.mpetites! Limitados. Anna Líchia Propágua! Uma e onze. Estamos Unidos, mesmo com várias ofertas. Não se esqueça. Desejo uma despreciosa terça-ladroeira para o stork derby e seus fortunimais. Será mil por ganhum felicirlandês. E cedoagora para a camaposta. Em tambolírios de prazer. Com apistaluta vertrote, quadrisoluta prudência, esperansoluta honestidade, circunsoluto acasoamor. Depois de quando da meia-noite para desfrente o quartoteto de harpas quatro pôster. (Kiskiviikko, Kalastus. Torstaj, tanssia. Perjantaj, peleja. Lavantaj ja Sunnuntaj, christianismus kirjallisuus, kirjallisuus christianismus.) Enquanto esse pullovreado está-seu finlandesado.

— Venhaqui vem, amigora, tu ó varão de valente bravura, ancião adaptivo de Capel Ysnod, e tsalfa-iatong tsei-ladrofoun vários tijolos-número até eu ter enconteado para você um lapsogro, que se tornará um filho por vir, senhores lavraiates, generomens marvegadonos, preguijovens e anciosos, garanhengist e prostihorsa, bomdiambos johnjamesirs, na navigavendedarte, disse o redelator chefe da marinha, então dice o padrenho do navio na disperstória ao cativo do consorte e ou você faz ou ele deve e nesse mesmo momento, dice ele, então vamos selar pactos sendo entre vocês, dice ele, por minha própria esposimprovisação, dice ele, um só poupeixe e uma carne, tão plano quanto, Virilking Bocamundsen você, você tem correragem de braçoferro e então baixumpty gordoplexo como Paddley Mac Namara aqui ele é um resisterceiro canutoeiro, pois os dois peitos de Banba são os seus poeirinheiros e os seus alfaiofícios, se fores servir Ideal como surfalaste. Irmãos barcos, irmãos casacos, vocês engolincharam os juramentos dos sanguirmãos. E Gophar madeusra dice a Gideslizão e dice ele ao capitão casagoruegês, o rude honerável Humphrey, que estava rezando a deus de clotildalém pelas sete saliências do seu escudotronco que ele salvaria a robustez quando ela galanteasse o amor nele, vemcometa, dice ele, meu marigozo lobo-do-mar, seu raivodin balebranco, dice ele, para a protexpedição da nossa ilha quadrúpede, bendito mahughteus, marcoduc, lucovas e joãocongo! A plumbenção primeiro de burro, zurremos! E chega dos seus atos mutilados depois disso com os seus kowtowros e criados para todo tomo, grosso e pesado, e a nossa unicidade da relevância dele para a sua vingaltitude. O insondébil estar espreitando por você com a palavra persuasiva posta em sua boca [325] ou seja a balbíblia tablada, como Horrocks Sineiro toma todos o cuidado de chamá-lo, eu ensaiarei os seus mandaviramentos e primeiro martiar você inteiramente. Tão rápido quanto aquele Deusapo colheu o jogo de palavras e deixou os pirulírios do desencampo. Um juiz da Trindade será cruzcial para o seu estrondo. Pat é o homem para vós. Ai ai! E ele o purificou detrás do jato d'água, misturinando um sinal da copacruz. Eu te papatizimo, Ossiano, disse ele, Paiwhoscarphylha, dice ele, Earicvikinger, dice ele, intra trifum triforium trifoliorum, dice ele, oncondicionalmente, vovolúpio primeiro dos gagaliagabélicos e herói chefe expilhador do clansatlancéltico, dice ele, a mestramante fluxesa para o mar comoasno embarcarvoeiro e deixa essa ducha para você como apostoloculto santotal e para todos os curvos apocrialipses dos despertares seus, dice ele, saído do fundo do inferhellsinky dos pagãos e daneducados por você, para a nossa relagião conélica salaromeuana, dice ele, a partir do qual esse juramento nosso é feito, Terra verdadeiramente ternatrina se não filho em direção a mil como esperam os crisântenas para os quais eu oscareço o seu onibatente, marinheiro, pois como você deusboa gripou-te depois do qual uma boa morescavadia com um chuvestável ainda melhor do copulivro de oisín tarifeito contra fadaós saudáveis desafeudoados paraté Edar no que lloydeus penha tiedade da sua velalma! Em anônimo do paimén. Cuspíritosantomão.

— Nandsen a ver, você enfurentende? Ele parasempre foi considerável contra todas as impertisções religiosas então por que motivo o satãhokkus diapokkus esse insetalhão granfeitomem explodador tudacumula seria ele vendexaginteiro adoptizado pelo Padre Deuspaidrinho de secungrado coramão terno em Diablin-Balkley na Demonicatedral de São Petricksburgo? Mas orelha isso:

— E aqui, carouve amigo, meu contraro-aldmirante pedro pulso, dice ele, consistentemente, para o remendente de segunda nomeamão, meu padrifiador ultimamente lamentado, vaicupere a calma do vinho e levante o seu cornopo, dice ele, mostre que você é letrado pois, quer isso lhe agradinverno ou não, nós trouxemos o seu verão conosco e, falantampa sobre a sua predilief eurecason e sua indiscomeberta da américa, sejam os quarenta rugiroladores, dice ele, e no meu ensopagnon sapaseixo, como o próprio Harris diz, para deixa você ir em uma doutrina catecrismunção, aqui está a noníssima porção de um homem whisque nada em águas profundublins desde Brumalscadden extremoleste até Tristãops Lambixlip e, dice ele, (enquanto o kkoração do Amásio Felixsorte assassorriu em seu gelapeito ao pensar em toda obscurisorte de [326] kkontrabelos que ele teria de comportar em duty-frio sendo predecasado com ela) abatatoados cascasejam as mercadadivadorias de braSão Brandão, *filius* de uma Cara, esposa de Fynlogue, ele tem a superinona partrevida de uma costureirinha em casa, la chito, la chato, la Charmadouiro, Tina-bat-Talur, cif para o seu bolso e uma tresoura apontamada para você, eslucilâmpada comoquando as violondas do mar escurecem, que ele filicuida mais que qualqueranna livivente plusquebelle, para cuidar e criar, é a surpresa do anolho bissexturvo da prosvintituta, Novescola, duas tetambém em uou winnie uau, trâmite traçado e festivanity tarifair, com uma firmeza tão dura quanto a trentência dos tamitempos mas um toque tão suave quanto o dee ao fluir e nunca uma Hidra Gênia do tipo de sua leveluz de olhar e antes de saltagir, reialendoretoromânico ennoites invãonais longas, sobre a pequena Anny Roona e todas as Lavínias de seus esteranhos e suplifalando por eles a ela mesma na duvidraça de gelo pendurada sobre a sua cama habilibaixa, é um pipidaço de sorte se ela nunca cair da ventescada, e, quando aquela infelizpestade passar até a próxima vez e todas as promiscuprímulas tiverem saído desvestesfilando e as tubastrompas todas todas para a carboglória do seu arvoredeus, fazendo de cada sersoa tocar depois dela pelo vale do rio Dargle e (espere um pouco, conversador, você é um mergadante muito forte e não comece a patifriulanar os seus ladinos até você ter aprendido a mentira da terrilíngua dela!), quando é verãonde escaldante e ela pode ouvir o estampiano além do ondalém na Camabria falandormindo para as montanhovelhas galesas, espitocando através da lucarna onírica dela pelo voamigo holantoque sobre a vistânsia da costrand inglesa, quando bate o sino de Kilbarrack no cerimonisalão de festalívio que Concessas com Sinbads podem (pong!), onde o nosso meiomundano vê a forma fantasma do sr. Fortunatus Wright desde que a piscabela Senhorita Bulkeley fez amorloe com o sear naufragador e ele fez dela uma pirata, Ó, brincando de casinha com a sua torredote de marfim dourata e se me delecasar colete meu prêmio, que é um lagolho azul para ela em uma estasusan de sombriolhar se ela não pode realizar os seus mireillagres e dar ao Norucasteladania tempos bons e aerlandeses, enquanto a sua relva fresca e espirituosa está gentilmente excitando os dutos gripados do amante, com um rugidaurorurroboreal colocaria um casirlamento em chamas, sem falar num velho Corcumpótamo com pomarparte do cerébrio cidadoido, ajudado bempelo corte damorte, aasbukividdy, vintenove para a sua dúzia e cucoando-o pombadidocemente para o seu gragrasnido secreta mente com memorifusão para a sua estricuta privataria que [327] não há um mantolo maior que um pulovelho toladrão quando o seu cervejurso pular revela-se Bruin O'Luinn e bate a sua barca num carrinharíete de bebê com ela na vimesrua wattiling para dar crias e, juro por minha maravilhonra, dice ele, o ministura de casamento, com Kersse, Filho de Joe Ashe, confordador dela, olhos curvictos e cabelos piscalegres, pulsando sobre Andrew Mellandro e sua canção de amor do breve e instável, voltarei meus pensamentos para coisas elevamadas e falarei apenas dos três em um, dice ele, meus mais verdadeiros fontedores avopatriões, pólos aportados e zonas separadas, unidos em ansiedódio e arrepetidos em luxuriócio, você pode melhorar a sua reazulidade protestinada pastorincendiadania, costutelhador celibaixário, depois de enrodadas e pecanecas e volumosa fumaça, apesar de o rebatelógio em seu tropeçanário bater alertuma, e se ele estivesse estirado naquele balcão como um Esclavocrata entre os seus triscipulantes, quando se trata do trajeto honroneroso, dice ele, é para deixar claro que Nanny Ni Sheeres é uma plena Donamarquesa, e tudo necessário para o leito, desde a casa na montanha com o quarto de albergue até a garforquilha e o prendefivela, (Elding, minha caloridade! E Lif, minha vidamada!) na depravacidade do primanoturno, pula, dice ele, na hora de encontro dessa noite, e vem, dice ele, e o princimeiro desde sempre annas provar (enquanto o suspiro de Huppy Hellesposo submergiu em sua arca marinha para renumembrar todas as suas mollysqueridas e as filas e nomes das doces emmas que sempre havia em cada porto desde Timonenhagen até os bordeis do Nilo), enquanto o crepusculuz ainda está dormilizando sob o travessonda deles, (maus presságios para Kitty Cole se ela está desperdiçando a medida da dama!) e perante o canSto Martinal no Campo, ringsend tocaosino, trazendo Vilontem o Deliheroi Conquiscorconreco, e o Referinndo Fox Gutmann nos dá *Eu Tocadirei ao Poçomundo* ou *A Vingança do Menino Campanário* e toda Thingvaller sabe pois nunca acabanhece no escuro mas o desfeito volta à vida, e a noiva mais violada está mais apta a parir (o mar! o mar!), e, para receboiar a circunferança que dentro de nós nasce, não há tempo madeimelhor que ela terá então em seus abraços para vestir e embalabela, nossa rainha das fadabrasas, na noite das coisas da noite de fazer ficar ereto o duplo corpo do supervisor do agarramar que vem das grandes profundezas e na noite de fazer Hórus corcovencer seus inimigos, seja a ajuda para o meu combate de modo a prazenricar as riquezas dos rotpenishields, com Elizabeliza abençoando o dorinol, na vontadeseráfeita [328] de Yinko Jinko baruRandy, vem Bastabasco e ovos de páscoa, ela fará um par de finlameses e uma garotissy, curtos equitacalções e desalfaiatados, um berçobra de amarceneiro, folha flor e fruto, o próprio mimmiken pissycat do satanagem, (hip, hip, hurratia!) para o meu velho camarada Vsaldemar aqui, Brigantino-General Sir A. I. Magnus, o açoitalaço filibusteiro, mestre do bom barco salva-vidas *Ramorroliverde* de Matadoslo, comunjuge do colarção dela, (Rebu seu apaitado era norunorte norudeste e Zona sua mãe era uma colamenteira) e, doca segura ou âncora portentalhada, e uma casculinimedade cemporcentamente persecaída, que (com o tim-tim para o seu tempo de prazer e um bonzonolho sonipônico através do seu narisono) ele é o camelhor comblefador choloiro clamaterra de um velho toloruegês a putafundar em um barco.

Quácapturado. Cócóquistado.

E Carvadeusblin assim o fezbrilhou naquela noite. Em Finngal de vitórias. Cannmatha e Cathlin cantaram juntestrelas. E os três gritos de glória. Vociferindo entreouviram suas harpas. Grossertamente Tuathal sorriu com a dorvina Darthoola: e o bolgarotonda de Roscranna agarrotificou a filha de Cormac. A alma de cadoutroscorpos rolou para o seuvelhoself. Uma licença governaduomensal, pazcessão na exulterra, enquanto a lua-de-mel e a chama dela iam meldressilgando. Santarússia, que estrondo de sinos! Que batalha de praguilhas em Sandgate onde o bobbylicial cercontrou a sua tagarela movindo pelo arrozal. Até Tumba deixou a cama e as tralhas na tumba de Demidoff e recorreu aos tamancos portapregados que Morty Manning lhe deixou e pernecorreu pelo Portão da Cidadefantasma, como uma Pompeia atualizada, com uma ponta de urze dos Whiteboys na herança do último Luke Elcock. E uns dizem que viram o velho vagasurdomudo com uma folha de bronze em seu casaco tão cinza, adotropando a sua cor um passo para trás. E como terrivelmente elegante com a sua gracejoia de meiacoroa como se ele fosse o Grão-duque Meckl ou Paster de Graça na Route de l'Epéeaz. Era o jogubileu do Dia de Todos os Santipos. Libebertários ou debilicanos, afiamãos nas punhaluvas. Era possível ouvi-los praguejurando intimidacordos nas Montanhas do Himanublado, homem. E profentregando ao Gigancião Fatihah e Lughvocigritando depois da Marisanta Ceihealy com umarco ênfasiris para derrubar a chuva de Tartartrovão. Nuncadesisvoletta! Semprenamente! O maior santuhalleyo visto ou ouvido no conspectro da terra desde a Fuga [329] do Bode, o expiatório, comeu a bíblia dos ultramaripecadores. Não tínhamos as luzes do céu para nos esconduzir? E contudo toda pista teve sua faísca animada e toda faísca teve seus vários borbubrilhos e cada erupção de jorro teve algum truque do seu trato, uma provocação para Ned, ninho de recanto para Fred e um me espia ceifagora para Pedro Paulo. De modo que o Extenupadre Matt Hughes parecia totalmetamente desnorteado. Mas Danno o Danês sombriu. Duna. Sim nós cuidamamos esta patriança encontro seus moramil hímens cheirorvalhos para rugidos de canhões e tiros de rifles que vociferarão um coloricanto de sempresoldados! Pois não havia maris Tirrenos e para Laxembragas foi passaestecálice ao Nosso Salvasenhora. Pois a alagalã estava apenas seca e havia orvalhuz sobre toda a terra.

Assim a rua gira as lendas enquanto os cais tecem relatobisomens mas alguns poucos familifeudos sentiram um sobreapelo em seu nome. Os velhos Vicários decepsentaram os seus traseirares e endireitaram as pontas dos seus laços. Red Rowleys saiu de suas camas e perguntou o que havia de errado com a corraça. Mick na Murrough utilizava gotejas em camadas para raspar todo o pelo do seu rosto. Os Burckleys e Macooyle-Finns pagavam multa grana por seus pecamentos quando o Cap e Miss Coolie foram estupresos.

Arollombados.

Com a chapeleira erguida da presilha, zigue por zague por poço e dique, piupular, piupular, piupular e Jack Risonho, desdescontando todos os augúrios, vê o Bolchalemão as suas imagens em movimento Katzinha Pekleinadozscemein fugindo para aquela casilha no Finn's Hotel Fiord, Norova Norunião. Onde eles puxaram o chabraço e triliberfizeram e se isso não lhe parece conforcasável, bem, que Voceu possamos gancholhar Mae.

Ele bodou uma atracama. E ela pegabitou uma limpecaza. E todo bemnesse mundo não mais oesxisterá.

Toc Toc. Quem está guerraí? Que guerra? Os gêmemeos. Toc Toc. Quem está forasem? Está forasem o que? Uma maçã. Toc Toc.

Os infontes se acumulam, um dezpois e desobstrucenteum, (péslebrescalços, passaramãos, ossarenques, joebelhas), e eles brinquedançam fogueteando ao redor para saber o quem e para mostrar o fascicomo. Por que estava se escondendo, agonimãe das abatimães? E onde estava caçampty, [330] papa armado? Apontando para o paraíso anuvicéu como a colhereta do chaforte do sargento-ajudante. Qual foi o piorneiro deles a famesclar pares? Ele tem pastorbação de escumular e a caso dela fé altarado. Tornando-se e desfazendo-se, sua semelhante similude pois apesar de a calcária mortesurda até desfazer-nos a sua separarte há uma glacibrisa no toparboreal que desumidifica a manhancolia. Mas diganostudo comosenta tudobem nofim. E quanto mais tempulmões leva mais rapidesfalece eles acaemsalam doisbém. Ele sabe que está apenas penetrizando e ela está convicta de que gritenojaria. Luddeus todopoderelesmonte, transbordamos para ouvi-lo! O atravisedento que ele fez e a primeira que ela? Pequena Peggy Bushe, essa não é a polca, pegue se for cacapaz quando a terrhigh landalta tremefling! E você Tim Tommy Malunático, eu vou contitular aos seus barentes se você enfiar essa imundice em mim!

Então em nomes do Baldo e do solfilho e do espíritolocanto, eassimpordisgastante, triseixnono, e de modo a deixar a formaligna sair do gafancorpo e conduzir as raposasnos pra casa por suas uvas, ops que tal um plebiscanto de publiscídio, alamam alemon, veninos e veninas, nessa montanha de Desilúvio, e nos lugares altos de Desilúvio de Israel, que é Montanharem e a bocanha corujancestral de diublin contra o Vikensrio, desde os seus lagos, pastos e aldeias, vergas, lares e valas, charnecas, prados e matas, bosques, jardins e vales, mesurando o meganominável como também os menoráptos, miriondahertz com torusformador elétricoloidal, áera eira ao redor de vantaanjocky, barbatana sobre as ondas atrás do estupato maragulhador, braço mercador que alonga a faixa da beleza, o gigantes piratavó e ananã karefilhina, sommerlad e cinderenda, Valtivar e Vivesposa, como Big Bill Brianauto Borûmetro primeiro pegou o seu jurolhar na pequena dindindocinha periágua de lavandeira desde quando as pernas cabriolés cobriçam membros de alargarças e era o crepúsculo ou a bocamês do yareano ou o engano do seu cheiro que fez o espermarujo lançar-se nela (numa lojimaginascena paredetoda: manhamanha manhamanha). Para a letificação da desgeneração por neohumorização da nossa Kristianização. Como o último mentiroso no mundo espianduziu a primeira dama da floresta. Apesar de Toot estar perdidoado salvo l'huamoronra! Pois a alegria do orvalho na flor do córrego sobre os campos da espuma das ondas das águas do alto indomárvel do Borneoholm acabou de alcançar o povocoroado. [331]

E assimrip terminarip a históririp. Noo err o meloso findistória. De um pequeno passo triunfardil e um grande trimancoescuna pois ele partiu na chaleira e eles fizeram chátrês (quarto cincultraje!) e se elhces não foramarem alplegres que eu e você me cansamos ser. Pois ele de novo com ela de novo ainda hassombitam por caçaí para atinngir o seu denovoinnterior onde Pappappapparrassannuaragheallachnatull aghmonganmacmacmacwhackfalltherdebblenonthedubblandaddy-doodled e uma pessoa rebelde riocontou uma piada. Gestapose para evitar inconvenitchekas ou salsifurtianos sobre o solodor. Finno de novo, MacCuoholson! Paz, Ó'Reillyágil!

Tal foi o ato godorgulho divino desfreilando a fala do povomem de Dooblin, escoamento e plantação, acácia e pique, com que você irá descascar enquanto eu empalidecerei e iremos empurrar o barcambos prochão os dois na sarjuntos, testesmunhas pedradetoque e shenpedra em papi e puma, bezerro e águia, sob todos os gansauspícios (incorporados), o chara e seu chicão, o perambular deles poraí, corvocovacava reinando viagemplociladaploc (então adilonge deverá correr, ou seus cabelos arrastam da caverna!) a quem ela (não é comumpato seteagrada!). Até que a maronda se tornentulho em batiqueda um liffeleito, (altolá allamarço! O quê O quê!) Navigigante Vaportecedor para Jettydique de Waarftcais, todo o peso daquele montanhomem em seu pequeno costeunuconeto! Ele aquele velho grande meditomem ter tanta dificuldade de ouvir (como dito) e ela a raspadinha com o fixuborno em seu olhar mutante (que vê), Senhor, meu rapaz, ele vai com sua soprabarbazul, vagadama, precipoça corrente. Mas antes de a sua senhorinau ser convertida em um comercenário houve um pequeno incidente tragiteogâmico naquela levealegre saltimbrinca manhã de Janeiro quando ele conspichocou o gigogato pra fora da sacola lamentre os jogos fiounerais daqueles fenianos juramassados para casaquem ele está previforçado a ponteunir o cais, no Estuliffário, emparelhando a pontestrutura do seu compromisso, sensinnbolimagem ralagrandes e coisas, tambenão é verdadiz? Ó nihilo, nem tudo, nem tudo, aqui é a primeira cataração! Como se ela se importasse uma drogassuan dodique com os seus gramparpões prendefurando ele todo molhado entre o fênix e seu compasso e aquele psurdônimo embainhado. Comestá você, Gus Paudheen! Kennestá pensouem você, Dinny Oozlento! Enquanto a cidadeão estava vazando asfalto como um suburbiaureal em sua derroqueda estava metegolando ele como velhas botas, botas, botas, botas.

Enterrupção. Tcheque ou esvolverquia. Portadversen. [332]

Por que, espanto de venceslau, o que de sésamo abra-se, o que v st fazendo? S t sendo v porta. Mas como então que coisa sigmefica isso de ser estando como você estornando n z porta? K? A no. Fui ne não ele que servepé como uma luva, lustrasapamão Pad Podoméstemkin. Suavemente, anninhuma escralavray, slowjaneska.

A velha arguta numemificada confusionária sobresegurada permanelapsando acentuada katekattershin pocotó, pocotó, pocotó, mantendo-se bem, pra frente e pra trás no corredor danzigte, enquanto ia alcovitá-lo, modo de garoto bobo, não sem o cumprimento dos homens da caferna, entre as duas divisões aliadas mortecadoras e as linhas de prepararapontarfogo do guardapoleão arrivedado, tomado em bater copotinência, amarre suas mãos ao entrar, ate as cabeças ao sair, remoltkada a sirva mesma e a serva mesma sozinha, um graçalgueiro turbrilhante amadeirado arrastado e o palrapater de tais familiares, exterilonges e vagamundos, como ela certamente sabe, um delitoso por um tolicial, tá: novos usos na saladomiauseu. O filho jâmmeos é um aborrezinheiro para a sua cabeleça. E o johnventude é uma arte que rapina o seu traseiro. E o Wellingtiro atraventou o espirissusto. Dip.

E a mensagem que ela trouxe debaixo da madame ela se gabou encima que tinha a sua agonia espartilhifica cumprilargo em sua camisola de sári, branqueando suas trocas para manter-se no fascismio da moda desde que o rei de todas as rainhas beijou-lhe a mão abelhencerada, presa (beijefure-me, bonitão, estou cheia de meandros!), seu semblante como um conto de tonel de roupas mundanas, alimentada aos derrodentes com medicamentos em trabalho e a afilição patiromonial dela que partiria um átunmo com quarimenso alfinímpeto em seu capuz, era para o desvanosso corcunpai um comovocetemrelapsado, para mountaniar muttonhas palavras em seu amnesirio de plana linguagem, uma garota da alegria só dele, sua vênus hottentórrida, para perfurar a sua anorelha bissexta, como, Travesseiro seja louvado, os descementes do seu lombo estavam piscando e despertando e sua adormefilha da quieta canção de ninar (não nos deixe cair em refornicação com os pobres no seu reino ensanglório, Lá mente!), uma vez depois do almacho, num por vez, com eles os soprastéis de Murphy que ela povilhou com novoz-moscada e o bolo de batatamora para severa bolamarga torta trabalhada pela sra. Mattom Beetom e perturpata o pote e se ele estava desejoso de palestorcer o caudal dela com peitosiosos excrementários do dia a dia e novidades de jornais de Naul ou falas toplitztramas de moribanhos [333] ou uma cura para uma doença papagaiosa de liturgias inumadas, novinha em meu colherção e a lambemor colher, era a hora dela para o quarchamber ensalicopódio com amor à cara Panelivirgem Marigreja de X. Y. Zudia pois para seguiloucar bilibobos bolsaltivos corpubolsentos e ela era uma devassa para De Marera tomar o brilho genial dela à cama.

— Esse é o tempo para a minha trompada, refletiu o sr. 'Gladstone Browne' no chapedágio barracalto (era coractorístico daquele 'homem de Delganestino'). Dip.

— Esse sou eu vulcânico fumando, profussou o sr. 'Bonaparte Nolan' sob a toucopa de dormir (é possível sentir como se pode a partir daqui reflamecer o 'granchão velho mognoniano'). Dip.

— E esse é defensor do derrotador do descuidador do deformador do primais homem em Danelagh, wellintonificado com seu olhar sobre a sua testa e aquele bonaparido gigonolan chocante delimitador „comum„ do par parnellito, irregulando: Oliver White, ele é tão duro quanto ela é firme. E essa sua brancafala é bastante roucavala. Dip.

Em reverência à sua anádade a dama das vemcamélias como vaginestade a nossa própria estatura tola. Por favor, eum brindimploro, ao seu pscço e sua grgnt!

Ó rum é a coisa mais quômica como isso pinicles e coça o socoso e a judia. Se você me der a sua coisa pra mim eu irei bravear uma canção para você. Fique onde você estolo! Para fazer com que ela vá junto lá. Ele bateu a colher e ela ensacou o açúcar enquanto o público do pub todo ficou olhando. Na parede mezzotinta. Com sua cromostituta para todos, crimeia crimeias. Mostrando o segurei-meu rabo de cavalo sentado ao reidor de todos os homenaques, caesnhões para pilotar à direita deles, caesnhões à pulesquerda neles, enlanado e cambaleante.

Então a katey veio e a katey se joga. E assim a siminarizgraça se foi. E aquela raparigatandente que saltinfoi-se fecharomou a. Porta.

(Silentes)

Sim, nós examinamos aquele impresso em sua glosa tão alegre ele veio de Finndlater Yule para o dia e o seu Hey Tallaght Enxada na estrada do rei com seus cães na casa em uma curva. A Donnicoombe Fairing. Pissagem Millikin. Quando visitar Aix-la-Chapelizod prove uma porção das águas do Cálice de Carlowmagno. [334]

Teleconta como a sua história aos seis de corações deles, um homem de doze olhos; para quem tem a sua Modjeskade que desde então reina morretinta afogada perante o seu isbá.

Au! Au! Aue! Ha! Hei!

Como um palco para estabelecer por rotina ritual para o conto dos grimm grimmedo sobre os quatro jacintos, a carpa surdeificaída e a dúzia do corneteiro da aliança-em-armantes ou como Heliopolistoda foi para a Parquelândia com a mamãe e o papai e o filhinho e a filhinha e o atendente da feira da dormificina e todos para encontrar o lugar certo para espiar uma saiorla ou o sopro da gaita quando o cão de caça pediu para parar com o caçassédio ao declifanhoto naquele apelo suave do relampejo amoroso até, entre temperatura errante e vento estável, hostilfim da devastalândia, novazelalvos e alguns gativelhos, Batebuckley burguesmente atacalou a corrusseria em general.

Propelemo-nos para o diadeus do combate! Nós, nós, estejamos prontos!

Ko Niutirenis hauru leish! A lala! Ko Niutirenis haururu laleish! Ala lala! A tempestade de Wellington está rompendo. O som do maorimaorir. A tempestade de Wellington aumenta fuhriosa. Os wakawakestouros da tempestade. Encare o medo! Lute contra o terror! A força do generando crusso é conhecida no mundo inglesteiro. Digamos caso possamos o que o guringlês bucklinho pode fazer.

Au! Au! Aue! Ha! Heish! A lala!

— Pago em russo, não estavam todos eles então cada um do seu diferente modo de dizer clamando pelo mesmo um no mesmo momento mileum cavaleiros hiberninoites sobentretenescravos que estava tendo, metade pelo riso da santisfação da abensendo bárbaras ou milidúzia e finum conto de um tublim desejado a ele com suas onzolivas em poncolombas e seus próprios delírios colinfernais e Tutan o seu tour em seu iate agonhures. Foi antes quando Aimee protesentou o Arturduque pela figura em profanação e caiu da graça o'malleyciosamente para preencher os companheiros lisonjeiros. (Assim eles diziam). E foi o longo e a curtamisa no verde do bosque, onde obeliscos crescem e odaliscas caem, grande economia para seduzir e jacquesanitário fendulário com alegria (Ó sr. Maturinheiro, chamavam eles, em que chapéu topesado você está! E o modo dessa aramilícia, diziam então eles, esses tão piopiosoldados!). [335]

E foram cíclolos e cíclolos depois que ele fez o designal da cruzdáver e quis almissá-lo (introiduzo o add de que todos falaltarem Deinamarquês), costas, assentos e lados, e ele aplicou (estou profundamente arrefeitiço!) a amplidão para plenitude do ousado garoto inteiro sombrado, medida por messieurs, o ajuntamento da confacão, (eles estava ciclamando de novo e de novera e mais outra armavez, as bocas carnívoras, os hidromeath barulhouth, os sarampos nojentos, seis por um, barra alguns).

E eles o imploseram acentuatrás do fogo. Tolo.

Malmeutimato, maltomatetom, quando uma história tarda shempre a condushaum deve empurrá-la. Para o planomundo velhinteiro rezaminar.

Por favoremos.

Sobre esse Mr. A (atilalaric) e essas mulheres lavadeiras (cor-manchadas), senhorfeulabutal e enfeudalimentação, que tinha seguemitido caimolado e hábel e uma apartescendência feminicantante, nada mais é contao até agora, sua hora ruivibruma, seu Saara seco de tristes folhas de carvalho. E então. Velhobserveja. A próxima coisa é. Nós somos amais uma vez como criancinhas tateando em um planomundo feito frescarne onde com a galinha no livro de histórias nós começamos do início.

Então jurem a trégua, só a velha trégua e nada mais que a trégua, rapazes. A sequidade é mais fortestranha que a facção. Declive. Tintim. Tintim.

— Foi o Grantde, velho jardineiro, *qua* nespedalhista de ouro, Publius Manlius, soldado fuderal, (seu lugar é o seu pôster, claro, diziam eles, e nós vamos marcá-lo, sem dorvida, disseram eles, com um modo carbono cáustico) declara o liberalóide em seu pequeno corporento pendurado dormingato do seu sensuspiro catfisgante, era dele, minha mulher e eu pensar, para sentir cada uma das frutas rejuvenescentes, amacirosa como um balanseio atalantico ou, numa segunda releitorção, um brilho de tenso cabo oscilampejante para o suorlar do seu testarado. E onde os picadílios do seu sensencerra encontros para amar tão levemente pombastitutas candipálidas, meu chorolho mergulha, de seu leve peito deveria ser laxaparente até para o nosso iletrorado de nulotenentes.

Para todos os quais não muito estalou o Nolan das Cabaças em seu outrora coraçãovelha fotognomista que pela mesma tomada estava tão incendiado por São Bruno quanto aquilo que ele tinha consumido era o seu próprio panegórico, e sabe muito sobre se isso era [336] apenas um powpowpow projétil no pombo que o grandegrace marcorreu, o homem de séculos, foi lançado pelo juiz, juri e árbitro no estouro do rebatedor cabra-cega como um delegado bruxuleado. Trouxa.

A sua esmoleminência estando alateretivamente na dispensação com a ajuda de seus três ancioutros patrões, a vaca divina da providenciação para aleitementar leiteiros, bonafacies a solafides, o que importa o que todo o seu freudiz ou quem segura o seu chapéu para atingi-lo, deixe a cabana apenas manter abaixo sendo um consinante desaparecido e deixe hutchannapal livibel plurilindamente balcucifluir um prelouco jogo todo dela. E que seja aquele salmão semebliminar solomomente angulado, portadentro e portafora. Uma trégua para as chamadas de amor, embotadas em guerraroupas, bolsapostais, coisas e casa sombritinteira. Deixe a carta que nunca começa para ir encontrar a risúltima que nunca chega ao fim, escrita em fumaça e borrada pela bruma e assinada em solidão, selada à noite.

É simples. Como diz o canéscio no meio, nem brian nem noel, nem billy nem boney. Imagine duas artificirosas cremosas. Suponha que você receba um belo pensamento e o chame de silvias sob silêncio. Então imagine um tropegago. Sustentrava-o para ter sido um construmaster Omnibunda. Então lascivamente (dodois pra fonte e tresgraus no interibode como uma dança de alegres pisantes) imengine até três lagostentes longamente ocultos. Justo exemplo o Will Woolsley Wellesleytal. Faça carícias nela, perfure-o, pratique travessuras com eles. Ela assentirá com um sorriso ampróprio. Ele pode parecer aprestimá-lo. Eles são tão piráticos piadistas de certa partipsitapote. Sinta as preocupalãs escorrendo dos seus dedos polegares. Diz a vosilva mesmo (flores têm ouvidos, ouvouve!) sololentamente: Então assim bem-estar Budlim! Como vai, delicorpo querido? Feliz de pegá-lo e delatá-lo dessa forma, puro e simples, em saúde e espírito! Como vaipogeu você também, Mestre Faunnegan, e espero que o seu hahititahiti delambe-se com o amendolouco velho! E estranhum bandidum mortum pra tu, Donn, Teague e Hurleg, quem diabolas trouxe você aqui e em que encosto vai você?

Queremos Bud. Queremos Bud Budderly. Queremos Bud Budderly enormemente. Lá está ele no seu Barsalino. O homem que eviatirou as russgas em Generândia. O homem que ganhou a belatalha do baile. Ordem, ordem, ordem, ordem! E firmeza. Convocamos Tancredo Artaxerxes Flavinmarelo para competir com Barnabé Ulickrua Dunnedia. [337]

Ordem, ordem, ordem! Mister Malte na cadeira. Já ouvimos os pecantos cantados dela milvezes. Como Burghley livratirou-se do russocusante genermano. Pela honra de Erin, rapazes, para sempre!

Um esplauso público! Soldados cidadãos.

TAFF (*um garoto esperto, da ordem dos frades mendicantes, trinta para as onze, olhando através do teto em direção a uma relevução da ordem karmavida anterior ao seu elevar de uma emergência guarda-chuviorum num atalho de pratiguardastical solação para o guerrenigma da sua pazbeça*). Tudo estava brilhando e arrubrentando num sangrento assassinato do mar vermerinheiro? Ver o que, amigo confedecopo? Tele versão para sempre?

BUTT (*jovem de meia idade, de apelência clerical, quem, como o seu confrade mendicanpés, deve motencontrar o desastre lamentável em dureza de primeira classe ou trazer uma puta desgraça desde para sempre e uma diaparteira em suas próprias contas*). Mas da. Mas dada, dadocesamivê. Até a noite de tãolevisão. Stevaastopol, marvastapoça!

TAFF (*prontraseiramente se ajudando pela latrina com um urru urropeu, levanta a sua lebre peluda furrada*). Masmente mordidamente! Homem bocasa para nossa montanha. Conscreve-o até hoje anoitecer, vulvunte, em sua jubalante tubalência, o solosapador, com sua soloroupa magra de fora em seu ladolanoso de domindentro. O govelhador-general em tempestalto-tenenleão de Marbalticoamore, casamalteia para o poço da lebredade! Investido de linguagem paramilitar. Os velírios dos eslavarelos noite e dia falanhol urdlês. Ela sheltará e welltass e nosdirá denovogam! Giriabuso cobrilíngue, como Pequena Correruinssia bate nela, intromeando uma língua de míngua! Não a coisa Setânica que enlameou o doce Siranouche! O bom e velho tiro monomem-de-guerreção para monossilábios. Malditos funileiros! Eles fizeram corça de feno de carvalho paralouco Carlo-magno-habitual quando aquele homan d'eirin estava no grande top tomsaw no topo o chefe vagabundo ocupetáculo. Ajaxcular! Tudo bem leveluz prado! Reassemelha as glorilhantes de Brienrulhento o Breve quando os Mollies MacAlpin Topabarato confundiu a sua perna com o seu polegar. E que ele também seja uma intrepidação dos nossos sonhos que esquecemos ao acordar quando a manhã rompe a ereção armarimor e o quebragelo amenizou nosso delírio! Maldisob. Cante carohomagno! Suba, policibobby! Vamos ouvir em relembrança das cinzas refogadias. Segure!

BUTT (*rabistirando do seu bluseio virulonde meditabundo do seu misterishelta, acende a sua espilanterna quentebranca de lançamento de cigarra, alimentada pelas grãoverdes oleilhas de Aerin, enquanto o seu riso relincha na voltamargem* [338] *como aqueles raios iluminados e os seus tropeços linguísticos lipônicos do cacete*). Ullahbluh! Sayonara, pukkel vulvasan! Masculinidade muito suja por aquele assaltédio. Como o velho Papai Daicon quando ele fritomprou os seus ovos em baconceta. Ele cozinha e me cozinha e Olgarvalho serumano cozicome bem um semendeus. Pobrinheiro do velho mijantacama! O rapaz de meialdita-noite abominariza aquela carnemorta! Maldição de deus e bem maldilimpo, senhczar, ele gam não cantsegue! Armas afronte dele, madeiras serradas atrás. Enquanto os bodes mordem suas corças o seu veado aguarda o carorvalho até os limites dos seus glóbulos badalatir o alarmanhã. Cão que ladra não morde. Ele foi envelopado. Bastifashion da Crimeicor. Com todas as suas muninsígnias de canibalas de canhões. Em sua raglanarökapa e seu barrete de peles malakoiffeito e suas longasbotas envernirussas e seus cardigans blusenjaquetortos e suas machisokovs rubrainhas e sua camuflanagem tricolor e seu impermeável peripendiculoso. Aíear semaniwickers contratam belas compras! Brian o melhor borunjunto de roupas! De Karrstor e Polluxikoff, confeccionários masculinos. Vários trifólimetais pagam o tempo de prazer. Madamoça de estilo retrô. Relampavor e trovaral.

TAFF (*todos os perssialfaiatestrelas barunarragitam para o seu vagão horchers, fulbulgarante astronhador fascinebriante cheio de olhos, cheio de bolas, cheio de furos, cheio de botões, cheio de manchas, cheio de medalhas, cheio de bribolhipretas*). Grantempesturso! Todlebenvidemorte! Um cara do vestuário! Insecxos apelando, Baixauld Langcanta tinindo pecasyne! Um chamariz barato! Muito fundo destrói! Diga magnigráfico, pode dizer não por daguerre!

BUTT (*se isso que ele esconde deusquecido tem a noitagem de glóssia longusadas no encontro das florastas da floroucura, seu gasto sorriso lívido de peixe tudalexandertodos o formasno do duvidopado*). Venham todoscês saiasnos de Porquellington que agracitoca as bezerras do Calvomem! Um urso reinando em suas vestes de consumação da desova do céu. Rubraluga, ultralanjado, folharelo, granuverde, balãozul, entedificianil e violante! A capencapuzada vudeformorta de Ermínia! Primeiro ele p p pi pisa. Depois ele p p pa parinclina. Olha.

TAFF (*golpalça atingida estrangulando como aleal preguicidade Lublinense para relembrar pelo circlisinal do cruzeiro que estrangulou Atahualpa com o que envenenou El Monte de Zuma e sentifaltando quersimquernão que ele era talvez nascido no minskt do Kcrumlin nascidantes de ser batizado nos monges vaguaticaneco, torna o sacropolígono do formigório no graxafanhoto, um pouco mais distante, um pouco cedo, uma lettera-* [339] *cettera, bomkeydukreynia*). Desarranjador de calendouro, ele é retornório em todas as estradas! O homem tão tão costurado de uma furãoputa! Com o seu lava e escowalsh. E seu espantalho esquelético se enaltece.

BUTT (*depois das suas línguas nas suas bochechas, com o indicador apontando em rutênio para abjetos impassíveis além da cidadela mistanévoa em direção aos Arborprados tais como os Alpes Jublilianos e o Pico Ribeiro como onde ele e o seu verdadeiro trulockamor podem em algum momento realizar um jogo*). O campo de rochcarhaix e aquela árvore trinchada. Não esqueça da derrubada! Para as lomondações da escritaughrim! Combativo campo dinamarquês. Aqui o vale dos pêlos. Não? O passo ardente. Sim! Com lanças de guerrilheiros comopobres para quebrincar as brincafileiras de princebeijas. E os picamaradas ocultrás do barriardil. Allahblah!

TAFF (*um piratolho, ele luta para reguletar todas as luterrâncias pela mulher na roiztina do passado através das já nelas em efígies lamentafiando depois dos lençóis brancos ovelhinegros da famintília para as relíquias da velha decência desde a lufada*). Ó dia de guerrira! Ah, muerdre mina! É, sole mio! Uh, ele zulugaba! Bernesson Mac Mahahon de Oslo sustentursando um nariz ansioso por doces prolettas no sua do seu braço polosul!

BUTT (*de volta a sua bomba de petróleo: vulvaqui estou aqui permaneço: sem mais pomaremônias: deadwooddick*). Brunourso, fraudalua-endimelado, e o maispardurso homímico no vale Femelurso! Cujos annais livem nas pluralturas! Pois ele devlorou as lílias do campo e ele confrortou farisansão, vagamundo e marchante pela tambordíbula de um burro. Guardeus, punisalve a Finnglanterra, punisalve todos nós!

TAFF (*oquecom os psicofantas no fronte e qualoque os psicopompos vinculatrás do feirafogo, debilincerto, entre a sua pulckrileytude e o generussanovo, onde ele vê o Bispo Fitabolo mais o seu valioso polegároco indo para as suas visitações de miragem ou Senhorita Horizonte, de modo que todas as nossa finntasias a detiveram, na curva da inclinação, desembainhando um cadarshow membralto para a grande consternação*). Divulgue! Comovaivocê, gatinha, e comovocêstá, senhor! Gatodebotas e sapatos. Veja que nós o sol ou deixe o rubrintérprete ser luna tão diretamente quanto a formiga segue a sua linherança enquanto o seu posto vai do Canal do Pubhoteleiro até o Hillborough Assombrado a serviço de sua Mujiquestade, o Lacrirusso, o Corcel, o senhczar de todos os Rússaros, tal como o meu primelonge está próximo daqui do earouvido e o meu findois é encontrar para sentar enquanto o meu todo é um par de [340] mentiréolas. Nós deveríamos dizer que você realidançou a polcafurão. Batida na boca, grogue na garganta, toco na testa e a sua aba está desabot...

BUTT (*ao sinal do seu ato que parece aguçar a sua monodia interior, brincando com o encarretel do pequeno jarrando marrom em volta da roda do whangstouro dela vai o muinller*). Bucklizmente bucklizmente, boyna sanguinosujo! Bimbambombumb. O seu fotogratirapau foi atingido no Jornal Morteirirusso. Por que as gogolrotas que ele ama abandolharam ele.

TAFF (*obrigado com uma simpatifonia de dois yoguerras parepassos nos ossos para marfincada garota e cadébano rapaz*). A balaclavalaica! Trovacamaradovitch! Eu tiritombo!

BUTT (*com a girolâmina de um foicelino mas o humor de hummertelo, Ó, falacomoródias através do seu coleragulouro, funfando com forçatotal com esse olfacto chafurdante*). Moteirar matar tartar torturar! Que suas tigebolas cresçam mais para os seus boliches ficarem piores! O monarda velho realizando uma aventude a partir do assassinato do investimento. Já o vi agindo surgente com o que entrepisca a estrela cimitarra e a lua cinzenta. Pelas suas luzes você poderá sombrecê-lo! Piff paff por puffpuff e o meu cachimbo pelo seu czharuto! A via maláctea de se jogar.

> [*Até o giro do saca-rolha um admirável presentamento verbivocovisual do muldialmente renonciado Evento de Caersteleholme tem sido estado dado pela O Mundo e a Corrida Irlandesa. O centamontoados e vivonze rompestábulos compartilharam o entusiasmo saltipasso a passo com os piquetes ousados e taravalas lá enquanto os estrebamios penteavam o território. Hipohophurra helioscópio iluminou Windor Palalocais como os portões podem ver. Meusdeus! Isso foi (com roseira ardente) o sr. Twomissa Nohoholan para a mútua satisfação penitente deles nos proposiportos de diversimento contando o Verdadeiro Revagarendo Padre Epifânio sacroconfissor do Santo Duroolagh (em chapéu marrom) como (é tão osserto quanto há bonossidade em sua osseoteologia!) Patatraseiras encolheram o canaldário de corridas. A grelha do santo escolástico gargautorizou o grito sapersatural à sua penitemetanoica exomologese dos relatos da castanha (mais uma vez, Wittingtom!) absolutoanamente romptyhompty com sucesso. Muitas raparigas e rapazes sem dmamas ou papas, mas frescarne e sanguinazul com caixas de coleta. Deve-se poupar as ninharias, ficar calado: cobrinhos para as crianças. Sam Escorregão perduro deles, fisicamente presente* [341] *contudo moralmente ausente, estava perambolhando por aí em seu reindecente de diamouro perguntando Gmax, Knox e Dmuggies (um penitostão por seus pensamentos, turfeiros!) para embelharar o ás de trapaus. Tomfunileiro Tim,*

entretanto, seu retentor incessante, (os vozdentes são os vozdentes de Samael mas os mãovidos são mãovidos de Timóteo) está no Diaboozer's Bebegloom, firmemente embebedado em suas tendas de sedamarga. A pista de corruína de Baldoyle, baledale o dia! E as casadas das pessovelhas ebrichics em suas amostras verantilantes! Você vê: um cheferreiro, sempreternos fededores de escandavelas, uma middineste da Casabianca e, claro, o sr. Fray. Barracu! Perdoe a inquisição, causas es quostas? São as Precirmãs Dominizurros Da Valorem. Por que entoucar aquele capuz esquisito? Porque entre as nuncas circundanças é ser apreencebido uma poltronagem de com a distinpó do perdidúltimo Gabbarnador-Jaggartenente. Punjab! Grande Jupulupiter, o que foi surdisso? Sortesortesortesortesortesortesorte! São as Mil e Uma Copa Derraprata Lábiopool de Guinés-Gansos. Segure firme, pequepilota aperpequepilota Persse O'Rileylha! Pgurrosangue, pgurrosangue! Eles estão na cidavolta do quartovau dos obstáculos. Pelo cruzcel de Xristos, Holophullopopulação é um grímpeto de excrementação. Punjab! Emancipador, o caçador de Creme (Major Hermyn C. Entsobio) com efeito dramático reproduzindo a forma de famosos sires na cena dos triunfos anteriores, está mostrando o caminho da águia aos três castrados comprados de Homo FeitoTinta Ink para o sr. Chapeubranco, Farol Bailey Beacon e Raratouille enquanto Primer II e A Outra Garota (sra. Fluida 'Chefes', Beiraliffolha) muito cedo a fonte brinca, estão mostrando um limpo par de ocusaltos ao Imensipaidor. Pensafunde que coisa para a abrontecer aqui! Para os tufos dessa virgem, nesse jardouro de edentos! Eu nunca busquei pensafundar em tal coisa. Nosso senhor prefeito ele está proformamente irrisatisfeito. Ele está cintilante pensante tremulante em suas cadeias. Isso sentará tudo por hoje. Esse doidaerodromo foi oferecido a você por Aposta e Dica. Dica e Aposta, nossos paurlequins mudaroupidos, em Do Topofuro ao Furabaixo da O Mundo e a Corrida Irlandesa.]

TAFF *(consciente de que aquele primeiro relatório esportivo do Regional Londrino foi agora devidepoismente corroliberado por um segundo flash sportivo, toma uma direção revelerente e, para provotomar o timoredo da* **[342]** *malásiestar depois da pungência da orangultônia, oriente pela via de Sagitário em direção a Draco na Vigia).* E você carvoeiro amaldiçoado por ele, o corsário, com Boylesino, Burkelivro e Campvella, eu vou brincar na tumba de estranhossos. Vou tinha acabado de estar cerberando um campo campo desocucampo para o março do Santo Sepulcro através dos alemarmentos recuam com os rapazes todos alinhados, espalhando saudações gigantes ao longo da malecalçada, acompanhados ao longa da derrota pelas Fedestações dos Cruzdáveres. Diga a terrordade do refrigigospel! Por favor, venhamarada! Perfídio Albionias! Filhapense comem desonenhoutra filhacoisa, enquanto o Costuraiate sentou sobre o cafetã Galloweguês poisquando Oropas e Aasas eram criasdescola e Microração mãeu! Um movimento adiante, Milesdado na Bogaleen, e despachar!

BUTT (*escaputilingue suas mangasacos sobretudo sobre o seu ombro de pelotão carneiro de modo a enganchar mais vida como um cavalheiro ao fragrar o ataque levante miseralém de toda a totalagem abarulhecente desesperada da skupschina inteira e explicando aposteriorimente como wauteristóterlootz era nenhum criado valesombras abaixo de zerói e ele estava em um gigangrego estadestético filosófoto de erixião no lado suscseteível dele que fez estragar apriori as suas popoporções).* Sim, meu senhor, não creio que eu não o fiz, senhor. Você nunca me irmenerva pois eu o duvidescuto, pense você! Éu nada sobre nada! Grande Jupitespeare! Falarlouco a crudoença no escripto de um combater. De todas as couraças e todos os soldados reistranhos nas feitragédias daquelas formigantigas e suas grandes gafanhóperas, aquele filho de uma mãetanha, com a sua sabaothagem, fumando o seu escandafrouxo em ambos os seus rabos! Bom tabaco! Eu grandepensei depois das suas obras depois outra vez sobre a coceira no seu reinomínio que ele estava reverencideixando pernarqueorelhadas desde alguma polvorapó e mentolhando por uma poltrona para a nêmesis justisenta alefranca e para salubrar-se a ele mesmo com uma missa celestialmente ultradoxa em sua base por uma bomburina suprema de templigrejas os papas parocidos, o reverendo e afirmoliver cromtumba, e quando ouvi o seu lodbregagem receitando o seu elegospel iludiscurso barato para sintry e santry e sentry e suntry eu pensei que ele estava apenas haftara na metade de ter depoisseu pósdesjejum mas seja a casagrada Perdiz eu não antes visto contra o seu medo então eu estava tremetomando com medeus de alguns poucos versículos provocando fjord por meu quinto pé. Do manifesto é obediência e o. Faloflauta! [343]

TAFF (*ainda que o tremangloazarxão esteja vindo para pegá-lo, giganjunto, pernaltamente lealgioso, deuspreocucolo, como uma tropa sapadora, com um aborrecimento quanto ao seu rabicho e uma alágrima no olho e uma curva nas costas e um coaxo no clamor como fez muito bem ferir e inclinar sobre ele*). Não é umbandido que iria. Larmamento, pondelástima, canção de solofrimonto! Qual goetholho de cabra e shakarneirespeare eles sabiam dantescamente bem. Papaísta. Latrinusurariperna! Tome o golpe do covargrande. Sim! O seu paraíso perdizdo!

BUTT (*dando os seus gemidos siamizados em renocautecimento da sua chutimissão, bombagredido desde a trincheira de fogo, subfriamente cai chumbifrio, senticega dorolhouvido, ele muda de induniforme ao revedeixar o medogato sair da grande sacola: sua face brilha verde, seus cabelos crescinza brancos, azulolhos tornam-se marronssoura para se adequar à sua toalete cúltica*). Porém quando eu vendo ele em sua solitunidade desvibuscar por pertolá aquele dialto torrível com o seu vigijovenieotzschurno cabo e tentando como um catórgico homenrude pernetalagado, arrastando-se pra cima e inclinando-se pra baixo sua peleviva tão esmagadoramente quanto Nabufacão maduro Donoaçougue e exposando o seu velho self pelecador piaorabaixo ao manobradubar em arlixo abertordem de remuneraçonaria com os gigancovardes em seu camprazernato irlandaéreo eu agradachei que ele estava recuperando a respirapão desde algum quartelinvasão generebanho além das carcaças e eu não podia nunca em momento nervalgum contar uma história falsensual não se eu soubesse o prêmio se eu de paixumbo ou alimental. Mas quando eu fiquei inocupado de uma novisão cheia do seu velho bimetalismo basecomum, em matutinação, ping-pong, pelas luzes multicolhoridas das nuvens tropassaltantes e no brilhintenso dos machados de batalhas do herói e entre falhescudo sósnós dos sotacres do sorafim e capturado o cachacheiro feroz do seu aurodor, fedorangotango, um tolo atolado, como Pedrorasta o Paigrande, antipatertiro, minha conta abandonou alianças (mete bala nisso!) e, não mentir é isso, eu estava balbuciando e aindadaga denovo tremechorando, biblibobo, me flechossos me espada me nariz me pés, tobit tobit tobit bate perna, seringapatentãologo.

Atraperdão se alguma vez mautilizei, devo mautilizar você agora! Mas, mea Culpa, Aram de Erzerum, como eu amo o nosso Caro Domrouvido, eu confesso sem precorgulhoceito quando olhei o senhor czarmado de todos os russorrectos com o peso da sua idade traseiburrursa caindo sobre ele de todos os trabalhos fatigantes do seu muitômago e reconhecinasal os destinos de um irmandão havia medo em mim dos filhos de Noé para ele e foi pesado ele era para mim [344] então o modo como eu imagisturei o meu Irmenial patermaria misturentre os seus deustendepiedade familigospolis até, amargo do meu coração, eu não tive corarte para.

TAFF (*como uma questrago de facto, propensando como tais forasteiros de Fogabornéu seduziram os palhaços do campo, ele está prepondo facadorias depois de indo sabendo o que ele está faznedo depois de vê-lo durezamentiro bem confussinado como um efeito assassino, pode apostar a cortaria da sua explovida, antes de ele fazerlhecer, embora ele esteja surpresposo*). Grandeus Obscenitolo! Você não escondeu os ferições? Que diverânsia!

BUTT (*escutando um sacanalguém tristemente dar doisoutrês impertinentes fungos pigarros roncos como vaivalisa vaidormir ele silesperenquanto para ver pode ser que se mexa e então vai dormir como sem perguntar por papapaz ou cantanada de nadalma*). Sereimerda! Encontrei-o quando era muito tarde. Meu destino! Ó ódio! Adordeus! A vestimedo de vergemido! E pense nisso quando você fumifoge para baggot.

TAFF (*que enquanto isso a uma braça de distância de modo a colocar um lamininformante na poetimagem, de modastúcia a copadagar a sua mão e de abrir lugarestaurante ao reunimisto vaziamplo do taxasouro, tinha estado esbanjando, destroços no farol, palavras de silente poder, mumu gluglu béebée garçom, sobre o estufado estalajadeiro direito do curadiscurso que, graças dá-me ação e normas linhadiandomésticas não obstaclante, pode haver pouca dúvida, ter resultado em um garçonstentório ministeriando outra guianness, meu bom, pra você ver*). Bompromifazzio! Champam pra Pa-li-di e oukosouso para o garoto dândi! Beba desse calipeixe e esteja paddymente o'raffertado! Tá bacoado com o quê?

BUTT (*ele chicolimpou o seu foto do chapeuné, como lábicurvos para abrir a ceremonilíngua, ele bebergue a copomunhão do sentido nas mãos do perdoante de consoviolação e oferecentão beberinato que o pontifisorve anfiturando com arúspica hospedaria hospedalidade proferindo em suas pausas um bacom um tanto salgado).* Não há susto Knud mundamplo velhinteiro svendgozo quanto dilata para o melhoramento de nossas forças da natureza pelo seu muito amplo solvente de referagindo sobre mim como um animigo de feito.

[*Os outros quatresquecidos desabusados na Mullingaria são durante esse intersilvalo telefestesionados. Como o mundo ficcionável* [345] *em Cremertório Frisiano está carregando forças pelesadas e vestindo-os com imporcomeáveis. O Nevijnietzschtido Nevgorótula. Como os pelevermelhas espanhafres estão sendo tatuasseados para as segundas vindas do verdanticristo. Havaneros por Aroma da Paz. Como Alibey Ibrahim deseja a Bella Suora um natal sacriptado enquanto os Cavaleiros das Noites da Facarábia executam malvadezas ao redor do jehumisfúria. Aprenda o papelartefício. Como os Velhos Rinogarontens de Natayale estão fazendo rebeluções para as Novos Garotanas futurábeis, nunca acabrasando, ainda gerando, nunca tarde darmais para empreestar, nunca comertarde apressalierimente e nunca acrescentar bebedeiras e nunca formitia sally em excesso e nunca ajudar em demasia com talsuvorovfila com sochiyouroff como o Burckeley Showtirou um general disturbirusso. Telefone para o pinefinal tãodemasiduro pós-manhã e o seu funeral é uma ressurreixião.*]

TAFF (*agora tal como tem sido passado o espaunheiro de Pedro Flauteiro de Colinígula, enquanto eles estão batendurando o caldeirão para um bom diablin para o velho dadão tolápide para sepultar e vem uteraquece seus membros amim denovo, brilhe amim denovo, olhe amim denovo, levante-se na estrada e enxame-se na colina, ache o seu parlezvous français com inglês pidgin no salão parler*). Já que você aceita versingretorix diga a sua peça! Como Buckleycha chocatirou as generemoças rosas. Um balé de Repughazinante Powerder. Uma brisa o mar de azov e foi-se como uma gaivaca! E não vivignore a infelicirelva das lagriturfas, paddywhack meufilho! Você não tiridolou a sua ilúsica, bucklinho? O diontem que o senhordeu acabou indanão, é? Sirvabem-se! Trabuckle bem! Procufale a Bulgarilíngua. Os oitenta séculos estão olhandovocêlogrando para acalmar o desablefe do bodebenspiatório. Hucklolega, finngido! Homemthing jocolocaqui o cabetúmulo total de alguém em trevalgum lugar tinkerdingleydellado. Nósbemsozinhos feito no meirto do lamadeus dois principais elevaram-se para bater, três homens livrescravos permaneceram obspreitando. Vire-senhor whittington! Antes da tossempestorreneve! Será uma boa mudança, arrá, senhor? Você pode conseguir, picamigo?

BUTT (*que no baixopulso do seu deusafortunado coração, sempre afeiçolongo da sua cabespinha brotada, é um nialista da nona refenstalajadeira, o bebêsino em seu saggotrath superigreja em explosivação deumasóvez, sim, para que não se desafie a si mesmo, pordeus, até aonghústia*). Apagradável, dânditaff! Tanto dito quanto faria. Era Corporacabo Fênixcado Felizmeiro. Hititisso era [346] de um outro tempo, um molhadia brancavalo onde o diabo encontrou o bulrrigário, velociadeus, duragora ao longo entre o primeiro equinócio no frescalendódio, na planície de Khorassão como se fosse do monte de Babetel, Durmíngrime Nãomais, cento e rionze e terinta e dois anos como o vacorvo evoapora fim no feito, depois um poder da alcoolventura, quarensangrendias e quaremboasnoites deles, quando a visão das bestas, (enchente que de chuvitempo ventempo!), umidamais luamentosa data que o homem jameios teve o diadofulmamentofinal com a morte, e a higiene estana no Confortareilly Frioir Cherosenesus Milicilesia como sob Sirdharthur Woolwichligas, bons anos de asnos enquanto na pareguerra da Crimeia mesmalgum lugaronde na Irland'água, durante o meu choro armistolo sobre a abrandância do Estegito e as ligas pendentes do joelho e desafiando o meu copularmistinsígnia pernadepauruetas em Bostion Massamusgotts, velha escada e novo estilo e soltemeia uma pulégua adiante. E vinnça de novo, obriguarda-costas, ou lastiperca o dia, brinque a cabra, a ladralma penada, se os moscovitas sabem de quem é quem zumbe, o grande dia e o druidia terrível vem Sãonho Patrisky, e o grande dia, o excelente belo esplendoroso longo agradável confibrindável cinlíndrico dia, vá Sexta do Nona, o heptacentemerário annam dammias que Hajizfijjiz vara me é e será e foi até o atraso está nisso que está contado no livrobog de Adãollen para Matarcoluncille todas as prefacias de Erin idas ao brejos. Mas possolhedizer. E nãomixturado. Estávamos tão baixolitários até perseguirmos as bestidas mortas. Então comecei a estudar e logo mostrei a eles as razões do dia como dar uma batida de indifrieza aos perecentes desolados deles e conceder um para as bestidas. Todo camarada que ele olha ele chama todo camarada vem para o fim de longa villa. Tombado, como eu fui aplaupedrado! A partir dos tocavendedores de banjo no ataque. Pegando a minha anti baunessa e tirando a estelleria da minha ressurreititia. Boxerisando e coxerusando. E swiftpassando um johnnathan bem swiftvarrido para me exercitar nuncobstante os chapetiros e seus cartuchos romanórios, armuitobem e patrocartuchado, por toda a Guerroliver Cromurowell. Seja por como foi-me haw-hawsitante.

TAFF (*tudo afapor deixesquecer o seu tempesfogo e trovoada serem colocadas a aquecer no fogo e, enquanto durblinamente obesiente à felicitas do cidaparelho, ainda fumandevorando o seu profunvorito tabaturco na pressança trapafumaceira das* [347] *damas*). Como yaa hoo vai você, cel.? Quem combadeus uniu nenhum garrafomem pode separar! Você não era ajudante de campo?

BUTT (*em seu dificultuoso tresdobramento, ele se sente como uma batalha um campo de batacaída de garrafa de cervemijo preta mas cai uma batanolago uma barrilbida de cervazia*). E que horrilalfa dormegabeça! Entre os meus racionsamentos no pós-lúldimo passado e minhas desconexões com o impermechumbável fuckinutituro eu tenho um pacote cheio de memotilações em meu zumpeito que medeia as lágrimas que correm devalagrimamente, chumpálidamente, enquanto eu agora com pelotônico dispensamor recolho em (como as engrossalinhas voltam pra casa para se empoleiferrar!) meu apaissionário postição para todos eles boiardos que estão agora bumerangueando em Valbradhalla, minha alma mártir. Eu bebesmago a eles, espíritos bicornantigos fusilideixados, e a seus companheiros assistentes, mesmo onde as águas são contensadas, com vermuquentes absintes. Acordoce de selvalheiros, eu lhe concedo o nosso grandemente blasfeswaran, Teocupante de Tenebruinópolis, o tronocupólvora e todos os nossos devotos régios com o deteresto de todos os inibitantes de Novirlanda! Uma breve bocalavra. E um magnificagora! Meuvelho camarada o monte de enterro, (se eles pudessem imagichutar dessa vez tudo o que acontecentavo conosco!) Cedric conhecido Gormfhlaithson e Danno O'Dunnochoo e Conno O'Cannochar esses eram os seus nomes pois estávamos todos sob aquelas barracas de estilo sobre Kong Gores

Wood juntos, três turco-homens, com aquelas kakireinettes, nossas padeciladies em seu toileteries, as duas sobriliciosas, Vera Verdade, do velho Papi Titio que era uma grande marca para rapilogros e descartes, até com o apalpósito de esquentar e aquecer, nós guerreamos, e a carga charme de sua brocada levegeira. Pois líspias tem uma luz no olho mas quando ele brilhálsamo fogo ninguém compreentela. Hip, hip, hurra! Erga-se e lideruma vez a tentirania! Livretrês do veztempo livretrês! Avante Lancesters! Anamate-os!

TAFF (*que ainda sente que as heroninfas celenviadas que o entretinham elas que eram rivalisenhoras desde a ensolarada espiãla mas roubancavam desordeiros com suas carteiras no grossataque da batalhergência de Bakerloo, (11.32), passando a escova de doido uninacional para suavizar a ironia sobre a infrutuosidade multinoitenunciada do seu aparelho risador*). A costela, a costela, a rainhameira de passarelhos, Sonhonia Sonhonifiligritos! Sua Rosceta Fanfarra que está pronta para abraçar nosso mundo de vermelhidão estinflamada! Em seu falalésbico barbabebenzinhos. Até que elas tenham [348] tortanéis em seus dedilhos e sinúnculos em suas marmorréias. Putonde fincador espuma, Mer Pencho? É corte supermarcial ou da equifaca gonorreal? Cuide dos seus porfafezes e seus agradecimerdas, se piggottfor possível! Perca a cabeça, perdido! Seja um dândi! Para o velho czar e carpinteiros! Cante no corave para nevar:

[*Na noite heliotropical posterior ao desvanecimento de um Tuff transformado e, pendurante viceversão, um rebrilho metenergético de radiante Batt, o quadrobaird de tele bombardeamento, se de saborosamente tenso cetim geurânio, tende a telenquadrar e amplificar a carga de uma leveluz barribricada. Pelo declive leveluz em pulsações sincopancadas, com os bits entre os ceredentais, tropos equiviscosos, umbrilhoumtagarelaumglutão, conduzidos pela carneválvula. O pulverizador os coleta e separa a partir de um foco duplo: granadito, dinamito, defeletronito, niilito: e o escaneador atravessa as linhas afunseparadas ilustradas e rutilançadas. Castlolhe! A verdarmistício do evangelho vaza sobre os vestesqueijo de césio. Entre uma fluorescência de espetacular misfitismo lá caoculha através do inconoscópio furtivamente um retrato, a figura de um camarada no bom-espírito santinvitado,*

Popeye O'Donoghue, o jesuneral dos russuítas. O ídolo exibe os selos das suas ordens: a estrolhada do Filho do Céu, a cintaliga de Isabel a Católica, a cruz de Michelides Apaleogos, os cadarços de João Nepomuceno, o piuiiipiuiii e pompom de Pólvora e Bala, o grande cinto, fita e fivelas da Martirologia de Gourmand. É para o serviço costumeiro de vigilameio semanal. O victário. Paz favor de não falar acima dos seus pavores, por favor à infantaria. Infern, alg deu errad cm interruptr supersnic! Ele piscalva os seus olhos porque ele confessa a todas as suas televiciosas sobrinhas. Ele bloqueia o seu nasalriz porque ele confessa a todomondes que ele sempre esteve colocando os seus últimos dedos. Ele esbofelimpa a sua vangloriboca com uma espada de dentepresa como porque ele confessa com que frequência ele costumava estar em cima do quaotrevimento dela acostumado a estar debaixo dela. Ele reúne juntos todas os mercanuscritos com os seus pesdearrastas na medida em que porque ele confessa ante de todos as suas conquistas e por trás de todos os seus confoderados. E (eisaqui não podia voltar dizendo que ele não podefiniria pulmais roubar, por jesusim senhor, [349] o gato voltou sua cauda permanivela afascordada) ele tocou nessa árvore dos viventes no meio jardim pois na medida em que como ele confessou a Hilel na colina e a pelo vale e nos lugares em que os leprosos habitam no lugar das pedras in ponto fert jurisfugindo poramoreto agora ele chega a pensar nisso bem alegre rutenierosamente poróleo todoliva a maldita loja. Pobre velho Pumpey O'Dunganau! Haverá uma coleção de galinhas dele depois das vésperas nos campos de Hanar. Caiam de queixo, malisenhoras e gangstenhores! Dtin, dtin, dtin, dtin!]

BUTT (*com um gesto expansivo do sr. Longo Lagarto Lívido com girenssolaradas belatoeiras puxado pra cima à queima-roupa por malapostal mundarnismo em Old Bailey Court apesar da hesitensidade falinsolente longe da sua malevolência dizer como quando ele estava rápido marcando o seu primeiro senhor da crimação a mulher do seu traseio era exatamente a penisúltima coisa a penalterar no seu mentalirabo*). Prestitutas, puro ciumembro! É bagunficiente, oregado! Defesa em todas as circunstâncias de devassidão sobrenão os castos tolimpos! Batedores de carteira, pês e quês a serem putrecessados!

Esteja no ponto, pufavô, de não esquecer ou meramente de ser sinal você mesmo de outro lugar mais quente! Corrija-me, peço comando, em nome deus cossacos mas eu renuncio a isso. Sem mais cartasbascas para esse polobre fantasfricano! Com muitas e muitas obrimilhas. Eu tava de pançacheia de delícias paturcas o tempo firme fodinteiro sobre carne cruomanceu e julienne com suas lagosdeiras nos meus rins e meu marganeiro em suas costelas saxônicas, joelhuma nela, comeduas ela e cortrês ela, quando o osírio aéreo burro como metade no fiorde e nós jogorezando cigarrorações e biliscando fumapazças, tachimbaco soldatomatkins todos, pelo Paidre Patrick Spensdízimo da Paroquirivesaria para ir e nos deixar e o vinho barato para lanshell uma luz sobre os docunoites (cena como assinada, celebricartas de glóriadeus), alimentando e dormindo sobre huguenotes (o confortável dormespaniel está onde o leão domestá!) e relendo revolações curalbigeneses (sacrareie-nos e santifique-nos e abensoe denovo como umarma!). Entretanto ainda em tudo, em troca, como cantatamos na violescola dominiclara, todo soldado francês carreguerra o bastão de um camarechal na moginla e amenoslistar que esteja ficando esquecheinimigo dos rugimentos da pinguerra barbarilizada eu estava saudamigo intinimigo e nos envio [350] victorias com nataliarmas e carabrownings, estúpido, rasteiro e apressado, e toda a diversão que tive naquela semana finnegraciosa. Um homem desconhecido vestindo um barriltuário. Eis aqui um presente de centovos e trocovos. E enquanto vivo para chipping nortons. E seus ferrovos servem a um agricultor, sim. Arcdesedo! Arcoirisrumba! Então foram os dias inferlizes para os nossos amigos, os corpos estrelagostas leais, e nós éramos os recrutonários reduíris, batatolos três e belinglês doisbém, uma chiadica nós temos em nossas teimilhas de barlavento, pequenós ingreses, uma longa faixa azul, comer e beber em Minha Pequena Rose, braçada a braçada com Lagostomar Khaiiena estava sempre cantagitando ao redor em carroragem enjanelada quando os nossos cortejos com as garotas tornou-se vinhenloucado por uma canção, cigarros de ciganos, enquanto Woodbiretriz Cigarruillie, tão popuborralho com as cigarretrizes, nosso Charlie Chapreto, azulou o bluesar. Saúde! Banzai! Cerveja Bass! S. Pedropaulo ticervegela. E todos nós sintonizamos para ouvir a novialidade maiorstaréu. Acima os rebeldes afogaixo as bepistas e armeiostícios por todos lados! Paddy Bonommen ele vive! Encore! E tic por tac Tictactictac. Meus dias sonhembebidos eu amei vocês acima de todo o restimento. Oficial narina e o garoto sem as suas botas e o machogueiro do nosso bando e tudo. Estava extremamente bom, acredite. Eu era um mero soldado sem a minha fuminsígnia mas eu não dei a ninguém nadampty lixumpty, moeda ou dinheiro, tocando aqueles desentaocupados escravos generales de Terranah Cornwalls, a delícia da milícia, pronunciando os seus próprios movimentos de flanco em solpetersbosque. Bacanificadora a queguerra! Eu poderia sempre proteger-me a mim mesmo e, olhembotados e orelhempés, prezas por chuva ou cominameaças, eu não me importei nem um pouco, (Farshem, Hamorla ou Japhet!) por quaisquer sentimentos da minha soldaprivida em suas repetrogradas incleninções porque eu tenho Deles Honras estambas minhas resputáveis soeurs puteirassociação de Lyndhurst Terrace, a putita sra. Calcinhelana Dalam, e ela desabavinhando a sua raivinha puta belledizer a verdade sobre a sua alliança e eu conheço Sua Alteza, minhas respeitáveis senhoras culonelles na Meretricillay Street, Trovão Tenente General, e eles não iriam nunca como os armados da presersalvação me decepcionar. De forma parasitalguma, cafetão! Sem espiar, gigolô! E, por Java, eu nunca fiz errado nem o amaldecepcionei, arriscado trabalho russo lobo, no início do semalório, chega o bebinapto [351] (seus velhos expedesprezários!), esse geminal urssião, em sua grosseria canalha não unireformizada e foi atrás dele naquele nemcon escaloquente com o mesma velha história recorteada e seu sairlevador de quedição como é grandemente ser prosticularmentado (o whitesidevogado que faça a sua barba!) e eu vi seu rompedomem ofensivo e seu gabartholomiau vanhovomrighpaisunto vis-à-vis a eles corredores escarlates e como eles deram amor a ele e como ele receceu a palavramundo de nós (odiosa a mosca mosqueia flertevolamente do seu ele e dela! Apenas sereitriz enmodelecendo era isso que ele era!) e, minha irolanda por um revóliver, senhor, pela respinguagem da colt e do bangtoque vai o enemago o percy o'rallyado me pegou, mensanhor, (tão verdadeiro quanto há um Alemadeus Gotacima de Nósturno!) para explodir a grandeza do seu graçafanhalto. Sou enganestado tomotempo meu! E depois de carnós o medolúvio. Nós insurrecionados e, sendo a procurateira dos sínodos santupidos, antes de ele poder dizer elabaleado paralewisgual, e fechatirei, esposerrei, como um escrébrio bramplo! Humpcunda para dumpejo. Caicomalavanca!

TAFF (*sensocamelando que prosperidesde eles deram larmento a o'nuallain a lobovolgária embarcanção está se dirigindo para o mar vermelhion mas muito polido sem ignorar a indecencilândia dos precedimentos do seu riflal, em um esforço rumo autosotirização, apaga-se a si mesmo em favor da idiologia que sempre caçatrás da sua concunhump granulumpy homosodalidade que significa que se ele mentenós de uma sós vez para adocicar o seu gosto — cabronne! — ele pode estalvez imacular uma jovem no seu forno — combrune —*) Ósantifina fatirrúsia, eu sou crente! E Oho muito malantão da sua parte, generarma-de-bragaladeira! A grande e velha agarraranha! É um nome para chamar por ele Umsturdum Vonn! Ah, você foi atirasartor reatiresartus e victor vencido. Aha raça de mercardentes de lã balcaninação oho de atiradores de vendelites.

BUTT (*miraculando no grito de guerra de Avidanny Deever, seu bigode hirsuto, como, solitarium gatilhitrês quatrêmulo cincão, ele grita o seu polegolpe e qua qua quatro finnguradedos pelos puxavidas ahs!*) Maldito-focilama! Que seja espingardeado com chumbode! Ele não desfraudará mais nenhuma cova nem casa nem cornos, nem lobisomem, pois baitolobo colegazela em colinas de homens mortos! Capitão (retrovisões da sua descobarba!), Sua Cumbulenta Embulência, o qualifrustrado quatrestelar Russacruziano, Dom Daniallá O'Cadelonnell, conigmandoido-chefe.

TAFF (*que, da melhor amianto possível, com o zumparo de deus e sua abenlicidade criaterna, tem estado sulfurendo por salveles todos os lutatórios* [352] *da esplencadorosa pratrícisanta de cair na persulcação de teagonias dos amaldiçoados*). Trêstão, o homem-bodeus! E o nome do Mais Marternecido, o Espíritemor Augusto, o Egrecioso! Em solusóbria verdade e em seus asseínodos civilivestes? E para o devertrimento do encurtamento de seu todilha de caidomem? Enãoé?

BUTT (*em zomburnaria maomentânea, mas aprofiadamente deturbantenido pelos desgrsossos clareadores estarão depois fazendo um ferihalo de motorresta a partir da euforia sacrosalubrecínica da sua morte e seja amaldiadema*). Yastsar! Em verdente de sábrio e sarvilas sombrias! Senonnevero! Que ele me deixe não entanto é o meu laborment. Ele me desafiousou a isso e me atreveu a fazê-lo, e instado eunouseifazerno como uma troça Galoturpente de Matatork pode dizer e Ursa Urssrso dos victauriosos em avanço com todo os algarratos no porártico! Tão ousado e como um hospício um touro nos prados. Kcnute Ktricohattrick Kperverpeard! Olaphver, o antepassurdo dos tempos de velhinimigos! Ouvidesconhecido! Pois quando mexemeviu ele, e batendozehoras rolando portodoslados a nossa barulhalta terra, comporsoltando-se até aquela grama de relva para comecoçá-lo, para limpá-lo, puddywhack. Ai, e desfazestrondo o seu culote em uma pernisaída isroyal *Deo Jupto*. Naqueloutro insulto à Igorlanda! Prronto! Eu dei um boabagem e pra cima com o meu cruzjado. Miramerda! Com o meu comarco na armamão e suatinge perna uma flecha alvo sorveira. Esperatire!

[A nadiquilação do étimo pelo terrivânico do grosny do moedor do fundador do primeiro lorde Rutherford detonexplolônio através de Parsuraliae com uma aindivanmaisterribombo fragoreburugido entrewhiches uma geral extrema confusão são perceptíveis martelétrons sucacriando com mulículas que o paisconventry abobádoras bastanteparasfixieles na londrina Carrelegância Porcadilly. Cenas similares são projestilizadas desde Hullulullu Bulawayo, imperial Romespaço e Atenas moderna. Eles eram exatamente os doze em pontos, meio-dia minutos, nenhum segundos. Ao sentapor do solalgum do velho Guerreino Danelaghlaterra, pelo romper do Diannybrook em Eire.]

TAFF (*na correconfusão, suas reunilãs sobre todo o cromlim o que com os rapazes de borstal artaneles e é a voltour dela e o foguete do quatrodos fogosdearticinco e a louça da cacasa* [353] *dumdum aposento deles*). O que são todas essas lâmpadas lá em cima! Fechaporta-meufilmelho?

BUTT (*puxando enfim a forte bateridaniel com quase um espectrago na idiporta enquanto muito maior que o perdão dolorosamente a questão da sua boca desfazenduindo, vilidade das vilanias, e se torna, infelizvitalmente, enfraquecido*). De fato! Como Fauno MacCoolnibal!

BUTT e TAFF (*desporta escravassalariado e chefinimigo feudal liberto, agora uma e mesma pessoa, sua luta erguida pelo direito por um pouquinho sendo desconcertado e cambaleado, ofuscado pela sombra magimaisquemítica mulatomiliciana da Velha Rurssieire, os viventes por conquistar a superfista da gleba cuja oscilação covarde os favominions causaram injuriar, enquanto, muito sórdido para o inferno, sob a tocha ardente da Armauser fervente, ele cai pela Gollimão do servilicor, porém corardendo pela circunsistência dos Parke O'Raremente pelo realejo do concertone Siciliano do seu fundesejo de disputa brigulhenta, cumprimentadas as mãos de todambos, enquanto S. E. Morehampton faz adeusmor com E. N. Sheilmartin depois na Casadereuniorações Lanigan envolvergonhou Vergemembro Hallto, e, sem hesipaição ou mãemúrio ou tagalirmãodade de mestrirmãdade, luta pela jura de fenianamizade, mão em mão, com uma virada comuntern velhivoto do homem firmefesta e do melhor homem forteologicaliadomonte desapalmado como sinais de mercadoria contra uma pazcococacacacacatenoção).* Quando todo o velho cobramundo era um cafajardim e Anteia primeiro desfolhou os seus membros com desejo de maravilhajar foi o caminho do bosque tomou onde optar e captar eram irmãos siamurais. Eles tiveram os evolhos de seus balbucios morternos e suas idas mortíferas e seus arcoíris amortiçoados naquele bosque moscatel mas haverá resplandecentes flores pliniolunárias nas habitações frescas da Calomela quando as torres de blábláblá da pira-rabilonga chamuscando e piando desde o corvempomba. Se você elogiama o sexo da cabeça dele e me comeodeia o escoar de suas confusuvas ele está dançando efígies para o salivado materno e empurrando a surdespada. E ele estará comprando comprazes e irá enganando formigarotas com o seu flutua ou afunda de carmim, seda e mel enquanto meuseseus brincando de lancifer lucifugal e o que é surdo como um besouro por ouvidusos torna modesto tímido coroalanus e dá mais água pra minha boca. Então até buttdenovo sagrentamente atirar acolá a insurruição germinal que o pauckley mastigue a gordurataff da sua raiva e mauckley aguarde a relabuta do seu buttonel. [354]

[O bombegar e os cincano assobidedos são idealmente reconstituídos. Pipedros e Paulotes estão enpedrepacolapsados. Todos os presentes são determinantes no que concerne ao futuro as circunstâncias das suas ausências passadas que eles poderiam ver na audição se pudessem uma vez cheirar pelos gostos do toque. Dever encontrar um valor para. Dever sobreperdurar escuternamente. Quando x o que é nãodado. Por ondassim adizer. Silencitude. Vazio.]

Cale a boca. E a semente de fato desceu muito bem. E se ele encantolou em seu discurso sombriamente copocinza colore face a face tudo aoredor.

Vociferagitante. Viceversoando. Nomeadamente, Abdul Abulbul Amir ou Ivan Slavansky Slovar. Na todantiga confusalém. Quanto a quem o major culpadrinho pertencia era o cuidado de Hircusippus em motivar. O banho da bela ela está inclinada a impedir os observadores e o orgulho, o seu expurgo, tem lugar determinado na penitência e o próprio libelo da lei ergue e mutila o baixo com o elevado. Mantenha em silencicasa! Enquanto a Perceresia Caça eles devastam a colina para traziluzê-los os criminosos contentes desde, controlar aqueles canalhas capciosos desde, regular as recreações deles pelos jardins desde. Perambular.

Em roupas de fechadormir, ao redamor, na oscilação dos conquistadores. Depois da batalha deles o seu peito justo.

— Isso é muito verdade verdade o suficiente tanto nas Ilhas Solidinas quanto na Alegiaourmanha e desde os amelequinos até o período da terra dos egípcios motorantigos, consentido desde a sua abertura perante os seus observadores de onde um pastor de boiscurso parado estabulado o bem-nutrido, senhor dos sete dias, soberano de sentábados e solmingos, o trono de todo os sóis que estão no anel do seu sistema dos satélites do seu sol, deus do serhabilicheio caidafalfusão, que (ele evicontém) enforgangster, que (ele restringe) governirmão, um ganho variável, uma cunhagem destruvasta, pesado em camisas, sortudo nas trocas, o topo corcunda silestômago nentre os seus reconhesombras lavramigos, Misto Teewiley Entornaloja, que manteve guarda no obesanheiro, cuja esposa é An-Lyph, o bexigaleiro do cão, mais quente do seu sofarruagen de antemão. Todos nós, pois todos os homens são leprosos, temos estado meramente imagerrando naquele calafrio vastinfantil que é o nosso verdadeiro nome depois da paicilação de tododins (sorte da caneca a eles!) e, falando de amor e detectores de mentiras in vinovariedades, não importa a droga da verdade disso, havia [355] lá um iota do primeiro faustivo ao perdidúltimo. E isso é no máximo notemivelmente uma verdadeira derrota de cada um e todinkerman nós, eu me persuado, perante a Deuspendência mentirosa, cavalheiros, tão verdadeiro quanto estas são as minhas cafetaúdes montadas nesses que são meus rubramplos soldadombros.

Isso solincitava, rastatejando humildemente, a sua cela de sete orofaces, de todas, bradadores de culpa ou murmuradores de crimes, para ser dito por, deus sabe quem, conselhos para, livre de taxas graçasadeus, selesperto incluído, competindo-os, se eles tivessem estudabilizado Juralei ou quando eles tivessem lido Messafississipica, esposo de sua mulhor or melhomem costusolteiramante de si mesmo, como pode um corpo em nosso mundo tayloralfaiatizado resolvego as nossas tesestes, se para onde ele dá um primeum mobile para o nosso anotamia ou não, o paimeiro enigmeneio do ubiverso, de onde porque é o homem, aquele velhor ofensor, nenhoutro homem, porque ele é demimesmo. E plenexemplificando. Isso pint em questão. Com alguns exemparábolas derramadas. E seiscesso pontos para provar rapidoroso. A sospa eita está pronta!

— Um tempo. E um belacho tempo. Quando eu era um jogaroto. E os escuriturcos tinham comingau. Deixe-me luzser um peixe lifresco. E eles assaram o bom pão com carne macia no quartambor de velas. I tenho estado apenas (surpresoremos) lendo em um livro (suprimido) — é apesar de tudo em messrsdidas longo e limitado — a tipografia é eminentemente legligível e o papel, então ele avidamente o apanhou, foi escassamente melhoradulado em obras de publicidade prévia todembora em anaotações mais agudas se eu deixar de relvalado para pastorização. Embrulhado o triste papel para quem é o signo da sagrada escritura. Quem o afivela o alça no que pode, cinzindagado, ter curajudado. Suficiente, contudo, já li disso, como o meu bom camelhor amigo, para augurar na pressa dos tempos que irá recocomendar a mais ampla circulação e uma reputação coextensiva aos seus méritos quando confilançada a mãos seguras e piedosas em uma missão tão edificante quanto esta, posso ver, como a dele. Em seu embelustrado com folhas expurgativas, repletas de informações e acampanhadas de ação paixão, pontualidade, batizumbido, chocalhando do início ao fim, como venho dizevendo, com as minhas mais calorosas venereções, temperosa cidade na área rural, (Deus proteja e guarde a cidade!) todembora semprecarregado com aquele absurdo marassento brancatrás, perante a palavrarte desse precoce entalhador, um mestre das vinhetianas [356] e nosso melhor ferrenterro entre todos os ourifícios deles, (e, graçúcar a deusopado, tão esplendidafanadamente Inglês!) sr. Aubeyron Beardsley. Bommoçobobo, baratincendipio e vaibemdigno um triato! Benvindenomedalá. Mas o acazar que você pergunta está justamente sempre atrás do seu imtromilance de dados! Aqueles cenfelizes por centristes estrangeuropeus, esquergarela enferrudireita! Cacadeiras boas. É aquele algo, temor, aurorabes naquele companheiro, glória e cansaço, (ele tinha só a beardsley de Hugh de Brassey sua mulhervermeu de vestisfarce gregantigo) que venconquistranho qualquer perssoa que nós, devemos, realisinus com purupa de um dardor de pene. Há entre outras prassoas que eu amo e que são favoritas da mente, uma que eu empurrei meu dedo para o movimento e, salvo pelo meu vedanel é nada para o comãodo eu juro, ela é altamente catarterística e há outra que eu tenho carinhosamente dedilhado livrequentemente e, quando o meu sinete está no sinal de novo eu juro, ela é profundamente sanguenificante. *Culpo de Dido*! Comarte de dizer nos classisalas, *Kunstfulva*, nós outros dizemos. Que sombra corvoraz! Que fala gentil! Nem o rei desta época poderia mais ricamente olhalimentar em longassidão orelhental com noitalegrias alternadas de mil tipos mas um gentipo. Uma paralebebida de Shahryeja em mim quando estou mestirando! E enquanto (quando faço o meu painel deslizante e ouço cráscrás) Eu tenho estado preguidilicamente virando os folherestos viuvamores soltos casualmente irregulargados no lamatório, como é meu isto é, como devo comprometer meus lábios a fazer minha face passar por meu infortúnio, frequentemente, até onde posso por acaso recordar desde algumas quinzelongínquas atrás, (tão doceturvo é aquele egopeixeservimesa de não ser capaz de ser obrigado a ter de levar adiante qualquer coisa outra que uma pedra que faz cair as frutas lançadas por ele!) quando eu, se você me perdoar por este baixexpor as malinexpressáveis, animada em direção ao Autor da Natureza pelos pecados naturais em taputarias goblelinas deles perante mim, (quão diferendados com o artificihumanos Eunoques de Cunstartenopólios!), se climatizados estiverem de uma estatura de goughlfe general, assassertado, ou floridamente enrubelezando eles mesmos por necessibaixo de algumas insensafolhas de espinheiro, estou cercado contemplando a mim mesmo, com meus olhos nus, realiviando propósitos em nosso verdadeiruralmente hohomem vegetabaco (jardim) Eu algumas vezes, talvez, o que justamente se disse do velho Flannagan, um acordar desse ou caçadoravante peleaí, com algum choque (devo eu assim rendê-lo?) [357] ter (quando eu abro minha janela claraboia e vejo cocoricó) uma noção quieta e involuptuária da que eu estou mendipegando fotorápidas como em mermurandômicos de renações distendes desde fases ou cabanas facsimilares nas cenatrás de nossa terraplanagem (que tremor encantacorvo! que apombação fassassinante!) como isso é, em nenhum tempo espacial procexatamente que concerne à concretude cronológica sobre que de fato, apesar de eu ter me diminuído para o meu alegre nomepresente de insectário, a alegre suspensão da posse tornaria a lardocecidade tranquilucrando, meu motu proprio, como digo, a vagabontade de deuscarga, eu cunhei, eu estou altamente contente pelo e profundamente aleglutido pelos mais distantemente corações de ver pelos seus relatos atualtos das partes da minha bateria trêsovada (shhh!) que, colombófilo e corvofóbico por igual, quando eu me recoletei, meu viajego, como se desde as nuvens Magelânicas, depois de minhas despesas contratuais, através dos perofecias de merlimbo, eu, minha nossa, eu estou, eu estou eretamente bem.

A barca do seu relato encalhou; e partiu para marido e videira: e o mestre do harporto contou toda a conservância viva, conhece o Meschiameschianahmento, como aquele ganhar um ganho apareceu de novo. Voar o Perseoreal. Com todos admais bordo, padar e madar, hal e sal, os filhos de Eire com as filhas do Irã. Amick amack amock em um merdoduto. Com os dois lulus e o grifogrifogrifo, em Fenegans Wick, os Wildemanns. Liquidado branco e entregue direito. Sonoros elogios à sua concunda da sorte e pontão jesus sobre jonas! E eles enceraram e minguaram como faróis de bailey. Até termos crescido velhadores.

De cujo sopulpito preagravado, por teologias retrosolenicestas (lá onde havia autori3a9e de herões naquele alraschil artusdux draken), eles eram quemelhantes por prazer de dizer, em questões decúmanondas número um, em referurso a ele e à sua autourozação (pode vir, garotas! podem começar, Ó cara, quem quer de vocês que ganhe! Os dois joelhêmeos e Jane Agrahmada e Judy Tomcompro!) desagregando e tomando-o de lado, o puta frouxamão, com descriminação pelo seu mastro e uma massagem passando por sua corcunda, drogaputarias em adendomento, fronte, traseiro e assento: 1) ele tinha de morrê-lo, o bemtoulo, 2) ele pecouseu eu, [358] cucadeus primeirintento, 3) tudo desde que o pelicalágio caçou com verdadeira alegria tourobaia retropensando desde a sua vida humana javaliscura onde a sua baixalei pessoal abandornou o seu tartagareritório, a hourada sob a selfuroculto do seu melhosemental, foi abandonado em seus filhos e lerolero, 4) ele era como Fintan antes do dilúvio e depois por vezes muito amaldiçoado meramente com frequência no lado salvo, viu que ele era, 5) com relação ao azulprussiano ou desordeversado ele não era nada melhor do que deveria ter sido antes que pudesse ter sido melhor do que ele procurou ser depois, 6) sangue, almíscar ou haxixe, como cocazidos, diamantado ou grafite, e branqueando-o como novo de toda a matéria carbonada, até o pó do calcinosso, ele é, olho por olho, o mesmo velho pódaço de testamento no mesmo velho cursacal de bibliganga tincoverdale, gorógolinho-piscanalha e falsoconversadorexplosivo, quer encaixando pneus em garotos Penedunlop ou tremulando flores para lorettes, o que quer que o corpo de bombeiros e o plugue da festa diga, tocando Rabotur da Távola Bebetomba e seu cameloteria e lyonessaque mas com uma forçabruta de layamon, por Jacó e Esaú e os todos sals ou todas excursallies, o que gostalertamos de ouvir, sim, nas matalavras de ciganus gristos para selecileaonar o doce satiscanto e transocá-lo, o velho canalha.

Grupo A.

Você tem apenas gracestado (um rádio amador) holouvindo através (um radiopernil) excerto resitado da produção em cinco machatos de John Whistton, A Carruagem com Seis Dentro, dos Contos de Outrora dos tempos indos antes de haver o grande corterei ou um chefe de parlamento ou um centavonobolso na Irlanda, tudo vendalmas. Históry de Espiritornar-se por Earwicker está para ser Tintinuada no Noturnal Tenepearson no Vamos Todos Acordar no Caradecafé em Lucas. Andorinha, alegre andorinha! Com tirra lirra mamandurinhas, a galope vamos nós!

Atenção! Posição!! Descanso!!!

Nós estamos agora radisseminando entre os nossos amantes dessa sequência (a vocês! a vocês!) a canção dobrorvalhada das meninas rouxidinosas (Alice! Delysialô!) desde suas posições abrigadas, em rossicenários haydnocultos, no lado urzaqui da florestágualoo, Mont Saint-Jean, Jinnylândia, para onde os nossos aliados alados pelo folhanoitecer do Moore-parque, rápida procura de santuário, depois do pôr-do-gongo (Aidemim oboé! [359] Aquieali! Quase apontecido!

Devo infortraçar!) para derramar a sua paz em partialmente (floflo florflorescente), aniluzxinol desadocicado, jugjug doisxinal. Deixe que todo somfilho de um putom mantenha ainda a ressonância, jimcorvo, jackgralha, primeiro e segundo com o seu terceiro que angustia entre eles, agora cheio de teorvibra, agora dolcimer, e quando pressionamos o pedal (abafasoft!) selecione e vogalize o seu nome. Amun. Você pere Preguigolesi, você mere Beernu e você Bill Llini, e você Mercariso Dantelicado e, mais beendicativen, você titubetolo whackfolneriano com toda a sua malícia e maubachráter! Nos estamos gluckom sorte gluckom sorte em sermos tão afortunados que, latosse e latido duelam com o Homem Boaraposa badaladas tendo cessado para o momento, então permitamos que as glinkanças tinindo do nosso noturnofield, o docecoramozart da noite, sua Carmenção da Sylvaemata, minha busca, minha rainha. Lou deve chorar para refrescar-me aérea! Me chamenrole cedencaracolado, rouximãe querida! Possa a canção florescer (na vegetação rasteira), no refrímpeto, fazê-la por muito florescer (na Nutnoite, na Nutsky) até o tordhorus! Vínculo secreto.

— Ragnarvil Lodbrokfarra, aquela velha alma tolomita! Quão alta é a sujeira, pai?

A que sim ele o fez, capitão, essa foi a resposta.

— E sua camisacurta tropando as cores! Conhecemos a sua ventruculência.

Que aqueleduat aqueleduat rippripripplicando.

— Bulbul, Bulbulxinol! Quero por certo. Você deve voluntariamente. Você poderia deveria como você lembramesmeria. Eu espero que hipnão. É a hora do foicirco de ouro. Sacerdotisa da lua sagrada, adoraríamos os nossos cachos de equíviscos! Qual é o maripoblema? Silêncio! Tabarins está vindo. Para derrubar o mais justobosque. Ó viskoração, Ó viskoração! A paz, a paz, a paz! Carolus! Ó de fato e cuidestávamos! E o corvo encapuzado esteve aqui. Eu paireivi da praiêssego e Missmolly chorexpôs as suas lacripêras também, um dois três e fui. Excitar a abelha como para deflorar gramíneas verdejantes do cavalamarelo. Clematiti, esconsele os nossos corardores. Você sim, você olhou, você tudoviu de talfora, de talporque, laperucraia lacraérea? Até a extrefinidade do mundo? Bateosino! A enormão dele, nosso mais pequeno pequeno! Sim sim, aquela lancelonga e magra!

Que sente neste monte para a conversa do nosso cerifolho neste dia de tornar alegre e desvelado o coração perantes o nosso gafajantar nos sirva Pachomestre e deixe o ventarlelíquimdo [360] representar espreitomimas em todas as nossas colombinações! Vitoriuma vezuma é nada, duasramas vezdois também é nulo, três vezes truques faz novenhum, quatrojusto é quatromedo não pararco em nada. E até que Artur retorne e são patrício se reforme nós o questionaremos junto a cada peça, num passo. Partilhações em guineases! Lá é linda a vista! Com certeza, homem pesaroso! O Grande Assento, você ouviu? E ensine a ele listorções em língua irlandesa. Pat deixe-me ir também! SorbusL, aspEn; No freixo e teIxo; Salgueiro, arbustO com carDvalho para você. E acelere com o seu relato. Não é legal isso, dona lapa! Suponhamos tentesposar promevidencialmente. Amar tudigual. Nãomediganão queritênis! Provoque-me de modo tratameaçador! Mas diganão agora ao sr. Eustáquio! A filhininguém de uma concha marinha tem de ouvir. Que pervertido foi ciumestituído agora? Por que, pesadamundo é malignamundo. Esperando Graças, eles não são terriovos! Abençoe-me, que picaudácia! Como um homem em sua armadura nós enfermeiras sabemos. Wingwong welly, pena bela Nelly! Algum penistômago metenvaginou, alguém pequeno irá retirar? Chame Kitty Kelly! Beijakitty Matakelly! Que corujidoso inútil! Mas que belimpas jovens garoxinois!

 Aqui todas as folhas se elevam no ar, cheias de vida, plenando de riso sobre o Ombrellone e pára-sois-reilly com seus galhos multiescuridão do Condado de Shillelagh. Ignorantes invencíveis, inocentes imutantes! Tionosso agarravô Ludwig é onanojomeado pela ponte de prímula e suas duas Isa Bowman estão com as campanulinhazuis perto de Dente-de-leão. Pensamos que é uma maldissembleia vergonhosa, esses sodomantas. Uma graça de limodamas! Uma emboscada de orangotangerinomens! Você está pernamente requeferido, senhor budkley, na batrapalha do Boyne!

 E eles se retifolharam os mais folhiões das folidias e os mais foliágenos até aparecer o arruinador de alegria e o jackbatestripador de todas as jocolarinas e eles foram como nunca antes foram. E se eles tivessem trucigargalhado, um no outro, desfazaté o fim e aproveitado as suas risadas alegres em vários momentos quando então assegura o Grande Hilárion poder nos tornar também!

Pare, por favorar, vagarestoriando ao redor com gestare romanoverum laborpensando sobre é a chave-pensamento e plano revelador do quê.

De volta à seca! As águas da face fluíram.

O todos deles, os semelamendigos, garotos razulrolhados, naquela [361] fumaça da vila de porcos, uma legião sexadigitária no círculo druida, o baixo cartel Clandublin, então partiram e saiu e ralimente entraram em acordo, maltes assados com burleys torrados, em condominação da sua totontação e pela duração até a sua repepulação, sobre os velhos costelas-de-ferro não-cromformistas, como chefetão cainabel, desde, como Salmaoguém tentopinou explicar no chamado, vendo que, como ele tinha concontrato fora do império das ilhas, ele poderia calmamente ter rolado para a chamada da escola, tarpãogarotovalho, uma orcagolfinhalvo, o noivo multibraças com a noiva em polegordas, saída do leilão da chaleira do estalajadeiro copitão como o ofilhocial de uma britaniputa ele estava destinado a ser e tornar-se até que o mar o tomou pergunquanto, de criador a mulherro e o que ele deu era como um padrão, ele, aquele destrufilho de uma pultidão, é um finn como ela, sua atenta esposa, é um colo, em casa em um corcel, no exterior pelo fogo (para não dizer nada de ele ter feito oquevocêsabe comovocêdiz quandovocêscutou ondevocêsabe, o trouxa pau-mandadóvbio, generoso como um escargalo, ganancioso com gazela, verticalizador da época e mais impressombrante de todos, sob a mais pesada isenção de corpus) e quem quer que tenha cuspido nela em qualquer maneira que seja carinhosamente salvando os detentores dela que moldam a pedra que molda o suspiro por ela cedido para segurar o ventovinho que balançaviva o pé de cevada, o prego na despensa para afastar a pesador de cabeça do seu coração. O curioso prazer da jurisdição, uma vitória da mata para a sujeição. Como as lâmpadas brilhosas, Thamamahalla, erianosim erianão. Auspiciosamente suspeitável, mas em expectativa de respeitabilidade. Das roupas de cama sujas, pingo pingando pelo teto, com duas irmãs de caridades nos degraus da entrada e três evacuarlimpadores no portãolhar de trás, uma caixa única e um par de cadeiras (suspeitável), ocasional e alternativamente utilizadas pelo marido quando tem escrita a realizar em conexão com os druidas equitáveis e amigavelmente ou outras sociedades através de períodos de terrível privação com comparativa abundância (trovoada, violação, dissolução e providencialidade) para um sofá apesar do cabelo de cavalo com pano Amódicano, um pianãopago alugado, ainda sendo topago, utilizado pelos jovens para praticzerny velhos dedilhados, três quartos no andar de cima, dos quais um com lareira (aparentável), com um vaso sanestufa como esperado (particularmente perspectável).

E você, quando você continuou em Dulby, você sempre foi (por aquele [362] período apenas) o que sabíamos como quando nós (a partir daquele ponto meramente) estávamos você sabe onde? Aí está você! E por quê? Pois, relate um ridiculolho, ele foi fotograrápido secretamente margarerguendo coras de pearólas da torta quando todos os insolentes na rua prince iniciaram o seu hino de remendões, (a currurima, a currurima, a rainhácida dos antigos bardos), com os jornanovos pearsonfurando e gritando os seus trabraços. O chefe dilapatou o seu ninhogócio enquanto ela mesma veste o chapéu de coco em seu banho. Dedutive Antigo Riveiro disfarça a sua voz, oculta-se atrás do trote em baixanotalazão do excesso. Esposondas quentes correrguendo. Elas graçapenas continuam crescendo. Ele pula saltos subindo! Quantotempo!

Você conhece aquele tom? Eu certamente conheço. Os proclamas deles foram ambastizados? Tristemente agora. Foram banideles redinomeados? Suavemente baixo. Eles tem de comprar o rapazpel quando ele fizer tolices com o traje deles? Ele é a marca deles para philstrar a moflauta e eles certanente devem.

Ele cuspírito em sua face (baconchechas!). Ele saltou para o denovogócio deles (pudim!). Ele acaricoçou a palmabertamente dela (tão calmo é Salomão!). E ele sugocupou da despartida dos amigos (a benção, felicipasse bem!).

— Culpadeus mas amiféligos cowpaboys! Foi sentido por mim de fato sim, aquele submerso valentemassudo duascaras contou aos trabalhadores do mar. Mas desde que nós na saúde de casa mudamos tudo isso, os vergalhos selvagens, os navios ao vento, os desejo de viajar pelos rincões do mundo, até a confiança quadrada orada em favor da lamentável plenitorta que, quando tartagirou para o lado procurando o gramado, apressou-se em falaproximar de dentro trespassando através do cabelo misturinado. Embora eu possa tê-lo falcambulado, disse, e vendido minhas ervilhas tão quentes depois das teatrizes da minha posição imprecuriosa e apesar da chance eu poderia ter esvaziado uma panela de retrosopa pelo ralo em turnos de desvios pela retaguarda do apartestrumento privado de lá, salvexplicando os presentes do quadro de trabalhatolos e bombas, eu sou realmente incalpável, onde a soltura das propriedades pressionais está vinculada, de deserguer garotas não caídas duronde ameaçadas por eles ao ar livre de bovarytação inadulterosa, com aquelas influências impetitosas de um anjosexônico. Era meramente a minha abertinglesamente até os seus on offs. Desentendimerro. Giggag da Meggy Guggy. A [363] verdadeira prova do códideus! O terrirreverente perigo com aqueles que desnudariam testemunhalvo contra mim eu os descarto da mente do bem. Ele pode contar tal como história aos Duodécimos Malígnos que a minha primeira foi uma babá e a seguidora dela uma aprendiz de perambulatrix. Há vinte para vinte dois modosmil e correspondecouro pelesquemas acanetando para recepostar para isso voluntariamente com o meu valioso fofavor ao deparquemento de quebra-cabeças postais com amplos parcelariços de presentes para futuras ofertas do ramo. O verde provacima do rubrassalto! O mensageiro de Shaum Ramos ele está reunindo-se nos bosques enquanto sua escolalma vem marchafundando junto! Quando eu quero me colocar na saia deles eu pulava o anseiano com eles e mostrava-me também bissextinual. Querido e para que eu não esqueça de juntar e me curvar a você baixo, marchantes! Uma tentatenção! Que mês maraviríntico de amigáveis garotas rapazes que eles estão fazendo, tão desejalados de esvoaçar perflorante os seus parentes! Atonsura! Orelhas para ouvir! O crânio de um estrangeiro (para cada moedavez que ele canegrita aquela bo-boca você poderia estacionar o seu ford nela) que o parpeltuou em cativeiros com seu homem infiltrado por uma barricasamento de fome estelevisionada por uma paz de pergaminho inquebrável, cozinhando as lentes do seus sentidos para ser o meu apologalipse, o recrutador de engenhocas, deixe que ele seja um servo para Canaã! Pois (paz paz perfeitapaz!) eu tenho me banhaguardado em uma água de Elin e tenho colocado minhas abertaxas e impostetos perante a Registorre da percepção do tributo na prefeitura da cidade de Analbe. Como diz respeito a qualquer putialegre e qualqueramierondo carpideifanhota é seisxo de diversum puresempretória para meiajudúzia a deslumbrar o outrodor. E quanto a Muchas e Gracias que o diapombo corviole o mais belimprovável! E todo o ninho de pesadelos loucavaleiros! Pólvora, traiprisão e tramerro! Se Y devombro qualquer coisa, bem, eu sou capaz de dever, lareira e chaminé fácil. Eles procuram por vannflaum em todas as pubiperucas do mundo. Eu ávido farei a brilhúltima ignominisuja sob os lençóis delarca. Basta! E se minha litígima estava bem para corwrenr em pechincha tagarelando sobre isso, como a sally berd que ela é, para cada homem no Estrito de Belezoca, (evocarei a minha primeira entre a minha perdidúltima das mentivogadas além de um jingobanjoísta, para derrubá-la) dispensando com manulimpa todos os roubos do cataspiradouro dela (meu velho chapa! ela me rechicoteia! revelando-se, toda alegre aos noventa!) e bem empurrando uma bostentamissa como várias viúvas fazem acerca do maritorto paumandado dela, como ela chamaria, bem, [364] por mais milagres do óleo sobre todos os bensdeuses viajantes dela e renunciando minhas diabruras uma vez que eu era uma pessoa localmente de cavernas até ter conseguido dela a minha compra em firmeposse estou, gosto de pensar, pela sacrereligião deles do daimonte cortacapa daimonte, confessadamente em meu gentilhomme barão para o de costumes nascido até o madamúltimo dia como pantopósofo, de ter partido de vez um par de foles como Bacculus atira um gutuneral russalto em qualquer certa velha serpentempo ao pregar (ensola não sejamos amusicais) a piorguerra benlicosa contra mim mesmo no desfiladeiro como um salvamor sevastepiscopol desses discursos peixequivocados da primeira água virginal que, sem uma leilação de cumprimento da minha parte, com gladstom alegre de ahquiescensim nele, howeouvido casualmente e sobroupas intimondes, a prostimiúda lolly poppy sedosa encantadora putadolly! Embora eu pesadesteja engripacarvoado nas minhas costas e gripudesse até os ouvidimergir inchado porvezes eu usava todasmarés sempre para ser tão caloroso para os rapodóceis e os graciuvas. Você não irá não. Você pode ser tripeitado todometido apainelado na parede do nosso Dom Governamir encarando provincianos prostatuídos precisamente comidas limites e poderia ser densada duplamente a hora incontestranha da era demais todasombria com um mau vento e uma picada de chuva, nompos mentis como Novus Elector, o que com o seu Marx e seus Grupos, mas fez uma dúvida, deveria eum desafiar, fosse a você, você o faria e eu que me dhamne, recarregaí, agradiçoo a você. Velhaco. E justo comigo para partilhar comigo. Aqui e alonge, lado a lado. Por onde pombeantes sombras descem por cujas pistas corvindecentes. Como aqueles sim eram e como estes sim são. Claro e você o faria, Mr. Mac Gurk! Esteja certo e você o faria, Mr. O'Duane! Estar certo e você assim o faria, Mr. MacElligut! E quem acenão? Naomãe Naomãe. Nenhuma mulher tem a vara para mãoter um limitoco para a vacimarcha de uma emonação. Meus pesquenos amores aprendicesas, minhas queridas, as estelas, van Nessies von Nixes voon der pool, por quem eu tinha uma real devoção pois contudo isso era meramente baixofácil ou apenas um sentimento com esses que o velho K. K. Semprebemkelly está mostrando pelas noitestodas para a minha palmaberta era uma cidade para um salsagalho, a mulherva maiscurva que o velho oceano encaracola ao redor, tão esperto um tempero para o generesal a cavalo, e tão delicaro ao romper a sede quanto a Primavera d'água Taylor, quando o sol queima, quando ela parecia como uma pequena criança costureira (Ó friofoda! Ó Meumês!) pelo meu abraço marépertado, como buraco Areal, e todas as colorias boas fugiram das minhas bochechas falsalagadas! [365]

Popottes, onde você me cancela você deve primeiro forçar o cálculo dos meus subornos. Goleirolhador, eu apelo contra a luz! A nexistência de vividência! Panto, memimos, está na perda dos perdedores; o balé, meninas, modela as meias-coxas entrelançadas. Eu tenho desejado agradecer a você por tanto tempo há tanto agora. Obrigado. Sr., mais gentil dos portagarrafas e muito caro amigo, entre os nossos corações de aço, pelo que sei, será antes de você, meu caro e belo jovem soldado, charmencedor nem qualquerseu de mascoteiros rudimentares, antes de você ir pra camissa, você que tem observado a sua cota com o seu sodalistas futeboleiros em seus pernoelhos chutecurvados em nosso gramado tênis de raguetas de agasquashado, sugabomba, quando com as bolas de fato disserviu a alegria, minha corridouro contra a redeprateada dela, por assim dizer, pordeus, pelo amor da deusa e parthenagora quando você venera sua única mães, incompartidabilidade, e enquanto eu revelo então a minha filha adormareprofunda que nasceveio orgulhosamente a partir de medsonhos incobertos quando eu estava dormeondeando em meus primeiros salmoranos (em Noiteva Sabaturnina, como está agora, não era isso?), para ver, eu digo, peraí, em parada de execução *in re* Milkcho Meleitekmans, incremenado, o que você sente, obscuelho, sobre cada chão firme que você já encarou, por um trabalho buttacriduro ou uma jogada de bastãostaff, com um assalto de gramaturco contra uma barravaca de gregalhadora, mesmo se as defecalidades de Johnbull é a eupatornidade de Terry Shamrock, se essa é a graça para a grama o que é bálsamo para os espinheiros, é como é, que eu sou o velho rufião catastemático soldadopostamente improctor para estar seduzindo trovatellas, a terrivamada estúpida donadiaconisa, como (por que suspira o cantadvinho) as liliths que muitas vezes senti, e, quando booboob brutais e precassiosos miram apenas em porcos nos humanos, então, (Houtes, Blymey e Torrenação, às lobarmas e escociatacar!) Eu contarei uma loralta murmucoroando persecupagos, semelhassim fantascomo pepitas e pepitos, aquele fumalixo em meu charutoco confidensopra a mambição e aqueles escondidos de março tornam um bom negocidia para levar um tiro. Caifalstaff.

Sua haste pela metade, meio ereta, estava.

E abaixou foi Magonty até a sepulbomba da muroguerra, empurrada nesse buraco todo tipo de roupróxima.

Sussuro quem corteja ao ar Weald, latidos de vínculo de Bawshowficial. O desejo de Miriam é o desespero de Marian assim como a bela de Joh Joseph é o pesar de Jacq Jacob. Testa, digagora cartaNão; olho, Finja TriSte; boca, cante silenciMim. **[366]**

Olhe o carrasco! O que entre as menicopas e os garopratos. E ele retornou ao seu indignegócio de grocearia: e por toda a sua grande remonstrância: e ei-lo aqui.

Aqui acaba cincinato com ter de falar fim. Com uma haia por uma pausa em um pensamento em decalque. Parepingo, parepingo porfavor, peço parepingo porfavor, como pararpingo porfavor.

Pontopingou.

Máscara um. Márcara dois. Máscara três. Máscara quatro.

Acima.

— Olhe ao redor de você, Tutty Comyn!

— Relembre e recorde, Kullykeg!

— Ao visitar Dan Leary experimente o chá da casa da esquina para você.

— Eu lhe darei crédito por simensamente mais se você gritestiver linfescutando. Nossos quatro maternevangelistios.

E, desde que as trestórias narrágrimas foram um tanto demais, mateules enlouqueceram e eles necroterimarcos e eles estolucaram e eles esbravejoaram. Assinóptico na palavra.

Até o doiduque fazê-lo.

Abaixo.

Como Napoleduque, o marindonheiro, quando ele condusaía de sua perrybalsa ele tinha se erguido deslizlado e embarcou suas ordens e agarrou suas frangas e aparou as plumagens, a poçaclara e o dublescuro, o pardo e o fogo, e, enviando-os um pelo outro para uma jornada adiante, ele havia vislumbrado a residuância de uma deluvilusão: o sono enevoado ainda batendo forte, os velhos talassocráticos de empórios invinsíveis, mascaradores do mundo aquático, encarando de um lado para o outro e de cima para baixo, das segmuitas suas quatrodimansões. Onde os relampositivos saltam pelos nimbulosos; onde o frio da cálida noiva jaz em languidagem; os laços ondestabelecidos todos os corpos salitamente alcançam apaziguada apreensão: acordo, é tudo. Mas vê o que segue. Comprimundos e mais comprimerros entre incomputáveis sobre um incomutável (um anjo profetessa? reicorreio de bestordens? o califa em seu pelefado? aquelear ninho de aguialada?) e os vácuos borbulhantes pássaros d'água através dos quais os hipopótamos desde sua mais profunda burrice estavam em todos e cadanônimos sopros nobres. [367]

Armas.

Mantenha-se atrás, por favor, pois não havia nenhum bem em destruir crescendo atiracima novamente. Armas. E foi escrito em letra capital bem grande. Armas. Dizer nunca interrompe trisabisagabaru-depaisadotivos! Armas. E o que quer quem eles tenham de fato dito, os quadrigêmeos, isso em nenhum relato de que você devesse. Armas.

Não roubatê-los nas sustas costas durante o medo. Não ir, temperatrovão d'água, e quedatirar bungley bem o generegrande insurrusso. Não ser varamuro, perambulânguido por jerusalemdo em pequenas horas pelos mercadenredos, cheirando okey dossoskey, esse pequenodedo porcofigo e olhaky beloky é esse pequeno dedirosa dentro do desconhesuíno mas, porkofedio, deixe os cavalheiros pederestres rolhoriundos da corporenrabação viver sua própria abandovida folhesquerda, cullebuone, por verificação perperusual das publicipets sem trabalhar internamente os seus entres também (então *sic*) o olhaky osso e (algo *suc*) o okey beloky. E a fim de não nunca ser sempre, tecelão e notável, amarrarvorezando-se com uma saída mas não para nunca escavernar agradavelmente, precisamente, motivamente, carindosamente, desnotavelmente, esquecidamente, mutiladamente, reputadamente, primeiramente, umpoucamente, simnãosimnãomente sobre a saída excitraseira. Nunca fracordar em sopa de bordeis. Nunca volupiadooormeeceer em resitenta de franguinha. E, dentre fatos, nunca comer grãodecanos sardinhacres se eles não estavam tendo nenhum pecoisa em seus coexientes. E, quando enfim no Castelo, para nunca, terminformar, parar até o finadmirável desfecho foi consumado pela conclusão da conquista.

E então dentro da cabine decreta da taverna Os sabialtos que sorvem a verdade testada os Ativam como o Justo tem de ofertar ao golpe O soco de Alcorão na caneca da verdade.

K.aC.ey irajones, eles estão ensopados no segredo. K.aC.ey irajones, eles certamente são sábios. K.aC.ey irajones, os roubalhadores de justiça, pois eles encontrarão outro caidor se artifício deles não subir. Willyweeper o Lamengritão.

Há para ver. Face larga quadriculada com a jaquetatlas de monsetins. Olhos brilhantes, acastanhados em calçados coturnazulados. Nariz pega-livros sobre uma saia louisiana. Cabelo vermelho empilhado além de um cinto de camelo de palha. Nomeadamente. Gregorovitch, Leonocopolos, Tarpinacci e Duggelduggel. E eles eram fitavelhestrelas o tempo atodo? Sim mas como eram. Suportando os jogos, encarando os estudos, desafiando as histórias, fim a todos. Néd? Apenas assegurou então aconchegou e depois de perceber a nadanoite [368] enquanto a longaedura buttafflha violentou as palavroltadas e os signimalvados das supledemandas portomanuárias deles. E se eles tiverem partido para exsuplicaões explanas? Aquele anfitrião que mantém alguém às custas da casa quando retorna quando ele enfrentaface ninguém ninguém na casa dos seus convidados advinhou. Pode apostar que eles são. E baixam bem o nariz.

Com entretanto que subtração de compensação na radificação de interpretação pelos garotchaus? Sendo eles. Sr. G. B. W. Ashburner, S. Bruno Cachimbo de Tabaco, sr. Faixgood, Bell-batesinos, Carolan Crescent, sr. I. I. Chattaway, Hilly Gape, Poplar Park, sr. Q. P. Dieudonney, A Vista, Gazey Peer, sr. T. T. Erchdiácono, Alojamento Múltiplo,

Jiff Expela Estrada, sr. W. K. Ferris-Fender, Fert Fort, Woovil Doon Botham aos quais acrescentando-se o informante que bombeou a cerveja que ligava o liso que esfriava o arenoso que portaladava o canalha que trapaceava o rimador que bebevivirava na casa que Jack construpilhou.

Eles tinham ouvido ou ouvido dizer ou ouvido dizer por escrito. Fidelidadeouseja.

Que primeiro tenha um roderic reivindo para um triburnal de estalagem; e a altavista daquele quintal era um poleiro com um camisaluvahmor nele; os últimos maneimonarcas fazem o homem quando a mudavara ganha mulheres: então como murmuseria, quemfilho de uma qual, se algumde nóscomofoi começar a provocar a história adiante?

Tantas agulhas para apontar para tantos patetas quanto há companhias, eles assentindo a tudo isso *tutti* o *tempo*, decumanamplos numeradois também, (*a*) bem, que o pássaro secretário, mais conhecido como Pandoria Paullabucca, que eles pensavam que era mais como um general solicitante, indiscriminadamente fingiu entre autorsagastões de Shem-vergonha o Penamão escrever algumas palavras para Senders sobre a criançapora dela, rindo que Bicodefarolango seria a morte dela, (*b*) que, bem, que a Majes Tade, a auditora postulante, quando a sua humousadia é um crescendo, é sempre sobre aquele que vai ondelá, esperando por Michal para que este cartapareça com uma xicarapital de chá perantes que o efumeral dela acabe sem muito pailém que é a parcela partida do mesmo escristagna gourmeral do correio, isso sendo da mesma sapiforma sobre de onde sopra o tempo ajudando muito para que a parte conclusiva da cartalíder possa dizer tolices sobre o repênis cubitaL com a expectativa de em breve [369] ouvir, compreerra? (*c*) torta-se o cabra cartaleiro sobre a questão, ou o que quer diaves de trapalherro que seja, não se sentindo à altura por bicausa de quaisquer gracejos que Payneta Tinge e Papper significavam para ele, apesarmente outrorou em um todoamor, um verdadeiro perigo de pesaresposa, como um bom presente para a sua amante, divoraciada do par deles das risavezinhas da Mather Caray, pante blanche, e esparodiou suas baguncartas como o homem cavaleiro em Cabra Park para os senhores nãoscidos, Jeremy Trouvas ou Kepin O'Keepers, qualquer vale antigo e qualquer então antigo e quando por volta de Caradez e Antiga Dublin, observando cinaricamente com a refinada senhora lassitude sobre o que ele finalmente pós-rascunhou, (*d*) depois de ser tanto tempo até eu ter agradecido você por eu faço isso muito agora muitíssimo obrigado por ter me apresentado ao quarteto, (*e*) bem irão, essas lembranecer para ser vistosão? (*f*) Pontolo passofinal! Aleteometria? Ou calapenas portasente-se inundiota?

Corta essa, rabo de olho! Onamanciadevariosnavenomes.

Mas. Topo.

Vocês estavam no mesmo navio de vocês mesmos também, Vaipracamade ou Prazerdosonhos; e você recepcionou o mais deslixoso das lactolascívias; que tudo isso florseguiu os seus dunlearies de driblen: mas uma porção de tripas desceu pela sua garganta profunda. Quer dizer, Kelly, Grimes, Phelan, Mollanny, O'Brien, MacAlister, Sealy, Coyle, Hynes-Joynes, Naylar-Traynor, Courcy de Courcy e Gilligan-Goll.

O mais cativante dos amistranhos em cavarão sangrazul! Que dorsaracena nos surpreergue então tous do carvalho republicano com, bem, não podemos dizer quem nós estamos parecendo olhando através da sua face-agora? É de Grossolinho que estragareia os amboslados dos assentos dos grandes tapacolos dos brejamigos dos ursosalões polabares do mullingarinn do Lochlann gonlannludder do redo do dore do renomado Barcachape-li-Zoyd.

Vambora! É hora de policifechar. O garoto Sockerson. Para bombear o fogomedo do senhorsual naqueles filhaparecidalmas de uma putabarriga, pombêbados, atécaideles guerremortos caso necessinventado. E o tempo todo ele estava correlavando ali a sujeira cantis nabaixo ecolerante para os seus popistas, inferno neles Fogo maghnuadhat vaifecharjá! Fechaboca barco! Vaaambora! Sem mais pelesclanvardes clandestrando! Todas desembarcando para a Garganta Catolizod! Passageiro clandestino lá, glutania dos [370] fedorentos! Porterdores filiados e espíritos santafogados, oooom oooom!

Como esses vitupetardores em seu peito ele se fortaleseguirou, sobranselvas, nucodosa, braçoscilantes, entroncavado, que do deztintivo desse sino havia erguilavado os copos. Para ele havia ouvido a distância um silvo. Alfacomo? Ômegade?

Friaducha durúltimo trago foi um sackerson. Ele gruruuou aquilo alto nenquando ele era jovem. Ele cortou aquele grasnido nenquando ele era cinza Como água que parte do mardiz.

Hóstia, suba! Suba-o para perto, Hóstia! Desde o mardiz! Para longe do mardiz!

Belembelem. Belembelem.

Apressouvindo-o, hinou, relemembrou todos os peitões, perdidas, paspalhos, cataputas, porcelanas e pancadas de sinos Que ele havia ministribuído no porto, pub, park, posto e aviário, Enquanto eles, estandolá, os outros, que estão, estavam muito emulamente preocupados em copoturar as últimas gotas de suaverão pela canaleta de bajulação abaixo. Antes de sickerson aprisionado na porta. Que ele teria, presabsolutamente. E abandolave-os para lastimaver.

Segundo todas as regras do esporte é certo que os jovens talamentosos encantam a noite enquanto os velhos melancólicos cuidam do dia em que a água partiu do mardiz.

O zumbido, está vindo. Oscila pracá ou pralá.

Finalgol MacBeijOscar Obesuma Burgearse Bonefício, Ele estava entreprontado gentileza em recalciliamento para a direita volver E essas probonopublicoções aclamatando para uma extenção da sua hostilharia Com seus bombofícios estourando seus tímpanos. Está na hora, rapazes, por favor, ela vai começar a chutar pra fora qualquer seminutorista desatento.

Você aqui o vento da noite engoliadeus? Misturam ondulam e pra fora eles desertam.

De Bailatronco até Rochasutton Há rapazes sem mentira que furdariam uma turberania Para aquecer a bebida e fermentar o chá Com água partida do mardiz.

Ao Lelongo Awaindhoo é um riacho em seu curso para Rochelle Lane e liberdade que aqueles Mullinguardas menestréis estão marchando, pela estrada sibiflautada, sob onde, embelezada na colina oca, aquele pobre homem de Lyones, Almaduque Whittington, huguenote vindo [371] errindireção, tinha aquivindo para os sinebelos acenos e sido cortapanhado pelas ratalhadoras. Agora é a cidade de novo, senhor prefeito de Dublin! E é cadaclaro o kerssineiro, por favor a pontofilha dos seus olhos com ela: Palerma o Pançaum, por que miramamos da mesma forma uma pose de poeter em paz? Enquanto o burro ele atira a corda do comprinformante. E todos eles vertem adiante. Sem buckleymas Tuppeter Sowyer, o rubro generado, o barbatalhador do beloyne, ainda a nossa benjamada agradamente vida, por vezes frankliando para esta cidade, enquanto assegurou-lhe um cais de meio subapoiantes para as suas braçarmas, Josiah Pipkin, Amos Love, Raoul Le Febber, Blaize Taboutot, Jeremy Yopp, Francist de Loomis, Hardy Smith e Sequin Pettit seguidos pelo confortável salão do senado do nosso Café Béranger. Os senectutores.

Porque eles queriam sair pela porta de bodentrada antes de a cabra estar presolta para desejar que Wobbleton Whiteleg Welshers kailliu-kailliu kellykekkle e de salvolta a Dublimarronavelã desde todas as dinasdulins sobre os bancos labiosos dos seus costunslonslo sudonslonslo, retornando de novo oesteando para casa, por Danesbury Common, e eles sóummente, doismente, atresvesmente, relativamente depois do dia chuvedrenado baldeabundante (gizcreve-os, cheiumptyvaziumpty!) até que eles tenham capturado o vento estrangeiro (vamos passangeiros viajaaantes!) todas as pedrascilantes nas estradas e todas as botas nas ruas.

Puxa a vida! Meu adeus!

Por último você, campotriota, rápido hospedante! Para uma anundação de mirificação e a lutoficação da nossa paludinação.

Seu cacetete quebrou, seu tambor está rasgado. Como vínculo manteremos o chapéu que ele usava. E enrolaremos em trevo sobre a sua argila Pela água partida do mardiz.

Hurra! Velhaco livre Montovelha até Orvalhodois Poço Suave para os açudes do rio e da algloriazarra! São agora recebidos pelo antigo Barnabaço Fuinnninuinnegan para um almoço de festadeus do seu burguesusto. A Pobre e Vigidosa Mulher. Baterias Dorans Bradurrantes. E o ladrão sibilantes, O'Ryne O'Rann. Com uma pegada da esperteza dela como e em nenhum lugar há um mais afiado.

Os quatro veteranos estavam roubsolutamente perplexpedidos nas águas enviagitadas, tentando. Esconde! Procura! Esconde! Procura! Pois o número um vivia em Battersbyambros Norte e ele estava tentando. Esconde! Procura! Esconde! [372] Procura! E o número dois escavou a Corte dos Pobreres, Sulcalmante, tentando. Esconde! Procura! Esconde! Procura! E o número três ele dormiu com Lilly Tekkles no Comeste e ele estava tentando. Esconde! Procura! Esconde! Procura! E o último com o burro celulouco ele estava atracado na Moherboher a Lavoeste e todos eles estavam tentando e desorientando com as turbuláguas de, as turbuláguas corcumptydestrumpty de. Respira! Afoga! Respira! Afora! Respiralto! Afunfundo!

Ondas!

As gangscadas estensionada e ancorirada Enquanto Guindóstia rarergue a lata e o copo Para acelerar a barca do bogre para Perto da água partida do mardiz.

Jurorkos chefedadão de dublinbodes!

— Ele deveria formar vergonha deles mesmos, escondendo aquela formovelha em sua casacabra. E para reunir de pele tão audaciursa o príncipe macávido de Roger. Agoravaiagoravai. Puxacasa vidalta, nosso reino por um burravalo! As vestulãs de Bruni Lanno sobre as partes cabeludas de Bravo Lonni. E o naco em seu baú seria uma falta insaltânia para a questão daquele chamarzenamento para um porconacuba. Pare o licenço-comum dele. Caneta nele! Você o consideraria Velhodublin arristomando o seu senhor descanso como um cuiadeus em uma pipensão. Diablinidade divinida. Caçantodo o parque em uma missão metilógica sempre que há chuvaguardar! E chamando Rina Roner de Reinette Ronayne. Para o que a minha resposta é um limão. Ardernanças, abelhedeis e cobranunciantes escutaram-no. Três pontos a um. Ericus Vericus corrompido em ovos de porcelana. Se faz de bobo, destilaria! Para a cervitória! Faça ele percorrer uma ruapower até uma guinnesstrada! Conquisgerando uma esposa que se jogotornou sua sobrinha ao derramar nela jovenscoisas em pelesfirmes. Isso foi quando ele tinha ataques de tontura. Até Gladstone Pillolas o fez conduzir como o passeio. Graças à sua barba Hudibronze. Lãdbrok o Longman, agora ele vesconde sob desviárias pessoas mas na verdade é sempre aquele Rourke! Em consideração pelos enfermúsicos ele deve tê-lo mantidaberto. Distribua as suas bochecheques, por que assustanão? Penalidade, por favor! Aí saberás como a vigilágua partibarda a bala que atravessou a nossa ruela. Estamos apenas decabeçaprabaixo cantando o que quer que o diabo murmura allaliltia ela desenfia em nossas cabeças. Isso não é o fim disso por nenhum modo ou maneira. Quando você sangrou até ser osso isso aparece [373] na sua pele. Para dizer como o seu feitílico, homerda, é feito. Todos os ardis do velho Dodgson alguém enganando a cópia de alguém e é isso que o vagamundo do país das maravilhas fará desfilar na feira. Um garoteiro feitranse a partir de porções. Amém. Você o lerá amanhã, pela manhã, quando as cartafés estiverem na mesa. Um alho por olho e um trato por um trote. O ouvinte aprende. Ainda bombeando em Torkenwhite Radlumps, Lencs. Em pré-exibições para a palinódia matrimonimão sugesquerda de Anonimundana obviamente inspirapesar de uma conexão suspeicial. Note as notas de excladmiração! Veja os vestígios de dúvida! Conte as hemisemidemipontoevírgulas! Sinais de clamação e borraspas inventivas, coitações inopontuadas, força a farsa! A pipeta dirá o que quer que seja por uma mudança. E você sabe o que umaluva significa no dualito de Mardrus! Menos para alifeudar e o culotecismo rompante, uma trapássara para o cantor e salvo, sento e coso. E a calcinha desmedida sobre a passagem da Soldadela apontando para a paz em casa. Em alguns, leieamordem no ardoramor. Espere até ouvirmos o Garoto do Bispo cambaleando por aí com o seu leitor postoral! Epistomotemalogia para a vila de caras profusujas dúblidas. Como permaneceremos até o romper do dia no beliche do aquecimento, Ó! A nossa ilhaterra, Romalar e lindever! Bem tentado, durão! Intrometa-se, metido! Venda a ele uma quebra de contato, o vendoror, o adquirogado Um hyde, saca, hic! Dois agarravara, Sortudo! Finnalize e Faça o Gol! Primeiro você foi Nomad, depois você foi Namar, agora você é Numah e não tardará até que você seja Nomon. Assim aconselha o Eclesiasta. Há sempre a preresumição. O escritório estrangeiro está prestes a tomar medefetivas sobre o seu dossiê. Algema está no jardim, planejando uma para você, esquemas e limites, descascando suspiros sobre chefes vestindo desuniformações. O tipo do seu jeito! Um artista, sr.! E bem barato um soberano por cabeça! Ele conhece as suas Follias Finsbury de trás pra selva então é melhor você ver a sua refutação regente. Medoscar Ventaniwilde está correscrevendo de novo sobre bons rapazes virando selvagens. Você sabe quem foi que escreveu sobre no Livro Amarelanja de Estchapel? Basil e os dois outros homens da Avenidência do Rei. Basta apertar esse marca fria contra a testa por um momentalho. Caindadosamente! O sinus é a maldição. Isso é tudo. Hung Chung Caradeovo agora fala ele diz numptyumpty toposawyer pertencente ao pidgin. Coisas secretas que outras pessoas colocam lá sem as cobrir. Como você caiu de história em história como um sagazdeiro [374] mentiroso. Enfilmando a infirmidade. Sobre o motivo alegando ter um dedo enfiado em cada pudim e torta. E aqui está a testemunha. Cole nele, Cinzento! Baixe a âncora, Nortista! E chute chute chutemate pela casa que o juke construiu! Espere até que eles o enviem para dormir, zomboiteiro! Por Jurus Cruzto! Então o velho Hunphy-Dunphyville será explodido em pedaços pelo jovem arauto que seria uma vez você foi. Ele seria o nosso escolhido na questão do Brittas mais do que inarturticuloutro. Mas nós acordaremos e veremos. As riquezas inteiras dos pobres de nossas centenas de masculinidades e feminilidades. Duas centenas, dois mil e duas merdezenas. E você estará encarando nós guardas na caixa perante a côrte correcional. Como um homem, não? Entre todas as Damas de Mountsackvilles em sua meiavulvalua semiciclolares, ofegando para crianças para matizmorrer pela vergonha. Apenas segure firme até que aquela que pulamos consiga a sua bissextaudição! Escondido em câmeras, extra! Com Sua Excelência Sobrempacotador no tribacanal. Então ajudiga a sua culpa e pontabeije o baldelivro. Você terá reperda de diverfama com o Finnojogo da wakilusão. Avante! Um filho louvalentão crescevelando a conspiratola e seu dorirmão sendo expelido pelos Inquisipadres Nazis. Você lutou como se eles nunca teriam crescido acordados, não foi, críquete? Você vai despertwicker a sua burrorearlha, eis o que vai acontecer! Quando há enxame na vara do tesouro é o filho que entraiga o paishow. Bom para você, Richmond Rover! Batabola por aí, do nosso lado! Que ele leve outra entre as pernas! Uma excelente partida! Decisão em Dalymount. Dom Giovernnador Buckley está na Tribuna de Tara, fazendo a cobertura dos bastidores de um Genejornal Russo e a pequena Srta. Ex-Corta-Tesouras está subornando as carpimeias pagas a rezar pela viúva em seu ardil mais profúnebre. Você nela, jesus amado, isso será um matrimonte feliz e sem parar! Você com seu bombastão e bigorna ruimbados, Magnus, e ela escondida nas roupas cirrucenses nuvemprestadas. Fummuccumul com grãos avelados. Jogando abaixo o toque servil. Muito como ela era quando cortalfaiate coletando milhas a espiava em gangorra numa samambaia. Tão nimba, disse ele, uma gota de orvalho. Entre Furr-y-Been e Ferr-y-Bree. Nesta caraterra Wicklow que ele amou. O riso sempre. Se você me puxa me pague, por favor! Um alfaiate ajustaria o seu selacasaco e suas pisacalças em qualquer formato só no olhar. Referência falaciosa às vestes femininas. O espanto das mulheres do mundo juntas, minha nossa! E a admirável [375] Lima desde Ineen MacCormick MacCoort MacConn O'Puckins MacKundred. Só que ela é de uma largura um pouco maior. Mexa-se junto! Você não consegue produzir uma moça de limusine a partir de uma sirigaita montanhesa opalada. Escute até você ouvir o sotaque Lamaçoitado. Essas são cavaleresias belgas, essa é uma indulgência valona, essa é flamenga. Tik. Escapulários, colares e um toco de uma vela. Hubert era um caçador, *chemins de la croixes* e o ovo de Rosairette, todas as decorações retiradas da árvore que ela recolheu depois da Clontarf de paterloo quando O'Bryan Macscoriador bateu Norris Cabeçadenoz. Quebrando o seu coco entre os seus joelhos. Bumbaque, Aqui Estalajadeiro, é a quartamanhã de casamento da filhota! Multibebão no Delphin! Perdisofrer macabruel! E o Himerniano Real segurando firme os que batem batem na porta! Sagrado e visco. Você deve tomar uma dose de fruta. Quebra. Molhocabemaçã. Você está ficando mais pesado, uns doze stones mais pedrado, completo uns doze stones mais pedrado, em seu corpus entis e ele servencurva muito bem a você, demnye! Tiotia taoinglês quando é possível. Mas Sobrinha você não deve se perder no Sobrinho desde que ela bateu os encantos nele em Gormagareen. No Tiro no Giro na Caça na Aposta. A coceitche está no sangue dela, arrá! Por uma sardenta bochechenta palaventa bocapertada. E ele mostra como pegará a fechatrança do capricho dela. Beijo! Beijo! Beijo! E um belo pulo, Powell! Lave todas as cabeças deles. Poderíamos beijá-lo por aquele lá, não é mimo, Carício? Faísparks é o footepés para elempurrar efeminancies. Escaldacabeça, persegue! Antes de você trapacear em relação às suas bétopolas de novo depois das arvoretrês batidas do tempo, da bebida e da correria. A mesma arvoretrês que nutriu você, Rochedo, Surdevagar e o Cinzento. Todos do seu próprio clube também. Com o punho cheio de beriberibagas para todas as madames pois para alimentar você vive morrendo. Compre branbiscoitos e você nunca dirá não cãosigo. E esteja na melhor das companhias. Moriarty e Walker Rompecordas e Rolice o Barril. Com Arcolongo da mentira. Esperto do truque e Blennercassel da fraude. Clanrickarde para sempre! O Fenn, o Fenn, o parente de todos os Fenns! Surdo para os ventos quando para Croonacreena. Silêncio! E não é agora dizendo como estamos onde quem está amenizando o que apressa. Virgialegria que me perdoe!

Mas eles nunca comem comidalma como estão comendo agora. Com saudações de páscoa. [376]

Angus! Angus! Angus! O portachaves das chaves das sete portas do dorniritório na casa do portacasas de Hecech dzdisse. O que mais, Whitmore? Interrompa, desista! Meuamor! Cabeça de um cativerói, caixa de um champião, olho de uma ave! O que você faria se ele. O noivo está no verdemato, descarregando a sua. Arma! Aquele rapaz tem o estilo para tanto. Os embolas de Lannigan! Agora um impulso no marítimo! O choque de queimaguerra. Não ligue para as suas corcundas. Vista a sua gola de laços e aproxime o bolsalaço sobre a sua cabeça. Ninguém conhecerá ou reparará em você, Póstumo, se você se apressar no dormilodo pelos fundos e vir à frente lentamente para iniciclamar por um dos ternos dos jovens marinheiros. Arvoretrês vezsobem arvoretrês-aceletrês nas frateroupas do iniminove. Nós diviriremos para ver você multum inparvonetrável. Uns centavasas para o jovelho Wesley Wanderilhos! Bem inicidito, sábia alveolimunda! Agora peão para o quarto do rei! Mova. Há um Murmendelssohn de Marcha Nupcial estrisoando na harmonilua de mel. Execute para nós *Cara Eva na Salahill de Alleladão*! As finnessidades da núpcia de poesia e música. Sentindo a agitação? Você será tão certapertada quanto Trivett quando o nó estiver bem apertado. Agora é o seu nunca! Peena e Queena estão duetando um riso-por-riso e a noiveileen minha criançalannah está perdida em suas aguarbodas de diamente. Que gesto magnífico você nos mostrará nesse dia de galo. Livre e limpo, seja um puta jogador! E um tiro livre para os coaxos depois. Os corvombos de dublin estão aí para isso. Rathfinn também. E, repare, aqui está o carro fúnebre e os quatro cavalos com os crucifixionários interprovinciais jogando bastante adentro para saber quem será o seu lacaio e quando romperá a notícia de amaenhã. Como o nosso mito de obras caiu bêbado de sono. E quem irá apostar mas ele será um Shonny Bhoy, o lampejaçodecarne de Postopenipostal e todas as inclinações subconscientes obscurecidas na pelesolalma que ele sustenta. Esta assinetado para você, o golpe de uma canetave. Tolo. Colocando o pano, para frente deles quatro. E agradecendo o peixe, no centro deles. Para passar a graça pela Guarda de deus! Amém. Sr. Mateus Justiciano e sr. Marcos Justiciano e sr. Lucas de Luca Justiciano e sr. João-João Justiciano. E asgard, veja, atrás! Ajude, ajude, hurra! Allsopa, Allsop! Quatro fantagols a zerunha! Cortem isso, caramadas, fiquem espertos! Eles têm um encontro com uma piscina. Dang! Ding! Dong! Dung! Tibum. Não é fantástico que ele esteja bamboleando acima de nós para o seu bem [377] e para o nosso. Voe os seus balões, garotos e garotas! Ele está pra lá de morto. E Annie Delap está livre! Mais uma. Nós podemos ter comido você, pela Bocabaco, e embebê-lo através de você, reassegurado no lago selvagem da piedadeus. Uma carnepena, um sanguepão até aqui vempico todomundo. Huh o Travesomem! Huh o traidor. Huh o exato. Tencerteza, ele é o homenarca de Realirlanda desdesobre sempressentido o horrouvido do seu nome em trotrovão. Rrrwwwkkkrrr! E vê-lo rubrescrito em fosfoguessência no mercado de carnes. P.R.C.R.L.L. Reileiza. Da ratilharia rolorida. O condutorlascivazulparafusadodetodasortedeletricarro! O inominado sanguenadirlandês que se torna um Verdirlandesguio do dia pra noite! Mas nós estamos mudando superstituetas a partir das falsas treze entranhas dele. Marcos registentados, Easterlings. Signo, Soiderico O'Cunnuc, Rix. Em ordem adinvertida, Podercaído, Copencoma. Há uma grande conversão, meu caro! Coucous! Encontre o seu causcaus! Desde Motometusolum através de Bulley e Cowlie e Cavaescavadoca até a normalidade habitual? Ele está lá tudobenluminado ainda, por Mike! Saltanás antes! Bung! Traga aqui o seu feito! Bang! Até que seja a hora certa. Bang! Partick Thistle contra S. Megan contra Brystal Palace e o Walsall! Putsch, que golpe! O medo da mortenlace a mim muito perturba o dia! A pragatida terminará em breve, ratalhada! Deixe-nos pecanhar! Som saído! Tudo o que nós queremos é tomar a paz por posse. Nós aturdinão entordoemos por que você insolendisse sobre treze paradois carcaçonze, sr., favor gentilmente repetir! Ou deixe-nos em paz da sua linguarganta, pastornificado a proposifundo das nossas palavãs vegetais idoledelweissificadas! Matashaun e Shemkarité estão aprendendo Ibsen então agitapresse-se, avô, e gorgoleje o gole. Você não pode fazer imposições a combatiraclamadores como nós. Cada balde aqui lança a sua própria gordura. Aguente a coerção de toda forma! E falar zombarficialmente é a lei da Grimmática! Mas nós somos uma ligaélica lastiúmida de uma só vez. No começo era o palavácuo, no balburdimeio é som-dança e depois disso você está no inconsciente de novo, com convulsões.

Você fala a língua dinamarquesa mas nós nossas almesmas falamos historilaria obstrata. Silêncio no tribunalmento! Pregue e fale! Vistamos nós uma anartimanha de transgresensentido externoutra! Pawpaw, wowwow! Felizdoze memórias, algum pão! Essa foi boa, há! Então será um material e tanto o que *Pode* ser desvelado a você, velho *Poderoso*, quando imicabe filar delfias pela Manhalerta. Há há! Fale dos irlandecos [378] de Paddyblake! Chutoc toc, Casteloknocktoc! Porcotoc! E você enfiará o nariz nisso, Ó você enfiará o nariz nisso, sem palavraviso meu. Nós não sabemos o remetente para quem casa. Mas você encontrará a Galinhacacarejante pegando o Biscoitomelado com Cãochifre e a Caçadela emparximando e a Procissão do Prefeitacavalo se apertando sob as avoretrês. Pare. Aprensa pare. Para aprensar pare. Todos aprensam pare. E seja pela aparemesma reunirazão falasobre o parabanhadeiro hesidançante, essa certamente é uma palavra sulibrada! Bing bong! Saxosaqueadores, pois congestores são a caçapaga de saldados. Agarre no finar, pontilhado o vazio! Qualquer um pode ver que você é o filho de um canarma. Colesiga-o também, Carlow! Lamentos aos vermencidos, sim, e guerra ao vencedor! Pense na Muralhérea de Adriano e na Queda de Troilança. Dê a ele outro para voleiholleydoodleles! Suas luzes não estão todas fora ainda, o liverpooser! Boohoohoo isso é lodoso! Com sete rameiras sempre na casa do seus pensamalícias, seu silencitemplo do seus silencisuspiros almejados. Duas Idaolhos, duas Evaouvidos, duas Narinessies e Rubibouca. Duende! Não admira, garotubos e garondas, que ele fedecoisas como um cabrarco-íris. Uma noite de cama ele teve a deselísião que elas eram todas rainhas atacando-o. Caiu duro. Oh, ho, ho, ho, ah, he, he! Abdique-se de si mesmo. Apenas pega a nossa cabra. E será a causa da nossa surdamorte, pappappoppopabraço, um areibelo cegodia ou lemoutro. Sim, surdenhor, fé, você queirá, cubra o nosso forjado! O que esperamos ser depois? Por que motivo virmos abertamente? Não te interessa, galo gelado! Mantenha aquela sua galinha e o poder de quarentavelas de riso dela olhandatrás. Nós podemos passar com lentes de rubi. Mas todas as suas minguantes envia-nos às suas cervejas decorenérgicas e você não será um lote tão ruim. O centeio fica bem para cujo entremente mas a trigada é de fato adorável. B E N K! Nós sinceramente acreditamos que a sra. com as crianças do doce Gortorze não tem B I N K para os seus títulos mínimos desordenados se no B U N K e nós grananciosamente ansiamos pelo seu Meggers um B E N K B A N K B O N K para dormir com todos os tipos de adceterus e adsaturas. É a nossa última luta, Megântico, tema o seu desejo! O juiz deu para ficar saudando para o passar do tempo. Lá vão as mulheresvigiasnegras, todas em branco, alinhadas, envipurgadas! Dedo certo, Armitagem! Tem por Tam em Timmotty Hall! Nós fomos desviados. Para além dos riachos e fronteiras. Então deixaremos a cargo de Kehoe, Donnelly e Pakenham, os três mosqueteiros, [379] no fim da idade que recebeu da Chave Varimestra Serva que recebeu do homem da Chave Varimestra Serva para os bonifícies de Aquibranco e Ruborizado da Patrulha Aquasancta do Liffey para fininventar e para dizer de todos incidentes depois daquele para a Majestade Imizombada na Mansão Malincurrada.

Então vocês estavam dizendo, rapazes? De qualquer forma ele o quê?

Então de qualquer forma, meus melosenhores e advimembros da câmara dos incomuns, depois daquilo para fininventar aquela longa-desernarrada reunião do dia de açãodegraças no Valle-da-Águalimpa, o aniversário da sua primeira casanta comunhão, depois de aquele mesmo churrasco festanimado ter acabado o pobre e velho milho hospitaleiro e o fatorovo, o Rei Roderick O'Conor, o supremo chefetão e último rei pré-elétrico da Irlanda, que era tudo o que você mesmo disser entre cinquentímpar e cinquenteparcos anos de idade à época depois da assim chamada última ceia ele nobremente entregou a sua sombria casa de cem garrafas com a torre de emissão de rádio e seus hangares, chaminés e estábulos ou, pelo menos, ele não era de fato o então último rei de toda a Irlanda naquele instante pelo motivo bastante divertido de que ele ainda o era por ser o rei eminente de toda a Irlanda ele mesmo depois do último rei preeminente de toda a Irlanda, outrora o jocoso velho toplíder anterior a ele na dinastia de Teerã, Rei Arth Mofamanhã Tossebastante das legiões encouradas, agora de partes desconhecidas, (Deus guarde sua generosa alma comicantante!) que colocou uma ave escalfada na panela do pobre homem antes de recorrer ao seu palhácio com o eczema em pranto para melhor e pior até retirar-se para baixo da colcha de grama sobre nós, entretanto, o ano em que havia escassez de açúcar, e nós a ensaboá-lo e barbeá-lo e frisá-lo, como uma boia calva flutuante e ele próprio reduzido a três vacas que eram carne e bebida e cães e lavabrigo para ele, é bom porque nós temos de lembrar disso, atravessando a sensusaltos veranomortais de neve e granizo com as cabras da viúva de Nolan e as bovinítidas garotas Brownes de qualquer forma, espere até eu lhe contar, o que ele fez, pobre velho Roderick O'Conor Rex, o auspicioso monarca impermeável de toda a Irlanda, quando ele se encontrou todo sozinho consigo mesmo em seu grande e velho reduto entregueme depois de todos eles terem saído com eles mesmos para os seus castelos de [380] lama, da melhor forma ruminável, a pé, graças à falturina da égua do McCarthy, em ordem extendida, o comprimento de uma árvore desde o caminho mais distante, abaixo pelo deslizador ziguezagueante da rota semeada da mais viva vilagem de Boinirlanda no cereplano, os partalonianos desimportantes com o sombrêbado Firbolgs e os tontovos de Tuatha De Danaan e os caminhantes de Clane e todo o resto dos nãomuitos que ele não se importou o real em cuspir da sua boca ostensiva, bem, o que você pensa que ele fez, sr., mas, faixzes, ele apenas continuou sobratrasando pelo vinho derradado e as rolhas carunchentas que estavam até o joelho ao redor do seu próprio direito real ao redor da mesa tempestuosamente ébria, com o seu velho chapéu pullon Roderick Aleatório em uma inclinação Reilanty Leary nele e uma camisa Mike Brady e a golacurva de linho Verdegreene e suas luvas Ghenter e seu nonsensinútil Macclefield e seu jápronto Reilly e seu poncho panprestuberiano, um corpo que você lamentaria por ele, o modo como o mundo é, pobre dele, um coração de Midleinster e o lorde supereminente de todos eles, sobrecarregado como ele estava com a ruína ginpreta como uma esponja fora d'água, allocucionando em bellcantos à sua própria sociedade oliveriana *Saneasonhos de Ergen Adams* e tamborilando todo para si mesmo com diversificadas línguas através de suas velhas lágrimas e seu velho pronuncilento paralegre, fortalecido pelo mais régio dos arrotos, como um cantarolador Adula Casteloforte que cotoviando ao ar Claro, a balada do melro *Tive um terrível ível muito que fazer fazer hoje teterrívelhoje*, bem, o que ele de fato foi e fez, a Sua Mais Exuberante Majestade Rei Roderick O'Conor mas, agora danadosejamas, ele finalizou por bebebaixar a sua garganta inteilanamente com a incrível sede da meia noite que estava nele, afiado como devemostarda, ele não podia dizer o que ele fez tudoerveja, que o incomodava ele estava da cabeça ao rabo, e, anseiumanseiumanseium, deixa assim, o que os irlandeses, rapazes, podem fazer, se ele não fosse, maciodeslize cambaleiaoredor e sugue, bastante certo, como um troiano, em alguns casos particulares com a assistência da sua língua venerada, qualquer que seja o surplus whiskey vagabundo, lamento muito, que foi deixado pelos avariadores preguiçosos de maltavaleiros e cervilões nos diferentes fundos dos vários diferentes repletos utensílios de bebidas lá deixados atrás deles sob as premissas de toda aquela família tonel de barrinimais, os honoráveis partidos pracasa e outras [381] suburbanidades grogues, como de fato foram, queda e mais procuraqueda por aí, brandibrindando sua vida encantada, como atestostada por seu semblantequerúbico, não importa se era cervejaria engarrafachateaux Guiness ou se era Phoenix ou John Jameson and Sons ou Roob Coccola ou, para essa questão, a famosa velha cerveja de Dublin O'Connell que ele queria como o inferno, mais aquele óleo linguado ou chá jesuíta, como uma queda reserva, de várias quantidades e qualidades diferentes dando ao todo, eu diria, consideravelmente mais que a melhor parte de um gole ou dose de imperial seco e medida líquida até, bem-vindo seja da nossa parte aqui, até o nascer da luamanhã, até aquela galinha do céu Kevin mostrar o beconovosol delas, e a Janeladacapela manche a nossa historisujicontada e o Padre MacMichael carimbe para a missa das hoito em sacrisponto e o Boletim Letão seja visto, vendido e entregue e tudo esteja pronto para o recomeço depois do silêncio, como o seus ancestrais até os dias de hoje depois dele (que as lababençãos dos seus deuses ebripotentes possam curá-los nós oramos!), sobreladopostos o rapaz vacovarde no canto e contra a estreolhescada do candelabro caterinado, aquele ornamento do seu album e antepatersado de familiares, ele se colideparou com um tipo de garupa de um assento de acomodação e o melhor em toda o seu compassão, dondoutrora, antescasa a frente para casacos e calças, suspiro afiado, saído solitário, Larry está na proaforça e Faugh MacHugh O'Bawlar na direção, um para fazer e outro para se atrever, par por par, um par incomparável, sempre aqui e por lá, com seu tweedledum e tweedledee sobre o chão dos seus pés e o tatear dos seus fumos no despertrás dos seus ouvidos nosso vinhomem de Casabarley ele apenas colapsou no trono.

E assim navegou o navio cerveforte *Nansy Hans*. Vida partir do Liff. Até Terranoturlonge. Tal como quem vem retorna. Atémais, viajante. Boa partilatida, adeus!
Agora nós seguimos pelo curso Estrelebaixo! [382]

Tradução: André Cechinel

4

— *Três quarks para o sr. Mark!*
Ele certamente não tem muito uma barca
E o que quer que tenha de fato vai além da marca.
Mas Ó, Carriçáguia Todo-Poderosa, não seria um cotocéu de uma viagraça
Ver aquele velho uruburro se engarçando por aí no escuro por uma bata
E ele caçando por aí ao redor do Parque Palmerston por calças em manchas?
Hohohoho, despenado Mark!
Você é o galo velho mais singular a já ter batido asas de Noé e sua arca
E você pensa que é o galo da praça.
Ave, avante! Tristeão é o ágil e jovem em chama
Que pisará nela e casará com ela e dormirá com ela e a corará
Sem nunca tremular o rabo de uma pluma
E é assim que o indivíduo fará o seu dinheiro e sua marca!
Cheflutuandosobre, agudalegritando. Aquela canção contou ocisneanos. Os ondalados. Águia-pescadora, gaivota, maçarico e tarambola, francelho e tetraz-grande. Todos os pássaros do mar eles cantam destrumorosamente quando eles sombeijam a grande beijave com Fiatristão e Isolda.

E lá estavam eles também, quando estava escuro, enquanto as bravondas estavam circulando, tão lentas quanto o navio deles, leves os ventos, sustentados os destinos, o cavalonda de batalhágua movido, por cortesia do sr. Baleienquadrow Sobembaixow Gigankelly, escutando, tanto quanto podiam, em Dubbeldublin, o escurasno, pelo torneiantigo das cachoeiras, com suas marevozes e seus keminhos em um tão hattario (apenas um [383] ala quatrocado para os últimos atos) aos gansos-patola e os sicômoros e os gansos selvagens e os albatrozes e os migratórios e as tordoveias e os auspícios e todos os pássaros do mar ruckbyfutesugavoceanal, eles quatro todos, todos suspirando e soluçando, e ouvindo. Moykle hoylásoando!

    Eles eram os quatro grandes, os quatro mestres das ondas de Erin, todos escutando, quatro. Lá estava o velho Matt Gregory e então ao lado do velho Matt estava o velho Marcos Leão, as quatro ondas, e frequentemente eles costumavam dizer as preces juntos, muito justo, bausnabeatha, no Largo do Milagre: aqui agora nós somos os nós quatro: o velho Matt Gregory e o velho Marcos e o velho Lucas Tarpey: nós quatro e claro, graças a Deus, não há mais de nós: e, certo agora, você não iria e esquecer e deixar fora o outro sujeito e velho Joãozinho MacDougall: nós quatro e ninguém mais além de nós e então agora passe o peixe pelo amor de Cristo, Amém: o modo como eles costumavam dizer suas preces diante do peixe, repetindo-se, depois dos ínterins de Fortolhaugusburgh pelos bons velhos tempos. E então lá estavam eles, com suas palmas em suas mãos, como a beleza distante, esforçando os ouvidos, escutando e ouvindo os oceanos do beijo, com seus olhos brilhando, todos os quatro, quando ele estava mimando e abraçando e coelhenvolvendo encantador a sua bela garota e genuína dama, uma irmã de campioscar, num sofamor de quinze polegadas, atrás da cabine da comissária chefa, o herói, de campeão Gaélico, a unicidade da escolha dela, o seu olhideazul de um amigo de garota, nem feialto nem gracibaixo, significando bem dizer tudo para ela então, com a sua destreza sinistra, direileve e esquerdurotrato, vicemversem os rasgostrapos e associetiams dela, da haste à popa, pra dentro e impedifora, o fodebuceispés solbroncelhado, experiente e caçador, aquilo era palpavelmente errado e provavelmama impróprio, e acariciando-a e beijando-a, bastante charmoso, no conjunto dela de virgem azul, com um sobrevestido de rede, decorado com delicadouros, Isolamisola, e sussurrando e balbuciando a ela sobre Trisolanisans, como um era chacote para um eram dois e dois eram lábios para um eram três, e dissimulando a eles próprios, com seu poghue como Arrah-na-poghue, o caro caro anual, todos os quatro lemburraram quem fez o mundo e como eles costumavam ser naquele tempo na orelhera vulgar [384] acariciando e brincando com ela, depois de uma ceia de ostra no celeiro de Cullen, debaixo do tordovisco dela e beijando e escutando, nos bons e velhos tempos passados de Dion Boucicault, o velho, em Arrah-na-pogue, no inframundo da passagem da chave de Tu-tão Khomum, com Nushaun, o portador do mundo, e com Meshem, o cortador da cana, em um dos séculos breuescuros lá atrás, quando quem fez o mundo, quando eles conheceram O'Clery, o homem na porta, quando eles eram todos graduandos no crédito, pertabaixo do Noruberçário Acenoruegês, rapazalvos e carvalhoboys, espiada de garotos tim e garotos tom tarados, fazendo o inferno enquanto o pecasol brilhava, com suas lousas e mochilas, brincando com as fábulas de Florian e sucções cônicas e fricções velligares com membros míxumos, nas faculcolleges da Queen's Ultoniana, juntamente com um outro camarada, um número primo, Totius Quotius, e pagando um potecheio de sanguimposto para Boris O'Brien, o mordomo de Murromoita, duas viuvamores, duas viradas mais (uma) coroa, para ver o doidinamarquês conquiscomendo seus vitalimentos. Lobo! Lobo! E lançando sua língua no ninho da cobra. Ah ho! As damas tenham piedade! Eu trouxe as caras cenas pré-históricas todas de volta novamente, tão frescas como ontem, Mat e Marcos, amantes naturais da natureza, em todos os seus movimentos e sentidos, e depois disso lá estava ele, aquela boca de mandíbulas, devotada à pura beleza, e seu Arrah-na-poghue, quando ela murmurosamente, depois de uma tossida, deu-lhe firme ordem, se ele por favor não se importasse, de um cansexto para uma esperança e dúzia da melhor floração nacional da lírica favorita em Lovilícito, embora não muito, refletindo sobre a situação, bebendo em goles do ar sereno mais puro e apreciando no excelente ar livre, diante deles quatro, na noite boa e bela, enquanto as estrelas brilham forte, pela luzela da luele, nós desejávamos fazer colherícias, perante a luaelevelha querida, o efeito plenamúrio sendo em ponto de fato que haja no todo, uma setuação tão chocante e escandalosa e agora, graças a Deus, não havia mais nenhum deles e ele poghuendo e poghuendo como o Maristrangeiro tendo curvada sua enxada incrustada e Tilly o Talfaiate Tocou um Bote no número do Cãodiário das Novidades do Ártico e lá estavam eles, como quatro marimestres nos rolos, escutando, para o rolo Ossiano profundo e azuescuro do Rolando, (Senhora, era apenas demasiado deslumbrante, aquele consumo de um [385] matiz adorável, embelezado pelos charmes da arte e muito bem conduzido e agradavelmente rebuscado e todos os barulhos horríveis e grosseiros aprisionados em um cubículo nojento!) cansados como estavam, os três alegres bêbados, com suas bocas cheias d'água, todos os quatro, os velhos homens conubiais do mar, perniambicando por aí com seu velho pantômetro, em decabrassilabodes, Lucas e Joãozinho MacDougall e todos torcendo por qualquer coisa que seja dos velhos tempos, os tempos selvagens e os tempos em queda e os tempos vaziumpty e os tempos faltumpty, por mais um cálice de ternura, para quatro copoplenos longínquos de carnepolpa de mulher, com eles, todos os quatro, ouvindo e torcendo os seus ouvidos para o milênio e todas as suas bocas fazendo água.

Joãozinho. Ah bem, claro, esse é o caminho (up) e assim aconteceu lá estava o pobre Matt Gregory (up), o seu pater familias, e (up) os demais e agora realmente e (up) verdadeiramente eles eram quatro caros e velhos senhorelas e de fato eles pareciam horrivelmente belos e tão agradáveis e serspeitáveis e depois disso eles tiverem os seus profundóculos para descobrir todas as braças e suas metades um chapéu alto, ainda agora como o velho Marequês de Powerscourt, o velho déspota determinado, (*quiescens in bragas!*) exceto pela extrusão da salgadágua ou do leiloeiro lá dormente, em frente ao lugar perto de O'Clery, no darkumonte número um, ao lado daquela antiga rua Dama, onde a estátua da sra. Dana O'Connell, prostituente atrás do Trinity College, que organiza todos os leilões das valorosas faculdades, Irmãs Baíabooters, como as leiloeiras Irmãs Battersby, as criatoras promíscuas, que vendem todas as estátuas emancipadas e floresportes, James H. Tickell, o juizdepaz, desde Hoggin Green, depois de ele realizar os séculos, indo para o cavaloshow raboredor, antes da enchente dos anglo-nôrmandes, junto com um outro companheiro, ativo impalsivo, e os engraxates e os pernas-vermelhas e plebeus e os barrancos e os corremonges cappuccinos, penicos, todomundo, Misericórdia, com as jarreteiras neles, a passoalto pelas linhas de fissura e fratura, sete cinco três acima, três cinco sete abaixo, para sair da frente dele, na medida em que as condições climurchas deles não poderiam possivelmente ter sido melhoradas, (louvados sejam os marenferfundos!) como hopolopocatepetl, em erupção ao redor do Perpetuafuji Montayaman, e todos os cavalos tercentenários e caçacerdotes, [386] desde o Curragh, e os confusionários e as autoridades, roubanhos Noord Amrikaans e Suid African (assim eles dizem) por toda parte como uma tiara delfuego, e sua metade cinza um chapéu alto e seu colar de âmbar e seu arnês carmesim e sua vela de couro e seu cilício de pele de carneiro e seu cinturão escotobrito e seus guerreiróculos paramarplégicos (como você está, juizdepaz, Elevato!) para encontrar todas as faculdades impróprias (é como você está, sr. Dama James? Saia do meu caminho!), garfobarbado e azuldentado e barriga inchado e desossado, de Strathlyffe e Aylesburg e Norte-umberlândia Anglesey, todo povo yahoogurte de apostadores e todos os cavalos-vapoderes. Mas agora, falando de hayastanários e nubilovulcanologia e como a nossa ilha nascimar chegou à extenuência, (o explutor, seus três andesítios e as duas pantelárias) isso nos lembra dos minastérios do pobre Marcos de Leão e pobre Joãozinho, o patrício, e o que você pensa de nós quatro e lá estavam eles agora, ouvindo bem o bastante, os quatro viúvos salgadáguas, e tudo o que eles podiam relemborar, há muito muito tempo nas épocas passadas de Momônia, lance os lamentos das horas mais escuras, o dia mais príncipe, quando a Bela Margrate uniesperou o Adosueco Villem, e Lally na chuva, com os imprincipes palipretos, agora extintos, depois do desaufrágio do Infortunoé de Worman, as barmecidas suspironetes, quando meu coração não conhecia nenhum cuidado, e depois disso então havia a aterrisagem oficial de Lady Jales Casamata, no ano da enchente 1132 S.O.S., e o batismo da Rainha Baltersby, a Quarta Cigabelha, de acordo com Sua Graça o bispo Sênior, desde a brancaforma do destinavio, e então houve o naufrágio do Faraó e todos os seus pedestres e todos eles foram completamente naufragados no mar, o mar vermelho, e então o pobre Markopica Cornwuauu, o oficial saído do castelo sob pensão, quando ele foi completamente afogado nas Ilhas de Erin, naquele tempo, suircerto sabe, no mar vermelho e um adorável papel lamentutino e graças a Deus, e como Samanguém disse, mais não houve dele. E agora foi bem assim que foi. O arzuriano aprofunda sobre as varreduras humbtydumbtyósseas dele. E sua viúva a vertiginosa está guirlescrevendo suas memórias como o triput de graça maior para o Periódico Homensal dos Mercadores. Meu caro Godfrey desarmado por Gladeys Rayburn! Reincorporada Tábulacorredonda. As imprensas do novo mundo. Onde o [387] velho galorei cruzava cantarola agora o jovem. Exeuncsai lançatravés uma porta Kramtulho de Relvaroc, sua reipariga, chutado para o jardimgreja. Interessentra em espantoutro o Ohnirbos, etnama ed otat, justescapando em sua alosimac oãtsirt. Adlosi tropeça. E a suave e macitia Liza está tão solta quanto a sua sobrinariz. Toda festiva no abraço ligeiro. Como os cavalheiros pensariam parecer incontinente. Tanta pena per raparvinca é o pesar de Elsker. Ele tem o seu encontro. Fin. Como os novos elencos em suas velhas peçarábolas de *Uma realeza devora & cia.* Jazzafone e Mirillovis e Nippyintinho que ela tece melhor. Finnício. Ai, ai! Solusalve-nos. E assim ele foi. Sabido.

Marcos. E depois disso, sem esquecer, havia a armada flamenga, toda espalhada, e toda oficialmente afogada, lá e então, em uma adorável manhã, depois da inundação universal, em torno das salmonze e trinta e dois não foi? desde a costa de Conminghacasam e São Patrício, o anabatista, e São Kevin, o lacustre, com basmuitas ferramentas e divárias mendimalas, depois de converter Porterscout e Dona, nossos primeiros marentes, e Lapoleão, o equino, em seu cavalo branco de Hanover, erguendo Clontarfragor sobre Cabinenhagen e todos eles relemboraram e então houve a frota franca de Noahsdobahs, de Helidalgolândia, por volta do ano flibusteiga de Notre Dame 1132 P.P.O. ou próximo disso, desembancando sob Madame General Bonaboche, (nãonée paparidade!) com seu chapéu tradicional semicinza, eaquiestá como alevilla, e depois disso lá estava ele, tão terrestrial, como Narvecisor, poghuendo o escandaloso e muito errado dela, a dama, num duelo único, sob os sicômoros, entre as folhices do estronco e todas os passarotíbulos em Arrah-na-Poghue, tão silvestre, perto do Queen's Colleges, em 1132 rua Brian ou Bride, atrás do homem da seculança à porta. E então de novo eles costumavam dar as maiores palestras quãovelhamãehibbert gloriaspanquost universais sobre anarxaquia a partir da doxarqueologia (bom dia, Hibérnia!) de mar a mar (Matt falando!) de acordo com as imagens do cartão postal, com sexon grimmaticais, na história Romana Latimer, de Latimer repetindo-se, da vice-rainha de Lorde Hugh, o Lacytenente, até Bockley atingir o generatalho rajahsso e o encontro reignarokr, (Marcos Leões falando!) até os oceânicos de verdes faculcolegiais e altas classes e pobres estudiosos e todos os velhos senadores trinitários e santos e [388] sábios e os irmãos de Plymouth, zumbindo por aí, pelezanzangão, e assentindo e dormindo por lá, como não-me-esqueças, em seu serviço abedilhente, ao redor das suas doze

tábuas, per piolha em pulga bolhas, nos quatro colégios da trindade, para ganharenquantoaprende de Irlanda voltaté o julgamento, de Ulcer, Monstrelua, Fomencara e Nãovai, as quatro super faculdades em mattéria de Errynho, de Mateoucure e Matetodomercamundo e Mateumaoutro e Matekelly-no-Chão, onde o papel deles era governar o sonrolo redondireto que Rollo e Rullo enrolaram ao redor. Essas foram as grandes histórias ginecolegiais (Lucas ligando, segura a linha!) no Universário da Senhora Andersfilha Janesdanes, pelo bem do velho conhecido (essa senhora unitarista, uma beleza de tiraroar, formosa do Bambam, viveu até longa idade por ou no ou ao redor do último No. 1132 ou No. 1169, bis, Fitzmary Aoredor onde ela foi vista por vários e amplamente adorada) por ensinar a história da Mulher Fátima da Fatimiliafamilias, repetindo-se, em que o expropósito do espírito da natureza como definitivamente desenvolvido no tempo pela psadatefolonia, o passado e presente (Joãozinho MacDougall falando, me dê linha, moça!) e presente e ausente e passado e presente e perfeito *arma virumque romano*. Ah, querido, querida! Ó chore pela hora quando a vespereva folhabandona a habitárvore! Como foi feito mas tudo acaba refluindo de volta a eles, se eles apenas dessem uma olhada, fracolentolo, para ouvi-lo lá, brincando e abraçando-a, depois do velho Galahad gotoso, com seu pairceiro de guinevereteme e sua trôade de sedoistrês, tão nefasto, de sua elevação de uma jarda cento e trinta e duas linhas, diante de nós quatro, em suas braços Católicos Romanos, enquanto os seus profundolholhantes olhavam e observavam e atordemenfundiam na loucura encegante azulceânica globocular pelo Cornelius Nepos, Mnepos. Anumque, umque. Napoo.
Queh? Quos?
Ah, caro caro cara! O hálito ansinoivo do contramestre quando os gansos patetas brincam. Mormãe do Ceusujo! Estava tão escaldante perdão por todo o duas vezes dois quatro de nós, com seus familiares, fazendo o mortotel, e Lally quando ele perdeu parte da sua metade de um chapéu e todos os pertencentes a ele, em sua velha mansaoneira feutil, guarda, torre e pontelevada, e repetindo-se e dizendo a ele agora, pelo buscabem do Boletim Informacrítico de Emissenders [389] e o massacre de São Brice, para esquecer o passado, quando o buckladranado atirempurrou o russinfeliz em desgenerordem, e contradizendo tudo sobre Lally, o mestre do balé de Conversidade, e seu velho camarada,

o Lagener, no Farol de Locklane, earando o seu pavilwick com um nacofuro na grade, e deitado alto com sua escada acima, e aquele antigo torneirafinador e seu sabadiatriste nuvencerrando cedemais, a velha cronosnia, Vesgakelly, com a barriga de couro, cheia de redes, cheia de salmões, cheia de cintos leves e todos os patos depenados ou tudo o que ele teve na pista, na Estrada Artalcachofra, com Moels e Mahmullagh Mullarty, o homem da masquita de ferroran, e os velhos camaradas em casa e Duignan e Lapole e a grande confarreatio, como pela ricaloja de repolheiros, dos arquivos mais anarquivis, e ele não conseguia parar de rir sobre Tom Tim Trapo, o galês, e as quatro viúvas de meia idade, todas nangles, sangles, langles e oangles. E agora, isso me lembra, de não esquecer as quatro ondas galesas, saltando risonhas, em suas Caminhadas Lumbago, sobre o velho Batalhitoral e Letaliconcha, em seu chapéu romano pela metade, com um comentário em grego antigo nele, no leilão em Chichester College e, graças a Deus, eles estavam todos sumariamente divorciados, quatro anos antes, ou assim dizem, por seus caros pobres maridelas, e doces dias proverbiatrás, e nunca trazidos à mente, para não mais ver a água da chuva no chão mas ainda assim eles partiram, chuvágua de tanto rir, por Nupiter Privius, apenas temporário, nos melhores termos e ser esquecido, que foi plenamente previsto pela velha berbicanção peregrina deles ou eles estavam cantando pelas índias ocidentais *Enquanto eu ia para Balanacabeça nós nos deparamos com um idiota chamado Peebles* bem como em outro lugar pelo provérbio ortodoxo deles então assim foi dito isso *Aquele velho companheiro conhece de leite embora não esteja acostumado com isso leitemamente.* E então eles partiram. Em Dalkument número dos. Ai, ai. Os bons vão bora e os maus permaunecem. Como o mal flui o Ivel vai. Ai, ai. Ah, bem certo, é esse o caminho. Como a santadama de Kunut disse ao ahriomão de Koombe. Para a sua humilde petição em escrivício. Mulher. Esmagar. Parte. Ai, Ai. Por decreto absoluto.

Lucas. E, Ó tão bem que eles puderam relemborar naquele momento, quando Carpery dos Fins D'ouro estava no reinado da Polanda, a sra. Justiça Viúva Acabada, presidente, em sua peruca inteira [390] e barba, (Erminia Reginia!) em ou perto ou ao redor em torno do ano de comprar em desgraça 1132 ou 1169 ou 1768 Y.W.C.A., no quintal do Leiloeiro Homem Familadrão Casado em

Arrahnabraçador. Pobre Joãozinho do clã dos Dougals, o pobre Escoxcitado, (Johannes!) nada se não for amoroso, não se esqueça, tão amedrontado (Tchlack! Tchlack!) por conta do peito cheio dela, (inaborrecível atracidade!) que atribuiu mais anos de piedades a ele, e os quatro mestres, em quatricoro, com um enforcinco pendurado neles, pois ele era tão lento para escourar o formosapato dela para ela, quando ele estava noivando a senhoria dela, em vez de costesquentar apropriadamente a materfamilias dela, como um metodista velho qualquer, e todos divorciados e inumsente modo interditato, no meio do templo, conforme a cara crença deles. Ah, agora, era muito ruim, muito ruim e inteiramente assustador, todas as desgraças; e pobre Marcos ou Macus Arcoecasaco, de marromcomobagabrowne na nolandiadeninguém, o pobre e velho cronômetro, todo perseguido com o corvina aliado por todo mundo, por decreto absoluto, através de Damarenque, pois ele se esqueceu de si, fazendo vento e água, e fez uma bagunça de Netuno de si próprio inteiro, remando pelo percurso gigamantesco, e como ele esqueceu de lembrar de assinar um velho papel de procuração matutina, um escrito a pedido para o hirsuto adequadela, carimbado em bronnlinóleo, de Roneo para Giliette, antes de dizer a sua graça diante do peixe e então e lá e também havia o pobre Dion Cassius Poosycomb, todo afogado também, perante o mundo e o marido dela, pois era de fato impróprio e de fato errado, quando ele tentou (bem, ele estava em chocante pobreza em sua saúde, ele disse, com o cobreiro tomando conta dele), pois ele (ah, bem agora, que a paz esteja noz Wedmore e que a música não sol se ponha burra sobre a sua Ire, como costumamos dizer nos spasmos de Davi, e não seremos muito duros com ele como um velho homanx presbiteriano) e depois disso, tão vermelho quanto uma Rosa, ele fez o seu último pedido e foi para a confissão, como o general dos Berkeléicos, ao redor de roma, com seus dois joelhossos nus, para a Adoração Dela sua Mãe e sua Irmã Sweainey Evangelista, em Cailcainnin meia-noite e ele lamentava tanto, ele realmente lamentava, porque ele deixou o belobotão no charmoso táxi e agora, diga a verdade, inimigos jamais, (ela foi a primeira sujenhora cãozela dele e foi um pelame bem bonito e **[391]** ambas as partes cometeram erros) bem, ele tentou (ou assim dizem) ah, agora, esquecer e perdoar (não é o que todos fazemos?) e, claro, ele estava apenas se divertindo com o suas bobrincadeiras e sua velha idade pairando sobre ele, bem, ele tentou ou, o Guerreiromarrom, ele foi tentado a tentar algumas familiaridades hunas, depois de ter comido um caranguejo ruim no maroceano vermelhirude e, ceuteza de narinospital, ele estava marmorto doentencama (era de fato muito ruim!) o pobre homem divorciado dela, na pagacasa para o diamorte no Mártir sra. MacMisericawley, onde naquele momento ele estava bebendo chá e brincando, para segurar a mão tenrenfermeira, (ah, o pobre velho canalha!) e conte os botões e a mão dela e franza por conta de um caranguejo ruim e tentando relemborar o dia em que eles nasceram e quem fez quem roncar o mundo. Ah caro caro cara!

E onde você deixa Matt Emeritus? O chefeleigo de Abbotabispo? E estudioso do ffrancês e alemão. Achoch! Eles estavam todos tão tristes pelo propobre Matt em seu chapéu águasalgada, com a coroa de Aran, que ela cresceu aquilo fora, muito grande para ele, do ou Mnepos e seus macacões, tudo caindo sobre ela em dobras — é certo que ele não tinha o coração dela para puxá-los para cima — pobre Matt, o velho matriarca peregrino, e um homem reginal, (a bênção purpapal sobre eles!) sentado lá, a almúnica do estabelecimento, abaixo do chão, para um ritual expiatório, postulante à causa dele, (quem deverá dizer?) ela com seu boné de castor, o rei dos Cáucusos, uma família toda para si, sob tabus, Tevíscocles, em sua lápide multilíngue, como Navellicky Kamen, e ela inclinada a brincar perto do tempo da ervilha de cheiro, com o rosto contra a parede, em vista da pobrecasa, e tomando o seu descanso no exilióxido de ferrirênio, sob todos os auspícios, entre o barulho da chuva de granizo, kalospintheochromatokreening, com o capuz dela herafolheado, e agarrando um velho par de rolos de cabelo, pertencente à sra. Duna O'Cannell, para explodir seu cérebro, até que a altura da Novalta Irlanda ouviu a Barracabristol, com sua caneca de chá e uma bolsa de bolos Alfredo de Anne Lynch e dois pedaços do pão marrom e algas dulse de Shackleton, esperando que o fim venha. Gordeus das Terraltas, quando você pensa nisso! A merte suja! Ah ho! Era inteiramente ruim demais! Tudo devorado pelo parlamento cuidativo, laudabilidoso, do esmagargumento de mulher e tudo por conta do [392] cheiro de Shakeletin e arranhomens e sua água na boca, ácida e alcálica; sinais sobre o sal, e agora passe o pão pelo amor de Cristo. Amém. E assim. E tudo.

Matt. E pão. Então esse foi o fim. E é algo que não pode ser evitado. Ah, que Deus seja bom para nós! Pobre Andrew Martin Cunningham! Recupere o fôlego! Ai! Ai!

E no entanto naquele tempo dos dias do dinasta do velho reistuto Sotérico Silkenchato e Bartolomestre Barbado, quando eles atingiram o espiróleo e apertaram as assombramãos, na velha Faminford-em--Vielama, onde eu encontrei pela primeira vez o velho bardiloso vooltanto de maio, e os eglefinns e as Tubarcas de Noal e as tartarugas falsarabas como uma sopatassa acáustica e o calduilliam de sopanhoto de sêmola e como ele empuxou a sua boccata de vazágua e tomou o seu grande rumor por seu nome nas honras de casa de earweek, colônias e império, eles estavam sempre com o auxílio da graça, pensando (up) e não esquecendo sobre a semana de shemcalços e shaunxales, na velha terra desde (up) os seus quatro mariligas, que eram quatro (up) belas donzelas, agora alegremente casadas, na velha Barrigallstone, e lá estavam elas sempre contando e contradizendo toda noite até bem cedo a adorável mãe dos botões de pervinca, de acordo com a sorvúltima parte do seu anacronismo (up um up dois up um up quatro) e depois disso lá agora estava ela, no fim, a querida, vedipotássio de nitrouro e tudo, as quatro belas irmãs, e aquele era o nome republicano de solteira dela, bem o bastante, de adalum e evos, e eles costumavam levantar de baixo, na fita e nas guirlandas de palavra deles, com todas as preocupações despertas em seus cabelos, no sino guarda-rios tocando tudo errado dentro deles (entrem, vamos, seus pães preguiçosos!) todos dentro do pobre e velho caixasino Shandonforte (saiam para o inferno, seus idiotas abjetos!) tão assustados, pelos perigos, como batejoelhos esbarrados pelos diretos do punhomen (sim! sim!), todas as horas toda noite, com as pontas dos viscopés, os quatro velhos senhores, para ver se o Transon Postscript havia chegado, com seus primequatro travebeijos sob as suas axilas, todos conturvos e mitificados, a direção que o vento rodosoprava ao redor da errerudescuna, quando ninguém os deixava nem mesmo descansarmar, de performar os seus gastspiels, cruzando o seu sono com o silêncio chocante, quando eles estavam em sonhos de outrora, ficando atrás da [393] porta, ou inclinando para fora da cadeira, ou ajoelhando sob a capa do sofá e avansentando no sopaterrâneo, resultando no caminho deles algo bárbaro, mudando a única cama convibracional penabaixo úmida ounde eles costumavam dormatolar sob, quando a esperança não mais estava lá, e colocando em suas quasebeças um chapéu e caindo sobre todos os sinópticos e um panegírico e repetindo-se a si mesmos, como engolindo, como o tempo em que eles estavam se esquivando do perustrante que os perseguia, olhe olhe ao redor do escolabelo, ande em todos os lugares por diversão, para romper o fogo a todos os escavadores, para coletar tudo e pedaços de marromossexualidade, o evelopemento da ratureza em espíritos do tempo em toda a extensão do espaço e mexericorvetando por aí em um colete e chinelos de banho e vá para Velhapatrick e procure um médico Walker. E depois disso tão felizes eles tiveram os seus tentáculos da noite e lá costumavam ficar, agitando e pedalando, e um realizar e baixandar, panementikamente, ao redor das cinturas dos navios, na esteira do bom e velho Foehnfinn de novo, aborrachados como estavam, em seus cumpriventos na ampliondas, o barconstruído e os cinco barcos de quatromestros e Lally do sacoberto de sujeira deixado e Roe das burlas bochechas, trocando pulgas de anfitrião em anfitrião, com artroposofia, e ele o vendendo antes de esquecer, ilha ilha, depois de ter previamente desfleumatizado seus canais de sapoguturais, com um sopro lambonar em seu ouvido sugaboca, enquanto o amado invocou o coolindário por meio de pálpebras erguidas sem deixar dúvida em sua memorimente, até ele ficar instante e ele ficar confiante, alma irmã em mão irmão, os assunjeitos sendo a sua grande paixão, aquele fresco da vaca sobre Aithne Meithne casada com uma dama e aquele também da saga de Engrvakon sobre um ganso que pôs ovos de ouro e os enfeites do parque de qualidade de rainha, gato vai com carícias, para a escolha de Earl Howthlogo e Policiharman e Heber oucomoquando vocesobrentão (chchch!) olhisolta de binóculos memorimais egotum sabconscientemente sente acima a deprofundidade das imaterialidades multimatemáticas felicitonde em urgência pancósmica a alimanência daquilo que Em Si é Em Si Mesmo Sozinho (escute, Ó escute, Clamar Errin!) exterioriza nesse plano nossaquiagora em salsólido desunido, corpos indiferentes e gasgolfados com (ciência, diga!) intuições embramperigo paixofegante punhoplangente de reunidas [394] raraselves (somvria coalháctea, opacidade semescura!) na ausenselfidade superdimissional Selfinteira, parecendo Narsty encontrando sem Isídola, e contando Jovijolly

MacGolly, caro mestre John, o desgrenhado tardio, conduzindo-se para fora a passos de pergaminho, e todos os outros analistas, os navios a vapor e o quarteto de damas, quatracima, quatrabaixo, eleganty, mergulho, dunilopabaixo, (por quanto tempo tandem!) como quatro mestros-escunares pnesgotados, e seus pares de olhos verdes e espiando, assim dizem, como os narcolépticos nos lagos de Coma, através das vidraças vaporosas, adentrando as cabines de luademel, a bordo os grandes vapomodoros, feitos pela Fumadoria, e as câmaras sanitárias modernas das damas de salão alinhadas sobre a seda camarão e elimine a catarata salgada das janelas e, eele eele, escutando, *qua* comitê, os pobres velhos quakers, abra a porta, para ver todas as mulheres em luademel e as damas de primeira classe, falo sério, uma primaveralice das damasprings como você pode imaginar, e os lençóis longe do rapaz, cortejando em cobertores, como enfamilias, e, elaa elaa, toda imprópria, em um adorável vestido de luto, para o rosamassador, o condutremor, o suspirinspirador, com aquela oliva pulsante em seu pescoço rude, e, balançando e dizendo, muito obrigado pela pequena citação, que de certa forma tornou de novo tudo tão muito mais prazeroso, e a suíte perfidamente dela, botadoravelmente sua, sob todas as suas familiaridades, pela graça preventiva, esquecendo de dizer a sua graça diante do navio a vaporta, antes de ir à barcama com a beiravara do capítulo da operatura da bocamês de Nema Knatut, então passe o poghue pelo bem da graça. Amém. E tudo, eele eele eele, trêmulo, tão assustado, e, elaa elaa, tremendo. Dolorida. Ai, ai.

Pois foi então que uma bela coisa aconteceu de pura desvirsão talvez, quando sua mão lisonjeira, no momento bem correto, como se por acaso algum cookinheiro de coragem pudesse grampetampar o rapaz numa panelopé de framingau e fechamão a sua casadepato, a garota vívida, surda de amor, (ah claro, você a conhece, nosso ser angelical, uma das mulheres-maravilhas inesgotáveis, e, certo agora, todos sabemos que você adora ela mesmo até a mordata!) com um pequecrigrito de jesalegre crisesto ela renovuniu a desunião deles, com lábios maduros para galopes amarrados (o caro o'caros!) e a importunidade de ouro de dispensa distamante, quando, tão rápido, é peledeporco lubrificada, Amoricas Champius, com um empurrão furacomem, dirigiu a massiva de virivigovitoriosidade nstntnmnt trvs de [395] ambas as linhas de atacantes (Hiberniarde abaixo, rapazes!) bemnopontochuta em direção ao gol da garganta dela.

Bravo!

E agora, na vertical e add eles! E por favor seja jogonesto! E enfie para dentro de si, como o homenamulher se fazem! Candidatamente, todo mundo! Um palavrolho por vergolho. Vamoseu, sexocasanós, e façavocê! E havia isso, bemvocepodechamala, uma moderna vigorosa velha antiga princesa irlandesa, tantos e tantos palmos alta, tal e tal peso de curral, em sua camisa de madapolão, nada sob o seu chapéu a não ser cabelo ruivo e marfim sólido (agora vocês sabem que é verdade em seus corações lisos!) e um excelente par de olhos de cama, de um azul infamiliar, (quão fracos nós somos, um e todos!) o charme dos favores consentidos com carinho! Você seria capaz de culpá-la, estamos dizendo, por um momento psicruelógico? O que nós farovelharíamos? Com aquele velho bode desleitado tão fatigante, com sua cansativa beijibicada de obrigação e seus tubos bronquiais, o velho tedioso barbacastor orangotanso paipeludo, em suas velhas maçantes cuecalças de arrasto leopastorpardas de vinteseiseiscentavos e seus rabasalhos maistop de trintaxelinsenovecentavos! Hagiocruztianti! Era de fato muito excedente se fosse possível oferecer para um amuatal velhindividual uma sompitada de dobramerda de golpelinha. A coisa mais crulegal de todas! Desde que Edem estava no barco naval. Não, não, e o caro céu sabe, e quanto mais longe disso, e se furtoda a obstorileta deve sercontada, quem quer que seja o gulpável, e qualquer que tenha sido o polpósito, os dois-umnidos juntados, e dando o neclima mais elegante, eles estava dando um beijo uma bala um tremor uma trama um beijinho dois traumas três lilases quatro temores. E foi um momento cincompleto para os pobres velhos guardiões do tempo, ticktackeando, contagem do dez. Até que a faísca que plugou poupou o afogador ele pegou e (volúpia volátil, quão breves são as suas raspirações!) eles podiam e eles podiam ouvir como um ciciar lapsando, que era o seu cavaleiro das línguas verdadeiras lançando pra fora da chapeledeosia, depois de onde ele havia ido e proupousto o questionado. Plop.

Ah agora, era muitotalmente formidável, marmalujojubes! E então depois disso eles costumavam ser tão esquecidos, contando botoesmadrepérimas (up um up quatro) para relembrar o seu belo nome [396] moderno de dama, para transbordébil, pelo sonho de mulher o proprionirista, em quarenta terras. De Greg e Doug ao pobre Greg e Mat e Mar e Lu e Jo, agora alegremente sepultados, nossos quatro! E lá ela estava certa o bastante, aquela visão adorável o bastante, a plena e preciosa garotinha, como por muitos dias, de Gregory planxty. Egory. Ó lembranquete de Orwerin! Ai, ai.

Mas, claro, isso me lembra agora, como outra contamestória repetindo-se ela própria, como eles costumavam estar em amor de letargia, no fim de tudo, naquele tempo (up) sempre, cansados e tudo, depois de fazer o ratrabalho de casa e fazer as pazes, sobre a sua cantoria comunitária (up) a altelevação da caixa vocal, de Mamalujo como tolices senis em assassimadres de corações, acocorando-se por ai, dois por dois, os quatro confederados, com Peruca o Coswarn, acima do registro de ar úmido na Casa para Idosos, Estrada Milênio, coroando-se a si mesmos em ramos laureais, com seus joelhos frios e seus pobres (up) quad rúpedes, sonolentovo, e todo bem vestido, por suas cobertas e cachecóis maternais e plimsoles e sua tigela de farinha marrom e coágulos de leite e pãotega, uma poção por pazdaço, um pedaço aporção, a lapela o lábio o lobo o lado, por uma xícara do mais gentil ainda, com segure pegue mão e cuide e apenas toque de comer, um adorável macacarco e para a bebecheira e espere o belisocão e incite o pobre Marcus Lyons a não reparando a frigisqueledeira pelo vidamor de jesusmoisés mas a passar o dente pelo bem do endeusgasgo, Hoamém, quando assim aconteceu eles estavam todos sicômoros e esquecidos pelo mundo, desde a coqueluche fleumática, por tudo que é poxixível, depois de comer um carancãibra ruim e frutas rosacaninas, e favorecoçando as escaras e a vela fedorenta, sua vela pascamarão de comagnesitário, e ler uma carta ou duas toda noite, antes de dodo dormir em transe, com suas toucas de amentilho, no crepúsculo, uma cartacapital, para auspícios posteriores, em seu velho livro códice de uma página de véspera de ano velho 1132 M.M.L.J. estilo antigo, seu Senchus Mor, por sua amiga, a sra. Damaele, em sua casanamostra à venda de verão, com a longacauda de caracol, *totam in tutu* dela, edição de almoço lustre buffinal, em capas de regata, in obtenível por meio do outror, para regular seus sonhos por incubação, e Lally, através de suas verdespentáculos gangrenados, e todo o bem que fizeram no seu tempo, os rigoristas, para Roe e

O'Mulcnory a [397] Conry ap Mul ou Lapa p Morion e Buffler ap Matty Mac Gregory para Marcus no Popódex por Papadaddy de Wyer, velho sacodecaldo, bois e trabalhadores agrícolas, chulos e vassalos, em resumesma, seteclã e setevarialmente e um por um e a cantar mamalujo. Ao campeão mais heroico de Erin e seus broceliandários e Gowanindo, Gawinindo e Gonneido.

E depois disso agora e no futuro, por favor Deus, depois de começo não penial, todos nós nos repetindo, in medios loquos, de onde ele conseguiu um braço útil ocupado na linha lateral, direto ao sul do ombro ocidental dela, abaixo para a morte e o abraço do amor, com uma complexão sebamarelosa interessante e agora todos unidos, sansfamilias, permita-nos correr para dizer a oração de oremus e lar doce singular, depois de perceber plenamente as experiências gratificantes de experieventos altamente continentais, para meter e peter a tombotemplo e sonitêmpora, para um velho conhecido, para Peregrino e Miguel e Farfassa e Peregrino, para navegantes e peregrinantibus, em todo o velho mar imperial e Fionnachan e para limpar o caminho para uma srta. Yiss, você fascinante, você, cante uma adorembarcação para a Senhorolhos, eis aqui Truquestão e Isoldoçura, deliciosamente nossos, em seu doce e belo pequeno azulniforme e indo em frente e como ela correu, quando o brancágil venceu livre, as depressondas alegres e terrivelmente celebradas, bem contente que nós nunca deveremos esquecer, mesmo que os dias passem eles ainda amam jovens sonhos e o velho Lucas com a sua real leerpáfia, vale tanto a pena assistir, e Senchus Mor, possuído de evidente notoriedade, e outro ainda dos figurões, para não citar outros mais, de quem coisas grandiosas eram esperadas no departamento de filmações, pelas vidas de Lázaro e dos velhos tempos e ela lalalamentou o olhar de diamante kobbor dela no praze savohole de xangai.

Escute, Ó escute, Iseult la belle! Tristão, triste herói, escute! A batida de Lambeg, a flauta de Lombog, o pifareiro de Lumbag, os sopros de Limibig.

Anno Domini nostri sancti Jesu Christi
Novecentos e noventenove milhões de libras esterlinas nas entranhas pretazuis do banco de Ulster.

Excelentes tostões e boas boas libras, fartura, minha pequena, num gomingo eu te apronto bem bonita. [398]
E que nenhum palhaço venha cortejar você ou pela mãe do Espírito Santo haverá um assassinato!

Ó, venham todas vocês ninfas do Dinglevale da praia para dar vivas à Permanoiva rainha do surfado Sibilino
Em seu coracle pantanoso de conchas da filha da pérola e seu manto Luazulprata ao redor dela.
Coroa das águas, mar em sua fronte, ela lhes dançará uma jiga e os dispensará justamente.
Ora, por que ela permaneceria com o Senhurinor Todotolo ou com o ganso de barnacle cavalo cinza?

Você não precisará ser solitária, LIssy meu amor, quando seu pretendente tomar o seu gole de carne gelada e soldado quente
Nem acordar no inverno, janela minhacara, mas roncar cantado em meu velho sobretudo Balbriggan.
Puxa, você não concordará agora em me pegar pela quarta-meia, digamos, da próxima semana adiante, para o equilíbrio dos meus dias, para nada (o quê?) como o seu próprio enfermeiro?
Um poder de janotas morreu de frente bem o bastante — mas quem, meu coração, irá implorar dinheiro por você?

Joguei aquela muito antes de qualquer um.
Era de uma Sexta úmida da Paixão também ela estava passando ferro e, como sou capaz agora de entender, ela sempre estave louca de amor por mim.
Grande gansengordura tivemos inteiramente com um picnic na cama de edredom à noite toda a seguir.
Pela cruz do Congo, diz ela, levantando Sábado no crepúsculo debaixo de mim, Mick, Demonick o Larva ou qualquer que o seu nome seja, você é o rapaz maisés amável que já cruzou o meu caminho do baronia de Bohemais.

Mateeushew, Marcooshew, Lucaashew, Joãoheehewwheehew!
Há!

E ainda uma luz move ao longo do rio. E imóveis os sereiomens enchem seus barris.
Sua essência está cheia. O caminho está livre. O destino deles está lançado.
Então, para joão por um joão, senhor joãumjeams, que assim seja! [399]

Tradução: André Cechinel

III

1

Hark!
Doz dos onz kater dez (não pode haver) sex.
Hork!
Quater pomp cinq tri (deve ser) doz.
E sobre a calma baixas estolaram as batidas do sono.
Branco esnévoa o íris. O arco guerreiro. Mark em cápsulas. O nariz do homem que foi nada perto dos nasões. É ele mesmo colorido, rugoso, rubicundo. Seu kepi é giestão. Ele sou Gaston Titubante de Tegmine — sub — Fagi, cujas fixturas são móveis, tão vómeis que assustam minhas relembtandts. Ela exibe, depois, a sua Anastashie. Ela tem oraçs em fundobaixos. Vimares verdes cor-de-ovos. O que deu nome ao dentazulmand, é você quem fita? Gugurta! Gugurta! Ele tem bicco de um indigan selvagem. Oh, ele tem um corno escondido. E o hui dele agora é pra você. Pensée! A mais linda das muiê, véu que uaila uma visão violeta. Bem que beijacria a volta de meu palácio, com umas luppas obscidianas, a enguiazinha dela chuchando em sua phomba. Apagemonite! Vinde não haquinegro! Black out! Desligai!
Bateu-me que tava caindo de sonado nalguma parte na nolanda, de onde — perdão — (e foi quando vós e eles éramos nós) eu ouvi, às zero horas, como se fosse o trombeteio de um rir vulpino, entre os badalos da meia-noite, vindos do campanário da cara velha maculada igreja, badalar tão fraco que um bonhomem tão jurado quão não visto na noitade violeta tornou tudo animado os objetos granbretanhos e irlandos não visíveis a observadores humanos, salvo,

por ventiura, da li a pouco algum brilho [403] brilhante baixando pro escuro na superfície do afluvial fluirfluinte e novamente pareciam indumentos de lavandaria repousando sotavento bem à mão, em plena expectação. E, por eu estar correndo num sonho como que cochilando enquanto balançava, arrah, pareceu-me ouvir um bordão e os trepadores e os deslizadores e os riolantes do mundo respiram fundo e as dancelínguas das fogorestas e os zunintes no chão todos vociferavam ecoando: Shaun! Shaun! Emposte a posta! Em voz alta e O, mais alta no alto mais funda e baixa, assim foi que o ouvi. E eis que paremeceu-me algo sair do ruído e algué quiçá remover toda trevura. Ora foi um passo, ora quem sabe. Quando então veja, foi luz e ora era como um pisca, ora mourel como chuvilho. Ah, na inluminação foi em muita similhança, deus me abençoe, foi sua lamparina na cintura! Quem sonhamos foi um sombreus, claro, a luz dos olhos, o rapaze! Bendito momence, O romence, ele cresce e aparece! Sim, ele, aquele que tanto balançou um querer de fogo fátuo à minha frente, mão amparo de mão, prontamente ladeado aos prós, vestido como um conde no traje certinho, com um classudo casaco Mac Ratina, de grossura bem siparior, índigo choque, trançado e pisado, e uma gola de ferrier irlandês, de asasolta com bordequins bordados em suas embreiras e calçando borzeguins espessamente debruados, martelados para adeguar-se à escota chuva pública e climada, saltos de ferro e solas esporáveis, e gibão providencialmente bem provido de lãns com um ceceio fofo de lapela nele e grandes botões em ceralacre, bem maiores do que as casas deles, de vinteduas cenouras krasnopoulas, e seu invulnerável wiskapote de tela crua e sua popular corvata, Tamanho sete-e-forte e sua bugiganga boêmia ruidosa e o sobretudo damascento que exibia por dentro e um zéfiro salpicado de estrelas com um peitilho decididamente surplissado de rugas, portando seu mote de sua cara vida bordado sobre ele em petits pois, arroz e gemovo, Or por royal, M por Mail, R.M.D., em soantes na unha, e pernas com manguitos, as mais bem torneadas jamais vistas (que dobradura parfeita! Quão amsolutamente cudadas!) rotas no tornozelo abraçando o salto, tudo do melhor—nada menos que (Ah, possam, então, as jabutitudes de Deus e Maria e os santos Haggispatrick e Huggisbrígida ensoprá-lo caindo sobre ele!) nada outro que (e possam suas cartas estufadas de boas vindas centenas de milhares de

vezes esperadas e [404] ligentemente postadas multiplicar-se — que digo — pluriplicar-se!) Shaun, ele mesmo.
Que imagem primitiva!
Tivesse eu as sábias cabeças concordantes dos messieurs Gregory e Lyons, ao lado das do doutor Tarpey e ousso dizer, do reverendo senhor Mac Dougall, mas eu — pobre burro — não passo de uma quarta parte de seu asno cigano. No entanto pareceu-me que Shaun (que santos anjos mensongeiros estejam ininterruptamente empurrando-o por entre e ao longo dos caminhos enrolados do acaso, sempre!), Shaun em sua própria pessoa (possam agora todas as constelações azuis-caindo-em-pretas continuar a moldar seu programa mutável!), era quem estava diante de mim. E eu dou-lhes minha palavra agricultural pelos cento e sessenta rodos de probabilidades e cones dessa visão celestial, que o jovem parecia ter o estofo do Belo da alameda Beau, um ás, se alguma vez houve! Ânimo? Agora, sem embromação, não seria demasiado dizer que ele tinha um ar grandioso, em plena forma, muito mais saudável que o habitual. Não se enganem com essa testa irradiante! Eis aqui alguém pra você que jamais almoçará com o bom duque Humphrey, mas comerá nos meses sem sinal de um erre em sua orla e, então, arredondando-se de outra forma, boa noite à borras de Traroe. Que olhares jeoviais! O âmago do rolo! E acertou na capãoeira. Ele era imenso e estava nos trinkes pois queria aproveitar cada sacromalte minuto das vinte e quatro horas na cervejaria dos Porter, sem custo, se quereis mesmo saber, São Losang O'Toole, a Roda da Fortuna, deixai vossos paus na entrada e servi-vos, vós mesmos, nada de tutu pelo molho azedo de nozes, graspis também os Lazenby's e Chutney (a casa que a que foi rainha de Bristol e Balrothery admirou duas vezes, pelo fato de sua porta de entrada dar para Dacent Street) onde, à vista suspirosa de olhos amorosos, seus valentes de coração faziam estragos, ele havia recuperado toda sua força por melhos de culheradas de comida montada, em antecipação ao festejum dos guarda-napos, que constitui a base tripartite de suas refeições pranzipais *plus* um *petit-déjeuner*, seu lanche de primeira, um abençoai-nos Oh, sangue e sede de laranja, depois, a meia pinta de bacon com bugalhos bêbados novinhos e um segmento de estofamento de pudim de arroz, com um pouco de açúcar e alguma bisteca fria desampalhada por deus, empedrada lá pela noite

negra-morcego que então debordara, sem prejuísos dos evectuais, eis que se [405] insinuou merendalmente a marmita de seu jantar de uma meia libra ou por aí de bisteca muito abaixo do ponto, a melhor da Carniceria de Blong de Portarlington, com acompanhamento de risiebisi, um mélange de bacon à moda de Corkshire (mas pouco, please!), um par de bistequinhas anexas e vindas do grill de prata pela proprietária da rôtisserie que vive na colina, e molho de gaulash e um pumpernickel para bater o todo, e uma garganta de bulbinhos de cebola (Margareter, Margaretar, Margarasticandeatar), também como segundo prato, e então, finalmente, após um avalanchoso lanche no Appelredt ou Kitzy Braten, a base de bisteca selada e pão amanteigado e ter secado uma velha Porter Phoenix com ela, só mesmo para umedecer sua guela e as batatas doces também da Irlanda, e um nadinha para engolir tudo lá embaixo, sorvo a sorvo, e ele lá que aplaina com a língua, e o acompanha com pão de Boland e negocia, para seu desgosto, com o subpagamento *avic* um copinho para o pessoal ou, *videlicet*, em linha, carusando com o segundo prato, oios e bacon (o mais rico) com favas, hig, steak, hag, apimentando o osso sacro aquecido a timtim e nesse meio tempo foi depois de ele bufunfar um dragopato agradavelmente embutido, acompanhando um lombo frio de vitela, mais repolho e, em seu estado verde e livre, um cacho de ervilhas, supositoriamente pequenas, finalmente. P.S. apenas um escaldadedo de purogim rheingenever para dar Pax cum Spirituutu. Três vezes agradecido. Pão e doce e jeleia do condado de Tipperary, tudo de graça, amem, fim. E o melhor dos vinhos *avec*. Por que ele tinha um coração tão grande quanto ele, assim ele era, e mais ainda! Enquanto as brolhas estão aflorescendo e o russinhol jarreia. Todo Saint Jilian de Berry, hurrah lá pelas tobias! Mabhrodaphne, orgulho pardo de nossa doceira ao molho, amável plena de repastos, nutrenos graciosamente, anime-nos! Sempre contigo, Anne Lynch, ele sona profundamente! Houseanna! Ti para o alto! Para tolda longa Eternitade! Assim, mais denso crescerá agora, recémcrescido. E cada vez melhor, na manteiga amanteigada. Sob o signo de mestresse Vanhungrig. Contudo! Cuidado ao afivelar-se lá embaixo com as nourritures, fossem elas tão menumente toicinho e jaffas, não quero ingerir pelo momento que ele tenha sido gulpado de glutonaria no que se refere a bolinhos trancamente mastigáveis, mas, julgrando pelo melhor, e no final das contas, quando não esfomeado, dado o pré-coital apetite e o apreço que ele dava a um bom golpe pós, o bom sujeito, fosse agosto thermidor ou maio floreal, [406] enquanto jogam assobiando os galinhos pradestres, entre gurmandar e gurmetear, ele arrancava seu puxador, diacho, cada vez que lhe acontecia de fazer horror a um repasto ou sentir como que necessidade de uma garafa de ardilaun, junto com um bocadilho apetitoso de uma tarte bem recheada ou. Apesar de suas entradas limpas não pesarem mais do que um ovo de mosca perante seu inteiro peso bruto de depois. E ele era tão cocheiramente descontraído com um acabamento traquina de estudantezinha sentado bem encima de seu rosto estampado com o menu de com Segunda Feira à Ostra e ele estava claramente afim de pega-pega, como pode-se dizer, porque ele farlou:

Overture e debutantes!

Mas eis que (Psiu, ô psiu!) me parece ver enquanto o verde voou ao rubro, afluído das profunduras e das obscuridões verdicantes mais fundas eu ouvi uma voz, a voz de Shaun, vatevoto da Irlanda, vox vinda de longe (é certo que nenhum jovem palestrino jamais chantou panisangelicus entre as nuvens de Tu es Petrus, não Michaeleen Kelly, não Mara O'Mario, e — certamente —qual mais numeroso Italicus jamais sugou ovo fresco em urinal?) uma brisa sobre o brozaozoante mar soprando para Yverzone, vinda de Inchigeela, mostra o jeito que ela tinha de suspirar (maisporco! maisparc!) para a noite perfumada tão suavemente como as antenas marconistas de Clifdensussurravam segredos abertos sem fios (malvaporto!malvaporto!) para as varetasirmãs em escutta na Nova Escócia.Tubetube!

Com a palma de sua mão erguida, a conchamão aberta em taça, seu sinal pontado no dedo, seu coramão encaixado, seu manchado no alto, sua mãofolha caída. Mão socorrente que quasantes sara ! Qual calor sagrado! Gesticolou.

E falou:

— Alô, ailiás, aladim, amobus! Desfasou-se ela caindo de leve, do si la solfa mi red do, quer dizer descansando? Shaun bocejou, como ensaio geral de seu discurso (que era o empadão de pombos do anteprópriopréviodia com massacrespa ao portador e a misturargh de transontem plus o shampagne de terça na cabeça, com as memórias do passado e os hicnuncs do presente embelichando as músicas dos futuros

da banda de Miccheruni) dirigindo-se a si *ex alto* e lamentando com
descontetamento vocal que fosse tão próximo o fato de o sipano levantar
e das cartas e permanentes, toda uma casacheia de aproveitadores, de
ele tingir seus saiotes para prantear seus ganhos [407] de ontem, sua
mesa no suor de seu fado pois, tendo umedecido seus manducadores
e limpo com seus dois indicadores os lentos escavadores molares e
mastigadores, afundou seu bembum, arrascando-se no chão para
descanso imediato, exausto como lebre desfolegada, completamente
gasto, era tudo o que podia fazer (com desgosto de si mesmo pois o
peso combinado de suas toneladas de abundância era massado de cem
homens, demasiado para ele), sobre sua charneca natal que amava
coberta aos joelhos de mato virgem, uma vez que não poderá jamais
dessonar-se na relva aquele que ajá pisou o torrão de Erin! Bem, estou
liberadamente demolido vendo-me nesse caimento! Como eu sou todo
laconicamente iondigno, um mero carteiro da paz, um pobre perdildo
folgaldo bocalivre de primeira plaina, o principote de Candia, sem
pernas e um título, para tamanha eminência, ou antes impro vidência,
para ser mais exato, a ponto de ser o portador extreordinário dessa
postumal missiva ao serviço de sua majestade, enquanto eu, vós e
eles estávamos extendendo-nos segundo o esquema da reposividade!
Pobre de mim! Sim és tu o forçudo. Eu teriapodidoser mais cuidadoso,
que adentou seu gozo demasiado cedo e deu com seu nascimento
demasiado tarde! Devia issosim ter sido meu outro com seu aprelido,
pois ele é o cabeça e eu sou um seu sempredevoto animigo. Eu consigo
agarrar no espelho o amanhã nos hojes de muitos ontem, quando nós
lofobobsedíamos com a boca molhada. Aquela simples simon abóbora
das suas! Partilhávamos o quarto dos gêmeos e piscávamos para aquela
mesma moçoila e o que Sem soluçou hoje eu sonharei amanhã, pois
que será, tenho esperanças, a festança de Sam Dizier. Canta aqui,
canta acolá, velho Tighe, alto, alto, alto, eu sou tua cleopsidra. Repara!
Ele parece magrinho, me imitando. Eu gosto muito desse outro eu.
Mãos de peixe Macsorley! Elien! Obséquios!Banzai! O asno de Isaac
Egari! Somos o par de music-hall que ganhou [no palco] as vesículas
siamesas na festa de Guinness, em Badeniveagh. Não devia rir com
ele nessa cena. Mas ele é um baita perdedor! Erguerei meu disco a
ele. Metais e linguetas, de prontidão! Que tal sua percha, Handy, e
como é que ela está? No começo ele tinha vivido para sentir o que a

filha mais velha estava pinsando e no fim ele estava morrendo para saber do que a velha Madre Patriack estava a fim de fazer. Pegue este de John Lane em seu forcador.

Shaunti, Shaunti e de novo Shaunti! E doze geluas escoadas! Não sou nenhum adorador de ilhotas, mas a reverencio! Por minha própria coanta! Ela bem que estudou! Pescivendor! À tua graça! É beber ao reino do [408] malvado druque de Wouldndom! Mas, o Gêmeo, parece terrivelmente magro! Ouvi o homem Shee, canteando na Bantry Bay. Lá embaixo, no meio das latas de lixo, que ele fique por lá. Ouça!Ouça! Ouça! Não, ele não. Olhe!Olhe! Pois eu estou no coração da coisa. Mesmo assim eu não posso por meus méritos solenes como recolhedor de recitativos, jamais ter feito nada dessa espécie para merecer aquilo. Nem mesmo o espictro de uma nação. Nem pelo longo Trollope! Simplesmente, não tive o tempo. Santo Antonio Guia!

— Mas sempre pedimos a ti até agora, caro Shaun, temos lembrança, quem era — para começar —que te deu permissão para simphonar?

— Adeus agora, Shaun respondeu, com voz tão pura como canto de igreja, um eco ridente, com uma boa linguada gatal, um puxão em seu cocomusgo, um antegozo em tempo da repolhuda couve-flor do seu cérebro. Athiacaro! Como está hoje senhor mouro meu? Saúdas a Deus? Como estão os columbosos! Deus os tenha com toicinho e mostarda! Cansativo, muito cansativo, Oboés e cornelhos e a corvatura de minha espinha. Pomes de mim! Minha crux mais pesada e meu lote diário com um leito tão duro como os rolos dos gregos e uma mesa tão vazia como o altar dos romanos. Desisti das cozinhas coelhentas e das parpas consoladoras. Não mais tarde do que poquíssimas quinzenas encontri-me no Thinker's Dam com um par de homens saídos de uma estufa com quem misturei minhas mãos com os chamados MacBlacks — acho que o nme deles é Mac Blakes — do Headfire Clump que estavam me espiando e fazendo-me crer que uma vida de quatro horas de fábrica com insuficiência de emoliente e industrialmentre invalidava para eles aquele dia de graças. Tenho a mais alta gratificação em anunciar que a tenho de nada mais, a não ser as profecias de Hagios Collenkiller. Depois de sóis e luas, orvalhos e molhações, fogos e trovões, eis que chega o sabatag. Solvitur palumballando! Ti vido! Adeus!

— Então, explicamos nós, salvador ambulante, Ambly Andy, será que você pode ser assim possivelmente por encomenda?

— Desculpem-me, Shaun repetiu com seus lábios líquidos, não é o que eu quero fazer, uma greve de trabalho, mas foi-me condenado primicialmente pelo Livro Hierarca e pelos Cozinheiros-Grão-Chefs em suas Homilias Concordantes Eusebianas e há de fato um poder [409] que é colocado acima de minha cabeça saído do livro das gerações que se tornou assim um peloherditário de modo que eu nada tenho a forçar nem a procurar a não ser que seja Swann e bata o quarto do orológio cisneperda oloss olorio de meu velho companheiro. O que parece é um terrível ataque de vermes, isso é que é. O demasiado é demais, disse o da guarda. Quase poderia dizê-lo de mim mesmo, enquanto permaneço fora do tempo do pecado, estou ficando cheio agora de circular por entre esses viajantes de estradas como suas almas sem nome, todas cobertas de males, desprezos e grisadas em todo lado até que é o outubro enferrujado nesta selva obscura e eu senti-me deveras compulsado a pensar na cratera de algum vulcão notável ou no rio de Dublin ou na verdade cachalotada subsidiosamente no fundo como a afastar ou a isolar-me de meus múltiplos Mim nos cuspes de terra de Lumbage Island ou sepultar a mim, com meus calços, meus porões e tudo, bem no fundo sob o meu ponto-mar cor-de vinhaço, a não ser que minha colt Morrissey possa me ajudar ou então quem sabe o olhar sobre um baixio de 49 denários, uma vez que se trata de um dízimo de peixe, é isso mesmo, esse assunto de estomago de porco, e onde, na morte ou na terra ou bem no meio medalhoso desse universo em expensão se vira desde que chegou às minhas mãos eu estou naturalmente fora de curso de estar fazendo algo a respeito.

— Esperamos que tu estejas, honesto Shaun, concordamos, mas por máquinas franqueantes, limerickadas, o que no fim pode perfeitamente se dar, ouvimos seres tu, nosso tardamado, quem levará essa carta aberta. Fala-nos de Emailia.

—Quanto a isso, respondeu graciosamente Shaun, com tacto de palitro e uma felpa de suas fraldas, quanto a isso eu tenho o polder e pela benção de Barbe há muito a dizer com tudo, meu amado.

— Tu te importarias de nos dizer, Shaun querido, pediu o grandepequeno, nós propusemos a tal caro jovem onde melhor poderias terbalhar? Ah, poderias sim! Choraminga, e nós o faremos.

— Aqui mesmo! Shaun respondeu enquanto regarciava um de seus punhos pé-de-vaca. Não há sábado para os nômades e mais do que outra coisa eu era capaz de caminhar, sendo demasiado delicado para trabalhar propriamente, sessenta estranhos lodaçais prometidos a deus por semana entre três missas de manhã e duas coroas de tarde. Eu estou sempre dizendo a esses pedestrastas, meus respondentes Top, Sid e Hucky (e essa é uma das mais verdadeiras verdades, como a maré em recessão e os ladrões [410] em ascensão) como foi-me predito por brevê em minha féria na vida, por eu possuir pernas fortes e ser descartado segundo as leis sacras do desnecessário e servil trabalho de ficar andando sempausa de qualquer espécie pelas relíquias de meu tempo e por outro lado para mim tão tocande que poderia ser acusado lá onde os ladrões dão o fora, no Excelcior a gorgeta é excelsa. Para fraco, para obra, para passo, ôba. Vai tu para essa ilha, um cochilo caseiro lá, depois vai para outra ilha, dois cochilos caseiros lá, depois agarra um pesardelo, e aí vai para casa com quem te é caro. Nunca apoiar uma mulher que defende, nunca quitar um amigo de quem depende, nunca caretar um inimigo enquanto ele é cheio e nunca grudar no pífano de outro homem. Amen; ptah! Será feita sua fominta vontade. Tanto no continente quanto na Eironesia. Mas acredite-me em minha simplicidade eu sou tremendamente bom, acredite, eu sou assim, em minha raiz, seja louvada a Disciplina da outra face. E posso agora veridicamente declarar frente ao meu Pantocriador do Geity com as palmas emplumadas de carne nas picas epistolares dos apóssolos que eu faço meu arrazoável melhor para recitar meus feijões de quitanda para mamy, mit damy, mot muthar, mat bonsoir de sempre, genuflexões inclusas. Kde domov mui, lá tu estás no alto, eia lá, eia cão, por tua sopa cotidiana etc.etc. De fasto, sempre cri. Greedo! Aqui está a videz de minha língua!

— E é o falsofumo de um puro-sangue. Ainda uma observação de um minuto, caro dogméstico Shaun, para considerar como em sua ausência pintou nossa cidade de uma roupagem puxando a verde.

— Oh, minha mãe, mero assassínio, como ficou sabendo? Shaun respondeu sorrindo ao regalo da lâmpada (parecia simplesmente a coisa mais natural a ser feita) tão escaldado de luz estava ele então. Bem, que seja! A treva tem raios, seu nódulo é amor. E vou confessar tê-lo, sim. Seu diógenes é umomem honesto. Eu trovadorei! Sim, o fiz, todo dia. Abaixo a astúcia saxã! E receio que não será a primeira vez que gasto meu casaco depois de labaredar na chama e brilhar no focoal. Veja, brilhar no focoal. Em chamas contra o inimigo. Como bom gaélico-perna-ruiva que sou. Impregnável como a própria mula. Alguém talvez possa aludir a outra impressão de meus erros. Nada disso! Que aquele que nunca cometeu erro mais freudiano se desculpe! O que era porco para vocês é carne para [411] mim enquanto vocês se seguram como eu, o mais velho, me segurei. Mas é grandioso por minhas formas de pensar partindo das profeciais. Novas palavras para todos! E elas eram scotograficamente arranjadas apenas para gentlemen por uma escriruminada em Quematerra que acha que é parente. E vinha com meu amado extravertido. Feito cola. Até o fim. Meu coração dia e noite. Dedãodegato. Fwum!

— Quão melodioso é teu belcanto, oh, cantave, e cu delicioso teu vento! *Buccinate in Emenia tuba insigni volumnitatis tuae.* Mas quer dizer, ó Pastheen Fionn, que de Pontobelleek até Kisselmarchet delápralá será nosso guia? nós percebemos substantivamente se será decoração ou envernizamento de verdura?

— É uma interjeição confundente, por assim dizer, gritou o fero Shaun, por natureza incensado, enquanto sacudia a pimenta vermelha de suas aurículas. Mas uma próxima vez por favor confine suas intinuações flagrantes a algumoutro corpo mordente. A quem poderia eu me dar, na forja desse planeta forno fisiológico, a não ser a seu agraço? Isso é mais do que eu possa arrumar, por enquanto, de qualquer modo. assim vamos, eu e você, cordialmente, cair fora disso, seu brabão! Isso não é doceira francesa. Vá por mim. Entenda-me quando eu digo (e eu vou pedir a você que não assobie, gritoure ou mecite de volta) que no passado emprego de encomendas, tão profundamente deplorado por minha não nova mais velha amiga Miss Enders, pós-libertina e alegre tesoureira desde sempre e em particular da Associação Escótica dos Indigentes das Vacas dos Mil Galões (eu estava pensando nela, em breve) conquantoque abençoados com vinte e dois milhares de quinhõs vindos da máxima posse de vinteedois milhares, de meu ganho, papelaria demasiado privada e quipu foi franquiamente comido laricemente por aquelas cabras irritantes sequiosas de pensão. Colpa di Becco, buon apartita! Procedendo, direi que é também uma das intenções de minha confissão — quando tiver tempo por favor e aprazendo a Deus quite os ataques de gota (se eu não estiver pronto para dizê-lo) tão apto quanto minha pena o é para raspar, para ir compondo os cheques de um livropoupança verdegrisado sob a espécie de um par de luvas de boxe de capricabras envolvendo essa matéria combustível dos masqueteiros de Welfusel e seu sindidolar que salvou a cidade para meus publitores Nolano e Browno, Nickil Hopstout, Christcross lambedores de pubs, à condição de que [412] graças à força do destino, meu selário seja propago em moeda celta e que haja uma pega embaixo de mim e uma barriga que me chegue.

À Muito Honrável Memória da Desgraça, a Mais Nobre, às Vezes Varrente ao Swiftserviço do Escritor.Salutem dicint. A recém finada Senhora Sanders (que Loyd a segure!) com quem eu era unha e carne também, tãobem como sua ermã Senhora Shunders, ambas doutores medicais da altaescolacavalar e idênticas ovas de Páscoa. Ela era a mehor pessoa bem ensinada despartida que eu encontrei nas suas cartas, apenas demasiado gordinha, acostumada às crianças e ao verboso e lindo decano — é esse seu entretenimento diário pois ela sacudia a mamadeira e tomava a mediceia todas as vezes por dia. Muito menos que noventa, ela tinha, a pobre finada senhora, tinha gostos para as poéticas, deixando-me pirlhalho ao fresco, no mar, quando a lua também estava recolhida num canto de meu doce céu da Standerson. P.L.M. Mevrouw von Andersen foi ela quem medeu um broche de bode, a pobre, per seguidores para sua primeira recepção a convite. Honra teu prévio camponês e minhas últimas letras. Esta, minhas lágrimas, é minha última vontade testiculamentária redigida na estradforia pela ausência de suas assolsiações fêmeas que eu, ou talvez qualquer outra pessoa que se acache numa toffette, tive a honra de ter sobre suas polidas sophiadas na real presença da devotada senhora Grumby quando a pele dela era exposta ao ar. Oh, qual não será a dor de minha boca pelos dois pequenos ptptcoolis que valem vinte mil cada, quidpresentes, com os melhores votos de duas missas a Pepette pelo próximo acoplamento de seu caramente amado Roggers, M.D.D. O.D. Possam vocês dublinar de sede! Escrevendo.

—Absolusoltamente brincando tu estás, junto com steu cadenoe cabrás-lo-á ao longo do nariz comodeveremos completar este papel em branco. Vaidade duas Vaidades! Grande e duro! Estranhovero!

Vero mas falso! A verdade, toda a verdade! De outra forma, meu franco Shaun, nós continuamos, qual seria a autobiografia de teu fumiforme molengo?

— Urremos! Nada daqueletodo, respondeu Shaun, seiam dadas gratias aos Céus! (ele tinha tido intentação e agora estava fucando de perto a pasta passada de seu enrugado rubinesco), embora tivesse que ser mais ou menos romanticamente rococó. A porpósito, como está o senhor Fry? No conjunto, poderia dizer, em ex-voto, pagamento e regalias e meias-pence [413] lenhosas, alguns narizes, di ñero. Ó joysoso reno, foi por mim remetido espontaneamente (o lado bem embrulhado aos maus auspícios de Miss Anders! Ela vestia uma bainha de runas na noite que ela perdeu eu abandoná-la) no lenhgam de Mr. van Howten of Tredcastles, Clowntalkin, timbremão, entre meus prodigiosos nabobos e portadores de qualquer subscrição destinada ao Bois de Bóscuro, nossos aquilinos despejados. O que eu digo é (e eu não suinou nenhum roecorno ou culpado, permitam dizer-lhes, caso desenformados). Eu nunca o jaculei. E eu não tenho o especto da inação dentro de mim. Esta é minha regra. Foi, de qualquer modo, como sopa quente de hortaliças. E isso me trazvolta ao meu moinho. Quoniam eu sou plano e portável como um envelopado, na medidaque você receberá agora parabolarmente os cuidados de um dos barris andouterinos registrados de Mme. Alce Guinness. Qui tecum vivit et regnat. Já!

— Que assim seja! nós respondemos. Canção! Shaun, canção! Dá o tom!

Pontifica!

— Quero me desculpar, começou Shaun, mas gostaria antes de espinozar vocês comuma das turvas gestas grimmáticas de Jackó e Isaup, fábula um, frácula dois. Vamos considerar aqui o casus, meus queridos priminhos (husstenhasstencaffincoffintussemtossemdamandamnacosaghcusaghhobixhatouxpeswchbechoscashlcarcarcaract) da Furmiga e do Graçanhoto.

O Graçanhoto estava sempre a jigolar girando, confiando no enkanto de sua joycialidade (ele tinha um par parceiro de vilarcos para suplantar-se) ou, quando não, ele estava sempre fazendo aberturas disgraciosas a Floh, Luse e Bienie e Vespatilla para brincar de pupa-pupa e pulga-pulga e longantenas e puxa-amassa e, para começar a incectar-se comsigo, trespartes bucais para seu ourifício e suas gambillas em três airosos processos mesmo que apenas castos, entre os semprevivias atrás de um pote para águas. Evidentemente e meliciosamente, tal como lhe haviam ensinado seus receptores anteriores, flexores, contratores, depressores, e extensores, claudicantemente, apressa-me, casa-me, enterra-me, torce-me, até que ela estivesse pulgada de vergonha e talqualmente formecida de meias em sua casa Aracnídea na melhor shopenhora tão estival como seu cottage, que era chamado furmicularmente Tingsomingenting, ele se levantou arrastando-se. Ou então, se ele estava sempre entoando funerelos engraçados com Zeuts, seu Pais-adortivo, o Idoso, com todas suas corolas alardas, albedinoso [414] e efervescente, à vista de sua caixavermal elítrica e Dehlia e Peonia, suas ninfas grupais que o suprendiam, olhos compostos sobre trompetesta e Auld Letty Plussiboots a coçar seu cacumen e cigarrar-lhe seu tramsitus, diva Deborah (sete bolls de sapo uma linguada de cal, dois jatos de fussforo, tresjatos de enxof, uma mexida de sucar, doze grãos de migníssio e uma bocada de mexdas pretas. O todo totalmente rodado na roda do rolo de Bubu do Burneu que assim o rendeu!), e com tambarinos e cantoridetas saturnando emtorno do pico da rocha de suas ovas sua dança MaCabra em retrofobia, bruçada e plena como fantásticas e desossadas junhabrilas à rá, à rá, à rá, à rá e longos calcanhares e longos dedões, assistida por um encontro de boxe entre mutter e filia suldomua, e por mirmidins de bebões cantando *Satyr's Caudledayed Nice* e *Hombly Dombly sod We Awhile* mas *Ho, Time Timeagen, Acordai!* Mas se o scientium (o que é o que) pode mudear-nos a todos a zero, um pensar sobre o Grande Alguém em seu Omnibos, é possível que um arteacordo (quem é quem) possa cantar-nos alguminha sobre os Pequenos Botoezinhos que anelam sua pança. Uma velha maré alta para os públicos aquecidos no bar e o dia inteiro de graça. Trovons e raios para todos pilhadores quais filos na névoa, pois O'Cronos demora esboroando em suas areias mas seus tatatafilhos ainda cambalhotam. Tudo acima do chão, conforme seu Livro dos Respiros, talcomo em qualquer porquê, Shaun ou Shem apareterramente matam o tempo.

    Rengrace-me e besoure minh'alma! Que bagatelor! Libélulo! Mosquitice! Pou!Pscla!Ptuh! Que tempo de fantasmas! Ventou a Furmiga que, não sendo uma verlouca, estava pensarosamente fazendo faces bufas em frente ao vidro da janela de casa que era antitopicamente frio. Nixnixundnix. Não iremos à festa no circuito, decidiu ela possivelmente, porque ela não está na lista social. Nem no enterro do Ba, rei pancada, completamente seguro ao longo desse ano como que haja um cu em cada gato. Neferobstante, após haver saradamente observado seu ovopositório, ela ergueu as palmas ao céu e rezou: Possa não esvoidar-me a água! Sekhet Hopet! que aquele tijolo do porco não expila! Chupe-o quente! Tão vasto como o domínio de Bepi meu reino florescerá meu reino florescerá! Tão alto [415] como o céu de Hapi escorrerá meu ódio, correrá! Crescerá, Florescerá! Escorrerá! Hummum.

A Furmiga era um ser universal, polida e abeliosa, via quase de perto pequenas altitudes na cabeça como Schelling. Ela era sir, mas um sir solene e germanizante quando não estava fazendo espaços em sua psique, mas, ai de nós, quando ela estava fazendo espaços na chave do seu eu ela era mosca, mariposa sagrada e aparentava furmigamente ser sábia e charmante. Agora, quando o bobinho do Graçanhoto cansou-se de badalar pela jangal de dívidas e amores e jangalar pelo emaranhado da vida em dúvidas cada vez piores e de pilrear com bicões e marimbões, beber com nautoniectos, faturar com os peludos lambedores de esterco e horar atrás das joaninas (*ichnehmon diagelegenaitoikon*), sentiu-se justamente doente como um sexistão e tanto pobre quanto um príncipe da igreja, de onde os mosquitídios serpearem a emsilfar-se ou onde procurarem por uma larva para suas corapassas ou encontrear um hóspes, *hélas*, ela nada disso sabia! Bruta seca! Fuka bika! Sultamont osa bare! E o mundo todo ousará vever! Nichtsnichtsundnichts! Nem um copeque de muscou para embrulhar um perdacinho de pão-de-abelha. Eusmeu! Eusmeu! Uma curbícula de câimbra, que praga! Oh, meu Deus, ela constristou-se melanctólica. Eu nevada! Ele lesmado! Estou cordialmente esfomeada!

O Graçanhoto no enquanto havia comido todo o papel de parede, engulido os lustres, devorado quarenta lances de escadas, mastigado todas as cantinas e seccles, roído todos os registros, apolpetado as efemérides e voraciado o mais glutinosamente com o próprio tempespaço no ternitário — não que ele fosse uma cicada demasiado empoeirada de neutrimento parea um tipo aquitinoso tão acarino. Mas quando Natalmas veio nos galhos despojados das árvores, ele saiu de Tingsomingenting. Ele deu um giro em volta e deu uma volta em giro e deu de novo um giro em volta até que os grilhos que tinha na cabeça e os piolhivas levitas que tinha no cabelo levaram-no a pensar que estava com Tirosmania. Tinha ele passado duas vezes de ciclo os mares dos mortos e tetravessado seu mar de sonhos? Teria ele chegado aqui com seus anjos ou ido com a popa tomar no casco? As neves que junho estava flocando em grofluxos nos tomos heguélicos em milipés e miriapés e turbinantes tournedos, os Boraborasiflos, esturando telhas nos tetos e alrancando folhas dos cavalares, brincando de aranhawroch e de rignewreck [416] com uma assombração sifonóptera, irritante, penetrante. Grasssssss! Opr! Grassssss! Opr!

O Graçanhoto que, embora cego feito um pulgorcego, mesmo assim conhecia não pouco um besouro, seu bom enfarinhamento maeterlinckiano de entymologia não velocizou nenhumíssima licença piolhenta mas fez com que ele se lançasse prontamente no beco, phtin e phthir, ali mesmo e no instante, na garupa de seu vibrador, perguntando-se entontecido se ele pareceria igual na luz ou se comandaria a calma para ambos, e a próxima vez que ele travasse conhecimento com a Furmiga depois disso eles se encontrariam a si próprios, esses inconsumáveis mousichais, será muchosortudo se ele observará não um mundo de diferentes. Saudação a Sua Graça a Furmiga, prostrando-se sobre seu drono, com suas babuchlkas pabilonesas, fumando um impacto espacial de charulos de Hosana, com um farfalhar invincável de seus impensáveis, aquecendo-se a si mesmo em sua sala ensolarada, sentado saciado diante de sua confortable fillosopa, de um prato orangoso e uma confucião de menta (pois ele era um aceta conformado e uma aristotal), tão felicce quanto um melsugador ou padeirinho na Libido, com Floh mordiscando sua coxa perna e Luse arrastando sua perna amanca e Bieni berjando-o embaixo do boné e Vespatilla que assodra così fan tutte sobre todos os vastos comprimentos ao largo de seus pequenos. Tão entomático como intimático se pode beliscavelmente ser. Se meta e que se dane e pelos loucos jesudeus e pelas jadesputas chicorando espriou o Graçanhoto aguapado de gelosia e no extremo de seus espíritos, bem que eu tinha previsto!

A Furmiga, de tão verdadeira e perfeita anfitriã que era, uma ranha fiando, estava aproveitando o máximo que um corpo pode, com suas rainhas que a enlaçavam por estar-se esfregando toda como algodehumano em formiculação, desconfinadamente cheia de beatitude num banhallalá de huri. Estava se entretendo enormemente com girasiri e mariposa, recaçando Floh por caridade e cutucando Luse, espero, e colmatando Bienie, faço fé, igualmente, e engambolando Vespatilla engambolamente pela camisa. Jamais Dorsan de Dunshanagan dansou isso com maior diabolagem! A imago veripatética do impossível Graçanhoto vendo seu duplo no espelho, depois das suas três efeméricas viagens, sem preocupação de amantas nem carasapato, animula pesopluma, veramente e presumivelmente sanctificando o desespero do crônico, era suficientemente e provavelmente casularmente demasiado para seu chorus [417] de gravidades. Que ele seja o Artista Chorão sozinho com seus parisitas a pelá-lo, eu serei Altataxo, o Rachador. O Lacaio pedestro licençáva adoidado, ao escrever seus falsos, mas Conte Carme faz a melodia que cunha o dinheiro. *Ad maiorem l.s.d.! Divi gloriam.* Alguém está sobscurescendo a soleira. Haru, o deus Horus? Orimis Osiris, emborcadora de seu barco solar do além, procura conselho do Timoeiro, senhor das broas dos Entremortos. Que seja! Que assim seja! Tu-que-és-tu rápido-rodopio-levadopelacorrente, acolhe em ti minha amplidão. Haru! Horus!

> *A coisa agradou-lhe et, et,*
> *Ele riu reriu e larvado merdou um ruído ôco*
> *O Graçanhoto temeu ter torcido seu boco.*
> *Perdoo-te, Furmiga, disse em seu pranto chorado,*
> *Pelo amor dos teus suçpiros estás salva em teu cuidado.*
> *Ensina a polca a Floh e a Luse e mostra a Bienie o seu manjar*
> *Assegura a Vestapitilla achar gordas pra esquentar.*
> *Como outrora paguei a conta, pagarei o preço inteiro*
> *Disse eu para Maoméh e benvindo ao Formigueiro!*
> *Quem voar que seja um louco, quem gostar que suba ao Monte;*
> *Se alguém fosse assim proapô-lo não podia eu estar mais tonto.*
> *Cavalgado a um amigão eu aceito o descomposto*
> *Pois teu prêmio do não gasto é o preço do meu imposto.*
> *Podem putas fornicar se os casculhões as deixarem?*
> *Pode o Culex se vergar se o Pulex não o acordar?*
> *Há um posto para amar, há um termo a embaraçar*

Esses dois são gemelaris a piolhar o Homo Vulgaris.
Terá Aquilão rumando ao sul virado vento norte?
Pois que nós Fuscos Abutres estávamos em sua extrema ponte
Pois Homo Acidentalis não buscou no fim da história a sua revelação
E seus zefirosuspiros não buscaram para tanto o orientecoração?
Quem não Gasta não Deseja somos dois precondenados para frente
  e para trás
Até o Nolans ir voando e o Pardolhos os tenha azuis.
Ante aqueles meneios que te motucam deixarás teus falsos por
  meus palpos
Uma extensa há de puxar-te, há de fazer-te a folha num elapso
Faz inventário de meu tecto, tictac, que meu vergão molesta;
Sara-te a meus pés, como vejo de longe pelo tufo na tua testa. [418]
Partiprende os choros de meus gêmeos pois aponta meu olhar
Para todo teu trabalhar fora com todo relitratado por trix denar.
Meu inrisível universo mal encontrará
Seu extrabife de vitela de si atrás.
Enormes são teus feitosfins, os volumes imensos,
(Possam as Graças que esperei cantar à tua Furmicidade um
  cantosenso),
Teu genus é mundial, teus espaços sublimes e teus atos!
Mas, por São Gaiado, porque o tempo não bates?

Em nome do anterior e posterior e do seu espiritocausto. Almem.
— E agora? Que bela exposição! Quão extrenso é teu folkloire e quão eufônico teu volupcabulário. *Qui vive sparanto qua muore contanto.* Ó fabulista, ó insolente, tu tens dentro de ti o gemido daquele pássaro vagabundo. Ele cai fácil na orelh aberta e vai abaixo fresko pelo atalho feito triciclo tumtim com seu Tingeltangel de buate barata. O mais eloquentemente presumido de toda a Cornoalha! Mas será que poderias, naturalmente, ó decente Lettrechaun, nós o soubemos (tanto para trocar teu nome, se não a tua nação), quando ainda dentro do berçobarril, ler a estranha escrita anaglíptica dessas shemletras, patenteadas por *Sua Cristandade Etc.*
— Ah, os gregos! Da-me isso! respondeu Shaun, apontando plosivamente para o questooquello cálamo de canela atrás de seu acustrolábio. Pós ocaso sou tão nobre romano que água e papa

podem me batizar. Lá está uma galopena. Eu sou, graças a minha Larynx Canora e também a Saint Laurence, letracapaz de tocar uma Shemantica, mesmo ao contrário, tal como Oscan Wild ou derivar Persse O' Reilly transludindo do Outromano ou fora do Tóptico ou de qualquer coisa que eu tenha na ponta de meus dedos, em golada ou em garrafada, com meus olhos bem fechados e todo o mais. Mas, ai de nós, é harrobirra, cerveja ruim para galosidades e olhos de peixe. No que diz respeito, eu associo-me a seu reparo de bem agora a partir da teodiceia cartaletra *re* roubada e concordo bastante com tuas prescrições pois de fato sou, *pay Gay*, a Deus agradando, em justaposição para dizer que não é uma bela produção. É um pitadinho escrevinhado, que não merece uma garrafa de chablis. Exagerado! Estofadamente estufada porqueira! Além disso é perseguível em hasta pública, todos falsos testemunhos e crimes! Nada além de horrores clericais *et omnibus* a serem classificados pelo estrangeiro como de segunda categoria. A sujeira mais nojestível desde a de Charley Lucano. [419] Gelatina inútil, assim é que eu diria, se você fosse me pedir de por numa única dimensão aquela opinião pronunciada que eu possa possivelmente ter oralmente sobre aqueles çacos de lixo que a mãe e o senhor Inimenscionável (oh, não se reproduza seu semel) se reduziu a escrever sem fazer notícia de meu psedirômeno. Quando ela escorregou por baixo de seu cocheiro. E onde ele fez um gato com um pio. Como eles vestiram duas garoitas com fluido do agente refrigerante. E porque havia três lenhadores nas moitas. Aí ele gaviota seus dedos lamosos de Francie a Fritzie lá para a cuzinha. Phazer é mi mãe e Pelo é mi pae. Constroem Betty Famm e o Grande Grande Lúcio. Sua arvoreda (possa ela florescer!) segundo o ecotáfio deles (que ele se darne todo de manchas). Com onze bimbinos que pululam até ao topo. Que bien! Comme bien! Wieviel? Fraqueje! E a Duquesa morrendo de rir da boa bicada de Barec. E o mundo todo ririu. Até que ele soubesse o que tivesse que começar. Um bebê pondo pra navegar as conchas dos ovos no chão de um dia molhado teria mais sabedoria.

    A carta, levada por Shaun, filho de Heck, escrita por Shem, irmão de Shaun, pronunciada por Alp, mãe de Shem, para Hek, pai de Shaun. Com iniciais. Ida. Roubida. 29, Hardware Saint. Devolver ao metente. Baile-Atha-Cliath. 31 Jan. 1132 A.D. Aqui Comercia Emvila.

Tentada a Casa em Frente.13 Fitzlourinhos. Loco. Perigoso. Taxa 9d. B.L. Guinés, escavaleiro. L.B., desconhecido em Richmond Norse 1132 a. Nave inalojável. Deixado nenhum endereço. Assissinado, Jetty Pierrse. Nenhuma pessoa procurável. 92 Windsewer Avenue. Não há tal n.o. Vale.Finn's Hot. Exbadalado para fora de 1014 d. Puxar para baixo. Fearview. Aberto por engano por Miss Take. 965 novecimentos sextecinto. Atire do lugar. Semtecto. Monte Dunlop e saia a Galop. Satisfeito. Mr.Domnall O'Domnally. Q.V. 8 Reais Terrores em Royal Terrace. Não há tal estrada. Persina para cima. Jantando com os Danes, Decanos. Transferido para Philip's Burke. Sobr o mar. DCEDIDO. Pede-se seguir odores. Clontalk em Clontarf. Padre Jacó, agente Rice, 3 Castlewood P.V. Destido.J.P. Convertido ao Hospitalismo. Avante a Marcha do passado da Civilização. Outrora do Banco da Irlanda. Devolva-se ao Hotel City Armas. 2 Milchbroke. Soletado errado. Traumcondraws. Traumaticamente transfigurado. Agora Bunkerbanco da Inglaterra. Afogado no Laffey. Aqui. O reveríssimo Adam Foundlitter Achadetrito, Denunciado fuzilado. 7 Streetpetrs.St. Peter's Terrace. Desde Cabranke. Tomado pela Coroa. Bem, Sir Arthur.Comprem [420] os fósforos Patersen. Em suas mãos promiskuas. Feito explodir o último Lemma pela Loggia da Orquídea. Procurar pela carta não retirada. Casa condenada pelos Construtores edis. De volta em alguns minutos. Fechado privado para Reparacias. 60 Shellburn. Ela queimará. A chave está com Kate. Beijo. Junto a Isaac's Butt, Pobre Homem. Incêndio dalicioso. Capturado. Extraviado, Justiciado. Entregar cainordialmente. Para Abraham Badly King, Park Bogey. Salvo. Já vermilo e sepultado. Buraco pesado. Deserte-o. Peso ecessivo. Prostoleto insuficiente. De volta ao Correio. Ao cuidadode. Possui vale postal. Para demasiado alugar. Para ser sujamente vendido. Cohabitado por infortunados. Suspença toda licença. Congelado seu dedodeboi. X.Y. Z Ltda. Destina Tários. A., B, ab, Reme Tente.Boston (Mass). 31 de junho. 13, 12 P.D. a pagar. Arrasado. Advocatado. Vacuante. Minado. Aqui vem o Oficialouro. Sair da Sala de tudoisso aqui, Ereweaker, com sua Puta Bristola. Bang. Para. Bang. Para. Cambronne. Para. Volta Assado à Velha Erin. Para.

— Bom Shaun, todos nós demandramos, embora odiemos dizê-lo, mas desde que você surgiu para o uso do dinheiro que você não tem, será que não sugeriu nem por um instante sequer que os milhões de modos gastos em seu deslinguajar são dez vezes mais ruins em palavras do que os trasos de pena usados na sanscrição com tanta hexitância por seu cerebrado irmão — desculpe-me se não o mencionarmos?

— CelebrAto ! Shaun respondeu sob o escrudo de seu sotaque irlandês, esfregando vigorosamente sua lanterna mágica, até obter um brilho de plenaconsciência. HaecCitência! Suas palavras ralam meus ouvidores. Notório eu sentir-me-iria antes inclinado a mim mesmo, em primeira alçada, a descrever o Sr. O'Shem, o Fanqueiro, com a mercionada carta, visto que venho sendo acentualmente chamado a fazer uma dieagnosis para fornecer minhas opinhões, vomitando propriamente, em termos de birlanditz impulsório. Mas eu não lingaria para o fato de ser tão infrutuoso para minha própria parte quanto para jurar pelo momento positivamente em vista daqueles tracos de pena, como em vista da Dinamarca. Senhornão! Mas deixe-me dizer que minha cotidiana crença no altíssimo G é que eu muito a ponho em dúvida. Não há lugar para um desses em minha lista de ingressantes, de jeito algum. Conforme apreendo de hora em hora da Rotorooters &Havas pelas antenas Gilligan num belo e patético despacho, ele, esse pilantra alcoolizado, está no finzinho com ilegíveis clerigomantes, sempre a gabar seu compleiço rubicundo! Ela, a mamãe distante, foi ele quem a empurrou a isso, o iníquo que devia ser depravado de suas libertinidades, para ser silenciado, ensacado [421] e suspenso, e atirado em ferros em alguma instituição fanqueira, nas antípolas, por haver palavrado, caso tivesse ele sido experto o suficiente para superar a comissão das visitas membricas e do censor do campo. Puah! De fato é um fato conclamado e bem celibado diante das quatro cortes de divórcio e de todas as panças do Rei, que ele tem a solitária de tanto ver as cobras escocesas e tem uma licença para a produção e a consumpção de delica tessen dolicocéfalas em seus pontos de caça onde ele pode purgar seu desprezo e dejeunerar em esqueletro, e morrer de tanto pensar. Que apodreça. Pé de flanelo!Pé de chinelo! Vou descrever você com uma única palavra. Tu. (Desculpem por isso.) Homo! E depois, pondo seu companheiro de cama encima de mim (um pau bem entalhado em seu lugar). Crimimoso: vai ver isso por aquilo! Fazendo a ladronça mudar suas manchas, como dizemos no livrão dos cantos. Está ele na casa de quem ou está na minha? Odiosistimo postumista! Com seu único chifresco e seu gorgulho de príncipe dos pauperos disparatando pelos dois mundos afora! Se espera que lhe compre um presente de moxilmano! No é meu meioprimo, leitoada! Nem quer sê-lo! Antes morrer de fome com o estragafestas. Nham!

— Podemos nós então, ilústrio Sham, peticioná-lo a pôr o orgulho principesco de si em sua própria bolsa de pobre e a desvelar em tua própria via doce com palavras estilnovas a seus mui obsequientes, como ainda sugerimos, na fábula de Esopia?

— Bem, em parte é minha, obra minha, não é? E você pode, deve e acolhe, respondeu Shaun, dando ao mesmo tempo, enquanto a fome ia amargando-lhe as partes, uma mordidela no ninho d'abelhas de seu barrete brahamanico melocomestível, uma, mais uma e de uma três. E deu ua estremeção. Certo tenho a empreção de você ter sabido tudo à cerca disso, honorey causa, pelos canais thelementares, há tantum tempus. Certo, isso é tão velho como as abelhas Baden de São Dominoco e tão lugarcomum para todos os pueblos e tão blablabla como Nelson e sua coluna trifulgurante. Contudo, deixe-me me ver. Foi o blefe do cervejeiro que começou tudo isso. Oliver Cromwell, o velho Knoll e seus em préstimos. E depois, os líris do campo, Nancy Nickies e Folletta Lajambo! E depois, mem, hem e jaquequette. Tudo sobre o Usurário e limpando o nome para ele. Sinto ter que anunçar, após haver arrumado seu leito literário, que por dois dias ela ficou aqui chiando por causa daqueles barulhentos precedentes e porcamando em Shemês, para seu [422] filho farsesco, parodiando JamesMacPherson, como uma mãe dos incas com um Garcilaso lasso que, anânimo, piparoteava-lhe as nádegas e por baixo do palitô a ponto de lhe marquisar a peruca e seus leais divórcios, quando ele espalhou suas ovas feraxmente na Alimanha, tse tse, e toda a fábula do barril com contragolpe burguevisiano, e ele, o beberrão furado feito alambiceiro, trans pirando feito um decano, dormecido em transe em sua poltrona com seu sexto dedo entre o indicador e o olho degato, fazendo sua careta de Horrochilde, coletando para sua panela-ganso o idioglossário que inventou entre aromáticos e rústicos! Olho! Eu também dei uma olhada, imitador! E a culpa é inteira dessa última carta. Será que ele bebe porque estou certo mente, não mais haverá nem Kates, nem Nells. Se o vir, é ali que aconteceu. Foi-me dado, graças à Corte, assistir à coisa toda por especial licença do supremo tribunal. Todavez que eu penso naquele não danado festeiro Shem Skrivenitch sempre cortando minha frosa para melhorar sua frase, Thorror, declaro que me faz mal à bochecha! Se eu chutar sua reflexão ele irá começar sua briografia in merdios podres. Ditardor!. Grandeczar! Virabife! Você sabe que é um tipo estranho, bebedor de ovos, com cheiro de velha grudado, pra não chuchar nas suas erectações. M.D. fez seu *ante mortem* para ele. Era cinza às três, como o cigno de um cisne, quando fez a reverência ao público e embossou os olhos quando se arrependeu, depois das sete. O alo que invernesce em seu topo é o ranço do barril que azedará quando ele tombar, até que aquela bruxa do Capão não roubar um tufo de sua mecha. Ele estava lá embaixo, com uma risada de derrubar, na idade da perda da razão, a primeira derrubante vez que ele me precursou. Ele é estranho, acredite, e mesmo meiodiabo até o fundo de sua alma vegetal. Não ligue para seus pés decaídos e a cor de sua pele tostada. Eis porque ele foi proibido de cruzar e foi escaldado pelo ré-curso do matrimônio conforme o Decreto dos Cadáveres Inaptos. Não me surpreende absolutamente o fato de que o santo o tenha chutado graças ao que a soma tomada do Berkeley mostrou generosamente a razão. *Negas, negasti,* negertop, negerded, negercão, negergrunh! Despois ele foi arrancoado da Escola de Thingamuddy por Miss Garterd, por se coçar. Aí ele pegou a europícola e se mandou com a sociedade dos judes. Com Broh Cahlls e Fran Ciscos [423] e Bruda Pezths e Irm Slavos. Uma vez quando ele falhou ser morto, o tonto quis colocar sua cabeça bilíngue, intencionalmente, no Ikish Tames e ir juntar-se à clerezia como um dominicão skaiterrier. E atirar poeira nas vistas dos Santos Lavradores. Ele costumava ser evitado por ser vivandista. Por uma vez eu guinchei mas da próxima vou atroçoá-lo. Aí ele foi se deliciar com Cecília, com seu solo, para pinçar um pouco de Galenico. Asbestopoulos! Tintareiro! Tem encausto no sangue. Sheim! Vergonha! Sinto o máximo desprezo. Que seja beneficialmente mordido! Objetor! Tiberia está à sua espera, arestocrato! Chaka-te um bilhete voador na Grade e na Gaiola da Gaivota! Vá por mar, some de mim e deixa teu libreo no TCD. Teu pudim tá pronto. Tá servido, e cremado! Cinceramente teu... Ex.Ex.Ex.Ex.

— Mas por quê, contador triverista, Shaun, por que graça? Continuamos a perguntar agora, debilmente, ao gracioso. Digne-se dizê-lo. Vai dizer agora, vai ou não vai, bondade divina? Por quê?

— Por causa da raiz de sua língua, se me pergunta os porquês, repostou Shaun, enquanto se bendizia devocionalmente como uma bomba-raspa-guela, fazendo ato de oblívio, o fêdepé! (que raio de bambolê?) que ele havia lanciado em sua última invrenção. Ullhodturdenweirmudgaardgringnirurdrmolnirfenrirlukkilokkibaugimandodrrerinsutkrinmgernrackinarockar! Thor pra você!

— O nome de cem letras de novo, a última palavra da língua perfeita. Mas você conseguiu chegar perto dela, nós supomos, forte Shaun O', porquanto pressupomos. Como?

— Peax! Peax! Respondeu Shaun em velar penultimatum. São perlax diante do Galante, enquanto engolia um gole de Jon Jacobsen por seu canudo tritubal. Fraco mas agradável. Eu poderia também estar falando às quatro ondas até que gatos nasçam cinza e o resto durma. Gelado! Que nada! Nem um de seus sete sensos poderia conforme eu dizia, só que você perdeu o meu de sentidos, por ser ele incendiário. Cada uma das danadas letras obscuras nele é uma cópia e não poucas silbas e palavras inteiras posso mostrar-lhe em meu Reino dos Céus. E que eloqwência ele tem! Com sua monolíngua tristelar! Taí! A última palavra em narroubar! E o que é mais aí coisa de baixa roubalheira scistemática. Sim. Ele ia subindo [424] por minha ladeira. Como'cê. E eu estava depenando o pau de pato dele. Como você, sim. Ele corrobou o rabo que eu tinha. Certo. Como 'ocê. Que tal isso de Shemise?

— Mesmo assim, de certa maneira, não para adulá-lo, nós achamos você tão chocantemente crânio e bem literado em suas estantes como sempre foi o Shamoso Shamonoso Ltda., que soube usar pior palavras suas, engenhoso Shaun, — continuamos achando — se você achasse o tempo e se desse ao trabalho de fazê-lo, É com você, agora!

— Sem dúvida, mas isso é uma mostra, respondeu Shaun, e o leite materno da doadeira de seu sangue começou a trabalhar, e — embora inocente de dessemear a nefasta emanação, seria um dia infausto caso eu não pudesse fazê-lo, só, de modo que você pode conservar seu espaço e, por força de eflúvios borrados, eu sou levável a (estou convencido disso!) fazê-lo a qualquer momento o queira (aposto com você cinco pennis do que guardei para as botas!) com o mais grosso entusiasmo, visto que, você vê, embora eu possa soroquiar meu siamanésio melhor que qualquer outro, é um segredo em pleno ar, que isso seja dito, o quanto eu seja extremamente ingenuoso no varejo, mesmo com a mão esquerda em mau estado, Erin go bragh, eu a lustraria com iminuendos tão facilmente como eu peroraria o galeto contornado de favas pelo preço de dois milagres e meu libreto trifólio, o autordoxo Livro da Vida, que — se entregue à luz do dia — (tenho-lhe a fé mais incrível), excederia de muito aquilo no que, aquele bolchebog fajuto vergonhoso do meu irmão soamês Gay Fods é conversado em tinta negra e audível. Ultrajédia de escaldapoetas! Acomédia de letras! Tenho-as todas elas, domesticadas, profundas, apresadas, em meu próprio Euolho. E um desses belos dias, meu caro senhor, quando eu estiver de boa lua, que eu possa cortar a guela com minha língua hoje à noite se eu não estiver aqui para ser movido pelo ormuzd para pegar o pinipote e introventá-lo na estampatrícia como obra de mérito, anote minhas palavras e anexe-as à minha marca estridente que eu vou abrir teus safolhos de hermão grandão e somente por ser papa e imaturo e neófito e um *spaciaman spaciosum* e cento e onze outras cositas más, nunca e por nada eu me darei tanto trabalho para fazê-lo. E isso por quê? Pelo simples facto de eu ser ao mesmo tempo um cara demasiado aeral e um Ahriman peludo para infracturar tamanho tipo dessa ultravirulência. E por tudo o que eu tenho de sagrado nas nuvens na terra e no céu, juro-lhe sobre meu cano [425] e juro-lhe pelo temor sagrado que me inspira Shaun (êta nomezinho agourento) que confiarei às chamas todo e qualquer incendiário, ou qualquer que seja esperto ahrimano que se atreva a pôr fogo em qualquer uma de minhas mãeronas. Que me balancem se não o fizer!

E com todo aquele cricracruc de seu tripódio cadafalsico onde a pena usurpou qualquer riso, de onde o grande púgilo pugilista desptemperado tosco fosco lusco fusco, tal como era, desabou virtualmente na mãe Machree, ficando bastante engraçado naquela pose sobre ela, sobrepujado por si mesmo pelo amor das lágrimas de prata que ele trançou em seus cabelos, pois, com certeza, ele era o mole simplório barrento do mundo com um coração batendo do jeito de Montgomery em seu palcopeito e cargas aguerridas de sentimento nele tão inocente e indizível qual bezerrinho cambaleante. Mesmo assim, grosseiramente outrocêntrico em si mesmo, ele prateou fora os alarmes e deu risada deles, limpando seus dedões e soluçando excusas, prescrevendo sua tara como sendo o sonriso de seu orelhar, olhando todo em volta. Sua pança mole massa cheia de banha e de patranha. Bola preta. Felix culpacrime. Repare você, agora, que ele estava no mais fundo da honestidade e suas moxilas estavam por demais honadas hara hoferirem qualquer houtra hoisa. Mais verossimilmente é que ele tenha parado de repente para olhar para cima e lá lá de cima para seus punhos manietados pelo espectro de uma obceanidade, todas as hervas e pensanhentos celestiais das massas gasosas que rodeiam Joepiter, porquanto elas não dizem mais do que foi e será, tudo dito, perscrutando no passado distante à nossa frente para sentir qual idade nos anos, tropical, eclesiástica, civil ou sideral ele seria capaz de encontrar do ponto de vista de Sirius, conforme Charley Wain (aquele que tressoa as esferas trevejando pelas a látea e pelas mansões de brilho da vertente velhos tempos), conforme no passado ele havia anseiado por nós, a sonhoespiral encoleirou-o, seus polegares caíram-lhe nos punhos e perdendo o equilíbrio harmônico de suas extremidades bolíferas, por meio da sagrada ebulição, como um frasco de raios sobre ele carenado (Oh, os filhos dos pais!) pelo peso poderoso do seu barril (tudo o que impedia o aparecimento de quem se não sempre dos asteriscos entre eles?) e depois, como o mais sábio curso de poslúdio que pudesse recitar, fracassado em seu conjunto e rolando e boiando corajosamente para trás em menos de um piscar, *via* Rattigan's corner fora do mais remoto tiro de ouvido com seu jeito curioso de mover-se despreocupado, pé seguro, pé manco, pé frouxo, [426] azulrelaxado feito o tocheiro de teatro, lampeiro de salão, e pelas quedas e ejaculatórias de Killesther, com cortiças, clareiras e folhagens e mais bolhas necessárias para seu canto keelrow, caminho fácil e suficientemente feérico enquanto a vaca da aldeia muge atrás dos tempos na direção de Mac Auliffe, a casa de torturas, *Open the Door Softly,* vale abaixo, antes que ele fosse realmente levantado de novo até aqui, num mergulho nos percalços (uia!), ele, despalideceu sem vestígio e desvaniu, como popô num papá, por circula circulorum. A mim!

Gaogaogaonel! Tapaa!

E luziam as estrelas. E a noiterra se espargia olerosa. Seu focinho rastejava na obscuridão. Um riozinho ia gentilmente pela luftcorrente. Era nosso, todinho fragrância. E nós éramos dele, por toda a vida. Oh, dulces sonhos lânguidos! Tabuccoo!

Era charmante! Mas charmengue!

E a lâmpada apagou-se pois não podia iluminar queimando-se, sim, a lampd apgous pois não podia continuar acesa.

Bem, (quão terríveis são tuas horas quando a luz do dia esvanece!) tudo é baço e amarelo e é constável que tu estejas passando por aqui, meu bruder, meu habel Shaun, com um farfalhar de tua veste, até que a manhã de luz acalme nossos mais duros lances, para além do berço dos bacalhaus e do plano dos polpósitos, a partir das relações carnais e dos rostos undfamiliares, para as índias de Tuskland onde os olifantes barrem até os milagres caçados a oeste da América, onde as histórias badalantes ficam mais soberbas quanto maior o pecado, mas por todos teus feitos de bondade que fizeste demasiadas vezes e com fruto para sempre, manomano e a myriamilia até mesmo a mulamulas, conforme podemos dizer nós das classes mais humildes, cuja virtude é a humildade, não se trata exatamente de nós, na terra do velho, Sean Moy, tu podes separar-te porque, pela folha de palmeira, tu eras o santo rapaz ambulante, tu eras demasiado siado para ficrar, tu eras o favorito dos deuses e dos pequenos e a salus dos que velavam. Continência, cuja disparição o afetuoso Fuinn sente aflitivamente. Vencedor nos jogos, primado na estudiação, propriodito nos recintos da História, a escolha das idades sábias! Parporportavoz de nossa silenciosidade especturesca! Musha, pense-nos lá fora no Cockpit, pobres sábios das 12 horas, alguma vez ou outra, qualquer quando você achar o tempo. Wisha, totorne a nós à casa de Biddylar, em um modo ou em qualquer lugar, sentimos falta de teu sorriso. [427]

Vinho de palma, fruta-pão, carne-doce, sopa-de-leite! De qualquer jeito! Nossa gente, aqui em Samoanesia, não procurará esquecer-te e os anciãos que escotilham e marcam as jorniadas com giz, chuvisco após chuvisco, nos quatro tapetes pelados. Como estarias tu pensando em teus pensamentos, em quais profundezas tudo isso começou e como tu estarias te escaramuçando com teus escrúpulos para agarrar a impressão de uma imperfeição cometida. Patrirlanda te chama. Mery Loye, a Mãe Gansa, está veilejando aluada. E a criada da marota Slyly mamourneen, hospedada na Gladshouse Lodge. Vira a casaca, gênio forte, e demora entre nós lá embaixo, no vale, teu ganso, apenas uma vez mais! E possa a monção da prosperosidade recolher-te rolando para casa. Possam as brumas do orvalho diamantizar teus círculos! Possa o plugue de fogo da filialidade reinserir-se no furo de teu barril. Possa o vento de trás da cevada soprar boa sorte a tuas canelas banhantes. Pois sabíamos muito bem que tu eras contrário a nos deixar, girando teu corninho desajeitado, postilhão bem real, mas sim — francamente — pulso de nosso sono, página de sonho, por graça de Vossa Senhora, quando o amanhecer natural de teu noturno emerge do nada no amanhecer nacional do levantar-se do sol dourado e Don Leary dá as costas ao velho grogue Georges Quartos enquanto aquele bombatel, o Jonnyjoys recolhe o vento do waterlooado rei da Erin, tu estarás navegando pelo mar de Moyle e, enrolado em tua própria escapologia num dia ou outro de algum canonizador, saco nas costas, ai! Tirando a neve com a pá, (ou não?) como o bom homem que és, com teus bolsos-imagens capotados de lado na vassourada de chuva, para novas remessas, e de lá pra cá, em todo caso, timus uilinho, possam os tufos crescer rapidamente embaixo de teus pelhetos e as margaridas tropeçar de leve sobre teus bontões-de-ouro. [428]

Tradução: Aurora Bernardini

2

O jubiloso Jaun, tal como eu fora brevemente informado há pouco, parou em seguida para tomar fôlego, tendo tirado a custo seu coturno da primeira perna que havia marchado a noite inteira, e para dar folga (que o filho de Deus lance um olhar, agora, para o pobre preambulador!) a ambos seus calcantes oxfordianos machucados que haviam sido feitos bem antes do que suas calças na barragem próximo a Lazar's Walk (porque de ponta à ponta, tão grande enquanto ele foi ativo, foi ele notado por seu tratamento humano de qualquer tipo de sapato abusado), digamos questão de uma vintenovena ou por aí de barris-horas de distância, como ele realmente merecia. Ele estava lá e se podia vê-lo planimetricamente, quando eu me acerquei para vê-lo mais de perto, isso equivale dizer (porções graciosas, nessa etapa do crescimento do nosso filho embalado ante ontem preencherão logo o espaço e explodirão em sistemas, tanto corre o instante!) amplamente alterado para melhor, embora ainda imagem gravada de seu self mais quadrado, tal como ele costumava ser, perspirando mas feliz, não obstante seu pé ainda dormisse nele, devido ao que ele pensou, por São Januário, que ele tivesse um casco de boi no seu coturno, com seus háluxes tão esplendorosos, destrascendidos pela Irlanda afora, poetastro de boca grande, apoiado imóvel a um guardião da paz loiro-manteiga, certo comestável Sigurdsen (e onde existiria melhor do que esse exsearfaceman para se descansar de deslocar a mercadoria feminina que ele contrabandava?) o qual, enterrado em pé como os Osbornes, folgadomeiosonado, havia tombado adormecidamente no sono no turno da a epifania enoite atrás da estação de cura, equilibrado em meio aos abraços de uma garrafa monopolizada. [**429**]

Pois bem, havia não menos do que vinte e nove filhas clandestinas no pátio da escola noturna nacional Benent Saint Berched (porque elas pareciam se lembrar de como ainda era, uma vez em quatro anos) aprendendo sua lição de vida antemeridiana, embaixo de suas árvores, contra sua advertência, sentadas em roda, tais como estavam, sobre as margens do lago, atraídas pela rara vista meio enferrujada do marco humano em pedramarela (o urso, o boero, o rei de todos os rústicos, sir Humphrey seu escudeiro que encontramos nas charnecas!) enquanto remavam rio abaixo mantendo o tempo magneticamente com suas cinquenta e oito pedaletas voulez-vous-jouer de locolouco no mistoposto de triagem postal, Oh, tão jaonicamente, todas nuas em sua adolescência tiptap, descrevendo um encantador datilograma de noturnos, mesmo que repelidas pelos roncos da tora que parecia pregada na grama de uma forma tão repetida como permanente, quando liquefeita (vil!) murmurou ele abasurdamente em seu nativo hulandês, visivelmente impassível, a respeito de sua descoberta do tesouro para a coroa: *Dotter dead bedstead mean diggy smuggy flasky!*

Jaun (depois de haver em primeiro lugar tirado o chapéu com uma coroa reforçada e se inclinado perante todos os outros naquele coro de louvação às moças de boa vontade em seu melhor mister que todas elas eram moças que enxameavam tão calorosamente por aquele posto tão ocupadas como poderiam sê-lo em ler seus beijamãos, gateando todo em volta, correndo para cá e para lá e fazendo uma tremenda balbórdia sobre seu pell-male, seu *jeune premier* e o sorriso dele tipo buquê de rosas, amarfanhando os cabelos crespos dele e os cachos de boneco golliwog, todas menos aquela uma; a mais bela de Finfria, esperta em cartas de amor como uma bandeja cheia de tarteletes de amoraspretas (são ou não são elas maravilhosas, poderosas, poderosamente maravilhosas e honradas?) e cheirandinho sorrindinho, de par em par, de largo em grão, e magras e até mais magras, os deliciosos perfumes que sinuosamente pro vinham dele (delícia!) o que era simplesmente angélico e sabia a tomilho selvático e salsinha empasteados com migalhas de pão(oh, delícia!) e sentindo cheio seu bolsilho e tão tatilmente balangandando seus badulaques, embora ele parecesse um jovem indo à sistina, elas podiam, roçando sua virilidade, sentir que ele era o mais matador dos tombafêmeas, em toda gentileza, agora tu, Jaun, pedindo gentilmente (hillô, senhoritas!)

depois dos cumprimentinhos com aquelas suas bolsetinhas (e onde está a ovelha da Ágata? E como estão as pombilhas da Bernadete, e os tubercoelhinhos da Juliana? E as ti(ra)graças da [430] Eulalinha?) ele continuou em seguida (sentindo-se bemedisposto!) a deixar cair algumas considerações desgarradas anentes às aparências da pessoa delas e os gostos contrários exibidos em suas toucas apertadas de gatinhas e em suas roupas debaich, indo de uma acanhada a outra atirada para perguntar se tinham lido as lendas irlandesas e reprochando gentilmente a uma delas o fato de que o fiambre de seu bum podia ser visto embaixo da sua barra e sussurrando a outra ao lado, como proverbiando, que o ganchinho de seu bum estava um pouco aberto no fundo de sua nalga permitindo uma olhadela de lado a isso tudo, bom (e tudo isso, claro, apenas para preencher um módulo de pura bondade humana e em espirito jocoso) pois Jaun, diga-se de passagem, estava de passagem a se tornar (eu creio, eu espero) o mais puro ser humano que já recebeu o nome de homem, amante da criação inteira desde o pirralho de Sanpsão até a espadilha do Jonas e desde o Rei de todas as Carruças até os infusórios) Jaun, após aqueles poucos prelimbinares, conseguiu graças a seu eróscopo, a aparição de sua querida irmã Issy, pois ele conhecia seu amor pelas ondas que ela fazia embolando e ela lhe dava prova disso com seu jeito de rubrorizar-se, nem poude ele esquecê-la de forma tão sempre fácil visto que era seu irmãoguardião seu bendito padrinho e sabe o céu se ele pensava poder-lhe comprar o mundo e dar-lhe a vida dele de seu bom coração, (brao!) pobre, bom e verdadeiro Jaun!

— Caríssima irmã, proferiu Jaun com cordialidade expressa, marcada pela clareza da dicção e pelo tom geral de expedição, enquanto começava a se despedir de sua escolástica de vez, e também para ganhar o tempo com profunda afeição, nós acreditamos honestamente que ireis sentir uma falta amarga de nós, no momento de nossa partida, entretanto, nós nos sentimos como um mártir tolhido de todas as funções da igreja, que a hora está próxima, pelo Grande Harry, que teremos que nos desgarrar em nossa última longa voagem e não mais ser um peso para vós. Esta é grosseiramente a continuação de vossos ensinamentos em que fomos criados, vós, irmãzinha, que costumáveis nos escrever cartas excelsamente belas para a apresentação e nos contáveis em pouco tempo (nós não os lembramos perfeitamente à mente) os vossos contos do velho mundo, de casas rodando e ousando e os dióscuros e os paisinhos, esses contos que reliteralmente transbortavam nosso coração, assim narrados por vós, querida irmã, à perfeição, nossa estudante petfavorita de toda a classe ritmética e árvore-mestra de nossa casa eriginal, à época em que nós gêmeos novatos nos entrebatíamos nos tocando lealmente (Oh, Febo! Oh, Pólux!) na cama, após termos sido [431] bloqueados com óleo de Castor e xarope de Parris, (a noite que recordaremos) por partilhar o duro caminho das afeições com vós.

Alevanto-me, oh, gentil consexo! E comincio. Agora, então, após esse introito para o exórdio, minhas moçoilas das galáxias, *quiproquo* à cerca de instruções para as serviçais, eu passei a pedir conselho a ele em total abstinência T.T., ao padre Mike, P.P., meu oracional dominicano e doutor confessor C.C.D.D. (compre os pássaros, estava dizendo ele enquanto me dava um puxão com o sermão embaixo dos rins de um modo oferecido e em confidência entre pares como somos nós e assim assado em muitas palavras noncupiscientes sobre como ele havia confarreado tête-à-tête com duas viragos intactas sobre a vida horrível que ele tinha levado, padre pouco apreçado, rezando missa para um par de castrados e sobre que dia legal era aquele, lá e naquela hora, para uma consumação com efusão e como, com todo o número de bons de cama e latas furadas, como túnel do inferno, ele iria me casar em não interessa qual velha torção de tempo, tão logo eu caísse nas vistas dele) e eu estou dando agora de novo juventude em palavras de estilo a mó de ofertório oseu e omeu conselho, para agradar ao padre, antes que ele retomasse sua cura, aquelas palavras que ele disse a mim. Do alto. O mais eminente bispo inpartibus titular de Dubloonik para todas suas partes baixas em Dellabelliney. Venhamtodassenhorasesenhoritas sentem-se e ouçam todas! Sigam-me coladas! Mantenham-me à vista! Contrapreendam a mim mísero! O que é para todas minhas irmãs masseuses patricantes, por parte de um frade livreprecador diante de um gentleman sem espanador antes do que de uma governanta sem discurso. Agora. Dusrante nossa breve absência dessa futriva e húmida estação, aderir a tantos quantos prováveis dos dez comandamentos que tocam a purgação e a indulgência e no final das contas provarão ser a melhor das guias ao longo do caminho certo. Então, em que lisiuse estamos nós e qual o primeiro canto a ser cantado? São rubrigas, mandarimos, pascoalinas, ou verdidas que há nele, ou então o indecoro lívido de equimoses da extrema violência e — para o amante da liturgia, conhecente ou besante — onde está o fado a ser desejado? Muitos dias de pecado após o tempo em pecado. Demitirei esse serviçal doentio no minuto em que o abençoo. Isso é o máximo que possa fazer por sua graça. Economia de movimento, como reza o eixo. Eu tenho uma escolha de esperança se eu escolher a todos os santos no colendário. Do comum [432] do flamejante Purpalume até o próprio de Francisco Ultramare, o último dos dias quentes, o terceiro das neves, Terogamos, audi nos. Aqui está ela, isa bela, que estava lançando anátemas no céu, brancavirgem, Undetredicesima, vikesimanona. Do re mi doremos! O mesmo ou semelhante a ser gentilmente observado dentro da afiançada diocese de Gay O' Toole e Gloamy Gwenn du Lake (fala-se danês!), desde a segunda feira da comidinha até a sesta do ferrador no declive dos dominos. Palavras tomadas em triunfo, minha doce assistência, tiradas da pena sofredora de nosso jocoso homem da tinta, militante de flauta atrás da orelha.

Nunca perca sua missa perdidaemalgumlugar para a dupla de Myles que você sustentou na adoração da noiva. Nunca coma puro porco que é ruim para sua faca de sexta feira santa. Nunca deixe um porco de Howth pisar em seus lençóis de Killiney. Nunca jogue o jogo da senhora em prol da estaca do senhor. Não perca nunca seu coração até ganhar o diamante dele de volta. E sobretudo, jamais chute o cuzão sobre as bordas voluptuosas do sofá na Cafeteria Dar Bey Col l flautando arriscadas canções *apropos* para os fumantes viajantes do comércio, para a distração de suas noites columbianas do tipo de *Braços brancos, eles nunca deixam de enganar* ou *Minxy era umaE-empregada de Manx quando Murry foi um homem.* E, diga-se pela rosca, és tu que andas biscoitando His Esaus&Cos e depois os atirando da bolsa na caixa? Que a lata está quase vazia. Primeiro, não sorrias. Segundo, não ames. Último e lascivo, não comexerás idolatria. Os constrictores de quadris ajudam a compunção. Nunca estaciones tuas breves estadas no banheiro dos homens. Nunca limpes teus botões de ouro com um par sujo de tesouras. Nunca perguntes à primeira pessoa onde encontrar o atalho mais rápido para nosso último lugar. Nunca deixes a mão prometedora fazer livre uso de tua excamarera sacral. O lado fofo do dodói! Um emaranhado de corda, uma rapariga arisca, um vermelhidor numa boca que torna o homiriso do primeiro homem um lamento úmido de mãe. Oh, felix culpa! Ah, erro dos dados! Nunca mergulhes na erna enquanto tiveres exploradores em teu séquito. Nunca escorregues a chave de prata pelo portão da idade d'ouro. Colide com o homem, conluia com o dinheiro. Antes de por a vela, esquece meu valor. Onde apertas, sê circunspiciosa e repara, antes de vazar, querida. Nunca batizes as maçãs de nêsperas antes que o forte São Swithin esteja à vista. Umedece teu cardo onde está a erva daninha e tu o arruinarás em espinheiros. Estejas particularmente atenta [433] ao estares presente a uma festa de qualquer vida doméstica desmoralizante. Isso mina um jovem. Guarda fé fria no firme, tenhas tépida esperança na casa e comece em casa a ser desconfiada da caridade. Onde seja mais nobre jantar no esgoto ou para os moleques os erros da virtude do ofensor. Devolve aqueles beijos roubados; restaura aquelas luvas de algodão. Recolhe as pérolas amarelas que vezes demasiadas tempesteiam as verdes donzelas Rhidarhoda e Daradora, uma vez que elas brincam de cavalinho de balanço e fazem partes de calças em cena para Bessy Sudlow em pantalonas cor-de-carne em lugar de aterrarem o buraco do carvão, procurando ferver a ceia do pistolão. Pé no malvado passo pra trás aqui onde Mr. Whicker amargou uma bruta queda. A Femorafamilha sentia isso como à luz de vela mas Hayes, Conygam e Erobinson juram que se trata de um ovo. Não me esqueças! Demora, avança e dá-o! Lembra das amarguras de mordedor que eu derramei na véspera de enterrar nossa Harlotte Quai da pobre senhora Mangain da Britain Court, na festa de Marie Maudelena. Ah, quem secará suas lagrimosas e a levará ao altar? Vendida na flor de seus dias, estendida na palha, comprada por uma mísera petúnia. Moral: se não podes pointar um lírio vá pros diabos fora daqui! Põe teu pé inchado adiante sobre a bata fulardosa pulmonítica irreconciliável com a verdadeira riservação feminina e laços de renda, desgraça do limerick. Claro o que há, em todo o muro, são apenas buracos amarrados juntos, os mais simples e transparentes matizes aquáticos de Washington para tornar mais longa a lingerie da lânguida Lola. Papai Noel e roupas perfumosas estufaram tuas calçolas e teu coração de tertações. Fuga da Vaidade e medo da Verdade! Deusbelo! As estacas de baleia e os corpetes podem te fazer mal (taca fora tooin!) mas nunca deixes a nu o segredo do teu seio (o lugar do pequeno pênis!) para gozijar um Jonas no Dolphin's Barncar com o fã mútuo que tu encontras, o Olhodepombo Comefilhas, que sporra espasmos prestatentos entre as propagandas do vinho de Ulikah e um par de tiraportas em forma da velha cupiosidade. Lá fixarás teus olhos obscurecida no autocrata do café-da-manhã, mas la´, até que tu estejas martimetamorfoseada, por favor, senta-te face a face. Porque se a orla de tua sauia cair aos joelhos dele, diz-me, quanto tempo ele ficará olhando antes que levante? Não antes que um grave pecado seja cometido. Mas agora reaparece Algy, o autista, o pulcrhomem e aspirador a performer, oliás, Mr. Smuth, definido pelos vícios-cruzados como [434] bastante conhecido de todos os diletantes da próxima ciudade de Buellas Arias, que há de te levar ao pestatro para assistir *O manchador de Venéria*, e perguntar com ofertas sussurrantes em voz barbada muito baixa, com um jeitosinho fofo num tomzinho muito fofo, tu não serias uma morela de artista e não pousarias em tuas nudezas como local estético diante de velhos volúveis mestres, apresentando-te de direita à esquerda— partes incluídas — para hogarths como Bottiselli, Titteretto, Vergonhese, Coraggio, com sua extramão Mazzaccio, mais a usual defraudatória dúzia de dodecameramen? E as valsas de lord Bylon, por esempuro! E as phillosophias de Bussup Bulkeley. Oh, o sardento das noviodades vertiginosas! Há um bocado, o vagamundo congelado é perseguido pelo lugar mais quente abaixo de seu equadror como o Ramrod, matador de carnudas, sempre sôfrego por um bote. O de trás é maravilhoso, o desvestido divino! E as Doces Moças, com seus Danúbois Azúis! Blah e blah! A mais vápida e vil das víboras! Desencoraja o velho homem na própria fonte e retoma o cintilador ameloucado bem atrás. Não deixes ninguém tocar no teu ovial, mas deixa o adro sacro ser teu objetivo. Vamos, Prunella, tenta nos converter! Põem pavios na concha de teus ouvidos ao ouvir a voz do ponto. Olha um boa em sua beleza e nunca mais usarás tuas folhas morangueiras. Confia na relíquia. Todo escravo que ligares na terra vincularei que seja combinado no céu. Guarda as horas da manhã e o verme será teu. Veste tua passarinha para a noite e segue seus rabichos de porco rumo a Winkyland, a terra da piscadela. Vê que a bonequinha adormece logo logo. Depois de haver assentado teus poemas, já sabes o que acontece quando a crista se atira na camisolinha. Vá nanar com as galinheiras — entende — e te sacode com o pau leiteiro. Os urubus de Sullivan estão de olheiro. E as belas avemariscam os rosários. Tabaco é tabu e o tobogão é o sentador de trás. Sociedades secretas e cartas onânimas tonam a maioria não vista tão ruim quanto seus melhores. Não adquiras em caso algum o propenchante por esse gay-ato tão comum de frequentar e de se conglomerar em agarrações de duplas nos fundos dos corredores de Mr. Tunnelly (esmaga-o), rodeando com garfanhotos e besouros e vamps e roedores, com o fim de cometer atos de [435] indecência interstipital como entre os vintenos e os jarreteiros, dedadinhas nos animaizinhos, sob o toque de recolher. É o ponto fraco, cuidado a onde pões os pés! Tua poderosa robusta moçoila não precisa de muito para escorregar por entre uma inteira suíte de maridos não fumantres. Computo: três minutos. Woooooon! Nada de triques agora. Dá-me aquilo quando eu falar! *Ragazza ladra*! E será que tem algum lugar para contrabandear as maçãs de Eva? Dadeira enganadeira. Buceta triangular. Pordeus, me agrada o fato de elas serem assim, meio cozidas. Segura, descasca, grelha, enforna aquele sentimento solar para abraçar em bom som disgenicamente dentro dos limites proscritos conforme a Margareth da população, o que sob o aceno ou duas bolas gêmeas o está fazendo clandestinamente a Tom Tentação, perguntando coisas com palavras coleantemente nuas e cruas feito uma babancila. Enquanto houver homens ao mar haverá amor de donas em ação. Amor pelos canais habituais, como cisternas bordelas quando propriamente desinfectadas e tornadas limpas de um modo generável, antes de se por feito galo na companhia de um marido adquirido ou outros respeitáveis parentes do sexo aposto, não por aquele amor que puxa pelo nariz que eu já nariguei antes, mas pelo amor canalizado — entende — aquele que fela bem, subspeitosamente se ele tem fígado de batedor, mas eu não posso belaborar o assumpto muito ardentemente (e depois das lisões da experiência eu falo por inspiração) que o álcool fétido é o ladrão das prurezas, de modo que nada de teus vinte tintos e mais whisky à cereja, minha filha! No Gato e Jaula ou no Cão Manchado. E no 2 bis da Estrada de Lot. Quando os partidos se apertam demais um contra o outro perdem todo o respeito juntos. Pelo odor do estertor, pelo fluir de seu f'lar reconheces a zabaneira bêbada rojante que é Dublin. Irás pagar por cada saída bailenta do sábado cada continha na matina do domingo. Se a noitada em maio for, a lua brilhará em seu esplendor. Não nos encontraremos em Navan, antes que tentes dizer adeus ao clube livre de Kells. Monte ou ôco, Hull ou Haia! E cuidado com os coquetéis molhados ousados para Kildare ou os mesmos poderiam ver suas núpcias voltar para casa depois da vigília. Virgens cinza de Athenas, quando flertardes, espoliai o rapaz, mas poupai sua camisa! Estendei vossos lírios-corpos ao longo de suas espaldas, mas cabritai para trás se ele ficar atrevido, e cuidai de manter vosso costumeiro pulo e não ouvi nenhum puxão de cornos, mas se vós possuirdes alguma noção miolar para criar um cancan e despertar perturbação, eu estarei apto a agitar meu rabo para vós até que [436] nasça a manhã. Que o amor galante tipo olhar das leides traveje vossos gástricos na ginástrica. Nem omiti de girar a tampa fordemente sobre essa bicicletagem de ritmos sincopados e de dar a partida com um chute. Competições de embates no plano e de ponto a ponto, sobre os obstáculos. Montai e rodai por aquela aclivagem ventosa da Rutland Rise e intui nortistas rebeldes antes do passolento da cidade de Dunlop. Aí, bicicletai sem corrente com vossos ares de singradoras, com vossos calacanhares sobre o guidom. Bronzeado de mastim boero! Não, antes que vós descartalizeis vossas costelas do corpete, quer dizer, caso tenhais uma ptose-colapso visceral, meu ponto é, fazei concessões às modas frívolas de vossas fracas paredes abdominais e vosso fígado espapado, vinvin, vinvin ou — em breve— caso passeis a sentir como que necessitardes de um saudável exorcício físico para descargar vossos rins, dá para entender? e demover essa tripa duodêdica e o helminte que a habita e perspirai livremente, dexai entrar vosso leitor no vestíbulo e ide, ide saindo lá pelo hostiário até a pista suja e aí, pulai! Sede esportivas. Lidai com a Natureza, a grande vulveteira, e pagai regularmente as regras mensuais. Teu perfume figal está justamente apenas na lojinha do brechó ao lado do bafio das cruezas. É mais importante que o ar — quero dizer que o come —ar (oops, eu nunca abro minha boboca, mas meto meu pé nela) e promove aquela emoção natural. Chuta fora os ovos podres. Porque tantos pudins desapontam, como diz o Dieticiano nas Conversações dos Confortos da Criatura, e tantas sopas são rançolamosas. Se pudéssemos engordar com elizabetons não teríamos dentes como os hipopotons. Todavia. Da mesma forma, se eu estivesse no envelope de tua camisa eu manteria meu olhoaguado bem aberto e apontado para os teus locatários mobiliados que pagam por sua comida por conta, com companhia e músicas ao piano. Só estou zonzando contigo. A espécie de amigos demasiado amicais os mazurikávitch ou algun outro tipo de vitch filho da mãe que vem vindo da Panônia com esse propósito e que procura estudar sobre os artigos dos machos e das frêmeas e que assim se mescla em casa no meio da música e espanca as teclas tão bem que porisso teu Mistro Meloisius MacShine MacShane poderá revelar tua incúria e ruina se, pelos sucedentes anos de chuva, tu — enquanto Jaun está fora — te acostumares aos banhos de sol no seio de teu amante, inadequadamente vestido e atormentador de bigode, [437] quando, de mãos agarradinhas atrás das portas trancadas, se beijando numa boa, (seu boncão, não é nada do que você conhece!), qual bezerro amoroso à procura de si, sob a influência feminina, ele vai avançando devagarinho na tua direção, desarranjando tuas modéstias e futricando com suas patonas em teu corpete, depois da tua carta amorosa, aquela maravilha do primeiro esquicho (cuidado, podes te distrair e cuspir em mim!) e indo em frente, se fazendo de idiota toda vez que lhe deres a chance de ficar duro e de brincar de porquinho, de olho em ti, gaguejando feito vibrador, guguzug sobre teu belo pescoço e o globo redondo e o leite branco e as framboesas vermelhas (Oh! pavoroso!) e xeretando mais embaixo dando vez a seu braço sortudo com as suas questões prenhentes até as vidas passadas. O que isso tem a ver com cantar com ele? Na próxima queda tu estarás agachada no Vaso Náculo, deitando baldes do poço para a glória do velho Gloatsdane e para as postequidades do Black Watch, espiando privado Pelos e Pênis. E nossa corporcação local, falante eternamente go-brah. Ainda pior! Daquele leque de rezas até os rezantes! Seria um puta estado de coisas para todos os columunistas das épicas prescritas, Pedro Parágrafo e Paulo Puff, (esponjo-os para cobrir meus conceirtos) para segurar os balões de seus quadrinhos e fotografar você em privado de surpresa, considerando o marasmo do matrimônio que está nessa época oleosa avançada e nos limpa por três shillings a pinta, e as esposas por seis ou sete, quando calamidades domésticas fordem a dupla e gritos recorrentes infestam o par e por vinte e duzentas vezes doze levam milhares na marcha molenga da civilização, donde você, tornada ré pela inelegante intoxicação de ter e manter, de entupir e de servir, em ligação de venda direta como intermediária, *qua* interventora, com um proeminente membro do esquadrão viceinhacante e, em consequência da sub-designada assignação, vir a ser flamejada em segundo grau, tornando-se uma detestificada dama de companhia no dimemondo de Lucaluz. Tudo a não ser isso, pelo medo e amor do deusouro! Uma vez por todas, não terei colegiais exibidos (você está vendo, estou muito bem vozado no arsenal amoroso e em todas suas aberturas, desde os colhoezinhos dos guris até as cercas das moçoilas, de modo que tenho toda a razão de conhecer essa galeria de putinhos e de putinhas e de puteadores, cus felizes e rainhas na barriga, hamiltons convencidos, gordons gay, dosados, [438] maniculados e outros, alvoroçando saias e o que se parece com suas intenções caprichosas, decida-se quanto a isso) se introduzindo na zona de perigo nos anos dançarinos. Se eu te pegar fazendo isso, cuidado! É você quem vai cocotá-lo. Vou te agarrar para ver se você está com uns diabos no corpo. Santa pistoleta, vou dá-la a você, bem quentinha, alta e pesada antes que você possa rezar um sedro! Ou possam as maldições de Lúcifer cair como urticações no pai do frade branco que converteu do claro de lua a madrasta da jovem do primeiro amor livre que fugiu depois que o trompador trucidou as melodias de Moore e assim derramou o barril do abalado jornalista para inspirar o primeiro finistro a abater o abeto a partir do qual Cooper Funnymore lixou o fundo do barril de cerveja em cima do qual o libidinoso do meu avô sentou seu assento de insapiência com a irmã acariciante da titia, pela causa de sua alegria! Amene.

Puf! Tem uns bufs pra você, caramba, e uma porção deles, todos em volta do meu bafo. Clamor e glória! Largos como o pulmão dele e longos como uma linha! A voz valiantina do venerável Val Vousden. Se minhas queixadas escorrerem como duas gotas de orvalho sobre minha roupa. E a entrega recomendada que você esperava fosse minha encomenda! Advertência para Theo Dunnohoo vinda de papai O'Dowd. Queem? O que eu estou imaginando com meus botões é que há uma forte tendência — em palavras doces —para que eu me torne o médium. Sinto laivos de erupção e comicção todos em cima de mim e somente pela força do mortelo que tenho em mãos consigo segurá-los. Só o escuro sabe quem e o que será dito em seguida. Que seja. Agora, antes de meu registro iperótico, alguma coisa agradável.

Agora? Minha querida irmã, em perfeito adeus, repito-lhe aceitar o conselho fratesco e guardá-lo para si que nós — e Jaun, o primeiro de nosso nome — aqui e agora fazemos todos de receptáculos, graciosamente. Tranquila, minha querida, caso a cutuquem, você não diga nada ou acene. Nada de cheek to cheek com chiquechique, você e seu recente moleirão e o padre no confitual enumerando as falsas curas dele. Seja vacilante com aqueles vigilantes que deixariam você agir preto no branco. Feche-se para higienes psíquicas tão bem mas bata-se timidamente contra os apostadores avoados em cerveja. Eu queimaria os livros que lhe afligem e iluminam o Império de Assur que queria fazê-la sofrer como Tom Playfair ou Savonarola. Leia, em vez, seu *Weekly Standerd*, nosso órgão veril que é elilido por toda [439] a imprensa. Aplique seus cinco saberes às quatrúltimas verdades. Do Arquidiácono *Um Tratado sobre os Miráculos* ou então *Visto para a Morte de um Caçador de Padres* ainda é primeiro no campo, a despeito da tranca do castelo, o de William Archer é um bom catálogo rompano e dar-lhe-á uma levantada sobre a estrada rumo à nossa lebrice nacional. Dê uma escorrida em *Vá para o Inferno com os Papas*, (masculinos, mormente) do divino cômico Denti Alligator (expurnhando seu índex) e descobra uma tirada num caderno ariso para a área que vai do bastartítulo até padrejohnson. Blasfeme em voz alta pela pia fantasia do gênero *Lentilhas folclóricas* de Carnival Cullen ou então por aquele *Percy Wynns* de nosso S.J. Finn, ou finalmente pela *Pas em Prosperidade* do cura de Wars, licenciado e censurado por nossos prelados mais pintorescos, Suas Graças de Linzen e Petipuá, bispos dos Hibernitas, *licet ut lebanus* e, por propagação das promissas, os dois melhor vendidos nesse ano de sorte, abertos por Gill pai e emitidos por Gill filho e circulando decimanalmente na costa, ao custo de Gillidosanto. Apegue-se por amizade consentida à nossa doutrina com as obras da velha Senhora Trot, sênior, e de Manoel Canter, junior, e Loper de Figas, vater maximum. Eu costumava acompanhar as esvoaçantes histórias de Mary Liddlelambe, especialmente aquelas de molho com perfume de menta. A ciência coada fará bem a suas artes. *Ovo Posto por Ex-galo* e *Com Flageoletas em Mandachiquelândia*. Principalmente garotas. Atire-se no chá sacramental, nas longas vidas de nossos santos e salserdotes, com vinhetas, abreviadas em exemplos instructuais, escritos por aquelas autoridades para o amargamento de tuas buscas. Não oblitere os paralépticos. Acenda um fósforo para o pobre velho Contrabally e mande um pouco de balsamóleo para os esquizmáticos. Uma camisa no momento do preciso é uma ajuda amiga. Lembre, donzela, és cinza e pó mas terás que retornar Cinderela (por que estás roubando a manga dela, Ruby? E segura tua língua, Polly!) Interrompa aquilo que faz dez vezes, todo mundo. O rapaz que declina as calças alça a moça que enrica o alfaiate. Como você se atreve a dar risada ao clair de bouche, na falta daquilo? Mantenha calma sua fresca castidade que é o melhor dos melhores. Bem antes de separar-se daquela esmeralda vestalita de cardinal importância, que descendeu para mim de longe de nossa família, que você entesoura tão estritamente onde se encontram as extremidades, não, mau-olhada, menos que reparada, antes deixe que o inteiro ecumênico universo pertença ao alegre Hal e que ele faça tudo o de que Mary bem [440] gosta. Quando tocar o gongue para o casamento de dois-ninhos-de-vespas entre em suas calças e arranque de si aquela roupa, causa de sua nulidez. Família, vamos com calma, nada de se empanturrar! A corrida é para os mais afoitos, os que se gabam, que pulam, se precipitam. Arrasta Satã para baixo, preto, verde e cinza e iça-o na via Miguelátea, e serragem. O que é sobrevestido se está com roupa de baixo? Despois não me abandone onde há cândida esperança. Silêncio! Bendita seja aquela que caminhou com o bom Juca Humprey pois ele lhe fez apertar o apetite. Vamos! Pode jogar fora todo o gotejar que conseguir bolotar e se fortalecer com um sopão de carneiro ad libidinum nessas lassitudes, se tiver pais e coisas para tomar conta. Isso é o que se grudou na condessa Cantilene quando ela estava desgrudando de si Mavis Toffeelips para nutrir seus maridos antiquados, e isso está, de agora em diante, associado com os nomes que ela teve. A gotejante! Die Droopink! La Dreeping! A inimitável na gordura, pura busca do inevitável. Nada há para tocar, nós somos inculcados, a não ser que ela goste de um bocado de branco manjar, pois há desejo em sua rosa marinha e na luzdolanche em seu olhar, então, quando você for acariciar o pau de macarrão escreva meu nome na torta. Defenda aquela gema, Sissy, rica e rara. Nesse velho mundo frio, quem irá experimentá-la? Hum! A joinha de que você é tão chumenta, há poucas flutuantes que a têm, pois nada há agora a não ser estolas de marta e um carro, que possam ser-lhe comparados.

Cante-lhe um anel. Toca-me embaixo. E eu vou lamber-te assim, assim e assim. Shi sho sa shi sho sa. Ela lá e lá.

Devulga de súbito, subsultou o grão trabalhador Jaun, chutando a console para seu duplo e ralhando em voz alta como o asno de Brahaam e, enquanto sua vozhumana inflava-se até ficar grande, apertando suas virilidades tão fortemente, era ele, homem, e gradualmente se aquecendo com ela (deve ter havido um poder quinético naquele prato de tripa de papa que ele cuspiu indo pra cama) divorcie-o para mim e diga-me seu cognome no endereço (se você se mete em apuros com um partido não é possível que esqueça também sua aparinção) de todo bêbado ou viralata que te fala pela rua onde te toma por uma dadeira. Oh, (cabra-pelante saxóputa atiradora praga de cerealia tiradora da pele dele!) e voluntários para brincar com tuas redondezas por um copo oferecido e massa, a mão nupcial da qual o conforto dele se arrepende, sem fazer sair sua própria senha de passe [441] dos ministros idôneos dos negócios extras com o negro estrangeiro, esse inimigo de nossa terra, numa luz limpa e não ligo o mínimo quem seja um sujo membro tong da organização central e corrupta de Tammany Hall vagando pelaí, nem me preocupo minimamente pelo que há no canto nem com quem dá três urros na colina (levasse ele até mesmo um nome constantinental como o meu próprio, Attaboy Knowling e como Enoque dedicado a meus antepassados prefeitos, os dois que estão levando adiante os seus divórcios nos curtoscircuitos profissionais de Spooksbury, onde Tio Remo, o mestre de York, antigo Eboracum, e o velho Padre Ulissabon Knickerbocker, cidadão da América, o desestroçado senhor de Wolverhampton, sobre seus acúleos em pé), mas, tão vero como existe um departamento com sérios propósitos numa Petersburgo em duas Vias, e certamente retorna-se à casa pela perspectiva Niévski, de oeste a onda programada em tempo certo (se eu for mais rápido estarei em casa antes que eu vá) da terra da quebra da promessa com a manta de Brendan que embranca o mar Kerribrasílico e o pedregulho de março que esguicha girando debaixo das pisadas de Jaun carregando fogo e espada, resta coisa incerta que, tal como apreciaremos, tão logo poderemos, o verdadeiro nome em soror, haverá pouca vigilância quanto àquele in soror. Daquela hora em diante, é homem marcado. E por que dizemos isso, haverá você de perguntar-me? Por quê? Adivinhe! Você me chamou? Pense, pense e repense, exijo de você. Pastichado! A papa errada! Você é uma ignorante! Porque então nós iremos mui sinceramente lhe mostrar qual é a maneira de Shaun e como iremos longe quebrando-lhe aquela cara de estrangeiro por haver tentado te engambelar com aquele bálsamo de Galahad e os cantos de Arábia que ele cantou para você tentando ter a chance de enfiar a cabecinha no teu santuário antes de sentir com suas duas dimensões em busca do teu dedo nupcial. Oibó! Se eu fosse um arquibuzeiro eu iria espantar em duelo esse home! Então, vou dizer o que faremos para estarmos mais seguros, em lugar de compensados. Estouraremos a boca dele como Leary fez com a Leinsterface e reduziremos os traços do rosto dele em papa. Abre a porta devagar, alguém te quer, querida. Você vai ouvir chamar-te, bump, feito um muezzin na blizz no meio da noite mais turca. Vamos, agora, poste de correio! Vou endurecer seu escrito, cana rachada! Será assim, em grande estilo de ópera, tivesse eu, com meus traços de pistola selvagem e bochechas, ter que pentear a erupção dos libs em torno da Close Saint Patrice para depositar minha delinquência piolhenta [442] em seu hagá, como semper. Somos todos olhar. Tenho o quarum de imagens dele todinho em minha retina, Miguelão Momeddan. Força! Coragem! E ainda por cima, que horríveis maneiras comigo, caso eu não pense seriamente a dar a guarda do mano em custódia ao primeiro bendito agente de policia dos Diehards da Dora, no campo que me for dado seguir. Ou, quanto a isso, para sua informação, se eu colhesse o vento daquilo que vocês apostam nos baldes de minha ira, não poderia sequer colocá-lo nos progromas de minha ira como coisa doce para fazer uma ação de escape e me lançar balançando como perfeito estranho no campo do fato feliz e depois varrer a rua com o conmelliano, pendendo meus processos em curso versus o garotofeliz, diante de uma penca de magistrafos e doze bons e alegres indivíduos? *Fillius nullius per fas et nefas.* Deveria revelar-se mais ou menos um acontecimento e mostrar a pena mais branca de meu chapéu. Terá então passamentos por seus pensamentos e urrará por paz. Uma boa dose de socos, lhe prometo, com uma porção de burkas por seus pecados. Damlimm, homens e mulheres. Em tal caso não serei eu completo em minha luta contra o gozo até não conseguir quase dar cabo de vosso Charley meu tesouro por vocês, e mandá-lo de volta para Surgeon Hume, o cirurgião algebrista, antes da hora combinada, especialmente se ele revelar ser um homem de roupa escura vagueando pela cidade, Rollo o Passepartout, filho de desejos para a valsa de Arnolff, que pinça ideias, de bem mais ou por volta de cinquenta e seis ou por ai, proporções pitecoidiais de quem sabe cinco pés e oito polegares de altura, do tipo comum XYZ, R.C. Toc H, nada a não ser clarete, sem estudar em livro algum já faz muito tempo, com bigode tipo escova de dente e trabalhos dentais, aliás risonhando atrás da gola, e, naturalmente, sem barba, carne e roupa tipo colmans e calças folgadas cor-de-pixe, obviamente grandes demais para ele, botas com molas e gravata lavável, o broche-ponte de Padre Mateus que bebericava um pouco de Wheatley no Rhoss num banquinho do bar, com algum amigo do pub do rim de Olaf Stout, sempre tentando comprar móveis em hebdomedários para enfiá-los numa nova casa a ser saqueada, cigarro na piteira, com um bom trabalho e pensão de homem de negócio e conversação do tipo: — que tal nossa viagem à Normandia? e, ocasionalmente — assim dizem — filmecolorindo o que passavam no grande vídeo em Madrapurl, sobre Michan e seus anjos perdidos, é um show ao vivo coisa maravilhosa, olhos verdes um pouco azul-céu, que cumpriam uma série de acenos [443] bravos com algumas referências à Deidade, buscando alívio no álcool e similares, personagem geralmente omnibus, com um toque de trem mental, tosse dormida e de vez em quando um espasmo de claudicação, e tendo sua família favorita de segunda classe que superava a dezena ao mesmo tempo descalça e calçada de botas, pra solar e comprar por fora, quero dizer.

Aí, que seja tanto com a junta do dedo quanto o cotovelo, eu por este meio advirto-a. Pode ser tudo super divertido mas é do tipo dê gorjeta e corra e tocada e fuga a cada bote quando Marie pára o jogo do pinto de Phil. Braços soltos, lado a lado, rosto colado ao muro. Da queda do tiro ao problema dos enfaixados, O. E que não haja misconcepção alguma, senhorita malentendida, sobre quem manter a calamidade ergastular (trezentos e trinta e três a um na Rua ao Dia!) quando o pequeno e belo cheirosinho gritar em seu bercinho o que aquele velho sujo major estiver guinchando atrás de sua tosse, é melhor você ficar com seu cano de espingarda pronto diretamente em volta da explosão popular tal como recomencei a você (você bagagem cigana, está ouvindo o que estou pregando?) ou, Deus, sem manteigar meu pau pra descobrir quem cariciou primeiro à força ou quem bateu de volta estarei todinho em cima de você, eusexo horizontal, como disse quem está pendurado no coletivo, por ter-me derrubado com meu nome e você e sua bagagenzinha-baby com tão grande sacrifício com um golpe de martelinho em um vendedor de vaca de terceira categoria tão esquálido quanto a sujeira do ganancioso (vende-se!) ou quebro sua boca com gosto de jujuba, para seu bem, assim eu vou mostrar-lhe o que é bom para si, se você não ficar com sua língua atrás de seu pombeiro. Os prazeres do amor são fugazes mas as promessas da vida duram mais que o gozo de uma vida. Vou fazê-lo entrar, para você. Vou ensinar a você as maneiras de cama, tip e tap, para poder tocar os tangotruques de sua estranhafilha com os sedutores bandeirosos, caso eu encontre um fiapo de crina de potranca na riviera de sua saia e o lado contorcido de sua lupulita azulpúrpura coberta de chif chafs tagarelas e barbeadas. Você estava na Rosemary Lean e na Potanasty, não estava? Eu superintendo você, você compreende? Perguntar a Annybettyelsas se não querem carregar teus pacotes e você sonhando com uma glória limpa. Nunca mais você sairá com Wolf o Granger. Era você que serrava na capela? e nós tínhamos encontros com fulaninhos em hotéis particulares, não é mesmo? Sozinha você ia enganar sua mãe, isod? Você estava com amigos, não é mesmo? Ai, ai, esse ponto é uma casa de boneca! Então, vai se endireitar, ouviu!! Vou prender você dentro de casa, sua Luperca, quanto é certo que há um palatino em Limerick e [444] e vou dizer a você como, numa conferência estripada. Nerbu de Bios! Se vocês dois resolver ir passear pelos trilhos, em Garda! tome tento, pois eu irei me engenhar de batê-la atrás da moita! Só aguarda! Snip!! Sou predador roubacapelos para esconder huris embaixo da sebe. Snap! Vou fatiar tuas nádegas e prender tuas patas na cômoda, se vou! E vou cortar em jarreteiras tua pele de seda. Você vai é desistir de tuas bordeladas, quando eu te fizer realmente esperta. Então, esbofeta teu broto e beija o dodói. Eu terei satisfação plenária, contentando o bispo, por suas indulgências parciais, se você gelificar meu rodeo. Bom homem e má ideia. Há uma abundância de gozo legítimo a fodricar como você, Senhorita Pinpernela satinada. Para teu próprio bem, entende? Pois o homem que levanta seu pud para uma mulher está abrindo caminho para a amabilidade. Você lembrará de seu motejo *Aveh Tiger Roma*, um pouco mais espertamente da próxima vez. Pois eu não farei outra coisa a não ser retirar meu empinante e dar-lhe um bofetãozinho no cuzinho, o que trará a cor da papoulinha de vergonha, entende? no seu trazeirinho peônia, até você não implorar papardon e corar teus rododentros ao bater do calorrubordor, eu sou, eu faço e eu sofro (está escutando, agora, bocadecolher, e vai parar de olhar para sua passarinha insultuosa na lastra?) não vai esquecer disso por nada desse ano em curso, sem conseguir dar boa conta de ti, se pensa que eu sou tão cúpido como tudo isso. Apague as luzes, agora (buf!) e durma bem em cima disso. E assim é que eu irei engarrafar tua pombinha fominta belédipa em ti, minha novilhinha no cio, por isso é que eu tenho um par de braços que aguentam uma investida. Entre eles.

 Sem que você saiba eu voltearei para o mar e a nuncio eu retornarei aqui. Como (do sublime ao ridículo) vezes mais que frequentes, meu futuro, teremos que pensar com o mais fundo amor e relembrança por introspecção de ti, mas eu de longe no travesseiro, respirando encontramoradamente sobre meus nomes através de todas as estuações, enquanto emportunado pelo guizo das aldrabas das duplasportas. Nosso homerolo poeta em Ostelinda, Fred Wetherly sabe pôr a coisa um pouco melhor. Você senta no meu estilo, quem sabe, onde eu te acudia oralmente. Pequena bigaminha Emília da margem do Liffey (Dublinqueme) mas grande cornucópia você encheu nessa sede inadulterada de nossos afetos. Aerwenguer, gênio do ar, é minha raça de modo que poderemos desrastejando [445] multiplicar-nos como as areias de Âmbarhann! Setecéus, Oh, céu! Eu te quero! Teus jeitos de miminuir-me eram maravilhosos de modo que eu sinto-me gonrado de enviarte meus mais amorosos pansamentos que me tocam linha, ponto, linha ponto em ti, por nós, ponto Hiphen, o tão graciosamente arcuado pipino das noites de cama. Se eu provei para tua salisfação, como eu sou um homem de Amhonor, deixe-me como tal, deixe-me seguir, deixe-me ver sua disabellis. Como, se for pra eu sobreviver, poderei agradar ao unificador dos I.O.U.corações, eu vivo na esperança de fazê-lo, substituindo meu pis errante mão ao alto por anseios tão gananciosos de mim, positivamente cobertos pelas duas pombas puras de tua atraente bundoce com beijinhos de açúcar hong, kong, e assim gong, tais que eu possa assustar os morcegos fora da tua cabeçorra de marfim de uma dessas suadas manhãs, honestamente, palavra de homem e de ratancão eu o farei que venha o que vier quando, sobre o mesclar de nossas águas encruzadas desejoso e desejante como cadeia de montes que já não se apartam, você estará lá e então, nesses felizes momentos de teunosso fofo acorde, me aguarás de beijos em minhas costas, para marcar de marcas cheias com braços ombrantes, e nesse estádio V.M.I. unidos, quando eu virei (tuf tuf) de raposão voador selvagem no meu próprio verdeganso de novo, eu trocarei meus convencimentos adoçados, seis de um contra meia dúzia do outro até que não apostem que somos o deslocado cuco dos derby quando daqui a pouco as cerejosas voltarão para Ealing, visto que voltar elas devem, como deveram no passado, como devem em minha premente estação, como a partir dali devem certamente fazê-lo imediatamente em seguida a meu seguramente retorno rubro à ignorância e à beatitude em meu descavalado Pobre Cavalo, pelas terras de Norelândia e de Sulândia, terras de reis e rainhas com minhas cordas de pérolas para as amancebíveis donzelas, do jeito que você mal. Me conhece.

E ai, magrela favelize-se comigo nos baixios e junte uma ratalhada de ratos em atacado. Essa é uma pós-purificação que nós teríamos, liquidações de serviço social e comercial, senhorita, completando nossa união abelita com a adoção de filhos postiços. Embarcar para Eufonia! Força Murphy, Henson, e O'Dwyer, meus sentinelas de Warchester! Vou levar pouco tempo se você terminar seu turno e entre nós e nossos escravos em mangas comuns, suporte para o seio e um grito para a locomotiva, daremos conta de nosso programa de trabalho. Vem no jardim da confraria e libere-se do olhar familiar escancarado indagador! Nós iremos circunvizinhar toda a terra de Dublin. Que nós, os verdadeiros Nós, todos inflamados em nosso estágio pré-purgatorial como [446] apóstolos e sermos instrumentais para utensilizar, ajudar nossas irmãs Jaqueline a limpar o buraco porcão e, de uma maneira geral, estimular as coisas. O melhorismo, em quantidade de massa, pondo em prêmio receitas dos bingos e compartilhando os dividendos das loterias até que o umbigo, raios e aros zunam feito um hino. Queimar apenas o que é irlandês, exceto aceitar seus carvões. Acalmarás a bílis carvoeira da Ânglia e tocarás o veio de ferro do Armaduricano. Escrevam-me seus ensaios, minhas estudantes vocacionais, mas cursoriamente, afundando neles seu nasal, pelo amor de Henrietta, sobre a mortenatalidade de vida dos judeus e o lodo do rei Haarington, no seu ápix, correndo as avenidas em todo seu curso. Eu mesmo iria escrever tudo sozinho se apenas tivesse aqui meus alegres companheiros de navegação. Tenha em mente, por meio de Michael, todas as cascas de banana do provincial e os ovos à la coque que servem de jubileu seco junto às ruas Henry, Moore, Earl e Talbot. Bota teu olho em todo o merdero significado que ele ia defecando para a reza das aves, nosso padre-prefeito-rei-mercador, que borrifa toda a Castlenock Road e lá leva estrume até o primeiro vislumbre de Gales e desde Ballses Breach Harshoe até o Dumping's Corner com os irmãos dos padres Maristas em onze contra os Frades Brancos saídos para uma festa de rogação dos viados. Compare aquelas calças capuchinhas com a Ponte dos Arrotos em Fairview, a favorita águaplatz no sudoeste de Dublin e arbitre quando a topar. O que você entende de Jno Citizen e o que você pensa de Jas Pagan? Comtraste a liffe em Dublin de Pierce Egan com o parco em Barkeley de Fino Ralli. Explique por que há tamanho número de religiões em Asea! Por que tanto número de ordem em preferência a qualquer outra ordem de número? Antes, por que qualquer número em qualquer ordem? E então? Onde é a ilha mais verde próxima às costas negras da Espaina? Revertendo em universal: eu sou a perdiz e sobre meu re bordo. Oralmus! Abram alas, oh, abram alas para a autointaxicação de nossa cidade pelos Fords em aglomeração! Alô, cara, algum bem achado sacolejador ou, para averiguar os fatos por si só, junte aí seus trovões e relâmpagos de vez e confie e tome o bonde para o distrito de Drumgondola e depois, vestindo o mediomembro e a veste endossada pela hierarquia, ajustada com elásticos, reparando em teus passos, escolhe um percurso e continue no prumo, digamos, de Aston, ao leste das cidade, aconselho-te firmemente, juntamente com a citação de uma cópia do Ato sobre Grãos e Moitas, quando você deu um jeito de achar um para si [447] e lança um bom olhar de desejo em qualquer vitrine de loja próxima em que você poderia escolher, digamos, no máximo o número cívico 11 em Kane ou Keogh, e no decorrer de 32 minutos de tempo proceder até virar no rotatório com seus calcanhares, rumo ao caminho previamente percorrido e eu estaria certamente muito cruelmente enganado se você não ficasse justamente aturdida ao ver como, nesse interim, estará danadamente bem recoberta de escreções de lodo ocasionadas pela papinha em geleia do cruzamento e do tráfico de Crosse e Blackwell em trânsito. Veja Capels e se vá. Mostre-me aqui aquele caderno de condolações. Onde está a Contenda Kateclean, aquela mulher que mexe no turvo com braçoancinho? Quando será que o rosto W.D. de nossa porcamada Dublin, a Troia das cidades e a Carmen de metrópoles, pululando de mendigos em roupas perfuradas terá sua branca lavagem como L'pool e M'chester? Quando será que a copa d'ouro do derby grandnational culspirá seus vomitivos para nossas matronas prenhes e macas para seus machos devitalizados? Eu sou todinho pela liberdade do discurso da velocidade, mas quem despergizará a Avenida do Popa ou quem transversará a via Oppia? quem iluminará Brayhowt e baterá em Bull Bailey e nunca desesperará de Lorcansby? Os comissários desenfreados da coroa! É uma ervadaninha que não sopra nenhuma boa papoula! Esse trabalho todo é digno do meu mais alto. Minha mãe mandou bater nessa mão da-qui e um passeio com a banda por Jó desocupado. Se eu não creio na caridade o que esperarão de mim meus aproveitadores? Nada! Meus alça-bandeiras são maçanetas de forma dura porque são contos de grimm: eles retêm o pai dos cachos longe de fechar a porta na cara. Querem saber de uma coisa jovenzinhas extraviadinhas? Um desses dias eu fui avisado por um caçador de votos sorridente que está roncando forte, agora, para evitar positivamente de viajar de carona de uma vez por todas e e tudo o que eu deveria ter fodidamente bem feito até o tempo em que se crie um jeito de fazer sob ordens pré-concebidas para me fornecer um aumento de automoboils e calçados para esses pobres descalçados e uma borsa do bom Samaritano para uma cura em qualquer Badenuweir (por quanto — de onde será que virá, dessa vez? —) conforme penso agora saturnamente, John é testemunha, em um amplexo incompleto chegado nas proximidades da fronteira sanguínea. A mean.

Irmã caríssima, acrescentou Jaun com voz mais ou menos embostada, embora ainda altamente alaudada ao virar as costas para ela para prestar homenagem, e sobreabrindo suas partituras para dar o tom e [**448**] a batida, fonoscopicamente curioso e melancólico dessa vez, enquanto ficou olhando para o filmamento com aturdimento, seus olhos saturnados na atração estrelar seguiam rápido andorão na direção de uma hirondella imaginária. Oh, vaidade de Vanissa! Tudo termina em vaidade que se esvai. Personalmente, com a ajuda da bebedeira, não estou tão terrivelmente com pressa. Se o muito tempo perdeu os patos, andar devagar achou-os. Vou farejar uma raposa azul com qualquer tristeza que pisque sobre essa luz terrestre de todos aqueles que passam pelo caminho do cervo, a pista do comcoelho ou a trilha de wilfrid, mas voltarei como uma folha caso eu não possa embocar a mocinha geladinha do encontro de meu coração, Mona Vera Tutu Ipostila, minha senhora de Lyons para me guiar pela gastronomia sob sua salva conduta. Isso está mais na minha linha. Não peço sorte melhor do que estar onde estou, com minha latinha de chá com bolachas fresquinhas sob a invocação de São Jamas Hanway, servo de Gamp, lapidado e Jacobus de Penshawm, intercisso, por meu turofixo, com Peter Roche, aquele amigo do meu íntimo, deitado em meus cutovelos, nesse momento passante pela localopção sob um teto de pássaros, eu entre as faisãs, onde sonharei que morarei entre paredes de gorjeios, quando tordos e gráculas ao meu suspiro cantavam, comigo as lebres ficando bem em pé em meus longos dedos uma raposa, cãozinho vermelho assassino, se mandou de escondido à vista do covarde lebrote, bem no belo coração da noite exalando, retirando joias piscantes das sebes e capturando com a ponta de minha língua agilidosa brilhantes de vai-e-volta, mas por aquele velho relógio cuco (parem-no, rápido!) que com sua voz parece bater as duas da madrugada e aquele corujar soprando em volta de Drumsally são mesmo diabos que brincam de flertar. Eu podia ficar lá seguro no barco de São Francis Faisão por horas esperançosas, até o surgimento dos infernos, rindo preguiçosamente às ovelhas e aos raios e dando ouvido grande aberto sonadamente ao tamborilar dos atiradores, ouvindo as harpas sem fio do velho doce Ariel, e as malas postas dos marinetes atravessando as artérias da noite (pipet! pipet!) e o caprimulgo a chorar nas moitas (mur park! mur park!), tão pancificado como um filopótamo e estridindo potes para as rãs, deixando folhas de chá para a truta e frágeis porcelanas para os circumspectos até que eu tenha conseguido seguir pela longavista de meu nimboscópio reverso a lua oval que se balançava dormindo cumuliosamente entre as ameixas de nuvens para observar com quanta atenção minha noturna mãe [449] mãe gansa deporia seu novo ovo dourado para mim sob a asa do arisco oriente. O que pirataria eu para ter? a frenda do barril à margem do rio, meu outário par de sapatos, meu castor, credo! sim, e alargar o cinto para a festa de leuciscos de grande vulto com os peixinhos inhos, aquelas alegras grepas em seu Minnewawa, broilhando para baixo no caminho de Swan, pulando à frente das rápidas enguias, as grandes trutas vermelhas e as carpas infladas pelo vento, rari nantes percas rubras cheirantes ou, caso eu preferir sua companhia com a ajuda de cerveja de laranja, estarei reclinado e preso em minha cadeira furada, meu cachimbo GBD em meu rosto, fósforos solfando em meus incríveis suspensórios e meu amado tabako lakatia, o benevolente para minhas narinas, com os jasmins que murcham para a alegria de seus corações e o rei setembrino que soltará seus odores caseiros para meu desgosto, tocando de leve meu griffeen libertador, queimando água à luz da lança ou capturando troféus no colégio real de cesturgiões às braçadas, para enfornar lúcios e tortas no enquanto, Oh, enrosque-me no aposento na torre de L' Alouette, todas a senhorinhas putinhas de Adelaide a gorjear sob minha batuta, eu começarei a ensinar às minhas vintelindas geminhas dóricas solfejos ctônicos com meu singasongpiccolo para flautar árias musicais sobre numerosos belacordes. Eu dou um re i, a mi, ela fa z só, lá, si m, eu dobro até que as bosquejantes encerrem uma música dentro de si. Não é uma coisa maravilhosa? Eu mi do sol o incômodo que eu dou! Pode ser que eu não enfrente os trechos fortes como as passagens lagrimosas mas você não pode me chamar desafinado. Eu tenho também com certeza uma cadência muito melodiosa. Nomario! E com bemol e quatro tons! Pois eu me gabo de ter um McCormack no fecho de meus órgãos de emissão. E a cotovia que eu deixo voar (olalá!) é um galo cheio de fonética como é o ritmo para meu garfo. É natural que vocês possam baixar meu registro e me tomar como um baixo discordante, mas eu sou um Athlone a cantar a ninananas de Killarney. Isso é chato. Mas cuidado por onde andas! O que é bom para a pata é bom para o pato. Letais espiam drogasvenosas atrás da fromboesa. Eu odeio o laburno. Joguem fora a taça a-berrante. Byron, Oh, Byron teu nome é belladama! Mas chega das conversas mentirosas dos bosques. Ninhos são ninhos. Tua é a espera, mas meu é o salário. E agora, joga fechado comigo. Numa primeira nota mais alta vou encabeçar com todos meus exaltos. E por qual moeda sensível serei eu possuído por les touches, por deus, eu me afundaria de todo, a cada peido de [450] boneca, em vestimentas de um espírito subabdominal de contrabando a custo de produção e eu aposto meu provável casaco velho contra tudo aquilo que tu meteu no cartaz (se Madame Aude se despe, as minhas daminhas poderiam se adoentar com o frio nas glândulas!) que eu estou me esforçandíssmo para que paguem como caixas registradoras, quanto é verdade que há um pau no pote. E, por causa do que é peixe para um homem e veneno para uma dúzia, semeando minhas ameixas selvagens pra colher cornos-cheios de mel, chacoalhando erbola, hidromel e cachaça, que eu aparecerei com minha flauta mágica sortuda de repente, belo, livre e alegre, passando veloz no alto do mercado feito um atravessador. E garanto a você que os moradores da abadia de Bective não hão de me reter. Pelo insone Salmon Annandromus, deus dos peixinhos, nada há de impedir-me de multiplicar dinheiro, multidinheiro, como cestas de pães de turfa e espinhas de peixe. Nem que fossem os Ulster Rifles e a Cork Milice e os Fusees e os Connacht Rangers todos juntos! Eu machadaria o chanhão e saltaria o Liffey e beberia qualquer água preta que corresse pelos meus lados. Yip! Como se diz pelos excretos, que acha você dessa improvisação amorzinho, para um passarinho enamorado? Coplar é apenas peternatural e seus ousadores temem o adivino. Contemplem! Como a vassoura de Varian, todinha atrás de mim. E antes que você saiba onde não estava, arrisco minha parcela inicial à vista, à vista e de novo em espécie, eu estarei chocando a humanidade e trepando em você lealmente, minha esposa tão cândida, nos meus montes de trevo encarnado, boa noite ao metrônomo, vergonha, maisvergonha e o mais vergonha de todas. Santos Pedro e Pau, vou mimar você até o fundo, minha suntuosa Sheila! Mamãldição a todos os brutos, mas mistura e espirra e destapa uns poucos shortusianos ou então desmorona uma ponta de gelo cintilante, ouve-o girar, felizarda! Não há lugar para eu me esconder, mas bem que você gostraria de vrincar de sescondê. Não haveria ereções em mim, garanto-lhe. E tão safadinho como meu nome pagão K.C. que é o que é, eu nunca diria vem até que a gente exploda naquela beatitude e se inunde uma ao outro, manamulher, nas nossas sete terras do nunca onde eu plantaria você, minha Issygônia, na otomana elétrica, no seio da lascívia, sempremente descosturada com admiração, sem palavras da admiração, entre compartamentos os mais uxoriamente decorados, com quartos sibarados, justamente quando eu darei meu chute num milhão ou por ali como vendedor de primeira classe ou por ali. Porém, só uma coisa, por mais que eu possa ficar famoso, eu estarei sempre terrivelmente ansioso, você entende, por causa do tonitruante Júpiter e na assideração do terrível [451] jato de ar que gorgoreja à nossa volta com as hedrólicas na fria atmosfera até que a vortenza que mataria os Daneses e seu capítulo de acidentes chegasse a ser instormental para a melhor metade de minha saúde lírica, isso sem considerar meus protetores de ouvido, e é essa, agora, a verdade que sai de meu cesto cacarejante certamente verdadeira. Para falar em outra, eu jamais poderia contar a menor falsidade que daria em verdade, sotisfição. Não estou falando bobrinha. Nem tirando chapéu. Eu sou sério. Espirramente!

Querida Sissibis, tal como estava lendo para mim mesmo não faz muito tempo na quadra de Tênis das Flanelas MacCarthy a correspondência dele, sentado em meu tripé, e pensando justamente como autor por quanto tempo eu gostaria de estar continuando no cio de Tothlizod, espiando no foco e caçando a dedo as pulgas de minhas reveries, aguçando as orelhas a meu gramofone no chão e captando arias do outro pelo éter, tão transportado estou eu, essa noite sublime, pela dor, conforme você pode ver por meu tamanho e pela minha sobrancelha que é toda fronte, de partir, franco e perneta, com essa música o velho arado ficou todo empacado, da nossa nostória casa para a errância beneditina, mas sendo, historicamente, a missão mais gloriosa, secreta ou profunda de todos os anais — tal como você os chama tão frequentemente — de nossa Lívia semprepintadadenovo, em beltífico repouso, sobre o silêncio dos mortos, desde o primeiro faraó até o penúltimo rei ramsés. A estrada de Vico dá volta e mais volta até encontrar onde o fim começa. Ainda não chamados pelos ciclos e ainda não em parados pelos recursos nos sentimos todos serenos, não se preocupe, no que diz respeito ao nosso casco de barril forçoso. Cheio de minha vastidão, eu sou por orgulho (brisado seja o são mim mesmo!) pois é uma grande coisa (soberba!) ir encontrar um rei, não um rei que se encontre toda noite, nani nani, mas o super rei da própria Erin pra frente e pra trás, pardieu, digo eu. Antes que houvesse qualquer padaço de terra na Irlanda, aí vivia um Senhor, em Lucan. Esperemos tão somente que cada um esteja tão seguro de nenhuma coisa nesse mundo aguado como nós estamos certos de tudo no outro sujeito recém-lavado que está para chegar. Vou lhe dar uma guiné por um campônio, agora. Diga isso a mamãe. E diga a ela para dizê-lo à mãe dela. Irá diverti-la.

Bem, que vá para o inferno dos Annanmeses, com todo esse assunto de vovós. Pois eu declaro a Jeshuam que estou começando a sofrer de sol edão. Não venho em parte da Noruegia por nada. O gelo belo tão temperado [452] que nós temos, infelizmente são tempos aqueles não tão distantes, tais como você gostaria que fossem congelados. Então, agora, o que lhes peço é que não criem cenas em minha vigília de minha pobre primafora. Não quero que vocês lutem com travesseiros em duelos à moda de Biddy Moriarty com grasnidos e grunhidos por minha causa até vocês cuspirem o sapo da cerveja preta, entenderam? indo atrás do peixe em salmoura farejando sardinhadas e até arenques e labregos impudentes e puxa-sacos boquinha de ouro, nem seus melancólicos bicos fofocando sobre os chapas do clube de costura, desbaratando saldos em roupas femininas em grandes liquidações, desfiando suas meias sentadas nas suas bundas, ficando ricas e se virando ali onde o deixei da última vez, mesmo monstruadas, maldita sorte, levantando seus trapos, excitando suas mucosas, tornando seus café da manhã em perúltima sopa e salão de chá, nem suas fofuras nas poltronas da sala de esperta pelos problemas de Bollivar a cada segunda de lua azul, vaporiando seus ossinhos úmidos, rezando pela Sagrada Proibição e Jaundis Dispepsista, enquanto Ole Clo atravessa o bosque junto com Shep, a Ovelha, buscando por entre as cascas das aveleiras Goodboy Sommers e Mistral Blownowse que abraça seus filhotinhos quando, voce-versa, é minha gala de beneficença, e rouba folhas de meu livro de contos contados. Possa eu me infestar mais rápido se vi alguma vez um lote tão melequento das madalenas! Era uma vez um trago, e um excelente trago aquele, e todo o resto de suas debalterações! Apenas uma simples cadeira ao pé do fogo para o absente Sh, o Po, e eu mostrarei a vocês todos os zunisferos de mim mesmo no momento em que vocês marcarem a estrata. Olhem pelo furo da claraboia e verão-me a velas desperegadas sobre as cantondas, e para que servirão todos esses badulaques quando você tem Paris para inspirar seu chapéu? Alevantem os corações, todas vocês e eu, enquanto ainda estrarei e não se amarguem por causa disso, emboras todas estejam em falta por causa da jura de enlace arruinada, mesmo que, em prol de minha pobre dor de cabeça, tivéssemos que renunciar à vida. Vejam, tempos melhores espreitem! Na horta dos ossos! Um tempo daqui há pouco, quando as nuvens lá longe estarão dissipadas depois de seu chuveiro de quarenta anos, as probabilidades são que estaremos todos anzolados e felizes, comunionisticamente, elicitarei entre os fieis da noite, a eleite dos eleitos, na terra do tempo perdido. Revelação de Johannisburg! Espalhando no deque os diamantes que nunca morrerãoIEntão, deem um corte nessa história de solidão! Bebam tudo, senhoras, por favor, baixai bem aquilo ao máximo. Chega de quaresma! Palmas, depois disso! O jejum terminou. O [453] sole mio e minha companhia deverão daqui para diante partir-se. Então, para sempre, adeus! Partir é fimgraçado. Pega, então o anel, amorzinho. Esse trocadinho irá reconfortá-la de meus óbulos. Adeus, docinho, adeus! Augh! Augh! Confiem, meus tesouros, um homemdeletras usa ser pensado lendo vocês através das linhas que não têm sentido algum. Assino-me. Com muita perna. Inflexivelmente vosso. Ann Posht, o Rasado. Isso continua na próxima. Que vá para o diabo!

Algo de natureza divisória deve ter ocorrido ao menestrel do oeste Jaunathaun porque uma grande grossa luxuriosa cordial estentórea risada (até mesmo Drudge, sentado ali escondido pensou que as plumas estivessem caindo) estalou de sua garganta lanosa, feito uma bola de cricket que voa além da linha do fundo do campo, ao mero pensamento de quão felizes seriam por fazer-lhe trolar seu urro e todos os delas, elas verotipas tomadas por um ciolouco estavam justamente começando a explodir salpicando com as alegres rosinhas mágicas, hicky, hecky, hock, grandes, grandes, grandes, feios, feios, feios. Oh, Jaun, tão brincalhão e gi pi. Oh, (Tu puro! Tu nosso virgem! Tu santo! Saúde nossa! Tu forte! Vitória nossa! Oh, saudável! Sustenta nossa firme solidão, tu que sabes tão bem te acariciar! Ouça, peludo! Nós te suplicamos, mas tarde demais. Solões de beleza!) quando, subitamente (quão feminino!) mais rápido que o mercúrio ele swifta ao redor das Framboesas de repente, com sua chuchada de gin e olhar flamejante, de certa forma à moda de Sterne (um trovão de escuridão!) pra ver o que anda por aí. E assim elas ficaram imóveis a perguntar-se. Até que antes ele suspirou (e quanto enxofria!) e elas quase choraram (o sal da terra!), depois do quê ele ponderou e em fim falou:

— Há algo mais. Uma palavra de adeus e o tom do coração silenciará. Noivados, eu vos selarei! Vão com Deus! Boa viagem! Tudo o que posso dizer a vocês é isso, irmanzinhas. Camadas de orações retumbando o tempo todo, pordeus, vozes de jovem gloria se juntam à gangue dos velhos prezadores de Deus, nos subúrbios dos jardins celestes, uma vez que tivermos passado, depois de cessações, para sempre serenos, mano a mano Derby e June, até a recompensa eterna de nosso confortável juízo (rotisserie infernal). Desvie-nos! Desvie-nos! Desvie-nos! Se quiser ser felix, venha e seja parqueado. Há uma paz sagrada aqui. SPQR. Para lá! Para lá! Preparem-se à morada dos deuses. Nada de mesquinhas brigas de família Lá Encima, nem temporais [454] caseiros em nosso pátio, nem gritos de cruzamento, nem apucalipses, nem jogos de boca no barril, nem nada. Com os Byrns, o que é bem melhor que vigília para sempre e de todo inútil. Você mal reconhecerá a velha esposa em novo tonel e o subversivo agricultor em sua pintura de mórmon. É a experdição em traje completo pelas salas de Toussaint, depois da caução do quarto dos horurs. Rosquinhas ao açafrão ou soberana de porco, o que mais sartisfizer à sua ganância, gostem dele ou engulem-no, mas deem-lhe um nome. Paz sobre toda a Irlanda. E há comida para refecção quando toda a grei estiver em casa. Quantos dias você ainda tem? quantos dias maus cheirosos te abençoarão? Joe Hanny tem dias contados. Pósmartem é o que dá certo. Com festificação num segundo apertado. Amanhã, amanhana, carnhana. Esta é nossa crassa e peluda vida sempreaoverde, até que num dia final Pater Nostre toque o sino com um osso e seu cortejo fedorento que está atrás dele com o foicetro e a clepsidra. Podemos vir, tocar e fugir-mo-nos, de átomos e ses, mas estamos precertamente destinados a sermos números primos esquisitos sem fim. Aqui nós estamos, pupando as múmias de Moy Kain e bumbando no lado delinquente, tentando mal tapar o buraco à porta com meios de fortuna com um quem-está-lá e, em vida, com um saco de areia na esquina. Mas contramim, Prospector, tu cospes todo teu abel e eriças tuas asas mortais, embora haja certeza de que nada absolutamente nada abrirá o olho jamais enquanto Eu sou aquele que sou estiver no assento. Mas, claro, brincadeiras à parte, pelo rabo da vaca, que terrinha Humpty Dumpty parece nossa terra aqui e agora comparada às alegrias aqui-estamos-nós-de-novo do Depois da Peça, quando a

Pistola Real desses globos reais dará regalmente fogo ao *mio colpo* dele para o pandemônio critão para deixar o campo livre à harlequinada começar propriamente a SPQerrear a Burla Final de Mark Temp, colocando o Espaçointeiro numa casca de Noz que nãoserá.

Bem, fatias e vegetais se ajuntam bem a seu modo, assim como assam as costeletas e a faca de mola como prato de resporto, mas sempre cozinhados em casa. Montanhas de mostarda e com a ajuda dos lambededos das mulheres e das especiarias dos homens eu comi chapado. Mas sinto-me duas vezes mais estufado do que antes, quando comia umas nativas. O crocante da pororoca está em se empanturrar devagar. Dê-me outra chícara de escaldo. Santos Mozos! Aquela sim que era uma boa [455] chícara de escaldado. Se podia pôr um rato pra trotar, ali. Eu enguli seu pique de lanche quente silvando, enguli, sim senhor, gracias mil, (sublime!). É o boi mais tenro que eu já comi, com contorno de protestadas cozidas (alhoeoleo, alhoeoleo!), não fosse pelas vossas ervilhas de novo, com gosto de dente salgado que dão sabor ao meu suingue e depois disso, voltar a meus condimentos mais sapientes e um penny no pratinho para o James.O.K. Oh, Kosmos! Ah, Irlanda! A.I. E pelo pastiche de couvecombatatas dê-me um Cincinnati com queijo ciccalick (mas *ci vuol poco*) e santo Haggis, haggis forte, haggis nunca morrerdouro. Pelo que receitamos, receitamos. Oh, barbaridade! E põe de lado aquela, Oliviero, para sus dias de sol. Sopa magra! Nem conseguia olhar pra ela. Mas se você comprar um paletó da melhor pele variada para mim, vou prová-lo e vou vesti-lo. Está em perfeita ordem e não há dúvida que vai servir pra me atiçar. Tire esse trapro! Próxima etapa: diga ao atendente que por uma boa variedade de legumes huguenotes eu vou experimentá-lo nos nervos dentando pato em agridoce, grelhado sobre ramos de bétula, com umas claras de cauliflor. Quero sair do monasticismo. Missa e carne não estragam o caminho de ninguém. Comite missa est. Nozes para os nervos, porco para a gripe e para regozijo das câmaras do coração os espíritos das ilhas especiariais, cravo e curry, chutney e canela. Todas as vimatinas estão começando a espirrar na mastigação e os hormônios a clingar, a fundir, aketsib, alhivre, nocab, ecir, alobec, ohnitap e xooxox, xxoxoxxoxxx, até eu ficar estufado e teso feito um cogumelo e muito presentemente a partir de agora, depois da pressa, vocês vão me ver ir pra frente e pra trás em minhas voltas costumeiras através rumo a Germinus Lower, Killadown, Letternoosh, Letterspeak, Lettermuck até Littoranamina e a casa mais espaçosa mesmo da Irlanda, se você pode entender isso, e a plataforma de meu próximo item é, como tentarei retirar minhas despesas postais extraprofissionais a mim devidas por Thaddeus Kellewsque, in deb. por materiais impressos não desejáveis. Os Jook e os Kelly-Cooks têm estado tirando leite de peru e chupando sangue pela marshalsea desde o Ato dos Primeiros Ofensores. Mas eu bem sei o que vou fazer. Eu tirarei dele grandes penas e aquela será a letra vermelha de teu calendário, sua viúva machree. Tirarei isso dele a soco. Vou carimbá-lo fora! Vou tarantá-lo fora dele antes que ele deixe a porta da casa [456] do velho Con Connolly! Pelo chifre dos vinte de ambos os dois Santos Collopys, eu vou chantageá-lo com mora ou eu não me chamo mais Ferdinando, o penitente! E a cada dia e a cada hora eu irei chuchá-lo até que me pague todas as boas taxas que me deve. Amanjem.

    Bem, aqui está ele olhando para vocês! Se é que algum dia deixarei vocês, suas galinhazinhas, antes que minha estaca se torne uma barra erecta eu me verei rigidamente tentado de me tornar um padre passionário. Minha fome é pesada. Hongkong! Minha raiva é aliviada! Hangkang! Podem parar por aí, suas pequenas mães leigas, e esperar no cio, e ciar em vão até a ceifadora endemoniada chegar, com a foice das foices, como uma benção disfarçada. Não ligo um cacho, diabo! Se nenhum pé-alado Claud Duval tentar me segurar, perturbando-me e depredando-me dos meus direitos para meu ônus, yan, tyan, tethera, methera, pimpom, far-lhe-ei saborear meu melhor par de tacões de galope naquela sua cara de creme azedo. Ele irá aprender a ter maneiras, que eu seja coma atrasado se ele não irá! Console-se, putinha deliciosa! Há um reembolso postoval chegando para você de mim, portanto, fique atenta, faça-me a obrigação para comigo! Vá apertandinho o inchaço embaixo do cinto até que eu sopre pretinho de você. E você há de sentir falta de mim tanto mais quanto mais as semanas cada vez mais curtas esvoarem. Algum dia obrigatoriamente, um dia certamente, doisdias novamente, até mercumdia. Procure por mim sempre em meu oeste e eu pensarei em comer. Uma lágrima ou duas em tempo e *c'est tout*. E aí, num tique do cloque, tic tac, dof, dof, iremos nós aos pulos com as pecantesinhas em roupinhas de seda, pelo caminho de Sua Diligência Majestade, nosso lorde longeestante que adora a criação. Zzzz!

— Mesh, mesh, sim bichinho. Éramos felizes demais. Eu sabia que alguma coisa ia acontecer. Eu compreendo, mas escuta, querido, vizinho, interceptou TIssy, corando mas lançando faíscas de seus olhos escuros de colomba mas flechantes ao agarpar tactealmente seu correspondente masculino para sussurtar doces canções de freira em seu ouvido em pé, eu sei, irmão benjamino, mas ouve, eu quero mocinhas me passando a mão, sussurrando meu desejo. (Ela como elas como nós, eu e você, não havíamos nunca pensado que ele pudesse frear uma língua tão flexivelmente tácita tão ágil quanto liberada). Claro, caro engenhoqueiro, envergonho-me por minha vida, (preciso limpar minha garganta), por esse presente de momento perdido lembre-se do jornal, que — sinto muito — meu precioso — está sempre a meu lado em casa e que eu, com dó posso chamar de meu, mas — mesmo assim — ouça, Jaunick, aceita esse óbulo de viúva, embora seja [457] um pacotinho de viuva arrancadinho em primeiro lugar de minhas mãos e em um segundo lugar das de um lugar Valentino-pendura-roupas com a mais afetuosa XXXX deixada a seu tutor. Foi fartamente buladicto pelo jovem Fr. Ml, meu padre curado favorito, e você sabe que entre nós por teu amigo papa ratti, quarenta modos em quarenta noites, isso é que é bom, olha-o, imagina-o. Demasiado perfeitamente inestimável, para dizê-lo em palavras. Ouça, agora acredite-me, impulse meu noivado amanheça-o contigo até o fim da vida, naturalmente, se e quando você fizer uso dele, ouça, por favor, gentilmente, pense sempre, de novo ou de novo, não esqueça nunca de uma irmã não absente, Maggy. Ahi. Esta é a tussida mais idiota. Apenas cuide de não pegar resfriado e de não passá-lo para nós. E, como o lebrote pula e a cotovia voa, não leve a noite inteira. E isso, Joke, é uma brincadeirinha, um raminho de hera, um encantozinho de flora para você lembrar de sua verônica. È claro, Cher, sei que você sabe quem a manda, quem a oferece como agrado, como mercadoria, sobre a face das águas como aquele filme o bote, incrivelmente encantador, sabe? Mas que não faz justiça a ela, à parte a gatice dela, na garrafa de naggin. Claro, e também: escreve-me, por favor e deixa sua pequena bolsa de dúvidas atrás de você, inquisitivo até seu eu mais íntimo e já agradeço por você retorná-la via correio pombal pneumático para os queridos, caso eu não possa imaginar quem possa ser, ou caso aconteça algum funforal, eu estaria tão curiosa por ver em cima das mesas do almoço de Hemsworth, tal como eu saberei de uma maneira ou de outra por piedade azul, se isso faz bem ao meu sistema, que tipo de botões esquisitos, gorgiosos, caso não espere de ouvir de você tão cedo. E muito obrigada pelos dez e aquele sem nada emcima. Vou dar um nó naquilo meu para lhe enviar uma carta em papel de seda, pois, como me é dado compreender agora, terá valor de dinheiro algum dia, logo, não se preocupe por respond, a não ser que seja enviada por correio especial, uma vez que eu estou recebendo o pagamento dele e nada me falta, de modo que posso viver simples e sozinhamente para meu maravilhoso ser sem dobras e com suas espirais de graça. Quando eu jogar fora meu roletes haverá anéis para todos. Foge uma pulcela e diz que é a cor dela. O mesmo com B, L e V! E ouça isso, Cabeleira! Você está sempre tão distante. Incline sua boc! Perfeito! Vou por na mala meu pente e meu espelho para praxicar com oos ovais e ahs naturais, e isso acompanhará você pulpiclamente [458] até que volte sob todos meus olhos, como minhas contas azuis do girosário que recitarei por você ao Onimichael e salve-se-quem-puder enquanto os pombedores bicam os botões de minha boca (msh!msh!), com a babá Madge, minha dublê no espelho, ela está assustada, pobre velha olandesa, quando fala em sonho e eu desenho nela sarampinhos e bigodes de lama para fazê-la homem. Ui. Ui. Foi Issy quem fez isso, confesso. Mas você vai amá-la com suas botas até o joelho e suas meias pretas de seda, preços de liquidação, salvas da lavagem, isso não é o cúmulo?! Simplesmente irresistível, como ela arranja seus cabelos! Eu a chamo Sosi, porque para mim ela é a sociedade e ela disse soci enquanto eu disse saci e ela disse você vai querer mais uma fatia de torto enquanto eu disse você não vai tomar mais um pouco de goles e ela que fala de ithel querido, enquanto eu simplesmente nunca falo do adorado athel; pois ela é boa mesmo para aliciar os meus amigos e ela adora teu estilo, considerando o fato de que ela me faz sapato impecável quando tenho um arqui problema e ela beijaria meus braços cândidos com tamanha graça, mas à parte isso, ela é realmente um encanto, minha irmã, virando o cotovelo de Erne street Lower e ser-me-á sempre estritamente proibido, e sempre e verdadeiramente, à minha própria e privada maneira, quando eu for trair você longo longo, com alguém que trairá você não uma vez assim se bem que eu não traia ele nem uma vez enquanto ele trairá a si próprio. Dá para entender? Oh, meu irmão, tenho que lhe dizer a verdade! Sinto muito, mas com a carta de amor do último rapaz creio que fiz alguma coisa. Eu gosto muito dele porque ele nunca perturba. Que pena, um cara legal. Um bichinho doce. Não vou dizer que ele é engraçadinho, mas estou mais do que segura que ele é tímido. Porque adoro puxá-lo para fora quando eu solto a corrente de sua porta. Abre-te Jack, e adenta! Obedecer a meus ordores e isso ele faz. Apaixonou-se por meus lábios, por meus laivos e por minha fala bandalhada. E eu me apaixonei por sua força, por sua virilidade, por seu se importa? Não há coto de vela para segurar, não é? E obviamente, caro professor, eu entendo. Pode confiar em mim, apesar de eu trocar seu nome mas não a letra, nunca, quando eu tornei-me ocupada com meu primeiro cavalo, mestreladrão de corações, eu entregarei sua linda minha cara, meu casquete de moleque, não para toneladas de burros, a meu segundo companheiro, com os tendrilzinhos o engenheiro da flor de maracujá (Oh, traição cruel! Que história! Que me foi comprada [459] com os wellingtons dele que você não tem), num daqueles inocentes batons de seu agradecido *Arrah of the passkeys*, qualquer coisa aconteça. Você pode estar certo disso, meu fofinho, agora eu sei como dar meus embates. Prender meu amado grudadinho em mim. Por isso não me tome agora por um bom menino, pelo amor de meu santo fragrante, seu grosso, salpicando de medo minha graciosa modéstia, eu eu irei primeiro matá-lo sua víbora, encontre-se comigo depois de seu próximo encontro, perto de Ships, você sabe, na futura redonda dos pobres loucos da praça Lovemontjoy para que eu lhe mostre meu desrespeito, agora deixe-me ajustar minha crinolina, estou realmente tão atrasada. Porcaria, ele vai estar furioso! Do jeito que ele fala para si mesmo, fragoroso cafajeste, imutável macaco. Meu príncipe das cortes, que irá me bater até o amor. E eu estarei lá quando quem sabe onde, com as coisas das quais eu nunca irei esquecer. Digamos. Acredite em nós. Nosso jogo (de brincadeira!) O rio Dargle irá ficar seco antes de eu trair você. Quem já ouviu um pensamento desses? Até que os últimos de todos elmos tiver roubado nossos corações de surpresa! E Mrs. A'Mara faz as pazes com Mrs. O'Morum e ficam amigas! Escreverei todos os seus nomes com minha caneta de ouro e tinta.Cada dia, amorzinho, enquanto as folhas da m'miria vão caindo profundamente no livro mensonheiro de Jungfraud, sonharei com doces postes de telefone nesse regato de gelatina (mas não conte a ele ou será a morte dele!) à sombra dos líbanos e dos sicômoros, os ciprestes e as babilônias, onde o frondocalho corre para o freixo e as folhas de teixo, demasiado kisskiss elas próprias, levarão às ondas Hertz do meu coração minhas reflexões de águas calmas sobre Margarita da Hungria, seus modos Quaidy estranhos e seus cabelos amarelos riboflavina, a ti, Jack, alô, além bósforo. Facha um chuá e silve e despontará seu salmão. Ajuste juste, lumbre, laive meu ocaso quando no sarbado à tarde o salto do salmão sorrirá na minha mente anual quadraumentada. E o que é mesmo que eu ia dizer, querido? Ah, sim, compreendo. Ouça, estarei esperando por você aqui até o Thingavalla com belos docinhos de chá, porte-se bem, mais açucarados que baunilha e groselha preta, aí está a cura, como gentleman nato até me parecerás, todo o tempo que você estiver fora, juro pela Candelária! E ouça, Joey, não se chateie comigo, meu velho semprenovo, quando, no fim de [460] seu capítulo, você tiver parado de beber pelo fato de eu ter virado uma estrela e sim amanteigar minhas duas nalgas com o Creme Evanescente da Pond, do jeito que eles despejam o creme e acentuam, para estender minha personalidade até os dormentes, comprarei para mim somente capas de chuva caras, de tamanho cinza suspiro de elefante pintado, da viuvez mais graciosa e impérvia e mais cara daquele azul aéreo do qual eu sou loucamente fã, meus adorados de uma vez, Hope Bros, Faith Street, Charity Corner, como a abelhinha gosta de fazê-lo lá no alto, pois eu sempre tive uma queda pelo eliotrópio desde que a duquesa de York ciclou pelo Phoenix Park, e vai escutando. Não ligue por eu rir de qualquer coisa! Eu estava nervosa mas é meu último dia. Sempre por essa hora, sinto muito quando nossas brincadeiras de Bruin e Narizlongo são tudo o do que, oh, você zomba e à tarde depois de minha lambível fofura trabalhar, eu me estranho de meus russos da parte de atração com minhas botas terríveis tal qual o apanhador de vitelos Pinchapoppapoff, que vai se tornar general, nas minhas costas, molhadinhas, amor, gotejando de amor pelo afetuoso tapa tipo mamãe, mas o último da noite, veja-me, depois de meu violento banho dourado nos meus aposentos de cima esplendidamente iluminados com cortinas lilás e papel de parede para combinar com o gato e a lareira, continue a olhar aqueles inestimáveis troncos de pereira, só quero ver se é ele que é assim ou se são todos os Miguiéis iguais a ele, e irei me desnudar logo depois das devoções diante de seu olhar fixo e apaixonado — e é isso que eu quero dizer, também, (tua boca fitando meu olhar eu vou amarrá-la e tranformá-la em coleira) e enfia-o duro dentro de minha ilhada de ferro com minha assim chamada companheira de quarto de bochechas gordinhas com joelhos até o queixo para os machos estrangeiros da noite e teu nome Shane jorrará por entre meu ser de cara envergonhada com o outro lábio eu mais abro desnudadamente minha coxa mal acordada pelo seu tocatudo em minha primeira manhã. Assim, agora, para falar como falam as crianças, vem tentado com Mag terto do toleador que estamos fazendo para rezar uma rezinha antes de fazê-lo. E um beijinho para a pequena tacinha pontudinha e fordidinha. Ensine-me a cair sem controle, Jaime, e ouça, com cuidados supremos, Juan, depressa, aconselhe-me quais para ah ah ah ah....

— MEN! Respondeu Juan cheiodeencanto pela sonoridade soral, imitando a si próprio capitalmente com seu narguilé a bolhar em seu tapapeito e seu cálice de bebida agora bem em suas mãos. (Uma gotinha, vamos, uma gotinha, vamos, vamos!) Sempre gloriosamente gentil! E eu estou verdadeiramente [461] eucarisado por você. E também *sacré père* e *maître d'autel*. Bem senhoras encima de senhores, e entoador geral de brindes, vamos brindisar, woo e ganhar molhelongas à saúde dos ricos vinhedos, Erin fica Seca! Entre as águas vivas de, e vivendo nas águas dantes de. Cerrai! Soltai! Um rijo pela estafeta mulificada com cremes de hormonia, a coupe que é fresquinha para uma burrinha sensual e uma ducha filiforme em Doris! Esterelles, não vos queixais, não sejais em vosso choro aquilo mesmo que é Shaunathaun em sua queda! Para misturar de amor as jovens bolhinhas eu me inclino com a taça de champagne dessa noivabreque, mergulhando do Champagne Douce para o Champagne Piper Heidsieck, apalpando meu seioneve e enquanto minhas pérolas em sua resplandecente sapiência estão mamilando umas bolhinhas, eu juro (e que você jure!) pelo parachoque que há em volta do bocal desbarbante de meu pobre velho solidintestino que eu nunca me mostrarei desonesta para teu gosto (teatro!) enquanto meu buraco olhar. Para baixo.

Assim, adeus bobalhinha, minha pobre Isalina. Mas eu não esqueço de meu monophone intern, pois estou deixando meu querido procurador atrás de mim, para tua consolização, o perdido Dave Danshomem, um foragido esquamoso e velho amigo e companheiro meu, tão bem. Ele haverá de chegar incessantemente na fração de uma crosta, ele que, se tão somente deixasse de dublar e parasse de se embebedar seria o unicórnio de sua espécie. Ele é o mais poderoso penumbrela que jamais floresceu além da sombra de um posto postal. Esteja certa e enganche-o, meu, oh, tresouro, tão frequente você aprenda, conquanto não haja nada entre vocês a não ser um tabulado acordo claro, apenas não o encoraje a tocar a hora da aula sobre Leperstown. Mas de leve! Pode ser? Por acaso os marcos miliares balbuciam? Lumtum luntum! Agora! O frobador! Eu fremo! Falas do lobo no estômago por tudo o que é verminoso! Heis me! A volta do atlate paracleto. Quem poderá seceder a seu sucesso? Não será por acaso Jaunstown, na Áustrica, um lugar pequenino, por sinal? Eu sei que farejei o alhoporó. De fato, graças a meus saberes, aqui está ele, o querido Dave, que qual gatodenovevidas, em tempo como se tivesse caído fora do espaço, todo drapeado em mufti do alcorão, chegando em casa para chorar nossas montanhas a partir de sua velha continência, e não sobre um pé nem sobre dois pés héteros, mas sobre cyclos quinquiseculares, depois de sua evolução francesa e uma passagem a olhos fechados pelas 4.32, com o pate de porco em sua pata suicida e as gaivotas que riam do viscum azevinho com seu cheiro de gambá, **[462]** enrubecendo feito o porco do Pat, c'um caneco! Não é que ele se envergonhe realmente de carregar onaliglibtograbakelmente em sua showmão esquerda os testimonículos que ele deu fora vinte anos faz, mostrando as três plumas brancas, como um emigrante curado em casa em Paddyouare bem abaixo de nosso nível do mar. Portador, podes deixar a igreja, assinado, Figura Porca, Lictor Magnaffica. Ele é nossa cópia coleante, juro, meu altar ego em miniatura e cada auxônio é por pouco um ás como um Romeu nasal tal como eu sou, sempre a atirar tiradas a si próprio, sorte dele, aquele engraçadinho, o Jeenjakes, ele logo ressurgirá às rosas da mamãe, por entre lágrimas banhantes, sob aqueles selvagens cílios molhados, sobre as nalgas risonhas de cada moça viva. Esta é sua pequena venialidade. E seu impepepedimento. Ele tem ideias novas, eu sei, e ele é um peixe sábio esquisito às vezes, garanto a você, e invocado, o envenenador de sua palavra, mas com os piolhos e todos os vidros sujos semicoloridos, eu estou enormemente cheio daquele estrangeiro, digo mesmo, estou! Criado por um único bode, aleitado pela mesma nanada, um toque, uma natureza faz-nos gêmeos o mundo todo. Somos o espesso e o magro, agora, como duas mandibolas tubulares. Odeio-o por sua henesia patente, splash, mas eu sou um amorista. Eu o amo. Eu amo seu velho nariz de portugal. Há o nastúrcio para você, agora, que salvou mais do que um pobre pecador afundado de um tombo na água. A diasporição de todos os piratas e o quinquocentro de um impostor como Basilius O'Cormacan MacArty? Para camuflar a bandeira ele virou sua camisa. Não é por acaso verdade que ele empresta de qualquer um diante dele, fazendo amizade com qualquer vermelho da Rossia, branco de Alba e sempre tocando cada ourlandês distinto que ele possa já distinguir de frente ou de trás de vossos irlandeses pela habitual meia coroa e paz? Ele parece envelhecido com seus olhos pedrados, e mesmo magro, também, por ter vivido de *ses* em pidgin, e com *es* de papegaio caluniando-se, mas não comento. Espero não tenha pego o cólera. Dê-lhe um olhote, de longe, por favor. Moseses e Noieoses, como estais? Ele estaria agasalhado como Jonas Columbilha, náufrago na barriga das baleias, conforme já citado. Bravo, chefe sênior! Famose! De certo não há ninguém mais à vista, em nenhum lado, para aguentar o cancronto do chefe com a querida, por puro desafio, com aquele alambiquedeprisão de feijões hispânicos encima dele, como o valete de floridades! Um alegre bronzeado atijolado com cimento e o príncipe das boasfilípicas! Dave [463] sabe que eu tenho o máximo respeito por cada um com meu próprio e suave jeito por aquele devedor intelectual (Obrigado!) Munsiur David R. Crozier. E nós somos os amigos mais chegados. Marca o uso que faço de você, dentão! Repara como eu te sirvo, ladrão! Veja como eu te manjo, furão! É uma pena que ele não consiga entender isso, pois estou muito ligado nele. Canwyll y Cymry, a chama da sereia! Um leal dos O' Looniys, um abú para o Brazil! O homem mais omportante, *Shervos*! Oh, pelas sagradas serpentes, alguém rapou seu crânio de diamante bruto, tão pelado como o Núncio Pielado! E a rede queimada, e as esteiras e tudo! Raios me partam, o presunto do passo khyber aqui escapa sansa pagar! É igualzinho cuspido, assim é que ele é, pele escamosa e tudo, com seu olho de bandido e a barbadecabra no buraco do botão tipo Shemuel Tulliver meu antesurdado, o velo cruzado, quando ele se manca de suas chapeuzadas! Isso era para o povo dos fans do Flu Flux atrás dele me ver bem. Ah, ele é mucho antencioso e simpátrico porisso ele é o Irmão Intelligentius, quando não é absentecido, ele e seu endereço de Paris! Ele é, realmente. Fique firme até ouvi-lo clicar seus ossos de touro! Uma claque de sapos! Bemvindo de volta, Wilkins, para as bagas vermelhas no gelo! E aqui está a banda Butter Exchange para piferar você e tamborilá-lo com um covo cheio de Moussebaisse e Yankee Doodle rabiscador que no muro mastrubou sua escrita fajuta. Já não aguento mais suas comas. Achapele-se! Dê-nos aqui sua extremidade tingida, bróder, o aperto do Claddag! Encontrei dândi coquete e showcou-me grandemente a mão. Onde está teu guardião? Você já viu toda sorte e espécie de malandro predando o maopamundo. O que me diz do galo e da tourada? E das velhas Auster e Hungrig? E da Cerveja e da Pança e da Bota e da Bola? Sem olvidar os óleos graxos da Grícia sob aquele Peru em julepo e o Padre Freeshota Feilbogen em seu jardim rochoso com creme. E acabou encontrando Pedar o Grande? E visitaste Tower Geesyhus? E não era Mona, meu amor, maior do que ela deveria ser, alisando-se em você com sua melhor maner, quando você fez sua leidopeito e a faturou, me diga? E você gostou da olhadinha em Lambay? Sinto mais prazer do que dez reins! Você me reijubila! Juro, estou orgulhoso de você, seu diavinho francês! [464]

 Você se superou! Apresente-se ao sim! Esta é minha tia Julia Bride, excelência, que morre de vontade de ter-vos a languescer e escandalar-vos no velho vale boscoso de seu triângulo. O reconheceis? É Jack o Durinho que está encaixadinho em seu canto largando não menos que três namoradinhas. Esta é a penal dele. *Shervorum!* Você não a viu desde que ela se enfiou em suas calcinhas. Venha solteirinha, faça o que deve. Não se acanhe, amarivido. Muiê, o que deu em você? Nada de vergonhas! Ela tem um espaço bom em suas roupinhas para nós dois, sobrinhos, empurrem! Incubem-se bem! Gozem legal! Que tal esperar ela florescer um pouquinho até vocês comê-la toda? Embracem-na mesmo com força de todo jeito com meu franco incentivo e digam a ela em sua semiológica vez aglutinativa como eu peço por ela. Sejamos maus e santos e que ela tenha paz em seu galho. Claro ela se alinhou com nossas fotos tripartites e lionizou um pacote quando nós estávamos estáveis como rolhas, novamente irmãos esfomeados e inflamados, a graça de cavalheiros com força de rebanhos em círculo, ou então a corrida do garoto Byron para sua irmã, eu e vocês, verdadeiros sinners pecadores e belisca-me nosso terceiro quiddus que nunca falou nem escutou. Sempre enfurecidos porque tínhamos as tais rugas atrentes de lesminha e as feridinhas e os cheiadores de quem ficou doidinho no condado de Luna e a armadilha carnosa da primeira vegetariana. Para se ter à mão para as perguntas. Abracem-se! Tirem-na de sua sorte de dois centavos, antes que ela se mande em pura liquidação tripla. Eu daria três centavos ao canonico por cada franga ou uma bola de canhão pela conjugação mostrando vocês a beijá-la longe de mim toda liberamente todinha como se fosse um crucifixo. Isso faz bem aos bilabiais dela, entendem? Nada funciona melhor do que um toque de baga viscosa para achar o brinco falso da rainha. Cin cin. Como disse o bardo encaracolado depois de caçar o verminho em seu himen até o murmúrio de suas roupas. Procura un tico na pon de su rabo. O corredor à corrida, deross. Apenas o solo pertence ao ser. Sejem naturais. Sejem tortuosos. Sejem parentamig. Sejem airish. Sejem inish. Sejem ofailas. Sejem hamlets. Sejem da trama da propriedade. SejemYorik e Lankystare. Sejem frios. Sejem maquinaporks de si mesmos. Sejem fínicos. Não mártires onde há o prigador não há praga como roma. Deixem os protestos. Olhem o caminho de Swam. Levem seu tigre pra lá. A senhora do lago e o recluso da floresta. [465]

Ora, eles podem ser Babau e Mamãe! Cruzes! Pra atacar! Pra derrubar! Pra acabar co'a raça! Sigam-me todos para Curlew! Deem-me um grampo para ela que o chamaremos tirasorte. Vocês podem mudar de posição? Que tal dar uma trepada emcima e embaixo, seus primos cortejantes? Quuck, a marrequinha de uma mulher por quack, o marrecão de um homem, suas maçãzinhas vivas por Leas, e poções de amor para Leos, o próximo melhor rei. Desinfle-me por todos os lugares em volta do ringue. Posso sentir que você está sendo corrompido. Recua. Estou vendo você jorrando escrúpulos. Dê as costas. E enquanto ele está fervendo em água, eu acenderei tua pira. Dê uma volta, Sammy estranho, para fora da metáfora, enquanto nos pareça ainda cheio demais de tropos de popoesia.Bem que eu disse. Se você duvida do seu amor de ousar aprofundar os sentimentos dele, você fará muito mal por causa do porpetão manufracturado na Europa, conforme você pode ler no rabo do dele. Esquarteja esquartador esquartadíssimo e jac jac jac. Reflita nisso, meu herói e aterrissador! Esse é o lado que agrada a elas, o jeito torto e errado de faturar uma mulher. Casca ela mais! Deixa ele fazer de novo! É tudo o que ela quer. Você poderia bajular o esfomeado ainda com tua harpa jubaica de imitação, hein, senhor Jinglejoy? Cantoria congregacional. Roda roda girava a pagoda *con dio in capo e il diavolo in coda*. Mais de uma diva debocha já viu seu Dober Dan correr na rota da pagode do presbitério. Uck! Ele é tão diligente para cantar toda vez que lhe pedem, o provedor de risadas! Resmungue co'a gente, peço-te, por causa daquele artigo preanunciado em seu estrado com um copo de adeus apresentando a morte de Nelson com coloraturas! *Coraio, fra*! E eu farei o segundo canto para harmonizar. Minha broa e casinha pertopertoperto de Rochelle.Com suas orgulhosas bobagens, orgulho é morrer, difícil fazer. *Diavoloh!* e aí, vamos, escolores coloridas, vamos rasgar pelo e tapete, e seremos boas amigas como duas batatas amassadas. Brigar por causa da lei da gangue ou por traição comprar o júri! Coragem! Como está hoje meu obscuro senhor? O quê, senhor? Que mistério? Acaba! Tu, tu! O que está a dizer? *Taurus periculosus, morbus pedeiculosus*. Miserere mei in miseribilibus! Há uma língua terrível para você. A torre está preclusa, o populacho em roupas íntimas; Mr R.E.Meehan está na miséria com suas botas. Pordeus, não há muito verde na ilhota de Ireland's Eye! Caro cara ovogal, ele canta fora de tom. Mas com uma voz dessas, poderia estar próximo a coronel. O [466] latido está lá mas os mordales se foram. As botas miseráveis que eu costumava emprestar a ele antes que nos separássemos, pelo buraco do ano, lagueavam feito reflexos do paraíso. Mas eu disse a ele seja feita sua vontade e possa você procurar um general e eu rezarei confissões pra ele. Arenasc! Arenasc! E eu serei teu intérprede. Ambraç! Embaraç os cabelos dela. Beijos houve antes do dilúvio e mordidas haverão atrás da tenda. Triss! Você notou aquel hórrido expressionismo no megálogo dele? Um otávio completo embaixo de mim! E você ouviu aquela ruminação chocalhante quando ele estava pregando para si mesmo? E você está vendo a folha envergonhada do trevo descendo sinistra pela sua camisa suja? Nossa nacional desfloração. Ainda? Ele, não o fará. Ele é tímido. Aqueles notáveis, o tio de meu pai, aquele que foi garroltado, Caius Cocoa Codinhand, que eu perdi na multidão, costumava cortar aquela língua dele, japlatim, com o comerciantemocho Woowolfe Woodenbeard, que veio desafinado na Torre de Balbo, tão rápido, cara, quanto eu faria descer as costeletas de cordeiro e a caçarola de marinheiro. Mas é tudo coisa de surdo para mim, podeus. Sam sabe muito melhor do que eu como fazer o milagro. Eu vejo pelo diarreio dele que ele soltou o balbucio da bexiga dele desde quando o larguei, mais como amigo do que como irmão, para tentar crescer o pelo e canonisar seus pés mortos lá no regato arejado por pensar-se na quarta dimensão e situar o oceano entre os dele e os nossos, o camposanto no claustro das profundezas, depois que ele foi descapado da escola Beurlads pelo pecado contra o particípio passado e ganhou a factificação de capelão codificado visto ser um espírito santo tão rápido quanto um B.A.A. Recebe rapidamente quem dá duas vezes. Mas quanto mais batedora sua palavra, mais fracos nossos ouvidos, pois auricula aquele que fala parses orileys. Mau fazedor de trocadilhos, reforçando os lábios das juntas dos dedos. Foi a quadra que o mandou e a trindade também. E ele pode cantab tão mais barato do que qualquer oxon com quem eu já me tenha humorado, um cantor na ponta dos pés! Bastante cedo ele haverá de afinar para você teu ouvido irlandês, p.p. um mimógrafo por vez, Numa amargurado, com seus Ancomárcios para ver a via romana com passos falsos rumo ao Parnacio desde Rea Silva e Rômulo até Turquínios Soberbos enquanto eu estou distante de qualquer lugar onde você esteja servindo minha charrete e Tulliando [467] meus hostis entrando com as mais santas recitações ffff para meus versáteis exames em tua eulogia, para ser um guia na emissão de Fukien. P? F? Como você costumava me aprender, frater sobustius, nos meus dias augustos? Com cesarella ali, olhando. No começo era o gesto, diz ele joussianamente, pois no fim é com a mulher, carne-sem-verbo, pois o homem a vir é, no pior dos casos, do que depois antes desde que ela, supina, satisfez a verga dele. Toftof, tutológico. Tu, primeira pessoa singular. És, subjuntivo imperfeito. Piadoso, frívolo, a sério. Miss Smith, onamaterpoética. As aves de bom agouro são solidárias das grandes e das pequenas coisas. Logo, escolhe tuas pausas com tornura, agoras. E cuida de tranaçar os dois nós de teus bonomes. E levanta a barra um pouco acima das tuas crinolinas. Isso dicará a ele como puxar o gatilho. Mostra que você quer e não quer, e ele o fará. O ouvido dele está em dúviada, como meu olhar é increvel. Então, datiliza-o até o pontobranco e deixa-o piscar por conta dele enquanto você fala na melhor cosquinha. Hás de sentir o que eu digo. Amado nomeador, que eu nunca veja você lamentar um beijo por vergonha de um joelho!

Eco, leia o fim! Sipariemonos! Mas pela dor de suas vidas separadas, vai, aperte, decidosamente, um nikrokosmiko deve balançar por aí.

— Bem! Meu positivamente último em qualquer palco! Detesto olhar para despertadores, mas contudo eles despertam minha reloxaria, de modo que devo encerrar aqui do modo que eu a partir daqui com a presente ouço de ouvido por socos invisibles que é hora de começar a me mancar. Meu artelho do meio está se mexendo de modoque eu devo focinhar, pra não morrer de fome. Engolir um tragão ao partir, e quanto mais, o mais melodioso. Adeus, mas quando for, como Tisdel disse para Toole. Tempus fugit. Deixe fugir minhas tochas, diz o grande velho monarca, galocorvo de crista tempestuosa e cabelo ondulante, fora os paus das toucas! Sim, juro, estou tão mula livre como engaiolada, sob meu corselete. Meu aborrecimento é tão grande aqui latindo pela desgraça com minha pata dianteira doendo como Androcles compartilhando serragem com o velho leão de Daniel. Esse tugúrio já não é grande o bastante para mim, agora. Sonho com vocês, açores. E lembrem disso, minhas corinas, no terreiro há uma bruxa solta, irmã! A bruxa Babsheeba descascava sua cabeça com cabelos de huri enquanto o ogro Orcotron está encanescendo, **[468]**

Oh! E quando a meianoite se insinua entre as tetas dela, ela grita talmidamente. Filhas dos céus, tenham sorte em suas voltas rumo aos filhos vagantes da lama roxa de Adão! A terra trota! O sol dá gritos! O ar ginga! A água é grande! Sete morros velhos velhos e um único azul irradiante. Vou-me. Sei que estou indo. Aposto que estou. Em algum lugar tenho que me mandar longe das margens de Banba, em qualquer lugar me encontre. Nada de sela, nada de estafetas apenas esporar o momento! Assim eu acho que vou seguir o conselho do pirata. Psk! Vou tomar um rumo que me dê asas, quic quac, e do muro de Jerusalem, clic clac, meu percurso está livre até a rua da Consolação, e eu darei a volta do vácuo mundo. Para mim é Vitória, bic bac! Arre, judas! Me machuquei um bocado daquela vez! Venham, seus marchadores de uma figa! Sentimos a queda, mas enfrentaremos o aperto. Por acaso não era água corrente minha velha mãe Sereth Maritza? E o atrevido que a impregnou não era o filho do mar Fingale? Sinto que aquele topo de um baleeiro se mandou dobrado em volta do Groenmund's Circus com sua árvore cheia de algas e a Bela Boneca adormecida em sua concha. Hazel ridge me viu. É juliovernesco. Tempestade a bordo, fodidos, ups! Adeus por um pouco a ela e a ti! A salmoura é minha noiva! Em guarda, Macadam, e seja agradecido quem primeiro viu Halt Linduff! Só, solão, solong! Porta-te bem, envergonhado Erynanna! Com minha irmã que canta no harem! Aqui está minha partida. É agora ou nunca, irmãzinhas! Aqui vai o inimigo! Benditos os pés rápidos dos onimpudent que ficam! Sinto! Abençoo a todos pelos desejados com esta apológica panromana que Vaisaberquem cantou para os rapazes do Kerry. Quebrem as fileiras! Depois do fardo da condução-da-batalha penso cada vez mais. Metam-se! Estou fora. Um, dois, três. Contemple meu fumo.

Depois da louvaria das últimas palavras desenfogadas do pobre Jaun de poslúdio ao seu discurso em cima da caixa, terminado num ar-raso, vinte e mais uma com um adejar de asas fluíram para seu curso (podiam elas tesourar-lhe aquele cacho dos cachos para jazer com as luvas delas e manter as cabritinhas alerta!) e prepararam-se para aclamá-lo, se ele voasse, ou para blasfemálo se ele caísse, mas com seu biga, triga, rheda rodeo as querubinas da charabanga, sentadas lá e na sede do sedã, por acaso não desejas tu tão bem um veículo ou uma mordidinha na boca, repelindo qualquer tentativa [469] de primeiras mãos, asi no es nada, nosso enormemente incompreendido percebemos ele dar-se algum tipo de impulso hermético ou pontapé, para sentar e tomar nota, o que agiu como que por magia, enquanto a falange das filhas de fevereiro filldyke emboscadas e trepantes, vagamundas e choronas, vozeiraram sua aprovação no modo costumeiro aprofundando-se em inclinações e lágrimas, sobre seu concelebrado girassol da meianoite, o rapaz que espia o dia, seu alívio na escuridão, e batendo juntas alegremente as palmas de suas batemãos, quando, num grito de genuína angústia, um polilogo tão tonto e elegante, elas o viram aviar-se, a ele, o justo, seu querido.

Um sonho de favores, um sonho favorável. Sabem quanto creem o que elas creem que sabem. Por isso se queixam.

Eh! dor de hoje! Oh! tumulto de hoje, deosiriosamente salmodiavam. E o canto de Loth de ontem em resposta ao lamento maronita.
Oasis, santuário oriental docedro do Líbanon!
Oasis, friocipreste sobre o monte do Suspiro!
Oasis, santuário oriental da palma dos Bonsdias!
Oasis, fantasma da rosa de Jerico!
Oasis, renovação das folhas da campidade espaçosa!
Oasis, plantínuo colaorvalhoagmiragem playtennis!
Pipetto, Pipetta não tem miseravelmente notado!
Mas aconteceu a coisa mais estranha. Afundando por trás de cima com todas as chances em favor de sua queda no rio, só naquela hora eu vi Jaun recolher da mais recém desmamada cordeirinha entre as choronas (que já se encontravam porisso em meio luto longafolha devido à passagem do último som de trompa, antes da retirada) a conhecida etiqueta amarela dentro da qual ele deixou cair uma gota, sufocou uma blasfema, estrangulou uma risada, cuspiu expectoradamente e tocou sua própria trombeta. A próxima coisa que ele fez foi gomalaquear o lado pegajoso do traseiro e selar o distintivo oval da crença nos baixos perfis de suas cordeiras com uma genuína atiração de piedade irrepressível que prontamente virou de cima abaixo sas finas mamselas (o canalha!), com meia olhada de vivaz irlandês (um hastaluego deJuan Jaime e filho) por baixo do tapete de seus cílios paralelos. Foi então que ele fez como se fosse mas, em lugar disso, ele saudou com a mão o mar como a dizer pare enquanto as pacifetas embraçavam seus adeuses (Frida! Freda! [470] Paza! Paisy! Irine! Areinette! Bridomay! Bentamai! Sososophy! Bebebekka! Bababadkessy! Chugugoothoyou! Dama! Damadomina! Takiya! Tokaya! Scioccara! Siuccherillina! Peocchia! Peucchia! Ho Mi Hoping! Ha Me Happinice! Mirra! Myrha! Solyma! Salemita! Sainta! Sianta! O Peace!), mas, moralizando o balanço de sua corporeidade, para reciprocar o amploabraço com o seiopilar da girante que ele mais amava entre todas estelas e venussas, é azar se eu minto, mas logo em seguida quando ninguém esperava, a estrela e a ligamirante delas no ápix de seu clímax, eis que ele vacila só um pouquinho em seu lance à esquerda e refazendo um novo início e correndo abaixo, para leste, abençoando as estrelasirmãs com o sinal do cruzeiro do sul, sua borsalina bungaloide com o salto dos verdões

da sebe voou num estourodeamor (prêmio a quem encontrar!) e Jeanjacque Rousseau desbaforido atrás, mecamaníaco (quem não tem cabeça tenha pernas!), ele corrierou regiamente em volta com uma pressa fácil e estafetas a postos junto à ponte, um estádio além de Ladycastle (mas que mal há a não ser falhar por pouco de ensujar as nalgas dela, mas não, pois ele afundou feito pato) e então, fazendo um tchau à sua fileira de sermões, tão perto mas ao mesmo tempo tão longe daquele general da região, indo embora com ele qual duplo, a carcaça de um garrón, flechando seguindo a estrada, sobre os gambitos da égua, desenganchado feito cana ao vento, (o licencioso! Dir-se-ia que aquele fora o momento em que lhe deram as jambas!) com a posse de ir atirando lenços-ondas-de-desejo ao vento, como convocações do sceráfico e uma tempestade de coisas boas em forma de pacotes postais que jorravam de acordo com cada relato, para dentro do funil da rede de camarão de suas cartas de fans, ao longo da estradamestra da nação, o Traçado do Traidor, seguindo a qual disputa afetuosa e floreal, ele perdeu-se logo à vista entre os homensestátua, embora não haja dúvida de que ele estivesse cada vez mais turrão na própria cabeça, a memorizar aquele Sickerson então alburno de Bjarme, *la garde auxiliaire*, murmurou ela, a amarelada Ursulinka, cheia de pena (e quanto mais apropriadamente dever-se-ia apertar a mão do bravorapaz do que o beijo quente de seu vermentre que lhe apertou as bendagens?) Quantas coisas não revelamos. Mudar de rumo e adeus.

Poisbem, agora, possa a gente fadada dos bosques te apressar, ó Haun rural, possa exportar o robustão birrento que tu és, cantador nato com doce [471] lamento de evocador, música que salva, sim, o coração na mão do canalhadotrevoshire! Os gugus do chupabola no bercinho tornaram-se a copiosidade da sabiabilidade do homemlaico da religiosidade no púlpitobarril. Possa teu cabelaço se fazer raro e louro, nosso garoto único e sabichão! Descansa tua voz! Alimenta tua mente! Cuida da tua ervilha! Badala teu rabinho: quem és? Vem rápido a Lisdoonvarna, e caminha por nossos bosques tão encantadores e vê de novo a doce rochélia onde pela primeira vez entoaste *O Ciesa mea*! E tocaste suave a tiurba! Cantor, armeiro, coreógrafo. Pifareiro a ser preso! Musicância tornada Embaixadora-itinerante! Bom por natureza e natural por desígnio, se apenas nos tivessem poupado, jovem Hauninho, mas do que adianta eu estar aqui falando mais rápido quando já sei que você me ouvirá perdida no espaço? Envio lhe meulongo adeus, suave sonho de brincadeiras, de entretenimento e sempre alguma coisa de novo. Lá se foi Haun, minha angústia, minha ruina! Nossa divindade-simples-el-Jovan! Nosso Krishnamurti. Vão tratar-te bem, do começo ao fim como um raio de luz que nós seguimos que recede em tua peregrinação fotofórica para teus antípodas no passado, tu que tantas vezes consignaste tuas novas distribuidoras de uma grande alegria em nossa caixa nuncaétardeparamar, mansueto manipulador, vitimizadamente victorouco, caríssimo Haun entre todos, tu de botas, tu verdadeiro como um adeus, andarinho, pennyatempo, lamapadyfero, postanulengro, nosso garoto nômade. Agora poderemos não mais ver tua secante luz de lucerna! Mas se ela pudesse falar, quão lindamente gaguejaria aos quatro cantos louvado sejas tu, nossa vereda! Pois tu tinhas — posso ousar dizê-lo em meu em seu em nosso nome — o núcleo de um brilho de zelo de espírito de serviço que eu raramente encontrei, para não dizer nunca, em um homemsó. Numerosos são aqueles — o que digo — há uma dúzia de indivíduos ainda não reclamados pelo anjo da morte em nessanossa terra de hoje, humildes indivisíveis nesse grande continuum, lordejado pelo fato e lardejado pelo fado, que, enquanto houver horas e dias, ferventemente orarão ao espírito acima que eles possam nunca deixar esta terra antes que, nesse longo curso a partir daquele lugar onde começa o dia, ele retorne pósexiliano, nesse dia que pertence a uma Irlanda alegre, à gente que é de todos os tempos, a mais velha, velha, velha, a mais jovem, jovem, jovem depois de décadas de [472] longasufrência e decênio de breve glória, para lembrarnos mentalmente o que foi o quê e importarnos materialmente do fenecer de nossos caminhos, seu Janeiro e Fevereiro verdadeiras vitórias de Silvestre (apenas Walker é como Walzer, caprichosíssimo, eles andam murmurando), e chega marchando em casa na crosta estival do caminho embandeirado. A vida, é verdade, seria vazia sem ti, pois não há avicuum nenhum lá que cuide ainda daquilo que ninguém sabe, antes que as guerras de Molochy tragam a era do diabo, um lapso de tempo entre uma data e um timbre espectral, lacerado pelas brasas salvadoras dos dias frios, partido desde o ventiquatro de junho, desde a noite em que estamos e sentimos e esmaecemos com os eus de ontem e temos medo de olhar para trás.

Mas, rapaz, fizeste tuas nove furlongas milhas em tempo recorde de escorregões e castanholas e foi em verdade empresa exótica, campeão dócil, com teu alto jeito de andar balouçante e o feito de tua passagem será contestado contigo e por ti, pelos séculos por vir. A fênix surgiu um sol antes que Erébia afundasse sua foimãe. Dá um salto diante disso, brilhante ave Benu, filho meu, *Vat'a futer*! E bem cedo também nossa própria sfênix cintilará jorrando sua pira e rumo ao sol portará a rampante flama. Sim, já desparecem as mais obscuras opacidades da melancolia. Bravo Haun pédoído. Trabalha teu progresso! Resiste! Agora! E vence, diabinho! O silente galo há de corvar, enfim! O oeste há de tremer e acordar o leste. Caminha enquanto tens a noite por manhã, portadora de levedesdejum, aurora sobre quanto cada passado cairá em pleno sono. Amain. [473]

Tradução: Aurora Bernardini

3

Ligeiro, longo, um lamento elevou-se. Puro Yawn levemente aleitado. No limpo campo da colina aleitado, fundamente dormido em meio à ensombrecida vista, sacola de epístolas ao lado, e braço desleixado, perto de seu cajado de roseira citrina, tradição passagem-de-bastão. Findo seu monólogo onírico, e vidente, mas seu drama parapolilógico mal iniciara, fatto. Pesarosamente (mas, queridos, com que sucesso!) ele aceitou o lamento, seus cachos de cor lucana, abundantes, ondulantes, densamente esparramados, aquelas pálpebras cilioborladas no quase ato de fechar-se, entrementes de sua boca ladoaberta o bafensamento, cantão languescente quanto o mais principesco melado agudo ou mixórdia de lichia que pode um bolso comprar. Yawn semidesfalecidamente aleitado lamentava e (hooh!) que colheradas de melosa doçura (fiu!), qual estridente dulcitude! Como si você tivesse que pegar e furar com seu alfinete desafinado à mão as banhas de algum gorducho amor moleque de um anjo. Hwoath!

Quando, no que o alarme aciona a brigada luzeira, brilhando firme o fogo caseiro, no trilante chamado vieram até ele, a partir do linde ocidental de orientais mesoterras, três reis de três naipes e um coroador, de todas as partes cardinais, ao longo do curso ambarino por onde o tojo Brosna. Levantar, levantaram os senadores quatro, ao primeiro raro ruído do crepúsculo e partiram para o morrinho montanhoso, cruzando espaços de tempos idos dos dias de imprestável lembrança; inventando algum perdoeos, qualquer um, e um heptassuadouro [474]de noturna tristeza de orvalho sobre eles. Feefee! phopho!! foorchtha!!! aggala!!!! jeeshee!!!!! paloola!!!!!! oordiminy!!!!!!! Medrosos imaginavam a classe de enigmas cruzados que ele provavelmente seria, comprimento por largura confundindo sua espessura, vara sua sobre vara sua, fazendo dele tantas jardas quadradas, metade dele na metade de Conn mas o todo dele nas cinco partes de Owenmore. Lá ele se aleitaria até que eles o notassem, domado sobre um leito de flores, alinhongado, entre os narpoucocisos, as flores de narcose quadriprendendo sua ribalta, um halo de batatas selvagens sobrevoando sobre ele, epicuros valsando com anões de jardim, brotos puritanos avançando na direção chefes de Aran. Phopho!! Sua polpa meteórica, a lisa cascarcoíris. Aggala!!!! seu ventrevazio de nebusolidade com seu continumbigo. Paloola!!!!!! E suas veias brotando melanita fosforescente, sua cometabeleira de tortacremosa e suas juntas asteroides, costelas e membros. Oordiminy!!!!!!! Suas contorcidas electrolatiginosas entranhas a cingir.

Aqueles quatro homens de barro subiram juntos para assumir seu oficial inquérito da câmara estrelada sobre ele. Pois ele sempre foi deles motivo de disputa, o modo como se viam, molequecada seu corportamento no topo de qualquerúter noção dela, e o nãoturno encontro deles valeu por dois matutinos dele. No alto da cordilheira pós-glacial estava, freguesia de Molenger, para um campo não distante, o repouso do filho. Primeiro chacoalhou o Senator Gregory, catando pegadas pelo profundo campo de tempo, Senator Lyons, seguindo a linha ondulante de seus passos partidos (algo nas suas bolhas lhe diziam todo o tempo que ali já estivera), e seu Escrivão, dr. Shunadure Tarpey, corrindo após honorável sono, quente de semente de anis e, fora do posto de guia da encenação, o velho Shunny MacShunny, MacDougal o montanhista, na cola deles, para fazer quórum. Amarrado ao burro deles é que ele estava, seu cinzacéu perambulador do mundo, pensando melhor e ainda capaz de fazer o quatro mesmo mais novo mas elas estavam tão cambetas que trotando é que ele estava quatro passos atrás, à distância do berro de um burro, direitcha, esquerdia, lerdinho, tal bode à beira do abismo, o burrão, para ouvir com orelhas abertas a harpa ao vento, o clarim [475] dianassoprante, violento que violento, o tordo-das-cem-línguas cuja palavra é desdita, já foi dito, o passarinho vai vento abaixo.

O proto progredia pelo pandemônio então, Mathew Walker, afilhado do dindo, agindo em nome da mexericracia, e sua estação era a poucas perchas do lado dado às intempéries do cerro de Asnoch e foi de nenhum outro lugar exceto lá, com e tudo, que ele se prostendeu distante por sobre o éter de Manuus de Mesmer, a mão fazendo silêncio. Os graves vieram pela grama, então pararam onde querque se achassem assim e assim o circundaram, mostrando obediência, assentimento, respeito, reverência e cortesia, como os vigilantes de Prospect, erguendo seus bendespertos e inquisidores chapéus sobre suas firrumanas cabeças, a corte viandante em seu circuito bosquejando aquela perssona no cerco. E um quá-quá-quátro espremido de si fizeram, sávidos e almapressados, ouvidos, com suas chagas e demônios, rancores e rumores, nem mesmo para guardar a fera com eles eis o velhaco truque da turma, trunfo e nada de ceder à cenoura. E o que você pensa, quem é que se aleitava lá de todas as pessoas à frente senão Yawn! Todo esparramado ele se aleitaventre as papoulas e, lhe digo mais que isso, esquecido escritor, por profundo que possa ensurdo ter sido, ele estava oscorecido odormecido. E foi tão mais semelhante a um seivador ele láleitado de untada beleza circundado, o modelo, ou por tudo que sei como Lorde Lúmen, guiando suas preferidas constelações na fé e na doutrina, pois o velho Matt Gregory, ele tinha a coleção de estrelas, Marcus Lyons e Lucas Metcalfe Tarpey e o filho que nunca desculpou o asno que andava atrás dele, Johny Burrico.

Mais do que seu quinhão de seus cinco sentidos sob feitiço dir-se-ia que eles mesmos estavam, bufante censor, de jeito que não podiam ao certo dizer o que eram os seus traseiros e o que eram os vasos ao que deitaram o mamalujo em seu berço cúbico, já que o tempo das perguntas se achegava e o mapa da grupografia das almas revelou-se sem relevo em seus quartelados, para brincar com pião ou pipa ou bambolê ou bola de gude, discretamentemente, espiando ele, até o soltar de seu pum suavelente um depois outro, os cavucadores. [476] E isso foi o que começaram a dizer a ele tetraedricamente então, os mestres, como ele estava.

— Ele está aí, criancinha. Yun sobreviveu.
— Yerra, purquê, meu chefe?
— Vixe, ele está mamado ou o quê, esse nenê?

— Ou o pum saiu pelo buraco errado, diz Ned da Colina.
— Ouvir!
— O que diga logo, estás-me ouvindo, sir?
— Ou tás ensaiando o funeral de alguém.
— Sssshhhhh! Cheguei!

E no que espraiavam sobre seus octopés as suas tarrafas, as redes de pecadores brilhosas e chromoridas e, não é mentira, havia palavra assonante sendo suavedita entre aqueles quatrimestres.

— Simbora, garoto!
— Depressa, vamos!
— O presente hospício é hora boa.
— Vou cuidar desse camarada.

Pois estaláva atrás das orelhas de suas mentes, tãotadoramente ágil, a questão como espraiariam em quadrilíbero suas manchazuis finas atraídas redes, suas redes nansen, do Velho Matt ao terribulum mistagogo depois dele e daí ao vizinho e assim até o jovem calvagaburro e sua cauda de crucífero. E em suas mentes anos escorregam dos livros, assim era, lúbrica beleza, como eles iam pescar daquele jeito, quando ele levantou-se, com seu plâncton se movendo ao redor, os arrepios de prata escamada e suas presas de chromo do mais lúcido ouro español enquanto, hora dava tempo à confusa hora, com Yawn o próprio marcando o tempo com seu triptongo, seus blúrbeos lábios ele abriria, com classe, de jeito que a mirra do brejo e a mole névoalunar mandassem montes de mel à sua boca.

— Y?
— Antes de vocês!
— Ecko! Que doce tua resposta faz! Depoisdonde? Na terra do leoninodor?
— Amigos! Primeiro antes de tudo. Nomeai vossa base histórica.
— Este mesmo pré-histórico montículo aqui é a orangeria. [477]
— Vejo. Agora está bem. Está na tua orangeria, entendo, estão com tuas cartas. Me ouve-me, sir?
— Há muito. Pelo mais sagrado. Typette!
— Tanto tempo atrás? Ouves melhor?
— Milhões. Que surpresa. Pela pessoa tão querida.
— Agora, para chegarmos mais perto; gostaria de alçar meu ponto deuteroponto audìvelmente. Tem esse probleminha. Diz-me nosso

intérprete de jerico, Hanner Esellus, que existem seiscentascheias e seis retalhavras na tua mortaliça Maga de terralíngua onde bosque e murês rimam com dublinês e resta reisina em cada raíz mas tua raça não tem visco prononçável que vare todos os valles de risadas para dizer majestoso, mesmo provisoriamente, nem não roda nem rosa nem rua serpentina nem via de elêusinação nem porta aurélia nem rota sunken nem vereda gramalta nem viacrucis escravizada nem grito de frango d'água nem mostra de bunda branca que nos leve ao pharaíso. É tal o *unde derivatur* da casamata? Frankamente! *Quantus maioris explicationes menores intendimentum.*

— Como? C'est mau prononsável, tartaliano, perfrancês. Non tens vous pas biquinho na sua boca provincial, muçum. *M'inclinê, mas não achê sivuplê o trevô no matô.* Feito soninho a soneca do Pat velino, hora vamos!

— Pelamordedeus! Sa na pá de valeur? Quem é isso entre as pernas? Quem se inclina e fala do messias com esse atrevomento. Revelogo a verdade do enigma! Quonde és?

— Trinathan partnick dieudonnay. Viu-a? Typette, Ó minha dátila!

— És o pai, o único?

— O mesmo. Três pessoas. Viu minha uma querida? Estou tão bello!

— Que tremedeira é essa, ó de trás-os-montes, que parece uma galinha? É friozinho, é, dorafobia? Ou quer teu professor primavério de volta?

— A floresta de cavernas! Ó mis padres!

— Silêncio, ganso! O pato desperta com o sol e vais acabar acordando aquele monte de caradrinos. Conheço isso aqui melhor que ninguém. Claro, [478] sempre estava lá no quarto dia com a minha mãe, Tear-nan-Ogre, minha casinha cinza no oeste, no ou perto de Mayo quando o cão longo deu a língua e eles cruzando os pântanos e eles loucos para começar. Cascodetartaruga por um guinéudouro! Burb! Burb! Burb! Siga-me Tucurulú! É o lugar para as clarasostras, Polldoody, Condado de Conway. Nunca soube como eu era rico como em outro conto da zona do zéfyro, indo e indo, carregando meu dragomano, Meads Marvel, aquela cauda impronunssiável, ao longo da orla. Conheces meu primo, o sr. Jasper Dougal que mantém a Anchora na Montanha, filho do padre, Jasper dos Tuns, Pat Seiláseunome?

— Doody e eu doidinho. Os lobos de Fochlut! Chamoumedequê? Não me saracuteiem para os duolobos!

— Turcafeira i aquela é uma boa medeira se é! Lupus não menos!

— Hum momento agora, se eu puder encurtar o rumo do ramerrão. Usurpação chama erosão. Pilrito e virapedras nos auguram onde, como e quando melhor para enterrar carcaça, fuselagem de lixo e de despejo dos restos. Mas, já que invocas as ostras brisas do sul para o trajeto da raposa mulher, gostaria de enviar um cormorão ao redor desta lagoa. Diz-me isso agora. Disseste ao meu douto amigo um pouco antes, um momento desde, sobre este monte ou montículo. Agora sugiro que antes desta cova de praga, como pareces chamar a isto, havia um enterro dos ossos de battell, o bote de milhões de anos. Me levarias nele, relativamente falando, com teu jaque jocoso perto da escadinha de acesso, por que não, ventando boa nau, conheces a criança? O *Pourquoi Pas*, em rota para Weissduwasland, aquela goleta quatromaestros, Webster says, nosso navio que nunca voltou. O francês, digo eu, era nau de orangeria. Ele é um bote. Dá para ver. Ambos que se veem são eles. Dragão da Dana Marca! Saqueou ou devorou? Quê! Hennu! Falauto!

—Morada, cortejo, montinho de terra, montemerda. Visite as runas e veja as urnas! Allmaun bem longe quando ouvir vindo. E encontre o navegador. Ess Ess. O ess. Warum não! Consingrando [479] tout lê país. Noruego. Com o estandarte do corvo saliente, o negreiro. Eu bem creio, fuga de jordão, cabeleira fiadora e prisioneiro. Agachem-se, três pombinhos! Ei, chamem aquela garota de trança estressada! Chamem Canislupus! Lobo no mar. Falchu! Falchu!

— Agora muito bem. Aquele folclore todo vindo do raboboca dele. Vou cruzar com o navio parental, tempo profético, bem longe daquelas verdes colinas, uma estação, diz-me Ireton, bonofide para agitadores de quilha, agora por chegar à meia-noite cadete nesse levantino ponente. Da Denamarca navegaram os homens de olhos de boi, agora é ouvir o que vou dizer.

— Magnus Patrícius, corpete cruzador, perfídia de estrangeiro. Um destroier em nosso porto. Fez-me sinal com seu baldinho de segurança. Desnudou as tetas para dar de mamar, para me mamar. Ecce Hagio-Cristão!

—Ó, Jejus, como flui! diz o poço envenenado. Futtfishy Primeiro. Vigia de birita barata do netinho nas umbilicais manobras!

—Oi! Alô, ô de casa! Quem éle? Quem ésse rapaz, moleque?
—Hunvunculus Childare Erinascido. É sua chance deladeira, Emania. Destrate-o bem.
—Ei! Sonhaste que komia a própria tripa, tadinho, que te amarraste naquela raposa teutônica?
—Agora vejo. Estamos em bestial círculo. Grimbarb e panzeragonia! Ele tirou as palavras da minha boca. Medo de criança do vicepai opressor. Hágora cerração encerca-nos. Quer dizer que viveu quietinho no lyceum deles, cobarde, enquanto aprendia, volp volp, a uivar-se lobamente. Dyb! Dyb! Dubla em dois, safado.
—Estou me du du dublindo como o velho Booth, cortês. Os lobinhos estão na minha cola, parece, a matilha toda, vuk vuk e vuk vuk para eles, pelo escudo de Robinson.
— Farejo e gustapão! A fera ferina de novo! Encontra os harriers de fingall! Uiva-me o chapéu de sabichão até que eu morra do lupus do leiteiro!
— Quê? Wolfgang? Opa! Fala divagar! [480]
— *Have ateu, acuda-o arenito!*
Cursor, Recursor, Conversor ....?
E outrora é ounada, terra ....?
— Um catalético mitophalico! Foi esse Ancestral *Totem Fulcrum Est* que tiveste em *Dia EnfurEirecido* em que nenhuma têia de araña ou *Anno Mundi* heram caftinas curvadas em Esquifestreitos? Sê justo, Chris!
— Sonho. Numa segunda eu dormo. Sonhei com dormingo. Noutro dia rivolto. Ah! Possa ele ter agora de aqui menxido de medo! Culpaixão, Ó culpaixão! Fia! Fia! Temor ao cristo!
— Já captei teu terceto; ele recorre em três tempos igualmente diferentes (há uma certa estória de fui fui que o acode): chegando agora do asfalto ao concreto, do histórico bruto humano, Finnsen Faynean, osseanarmado, a este seu mesmo vulganizado morro, sr. Tuplin Toun das Manhãs Uivantes, com a fluente lava e a reptante camada, reocorreria ele *Ad Horam*, como o velho Romeo Rogers, em cidade ou campo, e seu certo se, ou por, com ou de uma urbe, do seu saber de differenciabus, como brauchbarred em apabhramsa, sierrah! Falamos de Gun, o longínquo. E no locativo. Bap! Bap!
— Noistro Papi, Hellig Babbau, que certas órbitas asseverantes do humo do Chivitas Ei, Smithwick, Rhonda, Kaledon, Salém (Mass),

Childers, Argos e Duthless. Bem, sou socorrido de que possa ele ser ambos porém, cada em homem como eu mesmo, que baste então, Abrahams e Brookbear! Por ele foi feito o babka, que por mim desceu abaixo, para quem acreditar, Deveras, Deveras! Pensei que o amigo não fosse acomodar um de seus velhos degraus de pedra, celeiroeiroeiro, sobre uma caída muralha acá em Huddlestown nesta clássica notubrina noite mas que issoetudo fosse libertinagem, mucho vício, direto da espelunca de volta para a corrida nas cores que ele tem de verdade, prejudicado em cima dela ou se repetindo. É um tiptip tim velhim paipai que me mete medo agora, Tommy Terracotta, e que podia ser todo para sí ou para mí das, irmão do fundandor do pai do descobridor do administrador do arrecadador do primeiro homem de Renelagh, fué! fué! Petras e violácea frieza (Jah, Eu e Tam Tower de caixeiros viajantes por aí, pela casa de **[481]** Aedius Cristo, em nome Dodgpai, dodgfilho e Co.) e spiritus sancti!

—Resbrise fundo. Auriculas aureas. Cuál o naun dele?

— Midás as oreils. Piercey, piercey, piercey, piercey!

— Clarivisão e eqüinantolhos! Porco Pursyriley! Afinal onde descemos, ô, do jeitinho?

—Haltstille, Lucas e Dublinn! Vulva! Vulva! Vulva! Vulva!

—Macdougal, Atlantic City, ou o asno dele isso sim, tuam covan! Eu ia de perto e dizia quem és só pela pedra celta, Jongo de Mayo, e as glicínias em torno de teu chapéuyoko.

—E aquele Mulancholico pulcro que você trouxe dos cafundós da Irlanda, Glwlwd de Mghtwg Grwpp, também não te serve de nada, Joãozinho dankeschott. Número 4, barriga para dentro e peito pra fora!

—Manda o mano na medida regional e o ganso do Hayden. Entenderias um jovem schüler de quirografia psíquica, chamado Keven, ou (eles que se protejam) Evan Vaughan, de corneta de correio na High Street, que ia espantando Guiney gagag, Galinopinta, que achou o dogumento número um, eu sugeriria, uma ilegível trapalhada por uma pessoa ineleitora?

— Se eu conheço a falsanta sabidoria? Às vezes ele ficava em silêncio por alguns minutos como que rezando e batia na testa e nesse tempo ficava pensando consigo mesmo e nem ligava para quem estivesse falando com ele ou chorando sobre o peixe derremado. Mas não preciso de você não, remada de remo nem rápida manobra.

Você é bem de lolonge do cock do norte, Matty Armagh, e tem que sair pro sul.

— Sul, sei. Arribas-em-Leal-Ulster e eu livre-cabaixo-em-Áisia, bem melhor assim. Se cura na reza quem tem azar. O prouto que lá inventará uma escrita por fim será o poeta, mais culto ainda, que lá descobriu a via-da-leitura originalmente. É esse o ponto da escatologia que nosso livro de quéus alcança agora em palavras tantas de contraponto. O que não pode ser codificado pode ser decordificado se um ouvido avista o que nenhuma vista havia visto. Agora, dizadoutrina, ocasiões há que causamos [482] efeitos e afeitos ocasionalmente recausando alterefeitos. Ou vou sugerir-me postavirar o conto do caneteiro. O ponto é o ponto de Shaum mas a mão é a mão de Sameas. Shan — Shim — Schung. Há uma forte suspeita com relação ao Kevin contrafeito e todos nos lembramos de ti no desvaneio de criança. Os badalos do escândalo é que ritmaram que se reclamasse dele e alguém entre ti e mim. Ele pregava para os dois turcos em malandraria para os dindianos, aquele mestre mosteiro, e dava acabamento de ouro a tudo que é da era do bonze de ante-pró-ressurreicionismo a fim de encarregar suas maréparências pascoais à mão mui leve da chapelaria de Borsaiolini. Ele é nosso levante na firma. Agora, tens dúvida razoável na cabeça a respeito dele depois de missa quadripadre ou estás no posto? Conta tudo sans fraquejo. Lê, ô, pard!

— Quadrappel pondo-me anos! Agoura, agoura! Seja esta vareta meu condão! Verei vocês longe, blablablá de blarney no Marcantonio! Que tem a gentalha a me dizer a mim ou que tenho eu juízo disso? Éramos ventrecheio de injúria e iniciação, adulando o adulado, trapofino de velhaco, labiosujo de alphabeto, agiota poliglota, o bebê, principalmente meu fraterno, o Puer, ente inocente por quinze primas somente. Todos em seus kalblionizados tão trilustradamente elevando a escola real, para ficar ereta ao nível dele, saludável como ovo, sabendo a sal e baguetinha, paralelando amanteiga, eu por acaso o alteromovi para dentro do sebo de um capado. Sou dele kindergardião? Sei disso não, Ó ternurinha, certo deixou de habitar esse semi-paraíso, mais enfins, contrastando o primeiro movente, quanto mais ascendo mais pio, acho, causa que eu, um autossigno, retornei resto como réusidente do ahr, plage e fiorde enquanto eu era elterado impostulância com meu futuro estado tropicando três vezes atrás de mim descansando a infantopele ao que eu recebi o hábito atrás de Mezencius que se ligava a Metodius inclusive vertido em pálido peregrino, circuncisaram meus cachos, modeus!, e tiraram-me as roupas dos patrísticos motivos, meas minimas culpads! A permitir estezinho (pequetinho guaximinho casulinho) baixagachado e humildemente entrar, morto verdadeiro mesquinho escatológico [483] passado, a fazer tantodor exalar de mim a confessar encarando tribulegis superiores seus octopés, papodeboca nadisso dedorijo, a dever minha mansuetude antêle vinculando as paradasidas de Audeon minha sofridão que acompanha meus desvianeios oferece meus salobrolhos, o que eu (a pessoa que em mim é agora) não fez, como ele dizer tentecétera como ia a propósito andando como ele audiente foi, como você, meu sexto melhor amigo, tagarelava sempre que ficaria delatado por me apoiar, e então hibernoparlou, derrubando Humphrey abraçando Nephew, velho lautatório, tramou tal posta no próprio gabinoite? Anexando então, sacando São Momoloio, vocês esnobando por aí com moção movente resvalando nos outros catacúmens continuando por se dizer a prover apensas assinaturas desde então celebrando meus magriversários desde então, mascarando o mascarado, estou dois passos arriba, um insulado faz de tonto, finalmente um híber irlandês. Bem, balancem os badulaques, antes quieumeapeie, pelo que tantos já apanharam com a mão, posso eumildemente agora corrigir aquela vespa em caso de temporalidades. Tenho os bolsos cheios de brincar de seus cardonais leigocriados, apa rência, apa rado, apa ródia, apa rato! Improperial! Preserveio-os da rapina e me entregaram a pele ao Harry para a Velhaudaz Dubl. Eu lecionei vocês na hora certa, meus velhos, o W.X.Y.Z e o P.Q.R.S. de legatinos e vocês Ailbey e Ciardeclan, bem sei, juntos me espiscopando me circundedicionaram. Trouxe-os dos laços de Lazáreo e vocês me lembram logo meu lapsus de longo. Bisbilhovendo queuvergonha! Oirasesheorebukujibun! Quebeleza! Atenção ao veneno isso sim. Naquel'ora coisa pense! Honorífica remembrança faz humilde cuspir. Meu casto ruridecanal está um sulco acima docês peregrinos. Sempre atesta o romanescu. Vejam a hor'amada das minhas gerações! Não foi meu mestre, Theophrastius Spheropneumaticus, quem escreveu que o espírito pertence ao círculo superior? Sou da oclocracia com Prestóvão Palumbus e Porvus Parrio. Soa koa Kelly Terry per Chelly

Derry lepossette. Ô, vejam minha gaiôla por donde queiram e com sequências Alto marcado em meu falso-fac-similar no estrangeiro pelo Pappagallus e Pumpusmugnus: améin! In purtuguês: *Escoves o linho não fites marecurius.* [484] Padre pode por si mesmo laudar nobstante de Lowmano Catlick o patrício escudo com minha Alta tripenada crista e caudal motor. Ich faço: que Gaspey, Otto e Sauer, ele dá: echo assim fique! Sobre comer ou não comer corpo Seu sou. E, Atenção, louvadeus é o primeiro louvacional Egonome Yod que escutou bosquebosque no Moy Pântano em plena morta-feira. Hastan de vista! Ou em alleman: Chupa!

— Chupa tu, açuquinha! Misha, Y pensas que quem pedia para olhar p'r'esse teu embrulho de prego ou provar-lhe o ofego, quente e azedo! Ich faço! Hegvat nojento! Jejus seje louvado! Entre tuas vulgais e tuas consinnantes! Thugg, Dirke e Hacker com Rose Lankester e Blanche Yorke! Estamos parolando en anglais ou spreken sie Joytsche? Ó só, Bleseyblasey, pronde ir remanesce saber? Entorna-se quantidade aquele discurso chato quando o que fazer? Remanesce saber? Volta aqui, bandido corcunda, para Valentãodamescílio! Comele, pica rado, cumigo! E aquele teu tripene crista velhaco, meu garotcho, pelos anos, fala pra gente, hein? E quanto ao do Brian aquele Gogóvinteumeiro, Mestre Monk, eh, eh, *Spira in Me Domino*, poupa-me Doyne! Prêmio gordo o bonafide pêssegopomboamante, eh, eh, eh, homem d'ouvidoso, escusado, da Área de Jenkins, era com Hera sublíngua e o alôalô enfadofônico, antes que houvesse som no mundo? Qual era o tamanho do teu belhor amigo e Carlitos marinheiro com ele? Passador de esfregão! De repetição, trifólio em Mesahunica! Praga em bom som nele! Se o tivesses houvido fora como nós no lamberinto, do arroz da matina ao feijão coturno, com aqueles tambores e alaridos e zumbidos teus introuvidos tê-lo-ia ouvido. Ho ha hi he hung! Tsing tsing!

— Mim não falar anglê, mim falar linga de Yellman. Doce Dotô Sinhô Lu, perfavor! Eu não ser pidgin de ludimentos como aquele tipo Topside Tellmastaloy. Mim cantar canção de bom-sonso noutrora. Pleasefavor, Sinhô Lukie Walkie! Deusadão madame cowbóia longojogo elapuxamecoxalonga, purdeus, Jack-pula-da-caixa elalonga; hajaquanto buuurromeano.

— Confucium dos Infernos e Elementos! Muuucha cooooisa! Nunca o clérigo postal, batendo papo furado com nipogatuno! [485] Segura essa estorilágrima pro conto do teu pailambão! És cartórico romano 432?

— *Quadriga meu jugo.*
Triplo meu trato.
Tandem meu burro.

— História como ela é harpada. Naa melodiiia em que tua espertafêmea se dealeitava. Tântrico, cartola, treta e partida, por vogalglide! Sinto suas felizarrepiadas bocas abertoparlantes, Ó dragoman, mãos estudiosas. Murguverba o que removerbava. Mera mímica de homem: Deus dá conta. A velha ordem se transmodifica e fica como dantes. Um homem em três tem um quê na consciência uma mulher em duas tem um sêmen na mente. Agora, cola no camaradinha aqui no meu olho, Minucius Mandrake, e segue minha psicosinologiazinha. Atacantezinho de gíriadura. Agoreu, lorde de Tuttu, estou aloucando ereta aquela régua T inicial de jade funérea no teu templo um momento. Vês algo, templário?

— Vejo um padeiro pretofrade... que carrega os miolos na panela... uma catedral de geleiadeamor para o dele... *Tiens*, como ele se aparece co'alguém!

— Pio, pessoa pia. Que som de tristress isoles na miorelha? Eu horizonto igual, esse serpente com cabeçalho, leva isso leve ao seu lábio. Quoi sentes labiozinho?

— Sinto uma fina dama... boiando num alambique de cola de peixe ísis... com cabelod'ouro para a cama... e brancos braços para os pisca-piscas... Ô lá lá!

— Puramente, de maneira pura. Oh, sê veloz e segue sendo! Promessa hoje, rompida amanhã. Inverto o início de tua tripartite e assassino de popa, e somo ao cíngulo, no teu peito. O que houve, peitoral?

— Oiço um que salta dentrás da porta batendo os pés num monte de farelo.

— Bellax, agindo como bellax. E a visão tríptica passa. De uma colina à outra. Fada fugindo. De novo eu deliciado pelo picaresco de tuas irmagens. Agora, a onirurgência iterapelante, sinto-me chamado a perguntar se já te ocorreu, *qua* o que és, antes disso, por uma porçãozinha de [486] tua iberoboreal imaginação, quando ela é mais rápida que este quaquaquá, bar acidente, que possas ter sido amplamente substituído em potencial sucessão de tua vida que-vem por personagem complementar, excluídas as vozes? Upa, Jack! Rebolo para saber o que pensas! Pensa! Tira isso da mente e confia. A próxima palavra depende da tua resposta.

— Estou pensando, deus seja levado! Estava justo tentando pensar quando pensei que me mordia uma pulga. Devo ter. Não sei dizer pois isso não tem significância alguma. Uma ou duas vezes quando eu estava em odinburgo com meus contrirmãos, Jake Jones, o mão-de-sarna, quando pensei que provava meu costume jardinal, pubicamente, com meu vizinho de palavra, e talvez mais amplamente nem você mesmo, camarada, entenda. Algumas vezes, por assim moldar, aconteceu de eu esticar, à sombra no que eu pensava, a vida de dentro de mim mesmo, em minha erinculosa imaginación. Senti-me ao sentir-me semi-escocês e mingau me morda se eu meio-envelhecia como Bewley a fera de modo que disse pra fora de mim e juro jurdeus que não sou mim mesmo não, sem apavoração, quando bi dou conta quão belos eu vamos ficando.

— Ó, é assim contigo, creiatura? No tornar-te estava o desfazer-te, d'hábito! Hele não faria frère. A voz é a voz de despeitar-se, eu tremo. Você imitação de Roma agora ou de Amor agora. Tens todas as empatias, né, sr. Trapício, se não te importa, quer dizer, de lado as chorumelas, em responder minha reta pergunta?

— Deus guarde o monge! Não me importuno isto é, por responder às suas estrictas palacruzadas, muito embora seja agora tão sem ética para mim respondê-las quanto teria sido então sem sentido para você não fazê-las. De novo não, para casa não vou, indo estou. Cacatua é Minha e retornará. Chama-me pelo meu nome, Leelander. Mas em meu abrigo não me achará. Quando Lapac cavalga de bunda é o cavalo mais negro de Capalisoot. Conheceu-me prima vez, não haverá segunda vez. Sou *simpliciter arduus*, ars d'escol, filho de Liberta-feira em amor e roubo.

— Meu filho, aprenda isto! Boa parte dessa resposta parece sacaste dos escritos de São Sinódio, [487] aquele primeiro mentiroso. Ouçamos, pois, já que honras e obedeces à rainha, xi a moradia daquele que avergonvindo é atado de um ou expiado de dois. Ouçamos, Art simplicissime!

— Bem-amados confrades: Bruno e Nola, leigus guardacharcos e parceiros de papelaria perto da orangeria da Rua São Nessau, justamente explicavam-no avicendas por entre si pré-ante-semana por meio de Ibn Sen e Ipanzussch. Quando ele sobre Nola Bruno monopolizia o dele egobruno indesejoso-se pelos pecados mortais alionola igual e opositor brunoipso, *id est*, eternamente provocando alio opositor igualmente ao provocado e ao Bruno sendo eternamente opositor per Nola. Per omnibus, cantobasso persecoli: assim ele é!

— Podia-se ouvir dentreles além aquele rugido de leão no ar de novo, o zoohoohoom Felin ma Cool. Bruin vai ao Nobel, aver quem é? Sumesmo? Ou quer dizer Nolans não Volans, um álibi, Calamalícia, aguentando nadegoisticamente o singular mas positivamente desfrutando do plural? Espana essalma, preguiçoso! Remorda-te, falastrão, deves mentir!

— Ohssimohssim! Nunca ronhei pré-ser um carteiro a não ser nostrália algures, multiprofundamente belmorto; meu fraternálibi irmão, Negoista de Recados, dessa cidade, que é mior não nomiar, meudito irmão, em dia brado, excomunhado por olhar as igrejas pelo rabo, mensageiro do Hoje É Ceno-gráfico em prosa e verme a cada noite dos Santos. High Brazil Desferido por Brandan, Erlandês ter c'oa língua, Noughtnoughtnought nein. Assass. Dublire, per Neuropassos. Punto. Comerçando hoje perfavor e punto amanhã também perfavor e punto fio bufunfa qual também perfavor e punto de Recados. Esqueceu o pobre Alby Sobrinos, Geoff, aquele praga, identificável pelo necessário remendo branco na bunda? Como ele foi para sua suiçolandândia atrás de ar, meu triste atrasado irmão, antes de sua expancião colognial? Não rezam comigo uma avemaria, uma garrafa das boas, pelo conhecido Capeler, Irlandeses unidos, que mesmo preferindo o desconhecido, os pigarros e as coceiras e as velhas e as feias a opulsência e a bobagem, pois com ele foi opatriota confundido. Bravo que foi nosso Grão d'Amor! [488] Ainda assim há quem o chore, pensando-o morto, e mais há que espere sentado. Não come nem sai de cima e o pecado na cabeça, ele precisa ganhar aquela *V.V.C.* Todagraça para um saliente, piedade de suj'alma! Que esteja mesmo entre os desgarrados! De noss'odor seja levado. Oremus per fraternibus que em poça cair fora da forca e ser ainda para nós um fiel falecido. Fui injusto com vocês. Não quero mais ver homens maus mas aprender com qualquer um que irradie, como Tass obrigado, ditto, se ele vive no mesmo pedaço nas antipatias da austrásia ou noutra parte com meu faunamigo às custas de propina, safo e danado, ou de lá saiu ou quem quer que possa mandar uma linha padrão sobre o traste, meu posto isso irmão, E. Obiit Nolan, Os Vikinis, N.S.W., sua condição de Venerável Nascoxas, não dessas partes, que, lembro-me a mim mesmo, quando éramos como mano e mana do tipo castor e pelado, com sua vadiagem suponho, na esperança de obter o clarenx negus, um sóbrio abstêmio. Ele acha que deve ser tão assim pejado comigo quanto eu menojo com ele. Está em umidade como duas maçarocas de ovo. Eu tanto o avisto, meu qual xará, como dizíamos na nossa Armérica, através da Doublyn Televis co. Corações deixados se apequenam por vezes. Sapatos velhos nos pés dele, que reparar pala alguma pode! Nas mãos dele uma bota! Me passa uma prata ou duas e espero seja feliz! Me agradadecerá pelas costas e desde já e protestos de fiel amizade. Não sou acadêmico mas adorei aquele cara com lambios de africó com a brilhua em seu perfil, meu shemblável! Meu frirmão! Chamo você de meirmão por que em seus superssóbrios momentos de relaxamento me lembra tanto de meudito natural bordel in sumo, alegria e júbilo, S. H. Devitt, aquele sombrio incapaz citado irlandês, prantamente explorado por Sydney e Alibany.

— Enquanto cantas vais pensando. Aquela carta autoescrita para teu outro, aquela abandonada e programada?

— Esse diário de nada-feira, esse cinenoiticiário.

— Meu caro senhor! Nesta época sem-fio até encorujado galo é capaz de ciscar **[489]** um otário. Mas quem deixou ele tão guniado? Era vetor vencido ou vítima vexada?

— Com toda cerveja! Direto para seu velhículo! Um perambulante invadiu sua bolseta enquanto liauto, com dois alcólitos ele tem soltado ars pela culatra desde então.

— Madonagh e Chiel, idealista levando lida dupla! Mas quem, pelo amor dos irmãos, é o Nolan aparentemente nominado?

— O sr. Nolan é pronominalmente o sr. Gottgab.

— Cisquei! Ao ouvir-te sobre alguém começa-se a tomá-lo por um certo ao certo. Cá pitei, ele te defende ante um objeto direto no feminino. Entendi. Pelo nome de solteira. Agora eu pedindo a sério, e isso pondo entre ti e aquele homônimus, para ser amável e revirar tuas entranhas memórias por dois minutodos por esse impersonado pronolan, cara limpa em tronco sujo. Seria duplaverdade um sumido malpatriado, dualmasiado verdadeiro e rerealmente um doblinganger bem a seu medium são duíte? Cutuca-me a costela e arranca a prelavra da boca dele.

— Soprano Stauter da Sagrada Baggot Street, anteriormente Só Dormita, que ultrapassei-o recentemente por quatro ou cinco indo para casa de Natal, solene como música, mão aos olhos no píer pela Arca de Noel, em abençoado orfanato está me maculando com sua raiva e todos esses kilowatts perdoados que me fariam bem longe de mim. Ela escreve à sua direita e se cala à minha esquerda, Jenny Rediviva! Toot! Tarta para você, sr. Nobru. Toot toot! Farta para ti, sr. Anol! É nosso jeito de. De uma manhã de letratratravermelha.

— Quando teu contrapatrício de Tara-feira anda catando letrinha por direito isso não é bom signo? Né?

— Falo a verdade, tá na carta que não.

— E se fosse para torcer a porca do coração dele? Mesmo que ela fosse franguinha?

— Se ela comesse à sua tramela não a chamaria porca.

— Surpreender-te-ia se te perguntasse se possuis um touro, boitouro, com um apito no rabo de espantar alho?

— Surprenderer-me-ia. [490]

— Estavas com Sindy e Sandy assistindo Golias, um touro?

— Me faria dizer o que quer. Estava assistindo em um funeral. Findy, entendy?

— Eles são vivos demais para soluçar suas sillabas?

— E ambos crooner do mesmo tema.

— Rebocador da Baggut, quando um sapateiro sokolista incensado se lança à lucha ou mostra a garra um irvingita de embarcadouro. Uma revolta de rumo, vejo. Pensando jovem pela modelidade esparsa, a gordura moral se mente dele e se debruça. Dá para encarar com nossa rhua chamada direita. Seria o melhor sujeito do boulevard por uma milha para todo lado, de Lismore ao Cabo Brendan, ao Patrick, se tirassem a garota do meio do caminho. Também falaste de um ponto de encontro, a dois seguro. Me pergunto agora, sem soltar eslequetos da alcova, tortugas ou corvos, ouvi nome de quem algures? Malvado ou Damais? Canta a gente de qualquer dos dois lados *Houviu Falhar em Van Homper* ou *Ebell Teresa Kane*.

— *Marak! Marak! Marak!*

Ele beixou as calças no parque ou parak
E voltou carregando agrião de calça na mão com a bença do bispo d'Yarak!
— Braudribnob vai de passeio?
— E lillypet vai no laço.
— Um ser que é ao ir sendo de novo. Da serpente ao parente pelo poder central.
— Pirce! Perce! Quick! Queck!
— Oh tordo de Tara, o vendedor de ações! E ele disse que não estava mais que medindo temperatura de relva média em verde quinta-feira, aquele escroto scaliger! Quem conhece de musselmano, a mussamãe e mussadama? Maomi, Mamie, Minha Mo Mãe! Ele adora um beco breu. Fique Phylliscitado por descabelar o sr. Hairwigger que acaba de desencaracolar-se de gêmeos! Ele descansava entre lençóis de horrock, gritando por guerra branca, perlos Bóeres galês-britânico, e desbaratado do embaraço da disposição mas, ao primeiro dia de labuta, por Thor, ele caiu nos calções e vestiu as calças de recreiação a cavalgar protegido na Báltica Bygrad, o velho molengo, foi aí que os fiéis filhos d'Irlanda não se alistaram. [491]
— Quem te deu voz sobre isso, caro Sandy? Nenhum espaçoso escocezinho ele é, Sandynho? Peça a ele agora lançar lótus intestinos de ouvido absoluto disque ele ré-baixou o Grave para P bemol? E por aquilo ele foi alfa seguido de beta? A cartilha toda?
— Lunético! Martorto!! Mardediculosso!!! Judasacabado!!!! Pairascevemeiassado!!!!! Sebático!!!!!! E, dominni dizer, paresseuxcresciendi!!!!!!!
— Dias domnas! De criancice à'dultice? E Anninha Depequena, dele a diva delicada, em denascença déltica, canta-lhe a esposa rosas russas entre as barras? Mey corajoso Wolossay como o Mar Cásprio! Bagunça, groguy, vazado e te curo! Mãe esmeraldina, arapongos vizinhos!
— Capilla, Rubrilla e Melcamomilla! Esconde, esconde, sem escusa. Bem, imploro atravessar algo acima dito por alaudistas saxões na viagem de volta de Coalcutá o que se reflete em meus administrantes de envenenolento pois meu querido querente querelado marido estava confinado ao arsenal, eu hinduzo, pela minha pinta de engradados de pilsens Philtradas, em razão de Zenaphiah Holwell, H e J. C. S,

que eu trazia das minhas pequenas ordens parapotecárias em minha cadeira de assento com meu enlameado pacote de meu carmacêutico e apotecário familiar, Surager Dowling, V.S., para nosso cirurgião aura, Afamado Hairdoktor Achmed Borumboard, M.A.C.A., Sahib, Rua Sombrinha, Syringa padham, Alleypulley, para ver como andava minh'água, minha viscosa wasserguss, em busca de consertos feitos por lagarta algodoeira no fundo de fina calcinha, a sete jardas de seu galante galo no puleiro, juntamente com sua para mim impreenchível cueca, propriedade de minha profundamente reverberante ascendência, que nos custa milfortunas que estou pedindo por escrito ao Kavanagh Djanaral, quando se sentava corcunda no triplo suadoquente de suas pinsas de trinidad em suas arberturas, há dintender tendência laxativa ao casamento, especialmente estando ele proibido fruto e declarado pelo seu clero sexual de ter vólvulo emocional como o meu, com penca de padrecos benzendo o santoco a fungi-lo com maladias de tummy moore, e portanto pronto a sucumbir ao ser servido de missivas abaixo da cintura, se meu reputo repuro reputado esposo H.R.R. [492] enfiou uma carta na sua fralda de camisa vinda do alegado mineral, dizendo-me a ver que está nos seus artigos de jornal sabadomenical do Estrangeiristão de um aperitifo bem a calhar com a ballada de Errill Pearcey O ele nunca surrou o ego de ninguém antes de cumprir seu papel no meu annaversário com seus arregalolhos em minha nova combinação, na própria espreguiçadeira, mas escondeu-me as hemifaces em todas as minhas maraniannas e entupiu minha bocaberta como manhã de Ysamasy no findos tempos, com o esperança ensolarada na vermelhacara e bogarra e, charmante, em quem afundei a mão, ele simplesmente mostrou-me seu propendiculoso espevitador, hidrosserptente sibilando pedrassilvante, que como então é feito de seu jeitomacho por este mais sábio dos Vikrameditacionistas, com remera rememória remoedo remarca, no gulugurúti dele: Eiran para parasitas com rum para os perumachos logo Lítio, Doutor em Medicina, assim se sai da Sinuca, bora!

— O que pra quem se disse?
— Pra. quequem não mim lembro.
— Fantasia! Fontasia e mais fantasia, amnaes de finntasia! E nada nudo sob a cobrinte lua. Quando Ota, plurisposa de Torquells, deu

de zague-zigue na lãblusa dela acabou nodando nossa meninica hoiteloite sem par para se arrumar na bombosidade de força feudal deles, abanicada, adornada e frangipanada, enquanto o massassinato que fez Ephialtes exceder-se virou padrão, *simplex mendaciis*, pelo que nosso Outis forjou sua verleidade. Arkaway já!

— Sinos e nudos dizem sins e nãos! Vide! Vide!

— Que Eivin seja membrado pelos Portais de Ouro pois as crionças atraíram. Eirga-se Osirisereto! Dê-se a vós a vossa boca! Pois que vos falta o elo de sorte a envenenar a pontefeita, pela paz? No vinhedo um ganso bravo. Supervisor da casa e señor dos zelos, Nu-Me, triunfante, eis disse: Voai como o falcão, gritai como o codornizão, Ani Latch do poistal é vosso nomo; berrai!

— Meu coração, minha mãe! Meu coração, meu revelar-se à escuridão! Eles não conhecem meu coração, O mia linda! Mon tristesse! Mon glamoire! Que surpreusa sr. Pregador, [493] eu lhe ouvir a estrumônica modéstia! Sim, havia aquele curvo arco de luz doce lar, iluminundado acima do pasmado farmamento e bem onde o camelo deu com a agulha. Falar de iridescências! Rubi e berilo e crisólita, jade, safira, jaspe e lazulita.

— Orca Belona! Characéu ao chamaterra, etna atos? Extinga tua vulcanologia pela lava de Mosés!

— É você não eu n'erupção, impertinente!

— Ophiuchus avistado sobrizonte, muliercula barrada pelo sistema de anéis da serpente satãturnina, as traças Nova Ardonis e Prisca Parthenopea, são bona face nos céus setentrionais. Ers, Moral e Mercuryo insurgentes abaixo da linha do Zênite enquanto Arctura, Anatolia, Hesper e Mesambria choram em suas casas por Noite, Sulis, Peste e Oreste.

— Apep e Uachet! Santas serpentes, cacem-me a fêmea, Eva tinha cevada nos fluidos! O Monte Ural ele se move e vai sacudir-la com sua erupção! Salsichão, balaio de reboque, amplo em cima como ele é embaixo! Rastejando por capim leão e bunho, a obesidiana, à reicepção da aula de Maurya, na escrita Shriftográfico-acadêmica de Bill Shasser, camuflada como manjar e xarope de bordo! Obeisance para que nas calças esteja a folliecidade desta Urpe! Dela o sheik pro Escravo, dele o pinto pro Dave e a gordura da terra p'ra Guygas. O moinho de pisapedra que fossa meia cabeça de vantagem sobressolo e ele não faria mais que maldizer tapinhas na bundade dela, Aiquepalhoça! Haja veneno! Upa três vezes e uma eva eva para o nome de Dan Magraw!

— O gigante sol em sua emanência mas qual quem chefia aqueles anõezinhos brancos que o sarabandam? E acham que eu possa ter sido sua sétima? Ele me osculará nas espáculas. E sua idade? dizes. E? digo. Confessarei seus pecados e enrubescerei depois. Mal me comportaria para rechaçar as calúnias nojentas de carniceiros, a canalha. Sinamite é pouco para essa gentalha. Dois trintões em shorts de banho. Ela é borralheira na Nile Lodge e manuslevis na Sra. Hamuzum. Seria amável de avisar seu cachorro velho, ladrando para os empacotadores, seu sufoqueixo quase engolindo? Repônsivu [494] plais. Supra Sully, barracado associado a salafrários, mãonegra, Zòiopreto, excritor de cartas molestanônimas e demorados ballets em Perse e Frankês que é de malandro de Magrath e cheira mal a whiskey Power, como pescador de fundomar, e ele nem serve para jogar miúdos a um urso. Me Sylphilando quando moça nada moça ele ia a qualquerlado por ela! Tchauzinho, Sulley! Se lhe cortaram o nariz na estrofe tiveram lá as suas siete boas razões. Isso é pelo peso do meu fôlego e o truta estoque de lenços, laranja fina com um mosaico de dispensas e uma preta e congrelada patata, do caixeiro da minha igreja. Quando Lynch Brother, Comlaboradores, Amigos e Companhia com T. C. King e o Guarda de Galway se prepara para sacresticá-lo pelos poderes estelares, L.B.W. Hemp, hemp, hurray! diz o capitão à luz da lua. Podia pô-lo sob minha cama de palha e rolar com ele noite adentro como me enrolaria pelo sagrado paul em seus recônditos espaços. Como debrocharemos dele juntos, eu e meu Riley na cama do Vigário! Quink! diz eu. Ele me clama Granny-fluxo-Ruivada enquanto me escondo dele sob meus cachos e faço ele por fin pensar que é tão júbilo tosco. Plunk! disse ele. Contanto que eu me deleite em dizer, com o júbilo de viver meus quarenta infernos, que um garboso soberano foi livremente requisitando inserir seu penny no caça-níquel das raparigas, juntinho dum papanjobricabraque de mariafru sob a sombra do Castelo de la Rose, ambas legíntimas damas dançarinas de aparência inquestionável, Elsebett e Marryetta Gunning, H_2O, por aquela noblesse não-sei-quê no curtume saxônico dele de motto ao francco-lattindo Wwalshe: O'Neill só que mala pança: e muito admirada gravura, quer dizer satisfeitas as partes masculinas durante alegado ato recente de nossos chefes magros magos magistrados, cinco comichões acima da patela, como manda a lei. V.I.C.5.6. Se não vai me soltar para de relar na minha coxa. Veja só! Respeito. S.V.P. Sua esposa. Amn. Anm. Amm. Ann.

— Tenta nos pegar, Ai M'riiia, pelas beiradas, como *artis litterarumque patrona* mas receio, pobre mulher do mesmo nome, com teus salves e silvas, que te enganes. [495]

— Azar dos trazeres da vida!

— Lordy Dó e Lady Don! Tio Foozle, Titi Jack! Claro aquele velho cacete foi boycotado e moçacrado, endividado e danado, no inferno e paradiso, mesmo com a flotilha sob certa bandeira, se bem entendo, agravou-se em agrados e conspurcou-se no tire-essa-mão-boba-daí. Bumpty, tumpty, Subiu pelo Muro, Mutarte per Milhão. Não havia um só Arquimandrita da Ilha Danesa e as demarcações nem manina da Ilha de Feminina nem um dos quatro cantinhos nem nada no rodamundinho de seu ecumênico conciliabulum nem ninguma ingentil dama por alá de scarface do norte que chegasse perto ou quase dele, sr. Eelwhipper, sementeador e criador, torpedo de gás, *Auxilium Meum Solo A Domino* (Amsad), por canção ou comida, hemorróida ou careta, depois.

— Todorelha em festa, a velha Eire rivolta quando Pierce Orelha pasma.

— Revolta ao assunto!

— Sei tudo no finn das contas. Esse porqueira queria nadar na geleia. E essa perninha roliça era peraltice. E esses sortudos ouriçados se matando em mixoscopia. Ma's da. Da's ma. Madas. Sadam.

— *Pater patrum cum filiabus familiarum.* Ou, mas, bem, e ela eiregindo-se das rivoltáguas de viragem miragem e, para mudar de assumpto do traumatúrgido de vez inguando e voltar à vaca fria, se é assim pode identificar-se com o ele em si. O flutuante pescoço de mercador, patersangue e materleite, desde então nossos muitos dela, Abha na Life, e voltando ao papapai, já que deles nunca nos livramos, largou o jantar e caiu na bière ou não consta que ele uma vez lambuzou-se todinho? Soltou Cristó Colomba ele voltou com uma isca novinha no bico e então soltou Le Caron Crow e os polícias ainda estão na cola dele. Quem procura se desgarra, avoa longe a abelha do enxame familiar. Fala a direito! Rotacista cau cauteloso! Que nunca se o chateie mais que sempre se o rivolte. Se há um futuro em cada passado eis o presente *Quis est qui non novit quinnigan* e *Qui quae quot at* [496] *Quinnigan's Quake!* Desembucha! Teus produtores não são dele consumidores? Tua egxaminação sobr' a factificação pela incaminação d'uma trama em curso. Declama!

— Arra arre homem! não estavam chegando clãsdestinos para o arraiámação de *Ad Reginas Agni Dapes*, neblinantes e panhibérnicos, atrás dos bons e magros anos, os mira-escalpo e caça-colina, como as meissias do grande deus, um trensbordante escarlate, o Duplaface Petrardo, perssóbrio, legatos e prelatos, de idades agregadas a trinta e dois plus undécimo cêntimo no meio, extraomnes e tuttifruttis tudo conta, de Rathgar, Rathanga, Rountown e Rush, da Avenida América e Curva d'Àsia e Pista Affricana e Passeio Europa e besogar os pasmos das Nove Galés do Sulco e de Vico, Via Mespil e Sorrento, pelo apelo de seu apelo e pelo temor de seu opidêmico, até seu salon de espera na quilha de seu curral, como muito minério magnetizado no Monte Maximagnético, medroso de bala mas melindrado de se abalar, merrionites, dundrumenses, luccanicanos, ashtounenses, Batterysby Parques e Boiardo do Krumlin, phillipesburgos, cabraístas, e finglossários, ballymundanos, raheniacos e os bartalhas de Clontarf, para modo de contemplar manifestamente e cumprir as frustradas obrigações ante dele ambos, doze pedras cada lado, eles e seus *Vive lê Ruá!* e *Shvr yr Thrst!* e *Uisgye ad Inferos!* e *Usque ad Ebbraios!* pelos e nos liberados gorós recintos do delicado bazar o dele e do munido arsenal, rente ao erguido arsenal, Hosty's and Co, Exportação, pelo seu qüingentésimo sexagésimo sexto aniversário, o grande ancião Magennis Mor, Persee ou Rahli, recolhedor de tributos, Rinseky Kossakovo e Piótor o Gronde, assegurando darbar de Dunkerque, reis-de-botas e amparadores de goma-indiana e chá da pressa e muftis em musselina e rãinhas sultanas e amêndoas da jordânia e uma sequência de royal sahibas e uma que principeza mais linda de combinação e a rainha da vida dos noturnos e as málianças de claddagh e os dois salaames e o Halfafarrão e o Hanzas Khan com dois gordos Marajoáras e a germânica fonte de água de prata e ele todo engomado, pro temporário, tintinabulando para si mesmo tão mesmo, e tinha o J. B. Dunlop, o [497] melhor caucho desses aurirlandeses tempos, e fileiras de vinho francês 'stuardavam e antologias de Tudor que se imagine e o Cesarevitch ao corrente contra Leodegarius Sans Legerleger cavalgando selalongo arriba das escadeiras de corvalho em lombo de mula como Amaxodias Isteroprotos, traseiro à frente e upalalá, e tomou rédea de sua supernatural marchinha: *Horsibus, raboarriba*, e tanto quanto o chá dançante do trono vadio, Licoreria do Velholavo, bem podia acolmodar as casas de Orange e Bitters V. Exa., permeados de Druidas P.R., Brehon A.C., Principescos D.C., Agapemonites A.P., e Antepumelites P.P., e Ulster Kong e Munster Notário com Athclee peticionando e Athlone protocolizando e Katherina Imperial, seu viço só, e suas gemniosas santações efeudo e ordiloso e sua diamantada netinha, Adamantina Liubokovska, todos dizimando irlandeses, amok-amak, da belagrada companhia em punchjab e dogri e tamil e gujarati, depois de barris de stout recém-tirada e copos de whiskey, sem esquecer de seu suco de cevada de Man nem da cerveja per se o'ryely, embebida em seu panis annagolorum, (na assadeira de Kennedy ela amassou sua massa, assim assado pra mim, pão doce!), socializando e comumnicando na deificação de seus membros, pois a salvar ou sangrar o heroicuzinho nele, o pobrecito velho folgado, com suas artúriasqueirosas, Dodderick Ogonoch Wrak, derramando todas, na távola ronda, com a iluminação ao contrário, tão verdadeiro quanto os Vernons terem direito à espada de Brian, e doze mais um chorinho de sebo ao rededor da rinha, circundado por suas filhas no perdão peçonhento de seus filhos, pairando alto enquanto ele pairava em todas as dimensões, investes de corte e corrente de perfeito, com um fedor, fluorescente de seus adornos e entornos, como o cúmulo de cheiros num almoxerifado italiano, éricas serpenteadas em seu cabelo, o espectrum de seu preausente rindo-se das guluzeimas de seus paispalho, pançadepudim tapando até os tímpanos, choroso pelas crionças e serenfins, pobres e personalidades, venturosos, dormentes e dominadores, anciãos e gagáciãos, com sua bunda pra cima, exibida à venda pós-inspeção, bundinha e bloriosa, prato cheio para ignaros, costurado curado e **[498]** embalsamado, pendente da ressurreição de seu duende, assaz perplexo, como ocorreu, depois de sua vida esticada, ao ponto de ser reduzida a nada.

— Tacada-no-buiaco e fuiada para nós quato! E todas as tuas mortidas calistênicas, tanteando uma trapass, cantiguinhafunera: Mulo Mulelo! Homo Humilo! Dança dos mortos Oh! Mortim tim

tim! Ó Moira! Ó Mortche! Ó Mortalha! Ó Morde! Mamato! Temato! Ó Smirrado! Ó Smertz! Woh Hillill! UUU Hallall! Seu Thuonico! Seu Thaunaton! Umártir! Udamnado! Tschitt! Mergue! Eulumu! Juam e Shuan! Malawinga! Malawunga! Ser Oh não Ser! Shi ih shi! Hamovs! Hemoves! Mamor! Rockquiem eternuel dona eis dolmeny! E luazar perpétuo luzolhos eis! (Psit!).

— Mas anda animado o Gurufinn do Finnegam. A keynxa passou. Lida longa à ley!

— Deus o guarde rei! Maestro da Vida Oculta!

— Deus de você se sirva realmente, adiposo rex! Papei quatro de manhã, um par no almoço e três no lanche, mas sois do tisnado, isso sim. Finnk. Fime. Fudd?

— Impassível tessido de improbábeis mentiras! Pretendes ficar sentado aí aonde agora, fazendo de mole essa perna supranumerária, com essa língua bis arra na tua falabeça, e traseira e dianteira, como porco entre prata, Sorley guri, reipetindo, não me digas isso?

— Pretendo ficar neste morrinho onde agora, Sargento coroa, repleto em mim mesmo, por quanto viver, na teia da vida, como Soninho, com tudo que está ensimesmado de pecado pecadilho perdido perscondido em mim. Se não posso rivoltar esse monte de oliveiras prensadas posso nele esperar ano zianos.

— Oliver! Deve ser uma terrenafigura. Foi um grunhido ouvi a gaita de fole cantaminhando a guerra Aguerrida e? Óia!

— *Tris tris a ni ma mea!* Prisioneiro do Amor! Coração com balido! Reibanho da Terrabaixa! Mão lavada! Pé Seguido! *Usque! Usque! Usque! Lignum in* ...

— Rawth ou Gar e Feira de Donnerbruck? Está neste monte o mundo desgarrado a dar voltas ou que estática babel é isso, dize a nós?

— Ela quem ela quem ela quem ela quem tramando? Ela quem ela quem ela quem? [499]

— A serpentina! Desce o lóbulo ao solo! O morto gigante vivente! Estão usando dedais e alfinetes. Filhos d'Irlanda! Anda! Quem dentro?

— Dovegall e finiceiro, eles são anel de resgate!

— Zinzin. Zinzin.

— Crum abu! Cromwell rumo à vitória!

— Agente agarra eles esgana eles engana eles engole eles.

— Zinzin.

— Oh, viúvas e órfãos, são os plebeus! Redshanks para sempre! Força, Lãcastres!
— O grito do cervo isso sim! A veada branca. As patas, pisando, o cão caçando! Mandai-nos paz! Extra! Extra!
— Cristo em nossos tempos irlandeses! Cristo nos ares de independência! Cristo editor-chefe do Freeman's! Cristo revisa o mal escrito!
— Paulada e cacete na femenina! Rapte a filha! Cale o papa!
— Aure! Pai nevoento! Incerto! Nomal!
— Zinzin.
— Zolda! Sou e zolda! Recém-cansada! Minha erstela! Minha irmúltima! Recém-cansada, mais nada! Recém-cansada! E zolda!
— Pipette querida! Nói! Nói! Mim! Mim!
— Avante! Avante! Bayroyt! Marchando!
— Mim! De verdade. Verdade! Isolda. Pipette. Meu bem!
— Zinzin.
— Recém-cansada, pague meu preço! Recém-cansada!
— Meu preço, meu apreço?
— Zin.
— Recém-cansada, meu preço! Quando vender receba o que eu valho!
— Zin.
— Pipette! Pipette, meu bem sem preço!
— O! Mãe das minhas lágrimas! Creia por mim! Protege seu filho!
— Zinzin. Zinzin.
— Agora vamos entrando. Se intonize e capte as ondas estrangeiras! Olá! [500]
— Zinzin.
— Olá! Titi! Que tintula?
— Recém!
— Oláolá! Balymacarett! Estou através d'Iss? Miss? Verdade?
— Tit! Que tin..?

SILÊNCIO.

Cortina de boca. A postos! Tangão! Sobe a cortina. Luz, faz favor! Ribalta!
— Alô! É Cigurr zinco e oi, tu?

— Saquei. Góvelãs Carrant Cães.

— Parfé. Agora, após essa jijestiva siesta, um momento para mim. A Depressão Challenger é pinto perto disso mas, por nossas sondagens nos canais são issos, em terra a vista. Uma trégua para desmobilizados calões. Libera a linha, chamada prioritária! Sybil! Melhor aquilo ou isso? Cabeça de Sybil nesta ponta! Melhor daquele jeito? Siga o refletorzinho. Sim. Muito bom. Estamos novamente no campo magnético. Lembra-se de uma noite de varão em particular, depois de um flagrante lindo dia? Umedece os lábios para uma tomada de luz e recomeça. Atenção à luz que pisca e apaga! Melhor?

— Bem. Ilhas de Tamilho. Cerveja de Penzance. Veemente General. Deli pr'a fora.

— Ainda chamando de algumaonda específica? Nomais? Menosadiante. Houve incêndio em cada morro careca por toda santa Irlanda naquela noite. Melhor assim?

— Pode dizer que eram, filho de uma sova!

— Eram fogueiras? Claramente?

— Nenhum outro nome lhes cairia senão esse. Folgueiras! Com suas chamas azuis correndo ao falso firmamento do palco.

— Era uma noite altabranca agora?

— Branquíssima mais mortal não viu.

— Estava nosso lorde dos altos perto da nossa senhora do vale?

— Ele se acolhia e se desabrochava e se fantasmava para alegrá-la como um andinocume balcânico.

— Alice no país das safadezas! Chovia por acaso, seu chove-não-molha? [501]

— Bastante. Se você molhasse em frente.

— Havia tom de outono de invernina neve, todo-marfim, penso, desde Jessé?

— Père granizo. A mais bonita. No inferno e para isso do zimalaia.

— Não ouviste vendaval, primaveral ou oitavonal, meio forte pra fraco, alinhando hamores aleatórios, tal como surgiam e brotavam?

— Sem piada que sim. Cachimba! Vara-verde. Brr e brr, nada prr! Varão escaldante!

— Ainda soa! Nº! Paz, Pacífico! Acaso te recordas se Luna, aquela sortuda naca fria, brilhava afinal?

— Claro que sim, minha matina amada! E n'uma mas duas galuáxias.

— Quando? Quonda? Mandata!
— Dianoite! Dianoite! Dianoite! Dianoite!
— Foi noite ao certo. Véu de noiva tudo vendava e espesso clima nevado, logo cálido, logo frio, freddo no caldo mas untadamente seco, fino lençol de bruma em formato de barco e calente saraiva e inflamáveis granizos e vodatorrente e tudo para agradar a todos.
— Ave mania cheia desgraça! Vixe madinha mãe que breu! Assim era, agora seja. Absolvidamente fervida. Absoletamente beneditina. Julie e Lulie ao seu mais gelado.
— As vamenidades, as vamenidades das vamenidades com todas as suas vamenidades. E a frimesa da formosa da famosa do fumoso da finnicia fumaça em Maidanvale?
— Recondesconde e malcouchilo!
— Da sem hora de uma noite de varão de volta ao dilúvio tremens de Mad Winthrop. Espera-se aquele tipo de fria rima na estação dos desejos?
— Claro. Desejo, com pejo, lhe falta gracejo, fone, sem fio, confio. E mares.
— Algum de vigilante?
— Escumaleve rebuoyant de Foxrock a Finglas.
— Um panorama para marinhos! Paronama! O inteiro [502] pano de fundo! Todos os efeitos em seus caminhos conjuntos. Tambores de chuva, máquinas de vento, caixa de neve. E as folhas de trovão?
— Aqui não. Embaixo dos panos.
— Essa área comum ou jardim é agora mais na real idade a olhante esfera de uma oleoteca de rota cerâmica e velhos vegetais?
— Simplesmente que sujeirada. Um encardido cinzeiro.
— Entendo. Mas conheces a conhecida galimédia onde o malparado primeiro casal primeiro se encontrou um com outra? Onde Ealdermann Fanagan? Quando Junkermenn Funagin?
— Saber eu sei, C.G.
— Em Fingal também eles se encontraram em Littlepeace debaixo de Bridetree, Yellowhouse da Snugsborough, Westreeve-Astagob e Slutsend com Stockins de Winning's Folly Merryfalls, todos dois, Skiido e Skephumble?
— Sinhor, que falhastrão dos diabos!
— É um lugar exposado para os quatro ventos?

— Bem, s̓ceramente de verdade acredito se tudo que espero de caridade é meia-verdade.

— Esse buraco no wold, é Woful Dane Bottom?

— É estranho mesmo quer que seja sobre que seja ou qualquer ostra coisa sob o negrolácteo sol de grã grená Eireann.

— Uma faixa tricolor diz perigo. A velha bandeira, a fria bandeira.

— O quadrado. Por covas, fundo e pesado. Pela memória sem fundo de. Píterogrande.

— E que dix disso Woodin Warneung?

— Penetradores serão parsseguidos.

— Havia uma árvore encalhada? Um freixo?

— Havia, com certeza. À margem de Annar. Ao riacho de Slivenamond. O olmo de Oakley's Ashes. Com um monteneve caída de um galho de bétula. E o maior e mais cheio consagrado mastro de toda a enchuvalada história do reino de Wilds. O *Thesaurus Plantarum* de Browne de Nola, da Prittlewell Press, nada tem de parecido. Pois comemos de sua floresta, de sua madeira nos vestimos, navegamos em sua [503] canoa e nossa fala é sua folha. Tronco, tronco, rei dos troncos. Sem ouros e sem horas dos plantagenetas, salto e sagrado.

— Agora, sem esconder a cambaxirra na moite! O que isso fazia lá, pra variar?

— Nos encarrancava de pé.

— Sob sol sumário?

— E em cimério frio.

— Viste tudo visível de seu esconderijo estreito?

— Não. De meu inviesível leito.

— E então gravaste-me stereo o que lá vias tunc cometido?

— Sem ser amônia assentei-me, já lho disso. Solve essa!

— Remontando enfusiasmado àurigem dos espaços. Quão grande em rodas cardinais este preeminente gigante é, sir Arber? Teu bar do olhar, voa sobre o vale! Gostaria de ouvir-te mexericar para nós em stricto conclave, purpurando, mas sem muito italianado ruído, o que sabe *in petto* sobre nosso soverano surdino, Tonans Tomazeus. *O dite!*

— Corpúrpuro Andy, *Udi, Udite!* Vossa Ominência, Vossa Imminência e delictas arvorazes! Tem aias de rainha tuodore e vendeodoras de Idaho e seus bebês de má madeira trepando nelas e piupiu-põe-ovo pintarolando aponta do alto do mastro e pomas Oranias saltidando pelo ciel e tibumparterre e os fenianos da árvore de Tyburn roncando no seu cornogodinho e caveiras cavucando seu santo solo e cômplices dos brutos garotos de Erasmus Smith de lápis de pau duro escalando certa altura dela pela origem das espécies que charles dar veio com olhos sedazuis de inquirição e sorri piando-lhes em dissenso, gibões e bobões, se enguelfando e se guibelinando entoam rezasserenas às suas anatólias e pragejantes chivaradas de marmelo e os pensionistas de Kilmainham sugando pedras nela atiradas para derribar suas bolinhas de cranberry e seus pommes annettes por sua recomida anatural e manupintadas rameiras puxando dele maridos e tordinhos além chocando seu missado yggdrasil para ele, o sol e a lua cercando madressilva e branca [504] urze e piutróica lá picando resina e tomahawks vendo visgo algures, creaturas de wold se achegando a ele, quem vazio mid hera, para arranhar e esfregar, eremitas do deserto coçando suas infernais canelas nas triliterais raízes dela e suas bolotas e pinhas despencando ao dele redor, plantitude despeja plantas aos muitos, após pseudomendigos do maiormedo e dela as partes baixas naquela lamariosa maremolente de mulher em levada serpentinaveste ah que vestido de satim última moda nos moldes daquela criação lúmeninquisitiva, e as folhas de seu chapéu, minha queridíssima querida, pecapecapecadente desde a noite do tempo e todos os seus ramos se encontrando e apertando mãos cheias de dedos outra vez e de novo em seu novo mundo por meio da germinação da geminação do pé d'Ond à cabeça d'ant'Onte. E vá o homem circundado. Evoé!

— Será tamanha exaltação, eximição, extrapolação e excelsorização?

— Arvorados andando entre as árvores-homens ou árvores-anjos plangendo sem pássaros aviara soar algumas de águia! Mas treme de febre, no galho bambo pra sempre!

— Dizes aquela também se arvora árvore?

— Sim sinhô, sinhô e mal adubada.

— Um arbusto de libertinagem, isso sim! Mas aquela pedra longa de lei que morte a apedreja?

— Tod, tod, tão duramente nos deixou!

— Captei agora, Dr. Melamanessy. Finnoite é meia infinita verdade. A forma masculina. O gênero feminino. Já entendi. Mas derivas disso de algum jeito? À verdadeira árvore me refiro? Ouçamos a ciência, sabe-tudo-na-fila-do-trono. Fala!

— Apfelbaum.
— Isso lembra do lamento das filhas?
— E remonta ao sans arrête.
— O corno, a puta e a pica! Como esse lúcifer enxofra de phosphorus! E estava esse angélico-varão-das-árvores caído de maduro sobre o doído traseiro por que o trocanomes o nocauteou na canela?
— Bem, ele sempre foi assim cruel ao presentear [505] os animais já que pôs seu trocanome em cada sapo, pato e arenque antes que a cobra subisse o monte, cobrindo meio pedaço de parque, babando ovo da facemetade com seus trotrocadilhos. Ele nos deixava carregar a de três canos. Que era um coupo demais pro Muster ser brejeiro ao que ele mandou descer o Grande Precursor que o enrolou de rasteira do jeito jeca e disparou que baixasse aquele pau ereto e rastejasse pelo resto em vida.
— Ó Finlay culpálido!
— Inferniçado!
— Estavas lá, Herr? Estavas lá quando o arrestaram pelo vale?
— Ai ai! Quem quem! Há vez marias me meto a divagar, devagar, divagar.
— Ui! Ui! Foi assim pôs que ele se fez o um de três arvorados?
— Poizé e, desnomeado, o templácido dos nossos arvoredos. Baba baobá!
— Sentes-te próximo desse capocapo de promontório, sir?
— Tem dias de sentir em frio seco entre a gente quando ele fica como casa de cômodo lá longe e tem noites de sentir o vento assoviúmido em que ele me soupa de ceboletrinhas.
— Agora mães embaço, Lansdowne Road. Ela espalhou sua semente todaparte e brotaram brotos pelas bordas com quase nada para fazer crescer essa sangrada ilha. Agora, acabrunheiro, segue o foco, vai! Tem familiaridade com um pagão, vicariamente tido por Toucher "Thom". Aposto que Finoglam é o habitat dele. Em close agora e atenção ao que dizes, nada te faças de surdo. Seja este seu mote: *Inter nubila numbum*.
— Nem se abale por minha mãe ou sua mourada. Por mim, se eu o faço, me acho logo absurdo.
— Ele é homem de seus cinquenta, gamado em Anna Lyn Chá Pekoe com leite e whisky, que levanta laje e tem mais sujeira no corpo

do que um cão sarnento, quebra pedra e bate [506] a neve dos muros. Já ouviste falar nesse camarada "Thom" ou "Thim" de esbugolhar de peixe de Kimmage, terra de chácaras, e não está todo lá, e é ainda mais ele mesmo por não estar, passando a maior parte do tempo lá com o Homem Verde onde pode roubar, penhorar, arrotar e vidente bebendo no bar duas horas depois do sino soar, com o paletó pelo avesso por medo de aparições, com as peúgas pra fora, batendo palmas molenga e sistematicamente se misturando ao povo que vai às compras, dedilhando provões e trovinhas sonoramente em seu cinto de vísceras de ovelha, vibrando nuslados e valsaricando em vestes sempre na fonte dos tabernóculos talqual Lugh de braço longo, quando ele vai terminar o chá?

— É aquele cara? Doido que nem morácea. Cutuca ele. Com os ah! de vogados na barra da calça dele e os ne-me-quite-pás na aba do chapéu dele. Beijou-me mais de uma vez, lamento dizer e se cometi travessuras que o senhor as perdoe! Já conto tudo!

— Ainda não estamos de partida.

— Olhe bem! Aqui, benzinho, o que ele mifez, qualquer fulano sabe do que falo!

— Cai fora, seu sujo! Estranhamente notável discurso para a palavra mais bem trabalhada do nosso bebê a bordo. Tu nadés! Tempo desimpedido e de sobra? Mero pastelão? Há pouco tempo?

— Como vou saber? Eis minha nota. Compre um passe para a caserna. Chame os tiras. Avise os ladrões.

— Estás discorrendo sobre os trombadinhas da rua Lower O'Connell?

— Estou discorrendo sobre os trombalinhas mas estou correndo do caminho da Laura Connor.

— Agora, sacode um pouquinho a poeira das tuas memoiras. Acho, com referência ao pater do presente homem, ex-demente oleiro de tijolos, fico matutando k comigo, *qua* nosso arco do pacto, teria sido Toucher, um metodista, cujo nome, dizem, não é bem "Thom", foi esse grumete filho de um século de Boaterstown, Shivering William, o mais mareado dos pivetes que já surrupiou barril, sempre com ele no Big Elm [507] e no Arch depois que seus dentes foram sacoalhados dos sulcos pelo cão molar, por ter 5 pints 73 de sangue não-irlandês nele abaixo do nível d'água, o vagandar, vestindo seu vacasaco e falsas vestes de padrão de cervejeiro com o moto abotoado atrás, *Finn d'Ano*, ostensivamente apenas para aquela ocasião do casamento de Pax e Quantum do décimo-segundo dia, acho.

— Aposto que é. Bem, ele calculava, pode crer, qualquer que fosse o problema, na caixola, ele que aguente, pois lamento ter que dizer, alô e evoé, que estavam caindo dele.

— Que culiosa epifania!

— *Hodie casus esobhrakonton?*

— Bem que parecia.

— Quem precisa sabe bem as roupas debaixo. O homem matuta sobre Meagher, quem? Wooly? Walty?

— Ai, outro bom botão malabotoado.

— Cobra-cega! Como lintel vazado de boceta o caramanchão aguenta...?

— Pamelas, peggylees, pollywollies, milrazões, belaspernas, casadeiras.

— Concavando já convexamente rumo ao semidemihemisfério e, pelo ângulo feminino, música menestriando, fossem as subligadas irmãs, P. e Q., cheriebarata de Clopatrick, *mutatis mutandis*, é praticamente a mesma coisa, a cerveja do bolo, a visão dos viventes.

— Espiemos nós, as mais lindas frutinhas de inigualável muta antes eu jamais vira igual, gangorreando a via, desde que a vila ia vindo até Pranksome Quaine.

— Seda apela e sulcos alegram?

— Menino e menina, soninho e tédio.

— E essas duas deusas vão te processar?

— Bem, espero que as duas bruacas não corram para matá-lo.

— Ambas eram arpistas em branco e preto de toque habilidoso, certo?

— De repente: Bach! E eu, cansado, liiiistz. Estudos para mão direita.

— Estavam elas agora? E te viam como voyeur também? [508]

— De onde tirou essa onda? Essa representação não está de acordo com minha experiência. Eles viam o visto a ver. Todos videntes.

— Bom. Encarta a vista e alonga a lenga. Agora, tocando de novo no amigo Tomsky, o enemigo, apanhaste algo do que ele deixou escapar? Estamos sentados aqui para isso.

— Estava russolouco, verdade. Por causa do informe chapéu dele.

— Suspeitava que estivesses.
— Estás errado como um trovão. Mas eu também tive pena dele.
— Oh, Schaum! Não! Lamentaste ter ficado louco de raiva dele?
— Quando te digo que estava russonarolouco comigo mesmo, estava, por ter lamentado por ele.
— E?
— Completamente.
— Culpá-lo-ás de todo jeito?
— Acredito em muito velho sabichão. Mas o que é sul para um grego parece norte para um gentio. Quem atira o pau no gato no Cairo canta de galo na Gália.
— Deixei bem claro que era tão somente naquele estado dele de girassol e que o seu xapéu heliomatizado era arrazão por que as damas suspiravam por ele, avançavam e lutavam por ele. Hm?
— Depois de Putawayo, Kansas, Livornum e Nova Amsterdamas, isso não me surpreenderia.
— Aquele peso e essa mancha, tua lágrima e nosso riso. Só sobra a vida quando os olhos de mulher são nossa velha ruína. Lida depois lida. Reforma no meu tamanho a deformação dele. Pifepufe meu nariz adentro, dá pra remover a minhoca do meu ouvido?
— Ele poderia feixar os olhos para o nascimento de sua garça, poderia despejar tudo já na metade do jogo, mas não poderia rir por toda farsa dela poisque não fora assim que lhe prometeram o bojo. Então ele exaure seu vogliometangere e faz consulta ao reluz e abaixa os pantalones e fez uma primeira poeteria de perpersonal puerilidade que estagnada ainda cheira. Limpeza. [509]
— Booms de bombas e pesados petardos?
— O propósito é seu!
— O rabo, o mastrodântico, falar nisso quase arranca esse teu fôlego de mamute. Teus tropos engasgaram porque as tropas dele estavam encrencadas. Mas vamos deixar estultícias feitas embalde falar por inépcias feitas de virtù. Quantos não se casaram naquele topo de assanhada manhã, passada a meia-noitina promenade turka, meu bom vigia?
— Raparigas. Seria audível. Com oh indo e eh vindo. Mas sobre Tammy Thorncraft, desafino a lei dos mares e a podadora de gramas e os aprendizes de wilde para ir massageá-lo.

— Agora, da estenografia de Gunner para a cenografia de Guinness. Vamos para o ballet no Tailor's Hall. Quero dizer arrastapé no Mailer's Mall. E pular, brincar e pirar até Gaelers' Gall. Revamos! Vamos, um revelório! Cada pele velha desse mundo velino, infecta de todo o mercado da casa velha do Barril Vazante, estava thomisticamente ébria, dois em dois, apitando a flauta e tamborilando como pedinte, os blogues e turfas e o fortificadovinho em falência, à moda normanda, me disseram, até os bancários? Estabelecimentos sujos e rotos sendo usados na tradição wellesleyana de garrafas atiradas e pratos sendo lançados a esmo e copos com traços de pórter ainda fresca rolando soltos, independentemente disso, pelos honores do Insulado Fyn, e tudo seguido de desjejum ligeiro no Heaven & Covenant, com Rodey O'echolowing o quanto que seu gasto com o pão dos eleitores daria retorno, como as depredações da Escandinávia, nos barconhecidos à costa, ein? Fora carochinha também? Foi a grandiosa Outrordem. Foi seu cavalalvo d'albergaria. Morô?

— Bem, naturalmente ele era, senhonras e pudores. Sendo Kerssificitado. Eles vêm de toda parte d'além mar atrás das canções de Inis Fáil. Whisquema de morte! Nada de puseyporcos também, invitem kappines ao redor. Mas o reverendo padre direito, sr. Hopsinbond, e reverente noiva sinistra, Frizzy Fraufrau, estavam bem sóbrios. Acho que estavam. [510]

— Acho que vais na direção errada em busca da reverência certa. Magraw foi do timedacopa de Northwiggern padrinho, jornal sai na frente. Ouviste compressa ou não viste se aquele sinal era irrelevante? Com o martelo de Slater talvez? Ou estava ele em surgente?

— Eu depressa o vi. No bater das doze. Estou certo de estar errado mas ouvi dizer que o irreverendo sr. Magraw, buscando papa-palavra chacha chuchutando a roupa de cama do sexcristão, Raposa-velha que posa de chefe na sacristia, até que o bedel de bosta fez a coisa ficar preta e o bufete azul, enquanto eu e Flood e os outros homens, jazzmolejando e sensualizando, pegava a dona de jeito no hall, a belezura, (ela tinha uma luz bem na) com seu risinho cisnecisne e seu olhar de doze libras.

— Uma esposa de casa leal tagarelando zum foi pega! Enquanto ela mandava a lei era a da vara. Mas fizeste contato pessoal, não? Em explicação ou questão de ordem?

— Aquele percuniário ponto vailém de minhas finnegadas pré-tensões. Me escoro no porco de cristo mas sugiro suinamente que foi por causa de uma pinta de pórter.

— Seu esponja! Só isso, disse a ave à ostra, era só aquele fazfilho até em tempo feio rindo à bandeira despregada? Onde camas herdam uma cara escura e malignamente cabeluda?

— Só. Era a mulher demais com mulher com homem com homem.

— Isso é coisa de inglês que no hurley é freguês. A parede do salão, disseste, ou o duplodeque?

— Entre dois pileques, repito profunda e dolentemente.

— Ela vestia tiaras de gaveta soladas fazendo graça com seu robehobbis, maestrela estelar?

— A sra. Tan-Taylour? Apenas uma tampa solta, secretagavetadesecretária, um volume de chaves no colo dela, uma aliança de bronzelatão no dedo anular e quarenta voltas em seu ferro de cachear.

— Então foi essa a boba que abobou o grosseirão que enroscou a rosca que avisou da violação que tentou abraçar o morto?

— Que passou a perna com aquela piada manjada.

— O gesto do jeito da jugular?

— Jogado de dor qual Jack embrulhador. [511]

— Cego! Não enxergas isso? Bem do avesso a própria cria dela? Não teve nada de sério e seda entre todos? E Drysalter, pai d'Isolda, como estava ele agora?

— Supimpa, hombre, como noite viril de camisa e vinco, de peito pra Ursa, o Megalomagalhães de nossa viavinomarina, espremendo vida do liffey.

— Crestofer Carambas! Que zodíacoprazer. Tu me espuntas! Ele baixou, beijou e abalou. Abutrevarnar! O cheiolhar dele passando lábia no brilho d'olhar d'ela? Aquela almiscarada sineta desse baile de máscara! Annabella, Lovabella, Pullabella, yep?

— Yup! Titentung Tollertone na São Sabina. Ay ay, ela era graciosa e aprazível. Aceitareis o fundo? Estareis dele junto? Cuidareis até defunto?

— Tanto mais vivo o morto mais saborosa a seiva, mas tanto mais forte o mar mais perigoso o estreito. Vasco da Gama! Isto é a circoconversação de litointelectual paganelas de um cramwell huguenauta energúmeno, ou é a cecodigitação de uma iletrada putagônea ao herraísmo de um cabotinesco explositor?

— Acredito em você. Taiptope reelly, Ow reelha!

— Nauta, nauta, onde estamos sentigo! No vapor de kavos agora arbatos apita em nossos fogões. E malkos manda mundos e fundos enquanto anglys faz a festa do inglês. E ela lhe de orelha em que meter sua macheza (soube de orelhada) e habitar sua casa? Olhos d'água e madeixas de tristeza e suspiro de dó da boca de ginginha como um bar dublinense à choramatina.

— *Primus auriforasti me.*

— Um parque é melhor que um toldo, diz ela, mas shekleton é minha sorte?

— Já imaginou o buscarem para ser padre? Tem boa lábia, Padremanso O'Ford, de melzinho fácil de chupar.

— É resposta?

— Eu é pergunta!

— A casa estava Toot e Estalajalou-se pela ponte chamada Tiltass, mas estás solenemente heliocerto, pelos destroços do ano canicular? *Nascitur ordo seculi numfit.* [512]

— Siriu e selenamente certo sob o sol. *Securius indicat umbris tellurem.*

— Datado de? Teu tempo de imersão? Ainda estamos na seca de saber . . . ?

— Amnis Dominae, Marcus de Corrig. O caçador feliz e Seu Tamente.

— E o Jorn maluquinho, cabeça de bulve?

— Frutuito como órgum dele. *Ex ugola lenonem.*

— E Gambitos, de Delphin's Bourne ou (como diz o outro) de Tefete?

— Alvorecendo Knijinsky em contorno corepiscopal como um sol do leste ao redor do colendário, o vício! Taranta bondia! Tinha que ver ele pançando a polca, tinha que farejá-lo no arrasta-pé, tinha que escutar ele gritando perdigotos enquanto as cuecas dele sambavam caução . . .

— Crixtófão Corumbas! Um czarlarino de primeira! Como o diabo gosta. Ortovito semi ricordo. A inpestação pantagliônica que lhe escorre no sangue como gripe forte num jato de ebulição?

— Saído da Prisca Poppagenua, o paralítico velho primaz, casa da pantalonada natalina de Edwin Hamilton, *Oropos Roxy e Pantharhea* no Teatro Gaiot, trippudiando pela área, com seus cinquentedois anos de herdade! Eles podem bailar como queiram mas a canela é do Noeh Bonum.

— I di qui foi Lillabil Issabil criada, mal criada?

— Trists e tralhas e trinos e travas.

— Rivolta à página virgem, arre!

— Isso, agaranto.

— O quarteto quobus estava lá também, se não me esgano, como acompanhamento mas, *pace* o desrespeito ao senado, bem saliente, num encontro amnesiado, metamafuáseado para decidir ondenovoquando encontrá-los, cambaleantes e aos trancos, molenga e delirante, tomando todas trôpego atravessando as quadrilhas Kerry e as lanceiros Listowel e sempre mestramente cantando com aquele dó de quinta província, né? Que nem quatro elefantes sábios indo-e-vindo sob uma mesa de dozepedestais? [513]

— Bando de escandalosos, aquela família toda! Normand, Desmond, Osmund e Kenneth. Fazendo mágica histeórica ao longo do show!

— Em suma, montezuma? E que mais farra de casório?

— Iam nossos postes tropicando em torno aos rijos remos postiçonando quando Arturzão cutucou o campo da corte de Annie.

— Dirrepente algum barro bem cozido desmoldou-se do guarda-bucho da casa de barcos?

— Desrepente ouve um foguinfernal bastão voando pelo buiaco na paiede de Nãoseionde.

— Como a bigorna expulsa do paraíso calamitocambaleante. Três dias três vezes Vulcano adentro?

— Pow!

— Ou Noé et Ecclesiastes, non?

— Ni, nada na palha no hotel Eccles.

— Mas eu vicinal dele, não dá para arrancar nada da quintessência dele? Nome, casa e a gente fecha a noite!

— . . n .'. . . . t . l.

— Estás certo de que não foi num sacode do schüler ou num safanão do peregrino ou numa piscadela do morto *etcaetera etcaterorum* que esteve?

— Precisamente.

— Quiçá. Hora pro Nubis. Quinta-marreteira, n'Eu quero uma casa no campo Howth, mulher de Deimetuus (D'amn), Barão Adão

Fitzadão, de Tartar (Birtha) ou Sackville-Lawry e Morland-West, ao Auspício dos Vivos, Bonnybrook, beira-rio e A. Briggs Carlisle, guardião das daminhas d'honor e álibi pro noivo. Pontifícia massa. Ou (shubitamente) Schott, furtilevado pela chusma. Come-queto. Entendes?

— Saqui. Empréstimo pelos correios. Com ou sem seguro. Todolado. Todovalor. Moscofitas, cataníquel, puramente providencial.

— Cheia. O rosadinha, o abraçador, o alegrinho cheio de cana. Gaa. E o ponche que pra gaeilicizar tudo. Raposa. A vestal com a vela. O garoto na cevada. O velho cheio de ars. Valham-me os meus! É nós e é tu e é tu e é eu e uis e ais e o quontumaz. Raça d'Irlanda, nação d'hibérnia, [514] ondérin pára estacionado. Ele te pagava penitência e tu tocando a sineta dela. O trouxa, reles raposa arrependida, resmungou relevância? Clac ou traque, tin ou indo?

— Não mais do que o perimbulador do Richard.

— Nnn dsss nda?

— Fds a plvr.

— Um escocês irritado pelo padrão piadinha? Num?

— Sanguinificando nada. Mané!

— *Fortitudo eius rhodammum tenuit?*

— Cinco momens! Ou assim similar.

— Eu bem queria eufonizar isso. Soa como isocronismo. Falar secreto de Hazelton e obviamente vocálicoestripado. Mas também é boa a leinha. Podemos tomar aqueles bem alvalados pontapés como prêmio, embora *ultra vires*, vozios e isso na verdade desnecessários. Felizmente não te saíste tãobém no processo verbal pelo qual sublimaria tuas espasmopálpebras supressões, parece?

— Que foi isso? Nuncouvidisso.

— Eras ou não eras? Pedi a resposta, não pedi curta pergunta. Agora, não cofundir, lança os olhos na Capel Court. Te quero, testemunha desse esforço épico, como és sou assim, para nos reconstruíres, assim que puderes, inexatamente o mesmo visto com os olhos da mente, como esses jogos funéreos, que nos gotejam de cima pelos roméricos pidgins correios, massacredos quando teve o rolo em torno do santinhoficado nome.

— Qual? Claro que lhe contei daquela briga. Eu tava trêbado toda vida pregressa.

— Bem, me conta com justeza, o plano toda da campanha, nessa tua voz de bambu moído. De uma vez por todas, crista! À la dublinese, à la familionese.

— Ah, claro, desvi o fogo de perto. Tá tu derredor de mim chapéu de leilão.

— Tá, vai enfrente, Chefia, gato por lebre, com teus impendimentos e papagaiadas! Memória em branco de sem-chapéu preto em terno azul. Já foste o gentil poeteiro na mordomia de Haywarden. Copo fundo muito entorna, bonitinho? Seja gentil quanto a isso, Bonus Minor! Te enchefia! Vamos, sutileza! Até o fim, [515] seu molenga! Era uma vez um gramado e que gafanhoso gramado ele era.

— Tenha dó, pois, Chefe, primeiro ele salta do nada, lebre como um gato, vassoura de texugo pro alcaide da cidade de wesz, MacSmaga Swingy dos Cattelaxes, levantou assim mesmo, cantando de galo pau em riste do lado Kildare de seu Tattersull, nas charadinhas mequetrefes e expedientes acima, uisquiando osso adentro com delicadeza tolerável, *O desbotar do azul*, e tirando a pelogosmenta sarna nos modos pulgosifonápteros visuais, pagando bronca pa todarrente e arrastando os pés pelo passo de sempre e como toda vez tão terrivelmente naas, isso, dizendo para ele raspar as úngulas assumir postura, Miles, e assim por avante, e pra pegar firme o rasto de boilambeu na cabeleira e quem fez aquela raposa despenteada no cabelo eriçado dele parecendo fogo cuspido do Em Pé Rio e, que me enforquem pela metade, sirr, se ele não estava querendo o corpodalicô de volta antes que ceifasse a própria vida ou salvasse a própria vida. Aí, juro, contando onze por trintedois segundos com sua browning de bolso, comeu disse, dou-lhe wann, dou-lhe..., eis minhotoridade, ele continou xingando o espírito de porco de hascupth, Cogan, por ensapar a chave do terreno do John Dunn que havia de ser enviada e como Montague foi roubado e lobinho pra saber tudo que se passou e quem pôs fogo na palha, talvez digas, antes que ele matasse os reis todos e o factótum do príncipe de Patsch Purcell, homem qual, seu plantagonista, saindo do pântano do fundo raivoso de sede de esponja sagrada e quem, diga-se de maltagem, no que lhe dizia respeito, não estava mais que nonplus da esquina da Turbot Street, boquiaberto ao redor do penhor e preparando a cusparada, querendo saber que filhote de diabo cantava de galo corpo e memphis que ele queria consigo e nada sabia.

— Um calvário, como o Nap O'Farrell Patter Tandy moore e burgess juntos? Noutras palavras, foi assim que no anasual caminho das coisas, qual complemento a cumprimento, pelo comportamento de homens que devo e vou dizer parece extraordinário, o deles celicular sutil angélico guerrear ou cinematógrafo finister começou? [516]

— Juro. Aquilo possivelmente eu nunca!

— Alguém então criou ruído no auricudrama, o mouco, depois da esperta brincadeira na lama, e mencionou ao outro desquerido, um louco, durante diversos intencionais momentos, que na retomada após o angelus, de que forma ele mesmo era um sueco porqueira tomando-se por medicis?

— Estou tão certo que dói, o himpotente! Mas era um cabeça de nabo, com o perdão do cozido, e aprontava com o chapèutiro e passacinto com a máscara negra lá pra pista de boliche.

— Sublime alerta foi esse!

— O autor, de fato, assassinado

— Ele, o primeiro atacante, faz algo pra ele, o último falante, quando, depois de terem se pá da qui pá di lado entre os dois, rolaram pra sarjeta da parafuseta? Parede do Porco Preto?

— Nada. Ele tinha os dentes trás da cara.

— O Box tentou lustrar o passeiro?

— Não, mas o Cox tentou o queixo do shem caneteiro.

— O enlanado gritando que se ele jamais lavia um Stern de novo e o assafétido que ele devia passar eucalol?

— Jurojuro Asbesto ele nunca. E eu chamuscado nunca.

— Aquele forte toque carlysle partindo em dois a pianeta campden.

— Pansh!

— Sincroniza comigo que iria até meio-dia-e-meia, tique-taque, post meridiem, hora de Ginuíske, pelo teu quadrante de carvalho?

— Vá perguntando e eu desejando que não. Tá?

— Vamos de dozetrinta pela hora estival das tardes!

— E era onzemeia tombantes mais pra dentro, confie no cuco!

— Em ponto. Esmerodia? Aquele dia levante afunda goró num anoite de nove semanas de espera.

— Ao posto, vambora! O dia errado do nundécimo mês do inocorrido ano. Em São Martinho.

— Um tríduo para o Dia de Larry. Que pelo seu cronômetro, meu quatro-relógios, é norte, sul, leste oueste? [517]

— Dunsink, rugby, ballasto e bola. Imagine.

— Língua esse valetudo pelo lodo do bogue de Marte ambiviolento. Vais rejurar que viu-lhes as sombras a cem pés depois, se digladiando diabolicamente com isso, aquilo e aquilo outro, suas virtudes *pro* e suas principalidades *con*, perto das Ruínas, Rua Drogheda, e sacolejando o pó do próprio diabo pelo milesiano vento?

— Claro. Vi. Estavam. Juro. Como a milícia celestial. Arrebate-me o Desengonçado! Com minha língua saindo pela ponta da bota sobre a pedra de kismet se assim for a vontade do Senhor Quequeira.

— Lorcanos chorões! Devem perfeito uma bela obra, eco, na surdina, durante o bate-boca de braço, animalescas forças floraveteranas. Não crês?

— Ay.

— O cabo ou cerca ilegalmirante, aliás levanta-turfa, produto da Hostages e Co., Engenharia, trocou de pé diversas vezes porque os cachimbos de roseira-brava revolveram durante a lutarmada? Piff?

— Puff! Exima-se. Foi uma falsalsácia loreana.

— Eles não sabiam que a guerra tinha tido finn e ficaram belifalando ou beligagejando um pro outro por acaso ou necessidade, com shempagne, maria e gincana, entre Pictolândia e Exócia, qual as personimagens na Irlanda romena para chorobrar a expulsão dos daneses? Que dizes, vaselina?

— Só isso. Pois o gajo era rijo, limba romena em belo embrulho. Farça suja.

— Quero dizer os morgans e os dorans, por finnesa?

— Sei que você não, por Feeney.

— A mújica do futuro sobre os bárbaros da festa? Condado de Canniley?

— Danado do Donnuley.

— Mas esta guerra deu em paz? *In bino biritas*. Ab chaos lex, num é?

— Ó bella! O pia! O pura! Amém. Manuboba desembestada. Balbucio de cervejeira!

— Soas do mesmo modo que soasse o rumor de Hull rezando pelos cristãos? [518]

— Mas vai insoar infernal como engels para os neuropeus, se me entende, rum minando. Virgilante esteja!

— E este padrão putsch piadapronta de concoon e domínio seguiu, deus nos guarde, semanatoda, tua noite pós noite de são lourenço, dardejando sobre Dora O'Huggins, ormonde duke butler, a artilharia de O'Hefferns em resposta ao calvário de MacClouds, forte e mais forte, mil e uma vezes, assim conta seu galo e sua galinha? Ludilongo, por anos e anos será?

— Sim, meu ri. Esta a longa vida dele, este meu timtomtum e estes os dois putinhos dela. Do último dedo do segundo pé do quarto homem ao primeiro do último do primeiro. Certo.

— Finny. Muito muito finny!

— Parece finn mas é innicius.

— Isto não está bim o suficiente, sr. Latim de Latão. Fingir e falar e aprender e inventar! A todo rumor e rampa e ruído! Pinçaste que eu dormia na deixa? Juras a todos os grandes jurados d'atenas d'ártico solenemente, meu garotcho, e queres que acreditemos em ti, por tudo que tens passado, com teu pé sinistro à frente, que a tua bunda brilhava nas colinas e nos cumes e ventossoava noite após noite, por anos e anos talvez, depois de teres jurado tudo isso há pouco ante o examinador de Corth, Markwalther, que chovia à beça todotempo?

— Quiçá seja, como afirma de grão júri, calvinítico romano. Nunca repensei nisso, palavra. É o que acho acima de tudo sobre isso. Espero. A menos que seja processável. Seria para mim caridade pensar nalgo qu'eu posso sem casticidade omitir, se quer saber. Disseram-o como inspirada frase de amigo de mim, em resposta a cumprimento, Tarpey, depois da missa das três, com quarenta patos d'água, que certa chuva estava prometida à sra. Lyons, a inválida da Villa Tia Antártica, cheio de goles e birita e coisa do tipo ele me disse, o recusante, mal fora dita a missa, com duzentas genuflexões, cruzada a meia-noite quando os bares bebem em segredo, tal como o que eis segue. Ele [519] está passeando, diz ela, no fílmico parque, diz ele, como um terrífico Turko de Dublim, diz ela, deixando rolar na creche e, pordeus, encontrou-se com o sr. Michael Clery numa terça que disse que o Padre MacGregor estava em desespero buscando o lugar do coisa ruim já mais perto que o berro de um burro e ejaculando debaixo do pé-d'água cum vento varrendo-lhe a orelha e o lugar de tirar a água do joelho trancado há tempos dado que dele entranhos pútridos fizeram mau uso, e o Tarpey entrando emperiquitado e de borsalino na cabeça a caminho do templo ele todo lustrado e vendo o Padre MacGregor e, Grosseirão, sir, ele foi capaz de dar uma baforada e saludar o clérigo e contar ao sanso homem toda merdade sobre os três xelins no confusionário e dizer como a sra. Lyons, a tasseomante, era a infidel que profetizara pôr três xelins e um penizinho do dote da filha direto de paráguais e roupadreca em jardas para o sr. Martin Clery para o Padre Matthew montar missa meia-noitina pra Santo de Winchester numa quinta para africano ou deixar bebê Brown correr solto Anlone e todo tipo de praga cometidas pelos soldats e malcrédulos e discrédulos por N. D. de l'Ecluse para mandar mais relincho de asno na chuva, meu podrirmão de novo! E eu nunca trouxe meu protetor de chuva grosseirão! Foueh!

— Que angliústia, mas tens razão, meu celtilíngua! Nils, Mugn e Cannut. Irmãos que se bastam, pois?

—Vão de octopés enquanto eu bicicleto o auto e volanteio indo aos trancos e barrancos trás de vocês seus meríssimos trullopes que nunca baterão o burns.

— Quatsch! Que diabo de colina pensas que sobes, seu lagomondo largado! Vou te disciplinar! Podes jurar ou afirmar o que viste segundo naquele dia agora e retirar o profetizado à primeira vista sobre teu sotaque do sul como tudo fruto da birita? Sim ou não?

— Sim, eu digo sim. Jurafirmo com sinceridade e lábia que estava em meus lábios sacrossantos continuamente embasados no relatório anual do santo ulster.

— Muito bim, crente do cu quente! Talvez não te importes de dedar para nós, meu labioso garoto, quanto de erva ou [520] confeito de hortelã-pimenta tragaste para jurar assim? E a grana, garoto?

— Batatas me mordam. Aí você me pega. A preço de batata, valham-me papas, isso porque estou na condição de informar a Vossas Excelências, e ressalto que não estou bêbado para saltar da Ponte Essex, a verdade sobre a Ponte Golden. Não chega a nada em libras ou pênis. Nem à Ponte Lucan nem ao preço do kilt de um escocês nem ao preço das três coroas da bandeira da Munster de vocês (não é nojento?) merda nenhuma!

— Ora, Johnny! Não nascemos ontem! *Pro tanto quid retribuamus?* Peço que digas por teu rabicho escocês se não te prometeram muchas veces bebida forte ou choro, de barril ou garrafa, no Raven ou no Sugarloaf, na Power ou na Jameson?

— Bushmillis. Chegou a pensar nisso? Sim, na verdade. Como é verdade! Joguem limpo. Quando?

— Na taverna da Pomba e do Corvo, no, é? Pra molhar a goela?

— Água, água, suja n'água! Capelisolda! Whiskey turfa trigo traga!

— A resposta que venha logo! Querés ouvir teu nome agora, Ghazi Power, meu triste menestrel, se não fatigado de franca fala?

— Nada com medo de gás de Frank Nenhum nem de cara ulcerada.

— Torna o zelo!

— Goela!

— Vais me repetir isso lá fora, leinconnmuns?

— Depois da tua gritaria? Vou quando quiseres, malandro.

— Bim! É briga! Três contra um! Pronto?

— Mas não, por exemplo, Emania Roubada! Que é que tem? Que quer dizer, augusto? Jogo limpo para os fenianos! Tenho as minhas luas. Claro, não vai ser covarde e surrapiar meu bem, né? Avise no porto de Belfast que tô vendendo à toa. Tchauzinho e até quando! Fui! [521]

— Se eu quiser te mandar uma bala através da grelha por te meteres nesses assuntos, seu bundão?

— Sei lá, sir. Não me pergunte, nobreza!

— Calma, calma Ira do Norte! Ama a rubra mão! Permita-me mais uma vez. Há sórdidos contos dentro dos contos, entendes isso bem? Meu outro ponto agora. Sabias, por melanodactilismo ou pura libação, que um desses dois da Crimeia cascudos, o mais alto, foi acusado de certo crime ou se quiseres de duas sérias suspeitas, quando as camisas se dividiram sobre o assunto, se queres assim? Sabias, não, cretino?

— Estás a ouvir coisa. Além do mais (e seridamente agora) os arbustos têm olhos, é bom saber. Hah!

— Que torpedez moral escolherias dos dois, por escolha, se escolher pudesses? Especular na bolsa ou deixar falha na indumentária? Algum policial laranja ou verdureiro se nota periodicamente na árvore da tua família?

— Como se eu soubesse! Tudo depende de quanta nota se quer para encher a bunda. Hah!

— Sir, o que está por trás desse hah? Não hah necessidade disso, bem sabes, lambe-lambe.

— Nada, senhor. Só uma espinha na goela. Cospe-cospe. Hahah!

— Quaquá?

— Já não se divertiram o bastante me interrogando? Não falei isso alto, sir. Tem algo dentro de mim falando comigo.

— És uma bela testemunha para intimidar, se é! Mas isso não é coisa de risada. Achas que somos surdos de nariz e pé? Não consegues separar o senso, certo, do som, seu asno? Tens homossexualidade catéxica de empatia ente narcisismo de exvertido e inversão esteatopígia invertida. Vai te psicanalizar!

— Meu Deus! Não me venham com essa boa vontade de me analisar seus caboclos bronzeados se eu posso me pissicoanalisar eu mesmo quando quiser (O burro os segue os quatro!) sem vocês ou qualquer outro charlatão. [522]

— Exemplo! Exemplo!

— Já lefletiu, jonalista, que o lio pode sê luim mas levá a lugá bom?

— Colelia leva à queda e falando de plebe cito pelo levantar de mãos, declaratória ou efetivamente, a sério, já cai em ti que que o depoente, o homem de Saint Yves, pode ter sido (aqui reluta-se a usar a voz em passivo) pode ser sendo tão ofensivo quanto ofendido, pois se olhares para ocaso verbalmente outrossim talvez não haja coisa verdadeira na natureza ativa onde cada vivente de vicus— favor tomar isso sem toga — vê o que vê com própria vista. Eis agora a longa forma e a firme forma a reforma juntas!

— Hotchkiss Cultura Emana, um irmão para nunca, ir mão a mão, bom para todo páreo, abordado em pista deste lado por S. Samson & son, fruto de Dalilas, esperará em Bay (Dublim) da mãenhã à mádrugada e vice inverso e no jardim da senhorita ou senhora MacMannigan.

— Talvez possas explicar, cara de sagu? Pela metade é um rebu.

— Para geral continuação e particular explicação à singular interrogação nossa asseveração. Ladiesgentlemen, vão rir mas eu e Frisky Shorty, meu amigo íntimo, como soa mal em poesia polpular, e pulgas cito, perto do Bosque Oeste de Lixo, ficamos felizes de rever a turma e amigavelmente dislocutir perto do Leste do Dodder papeando com o hosty do estabulocimento sobre a velha festa de middlesexo e suas torpezas morais, i.e., gripe, varíola, sífilis, sarampo, prisão de ventre, influenza, corrimento e piriri, cárie, raiva, caxumba e depressão. O que eu e Frisky em consenso e o grupo todo de bate-cabeça, pra não falar no barmano, tendo concluído nosso tour de babel, queremos saber é isto. Supondo, por fato ético, que ele, fato, tirou episcena licença ante a polícia do norte respectivamente com relação a agentes masculinos e/ou concomitantemente com todo neutro respeito a [523] excexos femininos públicos, ao passo que embora finas fillies, como foi muito corretamente entendido pelo metropolitano em conexão com essa lamentável balbúrdia, tangendo arbitrária conduta, sendo em estrita contravenção do programa de Parques e Jardins que legalmente regulam a zona de divertimento dos beijantes e chupantes no nosso querido parque natural buscando cuja polícia abordamos eu e Shorty um reverendo cavalheiro de nome sr. Coppinger em razão de um pedaço de cano caído que era nosso dever, por são, sobre assunto qual suas explanações afirmativas, negativas ou limitativas, oferecidas a mim e Shorty, tocando no que o bom livro diz sobre velhos enganchados, a respeito dos méritos do alto bissectualismo, além de ficar citando de lexionários aprovados exemplos dados por um venerado amigo de nome sr. J. P. Cockshott, reticente na Inglaterra, dono de uma maisonette, *Quis ut Deus*, defronte de Blefe de Sulssex que nos dizia categórico de como o sr. Cockshott, tal que tinha consigo a designação, era proprietário por decreto-acordo da dita área, conta hipotético, o reverendo sr. Coppinger, reconhece-se disjuntivo com seu olho de parlavento a doze milhas de uma conaforme carduma de arenques, deixando espuma de arenque salgado por Naze partindo de doze e indo até a hora silente. Batendo, armando, braceando, manobrando, balanceando, dobrando, inclinando, singrando, atirando, avançando, molhando as costas com o bater das caudas. E, reverendo, ele diz, summa problemática, de certo sol socialista, que me estripem, mas aqueles arenques eram mais animados do que os defumados de Wissixy podiam imaginar, agitando os coppinguinhos, empotando, os frescos pequenos peixinhos, os safadinhos de guelras brilhantes, fazendo picles de petinga, os pequenos jovenzinhos sinistros, e, reverendo, diz ele, mais assertivo, valha-me Zeus, diz ele, permitindo que o alfa ato se estendesse pela superpiscis, curvas lambdas de suas escamas e pescas, a velhacidade média de seu pectoralium, aqueles salfados populistas, diz ele, muito apodítico, tanto quanto ovos são ovas na armadilha da porra, todos pequenos bobos no sobedesce não eram mais que a libidinosa pânicafesta e farra num agito finlandês rigolô em testemunho ao primevo bissectualismo deles. Por exemplo, ele diz, [524] é como o reverendo Coppinger, ele visualiza os carolas homiléticos de cruz credo ética. Larvem-se tintinlicadamente à noitalba por ocaso em seu deslavabo. O uso d´água fria, testemunha o dr. Rutty, pode ser fervorosamente recomendado para subjugar a luxúria genital. Pra escola, arenques!

— Pro diabo ou Barbados tu e tua erinada cocopulação! Pelagiador! Exibido da zona! Vida breve aos teus! Estás obsexado, isso sim, com macroglossia e microsifilia!

— Espera aí, salmolíngua. Percebo um egonarcisismo. Vou passar-te uma tarefa. Não te sigo tão lounge em seu outrora acurado conto. Quem é *esox lucius* ou *salmo ferax*? Estás nos taxiando ao dirigido futuro, né, com essa readymaid esguia?

—Lábia Lélia Lília Lúlia e longo lavegue Lola Montez.

— Gubbernathor! Dizem que é um feniano em secreto. Chamado Parasú Orêlha. Largando ova e peixinho como monarca alegre em carrossel pela tua paróquia das sete igrejas! E povoando os barões de roubo e olheira com represas, crias e conais!

— Vela ao alto, Hosty! E já pro teu marco! Pra rudemaid chegada! Dadonde vem esse peixe fixe, *Magnam Carpam*, sei lá que vem do zoo?

— *Certo velho sermãolento lax salmonóide fogeyboren Arenque Bemfumado,*

Que vinha linguarado com seus botes d'esperma derramado,

Saliente e feliz atrás de vara Tom e água Lissy entre Howth e Humbermouth.

Nosso Hadoque Congro Espinha!

— Socorro! Posso vê-lo fisgando! Varas ao alto! Seguremos o moço! Dá linha, Marquinhos! Puxa-gato!

— Puxa tu, sir! Mosca serve. Cabeça de Malim, ele vai chorar antes de morder a mosca. E as lágrimas vão retrazer a ilha. Ele saltou? Pulmonado! O grande fim marcou! três tristes pra cima dele! Manu é!

— Ele perdeu a bocadela e foi em frente, Romunculos Remus, dando em cima, então agora qualquer gurupés avança nela se ele passa a perna e a deita de bunda. É, ele deslizou feito esqueite e atracou nela mas nada de medo que [525] ainda vão trazê-lo pra terra, escamado no banco liffey, tempo ao tempo e a meio-tempo com um travesseiro de areia para depois deitá-lo.

— Será?
— Aposto que sim.
— Entre os cálamos trêmulos lá? Era ao vento?
— Ou as tulipas de Rush lá.
— Onde te lavas a fuça à quando anoitece?
— Tomo ali, tomo lá, Tommy moço.
— Nas borbulhantes águas de, nas borbunilantes águas de?
— Isso.
— Granadeiros. E conta tudo agora. Eram anglos ou anjos coexistentes e copresentes com ou sem um terço?
— *Três em um, um em três.*
Shem e Shaun e o vexame que os vexa.
Filho da sabedoria, irmão da massa.
— Benza Deus essa energia, wigglewaggle! Três buracos sem chamas. Estás esquecendo as mininhas para os mariquinhas. Qual, Walker John Referendo? Queremos ver teu melhor! E abre logo teu apocalupus!
— Naif Cruachan! De mulher a pior, diz Wardeb Daly. Mulher vai molhar o mundo todo. E a moça da massa vai atrás da glória. A sério que pensei que brincasse no trifólio na glande cabeluda com duas desnudas barçonetes, Stilla Underwood e Moth MacGarry, ele foi, mão n'adaga, que o tempo e a mãe, uma frauxineira, me deram a entender, com superfluvius herdeiros, seja. Tinha aquela sempre louca em cima dele, seu primeiro rei de paus e o mais grosso em Corrack-on-Sharon, Condado de Rosecarmen. A sério ela estava afogada em um lago de admiração por si mesma, tanto quanto meu parente, Vesta Tilley, contravestindo-se em bach e se espelhando em rio depois de se refrescar com o batalhão marítimo, e dando a gostar, e nadando o que pensar, com salices e salgueiros, tortuosos, como fosse, a atriz do Lago do Amor!
— O, noivinha! Toda sozinha! A narcisidade é mãe da inverção. Salices através do fedelho virando moça no país das águas-vivas. **[526]**
— Parece o mesmo com Capelisolda? Ys? Tellus! Um pêni por teus pênisamentos!
— Oiçam bem, meus morridos! Coisa horrível, aquelas finnervas! Venham descansar neste peito! Lamento que o tenham perdido, pobre cordeirinho! Claro que sei que é uma virilmente marota garota para

adentrar o oníricolugar e naquela hora sonírica e foi coisa muito feia de se fazer, mesmo sob o negro da noite, ousar tanta paixão. Foi-se embora bimbando. Pelo entreouvido tão atrevido de Strip Teasy escadacima. Os meninos no canto também confabulavam. E sentiu os mistérios sofridos pela primeira vez. Mas por perdoar, divina liffinha, e toda a gente sabe que fica linda em seus invisíveis, Eulogia, uma perfeita aposição, Assoluta, remédio de Boileau eu uso na enfermaria depois de queimar um ovo vitaminado e dele derivar o maior benefício, sinal da causa. Sim, você! Simplesmente adorável! Pudesse eu apenas passar as mãos em, minhas mãos pelo, seu cabelo! E tão petite mini ninha! Ó, Fronces, como está, Doidinha? Cerramão. Como se curvam sob as nuas charmantes luvas! Sou mais divino quando tenho duas delas nas calças curtas de moleque. Venço de vez, e meus braços são mais alvos, amor. Blanchemain, vaga. Fairhair, frágil. Ouve, doçura! Ó, jubile-se! Espelho da justiça, torre de marfim, arca de convento, casa de ouro! Meu véu me salvará da morte no fogo eterno! Os mesmos nós dois, boneca. Claro que foi claramente malvado dele, de me encontrar disfarçado, Bartolo mio, perfeitamente apavorante, D. V., com minhas pombinhas, minhas colombinas. Suas sensibilidades se encolheram num gritinho. Até Netta e Linda nossas, vejo seus biquinhos de pecado viram, brigado! Minhas frutinhas do amor, meus odores de amor. Como gostamos umd'outr' assim (Minha isabela! Minha rainha!), no calarinho dele, quando soube inda ontem de seus lábios de almíscar. Até minha coisinha se excitou, quando eu virei sua cabeça sobre seu peito macho e o beijei mais. Mas ele ainda pode falar com uma pessoa, deus suspeite, considerando meus altos e baixos! Permita-me apresentar! Eis meu fuquefuque, lábios e línguas lavoram. Ainda eu com você, pobre friorenta! Compensar com a mãe Concepção e uma gloriosa mentira entre nós, [527] doçura, para não novenar em todos os conventos loretos, nem minimamente, tenha misericórdia se é preciso saber, o que passa em nossos lábios ou. Sim, sir, vamos vamos! Fechem o vento! Friofó! Xô, Banshee! Alita olhando. Aleitem-no leve! Faz me sentir bem sob a lua. Vai ter nua pétala de laranja na Santa Audiens romã chatólica capela com minha diamântica pedra em minha própria causa e vai ser loucura entre as damas de honra e o Padre Benção Mendel Som vai enamorar-nos as mãos. Kyrielle às alturas! Crystal às alturas! Kyrielle às alturas!

Às alturas imensas! Cantai por nós, cantai por nós, cantai por nós! Amam! Como na terra, lânguida irmã, seja-me livre! (Esvou indo!) E ouça, você, belezura, esster, darei pinta para quem a conheça, rogai Magda, Martha com Luz e Joana, enquanto caio de lábio quente no Tolka. (Esvaí!)

— Sabia! Tudo cala! Lânguida essteria? O clou hystorique? Como afinal? É papai a coisa em si ou é coisa por outra? Ou-vimos dela o primeiro posaproema ora sobre ora? Aliciosa, duocorrente duocurso, através do atraente espelho ou aliás no país das jumbovilhas? Ding dong! Onde está apl em panobrilho? Há que pensar numa moça, Presentación. Dobrai-na, Annupciación. Afasta os primeiros pensamentos sobre ela, Immacolación. E na batida da porta ela te aplacará! Quem ora brilhou e é ora só vislumbre para sempre brilhará. Clausura-na, vela-na, esconda-na escuro. Depois da lírica e melódica suave valsa do anglirlandês. Esta jovem barçonete, quê, euphemia? Estaá ela mesma tendo cometendo um ato ambidual em aparição como si mesma como Consuelas e Sonias?

— Dang! E tetra, logos, Ó!

— Coisa e si e coisa e outla! Estás fora de sintonia, meu pirilampo de Moonster, como sempre. E 2 R.N. e longocórnios de Connacht, fora da minha frequência! Já tens a capital e o quinhão leonino desde 1542 mas tem muita diferença na Irlanda entre teu linde, meu linguarudo, e mim. O garoto limistréu se foi à luta e tem mais em estoque para Monn e Conn. Com um cão chamado burro. Ato número 1! Por último foi o primeiro quando estamos mas primeiro trunfamos seu último quando vamos. Pulando as cadeiras do trilho ou levando tudo, como quiseres, mas ei, sir, minhas perguntas primeiro, seu suequeiro! Carregas tanta belfa de skullabogue agora que dá pra um caldeirão de [528] ensopado. Os missionários markados Hayden Woombwell, quando lhes brrrr na cara, acharam mais de dez e seis percento de giz na pureza, prontitude e perfeição da farinha desse cru materialista e menos de 7 permilha no prato dele? Nós jovens brilhantes da nouvíssima câmera intelectual recebem hic como esperado e com sanção maternal compeladamente emparnellada na quarta sessão sob o ato de remoção de desqualificação sixual pela uniforniçação de jovens (Neutra Nutação) por Concomitância Numérica Subquinze para descobrir se as do trabalho geral, que têm recebido como paga pontas de narizes e agitando a opinião púbica a respeito de festinhas privadas entre suas pernas, senhoritas Mirtha e Merry, as dupla assistentes de Draper, estavam com os livros em dia e devidamente firmados J. H. North & Companhia quando suas últimas causas foram abortadas? Vais te levantar e contar nesse anterim como, em nome dos três costureiros da rua Tooley, O'Bejorumsen ou Mockmacmahonitch, ex Butt e Hocksett, violando o padrão bushel, tomaram posse do barril de bebida? E por que, se não for impertinente perguntar, estava esse cavaleiro na rua Coombe, esse buquinista de balcão, Fauxificador de uma puta, caído aqui de Manísola, carregando sua arca, de fuselagem oval e feita em Fredborg direto para a maria-fumaça, nas costas quando se esperava que estivesse sentado em seu burro como um bom cocheiro de Glasthule? Onde estavam os soldados, três nombrados, conhecidos por zelozes, exército de cavehill ou horda coração de aço, Hansen, Morfydd e O'Dyar, V.D., com seus glenagearries de passo na direção de acordo com o agende de liaison da Real Polícia de Ulster, com sobretodos abertos e as mãos enfiadas nos bolsos, em desacordo com as regras militares, quando confrontados com essa enorme obstrução? Quando foi que ele deixou de roubar os pobres e passou a enganar em nome do pai e do espírito santo? Isso é fato factual, comprovado até o pescoço, que esse nórdico de roupa charmosa em caças curtas de lã lambida, kilts de moleque, bandeirinhas de bebê e botas de borracha, bastão, colar e coroa, pré-dono do Bar Ptolomei, é coproprietário de um circo hengster cerca a rua Grande Dinamarca do Norte (casualmente, é o melhor show da província e vou levar a garotada **[529]** lá no sábado quando se paga meia para a molecada de noite para verem os contorpiléticos macaqueando os corcundas e os ceguinhos bêbados batendo nos surdos-mudos) e o shamshemshowman reclamado com o batalhão e peticionando por uma ordem de *certiorati* e esperneando algo vil acerca de ter sido molestado depois de ter tido triplos, por meio de ofertas de vagas da parte de fêmeas na cidade, fazendo psiu pro macho e suas atrações imperdíveis desde que puseram os olhos na foto de raio X dele estampadas em vermelho nos jornais de sabbath? Foi ele que subornou o surdo-mútuo do filho dele, entregador de cartas no Lavatório de São Patrício, para se converter romano e deixar assento e partir sem meias, em varredura, e comprar a costumeira caneca de porter no Morgue e Cruzes e colocá-la na frente da esposa

com o capacete de bombeiro nela, pedindo para que desse conta da casa, a devassa, enquanto ele e suas bonecas faziam balbúrdia pelas ruas em toda panóplia debaixo dos narizes da polícia helyopolitana? Pode ser pior? Tem mais! Quando aquele gendarme auxiliar, artilheiro aeronauta, que deu queixa daquele valentão, valendo-se de seu pai dos burros em nórdico-erse e do cacetete no rabo? Chama Seckesign van der Deckel e arranca essa história dele! Rechama Sickerson, aquele lizzynho molenga! Seckersen, magnon de Errick. Sackerson! Suruba!
 — *Seus moles quatro afundam o verde n'água.*
 O hidromel fez luxo torpe caça pela orquídea dela.
 — Caçar a orquídea dela! E gob e ele encontrou direitinho nela! Ela com os sapatos nos ombros, foi duro para quem via quando ele levantou as frullatullepregas deles sem a ninguém avistar. Um vexame para a religião protestante de casa! Puto daquele velho pré-adamista de paráguas de dois cabos! Eu que espie as minhas próprias espigas!
 — Valburgas! É essa que é a tua cidade de deus? Norganson? E é a gente que tem que rezar pro Mestr'obrero se converter? Que venha Kitty das Contas, a madame do Castelo de Tipknock! Que succuba sucumba, a improbábel que a fortuna dele fez! Ele cutucando quela concubinagar que contorcia-lhe uma prece no topo da escadaria. Profunda, aquelazinha.
 — Um paternoster para suas turcas armeniosas. Cai nosso [530] que jaz no céu o chão nosso de cada dia nos cai hoje. E então o confissenhor pela indulgência apalpal. Conforme sancionada em seu salmenbog pelos Coencilhados-om-Trent. Pave Pannem em seus portões de bronze! Nummer cincoenta Log Laughty. Master Gunn tinha mão de ferro. Mensageei seus deltoides músculos de frígida eira na tabuinha da cozinha. Passando ferro pelos cachinhos de gordura gansa, pó pipi piruzinho gluglu, até ele ficar vermelhinho na cara de torrada com o bugalho do alho pulando e a chaleira apitando a todo vapor como café na minha moka. Eu bem que devia ter coçado as costas preguiçosas dele. Pela bisnaga de Obadiah, quer tirar esse noériz de pastrício do meu bouquete de flores! Ah se um estranheiro o visse me panelando esse aperto! Como rainha da casa ralhai por nós. Seus lábios e línguas bem salgados enquanto ele tchii na frigideira e via minha jarra loutreque do Wexford-Atelier enquanto Katty e Lanner, refinada souprette, com meu busto alla broche e a comadre calçando o matelote,

mostrando minhas mangas gigot e minha muitoulongas touloosas. Whisk! Tem as minha chemises, camadas e hajafé em deus para tanto sob medida! Whisk! Quié isso? Whisk! E aquilo? Ele nunca se investiu tão fino, baila-me deus, na pantomima de pulgas de Romiolo Fouet coisa do Fôrma-Redonda ou da Suzi-Sobre-Coxa ou da Gafanhota, as pucebotas, quando eu comecei me mexendo em banho-maria como a moça do leite, cano alto, para chutar o tempo do tique-taque tac-tac quamquam camcam potapote panapan quicaquiquecaque. Xarope, agitar antes de tomar. Farta farra em Fullano rivolta!

— Todos quietos! O programa é patrocinado e fechado. Basta, general, de fofocar sobre Finnegan e farolar sobre seu feito. Última contagem, governador, para bailar as dúvidas. Por silfo e salamandra e todos os elfos e duendes, vamos ultrapassá-la e usando o tico e teco, afinal. Seus pensamentos são quase verbo, sua vida um quase feito. E também irá, pelo santo Finado Coole, primopatriarcado da séquepiscopal, se eu tiver que baixar cada máscara na Transelvânia do Terreirório de Hole até a Esquina do Gago para achar aquela carta Sem graça, ai que Cão do Japeta. Que venham os bobos do Rei, o Diário do Kovernador Geral e [531] o egrégio corregedor honorário também, mega dos megas, com a velha gangue do Carrison! Tira essa pantufa! Cherchez le Finn! O sinder assassinou a missiva. Fa Fe Fi Fo Fumo! Ho, croc, emeliante! Levanta-te, sir fantasma! Enquanto viveres não haverá outro. Doff!

— Amtsadam, sir, para você! Eternest cittas, heil! E nós aqui de novo! Fui tra tra trazido por acto de dinastias há muito fora do prelo, a primeira Shitric Shilkanbeard (ou é Ovolavo MacAuscullpth o Thord?), mas, em pontofactus maximus, conhecem-me pelo mundo afora onde quer que meus bom Allenglisches Angleslachsen é falado por Sall e Will de Augustanus a Ergastulus, simples assim, seja no forte de Rathfarnham ou na serra de Drumcondra ou nos prados de Clondalkin ou no departamento de Monskstown, por puros e pecadores olhon'olho tal como o de vida limpa e, na inverdade, por minha meia-esposa, eu creio que o público em geral guarde em alta conta que eu sou tão limpo vivente quanto possível e que meu jogo foi justo no todo já que perpetuamente mantive meu tabuleiro de ouija ouija em riste. Por minha veresposa jamais ou posso ser culpado de crim ou krig de malfesance de invasão de qualquer pessoa com pessoa de jovem na na mo mo radinha para encantar Apple, em ato com a senhorita Dashe, nem com Any entre minhas primas no Vagabungarten do Beijamor ou no Pico do Gigolô, quando eu tocava sua nota e sentia com verve sua verdejante imaturidade, como se pode comprovar bem por exclusão e pra lá de bagdá, escuso-me de dizer, com relação à minha ré puta ação nos Portões de Babbyl por garotas da vida levemente vestidas. Ainda assim, como meus reconhecidos adão-me o comprazer de apreciar-me, devo-la preender sob meus dezfarces de chorões entre cadeias e peêmes, enxadrezados, o pensamento dela pipingando no fundo. E, como mero fato de ficção, digo de mim cocômo possuo a mamadura esposa de globos com os quais ela mesma ganhava fácil por mais de um peito de vantagem a Floss Mundi correndo do harém pra perto da Esquina de Alley primeiro com seu prêmio de consolação em minha série sonhada de belas mulheres, Mannequins Passe, com menções honrosas à forma e ao sorriso, desfalcada por dois peitos em frufru, uma notável indumentária. Bem presa em várias partes. Que jato! Co co como gosto [532] disso, particularmente enquanto savoreio os seus savores nos seus respeitos mais perfeitos se servidos com heliotrópicos lábios de sim, simples assim, em que mergulho minh'alma alegre no pu puro belo de seu ido.

Ela é minha mais bem preservada todesposa, tanto agora quanto adiante, eva sob o céu, com incompatível pequeníssimo pé mesmo em chinantins. São tão glaciosos, pequinos de veldade. Não devemos recomendá-los? Foram os modelos da minha prova de aprendiz. E, ah!, nosso capelão privado de Lambeyth e Dolekey, bispo regionário, e sempre de face soturna, flanelinha lustra-banco, tendo visitado tantos doentes de coração e reins impondo-lhes os si si cinco dedos, pegada do arenque de oslo, naquela Sala Superior pode lhe dizer alguns elogios em alto e bom som acerca de meu limpo caráter, mesmo quando detectado no escuro, por mais lamentável que seja o que essa récita prova contra mim, simples assim, quando eu a apresentei (Frankfurters, numborines, esvai da via?) aos nossos quatro cantapóstolos jorrantes sob a regência de Castrucci Sinior e De Mellos, aqueles velhos batendo no ritmo, com figueira euphonica em cada uma das áreas de nossa henrikecida duckyheim na avenida Goosna Greene, aquele cabonteene docelar de cardiodores (Primeiro Markês, ou sensaram eles. Dodo! Oh, Clero! E Gregório na frente com Johannes bem atrás. Ai, ai!), dindon não tem encanto algum como nosso doce larueguês. Nãogures. Por quem, como minha Kerk Findlater's, igrejinha da esquina, e o K. K. Kataquismo compartilhava da crença e, como todos vocês sabem, de uma criança, queridos Humanos, uma das minhas ambições de vida do tempo de jugentude desde o pipi período até a escolhinha, prometido para a Igreja Ampla, eu, estando vivíssimo para esse propósito, fui paroquialmente confirmado na cama de Caulifado por uma amada bujibuji curautora. Michael Engels é seu homem. Deixem Michael passar por Sutton e contem para a turma aqui que tem o hábito de telefone (isso provou-se um negócio da China) na claraudição dele, simples assim, como seu Michael pode, quando alcança a superstação, trazer êxtase para nossos olvidos como eu ã ã ãplifico. Telefonema ao lar. Pim pim page-se quatroxê novepê emeio. Shaun Shemsen sabequando sabequando. Pregão instável. Supinos de Liverpool a um pi quatro xê dois pê e chateando. Grande Grandão Grandalhão! Desculpe! Brigado! Tudo proje. [533] Câmbio e desligo. Noite, pessoal. Infeliz natal! Desfrutem dos costumes novaiorquinos. Gado! Tak.

— Tiktak. Tikkak.
— O vento o som a água caindo.
— Pobre duplamente judiado.
— É a friagem agem agem.
— Calma houve então. Boa boa calma, anunciante. A mais séria tiuria de mor entretenimento. Quanto mais novinha melhor! Já respondo. Protesto que não há solutamente uma colher de chá de evidência no fundo do meu traseiro, como verão, simples assim. Keemung Lapsang de primeira escolha. E eu contango que conseguiria mandar meus su sujos trinteinove artigos citados aqui no Pynix Park ante os que olham do céu para me provar, pela grã misericórdia da justiça, digo cadomem e mormulher, firme e forte para sempre, e sob os conselhos da sira. Norris, Southby, Yates e Weston, Inc, para o favorito cliente, entrar em meu preprotestante alerta contra a pum pu publicação de calúnia por qualquer testículo de construção torta ou do bottomley do Beco de Keyser (um glaucanjo de beco aberto, processando por calúnia a torto e indireito, de calça pescando siri e cheio de anel em volta e um rude falsotaque (ele é corretor de anúncios do Saunter's Nocelettres e das Páginas Amarelas é nisso que se pau tá), o camarada mais invejoso

de Belgradia que não teme o nosso saltador) em relação ao meu xará, aquele alto personagem que ao tempo mantinha o trono. Por assim falar em belos mancebos em elegante busca de flores, caçadores de tubernáculos e arte celuloide! É ver de perto pra crer de longe? O gro gro grosseirão! Ele andava pela North Strand com as Páginas Amarelas do Thom na mão. Olhos de cobra! Sofiacando o birinight qual papagaio! Protesto o que seja, por minha ameiesposa. Ele estava dublindo da minha estalagem enquanto jogava pro santo nas minhas saídas. Então cuidado depois de seus últimos atos. Sherlouco está louco atrás dele. Todo de sobretudo abotoado. Prenda o respirocão! Que veshame o soldado M! Araponga na cola dele! Espião no seu pipi pendurado acabrunhado para um perro vadio sujo de sangue canino! Enforcados na Horrenda Torre! Metam uma lança no seu coração infiel! Já! Flap, meu pirilampo! Balança na corda minha ave de rapina! Vai e vem minha [534] pomba de parque! Que eu nunca mais veja essa fuça branca! E meu era, Barktholed von Hunarig, Zénenhum da Fenda (ora desabroche seu jazzto, emula meu grito! como agora somos, sejam vocês então!), quando em nosso quinhão caiu no meu popular Sexsex, meu sextocentuário, noque pelo Portão de Sãotanás, ante o abrigo de Odin, eu corri para me apossar de tudo frente à sua Ma sua Maman, Majuscules, Sua Majestática Vara, primeiro cais da cidade desta Nova Tara, nosso nobilíssimo, quando montado em seu garanhão sempreço, Pferdinamd Allibuster (num pricisa apear até a Noruega já que vai dar com um a cada porta de entrega) com minha lambida de saudações por toda sua bota de minhas promessas, aperto de mãos honorificamente congratulaçadas, ecclesência.

Quede o mané que ousa me dar esse aperto ombro a ombro? Aqueles cavalões ali. Alguém de nós estava conosco dos quatro. Adversário! O Capeta falastrão! Mentiroso mor da Cornuália! Besta! Te vejo por Skargaard ou Skeppsbro! E quelas meisies! Gostosinhas! Dizendo que virei konservative? Tsch! Aquele edifício de mestre de obras porcalhão que nem gosto de lembrar! Mais rebaixado porão da história! Ibsenismo sem senso! Noksagt! Por Pedripaulo! O xogum tristonho! Pra quem é bacalhau basta! Basta!

— És tu, Cabeçabranca?
— Captaste algo agora?
— Passa pra cá o que ruimcebeste, ok?

— Passa o peixe, por Cristo!
— O branco de Howth ele está falando outra vez. Abra o tudo de Eustáquio! Pobrezinho do jurabranca! Queridas finadas memórias, goodbye! Digam ao mundo que vivi por trocentos infernos. Piedade, por favor, dama, como o pobre O.W. neste profundisnobismo que capturei. Trinteinovanos minha idade, cabeleira branca, mimória falhando, branco neve nos cotovelos, surdo como porta. Peço-lhe, cara dama, que julgue minha árvore pelos nossos frutos. Dou-lhe da árvore. Dou-lhe para cheirar, e você come. Amigos meus, celebríssimos companheiros: minhas felizes florescências, minhas tão caducas frutas do meu galho. Piedade com Hei Crianças Evoé na Mãe!

Aquele foi um Comunicador, ex-coronel. Um desencarnado [535] espírito, chamado Sebastião, da Riviera in Januero, (ele não está pleno aqui) pode passar um fio logo logo com messuages dos meus já partidos. Vamos dar-lhe as vivas um pouquinho e remarcar um compromício com ele para data futura. Hello, Comudicativo! Como vai esse lombo? Entecéptico! Ele não crê em nossos mediums de Real Ausência, nem na testemunha do milagre nem na cirurgia da alma de P. P. Quimby. Ele teve algumas indigestões, tadinho, por um bom tempo, confundido em sua língua de babelseira. Há certos elementos! Pobre Felix Culaperto! Disquem pra mente dele, fanqueiros, (bonze!) em meu velho cortiço da cidade ou em meu krumlin ou em arrondissements e limites! Saque eleutheria! Saque eleutheria! Bam! Deploro-o remorsido! Mongrieff! Ó! Anteontem nobelizado, hoje bronquítico em akershus! Divertindo-se nos oscares, uai, de alta cartola, com nossas formadas reflexões, de gambitos de aço, de calça bem justa da Perna Real, e seus puros magnos, ele baforava a fumaça pela boca. Ele como a desposava cautelosamente, sua charutaria! (Ele a enrubescia com pudror, mas nada.) Com a gente, suas nuvens e ruços, incensados e esfumaçados por ele como chaminé. Mas ele há-de ter sua caneca da pedra de puro malte na cave de Oscarshal. *Buen retiro!* A voz do guri ainda flautando e sua boquinha ainda traja aquele escarlate de soldado embora seus cabelouros estejam agora salpicados de cinza. E foi em causa disso que ele subiu à prisão. Sei bem. Daí suas palavras de profundis. Um dia conto seu segundo conto. Moed! Moed! Parece que alguém outro está carregando minha carga. Não posso deixar. Não posso.

Bem, cavalheiros, já enterrei meu passado, e me orgulho, de ambos os lados. Deem-me apenas dois meses de cana e minha primeira bandeira de negócio será protestar contra o Parlamento, ou corte de Skivinis, com os comerciantes honrados, antigos e honestos, Zorobabel Barríngtono, Jonas Baleeiro, Bacalhau Determinado ou Pepino Firme, meus juramentados, se isso não acontecer de novo. Horemus! Haar Faagher, deitais no céu; Harrodificado seja o vosso nome. Vinde a mim as criancinhas, assim como vos tenho perdoado. Nada há clero como lutero. O'Shea! E pecadores [536] em casa de vidro não deveriam jogar pedras. O elefante habita o castelo como casa. Estou aqui para lhes contar, pelo bem, que, despersuadido de toda persuasão, em renunciação a pompas e ademais, com a cera na mão, estou ciente de me deixar salpicar por ela em virtude da água limpa do Ovoca de agora como Browne sombreando a Christina Anya, pós-irlandeses, para me cunverter em celta (mas antes vô baptizar meus carpidos por procuração), quando, qual Sigismond Stolterforth, tendo Rabin Robroost por hospício e Leecher Rutty por médico e Lorencz Pattorn *(Ehren til viktrae!)*, quando ocidentalizarei aqueles pobres que se descamam quando nasce o sol a brilhantar sua terra ingla. Um homem deve pagar o que deve e vou pagar meu bom preço pelo meu me me melaço ora bolas, e quitar, simples assim, meu éraic por infeliz conduta (favor retirar aqui o cheque debolcitado) e, agora de fato, submeto-me a descontinuar inteiramente todas as práticas e nego compolidamente *in toto* por minha própria solicitação ter confermentado e co-federado e concordado em tempos pré-babellum, quando aqui havia vadios por citadinos, como agora se põe sobre mim, com um amigo meu, sr. Billups, pulleteiro, irmão-mestiço, que às vezes faz lugar-tenência de mim por um mirréis qualquer e que eu mesmo bonifiquei, pois assim o senti, para comprar barato pela usucapião uma negra sem boca, Blanchette Brewster de Cherna Djamba, Blaaland-via-Bigstow, ou para vender caro nela o meu um quarto mestiço, que embora permitido pela Deuterogamia em várias partes das Escrituras (copyright) e livros banidos (e devem mesmo ser verbannidos), pareceria ex ex excessivamente penoso para meus sentimentos por duas libras escocesas, um dólar e um trocado ou três tetas na puntinha. Tu, Chamamiga, Dessulfurizada, que acendes apenas do lado casado, envida-me se assim for que eu cobicei a mucama da milady! Pesar da barbicha e mulher na surdina. Causo de graça para meu gibi, Mons Meg's Monthly, mal chega ao Finn rivolta a cada semana, para zurrar pelos conselhos da Quermesse da Burrolândia. Faltaria computar Hodder e Cocker de eritmética. A imperdoável preempsunção [537] de toda ela dos seus, por Juno Moneta! Se ela, a hibernizada Marryonn Teheresiann, foi usada por sua consideração, eu, Ledwidge Salvatorius, estou mercadamente desinteressado. E se ela ainda está mais afundando em talco seu cacau contorno, eu por mim, sou de opinião de que eu não deveria. Improbábel! Não creio em uma só palavra desse e dessa amante que traversa. Babela! Imatéria! Ou ter intentado revender ou tornar emprestável por troca qualquer super melcado, ie ajuda; melhor de Brixton amarelo, sem tirar do armário: cento por cento na escopa. Seria coisa horrivelmente crudélica equivalente ao valor de suas nuezas e escatolorgias nos devorarmos em inferninhos nocturnos da velha cartago. Totalmente impropriável! Para Crusô não é nem para branc'alma d'ouro! Uma pinta no pinto, dois pontos no pau, ou três palmas batendo na porta dos fundos! Não por moeda de merreca e mirréis enfiada na culatra ou boceta! Valha-me a Grana! Tenho dito.

Meus olvidores! O surdo que é isso! Amém o que resta dizer. As purelhas dela, é ri ri risível. Absurda barganha, mame, é o nome. Uma linhazinha! uma linha, só zinha! Vai comer dietariamente salmon cru como um bom menino Ok. Os dois papanjos, com suas bonecas, Lizzy e Lissy Durão, da rua Fleshshambles, eram lua no alba com hespermun e eu alcoviteiros, não sabia eu como quem contactar daquela vil garotada nunca vi mais gorda nem sestércia nem peripécia delas, subindo por, por meio ou sob elas. Meu baralho todo na cama. Ela é uma que aparecia com o meu enormemente. O tal que rompeu a ripa no condado de Carlow. É Deucollion. Each habe goheerd, já pescaram que sou indocente, mas havemos de voltar à infância. Deucollion! Odor! Diário de noite noiticia a sujeira na coluna social mas jogou duro três paus nos guardas da realeza em Schottenhof, foi-não-foi? Travez Deucollion! Gostei da nova iorquina! Telefone sem fio! Que jogo mais complicado! Vou pôr minha cabecinha dentro do quepe branco esperando o resgate por cabeças de gado e ficarei onde fiquei debaixo do sol entre Pelagios e pequenas [538] Chistayas de Roderick nosso monolitomor, atrás de minhambas d'orelh'orelha e Bíblia de gegenebra e, manhatton, testemudar por minha desnuda vertudo pela longa ereição deste varão primeiro aqui. Poderia dizer-lhes honestamente, por minha honra de Cerhumen Orelha, que sempre penso em um wordsworth daquele poeta favorito continental, Dantes ou Gota ou Shakinspira, A. G., que a generalidade admira no que é e no que está porvir. Da melhor política da carta na manga eu tirei minha melhor lição, como sabe o púbico, e sabem vocês, caseiros, penso honestamente, se eu falhei lamentavelmente por benefícios acidentais embora shintoado, lambrasado, praguejado e guerreado, estou fazendo meu milhor e já me prudenciei com a seguradora. Me disseram que eu tenho minas de roubo ou coisas desse quilate no sul d'Espanha. Hohohoho! Já disse tãbém como me averso vastamente (verdade se divulgue) e me arrependo de pau na mão e cueca nova? O disvestido disso tudo, conto agora, hoteleiros, é que eu, afogado na Áth Cliath na busca da irlândia de novo, verde de vergonha, em três mergulhos eretos, no fundo não do raso, avançado padrão imperial das lanças e plaza de armas, tendo casa e comida na staré městо e correndo e operando minha seleção de bônudas aqui na bolsa, por um marruelas de esquinas macho e fimmel, em comuns cessões entre hostrangeiros, entre esses populares, na Povolândia, ou seja Fort Dunlop, então beira-mar, tudo em atoleiro serbo, agora cidade de magníficas distâncias, boa walldabout, talos e muralha e paliçadas, sobre masmorra vitoriosa, como Abbot d'Ouro blessant, naquele outrora de clontarifagem, naquele ano que chamei de mirabel, e extrapolei nos marken (espada de Venceslau era minha e minha a companhia prussiana de Allbrecht o Hiberno), com a patronal do reigião, S. A. R. Urbano I e Sangrado Semjeito e Enricamado e Enricoitado, aqui onde meu mandato e minha lavoura de domesticação começaram, com fardo de mulher meu skat e skuld senão Fiordes de Corvos por palpáveis pilotos, fome com anglicano suor e pãodemia, os duodentados [539] e vermenosos dragões com toda sorte de serpentes, compolidamente secedeu da ligatelúrica multinacional aberta e notoriamente danada desde o fígado fugidas de nosso rol. Esta sede da nossa cidade é simplesmente sempre sadia, saudável e salutar. Atravessando as colinas, nem estão tão longe. Sangrada a terra, a coisa se revela. Se lhe apraz água fresca, o famoso rio então, desnominado Ptolemy Libnia Labia, riocorre. Se vira água, tão espertinho. Não façam ouvidos moços!

— *Faz em Drumcollogher o que quiser!*
— *Visitez Drumcollogher-la-Belle!*
— *Prrimerrro fash visita em Drumcollogher!*
— *Vedi Drumcollogher e poi pubs.*
— Nada mais é como hera. Deixem-me contar brevemente. Proclamashaun! Pip! Peep! Pipitch! Ubipop gaiopapa assobia. Aqui Esgana Pescoço, Tyeburn mata em massa: onde o ônibus para paro eu: aqui vemos, aqui restamos. Do meu lado, o gigante aleitado. Estoesto! stote sunto! De minha caput na altitude até a mortificação que é meu fado. O fim daquela velha moisética é o princípio desta nova ordem pra que o último dos patifes seja o primeiro dos xerifes. Roupa velha por nova! Redu Negru pode ser preto na rua mas na ribalta a polícia disfarça as suas negas. Por píer e guintos, quase césar e o galo leu, dá de mamar à ieda gabler, espectros e ressurgidos, pilhares da sociedade e rosmerolar. A obediência da comunidade faz feliz a autoridade. Nossa bourse e cena político-ecômica estão a salvo com o bom ladrão, nossas vidas a alvo com o bandido paizão. Que livrrressstou! Danke cheirem! Nem de inhaca curta. Blaublaze o matador saiu de moda e o cabeleira ficou careca. Malandro agora é raro que nem enterro de ano, cabeça de bacalhau, ingnorantes se aparecem sem mais nem menos dando uma de carametade de algum esculápio. Em minha má visão que minha Mulher se mostre. Me ludo d'esconde-esconde a Minuinette. Tudo na boa walfloresta. Do nariz voam buenos aires! Frioburgo, saúde! Ô da terra, deixem a goela seca! Ô do naldo, cuidem da aia e da patroa! **[540]** Sete colinas nuas como centripontos eu tive, setenta e sete mares de circunferência incepta é o que se prospecta de sua colina. Braid Blackfordrock, o Calton, o Liberton, Craig e Lockhart, A. Costofino, R. Thursitt. A chort de Nicholas Intramurano foi meu guia e eu ergui um domo no extramurano Michan: por Tor, meu erótico edifício eifelnizava os céus, no meio dos companuviários: além do quê. Com finas ânsias e impostos eu fui elevei e por ex-crúpulo obstive um grande é difícil: dízimo e promessa forma-me os meios para o Senhor tributo e se esfoi tudo preso e tomado em donativo e tributo: eu estava fora de mina com eles tamborilando em meu chapéu até que eu prensei por mim mesmo mucho mais com moeda privada: Sirs de Verdinheiro mas cor de sangue, pra Madame dos Penhore preços eu devo e sonego. Estrangeiros da Nederlândia atacaram a

gente de hugo e note e eu peitei, cabo a rabo, bartolomeu: mirréis (marco!) caíram em cima, e (Luc!) acordei o Daniel na toca dos Leondres. Belafesta morreu de inveja. Carcutá graateada. Dá-lhe! Bradei pro Brian Boru bater nos branquelos da escandinava, o Tolka tremia: Fogintrusos! Lusqu'au bout! Se eles tomassem a irla de volta seria quente no dente da frente: tinha era farracidade nos ridottos, aqui rivalidade nas revoltas: despachei o Duke de Wellingtão pra reshacoalhar Roy Shackleton: Walhalloo, Walhalloo, Walhalloo, chora nenê! Sob a lei marcial da warschouwia eu guentei té bala de chumbo, pingue e pongue, livrai-me. Fiz prahar a festa em acorpolis e cafèdamanhei em Neederthorpe. Deixei fairviews periferial mas acabei em rathgar e rathmines: fiz lava-bunda no abrigo de mendicância e me cu curei da inoculista. Quem pode contar o conto que eu dei ad liptum na planície de Salisbury? Com trezentos gaiteiros e cia! Das belas aborrecidas eu levantei os véus, para endormecer a fera eu touquei a gaita do gatuno. Pelo almiscarado movia um murmúrio mas cavalos e cães corriam: dulcis toadas como som d'água partiam flautulentas das índias acidentais enquanto de são jorge no leste se ouvinha uma babeltalha. Tudo na minha sackevila de Escuterra quase sempre pelos medos caminhos mas que na zona de meu bairro Belvaros era sinal de cama: tubersclerose eu [541] reizei mauliciosamente das batatas de Hawkinsônia e berrybéri de pletoras de ensopato irlandês. Escutei das minhas liberterras soltas à cata de tumbas, meus lamentos jerusalemingando no Muro das Wellingtações: eu me Richmandei pra banheira de água, plu!, vial, de Roundwood e trouxe assentos e távolas, urrando com raiva, pelos longos canos de olmo: de gosto pela periferia eu os carreguei cá fora em meus vagões pullmões até os hotéis Komedorme: fiz jorrar água esfontanamente de Philuppe Sobriety do corpo que balança mas não vai: e quando desmamaram da mama fiz uma infusão mais coinfusa ainda: uvinha do vinegarden, obtemperem à minha dose! Quando m'olharem no meu café m'olhem melhor do que minha moka e não motejem, como não fiados no abrigo do cocheiro com pingos nos is e traços nos tês. Então não vacilem! Que enquanto eu cimolhava o porteiro de janurário, eu baixolhava os últimos atos do natal: síndico de poderil a gente acata, eu por indigente e intendente: no Fórum de Foster eu demonstrei-me bom inimigo do povo, e meus pupulos notaram que meu ladro morde: Suphragettes e Inphragettes estavam indecididamente comigo mas mamã do céu e os antiparnéis e meus enschwames de palabras com pequenas esponjeletas puseram o balanço e os bombus pra quebrar: Fletcher-Flemmings, elisabotha, como eles me olharam de quaker maneira, seu menino dourado, eu inesitante fiz replique: Mademandas e Senhoradores: e quem no capeta disse, não apago o pirilampo que na bunda vai tranco! Senhorlução: Brimgem uma, brimgem duas, brimgem três!: a paz esteja convosco, na minha bethel de Salomão eu accouchei as rotundas delas e raptei à chave insultaneamente as minhas venereadas lucrécias: rapaz molhei o biscoito, de Jacob, e minguassado eu me exauri; eu contei minha nova com déli cada detalhe pingo por pingo de meus trajes íntimos pouco a pouco enquanto tintinficava seus faraday em fila indiana na minha prancheta de giz: mordi meu gengipão embrulhado em caso e cinzas, e perguntei pelos omnibuses como sem eira nem beira. Na humanidade do meu coração enviei vendedoras de soro e coalhada para revigorar [542] os que vêm da farra e logo, guardinha metropolitana dublinense, mas a grande grande grande mesmo das caridades, desvalerisou a face dos caras ordinários pela restrição do cara de baixo: com pulga na cueca eu corri pra Botany Bay e marquei pontos enquanto os ianques mexiam com o império: venho recém be bendo omôminosas cartas e bem embaixo-assinados repletos de poetaria sobre minha monumentalidade em forma de símbolos e venho sendo aliciado para chansonice na festa de Ceoil de fato que dizem todos eu ter filado a disputa mas me confudi: quando mais o pau se esconde mais ele cresce. Attent! Cutaqui! Becketei meu vonderbilt cafofo à meio-nada e de manhã estava cheia de parasitas. Despeçam e despensem, licenciado, obrigado. Pensei nos lírios de veldt e nos balcães tirei-me a roupa mostrando minha glória. Assim. Esta moçoila, filhas minhas, e estes homens, filho meu, do meu feudo na vila de Ostmanorum até Thorstan, *recte* Thomars Sraid, e da Plaza Huggin até William Inglis a casa dele, aquele homem de Loundres, em todo o baronato de Saltus, vizinhos de nórdico a sul, helotas e zelotas, arrotando mack e comendo O's, o darci e o jacó, o drury's jones, ruivinhas e pupilos, em homenagem e felonia, quem tiver recebido entrada, que vá para a saída, casa lotada, de pobre mas limpinha, distinta, família vai à missa diariamente e se exercita lendo livro de física alemão, compartilha o banheiro com mais oito moradias, mais que distintas, recebe bom óbolo da igreja, assalariado saído da carceragem, altamente distinto, planeja nova partida de Mountgomery para circunfechar, filho mais velho é *non serviam* mas corre atrás do Cara-que-coça-o-Céu, sala-e-quarto sem entrada de serviço, quase distinta, paga o dono do brechó com ossinhos em troca de cortinas desbotadas, escadaria sempre abarrotada de hóspedes, particularmente distintos, casa tomada de poeira e quinquilharia, parece a destilaria do Roe pegando fogo, esposa desleixada só na caneca, cuidando dele, tem um décimo ilegítimo a caminho, parcialmente distinto, aprendendo por correspondência, vai de patrão em patrão, ambos [543] beijinhos na bochecha na saída pelo falecido marquess de Zetland, compartilha a latrina profusamente rabiscada e rabichada com outros onze associados, outrora distintos, corredor aberto pungente de pratos bálticos, batendo a cabeça da mulher contra a parede e perturbando os vizinhos, capela privada ocupando o aterro, esvaziado duas vezes por dia, fazer o quê, altamente distinto, barro tirado de casa no meio da noite, excêntrico oficial da marinha não muito equilibrado aproveita o seu pipe e ri lendo gravuras estrangeiras numa torra na calçada, conhecido como armação, reumática viúva varre a casa, hostilizada, condenada, execrada, de dúbia distinção, ferramentas caras demais ou penhoradas, filantropo aposentado quando dá se aproveita das primas para se preservar de restos de borralhos dilapidados, estudantes sérios comem os últimos jantares, piso deslizante para clérigos desacompanhados, completamente distintos, se viam muitos livros pios de páginas não cortadas, torneira mais próxima duzentas jardas de corrida, galinha e groselha envasada com frequência na mesa, homem não tira as botas faz doze anos, bebê aprende a martelar o piano, aparentemente distinto, às vezes ouve de vínculos de nobreza, um pé de poeira entre balaustrada e rachadura, esposa limpa-privadas, eminentemente distintas, no desemprego vai adiando, será operada se consentir, deplorável racha no telhado, cave de clarete teia de aranha desde o pontificado de Leão, veste calças de linho branco e coleciona bunddhas raros, menores melados e com vermes precisam ser separados, acompanha os febris por 1s 3d, possui duas varandas (fundo pra fundo), distintas na forma e no fundo, imbecil inofensivo supostamente cucafraca, uma salsicha aos domingos, tem equipe de oito empregados, prognóstico desgastado dado o alívio na viela, irmãos de quarto saem com as irmãs logo que escurece, ela nunca viu o mar, viaja sempre histérica entre centenas de roupas em onze baús, gato faminto tadinho, o brilho da distinção, fez fama no serviço colonial, empregados dormem em baixo, o desespero de suas muitas benfeitoras, calorias exclusivamente de Rowntrees e dunlop, uma barra de sabonete sunlight dura janeiro e fevereiro, os V da família V (dieta nimal) vivem em habitações [544] de cinco andares sêmendependentes mas raramente pagam pelas compras, deram caução a um amigo que abscondeu, compartilham o mesmo banheiro com quatorze casas similares e um infame alojamento, mais distinto que outros por aí, pensão de chá para viúva buscar no mercado, chapéu de seda herdado do sogro, chefe da economia doméstica não mencionado, estranho como vivem, reputados por alcovitar, últimos quatro ocupantes bateram à porta do céu, companhia mental só com os chapas, distinção não adquirida, copiosas hostes de camundongos, condecoração do chefe de Uganda trancada em porta-joias de marfim, vovó tem ambliopia alcoólica avançada, o terror de Goodmen's Field, distinto e distinguível, tão distinto quanto distinta a distinção pode ser, embora a orável amissão fossem os horrores eu claro havia-de esperar, todo mundo, que venha todo mundo, são todos meus vilões, com cartulários talhei todo mundo. De forma que firmo comando, como formava e firme comandava, com peso de minha palavra royal e meu grande selo agora afixado, que dos pais dos pais dos seus pais até os filhos dos filhos dos filhos aqui habitem e daqui cuidem livremente e com meus herdeiros, firme e discretamente, ampla e honestamente, e com todas as liberdades e garantias que os homens de Tolbris, tenham em Tolbris, no condado de suas cidades e em todas as minhas terras. Por meio deste minhas testemunhas, armas e leis. Lavrem livremente. Enricus Rex.

Labutando por tantos furlongos tive o livramento, milhas e milhas de empregados. Espiem, olhei meus pompadours no quarto de alívio e meus caixeiros viajantes contaram mentira sobre mim na cidade: em leito morganático espero, em seratas de chantagistas: do trono de meu poder estava parcifadado por meus súditos mas em caminhadas urbanas mais escuras eu debelei superbo: ouvi que a maledicência estava dentro das anáguas com os juízes pés-sujos em minhas huisclos: na época de Guy eles foram amortalhados, na de Fawkes esquartejados, o gamão do Gomez, a lei do linchamento: fosse eu magnominoso como o legislador erupcionaria lucamente com minhas erepções: as veredas levam aos lavabos onde os espalhei, nas valas das grabenidas eu os recolhi: nos Círculos de Sheridan meu engenho repousa, na black pitts do Pai Lenfant ele entontece. (Corações de Carvalho, apodreçam em paz! [545] Rechabites obstêmios! Envultos em barro, pinoamortalhados, revenham não, refalem não! Silênciolento, ó Moles!) *Quo warranto* tem sua graça meu solandarilho e puissant lorde V. abraços para mim e ele me deu todo apodo (*sotto voce!*) que é segunda rabeca para nomen. Que seja meu gentilicum. Na crista, duas pescas fresquinhas, étoile, robalas, escamas à mostra, cores negras, calcinhas brancas. Chefe-coleóptero, pondant, meiafaixa, contornos sinistros, no charco, em cores. Na parte de baixo três lanceolados, shakespeariando as longas lanças, seus braços em cruzados no timbre, banda e contrabanda, verde-sinople, em letras portent: *Hery Crass Evohodie*. Não adiantou de nada, repassando de outras terras para válidas disposições, para inquirir se eu, larrastado, sendo o primevo geracional a casar em grupo, holocriptogâmico, de meus essênios, ou de nuvem tragado de gafanhotos, levado por ouzel galley, eu, falado até ser convocado como produto de carolas em massa, três surtouts embrulhados um noutro, duas gêmanáguas como se una fossem, trança em três ou dublina em dois, já que peladinho ficou ou rob rei dos feinianos, de fiji costurados macaco e peixe, encobertos de obscuridade, por minha virtus de criação e boa promessa, por meu liberto recém-rodado jornal matutino e a luz interior de mimadre igreja, de jeito e maneira que me sirva, decerto eu reclamo e proclamo optar pelo simultâneo. Até renato o dia e fugas sombras. Horemos como ele. Em verdade! Em verdade! Deem-me tempo, ou me despaço!

— Qual teu número? Tum!
— Quem te deu esse número? Teu!
— Já puseste todas as moedinhas? Estou escutando. Troi!
— Mantenha-te longe dos pró-pênis! Traque!
— Sr. Televox, sra. Taubiestimm e invisíveis amigos! Pó posso querer dizer. O chato disso tudo, tivesse Fulvia fiel, vagando as enviesadas vias deste mundo, virado as costas para subir aos montes em busca de lobas, homens de pele escura da Eralândia, Chefe Pata do Norte e Chefe Água Preta e Chefe Poça Escura e Chefe Nuvem

Noite nas Profundezas, ou tivesse novamente Fluvia, âmbarcada, deixado a cama torta de cebolinha-açafrão à sugestão de alguns bandoleiros à espreita [546] em Moabit que pudessem delambuzar, raposas vadias, pode aumentar a vantagem perguntar donde em pall mall seus enganadores a pecaram. Mas saibam que vastamente ao contrário do que vi ou vi da maminha boa mulher, como eu, com esta herdade de sempre, por Fulvia Fluvia, dondoca bem néecida, sempre seguiu invés a coisas que eram justas, pelo que me concebo, no que foi mauditado. Mesmo assim, pois sempre a amei: e mimei suas calçolas. E ela chorou: Ou meu deu!

— Até a próxima!
— Aqui vamos!
— Doidice!
— Agora daqui há cem eras!
— Mas estava firme com ela. E cheguei aos meu deleites, meu ciúme, iasmaque, bocasmaque, orelhasmaque, narebasmaque, e desci fluminense com ela e lavei-a paço a passo, de salto d´água a liffeylonda, marèbaixando, como alcaide faz, choramingando no riacho de Kevin e Hurdlesford e Gardener's Mall, pela rua do rio, na longa barragem, até a Cheia de Ringsend Flott e Balsa, onde ela se pôs a balançar um pouco, meu dardo voou longe: e lá, ondamargem, na faixa sul, bastão no mastro, alto como Cuchulain, despierdado Ajax, ergui minha vara, o tridonte criou tritão e prole, virola, e pedi àqueles politumultuosos mares que sossegassem de nós (dê a volta ao início, tartamudomar!) e eu dei com uma puta cavalariça até que ela cruzou a água pela primeira vez, minha noiva nórdica, e a conheci a fresco quando com toda alma seu corpo tomei, minha noivazinha: Céus, ele trovejou, Vigor, ele bosforou. E sobre ela ergui dez pontes de júbilo, arqueadas do cabo ao rabo, do banco ao Echobank, por força de arco (Galata! Galata!) fomos fortes em um, maelstrom em loba: e na ringstresse eu a tombei com Ierne de Erin e pôs tradesmark de macho na sua todavida mineral por tudo e singularmente, idag, igaar, imorgen, e for evigheden: baixe os barris, ei! arrie a bandeira!: (que arranhar de cargas! que turcos [547] vapores!): de Livilândia, saúde, de Lettlândia, timtim! Com impressões de Ásias e Rainhas de Colombos pelas suas peiraninfas e as salvas cantantes de sua canção de noiva: sebo de ganso nos unta, canailles canzone e eu dela as penugens e flores levanto: e

pus nela nome e cadeado ao redor pra ela levar pra cova, minha amada amante, Appia Lippia Pluviabilla, enquanto seu homem eu sou e for: cinturei-lhe a pomba para afastar o fiume de marmanjos, demarco o território da alcova para punir os furiosos: fui casório dela, homem comum era, um everest, ela minha annie, minha lauraleide, meu dente de leão, quem lhe corta as cordas se não minha proa? Quem exposou aquele porto com atracações quando não eu, barco solto?: na capelinha da trinity eles encontraram minha dama rua, apertaram a porca por mim: quando me dei conta simbá, se abandono ela me derivo, mal tivesse eu trabalhado em categute com cocô de vira-lata para limpar e não tivesse doado meu agasalho, alvo de constante cópia: e fortificado pelo meu direito de homem de capitólio, descingulei-a, minha vermincela à la vinagrete, com todo delitoso amor que pode um homem deitá-la e dar-lhe a caridade da liberdade: e dei té mesmo meus jungerlírios e turcascoxas miudezas e acessórios (catálogo, *passim*) e meias à prova de descostura (ver roupas de tecelão), coiffs coquetes (ver chapéus de agnes) e pechinchas de bom-gosto de nós de madeira de azeviche e brancos lótus e bibelôs de minhas noveidades e revoadas de redferns e válidas lauras, transpairências como vestem mulheres em pele e peliça, o mais fino da Pim's e Slyne's e Sparrow's, luminosalbas em lumino-luxuriosas araras, *La Primamère, Pyrrha Phyrrine, Or de Reinebeau, Sourire d'Hiver* e vice-inversa, e tamancos para as patinhas que sabem que podem ser torturosas como botas ou contas de terço hoje brincando com espelhinho de meucúrio e manhã cheio de caco, por toda finesse minha e chávena sua, deu chá dinâmico marquês. Eu reviro no meu colar de cygnus as faz de contas-conchas do moyle marinho cantando suas chansons de marins no silêncio dela: e, elevando-a à corte do rei, seu gemido seco oloroso descabaçado, que em exagerado amargor, eu condecorei-lhe o bico cisneiro com a ordem de **[548]** Danabrog (Cunning o grande! Soll se eleve! Soll se eleve!): com a madre gansa segurando vela na Leonard's e na Dunphy's e lampiões de Madonnas a cada quintacasa pela energia coindutora do prefeito playboy ocidental cantando knickerbockers e velas de banha queimando em buracos negros, as ceras e os porres em seus mastros eriçados: pois dias não houve noites pois noites foram dias e nosso povo repousou dos invasores e os pagãos do príncipe de pacis: os que tremiam a cova não tremeluziam mais, os varas-verdes eretos viveram: ido o septuor, denso demoníaco desmaiado dolente desolado dominado desesperado, já mais tolvmaans, maldito lúgubre odiento amedrontador furiosos alarmante terrível triste aflito pavoroso espantoso: paz, perfeita paz: e eu penduro natal hino as balouçantes lunas, amparado por Kettil Nariz-de-Flecha, pois na hora de comer da minha frígida, *coloumba mea, frimosa mea,* na rua Vinte-e-três com Elgin lâmpadas claudicam de bloco em bloco, pelos voltas e amperes de Livânia, de anodos a catodos e de topazolitas de Mourne, Vikinglândia, por Arklow aceso por homens do mar e Wexford mal iluminada pelos aterros de Hy Kinsella: num vil mas pérulas aí, a coroa de minha estuarina munificência?: três cuartos do sal nadei na seca e todas as minhas garrafas vazias eu enchi em beloporto: quando eu submarinei jack e maturino eu nera flor que se cheirasse mas isso foi népoca que fui pra sum petesburgo que eles me mandaram pro diabo que me carregasse: o que desmata e esfolha no novo mundo tomba no verde: na ilha Brasil minha reiqueza pereceu e eu me arei cabisbaixo, com pena de mim mesmo: onde o bravo O'Connee encontra Alta Mahar, o escuro adentrando o claro, eu sentei e sarei com o grilinho cri cri no meu coração: as inteligências dela que me charmaram na calle eu reputo-as pensamentos úteis, sua turlyhyde eu bombei com potatum na paz de amiens abunda: meus bíbulos bedéis amostraram os triunfos dela nas peças das guildas, Eva e Adão, o roubo do costureiro, Caim e Abel e o cesto de batata, Guinness na Arca de Noé, singrando o rio e Lorde Joe Starr corcovando o corpo do camelo: acabei com o Imperador num lance de nove pinos gaélicos de seispênistrocados [549] para pendurar: meus noves da fama bisados e trisados de Josué a Godofredo mas meu *processus prophetarum* foram aplausidos perpetuamente. Moral: livro pra basura, ver imprensa.

— Ele não é só lambida e lambada.
— Mas seus membros lhe servem à mão.
— No parco esteve do trino collegium.
— O S. S. Paudraico aportou.
— E depois dessas coisas, dei de comer a ela, minha coroa, minha berlinda lá instava, de especiarias no bafalho, itálico primo pato e rica porção de ossobuco e galho d'alho e pimenta de porco e chukrautis e picadíllicos, saborosos mexidinhos e delicadas geleias, vem a festa de São Pancrácio e tortinhas frutacreme nutridoras para pudim de

Paas e Pingst, carninha frita no farelo e nozada em conserva da loja Cozinha no Bafo, e drogas de kafé e jalapão e echalota de Ascalon, provendo de papá o que ela precisava, tudo da terra: e para meu mongoloide bafo de açafrão, o dermatonto, dei pólvora de Biorwik e óleo de Oliveira, unguentos de cutícula, pela cara escura escrutinadora dela, com jarras e púbicas ramagens e um pentinho pro pentelho, pretinho mas limpinho, um pelinho para espanar o assento, e licopsida e modess para sua umidade avançada (eficiência incrível!): e, minha putaninha, quando semanas de carinho civilado, em salões escuriais, com janelas de finovídricas, frestas cortinadas e librariums até o teto, eu d'efeito conselhei meus companheiros de fornada para darem aperto nela, choro nem vela, pauteca, com vara, no grito, baralho, carteado: tivemos nossos lordes prefeitos e madamas prefeitas kiotando e só ri dentes para gente com as caras passadas, óleo sobre estela apontando manualmente: Tamerlane o Cossaco, Durque de Wettingstone, Pieter Stuyvesant, O'Neill Sem-lei, sra. Groselha, sra. Uva duma Figa, sra. Daterra, sra. Ameixa Rosada, em quem cremos, lavapés embosca dos seis princípios, submeta-se ao que tudo vê, Amós cinco seis: na dublinera ela teve todo tempo para mostrar a perseguida graça de bunda trono dança em seus forrós enquanto eu, tonto e bambo pelo vampty vumpty de nossos [550] loucos loopings, caí pau lado errado do meu lastro: em nosso palhácio de inverno vampirizava-se por exílios, ansiávamos tão gutamente por sono e phantasmas: ela chofava os meus com seus pezinhos em brasa e reskaldava suas marmórias em meus ressonos de sagas: como pavoa dominava os paus, lambendo o gelos da janela do dormitório todos admiravam-na em camisa: na rua Rideau Dianna dormia, marquem bem o que veem: tivesse eu nos pantocriado haveria visão dos deuses: touquinha vermelha e gata de borralho e fui passear no bosque: fiz muito barulho com bem arranjados cantos d'amour e pentelhei à vontade: eu desvaniei para vocês no mais que perfeito: previm para vocês nas busca daquela jubileviana rapariga por cascas-grossas: *pelves ad hombres sumus:* disse à prostituta sem calcinha; deixe-me ser seu bicho paipão e pros da estrada e de Prater; Chau, Camerada!: evanvelho de boas novas, omnisciente das palavras d'O Pai, aos desgarrados, desprezíveis e quem mais será: quem, em arregimentação por liberal doação em coordenação pela organização de sua instalação e ampliação plus anexação e amplificação sem precipitação pela culminação em latificação do que lhes fora forte privação, competência, alegria, utilidade e assim vai, será, novamente via adão, feitos à vida: meu rebocador se demora descendo o grão canal, minhas chatas flutuam pelas Águas de Regalia. E construí *Urbs in Rure*, por minha amadinha, meu rostobrilho, sob astrolábio de meu urbiservatório, e latrina de terra com ejetor para se acocorar confortavelmente nas necessidades do sabá, quando barulho deve ser silenciado: não fetichei com capelo minhas universidades, totalmente racional e divina, sofista contra veterano, com bolsa e tudo?: não fui rosettado em duas estelas do pequeno egito? Não estou gravado na pedra, hieros, gregos e democríticos?: tricastelação, bimoeda: e por minhas sete leis de hibernska Ulices não me fiz passar por doze buracos de agulha e Newgate e Vicus Veneris em coincidência?: o rebolado do meu camelo, kolossa kolossa! no porte sublime aos degraus de benares: tantos coinvocados pra tão poucos sim lecionados (Voter, voter, cedo votem, [551] enfim a vez de Old Sarum): terminais quatro minhas estações levavam Granorte, Grassudoeste, Dubwickweck, Meiogranoeste. E eu fundei geministérios, o pró e o con, e minha varakirke funcionou também como varinhas de contão e enchente de atachahoochee, agora tudo tijolo bambo e pedra presa, má sônico, abobadado refúgio de filés e pescadores: despencando sobre nós, Hagiasofia da Astrália, nossos orizontes vossas naves e absidês, nosso tonéon eterno vossas firmes abóbadas; Rádio-amador, circuitisar! Shemitas, ressintonizar!: corneta, sh! latafora! aqui é coisa sacramentada!: todas as sirigaitas trullando me compelem, empurrei todos os gnomos, vaivai: Cassels, Redmond, Gandon, Deane, Shepherd, Smyth, Neville, Heaton, Stoney, Foley, Farrell, Vnost com Thorneycroft e Hogan também: espíridos me valham! Elfos me guardem!: telhas da minha olaria (Ó tribos! Ó gentes!), cuida do meu castelo, a paz de meus quatro grandes caminhos: inférnicos ociosos do Exército da Salvação, celestiais arcânicos de Swedenburgo Vaivala! Minhas sete encruzilhadas eu cruzei para encantá-la e encruzilhadas têm seu preço e peças o vento levantou, ai minha saia dela, ui meu chapéu dele e varre Neeblow's Garden: e foi por isso que Blabus estava pintando a parede e se mostrando pra suzanne dos vizinhos mais velhos: e em terceiro lugar, para semprewig, eu peguei e reformei e rirgui no canto da boca pela minha nova florzinha, meu docinho de porco, minha cabelinho de fogo, sua toquinha no pico tocando sino de missa, o sem cristão no badalo, domos e muezins do alto entoando: dom dimdim doem odimdim: e os banjos de deus balbuciam a inglória: a isso se assome o sumo secando a chamadela e janelas salientes em sua casa: nova boa no meio de nós, christous no meio de nós: sacabuxas zombeteiras, órgãos se insinuando, e a inglesada, lá vem babás e quarenta bundões, no alto do litaltar. Há lá quem nos perdoe!

— Hoquei
— Hoquei
— Hoquei
— Hoquei

— E grãonizo, nevinha, chuvisquito ou saraiva abençoada, que esfrie no cálice mas se aqueça na sacristia, com o livro [552] prepucial e vara vergada, nervura de volha virgem, o verdugo dela eu sempre adestrei minha aninha a apanhar o alphabeto do ai ao ui, e mais um e mais um; ooah, oyir, oyir, oyir: e eu sim meabri ante milivvy, onde a rua Direita cresce e as moças ficam rodando e Paço Cammomile atravessa a Ladeira Primrose e o Beco de Coney dá no Parque de Mulbrey mas jamais um britão tinha babado ou bebido desde há tanto agouro quando toda maldita ilha foi toda pessach, minhas ourelas cheias de mato parasita, meus jardins alcatifados da Cidade de Garden, com pirômides quepes e mãos-aos-léus e faroestes e colossetes e os jardins suspensos de semíramis e esplanadas e estatuetas e templos, o pardanell de Maynooth, Fra Teobaldo, Nielsen, contra o almirante, Jean de Porteleau, a Grampulheta do Conall, Guglielmus Caulis e o eiligh ediculous Passipuder (glorieta inexcelsior!): por dias semanais e feriados até o cumpleaños do calendarias, gregoriamos e julianos tal como apraza o andamento: e plantei o que pude para reflorestar lisbona de idas e vinhas e espalhei mudas hortas Chesterfieldianas de elmos e lúpulo de Kent e ceivada de brassaria e verdelhas villas e pampos ânimos e (N.I.) necessidades iglesiásticas e laguinhos de águaductos: um espinheirense, um vale fairy, o valahala, a caça aos viados, a Howlina de Finn, contra lambepauzinho e catapauzinho com muro mágico (rimrim! rimrim!) pelo real parque fênix da Rainha: e (sh! sh!) fiz brassadura para minha alpina plurabelle, garota de orelhada, (na moita!) minha Dublinvila velha em folha caracu, escura, espumante, refrescante, inf, inf, infiltrado, rompendo o baço da barriga dela: e deitei no passeio para minha eblanite minha rua stoneybatter, meus circulums nortessul, meus lestemores e oestemores, pelos boulevards e Parada de Sydney, (aiô, cavaleiros! noivinhos, avancem!): após o quê, em mantra de veros homens como yahoos (esperem até que o condutor lhe cobre o bilhete, velkomem toda intransigente nesta vongão de Hoseias!), claudiandantes na ruárabe, riquixá do Reich de Roma com trompas de Reis d'Hespanha, madrilenos mustangues [553] levam broncos bucarestenses, sentaí e toma um táxi, e til til tílburis e charretes, outros cabriolando, outros sedados em sedãs: meus caroneiros cavalheiros, no fundo, no fundo, das minhasdamas sem sela, surdina, surdina, lá ri lá na traseira à vontade: a mula e o mulo e a burra e o cor de burro cansado e cavalinhos bicolores e tricolores (primeiro a esquerda depois a direita!) tudo para bela aprazer: e ela gagargalhou em sua cacapa larga com as cócegas do chicote. Tira, tira! Mostra! Vai!

Mattahah! Marahah! Luahah! Joahanahanahana! [554]

Tradução: Vitor Alevato do Amaral

4

O que foi aquilisso? Foi confuso o quê? Tu dormes tumuitoado. Deixe dormires.

Mas realmente agora quandonde? Discorra pois sobre quantas vezes vivemos. Sim?

Então nãoite a noite a nadoite a nuite, naqueles bons e velhos dias terríveis que passaram, os dias, podemos dizer? sobre Quem podemos dizer? enquanto jardiministradores de infância se preocupavam com suas camas de solteiro, lágora permaneceram, os sicômoros, todos os quatro, em suas febres quartãs, os maiorquinos, os menorquinos, os demasiados e os fermentarianos com seus malditos extravagantes ceifadores de rajadas, titulanão por tetranocivox, em suas covardiagonais, e aquele velho olhamigásvel, gracejando com negociantes de cavalos medonhos, com Gus Andador, o burro, e sua pobre velha moribunda tosse bêbada, esker, newcsle, salvaguarda, desmornando, deletiga-me, em besta disso, o caminho para damblin. Siga meu atalho e você hesitará, esker, newcsle, salvaguarda, desmornando. E ouvindo. Tão chumbado quando o bomfilho Kevin Maria (que iria ser o chefe de recrutamento da brigada dos meninos do coro no momento em que ele cresceu sob todos os auspícios) irlandessorriu em sua via láctea de creme panaqueou e ambosia de asno e epolho temprado, se apavorou quando o fedelhomau Jerry Delsfim (que estava apressando-se para ser o principal ajudante de cozinha em um refúgio noturno tão simplório quanto ele era curado o suficiente sob todos os hospitais) incrustou o cenho para seu rugoso resto de desnaturante, nojo e lemancólicas borras, nojo e ruibarbarorum pulverizado nojento.[555]

Noite a silenciosavelejante noite enquanto a infatina Isobel (que enrubecerá o dia todo para ser, quando ela cresceu um domingo, Santa Sagrada e Santa Marfim, quando ela tirou o véu, a linda freira da apresentação, tão quase vigenária, em sua coifa pura, irmã Isobel, e domingo que vem, visconatal, quando ela parecia um pêssego, a linda Samaritana, ainda tão linda e ainda adolescente, enfermeira Santidade Isabelle, com punhos de manga tesengomados exceto nas manhãs de Heriado, Cristonasce, Erressurreição quando ela vestia uma grinalda, a maravilhosa viúva de dezoito primaveras, Madame Isa Viúva La Belle, tão triste porém sortuda em seu véu de carpideira garotinhoazul longo negro com flor-de-laranjeira) pois ela era a única garota que eles amavam, como ela é a pérola régia que você preza, por conta do modo como a noite em que a encontramos pela primeira vez deva ser, eu acho, e não em vão, a querida do meu coração, dormindo em seu berço de abrilcó, em sua unicâmara, com seu pirulitodassobio saborameixa em par com o crazyquilt, Isobel, ela é tão bonita, verdade seja dita, olhos de bosque e cabelos primulares, silenciosamente, todos os bosques tão selvagens, em malva de líquen e serenodeloureiro, como tão completamente calma ela jaz, sob o pilriteiro, criança da árvore, como alguma folha caidalegre, como uma esperança estática, como feliz iria ela logo, pois em breve novamente será, me ganhar, me cortejar, me esposar, ah me cansar! profundamente, agora calmigual jaz dormindo;

noitinstante após noitenquanto em seu banco de imersão o Vigilante Olhe vecenasestranhas, daqueles lados pra lá dos revoltosos, humilhado por seu maldito brejo, seguiu ao longo da pastencaroçada densarrelva que impede o público de passar, guardando sua garrafa em um buraco abrir caminho para seu musculwhisky alongar o velhaco, isolando para os proprietários rituais perdidos dos amantes as coisas-licenças da Noite de Santa Purgaburga, e gnaisse e mau, sapos, brilhantes, vilas e bandas, apertosdemão e perniostitutas, bastõesdemaquiagem e garrafasdevinagre;

uma bela noite e na bela noite seguinte e na última noite encontrada enquanto Kothereen a Gororoba em seu comforquarto nativo, com sonhos sobre cozinhar minha vitela falcão, estava corpeteando a seu dormisseiro como ela pensava que uma batida veio à porta do andar de baixo àquela ora para penetrar a preparada e parabaixela foi, passos sejam o demônio, para ver se eram os minerais do Shemarinheiro ou Calshaundeiro o carteiro com uma poderosa- [556] câimbra para Ela e Co, Ilustríssima Senhora, ou aqueles quatro cavoalheiros em seus apolcaloopses, Norreys, Soothbys, Yates e Welks, e, algumuitos dos sãos em fuga, houve uma dor ao subir as estreosculescadas e quando ela elevou a tornovela para ver, muitelamente, para baixo ela foi de joelhos para sebenzer que estavam cocando juntos como jarros-de-marabaleite como se fosse a ruína dos habspuros ou a velha Cranganor das Montanhas ou seu fanfan fantasma que ela estava vindo, farpiando sobre a serragem do saguão saindo do quarto dos fundos, neces sitado, que estavam bocejantodos da mesma porma, em seu corte de lua de mel, segurando seus buracosparadedo, relógiuloso em seu punhobol, um dote de davy, dote de folhadehera, para ela deshhejar, sua barrigade porca, e os brancos dos pios glóbulos oculares dele prometendo a ela silêncio e coorte;

cada e toda noite de sessão judicial quando doze maridos e fiéis no raposa e gansos em suas habitações numeradas julgavam o velho semfio passado do limite em seus membros do júri, enquanto que por reverendum eles o declaram culpado das imputações deles e daquelas de fornicopulação com duas correlações branquipérnicas de quem ele foi acusado de ter desfrutado por antecipação quando instruindo-os em desaparada, emeio à relva, ela estava sentada, quando homem era, espantosamente franco, para a primeira conjugação deles cujas cores ao levantarem-se do alto eram de um rosado lindo mas, se não fosse realmente assim, de uma desnudação de um indigente com intenção de excitação, causada pela retrogradação dele, em meio às forças fogarmadas próprias a essa nação mas dissociadas de todo estremecimento que, ele disse, estava sob pressão do calor e uma boa mitigação sem a qual de toda a forma ele insiste em ser digno de alimentação contínua para ele tendo demonstrado, ele diz, tão grande tolerância, depravado tão notado e tudo, como ele era, com docementes de courochamois e seu cepodefumo, por negar a transubstanciação entretanto no que diz respeito à sua altamentepoderosa posição, a partir da qual mais especialmente tão provavelmente ele estava enquanto isso sofrendo torturas gentis do melhor testemunho médico, como ele às vezes fazia, tendo somente força suficiente, por meio de festinação, para implorar (ou eu acredito que você poderia ter dito melhor) para complôrar, com obsecração, a todos conectados a ele a maldição da coagulação pois, ele me conta do lado de fora do Sammon's na King Street, após [557] duas ou três horas de confabulação cerrada, por esse peltrepint de sorodebode da Gilbey que é a principal consolação dele, apesar de estar envolvido na mesma não incerta porção de regurgitação do esôfago, ele sendo pessoalmente despreocupado ao ponto de uma moela de pulga a respeito de eructação, se ele ainda fosse extremamente ofensivo para com uma vintena e quatro dilatações de narina, ainda assim ele era do mesmo modo, do outro lado dele, para os olhos alguns nepmen um deleite, como ele assevera sem a mínima alienação, tão preza dos erros dele você faria obliteração mas para nosso amigo atrás das grades, apesar de parecido com Adão Achedepois, um homem de estima, o resumindo para estar feito, seja o que for de excesso a exaltação dele, ainda assim pensamos com Difamar não pode haver extinuação para contravenção de legislação comum e estatutária para a qual o remédio apropriado resida, pois Sr. Difamar, em amputação corporal: então três meses para Gubbs Jeroboam, a peste suiçesúmada do parque, pelo ato um, seção dois, anexo três, oração quatro do quinto do Rei Jark, esta sentença a ser cumprida amanhamanhã por Nolans Volans as seis horas em conto, e que o levedurvento e o avebrante maltem piedade nos seus sete hidroméis e seus crescimentumulto, Amén, diz o Clérigatendente;

sombrinha a noitinha a direinoitinha a finoitinha enquanto em meio a fodos os jardins felizes nove com vinte potros de Leixlip, todos ágeis, tiveram momentos tão supimpas com brados alegres do que é legal exshaunlente feito de feito para e chorando como diversão, ele ser ido, pois eles nunca foram mais felizes, huhu, do que quando eles estavam consternados, haha;

na cama de julgamento deles, no travesseiro da adversidade, ao feixe da memória, sob mantas de covardia, Albatrus Nyanzer com Victa Nyanza, o macis de força morticificada dele, a combalibeleza dela pendurada em um prego, ele, Sr. dos nossos pais, ela, nossa mãelograda almorta rua, eles, ay, pelo pacutucador e pioneiro, eles são, tão certo quanto pingos medálicos no fosso...

Um clamor distante.

Onde estamos afinal? e quandonde em nome do espaço?

Eu não entendo. Eu falho em dizer. Eu malvejo você também.

Casa do balsamocedente de hidromel. Pátio de Fyon. Cena e trama de propriedade. Dica de diretor. Interior de habitação nas cercanias [558] da cidade. Rotina dois. Cena de câmara. Encamarotada. Móveis de quarto comuns. Papeldeparedesalmão. Ao fundo, lareira irlandesa vazia, cornija de Adão, com definhante leque de fugaparacasar, fuligem e ouropel, condenado. A norte, parede com janela ao alcance. Prata no batente. Remendo. Sanefa acima. Sem cortinas. Persiana puxada. A sul, divisória. Cama de casal com colcha morango, poltrona de vime e banquetamillikin sobrehaste. Santuálivro do lado de fora, mais toalhaderrosto. Cadeira para um. Roupas de mulher na cadeira. Calças de homem com suspensório cruzado, colarinho no balaústre da cama. Sobrevestes de veludo cotelê do homem com tamboris e escarcelas, broches plumadomar madreperolados no prego. Vestido da mulher no mesmo. Sobre a moldura da lareira imagem de Miguel, lança, matando Satã, dragão com fumaça. Pequena mesa próximo à cama, frente. Cama com roupa de cama. Simples. Colcha de retalhosdebandeiras. Design de Yverdown. Limãotes. Abajur acesso sem o globo, cachecol, gazeta, copo, quantidade de água, julepote, tiquetaqueador, objetos secundários de cenário, eventuais, artigo desdentado do homem, rosa.

Uma vez.

Ato: mímica.

Closeup. Protagonistas.

Homem com touca de dormir, na cama, de frente. Mulher, com cachogrampos, de costas. Descobertos. Ponto de vista lateral. Primeira posição de harmonia. Diga! Eh? Ha! Parar a ação. Esteira. Macho cobrindo parcialmente fêmea. Homem olhando ao redor, expressão bestial, olhos inexpressivos, paralelepipédicos omoplattas, peso batalhométrico, exibe fúria. Negócio. Loiro róseo, bol de Armênia, manchas negras, peruca de cerveja, compleição bruta, episcopaliano, qualquer idade. Mulher, sentada, olha para o teto, expressão demoníaca, nariz pontudo, boca triangular, criatura leve, demonstra medo. Tingido de welshlebrebit, brilho núbio, fosseta nasal, tufo relvado, miniatural, igreja livre, sem idade. Closeup. Atuem!

Contraregra. Cancele. Tabuleiro. Jogada dela.

Filmagem.

Pelos membros dianteiros musculosos da égua Pocahontas e pelos ombros brancos de Finnuala vocês devem ter visto como aquela meninapálida acabou de pular o gambito da vovó pra fora da cama como a velha mão Mesopotomaica e em oito e oito sessentaequatro ela tinha saído, porta, cavalampião com ela, os granmembros do bode prodigando [559] seguindo a liderança da rainha. Promísteu Agourrentado à Fiammelle la Diva. Huff! Jogada dele. Blecaute.

Circo. Corredor.

Mudando de cena. Pano de fundo: fosso e tramoia. Holofote trabalhando os tecidos das paredes. Feixe interpretando trilha e palcos levadiços. Espaço para fosso: escada para fosso por trás do espaço. Duas peças. Fenando atrás da ralinha. Replay.

O velho burguimpostor parece uma coisa tão incompleta. É assim. Pelos seus mortos. Mas irá penhorar uma bela cabeça de cerveja quando isso estiver terminado. Rapidinho. O arcarpinteto do castelo colocou uma escadaria axadrezada certamente. Ela só tem um degrau quadrangular, para ficar firme porém não obstanbaleante estão eles encurralando gamãozeiro no andar superior com saltos e gergexcelintes pernas guina dupla. Uíste enquanto e jogo.

Que artista cênico! Isso é residência ideal para realtar. Pelo declive do portal de vossamajestadeimperial tilintou um sino melodioso para que Limiar Sr., que Diabrete Divino, seja ondacordado. Lingling, lingling. Seja o paipaiticeiro deles em tudo. Burro, faça seu eforoço. Compre! Por favor compre! Compre muito por favor! Ó muito por favor compre! Que homeaçadora a casa dele, não assombradé? Sims de fato é! Cabaça, de medida imperial está enterrada abaixodela. Aqui estão as reclamações dele derramadas, suas lâmpadas de alatudim. Ao redor do barbazuliteira, bundim com os camelhores. Para aqueles a quem ele havia destruído façamo-nos recém agradecidos!

Me diga uma coisa. Os Porters, por assim dizer, depois dos sombraladrões deles nos jornaimpacotados, são ótimas pessoas, não são? Muito, todos ditos reconciliados. E a disso respeito, o Sr. Porter (Bartholomiado, homem pesado, régido, camisa cavalinha, peruca cabeluda) é um antepassado excelente e Sra. Porter (dama de ponta, uma cabeçadecocó, camisola açafrãogaffney, corte lamacento) é a mais bondosa confumãe. Uma família pateramater tão unida não é mais existente no papel nem fora dele. À medida que a mestrachave se encaixa na fechadura ela então casa esse baita construtor com seu segredo de contorno. Eles não se importam com nada exceto com tudo que seja todoporteroso. *Por Júpiter de Brozzo!* Não é terrivelmente ótimo da parte deles? Você pode saber que eles vêm de uma raramente antiga família por seus hábitos e deve-se conceder um trago disso em todos os modos do espanto ao entusiasmo. Penso que começo a prever tanto. Somente falastes-me o verdadeiro! Nos torno indiferentes sou habilidoso. [560]

À direita e à escaderda! Aindà direialta, até a izquierda! Aqui estão dois cômodos no andar de cima, no bifurcaflanco e à beira. Para quem diaberetos serão? Ué, para os bebezinhos Porter serem salvos! As alunas, espancadores de rapazesmarias e marias-comprarrapazes implicantes. Aqui está uma coisa que você não duodeveu a noéguem. Esse aqui era um talvez foi o outro mas esse é o outro atualmente. Verdade? Os Congêmeoros? Eles são numeadoráveis. Convide-os. Grande cama, pequena colmeia. Elizabed, nos redurma! Quem dorme no agora número um, por exemplo? Uma gatinha, puro ssussurexemplo. Cunina, Statulina e Edulina, mas que meigo da parte dela! A sua gatinha tem algum apetlido? Sim, de fato, você o ouvirá vagabundeando em todos os contos e ela é chamada Botão de Ouro. O nome dela à mostra dirá, uma monitora. Que muito meigo da parte dela e que excessivamente charmoroso nomedemoça para se abandonar, agora que bebo sobre isso filtrado, uma saideira cheia de amargura. Ela é a preciofilha predilóta do papapai e a noivatitia mais menininha do incubrother. O espelho de dedalportajoias de ritodepassagem dela só consegue mostrar os mais queridamigos dela. Para falar bem a graça dela pediria da língua grega, da bondade dela, aquela dourada lenda. Banha de Biriyana! Louros com llírios indiferenflocos estimularrosas! Aqui está o diadorramonovo, a flordovento, uma ventolevada e girassol; lá poetasdocravo e firmamaranto e mariagarida para coroar. Some levíssimos nós não deixe cair em tentação. Ó Graça! Ó Gracíssima! Uma bonequinha mais intrigante não poderia ser colorida a partir do Decaenamorão de Boquinhaccio. Alguém poderia somente apartar um tiquinhozinho as virgenselas dela e, então, para respirar, então, láentre, contemplar, ela teve instante com a manucriada dela para agarrar o mito empleno ar. Mãe de louvadeus! Eu vou mostrar a palavradela em carne. Não se aproxime pelo amor do espírito! É dormição! Ela pode pensar, o quão pouco contudo percebe ela, à medida que refresca a manhã, aconteceu a ela, sabe o que, como eles idemfazem o que dois não ousam pronunciar. Felpor deliprateza, se rabugenta ficar de cara feia. Anáguatinha está dormindo mas no gentilninho dos pensamentos dela à popa está um brochedeenfermeira. Para ser apresentada, Papi para Majormoita? Cortesmente e com convencedores. Levantem, garotas, e vão a ele! Sozinha? Sozinha o quê? Quer dizer, nossa rixeriqueira, ela florrepousa consigo mesma. A gatinha nunca está sozinha, como testemunha seu quartinho, pois ela pode sempre olhar para Besourociosa e falar sobre apelindos com sua [561] alegrementezinha quando ela está sentada no capachodepelúcia. Ó, ela conversa, não é? Casarué, como? Sons rosapetalados. Ah Besourociosa és minha plikplak. Ah plikplak case minha Besourociosa. Uma bela baironetazinha jezabel ela envenedará mas eu a prefiro muito mais solteinomerrada em mantosdebeleza virginais dourados típicos de donzela contentes de mocinha floridos de menina. Eu também, muito. Doce delicadíssima! A Dolly chora por ela se apressar? A Dally inchará ruim estar na hora de banheira. Correucaríssimo, ela que lastima muito seixos, não ousamos aspirar nela nosso grande desejo? Um medo adorável! Que ela heptafurtivamente se crismungiu, que ela urdiu azul em escalarde até o véu da têmplora dela, que o Monte de Quemsou se abriu para protegê-la! Ela desperdiçará tão muito mais cheia de promessa, cor-me, do que todas as outras calêndonzelas que farreiam pela brígidescola, encantando Carry Whambers ou a atrevida Susy Maçarola ou Malegria Anna Caixaderetalhos ou a tola Polly Farpas. Splash! Uma plikaplak.

E já que estamos conversando aminesesmo sobre os bateladormecidos berçatordoadias, quem está no dormequarto número doisbis. Os doispássaros. Santo policial, Ó, entendo! Qual a idade dos seus passarinhos? Eles são de vir de uma idade de geminação tão cedo quanto eles podem nascer velhando como aqueles mais velhos enquanto estão vivendo sob cadeiras. Eles são e eles parecem ser tão firmemente coconectados como duas larvas para tocar outra, acho que percebo, não percebo? Percebe. Nosso bebê touro brilhante Frank Kevin está no ladesquerdafeto. Não o acorde! Nosso loiremissário garoto. Ele está a felizmente dormir, membro do Senhor, com seu erguido em benção, o meninlivro de Jesus, como o anjo glorificado com que ele se parece tanto e sua boca está semiabert como se pedalassoprando em uma biciclarim. Sempre que vejo aqueles sorrisos nos olhos é o Padre Quinn novamente. Muito em breve ele cheirará docemente quando ele ouvirá um bizarro a desmamar. Por deuslumbrante, aquele garoto ressoará alguma noite quando ele fizer suas juras de deão e abandonar nossa inlagrimaterra, despeito de pais indesejáveis, para ele ir à Amorica em busca de um emprego endinheirado. Aquele deão zeloso com sua inconsolência! Ó, eu adoro a música profaninha. Todolarpoderoso! Ele é audiorável demais realmente, eúnico! Acredito ter visto algumoleque como ele no livro de histórias, acho que encontrei alguemleijado com quem ele estará se tornando parecido. Mas chiu! Que imperdoável de minha parte! Imploro por seus veniais, sinceramente imploro. [562]

Chiu! O outro, geminado ao bacalhafigalado, esteve chorando enquanto dormia, afiarrumando seus tesourincisivos, em alguns doces de primeira linha pescados da lama. Um bife entre nós. Que endentedor maldito! Como seu livro de imagens covardes! Aqui estão lágrimas póstumas no intimela dele. E ele pitinsolentemente se molhou com sua canetatinteirereção como desperdício do tinteiro. Ele é jem jó joy pip poo pat (anote-o para um camarada!) Jerry Jeú. Você o conhecerá por nome nos jornartes mas você não poderá ver o jugo de quem ele curraleia na mão criadestra dele porque eu não te disse. Ó, sono embriorrival! Ah, lapsono fetal! um amado, o outro esquerdecido, a noiva do orgulho alugada para o estranho. Ele ficará consideravelmente dentro da paliçada quando com a fronte de lordbyórun ele se votar tão louco de ser da tribo do sir Blake umbroso enquanto ao longo da impiedade da vida ele cavalga nas costas da censura. Você não é um tanto vúlgaro com suas vogaísceras? O que afinal você quer dizer com umbroso? Com o blake da paliçada escrevo tinteiroface. Ó, escreve? E com brancaço e negrextorção jasinto para meu doce uma carta anênima com um dourado do meu mais brilhante cabelo atado. Donatus seu marcos, se dirige da seguinte maneira. Então você fez? A partir do Cat and Cage. Ó, entendo e entendo. Na tinta do suor dele ele ainda o encontrará. O que o Cigano Devereux jurou a Lylian e por que o elmo e como a pedra. Você nunca pode saber no pretérito tudo talvez que você não acreditaria que você já até viu estar ao ponto de. Talvez. Mas eles são dois portereszinhos relampagêmeos atrás das migalhas de confupão deles, Masturbotário e Comesopaú, da minha parte opinião de fato. Eles nasceriam assim, coestrelados, soco e snob, o mariarrapaz na Feira de Donnybrook, o rapazdeusfim na Supreima Corte. Quão entusibasbado deve-se estar ao ser contado sobre Formeu e Cigarreta! Que inocentes tolos! O umidoce vigor da filhotice deles. Ambos os caribolos se tornarão bolevedura nos cafestas da manhã deles. Eu vou deixarei uma minha benção cúprica entre o par deles, para irarróseo, para verdinício. Soldoados de estanho e latão, fartura em uma caixa de rapé. Bem vendido, tudo foi partido. Chorar vós não deveríeis estar a quando o homem decai mas aquele esquema divino sempre adorável ser. Então seja homem ou rato e não seja nem peixe nem carne. Tome. E tome. Nicho vilipendelicado! Sejam como se fosse per dão per dão agora o momento de passagem una vivos com mortos. Adeus, suave adeus, por esses gentis presentes, kerryjevin. Aindaté amalnhã! [563]

Jeminy, qual é a visão que agora assume uma segunda posição de discordância, conte por favor? Marca! Você percebe isso dessa retromaneira porque a vinculação masculina eclipsa parcialmente a mulhercasada. É assim chamado por sua discordância do misidó. Você já ouviu a história sobre Helius Croesus, aquele elefante branco e dourado no nosso zooparque? Você me espanta por isso. Não é que estamos comandando a partir da zagueirárea, permitindo mulher, uma visão panorâmica profusamente agradável dos belofundos desse parque? Finn o parque dele tem sido bastante a admiração de todos os mais estranhos, gregados e romanos, que chegam para cá. A estrada reta que corta o centro (veja o mapa de referência) bissecciona o parque que é tido como sendo o maior do tipo dele no mundo. Na proeminência direita te confronta o lindo chalé do vinharegente enquanto que, virando para o outro supremo pedaço de nádegas, exatamente oposto, você é confundido pela igualmente linda residência do sacristário chefe. Ao redor está um pequeno amavelmente tufado e um homem se alegra quando maravivaga pelo bosque como a natureza em toda pulsação é animada por assentos de cavalheiros. Aqui estão as pesadasceias — é para as moradias de papais para cemeirinhos de nosso super milhar delgado. Por gomadeus, mas você tem razina! Desses mostaltos são retirados sumos para juntóleos e pappasses para idorlatras. Escutai! É uma história verdadárvore. Como sábio, aquele viril, foi plantado no liffeylado dela. Como pinheira segurou pinheifloro. Como cruz em nordesterras. As marcas pretas e azuis através do bosque, que agora quase está tão desmatado, indicam a presença de faixentáreas seriovestres. Além disso montarias suspeitas se emprestam a cavalarias rústicas. No vale longínquo, também, permanece o elfo da montanha. Quaisquer adoráveis belas serão mantidas dentro mas isso é uma má cidadó da planíce. Uma pimparnella escalarte agora govermula o monte onde anciantemente primeiros assassinatos foram procurados para criar raízes. Por fingaltricida feudisputal. Falantárvore e pedracantante permanecem em cada mão. Folhespionagem histórica pode ser coletada com sir Shamus Swiftpatrício, Aquicampelão de São Lucano. Quão familiar é ver todas essas eventuras a seus próprios viborolhos nus. É tudo? Ainda não. Ouça uma. No falocavo fundo desse parque majestoso, que, com guarjardião pedrinibidosiano do bigúmico portal, está aberto ao público até tarde da noite, tão bem os cavaleiros quanto [564] os pederestres, não deixe de se apontar uma concavidade chamada Vuraco Vaziohalla. É frequentemente bueirusculodosidolador em nosso padecimento e fornece pensamentos masturvalquiórios à cabeça mas os membros polifurcadores pentapolitanos fagoteiam para dentro dela em paurtasfeiras ventosas lobalusões de bemflorestar. Uivos! Uivos!

Ondelupovo securaousais vvós começar a tremer por nossas imagens moventes nesse momento quando estou para colocar minha mão de nossas formamizades verdadeiras sobre vosso joelho para marcar bem o que digo? Atravós divãgas quem? Em Amsterdã vivia uma... Mas como? Você está tremenborrãodo, seu vomitão, como um muito jerryléia! Não? Você vai desagonizar? Contentu bocó de cervejapótra? Sentir, você? Sim, como treme, o tímido! Vortigeno, ah Gortigern! Soberano de Mercia! Ou o meninge pesarrepele? Entroncando! Que medoninice! Sombra solitária exibe-se. É uma jabberempacweek piadapenas. Devo ter roubado. Ó, graciossilêncio, ambos! Porqualmotivergonha! Eu já tinha escutado a voz dela em alguém outro lugar antes de mim nesses ouvidos até que agora são para mimnha.

Atenção. Música mortelenta. Trovão no arlanda.

Você foi sarassonhado, querido. O patarrastrício? O paivedor? Xôpato! Não háqui nenhuma paitera no quarto mesmo, meu filhinho. Nenhum paai corajoso, meu caro. Opop opop capallo, meu mui melancofrio meninomal! Goticacidade pai desceu seguindo amaña a peligosa estlada pala Lublin para fazer granditude de homemcrescido gravinstruído. Pegue aquele fundilho de duas peças grande slap slap atrevido vergonhoso pap pap pappai.

— Não dormes?
— S! Dorme mal.
— Por que ele grita?
— Fala como criança. S!

Filhestá tudo só na sua imaginação, diminua. Pobre pequena instável mágica nação, diminuta de mente! Sapatexiba para mim agora, querido. Vexôme de mim! Enquanto cadélfico vento de riacho segue vendelejando para manter esse barril de dádivas rolando e o correiouxinol longeda manhã se aproxima.

Quando você estiver carruageando por Lucanisolda, no spa de enxofre para visitar, é mais fácil encontrá-lo do que deixá-lo escapar, pare na estalagem dele. Os martelos estão contando os paralelepípedos, os picarectos estão acabando com os seixões, é mais confortável se entocar na cama do que bailar na Broadway. Enfie-se em seu [565] ocobertor. Pois é raça soca raça as sacrifóstias criam todas as estradas para a ruína e camadas por tempos de vida reservaram riquezas vindas de homens pobres. Choraram ceboluniões para picar, salitre para espalhar, pichexótico para beber, pãopedruro para quebrar mas é ótimo tragar um bom pudim de mirtilo. Cochile em teu calor. Enquanto os elfos nos raios lunares, sentindo por que, manterão minha liriojoia brilhando.

Nas câmaras de dormir. A corte vai meia manhã adentro. Os quatro senescais com o palafrém deles a estar lá agora, balaãondo nos botijarreios deles e apontando os lapenizinhos deles. O coumeboirdenança Bebumcedo em assalto estaca firme. A esfregonirmã Katya a ter uma converssombria e a manter sacudindescendo sua calcinha. Aqueles doze barões chefes ilustres a permanecerem miuduodecimalmente com seus baráceos cruzados e reprimirem todas as excursões e arãolarmes falsos e depois disso a voltarem agora para os foarãons de carnerrunamede deles e recompilarem sua Magnão cartarão com a largura da estrada entre eles e todos as damalrão. As honras de damas todas, alegremente adulando, a espalhar cinzas granizentas nos cabelos cadentes delas e para aspirantes a alegressinos a soanelarem mãos tristemente desalenadas. A dama pensionista a permanecer ajoelhada como está, como primeira assassimãe com corda em espiral. Os dois príncipes da torre majestosa, golfinho e daguablin, a mentir como eles são sem a ver. O gerentetro da dama pensionista a apresentar galardarmadão, a lâmina completamente desembainhada e perto da roda sem a ser visto por eles. A infanta Isabella da posição dela a fazer reverência ao gerentetro, como primeiro assassipai com a lâmina desembainhada. Então a corte vai a manhã completa adentro. Neste caso de ver não deixem!

— *Veja, porcão! Eles estão olhando para você. Volte, porcão. Maleducado!*

Sedeus do céu. Visão. Então. Ó, ousadepenador sujo, a vista arrebatadora! Gaiatadeus! Aquele penhasco! Aqueles bagouteiros! Ó gareinhão! Assim seja acidente acontecer não vai começar! O que você tem portantaí? Teme você a noite? De bandidos? Temo por medo de que tenhamos perdido o nosso (não conceda isso!) a respeito dessas partes selvagementes. Como batisso é finistro! Como apalpeludo tudo e animalindo! O que você continua a mostrar? Mostro porque devo ver antes que meu azar um tão rígido apontamento puxe. Senhor das escadas, para que longitube! Você consegue ler a primeira lenda nisso? Sou urze dos que fazem falta. Prevejo! Para o [566] obelisco de dunleary via a pedra que milhas knâox furlongs; para a ageneralcia central do correio comilhares de passiências; para o memorial de Wellington meia liga em direção ao erro; para a ponte de Sara bons cacento e nove metros atéla: objetivo, quintal do guarda. Ele, ele, ele! O que você lascivê, uma armação? Com uma tal barriga desimpedida? Duas cascatas? Lascivejo (Ó meu colossal, Ó meu colodeus, Ó meu colossespinal!) porque devo ver um chapéu de quicaçador de um tão mindinho no ponto. É para os encontros de um verdadeiro luvamante e muitos burguenses por nós, grandiosos e grandes, costuma roseia-lo dessa maneira tet-à-tet. Há muito tem sido efígie de padrão majestoso quando quebrado no pau de cumeeira que para as atiradoras deve lançar boas-vindas da Fortaleza da Tropamilitar, umptytonto dumptytonto. Observe você essas ressacuínas, aqueles campos a vapor, o influxo dele. Você ouviu não que, a rainha encontrando-se no exterior devido à fúria dos ventos, (mansapelido imititulou-a An An Anãzinha) o soberano dela da tardecimoitava dignastia deve vir à baía deles amanhã, Miguelfest, entre a terceira e a quarta do relógio, lá a todos os cavaustrálios do rei e todos os homens do rei deles, cavaleiriços do pisotemplo e cavalgadeiros, guia do arauto cinzamanto, Ulaf Dourartescudo? Cão! Cão! As revoadas dela serão soltas para ela e as travas delas espãolhadas. Um progresso deve ser feito em caminhar, não? Penso isso bem, semana por semana. Ele virá, fabriqueiro abordante, jubilandês irlandês e no brigadeiro-general Nolano ou e bucaneiralmirante Browne, com — quem pode duvidar disso? — os beagles dourados dele e os foxalces terriers brancos dele para uma caçada em nossas diminutas malvindas toxas. Em azul e amarelado de Beaufort a caça fará. É poblesse noblige. Homens sorrirão por entre colarinhos quando cada um cavaleirar o rabo do outro. Meu Hérccless! Que gatinhas por matoudo lado! O que brota das viuventanas guilhotinadas? Rapidamente! Cuidado com a espera! Vesguina empilha favores em nós da fragilafobação dela e Zósimo, o multideiro, na túnica dele, nos acompanha com sorveliminador. Separemo-nos! Aqui estão trilhas. Acredito, por Pontipúblicio Maximisturado! Porém se eu ousar expressar a esperança como posso ser capaz de estar presente. Toda essa gentolha emaranhada e detreinida em bicigeltas e trikulos e aqueles solidadinhos fracos peidorreiros! Loucura, loucura! Polo norte parecerá Sibérnico e Pelota Cheia nem uivobservará imova choque em relvalancastrum nem gimbeliando em gauchelfos. [567] Mauser Misma cessará de esticá-la e virá a público para o que diabos está para ser visto. Um ruborracha, um larranjeiro, um amarolha, um polverdilho e tão credrúleo por trás quanto ele estava antes por trás de um abrunho de uma brunhoceta. Smd! A annamação de todas as evaocupessoas, os vivencantusiasmo das risadas dela, tal qual uma plureza de sinos! Tenha pazciência, suplico-te! Lugar para as damas! Até mesmo a Lady Victoria Landôna sairá para se refestelar e guarda-solar, totalmente desatinada em arquejatos com o peitilho dela de pé. Britus e Gotius não mais disputarão aquela posissol mas uma marcautonexpiação quando, com cicio assim silencioso, Claubula Ainduoces, boa e orvalhada, deixará cair, sim, não, ainda agora uma chuva. Mooksias grapcias! É como doce da parte dela, a nuvemcólica, e eles são logo vistos cambirmãos tão a saltérios como uma ratinha. O dele não é a lágrima nessa velociespada movente. Eis seis centavos-nob! Poum! Quem descornará o touro? Quimbecil paga a conta.

Copiosa uma lata cheia. Repique, repuxe o sino! Ainda assim símbolo de cerimônias, muito muito mais! Tão vossatisfação! Permanece no *Instoprimível* como Monsenhor Mayour, nosso burrogomestre, acolá firme Thorvarão, (capricho da nossa Nancy, nosso próprio Big Billy da Nanny), o cocho dele içado, nos melhores trajes, com galochas Welãton bebeuchas de entretela e a vara nebulosa e o colarço áureo dele rodeado pela cooperação completa dele com baronetes fixos e em meio a nossos povos, contido por uma corrente de mãos de avarentos, montesquinhos, ruaescuras, pradodasforcas e belos e travessos e tartamudos, receberão Dom Rei em túmulo de pedratalhada com um chavósculo de bom dia na almofada pompeiosa dele. Minha humilande genitalincubência para com vossa graça majestosa! Erga-se, sir Pompchave Dompchave! Ouvido! Ouvido! Fracouvido! Uma tudice por todos os ladeternos! Nós só sentimos falta daquela erva-campeira porém buscante pelo sábio gravalho-poró no jardim de couvapuchinho. Que o dele seja potente, velho Capuzhagen! Será trópico de todos os dias. Pelo esplendor do Sol! Climástico perfeito prevalecendo. Issoapós, depondo o poderocetro de swift, ele ajudirigir-se-á à Sua Sereníssima por meio de uma faleitura do papel velino miniado dele, alfie betyrni gamomem lidelta êtcera zêzera êtacla tetacla iogurtota kaptor lamdres nu, que sentidenquanto aquele iluminaturizado, Papirrei de Pepinoreino, meu Amo, grandioso, grande Rei, (o cadafalso dele está lá montado, como se para edificar, pelo Rei Ignorante, mestre de cortejos) estará cutucando com sua agulha o arrás de [568] que toalha de carteado brilhante e fazendo piada com a linguafiada dele para as balcãsacadamas crimrosas, aqui está uma ajuda para desfazer os espartilhos modestos delas com um embabaixo possa o pertensentirsengraçado. Divinosossos, que possa! Tocadores soarão os fortunidiofones deles. Rng rng! Rng rng! S. Presbúndero-no-Norte, S. Marcos Sobloop, S. Lourenço-ao-ferramental, S. Nicolau de Mire. Escutarás a junção de S. Jardineiro, S. Jorge-o-Grego, S. Barkley Martirizado, S. Phibb, Iona-nos-Campos com Paullo-o-Apóstollo. E outrouvindo: S. Judas-no-Portão, Freis de Bruno, S. Weslen-na-Fileira, S. Molyneux Sem, S. Maria Stellamarias com Brígida-e-Audoen-atrás-da-Alaborg. Que repicante efetivamente! Todos bateblemzando laçossinos! Tanto de igrejas que não se pode rezar suas rezas. É dia do julibeu! Junho juliar podemos! Agithetta e Tranquilla recatadarão desoracerradas mas Marlbairro-o-Menos, Grandecristo e Santo Protetor terão virgenlâncias abertas. Beata Basílica! Mas não haverá pontificado? Ah, sim, em jogo! Primacialmente. À beirad'água. Cantaberra e Maisnovaiorque possam suplicarrogar quando, às vésperas, povoado e viajado, o suástaco brancáureo dele acima erguydo, fulgurarda--chuva-paralma-sol, Monsenhor de Deublin transmitirá a todos. *Que abençoe o abençoado*! À refeição! E Bomolhapetite! Descungirte-o esse abetouro, esmigalhe-me essa galinha, exiba aquela cana, coxe a ela o pombo dela, desenlace alivie o coelho e o faisão! Cante: O Velho Frionnkul, ele é um doce velho fantasma quando ele derrama com as zorrabecas dele livre! Poppop urra! Pois somos todos presabons companheinfernais que ninguemamado pode negar! Aqui estejam trutas cortadas para ti e salmões destrinchados e esturjões porcionados, capons sancionados, lagostas trinchadas. Evoquem Helton comepalavras! Mumm-me mais mummeiros! O que, sem italianos? Como, nem uma Meretriz Pamelas? Consequentemente! Atores de peças por nós já entraram sem pagar. Sr. Messop e Sr. Borry produzirão por eles mesmos, como são dois genitalvalheiros de Veruno, Senior Agoranão e Senior Brolano (finalmente! finalmente!), tudo por amor a uma bela penitente que, uma ela seja trazida, uma rosada da rosa ela. As duas grandes cenas deles! Como eles se esfohorrorçaram para pegá-la! Uma ação tão seguridária! A bucocultura deles! Que poder tyrônico! Tenha nossas fés! Meu nome é romance e nos montes Grampi anos. Bravose! Seu escravo traidor! **[569]** Meu nome é romancincomum e acima dos Montes Grandealém. Bravissimíssimo! A núsika majestosa fechará o espetáculo deles com a projeção das letras das canções ao silêncio solene da natureza. Fundo Favo Fragmentando! Possa a gentil harpa adulcionânsiar! Dará cachopedágios nos playgrounds de batalha e danças forâneas e transporentraves e selvagemanobras e pirolíficos viceuivos, um chuvisco de auroraflocos, ao escurecer para a Graciosa Flumajestade e nossas damas sofisticadas, todas assombradas. Um tempotodo em nossa cidade quente hoje à noite! Você não ouviu? Fica registrado daquilo que é. Ouvi qualquer um contar gracejontem (mestre mensageiro com braçadeira foi) como deve-se vir pela manhã aqui mas nunca é aqui aquele hoje. Bem mas me lembra de pensar, você estevonde hojontem É Amorganhã foi e que é sempre amanhã no lugar do pharaoutro do pharaó. Amén.

Verdade! Verdade! Garanta-me mais somimagem! Dá furiosamente a pensar. O rico Sr. Pornoter, um senhor, nem sempre está com sua saúde tão forte? Te agradeço pelo melhor, ele está em um negócio assumido excessivamente herculéo. Pode-se ver como ele está muito mais robustamente do que anteriormente. Dir-se-ia que ele tem posse de toda uma lixoratura de filhotes sob seu abraãoventral. O lindo Sir Porejonter sempre foi casado por tanto tempo? Ó sim, o Senhor Porejonterfamilias tem sido matrimonihomem desde há muito tempo em Hurtleforth, onde ele aparece como nosso servil o ativo, e, sim de fato, ele tem o filho mic dele e os dois belos filhos macs dele e um superbelo mick quer que eles mack entre eles. Ela, ela, ela! Mas para o que você maliciolha de novo? Não estou maliciolhando, eu roso seus perdões. Sou altamente elaela elagiável.

Você não tem que querer ir a algum lugar no presente? Sim, Ó lástima! Em momento mais cedo! Aquele sentimento de calor irascível! Culpe-me não derramar é em sempre tão meloso. Aqui deveremos uma longa caminhada (Ó lástima) qualquerir cúbitos até o número um da casa de sara. É, é. Quero que você admire os cenários dela ilustracionando nossa primeira rota nacional, um zero zero um. Também devemos baixolhar para aquele vau onde Silvanus Sanctus se banhou mas barrou aquelas pontas dos ungidos dele. Não mostre nunca o retroele, crocodilado, até que você fique bem pedruborizado no rosto! Cuidado! toque de guardrecolher! É o Ladrão do Coração! Estou ansioso por caso você destronunca tua estátua de sal. Eu o duirei, téf- [570] nis! Essas ondasaltaluzes brilhantes! Por favor diga mim como canta você eles. Cace-o Cá! Eles surgem de uma fontepoço límpida no perto de nosso parque que faz o absurdo escutar o todo misturado. Esse lugar de afeto! Como é límpido! E como eles jogam os feitiços deles nas, as frondes que lá flutuam, bengalivros ramificações! Os troncos drogueteados, as folhas entalhadas em árvores! Você conhece as falas tântricas deles? Eu posso ler, aptidocente auxiliando. Árvore, baía, por aqui, castanho desafio, receba uma mensagem, e fulvas runas ilex salgueiro, encontre-me no pinheiro. Sim, eles terão nos trazido à água em um encontro, próximo a cercadutos de samambaias virgens, então aqui em outro lugar está a capela paroquial deles, vendida por canção, da qual você pensou meu louvor demasiado meu preço. Ó ma ma! Sim, triste de Siãd? Venda-me, minha alma prezada! Ah, meu pesaroso, o claustro dele pingando de seu acônito, como é triste de morrer, todo o tufo de hera escuro dele! Onde frio em escassez. Contudo veja, minha alvejante kissabela, nas roupas de baixo ela tãobem é radiante, as saias verdes dela, as mesuras brancas dela, as peras peônias dela, os viscaninhados dela! Eu, pipeta, devo também rapidamente encontrar-me suavemente dentro dessa capelinha de paróquia. Preferiria à Irlanda! Mas rogo, faça! Faça sua facilidade! Ó, paz, isso é o paraíso! Ó, Sr. Príncipe de Porejandoaela, o que quer que seja que dddevo fazer? Por que você vidassuspira, meu precioso, como ouço de você, com lamanteações lagolimiares, por aquela inchada? Não estou suspirando, asseguro, mas apenas estou tãotão desolado por tudo em minha casaara. Escute, escute! Estou fazendo isso. Ouça mais àquelas vozes! Sempre as estou ouvindo. Cavalohem tosse o bastante. Annshee ceceia privadamente.

— Ele está mais quieto agora.

— Legalmentemimado. Acessoaparceirozz. Nãobestaselvagens. Pordireitodecapitão. Doiserãoumacarne. Tereguardarpp.

— S! Deixe-nos ir. Faça um barulho. Dorm...

— Qui... A meni...

— Matizesdarricamanhãquesedescortina. Acordadolevanteeprove. Provejaparassacrifício.

— Espere! Psit! Deixe-nos escutar!

Pois nossos inimigosdopeito do alémundo estão trabalhando com unhas e dentes fazendo hora extra: nas terraveias, sapocavidades, gangliosxadrez, salgadene- [571] mas, subnutridos: encrenqueiros resmungões batesovando o barqueiro para fora do retrodomínio. Sepultadas sejam as ferramentas deles. Quando os dameirosjovens estarão logo cardioferindo nos melhores bateportas deles: e as donzelas estarão saltitefebeando rombocortes sobre as fundações do resguardo delas, novas em cuspifolha trolhando uma covala para suas antepassadas quadrigas. Vote por seu taco!

— Espere!

— O quê!

— A porta dela!

— Abert?

— Veja!

— O quê!

— Cuidadoso.
— Quem?
Viva bem! Viva bem! Tônus!
Não consigo ouvido! As filhentradas dela? Dequem? As filhas nãomepergunte dela têm esperança? Quemesperança? Eula, elma, elamamerrocha! Logo!
Consideremos.
O procurador Interrogarius Outreu nos apressenda esse proponente.
Honronofre é um exsoldadomór concupiscível que faz propostas desonestas a todos. Ele é considerado como tendo cometido, invocando *direito de travesseiro*, infidelidades simples com Felícia, uma virgem, e tendo praticado coito antinatural com Eugenius e Jeremias, dois ou três filadelfianos. Honronofre, Felícia, Eugenius e Jeremias são consanguíneos do mais baixo grau. Anita a esposa de Honronofre, soube por sua criada, Fortissa, que Honronofre confessou blasmefiamente sob punição voluntária que ele instruiu seu escravo, Mauricius, a incitar Magravius, um comerciante, imitador de Honronofre, a solicitar a castidade de Anita. Anita é informada por alguns filhos ilegítimos de Fortissa com Mauricius (a suposição é de Ware) que Gillia, a cismática esposa de Magravius, é visitada clandestinamente por Barnabas, o advogado de Honronofre, uma pessoa imoral que foi corrompida por Jeremias. Gillia, (cega às cores, D'Alton insiste) *de sua beleza* com Poppea, Aranhacita, Clara, [572] Marinuzza, Indra e Iodina, foi ternamente pervertida (na visão de Halliday), por Honronofre, e Magravius sabe por espiões que Anita anteriormente cometeu sacrilégio duplo com Michael, *vulgo* Cerularius, um cura perpétuo, que deseja seduzir Eugenius. Magravius ameaça que Anita seja molestada por Sulla, um selvagem ortodoxo (e líder de um bando de doze mercenários, os Sullivanos), que deseja prostituir Felícia a Gregorius, Leo, Vitellius e Macdugalius, quatro escavadores, caso ela não ceda a ele e também engane Honronofre fornecendo obrigações matrimoniais quando solicitada. Anita que alega ter descoberto tentações incestuosas da parte de Jeremias e Eugenius cederia à lascívia de Honronofre para acalmar a selvageria de Sulla e a mercenarice dos doze Sullivanos, e (como Gilbert primeiro sugeriu), para guardar a virgindade de Felícia para Magravius quando convertido por Michael após a morte de Gillia, mas ela teme que, ao permitir os direitos maritais dele ela

possa causar conduta repreensível entre Eugenius e Jeremias. Michael, que anteriormente perverteu Anita, a dispensa de ceder a Honronofre que finge publicamente possuir sua conjugação em tritaenove várias maneiras (*infame!* afirma o *ex catedrático* Gerontes Cambronses) para higiene carnal sempre que ele se torna impotente para consumar por subdolência. Anita é perturbada mas Michael ameaça que ele reservará o caso dela amanhã para o ordinário Guglielmus mesmo que ela venha a praticar uma fraude pia durante a africação que, por experiência, ela sabe (de acordo com Wadding), ser conducente à nulidade. Fortissa, no entanto, é encorajada por Gregorius, Leo, Viteilius, e Magdugalius, reunidamente, a alertar Anita descrevendo as fortes punições de Honronofre e as depravações (*infamíssimas!*) de Canicula, a falecida esposa de Mauritius, com Sulla, o simoníaco, que é abnegado e se arrepende. Ele tem hegemonia e ela se submeterá?

Traduza uma lei, você cria um pleixe. Nos bens de Cabo e Chattertom, falecidos.

Esse, leitores leigos e gentilhomens, é talvez o mais comum de todos os casos da história dos guarda-chuvas em conexão com [573] as indústrias de madeira em nossas cortes de litígio. D'Oyly Owens defende (apesar de Finn Magnusson defender por si mesmo também) que enquanto houver uma conta conjunta em dois nomes uma obrigação mútua é postulada. Owens cita Brerfuchs e Warren, uma firma estrangeira, visto que usurpada, registrada como Tangos, Limitada, pela venda de certos artigos proprietários. A ação que era da instância do provedor do fundo de emergência da igreja pagã, processado por seu provedor, um servidor público aposentado, pelo pagamento de dízimos devidos foi ouvido pelo Juiz Doyle e também por um júri comum. Nenhum questionamento foi levantado quanto à dívida pela qual vouchers disseram muito. A defesa alegou que o pagamento havia sido feito efetivo. O provedor do fundo, um certo Jucundus Fecundus Seco Pecundus Cobrebarato, contra-argumentou que o pagamento foi inválido tendo sido oferecido ao credor disfarçado de um cheque cruzado, assinado da forma comum, em nome de Wieldhelm, Hurls Cruz, cópia do voucher fornecida, e sacado pelo parceiro sênior somente por quem o depósito em espécie havia sido efetuado mas em seus nomes conjuntos. O banco pormenorizou, a miséria nacional (agora quase totalmente nas mãos dos quatro obrigacionistas por valor na Tangos), declinou quitar a ordem de pagamento, apesar de haverem amplas reservas para cumprir o compromisso, ao que o responsável Cobrebarato negociou para e em nome do fundo da coisa para um cliente dele, um notário, de quem, em consideração, recebeu em troca relaxamento legal como entre provedor e coenfiado, com agradecimentos. Desde então o cheque, um bom rosa lavável, com D ti D No II centos e trinta e 2 em relevo, pré-datado para a figura e rosto, havia estado circulando no país por mais de trintaenove anos entre proprietários de ações da Pango, um interesse concorrente, apesar de nenhum centavo desmonetizado ter jamais rodado ou flutuado pela caixa registradora parecendo uma moeda sólida ou dinheiro líquido. O júri (uma dúzia ressentida de camaradas corpulentos dentre os quais todos eram curiosamente nomeados a partir de doyles) naturalmente discordou de forma conjunta e severa, e o juiz beligerante, discordando da discordância conjunta dos jurados, saiu de sua jurisficção completamente e ordenou uma penhora anexada à firma neutra. Nenhum *mandado de segurança* poderia localizar o depauperado extinto Breyfawkes uma vez que ele havia entrado em uma [574] antiga moratória, datada dos tempos dos primeiros escambistas, e somente o parceiro júnior Infértil pôde ser encontrado, que adentrou uma comparência e mostrou-se, sob uma notificação de moção e após entrega da moção por liminar interlocutória, entre os jurados masculinos ser uma obsoluta mulherrelva, originária da classe proletária, ainda com um bom título para o nomessexual dela Ann Doyle, 2 Chalés de Coppinger, o país de Doyle. Doyle (Ann), acrescente-se mulher, tendo lamentavelmente deixado o ringue dos jurados, protestou alegremente na tribuna em uma longa jurimiada *em relação* aos cheques cruzespartilhados, emitidos em doylês, que ela havia com frequência, em resposta a demandas bruscas intensificandas quase até o ponto de ebulibarração, descontou o do Sr. Brequeforth antes de tudo em troca aos nove meses a partir da data sem ganherdeiros e, para ser estritamente literal, desengarrafou em ratificamisinhação uma conta corrente de como ela havia sido posta em evidência por serviços prestados ao beneficiário-sacado de transferências de depósitos judiciais em branco impurgáveis, às vezes rosa williams (risos) mas com maior frequência do *creme-de-limão, multicolorido esmalte pavão* ou série de marshmallow, que ela, como portadora, costumava endossar, aderentemente, para os vários pagadores-sacadores dela que na maioria dos casos eram identificados pelos documentos de caráter como encostadores conhecidos da cidade e suburbanos. A testemunha, a pedido dela mesma, perguntou se poderia elaborar algo entre as folhas de partitura pelas quais ela havia se acompanhado na ocasião e isso tendo sido entregue ao juiz para averiguar *em privativo*, a boneca de Coppinger, como ela era chamada, (*aliás*, a Tristeza de Mack Gaélico, a filha adotada) então propôs aos jerryparentes e jurados e todo jim, jock e jarry naquele pequeno forumzinho verde para a satisfação dela e como um ato completo de acordo para reamalgamar-se, amanhã forçosamente, em perdãoceria com o provedor do fundo processante, Monsenhor Prometi, sob o novo estilo de Will Cafédamanhã e Confronteos, como, quando todos os competentes dele haviam sido transladados, ele pareceu demonstrar o mais intenso interesse em relação a ela, mas essa proposta foi rejeitada após recurso pelo Juiz JeremyDoyler, que, reservando julgamento numa questão de cortes e revertendo os vereditos do correcional mais baixo, declarou, sem traissombra de dúvida, afastar os dissidentes do jurilevadonascostas, doze judaízes íntegros como jamais condenaram, e, *pruído que chega* [575] *ao fim*, legou ao júri do Liffey que, de tato, a mulher a quem concederam a liberdade nasceu presa a incapacidade contratual (o Califa de Homem *vs* a Companhia Agualanguidalisca) quando, como e onde o ato de mancipium da mamãe não se aplicava e portanto julgou supremamente que, como nenhuma propriedade pela lei pode existir em um cadáver, (Hal Matanoiva *vs* Una Bellina) o pacto de Prometi era puro disparate (gargalhada alta) e Wharren esperaria sentado pela grana. Você vai, não vai prometer com Prometi? Não pela Nancy, como ousas! E ufa ufaufa ufa.

— Ele suspirou dormindo.
— Voltemos.
— Para que ele não fique acordado.
— Escondamo-nos.

Enquanto aladossonhos tardios, envolvendo, esconderão de medos meu pequeninho homenzinho, mantenham minha grande peruca longa forte homensmãos, protejam meu filho, *meu belo*.

— Pra cama.

Prospector projetor e mestre de obras construtor gigante de todas as pontes apesarsolutamente, puloponto de partida e terminal verdadeiro dos imediatalhos e perâmbulos serpenteados, ardor donde à meta para onde, desejo por procurar, em sequência ao qual todo montão deve fazer seu muito, tão diferente quanto York de Leeds, sendo a única maneira em um mundo de estrume de olhar para si mesmo com antecedência; atiçacuriosidade mentespelhada e iria-ao-grande que traz as montanhas a maomecaçatoupeira, lar pelo primeiro marido, perigolas aos porcos e cavalos a fomeford, fure esse homem e saltite essa mulher, nossos oprimeiridos paigadores, Meleca Bobow com o pesadelo mais bocetastutaninhado, Grão Mestre Finnykin com Phenicia Parkes, aleijado de ouvido e escancarada da perna, da forma mais correta, vos suplicamos, desçam os degraus do serviço de vigilância noturna deles e trazei-os na solarhora ruborizados com os degraus mais inferiores de seus esteados, guiai-os pelo labirinto dos meioparecidos e alteregos dos pseudoeus deles, protegei-os em ambas as direções de todos os erromanantes cujos nomes são lealgião, livrai-os da desorientação; para que mantenham-se nos direitos deles e cientes dos livres de taxas, ferreiro neolífico e juruparanjos magdalenianos, [576] mandrágora mor e queridesposa fraca, Machandrágora e Feme-andragoralouca, basilisco glorioso com a rainhazinha dele, tigrenack e gracisne, ele tão sadio quanto as ardérias dele, ela tão verve quanto as veias dela; esse arsênico branco de primeira linha com bisamiguto misturado, pecado marcial com peccadilly, livre para alugar a posse com a primeira hipoteca, rabdomante casmurro e mergulhão doce, pare-aquela-guerra e sinta-essa-pena, sanguenordicoencorajado e nacionalingualavável, grande curtição com diversão-na-esquina, grand slam com cair-da-trapaçárvore, solumão e sabágasto, bacalhau e coelho, pague e leve, em tudo o que sonhamos a parte que receamos, corsário conjugado com a dama dele, castor majestoso mas água límpida constante, boniface e bonitraços, mangueira nazal e desembocadura do rio, golpear-a-mudança e amaciar-a-almofada, grande fumaça e o pequenamente ovassado, o barqueiro da humanidade pelo líder da sociedade, comicondutor e prostibondelo, acemdentado e elfonze, Grandelagofresco e Maritoca, vazamentos e terrivelmente, maldição basal porém graça abunda, Régies Produtor com Vedette bonecadatela, nível da demanda dele e orgulho do coração dela, penhascorrochedo medonho mas pombo arrulhando, quartodin-feira e sexta-freigga, barão e mulher: que ele a possa descobrilouçar que ela possa desconjuga-lo, que alguém possa vir e colapsa-los, que eles possam logo se recuperar: agora e depois, vez a vez de novo, como se por periodicidade; de Punhos a Willses, de Bushmills a Enos; para Goerz de Harleem, para Soleiras de Carvalho de Viúvas Buliçosas; via mala, passo húbris, orraiodocaminhodele pela trilhalpe: por estradondas rurais e vagas, após muitas mandelais: no primeiro caso deles, para o próximo lugar, até os enganakerries deles: o alto e o por, ambos confinados e puros: cruzar prímulas amarilas, amarelas, amaralas, passadas abóboras engordadas, roxeadas: sejam elas abatidas ao extremo outro amarradas a palanques, silvestradas sob o tronodearthur, ele para o turfe, ela para o povoado, até a hora de dormir durmo; nos chãos ou soblinho: lastimar perder e as astuto: nos bordos, por covent garden: monge e costureira, em juta sedosamente: sonhadores curiosos, dramas curiosos, demos curiosos, diabo plagiasta, plagigracejador mais querido, pragueadores casmurríssimos: pois os plantadores de estrangeforte estão protescando, e os criminosos karcerários o chãossecando e os caras da liperdade trilhando o caminho, escalombarrando para a sligo sonestrada.

Pare! Gerou uma comoção? Não, é rápido. Pra cama! Ele está também. É somente o [577] vento na estrada do lado de fora para acordar com as pernas tremendo todas de roncar.

Mas. Velo amor de Deus, quem será ele, esse homemitra, algum rei do leveduroriente, com a perucurina crismada acinzentada dele, com a neve em sua boca e a asma cáspia, de tão corpulenta compleição? Relíquias de phadraó e levita! Dik Filhorasteiro, Tum Pulmão ou o frio Harryngue de Macfinnan? Ele está vestindo somente o cabeçaconchegantescrínio dele e a camisaplissê de lã com gibão de camurça dele, além disso os pés dele calçam meias de largura duplicada pois ele deve sempre assegurar um sono aquecido entre um par de cobretores lãzudos como uma trutinha numa rede. Pode portanto ser o Mistra Seihomem que mantem nosso hotel? Nossa, Sr. O'Pesarhomem, você está olhando bem direito! De Hecklar campeão etnólogo. Tão destro como uma raposa se mostra tola como um peixe! Ele é o próprio doge do sacho para os existentes de doblin! Mas uma bela forma diascente de uma palavra. Ele está arrebanhando a família dele.

E quem é o corpúsculo perto dele, senhor? Tão voulzievalsa? Com íbosa e zabs? A malicicauda dela está a tropeçando, vop! Sortolhe a maneira pelo lucro de fumaça que ela está ciclorando a lanterna! Ora, essa é a velha senhorice batateseca-los! Ora, ora, oratãooras! Danubiotonítruo! Ardéquio de mim! Com o meiorido dela tão vaidoso quanto uma pavoa, allabranda, e o trutarroio dela tremelilábia, nyna-nana. E o culandário do septoajázimo dela zunigma. Área de chá feliz, travessalegre espouca! Vendendo tragos ensolarados a mocinhas deslavadas e goles friorrenos aos apoiadores dos pubs dele. Ela estentafou atraveijar os ricos na Ponte Dailha até que ela pulou a barragem em Brounemouth. Agora ela entehorrou a cabeça dele embaixo do Postigo de Enterródios e argilou o pestino dele para a velha Travessa do Amor. E ela é apenas a mesma velha desvalida de pingandoblin. Ela até bronzeou o cabelo dela.

Por qual rota eles estão indo? Por quê? Chocador de Anjo ou Esquina do Amém, Norwood's Southwalk ou Ermo de Euston? O homem solvente no jaquetão superior dele sem nenhum suspiro contra ele e a esfregadora mulherdecasa. Eles estão voltando da excursão das bodas de diamantes deles, ala do pivelfete polegadamente do gigante, vestindo os personagens deles megeradesenvolvidos, outros ir, hator errar, nosso primeiro diarista e o teu camareiro e meu, que Luxemburguês com essa Alzette dele, condado majestoso com a condessa rainhesca dele, o enteado de [578] stepe com a esposorfã do contramestredopeito dele, lasca do Forte de Mogh com pato-no--rochedo, escalas abaixo, a maneira como subiram, sob bambolinas e enfieirando atormentadores, evitando os alçapões e escapulindo em sandálias, arriscando uma passarela, lastimando revelações, da Mais Velha Árvore para La Purê, escapulando o retrológio, cristal em carbono, amadamente. Hardente e congelado e eletrapacidade com atendimento e lounge e passeio livres. Apesar de tudo o que a ciência pôde oferecer ou a arte pôde acrescentar. Tranquem o portão. Cavuidado com o cão. Únicas reiuínas da semana, machado duplo para a cota, e quem qual o quê para a radiosa. Renove aquela bíblia. Você nunca terá posto em seu bolso a não ser que você tenha cobre no seu prato. Mendicâncias do lado de fora. Bodevá até o finézimo, seu molenguarda! Preste atenção aos Monges e às Compreensões deles. Arranhe tuas almas. Não cometa nenhum milagre. Não postergue nenhuma conta. Respeite o uniforme. Segure os bandidarautos para o esperto a pletora dele. Deixe encoleirar as poombas para o arrulho a moedéstia dela. Nãoodeie quemnãotem. Compartilhe a riqueza e espolie a prosperidade. Pregue a libra para tomizar o diabo. Meu tempo está embarrilado. Engarrafe o teu. Ame meu rótulo como a mim mesmo. Ganhe antes de comer. Labute depois da bebida. Crédito amanhã. Siga minha lidarança. Busque meu preço. Não compre de ricos. Não venda a amigo. Agoraqui descarte o inglês e aprenda a rezar simples. Apoie-se no seu almoço. Nenhum teus antes de Mim. Pratique pregar. Pense no seu estômago. Signifique pelo nariz. Pela fé somente. Clima da estação. Gomorra. Sodomadeus. Muitos se alimentam da minha tábua de marés. Tudóleo está bens em nossas terras. Deixe o esposável de earwigger te ensinar a dança.

Agora as leis deles os auxiliam e amenizam sua queda!

Pois eles se encontraram e copularam e se deitaram e se curvaram e tomaram e deram e empinaram e levantaram e compraram Simterra em Há perigo, e os viraram, esperolhando para o mar e plantaram e pilharam e penhoraram nossas almas e saquearam as libras dos extramurais e digladiaram e dissimularam com relações desgastadas e nos legaram os males deles e o andar de aleijados remuletados e enfraqueceram doedores de pulmão, homemarando sete irmãs enquanto um umidadulava umatagal de mulher, e viraram casacas e removeram as origens deles e nunca aprenderam a lição do primeiro dia e tentaram se misturar e conseguiram poupar e puseram cominimigada na mesa e emporcalharam [579] a deles e cederemboscaram os nãosãos e construíram pontes em cachoeiras para os importanatonerados e escaparam da liquidação pelos herdeiros da morte deles e foram responsáveis pelos distritos congestionados e rolaram troncos velhos para dentro da serralheria de Pedro e desembarcaram novas xilogravuras no desembarcadouro de Paoli e reprodusaram o valea de Raquel e carneiraram a fenda de Dominic e fuzilolharam para as lazamesas e cavalgaram cerca de oitenta invernos e encontraram petróleo e forçaram um policial e desmaiarriram da cara deles em Injustobias e Zacarias e abandonaram abandonando e continuaram continuando e incitaram bebida e despejaram bálsamo e foram algemados pelos clientes deles e comeram poeira na lanterna da eleição quando no zoológico dela ele bateu as bodas após a batalha de Multiformas. Faroá com fada, dois mentem, deixe-os! Ainda assim eles procederam, qual o descendente dele, imortalidadele, belseiobu e diabo fluviarrebatador, luz na mão, leme às alturas, a escondescondear aturvés do matagal de algum letargolugar, até que a hora deles com a cena deles chegue para sempre e o livro das falecidatas ele feche, ele aperte e ela e ela assinolhe a turnê de despedida dela, Pervinca chamando, Solocicatriz ouve. (Ó Sheem! Ó Shaam!), e a gentil Isad Ysut engasga, falaceceando na adulação de folhas noturnas, deciducadentemente, para Finnegan, para pecar de novo e para fazer a horrível vovó uivar e sorrir de novo enquanto as primeiras madeixas cinzas furtam prateado a fim de caçoar das querelas deles em dollymount tropeçando.

Eles se aproximam da base da escada gélida, aquele grande taberneiro licenciado incorporado, tal como ele é, de tempos passados, nove vezes autorregulado, no estabelecimento hidrocômico dele e o espiaparceiro aquoso dele furtapassando, o gênio do anel que preocupa a terra que esfrega a lâmpada que sombreia o caminhar que se curva à maldição dele o ocupadhomem de nextgócios que veio no topo com a barca feniana que salmourou a viúva dele que muniu o papa que distribuiu entre os pratos dos voluntários até que rapou as orelhas de Bolsas Relles que com uma joelhada despertou O'Connell que deu uma ombrada em Burke que chifrou O'Hara que acordou o músico de rua que enaltecia o público dele que torcia para que os jigadores rimassem os versos que inundavam as rotas nas ilhas de Erylanda de Malim a Claro e Ponto da Carninflamada a Falsacabeça e limpou os bolsos e saqueou as costelas de todos os ouvintes, lascivos e laicos, que compraram a balada que o Regulão fez. [580]

De toda forma (o assunto é um turbulento e um esponjoso) não tivessem eles o chamado em muitas das reuniões de indignação simuladas deles, volteio vectivo de vingança da vendenta, intrometidos e estrangeiros, os notáveis, altercando libelos nas barbas montadas de sullivan deles sobre ele, o patriarca renomenunciável correto deles? Heinz enlata em todo lugar e a própria swanee e a família Eyrewake socaram que eles contrabandearam para a vida entre eles, berrando (o Grande Reilly era o pior): cachaça de graça para o homem da narca, claro, ele nunca valeu da cornoalha uma farca, e o penico da lindama dele ela é um bom e velho bocado de uma putarca: à medida que continuavaleiam a viagorosa deles consortinclinados a partir do vinhedo mais opulíquido de frionn mcachou-me dele, sequestrando através da passagem do tragargalo, à medida que se arrastavam para casa com os barris deles, machadexpostulando, reivindicando consolação encapuzada, cardioerguidamente, a partir dos panicofogos do aguabatista e o gelo do marciano?

Não os use, nossos nãopequenos trocatermos, para abominá-los prafora dele, as ainda não reengendradas trovolidas, cujo sotaque nenhum senhorfeito ousa ladocultar, como entre mando de esposa e *uma mente ciente do que é correto*, então homem machoele se soltando todo para ominimulheres, mas agora gotejandela os empecilhos dele como qualquer cavaleiro superior de damavale em um esconderidijo? Ah, deuso! Deuso, deus! E a virilhelena dela! E o pintum dele! Quando eles estavam todos lá agora, matinamarcados por continuarem a olhar. No tetraencruzamento com aulo pláucio, o bundalegrápio cláodio deles! E depois e também os triviais! E o bivaque deles! E o monomito dele! Ah ho! Não diga mais nada sobre isso! Me desculpe! Eu vi. Me desculpe! Me desculpe por dizer que vi!

Dá lá não também entre nós depois de todos os eventos (ou assim resmunga um hebdomadário de ponta) algum jorroconjunto de aindaemastodo-vocêsabe que, na medidadiante em que conforme, todos de cima a baixo de toda a comcriação digam, eficiente primeiro finalmente chega lá toda vez, como um assunto complexo de pura forma, para aqueles excessos e aquela insemescutassibilidade de pasfalto por parte dos longidosos deles, em gripos e rumoranos, através de mácula de pele e traição velha, outro como aquele alter mas não tanto tão froutroxo e aindaemas um não todo o idêntico e masaindaum apenas o mesmutilado e novamente apesar de tudo possa sempre, com uma pequena diferença, até o mais recente atualizado tão cedo pela manhã, ter mesmo assimpre sido todofeito afável? [581] Ainda assim ele concebundou.

Portanto, chagas de cristo, presentemente desproporsitademos um manifestavoto de muitobrigado ao experimentador bajulador mais robusto que já deu a melhor mão dele ao riscoacaso, desejando a ele com os familigagos dele nenhum fim de veneno lento e um lugar amplo poderoso para eles entre a bacia de ponche do diabo e o profundo anlgobeiramar, a que eles podem agradecidamente não dar ouvidos tapadorelhas sobre o desesperanto de irresonulo, os acionistas deles dos Taaffe a Auliffe, que os amaldiçoarão com desconto e arruinarão os descendentes deles, vergonha, fraude e lucro, para verdemofoemoldurar no bolor sobre inveja contanto que sempre haja alvéola sobretaxada a um precedente em nunqualquer homem.

Teremos que tê-los gostemos ou não. Eles terão que nos ter agora então estamos aqui no lugardeles. Esperança escassa deles ou nossa de escapar da alta carnificina de sempridentidade da vida subsistindo aos petitpoispoucos sobre variáveis. Com maldita certeza temos que cuidar disso antes que derrocada fedorenta nos surpreenda nesse concreto que pelos veios das eras abaixo possamos nos pegar ansiando pelo que rapidamente estará encarando vocês seus arruaceiros no posfácio naquele multiespelhado mégaro de retornevos, turbilhonando sem fim para terminar. Então houve um esplêndido... que em Dyfflinsborg fez... Com o ferro de soldanar dele, saiu cavando, martelopernas e... Onde havia uma bela jovem... Que estava jogando o jogo dela de... E disse ela seu nananenê... Você mascateará em meu brejo... E ele a gramou na Longirlanda, pavimentou o caminho dela de Cabeço a Jovemhal. E é assim que Humpfrey, campeão emir, contém o que é dele. Timidoce, ela descansa.

Ou olhe pr'ele agora, por favor! Rosto escuro rudorizado deveria pegar o expurgo de patrício. Como um hoko, no berserkaturar isquiático dele! Terceira posição de concórdia! Excelente vista da frente. Simdomia. Fêmea imperfeitamente mascarando macho. Espinhar o frontestigma dele. A mulher é a presa! Longincu é enfadalkeycidadedorreierrochedosnegroslinhadevagão (julgadores privados, mudem aqui para Luterroubolândia! Sacromanos, mantenham-se sentados!) que atraiu todas as damas a satisfazer à nossa grande metrollópole. Descrente, descrente, vintetun adjacente, ele está tramando a derrubada de reis para a extensão da vila dele! Olhe para ele agora no embalo! À medida que [582] as pontes dele são transformadas em farrapinhos, pelo sotavento da urca dele ereto na órbita dela, e o erguer da citadela junípera dele em ação, ele é nauticumbigo eu vejo. Pobre nauzinha, os dentes dela estão rangendo, o hidroapuro em que ela está, o touro que ela aguenta! O malissorriso dela está vaporando atrás pelas colinas dela. Pela estranha torção rápida da coifa dela e o levantar da bata dela ao acaso e o ritmo do portão dela com grande vigor, dois pensamentos por vez, do país dela estou orgulhoso. O campo está rebaixado, a corrida é deles. O homemgaleão jovial no pesadelo marrom de antílope dele. Grão-roubar denhémnhémzando a liliputiana dele. Um para um fura um! A filha, oh, oh, dorme em paz, em paz. E os geminafilhos, ganimedes, granjardim, vão se deitar trote a trote. Mas a velha pairamãe vai a galope, a galope. Bósforo e fosforina. Um para um valendo!

Ó, Ó, o satélite de fadas dela! Projetando tamanhas sombras sobre as Persianas! O homem na rua pode ver o evento vindouro. Fotoflashando de modo amplo demais. Isso será conhecido por toda a Urania logo. Como ciumalegria titanicando medo; como roseocinza no oriente. Satirossabadafã aflige os mais próximos de Febe. Aqui está a cheia e a cheia fulva que se abaterá sobre a indefesa Irraciolanda. Não há ninguém para malahidar a Vid e a belezenhoria dela? Ou quem comprará os botões de rosa dela, botões de rosa pretíssimos, novabrunhos de nívea, nonpaps de ana? Da queda do figo até o último juízo final pós todo aniversário efêmero enquanto a polícia do parque descasca espiando a fim de pesar moral com bulício de condadublin. Aquele treinador está zarpando! Rápido, pague tudo!

Farraefarra. Ela teve que soltar uma risada. Do velho taco-no--bloco dela. A forma como ele estava arrastando a pança dele por aí, elebedabliado, encontre amiúde continue parceirando, como o sadio Rei Taco, o ladrão. A maça da marca de Cain e completamente encerado. Mas o estigma do tirano na fronte quentúmida dele. Às breve e meia da manhã. E a lamparina dela estava toda torta e um sacolejante pavio-nela, tocacanta. Ela teve que seguirenganando, ela não tinha um farrista, muito grosso de pavio da água de fada dela, amplo lambedor sobejessus na chaminé esfumaçada. E o ponto de cobertura traseirado dela de um pervulverso batedor, sempre que ela se dirigia para trás dos cepos dela para uma vadiamente piscadela através da tunelrachadura das calças folgadas dele após o surgimento dos iorquinos dos canalhas, à medida que ele garanhãoava e [583] vacilava e desdenhava e trompeteava, para ver se tinha as baças vermelho baboulas do presunpreto do senhorsetepeles, comichava as entradas dela esposar campo às farrasemponto da mormanhã. Pontadalinguando-o na línguida pombada dela, com um peteleco nas bolas para lubrificação, para chamuscá-la mais rápido, mais rápido. Sim isso, sim essaqui, sim ferralugueiro pé-quentaqui! Magrath ele é meu bate-estacas, ele é, por atijolar toda minha velha estrada conhecida. Ele vencerá teu caraoucoroa, flagelará a tua tacada de macho velho e te desafio, borbulhadorencasernado, a quebrar a bola dele! Ele é chique. Eu lançamo-o. Estamos nos duofendendo de todos os colhodores até que os vagosmares fiquem abugalhados. Declare às cinzas e teste o jogo dele! Três para dois serão suficientes para mim e ele por três e ela para você. Irdesenvoltos, pela graça dos campos, ou zaragalhados, esburacados, ambos seremos eventchaumente pegos nas derrapadas por medo de que ele esgote e arrebente os dunlops dele e acorde os netinhos dela fazendo os tetabebês dele. O analojogo velho palhaço, irrepernaensível, com o turbantoalha purolito dele e as meias hobbesianas dele e a corcunda da sabedoria dele e o avental de nordicreche dele e a pegada de cavalheiro dele e o mergulho de playumboy dele e o casualemotivo flanelado dele, pisoteando a corcunda dela e destrinchada como uma dama bem guardada, vulvárias vezes, com a prega dela onde as almofadas das punições dela deveriam estar por direitos mulheris quando, cocolha, a galinha na cabanestranha forânea começou em um kokori kar a debochar, incho, incho, rincho, rincho, do jeito que ela estava acordusmada a rabiscocoricar pelo enforcagalo dela (como é isso? Sembola, ele carrega o taco dele!) novecentos e trintambém encardidois sem sair, todas as vezes muito depois de conquistar o galo das morganhãs.

Como nos culpar?

Cocoricó!

Horda jejumeterna de escudeirados. Rico! Assim como a conta para a mesura. Como a bela para belo. Nós assim satisfeitos retornamos os agradecimentos dos auditores por aqueles e os favores deles desde que desfrutados com segurança. Cocori! Télamo teamiga. Tubernáculo em tifoaeráreo, filhos, viajantes em companhia e as filhas conjucarregáveis deles, graças à apertadana vossa pelas contratações dela direcioguerreadas à equipe dele. Eco, coreu coreco! Ó eu te Ó você me! Bem, todos nos unimos compenetradamente para render graças, bem, entre amores repassados, rogando o perdão de vossa excelência por, bem, direitos pictossuiriais exclusivos de aquiscutar [584] damagorjeta carinhosa às recreaçõessemanais dele, aparecendo no exemplar da próxima era do Sentinela de Netuno e Levetraficante da Vila do Tritão com bem a circulação mais ampla ao redor de todo o universo. Eco coreu côro coreu córico! Quão me Ó meu vocêhê meu eu vocêtê para eu Ó? Agradecimentos ademais à modesta Senhorita Brilhaluz e ao asseado Mestre Colchãosson que tão gentilmente se aproveitaram dos servidesejos deles como vendemi de honra e, bem, como portador de tensão respectivamente. E um breve aceno cordialíssimo de timtim muitobrigadim ao bem ringacende paciente como preserventivo (com vossa permissão), a todas as ocasiões como essas, destacavelmente substituível (obrigado também! dois intactos!). Assim como o auricular de Malthus dele, o clima para-radiante prometeico que primeiro (Não vá de quê! não vá de quê!) ensinou ao relâmpago do amor a forma (dixponha) de bem se autoconduzir (piedadobrigado, boa tentativa! somente por favor não mencione isso!). Venham todos vocês bodepadrinhos e reclamavós, venham todos vocês fabrimarcantes e bate-estacas, venham todos vocês inventores do menor esforço e dividendos cargacarregados, descobrefogos, hidrotrabalhadores, profundamente compacordadecidos por ele! Tudo que ainda é natureza morta com morte congênita, toda palavra para bomentendedor ainda sujeita a ser, fazer e sofrer, toda criatura, em todo lugar, por gentileza, gentilmente sinta por ela! Enquanto o amanhecer cinzalpicado se arrasta se aproximando perto para acordar todos os zumbidores que cochilam em Dublin.

Humpercampo e Aninha, casados agora para todo sempre em annastomose pela planta baixa do alpinista social, belo barbudo e donahbella. Maritotal e esquimina, que então devem separar grilhões para novos desejos, repele um ato de união para unir em vínculos de cisma. Ó sim! Ó sim! Saque seu membro. Desfecho. Essa câmara permanece suspensa. Tal precedente é largamente a causa para falta de continências coletivas entre o pomar de Donnelly enquanto por toda a vida o lado sombrio para o campo do Beloirmão. Jumboa, tranque tua gruta! Anny, apague teu pavioapito! Esconda a toalha de mesa! Você nunca molha o chá! E você pode voltar direto para tua Antia Dillúvia, Humprey, depois disso!

Retire-se para descansar sem primeiro permasturbar teu vizindigno, homenidade de descrições desconcertantes. Outros estão tão cansados deles mesmos quanto você está. Deixe cada um aprender a se entediar sozinho. É estritamente so- [585] licitado que nenhum sabugofumatório, cuspe, papo de pub, rodada de luta, flerte grosseiro, indecência, etc, aconteça entre aquelas horas assim devotadas para o repouso. Olhe adiante para trás antes de você se despir. Dispa-se vestido na mais estrita discrição que a privacidade pode oferecer. Água *não* pode ser expelida *na presença de* grade ou *fora de* janela. Nunca dispense na roupa de cama a luva que te denunciará. A Criada Maud nada idiota tagarela para a Vovó (por sua vida, você faria!) ela para a amiga do peito dela que cumpre todos os seus afazeres (e o que você acha que a minha Madeleina viu?): essa ignorante principalmente espalha tudo juntamente com todos os membros da corporação já bem velhos (você ouviu sobre um humilptydedumpty selvagem como ele apostou sarça-que-arde jogando estaca e bretão?): o rio emotivo então tem o que merece (acrescentando um tom um dim ou dom): daí essas lavadeiras (Ó, enlameia-me mais sobre as raparigas! Quero dizer a branquinha Madge Ellis e a acastanhafada Mag Dillon). Atenção a tudo! Todo desprezível difamador de Duplim nos deixará saber sobre isso se você tiver pagado o homemulta a respeito de se teu aluguel está executado ou para trás nos teus débitos. Isto é seriamente pretendido. Aqui é um casebre não um hordel.

Está certo, velho velhum!

Tudo de fato é logo como antigamente certo como eternafinal sempre em todo velhugar. Se ele, quando escaldado daquele tocouve de reflorer, tivesse traçado os limites por aqui em tal momento no tempo como é esse para lúciferreunir todos os fenocentavos de madeira e dinheiro de rio (meia de volta das três gangues multiadicionas de vinte lotes totalizando um cincão com dois centavos ou números rumandos éle é fe e dois pequenos uns) com o traseiro nele empinado para projéteis da candidíase ainda cantando alaoúde as parasangas dele à córnica: paiciganagem meusquinha de aiponzell do leste, velha camaradama ele alto emburaca: polissuspiricial patrulheiro Detetivessocáris, o um tanto quanto da cidade, desmoronando quietamente da indifomerença dele, ele se asseguraria de assinar bensantessepultadas aparições de luz tartaruturquiando qualquer uma das duas janelabertas do tionebroso. Mais, a não ser que ele estivesse diverso errado, se ele trouxesse suas botas para pausar em paz, a uma ao lado da outra, bem na estrada, ele não captaria nenhum som vindo de esconderijo ou caverna além do fluxo da taipágua estava água ciganeante, contando a ele como, contando a ele tudo, tudo sobre presunto e libré, fique e brinde presunto na libré, e maisteiga com murmurlada, para [586] quakerizar aveias para ele na libré. Faurora! Quatrohorroras! Finalmente passou! Pãobacalhouvado sinhá deus ou vento cortante entre as árvores.

Silve! Que nós tínhamos somente nossa nébuluz para ver com, certo, no nosso ponto de vista, eu e meu auxi, Jimmy d'Arcy, não é, Jimmy? — Ver com quem? Beije! Sem brinca, captão, que ele nos impediu, três carteiros joviais, primeiro um par de Mountjoys e cigarros deliciosos com jocolates cadeleite, estimulados por nossa pontominha de fantoches do Teoatro Real, na salinha do Cambridge Armas de Cervejas Camisola enquanto nós estava deitado, joias da coroa para uma ninharia, estava ele de madrasta, velho narizpesado, ou um viuvaria, que ele disse, rapaziada, uma tomada baixa do chapéu Whitby dele, tirando a espuma e silvando, com toda a respeitabilidade ao velho país, amanhã camaradas, nós, a força da vida longa dele e empréstimo courocantil a nosso todossantificado rei, o jarro que ele virou para soldar o muro, (Senhor alongue-o!) a posição dele era, o cintar e sapatear diante do buraco clamando por churcherveja e longínquo bar submarino mas ele não teve classe nenhuma em porto e cimentou camaradagens entre nossos tregueiros, sendo um refugiado, não é, Jimmy? — Quem me é verdadeiro? Cale! Chupa-mel, isso é o que minha jovem dama aqui, Fred Lebres, Fred corneteiro, desde Melmoth em Natal, ela o chama, saúde, pet, quando ele comete certas perguntas dele viv-à-vis ao império secreto da cobra que isso estava em um ponto da nossa sentassessão, como foi isso Jimmy? — Quem tem pecadilhos a declarar? Fie! Tocando no aborrecimento dos nossos Vigias de Phoenix na reunião das garçonetes, as delicadelinhas, Elsies de Chelsies, as duas garotinhas florazulescendo, e aquelas pestes dos parques, tique, cardo e mostarda, fossem eles a favor de desistir das malditas transgressões deles por ordem que nós organizamos ele deve ser novato em cana de açúcar, o partido, não Jimmy MacCautólico? Quem me desacata? Brismile! Aquele é ele co'a peruca dele, mascando do chiclete de bordo dele, aquele é o nosso grãovovô, Mister Barbatudo, um burgomestre talentocúmplice, um grande entre os maiores, que ele contou a nós soldados pra fora de sua boca perfumada ele costumava era, meus rapazes, antes desse vinhatal vir, diz o quê, nosso

Jimmy o frequentador de capelas? — Quem teme todos os mestres! Oi, Chipanzé Agoralongo, meu [587] doce ébrio amor, que ele põe o palpo dele para mim por trás da sarjeta, faz Freda, não seja uma efedepê! Comumtinue, ele diz, apesar de vaguearmos pelo mundwilde dele. Devemos espiar uma metade um traseiro no chupa-mel agora que o velho rosto dele está sólido com as defesas dele baixas durante o cessar-coito dele, diz meu Fred, e Jaméssimo aqui que, acabe com isso, ela simplesmente deve, ela diz, nossa pet, ela fará uma empinada a partir do ponto de vista dela (Voe para longe! Como uma rãdidíase!) para manter os babadinhos dela fora da grama enquanto faz uma visita musichall às bemolhadamequeres e pareia as impérniais dela diante dele com apenas um enrosco depois que o safado voltou que nós lutamos ele guerraera um destruidatirador e a animação dele derrubou duas garrafas de cervejúbilo com um panaché tomado por Fred e um *fino oloroso* que ele estava acalentando para, certo, Jimmy, meu velho libertador castanho? — Dor de quem, Ó tão minha!

Seguindo indolentemente para vistaponto, sob a sombra do reimonte a laia para cadadir de nós, cujo hinátema está banido, cuja cabesperança encapuzada, céuja bebedeiralarme, como orvailho você? Santamaébria, tristedisseu, magiqual e quemeretriz, Sr. Atkins Preto e vocês soldaduos curticentavos, vocês estavam lá? Foi trégua de neve, neve empiluada? Ou o firmanuvemto ressacolocou sobre a terra em matiz ocre a ribomba dele? Número dois vindo! Tudo dentro! A mesquinha quantidade de nuvem foi vislumbrada? Ou a chuva tamborilante caiu em um salpico? Se as águas pudessem falar como fluem! Frêmi Tom, puxe o sino! A Issy está ocupada lá no vale! Mispá baixo, vocêvocê, número um, em profunda humidade! Ouça, fidalgúnica iludida, por favor! Você é com certeza. Você sente falta dele, para ouvir! Com certeza, meu compromisso entre nós, não há nem-um Noel como ele aqui para escutar. Doce pó viemos, ao pó fogotornaremos! Desde que Allan Picareta amou Arre Beijadora tudo está dinamarquês claro. Triplique! Somete árvores tais como essas como eram essas, acenando lá, a barcárvore, a o'brieneira, a tramazeira, a o'coneleira, o praiarbusto próximo à treliça ventosa, a enorme grand'árvore. Treme! Todas as árvores na floresta valentremeram, humilladas, quando elas ouviram a edição extra da selvagazeta do juízo final.

Toquessis! Dois lindos viscos, enfaixados a uma árvore, para cima libertador de rosas, imagine, eles estavam, livres! Quatro senhoritesposas sagazes, piscando [588] sob capuzes, fizeram garotas como rapazes amarem mastrocavalgar e pontilharam nosso verde com casais travessos, meioameio, o cem dos filhos deles. Então centavos infantis tomaram conta das libras dos pais e muitos fizeram do dinheiro o caminho no mundo onde autoestradas para riquezas cruzavam favelas de piolhos e, a causa disso tudo, ele lançou-se à frente como um cidaduniverso flamejante, fermentando triploblemas para afogar mágoas, cedendo e tomando o meu e o teu, jogando milhar com as três bolas douradas dele, gerando capital para partes a partir de autolucro territorial, leve com a serviçal mas pesado com a bolsa, nosso mais imenso emporialista comercial, com os filhos dele vaiando o lar de longe e as filhas dele praguejando ao lado dele. Findador!

Como ele acumulou isso, ostentou isso, o baleeiro na chalana, um guinéu por um groat, o indicador dele na balança e tamanha riqueza na barganha, com a maleca que ele arrebatou no vagão de bagagens à frente? Indo adiante na caça, mestre jackvil, sob a noite e rastejando de volta, cãoçar para esconder, pela manhã. Humildemente para cair e mesquinhamente para levantar, exposição de fracassos. Através dos erros de Duffy e do seguro de MacKenna para a classe alta e a classe baixa a banda continuou a tocar. Como uma geração conta a outra. Amiudepois da queda. Primeiro por uma mudança de uma licença de sete dias ele vagou para fora da saúde de fazendeiro dele e então perdeu a vida paroquial antiga dele. Depois (foi na finlamândia) ocidentalmente de repente seis facemchamas junossimilares desgarram-se selvagemente para fora das vezes delas através da cancela parocossonificada dele, exibindo todos os tipos de rapazotes em collants insones. Prontamente busquemulher em tempos sem data, muito apropriadamente uma dúzia de gerações anteriores a eles mesmos, uma tubulação calhou de explodir e infortuninundou as fortunas dele, iradiando trapaça sobre a quadra de pelota a mão dele e o belo galinheiro dele em que foi poupado um justo dois de uma pena na sala de empéra somente. A seguir, devido a apropriada reflutuação, irromperam quatro vendavais ciclônigos para estraçalhar as paredes envidraçadas da casa dele e a ardósia para as contas que o encarregado dele estava falsificando. Então vieram três meninos corneteiros que o contrapilharam e cruzacornetaram. Mais tarde na mesma noite duas hussitravessas evadiram-se través de uma brecha no regimento dele e o deixaram, as infiéis, para quitá-lo em lembranças gentis. Até que, finultimatomentele, caiu a suprema gota d'água, quando uma explosão das destilarias dele [589] surdomudescartou todos os itens de armarinho dele no diflútio mais favorito dele e o derrubou, o que sobra de um heptarca, com learbaçolhos e letrhepático, chorando morimbundaflito por sua falâncacia.

Pepep. Pague portador, seguro e sofrido, ao pé de ohoho honesto politicista. De pé nunca mais, por Phoenis, jurou por ele Lloyd's, nem poribaitido trigo, nem após o pai de Sir Joe Meade, obrigado! Eles o conhecem, o aliançador, de cor pelo menos, por ser um camaleão finalmente, nas cores de vãoparaíso verdadeiro dele de ultraviolento a tecidos subrubros. Essa é última tentativa dele de marchar pelo grande arco tentriumfal. A arcoirinvestida dele. Nunca mais! O que você acha disso, Sinhô Soarrelógio? Você tem belos hum prêmihums. Pré-preguei minhas providensórias.

Combinado, Gu Galês, ele foi abarrotado a subfungabelhordinado para ganhar como se colmeiando, de esperteza vulpoleporina mas quem, hey doçura, por todos os valores dos últimos dele, íntegro integríssimo, era o mastro principal da firma? Em assemplebeia aclamado, em parte despedido, comnublado acwmwlado, Nuah-Nuah, Nababo de Nefilim! Afinal o que se seguiu para fins de aparencizagem? Já que o agora perto se aproxima enquanto o este instante corre para lá. Jebes, ugh, caca, ptá, aquele era um homem doente! Queichaça, pudimuitobom, esse é de verdade um mandhomemto adocicado! Mas Mixordimpostor, meubagdeus, senhor, acolá estaria pelo menos uma vez em nosso todo honrado cristepocal erressurrecto. Quarta posição de solução. Que johnny! A melhor vista do horizonte. Tableau final. Para me duover. Macho e fêmea desmascaremo-los. Begumecemos por armausente! Quem agora inalaninha o velhovigor? Amanhecer! A nuca do escalpo dos guardinome dele. Socorreu! Após batucar tudo o que ele fezigiu. Huno! Resolvido até uma polegada do âmago dele. Mais! Fechem as cortinas. Enquanto a abelharrainha que ele perplechifrou abençoa o êxtase dela por sentir as funções do bobo dela Dia. Estrondo.

Animais, animais e animais. Aplausos. [590]

Tradução: Tarso do Amaral

IV

1

Hosana! Hosana! Hosana!
Conclamando todos os companheiros. Convocando todos os companheiros a despertar. Arrah! Innsurreição! Eireweeker ao melhor mundo lasseevo. Ó aglomeração, Ó aglomeração, Ó aglomeração! Phoenix, Ó aglomeração! Pra que tua vida de pássaro possa ser. Cê sonda wahriados assuntos. Névoa do mar do leste pro Ossiano. Houve! Houve! Tass, Patt, Staff, Woff, Havv, Bluvv e Rutter. A nébula tá liventando. E o ancião da anciosa já se levantou em outros tempos pra sulplicar aos bonnamours. Sinn vem, somme fein havaunte! Buon dia, cês viram o amanecer do Pier? Mundos anos atrás usamos os seus até quando fundimos um now altro. Conclamando todos os despertos. Conclamando todos os despertos a despontar. O velho criador concebeu o comumwelth das naturezas para Foyn MacHoolingan. O líder, o líder! Non facile est iudicat orbis Terráquia. Sábio slogan. Te sacode, anoitece escurece, abri espaço pra sina do forte! E deixa Feghin ser embalado pra fora de sua homiliação. Confidências para capeleiros. Temos o maior prazer em annonciar para o público praticante de potatowsas pré-regrinações, genghis stá indo star contigo.
Uma mão emerge da nuvem portando um mapa expandido.
Todo semeiador de sementes de luz para os espíritos de porco do polvo bomvino que estão no dorminatório do Surdomudo depois da noite do cumprimento da palavra de Nuahs e a noite da criação de Mehs para sinháconchegar numa quenturança, Pu Neseht, senhor dos allnéis no chibalba de Ntamplin, tã triumphant, falante. [593]

Vá! Surva Sur! Spalhando stigmas para a arcotetura do céu, vós que acoolzas. Tá! Arcthuris está vindo! Sisseja! Verb umpricipiant através de espaços transitivos! Kilt por cotton concha do condado com congêneres. Elegemos por vós, Titângelo. Svadsia salve! Nós Doudonêses, vos comjuramos. Um caminho, a Manhã, do nosso Astácaro, através de dimdom dado até a luz alumiada luz guiou, esperamos mas mincontre o geriontem, intirerrante, klaman seus curso, entre o semitérreo de Somdorma. Até perante Heliotropolis, o encastelado, o encantado. Agora se orguém apanhasse um sobonete e argum outro aquaecesse a aqua nós podíamos, enquanto vocês estavam dizendo Markret Mirty ou Schmütig, Morocho e Rubiostein, fazer solcomo silfo ou essa batelha da duna colorosa. Sim esclarecer começa com. Pronde vai a mancha? Donde vem a hora? Obsearve mas! Leve o omo! Absorva. Os traveltickts devem ser percessados. Qui stabat de Mim quantum qui stabat de Dolor. Pois para vocês. Thordos nós sabíamos. Nossas sombras misturas os mixclam e acodem os horizontes. Um flash e, rash, vem o pash, assim de braseiro em braseiro pulos pululam. Para o gado mais delicado com o topo rosado de Ahlen Hill, um pubclube, no mais lojas e. Atrioatravésdasalas, Lugh o Bravoweak será ovido depois e ele chicortando faíscas com seus forgolhos. O laçodalança do fogodoamanhecer Totouches todos a mesadepedra no centro do grande círculo macrolítico de Halusbelus na moita do uomidomato sobre essa nossa plenície da Baía Fingaheads donde montículos de pedra chifrudas ergem, depéparadas, para a florada fleiz, ídolos dos istmos. Sobre onde. Cinzentas franzinas fofocas fantasmáticas florescem fétidas no fulgor. O passado agora aperta. Cão uma besta, mesmo Dane o Grande, pode trilhar com farejadores ele focinho enfiado entre as pernas. A risadinha do humorístico Edar. Mas por que botar o cão afore na notte? Deixe esganiçar o Gallus do amanhecer deles, han, e ela, huhn a Susqueenhanna, faz patosorrarem na curva. Uma vez para o cantor, doble vezes para o zelador e uma doble tripla vez para garsom. Então uma intreagável carne amarela se transforma numa invisível negrura, Ok serve para roubar com Allimão, mardinheiro, um trote carcereiro para o Pontodomar, pierrototens, significa o Bar do Noel e Joleponche, por Joge, se você tem gorjetas em sua cabeça ou crusseiros, costureiros, você é silenciado na Scuola [594] Henge, Exmouth, garotos do oeste pro leste, cada um e cada qual? A morte amaldiçoa e ágil estremecida. Mas a vida vai e os tantos falam! Ahcorda? Colina de Howth, toc e toc, nachasach, alivia a línguascape pois ele stica sua sonoralangue até o canal da gazela e a noiva do Bryne, a mamndíbula superior mexe, é filha, então pra sempre uma tança concubinada com seu pai. Lambel lá no alto!. Vamos em breve tratar dos vintenove caminhos de Geoglifico para até dizer good bay cantonda até presse pra liv. Com a cochilando e piscando me agrada a sua muito mais que. Com a cabrita dela. É um longo longo raio para o premiê da Novirlanda. Pelos corks, pelo arenque, pelos confeitos, pelos brigões, pelas solsichas, pela patatas, pelo filé de porco, pelos homens, pelos limeriques, pelas caixoeiras, pelas abanador de doidos, pelos extúpidos, pelos ares frios, pelos trens atrasados, pelos curries, pelos massaricos, pelos alhos-porrés, pelos orphalinos, pelos atunsdasgullvotas, pelos gestos d'ouros, pelos pulmõesfortes, pelos peseguidoredesnhos, pelas feirasdedinheiro, pelos caixões, pelas birras, pelas armedoiras, pelas alçasdosabanadores, pelas vindas dos malandros, pelas idas dos astutos, pelas brincadeiras com a math, pela casadossmeeths, pelas cornesdicodornas, pelailalooly. Clique! Comanda aqui, Crome leque ali! Cloque! Sabiamente para nós o Velho Bruton tirou sua teoria. Você está aptolutamente errado! Amsolutamentmmmm. Mas isso é poordemaisaburrecido procêpobrerapz? Nonmantanão. Certo quisso não tá te afleetando? Amslutamente! Então tá bem assim. Parece que a gente entende os apuds de domumentos de voalumes de pergaminhoas, Duke de Aean, entre calçasapatos, charretears e etceterogênios acordossobrecarrinhosde man, encima e embaixo, desde, anoltecer ou apesar, numa dupla preposição como em tripla conjunção, como tensido a pesquisa da lama na topos que era a Terra dos Monkacos para provar desde a presente picaclava na mulhermara melma que enquanto uma sucessiva geration tem ficado no fundo fundo fundos das Fundoeras. Corações enterrados. Aqui jazem.

Cocorococó ele fará. Dorma.

Então deixe quele dorma, o tonto! Até eles tirarem teu teto da tua tenda. Ele caninous. Puncto final.

Assim tagarela o pássaro livre. Ouvindo, Sol! Um filho, um filho natural, conhessido pelo nome de (vaya, vaya!) sereia sequestrado numa idade provavelmente recente, possivelmente remota; ou ele se conjuraria, a vista vaza [595] da mão; para quem o teeatrum é uma lemonada; na farzenda de leche de capra; no pelo cãodele; sessenta na hellwa; bata; a hombridade de semtenas de dispatados de raiosfundados de saqueados; contempla, ele retorna; renascente; fincarnado; ainda profetizado em torno do ladado coração; newvidade; haclamado carrilhão infantil; inimigo poormanente, com seus mowdos engraçados, dizperta numa onda de risurgimiento in christo; *victis poenis hesternis*, phosfatus di solas; da maisaltoscolha de artimanhas com mojer e songhos até Banba, arranjando o funeral; sob trintenove artigos da reconstituição; pelo senhor dordem do cânone consagrados, terraperdida pensamos nele; paternostro, o soldado desconocido; da montanha de Tumbarumba; na perciência de todos os ladifundoerários; antanho todas as caminhantes; senor da cautela objeto da lama; os Diggins, Woodenhenge, pois se divertia na; com ojos spaniois cheios angerluz; o sassanach; o gnoemdosulfídeasalamermauduomem; o big brutus, fert em forte; Gunnar, de Os Gunnings, Gund; um de dois ou três quatroquintos companheiros um sujeito poderia deparar-se com a multidão nas férias; benedicto seja o barril, tomnéis, tampe; um roedor, um touromestre, uma diversidade de montes, um panfílio, uvindicato de nevacena, uma higiênica artimanha assim chamada pelo editor, a encorpada de sua coxa, você sabre; muito; conversando com alegria e a angstúcia do vicário; o verdi, brancu e aglue sendo quebrada pelo poste dos jardins; ele; quando nenhuma grua na Elga está na cabeça; soulbre falar dessa canção; sem laços, sem impedimentos, com gigantegiros, com imprefeitasformaslivres; paratextus para ele mesmo; respirare como simpre, de quem doutromodo porquês; nenhum fracote como do velho como do jovem um paladino; a travabrabca não carecida nem temporasóleon; no entanto ele parece uma cor engralada; gagueirando alguns; mas um enorme um big bug depois dasdálias; lugar do inspector sargento; também do expavimento do sãoto chisto; astronomicamente fabulafigurativado; como Jambuda Vipra previu dele; o último meio versículo resdquirindo a palvra apalpada dele; dividolorido e remendadarrozal; e para o pfim no nosso pfanfarão de um pphan, exfreeando a branquirlandesa chaleira; sim, certo, seco, sólido, sereno, simtético, suave.

Pela anta de Yasas! Ken fez dele o desejo herdado respeitável. As gotas sobre a manta chovida nunca ao redor de Fingal. Good! Sais de Loughlin, Will, faz um novo homem se ninguém [596] usar. Então?

Lá! O braço do landfather há comcoincidências. Você quer dizer ver que nós estamos thunder um sono de noite sonora? Você deve então. É só, é só sobre, é só sobre rebolargeral. Sleepinsleep. De todas as coisas estranhas que sempre nem sequer em cento e milhores cortejos de centro y un bons ou em edas e odes obras do túmulo, dique e oco para ter acontecido! Os entes dos viventes são umúnica subrestância de um fluxotorrente. Completado num contocontado e contadoconto num ditotítulo tagarelado. Por quê? Porque, graças a Dois e a todos os tontos trechos, que nas palavras dele eram o começo, havia dois sinais para voltar, o liste e o West, o lado certo o lado errodo, durminto e leviãntando, assim e azado. Por quê? No lado som temos o Palácio do Jinnio da Mosquita com suas duas adjacências, a casa de banho e o bazar, alahalahalahalah, e Daltro lado está a alcova e o jardim de rosas, amadamente insignificante, toda purapoetrya. Por quê? Hera huma vez uma história sobre coffees de manhã na cama e combatsparecidos e companheiros de cama mas outro é das compras de toulos e castanho-avéumalhados, dezempregos e sulfrimentis na eliminatórias, competição e hostilidade. Por quê? Toda fala tem sua temporada, videre Corporisresurgentis, e todo-undos-sonhos alcooltencendo debaixo do barcodassorte finalmente encerra. Por quê? É um tiopo de aliquarado, sistomaticamente distomicamente, que toldos você nunca em nenhum lugar afinal dormitou. Por quê? Reviewsta me.

E howpsódia.

Olhe! Um fosso de calafrios no ato, aluzcinante. Lamaçal do morto! Voyons! De onde vêm os muerthos? É uma febre infinitizimal, reste febril, rito febril, um corando de ária, somnambulo, no menor de um presentemento passado, vá, e novamente, livanta, um flash de um futuro de mayabilidade através do soulpro de um assombro em uma céuva é um cosmo comum torwellinho de palavras é um planeta.

Tom.

É um perfeito grau excelsius. Um corvoo segue silente. Nuvem deita mas névoas estão. Anemona viverescente a torporatura está voltando ao mornal. A natureza húmida está se sentido mais livremente à vontade com todo frescor. A verbena é uma mensageira pois a grama administra. Eles dizem, eles dizem aliás, eles dizem realemnte. Vocês kommeu fruta. Éden í. Você comeu mittag de um peixe. Tal desejo. [597] Todo aquele lugar personal protesta se nada four solvo e eles apenas tinham feito fazendo o sueño de todos sombre um caminho para ser as suas crenças. Deusappear. Você o tinta pela ponta da longa. Nenhuma símlaba salutar soa é assim. Em voz dum novilho, desorientado com rascunhado. Noctambulousbulum andadando o Nilo. Vitorias nyanças. Alberths nypensas. Foi uma longa, muito longa, uma escura, muito escura, um simfim de tudu, terrível escassez, e podemos acrescentar principalmente uma bem variada e de dalguma forma cambaleante noite. Acabado ele o enviado. Diu! E tinha começado a estragar, e está chegando a chegar. Saudações a onten, olá pra manhã. Dormidy, acordady. O juízo final é o dixtino. Muito blem, bom proutro. Agora dia, vagaroso dia, de delicado a divino, divisas. Padma, brilhante e mais que doce, essa flor que badala, é a nossa hora ou insurreição. Tique, taque. Ora pro nobis. Até aqui na próxima Adieu.

Toma a gratidão, gratificoisazão, escuridão. Nisso findo earopeu encontra indé.

Há algo subrenoturnal sombre o que quer quer seja que você o chamou. Pãopão e vinivino não estão solzinhos vanvan e panpan e seu Tamal sem joios mas não melroamente eles são eles. Esses todos seguidores esses otros camaradas. Delele vigarista. Velho pão da páscoa talvez seja um rançoso com um toco e o bebum volta pro muro. Agora o mofo, a treva, a goteira e a história querem o mau que eles mentiram. E as últimas palavras suas em acusticologia comparativa dirão o trecho de uma elegância por força rumo à allesgria, ágora, onde ele levanta. Óleo por óleo, uma garatuja por garganta.

Tim!

Para eles na Isola Loka. Ouvindo. A urbi être orbis. Entonces agora com agora é então intenso contínuo. Ouvido. Quem tá tendo ele deve ter dito. Ouça! Sobre as batidas badala a carreta, fon, em exatamenty poucos horas e alguns minutos será a apertura do giorno de settenoite de noite do mês do anno da idade da madamanvantara do Grandeguy e Pequerruchalady, nossos julgadores julgandum e nossa peniquinha mãe, e o actualmarido com a verdadedacasa, e as crionças deles e os vimsinhos deles e os vemzinhos das criantas dos véuzinhos deles e os bens móveis deles e o funeral deles e seus [598] cognatis e suas gangues e suas zonas e seus tudos assim é será e foi deles.

Mucho obrigado. Aora do Dia! Mas onde, O escrivão?

Com o horloge? Cominho! Você não vê o pfatum que eles pfundaram, nossos pais questão no Paradis, horrible estratta via namas, a coabra, a bezerro, a tiogresa, heliofante, quando mesmo com sede era poorfumado de vetalas, metade dos trifoliados derraparam pela zibelina exuberante, pé, pé, pé, pé, patapodopépépedinte na pegada do footfetfeet. Antes estejamos nós! Singnificando, se a longua talvez falhe, que, as condições primevas tendo gradualmente recuado mas no entanto a colocação de sólidos e fluidos, tendo em grande parte persistido através da intemitância de sombria fullminância, solene nupcialismo, selputura de salém e advinhação providencial, possibilitando e até mesmo evitando, depois que um tempo dele que teve uma tensa hesitância entre ter e não ter, no lugar e no tempo em consideração uma circuinformação de unidade socialmente orgânica militar milenar marital monetarial morfological num estado mais ou menos instalado de ecoclub equusnômico equouvido equilaboriado equilibbrium. Vencá, Geogio! Nomomorfema pra mim! Deixistar arrogantômidolago! Vocês tem apenas uma bawlrriga vasilha que num para dipé. Para Angar na Ankara. Aequustinta. Vendomal. Moos agradecimentus, polidos pontosdepecados! Há uma Taverna no lago.

Dica. O tópico do Taminu. Dica. Browne já Noland. Dica. Anúncio.

Onde. O céu cumulonimbuluscirrorrintambante elegendo, o dardo do desejo se foi o coração das águas secretas e o bosque mais alamado de todo distrito está crescendo nesse momento, eminentemente adaptado aos requisitos da humanidade panicolpeada e, entre todas as subidas e todas as descidas e o nevoeiro da nuvem em que nós labutamos e nevem e o fog sob o qual trabalhamos, bomba a coisa será boba sobre isso tanto que, além de indicar a localidade, considera-se que não se pode acrescentar vantagem a um grande pacto preprescedente pelo que, tal como deve ser, a seguir, apenas mencionando, porém, que o velho homem do mar e a velha no céu se não dissermos nada sobre osso eles não nos dizem mentira, a essência da pantomima, do [599] rei canibal à propriedade do cavalo, sendo diclenado e desnivelado para nos lembrar como, nesse desexolado mundo nosso, Pai dos Tempos e Mão dos Espaços fervem suas chaleiras com a muleta deles. Que cada rapaz e rapariga na rua saiba. Então.

Policárpico charco, o charco de Innalávia, Stagna a suave pois, da margem do prado, entre os Deltas de Piscium e Sagittariastrion, donde um dia lavamos est'alva e este valley, cachoeirrindo aqui do rioapa, a patinadaponte numa camurinada, o rio das vidas, as regenerações das encarnações das emanações das aparenteações de Funn e Anin em Cleethabala, o dommínimo real dum Foulrasteiro, uma raça almaodessuada, o infestado do Oceano Dibluebin, Moylamais, deixe estar. Onde o Todododo Neandser seguindo Vynheta Neeinmar apreciou ela, Linfiana Queda e um uma equipescavadoradagrade virou o primeiro gramado. Schluss! Pegoereto! Zeus te a ensoe! (Aliás, acredita-se que harpetenceu-o diante da Fane do Apalpador pois tem que dar fim a essa bolseta, embora algumas horas para o oeste, que a herdeira pretérita da ex-Casa do Coronel está pra voltar pros estendidos longuasuspensa de Dweyr O'Michael a cabeçalfinnete fracafiado que ele tinha esculpido nas palavras sorrisos dela). Lá uma amemdoera começa a verdejar, dolores vistas por namoradeira, como sabemos que deveria sela, por essência a lei dele, então isso é tudo. É sainteificado em Vitaqua. E suas pequenas bloomílias brancas, fimecantamente aparadas, são diablintes de sacanagem. Saxenselestes nossos abscessores pensavam tão ousadamente agora eles estão indo auando para Anglesen, livres de devires, sujas e baratas. Também há placas porcalhonas, imemoriais, as únicas em todo o pântano. Mas tão despido, tão pedregoso, gabar-se cedendo tal brr bll bmm mostra que, de Barindens, o alfredu branco, pudia ter pelo menos a parte superior de algum salcerdote. Homos Circas Ecolagonnensis! A vitrine dele em Leeambye. Velha Dama Donnamarquesa. Piii! Mas, enquanto brilha com cisne sombrio aqui e ali, essa pedra de vergonha e aquele plantador acquado dizer Pautee Ferro-O-Fullchico e sua festeira Molly Vardant, em boavassourairlandesa, arrah, esse lugar é um properiedade e o festejo dele é um festiwal para cardinal kommunitário, então seja quem celebrarias o mistéro sagrado sobre ou o que a piligrinação da Terramain derrotada, a calmafolheada indignada por aquele olhar cujo taciturno [600] é certo ele quer dizer girlrotas de posgramas para fourtalecer. Um juvessacerdote nu, vestido de rais de pós, seu assertadinho com as mais frondosas fohlias, offerinsendo para o vincido do vinsendo dele. Tasyam guru salialicryamu! Pfadre!

 Faça com que seja provocado e será, loch, nosso lago lemantoso, aquela grande lacuna, a sidade de Is é está emergida (Atlantis!), urban e orbal, através do sabão extraviado da sombra sob as aquas do Erie.

Lagoon!

Kem! Porq, queeridadama? Extories, texteu! Aossim na terra como nosseu.

Angelusdinfervo, as filhas dos penhascos, respondem. Despacio a costa do salicórnia. De ti para ti, tu arte é tu, que estaus lá. Como o próximo, os garotos mais próximos. Ó sedito! Uma família, uma banda, uma escola, um clã de garotas. Cinquentinas emais quarentinas por vontenas nuvenas andantes por octetas assimtivas decacendentes por um lunário com o último solitário. Que todos têm as diferençasdela dos símiles de seu lugar. *Sicut campanulae petalliferentes*, eles coroloram em carrollada ronda na Baía Botânica. Um divaneio de uma dose de inocentes dondocas dizzleais.Keavn! Keavn! E todos eles se tonalizaram nas vozes sobre a canção cantocantada era Keavn! Ele. Só ele. Coça ele. Ah! Toda a lamencanção. Oh!

Sta. Guilhermina, Sta. Gardenia, Sta Phibia, Sta. Veslandrua, Sta. Clarinda, Sta. Imaculada, Sta. Dolores Delphin, Sta. Perlanthroa, Sta. Erranda Gay, Sta. Edaminiva, Sta. Rhodamena, Sta. Ruadagarra, Sta. Dreamcuntra, Sta. Uma Vestita, Sta. Mintargisia, Sta. Misha-La-Valse, Sta. Churstry, Sta. Clouonaskieym, Sta. Bellavistura, Sta. Santamonta, Sta. Cantarola, Sta. Heddadin Drake, Sta. Glacianivia, Sta. Waidafrira, Sta. Tomasina e (trema! unlauto! attention) Sta. Loellisotoulles!

Oraipournós! Oraipournós!

Yo! Issol é sel alquilo que alguém nominol.

As maidenmoisselles tlintavam juntinhas. Ascenda de seu leito, caverna dum babyrrão, e brilhe! Katalinas está kozinhando. Soros jugando, meus somtimentos! Você deve dessesterrar acquaradamente para interrogar todos os arquipelicanos. O austrologo Wallaby de Tolan, que reanunciou nossos shows da Nowa Arlanda, assinou contigo e agora nosso mandato. Milenésima espera. Fique experto. **[601]** Um seekundo. Nem o magro maleável, nem amplo roliço perto do magro maleável, nem o traçocheio de tamanhexato para leeilha do amplo roliço mas, de fato in facto, o encaracolado, perfeitamente proporcionado, florsardenta, formosamente tãotonalizada, formas delicadas balançando pro barlavento do traçocheio de tamanhexato.

Isso estava no ar quando algo deveria ser dito sobre isso ou é alguém imparticular que irá condessar para o conjunto dalguma forma? Diga seus esconderijos claramente! Um bondozocortejador. O seu rumomoral ainda é suas melhores armas? Pedras de Rolan não criam hino. É a voz de Roga. O rosto dele é o rosto de um filho. Seja teu o silencioso salão, O Jarama! Uma virgem, a única, deve chorar por ti. O riacho de Roga está solente. Mas Croona está em se approchimando. O traseiro do O' Dwyer de Greyglens está navegandonabaía em seus terroitórios das dianteiasdolegista Pottertons, as montanhas ai redor do corasomdebeaurla. Quando visitado por um repórter independente, "Mike" Portlund, prescavar a queimadora do carteiro de Resterant assim é chamado o avarentoo em questão ele fuz o solguinte para a Gazeta Durban, a primeira questão a vir. Dum callingspondente. Nenhum aqui. Olddia do Julamento. O Chefe de Cima a Grandideus Abaixo, Riocena, talvez ele viva pelo rio! Os Jogos do Funeral no Vale de Temple. Pompas de Saturnoites, usobindo a courecatura de um cuelho, revelado per Oscur Camarada. O último Holandês Culposo, por acuso. O esgoto em Sonho Enclausurado. Desvelado Pub Histórico. A Indignação, a Extensão. Afetada a Multidão Segue em Religioso Sulêncio. Reinveção de vestígios pelos quais eles drogaram a menti. Figuramovente na sessão cênica. Por Pathéticos. E lá, de fora a excitação, enevoada Lãdres, ao longo da rota da caravana, que se foi com os anos, brilho suave da onda no seu giro polar, sternlas entre estrelas, confie na Touathena e você pisa na realidade da relva, vem classificador, Sr. Hurr Hansen, falando todavida consigo mesmo de suas esperanças de cair entre uma imundidãojovial de damas do alegrelar da dança, sua llave jaja no seu bolsinho do chaveiro, um compatriota razoável provavelmente da galera de Grimstad, velhos parceiros congelados, alimenta a notte com pato, marreco, galinha em cima de bandeja e os passatempos [602] ele cobiçava in Wooming mas com esse óleodor como uma benção de backung sobre seus lábiovos de sollunar. Aqui tescuto numa mascára de guess, Coeurteiro! Mas que improvamento! Tão certoo quanto uma carta tão infusa quanto confusa! Schoen! Shoan! Shoon o Boostu! Um tostão perseus pensamentos! Du, tu, tacanho, pançudo, palatável, torrado, teachá. A fornada é pro padeiro que põe a mão no pão. O, que odour fornoidável! Manteiga manteiga! Trazem esses dias nossa sacola de cartas! Maas me recebam, meus lensóis, dum longo scuro inverno esmeralda! Pra lá e pra leito para Eilder Downes e pra cá é pra colá como cantores kanntantes o que o trabalhador caminhandorreto o robustocarimbro selandosseguramente oficiais que tretaram formar nosso cartão da reunião do G.M.P. geralmente il pra elle e lamaçal pro letárgico quando metem suas cabeças no travesseiro para dividiranoite nú tornonutrorno com a garota pluságe eles se aconchegaram pro soulrteio. O caminhante obediente pelos esconderijos da marca. Ricos cês tem tempo. Hans arrumo? Você ouviu o crime, mio garoto? O homem estava tontamente no letto no orlário do dualrio, ser perseguido, aindaqui entre nous, meiocinza, gringo, horasdochá, sombras, nocturnes ou samoas, se bem fornido de feldudasfebresfemininas de embutirrotas com droggas murdidas, e isso, aquilo e o outro couro de porco ou camuflar porvircidades, pegando um curso de duto ou causando uma dor, vendo pela sua tosquia depois de sua baque, quando Dr, Chart da rua Grande Chorles ele deslocou sua espinha dorsal delá. Ele não teve a declinação, como que com os piedi como qui com la facia, por oracomo que pendurando uns amourzinhos nos precedentes, onda então a lawtência é permitida, pode haver algo depeis das trevas. Que os alces solitários eles veem e as trevas eles estão inalando do vento acima. Dublincando. Grandteventos! Jacintos com ´heliotrópicos! Nenhuma aberração da raposaplena e ainda assim duplarmadilhas! Isso é umação de quelônia na porta da igreja curtálica e aquém deve réusponder por isso. Onde está aquele cobertaria de pistadela, aquele cão de caça de uma figa, a são de um caçador quiçaça raposas homens de bem! Onde ou ele, nosso amoiur entre tantos?

Mas o que faz Coemghem, o bastard? Novato um nabão. O noveno iconoclasta do azulcinzento dele vitraliza mas começa na simulação da luz de sua lenda. Deixe o Fogo falar! Peechy [603] apessegado. Diz ele que o viu que viu! O homem deve correr acelerado faz bem prele. Não me pergunte mais. Jerry meu, a voz de Roga! Não um tostão hijo de uma vaca O pântano que enrugou o ramalhete. O ramodavideira de Heremonheber na planície de Begia onde Teffia fica é invertida fola e propriamente frutado mas as escotilhas cúblicas não abre ainda por hora de confusa tanzen. Leia Higgins, Caium e Eggbel. Matyhus ainda está intimamente trancado. Juntu. Quão involvido a resposta lá d'alcova faz nela. Os Winetantes se demoraram. E primobrindimente aperiativos de bebidas de limão serão absorváveis. Isso não é ainda nem mesmo o mecanismo de um carregamento com rollbustos aminhãos cheios de caixotes, você mumuriosmatinal, para duplos tolos? Claro e isso então não é. O grego Sideral Reiway, como tanquesser, logo começará uma tranquila com seu primeiro e único cavalo de potência. Danny apitante em vez do trem d da via violáctea colorida no nóviu a marétona com sua galáxia sem fim de rotagareladores e o pequenotrain nossos mais velhos se lembraram como o grito do serviço, Strawberries Beds. Os waggonsbalouçantes também ainda estão atrasados para precipitarem depois da noite de combustão. Aspetta, Shamus Rogua ou! Taceo e! *Hagiographice canat Ecclesia*. Qual da nossa biaubreygrafia de ser mostrada primeiro. Inapresença de quem é quem é que irá jogar isso é o que pe isso para o que é isso, o quê.

Osim! Osins! Osinssins! O primado dos Gaullikos, protonotorius, Eu sô como sô, mitragenerando em estado livre no ar, está agora borbolhando para explodir num aviso de Tempestade. As ilhotas da Airlanda, Maganesia, Habitant e nãouma mais mil islãs, Aproximações de Oeste e Leste.

De Kevin, de Deus incriador o servo, do Semhor Criador uma filial do maior medo, que dando ao gramado crescido tomou a tora alta, pau escorregadio do elástico tacão, como vimos, assim ouvimos, o que recebemos, aquilo que transmitimos, então devemos ter esperança, isso devemos rezar até que, na busca do amor ao conhecimento através da compreensão da unidade no altruísmo através da estupefação, talvez de novo talvez de novo, tosquiando de lado quatro ovilhas e atravessando os delicados derivados dias e caindo pelo caminho o regaço cheio de brasas da vida e para ir suavizando Helen Urtiga e o garoto corajoso dela, cheio de picadas, [604] apaixonado por pedras, amigo de esqueletos gnhomos e deixando toda confusão confusão para cuidar do nosso pateta pateta, os milagres, morte e visa são isso.

Iad. Procriado na última ylha da Yrlanda no encíclico arquipélago yrlandês, chega a celebração deles da pré-criação dos sagrados anjos alvestidos, de quem entre o batismo dele, voluntariamente pobre Kevin, tendo sido atribuído o privilégio de um póscriado padre portátil *altare cum balneo*, quando desposando uma verdadeira cruz, inventada e exaltada, em matrinônio celibatário na mattina a badalada surgiu e d'oeste foi e entrou em veste alva de ouro no nosso próprio âmago Gleanndaloch-o vert pelo arcangelical orientação onde em meio ao encontro das águas do rio Yssia e do rio Essia num desses dois navegavelmente solitário lago piedosamente Kevin, aterrizando na tríade da trindade, nomeio dum navio do seu conducente altar de super banho, jangado centripetamente, diaônico servente de hibernais ordens, no meio do caminho através da superfície do lago para o supremo epicentro dele lago Ysle, de onde seu lago está ventrifugal principiado, onde pour excelência, poderoso em conhecimento, Kevin chegou onde o seu centro está entre a cincumfluência do curso d'água de Yshgafiena e Yshgafiuna, um minilago ensylhado uma minilha lacustrina, depois do que com a jangada encalhada o *propter altar* subdiaconal banho, com óleo extremanmete ungido, acompanhado por uma prece, santo Kevin aguardado até a terceira hora da maña mas para construir uma colmeia de rubrica penitencial em cuja clausura se vive na fé, coroinha de cardeais virtuosos, do qual no solo arenário, o mais santo Kevin escavou tão fundo quanto o fundura de uma sétima parte de uma plena imaginação, que escavou, venerável Kevin, ermitão, tomando conselho, precedido em direção ao lagolateral da costayeste onde por sete diversas vezes ele, genuflexando para o oriente, com muita urbisdiência às sexdatarde coletou água gregoriana sete vezes e com ambrosiana eucarística alegria do coração como muitas vezes diminuída, carregando aquele altar privilegiado banho *unacumque*, o qual sete vezes severamente dentro da cavidade escavada, um leitor do nível da águas, mais venerável Kevin, então enfundiu assim deixando estar a água onde ela estava na terra seca de antes, por ele tão concriado, quem agora, confirmado um cristão forte e perfeito, abençoado Kevin, exorcizou sua santa irmã [605] água perpetualmente casta, assim que, bem entendido, ela podia encher até a metade sua altatina, a qual banhadamãonatina, mais que abençoado Kevin, pela nona vez entronado, no centro cocêntrico da água transladada, ondentre, quando a véspera violeta velada, Santo Kevin, Hidrophilos, tendo cingido sua *cappa magna* de zibelina tão alto quanto seu ventres querubincais, em solene completa sentou-se no seu assento de sabedoria, essa banhadamãonatina, ondi quer qui depois, recriado *doctor insularis* da igreja universal, guardão do portal da meditação, homenagem ao *extempore* propondo e considerando formalmente o intelecto, recluso, ele meditou continuamente com ardour seráfico o primordial sacramento do batismo ou a regeneração de todos os homens por infusão de água. Ehh.

Beespos, testemunham o ritual da rocha! Salcavidas salvador, extinção! Nuota bene. A rara vista dos triplos Benns debaixo do calvo céu está noutra parte, pergunte pro seu raio sobre o vento e a névoa, algo ao certo sobre o humen. Foram erguidos num século pressado, como gaiolas finas de uma galinha e, e se sabe do seu Bristol e arrastaram seus camicarrinhos e as elfacurvas daquela velha cidade do goblin, você vai rabiscar airtificialmente um Peny-Knox-Gore mental. Se eles eram próprioetários pelo nome também não tem sido bem sondado. Seu disign é uma palavra quevendeu e os detalhes charmosos da luz do escuro são ventiladas pela feminairlidade que o teor respira. *O ferax cupla*! Ah, fadasemparelhadas! O primeiro explodidor a fazer a ablação dele nesses parques foi de fato esse sortudo mortal o qual o julgamento monstruoso mostrou no seu primeiro dia de folga. O que não irá arkar com o papel, antiacentaly pintado com penamark, empurre, pela amostra provada, enveulopadamente dobrada, quando stilo, fedor e stigmatismo estão somadas numa mesma pessoa? Ele saiu do solo muito bem afinal de contas onde o Velho Chinelão vem se arrastando logo Canequinha começa exibindo seus talontos. Um errante nas estraderrada indatroz duma stratta estragna para a sua anágua suculenta plainície, atraído por suas pedriciosas roupas. Cê jurrou polquer, playnamente, tombem quantu eu, enquanto havia flores e femmeas. Ele deve star humptcurvado, não, ele deve star dumptatolado mas tem sempre algousado sobre, quer dizer, um matinheiro num cavalo. Tão logo a gente o vender ageen a gente ganha uma surpresa! Ele traz à tona uma tofatufa e **[606]** assim é que a gente chega na Missa em Massa. O conto do velho Marinero. Nós veramente verdadeiros notifincamos os primeiramente ilustros represados magistratos maximolientes em ludubilidade apreendida. Factos. Teare essa sábia cabeça! Grande pecador, bom hijo, é com efeito o motto da família MacCowell. O punho enluvado (esculturadobyhand) foi intraduzido na árvore soccerdotal deles antes do quart do décimo segundo e isso é um pouco engrassado todos os quatro relojoeiros ainda goingando a reestreia de Jacó de Bethel, fumaçando atrás de seu cachimbo, com Essav da Mensageopostomia, lentilhando seu emprestado pratakecido, antes de simbolar os apóstolos a cada hora da passagem. O primeiro e o último bigbang do universo, quando um nome de nada um nome de nhures é uma. Atenção! A Estrada dos Herois onde nossos açougueiros deixam suas ossadas e todo beto e joão preencher o carro da feira. É o sinal deles praque a velha Champelysied se dirija às sombras de sua inatividade e pra que jovens Capalizados se girem velozes por aí e provoquem emsseeus parceiros mundodiversimenso no Revelamento de Finnegan.

E ye vô ye vô. Pra Maré Congo olha vô. Aquela minha alfinetada pressionou seu journada si. A Manto do velho Manto. Noé, misfregue brawamente! Mil desculpas. Me fincarei de joelhos. Assim quessou. Nós nos capturamos, Sveasmother, em alguns casos incongruentemente acasamentos de acommunladaspernas dele sobreela de quem eu muito sublimay. A polog, mon ange! Desculta. Om inda tão soberbo. Enquanto tô tão tired.

Há!

Os ganhos do diadavertória no vilnuudetarde. Um inverão outoveril, esmoreceu. Granizo, rainado da dumquesa, recedendo nevemente, baque clarão baque, dentro do departamento discurdãosobstrelas laforaneva, logo santocéu, logo nevoa, para a colinencalorada do buraco, Reissol o premeiro (tentado pelo admirável Captivo Fungante e pelo Teunent-Cornel Blaise) irá preciptamente mostrar emcima do Tumple Bar ao que ele ficou tão jubilado com o Burgermestre "Dike" foggde de Inselda, agora Gelolda, parecendo bem surpresatisfeita com (exibição 39) uma pungente bolha de sol coberta desselcompanhada de seu torso equino. Pra cima.

Os jounals de Blancavilla implora coppeas. Minha bossa, ommis pazados sobrenós! Grande velho Manbutton, dê aos seus jogadores um descanso! **[607]** É um mero mineirismo dessa vaguidão de visibilidades, note bem, conforme acordado pelo moisteriologista da Associação de Brehons para o advertimento da escamação ceuência porque, meu caro, mencionando isso sob a respiração, como em pura (que beasteira!) essenão, tá sendo dissolvido bem natua frente apenas o tecelão, os dois assistentes ilustradores e os três inclinados assessores dos confraternizadores. Que são, é claro, Tio Arth, seus doz prumos de Nice e (presuma um pouco agora!) nossos próprios familiares, Seucatrizante, Seussacional e Seuvalentão, surpreendido em uma posição indecorosa pela Sociedade Sigmundo Singerson Esfigmômanometra para pressão arteirial.

Psadelo. Tevum?

Ah há!
Este é o Senhor Irlanda? E tacordado?
Ya, ya. Yaya, yaya, patrãozinho.

O grito de Stena gela os órgãos vitais dormentes fora mãe tem ficado satisfeito nas mágoas dos velhos saldadãos, messieur tal e tal, mas a voz de Alina Alegresa a sonhadora de coraçãoarrogante para aquela mágica manhã com seu ching chong chá zuccarado café au lait mooca trazendo mate, a mistura com fullturo nele. Vilste? Noo? Nein, axo queu vi remebrança ou sunbusctância. Uma espécie de uma coisacomo pernadiarvotree então prumvulvamente isso lembraw um pélvico ou algum muié então tollvez um quadrangulo finapoiado com um obliquo fora oHahnodécimo um sejalacomumchame, deitada com seu sapatalto ente folhasgrossas. Os sinais levavam a crer que um meromuito que ainda vai se transformar sobre isso uma vez aqui estava o mundo. Comas folhasdechá desdobrando-se no despartar da naunegra, *Nattenden Sorte*; nósnão, quarenta e cinque e qualtro centos, a semana dos despertares sem foi, como um precário pavio trabalhando pata inumerável Ashesásticos dentro duma fumacenta força feroz, tantan tintin, as Phoenix despertam.

Atravessando. Um. Estamos atravessando. Dois. Do sono estamos atravessando. Três. O débildelimitado mundo dos sonhos estamos atravessando. Quatro. Venha, horas, seja nossa!

Mas som calma. Ah almada, ah amada! E fique. [608]

Era tãobem agreendável no nosso cantador sembreagem, visitando o não lugarcomo o não tempocomo obsoluto, misturando o populaço de pettyvaughan com os magnomaiores burgueses, os mersemnários de cabeoleiras do bairrio com despeladospiás com rabosdeporco e de labisosdiganzo gwindolentes com pudinsde doleres; com tantas improbabilidades na sua pobre busca de innprossibilidades. Com Mara e depois prazer com Matamaru e depois parada prazerosa com Matamaruluka e depois parada para satisfazer com Matamarulukajoni.

E umoutrum. Ah ess, gronde idiota! Ele ficará ardente depois de Groge Greys. E, o Sabichãotali, ele será o elevalto ministrel Trampexultante. Elaflor Rosina, jovem Elaflor fruta da amarilys, a mais jovem frondosaflorfrutífera Salicílica ou Sillisálica. E a casa com ocupante teto de céu eles estão continguamente atraverso de suas albaundantes janelas, riocorrendo eles mesmos, como pedratransparente em pedrabrilhosa, in plainous Wynn's Hotel unglys. Ramos em: Costa do Boi, Touro Velho, Vale d'Estação, Jadim Suspenso de Jérsei, Boca Delongas, Abadia do Totten, Dique do Cantobranco com Vila do Hokey, Villa do Fockey, Monte do Desejo e Murro da Entrada. Hoohahoo gestando a açãodisgraça. Alprindo brevemente. Quando o mensageiro do sol nascente (veja outro mirador envidrassado) der a todo vidente um matiz e a todos os ouvidos um grito e para cada espetáculo a marca dele e para cada acontecimento a ora dela. Nós nos entretempos, esperando, esperando por. Hino.

Muta: Quiest ahora es fumussarius saindus von Domine?

Juva: É uma uma Velha Cabeça de Lata soprando do topo de uma mannhana,

Muta: Ele tina que star bem enverginhado dele mesmo por fumar ante o alto anfitrião.

Juva: Dies é Dorminus mestre e comandante dizgraça tonelbrosa.

Muta: Diminuta aster! E eu podia pearceber nu meio da reunião quem sempre eles vão em frente?

Juva: Bonair! É o Cristudadelesnaterra com os mensageiros de bonzos dele, pompomme placplac, os gharifellows, movendo-sessobre o campoordebatalha do imolado.

Muta: Pongo da Banza! Eu teria desdescobrir em dispersão thorrível um monte de tipo alto ele está um monte numesmo lugar? **[609]**

Juva: Corpulentamente: e ele está fundementalmente teossofafisticado sobre seus piores precedimentos.

Muta: Petrificassonibus! Ó harerupção Hordível! Quem seu diabulls agora reiascende das proofundezas da memoraliam?

Juva: Acredite filmemente, acredite! Finnal Finnal! Real Real!

Muta: Anyverum? Fulgiduto ejus Rhenodum teneat!

Juva: Insemsantemente! Até o topo da tua tongua. E a urdentia da sallívia é as nossas fenícias erbas.

Muta: Por que solmente sorri o mais supremo com um tal alerta em seus lábios rugolares?

Juva: Vadiaouavariada! Zenpre! Ele ajudou sua galera na compra da callbra mas tem metarde de sua coroa na Generalíssima Eurásia.

Muta: Calaverits! O creepyúsculo velado é, portanto, paricínico?

Juva: Ut vivat volumen soc perat paradisos!

Muta: Tem dinheiro no ceu estabelecimento?

Juva: Dix prum pro Outsider!
Muta: Suc! Ele tolse. Kê?
Juva: Sec! Acqua acqua! Umildade
Muta: Ad Piabelle et Purabelle?
Juva: At Vino, Mujer et Musik.
Muta: Assim, quando tivermos adquirido a unificação, passará para a diversidade e quando tivermos passado para a diversidade teremos adquirido o instinto para o combate e quando tivermos adquirido o instinto do combate que devemos voltar para o espírito apeaceguamento?
Juva: Pelo clarão da brilhante razão que daysend do alto.
Muta: Você pode me emprestar guerrafad'águaconte, velho pelengomada?
Juva: Aqui está e espero que isso seja sua panelaquente, Erinmonge! Atire.

Ritmo e Cor no Parque Irrelevante. Paradisos Perdidos na Grande Natureza. Vitória Velevisiva. Novopalco de dublagens velhos tempos de palcodicontenda, recordando Ema Empolgada Elemento. Dois sorteios. O Heliotrópio **[610]** conduz de Harem. Três laçadas. Jóquei o Extriplador bate em Jake o Estuprador. Paitrick e o livreiro conversam.

E eis aqui os detalhes.

Entonces. Pocohápoco, nolvinhos vãopirando dospênis dedidin lánualto a langua do gizus camarada do Templo, arquedruide dos ilhandeses cheerbrindando no seu outocromático sevematizado setpcolizado rerealverdamarelojardim findo manto ele mostrou o seu senhor convidado Patólico com alvo adereçoceu aquele de quem o murmúrio da garganta com o qual ao mesmo tempo todos os seus companheiros de batina rugiram do tumultulodafamília dele jejuam o tempo todo o que todo tempo mongeamidos dele com Sainto Patólico, quaniado, discursando, yes discursando não nenhum homem está em liberdade, ele sorve palavras, ou seja, amanhã até se recuperar não estará, tudo muitas muitíssimas ilusões através da melamina photoprísmica do supercolorido paneficânico mundo spectacular de Lorde Joss, que o mobiliário zoocatólico, do mineral através do vegetal para o animal, não parece se esgotar junto ao homem caído como sob uma photoreflexão de variadas graduações iridais da luz solar, aquele que aquela parte disso (moonbilha do mundo eupitonado) se mostrou (parte da bília da lavra) da incapaz de absorver, ao passo que para o number one parodiaxal profeta no sétimo grau de sabedoria de Entes-Otos ele wia dentro das verdades interiores da realidade, a Coisa que tinha nele ela mesma, todos os objetos (de panepivô) ditodos os lados mostraram-lhes em verdadeiros coloribus resplandecentes com sêxtupla gláida de luz efetivamente retidas, altéintus, dentri deles (obs do epivô). Rominante Patólico, stereópticos, não pegue todo aquele livro doração, utópiom, amanhã recuperar a coisa mesmo que não, pocohápoco vampirando noviespremidos na superfície o juvem camaradapidgin Billkill-Bellkelly dizem patrickssios, saintsfora, duas vezes barrassuspensossara, em outras palavras verbigraciagraduada de murmulentos até celeristredentes em um sinossuspenssossonando bingblang enquanto a sua compreensão, com decrescente claristicismo, argumentando coele mesmo em caloripéia para visão assim transparentemente, você seu melancólico ansioso, Altíssima Alteza desse Uberking Lary, sua ardente cabeçaderelvapertencente todas os shows de cores da ervaverde da floresta de azedinha, novamente, negrobranco, de sua fantasia essexcolorida holgreenpiorada a anágua açafrão companheira dele parece do mesmo tom de um spinafre cozido, [611] outra coisa voluntário mutismuso ele não compyhandy o seu duplomamacolar dourado parecapenas comum crepolho, maisdepois, para os negacionistas compassados, o verdejante tenhadodechuvalisto pertençaela. Exuberante Altíssimo Ober King Lary bem morto, o que ele quer dizer, cuspido superexubudantemente de fartas folhas de louro, depois disso os olhos comandatários buloconfinados da Mais Altíssimo Rei Ardristar a mesma coisa como tomilho picados sobre a salsa, ao ladodisso, se aplaisir, nos deslocam tatongue, almadobispastorado, lustrosa joia indiana em maldito dedofundante doAlto Alto Sirosultão Imperador tudo igual como um companheiro grão de lentilha, nolongoladoque, pelos undsensos, cococoricó, a violácea guerraganhada contusões de facebuts de Benahlto Grande ArroganteSublissíssimo Autocrata, para isso com puro hueglute intensamente saturado um, tingido uniformemente, tudoportodososlados dessimaprabaixo, muito como você visse prato bemcheio de sennacássia. Hump campos Ebabellas! Sucot?

    Punto. Granprofeta, reflete o pequeno padre, golpeando-o, um tombo para tombar, dobradiness para chamar a coisa e para chamar se dizer é bom enquanto, vocês povero klarescuro branquenpretoirlandês, por essessábio aposterioriapriroriamente apostrofiado e paralogicamente periparalizado, celestial do póspostulados do poted'ouro do arcodíris do Irislaneses de Colors antes, (para os prolvisórios mogepiscapiscas completamentariamente escuricegos em sua neurólises entre a possível vrilitude do sábious e da provável enrubição do santo), como Minha approachimanção para Mim gnosicocaminho da mimesmalimpeza um lensoul de couero sintético para eles e elas, aparentando tal qual quatro três dois acordos faz o coração ser impulsão, guardando para o Baleoarco (ele sajoelha), para o Grande Baleoarco (ele sajoelha aos seus pés) para o Gradissíssimo Grande Baleoarco (ele sajoelha aos seus pés puresimplysmente), o sentido do som simboliza num pastovastomundo do defeunsor o sol no seu halo casto. Onmen.

Essa era a coisa, pourdeus, a coisa, pourzeus, a mesma coisa, adeus! Mesmo tramandopôr Bilkilly-Belkelly-Balkally. Quem estava calando assombra numa lampâda de Jijux. Suando para o viciado e pintando seus sete. Enquanto ele debulhou seus primeiros recursos acima da grandesperança do Seu Habu.

Estrondo. [612]

Boa lamparina segura! Saudados os hilotas. Caroçodourado! Chiam-os. Fascinado. Onde sobre ele o ceussedobra alto, tramtramtram. Adieu. Por vós odestino domina a salaomeiodia. Maisravilhos parocommens. Todozumbido Toomém.

Pronde?

Santos e sálbios, condutores e capengas, reis e rics, sedutores e zombadores.

Isso se foi ahmundo tempo. Portanto por enquanto, reidiacurta. Poor otia de hoje. Para tranfixguriação. Party dos Taberneccles, scenopégia, venha! Shamarock, esteva em nossa lux! E que cada duplacruzada seja tão crossplementalmente, ovinhos, gemarelas e leche, em um pancosmo bemaior. Com calorexagerado ao redor. Tréguadideus!

Ainda não tem nenhum corpo presente que não estivesse ali antes. Só a ordem é outra. Nada é nula. *Fuitfiat*!

Eis, o louvor dos lauroados agora oralizando beneditamente quando santo e sábio disseram o seu dito.

Um espartano de gluma de calytprous involucobre a Amenta pluriflorada: planteon fugalgas musgofilial gamíniapulmonar; de crescentes, vividoux, cheio de pensamelos; luxuriopensantes sempremtodolugar entre crânioscascudos e cemitérioscistosos de um camposelvagemdecapimcorroído quando Paulo o Perseguidor percorre pela mandíbulamontada os laços das juntas ele e coxas de xás dela, um gulpgole de obobumerengue de foreturo cough da manhã e você tá tão pintado e semper innpecável quantum arco-íris; trace a tigela para se livrar da sequela, nenhum racure, nenhum nível de aquecimento, senhor; uncaos em amillion; copo de clorera.

Higidez, Cálice, Eternassicidade! Chegem, komuborcos, num saco! O fulgor do medoido é olimpicamente optminista; é um pulo prasser um dia legal para miragens a céu aberto; Murnane e Aveline estão executando a colheita de morangos na horta: sob reserva. Você tem que que fazer bem a costura dessa fendadoterno. Você vai do cálamo ao porto do caule, maisrinheiro. Você ainda deve se levantar para matar (ninguém em especial). Vocês ainda fica parado e faz com êxito (privado). Enquanto para os seus, Jasminia Aruna e todos os seus rapazes, por afinidade deve ser eleito por vocês se Monogamias é dele ou Diandras delas, os tubous, algoflexpivel e nectarial. A Poormiga ou [613] a simgarra, ato ou laço. Mopsos ou Graccus, todas as suas herodoeranças estarão incensantellmente voltando do lavelevedum Calquer, Cabana de Pedrapomme, Pardo do Dromo, branqueia abundantemebte e se forma breulamente, cada ensaboado artigo deixando várias enxágues assim como cada enxague resulta numa esmerada funktion, algemas pra amáveis e coleiras para condes e um fetiche nas alianças pros molengas. Abasteça-se, abstenha-se! Deu em nada esse é o finn. Na terra do solamente. Temas têm tempos e hábitos renascem. Para queimar em você. Ardor e vigor forçam a ordem. Desde que o ancestral foi nossa morada é possível ser. Entregue pois. Excravos e escórias e acima de tudo macacões, o mais forte dos sobreviventes que azulou, ferro e potatos podem transformá-los. Qualdenós tudo clama. Limpo. Quandonastydorme. E o millsollar clipeclape. Notte. Cochila.

Fennsenso, finnsonso, combalido! Aconchegue esses amplos shorts. O rosa da sesta para a pura oferta. Olhadela. Resista à rigidez da batata e entre com estilo. Se você puder sujar, kerokero, pague-me o preço.

Para o novohomen fizar uma margem para a escla do inconociente. A inação ganha um game.

O que que aconteceu? Como isso termina?

Comece a squecer. Vai ser lembrado de todos os jeitos, de todos os modos, em cardume de nossa palavra. Hoje é a realidade, amanhã é a disposição.

Olvidar, relembrar!

Essendemos as expectativas? Somos a favor da libertação dos leitorativos? Porque depois do que antes deonde? Um planopleno de ajuntamento liffeyriano do bando conglomerado de Eblania. Por Deva diminuto delta.

Esqueça!

Nosso vicociclômico todutopeiroso rodamoinho, um gazebocrtiticon tetradomencional ("Mamma Lujah" conhecida por todos os escandalosos colegiais, seja ele Matty, Marky, Lukey ou John-um-sonador), autokinatonalticamente preprovido de uma acopladaspalma de trabalhosfundidos de processo exprogressivo, (para o fazendeiro, seu filho e os códigos caseiros deles, ovestourado, ovofundido, oventerrado e choca-como-pode chocar), recede através de veia aporta os elementos diálisamente separados da precedente decomposição para a primeiríssima pourposta de subsequente recombinação assim os hetoticismos, as catástrofes e a excentricidades transmitidas pelo antigo legado [614] do passado, escrever pra embeber, letra do lixo, palavra no pavilhão, com dixcurso da dança do sol, desde que os dias de Pleenio e Columélios quando Jacinta, Vinca e Margarita balançaram sobre os todos-também-gouleuses e ilíricos e inumânicos na nossa nação mutter, todos, assimilados anastomicamente e paridiotoxalmente preteritidentificada, na verdade, a mesmavelha jogatrevida adâmica estrutura de Finnius o Velho, pois altamente carregado com elétrons quando casualmente pode efetivá-lo, pode estar lá, coocoorocoolooless, quando o copo, prato e a panela chegam bem quente, tão certo quanto ela mesma põe a galinha no papel e há um Rabsicado riscado nos ovos.

É causo, então! E com efeito, pois?

Caro. E nós vamos para Lamalixo. Reverendo. Devemos adicionar majestade? Bem, francamente apreciamos mais do que qualquer coisa esse segredo de trabalhos de naturezas (obrigada sempre por isso, oramos humildemente) e, bem, estava realmente tão breufazejo nesse tempo de luzes. Semsalsomnalistas que criam sobre iraweckers que virão com nada chi preste. Suas nuvens logo desaparererão olhado para frente prum lindo dia. O honorável Mestre Seermão eles deveriam ser os primeiros a nascer como ele foi com uma warma ambidestra e ela estava entre Williamstown e Merrion Ailesbury no topo do longautomóvel, enquanto rodávamos por aí alegremente, pensamos nele olhando para nós ainda como se fosse morrer numa nuvem. Quando acordou num suor além disso era pra perdoá-lo, cachinhos dourados, mio seu na serra, mas ele sonhavacordado que tínhamos um rosto adourado para uma puntomina. De volta, estávamos ao parvalhão dum pedifortão, apoiados no último playadias, nos muros da lamémtações, o homem que nunca sognou com stilos mas com laite da causa duma nação. Esse é o picada da roda de fiar para mim que me deu as chaves para a terra dos sonhos. Serpentos na grama, não pise! Se fôssemos irritar toda as cabeças arrogantes, sussurros para a conveniência dele, o meu papo nominadamente, e o bacon deles que a manteiga danificou! É ólho de margarina. Fininfinin fininfinin. Seriamente proibido pela décima recomendação honorária para não dever desnudar a plena doçura contra umas artimanhas do vizinho. Quequé aqueles lodos fazem na porta da caverna ao redor de ti, mourning, (a mentira está vindo à tona inteiramente nas sardas deles), as vergonhas toveram que sugerir que nós sempre podemos? Nunca! Assim os inferiores esquecem ele as ofensas deles [615] contra Molloyd O'Reilly aquele hugoberry fan, agora prestes, levante, ao mais douro de todos os Menbros! Já deu poor hoje, Eirelandês chamado de Eternidês por seu primeiro companheiro. Talvez seja parecidos todos os daughtores da história da nossa viejacasa têm esse causamento elegante! Prum cachimbo de ironia ou uma bala de metal da Hibernia nós poderíamos soltar e, pelos zinos, alguém faria um carpo de um outro com o maior prazer pelos disparos privados. E em contravenção à constância das combinações químicas são suficientes de todas azcartas dele deixadas para Carlos o Catador para fazer terceiro céutimo quinto homem deles cair fora. Santa semente! Que delícia para os três Sultoins da Tosquia e que surpreço os dois Páris de Monaghan! Açúcares de chumbo para clororido cinzeiro! Paz! Ele de posse de uma criança da mais alta valia para a nossa privilegiada contemplação sempre preenchida de peito peludo, cânhamos e olheiras em conformidade com a afetuosa vendedora da companhia. Seus verdadeiros devotos. Répteis retorcendo-se, preste atenção". Considerando que degustamos todas essas enguias polvilhadas. Eles estão empestilhando o tempo todo nunca com o pé nós simplesmente concordam com o comitê do entretalimento! Ou poderia o exposto controlar a mesma notícia para que isso possa ser visto.

Sobre o coergenial dela e dele sabendo o tamanho de um copo de ovo. Primeiro ele era um homescondido em determinado momento e então o Cloon's o demitiu mediante balelas. Seja sábio sobre salsichas! A statística mostra com os soluços da hora do chá dele que os cuspegordos da velha firma são mais eatênticamente apreciados pelos metropolitanos. Enquanto nós gostaríamos de dragar as atenções a nossa Lei de Cumsecção dos Tribalhadores. Os imãs do nosso seio sendo impingidos por uma pletora de paraquedas. Será que a speachie permitiu o mau exemplo de cenário antes do exército com o melhor da nossa crença no primeiríssimo desejo de que um em mente fosse a mitigação dos males do rei. E como galgou o degrau depois é o poder da marcha. O seu postodogigante de desconhecidomem. Nenhum pan rançoso relez é tampouco requerido! Depois você é a prova da balada despearcerafusado para hayos, geleira e misseuoros. Peça agora antes que a gente chegue ao Rush do Rugger. Com nós agora temos forte esperança em Saint Laurans tudo no melhor. Moral. Sra. Estoque Humphreys: Então a senhora estava esperando problema, Sopese, do questionado serviço doméstico? Sr. Estoque Humphreys: Assim como **[616]** há uma bondade no mesmo, Levia, minha bochecha é um completo rubor. Tâmara. Significado: um dois quatro. Dezdos. Suba no traseiro do cavalo dos hazards. Quando então o nosso melhor novamente para um cento e onze plus um mil e uma outras bençãos irão agora comcluer aquelas epústulas para sua muito maior gentileza, bem, para todos em dificuldade para levar. Estamos em casa na velha Fintowna, graças a Danis, em nosso nome, aquele mais terrível da casa dos vínculos, roda robusta seja sincera perante o findamor tão longo quanto nós ele tem um bowlso cheio de prata. Impossível de lembrar pessoas na improbabilidade de esquecer os lugares das posições. Quem podia a cabeça dele pra fora do travesseiro pra conjurar um, bem, significado particularmente fedorento como um gracejo chamado irmãos Fun MacCool, misterioso homem dos mártires suínos? O poder na talkarelice! Thimoteo e Laurenço, o balde dos Taylors, ambos são Timsons agora eles mudaram suas caractericutículas durante o apagão deles. Conan Boyles vai engordar a luz do dia para fora dele, se eles foram corretamente informados. Música, dispersomneme, por favor! Teremos um gronde ensaio. Fin! Alguém deveria simplesmente rir. Finnelize ele din'ovo! Boa fortuna! Bem, isso deve acordá-lo para apaziguar. Ele vai querer toda a fúria dele godmorderer para revesti-lo. Goiva no gargalo. O velho malvadão sespalhando inteiramente proferindo parvoíces! Empalhou agora o último pudding. O foulneral dele se esgueirará àsseistadora hora de dayrça. Reyes benvenidos. Serveja também. Imagem à caneta nos Jardins do Poolácio do Girlverno exibida no jornal da Manhã transcripta desde Boston. Mulheres ficarão grávidas a parir de vinoito para às doze. Para ouvir aquele pároco amoroso, é ciaro, de um cavalheiro choroso, verter novos maráculos. Não esqueça. O grande funnerall ocorerá em breve. Lembre-se. Os restos mortais devem ser removidos antes década hora rapidamente. Com esperanças ardentemente concebidas. Então, ajude-nos a testemunhar esse dia para entregar no sono. Do Primor di Mayo o mais traballardor.

Bem, aqui epistolando para você erroneamente a respeito das proofas d'outro clérigo alagados aqui. Eu queria eu queeria ser aquele vira-lata idiota e ele queria que aquilo fosse um vilão. Que tal? A canção mais doce do mundo? Nossa forma como um ser juvenil muito admirado desde o princípio com trancas do toneleiro nativo. Referindo-se ao Ato de Impropriedade da Mulher Casada um correspondente afirma que a moda do Altonu Swisso está pendendo dealreatamente se ajuntando aos [617] inocentes olhos dela. Ó, felix coolposa! Se todos os MacCrawls fossem lidar apenas com virginlios como Trabalhosbraçais, Limitada! Isso é patuá pra gilrotas! Esqueça os Miclemas! Em vez disso, converse conosco! O patife com a mulher do papa, Lily Kisella, que se tornou mulher do Sr. Sneakers para o bem do nome dela nas mãos do procurador beijado, agora vai se envolver em atenções. Só um princhete para hoje à noite! Panças pálidas nossa leve cura, lombo ralado de novespance. O grosso do Bully's Acre se ergueu pela Sully. O batalhão da alameda das Botas. E ela tinha um certo medicamento trazido por ela numa garrafa do provedor. Vegonha! Vergonha tripla! Nós estamos informados que o cara está no momento no hospital de Sondagem e que ele talvez nunca saia de lá! Só examine a sua caixa de courospondência um dia com P.C.Q cerca de 4, 32 ou em 8 e 22,5 com o quarto de matrizes de cisões e o grupodela de Marie Reparatrices para uma boa expurgação completa dos sympateazantes, visão geral, para se surpreender ao ver sob o piano de cauda Lily no sofá (e uma dama!) puxando um menor e então ele começou a pular um pouquinho para descobrir o que acontece quando o amor entra além da solícita transação através do beijo e do olhar no espelho.

Que não fomos tratados muito magnificamente quando a polícia e todo mundo está afinal de curvando para nós quando nós saímos em todas as direções na Wanterloo Road com minha cubanola glide? E, particularmente falando, eles podem fazer as reverências deles para o meu cou, como Hillary Allen cantou para os cavaleiros apeninos. Item, nunca formos acorrentados a uma cadeira, e, bitten, nenhum viúvo seja lá quem for nos seguiu por aí com um garfo no dia Danação disgraça. Encontre um grande cidadão (orgulho o tenha!) que seja fino como um fungo e um bem afetado quando ele sempre sessenta em frente a noz para o seu drink a quem interessar possa Sully é um criminoso por tudo que emborcou é um excelente sapateiro tagarela como profissão. Estaríamos de agora em diante apresentando nossa reclamação sobre o sargento Larsenio em consequência da qual em tais passos dados à saúde dele que estaria oficialmente quebrada na pança do ceramista que seria a mudança de sua vida por um Noruweshguês o qual foi exparido do crispyanismo.

Bem, nossos falatórios começam a ser resumidos numa polida conversação com um sem porcento humano sobre o natural dos melhores [618] prazeres após suas boas canecas de branquinha e gososa. Já pra quem gosta daquelas pan cakes uringinais uma por pessoa é graças, amado, a Adão, nosso ex primeiro Finnlhinho, e nosso mayor pároco, de acordo com as veryações de Griffith, por sua bela parcela grossfusão.

Bem, nós simplesmente gostamos da malldítas bochechas deles, os Raspberries balançando por aí aos ritmos em meu anfíbético leito e ele sendo tão desoriented que paussívelmente poderia estar pela queda vez molhado e encurvado. Povos reformados certificados, devemos acrescentar aqui, estão provavilmente se referindo a um surdo bem agreedável. Aqui jaz sua resposta, porcos e comezinhos! Assim vivemos em dois mundos. Ele é um outro ele o que fica sob a corcova da colina. O yearweequer da nossa famosacasa é o real mesmo nome dele o qual se levantará e ficará ereto, confiante e heroico quando mas, jovem como antigamente, para meu diário confresheonal, um pequenino cortejo.

Alma Lúvia, Pollabella.

P.S. Queeryda do Soldado Rollo. E ela tá pronta pra se encher de hymnas nonsense.

Manhã suave, cidade! Sscio! Stou fallando liffreemente. Sscios! Farfalando e farfalando todas as noites tombaram sobre meus tão longos cabelos. Nenhum som, caindo. Ceceia! Nem vento nem verbo. Ahpenas uma folha não mais que uma folha e então folhas. A mata sempre amável. Como fôssemos nós seus bebês. E róbin som cruzou. É para mim boudas d'oro. Senão? Se foi. Levante, homem de Howth que tanto dormiste. Ou é somente tão malesguio? Em tua ponderada palma. Reclinado da cabe ao pé. Com o cachimbo e a caneca. Terceto de trovadores, sexteto de fanfoliões, nadeto para Cole. Levanta-te e sejas livre! Norvena acabou! Sou lífia, tua joia, assim me chamavas, posso vida ser, sim joia tua, prata e pronto, exogerado! Babavas. Eu era tão encantivante. Grande poeta és tu também! Sperto Stokes levá-lo-ia afora. Perturbaste-me para que caísse. Porém estou tranquila e bem. Graças a ti, pabaizinho, queimai vós! Jehovah. Ajuda-me, ajuda-o. Aqui está tua camisa, do primeiro dia, de volta. O colarinho apertado. Teu par de sapatos. Uma manta para o pescoço também. E aqui teu sobretodu e contudo sempre teu [619] guarda-chuva. E ficas em pé! Endireita-te. Quero vê-lo aprumado. Com teu novo cinturão verde em folha. Notável entre muitos de nós, mas o segundo a saper, Bud! Quando estás em teu traje caro que Rosadesharon fez para ti. Cinquenta e sete e três, nos cobres, sem pechincha. Orgulhosa Albritânia, pobrezinha Irlane! Orgulho, cobiça, inveja! Faz-me pensar num granmarinheiro que conheci uma vez. Ou ouguém que navegou, o homem que me cortejou, com adornos nas orelhas. Ou seria ele um conde de Lucan? Ou não, quero dizer talvez, um duque irandês. Ou um sombriumano dos Países das Trevas. Vem e partiremos! Sempre díssemos isso. Ir para outras terras. Talvez o caminho verdanês. Os repentos ainda dormem. Não há escola hoje. Os garoutos tão teimosos. O patriarca preocupa-se. Problema que surge e viagem que surte. Gúliver e Gúlover. A menos que os dois sejam trocados por engano. Vi as preferências num piscar de olhos. Som. Não mais. Sim. Hora após hora. O mesmo tão mudado. Dois irmãos tão diferentes como noite e dia. Enquanto um sussurra, o outro soluça, quer dizer que estão em toda parte. Não há paz! Talvez seja pelas duas velhas madrinhas que os batizaram. Esquiasita Sra. Apressadinha e estronha Srta. Finadinha. E quando ainda tinham um fio de fofoca, não havia mais muita roupa suja para propagar. São do Vale das Lavandeiras. Um gorgolejando num santo babador e o outro molhando as calças. Estavas satisfeito como o Pujante, recitando lorotas de guerra e discursos impressioinantes para eles dublinenses tolos. Mas na noite seguinte, estivestes vós devassos! Convidavas-me para fazer isso e aquilo e aqueloutro. E flertando comigo, sacrado Jesuis, o que não darias para ter uma garota! Teu desejo, minha vontade. E lon, fora do céu! Iguala mim! Amargo, esperas! Ardilescolha cuja sombra te resta. Se ela tivesse mais argúcia. Enjeitados tornam-se forasteiros, forasteiros errantes. Ela é tão alegre quanto os grecos. Quão triste seria deixalos entristecidos. Esperarei. Mais e mais. E então tudo se ira. O que será é. Is sy. Deixá-os, porém. Taverna ascosa e a vadia promíscua também. Isso é pra ti o que ela é pra mim. Persegues e espreitas em cada fresta e ensinas-me as pertes do discurso. Se tu contavas as tuas lorotas a ele sobre ondas numa barca suíssa, eu soletrava a ela meus anseios sobre um bolo no chalé. Não perturbaremos seus [620] hábitos de sono. Deixe o autor autorar. É Fênix, meu bem. É a chama, ouça! Façamos nossa jornadia santimental. Uma vez que lúcemfer foi vencido e o livro nas trevas está. Fechado. Vem! Sai desta concha! Mostra tua liperdade! Sim. Somos luz suficiente. Não tomarei a lampharina da senhoura. Para eles antiquatros sacos rajadistantes de vento soprante. Não é possível sua malafunda. Trarás contigo pelo caminho todos os barqueiros corcundas. Envia Artur Guianos! Isma! Suve! É a manhã mais suave da qual tenho lembrança. Contudo, ela não choverá a cântaros, nossa Ilma! Até agora! Até que seja a hora. E eu e você nos tornemos nós. Os filhos dos ferazes venceram nos jogos. Ainda levarei o voelho Finvara nas coastas. A truta será ótima para a primeira riofeição do dia. Com o bucho cheio de morcilha afinal. Realçando o gosto do prato pronto.

Não estás a fim de um paun passado? Meviro e messolto! E então todos aqueles maculados jovens copingerianos barburdiando ao redor de nós, balburtalhando por seus fluidos. Clamam por mim, irmã crescida! Não é verdade? Esscut! Um porém, há um porém, compra-me um cinturão novo, anóra. Quando fores ao mercado do norte. Todos sabem que preciso desde que o dos filhes de Isaque foi parar em Loopline. Miauviu ? Meu tués! Vem! Dá-me tua bela patad'urso, pisa avilmente, praeuzinho um pouquinho. Dola, minhameni nince, na langua das flors. Eis Jorgen Jargãosen. Mas entendeste, persbeste? Sempre sei pelos teus brilhos e tons. Estende tua mão! Um tantinmais! Assim! Retire tua lulva! Quente e peluda, aperte, é tua mão! Aqui é onde a sua pelânguida começa. Massia como uma crians. Uma vez contaste que tinhas ardido no gelo. E outra vez que foste quimicado e voltaste a ter vida. Talvez por isso que carregas teu fardoo visto que. Pessoas acham que perdeste o cadafalso. De desígnio cruel. Fecharei meu olho. Para não ver. Ou ver apenas um jovem em seu florizel, um menino inocente, descascando um graveto, uma criança num petiço potro branco. A criança em quem amamos colocar nossa fé eterna mente. Os homens pecam. Até a hora de sentir o peso de sua velha carne. Nós a liavaremos! E. Seguiremos nosso destino antes que no templo eles soem os profanos sinos. Na igreja ao lado do campo-santo. Pax aos homens de boa vontade. Ou os pássaros cantam seu kanto arvoroçado. Olhe, estão longe de ti, alto e alto. E [621] poombas, doce boa sorte estão a grasnar são brancas Coole! Vê, como as caudalosas nevaes. Para nós. No próximo plebis cito, serás exleito e não serei mais teu suborno ilícito. O homem da mulher de Kinsella nunca mais me humilhará. Um McGarreto D'Jávali, D'Scuridão ou um McAguerrido chupaudor e chilreador nas redondezas de Fiorde de Gala das Trombetas. É como colocar o pinico sobre a cômoda ou acomodar o quepe do Tio Tim nas sobrancelhas de um monarka. Não tão grandes passos, meu padinho do céu! Vai destruir meus antelopes que tanto cuidei. Eles são da Penisola. E a mais boa dupla de sassapatos. É pouco provável que seja uma milha náutica ou sete milhas ou mais, gatu d'botas. É muito bom para a saúde matinal. Com shuáshuá. Um movimento sutil pelas bandas das redondezas. Passos sem compromisso. E assim a curadeautoajuda é fácil. Parece que se passou tanto tempo desde então.

Como se estivesses distante há muito. Quarenta diasextensos e noitesagorentas, e eu assim como tu às escuras. Dirás algum dia se posso acreditar nisso tudo. Sabes onde estou lhe trazendo? Tu te lembras? Quando eu corria para apanhar ramos e rosas. Contigo mirabolando grandes planos para me enxotar da rede a estilingadas. Nossos lamentos. Poderia levá-lo até lá e ainda deitar-me contigo. Vamos de trem a Dublin, nós? Não uma só alma, mas ambas. Tempo? Temos muito pairando nas mãos. Até que Giligão e Haligão chamem novamente o rufigão. E todos os outros gãos. Suligão o oitavo, de cá pra lá. Alibabo e quareta ladrões. Os moscous pensaram em te expulsar. Ou o Mestre dos Unicórnios Selavagens, o Capitão Cornetim, de Naul, arrastam junto à porta com o Honorável Chibata e o Reverendo Fyel e as duas senhoras Engraçadinhas de Talihai, Baliaunis, com seus misteriosos chapeuzinhos vermeulhinhos para brindar sua robosteza, o Veado, até mesmo o Carlinhos. E não precisas acatar com a tua alma e tua palma, de cabo a rabo, enquanto eles lhe alcançam o copo que ele jamais começa a findar. Mete este saper na tua cuca e cola no teu ouvido, malvado! As bonitas não respondem e os ricos não pagam. Se fosses libertado eles te aclamariam, Urzelândia, Portolândia, Nivelândia, Quatro Pancadas, Flamengolândia, Agourolândia até o Vau de Fine em Dublin. Como eles abrigaram te abrigar depois dos jardins platônicos! E tudo porque, [622] perdida em seus reflexos, ela parece ter visto Earwicócó cócóvindo deslumbravador com seus três cães caçadores presos a ele. Mas chegaste a salvo. Chega desse excitanto canto! E desse velho mãemurar de mexericos! Devemos chamar o Velho Senhor, o que dizes? Há algo me dizendo isso. Ele é tão simpático. Como a dívida e a robusteza que o anteviram. E um legítimo e velho proeminente. Sua porta sempre aberta. Para a chegada do dia da novéra. Muito sua está. Fora envocado por ti na última Páscoma para que ele nos desse os rococós e tudo mais. Lembra-te de tirar teu chapéu branco, né? Quando estivermos na vossa presença. E dizer como tá tu, vossajestade! Sua casa é a casa das leis. E destilarei minha graciosa cortesia. Se a mantanha não vem ao meu pé, meu pé vai à montanha. Durante a cerimônia, acomoda-te lá atrás. Digas: O que trarás de presente para presentear a propóisito, poi favor? Ele poderia fazer-te um cavaleiro de armadura ou então cobri-lo com magiaestratura. Lembras do Bontorlomeu do da de Penúngria.

Nuniforme, corrente e dragonas, garbomboso. E serei sua aura auditiva. Mas nós vazios. Desejos simples. São castelos no ar. Meu pão nosso está cheio de imbeciabilidades. Um paunzinho é o bestantinho. Podemos pegar ou largar. Ele está estudando seus trunfos. Saberás o caminho de lá com certeza. O caminho de Flura. Para onde conduzimos tantos casais que endoidaram desde então. Aplausos! Dando ao pesodelo de Shaugh a montância de sua vida! Com sua imortal idade! Hiin in in! A estrada pedregosa trovejante. Podemos nos sentar no florido monte, eu em você, numa cualma inconsciência. Vasculhar o horizonte. Fora de Drumleck. Foi lá que Évora me disse eu tinha o melhor. Se é que alguma vez. Quando a lua do luto se põe e se vai. Sobre Glinaduna. Solo luna. Nós mesmos, nossas almas somente. No local da salvoção. E vê que pode ser a carta que você está querendo que chegue. E baldeia-se à terra firme. Fizera preces por quimera. Rabiscando e ajeitando o lembrete de um livreto. E qual bocado de conhecimento eu piquei para mim misma. Toda carta é difícil mas a tua é sem dúvida a mais cruzial de todas. Escrutino tino desatino atino e assim por diante. Mas, uma vez assinada, selada e distribuída, tóc tóc tóc, tá no mapa. Embassado na sonhescrição de Moston, Bass. Depois de dar a volta ao [623] mundo em antigos dias. Levado em um bauzinho bem fechadinho. No seu canecocaído chão. Numa splash tchá, shuá, garrafa. Glub! Quando as ondas te deixarem, a terra é o que restará. Em algum tempo, em algum lugar, escrevi minhas esperanças e sepultei a página quando ouvi vossa voz, conduzente e retumbante, tão alta como a de ninguém, e deixei-a repousante até o advento. Então me sacie agora. Ouss. Desconstrua e reconstrua nossa casinha bancalô e conviveremos lá com respeito. Os Margaridos, sinhor para Madama, eu. Com uma torredonda de babelzinha para pipelar e espiar o lugar das astrelas.

Só para ver se ouviríamos o que Júpiter e seus pares conversam. Em meio a solidão. Até o topo, granmestre! Escale o cume! Você não está mais tão avariado. Toda a tua tramoia e o pouco que te trouxe. Humpty na nossa aparição e Dumpty na nossa danação. Mas, Sarra, das minhas, cuida de uma ovelha perdida, pomposo potriarca! Em margem limpa, farei meu lar. O parque e uma taverna para mim. Só não começa com tuas façanhas de remotas asnices novamente. Poderia futricar o nome daquela que te enstruiu, téfnis! O atrevido atreve-se na prosa pronta. Pelo amor de São Fintão! Antes do universo despido. E o polícia'prazido enchendo os olhos! Dia desses, matador libidinoso, terás que se remodificar de novo. Bençoado escudo, Martinho! Suave sim! Estou tão super satisfeita com o vestido fuolhascente que tenho. Sempre me chamarás de Lífia, não é, meu astimado! Maravilhável guridoso! E não irás se urbejetar ao meu parfume, áugua de collônia, com uma pitada de marasquino. Inssp! É Pinho dos Alpes D'Sther depois D'Stela. Estou em todos os narizes. Até no nariz de Howth. Meudeugnodeus! Comumconto urbano. Gran velhusco malfeitor! Se eu soubesse quem tu eras. Quando ouvi do ar que o Capitão Finnsen dava cumpriventos e talvez estava cumprimido em suas roupas, eu disse você está aí porque aqui ninguém, só eu. Mas quase despenco de uma penca de provas. Então sua mancha deslancha ao meu ouvido. É fato o que teu irmão de leite da Encosta está dizendo na corte que foste bajulado em Borstão porque teus pais sempre cairiam nesse mundo imundo e perderiam a pentecosta dela depois de beberem o juízo? De qualquermodo, me fazes bem! O único homem que já vi comer as carapatas das lagostas. Nossa primeira [624] noite quando confundiste meu nome com o de alguma Mariana Licorosa e depois com teu primo alemão que as marca com um x, e a barba falsa que encontrei dentro da tua bolsa clarqueriana. Encenarás um faraó, serás rei do Esgito. Certamente representarás com o mais verdadeiro dos sons. Darei a ti todas as dicas de coisas mentirosas, coisas estranhosas. E vou te mostrar cada lugar de nossas histórias vividas. Milalucinações, Bellevenido, Bemvenu, Quid Sueparado, vilas e vilarejos. Troque os pratos para a próxima sequência de batatas. A Sra. Spendlove ainda está lá e o cânon continua forte como os hábitos do Clafei que ainda são umpreendedores e nossa pompa paroquial é ótima garentia. Mas você terá que pedir que os mesmos quatro que os nomearam sempre se aninhando ao seu taverneiro, dizendo que eles são as melhores relíquias de Conal O'Daniel e escrevendo Finglas desde o Dilúvio. Essa será uma nobre obra em andamento. Mas, esse é o caminho pelo qual ele virá algum dia. Posso revelar a todos que pedra e planta vão chamuscando nosso caminho. E silenciarás para então lançares teu sarmão. É tudo tão a mesma coisa pra mim. Sniff? Só relva, sim chéri! Relva limpa. Você nunca se esqueceu da bat de Tarf, não é, nem do céreboru? hã? Cogumeu? São só os cogumelos que brotaram durante à noite. Olha, metros de telhados e templos. Blem, blim, bléimmmm, blom! E uma parte importante para os jogos olímpicos. Estável, Colosso! Ajeitas o passo ou perdes o compasso. Enquanto eu me livro dos caixotes de lixo. Olha o que encontrei! Uma lentilha. E olha aqui! Uma semente de cominho. Belos bocadinhos, doces coisinhas, pobrezinhas foram abandonadas por todo mundo? Lotes de vizinhos para a cidade nova. A grande Eblana que vislumbraste alumiando os dumblinenses. Mas, a mesma città. Eu a lapidei por muito tempo. Como tu dizes. Leva tempo mesmo. Se eu perder o fôlego por um ou dois minutos, não fale, lembre-se! Já aconteceu uma vez, é natural que aconteça de novo. Assim, tenho tantos anos de sofrência, creio que sim. Escondera lágrima, a migalha. Pensando em todos. A bravura que lhes foi dada. A lisura que trajaram. Todos eles que se foram. Nasço de novo num riocomeço. Nadica de nada. Que feliz ficarás quando eu te levantares. Meu! Que bem sentirás! Pra sempre e sempre! Primeiro, voltamos por uma viagin aqui e então será melhor. Depois, lado a lado, voltamos de novo, a vez do casamento, louvad'omem de Londre! Só espero que todo o céu nos comtemple. **[625]** Sinto que posso sumir. Nas profundezas. Anna não mai'sonha. Deixe me repousar, pousar, zar, vigorante mareador. Garoutas fracoutas. Às vezes. Enquanto vós sois atma eva. Ffffuuu, este vento vindo sei donde! Como na noite do Apofaniapse. Tirante lançante pulsante dentro da minha boca como arco e flecha! Amo, Altíssimo dos açoites, como me fere a face! Miramar! Aqui, açude, alcance, ilha, ponte. Onde me encontraste. O dia D. Recordas! Por que num de repente nós dois somente? Eu era petit, com pingo no i. Boa pinta, com panca, cheio de si, para mim, se parecia com papá. Assim, os mais emproados se espalham pela Rua Sackvile. E este tipão todo machão já correu atrás de criancinha em volta da mesa com um garfo cheio de sebo. Rei do assobio! Lassscivo! Quando me apoiaste afinal contra teu ferro e acendeste nossas chamas, nosso dueto de vozes sobre a máquina de coser. Tenho certeza que ele pingou óleo nos olhos para deixá-los irradiantes inebriando-me. Ainda assim, ele era louco por mim. Quem irá procurar por Finn Mac Cu agora nas montanhas montanhosas de Vicklou? Mas, eu li numa inacabadestória que enquanto o sino soar ainda haverá quem si quer. Haverá outros, mas nenhum servirá pra mim. E ainda que nunca soubesse que nos vera antes. Noite após noite. Quanto eu desejei ir. E ainda contudo. Certa vez, estiveste diante de mim, com o riso solto, em tua canoa com um escarcéu de ramalhos para me refrescar. E eu repousaria tão silenciosa como o musgo. E de novo, me perseguirias, rugindo, como uma grande sombra negra com um olhar penetrante para me possuir nua e crua. E congelaria e oraria por ti. Foram três vezes. Fui a queridinha de todos. Uma garota princepada. E tu foste o corsário vicânico da pantomima. A invisão da Irlândia. E, pelo Deus do Trorror, você viu isso! Meus lábios ficaram lívidos pela excitação do medo. Assim como agora. Como? Como prometeste que me darias as chaves do coração. E ficaríamos casados até que a morte nos aparte. Ainda que o mal nos ampare. Tão meu! Assim, não, agora sou eu que tenho que te dar. E dublinar-se-ia. Dublinando. E isto poderia serr um adeuss? Ai de mim! Quisera eu ter o melhor olhar para poder vislumbrar-te neste alvorecer nascente. Mas, tu estás te transformando, não cochila, estás diferente de mim, posso sentir. Ou esta sou eu? Estou confusa. Aflorando [626] e minguando. Realmente, estás te transformando, maridofilho, e estás mudando, sinto isso, para esposafilha das montanhas novamente. Hilamaia. E ela vem. Nadando na minha retaguarda. Belzebuzando pelas costas. Como uma avivada sabida descabida avariada voa avoa de um canto a outro, saltejante. Saltarela vindo sozinha. Me apiedo do teu velhutu que me acostumei. Aqui há um novutu. Tentem não se apartar! Sejam felizes! Posso estar errada! Contudo, ela será doce para ti tanto quanto fui doce ao deixar as entranhas de minha mãe. Meu lindo quarto anil, calmaria, sem uma nuvem. Em paz sem som. Poderia ter ficado lá para todo sempre somente. Há algo que nos falta. Primeiro fruímos. Depois fracassamos. E deixe-a fluir se feliz ficar. Suave ou ríspida como feliz ficar. De qualquer jeito deixe-a fluir, pois é chegada minha hora. Fiz o meu melhor. Sempre soube que se eu for todos irão. Cem para cuidar, um tanto de problemas e alguém para me entender? Um em milanos de escuridão? Toda minha vida estive vivendo entre eles, mas agora eles estão ficando tão desgostantes para mim. E estou desgostando até de suas brincadeirinhas. Desgosto por suas ínfimas cambalhotas. E toda a ganância germina através de suas alminhas. E toda a fleuma flui pelos seus fracos frascos. Quão miúdo isto tudo! E eu me deixando levar a todo tempo. Num alegre cantar em cada momento. Imaginei que estavas radiante numa bela carruagem. Mas, não passas de abóbora. Achava que eras grandioso em todas as coisas, na culpa e na glória. Mas, não passas de um qualquer. Lar! Meu povo não teve sua sorte lançada enquanto eu pude. Pois todos os valentões e machões e fanfarrões serão culpados por bruxas-marinhas. Não! Nem todas as indóceis danças nos estampidos descabidos. Posso me ver no meio deles, allanivia bembella. Era tão formosa, a indomável amazia, quando se amparava em meu outro seio. E como é discrepante, emproada Nilona, prestes a me arrancar meu próprio cabelo! Por isso, elas são as tormentas. Rio amarelo! Amarelo rio! E o som de nossos gritos até nasçamos livres. Auréovolas, dizem eles, nunca zelaram por teu nome. Mas, estou sultando eles e tudo que me surta. Solucinadamente na minha solitude. Por todas as suas faltas. Estou me indo. Ô amargo fim! Vou escapar antes que acordem. Não vão nem ver. Nem saber. Nem falta sentir. E é velho e velho, é triste e velho, é [627] triste e penoso, volto para ti, meu insensível pai, meu insensível alucinado pai, meu insensível alucinado temeroso pai, até a esmera visão de sua mera dimensão, suas milhas e milhas, lastimoando, deixa-me salgada e salpicada e me solto, tão somente, para dentro de ti. Vejo-os ressurgindo! Livra-me desta terrívelança. Para o mare. Uni duni tri tão mare. Então. Valhamedeus. Minhas folhas se foram. Todas. Só uma me foi fiel. Eu a guardarei. De recordação. Livv! Tão suave a nossa manhã. É isso. Leva-me contigo, papá, assim como me levavas à feira. Se eu o visse pousando em mim agora com asas alvivastas como se tivesse vindo de Arkanjos, eu findo que morreria aos seus pés, humilde miúde silente, só para idolavar-te. Onte. É para lá. Início. Passamos pelos campos sem som mudez. Shhhhh! Uma gaivota. Gaivotas. Até caivotas. Vindo, indo! Fim aqui. Daqui. Fin, revim! Toma. Mansamente, rememorame! Até mil de ti. Sorriss. As chaves para o. Édeem! O leito a longe a lento levada além do

PARIS,
1922-1939 [628]

Tradução: Dirce Waltrick do Amarante
Final da página 619 até a página 628 (do original)
Tradução: Andréa Buch Bohrer

MANIFESTAÇÃO DOS TRADUTORES

Os fios do rio que corta a cidade
Afonso Teixeira Filho

Eritropotâmeas torrentes perfiumavam as vias balacláteas. Ribeiravam eclésias, circunviconiavam margens e enseavam o fragal encastelado dissolvendo-se no tálasso. Além, a lívia à lúvia se morfia em nubes que alavam até ao nascente a despenhar-se em vida líquida.

A longa e ondulada cabeleira ruiva de Lívia Schmitz, esposa de Italo Svevo, serviu de inspiração para James Joyce compor sua personagem Anna Livia Plurabelle, metamorfose do Liffey, o rio que atravessa a cidade de Dublim (*Baile Átha Cliath*) e que, no tempo de Joyce, tinha as águas tingidas pelo corante vermelho que nele despejavam as fábricas de tecido.

E o tecido de *Finnegans Wake* recebe os fios do rio que corta a cidade, passa pela igreja do primeiro homem e da primeira mulher para desaguar nas águas do mar, tornar-se em nuvem e em chuva para reiniciar o processo da vida. E o fio dessa história vai desenrolar-se numa taberna no Parque da Fênix, nos arrabaldes de Dublim.

Tim Finnegan, personagem de uma canção, "Finnegan's Wake" (A vigília de Finnegan), dará origem ao título do livro de Joyce. Finnegan é um pedreiro que costumava beber muito uísque antes do trabalho. Cai de uma escada, quebra a cabeça e morre. É curioso que o uísque, um produto irlandês bem conhecido, tenha recebido o nome do termo *uisgebeatha*, que quer dizer "água da vida". O rio, como o uísque, é a origem da vida, mas é também o termo dela.

Mas Tim Finnegan revive por um certo momento, como a Fênix, a ave egípcia que renasce das cinzas. Tim, como o primeiro avatar de H. C. E. (personagem que o substituirá), é o primeiro homem. Como Adão. O nome de Adão, que significa simplesmente "homem" em hebraico, também significa "vermelho". Vermelho como as águas do Liffey, vermelho como a Fênix. Não admira que tudo se passe no Parque da Fênix.

A palavra "fênix" tem a mesma origem que "fenício", cuja origem remota é o grego *"phoiniks"*, que significa "púrpura". Os fenícios receberam esse nome pois fabricavam a caríssima tinta vermelha. Tecidos de cor vermelha só eram usados pela aristocracia. No início de nossa literatura (a portuguesa), lá pelo século XIII, temos a "Cantiga da Garvaia" ("No mundo non me sei parelha"), na qual o trovador (pobre) se refere a uma dama que vestia a "guarvaia". Garvaia é o aportuguesamento de Galway, região da Irlanda que fabricava tecidos de cor vermelha. A palavra vermelho, em português, deriva do latim *vermiculus, i* (vermelho em latim é *ruber, rubri*, donde "rubro"). *Vermiculus* é diminutivo de *vermis, is* ("verme") e se referia ao molusco do qual os fenícios extraíam o corante vermelho. Portanto, os termos fênix, fenício, púnico e vermelho têm relação com os fenícios e a fabricação de corantes.

A palavra "fênix" deve ser pronunciada como "fênis", e pode ser escrita como "fênice", sinônimo de "fenício", da mesma forma que "cálice" pode ser escrito como "cálix".

As relações apresentadas pelos fios entretecidos na trama dessa obra conjugam o vermelho da vida (parto) com o da morte (sangue) na forma líquida de um rio que é o passageiro da História. Uma história que sempre se repete como um vicomodado recirculoso.

A grande fofoca
(ou do que é capaz uma tagarelice)

Vinícius Alves

Imagine um gago. Imagine um gago bêbado. Imagine um gago bêbado ao entardecer. Agora imagine um gago bêbado ao amanhecer contando uma fofa fofoca para outro gago bêbado dentro dum casmartelo e à beira dum rio onde lavadeiras ainda lavam as sujeiras dos dias dos moradores da cidade. Imagine que elas escutam as fofafofocas dos gagagogos embebedados. Imagine elas lavalevando essas roupas sujas num rio sujo de uma cidade suja em qualquer lugar do sujuimundo. Imagine essa sujeira saindo das roupas, todaquela sujança num rio sujo ao amanhecer e ao anoitecer duma cidade suja numa cidade suja de um planeta sujo dum mundo ainda mais ressujo. (Imagine isso acontecendo dedia e denoite todosdias. Agora imagine só denoite e finja que é um sonho; melhor, finja que é um pesadelo em dois atos de dois livros atados). Imagine-as com as línguas afiadas e sujas por toda essa ressurjeiração que elas tentam lavar, imagine suas filhas e afilhadas contando com todas as suas nojentas sujidades todas da cidade toda e de todas as cidades sujas (não há nenhuma que não seja suja e sua). Imagine essa suajidade sendo espraiada na fozes do rioses e contraminando os mares, todos os omares de todos os legais lugares. Imagine esses mesmos remares romanceados arrebentando em todas as ilhas das praias e voltando pras cabeceiras dos arroios como errios maéreos e revoltando a ser milrios molhados através duma chuva suja (uma shuva? uma chuja?) e remolhada e tudo de novo recomeçando outra vez, numa recirculação viconiana sem finn. Imagine essa tagarelice, essa tagarelação, essa tagarelada, essa talagada virando um rio de fala, uma folia, um falario falastrão, uma falação, uma felação... um rio que é *felow*! Copoanheirio de bar!

Imagine que toda essa porquindade sexosujenta e amoral e condenável e censurável e pornográfica tenha sido proibida mas aí mesmo espalhada por todo o planeta e tenha, de alguma forma, penetrado, por alguma alquimia desconhecida, como um livrírus em forma de linguagem reinoivada, uma rio-linguagem, uma vialáctealinguagem, uma marnuviajem, em todas as gentes como uma línguavialinguagem escandalosamente nova, noiva, ova, renova a ponto de ninguém maissentender nada, uma linguagem babilônica, uma babelinguagem linda que poucos entenderão e muitos nunca nem saberão e que deverá levar ainda bons 200 anos pra começar a ser minimamente decifrada e que esteja embutida dentro de um livro que pretende vaidosamente contar toda a estória da história dessa escória chamada humanimaldade que se suja há milênios em beleza e barbárie na forma de um pesadelo que você não sabe quem sonha, se se sonha ou se você sonha, se todos sonham que sonham ou se nem ou se ao menos se assanham na sanha sonhável e saudável do nem sempre bom sonho, o pesar pisar dele dum pesadelo.

Aqui, nesse quarto capítulo do livro I, você vai saber que *this is nat language at any sinse of the world* ou "esta é a naitalanguagem semdessentido doimundo" onde foice buscar nos pedaços de osiris os restos dos siris irisados do nilo que rebrilham nas ancas e arcas de íris: os arco-íris: os uniarcoíris: os anarcoíris: a iridite: o olho de nãoé: tudo é bicho de linguagens: occans! monstros de palavras: nãolidades. Tudinovagora! Humanidade Começa Errando. *Hominis Continuum Erranduns*. E sempre todos esses H.C.E.s multiplerrando-se sem finnar: *Herrrare Cest'* Éumanus. *Make it new*! "Faiztraveiz!" e essas e estas "más" traduçães, mais tradições tentando se retraduzir!

Vixe!

Conseguiu imaginar tudisso? Então seja benvindo ao nosso *finnícius revém* e também comece você a sonhar e a ressonar e a ressonhar de novo outra vez. Antes, durante e a partir de; e depois. E talvez de través traveiz! Ou mais!

A carta, a galinha e o gracejo
Daiane de Almeida Oliveira

O capítulo V do I livro de Finnegans Wake é o que mais difere dos anteriores e dos três posteriores. É nele que a famigerada carta escrita por ALP é ciscada para fora do monturo por ninguém menos que Belinda dos Dorans, ou simplesmente Biddy, a simpática galinha que possui nome, sobrenome e apelido. A carta, no entanto, encontra-se indecifrável como um negativo que começa a derreter durante o processo de secagem e se transforma numa *"grotesquely distorted macromass"* (FW 111.29). É possível que Biddy tenha piorado o estado da missiva dando bicadas no papel umedecido e sujo; por isso o aviso: *"there's a sod of a turb for you! please wisp off the grass!"* (FW. 111.31-32).

Talvez pela dificuldade ou pela impossibilidade de decifrar o conteúdo da carta, que nesse sentido teria muito em comum com o próprio FW, Joyce inicia uma reflexão sobre seu fazer literário, uma espécie de explicação da sua magnum opus, como se pode notar no seguinte trecho do capítulo: "But by writing thithaways end to end and turning, turning and end to end hithaways writing and with lines of litters slittering up and louds of latters slettering down, the old semetomyplace and jupetbackagain from tham Let Rise till Hum Lit (FW 114. 16-19).

O quinto capítulo seria então uma longa digressão do que relutantemente poderíamos chamar de enredo, na qual o autor se debruçou sobre uma detalhada explicação do seu método. Obviamente que no universo criado por Joyce as mais diversas criações podem coexistir. O jogo constante é sempre com a ambiguidade e com a multiplicidade de significados, extrapolando até mesmo aqueles que foram pensados pelo autor. Isso é possível pelo caráter aberto da obra. Aliás, Finnegans Wake pode ser considerado o exemplo literário que leva a noção de abertura da obra de arte ao seu limite, já que havia desde sempre essa intenção explícita por parte do autor, como recorrentemente é frisado pelos críticos. Vejamos alguns exemplos dessa abertura no nível da palavra e algumas das nossas tentativas de tradução.

***

Ao longo do quinto capítulo, fortemente marcado por reflexões a respeito da escrita, Joyce não deixou o alfabeto de fora. Todas as letras são apresentadas das mais diversas formas. Encontramos trechos como: "*the pees with their caps awry are quite as often as not taken for kews with their tails in their or are quite as often as not taken for pews with their tails in their mouths*" (FW, 119, 35-36), nos quais o nome das letras aparece disfarçado, fantasiado de palavra. Em outros trechos, as letras se apresentam com seu próprio nome, como é o caso da letra zê, escolhida aqui para exemplificar os malabarismos necessários no momento da tradução. Assim, na frase: "*[...] when all is zed and done*" (FW 123. 4), embora a palavra "*zed*" esteja grafada como o nome da letra, a brincadeira está na ambiguidade com a palavra "*said*" de "*When all is said and done*". Para tentar manter o trocadilho, optamos por traduzir a frase da seguinte forma: "quando não há mais o que fá zê", já que tanto o nome da letra quanto o sentido da expressão pôde ser mantido, embora com menos graça.

A obra é repleta de ocorrências desse tipo. Vejamos como a palavra "*amok*" aparece na linha 19, por exemplo: "*To all's much relief one's half hypothesis of that jabberjaw ape amok the showering jestnuts*" (FW, 125. 18-20). Há diversas traduções aceitáveis para "*amok*": "fúria assassina", "desejo de matar a todos", ou "loucura". No entanto, uma leitura em voz alta nos faz perceber a alusão à palavra "*among*" (entre, no meio de). Entre os diversos níveis de compreensão possíveis dessa passagem, teríamos algo próximo de um macaco falando bobagem no meio de castanheiras floridas. Assim, a palavra *amok* não cumpre apenas uma função semântica; portanto, não poderia ser traduzida literalmente. Diante da necessidade de encontrar algo que funcionasse como uma preposição e, ao mesmo tempo, trouxesse a ideia da loucura, optamos por traduzir *amok* por "aluado",[1] já que a palavra traz, ainda que de

---

[1] Aluado: 1. que ou aquele que ficou distraído, amalucado, por influência da lua; lunático. 2. (por extensão) que ou quem tem acessos de loucura. 3. que ou quem acordou de mau humor; mal-humorado; que ou o quem está no cio.

maneira mais atenuada, o sentido de louco ou lunático proposto na palavra escolhida por Joyce, e a proximidade sonora com o advérbio "ao lado", que não destoa tanto do sentido proposto na frase. Assim, o trecho de *Finnegans Wake* citado acima (125. 18-20) foi traduzido da seguinte forma: "Para o alívio de todos uma meia hipótese daquele símio boquirroto aluado das floriadas gracejeiras". Vale mencionar que a palavra "*jestnut*" nessa mesma frase, fruto de uma brincadeira com a palavra "*chestnut*" (castanheira) e "*jest*" (piada, gracejo) também passou por algumas adaptações. A castanheira se transformou em cerejeira para facilitar o trocadilho com a palavra "*jest*", resultando em gracejeiras, pois, afinal de contas, em *Finnegans Wake* o importante é manter o gracejo.

O ressuchistar de finn a cada nova leitura
Luis Henrique Garcia Ferreira

O QUE HCÉ, O QUE HCÉ? UM CAPÍTULO DE SHAUN'RADAS

1. Do que fala o capítulo 6?
R: De tudo!

2. O que é isso, companheiro? Dá pra ser mais preciso?
R: Não! Se você chegou até aqui já deve ter percebido que precisão não é a alma desse negócio. Como diz o "danaldo" do Schüler, "esqueçam-se definições. Acolham-se indefinições".[1]

3. Então o que seria um pouco desse tudo?
R: Bom, caro perguntador, prepare o seu coração pras coisas que eu vou contar: posso lhe dizer que "Cumékié" é um capítulo de perguntas e respostas, coisa que o cara que escreveu esse sonheto que chamamos de *Finnegans Rivolta* já tinha feito no episódio "Ítaca" de *Ulysses*,[2] o outro (des)epificante épico modernista dele, quando os personagens Bloom e Stephen trocam ideias (ou algo parecido) na madrugada dublinense depois de zanzarem o dia todo pela cidade. Aqui, são doze perguntas e respostas, e muitas vezes as perguntas são muito maiores que as respostas. Esse Talk Shaun é conduzido pelo carteiro, ou mensugeiro, Shaun. Fala-se sobre controvérsias da famosa carta de ALP (a esposa-rio), aquela que pode salvar HCE (o macunaímico marido-herói de mil faces) da condenação por um suposto crime de paternidade colorida contra sua bela filha Issy. Ao que parece isso acontece apenas no mundo onanista das ideias, como também já havia ocorrido no episódio "Nausícaa" de *Ulysses*. E não custa lembrar que estamos falando de um sonho, um documento

---

[1] JOYCE, James. *Finnícius Revém*. Trad. Donaldo Schüler. São Paulo: Ateliê, 2001, p. 79.
[2] JOYCE, James. *Ulysses*. Trad. Caetano W. Galindo. São Paulo: Companhia das Letras, 2012.

onírico, então tudo é hipotético, confuso, cheio de versões e fofoca. Nada é claro.

4. Hummm. Essas perguntas têm uma ordem?

R: Prefiro dizer que elas têm uma desordem, mas já que insiste numa terra não tão devastada na qual possa plantar seus olhos, toma aí o numerozinho e o tema de cada uma:

1 Papai HCEsley safadão: sua vida pregressa, progressa, morte, renascimento etecetera.

2 Mamãe ALP e a charada indecifrável.

3 Fala-se sobre o mote da carta ou o *Leitmotiv* do livro em movimento.

4 Um breve *quiz* sobre cidades Irlandesas.

5 O forasteiro dono do bar.

6 Monólogo de Kate, a empregada do bar.

7 Os 12 clientes do bar.

8 As 28 tentadoras amigas de Issy.

9 O "Panaroma" do livro/carta.

10 Paixão aquosa e *caliente*. Tristão e Isolda.

11 A rivalidade de Shaun e Shem encenada na fábula do Raposudo e do U|▼|▼▲▼▲|▲.

12 A última pergunta, além de ser um tchau do capítulo, também introduz o próximo, que é dedicado ao escriba Shem.

5. Isso eu já sei. A *Supergirltrick* do Amarante me ensinou esse Dirce me Dirce do enredo e muito mais em *Para ler Finnegans Wake*.[3] Além desse enredo já consagrado pela crítica, o que eu vou encontrar?

R: Isso é você quem vai me dizer depois, pois esse avatar de enredo se multiplica em várias possibilidades narrativas e cabe a *usted* encontrar seus fios narrativos, assim como a *Supergirltrick* fez em *Finnegans Wake por um fio*.[4]

---

[3] AMARANTE, Dirce Waltrick do. *Para ler Finnegans Wake de James Joyce*. São Paulo: Iluminuras, 2009.
[4] JOYCE, James. *Finnegans Wake por um fio*. Tradução, organização e notas Dirce W. do Amarante. São Paulo: Iluminuras, 2018.

6. Então esse é o panorama?

R: Na verdade, esse é o "panaroma", uma mistura de panorama com aroma, mostrando que mais do que ver, você também deve sentir o aroma que as palavras-valise exalam. Ler o texto em voz alta também é massa, ou missa, se você é bom em canto gregoriano. O próprio Joyce, que chegou a tentar a carreira de tenor, dizia que quando o texto suchistasse dúvidas bastava reler em voz alta.[5] Ou seja, leia e/ou releia em voz alta mesmo que achem você um maluco. Eu fiz isso, toda a minha tradução foi revisada em voz alta.

7. O que é uma palavra-valise?

R: Passo a fala para Derek Attridge: "A palavra-valise é um monstro, uma palavra que não é palavra, que não é autorizada por nenhum dicionário, que garante a possibilidade de que os livros, em vez de confortavelmente reciclarem os termos que já conhecemos, tenham a liberdade infinita de inventar novas palavras".[6] Simplificando, dá pra dizer que a palavra valise é um amontoado de duas ou mais palavras numa só.

Ex: *Supergirl* + Waltrick = *Supergirltrick*.

8. Como foi traduzir?

R: Traduzir essa *Rivolta* foi me colocar no lugar de falha do escritor e ajudá-lo no seu babelizante projeto literário de ramificar e ampliar as deslizantes palavras do seu texto original, o que acontece a cada nova tradução.

9. Tem mais algum conselho pra ler esse capítulo, além de soltar a voz?

R: Você deve (des)ler "Cumekié". Pode ser legal cotejar com o original e reconstruir a tradução você mesmo, soltando *puns* autorais (tô falando que você pode criar seus próprios trocadilhos, tá?). Garanto que a cada leitura você vai ver coisas novas e também vai sherlockholmar soluções diferentes para os enigmas que encontrar; afinal, não só as palavras do *Wake* deslizam, mas você também.

[5] ELLMANN, Richard. *James Joyce*. Trad. Lya Luft. São Paulo: Editora Globo, 1989.
[6] ATTRIDGE, Derek. Desfazendo as palavras-valise, ou quem tem medo de *Finnegans Wake*? In: NESTROVSKI, Arthur (org.). *riverrun*: ensaios sobre James Joyce. Rio de Janeiro: Imago, 1992, p. 347-348.

10. Tem transculturação?

R: Tem, sim senhor. Transculturar é verter o livro não apenas à língua do tradutor, mas também à sua cultura e, como você vai perceber, as coisas que o Joyce escreveu estão na tradução, mas mestiçadas à nossa cultura. O lendário gigante Finn MacCool, uma das muitas máscaras de HCE, se tornou "Finn MacCoolnaíma", enquanto a famosa paródia da fábula de Esopo sobre a Raposa e as Uvas se metamorfoseou no bélico diálogo entre o Raposudo e o U|▼|▼▲▼▲|▲, avatares de Shaun e Shem. Então, transculturei o texto homenageando Mário de Andrade e Augusto de Campos.

11. Tem literalidade?

R: Não, eu digo não. A maior parte das palavras do *Wake* são trocadilhos multilíngues que condensam várias palavras em um único termo, a tal palavra-valise, então fica impossível buscar literalidade ao verter o original para outras línguas.

12. Acabou?

R: Não. Só acaba quando termina, e esse livro não termina, pois começa pelo fim e "termina" pelo começo. E cada capítulo também pode ser lido dentro dessa ideia de circularidade ou de eterno retorno, porém nunca um eterno retorno do mesmo.

Boa leitura, coautor!

A PORNOCHISTADA VERBIVO(COCÔ)VISUAL DE SHEM

O capítulo 7 é dedicado ao escriba Shem, mas também ao escritor Joyce. O mensugeiro Shaun continua ditando o tom (ou os doze tons) da narrativa. Desta vez, motivado por um recalque superior àqueles de que Valesca Popozuda se defende com um "beijinho no ombro",[7] ele faz uma caricatura do seu criativo irmão, apontando, exagerando e inventando defeitos.

A leitura, embora enigmática, é quase tão fluida quanto a do capítulo que a sucede, o aquoso "Anna Livia Plurabelle", e é uma encenação

---

[7] VALESCA POPOZUDA. *Beijinho no ombro*. 2014. Disponível em: https://tinyurl.com/42tr7rzz. Acesso em: 3 jun. 2021.

do arquetípico conflito entre irmãos, no caso Shaun x Shem. Até por isso, Joyce estruturou o texto utilizando-se muito mais do conceito de consciência dos opostos de Giordano Bruno[8] do que do tempo cíclico de Vico, presente na *Ciência Nova*,[9] ambas teorias basilares para a poética de *Finnegans Wake*.

Como o capítulo também é um simulacro autobiográfico de Joyce, todas as suas obras estão citadas nele, reforçando a já conhecida intertextualidade presente em todo o seu projeto literário. Assim, o leitor vai encontrar alusões que vão desde *Música de câmara*,[10] seu primeiro livro, passando por todos os contos de *Dublinenses*,[11] deslizando pelo romance de formação *Um retrato do artista quando jovem*[12] e chegando ao polifônico *Ulysses*,[13] livro que antecede a *Rivolta* do *Wake*.

Embora não haja um pré-requisito para ler o capítulo ou o livro, caso o leitor queira escavar essa camada intertextual da escrita, é interessante conhecer as outras obras de Joyce. Não menos importante é abraçar a biografia do irlandês, pois ele utilizou a própria vida como matéria narrativa da sua ficção. Assim, além dele mesmo, vários de seus familiares, como a esposa Nora, a filha Lucia e o irmão Stanislaus estão aludidos no texto.

Esse conhecimento biográfico também auxilia o leitor a linkar as acusações de alcoolismo, loucura e consumo de drogas que Joyce recebeu da sociedade, da crítica e da própria família com os rótulos que Shaun utiliza para estigmatizar Shem, como "[…] decapolar deprê doido dodecafona drinkpsomaniaco […]" (p. 178). A resposta de Joyce/Shem aos seus críticos e a conhecida rivalidade do modernista contra o cânone literário são emolduradas pelo típico deboche joyciano, como quando ele chama Ezra Pound, admirador do *Ulysses* e crítico do *Wake*, de "[…] Dr. Pãoundelow, autorizado inquisidor e censor […]" (p. 179).

---

[8] BRUNO, Giordano. *A causa, o princípio e o uno*. Trad. Luiz Carlos Bombassaro. Caxias do Sul: Educs, 2014.
[9] VICO, Giambattista. *Ciência nova*. Trad. Sebastião José Roque. São Paulo: Ícone, 2008.
[10] JOYCE, James. *Música de câmara*. Trad. Alípio Correia de Franca Neto. São Paulo: Iluminuras, 2002.
[11] JOYCE, James. *Dublinenses*. Trad. Caetano W. Galindo. São Paulo: Penguin Classics; Companhia das Letras, 2018.
[12] JOYCE, James. *Um retrato do artista quando jovem*. Trad. Caetano W. Galindo. São Paulo: Penguin Classics; Companhia das Letras, 2016.
[13] JOYCE, James. *Ulysses*. Trad. Caetano W. Galindo. São Paulo: Companhia das Letras, 2012.

Além da vida e obra de Joyce, a cor preta é um recorrente elemento-chave da caricatura de Shem, seja nas caracterizações racistas que Shaun faz de Shem, o rebaixando por sua suposta negritude, seja quando o mensugeiro fala da obscura tinta utilizada pelo irmão escritor, descrevendo o modo de produção defeccional e a matéria-prima da mesma, as fezes de Shem.

Não satisfeito em expor o lado excretor do irmão escritor, Shaun denuncia a aplicação dessa tinta verbivo(cocô)visual no único, ou "suínico" (p. 185), papel disponível, o corpo/carta de Shem. Então, a obra (o *Wake*) de seu gêmeo antagônico é julgada como uma merda que, além de escatológica, é pornográfica e imprópria para o consumo, pois, como vocês lerão, Shem "[...] rascunhou e rabiscou e borromeou e escrevil anonimamente shemvergonhices sobre todos kekonheceu [...]" (p. 182).

Saindo da latrina, ou desse "vaso absurduchamp" (p. 189), quando acabei a primeira versão da tradução, apliquei um dos métodos de composição que Joyce utilizou no *Wake*, que é o de adensamento do texto por aglutinação e sobreposição referencial (mítica, histórica, literária, geográfica etc.). Como se trata de uma tradução brasileira, procurei verter o texto original não apenas à língua portuguesa, mas também à cultura brasileira. Incluí importantes nomes da nossa literatura e, claro, tradutores de Joyce no Brasil, numa justa homenagem àqueles que tornaram o grande modernista irlandês acessível aos olhos tupiniquins.

Embora em "*Hospitals*" (p. 176) Joyce não tenha falado do dicionárico filólogo Antônio Houaiss, ao traduzir para "*Houaisspitais*" mantive a referência a hospitais e ainda enchi a valise da palavra original com o nome do primeiro tradutor de *Ulysses* para o português. Aposto que você escavará essa e outras camadas multirreferenciais do texto no seu exercício de arqueologíria literária. Vale destacar que o próprio Joyce, seguindo o seu método de adensamento, quando participou da primeira tradução de "Anna Livia Plurabelle" para o italiano, adicionou inúmeros nomes de rios nativos, visando italianizar a tradução e ampliar a escrita original.[14]

Por fim, mesmo que você não seja a mulher ou o homem que falava javanês, espero que aprenda com Shem a falar joyceanês.

---

[14] ELLMANN, Richard. *James Joyce*. Trad. Lya Luft. São Paulo: Editora Globo, 1989.

Navegando rumo ao amanhecer
Dirce Waltrick do Amarante

No dia 24 de março de 1924, Joyce enviou uma carta a Harriet Shaw Weaver, na qual lhe contava que havia terminado "a parte da Anna Livia", ou "Anna Livia Plurabelle", como ficou conhecido o capítulo oitavo, do livro I, de *Finnegans Wake*. "ALP" é sem dúvida alguma o capítulo mais famoso do livro e o que mereceu o maior número de traduções, muitas publicadas de forma autônoma, como um livro completamente independente.

Joyce participou da primeira tradução de "ALP" para o francês, elaborada por uma equipe constituída por alguns de seus amigos intelectuais como, por exemplo, Samuel Beckett, Adrienne Monnier (companheira de Sylvia Beach) e Philippe Soupault.

Na carta para Harriet Weaver, Joyce escreve "umas poucas palavras de esclarecimento" sobre o capítulo: "É um diálogo tagarela por sobre o rio de duas lavadeiras que quando a noite cai se transformam numa árvore e numa pedra. O rio se chama Anna Liffey".[1]

Nesse capítulo, Joyce presta um tributo à mulher: a protagonista é representada pelo rio Liffey (Livia), ou seja, pela água, que é fonte de vida. Além disso, na mitologia irlandesa, o nome Anna estaria relacionado à deusa Danu, também conhecida como Ana, Anu, considerada a grande mãe da Irlanda e associada à fertilidade, à abundância e à agricultura. Anna Livia é, de fato, mãe de muitos "filhos e de afluentes filhas, mil e um deles" [210].

Danu é deusa da terra e da água, rios, mares, cujo fluxo limpa e remove bloqueios. Na página 209 do oitavo capítulo lê-se que limpa "todos ao seu redor, jovens correntes e puras, da sujeira das suas sarjetas e poços artesianos, raquíticos e revoltados, como os jovens Smyly no café da manhã da vice-rainha. Vivi vienne, pequena Annchen!".

---

[1] JOYCE, James. *Cartas a Nora*. Organização e tradução: Dirce Waltrick do Amarante e Sérgio Medeiros. São Paulo: Iluminuras, 2018, p. 84.

De um modo geral, as obras de Joyce dialogam com a sua biografia. Uma das leituras que faz "ALP" é de que o capítulo revelaria um pouco da história de amor entre Joyce e Nora Barnacle, futura senhora Joyce. Nora foi a mãe de seus filhos, sua companheira e amante. Para o escritor, sua vida pregressa como empregada de um hotel em Dublin, Finn's Hotel, sempre foi um mistério e Joyce desconfiava não ter sido o primeiro homem de sua vida, como se lê nas cartas que enviou a ela.

Anna Livia, como Nora, é descrita como a amanteretriz (amante e meretriz), às vezes santa, às vezes terrivelmente sensual. Ambas são as grandes salvadoras de seus homens, HCE e Joyce, os quais conhecem intimamente e nas quais eles podem confiar.

Joyce diz que duas lavadeiras conversam, mas quem são elas? Talvez façam parte do sonho do narrador, que pode ser HCE, Shem, Shaun, Anna Livia, Issy ou um terceiro não identificado, ou do sonho compartilhado por muitos personagens.

Nesse capítulo, o rio Liffey aparece cortado por vários afluentes. Joyce teria inserido nele o nome de quinhentos, segundo Max Eastman. Muitos desses rios "secaram" na minha tradução. Talvez seja essa uma sina da tradução de *Finnegans Wake* de um modo geral, a qual tende a ser, na maior parte das vezes, mais árida do que o texto de partida. Ainda assim procurei, dentro do possível, inserir o maior número de rios na minha tradução. Para isso, precisei mudar o mapa fluvial de Joyce. Alguns rios apareceram, onde, no texto de partida, não existia nenhum. Esse é o caso do rio Sena, que aparece na minha tradução na página 208: "Que sena que sina!". Contudo, no texto de partida não há nenhum rio nessa frase, até onde pude pesquisar: "*Lotsy trotsy*".

Outros mudaram de nome e localização, como, por exemplo, na frase "Mersey me!", na página 208, uma referência ao rio Mersey, que fica no noroeste da Inglaterra, que na minha tradução se transformou no rio Mississipe: "Mississipericórdia! Havia um chorus de gotejantestiagem na face dos homens, e ela lançando gírias e mascando fumo [...]".

Outros nomes de rios se perderam na travessia do Atlântico.

"Anna Livia Plurabelle" foi publicado pela primeira vez na revista francesa *Navire d'Argent*, depois que a revista inglesa *The Calendar* se recusou a fazê-lo, receando ter problemas com a censura.

***

Quanto ao último capítulo do livro, traduzido por mim até meados da página 619, ele narra o amanhecer. O narrador (ou narradora, ou narradores) aconselha todos a acordarem, pois não se pode dormir no ponto, a vida chama, assim se lê na página 595: "Cocorococó ele fará. Dorma. Então deixe quele dorma, o tonto! Até eles tirarem teu teto da tua tenda. Ele caninous. Puncto final".

HCE parece ressurgir dos mortos ou do mundo onírico com uma febre delirante, talvez causada pelos sonhos intensos da noite: "Foi uma longa, muito longa, uma escura, muito escura, um simfim de tudu, terrível escassez, e podemos acrescentar principalmente uma bem variada e de dalguma forma cambaleante noite" [598].

No céu uma *cumulus nimbus* anuncia o trovão do primeiro capítulo do livro. O leitor tem as primeiras pistas do ciclo que irá recomeçar.

Mas o dia chega e é hora de rezar e agradecer. O narrador, ainda sonolento, reza, primeiro sozinho e, depois, se imagina em uma igreja, na qual há uma família, uma banda, um grupo de garotas, que rezam e invocam o nome de algumas santas (talvez elas mesmas sejam as santas).

O possível crime de HCE volta à tona, nesse estado onírico do narrador, que aguarda Shaun entregar uma carta que ponha um ponto final nesse caso. Fora do sonho, o olfato está acordado e a carta se confunde com o pão com manteiga do café da manhã.

A missa dá lugar a um rito sagrado: "Beespos, testemunham o ritual da rocha!" [606].

Juta (Shaun) e Muta (Shem) retornam nesse capítulo e conversam sobre a vida dos pais.

Novas vozes vão chegando, a tagarelice continua, aumenta, parece difícil acordar. Uma carta é endereçada a Anna Livia. Agora é ela que sonha, ela e Issy (chuva e nuvem respectivamente), mãe e filha, uma mesma alma.

A respeito da tradução, nesse capítulo, ela não difere muito em termos de dificuldades e obstáculos do capítulo oitavo e de outros do livro. *Finnegans Wake* requer recriação, pois é um livro feito também para o ouvido, é quase uma canção ou um poema, de modo que seu ritmo é importante.

Haroldo de Campos lembra que, no que tange à poesia, há que se desconstruir o "dogma da fidelidade à mensagem, ao conteúdo cognitivo (à expressão mais fiel possível do pensamento). A fidelidade está ligada nesse caso também às formas, a uma 'força cantante' ou paranomásia, fazendo com que a semelhança fonológica seja "sentida como um parentesco semântico".[2]

Assim, frases como "*Gaunt* grey ghostly *gossips* growing *grubber* in the *glow. Past now pulls*", da página 594, se transformaram, para tentar minimamente ser fiel a "força cantante", em português em: "Cinzentas franzinas fofocas fantasmáticas florescem fétidas no fulgor. O passado agora aperta".

O tradutor de Joyce deve ter consciência ainda de que o escritor, como poeta que é, não gosta do "caminho comum das palavras",[3] para me valer das palavras de Manoel de Barros, afinal "escrever o que não acontece é tarefa da poesia".[4]

O tradutor, ciente disso, tem que tentar se tornar poeta, imaginar como é o não dizer em sua língua ou como é dizer algo que produz um renascer e um reconhecimento da potência do texto.

Não basta ser taxidemista para traduzir Joyce.

---

[2] TÁPIA, Marcelo; NÓBREGA, Thelma Médici (org.). *Haroldo de Campos*: transcriação. São Paulo: Perspectiva, 2013, p. 62.
[3] BARROS, Manoel de. *Manoel de Barros*: Menino do mato, Escritos em verbal de ave, A turma. São Paulo: LeYa, 2013, p. 14.
[4] Ibidem, p. 22.

O "fracasso" de traduzir certos jogos de crianças
Fedra Rodríguez

Traduzir é fracassar. Antes de dar a equivocada impressão, mediante essa frase, que qualquer projeto tradutório está fadado ao insucesso, seja por uma pretensa incompetência do tradutor (há séculos apontado como um traidor), seja pela tão discutida intraduzibilidade de certos textos, ou ainda por qualquer outra razão (a não equivalência entre idiomas, por exemplo), gostaria de partir da análise da etimologia do verbo que é sinônimo de malograr e explicar melhor a sentença que abre este brevíssimo ensaio.

Nascido da fusão dos verbos latinos *frangere*, que significa "quebrar", "romper em pedaços" e *quassare*, algo como "sacudir", "bater repetidas vezes", diríamos, portanto, que fracassar corresponde a chacoalhar as partes de algo que se rompeu. Assim, no papel de tradutores, fracassamos no sentido etimológico da palavra, ressalto. Ao fazer uma leitura do texto que pretendemos transportar para outra língua, esmiuçamos cada pormenor, analisamos a existência ou não de figuras de linguagem, de metatextos, teorizamos sobre a escolha do gênero literário ou desta ou daquela palavra pelo autor e muito mais. Rompemos o texto em mil pedaços para examinar sua composição, as substâncias que o formam, remexemos, sacolejamos para esquadrinhar cada um dos nacos que por fim constituirão uma nova peça, a qual poderá ser incorporada a outro ambiente cultural. Contudo, a peça em questão leva as marcas de sua origem fragmentada propositalmente, ainda que tal ação seja arrazoada pelo desejo de tornar possível seu uso por outra comunidade. Mais ainda, o uso dessa versão modificada do original é um elemento-chave para um diálogo e uma compreensão entre o criador do objeto primordial e o receptor do exemplar remodelado, este último tendo sempre em mente que o conteúdo que traz nas mãos tem uma origem distante.

Mas e o que pode ser dito quando a peça primigênia já possui uma natureza completamente fragmentada? Pensaríamos inicialmente que a tarefa se torna mais simples para o tradutor. No entanto, a situação é exatamente a oposta: diante de uma gama de tantas frações, resta "fracassar" novamente. É preciso pulverizar em partículas ainda menores as parcelas já existentes, fazer combinações entre elas, agitá-las, afastá-las, chegar ao cerne da elaboração de sua "con-textura".

Essa é a tarefa empreendida (ou quase) pelo tradutor que busca transpor o aparentemente impenetrável *Finnegans Wake* de James Joyce a outra língua. Mas a que outra língua, se FW contém uma miríade delas, inclusive as inexistentes? Como afirma Patrick O'Neill,[5] o título apresenta de imediato seu primeiro desafio, pois não seria necessário um apóstrofo para indicar o despertar de um certo Finnegan? Não. A leitura (uma das facetas do ato de *frangere* para o tradutor) nos leva à descoberta de que não se trata de uma pessoa no centro do texto, mas de uma pluralidade de identidades, os fragmentos originais que recebemos. Na obra de Joyce nada se encontra na superfície e nada é singular, temos que minuciar as milhares de partículas que estão em sua estrutura.

Norteada por esses princípios, ao longo da tradução do capítulo nono (primeiro capítulo do Livro II) e da realização do mapeamento daquelas palavras nos mais distintos idiomas, dos neologismos, dos calembures, permaneci consciente de que não chegaria a um ponto-final e, para ser sincera, não tinha tal pretensão. Como a própria obra, que rodopia numa espiral infinita de possibilidades de interpretação e leitura, o leitor/tradutor remoinha entre todas as citações, menções, referências e trocadilhos babélicos sem alcançar o significado final.

Aliás, como destacou James S. Atherton,[6] talvez não seja possível desvendar todo esse enigma e, assim, seu sentido completo nos escapará sempre. E é aí que reside o encanto de um texto que foi recebido com críticas, elogios e até mesmo com um "nada até onde eu possa ver" de parte de Ezra Pound.[7]

---

[5] O'NEILL, Patrick. Translators, Titles, Texts: Reading the First Two Words of 'Finnegans Wake'. *Qorpus*, v. 9, n. 3, p. 15-29, 2019. Edição Especial James Joyce.

[6] ATHERTON, James S. *The Books at the Wake*: a study of literary allusions in James Joyce's Finnegans Wake. Carbondale: Southern Illinois University Press, 1959.

[7] Apud ELLMAN, Richard. *James Joyce*. Tradução de Lya Luft. São Paulo: Editora Globo, 1989.

Mesmo assim, não é difícil se perder na vasta literatura disponível que se propõe a extrair sentidos e uma lógica sequencial nos livros que compõem o FW, ou ainda a explicar o ponto de partida de Joyce para cada um de seus neologismos ou jogos linguísticos. Há também quem proponha uma ordem de leitura para entender e "fracassar" na tradução. Sebastian D. G. Knowles,[8] por exemplo, sugere começar pela leitura do quinto capítulo, Livro I, e terminar com o capítulo segundo do Livro III. Se seguirmos a lógica de Knowles, o primeiro capítulo do Livro II, o qual traduzi e é conhecido por "Children's Games" (p. 219-259), seria lido na metade do processo, já que os jogos infantis ali presentes "formam uma agradável camada de geleia" entre o pão seco do crime e julgamento de HCE nos primeiros capítulos do Livro I e as três partes com Shaun no Livro III.

Preferi guardar a noção proposta por Roland McHugh[9] de que todas as leituras são possíveis, acrescentando ainda que outras também são impossíveis. Enfim, apesar do desafio, "fracassei" ao máximo possível no capítulo em que a peça de teatro estrelada por Glugg, "o malvado malcriado macilento moçoilo", Chuff, "o cordial correto caro camarada", as 28 floras (cada uma correspondendo a um dia de fevereiro, mês de nascimento de Joyce), e Izod, a loira enfeitiçante, traz antíteses e as mais recônditas referências, encontradas até mesmo em *The Early History of the Alphabet*, de James Naveh.[10]

O final da faina resultou num objeto multifacetado que reflete apenas, etimologicamente falando, o "fracasso" empreendido pela tradutora, isto é, a "nano" fragmentação e a agitação das peças e a busca por vetores referenciais que pudessem colaborar na compreensão do quebra-cabeça primordial.

Quando questionada sobre a tarefa de traduzir a intrincada obra joyciana, Dai Congrong, tradutora de Finnegans Wake ao mandarim, deu uma resposta honesta: "Não me pergunte. Meu corpo sofre e estou parecendo mais velha do que sou. Apenas peço a Deus que me

---

[8] KNOWLES, Sebastian D. G. Finnegans Wake for Dummies. *James Joyce Quarterly*, v. 46, n. 1, p. 97-111, 2008.
[9] McHUGH, Roland. *The Finnegans Wake Experience*. Berkeley: University of California Press, 1981.
[10] NAVEH, James. *Early History of the Alphabet*: an Introduction to West Semitic Epigraphy and Paleography (Ancient Near East). Jerusalem: Magnes Press, Hebrew University, 1982.

ajude a terminar".[11] A exaustão de Congrong revela os resultados de quem decide "fracassar" na tradução. Contudo, aqui esse verbo está longe de revelar um insucesso, mas evidencia o êxito na consecução de uma das infinitas leituras-tradução que essa obra permite.

---

[11] Apud BOLAND, John. Reading Finnegans Wake in Chinese! *Independent.ie*, Dublin, 16 de maio de 2014, Seção Books. Disponível em: https://www.independent.ie/entertainment/books/reading-finnegans-wake-in-chinese-30279847.html. Acesso em: 18 ago 2021.

O naufrágio e seus espólios
André Cechinel

(pip, pip, pip)
[...] o seu radiscador de alta fidelidade

Talvez qualquer comentário sobre o ato de traduzir *Finnegans Wake* deva começar pela reafirmação de um ponto de partida evidente: a obra de Joyce empreende a mais profunda e prolongada experiência de exploração literária da instabilidade representativa do signo linguístico e, portanto, da abundância dos processos de significação e da riqueza semântica que resultam dessa mobilidade constitutiva. Qualquer escolha tradutória, nesse sentido, por mais que busque preservar os constantes deslizamentos identitários, geográficos, históricos, cronológicos e lexicais que compõem uma obra que se assemelha à história do mundo recontada sob uma estética do sonho, tem de lidar inevitavelmente com a angústia da perda, do abandono, da insuficiência, do erro. A pluralidade de caminhos narrativos, cenas entrecortadas, línguas cruzadas e palavras que se desmontam e reconstroem a todo instante parece arrastar o tradutor inevitavelmente para o campo da particularização imprecisa. O mundo plural de Joyce acaba por sempre vencer as opções restritivas da tradução.

Ora, é justamente aí, nessa margem de atuação entre o plural e a singularização inevitável, que a tradução pode dar o seu troco momentâneo — um troco modesto, é bem verdade. Em vez de apenas empreender a celebração segunda do caos poético joyceano, um dos desafios centrais e mais interessantes que o tradutor de *Finnegans Wake* deve encarar em sua atividade diz respeito à capacidade, não simplesmente de simular ou reproduzir o *texto*, mas de identificar e elaborar também os fragmentos de *obra* presentes no original. Em outras palavras, além de reencenar o plural, o tradutor precisa permanecer para sempre assombrado pela seguinte pergunta: onde é que reside a *obra* neste *texto* infinito?[12] Há de fato uma *obra* ali, um elemento dominante que circunscreve os limites da leitura/ tradução? Ao reconquistar os indícios de totalidade fraturada em meio à aparente desordem da narrativa, a postura tradutória alinha-se momentaneamente ao riso de Joyce, para a seguir cair no fluxo uma vez mais.

O capítulo 11 de *Finnegans Wake* (FW II.3) nos oferece, entre outros, pelo menos dois bons exemplos das imagens de obra que podem ser encontradas durante as travessias do torvelinho textual. O primeiro deles corresponde à coesão narrativa conferida, nesse momento, não pelas continuidades que costumeiramente constroem a legibilidade de um romance qualquer, mas pelas recorrentes interferências sonoras do equipamento rádio-televisivo que está ligado no bar, cenário principal do capítulo: "o seu radiscador de alta fidelidade de doze tubos, tão moderno quanto amanhã à tarde e em aparência muito atual". A confusão e atravessamento de relatos parecem aqui justificados, em certa medida, pela própria dificuldade que a presença dos dispositivos tecnológicos impõe à linearidade e autocentramento necessários à contação de histórias. Por paradoxal que pareça, a falta de clareza pode ganhar concretude narrativa pela intromissão intermitente de um aparelho barulhento que anuncia informações dirigidas a todos e a qualquer um — mas que parece perturbar, em particular, o narrador (que pode ser Earwicker, cuja identidade vai sendo perfurada pelos demais personagens e histórias que vão tomando corpo ou copo) e os relatos de que ele se ocupa. Trata-se de uma técnica literária e um aspecto da forma de *Finnegans Wake* que, no fim das contas, não deixam de antecipar os efeitos anestésicos e caóticos do zapping televisivo e das constantes atualizações das mídias sociais hoje, com suas barras de rolagem infinitas e correntes imagéticas irrefreáveis. Desse modo, o capítulo 11 pode ser lido como a dramatização dos limites da narrativa oral e do esgotamento atencional em meio a um contexto afetado pelo excesso de veiculação mecânica de vozes e imagens, pela predominância de aparelhos equipados com antenas guarda-chuva superprotegidas para a longa captação e conectados com cadeias magnéticas de um sistema de acoplagem Bellini-Tosti com um alto-falante vitaltom, capaz de captar corpanheiros celestes,

---

[12] Agradeço a Fabio A. Durão pelas conversas sobre esta intuição partilhada.

emissões portuárias, o clique de botões, aspiradores de paz, graças à mulher formada móbil ou ao homem feito estático, berrando a transmissão amadora inteira que oscila num eliminium de batidas sonoras, de modo a servir uma melegoturnia de radiante circulação, ecletricamente filtrado para casas e cohmrações de todirlanda.

As duas principais histórias contadas no capítulo 11, "Kersse the Tailor and the Norwegian Captain" ["Kersse o Alfaiate e o Capitão Norueguês"] e "How Buckley shot the Russian General" ["Como Buckley atirou no General Russo"] ganham flexibilidade interpenetrativa e ressonâncias associativas como narrativas tanto interrompidas pelas ondas elétricas, projeções verbivocovisuais e vibrações mecânicas, quanto eventualmente incorporadas por esses mesmos aparelhos tecnológicos, como no caso do diálogo entre Buff e Taff, que pode ser lido como uma peça de teatro ou um show televisionado. Durante a performance de Buff e Taff, os frequentes anúncios radiofônicos interrompem a cena, e a dramaturgia se integra aos avisos dos anunciantes: "*Isso sentará tudo por hoje. Esse doidaerodromo foi oferecido a você por Aposta e Dica. Dica e Aposta, nossos paurlequins mudaroupidos, em* Do Topofuro ao Furabaixo *de* O Mundo e a Corrida Irlandesa.]". As contínuas variações, ao longo do capítulo, do mote do relato/programa sobre "Como Buckley atirou no General Russo" podem ser lidas, segundo esse esquema, como uma transmissão radiofônica e televisiva que enfrenta sucessivos problemas de sintonização ou de captação do sinal: "Como Burghley livratirou-se do russocusante genermano"; "Como Burckeley Showtirou um general disturbirusso"; "Como Buckleycha chocatirou as generemoças rosas"; "Como Bockley atingiu o generatalho rajahsso"; "Como buckladranado atirempurrou o russinfeliz em desgenerordem"; "Como Batebuckley burguesmente atacalou a corrusseria em general", entre tantas outras versões. Talvez possamos até mesmo imaginar uma formulação prévia aqui do mecanismo estruturante da indústria da cultura, em que a forma ou fórmula geral do entretenimento permanece sempre a mesma, ao passo que as alterações de superfície vão indicando a introdução da novidade.

Uma segunda imagem de obra no capítulo, mais costumeira em Joyce e, por isso mesmo, bastante plausível para essas duas narrativas centrais — Kersse e o Capitão Norueguês; Buckley e o General Russo —, ambas contadas no espaço de um bar, vincula-se à alta voltagem etílica que vai penetrando a escrita desde a linha de abertura: "Pode não ser ou talvez seja uma não preocupação dos Guinnesses mas". Como responder a esse começo? Não sabemos se o não problema ou preocupação é ou não da conta dos Guinnesses, um assunto deles. Mas quem seriam os Guinnesses? Será que estamos falando da dúvida em relação ao eventual interesse que as histórias de Earwicker irão despertar ou não num público ouvinte já bastante alcoolizado? Estaria essa própria formulação introdutória submetida aos efeitos da cerveja, com sua interrupção abrupta num "mas" que, por um lado, suspende o referente, porém, por outro, indica a persistência da narrativa, para além da atenção que lhe será ou não dispensada, e anuncia a presença posterior do teatro de Butt? Seja como for, o álcool e a bebedeira generalizada não deixam de conferir uma unidade invertida para o que se passa no capítulo 11, e não são poucas as referências que vão adensando um sentido de progressão em meio à desordem etílica:

[…] até que soe a hora de fechar, o anfitrião desse campo de botelha, volumosamente a rebentar, face rosada de caçador, uma orelháguia aureoculada, está prestes a descarregar uma o'connel, a verdadeira, toda céltica, uma bock das boas, copomisso de parar, enquanto os seus sinolhos de canterberry borboleteiam maldizendo quem conta, olhos de exílio no crânio de um escândio. No entanto, esse servejilha, para ele, a nossa hubalbúrdia, apenas um puxão e um punhado como se para Culsen, o Patagoriano, chefitão dos sufocachokes e sua cara mulhestade, sob a espumante dispensação quando ele philipuxou a rolha de relva pelas graças do gorgolejo do Lago Neagk. Quando as pressões voltam-se ao nosso Padre Sagralvo, o popa deu a sua austera bulação e, casco d'água, deslizou num movimento de catárica emulsipoção pelo deslizar escorrerradio de um massacre para o levante dos camponeses inclinados. Alláhmem. O que no âmbito da sua órbita levantou o seu veleiro para tomar uma bebida do seu dreneiro dos irmãos Basses, aqueles dois abensuados.

Se a coerência interna dos relatos do capítulo 11 pode ser conquistada negativamente pelas interferências televisivas e radiofônicas, ou mesmo pelo efeito do álcool, que vai se espalhando ao longo do texto e produzindo unidade na dispersão etílico-narrativa, o que vemos no capítulo 12 (FW II.4) é uma estrutura compositiva que opera por meio da repetição com variação. Quatro senhores, Mateus, Marcos, Lucas e João — "Eles eram os quatro grandes, os quatro mestres das ondas de Erin, todos escutando, quatro" — espiam e comentam, cada um a partir do seu ponto de vista, a história e os amores de Tristão (quem também é Shaun) e Isolda (que também é Isobel) — "todos os quatro, quando ele estava mimando e abraçando e coelhenvolvendo encantador a sua bela garota e genuína dama". As histórias se repetem e reencenam a trajetória de um amor que, por sua vez, também está fadado a se repetir. Nesse caso, o experimento formal da repetição passa a ser ele próprio o conteúdo narrado, condenando Tristão e Isolda várias vezes ao mesmo destino histórico e conferindo integralidade relativa a um material que parece gaguejar, voltando insistentemente ao seu ponto de partida e reiterando a ciclicidade do próprio *Finnegans Wake* como um todo.

Se a multiplicidade reiterada pela celebração do plural tende a funcionar, está fadada a funcionar, a tradução de *Finnegans Wake* encontra no circuito singular-plural/ plural-singular tanto um terreno fértil quanto um campo de angústias.

Reparos e rumos
Aurora Bernardini

Ao introduzir alguns reparos norteadores do texto desse primeiro capítulo do livro III de *Finnegans Wake*, vale a pena lembrar que não por nada Joyce considerava o cômico a "maneira" perfeita da arte: esse cômico não apenas visava divertir o leitor, mas — principalmente — ele próprio. Muitas das páginas, no entender dos críticos, funcionam como uma risada: daí todos os procedimentos tresloucados de que ele se vale para fantasiar sua trama que — como se sabe — é o desvairo de uma única noite.

No primeiro capítulo do livro III, a trama é simples. Shaun, irmão de Issy e de Shem, é de(lator) da carta desaparecida, mas sua identidade vai mudando, junto com seu nome: Jaun, Yawn, Haun... chegando até a até virar um barril de cerveja nas águas do rio Liffey. O itinerário de Shaun, feito ao revés, é marcado por perguntas que lhe são feitas por um asno e respondidas por ele.

Batem as 12. As badaladas se sucedem em quatro línguas, tais quais mensagens no espaço e de fundo sexual. Mark, nome que aparece no início do capítulo, é o rei Marcos, noivo de Isolda que beija Tristão no navio que da Irlanda deveria trazê-los de volta à Cornualha. Mark é o protótipo do homem traído, *alter ego* de HCE, pai de Shaun, Shem e Issy e marido de Anna Livia Plurabelle.

Outro nome que aparece é Gugurta (Gogarty), ex-modelo para Buck Mulligan em *Ulisses*, que aqui é narrador de uma cena erótica, enquanto olha para HCE bêbado, adormecido e se identifica com ele, mas ambos duvidam da própria identidade.

Começa um sonho e só mais tarde se descobre que Shaun é sonhado e que quem sonha é um asno que se identifica com Shem. Trata-se, então, de um sonho dentro de um sonho. O narrador sonhante vê Shaun aparecer das trevas com sua lâmpada de carteiro presa à cintura, que — como a lâmpada de Aladim — tem o condão de concretizar desejos.

Na primeira das materializações dos vários sonhos do capítulo, ficamos conhecendo detalhes do vestuário de Shaun, de seu pantagruélico apetite e de sua paixão pelas óperas, corais e melodramas.

Shaun, de repente, cai. Deve-se saber que Joyce imaginou esse capítulo como as 14 estações (passos) da *Via Crucis,* sendo que, na terceira, Cristo cai pela primeira vez. São 14 também as perguntas que o asno dirige a Shaun.

Nas respostas de Shaun, ele parece desejar que a tarefa da entrega da carta seja atribuída ao irmão, só que ele o culpa por defraudá-lo e copiá-lo. Ele responde às primeiras duas perguntas do asno dizendo que quem lhe atribuiu o encargo de carteiro foram seus ancestrais e seu pai (*Barbe*).

Nas perguntas que o asno põe a Shaun, a história política da Irlanda vem à tona: o asno quer saber quem foi que pintou a cidade de verde (cor tradicional da Irlanda), contrariando a proibição que os ingleses impuseram de vestir roupas de cor verde.

Mais à frente, Shaun disfarça-se e entra na personagem do moralista que evita visões românticas, mas se defende dizendo que sua reputação é pura como um barril de cerveja preta. O asno o convida a cantar. Como resposta ao convite, Shaun apresenta sua versão da fábula de a *Cigarra* (Gracehoper — Graçanhoto) *e a Formiga* (Ondt — Furmiga), talvez querendo ilustrar, com isso, o motivo do desafeto para com o irmão. O primeiro representa a mutabilidade e a transformação, em contraposição à rigidez da Furmiga, e se esbalda com quatro insetos fêmeas (*huris-insetas*). As insetas que zunem em volta do Graçanhoto representam como que a proposta dos ciclos de Vico: o trovão, as núpcias, o túmulo e o recurso. Quer-se interpretar o Graçanhoto/Shem também como o próprio James Joyce-Jacó que se opõe a Shaun/Furmiga/Stanislaus (irmão) e Esaú (*Eatsup*).

O asno desafia Shaun a ler a carta escrita pelo irmão Shem como um documento legal. Shaun diz saber ler em várias línguas (do turco ao osco, ao persa). Com isso alude ao fato de a carta ser multilíngue (Shem/Joyce é capaz de escrever em várias línguas e o leitor é capaz de decifrá-las). Só que Shaun não consegue ou não quer ler a carta pois ela contém tabus referentes aos pais. A análise de Shaun termina no envelope que contém números, endereços e códigos de endereçamento postal que são conhecidos dele.

O asno faz-lhe uma penúltima questão: como se aproximar dessa língua que junta passado e futuro das línguas? Shaun hesita; parece dizer que a imortalidade dessa língua está no fato de ela estar fora da esfera humana, não atingível pelos sentidos.

Ao final do capítulo, Shaun cai e desliza em seu barril rio abaixo. Vê-se o barril andando pela correnteza do rio-mãe. Shaun desaparece nas águas do rio. Doze *scholars* vêm se despedir dele. Compareçam também os quatro evangelistas (*the four bare mats*) que correspondem às quatro províncias da Irlanda.

À voz da mãe Irlanda, cada imperfeição se dissolve na alegria. Shaun anda pelos prados da Ilha de Esmeralda entre os refrãos da Revolta de 1798 e a da Páscoa de 1916.

***

O segundo capítulo do livro III saiu em julho de 1928 numa revista de nome "*Transition*". Em Paris, Maria e Eugene Jolas ajudaram Joyce durante os anos em que ele compôs seu *Finnegans Wake*. Se não fosse graças a eles e ao apoio financeiro constante de Harriet Shaw Weaver, talvez o livro nunca tivesse sido concluído. Na revista *Transition* do casal Jolas foram publicadas seções do *Finnegans Wake* com o título de Work in Progress, mas sua versão final, aumentada de quase metade da anterior, data de 1939.

Nesse capítulo, após haver proferido seu sermão da Quaresma, aconselhado pelo ambíguo *Father Mike,* Jaun (novo nome de Shaun, à procura de sua identidade, que remete ao Don Juan de Byron e a *jaune* — amarelo, em francês) despede-se com as palavras que primam pela prolixidade costumeira. Aparece, então, com uma carta que o portador escreveu para Issy, sua irmã.

O carteiro Jaun, adormecido na margem do rio, responde pelo nome de Sackerson, o empregado que vive no andar de baixo da casa de HCE. HCE suspeita ser Sackerson o pai de sua filha Issy. O bêbado Jaun encontra as 29 jovens da "Benent Saint Berched's National Nightschool" que zanzam em volta dele beliscando seus genitais e ele faz perguntas picantes até que, graças a seu eróscopo, vê chegar uma provocante Issy, entre espirros dágua.

Jaun se levanta e profere um sermão em que fala às jovens, incluindo sua irmã, da total abstenção das atividades sexuais. Alerta que elas devem se despir em lugares onde ninguém possa vê-las e evitar de serem vistas por olheiros que urinam nas moitas.

Finalmente Jaun se despede das moças e deixa-as com o irmão Shem e Dave, o emissário. Mas à irmã pede que defenda a gema de sua castidade.

O incesto, tema desse capítulo, é uma alternativa à homossexualidade, já lembrado por Lord Byron, citado diretamente, graças ao poema do escritor em *"The Maid of Athens"*, no qual se conta a história de Teresa Macri, cuja mãe queria vendê-la ao próprio Byron.

Apesar dos reiterados anúncios de partida, Shaun segue no mesmo lugar, mas, agora, torna-se um regente de orquestra que dá o tom e se afasta do mundo, entediado por sua vaidade e olhando para o céu.

Shaun, que nutre um amor pela sua irmã, aos poucos se convence de que essa união não poderá se realizar.

O paraíso terreal passa a ser invadido por moitas e ervas daninhas. O ninho do amor se transforma em ninhos de negócios (*birdnests*). Shaun procura por uma profissão mais sólida e rendosa. Quer emergir.

Jaun anuncia mais uma vez que vai partir. Terá que abandonar um lugar que, para ele, se tornou demasiado quente (*Hothelizod — Tothlizod*) e seguir para uma missão secreta: encontrar-se com um rei.

Jaun continua se despedindo, mas ainda demora. Ele volta a se referir a seu périplo de agente de entregas do correio, alongando-se quanto a como receber o dinheiro que lhe é devido. (Essa passagem confusa de um lugar para outro remonta ao meio de Joyce fugir dos credores — dizem — na vida real.)

Finalmente Jaun está prestes a partir, mas tem uma ereção com a irmã e noiva, Issy, que estará à espera de sua volta e que, por sua vez, é extremamente sexualizada e encoraja o irmão com suas alusões.

Jaun desaparece em favor do irmão, que aqui se chama Shane (Jaun e Shane, no entender do autor, são duas partes contrastantes da mesma pessoa). Issy anseia por um e por outro. O irmão, a parte baixa do corpo de Jaun, aqui com o nome (entre outros) de Dave, o dançador *(Dancekerl)*. Dave e Issy se abraçam e Jaun é o *voyeur*.

A partida de Shaun/Jaun está sempre se alternando com sua permanência. O adeus dele, na verdade, é um até logo (*ah river there, cheers* — *arrivederci*). Essa alternância reflete a crença nos ciclos, própria a Vico e a Joyce.

Sua partida é vista como um autoexílio e Jaun voltará mudado. Tudo se funde e se esvai na espera de seu retorno.

Finnegan rivolta
Vitor Alevato do Amaral

O dramaturgo Tom Stoppard afirmou em uma entrevista que levaria *Finnegans Wake* consigo para uma ilha deserta, "apenas para passar o tempo". Quando o entrevistador perguntou se ele tinha lido o livro, Stoppard respondeu que tinha apenas "arranhado a superfície" (Mel Gussow. *Conversations with Stoppard*. Grove Press, 1995, p. 52. Tradução minha). De certa forma, estamos sempre apenas arranhando esse texto. Não porque ele seja impenetrável, mas porque, de tão penetrável, provoca sempre a sensação de que ainda estamos mais perto da superfície do que do fundo. Quem traduz, no máximo, arranha com um pouco mais de força (ou será questão de jeito?).

Finnegan rivolta — é assim que o chamo — é como é porque os sonhos são como são. Assim como não há modelo para sonhar ou para entender os sonhos, também não há modelo para ler ou para traduzir *Finnegan rivolta*. O sonho está fora de nosso controle, mas traduzir é uma atividade que pressupõe justamente controle. O sonho na obra foi criado por Joyce fora do sonho. Impossível sonhar sem estar sonhando. Possível é fingir um sonho; possível é traduzir esse sonho.

Dublinenses e *Finnegan rivolta*, embora parte do mesmo fluxo joyciano, águas do mesmo rio, se diferenciam — ou se completam — porque a escrita de *Dublinenses* é sintética e a de *Finnegan rivolta*, ultrassintética. *Dublinenses* tenta dizer alguma coisa com pouco; *Finnegan* tenta dizer tudo — ao alcance do autor, de seu tempo de vida, de sua obsessão — com o mínimo. A obra não se espraia, flui como um rio entre as margens, e assim corre seu sonho. Embora longa, a obra é síntese e não análise. Pode não parecer, pois são 628 páginas. Mas, nelas está o conto do mundo. Que poder de síntese, Sr. Joyce! Clap clap clap!

O mundo, cuja rachadura não mais se esconde a partir de 1º de setembro de 1939, tem em *Finnegans Wake* uma montagem sinté(á)tica antecipatória do abalo que se aproximava: "Booms de bombas e pesados petardos". A última obra de Joyce é denúncia e resistência.

Finnegan é pedreiro. *Finnegan* é argamassa. A obra usa a língua, as línguas, para erguer e não para destruir. Ela é crítica por ser limítrofe, por abrir caminhos. Ela é aberta. Ela é valise.

Fritz Senn (revista *Qorpus*, dez. 2019) disse que *Finnegans Wake* deve ser traduzido exatamente por ser intraduzível. Mas também disse que não se pode estudar esse livro *em tradução*; o que se pode fazer é estudar *a tradução* desse livro. Nessa obra, o amálgama entre os sentidos e a forma em cada palavra é tão forte que faz de qualquer tradução um texto radicalmente distinto de *Finnegans Wake*. E alguém desejaria o contrário?

Em qualquer obra de arte literária de elevado investimento estético, os sentidos estão atrelados às formas de maneira indissociável, e a violência do trabalho tradutório estremece essa ligação para benefício do original e da tradução ao testar a resistência daquele e os limites desta. A tradução da obra de Joyce, qualquer que seja, é altruísta à sua moda: o trabalho estético de Joyce não permite que se construa ponte fácil; não permite que se pense nos leitores para dar-lhes ajuda. É ao não dar ajuda que a tradução dá valor.

Mais importante do que os sentidos estáveis de uma obra são os sentidos possíveis que ela produz, mas em *Finnegan rivolta* as possibilidades em cada página são tantas que desnorteiam, ameaçam o controle. Seu mais potente amálgama é a história que ela conta. Seu mais potente amálgama é a história contada. Len Platt tem razão ao afirmar que o livro não é "*indifferent to story*" (indiferente à história) (Introduction. In: James Joyce. *Finnegans Wake*. Wordsworth, 2012, p. xvi. Tradução minha). Joyce está contando histórias, e o que elas dizem importa para a leitura e, consequentemente, para a tradução. O *quê* importa tanto quanto o *como*. Na conhecida formulação de Samuel Beckett, em *Finnegans Wake* "forma é conteúdo, conteúdo é forma" ("Dante... Bruno. Vico... Joyce". In: Samuel Beckett *et al*. *Our Exagmination Round His Factification for Incamination of Work in Progress*. New Directions, 1972, p. 14. Tradução minha).

O problema, ou presente, da obra é que, de saída, já medimos a distância que separará o texto de partida do de chegada. Como problema, essa medição desencoraja; como presente, ela estimula a criação. Medida, desmedida; jamais apenas mediação.

Para traduzir — melhor, retraduzir — o capítulo 15 de *Finnegans Wake*, tive à mão as traduções inspiradoras de Donaldo Schüler, Dirce Waltrick do Amarante e os irmãos Campos, que em vários momentos, durante o processo de tradução, frequentei com proveito.

O aparato crítico utilizado por mim para esta tradução consta, principalmente, de: *A Reader's Guide to 'Finnegans Wake'* (1969), de William York Tindall; *A Gaelic Lexicon for 'Finnegans Wake'* (1967), de Brendan O Hehir; *A Lexicon of the German in 'Finnegans Wake'* (1967), de Helmut Bonheim; *A Classical Lexicon for 'Finnegans Wake'* (1977), de Brendan O Hehir e John M. Dillon; *Third Census of 'Finnegans Wake'* (1956, 3ª ed. 1977), de Adaline Glasheen; *Annotations to 'Finnegans Wake'* (1980, 4ª ed. 2016), de Roland McHugh; *James Joyce Digital Archive* (http://jjda.ie), de Danis Rose e John O'Hanlon; e *John Gordon's 'Finnegans Wake'* (https://johngordonfinnegan.weebly.com).

Em 1940, um ano depois da publicação de *Finnegans Wake*, a Viking Press distribuiu aos compradores do livro uma errata de 16 páginas preparada por Joyce com a ajuda de Paul Léon. Para traduzir, usei a edição de 1939 com os itens dessa errata incorporados. Em algumas ocasiões, quase sempre quando a pontuação parecia mais coerente, tomei como base a edição de Danis Rose e John O'Hanlon (2010), disponível no site *James Joyce Digital Archive*.

Há algumas excelentes introduções a *Finnegans Wake*. Em inglês, sugiro *Simply Joyce* (2016), de Margot Norris; em português, *Para ler 'Finnegans Wake' de James Joyce*, de Dirce Waltrick do Amarante. Ainda recomendo os textos e entrevistas em que Anthony Burgess trata do livro.

O capítulo 15 tem como personagem central Yawn. Em inglês, bocejo é *yawn*. Este capítulo é de Yawn, que está sob interrogatório. Estamos perto do amanhecer, e Yawn é despertado na colina onde descansa para responder às perguntas dos "senadores quatro". Enquanto Mateus, Marcos, Lucas e João (MAMALUJO) fazem perguntas, Shaun, agora Yawn, mas sem deixar de ser Shaun (no livro, a metamorfose é um processo pelo qual as personagens acumulam novas formas em vez de abandonarem as formas anteriores), desconversa, embroma, enrola a língua em várias línguas para não responder. De repente, as vozes de ALP e HCE baixam em Yawn e falam de dentro dele. Vamos ouvir o que todas elas dizem. Vamos a Yawn, o Soninho.

Fininguém Vivelório
Tarso do Amaral

"If the waters could speak as they flow!"
(FW, 588.22–23)

O *Finnegans Wake* de Joyce, é sabido, demanda protocolos outros de leitura. O que não significa que seja ilegível. Muito pelo contrário. Talvez, seja legível até demais. A miríade de possíveis significados que emergem e submergem ao navegarmos por suas palavralises nos joga constantemente em um turbilhão de correntes semânticas que fluem por esse mais rio de todos os romances. Se ler *Finnegans Wake* é vagar em meio à incerteza dos cursos, traduzi-lo é optar por um deles sem deixar de contemplar, de aquiescer e, ao menos, de tentar apontar por quantas outras correntes poderíamos nos deixar levar.

A tradução pressupõe e impõe uma leitura. Nunca a única ou a definitiva, mas, sim, uma possível. É dessa forma que penso minha contribuição para esse belo projeto: convido a explorarem comigo uma possível via de navegação por dois trechos do riomance de Joyce. Não ofereço margens ou portos, porém.

Nosso percurso vai do início ao fim de dois segmentos: o segundo capítulo do segundo livro e o quarto capítulo da terceira parte da obra — respectivamente, o décimo e o décimo sexto capítulos. No primeiro, acompanhamos os estudos e as anotações das crianças: as notas de rodapé de Izzy, as observações de Shem à esquerda e as de Shaun à direita (posições que se invertem em dado momento). Em meio a uma infinidade de referências a personagens e eventos históricos e religiosos, termos gramaticais, matemáticos, químicos, além de tantos outros, tudo se mistura, se corrompe e se complementa. Estudemos. Já no décimo sexto capítulo, dizem, enquanto amanhece, estamos na casa dos Porters. Vagamos pelos quartos das crianças — dois meninos e uma menina — e, claro, ouvemos ecos de HCE e ALP por todos os lados. De processos judiciais a cenas de amor carnal, passamos por muito ao longo dessas poucas dezenas de pagináguas. A quem diga que não é bem isso. Acreditemos.

Apesar de deliberadamente optar por não me basear em rotas já traçadas — as desbravadoras grandes navegações transcriadoras dos Irmãos Campos, o monumental feito de Donaldo Schüler, o fio puxado por Dirce Waltrick do Amarante, ou mesmo a vista da janela aberta no *Finn's Hotel* de Caetano Galindo —, me vali, sim, de alguns preciosos companheiros de viagem. As seguintes obras foram bússolas simbióticas que me ajudaram a traçar diáfana rota: *A Classical Lexicon for Finnegans Wake*, de Brendan O Hehir & John Dillon; *A Gaelic Lexicon for Finnegans Wake and Glossary for Joyce's Other Works*, de Brendan O Hehir; *A Lexicon of the German in Finnegans Wake*, de Helmut Bonheim; além do *site* colaborativo *finwake.com*. Foram elas que me propiciaram, em muitos momentos, avistar possibilidades insuspeitas para o adiante e inesperadas visadas para o já navegado.

Acredito ser válido, ainda, comentar sobre algumas das opções tradutórias que me nortearam. De saída, optei por manter a pontuação de Joyce. Certamente, há passagens em que ela, a pontuação, se mostrará um tanto quanto incômoda. Porém, alterá-la em demasia não me pareceu menos problemático do que deixá-la como é. Acomodemo-nos. Sempre que possível, verti para o português nomes próprios que possuíam equivalentes lusófonos ou poderiam ser mais bem entendidos por leitores monolíngues do português. Salvo em pontuais e, acredito, autoexplicativas exceções, optei, mesmo em meio aos muitos idiomas que integram o texto original do *Finnegans Wake*, por verter todas as palavras para o português, mesmo que fossem elas originalmente provenientes de quaisquer outras línguas — e são muitas. A ideia norteadora por trás de tais decisões foi tentar tornar o texto o mais acessível possível ao leitor de língua portuguesa, mesmo diante da incomparável e irreproduzível complexidade da obra original.

Gostaria, ainda, de deixar registrada a valiosa contribuição proveniente das conversas e trocas de informação e de material estabelecidas, desde o primeiro momento, com o conterrâneo joyciano Vitor Alevato do Amaral. Pontos nodosos, dúvidas e algumas barreiras virtualmente intransponíveis apresentados pelo texto de Joyce puderam ser repensados e reconsiderados à luz de diálogos sempre ricos e frutíferos que contribuíram, e muito, para a minha tradução. Agradeço igualmente a Dirce Waltrick do Amarante pela concepção e condução primorosa dessa fantástica empreitada.

Por finnícius, sigamos, interpelações adentro, os apelos dos capítulos:

"O que foi aquilisso?"

riverrun

Minhas folhas se foram
Andréa Luciane Buch Bohrer

Chegamos às últimas páginas de *Finnegans Wake*, não ao fim. Anna Livia é a personificação do rio Liffey fluindo através de Dublin, representada por Joyce como a fluidez da vida em seu sentido mais universal. É a representação da vida e da morte. O Liffey deságua na Baía de Dublin, onde se funde com o mar. Assim, o rio morre metaforicamente. Vale ressaltar que em nenhum outro lugar do cânone de Joyce o rio Liffey teve um lugar mais proeminente do que em *Finnegans Wake*. Ele circula por todo o trabalho, desde a passagem de abertura até as últimas linhas do capítulo 17 do Livro IV, nas quais, em seu monólogo, Anna Livia faz alusão à sua vida se comparando ao Liffey fluindo de sua nascente para o mar aberto. Ao mesmo tempo em que é chegada a hora de sua partida, vai sendo trazida a perspectiva do amanhecer. "Quando a manhã vem, é natural que tudo volte a ficar claro novamente",[13] algo perceptível na linguagem e na sequência de fatos nesse trecho da obra. A voz de Anna Livia toma seu lugar, domina o texto, sem intermédio de mensageiros. É "o lamento da Velha Ana".[14]

O monólogo interior na literatura busca evocar ao leitor uma sensibilidade do processo de pensamento na mente de uma determinada personagem dentro da obra. A comparação do monólogo final de Anna Livia em *Finnegans* com o monólogo final da Molly Bloom em *Ulisses* é quase inevitável. São duas figuras femininas, protagonistas, esposas e com monólogos. Entretanto, de um lado temos Molly Bloom afirmando os atos com seu "sim". É uma completa aceitação de tudo o que faz e fez, sem qualquer arrependimento ou culpa querendo tudo novamente, numa atitude de quem vive o presente e o viveria novamente, dizendo "sim" para esse retorno. Do outro lado, Anna

---

[13] ELLMANN, Richard. *James Joyce*. Oxford: Oxford University Press, 1982, p. 546.
[14] CAMPOS, Augusto de; Haroldo de. *Panaroma do Finnegans Wake*. 3. ed. São Paulo: Perspectiva. 1986, p. 85.

Livia, que murmura enquanto sua voz evanesce na correnteza do rio, consciente do seu *ricorso*, aceita o retorno, mas silencia, pois sabe que não há como renegá-lo. É chegada a hora de dar lugar à mais nova, sugerindo uma continuidade que aponta a um futuro, à substituição da geração anterior pela que a sucede. "Realmente, estás te transformando, maridofilho, e estás mudando, sinto isso, para esposafilha das montanhas novamente" (p. 627). Anna Livia é uma possível mistura da mãe com a filha Issy. As imagens das duas por vezes serão confundidas, dando até mesmo a ideia de que seja a mesma pessoa retratada em estágios diferentes da vida. Enfim, agora Anna é novamente o rio em sua trajetória de encontro ao mar. Ela retoma seu curso e deságua no pai-oceano levando a sujeira de Dublin e, assim, reiniciando seu ciclo. Nas últimas páginas do romance-rio, a mulher sente o marido se afastar dela pela manhã. O tempo transcorreu para os dois; o que lhes resta agora é a esperança depositada nos filhos. Embora Anna Livia retome as lembranças sobre o rio, as lembranças dela como mulher vão sendo gradativamente esquecidas. Anna, ao esvaecer para o insensível e alucinado pai, está perdendo todas as lembranças de suas alegrias e tristezas passadas. Enfim, a referência feita ao poema *The Waste Land* de T.S. Eliot no início do Livro IV, "*Sandhyas! Sandhyas! Sandhyas!*", confirma a preocupação com a morte espiritual e com o renascimento que vão estar presentes nesse último capítulo. No entanto, o ressurgimento vital de Anna Livia nas primeiras linhas do livro, ponto alto da circularidade de *Finnegans Wake*, tende a atenuar a angústia de sua morte. *Wake* também é sobre o medo, sobre a resistência das figuras wakianas à mudança e ao declínio, sobre sua relutância em reconhecer sua culpa e mortalidade, e sobre sua fuga através de defesas, disfarces, ilusões e mitos disponíveis a elas no sonho. E assim, enquanto Molly Bloom profere seu majestoso sim para a vida, ALP sussurra o seu, com medo, para a morte.

Quanto ao meu processo tradutório, este iniciou muito antes da tradução, com a historiografia do autor, o contato com suas obras, a bibliografia e, especialmente, a leitura do texto. Poderia até dizer que há uma pré-leitura, que seria uma espécie de auxílio prévio à entrada no livro. Pude perceber através de Haroldo de Campos [15]

---

[15] CAMPOS, Haroldo de. Da tradução como criação e como crítica. In: _____. *Metalinguagem & outras metas*. São Paulo: Perspectiva, 1992.

que as teorias sobre a criação poética estão intimamente ligadas à tradução. Embora *Finnegans Wake* seja um romance em prosa, o próprio Haroldo de Campos considerou sua linguagem altamente poética. A falta de comunicação que Joyce cria com base na língua inglesa em seu livro nos faz pensar que realmente a língua literária não é uma língua de comunicação, mas de expressão e criação. A criatividade lexical de Joyce, elevada ao exagero em *Finnegans Wake*, representa uma provocação à tradução. Joyce sugeria que o livro fosse lido em voz alta, pois dizia que este era música pura. Há um bom exemplo disso nesta frase, da página 621 *"The trout will be so fine at brookfisht"*, cuja tradução foi: "A truta será ótima para a primeira riofeição do dia". A truta desova no outono-inverno, quando se desloca para zonas de postura em rios com correntes fortes. Após eclodir, ela fica de um a dois anos em água doce. Depois migra para o mar (tempo de crescimento e maturação). Quando atinge a maturidade sexual, regressa aos locais de nascimento onde desova e morre. É claramente perceptível a teoria cíclica: eclode, migra, regressa, desova, morre, eclode e assim por diante. Joyce usa a expressão *brookfisht* (é preciso ler em voz alta) possivelmente inter-relacionando a palavra com *breakfast*, que é café da manhã. É interessante pensar na construção que ele faz, uma vez que *brook* é córrego e *fisht* se parece com *fish*, que é peixe. A solução encontrada na tradução para *brookfisht* foi a primeira riofeição do dia.

Joyce disse: "o tempo, o rio e a montanha são os verdadeiros heróis do meu livro".[16] Um tempo que não finda. Um tempo que se reconstrói. Um tempo que perpassa a humanidade inteira. Tempo que parece não criar limites ao *Finnegans Wake*. A inesgotável gama de possibilidades lhe confere a característica de atemporal. Não importa a que tempo se leia ou se traduza, o livro parece se multiplicar a cada tentativa que lançamos a ele.

---

[16] MCHUGH, Roland. *The Finnegans Wake experience*. Los Angeles: University of California Press, 1981, p. 9.

Imagem e restauração:
ilustrações para *Finnegans Rivolta*

Sérgio Medeiros

A tradução de uma obra poderia ser definida, a meu ver, como a restauração de um texto que se tornou esmaecido, ou seja, que perdeu, com o passar dos anos e dos séculos, parte de sua sonoridade, de seu colorido, de sua vivacidade, em suma. Ao propor essa definição, estou pensando especificamente num códice pré-colombiano que ressurgiu, tempos atrás, praticamente das cinzas, sobre o qual desejo falar, antes de me deter no último romance de Joyce, que é um romance sobre a recuperação e a restauração de um documento, tal como eu o leio hoje.

Os códices ameríndios produzidos no México e arredores muito antes da conquista da América no formato de biombo ou sanfona foram definidos, levando em conta a sua opulenta visualidade, como "livros figurativos" e "livros de pinturas", pois reúnem, em suas páginas coloridas, signos e figuras, ou seja, hieróglifos e desenhos, dos quais estes últimos representam, em geral, deuses, seres humanos, animais e plantas, entre outros objetos do contexto religioso e histórico. Dos poucos códices pré-colombianos que sobreviveram à conquista da Mesoamérica (15 ou 16 deles sobreviveram à queima sistemática de manuscritos nativos), gostaria de citar o chamado *Códice Borgia*, oriundo do México e que, recentemente, foi "restaurado".

Na verdade, é o conceito de restauração que desejo desenvolver aqui, antes de abordar as ilustrações que fiz para *Finnegans Rivolta*.

Gisele Díaz e Alan Rodgers, dois especialistas em códices mesoamericanos, propuseram uma versão restaurada do manuscrito original, cujas cores estavam muito esmaecidas, por causa da passagem dos séculos, já que a obra data do século XV (1400 a.C.). Nasceu assim o livro *The Codex Borgia: A Full-Color Restoration of the Ancient Mexican Manuscript*, publicado em 1993 (Dover Publications, Mineola (Nova York)), que visa segundo os autores, após intensa pesquisa, reconstituir a forma e as cores do texto a fim de dar ao leitor uma visão do que teria sido o livro original, escrito e pintado por escribas da época dos astecas, povo que dominou o México até a chegada dos conquistadores.

Entendo que o romance *Finnegans Wake*, tal como o li recentemente, para elaborar uma versão visual sob o título *A Visual Finnegans Wake on the Island of Breasil*, com 633 imagens, uma para cada página da edição do romance em inglês, fala de manuscritos que estão sendo exumados da lama e sendo restaurados por tradutores e leitores em geral. Uso o termo no plural, "manuscritos", pois não se sabe qual teria sido, nem onde estaria, o texto original.

Para o leitor, o original, aparentemente perdido desde o dia em que foi lançado na lama, talvez seja um texto hipotético, a ser reinventado a cada leitura. O fruidor da obra de Joyce deverá exumar "o seu" original dos sonhos (e o romance realmente fala de sonhos e pesadelos) e, a partir dele, poderá reconstituir o *Finnegans Wake*, o qual será, portanto, diferente de todos os outros.

Toda leitura da obra de Joyce é um sonho; toda tradução da obra de Joyce, um sonho ou pesadelo... O sonho e o pesadelo que são, aliás, seus temas... Na página 133, consta esta descrição do seu conteúdo: "hallucination, cauchman, ectoplasm".

Quando se desperta de um pesadelo confuso, quer-se traduzir a trama básica numa forma mais clara (ou lógica), se possível. É então que se restaura o pesadelo, mas, mesmo assim, invariavelmente ele afundará de novo na lama e perder-se-á depois em parte...

O ato de exumar o pesadelo é o ato de ler *Finnegans Wake*, segundo a compreensão que tenho dessa obra, compreensão (se posso usar essa palavra) que me levou a criar, para a sua atual tradução, *Finnegans Rivolta*, quatro ilustrações, uma para cada parte do livro, além da ilustração da capa e a da contracapa. No total, fiz seis desenhos, sendo dois deles coloridos.

A capa é um manuscrito feito de água, pleno de tinta azul, onde se veem caracteres negros como raízes; é um rio e é também uma nuvem, ou o reflexo de uma nuvem na água do rio. A contracapa é o mesmo manuscrito, que se tornou, porém, um leito seco ou apenas úmido, coberto de limo verde (a água correu para o mar). Fechado o volume, percebe-se que o manuscrito está sendo novamente exumado da lama, se não estiver, como é possível também afirmar, sendo devolvido a ela...

Entre essas duas imagens de manuscritos, nas quais predominam o azul e o verde, inseri quatro desenhos em preto e branco que mostram, ou sugerem, um chão coberto de caracteres (glifos, letras) e de rastros de pássaros — os rastros, que vão aumentando de desenho para desenho, são também uma escrita, a escrita primordial, a escrita dos sonhos. Esse chão é o manuscrito do romance tal como posso visualizá-lo, e ele se confunde com a crosta terrestre, com a história global da natureza e da cultura. A cada momento, mais sinais e mais traços se somam aos já existentes, criando uma escrita mais densa, mais indecifrável, também.

O leitor de *Finnegans Rivolta* verá as cores originais do "seu" manuscrito, além do verde e do azul, já aludidos, e recriará, ao longo da leitura, uma versão restaurada deste *Finnegans Wake* em português, deixando seus rastros no texto. Não se pode esquecer que a tradução em si do romance em português já é uma restauração do original (um manuscrito exumado dos sonhos, portanto ilusório, inapreensível em qualquer língua), porém essa restauração prosseguirá necessariamente no ato da leitura.

Se o tempo e a destruição são também dois temas do romance, talvez *Finnegans Wake* não possa ser jamais restaurado, pois o seu manuscrito, em suma, é uma ruína, ou um punhado de fragmentos, riquíssimos, mas decerto inacessíveis em sua totalidade a qualquer exumação, por mais minuciosa e sistemática que ela seja. Nesse sentido, o texto nunca existirá como forma integral.

Em outras palavras, o romance onírico que é *Finnegans Wake*, ou *Finnegans Rivolta,* não possui original.

Aqui talvez não seja impertinente lembrar a lição da obra de um pintor e escultor contemporâneo: Anselm Kiefer. Parte da obra de Kiefer, um artista alemão que esteve ligado ao movimento da *Arte Povera*, no século passado, exibe uma escrita precária que se acaba (o artista não usa nenhum fixador para proteger suas inscrições a carvão em paredes; a obra é apresentada ao público em seu estado natural). A sua arte, assim, está em perpétua dissolução, e seria uma contradição restaurá-la, pois significaria negar o trabalho do tempo, que o artista deseja incorporar ao seu trabalho.

Acredito que não seja incorreto afirmar, a partir do exemplo de Kiefer, que a obra de Joyce, especialmente o seu último romance, também vive da dissolução da intriga, do enredo, da língua materna, enfim, de tudo aquilo que constitui o texto literário tradicional. A *litterature* de Joyce estaria vazada, concluindo, num original eternamente entregue ao barro primordial, que só ressurgiria, no ato da (des)leitura, como alucinação.

Sobre o autor

James Joyce nasceu em Dublin em 2 de fevereiro de 1882. Foi educado em escolas jesuítas e no University College, em Dublin, onde estudou letras modernas. Em 1902, deixou Dublin e foi para Paris, mas voltou para casa em 1903, por causa da doença terminal da sua mãe. Em 1904, conheceu a irlandesa Nora Barnacle, e o casal se mudou para o continente, onde tiveram dois filhos: Giorgio e Lucia Joyce. Seu primeiro livro, um livro de poemas intitulado *Música de Câmara*, foi publicado em 1907. A partir daí publicou a coleção de contos *Dublinenses* (1914), o romance *Um retrato do artista quando jovem* (1916) e uma peça de teatro chamada *Exiles* (1918). Seu livro mais famoso, *Ulisses*, foi publicado em Paris em 1922. No mesmo ano, começou a escrever sua última obra, *Finnegans Wake*, um poema em prosa, que ele terminou em 1939. Joyce morreu em Zurique em 13 de janeiro de 1941.

Coletivo Finnegans

Afonso Teixeira Filho é formado em música e recebeu os diplomas de bacharel em Letras e em Filosofia pela Universidade de São Paulo. Doutorou-se em Linguística pela mesma universidade, com uma tese sobre a tradução do primeiro capítulo de *Finnegans Wake*, de James Joyce. Posteriormente, realizou uma pesquisa de pós-doutorado sobre as traduções do poema *Paradise Lost*, de John Milton, na Universidade de São Paulo e na Katholieke Universiteit Leuven, na Bélgica. Trabalha como tradutor desde 1997. Atualmente, realiza pesquisa em filologia românica e está traduzindo o poema de Milton e completando a tradução do *Finnegans Wake*.

André Cechinel é professor do Programa de Pós-Graduação em Educação da Universidade do Extremo Sul Catarinense (UNESC) e professor colaborador do Programa de Pós-Graduação em Tradução da Univrsiddae Federal de Santa Catarina (UFSC). Doutor em Literatura pela Universidade Federal de Santa Catarina (UFSC), com estágio na New York University (NYU). É autor dos livros *Literatura, ensino e formação em tempos de Teoria (com "T" maiúsculo)* (Appris, 2020) e *O referente errante:* The Waste Land *e sua máquina de teses* (Argos; Ediunesc, 2018). Organizou o volume *O lugar da teoria literária* (Edufsc; Ediunesc, 2016) e coeditou, entre outros, os livros *Formação humana na sociedade do espetáculo* (Argos; Ediunesc, 2019) e *O que significa 'ensinar' literatura?* (Edufsc; Ediunesc, 2017). Realizou pós-doutorado na Universidade Paris Denis Diderot (Paris VII), sob a supervisão do Prof. Dominique Rabaté. Seus interesses de pesquisa incluem o modernismo de língua inglesa e a relação entre educação, literatura e formação humana.

Andréa Luciane Buch Bohrer é docente de Língua Inglesa e Literaturas de Língua Inglesa na Rede Federal de Ensino Básico, Técnico e Tecnológico no Instituto Federal do Paraná (IFPR — Campus Palmas). Atua no colegiado de Letras — Português/Inglês e no curso de Pós-Graduação *lato sensu* em Linguagens Híbridas e Educação. Doutora e mestra em Estudos da Tradução (PGET — UFSC). Especialista em Línguas Estrangeiras Modernas (Inglês — UNESPAR). Licenciada em Letras (Português/Inglês — UNESPAR). Linha de pesquisa pautada nos Estudos Joycianos, Tradução Literária e Literaturas da Língua Inglesa. Membro do Grupo de pesquisa Estudos Joycianos no Brasil (UFF). E-mail: andrea.bohrer@ifpr.edu.br

Aurora Bernardini é formada em Línguas e Literaturas Anglo-germânicas e Russo. Professora titular da USP, é atualmente professora de pós-graduação em Russo, Letras, Teoria Literária e Literatura Comparada da USP e Pesquisadora Sênior. Ocupa-se com tradução literária, ensaística, crítica e criação. Entre os prêmios recebidos destacam-se: Jabuti 2004 — Menção Honrosa, para a categoria "Tradução" da obra *Il Dolore* de Giuseppe Ungaretti; Premio Paulo Ronai de tradução 2006 (I lugar) com a obra *Indícios Flutuantes* de Marina Tsvetáieva; Premio APCA 2006 pela cotradução de *O Exército de Cavalaria* de Isaac Bábel.

Daiane de Almeida Oliveira é doutora em Estudos da Tradução pela Universidade Federal de Santa Catarina (PGET-UFSC), mestra em Inglês: Estudos Linguísticos e Literários (PPGI-UFSC), especialista em Educação a Distância (UAB-UNEB) e graduada em Letras — Língua Inglesa e Literaturas pela Universidade do Estado da Bahia (UNEB). É membro do Núcleo de Estudos Irlandeses (NEI-UFSC) e do Grupo de pesquisa Estudos Joycianos no Brasil (UFF). Atualmente se dedica principalmente à tradução e à escrita literária.

Dirce Waltrick do Amarante é autora de *Para ler 'Finnegans Wake' de James Joyce*, *James Joyce e seus tradutores*, *Finnegans Wake* (por um fio) e *Finnegans Wake (by a Thread)*, entre outros livros. Coorganizou e cotraduziu, com Sérgio Medeiros, uma antologia de ensaios de James Joyce, *De santos e sábios*, as cartas de Joyce a Nora (*Cartas a Nora*) e uma antologia de cartas de escritor para a sua mecenas Harriet Weaver (*Cartas a Harriet*). Traduziu também os textos para crianças de James Joyce: *O gato e o diabo* e *Os gatos de Copenhague* e *Os três macaqueiros de Zurique*, todos publicados pela Iluminuras. É professora do programa de Pós-Graduação em Estudos da Tradução da Universidade Federal de Santa Catarina (UFSC). Vice-líder do Grupo de Estudos Joycianos no Brasil. Coorganiza com Sérgio Medeiros e Clélia Mello o Bloomsday de Florianópolis desde 2002. Edita o site: https://www.jamesjoycesoutsiders.com.br/

Fedra Rodríguez é Bacharel em Letras Francês, com Mestrado e Doutorado em Estudos da Tradução pela Universidade Federal de Santa Catarina, e Estágio Doutoral CAPES na Universidade de Sevilha, Espanha. Atua como professora EaD, designer instrucional e pesquisadora no campo dos Estudos da Tradução, Tradução Intersemiótica e Teoria de Tradução. Traduziu, entre outros, Raymond Roussel e Juan Eduardo Cirlot.

Luis Henrique Garcia Ferreira é doutorando em Estudos Literários pela Universidade Federal do Paraná (UFPR) e graduado em Comunicação Social/Jornalismo pela Pontifícia Universidade Católica de Campinas (PUCCAMP). Atuou como professor de ensino médio na rede educacional do estado de São Paulo. Tem experiência na área de comunicação como editor, repórter e fotógrafo. Pesquisa literatura modernista de língua inglesa, sendo o *Finnegans Wake*, de James Joyce, seu principal objeto de pesquisa. Ademais, é membro do Grupo de Pesquisa "Estudos Joycianos no Brasil". Seu *e-mail* é: henriquegarcia.pesquisa@gmail.com

Sérgio Medeiros é poeta, artista visual, contista, ensaísta e tradutor. Ensina literatura na Universidade Federal de Santa Catarina (UFSC). Traduziu, com o *scholar* inglês Gordon Brotherston, o *Popol Vuh* (Iluminuras, 2007; 2018, segunda edição), poema maia-quiché do século XVI, com mais de 8000 versos. Organizou a antologia de mitos amazônicos *Makunaíma e Jurupari* (Perspectiva, 2002), que contém as lendas indígenas que Mário de Andrade recriou em seu romance *Macunaíma*. Publicou em 2017 o livro *A idolatria poética ou a febre de imagens*, que recebeu o Prêmio Literário Biblioteca Nacional na categoria poesia. Lançou vários *ebooks* de artista, entre eles *Dicionário de hieróglifos* (2020), *O acumulador* (2021) e *Um Macunaíma Visual* (2022). Fez a tradução visual do romance *Finnegans Wake*, de James Joyce, com 633 imagens reunidas num livro digital sob o título *A Visual Finnegans Wake on the Island of Breasil* (Iluminuras, 2022).

Tarso do Amaral de Souza Cruz é formado em Letras Português-Inglês com licenciatura plena pela Universidade Federal do Rio de Janeiro (UFRJ), mestre especialista em Literaturas de Língua Inglesa pela Universidade do Estado do Rio de Janeiro (UERJ), doutor em Literatura Comparada também pela Universidade do Estado do Rio de Janeiro (UERJ) e autor de duas coletâneas de poemas — *Vela ao Sol* e *Ares de Guerrilha*. Atua como professor adjunto de Literaturas de Língua Inglesa da Universidade do Estado do Rio de Janeiro (UERJ) e como professor de Literaturas de Língua Inglesa e de Língua Inglesa na Fundação Técnico-Educacional Souza Marques (FTESM). É membro dos grupos de pesquisa *Estudos Joycianos no Brasil* e *Poéticas da Diversidade*.

Vinícius Alves é editor, tradutor e escritor. Traduziu *O corvo, corvos e o outro corvo*, de Edgar Allan Poe; *Um livro de nonsense*, de Edward Lear, ambos pela Bernúncia Editora/SC; *A caça ao Cascação*, de Lewis Carroll, Editora Cultura e Barbárie/SC; *Pomas penicada*, de James Joyce, Editora Urutau/SP. Publicou livros de poemas, entre eles, *etc é ter ás*; *olho & fôlego*; e *Isso*. Como editor da Bernúncia Editora, publicou escritores como João Evangelista de Andrade Filho, C. Ronald, Jayro Schmidt e Silveira de Souza, entre outros. Atualmente trabalha na translucissonopiração do último livro de James Joyce, *Finnegans Wake*, *Finnicius Revém*, (título autorizado por Augusto de Campos).

Vitor Alevato do Amaral é professor de Literaturas de Língua Inglesa na Universidade Federal Fluminense, onde também atua no Programa de Pós-Graduação em Estudos de Literatura. Suas principais linhas de pesquisa são Estudos Joycianos e Tradução Literária, com ênfase nas retraduções das obras de Joyce. É líder do grupo de pesquisa Estudos Joycianos no Brasil. Seu e-mail é vitoramaral@id.uff.br.

**CADASTRO
ILUMINURAS**

Para receber informações sobre nossos lançamentos e promoções, envie e-mail para:

cadastro@iluminuras.com.br

A *Iluminuras* dedica suas publicações à memória de sua sócia Beatriz Costa [1957-2020] e a de seu pai Alcides Jorge Costa [1925-2016].